U0869580

你去把叶繁赎出来，
敲锣打鼓地送去赵家。
另外你好生告诫她，勾搭赵陆离可以，
断不能害了夫人，若是夫人因她伤了半根头发，
朕可以救她出泥潭，亦能推她入水火。
没有妾室？没有亡妻？
生同衾死同穴，白首不相离？
也得看朕答不答应，欠了朕的，早晚得还回来！

KUWEI
酷威文化
图书 影视

如此尔尔

㊤

风流书呆 著

Ru
Ci
Er Er

天津出版传媒集团
百花文艺出版社

图书在版编目（CIP）数据

如此尔尔 : 全二册 / 风流书呆著 . -- 天津 : 百花文艺出版社 , 2024.1
ISBN 978-7-5306-8677-5

Ⅰ . ①如… Ⅱ . ①风… Ⅲ . ①长篇小说—中国—当代 Ⅳ . ① I247.5

中国国家版本馆 CIP 数据核字 (2023) 第 217215 号

如此尔尔：全二册

RUCI ER ER：QUAN ER CE

风流书呆　著

出 版 人：薛印胜
选题策划：胡晓童
责任编辑：胡晓童
封面设计：Ⓚ青空 · 鬼哥 QQ:476454071
出版发行：百花文艺出版社
地址：天津市和平区西康路35号　**邮编：**300051
电话传真： +86-22-23332651（发行部）
+86-22-23332656（总编室）
+86-22-23332478（邮购部）
网址：http://www.baihuawenyi.com
印刷：天津鑫旭阳印刷有限公司
开本：680毫米×970毫米 1/16
字数：806千字
印张：40
版次：2024年1月第1版
印次：2024年1月第1次印刷
定价：69.80元

如有印装质量问题，请与天津鑫旭阳印刷有限公司联系调换
地址：天津宝坻经济开发区宝中道北侧5号1号楼106室
电话：（022）22458633 邮编：301800

目录

楔子

关素衣正坐在绿荫环绕的凉亭内插花，两名丫鬟立在左右，时不时递一杆花枝或一把剪刀。被微风吹得来回轻晃的竹帘外是遍地残阳与飘零的落叶，秋天到了。

“夫人，大公子来了，他想见您。”中年仆妇急促的脚步声打乱了这方宁静。

关素衣愣了愣，恬淡的脸庞上露出恍惚之色，仿佛在回忆妇人口中的“大公子”究竟是谁。片刻后，她眉心微蹙，缓慢而又决绝地吐出两个字：“不见。”

仆妇欲言又止，却也知道夫人秉性顽固，极有主张，说不见定是不见的。但这里只是赵家在沧州的一处偏僻宅院，唯有犯了错的家奴或女眷才会被发配过来，日子清苦无比，哪里比得上燕京的繁华与富庶？仆妇想回主宅却苦无门路，好不容易等来了大公子，哪里会错过巴结他的机会，出了二门便把夫人的主张抛到脑后，将大公子放了进去。

已插好一瓶垂丝金菊的关素衣正转动着花瓶，试图找出不足之处，忽见其中一朵金菊叶片太过繁茂，少了留白的意境与含而不放之美，便拿起小剪刀欲稍加修整。

“母亲。”

饱含愧疚的呼喊令她指尖微微一颤，锋利的刀刃错过了多余的叶片，却将一朵开得极美的金菊拦腰截断。关素衣并未立刻放下剪刀，也没露出懊恼之色，甚至连微蹙的眉心此时亦平展开来。她用刀尖挑了挑叶片，又把剪断的花枝取出扔进手边的小竹篮，这才看向站在亭外满面惶然与颓败的少年赵望舒。目光由上至下，触及他手中的拐杖与明显短了一截的左腿，关素衣有些讶异，想问，却终究没有开口。她之所以被发配到沧州，不正是因为管得太多吗？

少年从她眼里看见了关切，堵塞在心中的凄苦与愧疚顷刻间决堤，一瘸一拐地上前几步，欲扑到妇人脚边哭诉。关素衣并未躲闪，两名丫鬟却已挡住少年，一边搀扶一边询问：“大公子，您这是怎么了？可是受了委屈？您的脚受伤了，千万磕碰不得！”什么样的委屈能让视夫人为仇敌的大公子不远千里找来沧州诉苦，且还是在不良于行的情况下？

二人不问，少年尚且能够隐忍，这一问便似洪水泄闸，眼泪瞬间掉了下来，一面哽咽，一面断断续续开口：“母亲，儿子对不起您！您对儿子素来严厉，儿子贪玩了您会训斥，犯错了您会责罚，进益了您也会夸奖。您待儿子视如己出，儿子却听信他人谗言，总觉得您心怀叵测、内里藏奸，从而故意疏远，反倒去亲近叶姨娘。儿子真蠢，儿子错了！”

关素衣一手扶额，一手平放在石桌上，指尖一下一下轻点桌沿，似乎在专心聆听，又似乎在兀自愣神。叶姨娘？哪个叶姨娘？在沧州待了两年，赵府的事被她刻意遗忘，她颇费了一番功夫才从尘封的记忆里寻出这号人。

叶姨娘是赵陆离发妻的堂妹，在自己过门后不久便以照顾孩子的名义被纳了进来。她与赵陆离的嫡子嫡女血脉相连，可说是从小看着他们长大的，又与他们的母亲长得极其相似，完全满足了孩子们对母爱的向往。她明面上只是一个姨娘，却颇得侯府人心，赵陆离也因她与发妻六七分相似的样貌而格外迷恋她，两个孩子更不用说，自是将她当成亲生母亲对待。

反观关素衣，却是不尴不尬、不上不下，两头讨不了好。没有显赫的家世，也没有丰厚的嫁妆，为了在门庭显赫的镇北侯府立足，除了克己复礼、谨守本分，她没有别的办法。侍奉婆婆、照顾夫君、教育儿女，能做的该做的，她都默默做到圆满，最终却身败名裂，被发配到此。

不堪的记忆重新变得清晰，关素衣嘴角轻扬，似乎在嘲讽当初的自己，又似在嘲讽台阶下哭得凄惨绝望的少年。

“你的腿怎么了？”她淡声询问。

得到久违的来自母亲的关怀，少年泪水决堤，愧意汹涌：“儿子的腿被人打断了！是叶姨娘买通儿子身边的小厮，让他引诱儿子与游侠比斗所致，太医说，儿子今后再也无法像常人那般行走，算是废了。为了让她自己生的那个赵广继承镇北侯爵位，她竟毁了儿子一生！母亲，您素来对儿子严厉，教儿子读书，命儿子守礼，但有错漏必定责罚。反观叶姨娘，只一味宠溺纵容，叫儿子在逞凶斗狠的歧路上越走越远，这才有了今日。”

断腿，废人，叶繁果然心狠。关素衣目光幽远，神情难测。少年曾经一口一个“叶姨”叫得那般亲热，到得自己跟前却只是疏冷无比的一句“夫人”，从未叫过半声“母亲”。离开赵府时她就想着，也不知这一家骨肉至亲的和乐能持续多久，没料仅仅两年，该来的便来了。

少年悲痛欲绝，并未注意到明显走神的母亲，兀自倾吐心声：“到此时，儿子才终于明白，对你好的未必是真好，对你坏的未必是真坏。”

关素衣无声而笑，眸光越发显出几分嘲讽。什么叫对你坏的？吃穿住行、读书习武，甚至婚事前程，她俱为这毫无血缘的一子一女费心谋划，殚精竭虑，却原来在他们心里，这便是坏的。罢罢罢，碰上如此狼心狗肺的一家人，落得今日这个下场当真不冤。关素衣摇头轻叹。

少年听见叹息，心中愧疚愈盛，迟疑片刻，终是忏悔道：“母亲，儿子当年错得离谱，不该听信叶姨娘的怂恿，污蔑您与齐夫子有染。儿子腿脚虽然废了，可叶姨娘也讨不了好，有父亲在，镇北侯的爵位依然是我的，待我当了世子，定把您接回去侍奉。”说到此处，他眼珠变得通红，双拳也用力握紧，发出骨裂般的声响，仿佛隐忍着莫大的屈辱与愤怒。犹豫又犹豫，踌躇再踌躇，他咬牙挤出一句话：“母亲，您知道吗？我娘没死！”

“你娘？”关素衣恍惚了好一会儿才意识到，赵望舒的娘就是赵陆离的原配夫人叶蓁。她没死，怎么可能？赵陆离恨不能随夫人一同往生再续前缘，若她没死，他怎会不去寻找，又怎愿另娶他人？

少年听到她的疑问，更是充满怨怼地解释道：“我娘就是叶婕妤叶珍。她不是我娘的孪生姐妹，她根本就是我娘！为了荣华富贵，她抛夫弃子，可恨我爹跟我姐姐，明知实情却还处处帮衬她，甚至为此害了您腹中胎儿，又以失贞的罪名把您发配到沧州。她既已改投他人怀抱，为何还要霸着父亲不放？为何要让我……让我蒙上如此不堪的身世……”少年由低低哽咽变为痛哭失声。他爱戴的叶姨原来心狠手辣，冷血无情；他崇敬的亡母原来贪图富贵，抛夫弃子。若设身处地地想一想，关素衣也该哭了，但她在意的却不是这段匪夷所思、荒唐至极的丑闻。

“我落胎不是意外，而是你父亲和你姐姐动的手？”想起那仅有的、屈辱至极的一夜，关素衣平淡的内心骤然掀起风浪。说来可笑，嫁入赵家五年，赵陆离从来不碰她，只一次也是在喝得烂醉如泥的情况下。直到如今，她还记得他身上令人作呕的酒气与一声声不停回荡在耳边的充满爱意与愧疚的“蓁儿”。他把她当成了缅怀“亡妻”的替代品，而这替代品还想生下嫡子，妨害原配子女的利益，他自然是容不得的。

想通一切，关素衣平静的面庞终于碎裂，一字一句缓缓问道：“我可有对不住赵陆离、对不住你、对不住赵纯熙的地方？你们为何要如此害我？好一个家风清正的镇北侯府，好一个品行高洁的原配夫人，好一个贤良淑德、备受帝宠的叶婕妤，却原来男盗女娼，行同狗彘！”

少年又羞又愧却隐隐觉得快意。男盗女娼，行同狗彘，骂得真对！也只有母亲才最有资格这样骂。他心甘情愿地跪了下去，原以为母亲定会失控宣泄，却见她忽而轻笑摇头，竟迅速恢复平静。

落了胎反倒是件好事。关素衣抚摸平坦的腹部，只觉深埋在心底的遗憾、歉疚与苦痛，在这一刻消失得无影无踪。“素衣朱襮，从子于沃”，素衣洁白，品行纯善，这是祖父对她的期许，虽落入赵家这个泥潭不得解脱，她终究未染缁尘。这个孩子并非未来的希望与寄托，而是罪孽，不来也罢。

父不父，母不母，子不子，赵家岂能不乱？关素衣早已预料到今天，却没想其中还隐藏着如此惊世骇俗的内情，当真叫她大开眼界。她不稀罕少年的忏悔，也不愿做他宣泄悲愤怨恨的工具，正想使人将他拖走，燕京赵府却来了人，将腿伤未愈的大公子抬上马车后飞快离开。

凉亭外秋蝉嘶鸣，倦鸟归还，关素衣静立片刻，把插在瓶里的金菊一朵一朵抽出来，换成了扭曲的荆棘与凋敝的芦苇。荆棘的尖刺扎破指尖，带起一阵钻心的疼痛，她却仿若未觉，表情从始至终都保持着平淡泰然，用剪刀修了修苇絮。关素衣自嘲而笑，多么怪诞而又可悲的作品，一如她的人生。倘若当初能够和离该多好？明知赵家是一摊臭不可闻的污物，她却走不得亦留不得，只能眼睁睁看着自己溺毙。眼角余光瞥见桌边的几本书，她终于露出怨愤的表情，将它们抛入煮茶的火炉内付之一炬。

丫鬟惊叫道："夫人，这些书您不是天天翻阅吗？怎么说烧就烧了？"

"我半生悲剧大抵源于此，岂能不烧？"关素衣盯着猛然蹿升的火苗与浓烟，眼眶酸涩，泪水渐涌。

另一名丫鬟拉了拉姐妹，让她别再多话。如果夫人早出生五年，碰上赵家这群恶人，早就和离改嫁顾自逍遥去了，哪会有今日？若不是徐氏理学的盛行，这些关锁女子的书籍风靡，夫人何至于被囚禁在此处不得自由？她若和离改嫁便等于坏了族中姐妹的名声，叫她们日后婚事无着、孤苦无依，于是她只能打落牙齿和血吞。

这日之后，关素衣本就不太康健的身体迅速衰竭，大限将至，她似乎听见了赵陆离和赵望舒匆匆赶来的脚步声和悲痛欲绝的忏悔，却只留下一句"唯愿上天入地、来生来世，永不复见"。

第一章

赐婚

关素衣睁开眼，看见的是一片蒙着黑雾的梅林，星星点点的雪花在雾霭中飘荡，有些虚幻，冰冷的空气却又感觉那般真实。关素衣愣了好一会儿才回过神，眼前的一切之所以笼罩着黑雾，是因为自己头戴幂篱，幂篱垂下的黑纱正被寒风吹得鼓荡翻飞，几朵雪花趁机钻了进来，落在她鼻尖上，她打了个冷战。

“小姐，您冷了吗？奴婢这就回去拿手炉。”

脆生生的嗓音把关素衣彻底唤醒。她掀开黑纱一角，朦胧的世界立刻变得清晰而又鲜活。过人的记忆力告诉她，此处乃觉音寺后院梅林。是了，关家初入燕京，一切还未开始。

“祖父呢？爹娘呢？”仔细打量了身边的丫鬟明兰半晌，关素衣试探道。

“老太爷在菩提苑参加文会。老爷和夫人上北山亭赏雪作画去了，许是傍晚才能回来。”明兰搓着手，“小姐，咱们也去菩提苑看看吧，这里太冷了，小心冻着。”雪中赏梅这般雅事，她一个小丫头是理解不来的。

文会？关素衣恍惚片刻，转身便去了菩提苑。不管方才恍然所见是真是梦，她都愿意从现在这一刻开始改变。

苑内烧着几个巨大的火盆，熊熊火焰吞吐着热气，将周围烘得温暖如春，比之雪花纷飞、寒风冷冽的外界，这里的确舒适得多，也热闹得多。一群男子聚在石桌边高谈阔论，几名小沙弥专心煮茶，还有琴师垂首弄弦，琴声嘈嘈切切，带出几分悠远绵长的意味。石桌不远处的水阁内站着几名女子，或交头接耳，嬉笑玩闹；或凭栏眺望，兀自沉思；还有几个对着男子们指指点点，似乎在议论什么。男女同行的画面让关素衣有些怀念，又有些伤感。

前朝乃至本朝，女子的地位并不低下，甚至之前出过几个政治家、史学家，亦不乏曾掌握国家权柄的后妃。似文会这样的场所，只要有人引荐，女子也是可以进入的。只是若真如自己幻梦所见，徐氏理学兴盛以后，此类场景便再不复见了。现在的她们绝想不到，五六年之后，莫说对男子评头论足，便是踏出大门的机会都没有了。女人被困死在后宅，也困死在一桩又一桩由男人主导的不幸婚姻里。“休妻”成了女人的催命符，生是夫家人死是夫家鬼，即便入了黄泉也得不到半点自由。

思及此，关素衣冷下面容，徐徐走到祖父身边站定。她头戴幂篱，遮住了端丽脱俗的容貌，一身出尘气质却依然引人瞩目。碍于君子礼数，这些人也并未多问，只不着痕迹地瞥了几眼便继续辩论。

这些年世道太乱，匪寇横行，政权更迭更是频繁，今日你称王，明日我登基，各个邦国彼此征伐，于是催生了一大批浑水摸鱼之辈。待在家中都有可能祸从天降，更何论远程迁徙。关素衣向来小心谨慎，她的容貌不说倾国，倾城却绰绰有余，为了不给家人增添麻烦，除却幂篱，更随时备着一柄锋利的银钗防身，以备不时之需。乱世之中，男女皆是如此。

关素衣拢了拢被风吹乱的黑纱，弯腰伸手，替祖父添了一杯热茶。

群雄争霸的时代刚刚过去，九黎族后裔霍氏一统中原五国，广邀天下志士为朝廷效力，而熟读诗书的文人等的便是这样一个机会，于是纷纷响应，云集燕京。此时诸子百家各有主张，也都想一展长才实现抱负，互相倾轧排挤的现象非常严重。为了扬名，也为了引起上层的注意，更为了驳倒其他学派的观点为师门争取最大利益，各家频频举办类似这样的文会。

关老爷子毕生钻研儒术，学识非常渊博，却苦于口才不佳，在文会上频频被人逼问，一时间面红耳赤，形容狼狈。关素衣静静听着，不时拍打着情绪激动的祖父的后背，试图让他放松一些。越到后面，法家学者的论述越犀利，渐渐让其余学派无法招架。作为儒家学派的中流砥柱，祖父承受了最多的质问，明明满腹才学，却偏偏无法诉之于口。

眼见祖父被逼到死角，同一学派的文士向他投来焦急不满的目光，关素衣嘴唇微微动了动，似在斟酌。透过朦胧黑纱，她盯着一个隐没在人群中、蓄着一缕山羊胡子、长相极为儒雅俊逸的中年男子。那是徐广志，日后大行其道的徐氏理学的创始者，亦是被圣元帝尊为“儒学半圣”的一代大家。

此时的他虽还默默无闻，但因着一场幻梦，关素衣知道，再过片刻，待祖父被人逼问至吐血时，他就会挺身而出，把在场所有学者一个一个驳倒，树立自己的声望。务实强势如法家，能言善辩如纵横家，亦败在他的如簧巧舌之下。正是凭借这次文会的精彩表现，他一举成为儒家的代表人物，最终踏上仕途，平步青云。

关素衣并不认为自己有改变这个时代的能力，也不想与徐广志争个输赢高低，她只是不愿这人踩着祖父上位，更不愿看着祖父沉溺在这次失败中，从此一蹶不振。幻梦中的自己就像现在这样，坐在祖父身边旁听，有心为祖父辩驳几句，终是碍于礼数未敢妄言，直至祖父忽然吐血才追悔莫及。

思及此，关素衣忽然按住祖父颤抖的左手，徐徐开口：“若论诸子百家，当以儒家为尊。”

现场安静片刻，正准备迈步而出的徐广志默默退了回去，冰冷眸光在女子黑色的幂篱上来回探视。

关素衣喝了一口热茶，不紧不慢地道："圣人循古尚礼，以礼待人，以礼治国。是故，先有礼而后有宗族，再有乡党，及至邦国。群雄俱灭，邦国一统，而宗法礼教不灭，宗法礼教不灭，则民顺矣。圣人说'不知礼，无以立''礼乐不兴，则刑罚不中；刑罚不中，则民无所措手足'……"她转而看向咄咄逼人的法家学者，继续道，"法家所谓的'定纷止争，兴功惧暴'，其种种律令条陈的创立，均以宗法礼教为基础，又何来资格对尊古循礼的儒家指手画脚，大加贬斥？人伦乃正始之道，礼教乃王化之基，所有学说皆逃不出这二者之方圆，故此，重人伦、尚礼教的儒家乃当之无愧的学术至尊。圣人言：'道之以政，齐之以刑，民免而无耻。道之以德，齐之以礼，有耻且格。'这才是真正的教化之功、治民之道。"

她话音刚落，儒家学者们便纷纷拊掌叫好。谈及人伦礼教，各家学者均颇觉棘手。便是再如何反对儒术，他们也不敢说自己的学派脱于人伦礼教而存在，那便成了异端，甚至是邪派，必定会被世人口诛笔伐。

徐广志垂眸细思，万没料到这女子竟颇有几分才学，从立法之基去驳斥法家，着实犀利，但也并非没有破绽。他瞬间就想出无数错漏，只等法家学者将此人逼至穷途末路再来显威。

关老爷子长舒一口气，欣慰地拍了拍孙女的手背。他只得了这么一个嫡亲孙女，从小便授之以君子之道，君子六艺也从未落下，将她培养得满腹才学，堪比当世鸿儒。只要她肯开口，应付这种场面自是绰绰有余。

其余人等冥思苦想之际，关素衣推了推茶杯，柔声劝解："祖父莫急，喝口热茶缓缓。圣人都道：'君子讷于言而敏于行，焉用佞。'口舌不利并非您的过错，贵在行德。"听了这话，本对老爷子颇为不满的儒家学者们纷纷自省，面露愧色。而关老爷子彻底释怀，抚须而笑。

关素衣见他苍白面色渐渐回缓，这才放下高悬的心，对正欲起身驳斥自己的法家学者说道："管仲变法兴齐，一代止，齐亡；李悝变法兴魏，一代止，魏亡；吴起变法兴楚，一代止，楚亡；商鞅变法兴秦，最终一统中原建立霸业，又一代止，而后群雄逐鹿，社稷崩塌。诸国变法而兴，暴政而亡，敢问诸位大家这是何故？法家的恒久之道又在何处？若是连这个问题都无法解答，你们口口声声励精图治、变法强国，岂不是笑话？"

此话一出全场皆寂。纵观历史，变法改制的确助许多国家骤然兴盛，却也极快地将它们推向灭亡，这确是法家最大的弊端。然而这弊端究竟是什么，无人说得清楚。女子的问话恰似一把匕首捅进心脏，正中要害。

正当法家学者们哑然窘迫之际，关素衣已扶着祖父起身，施施然告辞。众位学者连忙起身相送，且频频冲关老爷子作揖，夸赞他家学渊源，教育有方。本有许多话要说的徐广志见其余人等尽皆散去，虽表面言笑，内里却暗恨不已。

关素衣要的，正是他有话无处说、有志不得发，这才抛出几个问题将文会彻底搅了。若是徐广志想要扬名立万踏上仕途，只管另寻机会，但把祖父当作垫脚石，她断不会让他如愿。

一群人走后，众位女子也觉得无趣，三三两两结伴离开。一名身材健硕、面容刚毅的男子从假山后转出来，盯着关家爷孙离开的方向若有所思。跟随在他身侧的那位面白无须、嗓音尖利的老人赞叹道："都说中原的女子个个满腹才学、知书达理，倒也并非虚言。"见男子挑眉讽笑，老人话锋一转，"但眼界有限，终是狭隘了。"主人虽广邀名士，意图向他们请教治国之道，心中却早有主张。他案头摆放的俱是法家典籍，推崇备至的也都是法家学者，明显更看重法家。且等着，诸子百家的时代很快就会过去，变法改制迫在眉睫，将来法家必定大行其道。

男子似笑非笑地瞥了老人一眼，嗓音低沉醇厚："派人去查查刚才那祖孙俩。"心里则冥思苦想：法家的恒久之道在何处？这的确是个问题。

空气略有波动，隐藏在暗处的死士悄无声息地离开，去调查关家背景。

这刚毅男子正是初称帝的霍圣哲。

他的父亲原是九黎族的首领，因不满前朝暴政才揭竿而起，一路吞并各方势力，最终成为中原霸主。但他见识和胆略到底有限，只挟持了天子，给自己弄了一个名正言顺的诸侯之位，与其余四大诸侯国彼此制衡，相安无事，哪料自己的儿子不但铲除了其余诸侯和几个不安分的兄弟，还把小皇帝也一并废掉，继而一统河山，登上了皇位，改国号为"魏"，尊号为"圣元"，意指自己乃开天辟地头一位圣君。由此可见，霍圣哲是何等狂妄又唯我独尊之辈。他在政治与军事上拥有超群的领悟力和天赋，之前虽从未治理过国家，却明白作为帝王，最重要的不是亲力亲为，而是善于发掘和运用人才，与此同时还要找到正确的治国之道。

经历了群雄争霸和前朝的暴政与四分五裂，几乎每一个意欲称王的枭雄和试图拯救苍生的文人侠士，都在考虑同样的问题——怎样治国？随后诸子百家兴起，法家、杂家、道家、墨家、儒家等纷纷登场，也都派出弟子探访各诸侯国进行游说，并进行了许多尝试，而其中最成功的当属法家。

霍圣哲虽然出身九黎族，却极为喜爱汉族文化，学会汉字后，阅读的第一篇文章便是韩非子的《五蠹》，当时便大受震动，立刻搜罗了所有法家典籍，即便政务再繁忙也会每天抽出一个时辰进行钻研。至于儒家学派的典籍，早已不知被他扔到哪儿去了。听说觉音寺将举行一场法家与儒家的辩论会，他立刻冒着风雪匆匆赶来旁听，打算物色几个可用之才。

面白无须的老人名唤白福，乃前朝皇帝留下的内侍之一，因能力出众又善于察言观色，有幸被圣元帝看中，官至中常侍。见主人只派死士去查关家爷孙俩，却绝口不提方才表现优异的几位法家学者，他心里大惑不解，却也不敢多问。这位新主子的脾气极为多变，时而刚烈直率，时而阴鸷狠毒，时而豁达爽朗，时而儒雅斯文，再老练的臣子亦能被他玩弄于股掌之间，堪称深不可测。想要猜透他的想法，莫说现在，便是白福再多活上五十年也无济于事。

圣驾匆匆而来又匆匆而返，无一人知晓。刚进未央宫，死士就已奉上一封密函，其中记载着关家及其五服内族亲的所有情况。霍圣哲细看良久，道：“才德兼备、家世清白，又秉性忠直，关齐光此人可以大用。”话落，提起笔写了两张诏书，想了想犹觉不足，又在候选美人的名单上添了“关素衣”三个字。

白福暗暗吸了一口气，心中一会儿明悟，一会儿又觉得疑惑更深：皇上不但命关家父子俩入仕，还将关家嫡女纳入后宫，再没有比这更大的恩宠，这是打算抬举关家了。可之前他分明对法家推崇备至，现在却又只字不提，这位陛下究竟想干什么？

当旁人兀自揣摩时，霍圣哲已把两份诏书收入暗匣，随即平铺一张锦帛，慎重而又缓慢地书写。身为中常侍，白福颇识几个字，略瞟一眼便愣住了，只见黑色墨迹延展出这样一句话——推明孔氏，抑黜百家。

白福眨了眨眼睛，终于明白，原来皇上所推崇的治国之道并非来自法家，而是儒家。怎么会？

当白福暗叹圣元帝心思莫测时，一名长相毫不起眼的小黄门偷偷溜进甘泉宫，将皇上便服出宫又暗查关家的事细细禀报给了上首的女子。

女子三十出头，却保养得极好，皮肤细嫩，容貌绝美，苍白的唇色和微蹙的眉心显示出她似乎身体染恙，举手投足间充满孱弱而又楚楚可怜的风情，叫人看了倍感怜惜。她便是圣元帝最为宠爱的妃子叶蓁，如今刚加封为婕妤，离皇后的位置只有两步之遥。圣元帝常年在外征战，没有时间也没有心思找女人，如今虽然登位，却又忙于政务，更加来去无踪。他的后宫嫔妃满打满算也不过巴掌之数，且有好几个是太后自作主张选纳的，至今没见过圣颜。因叶蓁对他有救命之恩，他对叶蓁亦有难以言说的愧对之处，所以态度便格外不同。当旁的女人还守在潜邸望眼欲穿时，他已经把叶蓁接入燕京，予了她高位实权，连太后都越了过去。

如今叶蓁上头既无昭仪也无皇后，除了太后的长乐宫，其余各宫均得唯她马首是瞻。因此，她驱使几个小黄门易如反掌，哪怕那小黄门是皇上身边的。而死士只负责保护皇帝的安全，皇帝不说查，他们自然不会巴巴地跟踪并监控一个不起眼的阉人。

“哦？你说皇上把关家嫡女的名字添在了寻芳录上？”叶蓁似合非合的美目稍稍睁开些许，斜倚在软榻上的慵懒娇躯终于坐直了。

“此事千真万确啊，娘娘！那寻芳录是奴才亲手交给掖庭丞的，绝不会看错。原本名单上并无‘关素衣’三个字，现在却加在第一位，正是皇上的笔迹。”小黄门乃白福的亲传弟子，自然有门路得知这些事。

每年八月广选美人填充后宫是前朝的规矩，太后发了话要沿用，皇上自然也不会把美人白白推出去。因是头一回办差，中大夫与掖庭丞不敢怠慢，苦寻了四五个月方把名单报上去，趁着年前赶紧让新人入宫，给皇上开枝散叶。

名单上的前十位均为太后亲自挑选的九黎族贵女，血统出身先就盖过了别人，叶蓁无可反驳，但这“关素衣”又是何方神圣，竟压在众多贵女头上？她打发走小黄门，沉吟道：“咏荷，给父亲带个话，让他好好查查这个关素衣。”

九黎族全民皆兵，只要给一柄大刀，无论男女老少都能上阵，族中女子大多身材粗壮、言行豪放，没有半点中原女子的温柔小意。面对这些大字不识一个的粗鄙之人，叶蓁是不怕的，再怎么说她是中原第一美女，亦是第一才女，只要眼睛不瞎，天下男子任谁都不会弃美玉而就糟粕。再者，圣元帝十分仰慕汉学，后宫中唯有她能明白他在说什么、想什么。他常常赞她是解语花，可见这是她立足后宫最大的优势。太后那老虔婆见不得她独宠六宫，提出从两族中广选嫔妃之事，等到更多饱读诗书、满腹才学的汉人女子进来了，她还能保持住这份特殊吗？思及此，叶蓁心内略有些慌乱，指尖无意识地抚摸着自己的脸颊，又慢慢镇定下来。

她对自己的才学其实信心不足，盖因这“第一才女”的名头是从军中传出来的。那些九黎族将士连汉字都不认识，又哪里知道什么叫真正的学富五车？但若论起相貌，不是叶蓁自夸，活了三十年，她还从未见过比自己长得更美的女人。

叶蓁走到窗边凝视椒房殿，目中盈满野望。

“如果皇上连你都看不上，他还能看上谁？叶蓁别慌，皇上定会属于你，那个位置也定会属于你，你所抛却的一切和承受的一切，终是值得的。”

在觉音寺住了一个多月，关家新购置的房屋终于修缮完毕，全家选了一个黄道吉日搬了进去。关素衣在布置一新的闺房内来回踱步，脸上带着迷茫而又怀恋的表情。经过三十多天的反复思量，她渐渐确定，无论那幻梦如何，她都不想错过任何一个改变命运的机会。她绝不会踏入赵家半步，也不要见赵陆离哪怕一面。

刚把行李归置整齐，关母仲采苓便遣了仆妇前来叫她，说是有要事相商。关素衣知道她想说什么，心内不免暗叹。

入了上房，仲氏将几张帖子递过去：“因为婆婆过世，须得守孝三年，这一耽搁，不知不觉你就十八了，已然误了终身大事。我原本想在你父亲的弟子中挑几个德行俱佳者，却没料老太爷竟忽然决定北上燕京。眼下咱们人生地不熟，实在无法可想，而你岁数渐大耽误不得，母亲也只能带你多出席几次聚会，好生相看相看。这几张帖子你先挑挑，都是家里有适龄公子的，周家的嫡次子……”

听着母亲滔滔不绝地述说，关素衣眸光涣散，忆起幻梦中，赵陆离正是在某一场宴会中看上她的。原本凭关家的家世是绝对攀不上镇北侯这样的高门深宅的。父母亲和祖父起初也很犹疑，考察过赵陆离的才学和人品后才欣然答应。然而过了门才知道，赵陆离看中的正是她卑微的家世和知书达理的性子。他想找的不是妻子，而是一个专门为他照顾儿女、侍奉母亲的仆人，越卑微越能干越隐忍，自是越好。可笑她做到了他所要求的一切，换来的却不是真心，是恶意，甚至残害。

幸而一切尚未开始，她只愿岁月安好。至于这镇北侯夫人该谁来当，爱谁谁，与她何干？

关素衣在众多帖子中挑挑拣拣，仲氏待她拿起哪张就介绍哪家公子，可见早已派人打听清楚。她这辈子只得了关素衣一个女儿，对女儿的婚事自然不敢掉以轻心。

但从媒人或乡邻间打听到的消息大多是些不尽不实的溢美之词，哪里做得了准？关素衣一面细细聆听，一面心中暗叹：这七八位适龄男子中，至少有六位家中妻妾成群，后宅混乱。他们的门第与关家相当，既无权势亦无余财，日子过得紧巴巴的。然而即便如此，他们还要一个接一个地纳妾，仿佛在攀比什么一般，实非托付终身的良人。

如今女子尚且有些地位，都难以阻止男子这种行径，若真如幻梦中一般，待四五年之后，徐氏理学彻底盛行，再催生出一大批伪君子，岂不是要把对女人的压迫推向极致？关素衣此刻俨然已把嫁人视为畏途，又哪里敢往火坑里跳？但她无法向母亲述说这些，略略一想，答道："母亲，联姻还是要找知根知底的人家，免得女儿嫁过去之后平白受委屈却无处诉苦。祖父与父亲桃李遍天下，总会有几个弟子一同来燕京的，您再等等看吧。嫁人毕竟是终身大事，须得慎重，女儿宁可再搁置三年也不愿错付。"

仲氏也舍不得女儿受苦，在家还是千金小姐，出门就成了小媳妇，私底下不知被公婆、夫君怎么磋磨。与其嫁给不知根底的人，还不如嫁给夫君的弟子，正所谓"一日为师，终身为父"，总不敢太过亏待她。

思及此，仲氏忙把帖子收回去，准备过会儿就一一写信拒了。她思忖片刻，笑道："所幸你提醒了娘，娘这才想起，你四师兄过几日也要入京，他家境虽然窘困，才学和人品却是一等一的，其父母也都是厚道人，只不知你愿不愿受清贫之苦。"

清贫怎能算苦？关素衣当即便笑了，正欲点头答应却及时止住。四师兄的确是世间难得的好儿郎，人品端正，才学满腹，更对妻子一心一意，不离不弃。若嫁给他，哪怕日日吃糠咽菜，也比待在镇北侯府享受山珍海味、锦衣华服来得自在舒坦。但问题是，她记得幻梦之中，他的妻子另有其人，且夫妻俩琴瑟和鸣，恩爱白头，若此时答应，便似窃取了别人的命运一般。倘若因自己不幸而抢走别人的幸运，关素衣过不了心中那一关。记忆中，像四师兄这样可以依靠终身的男子世间少有，此时错过，或许又会陷入另一个泥沼，关素衣思来想去，不免摇头叹息："娘，女儿不想嫁人。"

"身为女子，哪能不嫁人呢？依依别是害羞了吧？"仲氏揽住女儿拍抚。

关素衣也意识到自己的话有些痴傻，改口道："娘，四师兄家里清贫，女儿怕是受不了那个苦，您再另外相看吧。"下回再继续找借口推掉便是，她宁愿当女冠也不嫁人。

仲氏捏了捏女儿滑嫩的小脸蛋，心内暗忖：受不了苦，如此嫌贫爱富的话可不像依依说的，这孩子别是有了心上人却羞于挑明吧？她三番五次暗示我从夫君的弟子里找，究竟看上了哪个？不是小四，难道是小六？得把明兰、明芳两个找来好好问问。

当仲氏忙着为女儿张罗婚事时，叶夫人递了牌子入宫。甘泉宫内，叶氏母女屏退左右密谈。

“关素衣究竟是何方神圣，竟叫陛下惦记上了？”叶蓁目中满是厉色。

“你爹已经查清楚了，关素衣乃儒家泰斗关齐光的孙女，当日在觉音寺，她与陛下有过一面之缘，许是在那时候看上的。”叶母刘氏焦虑道，“皇上已昭告天下，册封孔丘为天下师，且盛赞儒学为王化之道，并在京郊建了孔庙，欲亲自前往拜祭。如今儒家学者纷纷得到重用，身为儒家泰斗，关齐光自是高位可期。你爹已得到确切消息，再过两日，陛下就会召关家父子入仕，关云旗将被晋封为太常卿，关齐光更不得了，陛下欲加封其为帝师，秩俸万石！”话落，刘氏露出咬牙切齿的表情，可见对关家从一介平民骤然富贵感到极其不忿。

叶蓁亦大受震动，惊道：“太常卿？那可是九卿之首，掌宗庙礼仪，地位清贵。而帝师这一官职更是前所未有，秩俸万石，尊位堪比丞相，凭他们一介庶民，怎配？”

刘氏连忙附和：“是啊，你爹还是国丈，都只封了个太史丞，秩俸四百石，连一家人都养不活。关素衣尚未入宫，皇上便把关家抬到如此高位，莫非想册封她为皇后不成？”

叶蓁立即否定：“有太后在，皇后还轮不到汉人女子来做。”

“莫非你忘了，婕妤之上还有一个昭仪之位？”刘氏忧心忡忡地提醒。

是啊，婕妤之上还有昭仪，位同“副后”，同样权势滔天，足以压自己一头。皇上想要宣扬儒学，自然会把关家抬得高高的，一个昭仪之位，他定然舍得。叶蓁眉头越皱越紧，沉吟道：“关素衣才貌如何？”

刘氏眸光微闪，正欲修饰一下言辞，却听女儿厉声命令：“照实说！你若刻意贬低她，本宫就会轻敌，轻敌的下场如何，你该知道。”

后宅中都是刀光剑影、尔虞我诈，更何况在人人如履薄冰的宫里？女儿若是稍有不慎便会满盘皆输，而叶家必定会随之倾覆。思及此，刘氏再不敢隐瞒，急道：“那关素衣从小跟随关齐光习文学字。关齐光君子六艺无不精通，诗、词、歌、赋，冠绝古今，连法家学派的泰斗亦夸赞他乃一代文豪，其才学之盛可见一斑……”叶蓁哪里耐烦听关齐光的事迹，正想摆手打断，却听母亲话锋一转，“曾有人说，关素衣青出于蓝而胜于蓝，其才学不在关齐光之下，关齐光那般谦虚谨慎之人却也点头笑应，可见对关素衣的才学十分认同。娘娘，才学这方面，你怕是比不得她。”

叶蓁唇角轻轻一撇，追问道：“那容貌呢？”

见女儿露出自负之色，刘氏越发不敢隐瞒：“《硕人》这首诗你可记得？关素衣的容貌，大约可比庄姜。”

叶蓁愣了好一会儿才颤声开口：“‘手如柔荑，肤如凝脂，领如蝤蛴，齿如瓠犀，螓首蛾眉，巧笑倩兮，美目盼兮。’是这样的吗？真有人长成这样？”

刘氏沉重地点头：“我与你大嫂悄悄去看过，确是如此。你与她……你与她相比，还是差了些许。”

叶蓁听出母亲话音里的嫉恨和无奈，想来恐怕不仅是“差了些许”，而是差了很多吧？她向来自诩美貌过人，实在想象不出比自己更出众的女子该是何等风姿。才学比不过，容貌亦比不过，如今连家世也被压了一头，待关素衣入宫，她岂有活路？这些年她已把太后和众位宫妃得罪了个遍，见她失宠，这些人必会落井下石，不留余地。

当叶蓁恐惧不安时，刘氏劝慰道：“娘娘，您别胡思乱想，事情未必就那般糟糕。陛下如今尚无子嗣，只要您头一个诞下皇子，凭生育之功定也能晋封昭仪。陛下独宠您数年之久，其情分深厚岂是旁人可比？此时您一定要稳住。”

说到子嗣，叶蓁目中迅速划过一抹苦涩，却又急忙掩去，生怕母亲看出端倪。刘氏不察，继续道：“虽说仲氏最近正为关素衣相看人家，但太后很快就会召美人入宫采选，这婚事定是不成的。我与你爹合计过后打算来一招釜底抽薪，先毁了她的清白再说。”

叶蓁沉思片刻后摆手：“不可！本宫与陛下曾在边关朝夕相处过两年，虽从来猜不透他的想法，却多多少少了解他的行事手腕。他既决定重用关家父子，定会派人时时刻刻盯着他们。若在如此紧要关头关素衣出了事，陛下定会严查到底。你们有把握能躲过陛下的耳目吗？”

躲过霍圣哲的耳目？恐怕唯有鬼神敢答这句话。天下间，只有他不想与不屑知道的事，而没有不能知道的。

“那可怎么办？让关素衣顺顺当当地进宫？”刘氏语气焦躁。

“她绝不能进宫！”叶蓁狠狠闭了闭眼，再睁开时无力摆手，“你先回去吧，让爹切莫轻举妄动。他一个小小的太史丞，能办什么大事？”

“他的确位卑官小，但你好歹是婕妤娘娘，多向皇上吹吹枕头风，咱家不就上去了？”刘氏还要再说，却被两名大宫女请了出去。

叶蓁思忖良久，终于缓缓铺开一张宣纸。关素衣不能入宫，那就让她嫁人便是。她要给她指一桩天下罕有的好婚事，说不准，日后她还得向她磕头致谢。

落下最后一笔，叶蓁轻快地笑了。

成功劝说母亲不要急于替自己相看人家后，关素衣委实过了几天悠闲日子。这天，她正坐在暖阁内练字，丫鬟明兰走进来，手里拿着一件棉质大氅：“小姐，马车已经备好，可以出发了，夫人在前厅等您。”

因圣元帝格外推崇儒学，又在南郊闵德山建了孔庙，上下一心，这些日子前去祭拜孔圣的人络绎不绝。身为儒家学派的泰斗，关老爷子和关父当然不能落于人后，早早就吩咐仲氏烹了小羊羔肉拿去享祭。二人为表诚心，寅时一刻便提着灯笼出门，准备一步一步爬上山，把母女俩留在后面坐马车。

关素衣披上大氅，走入纷纷扬扬的雪花中，虽脚步舒缓，思绪却不停奔涌。不过一个小小的改变，似乎所有的事情都不一样了。那日祖父并未气急攻心以致卧病在床，也未因口拙而受人讥讽嘲弄，甚至身败名裂。现在的他还是儒家学派的领军人物，亦是受人景仰的当世文豪。父亲也不用日日守在床边侍疾。而今他们以文会友，广结善缘，便是没有入仕，也能安安稳稳地过一辈子了。

想起幻梦之中，祖父撑着病体前去镇北侯府替自己讨还公道，却被活生生气晕过去；父母坚决不愿相信赵家人的污蔑，拼得头破血流亦要让自己和离，却差点被宗族除名；外祖父母顶着谩骂前来别院接自己回老家……关素衣眼里已是泪光盈盈。如今，那些不该由她来承受的欺辱与折磨，大约已经远去了吧。思及此，她迅速眨掉眼里的泪光，朝立在廊下微笑的仲氏走去。

母女俩坐上乌篷马车，晃晃悠悠驶向闵德山。大雪虽然还在下，却因圣元帝几次祭拜孔圣，路面早被来往铁骑踩得平平整整，亦有劳役每隔两个时辰打扫一次，并不难走。到得山脚下，马车慢慢停在路边，外面似有小女孩的哭声传来。

“怎么了？”仲氏隔着竹帘问道。

“夫人，不知谁家的马车坏了车轱辘，如今卡在半道上过不去，那家的小姐冻得呜呜直哭，怪可怜的。”车夫语露怜悯。

仲氏将竹帘掀开一丝缝隙，就见前面停着一辆半新不旧的乌篷马车，车夫绕来绕去，满面焦急，似乎一筹莫展。主人家怕冻着，并不敢下车，但委屈的哭声时断时续地传出，的确令人揪心。仲氏受了公爹和夫君的感染，时时用“勿以恶小而为之，勿以善小而不为”这句话鞭策自己，当即便道：“李文，你过去帮他们看看马车能否修好。桃红，你去问个安，若车里都是女眷，就把她们请过来共乘。”

此时男女大防还未像后世那般严格，男女共乘一辆马车并不鲜见，所以仲氏才有此一问。关素衣将下颚磕在母亲肩膀上，顺着竹帘缝隙看去，眉头不禁微微一皱，总觉得车夫似在哪里见过，当真面熟得很。

仲氏的丫鬟桃红跑过去，隔着门帘拜了拜，又说了几句话，便有一位穿戴奢华的中年妇人挽着一名十二三岁的小姑娘下来。小姑娘明眸皓齿、粉面桃腮，微红的眼角挂着两串泪珠，叫人看了又爱又怜。仲氏只一眼就觉爱煞，忙掀开车帘唤道：“瞧这小脸都冻成什么样儿了，快上来暖暖！”竟丝毫未曾发现女儿瞬间苍白的面色。

怪道那车夫面熟得紧，却原来是旧相识，半息而已，关素衣已敛去异状，平静地看着踉跄走来的两人。她们均与关素衣避之唯恐不及的镇北侯府颇有渊源，一个是叶蓁的母亲刘氏，一个是赵陆离的女儿赵纯熙。

两人在桃红的搀扶下爬上马车，先拜谢仲氏，继而看向关素衣，目中双双放射出惊艳的亮光。即便暗中观察过关素衣多次，近距离之下，刘氏依然被她端庄内敛却又脱俗绝艳的容光所摄，心道，若换个男人进来，这会儿怕是魂都丢了，难怪陛下那般卖力地抬举关家，为她入宫造势。这样的尤物，还真不能让她进去，否则女儿便没了立足之地。思及此，刘氏与赵纯熙暗中交换了一个眼色，然后装作感激涕零地与仲氏套近乎。

关素衣已看淡一切，自然不会被旧人旧事扰乱心神。她伸出手，缓缓倒了两杯热茶，柔声低语："二位请。"上都上来了，她也不会无端把人撵下去。

关素衣身穿最素净不过的淡蓝衣裙，广袖略略一抬便露出半截纤细雪白的腕子，上面并无金银玉器点缀，却已足够华美，这华美由皮肉渗及骨血，仿似桃夭杏芳，撼人心神，难怪世人都言"美人在骨不在皮"，却原来是这个道理。而她清脆婉转的嗓音中天生就暗含一丝柔情蜜意，正常说话时还好，若像当下这般刻意放低放柔，竟连刘氏和赵纯熙这样的女子也难以招架。二人摸了摸酥麻的耳郭，这才端起茶杯道谢，垂眸啜饮时目中泻出一丝厉芒。

关素衣早已从她们的言谈举止中察觉异状，不免暗暗揣测她们的来意。凭镇北侯府的权势，怎会让嫡小姐乘坐庶民专用的乌篷马车？她记得赵纯熙有一辆金粉朱漆装点的马车，招摇过市时格外张扬，哪像现在，竟只说自己姓赵，绝口不提"镇北侯"三个字，似乎刻意隐藏了身份。她究竟想干什么？

关素衣一面忖度一面应付赵纯熙状似天真、实则打探虚实的话，不知不觉就到了孔圣庙。一名身材颀长、气质尊贵的男子已得到仆役报信，撑伞站在门边等候，脸上满是关切之色。看见缓缓停稳的马车，他上前两步去搀扶女儿和岳母，末了隔着车帘向仲氏道谢。

看清男子俊美无俦的脸庞，仲氏好感顿生，连说"不敢当""应该的"云云。关素衣早已戴上幂篱，从容不迫地跟随母亲下车，然后冲男子微一点头。在遇见赵纯熙的那一刻，她就知道赵陆离必定也在孔庙。赵望舒和赵纯熙这一双儿女可是赵陆离的命根子，掉一丝头发赵陆离都会心疼许久，又岂会让他们单独出门。

幻梦中的自己与这人的婚姻没有深厚的感情作为铺垫，哪怕心动过，也只是一瞬间，之后便被各种各样的误解与折辱抹杀了。如今真见了面，关素衣对他反倒可以从容面对。

热情爽朗的仲氏与赵陆离自然地攀谈起来，但得知了他镇北侯的显赫身份后热情的态度立刻消减："民妇见过侯爷，举手之劳而已，侯爷不必挂怀，祭拜仪式快开始了，容民妇先行一步。"屈膝一福便告辞离开。关素衣自始至终未曾说话，虽隔着幂篱让人看不清表情，但从她频频转向正门的动作也可以窥见她急于离开的心情。

二人不同寻常的反应叫刘氏和赵纯熙大吃一惊。她们还以为见到赵陆离之后，关家母女定会殷勤备至地缠上来，哪料竟如此避之不及。要知道赵陆离不但身居高位，亦是远近闻名的美男子，哪怕只能做继室，也有不少桃李年华的女子愿意入门，甚至宗室贵女亦对他趋之若鹜。怎么关家母女俩却无动于衷呢？

原本还担心关素衣嫁入镇北侯府会妨害自己利益的赵纯熙，这会儿已从犹疑不定变成了恼怒不甘。待两人走远之后，她搂住父亲胳膊，对关素衣极尽赞美。刘氏也跟着敲边鼓，直言外孙女年纪大了，该找个主母替她张罗婚事，免得被人看不起，而外孙还年幼，更需母亲关怀照顾云云。赵陆离把儿女视作性命，唯恐他们受半点委屈，思及女儿婚事，又忆起总是吵着要母亲的儿子，终是意动。

关老爷子全程主持了祭拜孔圣的仪式，在文人学士中的声望已达极致，下山归家后每日都有客人前来拜会，来往马车络绎不绝。自从“巧遇”刘氏与赵纯熙后，关素衣心中隐隐升起不祥的预感，本对婚事有些抗拒，却一反常态地积极起来。

然而人选还未择定，镇北侯府派遣的媒人就已带着丰厚的礼物上门，连刘氏也来了好几趟，替前女婿说情。所幸关家并非那等趋炎附势之辈，以“门不当，户不对”的理由断然拒绝。媒人与刘氏苦劝无果，只得悻悻回转，叫关素衣松了好大一口气。但事情还没完，婚事被拒的消息引得赵纯熙伤心大哭，当即领着弟弟跪在父亲书房门前不肯起来。她认准了关素衣，谁劝都不听，而赵望舒在她的怂恿下也极想要一个温柔和蔼的母亲。

赵陆离想不透关素衣身上究竟有什么魔力，竟让女儿对她念念不忘。既已被拒绝，他也不会强求，却架不住一双儿女殷殷切切又悲伤失望的目光，偏偏连岳母刘氏也对关素衣赞赏不已，说把两个外孙交给她比交给任何人都放心。

赵陆离对“亡妻”有愧，正准备使人递信问问她的意见，她便已先行传话过来，让他多为儿女考虑。而他因种种难以言说的纠葛，开国后虽身居高位，却并无实权，且很少探听朝中诸事，故而并不知道关素衣已被圣元帝钦点，不日便会入宫为妃。这一来一往，赵陆离终于下定决心，去了宫中求旨。

未央宫中，霍圣哲大马金刀地坐在软椅上，手边堆放着许多儒家典籍，从卷边起毛的侧页可以看出，他已经翻阅过很多回了。似乎对书中的某些地方难以理解，他眉头越皱越紧，刚毅而又冷峻的脸庞露出些许烦躁之色。白福正想劝他喝口热茶松快松快，殿外便传来小黄门的通报声，说是镇北侯求见。

“尘光？真是稀客。宣他进来。”霍圣哲放下书，斜飞入鬓的剑眉略微挑起。自从叶蓁被送到他身边，这位昔日战友已经许久未曾与他有过交流，便是获封镇北侯也不愿参加朝会，仿佛在逃避着曾经的一切。当然，霍圣哲能够理解他的心情，作为一个男人，那确实是奇耻大辱。

赵陆离神色拘谨地走入大殿，然后毕恭毕敬地行礼，目光始终低垂着，丝毫不敢直视圣颜。单看他这副惶恐的模样，任谁也想象不到他与龙椅上的男子曾是无话不谈的知己，且在战场上彼此以性命相托。

“许久不见，别来无恙？”长久的沉默过后，还是霍圣哲先开了口。

赵陆离连忙回复，却因声音太低，连内功深厚的霍圣哲一时都难以听清，片刻才意识到他说的是“一切安好”。曾经在战场上奋勇杀敌、运筹帷幄的一代将才，不知什么时候竟变成眼下这副懦弱而又木讷的模样。霍圣哲对此颇为不齿，更鄙视他连保全自己女人的魄力都没有，慢慢地，这份同袍之情也就变淡了。

“无事不登三宝殿。你好不容易进宫一次，是有事求朕？”无话可说之下，霍圣哲干脆挑明。

赵陆离目露挣扎，心中更涌动着怨恨。但他不敢让这人察觉丁点异状，把本就低垂的头颅又压了压，艰涩开口：“启禀皇上，微臣此次入宫想向您求一道赐婚圣旨。”

“哦？你要续弦？”霍圣哲十分惊讶，“哪家的小姐如此矜贵，竟让你甘愿求到朕这里来？”

为了满足儿女的心愿，赵陆离刀山火海都敢闯，更何况只是忍受一些屈辱。他定了定神，答道：“启禀皇上，微臣欲求娶关老夫子的孙女关素衣。虽说她家世并不显赫，但胜在人品贵重、秉性纯善、贞静贤淑，想来定能担得起赵家宗妇之责。”

家世并不显赫？听到这一截，霍圣哲抚了抚手上的血玉扳指，眸光闪动间露出一副似笑非笑的表情。若非眼前这人是不问世事的赵陆离，他真要怀疑对方在装傻。关家是他宣扬儒学的标杆，日后定会高高抬起，光是赐官还不够，家中若有适龄女子也会纳入宫中，给予隆恩盛宠。如此，才好叫天下人看清楚，皇家是如何推崇儒学，而钻研儒学又能如何平步青云。天下熙熙，皆为利来；天下攘攘，皆为利往，有庞大的利益作为驱使，不出三年，儒学定然能成为国学，而其余学说则会渐渐淡出人们的视野。

但眼下，赵陆离轻飘飘几句话就想把霍圣哲内定的“副后”截去，公然违逆君心。殿中安静了片刻，莫说宫人胆战心惊，连白福都出了满头冷汗。若非知道镇北侯从不过问朝事，他都要怀疑这是对方在报复陛下的夺妻之仇。霍圣哲定定看了赵陆离半晌，终是轻笑道：“你与朕有同袍之谊，这道旨意朕怎能不赐？白福，替朕磨墨。”

“陛下，您怎么就同意了？关小姐可是您内定的昭仪娘娘啊！”白福表情错愕了一瞬又很快收敛，忙走上前磨墨。赵陆离松了一口气，待圣旨颁布下去才叩谢圣恩，回家向儿女复命。

“他怎会看上关素衣？”霍圣哲盯着男人远去的背影问道。

一名死士凭空出现，半跪拱手：“启禀皇上，赵小姐去祭拜孔圣那日，因马车损毁不幸被困山脚，恰好碰见路过的关氏母女，便带她一块儿上去。自此，赵小姐对关小姐一见如故，吵着要她做母亲，镇北侯无法，只得上门提亲，被关家所拒，这才入宫求旨。”

霍圣哲挥退死士，垂眸沉吟。赵小姐，就是叶蓁当年留下的那个女儿赵纯熙，算一算日子也该十三岁了，若无主母教养操持，婚事恐怕有些艰难。她急于找个继母本无可厚非，但选中关素衣真是所谓的巧合吗？霍圣哲走到窗边遥望甘泉宫的方向，摇头哂笑。巧合不巧合，他已无心追究，既然尘光有意从往事中挣脱，成全他又有何不可？说到底，当年也是他愧对那两人，以致他们夫妻分离，天各一方。如今家国一统，乾坤已变，是时候向前看了。

与此同时，仲氏与关素衣正在家里接待几位族亲。其中一位乃关云旗堂兄的妻子，平日里最好打探消息，听说关家拒绝了镇北侯的提亲，立刻上门来当说客。

“弟妹，你可真够傻的，连镇北侯的婚事都推拒。错过了这村可就再没这一店了！镇北侯是什么人，你刚来燕京许是不了解，让我来跟你好生说道说道。”她抓起一把瓜子，边嗑边侃侃而谈，“镇北侯原是前朝重臣之子，因父亲蒙冤受屈，被前朝皇帝发配边疆充军。在那里，他与当今皇上无意中结识并成了莫逆之交，然后跟着皇上南征北战，立下汗马功劳。他如今的爵位全凭战功换来，可说是文武双全、相貌堂堂。”

“再位高权重、相貌堂堂，那也是个鳏夫，下边还有一双儿女。我的依依不给人当继室，更不做后母！”仲氏撇嘴。

“鳏夫咋啦？鳏夫也足够配咱家的门第了！”堂嫂吐出几片瓜子壳，急道，“他与皇上有同袍之情，当年溯水一战曾同生共死；嫡亲的弟弟获封荡寇将军，如今镇守边关，前程似锦。这一门双杰还不够显赫？再说了，他的妻族更不得了，亡妻的双胞胎姐姐叶珍对皇上有救命之恩，眼下已位至婕妤，再上去就是昭仪、皇后！谁不知道叶婕妤对妹妹留下的儿女疼爱得紧，时时颁下厚赏，处处照拂有加。只要咱们依依照顾好他们，不怕在侯府站不稳脚跟。两个半大孩子，又从小没有母亲疼爱，应当很好哄，依依冰雪聪明、知书达理，定能应付。”

仲氏表情越发嫌弃，正要开口反驳，一直保持沉默的关素衣却徐徐道：“原来婶娘您也知道要想在侯府站稳脚跟，就得伺候好两个孩子。我这是去当主母还是去当婢仆？谁人不知赵侯爷对亡妻痴情不悔，对儿女爱若性命，此时续弦，单为女儿赵纯熙将来的婚事考虑，嫁过去的女子能有什么地位，说不定用过就丢，日后常年独守空闺，苦不堪言。再者，本是赵家宗妇入门，凭什么让叶家人来相看？难道我将来还要处处被一个死人辖制不成？这门婚事婶娘若喜欢，便留给您女儿吧。”

双胞胎？关素衣垂眸冷笑，叶蓁、叶珍，这两个名字取得好，丝毫不怕知情人喊错；双胞胎这个借口找得更好，连认错这一点都完全避免，当真把当年那些事遮得严严实实。她不想探究叶蓁怎会掉入黄河假死脱身，更不想知道她如何改头换面成了高高在上的叶婕妤，她只想离赵家那一屋子男盗女娼之辈远远的。

所幸爹娘和祖父对她十分疼爱，只要她不应，这门婚事就成不了。赵陆离自尊心极强，接连被拒几次，定不会再来。想当初，若非嫁入镇北侯府能解救陷于水火中的关家，她也不会轻易答应。所谓的荣华富贵、锦衣玉食，从来不是她心之所往。

女人被顶撞后有些恼怒，正想责骂几句，仲氏立即接口："我家夫君和老爷子都是白身，位卑言轻，可不敢把女儿嫁进那样的高门深宅里去。各位大嫂、弟妹，你们请回吧，我近日微感风寒，头疼欲裂，恕不多留。"话落便命桃红送客。

众位妯娌愤愤起身，陆续告辞。恰在此时，一名小黄门带着赐婚圣旨到了，把关家上下震得七荤八素，尤其是关素衣，竟呆愣了好一会儿才慢慢跪下，接旨时双手颤抖，皮肤冰冷。难道这就是宿命？哪怕她抵死不从，赵陆离也一样有办法将她拉进火坑里去？有那么一瞬间，关素衣开始怀疑，甚至万念俱灰，心如朽木。但很快，她便从窒息的痛苦中挣脱出来，变得坚定而又刚强。

好！甚好！嫁入赵家，总比嫁给不知根底的人要好。这世道对女子而言本就艰难，无论是商贾农夫，还是贵族士子，有了余财多半会不停往家中纳妾。这本是世间常态，与其日后再经历一遍由欢喜希冀到绝望麻木的历程，不如一开始就冷眼旁观。幻梦中的自己之所以一败涂地，是因为她做得太多，说得太少，让那些人以为她付出的一切都是理所应当。而现在，她决定只说不做，摆一个贤妻良母的面孔，搏一个贤良淑德的大好名声，她倒要看看没了自己的付出，赵家还能开出什么锦绣花样，结出什么甘美果实。

思忖间，关素衣掂了掂手里的明黄圣旨，讽刺一笑。

关氏族人原以为关素衣与镇北侯的婚事泡汤了，哪料皇上竟直接下旨赐婚，这可是天大的荣耀，一时间欣喜若狂有之，忐忑不安有之，嫉恨难平亦有之。但大家都不敢表露内心的真实想法，纷纷摆出和乐的模样，跑去向关老爷子道喜。

由于镇北侯府催得紧，婚期就定在下月中旬，把仲氏急得够呛，一夜过去便长了满嘴燎泡。关家本是耕读世家，在原平老家颇有几分田产，但为了迁至燕京，仲氏不得不变卖田产筹集盘缠，一路上已经用掉七七八八，购置宅邸后已所剩无几。若女儿嫁的是普通人家，倒还有时间准备，但镇北侯府乃朝堂新贵，有权有势，她手里那点东西也就不够看了。

为此，关老爷子和关父把自己的私库都掏空了交给仲氏，母族亦送了不少财物。即便如此，想要让女儿风风光光出嫁，还是差了一大截，尤其过门后还有一个晒嫁妆的习俗。镇北侯府请来的宾客定然个个身世非凡，会不会因此更加看轻女儿？女儿日后能否在婆家站稳脚跟？仲氏越是胡思乱想越是寝食难安，短短几天头发都愁白了几根，关素衣却还优哉游哉，不以为意，该吃吃该睡睡，精神反而比以往更好。所幸关氏宗族规矩森严，人心齐聚，纷纷送来添妆，这才稍微缓解了仲氏的窘境。

"弟妹，咱们依依嫁进侯府可是高攀了，你抓紧时间教她一点儿规矩，免得丢人现眼。也是她命好，上辈子烧了高香，这辈子才会被赵侯爷看上，可千万得谨言慎行，恭顺谦卑。若还像上回那般口无遮拦地顶撞长辈，说不定哪天就被出妻了！"上次被关素衣顶撞过的二婶娘酸溜溜地开口。

当世女子中虽不乏权势滔天者，但在庶民当中，女子地位始终不高。男人若厌弃了妻子，无需任何理由就能将之扫地出门，且还不用归还嫁妆，此为“出妻”。听上去似乎惨了点儿，被“出妻”的女子也会受乡邻嘲讽，却也只是一时，等风波平息后找个人再嫁并不难，大家也不会总揪着前事不放。

然而在徐氏理学盛行之后，便随之产生了一系列规矩，听上去仿佛保护了女人的权益，规定嫁妆归女子所有，男方不得动用，却也只是为男人的负心薄幸披上一层悲悯的外衣而已。实质上世人总把所有错处归咎于女人，反倒令她们处境更为艰难。公婆不喜，休妻；无子，休妻；阻挠夫君纳妾，休妻；擅自动用夫家财物，休妻；多说几句闲话，休妻……女子完完全全成了一个物件，男人喜欢的时候摆弄一番，厌恶的时候随手丢弃，而千般不是万般罪责却要女子独自承担。更可怕的是，被休弃之后，她们一生都要忍受他人的鄙夷辱骂，莫说改嫁，便是自戕都得不到解脱。而她们的嫁妆，能要回来的不过寥寥几人，余者大多以养育儿女为由被夫家霸占了。

说到“出妻”，关素衣抄写嫁妆单子的手停了下来，一双漆黑深邃的眼眸定定朝二婶娘看去。仲氏亦极为恼怒，斥道：“嫂子，依依还未出嫁，你就一口一个……你实在是太过分了！”她出自书香门第，并不擅长骂人。

二婶娘被几位妯娌暗暗拉扯了几下，越发不忿：“难道我说的不对？看看你家这破木头堆成的宅院，再看看金碧辉煌的镇北侯府，依依这丫头没见过世面，别刚跨进人家门槛就被惊得走不动道儿，届时可就丢人了！”

莫名攀上镇北侯府这门姻亲，仲氏也正头昏眼花，担心女儿会被侯府的荣华富贵迷了眼，行为有失妥当。尤其侯爷是那般高高在上的人物，若伺候不好真被厌弃了，她如何有能力为女儿出头？仲氏越想越怕，脸色不由变了变。二婶娘见状冷哼一声，很有些小人得志的模样，心里的嫉恨亦消减大半。其余几位妯娌频频给她使眼色，让她莫要太过得罪人家。关素衣出身再怎么卑微，相貌却摆在那里，只要赵侯爷是个正常男人，没有不爱的。待她日后得宠，提携族人还不是一句话的事？

二婶娘也慢慢回过味儿来，一面咳嗽一面想找个台阶下，却见怔愣中的关素衣忽然微微一笑，重新抄起嫁妆单子，字迹反而比之前更为洒脱。

“婶娘说我关家门第低微，这话我却是不服气。若没有皇上的赐婚圣旨，再过几日，莫说侯府，便是宗室我也嫁得。”她挽起广袖，轻轻沾了沾砚台内的墨水，继续道，“谁高攀了谁，这话可说不准。”

如今，祖父身体康健，父亲意气风发，二人早出晚归，以文会友，声誉节节攀高。而本该声名鹊起的徐广志，直至现在还未找到出人头地的机会。圣元帝想要着重提携儒家学派的代表人物，数来数去，关素衣找不到比祖父和父亲更好的人选。这突如其来的赐婚不就是最好的证明吗？

不同于女儿的笃定，仲氏对关家的未来并无太多想法，只要吃饱穿暖也就够了。

瞥见妯娌们讥讽的表情，她正想把女儿的大言不惭圆回去，外面却传来丫鬟焦急的嗓音："夫人、小姐，快快穿衣打扮，宫里来人颁旨了！"

一阵兵荒马乱过后，关家众人总算顺利接过圣旨，关老爷子获封帝师，位比丞相，关父擢升为太常卿，掌宗庙礼仪，乃九卿之首。父子二人一夕之间位极人臣，连带着将关家门第也拔高不少。如今谁要是再说关家高攀了镇北侯府，那简直是个笑话。镇北侯手里除了一个爵位，可说是毫无实权，而关家父子一个要教圣上读书，一个要教宗室弟子读书，堪称天子近臣，随便一句话也比寻常官员有分量得多。

避至偏房的众位妯娌，面色青青白白好不精彩，尤其是二婶娘，抖得跟筛糠一样，心中的最后一点嫉恨亦消失得一干二净。人就是如此，遇见比自己强一点的会忍不住嫉妒，遇见比自己强太多而难以企及的便没有任何念想了。

颁旨的宫人离开后，她们战战兢兢地出门，战战兢兢地告辞，只恨带来的礼物太薄，淡了与关家的情分，日后定要补上。仲氏大喜过望，哪里顾得上旁人，双手合十朝天叩拜："多谢菩萨保佑，夫君与老太爷得了官职，依依就不怕被夫家欺负了！"荣华富贵终究比不上女儿重要。关老爷子与关父虽有满心壮志，最记挂的却还是自家孩子的终身幸福，直叹这道圣旨来得及时。

看着欢欣鼓舞的家人，关素衣垂眸讽笑。而今祖父与父亲已是文坛泰斗、朝堂重臣，她更不能丢了他们的脸。她原本并不打算与赵陆离产生纠葛，也不想紧揪着幻梦中那些虚幻的过去不放，损人不利己的事她做不来。但赵陆离既执意要拉她下泥潭，便不要怪她挖坑埋人。

本有些意兴阑珊的关素衣，忽然对一月后的婚礼期待起来。

第二章

立威

时光匆匆而过，婚期很快就到了，当关素衣带着一抹诡笑跨上花轿时，甘泉宫内却有人病倒了。霍圣哲闻听消息后立即赶至，亲手端起碗，给气若游丝的人喂药。

“这么多年过去了，你还惦记着他？”这句话饱含叹息与无奈。

叶蓁惨然一笑，末了打开梳妆盒，拿出一支木头雕刻的玉兰花簪交给大宫女素娥，言道：“将它还给侯爷吧。告诉他，去也终须去，住也如何住？若得山花插满头，莫问奴归处。”话落已泣不成声。

霍圣哲放下碗，冷道：“住也如何住？怎么，你把这甘泉宫当成囚笼不成？”

叶蓁苦笑不答，神情凄然。

霍圣哲定定看她良久才叹息道：“他既已续娶，你也该放下了。日后，朕会好好照顾你。”话落，拍了拍女子单薄的肩膀。

叶蓁费了好一番劲儿才把几欲上扬的嘴角压下去。这句近似于承诺的话，她足足等了六年！若早知道让赵陆离娶妻能换来皇上的亲近，她何必紧抓着镇北侯府不放？但赵陆离对她言听计从、百依百顺，终究还有点用处，也不能一下丢开手。

关素衣，哪怕你才貌绝世，也架不住皇上心中对赵陆离、对我的愧疚。宫中的富贵已经与你无缘，但愿你满意我精心为你挑选的婚事。这样想着，叶蓁急忙捂住嘴咳嗽，以免眸中的狠毒和得意被皇上察觉。

与此同时，身穿大红喜袍的赵侯爷面上却溢满痛苦。他握着玉兰花簪，不敢用力，怕将它捏断了，又不敢放手，怕将它弄丢了，心绪不断拉扯。送簪子的大宫女偷偷将一张纸条塞进他手心，这便回去复命。

不愧为宠冠六宫的叶婕妤，当着霍圣哲的面也敢公然给前夫递送消息，还未招致半点怀疑，难怪能从再嫁之身爬到如今这个高位。

“去也终须去，住也如何住。若得山花插满头，莫问奴归处。”书房里，赵陆离反复吟诵这几句词，脸上已满是泪水。他用颤抖的双手抚摸雕工粗糙的玉兰花簪，眼前仿佛又出现妻子娇美的脸庞和含情脉脉的笑容，倏忽间，那笑容却又变成了怨恨与悲苦，仿佛在控诉着他的懦弱与无能。赵陆离心尖一痛，再也不敢回忆往昔，欲把簪子放入抽屉内的暗格却又舍不得，最终收入袖袋贴身保存。

想起宫女送来的纸条，他面上露出既挣扎又渴求的神色，似乎害怕里面写着绝情的话，又害怕妻子好不容易递出来的只言片语就这样被自己错过。没有考虑多久，他已缓缓地、小心翼翼地把纸条展开，第一句话就令他又痛又悔，难以自持。

爱郎尘光，见信如晤。

前日里母亲告知我熙儿已近豆蔻，忽觉时光荏苒，岁月无情，转眼已是沧海桑田，不可追忆。熙儿大婚还需主母操持，婆婆对我误解甚深，恐不上心，望舒年幼，亦需母亲照顾，万般无奈之下，我只能同意你续娶。只恨我一念之差竟误了你，亦误了孩儿，本愿你振奋前行，然婚期在即，我终是心痛难忍，当年誓约，我未曾忘，亦不敢忘，你是否与我此心一同？

区区百十余字，赵陆离看了又看，读了又读，心中一时欢喜，一时痛悔，一时爱意汹涌，面上表情也就变得极其扭曲纠结。当他沉浸在翻腾不休的思绪中时，并未注意到女儿在门口站了许久。她静静地来又静静地离开，走到垂花门处方轻声开口："给爹爹打盆热水来擦擦脸，顺便把眼睛敷一敷。今天是他大喜的日子，可别让关家人看出他曾经哭过。"负责看守书房的仆役连连应诺，悄无声息地下去了。

想起骤然富贵的关家，赵纯熙脸色阴沉下去。本以为这次既能为母亲除掉一个劲敌，又能为自己找个便于掌控镇北侯府的傀儡，却没料皇上会忽然重用关家父子，将她全盘计划统统打乱。关素衣有了强而有力的靠山，自己想要拿捏利用她，可就没那么容易了。但是很快，她便低声讽笑起来。倾城绝世又如何？满腹才学又怎样？终究敌不过娘亲的魅力。哪怕入了宫，成了皇上的人，娘亲只要随便递几句话，就能叫爹爹死心塌地。也不知娘亲在信中写了什么，但总归不会让关素衣在侯府好过。

"走吧，该去布置喜宴了。今天那老东西仿佛很高兴？也不知过几天她还能不能笑出来。"赵纯熙快走两步，语气刻毒。丫鬟知道她口中的老东西不是旁人，正是她的嫡亲祖母孙氏，故而不敢接话，只当什么都没听见，兀自垂着头在前引路。

素娥回到宫中复命时皇上还未离开，只得把满肚子话憋回去。叶蓁似乎很想拉住她询问赵陆离的情况，却在伸出手的一瞬间及时收回，转而用力揪紧被褥，眼里满是凄楚的泪光。

霍圣哲见她眼睑低垂，容色苍白，眉心因常年愁苦而留下几条细纹，孱弱的身体仿佛随时会垮塌，终是替她询问："赵侯爷可曾让你带话？"

素娥连忙跪下回禀："启禀皇上，启禀娘娘，侯爷只说让娘娘保重。"

"这就完了？"叶蓁急切追问，仿佛意识到不妥，用忐忑的目光瞥了皇上一眼。

霍圣哲不以为意，将大手覆盖在她青筋遍布的冰冷手背上，轻轻拍抚了几下。这是一个很寻常的、代表着安慰与关怀的动作，却令叶蓁欣喜若狂。她勉强压抑住几欲沸腾的欢悦，却偏偏要摆出为情所困、伤心欲绝的模样，五官扭曲纠结，看上去似乎对赵侯爷极其在意。

素娥一面感叹自家娘娘太会伪装，一面摇头道："启禀娘娘，没了。"

叶蓁仿佛用尽了所有的力气，前倾的身体猛然仰倒在软枕上，双眼直视头顶的床幔，好半天回不过神，眼睑开合间，大滴大滴的泪珠掉下来，沾湿衣襟和被褥。霍圣哲从来没安慰过女人，冲白福摆摆手，便有内侍递上一条玄色手帕。

"别哭了。你本就因余毒未清，身体虚弱，若是忧思太过，恐会加重病情。如今他已续娶，你已入宫，便各自安好，勿再惦念吧。"他边说边将帕子递过去。

叶蓁用颤抖的指尖握住手帕，看似垂头擦泪，凄苦无比，实则嘴角上扬，心中雀跃。"各自安好，勿再惦念"，陛下这是决定抛开那些不堪往事，好好跟她过日子吗？陛下身边虽然从不乏女人，但能与他说上话的，数来数去也只有自己而已。叶蓁早就知道，一旦想通了、丢开了，陛下定会接受她，甚至独宠她。她从不稀罕名不副实的婕妤之位，她要的是陛下的真心，是母仪天下。

深知对方不喜欢哭哭啼啼的女人，叶蓁抹了一会儿眼泪就安静下来，哑声道："臣妾无事了，陛下您若有政务要忙，便先回去吧。"

她越是故作坚强，霍圣哲越是放心不下，瞥见床边的矮几上放了许多书，顺手抽出一本说道："朕无事。你也累了，先睡一会儿，朕坐在这里陪你。等你醒来，朕与你共进晚膳。"

叶蓁哪里睡得着，恨不能立刻与他诉诉衷肠，却也知道不可操之过急，于是苦笑摇头："臣妾睡不着，便陪您看看书吧。看书利于心静，心静也就什么都不会想了。"

霍圣哲目露怜悯，却也不懂得安慰，翻了翻手里的书，转移话题道："你也在看《论语》？怎样，可曾有什么感悟？"

叶蓁"勉强"挤出一抹笑："难怪皇上封孔老夫子为圣人，又赞他为天下师，拜读《论语》后臣妾才知，世上竟有如此品行高洁的人物。"话落她指着其中一段说道，"他老人家若还在，定能助陛下安天下、济黎民。您看这句，'苟有用我者，期月而已可也，三年有成'，该是何等胸襟与气魄才能放此豪言。又有《孟子》中的'得志，泽加于民；不得志，修身见于世。穷则独善其身，达则兼济天下'，其为人处世之道着实令人钦佩，更令人深思。臣妾近来心绪烦乱，但看了二位圣人的著作，却也渐渐感觉天地宽广，己身渺小，些许烦恼，委实不足挂齿。"末了羞涩一笑，身上阴霾尽散。白福听了此话暗暗点头，心道难怪皇上最爱来甘泉宫，诸位娘娘里，也只有叶婕妤学识渊博、文采斐然，能与陛下说到一处。所谓的解语花，大抵便是这般。

然而霍圣哲的反应却与二人料想的不同。他并未被勾起谈兴，反倒放下书，语气略显敷衍："可惜朕没那个福气，能亲耳聆听圣人教诲。朕还有折子未批，方才忘了，此时堪堪想起。你好生睡一觉，莫再胡思乱想，朕让太医令守在甘泉宫内，你若感觉不适可马上唤他。"

叶蓁极想拉住对方，却又不敢造次，只得唯唯应诺，待一行人走远才看向素娥："本宫可是说错话了？"

素娥思忖良久，笃定摇头："启禀娘娘，奴婢没觉得您说错话，许是陛下真有事要忙吧。"

叶蓁亦垂眸沉思，半晌后如释重负地颔首。不管怎样，她现在总算熬出头了，只要谨言慎行、步步为营，总有一天能与皇上并肩俯瞰天下。而那些挡了她路的人，终会成为泯灭在岁月长河中的尘埃。

关素衣下了花轿，跨过火盆，拜过高堂，引入洞房，在一干女眷的嬉闹调侃下被赵陆离掀开盖头。二人飞快对视一眼，然后双双垂眸，仿佛十分羞涩。众人被新娘子的华美荣光所摄，又碍于对方家世清贵、隆恩正盛，故而并不敢闹腾，只说了几句吉祥话就纷纷告辞。片刻工夫，关家嫡女乃绝世佳人的消息就传了开去，惹得旁人艳羡不已。

赵陆离也没想到新夫人竟如此出众。她穿着大红的嫁衣，戴着璀璨的花冠，越发衬得肤如凝脂、发似堆雪，一双妙目波光潋滟，幽深难测，望过来的时候虽只一瞬，却差点将他的魂魄吸进去。他不得不迅速移开视线，就像急于逃离某个陷阱的猎物。

"你若是饿了，可以先吃点东西垫垫肚子，我去待客，稍后就来。"他语气艰涩地叮嘱一番后匆忙离开。

关素衣并未应声，等人走远后才抬起头，表情冷漠地摘掉花冠与首饰。看着与幻梦中同样的场景，想起幻梦中的大婚，赵陆离在掀开盖头后也是如此躲躲闪闪，举止慌乱。不过也有截然不同的地方，譬如他并未与她说过半句贴心话，也没给出像样的理由就走了，留下她独自等待黎明，在难堪与恐惧中默默垂泪。

权势这东西果然好用。因为身份不同，所以待遇也就不同了吗？作为帝师之孙、太常之女，即便我行我素如赵陆离，也不能怠慢了自己。关素衣摇头讽笑，末了垂眸思考该如何度过洞房之夜。赵陆离这次绝不敢将她一个人留下，但这恰恰是她不想要的。

幻梦之中，因祖父身败名裂，父亲入仕无望，关家在燕京几无立足之地，自己忽然被镇北侯看上并以正妻之礼抬入门，极大地缓解了家人的困境，关素衣的心情是诚惶诚恐又如履薄冰的，生怕哪里做得不好招致厌弃。赵陆离离去后她就呆呆地坐着，哪怕饿得头昏眼花也不敢碰桌上的食物。翌日清晨，当淡金色的暖阳照在又饿又冷的自己身上时，那猛然从心底蹿升的迷茫与无助，对自己可悲可笑的下半生已然有了预示。

而现在，没了诚惶诚恐，没了如履薄冰，没了对婚姻生活的希冀与期待，关素衣觉得格外自在。脱掉嫁衣，褪去钗环，洗掉脂粉，她坐在桌前慢条斯理地进食，顺手赐下几个菜，让门外的喜婆与丫鬟端去隔壁耳房吃。

明兰、明芳同样得了一个小食儿，却不敢动筷子，纠结道："小姐，待会儿便要洞房，您别吃太多了。再者，姑爷见您把一桌菜都吃光，恐怕会觉得您，觉得您……"

关素衣笑着打断两人："觉得我怎样？贪吃？放心，你们姑爷心大着呢，不会在意这个。"明兰、明芳知道主子从小就格外有主意，因此也不敢劝，只好忐忑不安地吃掉食儿上的饭菜。

赵陆离是她见过心最大的男人，一顶鲜亮无比的绿帽子戴在头上，他不但不以为耻，反以为荣，而且生怕戴得不牢靠，时不时要狠狠往头顶扣一下。他就是叶蓁的奴仆，叶蓁叫他往东他不敢往西，便是被随手扔掉，他也会死心塌地地等待，看见一丁点零星的希望就奋不顾身地扑过去。他对叶蓁用尽了所有的情，故而可以对别人狠毒到底，就连自己的亲生骨肉，只要不是从叶蓁肚子里爬出来的，都可以毫不犹豫地杀掉。

关素衣本不想与他扯上关系，但既然已无力反抗，倒也很快就想通了。待在镇北侯府比出家当女冠舒坦得多，既不用吃斋茹素，也不用恪守戒律，平日里赏赏花、写写字、看看书，很是自由自在。若嫁给一个不熟悉的人，也不知将来会如何，但她明白，为夫纳妾，管理后宅，争风吃醋，尔虞我诈，这些事肯定少不了，一辈子浑浑噩噩就那样过了，倒白白辜负了得见幻梦的一场机缘。

看来老天爷不肯放过你我，那就死磕吧。关素衣勾勾唇，眸色有些发冷。

小半个时辰后，外面觥筹交错的声音渐渐消失，想来宴席快结束了，她们立即收拾碗碟，又替主子擦掉满嘴油腻。关素衣双膝并拢，半坐床沿，满头墨发如瀑布般披散，本就精致的小脸半掩在发丝中，越发显得唇红齿白、明眸善睐。赵陆离甫一推开房门，看见的便是这一幕，心下不禁微微一动。爱美之心，人皆有之，即便此生痴情已尽付一人，他也无法否认新婚妻子的优秀与出众。

内疚惋惜的心情一闪而逝，他慢慢走到床边，思考着该如何度过洞房之夜。他曾许下重誓，不会让任何人取代叶蓁的地位，所以关素衣碰不得，但她的家世已今非昔比，故而也冷落不得。思及此，赵陆离颇有些进退维谷。若换成初入燕京、门第低微的关家，他何至于如此烦恼，直接将关素衣丢到一边不闻不问也就罢了。但现在，她若受了委屈，还有关老爷子与关父替她出头，两家人闹起来定然不好看。于是赵陆离以手扶额，脚步踉跄，决定装醉。

关素衣眯着眼看着他，嘴角慢慢扬了上去。装醉也好，若不然，她便要拉着他好好回忆回忆"贤良淑德、美丽纯真"的先夫人，直叫他肝肠寸断，狼狈逃走才罢。幻梦中，只要她提起"叶蓁"两个字，赵陆离总会拂袖而去，梦中的自己觉得委屈，现实中的自己却爱极了这柄切割对方心脏的利刃。也不知叶蓁究竟什么样，当真那般倾国倾城、绝代风华？否则怎会把赵陆离和圣元帝迷得七荤八素，不肯转醒？关素衣忽然对素未谋面的"先夫人"好奇起来，随手拨了拨腮侧的发丝，态度极是散漫。

明兰、明芳眨得眼角都快抽筋了也不见主子有所动作，这才上前搀扶新姑爷，然后一个帮忙更衣，一个出去打水。关素衣掩嘴打了个哈欠，准备等赵陆离演完戏就睡觉。她不想与对方发生任何肢体上的碰触，因为会倍觉恶心，更不想诞下掺杂着他一半血脉的孩儿，因为那是罪孽。什么老无所依、老无所养，全不在她的考虑范围之内，只要关家屹立不倒，她这辈子就能过得舒舒服服，自由自在。

赵陆离演技并不高明，为防露馅，只得几步奔到床边，倒下装睡，任由明兰、明芳将身上的喜袍褪去。尴尬中他并未发现，自己的新婚妻子未曾关怀一句，也未曾搀扶一下。

“小姐，姑爷醉得厉害，奴婢去帮他煮一碗醒酒汤吧。”明兰气喘吁吁地说道。

明芳忽然抢白：“还是奴婢去吧，奴婢方才问过管家，知道厨房往哪儿走。”她心脏扑通扑通跳得厉害，未曾想到姑爷竟是如此丰神俊秀的人物，难怪燕京闺秀都唤他“琢玉公子”，每每出行必定掷果盈车。若是……若是能换来一夜恩宠，那该多好啊！

关素衣仿佛未曾察觉明芳娇羞而又渴望的神色，摆手道：“去吧。”

明兰与明芳朝夕相处，自然对她的一举一动了若指掌，看了看主子，颇有些欲言又止。关素衣半托着下巴看她，脸上带着戏谑的笑容，葱白指尖竖在唇边，做了个噤声的动作。看见小姐飞扬的眉眼以及被粉红指甲盖压出一道浅浅凹痕的柔软唇珠，明兰脸颊烧红，心底喟叹：也只有小姐这样的妙人才能与琢玉公子相配，明芳也太不自量力了。

关素衣将被褥抱到靠窗的软榻上，打算先将就一晚。

幻梦中，明芳、明兰二人都没能陪她走到最后，一个意图勾引侯爷，被叶繁和赵纯熙联手弄死；一个在自己落难之后回关家求救，末了反被赵陆离发卖。如今有了先机，她并未打算处置明芳，盖因明芳这样野心勃勃的女人很容易捏在手心，反正自己不拘嫁去谁家，为夫纳妾总免不了，与其纳些来路不明、性情难测的，不如纳一个便于掌控之人。等叶繁入门，自己可以顺手推明芳一把，让她们窝里斗，自己这正房也就清静了。至于明兰，自己定要给她寻一个好夫家，让她风风光光地嫁出去。

明兰知道主子最厌烦酒臭味，且有严重的洁症，今晚恐怕不会让姑爷近身。但此刻好歹是她的洞房之夜，怎能白白浪费？自己有心规劝几句，却见她又竖起食指，噘起红唇，低不可闻地“嘘”了一声。明兰俏脸微红，连连点头。

主仆二人打着哑谜，躺在床上的赵陆离就有些难受了，想睁眼看看情况又担心陷入更尴尬的境地。两个丫鬟伺候得很好，却未曾听见新婚妻子说过一句话，也不知她心里究竟怎么想的，会不会怨愤不满？若她坚持唤自己起来，又该怎么应对呢？

思忖间，门外传来荷香焦急的声音：“侯爷，不好了，小姐突发高热，方才已经昏过去，您快去看看吧！”

与妻子有八分相似的女儿素来是赵陆离的心头肉，他对女儿的宠爱之情更胜嫡子，此时哪里顾得上装醉，猛然翻身坐起，穿好靴子，草草披了一件外袍跑出去。“砰”的一声，被用力推开的房门反弹回来，吓了明兰一跳。她一面拍打胸脯一面结结巴巴开口：“姑爷不是喝得烂醉如泥了吗？怎的动作如此矫捷？”

“装醉还不容易？”关素衣将头发简单挽成一束，用簪子别牢，指着衣架上的大氅说道，“走吧，咱们也跟过去看看，免得别人说我这个继母狠心。”

两人来到蓬莱苑时，里面已人进人出，兵荒马乱，赵纯熙缩在厚重的被褥里，额头上搭着一条湿帕子，脸蛋泛着不正常的红晕，看上去孱弱极了。瞥见忽然出现的新夫人，满屋仆妇俱面露敌意，反倒是赵陆离想到自己装醉那茬儿，表情很是愧疚心虚。

“呀！竟然这么烫！请太医了吗？”关素衣径直走到床边抚摸病得迷迷糊糊的赵纯熙。

“已经派人去请了，这会儿应该在路上。”赵陆离目光闪躲。

关素衣在床头坐下，取掉已微微发烫的帕子，给赵纯熙重新换了一条，面上显出焦急之色，心里却缓缓笑开。家世不同，所有的一切也都不同了。若关家还是幻梦中那般境地，赵纯熙哪里需要用这种自损八百的方法对付自己？只在独守空闺的第二天早上将她请去蓬莱苑，好生安慰几句就能让她感激涕零。当时关家因赵陆离的看重而脱离困境，她对赵家人心中感激，并无猜忌，又哪里会想其他？现在再看，女儿把母亲召到院子里谈话，这本就是尊卑不分的行为。赵纯熙自始至终都没将她放在眼里，更谈不上孝顺，可怜自己处处为她考虑，真是傻得没边儿了。

如今，为了打压家世显赫的继母，她不惜将自己弄病，也不知这么高的温度是吹了多久冷风所致？思及此，关素衣眸中飞快闪现一抹笑意。看见这些人过得如此闹腾，她也就舒爽了，不枉她忍着恶心嫁进来。

换了一条较为湿冷的帕子后，赵纯熙有片刻清醒。她努力睁开双眼，看见的便是关素衣那张完美无瑕的脸蛋，一时间愣了愣。关素衣握住她一只手，柔声询问：“熙儿，你好些了吗？母亲看你来了。”话落，喉头微微紧了紧，被“母亲”两个字恶心得不轻。

赵纯熙再如何心机深沉也只是个十二三的小姑娘，况且又在病中，脑子已经烧迷糊了，下意识就流露出厌恶的情绪，然后一面摇头一面往后躲，顺势挣开对方紧握自己的手。关素衣放开她，笑道：“看来熙儿还未做好接受我的准备，没关系，咱们来日方长。”话落又拧了一条帕子打算换上。

守在一旁的丫鬟和老妈子本就对她防备甚深，见小姐表露出明显的抗拒之情，连忙上前将她挤开，瓮声瓮气地请新夫人先行回去，免得过了病气。赵陆离心下狐疑，觉得女儿的举止并不似她口中说的那般对关家小姐格外亲近喜欢，恰恰相反，还有些厌恶，既如此，为何还哭着喊着要自己娶她？然而在他心里，女儿无论做什么、说什么，都是对的，他即便心存疑虑也很快抛诸脑后，冲新婚妻子歉然摆手：

“夫……你先回去吧，熙儿病得厉害，我今晚留在这里照看她。”那句“夫人”他终究说不出口。

就这样？连一句抱歉也无？这可是你的新婚之夜。关素衣心底讽笑，面上却雍容大度地说无碍。多亏了赵纯熙的自我牺牲，否则她从家里带来的酸枣枝雕花大床就该被赵陆离给弄脏了。

主仆二人提着灯笼慢慢走回去，刚出院门就见一条黑影从小径那头冲过来，撞在打头的明兰身上，令她跌了一跤。那人也不说抱歉，更没停下查看情况，风一样蹿远了。紧跟其后的仆役气喘吁吁地喊道：“少爷慢点，当心摔着！大小姐只是发了高热，喝几帖药就好，不会有事的。”

声音和人影飞快隐入夜色，叫明兰看得目瞪口呆：“小姐，那是侯府世子吧？怎么赵家人都是这种风风火火的性子，一个比一个跑得快。还有，姑爷先前怎么摇晃都不醒，外面只喊一声就走了，他当真在装醉？为什么？”

关素衣拢了拢大氅，淡笑道：“都说龙生龙，凤生凤，老鼠的儿子会打洞。赵侯爷蹄子撂得快，他儿子当然也不差。至于说他为什么装醉，许是绿帽子戴太久，不舍得脱了。总之他爱怎样就怎样，不关咱们的事。”

明兰先是傻乎乎地点头，随即才回过味儿来：“不对啊！什么老鼠、打洞、撂蹄子的，小姐您怎么总把侯爷比作畜牲？还有那绿帽子又有什么说头？”

关素衣戳了戳小丫头的脑门，率先往回走：“比作畜牲还算抬举他了。总之你记住一点，侯府这些人可不是省油的灯，不要跟他们走得太近。”

“小姐您放心，奴婢记住了。”明兰捂着额头闷声答话。到了这会儿，她也算看出来了，侯爷对小姐压根儿不上心，大小姐与世子也对她满怀敌意，高门果然不是好攀的，以后的日子恐怕很艰难。

主仆二人回到正房，远远就见明芳端着醒酒汤站在廊下，迎着昏黄的烛火问道：“姑爷呢？”

“侯爷今晚守着大小姐，不回来了。”明兰吹灭灯笼，语气略显尖利。

然而明芳一心惦念着赵陆离，竟丝毫未曾察觉，猛然提高音量：“他怎么能不回来？这可是他的洞房花烛之夜！”神色比之新夫人还要不忿，待察觉到明兰怀疑的目光，忙又圆话，“姑爷怎么能这样对小姐！若这事让外人知道，还不得看小姐笑话？”

关素衣摆手道：“无事，我不怕人笑话。”想想幻梦中自己的下场，她便能换得一身铜皮铁骨，铸就一颗铁石心肠，任他人如何诽谤，也不会兴起丝毫波澜。

明芳怕被主子察觉端倪，只得将醒酒汤拿去倒掉，一夜无话。

翌日，赵陆离赶着时辰回来，带梳洗妥当的新婚妻子去给母亲敬茶。时人并没有验看新嫁娘元帕的习俗，但二人未能圆房的消息还是传入了老夫人孙氏耳里。眼下，孙氏正坐在堂上，被风霜雕刻出无数纹理的脸庞显得既苍老又冷厉。看见新媳妇华美而又端庄的脸庞，她先是愣了愣，随即缓和神色，接过茶水一饮而尽，又给了一份极为厚重的见面礼。

“熙儿病了自有仆妇照顾，你们才刚新婚，合该多亲近亲近，也好为我赵家开枝散叶。”放下茶杯，她看向儿子，略显柔和的面庞立刻绷紧，“熙儿那里我会派人去照顾，不用你没日没夜地陪着。身为男儿本该为国效力，你看看你如今，整天儿女情长、伤春悲秋，像什么样子！好了，你下去吧，陪素衣在府里四处走走，熟悉环境。”

赵陆离对母亲只是表面恭敬，应诺之后便领着新婚妻子离开，行至岔路就分道扬镳，照旧去了蓬莱苑，不过这次总算有了进步，好歹留下了一句“抱歉”。关素衣客套地表示自己也想跟去看看，却被他三言两语打发了，看来他对继室还处于防备阶段，不通过长久的考察绝不会让她随意接近一双儿女。

关素衣求之不得，面上却露出尴尬的表情，在原地站了许久才缓缓离开。主仆一行人回到正房，关素衣随便找了个借口打发掉明芳，又让明兰倒杯热茶祛寒。明兰迟疑道：“小姐，不知是不是奴婢想多了，总觉得老夫人对大小姐和侯爷的态度不对，好似有些厌恶。不，肯定是奴婢想多了，哪里会有母亲厌恶嫡亲的儿子和孙女的？”

“并不是你想多了。”关素衣展开一卷书，漫不经心地开口，“这镇北侯府表面看着光鲜，实则藏污纳垢，晦气丛生。他们母不母、父不父、子不子，既不知礼义廉耻，亦不知孝悌忠信，又哪里还有亲情可言？你就算看出些什么门道也别说破，反正不关咱们的事。”

又是这句“不关咱们的事”，看来小姐压根儿不把自己当赵家人啊。明兰连连点头，对学识渊博的主子自是盲目遵从。

小丫头想开了，关素衣却不可避免地陷入沉思。幻梦之中的自己其实也曾察觉到老夫人的态度有异：对儿子怒其不争，对孙女百般苛刻挑剔，对孙子万分溺爱疼宠。明明都是一家人，又没有嫡出庶出之分，为何如此区别对待，莫非有什么不为人道的隐秘不成？这个疑问，直到临死之前才由赵望舒解开。原来叶婕妤就是赵陆离的“亡妻”，所以老夫人把赵纯熙和叶繁也一块儿恨上了，谁叫她们与叶婕妤长得有八分相似？至于赵望舒，他毕竟是赵陆离的嫡子，也是重振门楣的希望，自然要好生护着。

如今想来，幻梦之中的老夫人对她也算不错，只是见她拢不住赵陆离的心，慢慢也就淡了。她没害过自己，也没帮过自己，一辈子相安无事而已。想罢，关素衣铺开宣纸，对着窗外的皑皑白雪和点点红梅作起画来。

正院偏厅，老夫人孙氏已换下华丽的袍服，穿着一件半新不旧的褙子斜躺在榻上，瞥见掀帘入内的管事，沉声问道："侯爷没陪关氏逛园子？"

"没，自个儿去了蓬莱苑。瞅夫人那面色，像是很委屈。"管事妈妈低声回话。

"我陪着老爷子走南闯北，见过多少钟灵毓秀的人物，却未曾有一个能盖过关氏。那贱妇当初不是自诩中原第一美女吗？与关氏一比，当真是一个在天一个在地。侯爷现在不喜欢，不代表以后不喜欢，感情总是处出来的。去，将库房的钥匙、账本、对牌都交给她，日后她便是侯府当之无愧的主母，我总得抬她一抬。"似想到什么，孙氏冷哼一声，"把那贱妇留下的嫁妆也都交给关氏。若不是捏着这些嫁妆，赵纯熙焉能日日前来请安？早像她爹那样躲到天边去了。不愧是贱妇生的孽种，同样地心思狠毒、手段龌龊，为了阻挠侯爷圆房，竟直接将自己弄病。你说她折腾这些有什么意思？"

管事妈妈不敢接话，只在心中腹诽：当然有意思。新夫人家世显赫、才貌双全，若得了侯爷宠爱又诞下嫡子，哪里还有她和大少爷的立足之地？只要长久霸住侯爷，再来打击新夫人便轻而易举了。

孙氏对此也心知肚明，疲惫挥手："把东西带过去吧，这个家我不管了，让他们自个儿折腾。我倒要看看他们能不能折腾出一朵花儿来。希望关氏与传说中一样，是个精明能干的，能拢住侯爷，亦能压住那几个闹腾的。"

关素衣收到老夫人送来的东西并不感到惊讶，幻梦之中的自己就是在新婚的第二天接过了管家之权，自己既感动又惶恐，立时消去了独守空闺的怨愤。而赵纯熙的嫁妆她一直都在尽心尽力地打理，却没料到此举会成为叶繁和赵纯熙污蔑自己贪墨夫家财物的罪证，以致差点被休掉。

捏着嫁妆单子，关素衣轻扯嘴角，露出一抹冷笑。既然你们嫌我太尽心，那我便省点力，让你们一无所有吧。

赵纯熙病得很重，连吃了几剂猛药才把高热降下去，需得躺在床上静养十天半月才能恢复元气。关素衣从太医丞处了解到情况，暗暗在心里说了一句"该"，面上却十分心疼，每天都带着汤水前去探望。如今她养成了一个新爱好，那就是默默欣赏赵纯熙分明抗拒厌憎，却不得不假装感激涕零的模样。

这日，她将炖好的甲鱼汤放进食盒里，领着明兰溜溜达达朝蓬莱苑走去。至于明芳，早在成婚次日就毛遂自荐，前去照顾病重的大小姐，没准这会儿正做着当姨娘的美梦。二人边走边聊，步履缓慢，并不怕汤水冷掉，反正赵纯熙从来不喝，只会找借口将它弃置一旁，等她们走了就倒进恭桶。

明兰揉了揉鼻子，对甲鱼汤的腥味很有些受不了："小姐，您怎么每次都炖甲鱼汤啊？这股味儿很重，大多数人都不爱喝。"

关素衣低笑一声："王八龟孙正该喝甲鱼汤才对，这就是常人说的以形补形。日后只要姑爷上门用膳，你必要传这道菜，记住了吗？"把他补成个万年王八才好玩呢!

明兰不知道主子为何对姑爷那般厌恶，虽然面上笑呵呵的，说话的语气也温柔，遣词用句却大有问题，一个比一个难听，活似姑爷上辈子刨了她祖坟一样。即便心中存了千百个疑惑，明兰却不敢追问，只是更加小心翼翼地护好食盒。

“小姐，您来了。”二人刚跨入蓬莱苑，明芳就兴冲冲地迎上去，一面掀门帘一面笑道，“快请进，方才赵小姐还念叨您，问奴婢您什么时候会来。侯爷也刚到，身上沾了许多雪粒子，正在隔间换衣服。”

贝壳和玉珠串成的门帘丁零当啷一阵响，随即就有一道绯红倩影莲步轻移，跨门而入，将昏暗的内室照得亮堂起来。赵纯熙连忙半坐起身，亲亲热热地喊道：“母亲，女儿久病不愈，实在是拖累您了。飘絮，把绣墩挪到床边来，好叫母亲坐得离我近一些，我们母女俩手拉着手说说体己话。”

关素衣不着痕迹地轻抚手背，感觉上面长满了鸡皮疙瘩。赵纯熙这会儿大概已经知道她的嫁妆被老夫人送到正房的事，所以才会态度大变。幻梦之中，赵纯熙在拿回嫁妆之前，也是这般逢迎讨好、撒娇卖乖，把自己哄得团团转。现在想来，两人年龄相差并不大，一个十三,一个十八，也就五岁而已，怎么她就心思那么深，年长的自己反而一望见底呢？或许是赵纯熙随了叶蓁吧，而且叶繁也不差，果然是“家学渊源”。

关素衣刚在绣墩上坐定，赵陆离就进来了，见明兰端着一碗甲鱼汤要喂给女儿，忙道：“我也饿了，先给我盛一碗。”却装模作样地喝了一口便放下，语带餍足，“味道很好，就是有些烫，等放凉一点再用。”

放凉了你会喝？关素衣笑着应诺，心里却门儿清，这父女两个指不定在心里怎么防备她。

赵陆离觉得新婚妻子的笑容有些古怪，一时间却说不出来，于是很快就抛开了。在确定对方无害之前，他不会让儿女与她太过亲近。三人虚与委蛇了一番，等外面雪停了才各自松一口气，然后送客的送客，告辞的告辞。

踏出蓬莱苑，确定四周无人，明兰抱怨道：“瞧侯爷客客气气那样儿，真不把小姐您当自己人。还有赵小姐，表面看着极是妥帖亲热，说的那些话也漂漂亮亮，滴水不漏，但奴婢私下里琢磨琢磨，总觉得有些不对味儿。”

关素衣拂去手背上的鸡皮疙瘩，笑而不语。两人走到一方暖阁，就见一名身穿貂皮袄子的俊秀男孩蹦蹦跳跳地跑过来，看见主仆二人，眼睛立时瞪大：“你是关氏吧？闹喜房那天我躲在窗户下偷偷见过你。”关素衣正待答话，他已自动自发地扑过来，搂住她一只胳膊摇晃，“姐姐病了，爹爹要陪她，没人跟我玩。走走走，陪我溜冰去。”

“你是赵望舒？如果我没记错的话，这个时辰你应该在族学里上课？”关素衣弯腰看他，表情戏谑。

如今儒学盛行，前些日子皇上还放出一条消息，欲以科举选官，这是打破世家专权的第一步，亦是废除旧制的第一步。世家巨族虽多有阻挠，但无奈他们在战火中损耗了太多力量，已无力反抗新帝，而天下寒士人数甚众，自是倾尽全力支持，不出三年，科举选官制就会成为入仕最主要的一条途径。赵陆离虽然是个“活王八”，但好歹有点见识，所以在政令刚出来的那天就建立了族学，并为儿子延请一位鸿儒当夫子，希望他将来有一天能够依靠才学走上仕途。

但是赵望舒并不领情，想尽办法逃学偷懒。他今年十岁，正是爱玩爱闹、人憎狗厌的年龄，他连拉带拽地把继母往结了冰的荷塘里拖：“我早下学了。快走，那边的雪堆里埋着赵二宝给我做的雪橇板，可好玩啦！”

关素衣被拉得踉跄，好不容易站稳身子才道：“你先与我一块儿去族学里看看，如果真个下学了，我再带你去玩。但倘若你骗我的话，我便要告诉你父亲。”

“我说下学就是下学了，你怎么那么认死理儿呢？”赵望舒有些生气，跺脚道，“你爹和你祖父的官职都是我父亲求了皇上弄来的，你嫁进赵家是攀高枝儿，合该事事顺从，处处谦卑，岂能与本少爷拧着来？你陪不陪本少爷玩，给句话！”

“不陪。走，我带你回族学。”关素衣上前去拉赵望舒，却被他三两下挣开，他一溜烟儿跑到三丈开外，气急败坏地叫骂：“好你个关氏，竟然管到少爷我头上来了！我不要你做我母亲，这就叫爹爹休了你！还有你祖父和你父亲的官也别想当了，这就是得罪本少爷的下场！”话落用力跺了跺脚，飞快跑远，想来也怕被拎回族学去。

关素衣盯着他远去的背影，表情莫测。幻梦之中，她对顽劣的继子十分头疼，花了无数精力去教导规劝。因祖父毕生致力于教书育人，她耳濡目染之下也颇有几分手段，慢慢把继子的性子掰正，并教养得十分出色。哪料他非但不知感恩，还反过头来诬陷继母与外男有染，硬生生磨掉她对侯府的最后一丝温情。

如今有了警示，关素衣哪里还有闲心去教导这熊孩子，只看着他随意闹腾好了。刚消停不久的雪花又开始纷纷扬扬飘落，她接住一片，化在掌心，淡声道：“回去吧。”

明兰战战兢兢跟在后面，小声询问：“小姐，要不您把少爷追回来，然后陪他玩雪橇？就算您不喜欢侯爷，可也得为老爷和老太爷着想啊，他们的官职全靠侯爷……”

不等小丫头说完，关素衣已嗤笑出声：“谁告诉你关家要靠侯府？”

“可大伙儿都那么说。”明兰嗫嚅道。

“看来这流言已经传遍镇北侯府了？”关素衣敛去笑容，表情冷厉，“若换个眼界短浅、大字不识的妇人，没准儿还真会被这传言糊弄住，然后对侯府感恩戴德，诚惶诚恐。也不知背后传播这流言的人把我关素衣当成了什么，蠢货？凭赵陆离那窝囊样儿，竟能求出个超一品的官来，他当自己会飞？”

“小姐，难道老爷和老太爷的官职不是侯爷求来的？”明兰实在无法相信寒门出身的关家会被高高在上的皇帝看重，毕竟燕京的士族那样多。

关素衣斩钉截铁地否认后没再解释，因为明兰根本听不懂。不过这并不怪她，几百年来，唯有士族弟子才能官居高位，而寒门志士就算再有才华也找不到进身之阶。似关家这般骤然富贵的例子绝无仅有，听在庶民耳里不啻神话故事，如若这故事扯上镇北侯，也就变得可信了。没有镇北侯的帮衬，哪儿有关家的今日？这大约是普通百姓的共识。然而在表象背后，谁能想到这是一个雄才伟略的帝王在为自己的万世江山铺路？莫说困囿于寸许天地的庶民，就连很多士族恐怕也想不到那般深远。思及端坐于龙椅上的某人，关素衣说不清是敬佩多一点还是怨恨多一些，毕竟她如今的境遇与他总也脱不开干系。

但他离她实在是太远了，远得像是在天上，所以她只能仰望，谈不上怨恨。

关素衣并未追查源头，也未杀鸡儆猴、压制流言，只在翌日，赵陆离与她归宁并参加家宴时，忽然举起酒杯相邀：“听府里人说，祖父与父亲的官职都是侯爷求来的，妾身对此感激不尽。他二人初入官场，诸事不懂，烦劳侯爷多加照拂。这一杯妾身先饮，侯爷随意。”

本还面带微笑的赵陆离瞬间僵硬，竟不知该如何回应这句话。

关老爷子与关父齐齐朝他看去，目中满是审视。能把关素衣教导得那般出色，他们自然也不是眼界短浅之辈，对皇帝重用关家的意图早已洞悉，更明白日后该如何自处。这官职不是任何人求来的，完全凭借着他们的真才实学。而赵府却传出这样的流言，岂不是把关素衣甚至关家的脸面扔在地上踩？本还对文质彬彬、相貌堂堂的赵陆离印象颇佳的关氏父子，现在已流露出些许鄙薄之色。

赵陆离看了看新婚妻子，又看了看其余几人，指节慢慢收拢，差点将酒杯捏碎。他哪里有本事为关家人求到帝师和九卿之位？这话若传到霍圣哲耳里，又该如何嘲笑他的自吹自擂与可悲可笑？尤其关家父子如今都是天子近臣，极有可能在他跟前提到几句。那场景，等同于硬生生把他的脸皮扒下来踩踏，堪称痛不可遏。关素衣敬酒之辞，赵陆离万万不敢应，恨不得遁入地下逃回侯府，把所有造谣者全都处置了。他已经够丢脸了，绝不能让霍圣哲看见他更不堪的一面。

席间沉默良久，关氏父子一同放下酒杯，发出两声轻响才打破寂静。赵陆离还未想到该如何回答新婚妻子的话，脑门已冒出许多细汗，心中更是难堪异常。

关齐光转头去看孙女，眸中偶有精光闪过。他虽然不善言辞，可心底自有乾坤日月。这种流言，换成任何一个寒门女子，或许都会轻易相信，却绝无法糊弄住素衣，然而她不但做出深信不疑的模样，还在归宁家宴上状似感激涕零地说出来，这分明是故意给镇北侯难堪。短短三天时间，她身上究竟发生何事，怎会从中正平和、温柔娴雅的性子，变得似眼下这般绵里藏针，暗含戾气？不用说，定是侯府苛待了她。思及此，关齐光对所谓的琢玉公子已是印象大跌，却没有训斥，只冲关父摆了摆手。

关父爱女如命，见不得她受半点委屈，得了老爷子示意，亲自倒了两杯酒，邀赵陆离共饮，礼数算是周全了，语气却满带讥讽：“原来关家托了侯爷的福才有今日，本官这段日子在陛下身边当差，竟从未耳闻过，如今正该好生谢谢侯爷才是。”赵陆离摆手欲言，却被他打断，“太常卿虽是九卿之首，却无甚实权，本官欲再进一步，恳请侯爷多多帮衬。您看那丞相之位如何？”话落指了指两街之隔的丞相府。

眼下正是隆冬时节，赵陆离却汗流如瀑。别看岳父嘴里说得野心勃勃，面上表情却透着十二万分的漫不经心。他哪里想当丞相，分明在用言语挤兑他。这官职如何来的，谁能比关氏父子和金銮殿内那位更清楚？赵陆离口才不差，此刻却因满心的羞耻而无法成言。

关云旗满饮一杯，继续道：“超品的帝师、正三品的太常卿，只要侯爷您开口，陛下轻易就允了，您二人之间的情谊果然深厚。本官不了解陛下喜好，在他跟前总是战战兢兢，诚惶诚恐，日后定会多与他谈起侯爷，想来君臣之间会更为得宜。侯爷您有空也去未央宫走动走动，莫让这份情谊变淡了。”

若说之前只是试探，接下来这几句话正戳中赵陆离死穴。只见他面容煞白，薄唇紧抿，眉眼间的羞愧与难堪掩都掩不住。关云旗这才满意了，让仆役再续一杯，小口啜饮。身为开国功臣之一，又是圣元帝曾经的左膀右臂，为何别人大权在握，富贵滔天，单他闭门不出，远离朝政？见微知著，若说这君臣二人从无间隙，关云旗绝不相信。

入了太常寺之后，关云旗渐渐立住脚跟，也就打听清楚了那道赐婚圣旨背后隐藏的玄机。原来皇上有意纳女儿入宫，是赵陆离仗着曾经的交情，半途把女儿截去。关云旗得知此事并未对他产生不满，甚至有点感激。宫中藏污纳垢，凶险万分，他怎么舍得女儿往火坑里跳？再大的荣宠，都比不过女儿的终身幸福。既然赵陆离如此诚心，日后定然会善待她。然而那终归是臆想，待见到性情变得尖锐冷厉的女儿，他才意识到，或许侯府也是个火坑，但此时已没有退路，皇帝赐下的婚事是不能轻易和离的。

赵陆离此刻恨不能化为青烟，直接消失在关家人眼前，也就不必受这等屈辱了。他最恨的人是霍圣哲，最怕的人也是霍圣哲。婚后他才隐隐约约地听说，关素衣原本是霍圣哲钦定的昭仪，位同副后。把关素衣从他手心里抢走，赵陆离难免产生些许隐秘的畅快，然而那些畅快都被这些要命的流言冲刷得一干二净。若霍圣哲得知他扯着皇恩浩荡的虎皮来压制关家，定会露出最令他厌恶的似笑非笑的表情。他已经能够想象到他在心中是如何鄙夷自己，然后跑去甘泉宫，迫使叶蓁看清自己懦弱无能的本质。所以这件事一定要澄清，且还得从源头掐灭！

想罢，赵陆离就要开口请罪，却被关老爷子摆手打断：“不用解释了。都说齐家、治国、平天下。你连家都不齐，何以承担朝堂重任？回去后好好清理家宅，莫要闹出笑话。”复又看向孙女，温声道，“把我书房挂的那幅字取下来带回去，日后引以为戒。”

关素衣乖巧应诺，起身去拿字，回来后展示给赵陆离看，只见上面用狂草写了五个大字——知耻而后勇。

关老爷子的确不善言辞，所以并未开口教训孙女婿，但这幅字以及背后隐含的意思，给了赵陆离致命一击。他想，未来三年，不，或许是五年，他都没脸再登关家大门了。

一番敲打过后，赵陆离终于可以带着新婚妻子回家了。当着关家人的面，他极为体贴地扶妻子上马车，入了车厢却把手藏在袖内暗暗揉搓擦拭。关素衣在他对面坐定，拿出一条帕子，也将被碰触的手腕擦了一遍又一遍，最后涂上味道刺鼻的红花油才作罢。

瞥见赵陆离诧异的表情，她微微一笑：“抱歉，我有洁症，而且很严重。”

“无事。”面对关家人，赵陆离感到很无力。

关素衣不介意让他更无力一点，坦诚道：“之前在家宴上，我是故意挑明的。我关家虽是寒门，却以耕读传家，见识并不比你们豪门世族少。我从小跟随祖父踏遍九州十二国，四处宣扬儒学，稍大点被送到外家，跟随外祖母学习史学，亦跟随外祖父学习农学。如果真把我放在心上，你应该知道，《左氏后传》便是我外祖母所著，如今流传甚广的《稼衣》一书，便是我外祖父的呕心沥血之作。我从不以我的出身为耻，恰恰相反，我感到非常骄傲。因为他们教给我的知识以及为人处世的道理，让我可以毫不畏怯地面对任何人。”哪怕是幻梦中那个自己，也从未觉得自己卑贱，之所以忍受种种误解与责难，不过是感激赵家对关家的救助之恩罢了，如今既无恩情，也就无须再忍了。

赵陆离的确未曾了解过妻子的家世，听见这番话大感讶异。左氏、仲氏、关氏，这三个姓氏或许很普通，但若涉及史学、农学、儒学，所有人都会瞬间意识到这三个姓氏所指代的三位泰斗。左丁香、仲川柏、关齐光，这三人位列当代十大文豪的前三，说出去当真是如雷贯耳。难怪霍圣哲欲以昭仪之位纳她，根由原来在这里。

赵陆离恍然大悟，也终于回过味儿来。被三位文豪倾力教养长大的关素衣，怎会被那等拙劣的流言欺骗？她方才是故意给他难堪啊！

“没错，我是故意给你难堪。”关素衣竟大大方方承认了，摘掉头上的银钗，拨了拨小香炉内的炭团，漫不经心地道，“我给你难堪，总好过陛下给你难堪。你与他南征北战，应该知道九黎族最令人闻风丧胆的一支军队是什么。”

“斥候。”赵陆离艰难地吐出两个字。

“原来你还记得。”关素衣用帕子擦拭银钗上的灰迹，眼波流转，语气轻慢，“斥候无处不在，全魏国都在陛下的耳目之中，更何况小小一个镇北侯府？我不知道你们君臣之间有何龃龉，但我知道，一个失去帝王信任的武将，府中定然不乏斥候。你一句话就让我爹爹得了九卿之首的位置，又让我祖父官居帝师，你把自己当成什么？又把陛下当成什么？莫非他是你可以任意掌控的傀儡不成？或许陛下不会与你计较，但留下一个欺世盗名、妄自尊大的印象难道是件很光荣的事？连先皇和太后都左右不了陛下的意志，你镇北侯是哪个牌位上的大神，凭的又是什么？”

就算有叶蓁一事，皇上也不会一味纵容镇北侯，他毕竟是中原霸主。关素衣暗暗摇头，心道除了爹爹、祖父、外祖父，世上的男人果然才智一般。

“别说了！这些话日后都别说了！算我求你！”赵陆离露出耻辱之色。他比任何人都了解霍圣哲多疑又冷酷的性子。但与霍圣哲的猜忌打压比起来，他更无法忍受被霍圣哲鄙夷轻视。他已经输了，却不想输得太难看。

“我不说，难道这件事就能当作没发生？”关素衣终于给了他一个正眼，“我固然可以把流言压下去。但我出身寒门，侯府的仆役又怎会真心敬服我？表面应了，背后传得更凶也未可知。如今天下初定，朝政未稳，多少双眼睛盯着侯府。背后造谣者想看我关家的笑话，殊不知反把侯府弄成天大的笑话。这事，还得你自个儿想办法解决。我知道新婚那天你是装醉，也知道你故意避着我。你有心结未解，我可以等，既然嫁进侯府，我便会好好与你过日子，但前提是你要尊重我、信任我。我关素衣也有一身铮铮傲骨，容不得诋毁与践踏。”

连消带打的一番话下来，赵陆离什么脾气都没了，反而被妻子坚定深邃的眸光吸引。在他的印象中，妻子温柔、娴雅、安静，可说是毫无存在感的一个人，然而眼下，她变得如此鲜活炽烈、头角峥嵘，让见惯了卑弱女子的赵陆离大受震动。她愿意等待他，也愿意与他共同面对侯府的问题，更愿意开诚布公地谈话。这很好，真的很好。

与妻子恳谈一番过后，赵陆离对她印象大改，虽然还有几分戒备，却也多了许多欣赏，内里更添愧疚。他把人送回正房，即刻就派管家去暗查流言的源头，然后躲进书房自省。

关素衣脱掉华丽袍服，只穿着一件素色棉质罩衫，懒洋洋地坐在躺椅上喝茶。明芳不知跑到哪儿去了，想来不是在赵纯熙院子里，就是在书房附近徘徊。明兰最老实本分，这会儿正把仲氏送来的布料、首饰、药材等物放进箱笼里，嘟囔道：“金窝银窝，不如自己的狗窝。入了侯府才知道，还是家里最好。小姐，刚才我真不想回来。”

“你当我想回侯府？”关素衣放下茶杯，从针线盒里取出一个没完工的荷包慢慢缝制。

明兰迟疑半晌又道：“小姐，不过几句流言而已，怎么老太爷和老爷会那样生气？‘知耻而后勇’，这句话我知道，不就暗示侯爷不知道羞耻呗。万没料到老太爷骂人这么厉害，都不用开口说话！”

关素衣捻着银针，慢慢拉长丝线：“那些流言不过是小事而已，祖父和父亲是气侯府糟践我，当然要大力敲打一番，免得我挺不直腰杆。但这里面还有一些机锋你不晓得，我也不好解释给你听。你只需知道，镇北侯跟皇上不但没什么交情，还有间隙。他扯着皇上的大旗来压关家，说父亲和祖父的官职是他求来的，传到别人耳里他不会在意，但若传入皇上耳里，等于将他的脸皮扒下来踩。”她用葱白的指尖细细把绢布抚平整，展颜一笑，“你说，若是我把你的脸皮扒下来，你疼不疼？难不难受？想不想死？”

“疼！难受！想死！”明兰捂着脸，惶恐点头。

“所以我随便吓唬吓唬他，他就害怕了。你且等着，日后谁再敢背后嚼我舌根，不用我料理，他便会狠狠处置。我来赵家不是跟这个斗跟那个争的，我是来好好过日子的，有人上赶着给我当枪使，我为何不用？”当然，她的小日子里只包括明兰与诸位亲人，可不包括赵家。

“那流言真的会传进皇上耳里吗？”明兰小心翼翼地问，然后走到窗边四处张望，像做贼一样。

“傻丫头，你以为他赵陆离是个什么东西？值得皇上费这个心？一二斥候肯定是有，不单侯府，别家勋贵，甚至皇室宗亲都有。但皇上日理万机，哪有闲心理会这个？只要镇北侯府不犯上作乱、意图谋反，旁的事他不会过问。赵陆离也太把自己当回事了，不知想到什么，竟吓成那样。”若占了哪个猛将能吏或实权亲王的老婆，皇上或许会费心把这人弄死，免得留下后患，但换成赵陆离这样闷不吭声又窝囊的，他看都不稀罕看一眼！

最后这句话，关素衣隐在心里没敢往外说，怕明兰这小丫头憋不住，惹出事来。流言的出处，不用查她就知道是谁搞的鬼，除了赵纯熙，没谁能想出如此幼稚而又拙劣的昏招。她的目的大约有两个，一是蒙蔽自己，让自己对侯府心存感激和敬畏，日后才好掌控；二嘛，当自己惶恐难堪的时候，她便站出来刹刹这股歪风，给自己卖个人情。红脸、白脸全她一人唱全了，小小年纪就这般心思诡谲，果然有其母风范。

正想着，外面就传来明芳亲热的声音：“哟，大小姐来啦，快请进！奴婢刚熬了驱寒汤，这便给您端来。”

明兰翻了个白眼，嘟囔道：“小姐您回来这么大半天了，她也没说厨房里熬着驱寒汤。”

关素衣举起食指抵住唇瓣，微挑的眉梢满是戏谑的笑意。

赵纯熙在两个丫头的搀扶下慢慢走进来，脸上病容未退，看着十分虚弱。明兰忙把她让到暖炕上，关素衣扯开棉被盖住她冰冷的双腿，斥道：“大冷的天，你不好好躺着，作甚出来乱跑？有事直接让丫头来回我便成。”

赵纯熙摆出羞愧的表情，欲言又止了好一会儿才细声细气地道：“我、我是来给母亲赔罪的，怎好让下人代劳？母亲许是已经听见音信了吧？下人传得不像样子，我听了真是没脸……”大略把流言说了一遍，她下炕便跪，所幸被眼疾手快的明兰拉起来，摁在炕上，只得歉然道，“母亲莫急，我已把流言压下去了，日后谁再敢说三道四，我镇北侯府绝不容他。”

日后不容？也就是说这回算了？你造的谣你来压，参与的仆众啥事没有，或许还得了很多赏银，然后你再到我这个苦主跟前卖好，小小年纪就这么厚脸皮，也是难得。关素衣一面腹诽一面回道：“原是为这个。你父亲也听说了，这会儿正派人查着呢。该罚的罚，该打的打，该卖的卖，谁犯事谁担责，不需你来赔罪。况且你父亲先前已亲自向我祖父和父亲告过罪，一家人不说两家话，不必总是耿耿于怀。”关素衣摸了摸赵纯熙的头，柔声安慰，“你别揽这些事，只管好生养病。”

关家人已经知道了？赵纯熙心里咯噔一下，脸立时白了。关家父子是皇上为宣扬儒学竖起来的标杆，他们的官职跟赵家没有半毛钱关系。本来这流言只是传给关素衣一个人听的，震慑住她也就罢了，没想到竟传入关家。那父亲该多丢脸啊？转念思及父亲正派人追查这事，赵纯熙本欲立刻回转善后，又恐露了痕迹，一时间如坐针毡。所幸她的两个大丫头很机灵，寻个借口匆匆走了。

“母亲不怪罪就好。”赵纯熙忍了又忍才状似感激地道，“当日我一见到你就感觉十分亲近，好似上辈子与你相识一般，这才求到爹爹跟前，说是要你做我母亲。爹爹也很中意你，为了给你一个风风光光的婚礼，特地去向皇上求赐婚圣旨……”

这番话无疑又是在博取好感，意在告诉关素衣：你能得到皇上赐婚并成为镇北侯府主母，全是我赵纯熙的功劳。也不知对方哪儿来的自信，真当全魏国的女人都想嫁给赵陆离不成？他的确俊美无俦，才华出众，放在别人眼里是如琢如磨的美玉，而在关素衣看来却并非如此。

打断赵纯熙的热乎话，关素衣拧眉道：“我说我怎么就会嫁入镇北侯府，原来是你们父女二人强求的缘故。我祖父是帝师，我父亲是太常卿，论起家世，我比丞相府的嫡小姐也不差，凭什么她能入宫为妃，我就只能当个小小的侯夫人？”

赵纯熙傻眼了，完全想不到对方竟是这个反应，待要解释，却又听她说道：“罢了，嫁鸡随鸡，嫁狗随狗，既然已经被误了下半生，我也只能认命。你先回去吧，我想一个人待会儿。”语气中满满都是嫌弃与无奈。

赵纯熙被气得一佛出世二佛升天，若非表面功夫做得好，没准儿这会儿五官已经变形了。她原以为这人会像别家闺秀那般对爹爹迷恋不已，哪知道她非但不迷恋，还嫌弃上了。她竟还拿畜牲来比父亲，真是好一张毒嘴！不过也对，与宫妃之位比起来，侯夫人的确算不得什么。耕读传家、品行高洁、不慕名利，呸，全都是谎言！赵纯熙彬彬有礼地告辞，出了正房，在心里把对方大骂一通，转念想到宫中的母亲，不由更加挫败。镇北侯府已经没落，这个认知如此清晰地浮现在脑海，令她挺直的脊背慢慢弯了下去。短时间内，她不敢再来正房套近乎了，省得被一个寒门女子打脸。

等人走远，明兰才低声开口：“小姐，您真想进宫当妃子啊？”

“我故意拿话堵她呢，省得她总以为镇北侯府多么显赫，多么尊贵，多么高人一等。”关素衣指着赵纯熙坐过的绣墩，吩咐道，“拿滚水来好好烫一遍，脏得很。”

明兰忙端来滚水，边浇边说：“小姐，你就不怕赵纯熙跑去告诉侯爷？你现在毕竟是赵家夫人，不好说想入宫的话吧？”

“那又怎样？傻丫头，我说要等赵陆离，要好好与他过日子，你就信啦？我从未有入宫为妃的想法，只是恨他们又来搅乱我的生活。日后他们若让我难受一点，我便让他们难受万倍，咱们就这么耗着也挺有意思。”似想到什么，关素衣粲然一笑。

明兰满心都是疑惑，闹不明白小姐跟侯府哪儿来的深仇大恨。但她素来老实，只把绣墩擦得干净透亮，这便乖乖坐在脚踏上帮主子纳鞋底，旁的话一句不敢多问。

屋里烧着地龙，热气很快就把聚集在砖缝里的水蒸干了。主仆二人一个看书，一个做针线活儿，不知不觉便过了一个多时辰。忽然，院外传来凌乱的脚步声，随即就听赵纯熙的大丫鬟荷香喊道：“夫人不好了，侯爷要对少爷动家法，您快去劝劝吧！这事也是因您而起，还需您去帮忙开解！”

这是查到赵望舒头上了？关素衣把书合拢，抻平，压在枕下，这才不紧不慢地披衣穿鞋，把荷香急得团团转，却又不敢催。她算是看出来了，这位新夫人哪里像寒门女子，架子摆得比谁都大！

关素衣还没走进正院，就听里面传来鬼哭狼嚎的声音，尤以赵望舒最是闹腾，爹啊娘啊喊个不停，听上去倒是中气十足。

“母亲你可来了，快帮弟弟说说情吧！爹爹要打死他呢！”赵纯熙站在廊下焦急等待，看见姗姗来迟的主仆一行，连忙迎上去拉拽。她虽然堵住了下人的嘴，叫他们不敢出卖自己，但无奈弟弟太没脑子，竟直接跑到书房去向父亲告状，说要休了关氏，还让他把关家父子的官职给罢了。这叫什么话？难怪爹爹会大发雷霆。

“别忙，先说说怎么回事，好端端地动家法，总得有个根由吧？”关素衣走入正厅，就见赵望舒被两个侍卫压跪在地上，赵陆离拿着一根藤条往他背上抽，表情十分恼火。老夫人劝不住，只能坐在一旁抹泪。

赵纯熙哪里敢说实话，正支吾着，关素衣轻笑开口：“你不说我也知道，无非就是叫你父亲休了我，顺便把我祖父和父亲的官职褫下来。”

“你怎么知道？”赵纯熙年纪还小，一诈就被诈出了真话。

“昨天他当着我的面就敢这样说，我岂能猜不到？”关素衣行至老夫人身边站定。

孙氏看见儿媳妇来了，不由大喜过望，忙道：“快去拦着侯爷，快！再打下去会伤了望舒的身子骨！”

“母亲莫急，我还没闹明白发生什么事。”关素衣压了压老夫人单薄的肩膀。

孙氏也是一通支支吾吾，并不敢说真话，只斥道：“让你拦你就拦，问那么多作甚？你现在是侯府主母，照顾继子是你应尽的本分，看见侯爷鞭打孩子你不去劝阻，反倒优哉游哉地站在一旁看戏，你是恨不得侯爷把继子打死，好给你将来的孩子让位吗？这就是你关家的家教？传出去也不怕落得个自私狠毒的名声，毁了你祖父辛辛苦苦建立起来的声誉。”

只要涉及赵望舒，老夫人就会变得刻薄尖锐，类似的指责，幻梦之中的关素衣听过无数遍。她背负着苛待继子的骂名，尽心竭力把赵望舒培养成才，换来的没有感激，只有误解。然而她从不解释，因为她想着，当赵望舒金榜题名、位极人臣时，所有人都会理解她的苦心。那一天终究没能等到，因为连赵望舒本人都理解不了她，甚至在心里偷偷恨着她。

既然已经知晓会是这样的下场，她就什么都不管了。思及此，关素衣直接在老夫人身边坐定，徐徐开口：“我来之前听到一些音信。这一顿打是望舒该受的，我不会劝。”

老夫人气得倒仰，指指儿媳妇，又指指下手更狠的儿子，高喊道：“来人，快把侯爷拉开，快拉开！”但施行家法的都是前院的仆役，只听赵陆离一人号令，哪敢妄动。

赵望舒哭得上气不接下气，抽噎道：“娘，儿子这就下去陪您，也叫您好好看看赵陆离这厮如何狠心！都说有了后娘就有了后爹，这话真不假啊，昨天他还对着您的画像流泪，今儿就能为了新夫人把儿子往死里打。娘，您若泉下有知就赶紧投胎去吧，别再等这狼心狗肺的人啦！”

不愧为赵陆离千娇万宠养大的一双儿女，太知道他的软肋在哪儿。这番话像针一样扎进他心中，他高高抬起手，终是没能往下抽，停滞几息后猛然把藤条扔掉，哑声道：“把少爷抬回去，拿我的帖子去请太医。”

一群仆役忙把赵望舒抬下去，赵纯熙大松口气，眼珠转了转，忽然带着泣音说道：“母亲，弟弟挨打你一声不吭，你真的想看爹爹活活把他打死吗？我、我当初真是看错你了，你好狠的心！”话落还瞪了赵陆离一眼，然后提着裙摆追出去。

赵陆离本就被儿子的哭诉弄得肝肠寸断，又被女儿饱含怨恨的眼神生生凌迟，一时间痛不可遏。他摇摇晃晃地坐倒在椅子里，看见冷眼旁观、无动于衷的关素衣，没来由地竟升起一股厌憎之感。若早知道这人如此冷心冷肺，他当初就不该屈从儿女的哭闹，世上哪有后娘会真心为继子继女考虑？可恨他竟昏了头，把在关家经受的屈辱发泄在儿子身上，不应该啊！太不应该！蓁儿若是知道，定会更加怨他吧？赵陆离越想越心绪难平，本只是对关素衣产生了一二厌憎，后来竟变为仇视。他直勾勾地看向对方，怒气扭曲了脸庞，显得极为可怖。

老太太虽急着去看孙子，却也不想轻易放过关氏，嘶声道：“把我日前交给你的账册、钥匙、对牌都还回来，这个家我可不敢再让你管，省得哪天望舒被你害死了，我还不知道！”

这话实在诛心，明兰、明芳已脸色大变，关素衣却还不动如山地坐着，慢条斯理地开口：“难道说，这顿打，您二位还觉得打错了？不怕说出来让人笑话，我祖父幼时口吃，为纠正过来，每日含石子诵读经文，直磨得唇舌溃烂，饮食难续亦不肯放弃，如今终成一代大家。我爹自小与他走南闯北宣扬儒学，途遇艰险无数，几经生死终成鸿儒。不但他们，我幼时也没少吃苦，看看我这手，为练字磨出多厚的老茧。因是女子，落笔时力道恐有不足，父亲便在我腕上绑沙袋练习，从五岁时的半斤慢慢增加至现在的四斤，绳结将我的皮肤磨破一层又一层，到现在还留有难以消除的疤痕，终于使我练出一笔入木三分、铁画银钩的好字。早年我们一家行至漠河传扬儒学，为防我受不了严寒而早夭，母亲每日都要脱掉我的外袍，让我仅着一件单衣在大雪中奔跑，更逼我跳入冰河内潜泳，那冻入骨髓的感觉，你们何人能够想象？她是我血脉相连的生母没错，但你们说，她为何要这样待我？难道是想害死我吗？”

厅中一片寂静，连老夫人都听呆了，万没料到关家的家教竟严厉到如此程度。

关素衣放下袖子，掩住手腕与指节上的疤痕与厚茧，徐徐道：“正因为对我好，他们才会格外严厉。我三岁能背《战国策》，六岁能行文作赋，十岁已协助祖父教导比我年龄更大的弟子。我们关家人知道什么是仁义礼智忠信孝悌，更知道克己复礼，明辨是非。反观望舒，已经十岁的年纪，汉字他识得几个？文章会作几篇？君子六艺精通几项？朝政时局又明白几何？”

早年赵陆离在外征战，并没有时间教育孩子，老夫人又一味宠溺纵容，闹到现在十岁上下，莫说行文作赋，连最简单的字都认不全。关素衣不问，他们竟一点都没觉出不对来，这一问，真恨不得钻到地下去。望舒竟不成器若此！原本气势汹汹的二人，此时既羞愧又颓唐，内心还隐隐产生焦灼之感。

然而关素衣接下来的话，却犹如棒喝，令他们醍醐灌顶：“陛下欲以科举选官，时间长了早晚会改制，若没有真才实学，望舒日后很难得到重用。你们也不必硬撑脸面，任谁都看得出来，现在的镇北侯，与陛下恐怕没什么交情，相反还颇有龃龉。也因此，望舒处境更为尴尬。没有学识，他老老实实、本本分分的，或许还能顶着镇北侯的爵位安然到老，但你们看看他现在，狂妄、顽劣、口无遮拦、不忠不孝、大逆不道，连褫夺帝师与太常卿的职位这种话也敢轻易出口。是谁给他的底气？他以为你赵陆离能取代皇上不成？或许大多数人不会与一个孩子计较，但你们就那么肯定镇北侯府没有在外树敌？没有旁人安插的眼线？他们不会借此弹劾赵家？正所谓天威难测，皇上能容你们一时，未必能容你们一世，某些龃龉，或许哪一天就会变成心中的尖刺，不得不除。你们既已身处危困之中，难道不该低调做人，谦卑恭行？现在望舒还小，能用‘年幼不懂事’的借口敷衍过去，等他长大了再闹出事来，恐怕就是灭顶之灾。”

赵陆离和老夫人被这席话弄得五雷轰顶，心魂失守。望舒是叶蓁与赵陆离的儿子，皇上那般宠爱叶蓁，能对望舒有好感？等叶蓁生下皇子，为维护皇室血统与颜面，说不得就会找借口将望舒给害了。他现在就这样口无遮拦，诸事不懂，岂不是满头都是辫子，叫人一抓一个准？思及此，二人已是汗出如浆。

关素衣笑了笑，继续道："你们说我狠心，殊不知我若真狠心，就该早早将侯爷拦住，叫望舒得不着这次教训，也记不住什么叫谨言慎行。我还会一味宠着他，依着他，给他最多的银钱、最美的婢女、最油滑的小厮、最大的自由。他不爱读书，我就帮着他逃课；你们要教训他，我就站出来维护；他在外花天酒地、胡作非为，我不但不劝阻，还帮着隐瞒，早晚将他教养成不学无术、狂妄自大的纨绔。等哪天惹出祸事，我再一竿子将他打死，岂不痛快？你们别嫌我说话难听，我关家的教育就是这般，有话说话，有事做事，取道中直。我是真心为望舒、为侯府考虑才会与你们推心置腹，你们不肯领情那便算了。不过我还是得多一句嘴，十岁已经不小，正该好好教育了。"话落，她微一躬身，施然走远。

赵陆离和老夫人思忖良久，双双长叹，再不提关氏自私狠毒的话，反而觉得这一顿打有些虎头蛇尾，望舒恐怕吃不住教训，心中难免焦虑。

关素衣看完戏就回了正房，大冷的天，她也不想去自讨没趣，只吩咐明芳带着几帖棒疮药去惊蛰楼探望大少爷。明芳以为赵陆离也在，捧着锦盒欢欢喜喜地走了。

"瞧她那轻狂样儿，连我都看出来了，还以为小姐您啥都不知道呢。"明兰冲她扭腰摆臀的背影啐了一口。

"别跟她计较。明芳是个懂得上进的妙人儿，过几天我就给她谋一个好前程。"关素衣手里捏着一把小巧的剪刀，慢慢修剪几株红梅，找准位置一一插入瓶口。话说回来，侯府的日子其实一点也不难过，有好戏可看，还有清净小院和成群仆役，比当女冠滋润多了。

"小姐，您想抬举她当姨娘？小心养虎为患啊！"明兰拧着眉头劝阻。

"今儿闹这一出，老夫人和赵陆离那里我算是糊弄过去了，但你别忘了还有一个叶家。我刚进门没几天就怂恿侯爷毒打嫡子一顿，叶家岂肯善罢甘休？他家虽然官职并不显赫，宫里却出了个婕妤娘娘，不好明着与关家撕破脸，给我添些堵却轻而易举。想来再过几天，叶夫人就该上门劝赵陆离纳了叶家庶女做妾了。毕竟是亲姨母，比我这个外人靠谱多了。"插好一瓶红梅，关素衣慢慢清理桌上的细碎枝叶，目光有些放空。

"啊？侯爷刚与您成婚没多久便纳妾，岂不是当众给您难堪？"关家父子从不纳妾，故而明兰显得极为惊讶，这才明白小姐为何对侯府产生不了归属感。与简简单单、和和美美的关家相比，这里就是个火坑啊！

"与妻子成婚没几天便纳妾的男人还少吗？你看看城东那家姓李的商户，与妻子成婚的当天还抬进来三顶粉色小轿，旁人只叹一句"十足风流"便罢了。这世道以男子为尊，谁来同情女子、维护女子？咱们无力反抗，只能苦中作乐而已。赵陆离若是同意了叶家的要求，我就顺手帮他多纳几个，一块儿抬进门才热闹。"将桌面打扫干净，花瓶摆放到窗边，关素衣解开衣带准备安寝，脸上丝毫不见哀色。明兰小心翼翼地伺候她躺下，心道小姐看不上侯爷也好，不动心才不会被弄得遍体鳞伤。原来嫁入高门竟是这么难的一件事，还不如找个老实的庄稼汉呢。

正房已经熄灯，赵陆离和老夫人兀自反省一会儿，这才赶去惊蛰楼。楼里楼外烛火通明，更有仆役来来往往、进进出出，手里拿着水盆、抹布等物，又有几人一簸箕一簸箕地往外倒碎裂的瓷器，可见被折腾得不轻。两人还未走近就听赵望舒气急败坏地咒骂“关氏贱人，老子宰了她，把老子的弯刀拿来”云云，其间还夹杂着摔东西的巨响。丫鬟小厮纷纷避至门外，唯有赵纯熙守在床边，一个劲儿地劝他莫生气，小心扯着伤口。

本就被关素衣的一番话弄得胆战心惊的赵陆离母子俩，此时已无半点怜惜。十岁的孩子已经不算小了，有那颖悟绝伦的现在已初露峥嵘，而九黎族的子弟在这个年纪就上战场的比比皆是。反观望舒，竟与那些整日在街面上游荡的地痞恶霸一般无二。

“作孽啊！我原是可怜他小小年纪没了母亲才略有纵容，哪料竟将他纵成这个样子。如今的燕京已被定为国都，时局不比当初，檐角上掉一块瓦片也能砸到几个宗室勋贵，他若是跑到外边胡作非为，得罪了不该得罪的人，谁能保得住他？难道指望那贱妇不成？尘光，你夫人说得对，望舒的确该好好教导了，否则难免走上歪路。”老夫人语气颓丧，面容灰败，仿佛一夕之间老了十岁。

赵陆离这会儿也没心思与母亲置气，快步入了内室，厉声喝骂：“孽子，你是藤鞭没吃够，还想再加五十不成？”

赵望舒很是惧怕父亲，见他进来，立刻消停了。赵纯熙连忙拦在床前嚷道：“爹爹别打了！弟弟不懂事，您有话好好跟他说。”

“转过年就十一岁了，还不懂事？”赵陆离也不关心儿子伤势，叫来几个小厮，询问他在族学里表现如何。小厮哪里敢说实话，没口子地赞少爷聪明绝顶，勤奋刻苦，将来前途不可限量云云。

赵陆离听了只冷笑一声，命管家把儿子的书箱拿过来翻看，里面有小刀、弹弓、木雕、糕点等物，就是不见书本，好不容易从底层的夹角里掏出一团揉烂的宣纸，展开一看，气得差点吐血。只见上面的字迹歪歪扭扭、不堪入目，统共三十几个字就错了六个，有的笔画太多，懒得勾描，竟直接用墨团代替。这哪里像十岁的半大少年写的字？比刚开蒙的幼童还不如！赵陆离怒气冲顶，脑袋眩晕；老夫人凑过去一看，也是急喘了好几口气才堪堪缓过来。

“你们几个既然伺候不好主子，那就不用伺候了，都回家去吧。来人，拿家法来，今儿我定要打到这孽障开口认错不可！”赵陆离将宣纸揉烂，砸在跪地哀求的小厮头上。一群侍卫走进来，将几人拖走，顺便奉上一支粗硬的藤条。

赵纯熙本以为爹爹听了她意有所指的话，定会恨上关氏，然后匆匆跑来向弟弟赔罪。然后她再哭一哭，假装大度地替关氏说几句话，爹爹必定更为愧疚，也更心疼她的委曲求全。哪料现实与她想的背道而驰，爹爹哪有消气的迹象，分明越发暴怒。

关氏这贱人究竟跟爹爹说了什么？她心中咒骂，眼角却淌下两行泪，抱住赵陆离的双腿跪了下去："爹爹您别打了，望舒知错了！"

"他哪里知错？"赵陆离怕伤到女儿，举着藤条不敢挪步。

赵望舒是个欺软怕硬的怂货，忙道："爹，我真的知错了，我不该辱骂关氏。"话落觉得委屈，哭道，"我就是太想要一个母亲。母亲可以陪我玩、照顾我，生病的时候摸我的额头，睡觉的时候拍我的脊背。我就是想要这样一个母亲，可关氏她不肯陪我，还嫌弃我，要撵我走。"这是他内心最真实的渴望。

赵陆离和老夫人一听此言，满腔怒火顿时消弭于无形，也忘了要好好管教他的话，鼻头一酸，双双掉下泪来。赵纯熙连忙夺过藤条，扔给屋外的侍卫。

赵陆离很是无力，斟酌半晌才哑声道："你以后乖乖的，你母亲自然就疼你了。今日我便给你们透个底，省得往后你们闯下大祸难以收场。咱们镇北侯府已经不行了，爹爹这辈子都无法再入朝堂。空有爵位而无权势的勋贵过的是什么日子，你们看看晋王府和成王府便明白了。"

晋王和成王因谋逆被圈禁，日子过得穷困潦倒也就罢了，还处处被人作践。赵望舒还伙同几个玩伴爬过成王府的墙头，用石子儿砸过成王世子，冲他谩骂、吐唾沫，极尽羞辱之能事，故而立刻就感同身受。他难以置信地道："爹爹，咱们镇北侯府不至于……"

"早晚的事罢了。你们只需记住，我与皇上的关系并非像外界传闻的那般亲厚，那都是过去的事。正相反，他现在视我为眼中钉、肉中刺，或许哪一天就会设法将我除去。而关家如今荣宠正盛，简在帝心，莫说爹爹我，便是皇上在关老爷子跟前也要毕恭毕敬地执弟子礼。你们日后的前程，或许还得靠关家扶持，爹爹已是无能为力了。"

若非叶蓁在宫中斡旋，赵陆离相信自己早已死了几百遍。为了两个孩子能与关氏好好相处，也为了让他们过得平安顺遂，赵陆离不得不舍弃自尊，把最难堪的真相剥开在他们眼前。见儿子还是难以接受，他不得不追问一句："同是勋爵子弟，平日里可有人愿意与你玩耍？"

"没有……"赵望舒面如死灰，仿佛这才意识到为何自己总被勋贵子弟们嫌弃。他不再吵闹，慢慢把头埋进软枕里哭了起来，自卑和恐惧一瞬间席卷了他的内心。

赵纯熙十分早慧，懂的比弟弟多，纵使百般不甘，也不得不承认爹爹的无能与关家的强势，她会背着家人与叶蓁相认，因为叶蓁是她唯一的助力。她恨爹爹懦弱窝囊，恨老夫人偏心绝情，也恨关素衣狗眼看人低。但有什么法子？与关家攀上关系，她的身份一下子贵重很多，近日来接连不断的邀约和拜帖就是证明。正所谓"忍"字头上一把刀，挨过一时便能畅快一世，日后早晚有收拾关氏的机会。这样想着，赵纯熙也服了软。

见儿女总算还受教，赵陆离这才抱住他们垂泪。今天，他把自己的脸皮活生生扒下来，也把自尊扔在地上踩碎，但若是能让孩子们平安健康地长大，便什么都值得了。

翌日，关素衣习惯性地在卯时初醒来，像以往那样先默读诗书典籍百遍，然后开始练字。一个时辰后，天光破晓，旭日初升，接到传召的管事已陆陆续续到齐，准备聆听新主子的教诲。正所谓新官上任三把火，因老夫人无心管家，他们平日里多有懈怠，今儿起这么一大早，睡眼惺忪、哈欠连天、满腹怨言的人不在少数，诚惶诚恐、心怀敬畏者却是一个没有。

之前那些流言，府中绝大部分仆役都是信的。他们毕竟是下人，没甚见识，更谈不上眼界，总以为侯爷是天大的官，连皇上见了都得给三分颜面。听说新夫人出身寒门，且是在赐婚侯府后关家父子才入的仕，摆明是沾了侯爷的光，于是越发看轻她。

新夫人入门那天只带了两个丫头，送亲队伍亦寒碜得令人发笑，可见关家贫困到何种地步，如今管理偌大一座侯府，她镇得住吗？账本会不会看？对牌会不会管？库房里那些宝物别把她的眼睛刺瞎吧？这样想着，几名身材肥硕的管事婆子凑在一块儿窃笑，另有几人翻着白眼，显得很是不耐。他们来了有大半天了，新夫人只管慢悠悠地翻看一本书册，也不发话，这是什么路数？想给大伙儿一个下马威？行啊，咱就陪你站，反正主子不开口，下人也不能随意搭话，最后看谁着急。

思忖间，外面传来通禀声，说是大小姐给夫人请安来了。

大小姐来给新夫人请安？昨儿不还指着新夫人骂她心狠吗？众人先是一愣，继而有些错愕。不等他们深想，人已经进来了，眼眶略微红肿，皮肤冻得惨白，看上去十分憔悴。

“你来了，坐吧。”关素衣放下书卷，不冷不热地开口。不管是为了嫁妆还是婚事，赵纯熙都得来巴着正房，所以她早料到从今日起，对方会放下自尊，来与自己表演“母慈女孝”。这也是她的老把戏了。

赵纯熙屈膝行礼，语气真诚：“昨日女儿口无遮拦，说了不该说的话，还望母亲大人大量，不要与熙儿计较。这套头面送与母亲算作赔礼，您看看喜不喜欢？”

檀木的盒子里垫着一层黑色丝绸，晨曦铺洒其上，泛出柔和的光泽，一套翡翠片花金银掐丝垂珠头面被衬托于其中，翡翠碧如春芽，垂珠莹如夜露，又有金光、银光、晨光交相辉映，堪称美不胜收。

明芳当即就看傻了眼，脸上忍不住露出垂涎之色，叫站立在两旁的管事们直撇嘴，暗骂关家果然穷酸，上不得台面云云。明兰也惊了一下，害怕给主子丢脸，忙又垂头掩饰。反倒是关素衣无动于衷，只用眼角余光扫了扫便慢条斯理地喝茶。

赵家乃前朝罪臣，被发配边疆后投奔了九黎族才挣得一个侯爵，说起来也算有点根基。但叶家不同，世代经商，地位卑贱，来往于各个诸侯国和游牧部落之间，干的是行商掮客的买卖。什么挣钱他们就卖什么，粮食、药草、马匹等，及至魏国建立，竟积累了一笔巨额财富。有了银钱自然就想有权、有地位，于是叶蓁便成了赵陆离的夫人。这套头面是叶蓁的陪嫁。幻梦中的关素衣不明就里，也曾收下了继女的“孝心”，结果被赵陆离大加贬斥，还平白背上一个“贪财如命”的罪名。如今，她可不敢要赵纯熙半点东西。

“礼物你拿回去吧。我还不至于跟一个小姑娘计较。”关素衣点了点放置在手边的书册，曼声道，“我适才翻看了《世家录》，原来你们赵家并不是天水赵氏嫡脉，甚至连庶支都算不上，只是当年天水赵氏一洗马奴于战乱中奔逃到临城，为立身存续，故而借天水赵氏名号一用，其本无姓氏，更无世家血统。而你母族叶家……”说到此处，她仿佛怕弄脏唇舌，竟来了一句“不说也罢”，然后轻轻吹了吹杯沿。

她面上并无异状，一举一动却表露出浓烈的蔑视与鄙夷之态，将自尊心极重的赵纯熙气得倒仰。一帮管事也被她雍容端严的气度所摄，竟冒出许多冷汗。

当世识文断字的人极其稀少，书本是更甚于珠宝玉器的财富，就算有银子也买不到。《世家录》一书乃人人趋之若鹜的绝品典藏，有了它就能寻根问祖、追本溯源。若自己的家族有幸载入其中，那简直是天大的荣幸，足以将相关的内容镌刻在碑文或印章上，世代流传。

如今世家底蕴虽多多少少被战火消磨，但只要进入他们的宗祠，必定能看见一本《世家录》被供奉在最显眼的位置。老侯爷在世时曾远赴天水，向赵氏本家借《世家录》誊抄，却被好一番奚落，回来后不免大病一场。旁人欲问详情，皆被他拖出去赏了板子，连老太太和侯爷也没闹明白其中缘故，再要细究却惹得他几次暴怒，终是不了了之。

当年老侯爷是如何将赵家整得鸡飞狗跳、人心惶惶的，这些管事们仍然记忆犹新，再看新夫人以及她手边的书卷，先是恍然大悟，继而敬畏非常。原来赵家乃逃奴之后，难怪老侯爷羞于启齿。再者，《世家录》可不是什么人都能拿的，没有千年底蕴，莫说公侯宰相，连皇帝都未必得见。新夫人竟随随便便将它甩在桌边，这底气该多足？

赵纯熙的脸颊已从紫红转为青白，硬是忍住了询问叶家根脚的欲望，强笑道：“那母亲您祖上是哪一脉的？”如果真有什么来头，之前怎会穷得连饭都吃不上？

世道缭乱，战火纷飞，吃不上饭的世家比比皆是，她略一思量便数出十好几个，这才把后一句话咽下。那些世家子弟就算穷得讨饭，只要把祖宗牌位挨个儿细数一遍，也多得是人周济，甚至奉为上宾。他们的贫穷只是表面，尊贵却是骨血中注定的。

关素衣翻开其中一页，徐徐开口：“关姓源于姬姓，出自远古帝舜时期的养龙高手董父，因其精于此道，帝特赐名豢龙氏。故，我的姓氏原该称为关龙，后简化为关。我祖父这一支乃夏之贤臣关龙逢的后裔，为躲避夏桀囚杀迁至平陵，现居于燕京。我关家乃书香世家，代出贤臣。”

她将《世家录》收入锦盒，话锋陡然一转：“我说这些是叫你们知道，我关素衣的确出身寒微，却并非寒门，我不提出身并不是因为卑弱，而是觉得没那个必要。平日里我不声不响，并不表示耳目栓塞、糊涂度日，可任由你们欺辱拿捏。真要论起血脉、荣宠、权势，我关家一样不缺，更不是已经没落的侯府可比的。皇上称帝一年半，你们侯爷何时上过朝……”

“母亲！”赵纯熙猜到关素衣又要拿爹爹与皇上的龃龉做文章，好叫侯府诸人看清现实，通晓好歹，不免尖声打断。赵纯熙看得出来，自从嫁进来，关素衣对侯府的厌弃就一刻也未停止过，甚至连伪装都懒怠，她能伸手便打爹爹、弟弟和自己的脸面，亦能张口就戳破侯府窘境，一点余地也不给旁人留，强势的手段与柔美的长相丝毫不符。可恨她如此尖酸刻薄，爹爹和老夫人竟还纵着，反倒把赵纯熙这个曾经要风得风要雨得雨的千金大小姐压得喘不过气来。昨晚她才终于接受侯府败落的事实，今天关素衣就要让下仆们全都明白东主的尴尬处境，这一招真狠啊，比当众扒皮还狠！

赵纯熙不能让她说下去，顺势跪在地上，哀求道：“母亲，昨晚是弟弟不孝，冒犯了您，我在言语上也有过失，这便向您赔罪。您既然已嫁进侯府，咱们就是一家人，原该风雨共济，同心同德，何必说那些外道的话，伤彼此的心呢？日后谁若是再说您半句不是，女儿第一个不饶他！”

关素衣定定看了她半晌才摆手道：“起来吧。”她其实并不觉得高官厚禄有什么了不起，也不觉得血脉中的尊贵可以代表一切。但眼见着卑微入尘的下场，她恍然明白一个道理——若想在这侯府安身立命，就得把所有人踩在脚下，不拘仆役、管事、主子，只要你露出一点点卑微姿态，他们就会尽情地折辱你，仿佛这样能获得莫大的乐趣。

说句不中听的话，侯府这个地方，某些时候不亚于修罗场，而关素衣并不打算与这些魑魅魍魉多做纠缠，所以她得摆出高高在上的姿态，让这些人明白，莫说折辱，便是她的脚跟，也不是他们能碰得的。

眼见大小姐都跪了，一干管事也陆陆续续跪下，还有几个自恃资历深厚，勉强挺直腰板，颇有些负隅顽抗的意思，却听外面传来丫鬟焦急的声音：“夫人，宫里来人了，请您赶紧出去接旨！”

关素衣也不惊慌，领着一群人走到院外，抬头望了望天色，辰时三刻，约莫刚刚下朝，这道旨意十有八九是祖父和爹爹求来的，应该是好事。果然，一脸谄媚的小黄门迅速颁布圣旨，大意为圣上感念帝师教化之恩，而关氏淑慎性成、勤勉柔顺、雍和粹纯、性行温良，实乃女中表率，故加封关氏一品侯夫人之位云云。

赵陆离和孙氏也匆匆赶来，跪在廊下，听完一大段赞颂之词，脸色几多变幻。因叶蓁厌恶孙氏，魏国建立之初，皇上分封各位功臣及其眷属时，竟独独遗漏了镇北侯府的老夫人，叫众人看了个不大不小的笑话，也因此，镇北侯府素来不与其他贵族府邸走动，一是怕丢脸，二也是无人搭理。现在，侯府新夫人总算得了个一品诰命，这代表着镇北侯府的女眷终于可以抬头挺胸地出去应酬，如何不叫人振奋？孙氏欢喜地差点晕过去，赵陆离也颇感欣慰，而赵纯熙又高兴又怨恨，竟不知该作何反应。那些倨傲的管事们早已经吓得魂飞魄散，一面擦汗一面想着该如何巴结这位新出炉的一品夫人。至于背后搞鬼，现在谁还有那个胆子？

孙氏给小黄门塞了一个厚厚的红封，把儿媳妇叫到正院说话，除了因伤在床的赵望舒，其余几位主子都来了，几人不管心里怎么想，面上均摆出欢天喜地的模样。

孙氏小心翼翼地抚摸着正红色诰命朝服，感叹道："这补子绣得真精致，穿上一定好看。"赵纯熙立在一旁默默打量，目中既暗藏嫉恨，也溢出渴望与艳羡。一品诰命，除后妃之外，这大约是魏国女人能得到的最高封赏，怎么偏偏让关素衣碰上了呢？她想告诉自己，这是关素衣沾了父亲的光，然而想起独独被皇上遗漏的老夫人，心头却更添苦涩。

下人正转着眼珠，心道这关氏还说关家的富贵与侯府不相干，那这诰命总与侯府相干了吧？不嫁给侯爷，她能成为一品夫人？得意扬扬的表情还未露出来，就听院外传来道喜的声音，原是关家派了管事婆子来送礼，珊瑚、玉石、古董等，皆为御赐之物，其贵重程度叫人咋舌。临走，那管事还道："这一品诰命是老太爷和老爷特地入宫求来的，小姐您日后若受了委屈，只管回去告诉他们，他们自会为您做主。老夫人，您别怪他们管得宽，关家如今只得了小姐这一根独苗，当然护得紧，还请您多担待。"

孙氏虽心中不快，面上却不敢表露，连说无碍，亲家着实想多了云云。

原来这一品诰命是关家求来的？也对啊，若是侯爷的缘故，也该先加封了老夫人才是。别家侯府主母都有诰命，偏老夫人没有，难不成皇上独独把镇北侯府给忘了？唉，看来侯爷与皇上的交情也不过如此！想到这里，稍微挺直了一点腰板的管事们再次佝偻身形，低眉顺眼地站在门口等待训诫，关素衣不张嘴让他们走，竟是一个都不敢动。

送走了关家人，孙氏兴致大减，把诰命朝服还给儿媳妇，让她妥善收藏。赵陆离全程无话，手里拿着从明芳那儿要来的《世家录》翻阅，脸色很是难看。他一直以为镇北侯府是天水赵氏的嫡支，哪料竟只是逃奴之后，当年父亲兴冲冲跑去相认，估计被羞辱得不轻。怎么关氏一来，侯府竟似里里外外被扒了好几层皮，又是疼痛又是难堪？他心情郁躁，重重合上书册，看见印在左下角的撰者名讳，眼眸不由被狠狠刺痛。左博雄，左氏先祖，亦是关素衣的老玄外太祖，曾经先后侍奉过齐王、楚王、秦王，乃名传千古的史学家，声望更在左丁香之上。这本《世家录》竟是他撰写的，难怪关素衣唾手可得。

左家与关家虽无财势，学术与名望上的积累却十足显耀。娶了关家女儿，镇北侯府获益颇丰。想来当初霍圣哲欲纳关素衣为妃，也是为了招揽中原名士，却偏偏被自己求去。他怎么能同意？难道这是一种试探？赵陆离额头瞬间冒出许多冷汗，忙把《世家录》扔进锦盒，脸色变得极其苍白。

老夫人会错了意，敛去笑容诘问道："素衣，流言的事，侯爷已经解决了，那些嘴碎的奴才统统发卖出去，一个不留。你若是还有不满意的地方，可以私下里找侯爷倾诉，或者寻我商量，何必揭人疮疤，不依不饶呢？"她也才得知赵家竟是逃奴之后，心里极其不舒服，若不是有加封诰命的喜讯冲了一冲，这会儿说不定已经羞愤交加病倒了。

关素衣奉上一杯热茶，徐徐开口："老夫人，我拿赵府根脚说事儿，您和侯爷想必很不痛快吧？"

身无品级的孙氏不好发作，只能低不可闻地冷哼。赵陆离终于从可怕的猜想中回过神来，摆手遣退几位管事："你们先下去吧。"家丑不可外扬，就算对关氏有再多不满，也不能让旁人看了笑话。

众管事齐齐应诺，抬腿欲走，却被新夫人叫住："走什么？今日的家务我还未料理，待会儿一个一个叫回来，岂不麻烦？该知道的，不该知道的，他们都已经知道了，除非拔了舌头，否则你们还想管住他们的嘴不成？中原世家，哪一户的宗祠内没珍藏着一本《世家录》？镇北侯府究竟什么来路，别人早已心知肚明，只不说破而已。"

众管事两股战战，汗出如浆，生怕侯爷真把他们的舌头给拔了，不由跪在地上磕头哀告。

关素衣食指抵唇，语气轻慢："小声点，太吵。"

众人霎时间噤若寒蝉，且自动自发地挪到角落，免得碍到新夫人的眼。这位主儿如今要家世有家世，要品级有品级，且借刀杀人的手段忒狠，可见心机也十分深沉。眼见着连侯爷和老夫人都快压不住她了，底下这些小鱼小虾还是有多远滚多远吧。

赵陆离的确压不住新婚妻子。在她面前，他一次又一次感到无力、难堪、羞耻。而如今，这羞耻已达到令他五内俱焚的程度。原来魏国的世家巨族均知道镇北侯府的来历，难怪父亲当年无论怎么钻营也入不了他们的眼，难怪就算自己拼死拼活挣来侯爵也常常被人排挤轻视。逃奴之后，只要《世家录》还存在，这个耻辱至极的名号就会永远隐刻在镇北侯府的匾额，甚至墓碑上。思及此，他恶念丛生，竟想取出锦盒内的书册扔进火盆里。

"你想作甚？"关素衣先一步压住盒盖，徐徐开口，"烧掉我手里这本，你能烧掉别家典藏的吗？尊贵源自血脉，更源自内心，只要内心足够强大，纵使所有人都瞧不起你，你也能傲立于世。我拿出这本《世家录》，并没有贬损赵家的意思，我只是想让你们知道，在折辱别人的时候，也是在折辱你们自己。圣人有云：'己所不欲，勿施于人。'自己都觉得难以忍受的事，便不要强加给别人。你们赵家拿我的出身大做文章，我当时的心情，你们现在可能感同身受？如果一段婚姻、一个家庭，需要用‘你压制我，我折辱你’的方法来维系平衡，那么距分崩离析已经不远了。误会既已生成，便似破溃的伤口长满腐肉，浸满毒汁，光清洗并无大用，还得刮骨疗伤，破而后立方可。”

她将一把九曲连环锁挂在盒盖的扣栓里，用力压紧，然后把铜制的钥匙隔窗扔出去，吟语道：“陛下有意推行科举，世家早晚也会成为历史长河中的遗尘，不值一提。九黎族曾是我炎黄子孙的手下败将，如今却又入主中原，称霸一方，可见时移世易，沧海桑田，连皇朝都不能恒久存在，更何况家族？我们理应摒弃掉血脉与种姓的偏见，也摒弃掉之前的误解与怨恨，和和美美、你爱我敬地过日子，这才是我真正的初衷。”

说完这番话，关素衣斟了两杯热茶，双手平举至眉峰，躬身道：“之前若有得罪之处，素衣在此向二位赔罪。如今镇北侯府也是我的家，我自然想让它重振门楣，蒸蒸日上，故此，更需大家同心同德，群策群力。正所谓‘王化出自闺门’，一个家族乃至于一个皇朝的兴衰荣辱，有一半系在千千万万的后宅女子身上。然偌大一座侯府，如今竟联起手来排挤甚至打压主母，闹得乌烟瘴气、人心涣散，又何谈一致对外？更何谈保全族人，重振门楣？我性格耿直，有话说话，您二位若是觉得我做错了，日后只管当着我的面指出，莫要积怨心中，闹得家宅不宁。我当有则改之无则加勉，为侯府打造一个安安定定的后院。咱们把自己的日子过好了，旁人怎么看又有甚紧要？你们说是不是这个理？”

茶杯就在眼前，正冒着腾腾白汽，看上去热乎极了，也香醇极了。孙氏抹掉眼角的泪珠，这才接过儿媳妇的心意，一饮而尽。关氏刀子嘴豆腐心，一举一动、一言一行皆光明正大，爽直快意。她能剖开了，揉碎了，把内心的想法和侯府的处境一一道明，可见是真心为大伙儿考虑。反过来想，她若把《世家录》藏起来，侯府永远不会知道在别人眼中自己是个什么玩意儿，然后每每以天水赵氏嫡脉自居，惹得旁人耻笑蔑视，那样就是对的吗？不，只会让侯府处境越发难堪而已。孙氏伸出手，摸了摸关素衣鸦青色的鬓角，叹道：“你是个好孩子。关家果然会教人。”

母亲都能想到的事，赵陆离只会想得更深。他满心怨恨皆化为愧疚与感激，将茶杯放到一旁，闷声道：“这杯茶我当不得，原该我给夫人赔罪才是。若夫人不说，我侯府现在还是个笑话。”话落站起身，规规矩矩行了个大礼，这一句“夫人”竟叫得心甘情愿起来。关素衣连忙避开，说了几句漂亮的场面话。

跪在角落的众管事被新夫人这张颠倒黑白的嘴震得目瞪口呆，她原本分明是故意要给大小姐难堪，到最后竟成了侯府的恩人，把自个儿的主母之位狠狠钉死了。日后谁若是忤逆她，或损了她的威信，岂不成了扰乱侯府的罪魁，人人喊打？思及此，众人诚惶诚恐地俯下身，将额头抵在手背上，以示对新夫人的敬畏。

反观赵纯熙，脑子已经完全跟不上了。她只知道自己乃至于整个侯府，都被关素衣贬得一文不值，然而爹爹和老夫人不但不发怒，竟又一次被她哄了回去，且还感激涕零，敬爱非常。她也太能说会道了吧？

娘亲，你可把我害苦了！赵纯熙先是懊悔不迭，转而想道：若是这人入了宫，定能把皇上哄得团团转，反叫娘亲失去宠爱。如此，倒是娘亲有远见，将她先一步弄来侯府。自己弹压不住她，难道就不能找个帮手？少顷，她竟埋着头笑了。

一脚把高高在上的侯府踩进泥里，又摆平了赵陆离和老夫人，关素衣这才坐回原位，徐徐道："我大可以隐瞒侯府的来历，不做这个招人嫌的恶人。然，日后府里都是我在当家，交际应酬、人情往来，总得料理清楚。正如文臣有文臣的派系，武将有武将的圈子，燕京这些有头有脸的人家也各有其属。世家自恃血脉尊贵，素来只与实力相当的世家交往，而出身寒微的新贵们亦十分排外。若是我不说破，镇北侯府既入不了世家圈子，又近不得新贵圈子，天长地久，只会越发步履维艰。"

"对对对，你说得对。"孙氏连连点头，语气恍然，"你若是不说破，我到现在还想不明白，为何侯府每年送去天水赵氏的礼物都会被退回来，为何世家聚会从不带上咱们，为何几位家主、宗妇看见我和侯爷便调头就走，却是这个缘故。老侯爷当年怎么就不说清楚呢？害得咱们……害得咱们当了几年的跳梁小丑。"话落，孙氏已面红耳赤，无地自容。

赵陆离以手扶额，默然不语。他本就自尊心极强，只会比老夫人更难受，却有口难言。

赵纯熙似乎想到什么，脸色变得十分苍白。

关素衣瞥她一眼，继续道："日后咱们得找准侯府的位置。世家的圈子，咱们非但不能往里挤，还得离得远远的，朝堂新贵倒是可以适当结交，却也不能越界。还是那句老话，我不追问你们侯府被皇上厌弃的缘由，你们也别搪塞我，我看得出来，侯府恐怕已被皇上记了一笔，也不知什么时候就会被清算，故而行事还需低调谨慎，莫当出头的椽子。"

孙氏大为赞同："素衣说得很是。纯熙，听说你最近收到很多帖子，把能回绝的都回绝掉，不能回绝的将人请到府里来，让你母亲帮着掌掌眼，别学那些攀龙附凤的商家女，捡着一条大腿就想往上抱，丢不丢人？"

赵纯熙被这番指桑骂槐的话弄得又羞又恼，却不好发作，只能委委屈屈地应了一声。想起以往的聚会，自己总是被世家千金和勋爵贵女排挤冷待，她总认为是父亲不掌实权、母亲下落不明的缘故，现在才知竟是因为出身。她堂堂镇北侯府的嫡长女，竟也会因出身而被人轻贱，难怪娘亲当年宁愿抛夫弃子、骨肉分离，亦要入宫为妃。

关氏嫁入侯府才几天时间，赵纯熙却觉得像是过了几年，只因她太知道怎么撕开别人的脸皮，抠烂别人的伤口，再撒上一把又一把盐，叫人痛不欲生，然而她更擅长把别人的痛苦怨恨转化为感激涕零，这一手颠倒黑白极其可怕。性格耿直？这话恐怕只有爹爹和老夫人才会信！思及此，赵纯熙心口一阵憋闷。偏在此时，又听关素衣柔声说道："以前的事都过去了，咱们日后关起门来过日子，一家人平平安安、团团圆圆便好。我性格耿直，故而常常得罪了人还不自知，日后还需大家多担待。昨日望舒被打，我未曾劝阻，熙儿因此误会我狠心，今日我便说一句掏心掏肺的话，对侯爷这一双儿女，我实在是……无法视如己出。"

啥？你说啥？是不是老身听岔了？本以为儿媳妇会说一些贴心话，却没料后边来了个巨大的转折，惊得孙氏一口茶水差点喷出来。

赵陆离迟疑道："你是不是多说了两个字？"按常理来论，刚过门的继室不该对夫君信誓旦旦地表决心，说定然会把继子、继女视如己出吗？怎么关氏反其道而行之？但他并未急着生气，料想关氏还有未尽之语。

赵纯熙眸光微闪，定定地朝上首看去。

关素衣慢条斯理地喝了一口热茶，续道："我今年十八，熙儿十三，望舒转过年就十一，我们岁数相差不大，以母子相称着实怪异，且十分不习惯。再者，感情都是处出来的，我才刚过门没几天，非说如何如何喜欢二位，如何如何一见如故，情投意合，你们信吗？反正我是不信的。然，不管今后我们能不能合得来，能不能倾心相交，我都会尽到做母亲的责任。你们可以不相信我的人品，但我祖父的声誉摆在那里，身为帝师，理当事必躬行、为人表率，仁义礼智、忠信孝悌，断然不可悖逆，否则难当大任，更无颜面君。故此，我也不会堕了祖父的名头，给我关家光焰万丈的文台抹黑。我会给熙儿找一户好人家，亦会告诉望舒该如何走上正途，至于我们日后能不能亲如母子，还得看缘分。"

虽然这话委实有点直白，在赵陆离和孙氏听来却顺耳极了。关氏的确年纪尚小，又无生育，不可能一下子代入母亲的角色。她若一过门就佯装贤惠大度、温柔慈和，反倒叫人猜忌，不如眼下坦诚相告来得入情入心。

孙氏对这个儿媳妇满意得不得了，笑意连连地道："有缘分，自然有缘分，要不你怎会成为我赵家的媳妇呢？纯熙，日后好好孝顺你母亲，知道吗？"

赵纯熙除了憋屈地应是，竟无旁的话可说。关素衣太懂得交流的技巧，欲扬先抑，融情于理，能把人瞬间惹怒，又能立刻抚平，末了还被深深触动。关家不愧为文豪世家，嘴皮子和笔杆子一样，一等一的厉害！

憋屈着憋屈着，一早上就这么过了。关素衣辞别眉开眼笑的孙氏，与赵陆离和赵纯熙一块儿去探望卧床养伤的赵望舒，身后跟着一溜儿管事，看上去排场极大。

赵望舒昨晚被父亲的话吓住了，对待继母竟多了几分小心翼翼。其实他本性不坏，就是耳根子软，容易被人利用。幻梦之中，他之所以陷害关素衣，有赵纯熙和叶繁在其中撺掇，也不乏朝堂上的一些纷争，适逢其会之下当了别人手里的枪，临到头自己也被折成两段。

眼下他还小，关素衣自然不会伤害一个孩子，但若说是处处教导回护，却是不能了。又说了一番漂亮的场面话，轻易得到赵望舒的好感，关素衣领着一群管事回到正房。

赵纯熙找了个借口将赵陆离拉走，免得他被继母笼络去，竟透出些严防死守的意思。

关素衣对此十分感激，让明芳去厨房炖一盅王八汤给侯爷和大小姐送过去。

众位管事齐齐整整地站在廊下。正房正厅内，四扇雕花朱漆大门敞开着，气质端严、面容华美的新夫人高高坐在上首，不紧不慢地把人一个一个叫进去禀事，不拘采买、入账、出账、交际往来、琐碎事务，均处理得井井有条、滴水不漏，那手段，比老夫人还娴熟。本就对她又敬又畏的管事们这下更是心服口服，不敢再闹半点幺蛾子。

送走冷汗淋漓的众位管事，明兰这才气呼呼地说道："小姐，赵家竟是逃奴之后，他们骗婚！左家、仲家、关家，可都是鼎鼎有名的文豪世家，赵家怎配？"

"逃奴？说句大逆不道的话，九黎族战败后也做了炎黄部落的奴隶，为子孙后代计，族长不得不带着族人逃往深山密林避世而居，如今一千多年过去了，却最终成为中原霸主。正所谓'英雄不问出处'，血脉里的这点尊贵，早已经不时兴了。日后休要再提什么家世不家世、出身不出身的话。"今上手段强横，性格霸道，素来不喜世家掣肘。这天下姓霍，世家的昌盛与辉煌行将成为过去。

未尽之语，关素衣并未与小丫头多说，只让她把《世家录》放入箱底，日后莫要再拿出来。

幻梦之中的关素衣将这本书小心翼翼地藏着，不敢让赵家任何人翻阅，生怕折了他们颜面，伤了他们自尊。交际应酬时，她从不允许赵纯熙和赵望舒与世家子弟往来，以免自取其辱，却被他们误解为黑心黑肝，故意阻挠二人前程。她偷偷取消了每年都要送往天水赵氏的年礼，改为资助育婴堂，却被叶繁告发，落得个贪墨夫家财产的罪名，几度被逼至死境。她掏心掏肺，尽心竭力，换来的只有漫骂与迫害，而今她狠狠把赵家往泥里踩，这些人却对她感激涕零，信任有加。人啊，就是这样，你的默默付出他们只会视而不见，你光说不练弄一个花里胡哨的假把式，他们反而被迷住了。

可笑，可悲，可叹！关素衣连连摇头，为那样的自己感到惋惜。

明兰见她心情不好，连忙转移话题："哎，奴婢不提了。奴婢听说一件新鲜事，您要不要听听？"

"什么事？"关素衣兴致不高。

"有一个叫徐广志的儒家学者接连给十位法家名士发战帖，邀他们在文萃楼辩论。如今外面早已传得沸沸扬扬，都在讨论谁输谁赢。那徐广志口气极大，竟说法家名士赢一场算全胜，他输一场算全败，自当远走燕京，永不复回。"

"哦？他真这么说？"关素衣猛然抬头朝小丫头看去。

明兰惊了惊，继而怂恿道："辩论明日就开始，连续十天，一天一场。小姐，咱们也去看看吧？"

"自然要去！"关素衣以手扶额，暗暗忖道：这徐广志果真急功近利，上次没能抓住出人头地的机会，这次竟硬生生造一个。此事若是闹大了，定会引起上头注意，他是想入仕想疯了。

第三章
文会

因徐广志意在扬名，故而暗地里遣人将辩论会的消息散播出去，还请了许多文豪、名宿前来观战，顺便为自己造势。

翌日，等关素衣匆匆赶到文萃楼时，里面早已挤满了人，所幸她未雨绸缪，昨日傍晚便花费重金订了二楼靠围栏的一个雅间，否则这会儿恐怕连插脚的地儿都没有。瞥见关老爷子和关父也坐在大堂内，她连忙扶了扶幂篱，又拢了拢黑纱，省得被他们认出来。

“哟，客官您总算来了。”店小二点头哈腰地迎上来，歉然道，“客官您看，今儿咱们店里人满为患，掌柜又说不能往外赶客，所以全给纳了，如今别说坐的地方，连站的地方都没有。二楼那些雅间也都拆了，换成圆桌，您若是不介意就上去与人凑合一下。您若是介意，咱们就把订金退给您。”话落指着二楼，语气变得格外殷勤，“其实也不碍着什么。您瞅瞅，大伙儿都是这么凑合的。再者，您的订金咱们如数奉还，茶水和点心钱给您打八折，另外奉送一道下酒菜，您看怎么样？”

关素衣抬头一看，不免暗暗吃惊。燕京的人也太闲了，竟把偌大一座文萃楼挤得快爆满了，不光一楼大厅人山人海，二楼也是比肩接踵，热闹非凡。二楼的雅间都是用屏风隔出来的，掌柜嫌太占地方，这会儿已全部撤掉，放眼望去只看见围栏上趴满了人，黑压压一片。

当世男女大防并不太重，有那盛装打扮的贵女也与别人拼一个桌，更有几个九黎族的少女穿着男装，大大方方混迹在人群中畅所欲言。关素衣并不是矫情的人，很快就同意了，低垂着头往上走。

二楼靠角落的位置，一名身材颀长、容貌俊美的男子正斜倚在栏边，手里拎着一个小巧精致的酒壶左右晃荡，神情悠闲。察觉到店小二领着一位头戴幂篱的女子挤入店门，且频频朝自己这个方向看过来，他不由挑眉笑道：“关老爷子的宝贝孙女竟然也来了。还记得她吗？那是你无缘入宫的昭仪娘娘。”话落从荷包里掏出一粒檀木制成的佛珠，“哐当”一声扔进托盘。

听闻这话，与他同来的高大男子也走到栏边俯视：“她戴着幂篱，你怎知道是关老爷子的孙女？”

俊美男子不答，只点了点腰间的荷包。高大男子似乎冷哼了一声，又似乎毫无反应，大马金刀地坐回原位，继续闭目养神。最终还是俊美男子憋不住了，好奇询问：“听说关素衣容貌倾城、才华绝世，性情也格外温婉贤淑。这么好的女子，你怎舍得让给赵陆离那个窝囊的？”话落又从荷包里取出一粒佛珠扔进托盘。

高大男子撩了撩眼皮，语气散漫：“我曾见过她一次，相貌没看清，口才倒是挺好，与大多数女子比起来算是有几分见识。但她毕竟是关齐光的孙女，我怕是无福消受。整天听关齐光谈什么仁义道德已经够烦，而他孙女的口舌更为锋利，若是回到后宫还要再听一遍，我牙齿都会酸掉。难怪你管儒家学者叫酸儒，原是因为这个，我总算理解了。”

高大男子按揉眉心，似乎有些头疼。俊美男子朗笑起来，表情很是幸灾乐祸。

说话间，守在外围的侍卫禀告道：“大人，店家带了人来拼桌，说这个位置是那人早就订下的，您看……”

俊美男子并不答话，只用指节敲了敲围栏。侍卫心领神会，摆手让店小二靠近。

关素衣仔细观察先自己而来的茶客，虽面上不显，内里却微微一惊。万没料到，与她共拼一桌的人竟会是秦凌云。

秦凌云现在只是个淡出朝堂的镇西侯，似乎与赵陆离处境相当，但在将来，他会成为圣元帝手中最锋利的一把刀，亦会成为声震九州、臭名远扬的魏国第一酷吏。他是法家学派的代表人物，不但辩才无碍、聪明绝顶，且还手段老辣、心机深沉，专为圣元帝排除异己，巩固皇权，做了许多见不得光的事。幻梦之中，关素衣死时，这人正与徐广志斗得天昏地暗，也不知最后谁输谁赢。不过虽然死在他手里的人没有一万也有八千，因此得了个“活阎王”的称号，可说是人人惧怕，但在关素衣看来，他只是个爱而不得的可怜人罢了。

说起来，秦凌云的悲剧与幻梦之中自己的遭遇还有那么几分相似。他早年失怙失恃，兄长又体弱多病、药石不断，能平安长大，多亏了他的嫂子。他嫂子李氏比他大五岁，嫁入一贫如洗的秦家后不但要照顾夫君、养育小叔，还要耕田犁地，种植庄稼，日子过得实为不易。但她从来不怨天尤人，也不心灰气馁，虽说没几年就守了寡，但到底把小叔平平安安地养大了，还出钱供他习文识字。

秦凌云知恩图报，待李氏十分亲厚，却因少年意气，惹怒了当地一位豪绅，被逼远走他乡。但他与赵陆离一样，颇有几分运气，竟无意间与圣元帝结为莫逆，从此弃笔从戎，揭竿而起，誓要打回老家报仇。他逃走时不忘带上李氏，两人相依为命，同生共死，久而久之竟渐生情愫。

起初李氏不敢答应，后来终被他诚心打动，准备改嫁。结果，就在二人快得偿所愿的关头，徐氏理学的兴起将他们的好事搅和了。这还不算，李氏宗族的族长是个老儒生，受徐氏理学的影响极为深重，竟把李氏骗回去，私自沉了塘。等秦凌云收到消息跑去救人时，只得到一具冰冷僵硬的尸体，那痛彻心扉的感觉非常人能想象。打那以后，秦凌云就与李氏宗族、徐广志，甚至天下儒生对上了，性情变得越来越暴戾，想来能预见，他的结局，不过八个字——万念俱灰，玉石俱焚。

此时的秦凌云还未痛失所爱、性情大变，故而关素衣并未回避，缓步走过去见礼：“关氏素衣贸然前来叨扰，还望海涵。敢问阁下是？”

秦凌云并未答话，转而去看站在自己身边，假装侍卫的高大男子。男子代为答道：“秦凌云。”

“原是镇西侯，久仰大名。”关素衣再次拱手，见店小二欲将一扇屏风搬过来，横放在二人之间，于是摆手道，“不用了，只把它摆在那处，隔绝了旁桌视线就好。我们认识。”

店小二连忙把屏风摆在她指定的位置，拿到赏银后欢天喜地地走了。此处本就是最靠墙的角落，用屏风一挡便隔绝了围栏那头所有人的视线，自成一个空间。

感觉四周清净许多，关素衣才缓缓落座，而后瞥了高大男子一眼，心中略有计较。秦凌云身高八尺，体格健壮，但他的贴身侍卫却比他还要高出半个头，且蓄着一嘴浓密的络腮胡子，胸前与上臂的肌肉鼓鼓囊囊，纹理起伏，把黑色的常服撑得几欲爆裂，一双星眸深不可测、暗含煞气，应该是个血雨腥风中惯常来去的高手，再观他刀削斧凿的深刻五官，必是九黎族人无疑。

听说秦凌云身边有一位武功了得的九黎族侍卫保护，关素衣把人与印象中的模子一扣，除了暗道此人气势太盛之外，倒也没怎么多想。两人凭栏而坐，朝下看去。

关素衣指着站在高台上的徐广志，笃定道：“你若是不出马，法家必败无疑。”

哟，一来就开始叫板，不愧为关老爷子的孙女。秦凌云挑高一边眉梢，似有不满。站在他身后的高大男子嘴唇微合，却也未开口。

关素衣搭了几句话，见秦凌云总是“嗯嗯啊啊”地敷衍，抑或点头摇头，一字不吐，心中已有思量，又瞥见托盘里的几颗佛珠，终于恍然道：“你在修闭口禅？”

秦凌云表情惊异，仿佛在问她如何知晓。关素衣这回也卖了个关子，摆手笑而不语。这件事，她曾听旁人议论，若是没看见佛珠，差点给忘了。想来，秦凌云这会儿已经向李氏表白过，却遭到对方严词拒绝，且口口声声让他日后休要再提。秦凌云心中痛苦绝望，却不肯让李氏为难，于是开始修闭口禅。

俗人修闭口禅哪有那么容易，一不小心就破了戒，所以他给自己准备了一个荷包，里面放上一百颗佛珠，每说一句话便取出一粒，待荷包掏空，便是杀了他也不会再吐半个字，起初一天一百句，坚持半年后减为一天十句，终在一年后变成彻彻底底的哑巴。

李氏对他并非无情，哪能见他如此折磨自己，苦劝无果后只得应了他的奢求。然，奢求终是奢求，注定无望。想到秦凌云和李氏可能的结局，关素衣不免伤怀，所幸黑纱遮住了面颊，才没让秦凌云看出端倪。

默然无语间，辩论开始了。站在高台上的徐广志拿起毛笔，在一块巨大的木板上写下四个字——法古循礼。

儒家主张法古循礼，而法家主张不法古、不循今，基于这一点，二者的思想是完全对立的。由此可见，这就是今日的辩论主题。闲坐饮酒的秦凌云露出沉吟之色，他的贴身侍卫用沙哑浑厚的嗓音说道："这个题目倒是有点意思。"

关素衣以手扶额，兀自思量，只恨自己为何是关齐光的孙女儿，否则定要代表法家下去与徐广志舌战，毁了他位极人臣的春秋大梦不可。

徐广志这人虽然急功近利，思想狭隘，但嘴上功夫极为厉害，且学识很渊博，辩论刚开始就抛出许多论据，将法家学者逼得节节败退。儒家所说的法古，效法的正是周朝，循礼，循的也是周礼。

周朝前后共有三十多个国君，历时七百多年，堪称统治时间最悠久、文化最璀璨、生活相对而言最安定的一个时代。正是因为那个时代少有纷争战乱，儒家学者才极力鼓吹周朝种种制度的优越性，并呼吁上位者能奉扬仁风，切实效仿，还老百姓一个太平盛世、海清河晏。

徐广志能列举的历史依据太多，一时间口若悬河，滔滔不绝。反观法家学者，只要谈到治国，几乎八成的例子都以失败告终，哪怕是变法强国以至最终统一中原的秦朝，也在暴政中迅速走向灭亡，随后中原百姓陷入历时几百年的战火，从此流离失所、朝不保夕。

魏国刚建立不到两年，战争的残酷还印刻在百姓心中难以磨灭，谈到和平安定，自是人人向往，谈到暴政战乱，自是人人痛恨。儒家的仁爱思想此时更易打动人心，而法家的严刑峻法却惹来许多嘘声。场下的辩论几乎呈现一面倒的态势，不过短短三刻钟，应战之人已举起白绢彻底认输，而徐广志则用铿锵有力的声音划下结语："故此，而今之魏国应如圣上所言——废黜百家，独尊儒术！"

大厅内爆发出雷鸣般的掌声，关老爷子和关父走上前向徐广志表示祝贺。他不卑不亢地与二人叙话，然后频频弯腰感谢资助自己召开辩论会的一位九黎贵族。法家学派的人不敢多留，纷纷掩面离开。

"这就结束了？"秦凌云并未说话，只是面色极为难看，反倒是他的贴身侍卫用不太标准的雅言（古代普通话）追问。

关素衣抬头望去，因对方络腮胡子太浓密，看不清表情，却能从他略带淡蓝色泽的瞳孔内察觉出不敢置信的亮光，仿佛对这个结果极度不满。都说仆随其主，看来这人也是法家学派的忠实拥趸。

"自是结束了。"关素衣举起茶杯啜饮，内里满腹忧虑。论口才，当今魏国恐怕只有秦凌云能与徐广志一较高下，由此可以想见，接下来的九场辩论，其结果也和今天一样。

十战全胜，扬名海内只是早晚问题，而圣元帝急于求才，怕是会真如梦境中一般特召徐广志入仕。然后顺理成章地，徐氏理学便会盛行。

按理来说，只要自己不要如幻梦中一般下场凄惨，这一变故对关素衣并无太大影响，但她就是看不惯徐广志假仁假义的嘴脸，更对他的那套理论深恶痛绝。但她毕竟是关齐光的孙女儿，不能站出来打儒家学派的脸，此时唯能旁观而已。

瞥了对面的秦凌云一眼，她暗地摇头。罢了，这人正修闭口禅，恐怕也不会搅入这场辩论。在他心里，李氏才是最重要的，法家学派的颜面一钱不值。况且她找不到半点借口劝服对方，难道告诉他徐广志若是出人头地，会间接害死李氏？岂不平白惹人猜疑，为自己招祸？

想了又想，关素衣终是压下满心憎恶，却又怨恨难平，嗤笑道："法古循礼。若真如徐广志所说，古人既无纷争战乱，又不戕害同胞，个个都是仁爱之士，那周朝又为何会灭亡？你们法家学派的人也忒没用，许多论据都能轻易推翻竟丝毫抓不住机会，白白当了徐广志的踏脚石。真要论起治国之术，儒家差法家远矣！"

秦凌云和高大男子齐齐朝她看去，面上不禁流露出愕然的表情。要知道，关素衣可是关齐光的孙女，按理来说应当是儒学的拥趸，此时竟直白地宣示出对法家的推崇，她莫非脑子进水了不成？

若是对面换一个人，关素衣定然不会轻易道出心中所想，但那人是秦凌云，情深义重的秦凌云，一诺千金的秦凌云，更是修闭口禅的秦凌云，她相信他不会将今日的对话透露给别人。关素衣放下茶杯，往椅背上一靠，瞬间从端庄淑女变成慵懒闲人，温婉的气质却陡然变得尖锐。

这一变化惹得对面二人更为惊异，上上下下将她打量一遍，仿佛不认识了一般。尤其是那高大男子，竟想掀开她的幂篱，看看她的表情是否同他猜想的一样透着不屑与冷嘲。

关素衣早已经憋坏了，急需找个宣泄的出口，眼下，秦凌云理所当然地成了她的树洞，她恨不能一吐为快。

眼见二楼的宾客只剩下三两桌，一楼也清空大半，祖父与父亲亦不见踪影，关素衣似脱掉枷锁的囚犯，变得狂傲而又极具攻击性，一字一句说道："就凭他的观点，他就不配学习儒术，不配以儒学家的身份挑战法家。"

秦凌云猛然抬头，似被触动。高大男子在她对面落座，首次用认真专注的目光凝望她。

得到听众的重视，关素衣敲了敲桌面，畅所欲言："今上的原话是'推明孔氏，抑黜百家'，到了徐广志这里竟变成了'废黜'。抑与废，一字之差却是天渊之别。儒术最核心的思想是什么，你可知道？"

她问话的对象是秦凌云，至于目光灼灼地盯着她的高大男子，自然而然被忽视了。一个连雅言都说不太顺溜的九黎族人，她并不指望对方能听懂自己的话，所以这人也是一个树洞，不怕日后泄露隐秘。

秦凌云从荷包里取出一颗佛珠，扔进茶杯，沉沉吐出两个字："中庸。"

“然也。不偏不倚，中正平和，此为中庸。中庸可以涉及生活中的方方面面，是孔圣最为推崇的处世之道。过犹不及，皆违背了中庸之道。将‘抑’改为‘废’，徐广志对诸子百家赶尽杀绝的心思昭然若揭，也将他的治学之道暴露无遗。用孔圣的一句话来形容他最为恰当。”说到此处，她用葱白的指尖弹了弹杯沿，激出“叮”的一声脆响，示意明兰给自己斟茶润喉。

高大男子受不了她大喘气的工夫，连忙举起茶壶替她斟满，然后眼巴巴地看过去。秦凌云面上不显，却用眼角余光一遍又一遍地扫视，心道这人之前还嫌弃关素衣说话酸得厉害，现在倒是殷勤备至地赖上了，也不怕被打脸。

高大男子将茶杯往前推了推，用别扭的雅言催促：“你快说，什么话？”

关素衣小抿一口，继续道：“攻乎异端，斯害也已。”怕这九黎汉子听不懂，于是又解释，“用白话说就是，若钻研异端邪说，危害就极大了。什么是异端？用徐广志的说法便是除儒家正统之外的所有学派都是异端。然，春秋之时儒家亦并非正统，既非正统，又何来异端？此处的异端，应解为事之两端，而事之两端又以中庸为平衡点，也就是‘过’和‘不及’。钻研学术太过与不及，都是错误的，危害极大的，这才是孔圣要表达的真正思想。你再看那徐广志，他将今上的一句话曲解到‘废黜百家’的程度，其治学精神已呈走火入魔之兆，实为太过。用孔圣的话来说，他已走入异端，丧失了中正平和的心态，又哪里有资格代表儒家批驳法家？只这一句话，我便能看透他这个人，用八个字形容足矣……”

高大男子正听得入迷，见她又停下来大喘气，连忙主动斟茶，沙哑的嗓音听上去十分憨厚：“喝茶，喝茶，你快接着说。”

秦凌云差点憋不住笑，只能转脸假装咳嗽。

关素衣却被他认真求知的态度取悦了，一面吹拂茶水，一面柔声开口：“急功近利，沽名钓誉。你以为然否？”

“然！”高大男子拊掌朗笑。他早就被徐广志那一套效法先古的理论弄得暗火丛生。什么尧舜禹，什么禅让，什么仁爱贤明，天下大同，一听就是假的，真会编故事。

他刚想到此处，就听关素衣徐徐道：“徐广志频频列举禅让制，可历史的真相往往掩盖在血腥争斗之下。”

“哦？这话怎么说？”高大男子向前倾身，目光专注。一言不发的秦凌云被他挤了又挤，如今只能缩在墙面与栏杆的夹角处苦笑。中原历史是这人最感兴趣的东西，一听就会被吸引。若非他今日易了容，且行踪成谜，秦凌云都要怀疑关素衣是不是故意在制造话题攀谈。

“主张禅让说的，最早见于孔圣与其弟子编撰的《尚书》。然，在《韩非子》和《竹书纪年》中，对于这段历史的阐明却截然相反。《韩非子·说疑》中记载：‘舜逼尧，禹逼舜，汤放桀，武王伐纣，此四王者，人臣弑其君者也，而天下誉之。’《竹书纪年》中记载：‘昔尧德衰，为舜所囚也。舜囚尧于平阳，取之帝位；舜囚尧，复偃塞丹朱，使不与父相见。’韩非子的说法暂且不提，《竹书纪年》却是春秋战国时史官所著正史……”

谈兴上来了，关素衣从禅让制谈到尧、舜、禹的生平，讲述三者如何上位，如何笼络人心等等，其言语之诙谐，情节之丰富，转折之跌宕，堪堪能写成一本精彩至极的话本。

高大男子听得如痴如醉，干脆捧着茶壶坐到她身边，主动帮着续茶，殷勤备至的态度和先前的嫌弃形成强烈反差，叫秦凌云看得直咋舌。

文萃楼内已不复之前人满为患的景象，楼下大厅围着三两拨文士，似乎正在对诗作赋，互相标榜，二楼则只剩下关素衣与秦凌云这一桌。

关素衣本就不是正统的儒家学者，更确切地说，她喜欢从诸子百家中提取精要之处钻研，而把那些不合乎自己理念甚至与世情相悖的糟粕去除。但碍于孝道，她从未表露过内心的真实想法。积攒了一肚子的话无法倾诉，那感觉着实不好受，尤其她还背负着一个巨大的隐秘，需要日日夜夜守护，也因此，忽然遇见关系疏远却又可以倾吐的对象，她便从寡言少语一下变成了话痨，拉着二人滔滔不绝起来。起初，她还只是对着秦凌云说，察觉到他的贴身侍卫对自己的话题更感兴趣，而且对中原历史一知半解，好为人师的瘾头自然而然就冒了出来，越发说得跌宕起伏。

她喝掉高大男子递来的热茶，继续道："舜在登位前曾受到父亲瞽叟、后母以及后母所生儿子象的百般迫害。既然不喜舜，分家单过就是，为何那三人定要置他于死地？"

高大男子对中原历史不太了解，思忖片刻后说道："是为了争夺家产吗？"

"对了一半。"关素衣轻笑道，"既是为了家产，也是为了地位和权利。当时的尧只是众多小部落联合起来推选的首领，而瞽叟便是其中一个小部落的酋长。那时已经有了世袭制，按理来说，酋长的位置必须传给嫡长子。舜既是嫡长子，又深得人心，威望极高，想要越过他将酋长之位传给象，是几乎不可能的，除非舜死亡。所以你看，连一个小部落酋长的位置，时人都要靠杀戮去获取，遑论首领之位，且尧早就立了他唯一的嫡子丹朱为太子。"

"是这个理！"高大男子深以为然。

关素衣将茶杯推到他面前，修剪得十分精致的指甲轻轻点了一下，他便立刻奉茶，态度殷勤。关素衣也不急着啜饮，捧在手心稍微转了两圈，言道："《尚书·舜典》中记载，舜登基后选贤任能，举用'八恺''八元'等治理民事，放逐'四凶'，任命禹治水，完成了尧未完成的盛业，且奉养尧帝至终老。但据我老玄外太祖考证，舜举用'八恺''八元'、放逐'四凶'是在继位之前，唯任命禹治水在继位之后。你好生想想，这里面藏着什么玄机？"

高大男子挠头憨笑："老玄外太祖是什么辈分？"

秦凌云被他出人意料的回答呛得直咳嗽，关素衣也忍不住轻笑起来，边笑边用指尖敲击茶壶的肚腹，发出“噌噌”的脆响。

高大男子伸手揉捏耳垂，笑得更为憨傻。

“老玄外太祖便是曾曾曾曾曾外祖父。”关素衣伸出一个巴掌，每说一个“曾”字就曲起一根手指，宛如莺啼的优美嗓音中饱含愉悦与轻快。这九黎族汉子既好学，性子又淳厚，着实有趣。

“原来如此！”男子恍然大悟，追问道，“那玄机是什么？”

这话题也太跳跃了，上一刻拐到天边，下一刻又瞬间拐回来，若非关素衣思维敏捷，恐怕真会被他弄蒙。她指着男子摇头失笑：“压制！舜功高震主，尧帝命舜除去‘四凶’，或许存了让二者同归于尽的心思，哪料舜竟毫发无损，且还不辱使命平安回归。舜对尧产生了戒备，于是开始培植亲信，而‘八恺’‘八元’空有高贵血脉，却无实权，一直以来备受尧冷落，便成了他头一个拉拢的对象。在众多亲信的推举下继位后，他先囚禁尧，后放逐并逼死太子丹朱，年老后看见威望日盛的禹，自然就想到曾经的自己，于是也效仿尧，派遣禹去治水。你看，同样几件事，按照不同的顺序组合在一起，便能得出完全相反的结论。”

这样别开生面的话语，高大男子还是头一回听说，反复回味之下竟有些痴了。

关素衣轻笑一声，叹道：“历史都是由人撰写的，所以难免带上撰写者的意志。正所谓‘成王败寇’，胜者流芳千古，败者遗臭万年，然真正的历史究竟是何种面貌，谁又能说得清呢？没准儿我与你阐述的这些，也不过是恶意揣度罢了。但历史的迷人之处恰在于此，对真相孜孜以求，又对它疑团莫释，只能在午夜梦回中得到些许满足。”

高大男子细细揣摩她的字句，越发觉出趣味来，不由赞同道：“但是我觉得你的说法更为可信，也更符合常理。不愧为左博雄的世孙，果然学识渊博。”

关素衣笑而不语，将稍微放凉的茶水举到唇边饮尽，起身拜别：“天色不早，关某告辞了。”

“这才说到尧舜禹，后面还有夏启、商周呢？”高大男子立刻挽留，目中满是意犹未尽之意。

“欲知后事如何，请听下回分解。”关素衣拿起小茶盖，在桌上轻轻拍了一下。

高大男子先是怔愣，随后朗声大笑，却见她走出去几步又转过身，冲秦凌云竖起一根食指，嘘声道：“今日之言，还望镇西侯大人替我保密。”

秦凌云略一点头，就见她甩着宽大的广袖，顺着蜿蜒的楼梯迤然远去，窗外的冷风掀起黑纱一角，隐隐露出幂篱下一截修长雪白的脖颈和半个小巧精致的下巴，一缕乌黑发丝被风撩向绯红唇瓣，只这惊鸿一瞥，些微细节，已是动人心扉，夺魄摄魂。

高大男子憨厚的表情僵硬了一瞬，再回神时，伊人已经远去。几名侍卫连忙招手让店小二把撤掉的屏风重新竖起来，隔绝了这方天地。

“关素衣，原来这才是真正的关素衣！”此时，男子哪儿还有半分九黎族口音，雅言说得比土生土长的燕京人还流利。他大马金刀地坐下，举起茶杯浅饮，微微眯起的凤眸中霸气彰显。若关素衣还在此处，恐怕会被他陡然巨变的气势惊住。

“你之前不是说关老爷子的孙女跟他一样，也是满口的之乎者也、仁义道德，酸得掉牙吗？怎么真人完全不是那么回事？”秦凌云取出一颗佛珠投入茶杯，幸灾乐祸地笑了。便是他已心有所属，也不得不承认关素衣是个知情识趣、见识卓著、言语诙谐的妙人，与她相处乐呵极了，也轻松极了。而眼前这人最喜汉学，也最爱与人探讨汉学，却不知阴差阳错间，把最合他心意的解语花让给了旁人，这会儿该后悔了吧？

高大男子正是微服出宫的圣元帝，此时他的心情确实有些微妙。但他强横惯了，竟不懂“后悔”为何物，只心间阻塞了片刻就恢复如常。“想来她碍于孝道，并不敢直述心胸。听她话里的意思，似乎对儒学并不以为然。关齐光的孙女竟不尊崇儒术，好笑，着实好笑！”圣元帝想一回笑一回，心情大好之下命侍卫拿来两坛烈酒，拍开封泥豪饮。秦凌云也笑了，向店小二要来一口大碗，徐徐满上。

二人略坐片刻，忽见圣元帝拍桌叹道：“不好，方才竟忘了邀她明日再来。她若不来，我何时才能听下回分解？待会儿回去，你就用镇西侯的名义给她发一张帖子，务必得将她请出来。”

秦凌云忍了又忍，终是没忍住，提点道：“陛下，您微服出访究竟是为了谁，该不会这会儿已经忘干净了吧？”话落心不甘情不愿地掏出一粒佛珠。

“我没忘，待到九日后再看。”圣元帝想起关素衣对徐广志的评价，本就不怎么热切的招揽之心，此时已淡去八九分。既已抬举了关家，也就没必要再树一个标杆。

二人酒足饭饱之后悄然回转，在宫门前分道扬镳。圣元帝龙行虎步入了未央宫，扯掉络腮胡子，露出一张刚毅冷峻的面庞，白福等人连忙迎上去为他宽衣解带，擦拭风尘。

他迅速换好常服，命人将存放史书的箱子搬过来，打算挑灯夜读，却只看了两页便觉兴味索然，终不如关素衣口述的那般精彩。怔愣间，与那人畅谈的一幕幕开始在脑海中浮现，许多被忽略的细节此时竟变得格外清晰，亦格外触人心扉。虽然碍于幂篱看不见样貌，但她是如何婉转轻笑，又是如何捧着茶杯慢慢在掌心转圈，更是如何伸出如玉般白皙的食指，隔着黑纱抵住唇瓣，将它压出一个柔软的小凹痕，及至她迎着冷风离去时的半张容颜，都被专注的回忆一遍一遍放大，一遍一遍品味。

圣元帝不知不觉入了迷，却在此时听见殿外传来尖利的通禀声：“陛下，叶婕妤在外求见。”

所有既隐秘又透着烂漫色彩的画面霎时间破碎成片。圣元帝放空的双眸迅速聚焦，沉声道：“让她进来。”而后，他就抛开了这陌生至极的刹那悸动，仿佛之前的沉迷与失神从未发生过。

叶蓁缓步入殿后尚来不及行礼就被圣元帝扶了起来，温声道：“大冷的天儿你不在甘泉宫里好好待着，出来作甚？小心冻病了。”

叶蓁摆手正想说几句，忽然咳嗽起来，苍白脸颊因此染上一层绯红，看着着实可怜。圣元帝忙把她拉到榻上落座，命白福再添一个火盆。咳了许久，叶蓁总算缓过气来，瞥见摆放在脚边的箱子，笑道：“陛下，您在看书？晚上烛火昏暗，对眼睛不好，不若臣妾帮您读几段。”

“你怕烛火伤了朕的眼睛，就不怕伤了自己的眼睛？况且你方才还咳了一会儿，正该好好保护嗓子。”圣元帝从白福手中接过大氅，披在叶蓁肩头，又把一个暖炉塞进她怀里。

受到这人无微不至的照顾，叶蓁心里像喝了蜜一样甜，越发放柔了音量：“陛下整日批阅奏折，眼睛已十分疲劳，臣妾见天儿躺着，便似个废人一般，正该念念书，让脑子活络活络。陛下放心，臣妾若嗓子不适，自会停下。”

圣元帝怜惜她身体孱弱，忧思在心，给她找件事干干倒也大有裨益，于是将手边的《竹书纪年》递过去：“好吧，就读这两页。你平日里若觉得苦闷不快，大可将你母亲召进宫来叙话，别只躺着瞎想。”

“谢陛下体恤。”叶蓁笑得极其甜蜜，接过书后看了看，讶然道，“这是本什么书？倒是从未听说过。”

“一本史书，比较冷僻。”若关素衣不提，圣元帝也不知还有这样一本史书。他平日若想钻研史学，周围的中原文士只会推荐《尚书》或《史记》。

“陛下怎么不看《史记》？”叶蓁只随意一提，很快就翻开书页诵读起来，“昔尧德衰，为舜所囚……”只读了一小段，她便摇头失笑，“陛下，难怪这本史书如此冷僻，原是歪曲了历史。”

“你怎知道它歪曲了历史？真正的历史是什么，谁又能说得清呢？”圣元帝沉声反问。

“这还是臣妾头一次在史书中看见这样的注解。上古时期资源匮乏、生活疾苦，下至庶民，上至首领，均要刀耕火种、茹毛饮血方能存活。更甚者，首领还须以身作则，身先士卒，生活更为不易。收获的粮食、打到的猎物，根据人口平均分配下去，谁也不会多一点，亦不会少一分，也因此，天下只知为公，不知有私，故，禅让制应运而生。《史记·五帝本纪》称‘天下明德皆自虞帝始’，由此可见上古时人少纷争、行德政，而如此美誉千古之事，竟被污蔑成那般不堪的模样，着实可恼可恨。”叶蓁放下书，喟叹道，“陛下，史学家的笔不同于普通文士，若稍有错漏，他们扼杀的便是曾经光辉的岁月，亦是我们的先祖和后人的认知。”

圣元帝定定看她半晌，笑道：“难怪在辽东的时候，军中诸将都赞你是中原第一才女，果然见识不凡。”

叶蓁连连摆手自谦，将《竹书纪年》放入箱子，重又取出一本《尚书》诵读。

在她想来，陛下崇尚儒学，定会对孔圣的著作更为青睐，而且在读书的过程中她还能做下注解，尽情展示自己的才华，岂不一箭双雕？这些天，她其实半点都未闲着，只要与儒学沾边的书籍，都反反复复研究透彻，并不怕与陛下无话可谈。谈着谈着，说不定就能留宿未央宫，真正成为陛下的女人。

然而她设想得十分美妙，现实却恰恰相反，只读了半刻钟，圣元帝便摆手道："朕乏了，你下去吧。"话落以手支额，面容困倦。

叶蓁呼吸凝滞，表情惊变，却也只是一瞬就恢复正常，站起身落落大方地告辞。走出去老远，她还在头脑中重现未央宫中的会面，把自己说的每一句话都掰开了，揉碎了，仔细思忖考量，终是没发现失言之处，这才放下心来。

而与此同时，圣元帝把她扔下的《竹书纪年》捡起来，翻到之前那页，意味不明地笑了笑。

白福见陛下总不召寝妃嫔，连最为宠爱的叶婕妤都不能留宿，眼见他已二十七八，几近而立，却无子嗣传承，不由有些急了，却不敢明劝，于是委婉道："叶婕妤不愧为中原第一才女，她说的那些话，奴才硬是一个字儿都没听懂。满宫里数来数去，也只有她能陪陛下聊聊天，解解乏，省得您劳累过度伤了身子。"

圣元帝翻过一页，沉吟道："中原文化博大精深，即便是市井俚语，也透着很多玄之又玄的人生智慧。有一句话是怎么说的来着？一桶水，半桶水……"

白福笑着接口："启禀陛下，是'一桶水摇不响，半桶水响叮当'。"

圣元帝颔首道："正是这句。"末了再无他言。

白福等了半天也没等到后续，不由抬眸看去，只见陛下神情专注，容色冷峻，并无被取悦的迹象，这才后知后觉地意识到，方才那句俚语竟是在隐晦地嘲讽叶婕妤是个半吊子才女。白福悄悄擦去额角冷汗，心道自己是不是想岔了，皇上怎会看不上叶婕妤呢？满宫里，唯叶婕妤容貌最美，才华最盛，性情也温婉柔顺、兰心蕙质，若皇上连她都看不上，还能看上谁？

正胡乱猜测间，又听上头传来慵懒的声音："当年我九黎族败于华夏部落，族人皆被囚为奴隶，流尽血汗只图活命，而我族人种出的粮食、打来的猎物，都用以供奉华夏部落的首领。我不知你们汉人历史，却深知九黎族历史。奴隶早在先古就已产生，部落首领拥有最多的奴隶，又怎会自己去劳作？而平民百姓稍攒下余财，首先想到的也是购买一个奴隶役使。所谓的只知为公不知有私，在我看来就是一个笑话。历史往往是由胜利者编撰的，而失败者也就成了贼子匪寇，死有余辜。胜利者用自己的理念去强行扭曲历史，把丑恶的掩盖掉，腐烂的剔除掉，只留下他们自以为美好的。'成王败寇'，这个词造得贴切。"

白福讷讷不敢言，刚擦掉的冷汗又争先恐后冒了出来，心道，难怪陛下会讽刺叶婕妤，原是她的话戳到了陛下的痛处。正当殿内陷入死一般的沉寂时，却又听上首传来一阵轻快的笑声："朕与你说这些作甚，左右你也听不懂。把左氏家族的著作找出来，朕要看。”

“左氏家族？”白福刚才被吓住了，脑子有些转不过弯。

“左博雄那个左氏。”圣元帝语气略显不耐。

“啊，左氏！史学世家的左氏！”白福恍然大悟，连忙撅着屁股在箱子里翻找。

关素衣回到侯府正赶上晚膳，明芳摆好碗碟后神神秘秘地道：“小姐，您前脚刚出府，刘氏后脚就来了，先去看了大少爷的伤，哭闹了一场，然后把侯爷带到一旁说话。奴婢不敢靠近，隐隐约约听见几句，说什么‘小姨’‘纳妾’‘嫁妆’‘不放心’等等。小姐，叶家是不是想送一个女儿进来给侯爷做妾？”

明芳不笨，相反，她是太聪明了，所以心才会越变越大。关素衣赞赏地看她一眼，笑道：“纳妾便纳妾，我照单全收。”

明芳容色大惊，正待苦劝，却听外面传来小丫鬟的通禀声，说是侯爷和大小姐来了，欲与夫人一同用膳。关素衣赶紧让明芳去厨房再传几道菜，且一再叮嘱要熬一盅王八汤。明芳无法，只得满腹心事地去了。

菜很快上齐，三人摆出和乐融融的模样互相夹菜劝食。好一番东拉西扯，赵陆离才说到正题：“听母亲说，她已把蓁……亡妻留下的嫁妆交给你打理。熙儿眼看快要论嫁，你不若将嫁妆交给她，也好让她趁早练练手。”

交给赵纯熙当然可以，却不能太过干脆，免得日后赵纯熙经营不善又跑过来哭哭啼啼让她帮忙，最后落不着好，反倒像幻梦里那般，被冠上莫须有的罪名。这笔嫁妆如何处置，关素衣心里早有章程，于是笑道：“嫁妆本就是熙儿的，理当由她自己打理。但母亲既交给我看管，亦是信任我的表现，这其中若是出了什么纰漏，我便是有一万张嘴也说不清。嫁妆单子我可以先交给熙儿，她若不放心，现在就可带人去库房查验。然，在正式交接之前，我得冒昧地问一句，她可会算术、看账、查账、人事调度？可懂得勘验货品好坏，衡量各地货品的价格落差，并估量其中利润得失？”

赵陆离自己都不懂，更遑论女儿。对待这个与叶蓁八分像的孩子，他可说是倾其所有，一心按照叶蓁的模子栽培，故而赵纯熙长到十三岁，竟只会琴棋书画，对俗务一窍不通。他脸颊涨红，目光游移，一时间竟讷讷难言。

赵纯熙很不服气，正欲反驳，就见关素衣拿来一个精致的小算盘，徐徐道：“一加一，加二，加三，一直加到九十九是多少，你给我算出来。算对了，我立马让人把嫁妆抬到你院子里去；加错了，从今天开始，你便跟着我学习管理中馈。这张嫁妆单子，老夫人那里有一份，你外家应该也有一份，如今我再誊抄三份，咱们人手一份。所以你大可放心，我不会占你叶家任何便宜。”

赵陆离被她坦坦荡荡一席话弄得尴尬不已，急忙解释道：“夫人误会了……”而赵纯熙则捏着算盘，指尖发抖。

关素衣抬手打断对方，语气十分慎重：“你们也别暗地里怨我‘以小人之心度君子之腹’，我不是小人，却也怕被人误会，尤其是贪墨先夫人嫁妆这种要命的误会。我是继室，本就步履维艰，稍有行差踏错便会惹来非议，为侯府为关家抹黑。关家如今是天下师表、道德典范，白璧无瑕，不容玷污。因此，我比你们更在意自己的一言一行，更懂得克己复礼、与人为善的道理。”

赵陆离越发羞愧，竟连头都抬不起来了。关素衣也不看他，点了点桌面，淡声道：“开始算吧。”

赵纯熙深深觉得，每次来找关素衣都是在自取其辱，下回定要做足了准备再来。

秦朝一统天下后，奉行的是法家思想，法家重农重兵，却抑制商业的发展，并把儒家学者、纵横家、带剑者、患御者、工商之民，此五类称为“五蠹”，极尽轻贱打压之能事。秦国灭亡之后又经历几百年的纷争，诸侯国均效法始皇，意图变法强兵，一统天下，故而也奉行重农抑商的政策。渐渐地，本就地位不高的商贾变成了九流末的存在，某些时候，连富贵人家的婢仆都不如。

当初，叶家靠经商积累了大笔财富，便想走一个捷径，迅速挤入上层社会。让儿孙娶世家女显然不可行，但让女儿或孙女嫁入高门还有些希望，于是族中但凡出现容貌美丽的女子，叶家家主便会花费大力气栽培，以待价而沽。叶蓁凭借美丽的容貌获得家主青睐，从小就为嫁入高门做准备，心机、手段、才华，样样不缺。但叶家眼界终究有限，只知传授琴棋书画与魅惑之术，竟不知真正的世家看重的主母，该学习的当是如何掌管中馈，持家守业，余者只是点缀，可有可无。叶家的女儿可以为妾，可以为姬，甚至沦落风尘亦能过得如鱼得水，可倘若叫她占据正妻之位，那便不够看了。偏偏赵陆离就喜欢那样的女子，且并未察觉任何不妥，于是把女儿也教导成了另一个叶蓁。

关素衣此时正单手支腮，笑意盈盈地盯着手足无措的赵纯熙。她很想知道，没有自己的引导与矫正，赵纯熙能开拓出怎样一条道路。是否还能获封乡君，食邑五千户？是否还能嫁入宗室，风光无两？

赵纯熙从来没碰过算盘这种玩意儿，完全不知道上面的珠子和下面的珠子都代表什么，一时间冷汗直冒，又羞又恼。但她不肯认输，也不愿露怯，只得硬着头皮拨弄，却只拨到“加三”便再也无法继续。

此时天下初定，人们历经几百年的战火侵袭与颠沛流离，唯一的念想就是活命，哪里会有心情去读书识字，更别提研习算学。即便是那些常年在外行商的巨贾，算账的本事也仅限于小额数目，再多一点，譬如点算军中箭矢数量、马匹、粮草等，便需同时喊来几十甚至几百个精通此道的账房先生，日日夜夜不停审核方能确定。

从一加到九十九，不但对赵纯熙而言是个难以想象的数字，便是把叶家家主拉过来，恐怕一时半会儿也算不清。她反复划拉算珠，表情从故作从容渐渐变成了委屈痛苦，眼眶一红，似乎就要掉泪。太难了，真的太难了，关素衣这是故意让她出丑！

赵陆离心疼得无以复加，正欲开口求情，站在一旁的赵纯熙的奶娘窦氏愤慨道：“夫人，奴婢是从叶家过来的，见识也不少，便是咱们叶家商铺遍天下，来往银钱甚巨，一日里也不用点算如此庞大的数目，下面自然有账房先生出力。咱们小姐日后嫁的是高门，底下有成群仆役伺候，外面更有得力的管事以供驱使，无须沾染这些俗务。您不想把嫁妆归还，直说便是，何必找由头折辱她。”

赵纯熙眼泪一下就掉了出来，用不敢置信又委屈至极的目光看向关素衣，似乎在无声地质询她是不是像奶娘说的那样心怀叵测。

赵陆离听说连岳丈都不用碰这该死的算盘，不禁对关素衣暗生恼怒。

关素衣瞥了窦氏一眼，不紧不慢地道：“叶家果然是商贾之家，眼界真是……”她顿了顿，叹息道，“不说也罢。拿一介商贾之家与官宦之家相比，难怪镇北侯府此前乱象频生、八方风雨。都说上行下效，然你们侯府却有趣得紧，竟下行上效，不学名士遗风、贵族品质，反倒俯身屈就那九流之末。我说熙儿和望舒怎么年纪这么大还诸事不懂，却原来根由在这里。”

赵纯熙和窦氏最忌旁人拿叶家门第说事，不由容色惊变，而赵陆离极为尊重岳家，此时也动了真怒，厉声道：“关素衣，你积点口德吧！之前是谁说我们理应摒弃掉血脉与种姓的偏见，和和美美地过日子，又是谁一而再再而三以此为由羞辱叶家？那是熙儿的外家，是我亡妻的母族，不是你口中的九流之末。”

“是不是九流之末，我说了不算，你说了不算，世人说了才算。你大可以出了侯府，随便在街上抓一个平头百姓问问，看看商贾是不是九流之末。他若说我说错了，我立时去叶府道歉。”关素衣徐徐吹拂滚烫的茶水，嗓音轻缓，“对你而言，亡妻和叶府的颜面很重要，但对我来说，两个孩子的前程才是最紧要的。你事事依循叶府所为，我却不能苟同。叶府巨富，商铺遍天下，不缺账房先生，这些我都知晓，但那是叶府的东西，与熙儿可有半点关系？没错，日后熙儿的确要嫁高门，伺候的仆役和管事必定不少，但那样就可高枕无忧，享尽一世富贵？高门宗妇，可不是你们想象的那般简单。”

她垂眸叹息：“熙儿这些年除了琴棋书画，恐怕没学到什么东西，说得太深太透，她也不懂，而侯爷堂堂男子，不晓内宅俗务，我便举一个浅显例子。都说前朝权臣季翔并非败于朝堂争斗，而是妇人之手，其中内情你们可知道？”

“只隐约听过，并不通晓内情。”赵陆离被她不紧不慢、不疾不徐的态度弄得有火无处发，只能闷声回话。

赵纯熙极想扑过去捂住关素衣那张嘴，却不得不拼命按捺。只要她一开口，旁人所有谋算都会成空，这似乎已经成了定例。

关素衣意味不明地轻笑一声，说道：“季翔被一美貌的商贾之女迷住，于是休弃了原配妻子，娶那商女过门。原配走后，对她忠心耿耿的管事为了报复商女，便在季府的账目中做了手脚。素来，勋贵世家在人情交际中都有惯例可循，谁家亲厚，谁家疏远，谁家年节时该送多少红封、古董、珠宝玉器，都是有数的，不能随意增改，更不能随意删减。那管事在新夫人过门后照例奉上的账本却是更改过后的，该送厚礼的变成薄礼，该送薄礼的直接抹去，而那商女因家学不足，惯爱在银钱上抠抠索索、斤斤计较，竟擅作主张把本就薄了很多的礼单再减三成。季翔不明就里，竟同时得罪了亲族、上峰、下属，亲族暗怪他不孝不悌，上峰暗怪他不懂尊卑，下属暗怪他薄情寡义，其结果，我不说你们也应该知道。”

季翔乃一寒士，却凭自身努力官拜副相，最后被下属弹劾，渎职、贪墨、谋反等三十六条罪状，他的亲族和上峰无一人为他作保出头，下属个个落井下石，以致罪不当死的季翔竟被判斩首。他的崛起与陨落，成为时人津津乐道的话题，而他死前滔滔不绝地咒骂继室，直言来生绝不娶商户女，也为这起悲剧更添几分传奇色彩。于是后人猜测，他之所以落得个身首异处的下场，应该与那继室有关，但具体细节无从得知。打那之后，商户女便少有人问津，商户之家亦备受诟病。前朝灭亡后，战乱开始，百姓只顾逃命，才渐渐遗忘了此事。

关家人洁身自好，并不爱谈论晦事，但关素衣的外祖母左丁香是个史学家，且对探索市井传奇尤为钟爱。在她的悉心教导之下，莫说前朝旧闻，便是再往上数几千年的宫廷秘事，关素衣也知之甚详。

她刚说出“季翔”二字，赵纯熙就想到了那人对商户女的漫骂，本就难看至极的脸色越发惨白。赵陆离却从中窥见许多玄机，不由陷入沉思。

关素衣用指尖轻点桌面，发出有规律的嗒嗒声，左右看了看父女二人的表情，继续道：“后宅内的一点微末伎俩，却足以扳倒一位权臣，于是才有了‘娶妻娶贤’的先祖遗训，也有了‘妻贤夫祸少，子孝父心宽’的市井俚语。看账、查账、算账、人情往来，均是主母宗妇必须掌握的技能，你固然可以驱使下仆去做，然在自己都一知半解的情况下，又如何能保证不出纰漏，不被糊弄？你若是觉得我让你学习算术、中馈，是玷污了你的清高，折损了你的傲骨，那便罢了，我立刻将嫁妆还给你，你只管自个儿去打理。”

说着说着，她从赵纯熙手里抽走算盘飞快拨弄，屋里只剩下算珠互相撞击的清脆声响，不过片刻工夫，便听她说道：“从一加到九十九，得数四千九百五，很难吗？况且还有更简单的方法……”她将推演过程一一写在纸上，用毛笔圈出答案，语重心长地叹息，“琴棋书画只能用于陶冶情操，真正掌家，还得学些过硬的本事。宗妇主母要内能教导子女、侍奉公婆、打理俗务，外能辅佐夫君、参与交际，而邀宠献媚之事，只有低贱的姬妾才会去做。她们那些人，哪一个不精通琴棋书画？和她们去比岂不自降身份？”

眼看赵陆离羞愧不已，赵纯熙羞愤欲死，关素衣才做下结语：“我处处为两个孩子考虑，没料在侯爷眼里竟成了心怀叵测之辈。我没有看不起叶家的意思，但叶家的家教还是不要带进侯府为好。来人，将窦氏押下去杖责五十，教教她何谓尊卑。主母说话，她一个奴婢竟指指戳戳，凭空污蔑，若将来跟随大小姐去了夫家，又当如何？我是赵家妇，尚能容忍一二，旁人岂能宽宥？届时人家嘴上不说，心里却暗暗记大小姐一笔，久而久之定会坏了夫妻情分、婆媳情分、子女情分，哪儿还有和美日子可言？”

屋外的粗使婆子立刻跑进来，把大惊失色的窦氏押下去。

赵纯熙还沉浸在关素衣看似谆谆教诲、实则极尽贬损的话里，待回过神来时，却听父亲厉声喝道：“差点毁了熙儿一辈子，五十怎够？再加三十！听了夫人的话，我真是醍醐灌顶，倘若你不说，真不知熙儿日后嫁出去会有何遭遇。我不懂内宅俗务，母亲年老体衰，精力有限，日后还需夫人多多费心，之前是我失言，夫人莫怪，能娶到夫人，真是我三生有幸，亦是熙儿和望舒福缘深厚……”

下面那些真诚致歉的话语，赵纯熙已经听不见了，因为羞耻、愤怒、无力、后怕、不甘等情绪正在她内心剧烈翻腾。即便恨透了口舌锋利的关素衣，她也不得不承认，对方说得很有道理。她差一点，只是差那么一点，就被爹爹的教导蹉跎一生。然，她也并不能苟同关素衣的所有观点，谁说邀宠献媚只有低贱的姬妾才会去做？娘亲不正是凭着那些本事爬上婕妤的高位？来日谁贵谁贱、谁输谁赢，现在还未可知。

关素衣只瞥了赵纯熙一眼就能猜到她在想什么，大抵又拿叶蓁那些烂事在自我安慰。没错，叶蓁确实混出头了，但那又如何？婕妤说到底也只是个妾。赵陆离对她那般专一痴情，她好好的侯夫人不做，却跑去跟数百女人争抢一个男人，真是脑子进了水。

然人各有志，关素衣不会再去管赵纯熙会不会行差踏错，能不能过得幸福，她爱折腾就随她去，反正该说的说了，该做的做了，贤惠的名声也得了，这便很够了。

赵纯熙本是来要嫁妆的，却没料被继母好一通贬损，心里焉能痛快？她甚少在爹爹面前提及娘亲，但因心中着实不忿，想了又想还是辩驳一句：“母亲莫要看不起我外家，如今执掌六宫的婕妤娘娘正是姓叶，与我娘亲可是一母同胞的姐妹。”

赵陆离以为女儿对妻子的身份一无所知，听她用骄傲的语气提起叶蓁，心里不免剧痛。

关素衣拿起一个巴掌大的薄胎瓷碗，慢条斯理地舀王八汤，徐徐道：“你那姨母对皇上有救命之恩，这是她的造化，否则凭叶家的门第，是万万入不得宫闱的。这样的好运少之又少，你只看看也就罢了，莫要当真，咱们堂堂正正说一门亲事，堂堂正正嫁过去，别贪图那些不该得的富贵。”话落将碗递给赵陆离，柔声道，“侯爷喝汤。”

“谢夫人。”赵陆离嗓音嘶哑，容色阴郁，显然被戳中了痛处。是啊，当年若非父亲母亲贪图那不该得的富贵，他和蓁儿又怎会生离？若是女儿被皇家的权势迷了眼，铁了心往里栽，将来她们母女该如何相处？拳头狠狠握了一下，赵陆离厉声道：

“别拿你姨母说事！你姨母嫁入宫门，那是你姨母和叶家的福缘，与我们半点也不相干，你只好好跟着你母亲学习掌家便是，将来找个沉稳可靠、门当户对的夫婿，安安稳稳过日子。”

赵纯熙很少看见父亲疾言厉色的模样，不由吓住了，连忙点头答应，眼眶微微泛红。

关素衣将她腮侧的碎发撩到耳后，状似亲昵：“好了，别伤心了，我也是为你好才白说几句，否则我大可以什么都不提，由着你爹爹折腾。你爹爹什么都不懂，差点耽误了你的前程，日后你跟着我，我自会教你。世人对女子的要求本就苛刻，更别提承担家族繁衍昌盛之计的主母与宗妇。德、言、功、容，德排第一，取正身立本之意；言与功，一为谨言慎行，二为持家之道，其中又囊括相夫教子、侍奉长辈、开源节流等；容排最末，却并非指容貌美丽、姿色上佳，而更重端庄练达、沉稳疏阔。所以你看，这里面的道道多着呢，在出嫁之前够你学的。”

赵纯熙被她微凉的指尖弄得浑身发麻，却不好当着爹爹的面躲避。她说的这些话，字字句句都是为了自己好，倘若自己露出半点反感或委屈，倒显得不知好歹了，于是只能硬着头皮道谢，且还得摆出感激涕零的模样。

赵陆离见二人相处“愉快”，沉郁的表情逐渐被欣慰取代，恰在此时，赵望舒一脸不甘不愿地走进来，闷声道：“母亲，您找我？”

“下学了？”关素衣冲他招手，“过来一块儿吃饭。”

赵望舒脚步踌躇片刻，终是在姐姐身边坐下。

关素衣亲自给他盛了一碗饭，笑道：“日后下学你便来我这儿吃饭，饭后我帮你检查课业，与你一同练字，一个时辰方可休息。”

“什么？练字一个时辰？”赵望舒失声惊叫，触及父亲陡然锋利的目光，忙把抗议的话统统咽下去，脸色不由发青。

“夫人肯亲自教导你们，那是你们的造化，日后好好跟着学，莫偷懒。说来惭愧，若非夫人点醒，我差点就把你们教坏了，所幸现在矫正还不迟。夫人，日后他们便劳烦你调教，倘若哪个不听话，直接上家法便是，无须问我。”赵陆离如今一口一个夫人，已是极其顺溜，甚至于在心底还感到十分庆幸与后怕。如果关素衣没嫁进侯府，再过几年熙儿出门、望舒成人，竟不知他们前路在何方。想得越深远，他对关素衣的感激与敬佩也就越重，渐渐竟有言听计从的趋势。

关素衣连忙摆手推拒，直说两个孩子本性不坏，头脑灵慧，将来大有可为云云。

赵纯熙和赵望舒心里憋屈极了，却又不敢忤逆，只得唯唯应诺。吃罢晚饭，几人一块儿去书房，练字的练字，作画的作画，旁观的旁观，看上去竟和乐融融，颇为美满。但到临睡之时，赵陆离借口送两个孩子，终究还是躲了出去，叫关素衣十分称心。

“小姐，侯爷怎么总不与您圆房？是不是他身上有什么隐疾？要不，奴婢帮您打探打探？”等人走远，明芳红着脸说道。

“你要怎么打探？”关素衣将用过的毛笔浸泡在笔洗中，淡看墨团在水中变换形状。明兰背着明芳狠瞪一眼，用口型无声骂了一句，惹得她轻笑起来。

“奴婢想着……”明芳正待糊弄主子，却听外面传来管事婆子的声音：“夫人，方才镇西侯府送来一张帖子，请您过目。”

“镇西侯府？”关素衣接过帖子扫视几眼，不免抬了抬眉梢，竟是秦凌云的嫂嫂李氏送来的，邀她明日去文萃楼一聚。对于这个比自己更命苦的女人，关素衣打心里感到怜惜，如果可能，还想帮助她摆脱悲剧的结局。当然，她不会涉入对方的感情纠葛，只告诫她远离族人也就罢了。

写了回帖，换了寝衣，她心安理得地霸占一张大床，沉沉入睡。

翌日，文萃楼内依然宾客满座，秦凌云带着李氏坐在原位，正翘首以盼。圣元帝还是那副侍卫打扮，几近九尺的身高和挺拔健硕的身材令他在一众文弱书生中显得格外惹眼。

“她说今日一定会来？”低沉浑厚的嗓音将周围的嘈杂声都压了下去。

秦凌云捏了捏腰间的荷包，表情忧郁。李氏心疼地看他一眼，代为答话：“侯夫人昨日回帖，说一定会来。关家人重诺，绝不会失言。”

圣元帝淡淡应了一声，走到栏边俯视。徐广志正与资助自己举办十日文会的九黎贵族坐在一起交谈，关老爷子和关父还未到，想来被什么事耽误了。

他来回踱了几步，似是有些焦躁，正想吩咐暗卫去镇北侯府探听消息，就见一道窈窕身影慢慢走了进来，鹅黄襦裙外罩素白纱衣，宽大广袖缀着一圈毛边，淡雅中透出几分俏皮灵动，一顶幂篱遮住面容，黑纱被风吹拂后紧紧贴在脸上，勾勒出几条精致而又美丽的弧度。

从那婉约起伏中不难窥见光洁的额头、挺翘的鼻梁以及柔软的唇珠，而正是因为这份看不真切的神秘感，叫人越发向往。圣元帝瞳孔微缩，定定看了半晌才猛然回过神来，走到秦凌云身后站定，假装自己只是个侍卫。

关素衣上到楼梯，笑着与镇西侯和李氏见礼，正想摘掉幂篱，却被明兰狠狠扯了两下袖子，低声提醒：“小姐，老太爷和老爷来了！”

掀开的黑纱立刻遮得严严实实，不仅如此，关素衣还反应敏捷地绕到九黎族壮汉身后，笑道：“借你挡挡，若是让家里人看见我与你们侯爷混在一处，也不知要如何恼怒。”如今法家与儒家斗得正凶，偏镇西侯是法家的领军人物，按理来说，关素衣是不该与他扯上关系的。

圣元帝感觉一股陌生的气息靠近，常年征战养成的警觉性令他立刻挺直脊背，握住刀柄，然后就有一种类似于芒刺在背，却又毫无危机感的滋味从骨髓深处慢慢渗入毛孔，令贴近女人的那一侧皮肤酥麻一片。隐约中，他嗅到一股香气，不是后宫嫔妃惯用的名贵香料，而是常年浸淫在笔墨和书籍中才能染上的淡淡气味，很容易忽略，然而一旦捕捉到便会不自觉沉溺。他暗暗深呼吸，却又在关老爷子和关父看过来的时候主动挪了挪步伐，将背后的女人遮得更紧。二人并未认出他，很快就加入了一群名士的交谈。

关素衣躲了一会儿，低声问道:“他们没发现我吧？”

“没有，夫人请坐。”圣元帝嗓音有些嘶哑，待她坐定后才松开刀柄，反手抚了抚自己麻痒的背部。淡淡的香气远去了，令他头脑空白一瞬，然而这一瞬实在太过短暂，不经意间就被忘却。

一楼大厅，徐广志与一位法家学者齐齐走上高台，各自拿起一支毛笔写下两行字——人性本善，人性本恶。法、儒两家在许多观点上都是对立的，就仿佛天生的死敌，无法兼容。人性的善与恶，这又是一个极具争议的论点，也是法、儒两派学者互相辩驳几百年也无法决出胜负的难题。

饶是有意在嫂子面前装可怜的秦凌云，在看见这一论题的瞬间也不禁脱口而出:“徐广志好胆魄！”话落拧紧眉头，从荷包里掏出一粒佛珠。

“这道题很难吗？”李氏乃乡野出身，只粗略识得几个字，会看账，会管家，旁的一窍不通。

“很难。古往今来，在这一论题上，法、儒两派学者从未分出输赢，便是我上去，也不一定有把握驳倒徐广志，当然，他要想驳倒我也难。法家最懂人性之恶，儒家最懂人性之善，我们随口就能举出千百个论据，故而总也分不出高下。”秦凌云边说边掏出三粒佛珠，投入放置在一旁的托盘内。

关素衣摇头叹息:“这本就是个伪命题，有什么好争论的？当真是白来一趟。”话落起身便走。

“夫人，为什么你会说这是个伪命题？还请指教。”伫立在镇西侯身后的九黎族大汉用磕磕巴巴的雅言询问，深邃眼眸中闪烁着求知的神采。

关素衣受到关老爷子熏陶，从小便染上一个“好为人师”的毛病，最受不了这种表情，偏头想了想，竟又坐了回去，曲起一根莹白指尖弹击杯沿，意思不言而喻。九黎族大汉连忙走过去奉茶，一举一动皆是默契，目中更隐现融融笑意。

一名九尺高的汉子端端正正站在对面，用充满求知欲的眼眸盯视，尤其他的瞳仁还透着淡淡的蓝色，显得十分幽远纯净。这幅画面叫关素衣心软。关家乃文豪世家，亦是教育世家，素来秉持着有教无类的原则，只要对方怀抱一颗好学求真的心，无论任何身份，他们都愿意倾囊相授。故此，面对这位几近而立之年却连汉话都说不太顺溜的粗犷汉子，关素衣也愿意与他交流心得，甚至知无不言，言无不尽。她敛眉沉思，试图寻找最浅显的方法来表达自己的观点。

圣元帝捧着茶壶，略微俯身去看，专注的目光似乎想要穿透那层薄薄的黑纱，窥见佳人真容。秦凌云先是咳了咳，见唤不回陛下神智，只得冲嫂子使眼色。

李氏笑道：“忽纳尔，别杵在那儿挡了夫人视线，坐着吧。”

“谢夫人。”圣元帝像模像样地行礼，然后状似拘谨地落座，还极为忐忑不安地看了关素衣一眼。

关素衣挑眉笑道：“忽纳尔，圣殿之光。这个名字取得真好，你父母对你一定有很高的期许。”

秦凌云露出惊异的表情，连圣元帝都愕然片刻，问道：“你懂得九黎语？”

“我外祖母是左丁香。”关素衣委婉答道。

圣元帝恍然：“若论学识渊博，这世上无人能比得过史学家。”

“对，无论哪一个学派、哪一位伟人、哪一本典籍，只要在历史中留下丁点痕迹，他们都能如数家珍。”关素衣爽朗地笑了，显然很喜欢九黎族壮汉对外祖母的间接性恭维，她用指尖点了点楼下的题板，继续道，“你方才不是问我为何今日的命题是伪命题吗？”

“对，我觉得人性应该是恶的，否则为何学坏容易，向善却难？又为何总要用严刑峻法去约束百姓的行为，而一旦法度乱了，社会风气也跟着乱了？”圣元帝目光灼灼地看过去。他对法家思想推崇备至，自然也就更为认同“人性本恶”的观点。他很好奇关素衣会怎么回答。

秦凌云亦端容正色，肃穆以待。

关素衣担心忽纳尔理解不了太深奥的汉话，向店小二要了一套文房四宝，不紧不慢地铺开。她拿起一张白纸，徐徐道：“人在刚出生的时候什么都不懂，他们的大脑就像这张白纸，空空如也，是最简单也最无害的。这时候的他们不分好坏，所以人性也就没有善恶之分。而孩子在渐渐长大的过程中会接触到不同的人和不同的环境，有的和善，有的险恶，于是他们便被涂上各种各样的色彩，成了各种各样的人。善人会有阴暗的心思，恶人会有光明的一面，而绝大部分人都不好不坏，介于善恶之间而已。其实人的本性是什么，孔子和告子早就做出了解答。”

她边说边在两张纸上作画，寥寥几笔便把罗刹恶鬼与笑面菩萨勾勒得栩栩如生。正如她所言，白纸就是白纸，只因人为涂抹，才会令人产生憎恶与欢喜的情绪。

圣元帝盯着她显露在外的一截玉白皓腕出神，竟半天也未开腔。终究还是秦凌云耐不住了，追问道：“你不是说人性不分善恶，只是一张白纸吗？那为何还要对人性做出注解？”

关素衣放下毛笔，徐徐吹干墨迹，低声道：“《礼记》中言，‘饮食男女，人之大欲存焉’；孟子也说，‘食色，性也’。由此可见，人的本性不出‘食’‘色’二字。食为生存，色为繁衍，都是人类最基本的需求。为了生存，再善良的人也会在极度饥饿的情况下做出易子而食一类的恶事；为了繁衍，再狠毒的人亦会放弃生的希望，用性命保护子女安全。一个吃掉儿女，一个舍身救护儿女，大恶与大善的选择，不过是前者把自身生存看得更重，后者把族群繁衍看得更重罢了。太平盛世中，百姓吃得饱、穿得暖、住得好，行善的人自然就多；战火纷飞中，百姓吃了上顿没下顿，为了活命，烧杀抢掠、落草为寇者便比比皆是。而法、儒两家为人性打上善恶的标签，其目的都是驯服人民，引导他们井然有序地生活，又不危害旁人的生存权利。法家以严刑峻法威慑，儒家以博大仁爱劝解，都及不上让百姓吃饱穿暖、安居乐业来得有效。你说是也不是？等他们不用再为保命发愁，再去教导他们尊法行善便容易得多了。”

“对！你说得太对了！”圣元帝连连拊掌，幽深眼眸里满是赞叹。他绝没有想到，关素衣能从人性的本质问题延展到善恶动因，又从善恶动因引申至治民之道。她的思想就像一片天空，无边无际，悠远辽阔，叫人总想探索更多，了解更多。

秦凌云沉吟片刻，心内已是拜服。

关素衣指着下面已经吵成一团的两派学者，摇头道：“所以皇上的当务之急是赶紧让老百姓的生活安定富裕起来，总招揽这些文人整天吵来吵去的有什么用？”

秦凌云咳了咳，然后眯眼去偷觑陛下神色。李氏不安地拉拽秦凌云的衣袖，暗示他帮镇北侯夫人圆圆场。她虽然听不太懂前面那些话，但最后几句却感触深刻。是啊，若能好生活着，谁愿意去做恶人？当年若不是被逼到绝路，秦凌云也不会逃到边关，给陛下当了刽子手。

圣元帝却并未生气，反而哈哈大笑起来：“夫人也觉得这些文人很烦吗？皇上欲广邀天下有才之士为国效力，税制变革、田地分配、军队操练、官员取录等，都需要精于此道的人去做，他只长了一个脑袋，又没有三头六臂，哪里忙得过来？纵容甚至抬举这些文人，都是为了表明他的态度而已。”

“南门立木，千金买骨。”关素衣点了点坐在下面的关老爷子和关父，飒然道，“我祖父与父亲，可不就是最贵重的两块马骨吗？”

圣元帝愣了愣，竟不知该如何回答才好，而关素衣已经站起身，屈膝告辞。听了大半，她已能猜到此次辩论的结果。时人刚得到安定祥和的生活，自然更喜向善行善的学说，徐广志挑起的舌战，一开始就占了天时、地利、人和，焉能不胜？

走到楼梯口，她忽然想起什么，回头道：“忽纳尔十分好学，不当值的时候，你让他多读读书吧。”

秦凌云忍笑回答：“这话不用你交代，平日里但凡有空，我便让他读书，甚至为他请了最负盛名的夫子教导。可惜他嫌弃那夫子是个酸儒，整天之乎者也、咬文嚼字，令他听得十分头疼，每每觑见空隙便逃走了。”

“那就给他换一个懂得变通的夫子，或者让他看自己喜欢看的书，不要夫子也罢。”关素衣一面往楼下走，一面摇头低笑，“这么大了还逃学，与我那继子一个模样。”

李氏吓得面色惨白，连忙上前假意送她，实则把话题扯开去。看着二人走出店门，秦凌云才以拳抵唇，喷笑出声。若是有一天，关素衣知道他口中的酸儒就是关老爷子，不知会露出何种表情。

圣元帝站在栏边目送，等镇北侯府的马车驶出去老远后才收起憨厚的表情，坐到桌边吩咐上酒。他拿起两张画稿端详良久，末了小心翼翼地折起来，收入怀中，意味不明地道："不愧为关齐光的孙女儿，有教无类，连一个小小侍卫也如此照拂。"话落顿了顿，问道，"她那继子是什么模样？"

"听说性子很顽劣，十岁上了还诸事不懂，常常被人当枪使。前些日子不是有人来报，说成王世子被砸破脑袋差点送命吗？就是他干的。旁人想试探你对几个兄弟的态度，却又不敢伸手，便把他推了出去。"秦凌云忍痛往外掏佛珠。

"哦？赵陆离竟也不管？他当年号称'军中智囊'，怎会把儿子教成这样？"圣元帝大感意外。

"他整天念着'亡妻'，哪里有心思管教儿子，况且儿女是'亡妻'留给他的骨血，他视若性命，舍不得动他们一根头发。能娶到关素衣，也是他捡到宝了，再顽劣的子女，关素衣也能教育得很好。听说前两天，赵陆离终于把赵望舒打了一顿，如今正拘在家里念书呢！关素衣可不像关老爷子，不知变通，为人迂腐，她循循善诱的本事极其厉害，你且瞧着，日后赵望舒定能进益。"话落又是"叮叮当当"几颗佛珠。

圣元帝深有感触地点头，却不知为何，对那句"能娶到关素衣也是他捡到宝了"特别在意，想了又想，竟往心底里扎了根，埋了刺，不爽得很。

秦凌云却没察觉到他略显阴郁的表情，继续道："她说关老爷子和关云旗是最昂贵的两块马骨，这脑子，这眼光，竟通透至此。便是我与她比起来，恐也多有不及。"

圣元帝对他的话并无反应，沉着脸坐了片刻，竟忽然起身离开，对此次辩论的结果毫不在意。

回到未央宫后，圣元帝将怀里的两张纸掏出来，摊开在桌上。因折叠的时间太久，印痕很难去除，令上面的罗刹恶鬼和笑面菩萨有些扭曲变形。他用手掌压了压，又抚了抚，终是无法恢复原状，神色不由郁郁。

白福端着托盘走过去，依照惯例将茶杯茶壶等物摆放在陛下触手可及的地方，却听他沉声道："放远些，省得茶水溢出杯沿，打湿纸张。"

白福一面告罪一面把托盘挪远，找了四块镇纸将两幅画分别压平，有心赞几句，却怕马屁拍到马腿上，只得悻悻退至一旁。略压了片刻，将镇纸移开后印痕还在，且文萃楼为宾客准备的都是下等宣纸，又薄又黄，想来保存不了多久。圣元帝看了看，终是拿起纸朝甘泉宫走去。

甘泉宫内，叶蓁屏退左右，正与母亲刘氏密谈，说到赵陆离鞭打赵望舒那一截，刘氏气得破口大骂，直说对方负心薄幸、虎毒食子云云。叶蓁并未回应，只皱着眉头聆听。当年她既舍得扔下一双儿女和痴情不悔的夫君，去追求滔天富贵，可见是个狠心绝情的，自然不会再对侯府的诸人诸事有所留恋。若非赵陆离还有几分利用价值，她早就与对方恩断义绝，哪里还会吊着他。听说赵陆离在关素衣的撺掇下责罚一双儿女，又将掌家权尽数交付，不免庆幸自己棋高一着。连死心眼的赵陆离都能被她迅速左右操控，倘若让她进宫，岂不变成自己的心腹大患？

说不上为什么，即便未曾谋面，她对关素衣却心存极大的厌憎与忌惮，恨不能将她打落尘埃，看着她狼狈不堪，生不如死才好。叶蓁厌恶赵陆离耳根子软，懦弱无用，却也不会放任他成为别人的臂助。她正欲指点母亲把叶繁弄进侯府，却听屏风后传来一道低沉的声音："你们在说什么？"

母女二人顿时魂飞天外，一面跑出去迎驾一面反复回忆刚才都说了什么，会不会犯了忌讳。殿外的宫人全都匍匐在地，瑟瑟发抖，见陛下有意暗访而来，竟无人敢出声提醒。

所幸叶蓁反感刘氏言语粗鄙，在她埋怨时一般都默默旁听，不喜应和，倒没说什么与平日风格大为不同的话。而刘氏对关素衣极其痛恨，来了小半个时辰，也只是滔滔不绝地数落她的种种恶行，并未暴露女儿和叶家的阴私。数落关氏那些话让陛下听去完全无伤大雅，反而不着痕迹地上了一次眼药。想来，日后在陛下心里，镇北侯夫人便是个自私狠毒、虐待继子继女的形象。而陛下此人极其固执，倘若先入为主地厌憎一个人，旁人说什么都不会更改，反之亦然。爱则加诸膝，恶则坠诸渊，这性子十分容易讨好，却也十分容易厌弃。他宠爱你的时候会百依百顺、有求必应，他若厌了你，那就只能自求多福了。

叶蓁反复回忆与母亲的谈话，确定没有失格之处，且还歪打正着，这才放下心来。刘氏能把女儿调教成婕妤娘娘，脑子自然也转得很快，待到跪下请安时，惨白的脸色已恢复如常。

叶蓁早前与刘氏说过，即便离开了镇北侯府，也不能摆出翻脸不认人的姿态，恰恰相反，更要在不经意间流露出内心的痛苦和不舍，才能博得陛下的怜惜，才能让他明白，她是个重情重义、为生活所迫的弱女子，需要一个强而有力的庇护。因此，哪怕叶蓁对一双儿女和前夫并无多少感情，平时总也表现出"念念不忘"的模样。但"念念不忘"和"不得不忘"之间却得有一个完美的过渡，否则天长日久，难免叫陛下灰心，反倒弄巧成拙。

故此，刘氏并不忌讳在圣元帝面前提起外孙和外孙女，行礼过后抹着泪道："陛下有所不知，那关氏与传说中根本不像，一去就撺掇侯爷毒打望舒一顿，现如今将他关在家里，连门都不让出。还有我那可怜的外孙女，本该四处交际应酬，也好叫各家长辈们相看相看，免得将来婚事艰难，而侯府主母更该主动为她举办茶会、花会，开拓人脉，哪料关氏却反其道而行，连连替熙儿拒了很多帖子，且严禁她与世家贵女来往，只让她跟前跟后地伺候。陛下您说，世上哪有这样的母亲？她是想把望舒养废，又误了熙儿终身啊！"说到此处，刘氏已哽咽难言。叶蓁"没敢"当着陛下的面哭，眼眶却盈满欲落不落的泪水，比痛哭更为惹人怜惜。

圣元帝将两幅画平铺在桌面上，缓缓用手掌摩挲压平，刚毅俊美的脸庞不显喜怒。待刘氏说完，他淡淡开口：“前些日子有人来报，说成王世子被人打破脑袋差点送命。朕当时忙于政务并未细查，只着太医令前去诊治。”刘氏渐渐止了哭声，忐忑不安地朝女儿看去。叶蓁心道不妙，却不敢接话，只勉强扯了扯嘴角。圣元帝连眼睑都未抬，依然盯着桌上的画作，继续道：“你们猜那行凶之人是谁？”

刘氏抖着手擦泪，莫说假装哽咽，就连呼吸都屏住了。叶蓁不敢不答，颤声道：“莫非是望舒？”

圣元帝不冷不热地应了一声：“是他。即便成王与晋王因谋逆而被圈禁，但他们的爵位还在，身份还在，血脉还在，他们是朕的兄弟，是皇室一员。谋害皇族者当斩，更进一步还可株连九族，这是你们汉人自古以来制定的律法。”

“望舒他、他竟铸下如此大错！”叶蓁俯下身，额头抵住手背哀告，“求皇上恕罪，求皇上开恩。倘若皇上要罚，便罚臣妾吧，是臣妾亏欠了他。倘若他自小有母亲在身边教导……”

圣元帝听她提起往事，不免心生愧疚，摆手打断：“起来吧，镇北侯打他一顿，这事便就此揭过。听说赵望舒性情十分顽劣，不好好拘在家中调教，难免日后再生祸端。朕能容他一次，可不会容第二次。至于关氏严禁赵纯熙与世家贵女来往……”他思忖片刻，忽然笑了，“难道她手里有一本《世家录》？”

在统一中原之前，此处曾是世家的天下，连皇族宗亲都比不上世家子弟来得尊贵。而圣元帝唯我独尊惯了，自是不喜有人压在头上，正所谓“知己知彼，百战不殆”，他欲铲除世家，必要了解何为世家。那些远离皇权的书香世家，他打算拉拢利用，而盘根错节、势力庞大的官宦世家，早晚有一天会成为他的踏脚石、刀下鬼。偏赵陆离看不透他的心思，总以自己是天水赵氏的血脉为荣，谈得多了，圣元帝就记下了。登基后有人献上一本《世家录》，他翻到赵姓世家那一页，不免莞尔，却因关系已经疏远，并未戳破。

叶蓁见陛下笑得古怪，想追问原因却又不敢开口，正踌躇间，就听他吩咐道：“将《世家录》拿来。”

这话显然是对白福说的，对方领命后迅速指派一名脚程快的小黄门去未央宫取书，片刻工夫，《世家录》就已翻开在桌面上，赵氏逃奴，白纸黑字，清清楚楚。叶蓁臊得脸颊通红，半晌无语，刘氏却惊叫起来：“赵家骗婚！当年要不是他说自己是天水赵氏嫡支……”意识到下面的话很不妥当，她立刻闭紧嘴巴。

圣元帝哪能不知道叶家人是什么德行。商人逐利，倘若赵陆离没有过人之处，叶家绝不会把如花似玉的女儿嫁给当时还在军中打拼的小小参将。不过这些前尘往事与他无关，大可不必理会，只为关素衣澄清误会便是。他很不喜欢刘氏那些贬损她的话，高洁者被卑鄙者所污，其情其景总令人心生恼怒。

叶家母女讷讷难言，羞窘万分，他却连眼皮都懒得抬一下，徐徐翻着《世家录》，叹道：“原来这本书的编撰者也是她的曾曾曾曾曾外祖父，难怪……”似想到什么，他低低笑开了，心情瞬间明朗起来。

“陛下，臣妇失言……”刘氏被喜怒不定的圣元帝弄得头皮发麻，跪下正欲请罪，却又被他打断：“你见识浅薄，日后须谨言慎行才好。关氏端庄淑睿，敬慎居心，率礼不越，深得帝师传承，亦是宗妇之表率，更为朕亲自册封的一品命妇。你诋毁她便是诋毁帝师，诋毁朕。”

罪名一个接一个地往下扣，刘氏已无力承担，委顿在地，连连哀告求饶才被陛下遣退，临走时如蒙大赦。

叶蓁也跟着请罪，心里却极度不平。皇上如此维护关氏，还不是看在关家父子的份上？倘若关家不倒，要想将关素衣踩入泥里还真有些难。她想了想，终是按下越来越深的忌惮。

圣元帝为那“好为人师”的女子正了名、出了气，心情又爽利三分，这才指着早已被他压平的两张画稿，问道：“你绣技了得，可否将它们绣成桌屏？”

叶蓁连忙应承：“自然。陛下从哪儿得来这两幅画？寥寥几笔却极为传神，可见作画者功力深厚。”

圣元帝笑而不答，将画稿交给叶蓁，命她莫要弄皱弄破，八日后来取，这便走了，行至殿门口，似想起什么，又道：“刘氏毕竟是商贾出身，言行粗鄙，若你无事可多看些书，少将她召入宫中闲话，免得扰乱风气。”

前日里让我多多召母亲入宫的人是谁？陛下，您的一言九鼎呢？但这些诘问，叶蓁却不敢说出口，只得扯着嘴角应是。

第四章

入心

叶家人心胸狭隘，睚眦必报，哪怕关素衣已经妨碍不到他们，但只要她存在一日，就是扎在叶蓁心里的一根刺，不除不快，且还有两个孩子在她手底下过活，也就更不能放松警惕。因有老夫人在，刘氏的手伸不进镇北侯府，思来想去，只得把叶繁塞进去。

叶繁是叶家二房唯一的女儿。二房乃庶出，早年分家单过，没什么经商头脑，仅得的一点薄产很快就消耗殆尽，日子过得十分艰难。叶繁十岁那年，父亲在走商途中被盗匪所杀，母亲活不下去，只好把她送回本家，自己改嫁了。因容貌绝俗，叶繁很快便获得叶家家主的青眼，将之纳入大房悉心教养，以图来日找个富贵人家联姻，当嫡妻自然不成，做个宠妾却绰绰有余。叶繁过够了苦日子，也是一门心思往豪门深宅里钻，并不惧那些阴私手段。

她只比叶蓁小六岁，却在幼年时就与父母分家出去，四处走商，并不记得本家只得了一个嫡女，而不是一对双胞胎。被本家收养后锦衣玉食地供着，她便慢慢从一个面黄肌瘦的小丫头长成亭亭玉立的少女，待到十四五岁，容貌已与叶蓁有七八分相似，可说是沉鱼落雁、闭月羞花，因此心也渐大，竟对刘氏相中的几桩婚事极其不满，私下里偷偷勾搭上一位世家子弟。两人情到浓时私订终身，为光明正大地在一起，便闹到刘氏跟前。刘氏见叶繁如此出息，竟搭上了世家子，只得捏着鼻子应了。哪料婚事刚定，九黎族便打入中原，于是烽火连年、白骨露野，许多诸侯国随之覆灭，屹立千年而不倒的世家巨族亦遭受重创。

待到魏国建立，叶繁的未婚夫婿虽侥幸存活，家族却早已大不如前，竟是连一顿饱饭都吃不起了，只能捧着祖宗的牌位细数往日辉煌。叶繁哪里受得了那个苦，照照镜子，觉得自己还能找一个更好的，便让刘氏把婚事退了。那家原有些看不起商贾出身的叶繁，所幸只是一个歌姬生的庶子，也就无所谓。但今时不同往日，他们全指望着叶繁的大笔嫁妆过活，自是激烈反对，两家人便闹了起来。

叶繁被战乱耽误了大好年华，又被未婚夫婿缠着不放，若不是叶蓁获封婕妤，圣上有意提携叶家，她恐怕一辈子都得埋在自己挖的坑里。好不容易摆脱糟心的婚事，她已经二十四岁，放眼看去竟没了出路，心里焉能不急？赵陆离年轻俊美，身居高位，是魏国贵女梦寐以求的夫婿，听说刘氏要把自己送去镇北侯府做妾，她想也不想就同意了。

叶繁惯会做人，只要对堂姐留下的两个孩多加宠爱，两个孩子必定跟她亲近，旁的不说，至少小祖宗们站在她那边，也就等于侯爷站在她那边，日子定然好过。至于传说中才貌双全、知书达理，深得陛下赞赏的关氏女，她一点也没放在眼里。她知道自己最大的武器就是这张与堂姐像了七八分的脸，或许起初只能当替身，但日子长了谁又说得准？

刘氏与叶繁一拍即合，翌日便兴冲冲地去敲镇北侯府的大门。赵陆离看出岳母有私密话要说，便让叶繁去看两个孩子。二人刚入书房，刘氏就张口让女婿纳妾，把赵陆离惊得半天回不过神。

“我刚大婚，恐怕不妥。”

“有何不妥？你是怕关家找你麻烦？好哇，你这忘恩负义的混账，把我叶家置于何地？当年要不是为了你，蓁儿能忍痛丢下孩子去那见不得人的地方？你这爵位还有身家性命都是怎么来的，赵家的富贵又是怎么来的，你没忘吧？蓁儿为你付出所有，可你呢？转过头就帮着新人虐待她的儿子和女儿，我若是不把叶繁送进来，命她照看两个孩子平安长大，我死不瞑目！也怪我当初有眼无珠，识人不清，竟以为关氏是个好的，却没料入了门就原形毕露，把熙儿和望舒当成泥人揉捏。我可怜的蓁儿，她这辈子真是不值啊！”刘氏一屁股坐在地上，又是指天骂地又是号啕痛哭，俨然一个乡野村妇。

提到“亡妻”，赵陆离顿时心痛如绞，抚着胸口红了眼眶，竟说不出一句反驳的话。刘氏戳着他的痛处又是一番游说，最终得到满意的答案。

与此同时，叶繁正在给老夫人请安，看见坐在她下首的女子，心里便是一惊。都说传言不可尽信，但有关于关氏的传言竟远远及不上她本人万一。关素衣此刻正慢条斯理地摆弄一丛水仙，嘴角泛着浅笑，眼里泄出柔色，无需锦衣华服与珠宝首饰的点缀，她那张华美至极的脸蛋和雍容典雅的气度便是最好的装饰，亦是最耀眼的光晕。

瞬间沦为陪衬的叶繁笑得十分勉强，直到赵纯熙和赵望舒闻听消息后欢欢喜喜地跑来看她，才终于找回一点自信。三人好一番叙旧，把老夫人和关素衣晾在一边未曾搭理。

关素衣弄完一盆花球，让丫鬟放在靠窗的矮几上，净了手，一面擦干水迹一面徐徐道：“熙儿，今日迟了整一刻你才来正院请安，我早已提醒你那四个大丫鬟，让她们时时敦促，然她们伺候主子不力，这个月的月银就全扣了，若是再犯，下个月的也扣除，再有第三次，就都发卖了吧。”

这句话打破了满室欣然，三人的说话声戛然而止，唯余四个大丫鬟齐齐跪下的声音，紧接着就是一连串认罪和告饶。而今的镇北侯府，谁人也不敢挑战主母权威，便是老夫人也缄口不言，冷眼旁观。

“眼下虽临近开春，天气却十分寒冷，早上迟那么一两刻并不打紧，夫人如此责罚熙儿，怕是太过严厉了吧？我自幼寄养在大伯母身边，她体恤我，每到隆冬腊月便免了请安……”

叶繁话未说完就被关素衣打断：“所以说你到了二十四五还嫁不出去。别人相看媳妇，最重要的不是容貌，而是德行，一个人若是连自己家的长辈都不孝顺，焉能指望她去孝顺别家长辈？侍奉公婆与相夫教子，原是主母应当尽到的本分，旁的就算一无是处也无所谓。熙儿眼看就要论嫁，即便心里再不愿意，摆也要摆出一副孝顺模样，否则别家派人来打听，得知她连自个儿的嫡亲祖母都不沾边，更不来请安陪伴，焉能指望她嫁过门孝顺夫君的长辈？这是娶媳妇还是娶祖宗？”

眼见叶繁咬紧嘴唇强忍愤怒，关素衣轻笑着补了一刀：“对女人，尤其是未出嫁的女人而言，名声很重要。这一点想必叶姐姐深有体会。”

老夫人这才缓和了面色，又补一刀：“素衣肯管教儿女，那是他们的福气，还轮不到一个外人来插嘴。赵纯熙，你若是不喜见我，不来便是，无须勉强。”

眼见祖母已明明白白流露出对自己的不满，她若是往外面说道几句，谁家敢来求亲？赵纯熙再次意识到关素衣的话是正确的，立刻跪下请罪，直说下次再也不敢了云云。赵陆离和刘氏就是在这个当口走了进来，一个因为女儿的不懂事感到羞愧，一个却因关素衣的打压而怀恨在心。

小浪蹄子，等叶繁进门有你好受的！这样想着，刘氏与老夫人不阴不阳地扯了几句，这便告辞，临走时冲关素衣投去一个轻蔑而又怜悯的眼神。赵纯熙心知自己所求那事娘亲和外祖母已经办妥，心中不免大感快意。

赵陆离对新婚妻子很是愧疚，却架不住刘氏的软硬相逼，只得把老夫人请到内堂说话，并试图遣走旁人。关素衣假装没听懂，照旧留在外面喝茶，赵纯熙等着看她笑话便也留了下来，反倒是赵望舒懵懵懂懂，自顾自跑去玩了。

“里面好像吵起来了，母亲，您不进去看看？”赵纯熙故作担忧。

“无事，母子哪有隔夜仇。”关素衣淡然一笑。

两刻钟后，赵陆离率先走了出来，看见新婚妻子还在，脸颊猛然涨红，随即惨白下来，冲她深深作揖。老夫人紧跟而至，拄着拐杖骂道：“不孝子，你给我滚！”

“抱歉。”这句话也不知是对谁说的，话落，人已经走远，背影看着颇为狼狈。

老夫人瘫倒在软椅上，老泪纵横地道：“素衣啊，你是个好媳妇，我们赵家对不住你！我老了，这些孩子翅膀也硬了，实在是管不住，倘若我不在，烦请你多多照看侯府，切莫让它散了，垮了，败了……”

“老夫人您多虑了。”关素衣轻拍她手背，不紧不慢地道，“侯爷是不是想纳叶繁做妾？”

“你知道？”老夫人猛然抬头，似想起什么，又长叹一声，“你聪明绝顶，哪能看不破叶家的小伎俩。没错，他们想把叶繁送进来，我拦不住。”话落狠狠瞪了赵纯熙一眼。

赵纯熙目中刚泛出一丝得色，就听关素衣不以为然地道：“那就让他纳吧。叶繁入门那日，我把我的丫头明芳也送过去，凑一个双喜临门，老夫人您看怎样？明芳从小伺候我，与我的情分非比寻常，我这便消了她的奴籍，送她几亩田产和一处小院。如此，她也算是有正经嫁妆的良家女子，与叶繁一样可为贵妾。”

这番话把老夫人和赵纯熙惊住了，少顷，一个转怒为喜，一个却差点憋死。

叶家前脚刚把庶女塞进来，关素衣后脚就提拔了自己的丫鬟，二人同为贵妾，这不等于在叶家脸上狠狠扇一耳光吗？面子里子全没了！这招损，忒损，也不知等到那天，叶繁是什么表情。

老夫人一扫之前的颓唐，拍板道：“纳，两个都纳，好给我侯府开枝散叶！你那丫鬟委实不错，我再给她添几抬嫁妆。”

关素衣抿唇而笑，让已然灵魂出窍的明芳赶紧给老夫人磕头。婆媳俩完全忘了去询问赵陆离的意见，当然，就算他不愿，关素衣也有千百种方法让他点头。

关素衣从正院里出来，身后跟着欣喜若狂的明芳和憋屈不甘的继女。因日头很足，气温回升，院子里陆续开出许多嫩黄的迎春花，一行人边走边赏，溜溜达达回了正房。

摊开账本，关素衣指着出项与进项，让赵纯熙帮着算账，自己则捡了一本书随意翻看。想是心里难受面上却不敢表露，赵纯熙把算盘珠子拨得噼里啪啦一通乱响，听上去十分烦人。

明兰嫌弃地撇嘴，暗暗腹诽这位两面三刀的大小姐。

忍了又忍，赵纯熙终是没忍住，勉强用平和的声音问道：“母亲，您要为我爹爹纳妾，怎么不问问他的意见？”

“那你外祖母把叶繁塞进来，可有问过我的意见？你爹爹直接找上老夫人，可有问过我一句？”关素衣连眼皮子都懒得抬，轻声询问。

赵纯熙无话可说，闷了一会儿才道：“就算您要给他纳妾，等一等不行吗？非要挑在我姨母过门的那天？我姨母该多难受？”

“己所不欲，勿施于人。你们叶家想把叶繁塞进来，什么时候不可以，非得挑在我与侯爷新婚不久？你可曾想过我会有多难受？”关素衣合上书，嗓音慢慢变得冰冷，“我现在是侯府主母，刘氏硬逼着侯爷纳妾，就是在当众扇我的脸。圣人有言：以德报怨，何以报德？理当是以怨报怨，以德报德。别人若是真心对我，我自然以真心交付，别人若是想算计我，不好意思，我会让他打落牙齿和血吞。”

临到最后一句，赵纯熙总觉得继母看自己的目光十分尖锐，仿佛早已洞悉她那些小心思，甚至于连娘亲的谋划也一清二楚。但是怎么可能呢？虽这样想，她心中却是止不住的慌乱，只因她现在正如对方所言，不得不打落牙齿和血吞。

关素衣曲起指节敲了敲桌面，冲明芳说道："你现在就跟赵管家去官衙走一趟，他会帮你消除奴籍，转为良民。我抬举你至此是为了什么，想必你心里十分清楚，日后好好伺候侯爷，切莫让我失望。我能捧你，自然也能压你。"

"夫人的大恩大德，奴婢没齿难忘，日后只要您发下话来，奴婢定然为您赴汤蹈火，在所不辞。"明芳知道小姐抬举自己是为了打压叶繁，连忙跪下表忠心。

看见这人诚惶诚恐的姿态，关素衣内心哂笑。幻梦之中的关素衣看穿了明芳的心思，却怕坏了主仆情谊未曾成全，以致叶繁用抬举她做妾为条件将人拉拢过去。故此，关素衣明里暗里中招无数，最后差点被沉塘。而今，她干脆主动把明芳捧起来，同是贵妾，又在同一天过门，为了争夺赵陆离的宠爱，这两人怕是会杀红眼。

狗咬人是惨剧，人咬狗是闹剧，狗咬狗就是好戏了。关素衣只管端坐高堂，等着看这一场好戏。遣走感恩戴德的明芳，瞥见赵纯熙万分难看的脸色，她徐徐道："主母弹压侍妾的手段千千万，最低劣的一条便是亲自动手。叶繁现在是你姨母，你与她多亲近都没关系，但入了侯府就是你爹的侍妾，你与她还是少走动为妙，省得落下个'小妇养的'的名声。"被贱妾养大，这是非常丢脸的一件事。关素衣最后一句话堪称毒辣，把赵纯熙气得差点昏倒。

偏在此时，赵陆离走了进来，大发雷霆道："我不在的时候，你就是这样羞辱熙儿的？岳母说得果然没错，哪怕你面上做得再好看也绝不会真心为熙儿考虑，是我太轻信你了！关素衣，你准备准备，一个月后我要纳叶繁过门，你不同意也得同意。没她在后院照看，我真害怕熙儿和望舒被你害了。"方才若不是他亲耳所闻，亲眼所见，也不知女儿回去后该如何伤心落泪。他原本锁在书房生闷气，过了半刻钟才惊觉还得给新婚妻子一个交代，于是走回上房，打算好声好气地商量劝解，却没料会听见这番话，怒火立刻被点燃。

赵纯熙心中一喜，眼眶却掉出许多泪珠，扑进爹爹怀里低泣，虽什么都没说，默默忍受一切的模样却足够令人心碎。

眼见赵陆离怒火狂炽，正欲发飙，关素衣不紧不慢地开口："我性子直，有话说话，这一点老早就告诉过你们。倘若你们觉得我说错了，好，等叶繁过门，熙儿和望舒就都搬过去由她教养，我丢开手，诸事不管，这样你们可满意？"

赵陆离哑了，赵纯熙也哑了，父女二人面面相觑，骑虎难下。叶繁再如何血缘相近、关系亲密，等她过门也仍旧是妾，哪里有嫡子嫡女不养在主母膝下，反而送去给妾室？若消息传扬开来，日后别说让赵纯熙嫁个好人家，令赵望舒科举入仕，就是二人跨出大门都觉臊得慌。与叶繁太亲近的后果正如关素衣说的那般变成小妇养的。她的确言语直白，叫人听着难受，却从未说错过半字。

赵陆离一瞬间怒火全熄，暗怪自己把在母亲那里受的气撒到妻子头上，有心服软却不知该怎么开口，竟面红耳赤，讷讷难言。赵纯熙暗暗盘算：叶繁只是庶出，寄人篱下，根基哪里能与关素衣相比？若关素衣真被气狠了，把自己和弟弟扔给叶繁教养，那日后该怎么过活？自己本来就没有世家血脉，爹爹还遭了皇上厌弃，若再无帝师府依仗，真个只能在商贾人家里联姻。届时，那些手帕交还不得笑死？赵纯熙越想越心急，五脏六腑犹如火烧，难受得厉害，嘴里发苦，膝盖发软，抖抖索索地想给继母下跪，却被强烈的自尊心支撑着，不肯轻易认输。

关素衣并不稀罕赵家父女的致歉，淡声道："我真心实意为侯府考虑，你们却从未把我当自家人看待，否则也不会在我大婚未满半月的时候就纳妾，还忘了知会我一声，也罢，我干脆当个甩手掌柜。只一点你们得听我的，一月之后叶繁过门那天，明芳也得跟着过门，侯爷不同意也得同意，否则我便回家，让我爹娘与你们谈。放眼燕京，唯有出身低贱又不懂礼数的商贾之家才会在迎娶新妇后不久便纳妾，你们赵府既要效仿，我也不硬拦，爱怎样就怎样，爱谁谁！"

"夫人，我……"赵陆离这才惊觉纳妾不仅是自己的事，还是关家的事。倘若过个三五年，关素衣未曾有孕，他要纳妾谁也不会阻拦，但现在新婚不到半月就急急忙忙把叶家庶女弄进来，未免做得太难看，也等于打了关家脸面，难怪关素衣如此生气。

他悔之莫及，正想好好解释一番，却见对方一字一句冷淡开口："既然你们不把我当一家人，我也不会上赶着倒贴。我这人就是如此，以德报德，以怨报怨，以真心换真心。日后你们想干什么干什么，无须问我，除了中馈，我什么都不管。现在，请你们出去！"明兰立刻上前撵人，瞥见插在花瓶里的鸡毛掸子，恨不能拿起来抽这父女俩。

赵陆离心下焦急，却不知该如何圆场，只得狼狈后退，退至门边深深作揖，忏悔道："夫人你消消气，切莫与我生分。明芳那事我同意，这个家自始至终都是你说了算，任何人也不能动摇你的地位。这次还是我的错，今后定不再犯，在怒气忽至前，我会让自己冷静思忖，再来与你好生商谈，你看这样如何？"

赵纯熙噙着泪开口："母亲，我也知错了，您别不管我。我自幼失母，是姨母看着我长大的，故而与她亲近了些，忘了您的感受。日后我会乖乖听您的话……"

关素衣摆手冷道："无须多言，走吧。"

明兰接着撵人："侯爷、大小姐，你们先走吧，小姐这会儿正难过，你们让她独个儿舔舔伤口。她那些话确实不大中听，但你们私底下好好琢磨，究竟是不是那个理儿？"边说边把人推出去，关了院门。

"终于清静了。"关素衣用指节敲击桌面，沉吟道，"该来的来了，该走的走了，好戏也该开锣了。"

"小姐，该走的是明芳，但叶家庶女哪里是该来的？倘若没有她，绝不会有眼下这些糟心事。"明兰气得直翻白眼。

"她来了，这个家才热闹呢。"关素衣笑得十分轻快。

"热闹什么呀，幺蛾子肯定不少。小姐，您真的打算让她教养大小姐和大少爷吗？那可太好了，这两个人真难伺候，大少爷喜欢打人骂人，大小姐表面看着挺和气，但偶尔会露出特别阴森的目光，看着实在吓人。”明兰拍打胸脯，一副避之不及的模样。

关素衣摇头：“我倒是想，但赵陆离绝不会同意，且看着吧。”她原就打算把这些人凑作一堆，让他们自个儿玩去，但现在不是好时机。她在等，等赵家人继续折腾，然后自己“心灰意冷、黯然离开”。届时，且看侯府能不能鼓瑟鼓琴，笙磬同音，能不能让本就“幸福无比”的生活开出一朵花儿来。

赵陆离被撵出正房后非但不恼，反而十分愧疚焦虑，一是因为自己再次误解了夫人，二是为了儿女的前程。他当时被母亲的谩骂与斥责勾起了许多伤心往事，竟把失去蓁儿的痛苦一股脑儿化为怨气撒在夫人头上。真要说起来，夫人什么都不知道，她才是最无辜的那个。而自己不但不能对她付出丝毫感情，甚至连与她圆房都做不到，她心里不平，说话尖锐了些在所难免，更何况岳母在这个档口把叶繁塞进来，便是菩萨心肠，这会儿也该忍无可忍了。

赵陆离一路走一路唉声叹气，领着女儿到了库房，打算亲自挑拣几样贵重的礼物送去给夫人赔罪。

“素衣说话是直白了点，但也是为了你们好。我知道你们打小与叶繁亲近，然，日后她既入了赵府为妾，身份就变了，与你们的关系也变了，你们敬她爱她，存着这份心便罢，莫要表现得太过，也莫与她走得太近，让外人看去，终究对你们不好。”赵陆离边说边从箱子里拿出许多珠宝，一一摆放在矮几上。

赵纯熙乖巧应诺，面上看着仿佛很平和，内里却翻江倒海，又气又恼。这次关素衣骂她小妇养的，爹爹都能被她三两句话给哄回去，下次骂得更狠，甚至于出手教训，爹爹恐怕也会重重拿起轻轻放下吧！她不是不相信爹爹对自己的舐犊之情与维护之心，而是太忌惮关素衣那张嘴。纵然天塌了，凭她的三寸不烂之舌也能轻松撑起来，只要她愿意。赵纯熙越想越后悔，当初就不该为娘亲包揽这个大麻烦，如今真是请神容易送神难，哪怕把姨母弄进府，也半点没给关素衣添上堵，反让自己处于更尴尬的境地。她要是真把自己和弟弟送去给姨母教养，转天镇北侯府的嫡子嫡女就会成为勋贵子弟们眼中的笑柄，哪儿还有半点尊严可言？

当赵纯熙胡思乱想时，赵陆离已把挑好的珠宝放入锦盒，叮嘱道：“你把礼物亲自送给素衣，诚心诚意向她赔罪。她是刀子嘴豆腐心，定不会与你计较。你要知道，她是关氏女，而‘关氏’二字代表着仁义礼智信、温良恭俭让，代表着时下备受推崇与敬仰的至高品德。倘若你能沾她一点光，哪怕只是一点，日后婚嫁都不用愁。她身体里流着世家血脉，脑袋上顶着儒家光环，背后还站着帝师、太常、陛下这三尊神佛，与她交好你受用无穷。我是撞了大运才能娶她过门，心里不知多庆幸，你们也要惜福才是。”

这还是赵陆离第一次把功利之心灌输给女儿，他原本想把她培养成叶蓁那般不食人间烟火的女子，但关素衣的提点让他猛然醒悟——不食人间烟火的女子是无法在深宅里存活的，尤其是关系复杂的勋贵士族。

陛下怎么能算关素衣的靠山？陛下对我娘亲爱若珍宝，该是我娘亲的靠山才对。倘若我娘亲与关素衣对上，你看陛下会护着谁！赵纯熙心内不忿，却也知道陛下会护着叶蓁，但绝不会护着自己，只因她不但是叶蓁的女儿，更是镇北侯的女儿，而镇北侯或许是他最难以容忍的存在。

“爹爹的话女儿明白。日后我会远着姨母，多多亲近母亲。”她不得不妥协，只因远水救不了近火，婕妤娘娘再尊贵，明面上也只是她的姨母，并不能插手她的婚事。说到底，她现在唯一能仰仗的也只有关素衣，况且她手里还捏着自己的嫁妆。

“好孩子，切莫觉得委屈，素衣心地不坏，你只需听她的话，学好中馈，将来嫁入家风清正、地位清贵的书香门第，自有大把好日子可过。”赵陆离轻轻抚摸女儿发顶。赵纯熙强笑点头，末了亲手抱着锦盒去给继母赔罪。

父女二人来到正房时，四处疯玩的赵望舒已经被管事逮回来，眼下正站在桌前练字，关素衣与他并肩站立，手里也提着一支毛笔，正在一张宣纸上勾画。

“‘虎兕出于柙，龟玉毁于椟中，是谁之过与？’短短一句话，十六个字，你竟错了六个，还有这几个墨团究竟何意？不会默写便空着，切莫将卷面弄得如此脏污，否则日后开了科举，你这样的卷宗，主考官连看都懒得看，直接就会划掉。”关素衣放下毛笔，拿起戒尺，命令道，“把手摊开。”

赵望舒把手背到身后，斜着眼看她，语气满是恶意：“听说我姨母下个月就要嫁进来了？”

“你姨母是纳，不是嫁。”关素衣面无表情地道。

“呸！我说是嫁就是嫁！姨母从小看着我长大，跟我娘亲没什么两样，爹爹也喜欢她，等她进来了，你一定会失宠，因为我们都不喜欢你！听说今天中午，你跟姐姐说不想管我们了，要让姨母来管？正好，小爷我还不稀罕呢！你只会拘着我读书，用戒尺打我的手掌心，教我练字的时候还要我绑上沉重的沙袋，你这毒妇存心想折磨我，我要姨母不要你！”赵望舒边说边拆掉手腕上的沙袋，折断毛笔，拂落砚台，一溜烟儿跑了出去。

这些天每到下学，他就会被继母抓回去练字，写错一个打一记手掌心，写错两个打两记，倘若夫子布置的功课出了差错，一气儿能打十好几下，令他苦不堪言。听说姨母要来，便似神兵天降，他底气一足也就故态萌发了。

砚台掉落在地，发出一声巨响，溅起的墨点沾染了关素衣雪白的鞋袜和裙边，然后慢慢扩散开来。明兰一面跪下给主子擦拭，一面吩咐管事婆子出去抓人。

“不用抓了，都下去吧。”赵陆离堵在门外，单手提着儿子后领，脸色十分难看。他原以为叶繁过门等同于侯府的餐桌上多一副碗筷，是一件不值一提的小事，哪料对儿子、女儿竟会造成这般恶劣的影响。熙儿还好，懂得轻重，望舒竟糊涂至此。再往深里想想，若素衣未曾点醒他们，儿子会一直糊涂下去，没准儿哪天就把自己给害了，也把侯府给害了。赵陆离跨过门槛，撵走不相干的人，把儿子放下，不等他站稳就狠狠甩了一巴掌，斥道："还不给你母亲道歉？"

赵望舒吓蒙了，捂着脸好半天回不过神，片刻后忽然从他腋下钻了出去，一面跑一面哽咽怒吼："不，绝不道歉！她不是我娘，我不要她管！"

"望舒，你快回来！"赵纯熙追不上，只能干瞪眼。

"来人，去把大少爷抓回来！"赵陆离气得指尖都在发抖。

关素衣撩起袖口，把绑在手腕上的插满铅块的布条解下来，语气极为平淡："算了，让他去吧。这个年纪的孩子心思重，脾气倔，越拘着他反而越闹腾。想必你也听见了，他只要叶繁，不稀罕我。罢了，你这一双儿女我今后再也不管了。你不必赔礼道歉，有这个心，便不该在我们新婚未满半月的时候纳妾，更不该纳叶家女儿，叫我处境尴尬，举步维艰。"关素衣揉揉太阳穴，摆手道，"回去吧，我现在头疼得厉害，不想说话。"

"夫人，让你受委屈了，望舒那里我会好生教导……"赵陆离臊得满面通红，万没想到劝住了女儿，儿子又闹起来，这叶繁还没过门呢，家里就鸡飞狗跳，不得安宁，过门之后会如何真是想也不敢想。思及此，他对刘氏这个罪魁祸首竟生了些埋怨。

明兰已然恨毒了赵家人，将赵望舒的文房四宝、书册卷宗等物随随便便塞进包裹里，冷道："侯爷，您先走吧，夫人已经够伤心了，您让她清静清静。您看看大少爷的字迹、功课，是不是多有进益？为了教导他，小姐百忙之中必要抽出两个时辰陪他读书练字，他嫌弃沙包太重，却不知为了树立榜样，夫人腕子上坠了四斤重的铅块，把小时候受的苦统统陪他再吃一遍，就是指望他将来成材，却没料他如此……"不知好歹！

最后一个词有些难听，明兰不好说出来，把东西往赵陆离怀里一塞，用力甩上房门。

赵陆离连连道歉，又站了一会儿，这才带着脸色同样难看的女儿回去。赵望舒写的那些字，作的那些文章，他一一翻阅检查，与之前相比竟似两个人一般，果然大为进益。若他好生在关素衣这里受教，外间又有夫子指点，正如明兰说的那样，将来必能成材。然而现在，他竟哭着喊着要去姨母那里，叶繁只是个商户女，日后还是侯府妾室，哪能教他半点好东西？这不是自毁前程吗？赵陆离越想越焦虑，越想越懊恼，有心挽回却无从下手。

赵纯熙此时也恨不得把赵望舒逮回来狠狠抽一顿。他若总是这么蠢，日后莫说成为她的助力，别拖后腿就该谢天谢地了。

反观赵望舒本人，却未曾觉得自己有错，因府里到处都是继母的爪牙，怕被抓回去惩处，只好往最疼爱他的祖母院子里躲，顺便告一状。

“祖母，祖母，您可得给孙儿做主啊！”人还没进院子，赵望舒的声音就穿透窗棂，把悬挂在横梁上的鹦鹉吓得直扑棱翅膀。

“这是怎么了？谁欺负我的乖孙孙，叫祖母知道，定然打他板子！”老夫人拄着拐杖急急忙忙迎出去，虽脸色还有些难看，目中却盈满笑意。儿子不争气，她就把振兴家族的希望放在孙子身上，平日里难免偏宠了些，更看不得他受半点委屈。

赵望舒扑到祖母怀中，噘着嘴嚷嚷：“是关氏！”话落把人拉进内堂，挽起袖子，抱怨道，“祖母您看，她打我！她还让我在腕子上绑沙袋，害得我磨破好几层皮，晚上疼得睡不着觉。姐姐骗了我，关氏一点也不好，我不要她当我母亲，我要三姨母当我母亲。”

老夫人一面查看孙子手腕和掌心的伤口，一面冲管事嬷嬷扬了扬下颚，让她去打听情况，又有一名大丫鬟拿来金疮药、棉纱布等物给大少爷包扎伤口。

赵望舒为了博得祖母怜爱，虽然不怎么疼痛，嘴上却咿咿呀呀叫得十分响亮，更皱着眉头噙着泪珠，摆出不堪忍受的模样。

老夫人看着极为心疼，却并未如他的愿，把关氏找来申饬或责骂。关氏的为人，她还是很信得过的，旁的不说，单家教，那是全魏国一等一的好。关家乃儒学世家，更是仁德世家，谁都会有私心，谁都有可能对继子继女不利，唯独关氏不会。她绝不会让关家的百年声誉砸在自己手里。

打听消息的管事很快入内，附在她耳边窃窃私语。赵望舒不停用眼角余光偷瞄，发觉祖母的眉头越皱越紧，便以为祖母定会为自己做主，于是继续哭诉：“关氏好狠的心，我不要去她院子里读书了，日后姨母过门，我就搬去姨母隔壁的院子住，姨母会照顾我。她打小最疼我和姐姐，待我们十分真心，绝不是关氏可比的。”

“住口！”一直缄默的老夫人忽然怒了，用力拍打桌面斥道，“什么姨母姨母，待她过门，你只能叫她姨娘。从来没听说有嫡子嫡女不在主母身边教养，反去亲近一个妾室的，你已经十一岁了，难道连这个都不懂？别一口一个关氏地叫，她是你母亲，你必须敬着她，便是她打你骂你，让你绑沙袋练字，那也是为你好，你且乖乖听话。来人，把大少爷押去正房给夫人道歉，倘若他不愿意，就让他跪在门外，等夫人消气了再送回惊蛰楼。”

几名身强体壮的管事婆子应声入内，欲把大少爷押送回去。

赵望舒惊呆了，直到被人架出去才醒转，一面猛烈挣扎一面号啕大哭。婆子们不敢弄伤他，很快就松了手，他无处可逃，干脆躺在地上打滚捶地，哀诉不已，什么“祖母不疼我了”“我没娘，现在连爹也没了”“姐姐骗人，关氏恶毒，存心折磨我”“姨母快过门吧，只有你真心待我”云云，把全府的人都骂了进去。

老夫人见他一副泼皮无赖的模样，着实大吃一惊，仿佛今天才真正认识这个孙儿一般。

“快把他拉起来！一不顺心就满地打滚，涕泗横流，指鸡骂狗，这是谁教他的？

啊？究竟是谁教的？”老夫人怒发冲冠，几欲仰倒。

偏在这时，赵陆离和赵纯熙追了过来，看见乱成一团、沸反盈天的正院，脸色变得更为难看。

赵望舒这副撒泼打滚的模样，可不就跟刘氏一般无二？几个时辰之前，她还在自己书房里闹腾，硬逼着自己答应了纳妾。叶家除了蓁儿，怕是没一个懂得“礼数”二字该怎么写的，这也罢了，竟把自己好好的儿子也教成这样。赵陆离心里苦不堪言，却没地儿申诉，只好走上前把儿子拽起来。

赵望舒最惧怕父亲，见了他就像老鼠见了猫，连忙站起来，胡乱把眼泪擦掉，继而露出胆怯的笑容。

“去祠堂里跪着，什么时候知错了，什么时候出来。”赵陆离略一甩袖，就有两名侍卫把脏兮兮的大少爷押下去。

这回他再也不敢挣扎、打滚、捶地、哀号，只一眼又一眼地去看姐姐，希望她能说几句求情的话。赵纯熙垂眸，假装什么都没看见。一行人渐走渐远，正院里终于安静了。

“叫母亲烦忧，儿子不孝。”赵陆离冲台阶上的老夫人告罪。

“你不孝的事多着呢，不差这一桩。”老夫人转身回屋，冷道，“走了一个叶蓁，又来一个叶繁，叶家这是不打算放过我镇北侯府啊！早年你鳏居，也没见叶家担心两个孩子无人教养，而今你大婚，娶了贤名在外的关氏女，他们便硬塞一个庶女进来，这是干什么？你娶妻纳妾竟不能由着自己，却处处听凭叶家摆布，要我说，你干脆入赘叶家得了，就当我从来没生过你这个孽子！”

赵陆离无话可说，唯有沉默。赵纯熙偷偷拽住他衣袖，以示安慰。

老夫人长叹一声，又道：“素衣是个好的，她若是我女儿，便是让她嫁给贩夫走卒也不会许给你。是我们赵府把关家害了，你若还有良心便好好待她，她现在或许可以观望等待，但再热的心、再暖的情，早晚也有冷却的一天，届时你就算想挽回也挽回不了。我言尽于此，你爱听不听吧。”对这个儿子，她早已没了期待，略微提点几句就命人备上厚礼，亲自前去给儿媳妇道歉。倘若儿媳妇真的丢开手不管望舒，他将来哪儿还有前程可言？

赵陆离心中有片刻慌乱，待要细思，那慌乱又消失无踪，唯余满腔无奈和懊悔。

关素衣与老夫人长谈到半夜，碍于孝道，只好把赵望舒这块烫手山芋又接回去，所幸老夫人对赵纯熙只字不提，竟有丢开手，让她与叶繁凑作堆的意思。一夜无梦，翌日，她打过招呼就回了关家，与祖父、爹娘通报侯府纳妾的事。

“果然是逃奴后裔，恬不知耻！哪有新婚未满半月就纳妾的人家，这摆明是作践我们依依啊！若是当初我早些把依依嫁了，而今哪用受这等折辱。赵府和叶家真是欺人太甚！”仲氏气得七窍生烟，倘若赵陆离和刘氏站在面前，定然会被她撕成碎片。

关老爷子一面抚须一面摇头，直说赵家不懂礼云云。他为人正直，秉性木讷，一时间竟不知该如何帮助孙女，心里火烧火燎一般难受。

关素衣并未指望母亲和祖父，她是特地回来与父亲通气的。别看父亲表面文质彬彬，光风霁月，内里却自有乾坤。他学识渊博却不迂腐，为人忠直却不守旧，上可侍君下可恤民，与同僚亦关系融洽、互通有无，心机手腕样样不差。幻梦里他错失良机潦倒一生，如今便似蛟龙入海，必定大展宏图。

有父亲在，关素衣什么都不怕。她好声好气地劝慰母亲与祖父，末了说道："所幸我与赵陆离本无情谊，他要纳妾不过是小事一桩，我把明芳也给他，叫他尝尝齐人之福。只要关家不倒，只要祖父和爹爹还能在陛下跟前说得上话，谁能拿我怎样？我依然是侯府主母，无论赵陆离纳多少姬妾进来，都动摇不了我的地位。只是叶繁身份上有些特殊，叶家恐怕会请动叶婕妤替她撑腰。"

关父心领神会，不以为意地摆手："前朝后宫，陛下分得极为清楚。叶婕妤再得宠，牵扯朝堂之事她也说不上话。"关父慢条斯理地吹了吹热茶，嗓音渐冷，"她若是明目张胆地替叶繁撑腰，爹爹便让叶家没脸，且看谁的腕子更粗。"话落爱怜地摸摸女儿发顶，软了腔调，"你安安心心地回去，万事都有爹爹在。嫁进那样一户人家，不交心是对的，不交心才不会被伤心，不交心才能绝情。当然，不到万不得已还是不要绝情断义，但倘若真是无可奈何，咱们关家谁也不惧。"

"你爹说得对。以德报怨，何以报德？赵家对你不仁，咱们也无须对他有义，只维持个面上人情也就罢了。"关老爷子没别的毛病，就是护短，事涉孙女儿，他完全可以六亲不认。

仲氏到底是女人，懂得后宅孤寂的可怕之处，将女儿拉到一边，叮嘱她尽量拢住夫君，切莫走到无可挽回的地步。关素衣表面应诺，内里却不以为然，在家舒舒服服待了一整天，临到傍晚才乘坐马车回侯府。

与此同时，文萃楼内的辩论还在继续，这是第三场，因前两场打出了名气，这一回来的人格外多，也格外热闹。秦凌云伴着李氏坐在老地方，圣元帝站在栏边，看似云淡风轻，实则目光紧紧盯着门外来往的马车。眼看徐广志与对手走上高台，开始书写今次的辩题，他终于按捺不住了："镇北侯夫人怎么没来？"

不等侍卫答话，李氏就讥讽道："她怎会有心情来？侯府出大事了。要换成我，先砍了赵陆离，再杀去叶家，叫那起子小人自食恶果！"

得知关素衣竟陷入困顿，圣元帝眉头紧皱："怎么还牵扯到叶家？究竟发生何事？"

李氏虽是个大字不识的村妇，性情却极为爽直，对看顺眼的人尤其维护。她原以为书香门第出身的镇北侯夫人定有些清高傲气，听说秦凌云要带自己去认识对方，心里其实有些抵触，更有些自卑，哪料关氏雍容娴雅，待人诚心诚意，温文有礼，故而很快就相谈甚欢，交上了朋友。

镇北侯的痴情名声早已传得众人皆知，燕京贵女见他对亡妻那般专一，莫不认为他是个世间难得的好儿郎，于是都想嫁给他为妻，也同样博得一份痴情。但李氏不以为然，镇北侯既已将痴情尽付亡妻，又哪里还能看上别的女人？嫁给他不是享福，而是受罪，没准儿一辈子都得独守空房，孤灯冷伴。可惜素衣那样的好女子，余生便这样平白耗费，没个解脱，只因圣旨赐婚是不能和离的。

思及此，李氏对圣元帝不免有些埋怨。因她曾在军营里掌过厨，专门伺候过当时还只是叛军将领的圣元帝，二人的关系堪称熟络，于是心直口快地道："陛下，您可把素衣害苦了，竟将她指给赵陆离那个软蛋！"

"究竟怎么回事？"圣元帝嗓音冰冷，眉头也皱得很紧。

"素衣与赵陆离成婚未满半月，叶家那老虔婆竟找上门，哭着喊着要赵陆离把养在她膝下的庶女纳为妾室，说素衣心狠，苛待两个孩子，得有个叶家人在侯府里照看才能放心。您听听这是什么话？哪有岳母把手伸进女婿房里去的道理？况且这岳母已经算不得正经岳母，却把偌大一座侯府当成自己后宅一般，想怎么挟持就怎么挟持，想怎么调弄就怎么调弄。若换成是我，早一嘴巴子抽过去了！"李氏越说越恼，把好不容易装出来的贵妇姿态毁得一干二净。秦凌云一面扶额哀叹，一面轻拉嫂子衣袖，示意她说话注意点。陛下如今是魏国国主，可不是当年与他们插科打诨的头领。

圣元帝原以为这桩婚事是赵陆离舍弃自尊求去的，定会善待关素衣，哪料他竟干出这种事。便是撇开所谓的情爱不谈，圣上钦赐的嫡妻，又是一品诰命在身，怎么着也该看重一二吧？他这样做，置关家于何地？置圣意于何地？自叶蓁离开，他变得一蹶不振，也越发不知所谓，难道一个女人真就那样重要？既如此，当初为何不阻止老侯爷？圣元帝猜不透赵陆离的心思，也无法理解他的所作所为，只心里憋着一股气，左思右想却不知这股气是为了昔日的同袍，还是那被人折辱至此的女子。

李氏见皇上久久不言，又道："素衣是怎样的人，我只见过一面就能知道，凭她光风霁月之姿，断不会苛待继子继女，叶家那些说辞不过是恶语中伤罢了。这桩婚事乃陛下钦赐，而素衣又是堂堂一品夫人，原该备受敬重，但叶家偏不把她看在眼里，大婚没几天就逼迫镇北侯纳妾，说叶家不是存心为难素衣，我打死都不相信。陛下您说，他们凭什么这般轻贱您金口册封的一品夫人？"不等圣元帝回答，李氏讥讽道，"还不是仗了叶婕妤的势？没有叶婕妤，叶家现在还在边关贩马呢！"

秦凌云已快把李氏的袖口拽烂，却阻止不了她的仗义执言，心里又是好气又是好笑，只得冲皇上作揖赔罪。

圣元帝不会与一个妇人计较，况且李氏说得没错，若不是背靠皇族，叶家哪敢直接与帝师府对上？也不知关素衣现在如何，心里是什么感受，对于这桩赐婚有无怨怼？面色又阴沉了好几分的圣元帝终于坐不住了，甩袖说了声"打道回府"便大踏步下了楼梯，片刻工夫就走得不见人影。

秦凌云看看下面高谈阔论、不可一世的徐广志，又看看群情激动的儒家学者，不由低笑起来。可怜这些人极尽表现，却不知他们想攀附的贵人早就了无兴趣。比起旁听舌战，他似乎对关素衣更为在意？心里转着这个念头，秦凌云又是飒然一笑，见嫂子还是气鼓鼓的，连忙拍了拍她紧绷的脊背，宠溺之情溢于言表。

圣元帝刚回到未央宫，便有暗卫将镇北侯府近来发生的事一一呈报。

"先是苦劝镇北侯娶关素衣为妻，后又把庶女塞进去钳制主母。白福，"圣元帝放下密函，沉吟道，"你说叶家是有意为之还是误打误撞？"

陛下前脚把镇北侯夫人的名讳添至寻芳录，刘氏后脚就带着赵纯熙巧遇关家母女，还说什么一见如故，分外投缘，定要关氏给赵纯熙当后母，末了便有赵侯爷入宫求旨一事。如此多的巧合发生在同一时间，若说里面无人推动，白福打死也不相信。但事涉叶婕妤，他并不敢贸然接话，只好打了个哈哈："这个，奴才也不好说，许是天意如此。"

"所谓天意，大多都是人为。未央宫里的消息未免泄得太快了。"圣元帝已在心里定了叶家甚至叶蓁的罪。但他早年曾起过誓，定会保叶蓁一生无忧，只要不触及逆鳞，便也不会动她，然而对她的印象到底是大打折扣。

"往日你们只知保护朕，旁的一概不管，今后得改改。"圣元帝将密函扔进火盆里烧掉，一字一句说道，"再分拨几批人马，将各宫清理一遍，上至贵主下至贱奴，都得调查清楚，有那形迹可疑的，不拘是谁，位高位低，统统给朕处理掉。日后各宫但有异动，朕要第一个知晓。"

暗卫心中凛然，接了皇命立即去办，把偌大一座皇城翻了个底儿朝天，也确实清理出许多前朝遗留的暗桩，尤其是未央宫，随便找了个借口处置了一大帮眼线。

圣元帝虽是九黎族少族长出身，但到底没管理过邦国，更没当过皇帝，一切都还在摸索之中。此前他小看了女人的力量，接到奏报才知，这些女人争来斗去的手段竟丝毫不逊于战场中真刀实枪的拼杀。而在他心目中皎白如月、温婉柔顺的叶蓁也不是善茬，虽手里暂时没出人命，但独自对上太后与满宫嫔妃，竟未曾落过下风。可见她种种自艾自怜的作态都是在博取同情，然后借势上位，甚至借刀杀人。

圣元帝脸罩寒霜，沉声道："朕以为她是被逼无奈才屈从了赵陆离之父赵铭，待在朕身边只为找一个安身立命之所，却原来她也蝇营狗苟，手段用尽。她那些痴情不悔、旧情难忘、抑郁度日、以泪洗面，莫非都是假的不成？"

白福哪里敢非议婕妤娘娘，若是转过脸来皇上又惦记起她的救命之恩，还不拔了自己舌头？于是继续打着哈哈。

圣元帝也不需要他的回答，讽笑道："在偌大的权势面前，谁又能不忘初心？叶蓁会变成而今这副模样，倒也并不奇怪。罢了，朕说过会保着她，那便继续保着吧。"话虽这么说，却把派遣到甘泉宫中的人手都撤了回来。叶蓁既有如此才干，想来并不需要旁人额外的助力。保与护，一字之差，待遇却天渊之别。

看完各宫密报，处理掉所有暗桩与眼线，圣元帝心中憋着的一股气却未曾消减。他拿起一份奏折，老半天未曾翻过一页，忽然莫名其妙地道："白福，朕记得你们中原人有一种说法，但具体是哪几个字，朕却有些模糊了。"

"什么说法？"白福丈二和尚摸不着头脑。

"有一颗明珠，它璀璨夺目、价值连城，本该被人珍而重之，好生收藏，却为某一毫无眼力的人得了去，然后被当成顽石或鱼目，随意扔在角落，致使它日日搁置，蒙上尘灰。这是个什么说法？"

"鱼目混珠？明珠蒙尘？明珠暗投？"白福试探道。

"对，明珠暗投。"圣元帝恍然，本就晦暗的眸色不免又深邃几分。

白福等了许久也不见下文，抬头飞快瞥一眼，发现皇上正慢慢转着拇指上的血玉扳指，表情阴郁，心思莫测，只得战战兢兢退至角落，使劲儿琢磨这句"明珠暗投"指代何事，或者，何人？

后宫乱成那样，圣元帝也是头疼不已，既然叶蓁有能力亦有手腕，让她继续管着倒无妨，至于再进一步，有窥探帝踪之罪在前，一个婕妤之位便顶天了，旁的尽成奢望。

这些内情叶蓁一概不知，却着实慌乱起来，只因各宫人事变动不小，有的人一夜之间消失无踪，有的人忽然冒出了头，未央宫中更是如此。而她贵为婕妤，执掌六宫，竟一点风声也未听见，再要联系手底下的眼线才发觉，他们竟也莫名消失了。

"娘娘，继掌事姑姑调走之后，司琴和司画也走了，奴婢方才去问，她们不肯说，也不知将来会去伺候哪位主子。娘娘，咱们该怎么办？"叶蓁的大宫女咏荷忧心忡忡地问。

掌事姑姑司明乃前朝老人，在这座禁宫里待了几十年，先后服侍过两位皇后、一位昭仪，堪称手眼通天。而司琴、司画是她的嫡传弟子，一个善医术，一个善谋略，都是不可多得的人才。有她们作为助力，叶蓁一路走得顺风顺水。

因不明底细，叶蓁并不敢重用几人，只等抓住她们软肋再行要挟，但即便只是偶尔垂询，也是获益匪浅。如今她不由暗暗后悔，若是早些把这几人收拢，她们便不会说走就走。倘若她们成了别人的心腹，定会调转矛头来对付自己，那就不妙了。

心里转着无数阴毒的念头，叶蓁面上却丝毫不露，大大方方把人送走，还给了丰厚的赏赐，算是全了主仆情谊，背地里却打算查清几人动向再做处置。

宫中变动，叶蓁着实慌乱了好些天，及至太后下懿旨，言明皇上初登大宝需行善积德，现将大龄宫女、内侍，放回原籍予以家人团聚，方恢复镇定。而司明、司琴、司画和那些平白消失的眼线，均在这批宫人之中。

"吓死奴婢了，原来是太后娘娘欲行善事才闹出这样大的动静。"咏荷一面给主子捶腿一面感叹。

“行什么善事？老虔婆这是存心与本宫作对呢。”叶蓁狠声道，“她定是查到些什么才清理六宫的。不过无碍，有钱能使鬼推磨，本宫别的没有，银子却多的是，再收买几个眼线也就罢了。”

话刚说完，有内侍跪地通禀，说太史令夫人递了牌子前来觐见，如今正在宫门外等候听传。

“不见。”想起皇上的吩咐，叶蓁毫不犹豫地摆手，须臾又改了主意，“罢了，将她带进来。”

刘氏缩肩塌背地走入大殿，行了个不伦不类的宫廷礼节，上不得台面的模样叫叶蓁胸闷不已。未等刘氏开口，她冷道：“日后无事切莫入宫，没得给本宫丢脸。”

刘氏瑟缩一下，诉苦道：“若无事，我也不敢时时来叨扰娘娘。说起来，还是镇北侯府那头出了问题。娘娘不是吩咐我把叶繁塞进去吗？赵陆离答应是答应了，万没料到关氏竟起了幺蛾子，把她的贴身丫鬟除了奴籍，也硬塞给他，还选在同一天过门。眼下，燕京都传遍了，赞她贤良淑德、雍容大度，不愧为帝师之后，斥咱们叶家商贾出身，不懂礼数。咱们没给她添半点堵，反倒惹了一身腥，待叶繁与那贱婢过门之日，怕是会被满城勋贵臊死。哎哟，我这脸都不知道该往哪儿搁了。”为了应景儿，刘氏抬起左手挡脸，表情十分恼恨。

叶蓁沉吟片刻，冷笑起来：“本宫还当发生了什么，原是这点鸡毛蒜皮的小事。关氏过门没多久，想必对赵陆离感情不深，这才舍得把自个儿的丫头给他。女人多是以夫为天，日子长了难免深陷情网，却是作茧自缚的时候到了。叶繁不是省油的灯，叫她好好拉拢那丫头，二人合击一个，又有熙儿在府中帮衬，早晚叫关氏自食其果。”

“话是这么说没错，但咱们叶府女儿竟与一个贱婢同日过门，且还都是贵妾，这脸可丢大了。”刘氏咬牙切齿地道，“早知如此，当初便不该把关氏弄进侯府，随便找个浪荡子将人掳走，毁了清白再送回去，叫她悬梁自缢才好。届时关家也名声扫地，看他们怎么在燕京立足！”

叶蓁语带讥讽：“你也就是嘴皮子利索，有本事便去做，看看能不能避开皇上的追查。”

刘氏没本事，只能悻悻闭嘴。

叶蓁叹道：“罢了，毕竟是叶家女儿，哪能让外人欺到头上。你且放心回去，明日本宫便派人去给叶繁做脸。本宫倒要看看，关氏手腕再硬，还能硬得过本宫不成？”

“她一个小小的侯夫人，焉能与娘娘相提并论？叶家的脸面也是娘娘的脸面，娘娘务必把脸做大些，好叫旁人知道叶家的荣宠富贵。”刘氏转怒为喜，语带谄媚。

叶蓁淡然应诺，话锋陡然一转：“最近太后清理宫闱，扫灭本宫许多眼线。你也知道，栽培一个得用的人不容易，其中花费甚巨，还需家里多帮衬些。正所谓‘一荣俱荣，一损俱损’，叶家如今全靠本宫支应，本宫好了你们才能好，本宫若是倒台，后果自不用说。”

“呸呸呸，娘娘别说这些丧气话，有救命之恩在，倒谁也倒不了你。”说完这话，刘氏莫名有些心虚，忙把怀里的银票翻出来交给大宫女咏荷。

“日后有事，本宫自会遣人送信，你别总往宫里钻，免得陛下反感。”叶蓁慎重嘱咐一句，末了命人送客。

与此同时，圣元帝正在未央宫中接见镇西侯秦凌云，二人也不说话，一个递折子，一个翻阅，行止间默契十足。

看完折子，圣元帝冷笑道：“复辟大周，薛明瑞倒是胆大妄为。待魏国初兴，朕早晚要夺回被他占去的蜀州等地。”

秦凌云并不开腔，把扩张军队、囤积粮草、打造武器、购置战马等折子递过去，里面条条款款罗列整齐，可见已筹谋良久。

那薛明瑞原是前朝大将，战败后率领十几万兵马遁入丛山峻岭、道路险阻的蜀州，联合当地匪寇成立了新军，一再扩张后竟把周边等地占去，自立为王，欲与魏国二分天下。卧榻之侧岂容他人鼾睡，圣元帝霸道惯了，早已有心反攻，却因魏国初建，民心不稳，不得不暂时搁置。

二人料理完军国大事，这才说起十日舌战。圣元帝对谁输谁赢丝毫不感兴趣，张口就问：“镇北侯夫人可去旁听？”

“自从赵陆离纳妾的消息传开，她便再没去过。”秦凌云取出一颗佛珠扔进茶杯。若不是对皇上的态度感兴趣，他万万不会把话浪费在这种小事上。

“纳妾便纳妾，她是朕亲封的一品诰命，难道还怕地位不够稳固？”圣元帝不知出于什么心理，又追加一句，“为赵陆离那样的人劳心劳力，伤心伤情，着实不值。”

“既知道赵陆离是个什么货色，皇上当初为何要赐婚？这不是亲手将她往火坑里推吗？”

圣元帝被镇西侯问住了，好半天未曾开腔。他若是早知道真正的关素衣是那样，又岂会……掐灭埋藏在心底深处隐隐约约的念头，他沉吟道：“是朕失察，害苦了她，看在帝师和太常卿的份上，朕自会弥补。”

“怎么个弥补法？”秦凌云含笑追问。

“保她一生无忧便是。”说完这话，圣元帝心中陡然松快很多，冲镇西侯摆手，示意他退下。

秦凌云告辞离开，走到大殿门口，忽然说道：“明日便是舌战的最后一日，她或许会去。”

圣元帝似乎充耳不闻，又似乎若有所思。

翌日，人满为患的文萃楼内，秦凌云与李氏依然坐在隐蔽的角落旁观。二人对面，原本政务繁忙的圣元帝竟也就座，一双灼灼鹰目盯着楼下，不知是在看春风得意的徐广志，还是在看被堵得水泄不通的大门。

眼见舌战一触即发，门外终于驶来一辆乌篷马车，一位头戴幂篱、身穿素衣的女子伴着一个小丫头入内。她们有意避开关家父子，朝视野狭窄的过道走去，却总是被人群围住，未曾寸进。

“把镇北侯夫人接上来。”圣元帝略略抬手，便有两名侍卫领命而去。

“素衣来了？”李氏探头往下看，脸上满是欢喜的神色，“我还以为她会伤心许久，哪料才几日就恢复常态。这才好，否则日后岂不被伤得千疮百孔？”

圣元帝心内隐隐刺了一下，不由暗怪自己当初太过草率，见人平安上了楼梯，这才站到镇西侯身边假装侍卫。

“多日不见，诸位别来无恙。”关素衣双手抱拳，语含笑意。分明是游侠的粗俗礼节，被她做来却平添一股儒雅洒脱之气。

秦凌云略一点头，并不搭腔，李氏连连说好，将她拉到自己身边落座。

“府里的事摆平了？你就那么认了？”李氏是个急性子，张口就问。

“不认还能怎样？”关素衣飒然一笑，“天下间哪有不纳妾的男子，我只当好主母，尽到本分，旁的便顺其自然吧。”

“哎，做女人不容易啊！”李氏有感而发，“要我说，与其嫁入勋贵世家，不如嫁给贩夫走卒，好歹后院清净。”

“哪里会有清净的后院？曾有这样一个故事，一对卫国夫妻在神佛面前祈祷，妻子求佛祖让自己发财，得百捆布币，丈夫听了很奇怪，问她为何只求如此菲薄的东西。妻子说：‘若是超过这个数，你生活富裕了便会换一个小妾回来，我就该吃苦头了。’所以你看，只要是男人，有了余财，哪有不想纳妾的道理，除非你一辈子跟着他受苦受穷，可受苦受穷就该是女人最好的归宿不成？要我说，嫁给谁其实并无差别，只要自己想得开便好。当然，这世上也有重情重义如我外祖、祖父、父亲者，却也是万中无一的，与其心心念念去撞那个大运，不若顺应天命罢了。”

李氏深以为然，越发绝了改嫁的心思，惹得秦凌云差点跳脚。圣元帝听着也不舒坦，莫名对赵陆离添了几分厌憎。

说话间，外面有许多小黄门走过，抬着巨大的结着彩绸的箱笼，一路敲敲打打十分热闹，把文萃楼里的茶客引走好些。

片刻后，有人探听到确切消息，跑回来与旁人津津有味地议论：“你道怎样？却是宫里最得宠的叶婕妤给自家堂妹做脸来了，赐下许多贡品，其中有一座八尺高的红珊瑚，通体透亮，色彩明艳，堪称价值连城。这样的宝物商人用不起，勋贵买不到，唯皇室才配拥有。”

“婕妤娘娘这是明晃晃地昭告天下，她叶家子弟背后靠着皇上，旁人不能欺辱半分，便是镇北侯夫人，堂堂帝师后人，也得俯首屈就。”有人唏嘘不已。

“叶家太不地道。成婚三年无子方能纳妾，这是俗流，偏他家等不及半月就往女婿房里塞人，若我是镇北侯夫人，非得气晕过去！”

“是啊，这女婿还不是正经女婿，更不该了，真是仗势欺人。”附和者甚众，但碍于叶婕妤得宠，不敢说得太过，很快就转移了话题。

关家父子气得脸色铁青，站起身向各位同好告辞，随即匆忙离开。而当事人、原该被气晕过去的关素衣，此刻正趴在栏杆上，低低笑开了。

听见她不知是悲是怒、是神伤还是麻木的笑声，圣元帝耳根似被烈火灼过，滚烫得厉害。

李氏是个爆炭脾气，听了流言，当即就啐道：“呸！好一个狗仗人势！”

秦凌云咳了咳，又冲李氏使了个眼色，提醒她皇上就在此处，便是打狗也得看主人。当然，若皇上不在，她想怎么骂都成。说到底，他对叶婕妤的印象也很糟糕，走路三摇两晃，仿佛随时会晕倒，说话顾左右而言他，丝毫不见爽利，与关素衣比起来，那真是一个在天一个在地。然皇上喜欢，旁人便也没有置喙的余地。

关素衣轻轻拍了拍李氏手背，语气温和舒缓：“姐姐莫气，不过被狗咬一口而已，咱们无须咬回去。”因为后头自然有棍棒对付她。

秦凌云一口热茶“噗”的一声喷了出去，万没料到关素衣说话比李氏还毒，不由去看皇上。

圣元帝同样错愕，竟不知该作何反应。叶婕妤再怎样放纵家人，名义上毕竟是他的嫔妃，眼下却被比作狗，哪怕镇北侯夫人背景显赫，也得担一个污蔑皇室的罪名。然而他却气不起来，想了又想，便也低声笑了。

李氏本也想笑，碍于“真神”在这儿，只得忍耐，如今见真神亦忍俊不禁，这才拊掌笑赞：“是矣，是矣，万没有与畜生较劲的理儿。”

人家暗示叶婕妤是狗，到你这儿直接变成了畜生，你可真够能耐啊！秦凌云被李氏的粗枝大叶、心直口快气乐了，生怕皇上着恼，连连去扫视他的表情，却见他盯着镇北侯夫人随风飘荡的幂篱，不知在想些什么。

所幸楼下锣鼓齐鸣，舌战在即，这才打断众人议论。徐广志与对手齐齐走上铺着红毯的高台，提起毛笔，各书一词——法治、仁治。

“鏖战九日，终于说到儒与法之根本。想必这一题的答案，上至国主下至庶民，心中都有计较，却也迷茫。”关素衣举起双手，轻轻拍掌。

“你猜谁会赢？”秦凌云掏出一粒佛珠，又指了指自己身边的椅子，摆出“宽和”的作态，“忽纳尔，在外行走不必拘泥，且坐着吧。”

“谢主子。”圣元帝像模像样地抱拳，而后紧挨着镇北侯夫人落座，问道，“这道题什么意思？”

“治，便是治国。法家主张严刑峻法，儒家主张仁爱通达，一紧一松，一严一宽，而松紧宽严孰优孰劣，谁又能带领邦国走向昌盛，这便是法家与儒家争锋的焦点。乱世当用重典，盛世当行仁政，而大魏乱世刚过，盛世未鸣，在峻法与宽仁之间更需定准标尺。然，法度的宽严轻重，只是当政者需考虑的问题，普通人无权定夺，更难以企及。但黎民百姓受够了战乱之苦，自然更倾向于安定祥和的生活，于是对仁政的渴望和英明圣主的拥护便会空前高涨。撇开口舌之利，单从现实角度与民心所向来看，应当是徐广志大获全胜。”

“说得好！”忽纳尔用别扭的雅言赞叹。

“你听懂了吗？”关素衣很喜欢与忽纳尔说话，只因他对中原文化一知半解，放在她面前，便与那懵懂稚儿一般。稚儿总是很惹人心软的。

“听懂七八分，最近都有用功读书。”圣元帝挠头，表情憨厚。

秦凌云和李氏以手遮脸，不敢看陛下的蠢样，生怕回去后被杀人灭口。

关素衣却毫无所觉，轻笑道：“只要有求学之心，什么时候开始用功都不算晚。你平日里若有不懂之处，可修书问我。”

“谢夫人！”圣元帝脸颊涨红，目光闪亮，仿佛非常高兴。事实上，他也的确很高兴。关素衣随便几句话都比关老爷子念叨一整天要强，而且越是思量越觉得有趣。

台下，徐广志果然一来就占据上风，旁听者亦连连点头表示认同。关素衣盯着那人趾高气扬的脸，讥讽道：“只以儒家治国便似小儿炊戏，看着像模像样，却终究难成气候。”

秦凌云愕然看她，仿佛被她语不惊人死不休的行为吓住了。要知道，这位贵主儿可是帝师的孙女。帝师是谁？儒家学派的巨擘泰斗，他老人家手把手教出来的高徒却说儒家治国犹如小儿炊戏，倘若叫旁人听见，乐子可就大了。

二楼人很多，但正是因为人声鼎沸，喧嚣嘈杂，关素衣才敢畅所欲言。大家都在议论，叫好，拊掌，谁有空去听旁人说些什么？况且秦凌云这堂堂镇西侯坐在此处，又有许多侍卫手握刀柄全勤戒备，谁有那个胆子凑近？

憋屈了一辈子，关素衣索性敞开胸怀，想干什么干什么，想说什么说什么，否则岂不浪费重活一世的机会，岂不愧对神佛垂怜？她飒然一笑，继续道：“达则兼济天下，穷则独善其身，这是儒家学者奉为圭臬的处世准则。由此可见，他们并不反感做官，甚至于在积极谋求职位。然，孔圣周游列国数十年，一生致力于传道授业解惑，意图将自己的思想运用到治国中去。但他一生只当过一次官，且短短五年便免冠而去，这是为何？”

“为何？”

外族大汉眼巴巴地看过来，惹得关素衣轻笑：“因为他的学说在当时并不合时宜，可修身齐家，却难治国平天下。‘弟子请学稼，子曰焉用稼’，于是久而久之，儒生多以读书为荣，劳作为耻；遇见临阵脱逃的士兵，听说对方要回家尽孝，侍奉父母，他非但不追究刑责，反倒大加赞赏，倘若宣扬出去，只会令逃跑的士兵越来越多，终致边关无人抵御外侮。不劳作，焉有饭吃？不御敌，焉有命活？这样的官员哪个皇帝敢用，也不怕三五年过去将邦国治成一片赤地。满街都是之乎者也的儒生，需要对敌、劳作时就呼啦啦一下全跑光，美其名曰‘回家尽孝’，这叫上头怎么说？”

圣元帝深以为然地点头。

关素衣继续道：“达则兼济天下，穷则独善其身。天下通达，圣主贤明，就都跑出来当官；世道黑暗，昏君祸国，就都躲起来保全自己。这种处世之道，美其名曰‘明哲保身，进退自如’。然，倘若人人都像他们那样只顾保全自己，不顾天下苍生，战乱如何平息，邦国如何一统，政治如何昌明，生活如何安定？正因为有那千千万万挺身而出的义士、抛头颅洒热血的兵将、辛苦耕作的农夫、采桑种麻的村妇，甚至于屠戮满城的枭雄，才有了诸侯覆灭，战乱止息，魏国建立，才有了我们现在和平安定的生活。”

“好，说得好！”秦凌云端起酒杯，畅快大笑，“就凭你这番话，咱们当浮一大白！这些人嘴上说得好听，实则懦弱无能，没有担当，偏又酷爱争权夺利，一个两个全是伪君子。”

圣元帝听得入了迷，正慢慢咀嚼这些话，却又闻关素衣冷道：“侯爷莫要一竿子打翻一船人，儒家学派中也有真正忧国忧民的仁人义士，譬如我祖父和父亲。”沾了一点茶水润喉，她话锋陡然一转，“论平等清明，儒家不如法家；论兼爱天下，儒家不如墨家；论保卫邦国，儒家不如兵家……但儒家有一点，是诸子百家难以企及的，亦是皇上最为推崇的，单凭这点，便足以令他做出‘推明孔氏，抑黜百家’的决定。”

“哦，哪一点？”圣元帝呼吸微窒，人也凑近了些，目光灼灼地盯着眼前看不清容貌的女子。

“若说法家是帝王之术，那么儒家便是御民之术。儒家将百姓以宗族礼法、仁义道德加以约束，以中庸、宽和、博爱加以驯化，主张孝悌忠信、礼义廉耻、温良恭谦。久而久之，子不敢犯父，妻不敢犯夫，庶不敢犯嫡，幼不敢犯长，下不敢犯上，臣不敢犯君，于是四海平定，家国安宁。反观法家，主张以利诱之，以害驱之，以权压之，君王不敢相信臣下、妻妾、儿女、兄弟，故时时加以戒备；诸人亦不敢相信君王，总也免不了猜忌。天长日久，君王以暴政相压，臣下以反叛还之，偌大邦国顷刻间分崩离析。法家的君王集权的确利于壮大实力，但也很容易反噬。君王集权本为法家思想的核心，恰恰也是它不可恒久的弊病，若与儒家‘君轻民贵’的仁爱相结合，便能尽揽民心，稳固社稷。所以无论是专用法治还是仁治，都太过片面，二者融合，外儒内法，方为治国之上上策。”

圣元帝心脏狂跳起来，锐利的目光恨不能把黑纱灼穿一个大洞，将女子此时此刻的表情尽收眼底。她竟三言两语就戳破了他所思所想、所谋所图、所作所为。外儒内法，一字不差。这正是他苦苦思索了无数个日夜方总结出的治国之道，却被她说得那样透彻、生动、鲜明。他反复思忖，反复回味，反复品评，于是越发沉迷。

好一个关素衣，好一个帝师之后，果然青出于蓝而胜于蓝！不，该说是朽木开出繁花才对！

“夫人若是不嫌忽纳尔粗野，可否与我共饮三杯？”她聪明绝顶的头脑、锐利如刀的口舌、洞若观火的眼眸，以及那奇妙的与自己合二为一的思想，便足以令圣元帝欣赏、赞叹、心悦，继而共醉一场。

高山流水，知音难觅，一旦遇见，怎舍得错过？

关素衣盯着神情略显激荡的九黎族大汉，笑问：“说是与我共醉一场，难道我的那些话你都能听懂不成？”

圣元帝故作赧然：“虽只听懂五六分，却觉夫人所言极为有理。法家定纷止争，赏罚分明，兴功惧暴，不法古，不循今，时移而治不易者乱，与儒家宗族礼法、三纲五常之腐朽论调相比，自是高明得多，亦公平得多。”

关素衣曲指敲击桌面，讥讽道：“九黎族入主中原，成为汉人主宰，从此以后他们生来就比汉人高贵，而你本有异族血脉，又有官职在身，却在这里与我探讨公平之道，不觉可笑？”

犹记得幻梦之中，九黎族初入中原时，行事极为张狂，有那思想狭隘的勋贵刻意进言，让圣元帝施行四等人制，既将魏国民众按照血统划分为九黎人、色目人、汉人、南人，越往下越被盘剥压迫。虽圣元帝并未批复此奏折，却也未曾驳斥。从那以后，中原人的日子便极为难过，其境遇竟不比战乱之前好上多少。及至圣元三年，有深受徭役之苦的民众群情激愤、揭竿而起，一夜之间夺走中南两州十城，方令朝堂上下巨震。圣元帝以雷霆手段压服了起义军，这才颁布明旨，言魏国之民无高低贵贱之别，但凡国人皆是他的子民，皆可沐浴君主仁爱之恩。此后又花费两年方收拾了残局。

关素衣接受的是儒家教育，在心性上便显宽容，虽被徐广志恶心得不轻，却也没失掉明辨善恶之能。她反感四等人制，却不会像那些心胸狭隘之辈，把某一阶层的所有人划归到不堪的行列。

谁好谁坏，谁心存善意或心思叵测，大多数时候她一眼就能看透。譬如眼前这位九黎族汉子，对她就没有丝毫恶意，相反还十分殷勤热切，目中时时闪烁着求知的光芒，道一句“可爱”也不为过。将怨气撒到他头上，实是不该。

想到此处，关素衣摆手笑叹：“罢，交友本无分这些……”

“不仅交友不看贵贱，全天下的人也理当无高低之分。无论九黎族还是华夏族，都生活在这片土地上，都流淌着炎黄血脉，我们自上古时便同族同宗，眼下亦同家同国，更该齐心协力开创盛世。夫人觉得然否？”

这是圣元帝最真实的想法。正因为他品尝过被压迫轻贱的苦楚，所以才更痛恨种血之分。儒家思想虽有许多局限之处，对君王、臣下、庶民三者的界定却极为精妙。他比任何人都明白收拢民心的重要，便是再如何反感儒学的酸腐的一面，却还是将之捧上神坛，只因饱受苦难的民众渴望仁政，拥护明主。

关素衣万没料到能从一个九黎族人口中听见这番话，一时间竟愣住了。片刻后，她缓缓举起右手，摘掉头上的幂篱，飒然而笑：“好，你这个朋友我交定了，请！”话落端起酒杯一饮而尽，末了将杯口朝下，以示豪情。

想当年她也曾跟随祖父辗转九州，踏遍山河，听涧底猿啼，赏大漠斜阳，受风吹日晒，承霜雪雨露，更曾嬉笑怒骂，率性而为。然这一切，皆在嫁入赵家后，终陷于困顿，及至眼下，对上这九黎族汉子生机勃勃的笑颜和求知欲旺盛的眼眸，才幡然醒悟。既得机缘，为何不活得更恣意一些？

关素衣越想越觉痛快，不等明兰伺候便已亲手满上一杯，再度饮尽，而后用手背拭去嘴角酒渍，眯眼笑赞：“侯爷好生阔气，竟连贡酒也拿了出来。”

“比起豪阔，在下哪儿及夫人万一？”秦凌云一面掏出佛珠，一面暗暗观察皇上，却见他端着酒杯迟迟不饮，似乎有些痴了。

这也难怪。关素衣酷爱素衣，此刻一身曳地长裙，既无珠玉点缀也无繁复刺绣，只用暗色丝绢裹了边，反倒越显雍容雅致，堆云墨发用一根飞凤银钗挽在脑后，腮侧垂落两缕，自然而又清新。更妙的是，她的五官无一处不精致，无一处不华美，既有女人的柔媚，更兼具少年英气，双目湛然若星，顾盼生辉，分明来自书香世家，行止间却又带着几分洒脱不羁、豪情肆意，赞一句佳人绝世也不为过！莫说在场男子看呆了去，连李氏都有片刻恍惚。

“哎呀，我的乖乖！妹妹生成这样赵陆离还要纳妾，莫非眼瞎不成？”李氏拍桌骂道，“当真是好白菜让猪给拱了。”

关素衣“扑哧”一笑，越发显得妍姿艳质，引得李氏神魂颠倒，扒拉在她身边连连劝酒。

圣元帝这才猛然回神，立即将酒杯送至唇边，豪饮几口以解干渴。与天下男人一样，他也喜好美色，对长相明丽者自然格外优容，然而明丽到这等程度，却是平生仅见。当她仰头豪饮，唇染珠光；当她抬手轻拭，如林下风韵；当她曼语轻笑，似春暖花开，刹那间，周围的嘈杂喧嚣尽皆褪去，阴暗逼仄转为光焰万丈，叫人只能看着她，听着她，想着她。

然而她已嫁为人妇，从此只有赵陆离能堂而皇之地看她、听她、想她。圣元帝勉强移开视线，末了连饮三杯，只觉这贡酒变了味儿，入口不见醇厚，唯余酸苦。

关素衣并未察觉到九黎族汉子隐藏在浓密胡须下的阴郁，自顾自地痛饮几杯，越发显得意气风发。

此时台下舌战正酣，徐广志连连抛出论点，直言仁治胜于法治，而孝、悌、忠、信四者，孝为首善，应当立为国本。以孝治国，此乃徐氏理学的核心。

但关素衣不敢苟同，朱唇轻启，言辞粗暴。

李氏听了，先是愣了愣，继而拊掌大笑：“万没料到妹妹也会骂人，我听着怎么一点不觉得粗野呢？人美，吐出的字儿也是美的。”

秦凌云知她好色的老毛病又犯了，不免头疼。

圣元帝亦忘了口中酸苦，沉声低笑起来。关素衣竟会骂人？不过倒也并不奇怪。她可以雍容娴雅，也可以洒脱不羁，更可以傲睨自若，只因她有那个本事。她长在关家，性情却似野马无缰，敢说敢做，真不知关老爷子是如何将她拉扯大的。

思忖间，关素衣道：“倘若只求以孝治国，那么忠孝两难全时，该舍何者？按照徐广志的说法，当舍忠取孝。然覆巢之下无完卵，没了国，哪来的家？不守大国只顾小家，又怎么守得住？救济苍生，平定天下，方为大仁大义，方有千千万万的幸福之家！徐广志的眼界和格局着实太小。”

“好，说得好极了！”圣元帝拊掌赞叹，心绪翻涌。关素衣的字字句句都能说到他心坎上，更兼之她傲然睥睨的神态万分动人，令他心里火烧一般滚烫。

台下爆发出雷鸣般的掌声，民众对徐广志的观点似很是认同，关素衣听了却冷笑起来：“此人之言流毒无穷，也配大谈治国。亲亲相隐又可延伸为官官相隐，若是血亲犯法全族袒护，官员渎职无人申告，久而久之，一乡一县皆民风颓烂，一朝一堂皆贪赃枉法，既成常态，便会不以为耻，反以为荣。再过十年、二十年、三十年，便会治无可治。”

秦凌云容色肃然，连连点头。圣元帝亦放下酒杯侧耳聆听。

“人有私心，此乃本性。行善多为他人，作恶多为自己，为他人难，利自己易，故而做清官难，当贪官易。若将仁治等于人治，没有严刑峻法约束，官员自是怎么利己怎么来，谁管治下黎民？谁管江山社稷？谁管堂上君王？反正亲亲相隐、官官相护，君王便似那没了眼耳口鼻的傀儡，任人欺瞒。故此，仁治可以，却绝不能人治，而法治，无论过去多少年都不会被替代，更不会消亡，因为它在某一方面保全了天下百姓的利益。”

终于把憋了许久的话倾泻而出，关素衣豪饮一杯，大感痛快。谁规定关家人只能崇尚儒学？谁规定男子可以有自己的思想，女人就只能当个无知无觉的物件？她不服。

放下酒杯，她嗓音中已含了些许醉态：“过去的律法以君王为本，忽略了庶民，终致民怨沸腾，乱象频生，邦国颠覆。倘若以民为本来制定律法，那么百姓的日子应该会过得更好些吧？我们大魏国应该会屹立得更久些吧？”话落，一双如诉如泣、黑白分明的眸子定定朝九黎族大汉看去。

圣元帝被她看得脸热心跳，不由哑声道：“那是自然。夫人忧国忧民，心怀天下。夫人的诉求，陛下定能听见。”

“那不是我的诉求，是他们的诉求。”关素衣指着楼下黑压压的人群，浅浅笑了。

圣元帝再如何权势滔天，本质上还是个有血有肉的男人，如何能不爱美色？且这美色更兼具洒脱不羁、傲雪欺霜之风情和忧心天下之才谋，也就更加人沉迷。此时，他已悄然坐近了些，一双炽热眼眸定定凝望，每当女子饮尽一杯便及时斟酒，很是享受为她服务的乐趣。当她睨笑时，却又摆出懵懂的模样，生怕内心的孟浪被对方察觉，从而招致厌恶。

台下，徐广志还在高谈阔论，但他每抛出一个论点，就被楼上的关素衣批驳得体无完肤，莫说秦凌云和圣元帝已经听呆了，连大字不识的李氏也觉得精彩无比。

“照你这么说，儒生对家国而言等同于虫豸，毫无用处？”秦凌云笑得不怀好意，“真该把关老爷子请来，让他听听你这些论调。儒学泰斗亲手教养出的高徒，结果竟将他贬得一无是处。”

关素衣已经微醺，一手捏着小酒盏轻轻摇晃，另一只手托住下颚，逸态横生。她水汽氤氲的眸子看了一眼九黎族大汉，对方立即举起酒壶为她添满，耳根悄然通红。她这才轻笑起来，徐徐道：“谁说儒生一无是处？我祖父和父亲，他们传道、授业、解惑，为幼儿开蒙，教他们明礼、明德、明义、明志，来日长成，这些知礼、行德、仗义、有志的青年将成为魏国的中流砥柱。此乃教化之功，功在社稷，利在千秋。万载之后，他们的名字必定还镌刻在史书上供后世瞻仰，因为他们破除蒙昧，为时人开智。侯爷说是与不是？”

秦凌云无语了，半晌后才忿忿不平地掏出佛珠，讥讽道：“好的坏的黑的白的，全被你一人说尽了，我们这些俗人还是闭嘴吧。”

李氏拊掌朗笑：“头一次遇见小云说不过的人物，当浮一大白！”

“姐姐请。”关素衣伸手相邀，转过脸，见那九黎族汉子痴痴望着自己手里的酒盏，不由笑道，“是否觉得小盏饮用没甚意思？这里无须你伺候，过去与他们大碗喝酒去吧。”指尖点了点隔壁几桌侍卫。

秦凌云捂脸，简直不敢相信关素衣竟如此自然而然地使唤陛下。什么叫“无须你伺候”？倘若知道陛下身份，也不知她会作何表情，还能这般泰然自若、傲睨万物？怕是会被吓哭吧？

圣元帝却半点不恼，反倒有些享受她的关照。他确实好大碗畅饮，却并非酒虫勾心，而是被她泛着粉晶的透明指尖给迷住了，这才刹那失神。他摇了摇头，憨厚道：“伺候夫人是卑职的荣幸，况且夫人说话很有意思，卑职喜欢听。中原人有一个说法，叫‘听君一席话，胜读十年书’，以前不解其意，现在却深有感触。听夫人说几句话，比卑职读万卷书都管用。”

关素衣被他逗笑了，摆手道：“你不用捧我，我自己几斤几两还是知道的，学识渊博比不得外祖母，术业专精比不得祖父，不过白说几句酸不溜丢的闲话，全当逗个乐子。中原还有一个说法，叫‘读万卷书不如行万里路’，你有空多出去走一走，就会发现我也不过如此。”边说边从大汉手里接过酒盏，亲自替他满上，往前推了推，语气温柔，“既喜欢听我说话，咱们就边喝边聊，不用管你们侯爷。”

镇西侯立即颔首：“夫人请你喝酒，你便敞开喝，今儿咱们这里没有贵贱之分，亦无主仆之别。”至于谁主谁仆，他们自个儿心里明白，只瞒着关素衣一人而已。

圣元帝故作憨傻地挠头，又谢过夫人赏赐，末了将酒一饮而尽。他爱极了夫人微醺后泛着红晕的脸颊，更爱她总是氤氲着水雾流光的璀璨眼眸。她说话又轻又柔仿似羽毛划过心尖，偶尔却掷地有声、振聋发聩，与她说话，当真是一件莫大的趣事。至于楼下的徐广志在说些什么，已完全被他抛到脑后。

几人围桌畅饮，少顷，一楼传来雷鸣般的掌声，只见徐广志已把最后一名法家学者驳倒，提笔草书四字——仁者无敌。

“好，好字！”

“徐大家果然见识了得！”

“此言精妙！我魏国若推崇儒学，施行仁政，必当无敌于天下！”

旁听者群起叫好，彻底拜服。

徐广志冲台下诸人拱手，末了走到资助自己举办十日舌战的九黎贵族身边，毕恭毕敬地行礼。一群儒生立刻将他团团围住，你一句我一句地恭维起来，场面十分热闹。

“仁者无敌，这四个字倒十分霸气。”李氏虽看不懂，却听了一耳朵，笑问，“妹妹，这是啥意思啊？”

“施仁政者，万民归心，四海来朝，当属无敌。这一句堪称至理名言，故皇上才会推明孔氏，抑黜百家，以仁爱治国。皇上心系百姓，实为圣君。”因镇西侯是皇上的人，关素衣顺手拍了一个马屁，这便起身告辞。

圣元帝心头的甜意刚涌上来，就被失落压了下去，忙道：“夫人再坐一会儿吧，反正时辰还早。”

“不——”关素衣未尽之语皆被恼怒冲散。

只见徐广志赢了辩论，竟换了原本定好的彩头，让诸位法家学者把身上携带的典籍交出，扔进火盆里烧掉。他意图用行动表明自己废黜百家的决心，而周围那些儒生非但不加以阻拦，反倒鼓掌起哄，落井下石。

秦凌云气得眼珠爆红，正欲开口怒骂，却听耳边幽幽传来一声“竖子”，转头去看，竟是关素衣。

“竖子得志，何物等流！”关素衣加重语气道，“一面口口声声推仁博爱，一面效法焚书坑儒之行，当真言行相诡，不祥莫大焉！读书开智，读书明礼，读书存心养性、修真怡情，倘若他徐广志果是正正经经的读书人，又哪来这般大的戾气！道家无为而治、法家君权一统、儒家仁爱、墨家非攻、兵家谋略、医家济世……诸子百家各有所长，皆为历史之明珠，人文之遗宝，扼杀半分均是罪孽。徐广志竖子，尔敢！”她一连骂了好几句竖子，可见已气得狠了。

因多年战乱，很多竹简被焚烧摧毁，书籍也就显得格外珍贵，尤其是用纸笔抄录、绳索串缝的书，堪称价值连城。临过门时，关素衣恨不得把所有嫁妆都换成书卷而不可得，徐广志倒好，轻轻巧巧一句话便令这许多典籍付之一炬，便是她秉性再豁达，这会儿也急怒攻心，几欲泣血。

圣元帝感同身受，连忙安抚道：“夫人莫气，莫急，我这便使人去救书。”话落冲站在四周的侍卫摆手，立即就有几人跑下楼灭火。

“不要泼水，找几块石板将燃烧的火焰压住。”关素衣急切吩咐。

圣元帝又冲侍卫头领做了个手势，那人立即跑到后院，找来几块压缸的石板，放在熊熊燃烧的火堆上。火焰愈颤愈小，直至熄灭，唯余浓烟滚滚，迷了视线。法家诸人跪地长号，痛不欲生，儒家则群情激愤，不依不饶，抓住几名侍卫待要问罪。

几人也不多做纠缠，亮出一块令牌便迅速回去复命。那咄咄逼人的九黎贵族彻底歇了声息，而后胆战心惊地朝楼上看去。他似乎想下跪，膝盖已经半弯，却被某人狠戾的视线阻止，只能脸色煞白地拱手，继而灰溜溜地离开。他们一走，有那心思转得快的儒生已察觉异状，也跟着作鸟兽散。几位法家学者一面洒泪一面踉跄而行，亦出了大门。

去到三百丈开外，徐广志才低声问道：“王爷，方才那人是？”

“莫要多问。”话虽这么说，景郡王却指了指皇城方向。

徐广志先是一惊，复又狂喜，强自按捺心跳说道：“那么鄙人之能，陛下已看在眼里了吧？”

“他最好儒学，焉有不来观战的道理？本王猜他不止来了这一回。你表现不错，已在燕京闯下偌大名声，明日上朝本王就为你举荐。”景郡王思忖片刻又道，“你自己也有些门路，不如请几位泰斗名宿写几句荐言，行事会更为便利。”

“学生这就去拜访诸位大家。王爷提携之恩，愚没齿难忘！”徐广志迫不及待地道。

“本王助你只因看中你的才学，非为挟恩图报。去吧，日后好好效忠朝廷便是。”景郡王看似高义，实则野心勃勃。二人心领神会，无须赘言，同行片刻就分道扬镳，各去筹谋不提。

文萃楼内，人群走的走、散的散，半盏茶的工夫就只剩下三两桌，跑堂的伙计忙着收拾碗碟，清扫秽物，丁零当啷一顿乱响。二楼的雅间又恢复原样，俱用屏风隔绝视线，只留一个出口。

关素衣正襟危坐，曲起的指节频频敲击桌面，可见心绪十分烦乱。一个散发余温的火盆摆放在她面前，上面压着的青石板还在冒烟，倘若贸然掀开，没准儿火苗又会复燃，于是只能等待。

圣元帝怕她急坏了，不由温声劝道：“夫人少安毋躁，焰火已经压下去，断不会再毁了书卷。待热气消散，咱们慢慢拼起来就是。”

关素衣慢慢恢复平静，命店小二送来两片削得极扁极薄的竹篾和一方锦盒，放置在一旁备用，待热气消散便道：“把石头取出来吧。”

一名侍卫刚要伸手，就见陛下已站起身，殷勤备至地道："我来，夫人站远些，免得死灰复燃伤着你。"石板依然滚烫，他却像毫无所觉一般，轻而易举将之取出，末了摊开掌心查看，皮肤竟丁点红晕未泛，可见内力深厚，武功高强。

关素衣柔声道谢，然后用两片竹篾把烧得七零八落、残缺不全的纸片夹出，小心翼翼放入锦盒。李氏虽性情豪迈，手工活却十分精细，也帮着捡拾纸片。

秦凌云心知镇北侯夫人自幼便跟随外祖母学史，而史学家修书的功夫极为厉害，倘若不懂行的人随意插手，没准儿连这些碎纸残片都救不回来，于是只能观望。但他终究难忍郁愤，沉声道："儒家主张仁爱行德，然徐广志焚书废法，手段未免太过狠辣。想借十日舌战，扬名中原，而后取帝师代之，凭他也配？"

法家善于因势利导，施术弄权，故而秦凌云一眼就看穿了徐广志掩盖在渊博学识下的野心。关老爷子主张中正平和，他偏要倍道兼进；陛下主张推明孔氏，抑黜百家，他偏要直接罢黜百家，种种言行早已将他急于入仕攀爬的意图显露无遗。

关素衣何尝不知道徐广志是什么人？倘若没有自己搅局，他现在已位极人臣，父亲如今的官职原该被他得了去，以最快的速度奠定儒学在魏国坚不可摧的地位。

反观祖父和父亲，推广儒学的手段确实太过温暾，及不上他万一。若他们未能达到陛下预期，想来徐广志还是会上位，那时又有多少典籍要遭受这火焚成灰之灾？又有多少人文思想被彻底摧毁消灭？徐广志手里的罪孽大了。

越想越觉烦乱，她冷道："圣上既已下了明旨，欲扶持儒学为国学，想必很需要这等人才。徐广志虽然手段狠辣，心胸狭隘，却已闯出名头，怕是很快就会一飞冲天。有他在前面打头阵，又有备受煽动的儒生相呼应，儒学想必会迅速崛起。文坛之乱由他而始，百家之废由他而起，但这些与社稷稳固、驯化万民比起来，却是不值一提。罢，我一介闺阁女子，人微言轻，操心这个又有何用？倒不如多保全几本典籍来得实在。"话落继续捡拾残片，微蹙的眉心染上一抹轻愁。

圣元帝定定地看她一眼，语气显得格外温柔："夫人多虑了。陛下已有帝师与太常辅佐，三年后以儒学为主目开设科举，届时无需外力推动就会迅速成为国学，焉用再找推手？徐广志此人戾气甚重，行事激进，野心昭彰，可用一时，不可用一世，陛下圣明，耳目通达，必不会被蛊惑。"

听了这话，关素衣果然舒朗很多，笑叹："忽纳尔表面粗犷，却长了一张巧嘴，惯会说些安慰人的软话。也罢，陛下怎样，非我等升斗小民能够揣测，只当今朝有酒今朝醉，明日愁来明日愁。"

九黎族大汉耳尖泛红地道："夫人乃陛下亲封的一品诰命，地位尊贵，岂能用升斗小民自比？夫人放心，您福缘深厚、福星高照，必是日日都有今朝酒，哪须堪破明日愁？您这一生都会无忧无虑、平平安安的。"

关素衣笑得更为欢畅，粉红指尖点了点九黎族大汉，叹道："莽夫巧嘴，实为可爱。好，那我就借忽纳尔吉言了。"

被赞“可爱”的九黎族大汉两只耳朵红透，除了挠头傻笑，竟不知该作何反应。索性关素衣很快就收敛心神去捡拾残片，并未发觉他的手足无措，反倒是秦凌云和李氏，颇有些惊骇难言。

或许在关素衣听来，那些话只是这人心怀善念的祝福，传入二人耳里却是金口玉言，重若万钧。他乃高高在上的魏国之主，称霸中原的绝世枭雄，他想让谁过得无忧无虑、平平安安，不过一闪念、一开腔的工夫。所谓的福缘与福星，恐怕就是暗指他自己吧？

思及此，秦凌云不免幸灾乐祸地笑了。旁人不知内情，他堂堂镇西侯，与陛下相交莫逆，还能没收到一点风声？宫里那位名唤叶珍的叶婕妤，其实就是赵陆离的“亡妻”叶蓁，因种种误会被送至陛下身边。赵陆离从此对陛下心存怨恨，远了朝堂，却没料时隔多年娶的继室竟又被陛下看上。这回可不是作假，而是正儿八经地看上，不过陛下素来对情啊爱啊的不大上心，怕是还处于蒙昧当中。

想当年，叶蓁离开，赵陆离悲痛欲绝之下竟连夜宿醉，以致延误军情，丢失两城，不但害死许多同袍，更害死无数百姓。陛下因为这个对他彻底失望，而秦凌云的两位结拜兄弟亦死于那次鏖战，秦凌云对赵陆离焉能不恨？倘若换个人，他还会劝阻陛下几句，但倒霉的是赵陆离和叶蓁，他不火上浇油都算仁至义尽了。勾搭吧，只管勾搭，且让赵陆离再戴一顶绿帽才好呢！他心里极为乐呵，把那焚书的怒气都冲散不少。

圣元帝顾不上容色怪异的属下，微泛淡蓝色泽的眼眸盯着镇北侯夫人的一举一动，显得极其专注。她修书的手段果然高超，轻拿轻放间已把粘连在一起的焦黑纸张剥离，而后一一夹在某本厚重的书册中，以便带回去拼接，不知疲倦地夹了半个时辰，方把所有残片归置整齐，纳入锦盒。她认真的姿态、严肃的表情，甚至隐含怒火的眼眸，都令她魅力倍增。圣元帝一看再看，不知怎的竟想起《诗经》中的篇章，本还荡着甜意的内心骤然酸苦。当他极力压下烦乱时，关素衣已清理完毕，拱手告辞。

“夫人这就走了？”本欲出言挽留，却又师出无名，九黎族大汉最终只能干巴巴地问一句。

“时辰不早，改日再聚。”关素衣捧着锦盒迤然离席，似想到什么，附在镇西侯耳边轻语，末了冲李氏粲然一笑，翩翩走远。

并未得她只言片语的圣元帝心绪更为烦乱，等人走出视线后，憨厚的作态便被霸气昭彰取代，沉声命令道：“她方才所言何事，报上来与朕知晓。”

李氏亦用怀疑的目光盯着秦凌云。

秦凌云额角留下一滴冷汗，斟酌片刻才道：“夫人言：文萃楼内的诸事诸语皆不可为外人道，否则便叫我求而不得、永失所爱。”这威胁太毒辣了，他断然不敢违背。

李氏脸颊涨红，呵呵干笑。圣元帝却深以为然地点头：“她毕竟是关齐光的孙女儿，岂能非议儒学？那些话你们最好都忘了。”至于几名侍卫和隐在暗处的死士，自不必他过多吩咐。

秦凌云和李氏点头应诺，末了目送圣驾回宫，这才有心思上街玩耍，而本该归返赵家的关素衣却敲响了帝师府大门。

“我就知道你要来，定是接到叶婕妤给叶繁做脸的消息了吧？不过一个贵妾，竟然增添如此豪奢的嫁妆，单那八尺高的红珊瑚，便是公主陪嫁也使得。叶家果然是商贾出身，行事猖狂，毫无章法。”仲氏领着女儿入内，边走边唾，十分恼怒。

关素衣面沉如水，心中想的却并非此事，见祖父和父亲匆匆走来，立即问道：“徐广志今日可曾上门？”

“你问这个作何？”关父微微一愣，继而安慰道，“叶婕妤插手侯府后宅之事我已知晓，不日便让叶家栽个跟头，你很不必挂怀，且安心回去做你的一品诰命夫人。徐广志确实来过，他前脚刚走，你后脚就到了。”

“叶家的事自有爹爹和祖父做主，我不操心。我只问一句，徐广志是否想让你们帮着写几封荐信？”

“没错。”关老爷子颔首道，“他学识渊博，金口木舌，人才难得，我和你父亲已同意推举他入仕。”

“不可。”关素衣拿出锦盒，徐徐道，“听闻叶婕妤给叶繁做脸，我便出门来寻祖父和父亲拿主意，未料碰见他在文萃楼内舌战法家，大胜之后竟焚烧法家典籍，欲将诸子百家逼至绝境。儒家以仁爱著称，孔、孟二圣毕生修德，曾子为保持仁德战战兢兢，如临深渊，如履薄冰，至死方休。徐广志却焚书废文，手段偏颇，心胸狭隘，早已违背儒学之根本，焉能入仕？还请祖父和父亲三思。”

既已答应此事，再要推拒定会得罪徐广志。若女儿所言是真，徐广志非为君子，实属小人。俗话说宁得罪君子，不得罪小人，举荐之事必不能行，却也需用些迂回手段。关父心中略一思量已有计较，却听父亲怒骂道：“焚书废法，乱我文坛，倒行逆施，徐广志竖子，不可为伍！举荐之事这便作罢。”

关父与关素衣对视一眼，齐齐苦笑，关老爷子这眼里揉不得沙子的老毛病什么时候能改？若是哪天得罪陛下，麻烦就大了。

关素衣联合关父，好不容易劝阻了欲在朝上直斥徐广志倒行逆施的关老爷子，这才出门告辞。

“徐广志奸佞小人，偏又爱伪装君子，父亲您日后定要对他多加防备。此次举荐不成，他恐会使些手段。”临上车前，关素衣一再提醒。

幻梦之中，祖父文名被毁，父亲入仕无望，其中不乏徐广志的手段。二人毕竟是儒学巨擘，无论才德还是能力都压徐广志一头，他自是万分忌惮，恨不能将关家置之死地。若非紧要关头她嫁入侯府得了庇护，关家早已被他整治得家破人亡了。故此，她才会对侯府感恩戴德、尽心竭力，最终却也惨淡收场。现在既已有所觉察，她总得把所有隐患一一掐灭。似徐广志那般空有才华却无德行之辈，还是不要出入朝堂祸害百姓为好。

关父点头称是，温声叮嘱："徐广志之事我心中已有章程，断不会被他利用，更不会为人构陷。你只管安安心心过你的日子，无须为不相干的人烦忧。陛下英明神武、克己奉公，叶婕妤虽是他的宠妃，却绝没有为了宠妃掌掴重臣脸面的道理。待来日时机成熟，我必让叶家明白招惹关家是何后果。"

"劳烦父亲时时为我挂怀，女儿不孝。"关素衣目中微泛泪光，强笑道，"祖父秉性耿直，不通俗务，不懂人情世故，在朝堂上难免得罪同僚，还望父亲多多为他周全。"

见女儿竟把老爷子当成孩童一般对待，关父不免莞尔："好，我省得。咱家的小依依也长大了，知道照顾祖父和父亲了，来日定是位不可多得的贤妻良母。"忆起赵陆离的不着调，他忽然冷了面色，叹道，"若是没有赐婚圣旨，我绝不会让你嫁入赵府，不过也罢，有我和你祖父一日，赵家人就不能欺你半分，嬉笑怒骂、率性而为，往日里你是怎么过的今后还怎么过，无须畏首畏尾，瞻前顾后。"

"嗯，我也省得。"关素衣这才绽开一抹真心笑容。最了解她、最维护她的，始终只有家人。

那一头，父女二人依依不舍地辞别，这边圣元帝已回到未央宫，正在偌大书库里翻捡。

"陛下想看什么书，只管报上名来，奴才脑子里都记着呢，很快就能找到。"白福围着皇上打转，因插不上手，颇有些心绪不安。

圣元帝虽喜爱读书，却因出身行伍，并未养成良好的习惯，平日里看完一本丢开一本，没几天就把一箱书全折腾光，登基后提了白福当大内总管，皇家书库才建造得有模有样，没把人文遗宝糟蹋去。

"朕想找几本法家典籍，若有那孤本、绝本、名家手抄本，只管挑出来。"

"喏，奴才这就去找。"白福在成堆的书箱里搜寻，不过片刻工夫就挑出十几本，用丝绸包裹着放在御案上。别看这些书已老旧发黄，有的还是藤编竹简，极其古早，真要论起价值，比那东海的明珠、西域的宝马还珍贵。

圣元帝细细检查一番，确定没有过多瑕疵与损毁，这才满意颔首："再去拿一个好点的紫檀木盒子装起来，送去镇北侯府……"

送去镇北侯府？难道皇上与赵侯爷和解了不成？白福正暗自揣测，又听皇上改了主意："等等，送去镇西侯府。"

一个小侍卫哪能拥有如此珍贵的典籍，直接送到夫人手里免不了惹她疑窦丛生。罢，还得借秦凌云的名号一用。思及此，圣元帝手书一封，交代镇西侯转赠典籍，莫要泄露自己身份，而后用信封装好，滴上火漆。恰在此时，殿外传来叶婕妤求见的消息，他愉悦的容色瞬间冷沉，摆手道："宣她进来。"

叶蓁手里提着一个食盒，婀娜多姿地走进来，屈膝道："前些日子臣妾去南苑竹海里挖了许多春笋，用刚长成的小母鸡和晒了一季的香菇兑入陶罐清炖，小半天才得了一盅浓汤，特送来给陛下尝尝。"边说边走到御案边，卸了食盒，开了盖子，将热腾腾的汤碗取出。

浓郁的香气瞬间在大殿内弥漫，惹得白福等人口舌生津，目露垂涎。叶蓁心下得意，继续道："想当年陛下在江州养伤，因余毒未清骨头疼痛，总没有胃口，最爱的便是这碗春笋鸡汤，连喝半月还不觉得腻，却把咱家的小母鸡都祸害光了。"似觉得往事有趣，她掩嘴轻笑，顾盼之间神采奕奕，容光逼人。

白福几个直叹满宫里唯叶婕妤相貌绝俗又与陛下共过苦难，难怪最得宠，抬头偷觑却发觉陛下神情冷漠，目光幽深，非但没有沉溺之态，反倒透出几分危险的审视之意。莫非前些日子窥视帝踪的罪过还没忘记？

叶婕妤并不知道自己买通御前内侍的行径已然暴露，却还是看出皇上心情不佳，于是放下汤碗柔声询问："陛下您怎么了？可是政务繁忙累着了？快喝些汤补补，然后趁早歇息。正所谓'留着青山在，不怕没柴烧'，您若累坏了身子，江山社稷怎么办？满朝文武怎么办？天下黎民怎么办？臣妾、臣妾又该怎么办？若是没有您护着，臣妾早就死了。"话落目中已盈满泪光，显得孱弱而又可怜。

若换成平时，圣元帝早就好声好气地安慰，现在却无端有些反感。他已经知道，看似柔弱的叶蓁，实则骨子里极其强硬，要手段有手段，要心机有心机，连太后和诸妃都不是她的对手，哪还是当年那个温婉纯善的小家碧玉？没有自己护着她早就死了？这却是个笑话。思及此，圣元帝果真笑了出来，徐徐道："听说叶家欲把你堂妹送入镇北侯府为妾，你今日大张旗鼓地为她添妆，送了不少贵重东西？"

叶蓁泪珠一凝，迟疑道："是啊，叶繁最喜两个孩子，可说是从小看着他们长大的，日后入了侯府还能替臣妾尽些心力。臣妾感念她照管之恩，这才厚赏。陛下特意提起此事，可有什么不妥？"

"镇北侯的婚事乃朕亲赐，镇北侯夫人的诰命乃朕亲封。"圣元帝慢慢搅动汤勺，言道，"朕前脚促成良缘，叶家后脚就逼迫镇北侯纳妾，你又大张旗鼓为一个妾室做脸，掌掴镇北侯夫人，掌掴帝师府，亦掌掴朕之脸面。你是不是对朕有什么不满？"

他语气并不严苛，甚至有些漫不经心，叶蓁却从中感知到了刀剑相逼的锋利。放眼大魏，谁敢对圣意不满，岂不是寿星公上吊——活得不耐烦了？然而细细一想，她之前的所作所为明里是为叶繁做脸，暗里何尝未有折辱关家之意？

然而她忘了最紧要的一点，关家是陛下一手捧上去的，他们的脸面就是儒家的脸面、国学的脸面，更是陛下的脸面，他们与陛下才是一条船上的人，而叶家不过沾一点外戚的边罢了。

刚思及此，叶蓁又听皇上说道："前朝有内闱之乱、外戚之祸，其害之甚犹如兵灾。朕知恩图报还你一生无忧，你也该谨守本分、安常履顺。看看你现在都做了什么？假公济私，欺压贤臣，折辱命妇，插手朝事，便是有再多恩情也不够你消磨。朕本不想与你多说，然你既提起旧情，朕也少不得提点一二，却也只这一次，断没有下回。你且好自为之吧。”

听到这里，叶蓁已是汗出如浆，单衣湿透，扑通一声跪下，哀告道：“臣妾一时糊涂，求陛下恕罪！臣妾忘不了两个孩子，忘不了侯爷，更忘不了曾经的阖家欢乐，见他另娶她人，竟被嫉妒冲昏头脑，做出那等大逆不道之事。臣妾绝不敢对陛下有任何不满，更不敢纵容家人为祸朝堂，臣妾知错了，求陛下看在臣妾也是个可怜人的份上饶我一回吧，呜呜呜……”话落已语不成声，痛哭流涕。

叶蓁果然忘不了赵陆离，忘不了两个孩子？果然是因为嫉妒才会大张旗鼓地给叶繁做脸？圣元帝心道未必，却也懒得深究，只因这些事与他毫无关系。但叶蓁若是因此而害了他极其欣赏甚至引为知己的女子，损了他与帝师、太常的君臣情谊，却是万万不能宽宥的。叶蓁名义上是他的女人，叶蓁做的事自然也会算到他头上。

“在御前哭哭啼啼成何体统？下去吧，近日里待在甘泉宫内好好反省，下不为例。”对叶蓁的耐心似乎已快挥霍光了，他摆手撵人，语气冷沉。

叶蓁不敢多留，连忙起身告辞，回到甘泉宫才瘫软在床，后怕不已。最近几年她过得顺风顺水，竟有些得意忘形起来，真把自己当成外界传言的那般受宠。然而事实如何唯有她自己清楚。那些靠恩情支撑的一戳就破的荣宠，怎能与关家实打实的权力相抗衡？逼迫侯府纳妾，又为叶繁做脸，这两步棋却是走得大错特错！

“娘娘，咱们该不该把赐给叶家的东西要回来？”咏荷压低嗓音询问。方才在大殿上，她也吓得半死，这才知道自家娘娘在皇上跟前似乎没那么得脸，至少比起关家来说差远了。

“要回来？那本宫就真成笑话了。传令下去，甘泉宫从现在开始闭宫锁门，谢绝拜访。善后之事陛下自会处理，无须旁人插手，我们只管摆出悔罪的姿态就成。本宫累了，想一个人待会儿，你们都下去吧。”

众人鱼贯而出，叶蓁木呆呆地坐了许久才闭上眼，尽情显露心底的恐惧与难堪。无论皇上怎样善后，必要踩着叶家捧起关家，此次做脸不成，反倒被打了脸，着实输得惨烈。下回行事断不能如此草率。然而她的爪牙已被太后剪除，这会儿就算想给叶家递个口信，让他们安分守己，切莫招摇，也是有心无力，唯愿诸人自我警醒而已。

遣退叶蓁，圣元帝放下汤勺，沉声道：“这盅汤赐给你了，趁热喝吧。”

御赐的东西谁敢拒绝，白福受宠若惊地接过汤碗，小口小口饮尽，有意夸赞叶婕妤的厨艺，又怕说错话惹怒皇上，只好闭嘴。他现在真有些猜不透皇上的心思，说他不宠爱叶婕妤吧，满宫嫔妃唯有叶婕妤才能与他说得上话；说他宠爱叶婕妤吧，他在甘泉宫却总也待不住半个时辰，更未曾留宿。

难怪这么多年过去，不但叶婕妤未曾生养，其余宫妃亦毫无动静，而太后非他生母，竟一点也不催促，只专心教养几位亲王留下的小皇孙。陛下今年已二十七八，倘若再无佳音，过个几年怕是会惹来朝臣非议。白福现在总算体会到“皇帝不急太监急”的滋味了，却不敢直言规劝，唯有多挑几位美人入宫伺候，最好是叶婕妤那样才貌双全的。

思忖间，圣元帝已靠在龙椅上闭目养神，窗外天光渐暗，一层阴影将他英挺冷峻的面容罩住，薄唇抿得很紧，且微微下拉，显出几分沉郁之气。

白福不知皇上微服出巡时有何际遇，却可以肯定他现在心情不佳，若是稍有行差踏错，恐会撞上枪口。能在未央宫里当差的内侍个个都是人精，不用大总管提醒已耳目低垂，屏声静气，不敢造次。

在这死寂的氛围中，时光悄然流逝，仿佛过了很久，又仿佛只是片刻，白福恍然听见陛下低沉的声音传来：“把《诗经》拿过来，朕要看看。”

“喏。”白福连忙把书找来，放置在铺满丝绸的托盘里。

圣元帝随意翻了翻，晦涩的目光忽然定住，少顷，一字一句缓缓念道：“‘南有乔木，不可休思。汉有游女，不可求思。汉之广矣，不可泳思。江之永矣，不可方思。’白福，这首诗你会唱吗？唱来听听。”

“启禀陛下，因战乱祸起，诸侯兴灭，百姓颠沛流离，《诗经》里的许多调子都已失传。奴才见识浅薄，不敢献丑。陛下若真的喜欢，不如明日去请教帝师大人，他老人家或许知晓一二。”

“请关齐光唱情诗？罢了罢了。”圣元帝摇头哂笑，似想起什么，呢喃道，“某人定然会唱，只是她若唱给朕听，朕便更为可悲，倒不如眼不见为净，耳不听为清。”

哪个女人连您的面子都不愿给？又有谁能让您可悲？白福感到难以置信，见陛下的表情由渴慕变成失落，复又转为阴沉压抑，终是不敢开口询问。

镇北侯府，上房。

赵纯熙已在偏厅里等了一个多时辰，见关素衣还未回府，不由有些焦躁。她的两个大丫鬟荷香、雪柳频频跑到二门外张望，脸上满是不耐。又过几刻钟，荷香跑回来，愤愤不平地道：“小姐别等了，咱们回去吧。夫人明知您今日要来赔罪，却招呼都不打一声就擅自出门，让您干等，她这是故意晾着您呢！”

“姨母就要过门，我与望舒自小与姨母亲近，她担心我们被笼络了去，从而动摇她的地位，给我们一些下马威尝尝并不为怪。”赵纯熙捏紧帕子，暗自忍耐。

“可您好歹是侯府正儿八经的嫡小姐，难道就任由她磋磨？她这般冷待您，总该让侯爷知道才好，否则忍气吞声久了，她还当您是软柿子，捏得越发顺手。”

“无须告诉爹爹，就算与他说了又怎样？他总是让我多多讨好关氏，切莫忤逆，毕竟我的嫁妆和前程都要靠她筹谋。她还辱骂我是小妇养的，爹爹竟也听而不闻，置之不理。都说有了后娘就有后爹，这话果然不假。”

“小姐，奴婢说一句越矩的话，叶姨娘好歹是您的亲姨母，背后又有叶老爷、叶老夫人、婕妤娘娘，乃至于皇上撑腰，身份并非普通妾室可比，待她来日诞下子嗣，只需婕妤娘娘下令，便是将她提成平妻也成。那她等于与关氏平起平坐不分高低，您又何必按照侯爷的吩咐疏远叶姨娘，反倒勉强自己去亲近关氏呢？”说完这话，荷香四处看了看，颇有些做贼心虚。

赵纯熙眼眸微微一亮，复又暗淡下去：“提成平妻？会不会引狼入室？”

“叶姨娘是什么样的人您还能不知道？她从小看着您和大少爷长大，待您们视如己出，掏心挖肺，比那关氏强了不知几何。倘若您担心她得了子嗣后人心易变，索性给她下几年药，等您出嫁，大少爷获封世子、承袭爵位，再给她一个孩子养老便是。”

能给叶繁下药，自然也能给关氏下药。赵纯熙心尖微颤，显然已被说动，思忖片刻又摆手道：“姨母出身低微，若想提成平妻殊为不易，还需徐徐图之。然而我时间有限，不过两三年工夫就要出阁，怕是等不到她出头了。”

“小姐您可想岔了。时间长短不但由老天爷说了算，也由咱们说了算。婕妤娘娘圣宠不衰，随便吹几句枕头风便能把叶家提携为顶级门阀，届时叶姨娘的家世也跟着水涨船高。而府里头，您和她可以联手对付关氏，将之打压下去。倘若关氏私德有亏，岂能再掌中馈再当命妇，便是关家说破天去也不占理。三面合击，只需一年半载她便成了落架的凤凰。”

“好主意！”赵纯熙拊掌低叹，继而忧虑道，“但她毕竟是皇上亲封的一品诰命，若是被打压得太狠，会不会冒犯圣颜？”

“您还怕皇上护着她不护着婕妤娘娘不成？唯一跟随皇上出入战场的女人便是婕妤娘娘，唯一与他同生共死的女人也是婕妤娘娘，唯一舍命救驾的女人更是婕妤娘娘。而今皇上登基称帝，满宫嫔妃唯婕妤娘娘位份最高，统摄六宫，椒房独宠，这般大的荣耀，莫说护持您一个，便是造就一个世家巨族也轻而易举。您且等着，待婕妤娘娘诞下龙嗣，更进一步，叶家就该一飞冲天、满门光耀，而您和大少爷是最得她看重的小辈，将来前程必定不差。您大可不必拘泥于眼前，只管把眼光放长远些。”

“我娘……”赵纯熙及时改口，“大姨母果真能更进一步的话，我外祖父就是正儿八经的国丈，按规矩可册封国公，届时，区区关家的确不足为惧。”

“是啊，所以您何必像侯爷嘱咐的那样在关氏跟前做小伏低、委曲求全？您只管交好外家，拢住婕妤娘娘，将来必有数不尽的荣华富贵。”荷香越说越觉得自己机灵，不由露出得色。

赵纯熙还在犹疑，忽见雪柳匆匆跑来，兴奋道：“小姐，方才门房给奴婢递了消息，说是婕妤娘娘赏了叶府许多东西，其中一座八尺高的红珊瑚专为叶姨娘添妆，通体晶莹，色泽艳丽，价值连城，把路人的眼睛都看直了。门房还说，单那一座红珊瑚便足以把公主陪嫁给比下去！乖乖，叶府这下出名了，大家都在议论呢！”

荷香连忙敲边鼓：“婕妤娘娘果然最惦记叶家，容不得旁人欺辱半分。届时叶姨娘过门便再也不用担心被那贱婢压一头了。”

“不止，叶姨娘还能反过来压夫人一头，看正房还敢不敢怠慢大小姐！”雪柳仰着下巴，神情极为倨傲。

有这样得力的外家，又有如此受宠的娘亲，赵纯熙还担忧什么？她心里一阵舒爽，当即就与管事打了招呼，趾高气扬地走人。至于嫁妆和婚事，都可让娘亲帮忙筹谋。她贵为婕妤，只需一句话下去，莫说让女儿嫁入世家，便是指给皇室宗亲也并非难事，而关氏若敢克扣她嫁妆，下场必定凄惨。

一行人前脚刚走，关素衣后脚就回，瞥见案几上犹带余温的茶盏，问道：“赵纯熙来过？”

“启禀夫人，大小姐等了您一下午，刚走半刻钟不到。”管事婆子边说边把桌面收拾干净。

“没等到人就走，怕是获悉叶婕妤给叶繁做脸的消息，已改弦易辙了。日后咱们这个院子再想恭迎大小姐尊驾，必是难之又难。”她不以为然地笑了笑。

“不来才好呢，咱们院子里终于清净了。”明兰把锦盒摆放在书桌上，自去准备修复碎纸残片的工具。

主仆二人修书修到大半夜，终于将残片保存妥当，压入特制的夹板。明兰趁小姐沐浴的间隙，让她即兴唱一段诗歌，也好教她多识几个字。关家乃文豪世家，自是谈笑有鸿儒，往来无白丁，连看门的大爷都能出口成章，更别提伺候主子的丫鬟。倘若没点好学的精神，说不得就会被主子厌弃。

关素衣枕在浴桶边沿，闭着眼睛慢慢哼唱：“南有乔木，不可休思。汉有游女，不可求思。汉之广矣，不可泳思。江之永矣，不可方思。”袅袅余音，悠扬婉转，却又带着诉不尽的哀愁。

明兰听痴了，捂着胸口说道：“小姐，这首诗是什么意思啊？我觉得心里有些难过。”

关素衣睁开双眼，望着虚空，逐字逐句解释：“汉水之南有乔木，我却不愿探林幽。隔水美人在悠游，我心渴慕却难求。汉水滔滔深又阔，水阔游泳力不接。汉水汤汤长又长，纵有木排渡不得。这首诗诉的是痴爱衷肠却也饱含求而不得的苦痛。”

“难怪我心里这么难过。”明兰恍然，不知怎的竟流下两行眼泪，换来关素衣一声轻笑。痴情的人可悲、可怜，更可笑，这辈子，她断不会沾染半分情爱。

第五章
阻徐

翌日，承德殿内，文武百官分列左右，共奏朝事。

因得了徐广志的请托，几位鸿儒均写了荐信准备呈报皇上，忽见景郡王上前几步力主徐广志入仕，便也顺应而为一起发声。关父略微跨前一步，准备附议，却听自家老爷子中气十足地驳斥：“启禀皇上，徐广志此人私德有亏，蜕化变质，不堪为官……”末了展开手里长长的奏折，一字一句念诵。

爹，咱们之前不是说好了吗？不要在朝上折了景郡王的脸面，您老说话不算话啊！关父心中扶额哀叹，面上却分毫不显。而得他授意，准备弹劾徐广志焚书废文的几位法家学派文臣，此时也有些措手不及。他们万万没料到关老爷子竟如此耿直，自家学派的小辈也毫不留情地加以抨击，然而听着听着，却被他“仰不愧于天，俯不怍于人”的浩然之气与光明磊落所触动，纷纷湿了眼眶。

推明孔氏的政策刚颁布没多久，诸位大臣各有学派，自然也担心利益受损。而徐广志“废黜百家”的言论令他们本就岌岌可危的处境越发艰难，倘若不改弦易辙，那些法家典籍的下场说不定就是他们的明天。然而让学者放弃平生所学，勉强接受自己并不认同的思想，比直接斩杀了他们更为残忍。故此，他们欲与徐广志抗争到底，却也深知皇上必不会为其他学派张目，唯有以命相搏、舍生取义罢了。却没料到，贵为儒学泰斗、帝王之师的关老爷子会先他们一步站出来痛下针砭。倘若所有儒家学者都似关老爷子这般德厚流光，那么文坛当兴，朝堂当稳，社稷当源远流长。

待关老爷子将洋洋洒洒、字字珠玑的奏折念完，朝上已是一片叫好之声，连素来与文臣不合的武将也拊掌大赞，附议不断。

徐广志行事极为高调，不，应该说他一直都是个器小易盈、旁若无人之辈，若有圣元帝力挺便罢，可如今只能攀附权贵，步步筹谋，起点不同，命运也就迥然相异。若是靠山强硬、背景深厚，似他这般残害别派学者，未必不会树敌，却能始终屹立不倒。但尚无自保之力就锋芒毕露，树敌无数的下场可想而知。偏他以为儒家学派的大臣都堪为后盾，却忘了想想，执牛耳者会不会欣赏他倚势凌人、焚书废法的作风。当然，答案是无法欣赏且还疾恶如仇！

圣元帝头一回认真聆听帝师说话。因私心里推崇法家，排斥儒学，他对关老爷子的印象一直停留在因循守旧、不知变通这个层面。直到对关素衣情愫暗生之后，他才开始重新审视老爷子，也终于发现对方掩藏在迂腐顽固之下的忠诚、耿直、顶天立地与浩然正气。而关父此人则更为有趣，明面上是儒学巨擘，私下却与各派学者十分交好，对诸子百家都极为精通，道一句“全知全能、老于世故”也不为过。他步入朝堂正如蛟临深渊，必风生而云起。

难怪关素衣那般蕙心纨质、钟灵毓秀，原是家学渊源、耳濡目染之故。此时的圣元帝还不知道，中原人有一个说法叫作爱屋及乌，因喜欢一个人而理所当然地喜爱她身边所有亲近之人，于是对之前还觉得酸腐的关家父子竟也感佩起来。

他此时犹在煎熬、反抗、压抑，却也并不妨碍他更进一步地抬举关家。待叫好声与附议声渐渐消去，他道：“帝师所言甚是，徐广志此人急功近利、私德有亏，不配为官。”

眼见景郡王似要争辩，他继续道：“朕之圣意为‘推明孔氏，抑黜百家’，竟被他曲解为‘罢黜百家’，倘若一个官员连圣意都理解不了，要来何用？法家刑明、儒家施仁、墨家兼爱、兵家卫国……诸子百家各有所长，力争上游，各派学者龙腾虎跃、斗志昂扬，我大魏方能百花齐放、百家争鸣，文武官员见贤思齐、众志成城，何愁社稷不稳、江山不固？朕推崇儒学单为一个‘仁’字，仁爱臣子、仁爱百姓，焉能效仿那‘焚书坑儒’之事？你们可以有自己的思想，朕亦有治国之方针，诸君觉得然否？”

一席话下来，景郡王已无力辩驳，羞臊难言，而文武百官齐齐跪地山呼万岁，关老爷子更是被皇上的深仁厚泽感动得泪流满面，心悦诚服。

徐广志入仕一事就这样罢议，圣元帝又审理了几桩政务，这便提出完善法典、重建秩序之事，因前面有宽仁各派学者作为铺垫，文武百官很是配合，除了夸赞君主圣明，并无任何异议。

下朝之后，圣元帝留下帝师、太常与几位法家学派文臣，共同商讨完善律法的具体细节。关父跟随在关老爷子身后，慢慢朝未央宫走去，悄声说道：“爹，您老昨日答应得好好的，为何在朝上又摆了儿子一道。”

景郡王气量狭小，野心勃勃，前有拉拢关家之意，拉拢不成又扶持爪牙，提携心腹，而今计划再次被关家搅乱，虽面上装得大仁大义，心里必已恨透关家。他再怎样也是九黎族人，更是皇室宗亲，倘若他有心与关家为难，皇上舍谁保谁还是个未知数。

关老爷子嘴唇未动，腹语已递到关父耳边：“‘生，亦我所欲也；义，亦我所欲也。二者不可得兼，舍生而取义者也。’这话我每每用来勉励你，亦勉励自己。旁人为官或因权力、或因富贵，我关家人入仕为的什么，你可曾忘记？”

关父低声回道：“儿子一日不曾忘记，为天下人开智，为天下人谋生，为开创盛世、海晏河清。”话落顿了顿，深刻反省道，“爹，儿子知错了！”

关老爷子冷哼一声，这才缓和了面色："你能不忘初心便好。你使你的圆滑手段，我行我的忠直之道，日后各不相干，或通力合作，或针锋相对，且听凭你我政见罢了。"

关父唯唯应诺，拜服不已。谁说老爷子没有心机，不懂变通，他让父子二人各行其道便是最大的心机、最好的变通，真乃进可攻退可守，倘若折了一个，亦可保全余者。

二人心领神会，一路无言，在殿外等候片刻就被引入御书房。

"诸位爱卿请坐。"圣元帝已解下龙袍换了便装，伸手邀请几位大臣落座，一点架子也没有。请了三月长假的镇西侯早已等在一旁，手里拿着一份厚厚的奏折。

"国不可无君，更不可乱法，法乱而世乱，世乱而民殇，故朕早有修法之意，特请诸位爱卿帮忙参详，重铸法典，还世之清明。"

众位大臣均被君王仁爱所感，众口一词地道："愿为陛下效死，愿为大魏效死，愿为百姓效死。"

"大善！"圣元帝龙心大悦，言简意赅地道，"朕刚接触中原文化不久，限于学识，不便多言，只一条原则请诸君谨记：修法当以'君轻民贵'为本，泽被百姓为要，国法凌驾于宗法，民意凌驾于官声，王子犯法与庶民同罪，废除陈规陋习，真正做到以人为本，以仁为本。"

殿内寂静数息，法家学者自是欣喜若狂，心悦诚服，却又担心帝师和太常出言反对，待要看去，却见二人双双跪下口称圣君，竟比他们还要激动："皇上一心为民，大仁大义，必创万世伟业，留千古芳名！陛下万岁万岁万万岁！"

圣元帝连忙拉起两人，胸中涌动着千头万绪，亦有勃勃的壮志雄心。他思忖片刻，又道："除修法之外，朕还要另设一官署，名为督察院，由督察御史和给事中组成，行规谏皇帝、左右言路、弹劾百官、按察地方等实权，大到中央小到乡县、上至皇帝下至百官、由国之大事延及民生百态，均在御史监察和言事范围之内。朕赋予他们绝对之自由，当痛下针砭，弹劾百官，不以言获罪，亦不下死狱，以避免昏君乱政、奸佞祸国之灾……"

这是听了关素衣直陈法家君权独断之弊病后产生的构想。

皇上话没说完，关老爷子已经再次下跪，山呼万岁的声音都在发抖，他甚至提出愿辞去超品帝师之位，去做那小小的七品御史，为民请命，以正视听。其余诸人亦纷纷下跪情愿，无丝毫勉强之意。

"好！有贤臣若此，何愁我大魏不兴、社稷不固！"圣元帝朗声大笑，极为开怀。从这一刻起，他对关家父子的印象已完全改观，由可有可无的儒学标榜变为肱骨心腹、左膀右臂。

秦凌云亦被二人高义感染，甚是拜服，心道，难怪关素衣那般优秀而又特立独行，原是家风清正的缘故。龙生龙凤生凤，这话果然没错。

众人从早晨议事到傍晚，在未央宫中用过御膳方各自还家。在行进的马车上，关父徐徐道：“修法、设督察院，皇上忧国忧民，克己奉公，我却要借这二者行一私事。”

“依依那事？”关老爷子心领神会。

“爹您果然智周万物。”关父笑着拍了一个马屁。

“行了，这事我来办。”关老爷子大包大揽，哪怕知道入了儿子的圈套，为孙女一生安泰着想却也甘之如饴。

关老爷子和关父上朝之时，关素衣也早早醒了，洗漱过后行至书房，一面练字一面等待赵望舒前来请安。她手腕上缠了一圈纱布，内里捆绑铅块，倘若卸下称量，足足有四五斤重。然而这样的苦修，在她十一二岁之时便已习惯，故一手毛笔字练得气势万钧，力透纸背，旁人乍一看还当是哪位出入沙场的将帅所书，绝想不到来自闺阁。

明兰看得啧啧称奇，恨不能把小姐的手安在自己腕子上，也洒脱不羁地写几个来回。

练了大约一刻钟，本该卯时就到的赵望舒还是姗姗来迟，身后跟着春风拂面的赵纯熙。看守院门的老妈子连忙上前迎接，好听话不要钱似的往外吐，看来她们已经收到叶婕妤给叶繁添妆做脸的消息，担心夫人既失宠又被夺权，想结点善缘找些门路，日后也好往高处走。

昨日来时被晾了半个多时辰，今日却连踩过的地砖都有人擦拭，权势与圣宠果然是个好东西。这样想着，赵纯熙越发坚定了巴结娘亲、联合姨母、笼络外家、打压关氏的计划。

姐弟两个跨过门槛齐齐行礼，虽面上毕恭毕敬，眼里却都含着几分轻蔑。赵望舒没有城府，心里憋不住事，不等姐姐开腔便得意扬扬地道：“母亲，我们今日不与您一块儿去正院请安，午时和晚间的功课也免了，这是爹爹说的。”话落眨巴眼睛，一脸“你快来问我缘由”的表情。

他那点小心思，关素衣焉能不知，却依然配合道：“哦，这是为何？”

“我大姨母给三姨母添妆啦，其中一座八尺高的红珊瑚堪称魏国瑰宝，价值连城，我和姐姐受邀去看。听说三姨母还请了很多人共赏，连大长公主亦会出席。她自个儿都说这样的宝贝连她的公主府里也没有，国库只这一件，竟被三姨母得了去，三姨母好大的福气。”赵望舒伸展双臂在空中划拉一下，神情十分骄傲。

赵纯熙轻笑修正：“傻弟弟，这哪里是姨母的福气，分明是外祖家沾了大姨母的光才有今日荣宠。最该感谢的还是大姨母，她毕竟是咱们叶家出去的女儿，福荫家族原是应当。哦对了，三姨母给母亲也下了帖子，怪我太高兴竟差点忘了，母亲与我们一起去吗？”边说边从袖袋里取出一张双红名帖。

听到此处，关素衣差点笑出声来。万没料到从前手段了得、心机深沉的赵纯熙竟也有如此天真的时候，错把别人的反话当成赞美，还扬扬得意，到处吹嘘，只为看一眼自己又妒又羡的表情。不过这也怪不了她，没了自己的提点、敦促、指引，时时言传身教，她变得平庸、愚蠢、眼光狭窄，也理所当然，因为她叶家的家教就是这样，一如她那个自以为手段了得实则不过舍本逐末的母亲。

“叶家当真是勋贵圈里顶有脸面的人家，竟连大长公主都稍逊一筹。罢了，既是你们爹爹同意的，这就随他去吧，我不爱凑那个热闹。可曾备好马车？”关素衣徐徐写字，表情平淡。

赵纯熙和赵望舒没能从她脸上发现屈辱而又惶恐的表情，未免有些失望，打起精神道：“车马已经齐备，爹爹亲自送我们过去。如此，我们这便告辞了。”

赵陆离亲自去送，却不愿跟随孩子们来正房看一眼，说几句体己话，怕是担心自己被叶蓁刺激到从而恼羞成怒与他为难吧？遇事只知缩进壳里，一点担当也没有，难怪叶蓁要红杏出墙，琵琶别抱。

在这一刻，关素衣总算理解了叶蓁的难处，轻挥广袖，语气散漫：“去吧，早去早回。”

姐弟二人并未应声，转头奔了出去，一会儿工夫就消失在院门口。几名丫鬟婆子急追在后，殷勤无比地嘱咐：“大小姐、大少爷，慢点跑，当心摔着！如今时辰还早，迟不了，便是迟一会儿，那也是你外祖家，断不会怪罪。”

明兰“砰”的一声甩上房门，啐道：“这些该死的墙头草，谁得势就巴着谁，一副奸佞嘴脸，龌龊至极！奴婢猜测那姐弟两个今日一去，往后便再也不会来了，他们叶家那般得脸，叶姨娘又有叶婕妤做靠山，哪能再把小姐放在眼里？这叶婕妤也是个拎不清的，管天管地还管到妹夫房里去，也不怕被人笑话。”

“叶家原只是商贾，开国前一直在边境贩马，能把女儿塞进后宫已属不易，不能苛求他们知道‘廉耻’与‘礼义’两个词该怎么写。那姐弟二人这回走了总还会再来，因为我关家一旦出手，叶家就得倒霉，叶家倒霉，那两个便要夹着尾巴来我这儿赔罪，重新恭恭敬敬叫我一声‘母亲’，早早晚晚给我请安。”关素衣边说边在纸上写下“礼义廉耻”四个大字，末了捏起边角细细欣赏。

明兰哀号道：“他们还会回来啊？那也忒烦人了！大少爷还好，就是顽劣一点、蠢笨一点，勉强能忍。大小姐却是表里不一、口蜜腹剑，看见她便觉瘆得慌，总担心背后被她捅一刀。她一会儿跟您笑眯眯的，说您这好那好，回去却拉着侯爷哭诉，说您这坏那坏，要我说，她是我见过的最阴险的小姑娘，也不知两面三刀这套跟谁学的。”

“大约是‘家学渊源’吧。”关素衣摇头笑叹。

恰在此时，管事婆子送来一个锦盒，说是镇西侯府大房夫人送来的，须得夫人亲启。

“拿过来吧。”关素衣遣退闲杂人等，打开盒盖查看，却见里面放着十几本法家典籍，均为孤本、绝本、名家手抄本，顿时眼放亮光，爱不释手，“镇西侯好慷慨的气魄，这才是真正的魏国瑰宝，价值连城！”想也知道这些书不可能是大字不识的李氏送的，必是镇西侯的压箱宝贝无疑。

明兰耳濡目染之下也是个识货的，惊道：“小姐，这礼物太贵重了吧，会不会烫手？您跟镇西侯的交情可没到这份上啊！”

“便是把手烫掉一层皮，这礼物我也接了！他与我的确没甚交情，却不代表日后与关家无须攀交情。朝堂之争瞬息万变，击搏挽裂旦夕覆灭，多一个潜在的盟友就等于多一条路，甚至于多一条命，虽无结党之意，却也不得不未雨绸缪。况且他如今只是送几本书，并无旁的举动，收下便罢，无须多想。”

明兰彻底放下心，这便排开纸笔让小姐写领谢帖子，又备了贵重回礼着人送去镇西侯府。

赵纯熙姐弟俩到时，叶府已高朋满座，鼓瑟吹笙，丹楹刻桷间偶有衣着华丽的贵人出入，乍一看竟颇有些簪缨世家的气象。叶老爷并未亲迎赵陆离，想来是看不起他闲散勋爵的身份，刘氏亦不冷不热，对两个小辈却尚有几分关心，喊了同龄的表兄弟、表姐妹领他们去后院玩耍。

赵陆离尴尬不已地站了一会儿，见岳父总不出来，这才自个儿去了前院。

等了大约三刻钟，大长公主才姗姗来迟，挥退谄笑相迎的刘氏和叶繁，开门见山道：“本宫稍后还要入宫谒见太后娘娘，耽误不得，那红珊瑚呢？抬出来让本宫看看。”

宾客们亦连连催促，目泛精光。

是人都看出大长公主来者不善，把刘氏和叶繁气得咬牙切齿却又无可奈何，只好在心里腹诽道：且等着吧，待娘娘诞下龙嗣册立为后，咱们叶家就是燕京里顶顶有头有脸的人家，你与皇上既非一母同胞又非关系亲厚，拿什么与叶家攀比？而今任你狂，日后有你哭的时候！边胡思乱想边把人引到水榭台前，那里已立了一口巨大的描金红木箱子，衬着阳光十分鲜亮。众人还未得见宝贝便已开始嘀嘀咕咕地赞叹其不同凡响，把气焰略熄的刘氏又给吹捧得目空一切起来，只等叶老爷带着男客赶至就开箱献宝，好叫这群人长长见识，知道知道眉眼高低。

赵纯熙被大长公主严苛而又轻蔑的表情吓住了，隐隐感觉到她并不像传言那般有意与叶家交好，相反，似乎是来找茬的。但那又如何？她已出嫁，算作外人，焉能与娘亲相比？娘亲是皇上的内人，他们朝夕相伴、同枕共眠，将来亦会死同穴，再没有比这更亲厚的关系了。要不然那全国仅有一树的红珊瑚怎会到了娘亲手里，而非大长公主甚至太后手里？思及此，赵纯熙垂下眼睑，志得意满地笑了，听见外祖母用钥匙打开盒盖的声音才抬头看去，然后大惊失声。

只见那通体晶莹、色泽艳丽的红珊瑚不知何故竟碎裂成堆，风一吹便扬起许多白色尘埃，令站在近前的人咳嗽不止。

刘氏和叶繁惊叫起来，叶老爷亦抖抖索索，差点晕倒，余者或乱作一团，或幸灾乐祸，或凑近查看，更有人趁机离开以免受累。

“别走，谁都不许走！快快快，快去报官！”叶老爷毕竟是个精明强干的商人，迅速回过神，让家丁把各个院门封住，免得罪魁祸首逃走。若是无人作乱，那坚硬无比的珊瑚断不会碎成这样！连御赐之物也敢损毁，究竟是谁胆大包天至此？

叶老爷一面封了府门一面遣人去京畿衙门、联防抚司，甚至左、中、右三军禁卫处报案，要求他们速速派人来查。叶家虽出身低微，官职不显，叶婕妤却是皇上身边唯一受宠的女人，更是三宫六院位分最高的女人，说不准下任皇帝便由她所出，诸人自是不敢怠慢，立刻派了精锐前去探勘，随即披上官服入宫呈报。

为炫耀国宝，叶家给燕京所有顶级门阀下了帖子，世家望族不屑与商贾来往，绝大部分拒了，还有几家日益败落，看在叶婕妤的面子上才屈尊降贵。另有一些人单是为看热闹或者找碴儿，否则连叶家的地皮都不想踩，唯恐脏了自己鞋底。而其中最典型的代表自是大长公主无疑。

如今被锁在叶府不得出入，还有官兵来往查探，频频问询，待遇竟似囚犯一般，叫大长公主如何不恼？她一巴掌扇开挡路的士兵，冷喝道：“本宫想来就来，想走就走，看谁敢拦！本宫连皇宫禁苑亦能来去自如，在你叶府竟被无故扣押，你叶府的派头难道比皇宫还大不成？叶婕妤只是婕妤，未曾晋封皇后，别真把自个儿当成正经的国丈。我大魏的国丈还轮不到一个边关贩马的摊贩来当，没得丢了脸面！”

士兵连忙跪下告罪，末了退至两旁恭送她离开。见大长公主走了，几位身份显赫的宗妇亦想归家，却被拦住，不由怒急攻心，直言要禀报皇上，治叶家大不敬之罪。

“我家老爷与中郎将已入宫禀报此事，不出半个时辰皇上的旨意就会下来，请诸位夫人、小姐耐心等候，切莫慌乱。我与繁儿这便去甘泉宫，请娘娘帮忙拿个主意，被毁的毕竟是御赐之物，且价值极为贵重，我叶府不敢擅专。”刘氏一面让丫鬟婆子奉上茶点伺候周全，一面领了盛装打扮的叶繁，准备入宫觐见婕妤娘娘。

各位女客见她抬出皇上和叶婕妤，只得收了声息，坐下喝茶，但内心里的怨恨恼怒却半点没少，反而越来越深。若是没有皇上撑腰，叶家算什么东西，一身的马屎马尿味儿，洒了香粉戴了头冠就能假装自己是个人了？未免可笑！

赵纯熙被几个身份不如她的小姐妹围住安抚，正觉不耐，闻听刘氏要入宫，连忙跑去央求：“外祖母，我许久不见大姨母，想念得紧，您把我也带上吧。我很乖的，绝不会胡乱说话，更不会随意乱跑。”刘氏到底是真心疼爱两个外孙，见她眼底满是孺慕，略略一想就同意了。一行人坐着马车飞快驶到宫门，递了牌子请见。

甘泉宫内，叶蓁扔了腰牌，冷道：“本宫还在禁足，不能会客，赏几个物件把她们打发走吧。”

“娘娘，这回出大事了，您不能不见啊。”咏荷焦急道，“方才老夫人说了，您赏给府里的那树红珊瑚不知被哪个贼子打碎，禁卫军与京畿卫查了又查，审了又审，硬是找不到半点痕迹，而那负责看守珊瑚的家丁有十好几个，将箱子团团围住不错眼地盯视，直至开箱那刻竟也没发现异状。您说这事奇不奇怪，只不知是冲谁来的，叶家还是皇上？”

“碎了？”叶蓁悚然一惊，提高音量，“被人打碎了？”

“是啊！起初奴婢也以为自己听岔了。”咏荷露出恐惧的神色，只因那贼子来无踪去无影，像是鬼魅一般。

“伺候本宫更衣，本宫这就去见皇上。你把母亲她们带进来，本宫领了圣意很快回转。”叶蓁飞速上妆，表情焦躁。

那树红珊瑚因品相、色泽、高度、姿态，均十分可观，算得上是一件国宝。然而皇上不爱这些，将她接进宫时正值她“旧毒复发”，因心中愧疚便开了私库，把靠近库门的一些东西划拉给甘泉宫，这红珊瑚便是其中之一。也因此，唯叶蓁知道，那红珊瑚并非皇上宠爱才加以厚赏，不过是阴差阳错罢了。

但终究是御赐，她可以支配，却不能损毁。而今叶家摊上这事，若抓不住罪魁祸首，少不得要落些罪名。及至此时，叶蓁才知，皇上的警告还算不得打脸，这次的灾祸才真真正正地伤筋动骨。倘若它悄悄碎在叶府的库房里也就罢了，偏偏碎在大庭广众之下，这贼子分明是有意为之，欲让叶家声名扫地啊！

与此同时，圣元帝在御书房里接见了叶老爷和中郎将，待二人说完，不紧不慢地道：“既找不出疑点，亦抓不住嫌犯，那便作罢。”此事因何发生，想来魏国无人比他更清楚，而今他既要修法又要重设官署，恨不能一刻钟掰成两刻钟用，哪里有时间和精力浪费在这等微末小事上？

一个红珊瑚，竟能惹来千般艳羡、万般嫉恨，最后又劳动这许多人力、物力，引动这许多乱子，连京畿衙门、联防抚司、三军禁卫也连番出动，竟似有颠覆邦国的要案发生一般……若无此事，他竟不知叶家还有这等能量。圣元帝暗暗深呼吸，告诫自己定要宽仁为怀，体恤臣子，这才将满心杀念压下。

叶老爷不敢直视圣颜，故看不见皇上煞气遮面、忍耐至极的表情，仍然不依不饶道：“此事怎能作罢？这珊瑚是皇上御赐，那贼子都敢下手，岂不是冲着皇上来的？如今薛老贼已在西面称王，京中亦不乏前朝余孽，说不定此事便是由他们策划的。今日既能针对叶府，焉知明日不敢暗害皇上？为皇上安危计，定要彻查到底才行！”

圣元帝曲指敲击桌面，徐徐道：“朕纠正你四点：一、那红珊瑚并非国宝，不过一个可有可无的摆设，朕并不看在眼里；二、那红珊瑚是叶蓁赏给叶府，并非朕御赐的，别拿朕之龙威替你们叶府张目；三、京中防卫由朕定夺，不容旁人插口；四、朕此前有言，若非敌军兵临城下、乱臣贼子谋朝篡位、魏国社稷危在旦夕，三军禁卫与联防抚司不得擅动，否则一概以谋逆罪论处，杀无赦！”

话音刚落，陪同叶老爷前来面见天颜的中郎将已冷汗如瀑、抖如筛糠，心里连呼被叶家坑惨了！皇上压根儿不像传闻那般宠爱叶婕妤，更谈不上百依百顺、言听计从。

而叶老爷是商贾，对利害关系更为敏锐，很快就领会了皇上的言下之意：一、朕不看重红珊瑚，故也不看重你叶家女儿；二、叶家借龙威拉拢朝臣已触及朕忍耐之底线，还请自律；三、叶家位卑言轻，并无资格参与朝政；四、擅自调动京畿防务，已犯死罪，朕若是一个不高兴，随时能把你们拉下去处斩！

一个又一个隐晦的警告敲击在耳膜，令叶老爷差点魂飞魄散。女儿不是很得宠吗？怎么现在看来完全不像？但情况危急，不容深思，他连忙跪地磕头，请罪不止，汩汩汗液湿透单衣，在朝服上留下一条条水渍，看着狼狈极了。

圣元帝拿起一份奏折慢慢翻阅，待两人额角磕破才道：“联防抚司与三军禁卫中擅自离岗者，均杖责一百，连降三等。叶家福禄浅薄，难承圣恩，故天神有感，碎石以告。此案无须探查，就此作罢。”

叶老爷和中郎将逃过死劫，连连应诺。刚要磕头请辞，却听外面传来叶婕妤求见的声音。

这个时候你来凑什么热闹？叶老爷可不认为皇上会给女儿面子，相反，刚熄灭不少的怒火怕是又蹿升起来。果不其然，皇上说道：“让她回去，日后书房重地不准任何嫔妃靠近，擅闯者杀无赦！”白福唯唯应诺，自去外间传递口谕。

瞥见瘫软如泥的二人，圣元帝摆手冷道：“散了吧。叶大人可去甘泉宫与叶婕妤说说话，以免叶家闭目塞听，行差踏错。那救命之恩并不够你们一世消磨，还是省着点用吧。”

叶老爷已是胆裂魂飞，再无侥幸，高一脚低一脚地出了未央宫，竟似从阎罗殿重回人间，差点崩溃号啕。与他私交甚笃的中郎将狠声道：“杖责一百，连降三等，好一个手眼通天的国丈大人！出了宫门，我少不得为大人宣扬宣扬叶家在皇上跟前的‘荣宠’！”话落自去廷尉府领罚不提。

叶老爷心下大骇，连连告罪，却因白福在旁不敢追究，只得眼睁睁地看着他渐行渐远。白福伸手相邀：“叶大人请吧。皇上此时还能让你和叶婕妤见上一面已属法外开恩，否则他一句不提，你们叶家也就继续施为，没准儿哪年哪月就犯了忌讳，连死都不知道怎么死的。奴才多嘴告诫你们一句，往日的情分的确好用，但恩甚怨生，切莫无止境地挥霍陛下的宽容，须知君威难测、帝王无情，转眼工夫可就变天了。”

叶老爷一再被告诫，这会儿五脏六腑已尽碎，一面擦拭冷汗一面毕恭毕敬应诺，哪儿还有今日早晨那意气风发、目空一切的劲头。然而他却不知，皇上这一手还只是敲山震虎，关家父子却要打断他们全身的骨头。

君子报仇十年不晚，君子报仇必也分量十足。

被白福撵走的叶蓁临到甘泉宫前脑子还是蒙的，一句“书房重地不得擅闯，违令者杀无赦”已令她肝胆俱碎，如临深渊。想当初，这未央宫、御书房，甚至于皇上的寝殿，哪里不是任由她畅快通行，不知从何时起，皇上竟对她疏远甚至戒备起来。

因何而起？分明赵陆离大婚时，他还口口声声让自己莫再缅怀过去，努力经营未来；还对她千般温柔、万般呵护，却又在转瞬间态度大变。是了，他的冷淡、疏离与防备，都是从自己插手赵陆离后宅之事，频频给叶家做脸，处处与关家为难开始的。

关家，一切都是因为关家，难道上辈子欠了他们不成？叶蓁恨毒了关家，现今却也毫无转圜之法。她可悲地意识到，自己在皇上心中的分量恐怕比不得关家十之一二。他们是儒学巨擘，文坛领袖，国之肱骨，天子近臣，而叶家除了一个救驾之恩外，什么都没有——没有优秀的后辈，没有清正的家风，没有好听的名声和高贵的血脉，更没有丝毫根基与助力。于是一切的一切都要靠她自己去争，去抢，去费尽心机、不择手段。忽然之间，叶蓁感到很疲惫，又有一种不断下坠终将粉身碎骨的恐惧感。也因此，当她踏入正殿，看见刘氏三人时，竟一句话都不想说。

赵纯熙想喊一声“母亲”却又不敢造次，只能眼巴巴地看着她。她有许多委屈想倾诉，却也知道现在的头等大事是珊瑚树被毁一案。刘氏果然憋不住话，急急忙忙迎上去，张口就问：“娘娘，皇上怎么说？有没有颁布旨意封锁全城，搜捕嫌犯？”

叶蓁冷冷瞥她一眼，面沉如水地坐到主位上。皇上不肯见她，现在只能等父亲那头的消息。

叶繁最善于察言观色，拉住刘氏劝道：“伯母，娘娘刚回来，您好歹让她喝口热茶，喘口气。这么大的案子，皇上自有定夺，咱们只需坐着等待便是。”

赵纯熙很乖觉，先于咏荷拎起茶壶，替娘亲倒茶，脸上满是得见亲人的喜悦和渴盼母爱的热烈。叶蓁定定地看她一眼，内里腻味极了。若不是这没用的东西递消息进来，让她帮忙遏制关氏，她会把叶繁塞入侯府？会插手外臣内宅之事？会与关氏杠上从而抬举叶家，狠扇关家脸面？没有赵纯熙的撺掇，她顶多掐灭关氏入宫的苗头便罢，也就没有接下来的烂事，更不会直接与关家对上，以至于误伤圣颜，恩宠俱失。叶蓁想得越多，对这个女儿的厌恶也就越深，俨然忘了赵纯熙这性子与她像了十成十，即便关素衣乖乖嫁人，安分守己，她也绝不会善罢甘休。

女人的嫉妒心是世界上最锋利的武器，也是最可怕的毒药。

赵纯熙被娘亲诡异的目光看得有些发冷，正想说几句软话惹她怜惜，就见外祖父踉踉跄跄走进来，官帽歪了，头发乱了，衣服半湿，面如金纸，竟似在修罗场上转了几圈，狼狈得狠了。

“老爷，皇上怎么说？”刘氏立马迎上去询问，末了颤声道，“您怎会弄成这样，可是摔倒了？”

叶老爷挥开妻子，冲女儿沉声道：“此处不便，咱们借一步说话，闲杂人等都别跟着，老实坐在外面喝茶。”

意识到情况不妙，叶蓁忙把父亲领进内殿，屏退宫人密谈。叶老爷已没有拐弯抹角的心思，开门见山道：“你老实告诉我，你与皇上关系如何？”

“自是伉俪情深。”叶蓁语气笃定，眸光却微微闪烁。这是她最不敢面对的问题，也是她辗转反侧，夜不能寐的根源。倘若她果真像传言那般受宠，现在什么问题都没了，关氏何惧？关家何惧？满宫嫔妃与太后又何惧？然，她终究只能自欺欺人，终究只能独自忍受所有苦闷与失落。

“你到现在还不肯说实话！皇上在御书房里那些言行，可一点也不像对你情根深种的样子……”叶老爷将御书房里的对话一一复述，末了压低嗓音逼问，“我看皇上对你只有责任，并无私情，你怎么不与我说实话？倘若你早些说，我岂敢以国丈自居？你知不知道皇上那句‘福禄浅薄’有何深意？”

“有什么？”叶蓁嗓音在发颤，她不是想不出来，而是不敢想。

偏偏叶老爷要戳破她的美梦，狠声道：“意思是，你只坐到婕妤之位便顶天了，更大的荣宠与富贵你消受不起！伴随在他身边那么久，你竟丝毫抓不住他的真心，昔年我是如何教导你的？你又是如何信誓旦旦定要改嫁的？我花了那么多人力、物力助你达成心愿，你就用这般难堪境地来回报我？你可知道，皇上那句定论一旦传开，咱们叶家必会成为魏国笑柄，任谁都可以踩上一脚；更糟糕的是，从皇上淡漠的反应来看，那珊瑚树恐怕就是他派人打碎的。你要抬举叶家压制关家，他就干脆抹了叶家所有脸面。你这蠢货，倘若早些告诉我你受宠之事是假，我定会让叶氏全族夹起尾巴做人！然而现在说什么都晚了，在皇上心里，叶家怕是与前朝那些猖狂至极的外戚没甚两样，说不得哪天便顺手灭了。你你你……你这蠢货，早知今日，当初我就不该助你胡作非为！”

叶蓁自尊心极强，又是个有主意的，被父亲字字句句戳中心肺竟慢慢稳住心神，重又坚定起来：“够了，你责怪我又有何用？当年要不是我出了那个主意，你早就死在牢里了。说什么助我，你扪心自问我的所作所为究竟是为了救谁？谁又最终得利？如今我依然是皇上的枕边人，依然是位分最高的婕妤娘娘，依然执掌宫权，说一不二。从今天开始，叶家虽会有一段艰难时光，可我一旦怀孕并诞下皇上的长子，一切隔阂都会烟消云散，诸般贬损亦会化成盛赞。最好用的棋子还在我手里，你急什么？”

叶老爷一听这话立刻转怒为喜，催促道：“那你就赶紧复宠，立刻生育！后宫嫔妃众多，未必就是你拔得头筹。”

“本宫自有章程，无须你多言。把外面那些人领走，本宫要修身养性，静候复宠之机，没工夫管叶家那些烂摊子。还有，日后叫族人老实点，别等我这里刚得皇上一个笑脸，你们就在外边捅了篓子，害我又摔下去。届时我可六亲不认！”叶蓁嗓音似淬了毒，十分狠辣。

“那是自然，你且放心。”见女儿重拾婕妤娘娘的傲然之姿，叶老爷总算满意了，这才领着懵里懵懂的刘氏三人出宫。

与此同时，围困叶府的禁卫军被白福亲自领走，尽皆打了板子降了职位，因受牵连的人实在太多，又有大长公主和几位贵妇推波助澜，皇上断言“叶家福薄不堪承恩”的话已迅速传开，想来不出几日就会尽人皆知。

不单叶家倒霉，被断了仕途的徐广志亦差点疯魔，心里暗暗恨毒了关家，总想找个机会报复。

赵纯熙问了许久也没从外祖父口里得知内情，回到遍地狼藉的叶府，换了一身襦裙，这便与父亲和弟弟归家。三人心里七上八下、忐忑难安，总觉得将有大事发生。

“宫里情况如何？我看你外祖父和外祖母脸色似乎很差。再者，国宝被毁皇上却不严查，反把禁军撤走，着实令人难解。”赵陆离试图从女儿这里得到一点消息。

“我也不知道。我问了外祖母，她不肯说，还让我不要多嘴。”赵纯熙亦百思不得其解。按理来说叶家出了这么大的事，等于直接损了娘亲威仪，打了皇族脸面，怎么皇上却一点反应也无？凭他对娘亲宠爱的程度，这不应该啊！

“你大姨母看着还好吗？可有说些什么？”赵陆离忍了又忍，终是没忍住。

“没，她只在内殿和外祖父说话，我们等在外间，只匆匆一面就分别了，并无交谈。”赵纯熙厌烦父亲的软弱无能，更厌烦他毫无用处的痴情不悔，于是她往弟弟肩上一靠，假装疲累。

赵陆离见状再不多言，掀开车帘朝外看去，目中满是怅惘。

与诸人或焦头烂额、或魂飞魄散、或恼恨异常比起来，关素衣过得极其惬意。她正在老夫人院子里捡佛豆，一步一挪，细细探看，每找到一粒就有无穷乐趣。

老夫人被她兴致盎然的模样逗笑了，敦促道：“好好捡，捡足一筐咱们就熬成粥，布施给行经侯府的路人，以便结一份善缘，修一个来世。”

“修一个来世？此言大善！”因着一场幻梦的机缘，关素衣开始对佛学感兴趣，最近多有研究。

婆媳二人花费两个多时辰捡了足足一筐佛豆，命丫鬟送去厨房熬粥。等待间，老夫人悠然长叹：“素衣，嫁入赵府真是苦了你了。夫君没出息，孩子不懂事，还有一个难缠的外家。我万没料到叶家竟那般猖狂，不但逼迫侯爷纳妾，还请了叶婕妤出手，一边抬举一边打压，两面三刀的功夫真是炉火纯青。待叶繁入府，她仗着叶婕妤的势，定会掀一些风浪，你可千万要稳住……”

不等老夫人说完，关素衣就不以为然地笑起来：“您老放心，叶家猖狂得了一时，猖狂不了一世。您以为叶婕妤那些举动真能把自个儿外家捧上天去？错了，怕是会半途摔下来，不说糜躯碎首，伤筋动骨却免不了。”

刚回府，准备带孩子们给母亲请安的赵陆离微微一愣，然后抬手制止欲入内通传的丫鬟。他想听听关素衣会怎么说，她那张嘴总是料事如神，无一错漏。

老夫人虽也是官宦人家出身，却只略识几个字，并无甚见识，嫁入赵府后没享到清福，反而全家获罪被发配边关，越发受了磋磨，对政事的敏感度也就大大下降。她原以为叶蓁极为受宠，手里又握着宫权，叶家早晚会超过侯府甚至帝师府，成为又一个顶级门阀，却没料媳妇竟断言叶家必会遭难。这里面可有什么门道？倘若是真的，那她真该燃放几百串鞭炮庆祝庆祝。这样想着，她也就这样问了。

关素衣一面替婆母斟茶，一面徐徐开口：“古有祖制，不可僭越，大到房屋如何建造，小到衣襟左右之分，甚至连喝酒的器具、祭祀的供品、布料的颜色和刺绣的花样，都按照身份高低、血脉贵贱、种姓不同而各有规定。至尊至贵则百无禁忌，位卑位贱则万般小心，倘若贱者越了祖制，必受严惩。老夫人，您看叶家是贵还是贱？”

想到椒房独宠的叶蓁，老夫人迟疑道：“叶家虽出身低微，但叶婕妤背后靠着皇上，已算是半个皇家人，自然属于贵者。”

关素衣摇头轻笑：“非也。她是真受宠还是假受宠，这话除了皇上谁也说不准。然，我却能猜到十之八九。皇上灭诸侯，建魏国，免赋税，轻徭役，结束几百年的战乱之苦，令百姓休养生息，安居乐业，道一句旷世明君也不为过。但是他并无治世之经验，故一切都需慢慢摸索，而昔年俱亡之邦国，每一位守国门、死社稷的君主都是他或借鉴、或效仿、或引以为戒的榜样。大周因分封诸侯而四分五裂，秦国因改制郡县而大一统，于是皇上沿袭郡县制，灭了诸侯国；前朝末帝被司礼监掌印太监乱刀刺杀，谋朝篡位，故皇上废十二监制，设内外侍，且严禁太监参政议政，杜绝宦官之祸；前汉因内闱之乱、外戚之祸而分崩离析，江山社稷最终被外戚王莽夺走，建新朝，于是皇上遏制外戚，严修内闱。您看今年选入宫中的丞相之女、镇国将军之女、关外侯之女……皆因种种缘故而遣送归家，留下的美人均家世普通，无甚背景，由此可见皇上对外戚的防备已达到何种程度。都说帝王多疑，此言非虚，而他选择将宫权交给一个商贾之女，其中除了恩情，就没有一点政治上的考虑？他对叶婕妤的宠爱真能达到越过皇权的地步？”

老夫人听得痴了，越想越觉有理。

关素衣沾了沾茶水润喉，继续道：“商人逐利，擅长钻营，叶家是如何发家的，不仅他们自个儿知道，旁人亦看得清楚明白。当年皇上与诸位兄弟共同对敌，后因龃龉而反目，叶家几面讨好，左右支应，昨儿卖成王万石粮草，今儿卖晋王几千战马，明儿又卖皇上许多刀具，二王谋反，背后也少不了叶家的钱财支持。他叶家冷眼旁观，浑水摸鱼，为的不就是等某位皇子胜出，从而渔翁得利吗？然皇上并非蠢材，早已将他看透，正欲找个由头发落叶家，叶婕妤忽然冒出来，拼了一个救驾之恩。

于是叶家危困立解。”

老夫人恍然大悟道：“皇上发落叶家？是了是了，有一年边关流行马瘟，叶老爷被抓了去，说他故意将瘟马卖给军营，有勾结外敌的嫌疑，欲将之抄家斩首。为了这个，侯爷多番奔走，几经斡旋，后来……后来叶婕妤救了皇上，叶家便灾祸全消了。”倘若儿媳妇不点明，她竟半点没察觉那些陈年旧事还隐藏着如此错综复杂的内情。

关素衣颔首道：“皇上重情重义，知恩图报，所以愿意摒弃前嫌善待叶家，却并不代表他能毫无底线地纵容外戚坐大。丞相、镇国将军、关外侯，哪一个不是助他登顶的肱骨大臣，哪一个对他没有莫大助益？他连他们都要防备，更何况半途攀附、心怀叵测的叶家？叶婕妤的风评此前一直很好，听说因身体孱弱并不怎么在内闱走动，更不擅权自专，僭越行事，故皇上对她很放心，也愿意宠上一宠。但最近一段日子，也不知她如何想的，竟张扬高调起来，皇上正值用人之际，欲抬举关家标榜儒学，她偏偏着力打压，岂不是与皇上对着干？皇上本就忌惮外戚，多加防备，见她心大了，又哪能宽宥？”

老夫人连连附和：“是矣，是矣，后宫美人众多，环肥燕瘦各有千秋，皇上想要什么样的没有，哪能因此而危害皇权？”

关素衣又道：“便是退一万步来说，若皇上对叶婕妤情深义厚，言听计从，纵容了她的僭越之举，那后宫嫔妃、皇室宗亲、世家巨族、朝堂新贵又该怎么想？国库有且仅有一件的珍宝竟被一介商贾之女得去，这还不算，转手又赐给族妹，且还是欲为人妾身份卑贱的族妹。她哪里是在抬举母家，却是在招惹全燕京勋贵的嫉恨；她哪里是在赠宝，却是在甩一枚烫手山芋。您且等着，如果叶家继续猖狂下去，即便皇上不出手也多得是人敲打。”

她慢条斯理地喝了一口热茶，幽幽长叹：“叶家的眼界与见识终究有限，只看得见手边的利益，却看不见长远的布局。所以世人才有这么一句话——道德传家，十代以上，耕读传家次之，诗书传家又次之，富贵传家，不过三代则止。叶繁若想兴风作浪，我便看看她能得意多久。”

老夫人不断琢磨媳妇这些话，末了拊掌大赞：“好一个道德传家，十代以上。我赵家能娶到素衣为媳，实乃祖宗上辈子积德！也罢，叶家既要作妖，咱们就等着看他来日下场。”

阿弥陀佛，幸亏叶蓁走了，否则侯府定会被她祸害三代！这样一想，老夫人对昔年龌龊总算彻底释怀。

屋内婆媳二人扯开话题，谈笑晏晏，屋外却死寂一片。沉思中的赵陆离并未发现那打帘通传的小丫鬟正用一种奇异的目光偷觑新婚妻子。他现在心绪烦乱，呆站半晌后，竟带着两个孩子掩面而走，似是不敢见人。

何须等到日后再看叶家的下场，就在一个时辰前，那代表叶家荣宠的珊瑚树已碎成齑粉，而皇上非但不查，反倒撤走禁军，置之不理。正如关素衣所说，倘若叶家老老实实、安分守己，他便当个玩意儿一般宠爱，反之，叶家一旦流露出擅权结党之意，他便会使出雷霆手段压服。他忌惮外戚，又哪里会放任叶家势力扩张？外戚横行、宦官干政、“王与马，共天下”的局面，从此再也不会出现，这天下只能姓霍。哪怕与那霸道至极的君王同袍近十年，赵陆离却悲哀地发现，自己对他的了解，还比不得关素衣由浅入深的分析来得透彻。

那碎掉的红珊瑚恐怕就是他敲山震虎的手段吧？因果来得太快，也不知蓁儿会如何惶恐害怕，又该如何自处？及至此时，赵陆离心心念念的还是“亡妻”，竟丝毫也不顾及新夫人的颜面与观感。

当然，关素衣也并不稀罕他的关心，等粥熬好了，就与婆母站在角门处，每遇见一位路人就布施一碗，结一个善缘，积一份福德。

继母已把话说得那般清楚，把时局分析得那般透彻，甚至连皇上的为人与脾性亦探知一二，赵纯熙又岂会听不懂？她浑浑噩噩地回到蓬莱苑，屏退闲杂人等后才咬牙道：“关氏那些话，想必你也听见了吧？”

荷香汗出如浆，声音打战：“听、听见了。”

“那你说我现在该怎么办？叶家已经遭殃，皇上弃之不管，甚至我大姨母恐也失宠，我现在还能依仗谁？难道真让我去给关氏磕头认错，然后帮着她打击三姨母、打击叶家？这与认贼做母有何区别？我不甘心，我真的不甘心，我从来不想要什么继母，我只想要我自己的母亲。”她终究只是个半大孩子，遇见这种完全超出掌控的事，当即便哭起来，心里已被迷茫和恐惧填满。

她一面渴盼母爱，一面痛恨叶蓁抛夫弃子，私心里却又羡慕她富贵至极的生活，于是便效仿对方的不择手段与汲汲营营。在无人教导的情况下，她的一举一动、一言一行都毫无章法，甚至有些荒诞可笑，所以无需继母出手就被残酷的现实一一戳破。

荷香可怜这样的大小姐，却又不敢胡乱开口。事实已经证明，她之前对叶家的预测都是笑话，害得大小姐带着叶姨娘发来的双红名帖去夫人那里耀武扬威。夫人聪明绝顶，哪能听不出她话里话外的讥讽与奚落？然而在夫人看来，志得意满的大小姐恐怕与那跳梁小丑无异吧？难怪她一点也不觉得屈辱，还能那般气定神闲地练字。

未曾踏入叶府一步，她就已经预测到叶家的灾祸，真是铁口直断，料事如神。这样想着，荷香不禁有些恐惧，抖着嗓音劝慰大小姐：“识时务者为俊杰。小姐，叶家遭难，您暂时还得仰仗夫人，不如继续给她伏低做小，伺候左右，以待日后徐徐图之。”

赵纯熙忘了哭泣，沉默良久才啐道：“闭嘴！我就是死也不会向她低头！她若是不管我，还有父亲呢，便是三姨母受了叶家牵累，在后院使不上力，给她添点堵也轻而易举。我就不信她真能只手遮天，倘若十年八年生不出孩子，我看她怎么得意！届时还不得仰仗我和望舒？三十年河东，三十年河西，我且与她杠上了！”

赵纯熙此前仗着娘亲在宫中受宠，于是便总觉得自己高人一等，哪怕因为嫁妆而不得不假意向关素衣低头，私心里却秉持着一股优越感，认为自己才是强势的一方，而关素衣不过是个被她蒙蔽、摆布、耍弄的傻子。但现在，她所仰仗的一切、所沾沾自喜的容光，都随着珊瑚树的碎裂而化为乌有，此时再向关素衣妥协，便似被捕获的战俘、被关押的囚犯、被压迫的奴隶，自尊尽碎，心中亦满是屈辱。

关素衣既已放言不会管她，她也绝不愿往上凑，更不甘磕头认错。然而嫁妆不能不要，婚事不能不提，这两个问题该如何解决？干脆一劳永逸把关素衣打趴下。将她的傲骨折断，希冀销毁，声名玷污，看她拿什么来蔑视别人，又拿什么来管教自己？这样想着，赵纯熙冲荷香说道：“把大姨母送给我的箱子取出来。”

荷香从床底下拉出一口红木箱子，箱盖擦得十分光亮，可见常常被人把玩。打开一看，里面全是些瓶瓶罐罐，散发出诡异难闻的气味。

“小姐您要动手吗？但是正房里没有咱们的‘钉子’，这事不好办啊！”

说起这个，赵纯熙又是一阵暗恨。关素衣一来就拔了她安插在正房里的钉子，倘若外家财势够大，再收买几个应当很容易，昨日不就有许多奴才在她跟前献媚，且流露出攀附之意？但今天过后，待叶家珊瑚树被贼子打碎，而皇上置之不理的消息传开，她就又成了落架的凤凰，处处遭人嫌弃，时时被正房打压，谁会稀罕为她效力？

她摇摇头，狠声道：“该怎么动手，我暂时也无章程，只管在正房里找几个眼线，慢慢谋划起来。不拘钱财收买还是威逼利诱，总之先划拉几个，等人手到位再行下一步。为了望舒的前程，关氏绝不能诞下子嗣。”

“哎，奴婢这就去把正房里的丫鬟婆子筛一遍，看看有没有家中穷困潦倒或本人极度贪财的，能收拢一个算一个。小姐，明芳那里你是不是也去接触一二？自古以来妻妾不能相容，奴婢就不信她果真会对关氏忠心耿耿。”

“也行，你想办法在她身边安插几个眼线。早知今日，当初我无论如何也不会让爹爹迎娶关氏，真是开门揖盗，引狼入室。”赵纯熙再一次陷入深深的懊悔中，却又庆幸继母未能入宫与娘亲对上，否则叶家或将一败涂地。

未央宫里，圣元帝正在研究一本前朝法典，忽听外面传来镇西侯求见的声音。

“宣他进来。”

镇西侯捧着一个锦盒缓步入内，默默行了君臣之礼，而后坐定，将盒子摆放在御案上，往前推了推。圣元帝早已习惯他闷不吭声的作风，调侃道：“怎么，你嫂子还没松口？眼见着你成了活哑巴，她竟也不心疼？”

镇西侯用茶水在桌上写了个“北”字，又写了个“素”字，中间画上一把剑，末了愤恨摇头。

圣元帝本有些想笑，忆起关素衣遭受的磨难皆因自己而起，眸色立即转为暗淡，其间还隐隐夹杂着一丝连他自己也没察觉的遗憾与嫉妒。他叹息道："前妻护持不了，继室又反复磋磨，赵陆离享尽人间幸福却不知珍惜，早晚有他后悔的时候。"

您老说赵陆离会后悔，却看不见自己眉心的沟壑早已被懊悔填满。算了，属下也不点醒您，您自个儿慢慢悟吧。秦凌云幸灾乐祸地腹诽一句，这才点了点锦盒，示意陛下自己打开。

红木锦盒上雕刻着几株玉簪，洁白花瓣由贝壳抛光镶嵌而成，缀以宝珠为蕊，翡翠为叶，看着既清新雅致，又不失华美尊贵，一根彩绳穿插四角，结为蝴蝶群戏之态，于是更添几分灵动。不过一个礼盒，竟被拾掇得这般悦目，可见相赠之人如何心思奇巧。

圣元帝似有所觉，当即便笑起来："这是夫人的回礼？"

别"夫人、夫人"地叫，能喊她全称镇北侯夫人吗？不明就里的人还当您在唤自己爱妻呢。秦凌云隐晦地瞥了白福一眼，果见他竖起耳朵，目露狐疑，想来正在猜测陛下口中的夫人究竟是谁。

"因是陛下的孤本、绝本、手抄本换来的回礼，微臣不敢擅专，特送来宫中呈览。倘若陛下看不上这些东西，能施舍给微臣也好。对了，嫂嫂那里还得了几盒胭脂香粉，乃镇北侯夫人亲手调弄，陛下您用不着，微臣便做主让嫂嫂收下了。"已经把佛珠减为一日十颗的秦凌云丝毫不敢浪费，继续沾着茶水在桌面上写字，写到"孤本、绝本、手抄本"时下手尤其重，可见心中艳羡不平。

圣元帝一面小心翼翼地拉开彩绳，一面诘问："你怎知道朕使不上？倘若摆在镂空木盒或锦囊之中，便可当成香筒或香包用。下次她再回礼，你须得尽数上缴。"

秦凌云做了个告罪的动作，心里却琢磨开了：下次回礼，也就是说陛下还要送礼咯？连最宝贝的法家典籍都舍得，可见关素衣才是他真正上心之人。叶蓁步步为营这许多年，到头来竟比不上陛下与关素衣的几面之缘，可怜她还自以为备受宠爱，得了一件可有可无的摆设就闹得人尽皆知，最后反而颜面扫地。几年过去，叶家人还是那般没有长进，却妄想成为下一个顶级门阀，也不知该说他们可悲还是可憎。

思忖间，圣元帝已打开盒盖，一股浓郁的香味扑面而来，令人醺醺欲醉。君臣二人头脑一清，随即不受控制地深吸一口，待要细看却发现盒中并非香料等物，而是一刀光亮纯白的夹宣，却与书肆中售卖的截然不同，更厚、更滑、更白，触感如丝绸一般，还有一朵朵淡黄桂花点缀其中，品相之佳实属罕见。

"这是什么纸？市面上竟从未见过，便是那贡品白宣都及不上此物万一！"秦凌云惊得连闭口禅都忘了，欲拿起一张摩挲，却被陛下冷厉的目光阻止。

圣元帝并未赏玩这些夹宣，而是拿起最上层的领谢帖子，慢慢看起来。秦凌云略瞟一眼，骇然道："好霸气的笔触，横撇弯钩间隐有刀枪剑戟相撞之声，起承转合间又有龙腾虎跃之姿。关老爷子不愧为天下师，竟教出这样一个孙女！她究竟是怎么练的，哪天微臣必要向关老爷子请教请教！盛名之下无虚士，文豪世家果然了得！”

圣元帝心中亦纳罕不已，本就难以克制的激赏之情，如今更添几分倾慕。他原以为女子只适合簪花小楷，而叶蓁的字迹算是一绝，却没料竟是自己孤陋寡闻了。

好字！他暗赞一句，接着往下看，然后越发感佩。原来这夹宣并非书肆里购得，而是夫人亲手打了草浆，晒干水分压制而成，其上点缀的桂花乃她一朵朵筛选，一朵朵嵌入，其工序之复杂精细，哪怕赞一句“巧夺天工”也不为过。

附上夹宣的制作秘法，她接着写道——

侯爷所赠礼品堪称绝世之宝，吾不忍拒，虽不愿行贪婪厚颜之实，却更不愿假装清高淡泊令重宝返还。故将吾钻研许久的“香雪海”赠上，价值虽不相抵，心意却足显真诚，还望侯爷海涵、笑纳，感谢之至。

简短几句已将她对书本的喜爱之情表达得淋漓尽致，令圣元帝熨帖不已，龙心大悦。

暂且把帖子压在一本厚厚的书册里，以免弄皱破损，他这才取出夹宣赏玩，沉吟道：“夫人果然不俗。”

秦凌云取出几粒佛珠，意有所指地道：“有人视珠玉为宝，有人视文字为宝，不过是眼界宽窄不同，内涵深浅不一罢了。然而世道缭乱，黑白颠倒，庸俗者大有人爱，备受吹捧；高洁者反被厌弃，明珠蒙尘，实在是可悲可笑。镇北侯夫人的确不俗，但谁又能欣赏呢？”

朕欣赏至极。这句话如鲠在喉，久久难吐。圣元帝冷瞪镇西侯一眼，无情摆手：“回礼已经送到，你可以走了。”

被用完就丢的秦凌云只能行礼告退，离开未央宫后站在路边笑了一会儿才溜溜达达出了皋门。

屏退闲杂人等，圣元帝取出回帖继续阅览，心中一阵欢喜，一阵遗憾，隐隐还有些沉郁而又连绵的闷痛。

他出身行伍，周围皆是粗俗之人，惯爱打打杀杀，舞刀弄枪，连女子也不能免俗。唯独他爱读书识字，与旁人显得格格不入。他是头一回当皇帝，不懂治国，哪怕心中迷茫踌躇，却绝不可被外人察觉。

为了彰显威仪，稳住朝局，再苦再难他只能独扛，每当夜深人静辗转难眠时，便极其渴望有人能说说话，或指引迷津，或谈笑解乏。关素衣便在这个时候出现，似星火掉入磷粉，与他的思想乃至心灵，碰撞出炫丽的光焰。她不会像朝臣那般把自己的观点强加给他，逼迫他采纳，她只是痛痛快快地说，旁人也只需痛痛快快地听，末了相视一笑，酣畅无比。这样的态度无疑是最舒适的，也是最安全的，堪比琼浆玉液，饮之成瘾。

圣元帝笑一会儿，叹一会儿，终于将回帖与夹宣收入暗格，躺下安眠，徒留白福惊骇不已地思忖道：皇上怎么又跟新任镇北侯夫人扯上了关系？看样子还挺上心。赵侯爷，您可真是倒了八辈子血霉了！

第六章 叶氏

翌日卯时，惊蛰楼内，一名小厮跪在床边低喊：“大少爷，时辰不早了，您还要去正房给夫人请安呢。快醒醒啊！大少爷，大少爷？”

“吵死了！你给我滚出去！”赵望舒迷糊中便是一个枕头砸过来，将那小厮吓得倒退几步。踌躇片刻，他又硬着头皮喊道：“大少爷，夫人这会儿正等着您呢，您若是再不起来，咱们这些奴才就该担一个伺候不力的罪名了。”

“关氏关氏，什么都是关氏说的，真烦人！”赵望舒彻底睡不着了，顶着一头乱发爬起来，愤愤道，“她自个儿都说了不会管我和姐姐，我还凑上去干吗？况且姐姐也说我们并不需要搭理她，只管多多亲近外祖父和大姨母。她关家再厉害，能厉害得过婕妤娘娘？能厉害得过国丈？我外祖家那可是正儿八经的皇亲国戚！”

赵望舒鼻孔朝天地哼几声，这才光着脚下地，咕噜咕噜灌了几口茶水。他从小到大只懂得吃喝玩乐，脑子许久不用便越来越混沌。昨日叶家发生那样大的事，他竟丝毫未曾多想，只以为报予皇上知晓，他自然会派人去查，只等把贼子抓住就算完了，对叶府并无影响。故此，当赵陆离和赵纯熙忧心忡忡、辗转难眠之时，他却像什么都没发生一般，照常吃睡玩乐，还为摆脱关氏的“折磨”而暗喜不已。

小厮也是个没见识的，迟疑道：“那咱们往后都不去正房了？都不用给夫人请安了？也不用去她那里做功课？”

“去个屁，让她自个儿玩去吧！”赵望舒在丫鬟的伺候下洗漱干净，穿戴整齐，嬉笑道，“去街上给夫子沽几坛烈酒，告诉他我今日不去族学，让他帮忙周全一二。没有关氏整天管着、扣着，我总算是活过来了！走走走，咱们去西街看人斗狗去！”

小厮虽有些忐忑，但想想叶家最近几日的荣宠又放下心来，自去集市沽酒不提。

蓬莱苑里，赵纯熙早已清醒，眼下正坐在梳妆台前打扮。不用去正房和正院请安，也不用跟在关氏左右学习俗务，她竟觉得迷茫不已，盯着铜镜里模糊的面容，慢慢有些痴了。

荷香与雪柳将珠钗、耳环、手镯等物一一戴在她身上，不停夸赞：“小姐长得越来越美了，这样的品貌才学，何愁将来婚嫁？只要侯爷透个口信出去，冰人怕是会把赵府的门槛踩塌。”

赵纯熙扯了扯嘴角，吩咐道："你俩指派几个耳目灵便的杂役到街上去，看看今日有没有关于叶家的风言风语传开。我心脏扑通扑通狂跳，难受得紧，总觉得会有大事发生。"

虽贵为叶府嫡亲外孙女，但她昨日也没能探听到多少内情，只知红珊瑚碎了，娘亲去找皇上申诉却不得其门而入，出宫时军队已尽数撤走，衙门里的官差亦作鸟兽散，原本以为捅破天的灾祸，入宫一趟竟变成了一地鸡毛，且自个儿拿起笤帚清扫清扫也就作罢。赵纯熙越往深处想，越觉得诸人反应十分异常，尤其是皇上，竟半点关切、安抚之意也没有，与传言中独宠娘亲的那个他完全不符！

"怎么会这样？不应该啊！"她靠倒在椅背上，把关素衣断言叶家必遭打压那些话翻来覆去咀嚼多遍，终觉如履薄冰，遍体生寒。

与此同时，关素衣正坐在窗边，借着晨光翻阅镇西侯送来的几本书册，嘴角微弯，很是惬意。明兰站在院外引颈眺望，见卯时过了，便愤然道："仗着叶家得势，那两个果然都不来了！"

负责洒扫的粗使婆子闻听这话暗暗翻了个白眼，腹诽道：人家叶府才是正儿八经的皇亲国戚，婕妤娘娘的肚皮里没准儿已经怀上小太子了，谁稀得亲近你关家？帝师、太常，这名头的确好听，也没见皇上赏你一件国宝玩玩？燕京里的人家，谁权势滔天，谁徒有虚名，平日里看不出来，临到针锋相对便清楚分明了，你抬举婢子压人家娇养的千金，人就直接降一尊神佛下来，一指头就能碾死你！

其余几个丫鬟婆子也都挤眉弄眼，私下作怪，待明兰回头望过来便假装忙碌，心里却比画开了：叶家那般势大，连国宝也能当成陪嫁，有婕妤娘娘和皇上撑腰的叶姨娘还不得上天？到底是皇亲国戚，哪怕做妾也比正头夫人有脸面，而正房既无宠又无势，不是个久待的地儿，还是赶紧另谋出路吧！

却不知这种种丑态与阴暗心思早被窗边的关素衣看了去，只是懒怠搭理罢了。

"明兰别看了，收拾收拾去正院给老夫人请安。"她把书放回书架，对着铜镜扶了扶鬓边的簪花，这才缓步走了出去。

幻梦之中，关素衣教导赵望舒时何曾动过戒尺？见他顽劣就将知识编成小故事，一面循循善诱一面耐心引导，劳逸结合，寓教于乐，终致他成材。而赵纯熙那里，关素衣也未有片刻怠慢，俗务、人情、世故，乃至于政见，都一一为她分析透彻。她那华光县主的爵位，她那权倾半朝的夫君，哪一个不是她苦心孤诣筹谋而来？临到头却得了个身败名裂的下场。

她能造就他们，自然也能置之不理，且看二人扑腾出多少水花。思忖间，正院已经到了，关素衣给老夫人行了礼，奉了茶，便坐在下首陪她说话。

"望舒没来？"老夫人看了看她身后。

"方才派人去问，说是已经去族学了。"然而真相几何，没人比关素衣更清楚。赵陆离眼瞎，深爱的女人红杏出墙，请来的鸿儒也只是个徒负虚名的货色，幻梦中，那夫子差点把赵望舒教废。自己使了大力气才将那人换掉，最后反倒落下一身骂名。这等吃力不讨好的事，她自然不会再干。

老夫人摇摇头，语气有些失望：“他许是被某些人蛊惑，意图疏远你，亲近外家。他从小无人教导，难免有些不懂事，咱们慢慢掰正，总有一天会好的。”

关素衣轻笑道：“叶家毕竟与他血脉相连，他多亲近些本无可厚非。老夫人放心，该我尽的本分，我必不会推卸。”

“你是个好的，我知道。”老夫人拍拍儿媳妇手背，转移话题道，“今儿你弟妹要回来。她也是个好的，只身体有些不便，你多担待些。”

阮氏要回来了？关素衣心里一阵恍惚。对于这个弟妹，她了解得并不多，虽住在同一个屋檐下，却连面都没见过几回。阮氏与赵陆离的弟弟赵瑾瑜相识于微末，彼时一个是边关小吏之女，一个是罪臣之后，因老侯爷惹了些麻烦，需得阮父从中解决，二人才订下婚约。前些日子她因怀孕而上山还愿，也有避免新夫人沾染自己晦气的意思。

记得幻梦之中，忽有一日，阮氏早产，不过片刻工夫就血崩而亡，待关素衣回神，人已经匆匆下葬，竟似一缕青烟，说散就散了。

说话间，外头有人来报，说二夫人回来了，少顷便见一位小腹微凸的女子领着一个五六岁的男童走进来。老夫人一面招手相迎，一面去看大儿媳妇的表情，生怕她被吓着。

阮氏不敢抬头，只推了推身边的男童，柔声道：“快给祖母和义母请安。”

孩子名唤木沐，从姓氏上就能看出与赵家并无血缘关系，而是赵陆离同袍之后，因父母俱亡，亲人失散，被寄养在侯府。赵陆离已认他为义子，却无心思看顾，便让阮氏带在身边。

男童不爱说话，跪下来诚心诚意磕了三个响头，叫老夫人喜不自胜。见惯了嫡亲孙子的熊样，她自然更稀罕木沐这样乖巧听话的孩童，拉着关素衣介绍道：“这是你弟妹阮琳，滇西人士，比你还大个三四岁，性情温婉柔顺，你俩定能处得来。这是侯爷认下的义子木沐，从小不爱说话，也害怕见生人，你切莫怪罪。”

经受过战火摧残的孩童总会变得格外沉默，这一点关素衣自然了解。她冲木沐招手唤道：“小木沐快过来，让母亲好生看看。”

母亲？木沐偏着脑袋看她，眼睛又圆又大，黑白分明，叫人心里倍觉柔软。关素衣眼角濡湿，难免想起木沐的命运。倘若记忆未曾出错，幻梦之中所现，这孩子半月后会忽然发高热，不等大夫用药便暴亡，只得了一口薄棺下葬。

既已得知未来，她必让木沐平安长大；至于阮氏那里，该当尽心竭力，叫她母子均安。

站在一旁的阮氏见嫂子只关注木沐，并不搭理自己，面上全无不满，只觉心安。她习惯了众人惊惧鄙夷的目光，反而更喜欢嫂子的平常相待。书香门第出来的女子，胸怀果然更为疏阔，也更体恤人心。这样想着，她忍不住摸了摸占据自己大半张脸庞的蓝黑色胎痣，嘴角泻出一丝苦笑。

幻梦中所见，阮氏与木沐都未能善终，他二人死后便有风言风语传出，说关素衣命硬，刑克六亲，不但害得关家倒霉，还把弟妹、侄儿、义子全都克死。老夫人信佛，请了和尚来家里做法事，让她处境更为艰难。从那以后，她在侯府便威信扫地，无论说什么做什么，背后总有人议论，仿佛她是个天大的笑话，压根儿就不应该存活于世。若非她自小跟随祖父走南闯北，练就一副铮铮傲骨、铁石心肠，怕是会被流言杀死。

正所谓“众口铄金，积毁销骨”，死于流言比死于沙场更惨烈万倍，即便下了黄泉，灵魂的伤害也永远无法消除。

她欲救下阮氏与木沐，并非畏惧人言，而是想让他们获得新生，顺便看看人究竟能不能与天争命。

这样想着，她冲明兰挥手：“拿上我的名帖去太医院请太医。二夫人与小少爷一个身子重，一个年幼孱弱，兼之舟车劳顿，旅途疲累，须得调理调理。”

整个侯府，唯赵陆离和关素衣身上有品级，这才请得动太医，旁人生病只能自个儿找大夫，或者硬扛过去。阮氏曾吓到过大少爷和大小姐，也时常被仆役讽刺为恶鬼，若无事的话绝不敢出门，更不敢给侯府添乱，大病小病都默默忍着。见嫂子竟如此兴师动众，她不免有些受宠若惊，忙道：“不了，不了，无须劳动太医来看。我和木沐只是累着了，回去睡一觉就好。”

“你肚子里怀的是二房嫡长子，还是慎重些为好。有病没病都让太医看看，顺便开几服安胎药吃着。”关素衣冲踌躇不前的明兰摆手。明兰点点头，飞奔而去。

老夫人也跟着附和：“一家人何须客气，你嫂子关心你呢。”

“是，儿媳妇知道，谢谢嫂子。”阮氏眼眶微红，见关素衣表情如常，这才拘谨地在她身旁落座。木沐似乎察觉到新夫人的善意，小步小步挪过去，继续歪着脑袋看她。

关素衣也模仿他的动作，歪头回视，小家伙眨眼，她就眨眼，小家伙换一边歪脑袋，她也跟着换，来回几次之后，木沐忽然捂着嘴笑了，大眼睛弯成月牙，十分可爱。

关素衣心里柔软得一塌糊涂，极想把孩子抱过来亲一亲，又唯恐吓着他，只能试探性地伸出手，摸了摸他脑门。木沐躲了一下便不动了，看着她的眼里满是好奇。

“他是不会说话还是不爱说话？”关素衣轻声询问。

“不爱说话。”阮氏附到嫂子耳边低语，“他爹娘死的时候他也在，许是被血流成河的景象吓住了，从那以后就很少讲话。你越逗他他就越不愿开口，还往没人的犄角旮旯里躲，时常翻遍侯府才把他找出来，又累又饿又胆怯的模样可怜极了，所以咱们也拿他毫无办法。”

这是心灵上受到了伤害，比身体创伤更难痊愈。关素衣心里又添几分怜惜，却不敢贸然去接近木沐，于是拿起一块糕点诱哄："赶了一早上的路，饿了吗？来，吃块糕糕。"

木沐盯着糕点，分明很渴望，却又流露出恐惧的神色。

一块糕点而已，怎会让孩子怕成这样？关素衣心电急转，终有所悟。糕点不会让人害怕，那么吃下去以后呢？她立刻让阮氏把木沐带到窗边，偏向晨光说道："木沐，张嘴让母亲看看。"

木沐睁着大眼睛看她。

"啊，张嘴，啊……"关素衣不厌其烦地做着示范，因为有互相模仿的小游戏作为铺垫，木沐很快张开嘴，发出嘶哑的声音。

老夫人察觉不对，连忙走过去观看，不免惊呼起来。只见木沐喉咙内部已肿大发炎，流着脓水，若是再不就医便会彻底堵住进食和呼吸的通道。

难怪他不敢吃糕点，难怪他会去得那样突然，只因他早就病了，却无人发现。关素衣脊背出了一身冷汗，立马使人去催太医。若是幻梦之中的自己足够细心，足够尽责，哪怕把放在赵望舒和赵纯熙身上的关心匀十之一二出来给木沐，他也不会死得那样不明不白。

关素衣心间剧痛，却又不敢贸然搂抱木沐，只能一个劲儿地安慰："别怕啊，等太医来上了药，咱们木沐就不痛了。"

木沐仿佛听懂了，又仿佛没听懂，不断"啊啊啊"地张嘴，眼里荡着笑意。

太医很快就到，用吹管给木沐上了一些药粉，又开了几贴汤剂，直说夫人心细，发现得早，再耽搁两三天就麻烦了云云。阮氏胎位很正，身子骨也强健，倒是并不需要调理，只让她空闲的时候多走动走动。

千恩万谢地送走太医，老夫人跪在佛龛前念念有词，可见真被吓住了。木沐喉咙里清凉一片，很是舒服，苍白的脸色红润了好些，迈着小短腿跑到关素衣跟前，继续歪着脑袋看她。

阮氏羞愧不已地说道："若不是大嫂及时发现，木沐就危险了。我竟粗心至此，着实不该……"

关素衣柔声打断她："你也怀着身子，难免有顾不过来的时候。这些年都是你在照顾木沐，他谁都不亲，偏亲你，可见你已足够尽心。孩童的眼睛是雪亮的，谁对他好谁对他坏，他嘴上说不出来，一举一动却会表露无遗。"

"可见嫂子也是真心对木沐好，否则他哪能一见你就如此喜欢。瞅瞅，他眼珠子都不会转了。"阮氏大松口气，越发觉得嫂子待人宽厚，心地纯善。

关素衣爱极了木沐懵懂的小模样，见明兰端着白粥过来，立刻招手道："给我吧，我来喂他。"

木沐这回不认生了，那头刚吹凉一口热粥，他就大大张开嘴巴等待，小手揪着两边衣摆，像嗷嗷待哺的幼鸟，惹得屋里众人窃笑不已。关素衣笑一会儿喂一口，只觉得来到侯府这许多天，唯有此刻才是真正快乐的。

偏在这档口，一名管事婆子匆匆跑进来，她声音也不低，离得较近的几位主子都能听见，反正这事早就传开了，并非隐秘。

“老夫人，可不得了，叶家出大事了！昨儿那鉴宝宴压根儿没开成，好好的宝贝放在十几个人眼皮子底下，竟就莫名其妙碎了，叶老爷当即命人封了府门，拘了宾客，跑去宫里找皇上求助，原以为皇上能帮他把燕京城给翻过来，却没料皇上查都不查，只说叶家福禄浅薄，难承圣恩，国宝碎裂是天命，让他们只管捏着鼻子认了。这还不算，皇上转过脸就把跑去叶家查案的禁卫军打了一百板子，降了等级，说他们擅离职守云云。这是昨儿发生的事，今儿在朝上，皇上还不肯罢休，将联防抚司和三军禁卫头领挨个儿申饬了一遍，听说日后唯有皇上拿着虎符才能调动京畿防务，似叶家这般任意调遣者罪同谋逆，该诛九族！这话可把叶老爷吓傻了，当堂便尿了出来，那尿骚味儿……”管事婆子扇鼻子，捂嘴巴，仿佛身临其境。

老夫人焦急追问：“后来呢，皇上怎么说？”

“后来皇上嫌他御前失仪，提前散了朝会。叶老爷哪里敢走，当即便跪在承德殿前请罪。侯爷收到消息也跑去陪跪，这会儿许是在叶府帮忙善后。”管事婆子声音越来越低，终至无言。

“不肖子！叶家的事与他何干！”老夫人气得浑身发抖。

怕她气狠伤身，管事婆子连忙禀报好消息：“皇上原想褫夺叶老爷的官职，哪料叶婕妤忽然旧疾复发，吐了一床血，若非就医及时，差点一命呜呼。她哭着喊着求皇上开恩，又自请降位为父亲赎罪，皇上怕她受不住刺激，只得遣送叶老爷出宫，说是让他闭门思过。如今叶婕妤是生是死也未可知，听太医说很有可能熬不过今晚。现在大街上已经传遍了，都说一个马贩子的女儿也敢妄想那极致的富贵，连老天爷都看不过眼，特降下灾病来惩治她。昨儿还气焰熏天、风头无两的叶府，现在已成了全燕京的笑柄，连茶馆里的说书先生这会儿都已经唱上了。老夫人，奴婢给您学一段儿……”

管事婆子清清嗓子，咿咿呀呀唱起来：“叶氏有女，心比天高，命如纸薄，任尔几多筹谋，终敌不过一红珊瑚碎裂，一场无妄之灾临头。但求君王宠爱，偏又入了暗霾，自以为权势滔天行霸道，却终究君是君来臣是臣，僭越犯颜罪难逃……”

“唱得好！”老夫人面如寒霜，咬牙道，“然叶蓁心有九孔，狡猾如狐，不会让自己白白折在这等小事上。她那旧疾谁知道是真是假？都说祸害遗千年，我看她这回死不了，不过使个苦肉计而已。”

阮氏过门前叶蓁已经“溺亡”，所以她并不知道婆母为何憎恨叶家，故也不好开口。

关素衣眉头紧皱，脸色阴郁，似有难解之忧，苦苦思索半晌，沉吟道：“那珊瑚树究竟是怎么在众目睽睽之下碎裂的？明兰，你再去打听打听，务必详细点儿。”至于叶家和叶蓁的下场，她早有预料，也就毫无兴趣。

明兰脚步微微一顿，随即飞奔出去。老夫人和阮氏对视一眼，不约而同地暗忖：儿媳妇（嫂子）的关注点似乎有些奇怪？叶家那般欺辱她，她竟丝毫不加以嘲笑诋毁，可见关氏家教果然不凡！

从正院里出来，关素衣弯下膝盖，冲木沐招手道：“小木沐，跟母亲回正房住好不好？”

木沐立马躲到阮氏身后，两只小手紧紧抓着她的裙摆，探出半个脑袋来怯怯地看，而后微不可见地摇头。关素衣料想他不会这么快便卸下对自己的防备，似他这样的孩童，边关还有很多，往往需要十几年甚至大半生，才能从战争创伤中恢复过来。

木沐还小，心性未定，只需温柔地抚慰，早晚有一天能痊愈。她也不急，莞尔道：“那母亲只好一个人回去了。”话落直起腰，正色道，“弟妹，你有没有送他上族学？”

阮氏无奈叹气：“送了，他待不住，不是自个儿躲起来就是被族学里的小伙伴欺负得灰头土脸。嫂子您有所不知，他那义兄着实不像样，有一次竟把木沐的外袍脱了，浇了他满身墨汁。木沐不懂反抗，回到家把我吓个半死，黑乎乎一个小人儿，倘若不张嘴便只能看见一双白眼珠子转来转去，叫我又好气又好笑又心疼。”

说起赵望舒，阮氏自是满腹怨言。返程的路上她已经打听清楚，这位新嫂子乃文豪世家出身，对付顽劣孩童很有一手，刚来就让侯爷把赵望舒狠狠打了一顿，还拘着他念书识字，颇见成效。故此，她才敢说几句实话，否则早就带着木沐躲开了。

“赵望舒和赵纯熙毕竟不是我亲子，如今叶家又塞了一个叶姨娘过来，我原该严格管教，现在怕也不成。弟妹若是不嫌弃，便每日把木沐送到正房来，我亲自教他念书，晚膳过后再送回去。你如今日渐显怀，精力不济，连自个儿都照看不过来，更何谈木沐。咱们一个管白天，一个管夜晚，慢慢他就适应了，等五六个月之后你身子沉重，我再彻底把他接过来，你也能安心待产。”

阮氏大喜过望，连连说好。能拜入关氏门下，当真是木沐天大的福气，也只有大少爷那样的纨绔才想尽办法躲避。哎，有些人虽然命好，却偏偏身在福中不知福。

关素衣得了阮氏认同，亦不忘询问木沐意见：“刚才的话小木沐可曾听见？日后你白天跟着义母读书，晚上陪二婶玩耍，好不好啊？”木沐正儿八经考虑片刻，微微点了一下头。

妯娌二人皆心满意足，各自回转。

关素衣走到正房门口就见一地落花中掺杂着许多瓜子壳，也不知是哪个偷懒耍滑的仆役随手丢弃，又走两步，院内竟一个人也没有，只东窗头站着一个八九岁的小丫鬟，正踮着脚尖，拿抹布够最顶上的窗棂。

“怎么只有你一个？其余人都去哪儿了？”明兰从背后接过小丫鬟的抹布，帮她把窗棂擦干净。

小丫鬟吓了一跳，战战兢兢行礼道："奴婢见过夫人，奴婢是负责洒扫的，因手脚笨拙，临到午时还未把活儿干完，求夫人恕罪。其他人都去厨房领膳去了，马上就回来。"

"你别替他们遮掩。我刚来就颁下规矩，院子里时刻不能少人，便是领膳也得轮换着去，万不可一下全走光，否则主子但有吩咐，岂不无人支应？我看你不是手脚笨拙，而是勤快过头，把别人的活儿也揽到自己身上。"关素衣见小丫鬟眉眼拧成一团，似乎快哭了，不免好笑，"快把金豆子收一收，我并无惩治你的意思。正所谓不在其位不谋其政，我用人只一个原则，该你干的你得干好，不该你干的亦不能插手。干多了我不会赞你勤快，反倒记你一笔，只因你坏了我定下的规矩。这次便罢，没有下回。明兰，带她去收拾收拾，日后提为二等丫鬟，在我屋里当差，你得闲的时候好好教教她规矩。"

明兰乖巧应诺，带着千恩万谢的小丫鬟去耳房梳洗不提。

关素衣行至书房，铺开宣纸，将明兰打听到的叶府布局图画下，用朱砂圈出珊瑚树所放位置，四面描了小人充作家丁、宾客、东主，而后绞尽脑汁地琢磨开了。

搬出库房时验过一次，关箱上锁时验过一次，均无损毁。其间二十四个青壮年家丁一动不动地围护监察，未曾离开片刻，再开箱时却宝物尽碎，人群大哗，当真是见鬼了！这事不能琢磨，越琢磨越奇怪。关素衣捶捶脑门，五脏六腑似猫抓一般难受。她这人有一个坏毛病，遇见疑难定要解开，否则便会成夜失眠，竭力钻研。也因此，她学业无法专精，总是学着学着就钻到偏门里去，常叫关老爷子头疼不已。

而今这老毛病不见好转，反倒越演越烈，竟叫她与这红珊瑚杠上了，恨不能领了捕快的差事，去叶府查探一番。然她只对作案手法感兴趣，至于犯案之人，十之八九乃未央宫里那位。除了敲打外戚，安抚帝师，他还借这次由头整肃了都城部尉、联防抚司、三军禁卫，将前朝余孽和二王旧部从京畿防务中清除干净，以保卧榻之侧安稳，顺便遏制了朝臣结党营私之歪风，可谓一举数得。偏在这重重威压之下却未曾惊动任何百姓，也未叫京城起乱子，足见他心性仁厚却也狠辣。

出头的椽子先烂，即便没有叶家，不拘谁家先蹦跶起来，都是一样的结果。

关素衣轻笑摇头，对那既仁慈又狠辣的帝王同样充满好奇。但此人不是她能接触到的，不过略一思量就丢开手，继续琢磨案情。少顷，明兰带着小丫鬟过来，嬉笑道："小姐您看，她洗漱干净了竟似个玉娃娃一般，可爱得紧。"

小丫鬟脸蛋儿微红，行礼道："奴婢银子见过夫人。"

"你叫银子？好名儿！"关素衣莞尔，"别是家里还有个姐妹叫金子吧？我记得你祖籍辽东，家人如今还在边关？"

"正是，他们都跟在二老爷身边伺候，因路途遥远不肯过来。奴婢家里穷，能得一两碎银已顶天了，哪敢妄想金子。奴婢有五个姐姐、一个弟弟，分别叫大妮儿、二妮儿、三妮儿、四妮儿、五妮儿和富贵。”

小丫鬟掰着指头细数，令关素衣又是一阵好笑。明兰却有些心不在焉，待小姐敛了嘴角，垂头去看图纸，才愤愤道：“小姐，叶姨娘还没进门呢，那起子奴才就敢怠慢您，奴婢这便把人唤回来重罚！”

“不用去唤。经过一夜酝酿，又有人推波助澜，叶家倒血霉的事这会儿想必已经传开。厨房人多口杂，消息汇聚流通，一传十十传百，不消片刻，那些人自会回转。咱们也无须重罚，且成全他们的想头便罢。我这院子里宁可没一个人伺候，也不需要两面三刀的奴才。”

银子悄悄往明兰身后躲，只觉方才还温柔娴雅的夫人，此时竟威严无比，待会儿那些偷懒耍滑的人定会悔青肠子。

果然，不出片刻就有仆役陆续回转，脸上带着后怕又心虚的表情，见明兰叉腰站在廊下，立即上前告罪，却没得宽恕，反倒是人牙子走进来，将那些签了死契又年轻力壮的带走发卖，家生子遣去别庄当差，年老体弱的仆妇或签了活契的下人各自拨几两碎银放归乡里，另谋出路。不过小半个时辰，偌大一座院落，十好几口人，竟只剩下主仆三个，微风卷起败叶残红，当真有些凄凉惨淡之态。

老夫人任由告状求情的人跪烂膝盖也不开腔，反倒遣了许多平头正脸、老实本分的丫鬟婆子，紧着夫人挑选。关素衣挑选仆从时只问四个问题：一、识不识字；二、有何特长；三、家境怎样，祖籍哪里；四、对自己的将来做何打算。其中一名原是替老夫人打帘通传的小丫鬟，既识字又精通医术，家人俱亡是个孤儿，希望将来夫人能开恩替她消奴籍，立女户，自力更生。关素衣连说三个“好”字，当即便提拔她为一等丫鬟，顶了明芳的空缺，又留下几个能干的看家护院，其余诸人照旧遣回老夫人处。

这样一弄，原本排场极大的正房似乎萧条不少，实际上却整纷剔蠹，上下齐心，把内外院落箍得似铁桶一般。

如此又过一个时辰，俗务才算理顺，关素衣继续拿着图纸琢磨案情，就见赵陆离匆匆走了进来，嘴唇干裂，脸色阴郁，膝盖处的布料磨损两块，露出白色单衣，想也知道定是陪叶老爷子跪承德殿，受了不少罪。

“侯爷稀客。”经过这几日折辱，关素衣对他连装都装不出来，放下笔暗讽一句。

赵陆离露出羞愧之色，忆起生死不知的叶蓁，又飞快稳住心神，恳求道：“叶家那事，夫人想必已经知道了吧？而今叶婕妤重病在床，岳……叶老爷闭门思过，叶府上下风声鹤唳，惶惶不安。此事皆因关家而起，烦请夫人回一趟娘家，求求帝师和太常卿大人。他们简在帝心，荣宠极盛，倘若肯为叶府求一句情，此次劫难定会尽快过去。关家素来以仁德著称，而今都是姻亲，皆为家人，当笙磬同音、和和睦睦才是。”

关素衣定定看他半晌，忽然一耳光扇过去，震得房梁都落下许多灰尘。

“啪”的一声脆响从屋内传来，惊得明兰等人目瞪口呆。银子悄悄躲远了些，那新来的被夫人唤作金子的丫鬟却走到窗边眺望，焦虑道：“明兰姐姐，咱们要不要进去守着？万一侯爷跟夫人打起来……”

“别进去，免得小姐难堪。咱们抄着家伙站在这儿，万一小姐有难也好立马冲进去帮忙。”明兰从墙根下捡了一块板砖，紧紧握在手里。金子和银子有样学样，也都捡了称手的家伙。明兰见她们丝毫不惧侯爷，反倒对小姐忠心耿耿，内里十分满意。三人踮着脚尖朝屋里看去，只见侯爷被打蒙了，偏着脑袋好半天回不过神，夫人却表情闲适地挽起袖子，慢慢活动手腕，仿佛之前暴怒的那个并非她。

赵陆离从未打过女人，更没料到会被女人打，待他从惊愕中抽离时才发现脸颊又疼又烫，像被烙铁灼过，舌尖微微抵住牙龈便尝到几丝血腥味，竟是受了伤。

金子、银子见侯爷嘴角流出一行鲜血，越发侧目，免不了嘀咕道：“夫人手劲儿好大啊，一巴掌把个大男人都扇出血了！”

明兰得意扬扬地冷哼：“那是！咱们小姐十一二岁时手腕子上就能绑四五斤重的铅块，夏天吃西瓜无须拿刀，徒手就能劈开。侯爷若是想从小姐这里讨到便宜，也不是容易的事！”

金子默默把这些话记在心里，然后继续观望。

赵陆离好歹是个儒将，轻易不会与女人动手，哪怕心里已经腾腾冒着怒火，却还是勉强按捺着。关素衣也不怕他，一面替自己斟茶，一面徐徐开口：“我说赵纯熙和赵望舒怎那般蠢笨，却原来得了你们赵家和叶家的真传。既然你说叶家之事皆因关家而起，那我就与你好好掰扯掰扯。叶家想塞个女儿进来做妾，可是我关家指使的？叶婕妤给那妾室张目，可是我关家逼迫的？叶家办鉴宝宴，可是我关家安排的？叶家那珊瑚树，可是我关家打碎的？皇上对叶家极尽打压，可是我关家在背后撺掇的？你摸摸自己良心，可敢说一个‘是’字？”

赵陆离哑口无言，未被扇耳光的左脸也跟着涨红起来。

关素衣冷笑道：“屡屡挑衅的是叶家，侯爷倒好，竟怪到我关家头上，果然是人善被人欺。我真不知你当年缘何能在军中闯出名头，竟也敢插手叶家这些烂事。叶老爷当年资助二王谋反，事败后色贡皇上才逃过一劫，如今虽得了些恩宠却还不懂得收敛，一面排除异己一面结党营私，短短一年半已笼络大批朝臣。廷尉、卫尉、禁卫、太仆、宗正，这些与皇上安危休戚相关的部尉里均有他的‘拜把兄弟’，更有叶氏女为妻为妾，掌控后院。似他那般将皇上的近侍一一拉拢，生活的各个方面尽皆渗透，看着仿佛没结交到什么权臣，亦无丝毫获益，然而天长日久把控加剧，他想在皇上头顶使些小动作自是易如反掌。前朝末帝便是为近侍所杀，弑君之患由来已久。而叶家前有弥天大罪，后又僭越犯颜，且不进思尽忠，退思补过，反而暗室欺心，奸同鬼蜮。他家不倒霉，谁家倒霉？”

赵陆离心下惶惶，冷汗如瀑。

关素衣将茶水一饮而尽，继续道："为免沾染结党营私、欲行不轨之罪，所有人都绕着叶家走，偏你要往上凑，还硬拉我关家下水。你说你蠢不蠢？我关素衣上辈子定然没积德，才会嫁给你这样的废物，无权、无势、无脑、无心，成日悼念亡妻，反把母亲、兄弟、妯娌、亲子、义子、继室，尽皆抛到脑后。我便是嫁一个死人，结一场冥婚，也比嫁给你强无数倍，至少对方能让我安安静静地过日子，而不是连番折辱，时时刺心，竟是一星半点的温情也体会不到。倘若你今天一声不吭便回了前院，不来这里说那些愚蠢至极的话，我尚且能多忍你几天，现在却一时一刻也忍不了了。"

她"啪"的一声倒扣茶杯，冷道："有一句话叫作'君子报仇，十年不晚'，他叶家已经出手，我关家还没'报答'呢！这事没完，你们且等着！"

赵陆离怒气全消，只余恐惧："你……你想做什么？叶家的事是我考虑不周，不该冒着被牵连的风险让帝师和太常卿大人求情，我收回前言给你赔罪还不成吗？"

"我这儿还有一句话，叫作'覆水难收'。伤过的心、流过的泪、碎了的灵魂、破败的人生，都是无法修补的。"关素衣指着大门，淡然道，"我说过会等你，却不会永无止境地等。你该庆幸我俩是圣旨赐婚，不能和离，否则我现在已经收拾东西归家了。你那一双儿女似乎觉得叶家财大势大更为得脸，已不打算再来，今后你们父子三人便跟着叶姨娘一块儿过吧。"

赵陆离本就插满尖刀的心又被捅了个对穿，不免骇然起来。关素衣这是要与他决裂的意思，且关家似乎想对叶家使些手段。他这是弄巧成拙了，怎会？然而不等他深想，三个丫头就带着家伙围上来，客客气气地恭送侯爷。赵陆离不敢闹，怕惹得新夫人越发动怒，继而祸害到叶蓁头上，只能站在院门口赔罪，说得嗓子干透才悻悻回转。

收到消息的赵纯熙自是又气又急又怕，却毫无办法。叶家的处境比她想象中更糟糕，外祖父闭门思过，娘亲病入膏肓，叶家名声扫地，亲朋好友避如蛇蝎，圣上那里亦添了弥天罪状，仿佛一夕之间从天堂跌落地狱，已至绝境。而她和爹爹先后与关氏撕破脸，把最后一点依仗也亲手推开，将来可该怎么办？

荷香亦吓得不轻，嗫嚅道："小姐，关氏的手段太利索了，她几乎将正房人手清空，屋里只留三个丫鬟伺候——一个明兰忠心耿耿；一个银子家人远在辽东，是从边关跟过来的，不好挟制；一个金子竟是孤儿，想立女户自己单过，压根儿没有漏子可钻！关氏似乎每每都能想到咱们前头，咱们刚走一步，抬眼一望，她已经把后面九十九步都走完了，真是追之莫及！"

"闭嘴！别扫自己威风涨他人气势。关氏是人不是神，总有算漏的时候。你再去打听打听，看看她说的那些话是真是假。"赵纯熙色厉内荏地道。

"什么话？"

"君子报仇，十年不晚！"

“哦哦哦，奴婢这就去。”荷香踉跄跑走，仓惶的背影像足了惊弓之鸟。

赵纯熙望着她，慢慢把自己藏进黑暗里。

重铸法典乃关系国祚之大事，不可轻忽，故得集思广益，群策群力。众位大臣也是第一次参与，均不敢擅专，每一条陈都需讨论几个日夜方能确定。然即便如此，进度也是相当缓慢，更仿佛缺了什么，有种无处使力的感觉。

好在督察院以最快的速度成立，关老爷子得任都御史，总领监察事务，上可规谏皇帝，下可弹劾百官，甚至还能左右官员升迁与任免，连带巡查地方、考核政绩，虽品级不高，权力之大却属罕见。另有两位同僚分任副都御史、监察御史，以查漏补缺，广开言路。

文武百官怀着艳羡而又敬畏的表情看着关老爷子接过皇上亲手递来的官袍、冠冕、官印、绶带、玉笏等物，猜测他定会拿回家慢慢欣赏，哪料他竟当堂穿上官袍，戴好冠冕，用绶带绑紧官印，手持玉笏，中气十足地道：“皇上，臣欲弹劾太史令叶大人三十二条罪状。其罪一，于辽东行商之时来往于各方诸侯势力，里通外敌，泄露军情，致盖州一战我军惨败，死伤逾十万；其罪二，暗中资助成王、晋王谋反，后又改投皇上，居然以拥戴为功获封太史令；其罪三，在其位不谋其政，除上朝点卯，未曾一日起草文书、策命卿大夫、记载史事、兼管祭祀，堪称尸禄素餐、上谄下渎；其罪四，上上年正月，先帝重病将崩，其每见进出，未曾忧戚同哀，肃容以待，反谈笑如常、宴饮不断；其罪五，上年九月先帝驾崩，其守制不过半月便行敦伦，致妾室有孕，后假称暴病将之灭口；其罪六，买通内侍近臣，色贡朝上朝下，借姻亲之便行营私舞弊之实，危及圣命、冒犯圣颜；其罪七，家内所藏珍宝，南珠逾万，东珠逾千，较内库多至数倍，另有犀角杯、龙饰密瓷等违制之物不知凡几；其罪八，去岁夏涝冬寒……”

关老爷子洋洋洒洒一路唱念，朝上已是落针可闻，人人自危，就连圣元帝也出了一头一脸的冷汗。叶家所犯诸事，他不是不知，却因叶婕妤救驾之功而刻意忽略，甚至纵容，待到叶府悄无声息地铺开一张联姻大网才有所警觉。其实这也多亏了关素衣，若非担心她婚后受辱，他便不会去查叶家的族人，真可谓歪打正着。圣元帝原以为敲山震虎已经足够，眼下听老爷子逐条逐句弹劾，终于骇然发现——叶家竟已罪孽滔天，不可饶恕。

座下群臣亦汗出如浆，腿软如泥。三十二条罪状数下来，关老爷子这是摆明了要逼死叶家，其雷霆手段比之叶婕妤强了何止万倍？偏偏人家并不耍弄阴谋诡计，便是走阳关大道也能让你身败名裂、家破人亡！

而今的关家……真真是不好惹啊！

三十二条罪状数完，关老爷子声如洪钟地道：“叶全勇犯谋逆、结党、徇私、舞弊、渎职、贪墨、欺君、犯颜、大不敬、草菅人命等罪，微臣斯闻诸事，莫不痛心疾首，恨如头醋，于是敬陈管见，恭请圣裁。”

圣元帝抬手抹掉额角的冷汗，正欲说话，下面却站出来一位文臣，诘问道：“世人都知叶家与关家近来不合，帝师大人甫一上任就弹劾叶大人，是不是有公报私仇的嫌疑？”

关老爷子淡淡瞥他一眼：“倘若本官弹劾之事经由皇上查证有半字是假，你们再来状告本官公报私仇不迟。届时本官自当褪服免冠，乞骸回乡。”话落举起玉笏，继续道，“微臣还有一人想要弹劾。”

圣元帝无奈摆手：“帝师请慢慢道来。”

文武百官均屏住呼吸，提心吊胆，只因之前关老爷子弹劾叶大人那事竟牵连到上百官员，若皇上一一查实，这些人的下场可想而知。关老爷子真是不鸣则已，一鸣惊人，但愿自己往日里没有得罪他的地方。

唯关父最是镇定，只握紧手中玉笏，为自家老爹捏了一把汗。

关老爷子清清嗓子，正色道：“微臣还欲弹劾皇上发纵指示，任人唯亲，不修内闱，轻重失宜，以致边关阵地失守，将士平添伤亡，朝堂秩序紊乱，外戚横行霸道，诸般祸端皆为皇上有意放纵为害，恳请皇上自查自失，改过言行，重修内闱，还朝堂浩然清正之风。”

嘶，竟连皇上都敢弹劾，帝师不要命了！方才还斥责他公报私仇那人悄悄退了回去，脸颊臊得通红。倘若真的为了私欲，帝师大可以整治了叶家，再好好捧捧皇上，都说新官上任三把火，且这点火的柴薪还是皇上供的，自不会拿他怎样。但他点了叶府再点皇上，措辞激烈，毫不讳言，真正将督察院之宗旨贯彻始终，将“舍生取义”四字挥洒淋漓，不留余地。

关家的刚直、忠烈、正气凛然，果非浪得虚名！而今就看皇上怎么处置了。

文武百官目光灼灼地盯着皇上，其中又属关老爷子那双眼睛最为明亮，似乎燃烧着两团火焰，照亮人心之丑恶。圣元帝不知怎的，眼前竟浮现关素衣那双秋瞳剪水又澄澈幽远的眸子。

他莫名产生一种无所遁形之感，扶了扶额头，低低笑开了。好，好一个帝师！先弹劾叶家，为防自己徇私枉法，紧接着又弹劾君上，这是逼迫自己做出决断。只因这督察院是自己力主建设，亦是自己赋予职权，倘若连自己都不把都御史的话当一回事，督察院甫一成立便形同虚设，也就失去了存在的意义。

关老爷子这是在抛砖引玉，杀鸡儆猴，而自己则是那块玉、那只猴，真是砥行立名、不畏权势，且又智珠在握，已定乾坤。自己便是再如何想保叶家，也得捏着鼻子认了。谁说关老爷子迂腐、顽固、不通世故？这人分明老谋深算、举无遗策！难怪关家文名滔滔、正气凛凛，却是因为一家子皆为俊杰。怎么老天爷对他家那般厚待，男子以天地正气浇灌，女子以山水灵韵蕴养，叫人感佩敬服，不胜喜爱。

圣元帝摇摇头，紧接着又摇了摇，深埋于内心的遗憾终于尽数涌了上来，令口中全是苦涩难言的滋味。

朝臣见他只是摇头苦笑，并不开腔，纷纷为帝师大人捏了一把冷汗。虽然大人那张嘴有些可怖，但他舍生取义、痛下针砭的行为是绝大多数人想做而又不敢做的，仅凭这点就堪称当世文坛之领袖、文武百官之楷模。

关父见皇上久久不言便主动站出来，欲与父亲共同进退。虽早前说好要各行其道，然此次弹劾叶家、君上，便是他们力行之道，成了便叩谢英主圣恩，败了亦死得其所，无怨无悔。

圣元帝终于将满嘴涩意咽下，喟叹道："以铜为鉴可以正衣冠，以史为鉴可以知兴替，以人为鉴可以明得失。帝师大人便是朕心中的明镜高悬，照朕之对错以矫枉。"边说边走下御台，冲关老爷子深深鞠躬，"当日菩提苑内择关翁为师，今昔之感，朕幸而又幸。有此百世之师，何愁朝堂风气不清，黎民百姓言路不广？朕当耳听心受，平治天下，愿帝师与百官勠力同心，匡翼大魏，与朕共勉。"话落又是三拜，诚挚道，"谢帝师教诲之恩，朕铭感五内。叶全勇一案即刻交由廷尉府严查彻办，不可推诿轻忽，徇私枉法！而朕自书罪己状，以省己过。"

此事还不到颁布罪己诏的地步，但皇上愿意承认错误并写下反省文书，已是最大的妥协和退让，也对帝师表达了足够的尊重。督察院第一把火就这样轰轰烈烈地烧起来，令文武百官反躬自省，敬畏非常。

关老爷子和关父原以为皇上多多少少会憋着气，待要细看却发现他是真的自责，目中非但没有怨尤，反而全是真诚赞赏。有明君若此，何愁魏国不兴？二人连忙跪下叩谢圣恩，眼眶已是潮红一片。

圣元帝立即把人扶起来，温言劝慰几句，紧张的氛围顿时被君臣和乐取代。又议了几桩政务，这便宣布退朝，皇上留下关氏父子用膳，其余人等各去部尉当差不提。

走出承德殿时，莫说文臣武将纷纷上前与老爷子见礼，便是眼高于顶的皇室宗亲亦流露出敬畏之态。在一阵阵"帝师大人走好"声中，父子二人到了未央宫，并未等候多久便被引入内殿。圣元帝已换了常服，正襟危坐，手边三个食几已摆满热气腾腾的菜肴，另有内侍端着水盆、帕子等物，欲为二人梳洗，一应准备极为周全。

"帝师请坐，太常卿请坐。"圣元帝伸手相邀，平易近人，"咱们君臣得宜，不需谨守诸般礼节，权当在自个儿家里，随意便是。"

关老爷子和关父连说不敢，毕恭毕敬行了礼，这才落座。圣元帝率先动了筷子，二人方优雅进食，行为举止不卑不亢，表情神态从容自若。种种风貌越发令圣元帝欢喜。

"朕刚接触中原文化不久，学识有限，每见帝师与太常卿所呈奏折，皆被那铁画银钩的字迹所摄，私下想练却又不得要领，还请二位日后多加提点。"他斟酌良久才开始慢慢引导话题。

关老爷子果然耿直，当即便道：“皇上谬赞，微臣这手书法算不得绝佳，与我那孙女比起来还差了一线。微臣手腕带伤，旧疾难愈，虽笔法圆融却失了力道。我那孙女三岁开始负重练字，又加之颖悟绝伦，才气天赐，小小年纪已至臻境。不是微臣自夸，便是把当世鸿儒挨个儿指一遍，我那孙女也丝毫不逊。”

“哦？三岁开始负重练字？怎么个练法？”圣元帝眸光微亮，嗓音亦添了几丝喑哑。

关老爷子以为他对练字感兴趣，详细将自己如何锻炼孙女的事说了出来，什么手腕上绑沙袋，慢慢换成铁块、铅块，逐渐增加重量；每日晨起读书百遍，默写千遍；带她周游列国，探风物民情，强健体魄，凝练精神；等等。

说着说着，圣元帝脑海中已浮现一帧帧栩栩如生的画面：一位玲珑剔透的小姑娘如何哭着鼻子负重默写，如何摇头晃脑吟诵文赋，如何在风沙里摸爬滚打，如何在灿阳中茁壮成长。那扎着小羊角辫的稚嫩五官慢慢变为一张惊心动魄的华美容颜，令他心脏重重一跳，紧接着又是狠狠一痛。

待他回神时，思绪竟然再难平复，嘴角的笑容不由敛了下去。但眼前二位毕竟是关素衣的家人，亦是他的股肱心腹，不可怠慢，只得打叠精神应对。等帝师说完，他强笑道：“难道夫人的字迹比太常卿还好？”

“他心不静气不平，字里沾了俗尘，连我都不如，焉能与依依相比？”关老爷子恨铁不成钢，心下却不免嘀咕一句：皇上怎么“夫人、夫人”地唤依依，仿佛很熟稔似的？

关父哂笑作揖，不敢随意开腔，免得被亲爹炮轰。

圣元帝哈哈笑了一场，不着痕迹地把话题往关素衣身上扯，于是又听闻许多趣事、糗事，方才那阵隐痛渐渐也就淡了，变成满足与欣悦。一顿饭吃完，君臣都有些意犹未尽之感，眼见时辰不早又各有政务，这才辞别。

临走时关父忽然说道：“敢问皇上殿内燃的是什么香？味道很独特。”

圣元帝谈笑如常：“不知燃了什么，朕出身行伍，对这些不甚了解。白福……”

白福忙道：“启禀皇上，启禀关大人，燃的是云州上贡的桂香膏，大人若是喜欢，奴才这便使人装一盒。”

关父也不推辞，接了礼盒随老爷子退走。圣元帝这才大松口气，从暗格里取出一刀夹宣，凑近鼻端嗅闻，叹息道：“这香雪海的气味虽清淡，却又绵长，即便用器物层层阻隔也是徒劳。”正如那人一般，越是不敢想，越往你脑海里钻。

甘泉宫内，叶蓁脸色煞白、嘴唇干裂地躺在床上，若非胸口还在微微起伏，看上去竟似一具尸体。两名宫女时时刻刻跪在床边守护，生怕一错眼，婕妤娘娘就殡天了。

少顷，咏荷端着一碗汤药进来，轻声唤道：“娘娘，您醒醒，该喝药了。”

叶蓁悠悠转醒，灵光散尽的眼眸无意识地盯着床幔，过了好一会儿才想明白这是何时，又是何地。在宫女的搀扶下，她勉力半坐起身，咳嗽道："皇上今日可曾探视过本宫？"她一天有八个时辰都在昏睡，生怕错过那人的到来。

咏荷脸色微微一暗，小心道："启禀娘娘，皇上政务繁忙，未曾抽出空闲。不过奴婢已经把您病情稍缓的消息送过去了，想必忙过这阵，皇上就该来了。"

"是吗？"叶蓁苦笑，"本宫病入膏肓他都不来，稍微好转便更不会来了。咏荷，你不必哄本宫。"说到此处，她摆手遣退闲杂人等，继续道，"本宫在他心里是什么分量，现在总算明白了。七年时光，哪怕焐一块石头，不说焐化，多多少少也能沾染一丝余温，但他倒好，说翻脸就翻脸，果真是帝王无情。本宫豁出性命与他相守，竟不知是对是错。"

"娘娘您别胡思乱想，赶紧养好身体要紧！"咏荷见左右无人，立即从袖口里掏出一粒淡红色药丸，塞进主子掌心。叶蓁略微一握，借垂头咳嗽的间隙将它咽下，然后端起汤药小口小口啜饮。

待主子服下解药，咏荷低声道："娘娘您还远不到翻身无望的地步。皇上现在并无子嗣，您若是抢先诞下皇长子，叶家必能起复。所以您当务之急是为怀孕做准备，待体内余毒排尽，奴婢就再调制几服蕴养胞宫的汤剂，日日让您喝着，不出两月便可行房行精。"

叶蓁喝完最后一口汤药，无奈道："皇上从不碰本宫，本宫如何怀孕？"

"娘娘您竟从未侍寝？"咏荷惊得差点摔碎药碗。她只知皇上从不在甘泉宫留宿，却也从不在别宫留宿，白天倒是常来，偶尔屏退左右与娘娘在内殿说话，短则两三刻钟，长则大半天，不可能什么都不做吧？

在心腹宫女疑惑的目光下，叶蓁终于将隐藏在心底最深处，亦是最难堪的秘密尽数倾吐："本宫与皇上从未有肌肤之亲。还记得侯爷赐婚那日他轻拍本宫手臂吗？七年来，那是他头一回碰本宫。"

咏荷不敢再问，担心自己兜不住如此巨大的隐秘。她原以为娘娘能顺利进入后宫，获得这等高位，该是将皇上拿捏在掌心了才对，却原来那人连碰她一碰都不曾，而这么多年无微不至的照顾，竟真是因为那点救命之恩。

皇上果如传言一般重情重义，某些方面却又格外冷酷。倘若你不能走入他的心扉，便是为他豁出性命不要，他能付出的也只是感激与照拂，而非深情厚爱。说他仁义君子可以，说他铁石心肠亦不错，这样的人该怎么讨好？

咏荷越想越觉前路渺茫，脸色不由颓败下来。闭月羞花、倾城绝色如娘娘这般，竟也花了七年时光还摆不平，这世上又有谁能凿开皇上冷硬的心？难道她们真就这样永远闭门思过下去？

最终还是叶蓁发话了："你先帮本宫调理身体，尽快把余毒排清，待本宫准备妥当，自然有办法让皇上就范。以前本宫为了给他留一个贞烈贤淑的好印象，难免保守拘谨了些，日后却是不能了。倘若再不上非常手段，说不准咱们甘泉宫从此就会变成冷宫。皇上只让本宫闭门思过，却没说何时解禁，连宫务也慢慢挪给那些新晋嫔妃，这是在架空本宫呢。他到底与往昔不同了，竟心硬至此。”

瞥了唯唯应诺的咏荷一眼，她尽量压低嗓音：“把本宫压箱底的宝贝拿出来，日后该用的都用上。”

“是，奴婢抽空查验查验，有些许久不用，怕是效力大减。上上回大小姐入宫时曾拿走一箱，奴婢都记在账上了。”咏荷边说边去探床底，忽听外面传来凌乱的脚步声。

“不予通传就擅自闯入内殿，你不要命了吗？”咏荷连忙走出去阻拦，却见来者是一名内侍，已跑得满头大汗，面色涨红。

“启禀婕妤娘娘，大事不好了！”内侍扑通一声跪下，急促道，“皇上今日成立一官署，名为督察院，专司言路，监察百官，职权极大，连皇上的一言一行亦在弹劾之内，且不以言获罪。而帝师兼任督察院都御史，刚披上官袍就参了叶大人一本，直陈叶大人三十二条罪状，涉及谋逆、欺君、犯颜、大不敬等……”

“好一个一心为公的帝师，好一个作风清正的关家！他这是明摆地公报私仇啊！皇上难道真听了他的诬告？”叶蓁暴跳如雷，拍案而起，却因体弱，瞬间跌回去。

内侍吞了一口唾沫，颤声道：“娘娘，奴才还未说完。他参完叶大人，紧接着又弹劾皇上任人唯亲、不修内闱，以致外戚祸乱朝堂，勾结内臣近侍，危及圣命圣颜。而今皇上已发了罪己状，在御书房里誊抄祖训百遍以示警醒……”

不等他把话说完，叶蓁已瘫软如泥，满心绝望。帝师先弹劾叶家，让人以为他心怀私欲，随即又弹劾皇上，立时就来了个大反转，给人留下不畏强权、大公无私的印象。倘若皇上不想第一天就废了那所谓的督察院，必会严查叶家，严办父亲。

什么仁善之家，心狠起来竟比蛇蝎还毒！本宫只是稍微压一压关素衣脸面，他们却一出手便是杀招，丁点后路也不给人留！叶蓁差点咬碎一口银牙，只觉喉头堵了堵，随即就喷出一口红中带黑的鲜血。

咏荷等人已是魂飞魄散，愣了好一会儿才扑上去大叫娘娘。

连连喘了好几口粗气，叶蓁才勉强说道：“既然皇上都已认罪反省，那我叶家必定逃不过此劫咯？三十二条罪状，分别对应哪些刑罚？”

内侍哽咽道：“单谋逆一条便是抄家灭族的死罪，更何况数罪并罚。如今叶大人和诸位涉案人员均已收押天牢待审，叶府上下全乱了套，奴仆跑的跑、散的散，不过须臾就分崩离析了。奴才来时叶夫人还跪在宫门口呢，也不知有没有人搭理。”

“抄家灭族，抄家灭族……”叶蓁反复咀嚼这四个字，又是一口鲜血狂喷而出，拼命喊道，“去找皇上！立刻去找皇上！就说看在救命之恩的份上，让他饶叶家最后一次！叶家再也不敢了，本宫再也不敢了，这定是最后一次！”

内侍不敢耽误，连忙飞奔出去。

圣元帝收到消息后略迟疑片刻，还是入了甘泉宫。二人一个气息奄奄躺在帐内，一个冷面肃容坐在帐外，一时间竟相顾无言。

圣元帝先让太医替叶蓁诊脉，开了一剂强心静气的汤药，待她喝完，药效上来，才徐徐道："听说这是最后一次？一次又一次，朕已不记得有多少次了。"

"陛下，这真的是最后一次，我用救命之恩换您宽恕叶家，从此以后咱们两清了还不行吗？"叶蓁泪眼迷蒙，语气哀恸。她万没料到送一红珊瑚竟会让自己沦落至这等凄惨境地。关家好骇人的手段！

"当年你父亲资助二王谋反，欲博从龙之功，此次谋逆可抵恩情十之七八；近年来他不知收敛，反花费重金买通朕身边近侍，色贡部尉要员，欲行不轨，此结党营私之罪，可抵恩情十之一二；剩下那薄而又薄的一分恩情，尚且不够与你窥视帝踪相抵，又如何能救叶氏全族？"

窥视帝踪？听到此处，叶蓁已是肝胆欲碎、栗栗危惧。原来皇上什么都知道，只是不愿戳破而已。若没有叶繁那事，她就不会去打压关素衣，不打压关素衣，叶家便不会招惹关家，不招惹关家，今天的一切均不会发生，而她与皇上还能保持伉俪情深的假象。哪怕让她伪装一辈子，哪怕真相既残酷又不堪，也比现在的境况好上千倍万倍！倘若叶家满门抄斩，她叶蓁又哪里会有存活的机会？不说恨她入骨的太后、大长公主、长公主，便是那些低位嫔妃联合起来也能置她于死地。

如果当初不挥霍那些恩情，她兴许能平平安安活到老，死时以皇后之礼入葬，享举国哀祭，何等尊贵，何等风光？但现在，她的生死，叶氏全族的生死，却全在帝师张口之间，更在皇上一念之间。

叶蓁从来没这么后悔过，亦从来没这么绝望过，这才终于明白，并非所有人都能听凭她摆布，亦非所有人能任由她践踏。她的权势，还远不到只手遮天的地步。如今，她除了用哀戚而又希冀的目光死死盯住皇上，什么都做不了，甚至吐不出半句辩解的话。

圣元帝斟酌片刻，一字一顿道："朕给你最后一次机会。救叶全勇，你现有的一切都会失去；保全自己，叶全勇必死无疑。你怎么选？"他想看看，真正的叶蓁究竟是何面目。

圣元帝一句话便让叶蓁如坠深渊，她头脑一片纷乱，无数个念头在狂风中打转，似要爆开，丝毫没意识到这个问题很有可能只是一个陷阱，或一次试探。

她的答案决定着自己是平安落地，还是粉身碎骨。然，选了父亲和选了自己又有什么两样？到最后照样是个"死"字……不不不，怎么会死呢？倘若选择保全自己，那自己还是高高在上、独揽宫权的叶婕妤，还能庇护叶家剩下那些族人，亦能瞅准时机重获帝宠。而选了父亲，便什么都没了，死罪可免活罪难逃，叶家偌大家业必然保不住，而自己没了权力和地位，就只能跟着族人一块儿惨淡度日，以往得罪的那些人还不落井下石，群起攻之？其下场还不如死了呢！

留着青山，在不怕没柴烧。叶蓁，唯有选自己才是顾全大局，才能领着族人从困境中逃离，才能在将来的某一天让叶家重获荣光！你的选择是对的，你的选择是对的……心里反复念叨这句话，叶蓁脸上已隐隐浮现癫狂之态。

圣元帝也不催促，一边曲指敲击桌面，一边静静观察对方的表情变化。细细在脑海中搜刮一番，他这才发现自己似乎只见过她哀伤、忧愁、微笑、楚楚可怜等能激起男人保护欲的姿态，除此之外竟空白一片。反观夫人，虽只几面之缘，她的拈花一笑、爽朗大笑、莞尔微笑……种种笑容且灿且暖；少顷又隐忍怒气，忍无可忍便戟指怒目，拍案而起，神态举止侠气纵横，英姿勃发；对着碎纸残片时分明那般痛心疾首，哀思难抑，目中却只蒙了一层水雾，未曾掉下一滴泪珠，却是铮铮铁骨，傲意凛然。

把二者放在一起，虽同样妍姿艳质，倾城绝世，然一个似存在于满是阴森潮气的黑暗中，令人沾之则晦；一个却盛开于碧天晴空之下，沐浴在璀璨艳阳之中，叫人感觉到春意盎然与澎湃生机。

越是回味那人的一颦一笑，越觉心中苦痛尖锐，圣元帝终于不敢再想下去，眼睑微微一抬，去看几欲癫狂的叶蓁。

“臣妾知罪，求皇上饶了臣妾这一回。”叶蓁没脸直接说保全自己，唯哀哀低泣。

侍立在旁的咏荷已急出满头冷汗，很想出声提醒却又不敢妄动。这些年娘娘在皇上跟前是个什么形象，她作为旁观者最是清楚不过，纯善、温婉、痴情、念旧，然有窥视帝踪一案，又加之方才的荒唐选择，她苦心经营的美好形象已完全崩塌。便是皇上饶她这一回，在看清她冷酷无情的真面目后，又岂能给她复宠的机会？反之若选择保全父亲和族人，没准儿皇上看在她孝心可嘉的份上，还能法外开恩。

娘娘，不能啊！

可惜咏荷的呐喊叶蓁听不见，她身心备受摧残，脑子也陷入混沌，唯凭本能行事。

圣元帝停止了敲击桌面，沉吟道：“日后你还是叶婕妤，叶全勇那里朕会命廷尉府依法办事，当判死罪绝无宽赦。”

体内毒素作祟，时时痛如刀剐，连番打击接踵而来，摧毁了她的精神与意志，叶蓁顷刻间委顿下去，胸口剧烈起伏着，像是难以承受更多噩耗。圣元帝看也不看她，转身欲走，却听她勉力唤道：“皇上且慢，臣妾还有一物想送给您。咏荷，快快去拿。”

咏荷噙着泪将放置在博古架上的锦盒拿下来，打开一看竟是一扇半尺见方的小桌屏，中间用承轴固定在架子上，可以来回旋转，简单的白底黑纹，一张绸布，却又细细密密地绣了两面，怎么看也无法找出破绽。另有两幅已装裱妥当的画作，一为罗刹，二为佛陀。

“启禀皇上，这是您日前托娘娘绣的桌屏，她不敢耽误，便是在病中也捻针穿线，通宵达旦，差点把眼睛熬坏。这是娘娘自个儿琢磨出的新绣法，叫双面绣，说是要传给织造司的绣娘，替您多挣些实惠。皇上，娘娘待您痴心一片，您也可怜可怜她吧！”咏荷实在无法，只能拿感情说事。

叶蓁启唇苦笑，嘴角缓缓流下一行鲜血，衬着惨白的面色、哀戚的双目，看上去既可怜又可悲。

主仆二人唱作俱佳的表演，把白福这等久经世态炎凉的老人精都快看哭了，更何况殿内其他人。没过多久，一阵又一阵低泣便从四周角落里传来，硬是将金碧辉煌的甘泉宫渲染成了箪瓢陋巷，凄惨无比。

圣元帝面无表情地拿起桌屏查看，心里懊悔难言。若是早知道这两幅画会被人当成博取怜悯、演绎情深的工具，他说什么也不会送至甘泉宫。高洁玷于卑劣，着实令人心痛。

他将画作小心翼翼地收起来，桌屏扔给内侍，吩咐道：“送去织造司，让那里的绣娘琢磨琢磨，倘若工艺并不复杂便可推广出去造福百姓，倘若太过烦琐就培养一些人专门经营此项，为国库开源。”

内侍答应一声，捧着桌屏去了。他这才盯着叶蓁，直言道：“前些日子你还为赵陆离续弦而重病一场，叹旧情难忘，今日又扯着朕说什么痴情一片。叶蓁，你究竟有几颗心？”

叶蓁与咏荷齐齐一僵，半晌无言。

圣元帝并不需要对方作答，继续道：“朕看你根本就没有心。连自己亲爹的性命也能弃之不顾，当初又如何愿意舍命救朕？叶家世代行商，避害就利的本事无人能及，断不会为一个陌生人冒全家殉难的危险。当年你果真不知朕的真实身份？果真只是路遇伤者大发善心？而今看来，这却不像是你的行事作风。”

完了，全戳破了！咏荷魂飞天外，几欲晕厥。叶蓁却还硬撑着，混沌的头脑瞬间清醒，而后极力反思——当年那些线索全被抹除，皇上不会查到什么，便是审问父亲，他也应该知道轻重。认了他自己死，不认虽也是死，却无须再加一个弑君欺君之罪，亦可保全九族，因此绝不能认。

正如皇上所言，叶家人避害就利的本事无人能及，父亲定会知道该怎么选。这样想着，叶蓁打算替自己辩解几句，却听皇上沉声道：“真相如何，朕会派人去查。叶蓁，你只愿叶家手脚足够干净吧。”心里却是已经认定了她的嫌疑。

叶蓁再难承受这些重压，“噗”的一声，竟将心头老血喷了出来。

白福连忙招手让太医去救治，然后转身去追已走出老远的皇上。万没料到看上去温婉柔顺的叶婕妤，手段竟如此厉害，连那救命之恩都是造出来的，若查不到线索也就罢了，若是查到了什么，岂不表明皇上当年遇难之时，叶家亦狠狠推了一把？

那可是弑君啊！这样一想，白福都替叶婕妤心慌，更觉脖根处凉飕飕的。

叶家鉴宝宴那日不仅拘了许多权贵，又因擅自调遣禁卫军害得诸位统领丢了官帽，挨了杖刑，堪称一夕之间得罪了大半个燕京城，若无人撑着门面，怕是会被落井下石，墙倒众人推。赵陆离昨日惹恼了新夫人，还差点恩断义绝，今日却不思安抚告罪，反而一大早跑去叶府，替叶老爷和刘氏收拾残局。他这镇北侯虽无实权，在军中却攒了些旧情，多少能说得上话，又因赵望舒和赵纯熙两个已无嫡母管教，便也一块儿带来，还可宽慰宽慰二老。

叶老爷没像往日那般怠慢这位前女婿，而是热情无比地将他迎进门，请入正堂说话。两个小的跟随表姐妹和表兄弟们去后院探望外祖母。

虽说刚被皇上狠狠打了脸面，但叶婕妤还在，叶老爷官职还在，待皇上怒气消减，婕妤重获圣宠，将来照样能翻身，没准儿比现在还光耀。故此，叶府只是略显消沉，并无颓势难返的败象。然辰时刚过，眼见宫里快散朝了，却有几列侍卫拿着剑戟将叶府团团围住，廷尉大人亲自带队闯入大门，二话不说先把名单上的罪人全给绑了拉到院外，一字一句念着檄文。

赵陆离护着两个孩子跪在叶家众人身后，仔细一听不免骇然，也终于弄明白关素衣昨日那句“君子报仇，十年不晚”是什么意思。关老爷子非但没给叶家求情，反而状告岳父三十二条罪状，条条都是死罪，条条都能诛灭九族，随即又弹劾皇上纵容外戚为祸朝堂，不修内闱。而今连皇上亦在檄文中坦承罪状，又岂会轻饶叶府，宽宥叶蓁？叶家最后一条生路都被关老爷子的二次弹劾给断绝了，这复仇的手段何其毒也！赵陆离心如刀绞，悔之莫及，反观两个孩子，竟已被吓得痴傻。

檄文尚未念完，叶家上下已没口子地喊起冤枉，却没法打动官差，只能眼睁睁地看着他们拆了亭台楼阁，砸了桌椅摆设，将藏于地窖和库房的钱财一箱接一箱地抬走，而后“哐当”一声戳下叶府的镶金匾额，踩得粉碎。

方才还略显颓势的叶府，转眼就大厦将倾，危在旦夕，这变故来得太快了些，叫人猝不及防。路过的百姓看见来往的官兵，听见嘈杂的哭喊，纷纷指指点点围拢过来。

“叶家怎么连匾额都被人戳下来了？这可不像是小打小闹啊！”

“你不知道吧？叶家仗着叶婕妤得宠，行事太过猖狂，已捅了马蜂窝，叫帝师大人给弹劾了！足足三十二条罪状，檄文都贴在廷尉府门前的告示上了，你自个儿去看吧，那里有几个儒生免费给人唱念。”

“廷尉府太远，我懒得跑，你给我说说呗。”

“是啊是啊，你给大伙儿说说呗。”好事者连忙附和。

那消息灵通的人便扬扬得意地将前因后果说了一遍，末了总结道：“说起来都是那红珊瑚惹的祸。你说你心疼两个外孙，怕他们被后母欺负，塞一个庶女做妾也就罢了，你这么张扬干吗？不是明摆着跟帝师府过不去吗？这下好了，帝师府不动手则已，一动手就给你摁死！”

“啧啧啧，文人的手段才是真可怕！竟公报私仇至此！”一名儒生摇头叹息。

不知谁在背后啐了一口，高声骂道：“你懂个屁！帝师大人不但弹劾了叶全勇，还弹劾了皇上，说他放纵外戚为祸百姓，皇上这才发下旨意严查叶家，否则也不知叶家会猖狂到何时。你当叶全勇是个好人吗？老子告诉你，叶家就没一个好东西！西郊葛家庄过去那一大片土地都是被叶家联合官府强占去的，皇上分明发下政令，免了大魏百姓三年赋税，十里八乡的百姓都得了实惠。偏在叶家的地头，他们该收的租子照样收，该征的徭役照样征，又加之去夏洪涝、去冬酷寒，粮食颗粒无收，竟致葛家庄村民饿死冻死者无数，往那处走一走，放眼全是赤地与白骨，当真是十室九空！有乡民熬不住了，准备去京城告御状，却被叶家派出的爪牙活活打死在途中，末了扔进山里喂狼，连个全尸都找不见。你当叶家是什么好东西？那就是一屋子畜生！若没有帝师大人，他们仗着皇上和叶婕妤的势，还不知要横行多久，还不知要祸害多少百姓，帝师大人这是为民除害，替天行道！”

那人说着说着竟痛哭起来，可见心中亦有很多冤屈。

旁边有人低声道：“是矣，是矣，燕京里的乞丐，十之八九来自葛家庄那块儿，远远看见叶家的匾额就绕开走，怕得很呢！”

“何止啊！柳树巷里原本有一家生意极旺的布庄，染出的布匹五彩斑斓，久不褪色，十分受达官贵人青睐，那家老板娘的绣技神乎其神，能在一块薄而又薄的丝绸两面绣出完全不一样的图案，叫人拿在手里翻来覆去地看也找不出破绽。因为染色和绣技这两样绝活，内务司有人看中，想择他们为皇商，专贡织造，哪料消息被叶府截了去，竟用腌臜手段把人家布庄老板一家十口全都逼死，强占了人家的家产和秘法，真是丧尽天良啊！”

“还有还有……”

往日里因叶婕妤得宠，大伙儿不敢非议“叶国丈”，现在连皇上都领了“纵容外戚为祸”之罪，还写了檄文反躬自省，可见叶家是罪责难逃，于是一桩桩一件件血案就被翻了出来，传得众人皆知。

这样一看，叶家被抄家灭族还真是一点也不冤枉。

“帝师大人太过大公无私，眼里唯有国法与民意，却忘了自家啊！他弹劾了叶府，害得叶全勇家破人亡，就没想想他孙女儿在镇北侯府怎么过？要知道，镇北侯的亡妻便是叶婕妤的双胞胎妹妹，她诞下的嫡子嫡女身上还流着叶家一半血脉呢。新婚未满半月，夫妻之间、母子之间便结下如此血海深仇，关氏往后的日子可不好过。”

“是啊！帝师大人为取义，却是舍了自个儿孙女的终生幸福，也不知将来会不会后悔。”

“关氏可怜，着实可怜……”刚才还义愤填膺的民众，这会儿已经为镇北侯夫人惋叹起来。

岳父和几位大舅子被绑走之后，赵陆离这才扶着刘氏走出大门，身后跟着一群哭哭啼啼的女眷。叶府如今已被查封，官差拿着封条正准备往门上贴，他们若是找不到地方安顿，少不得露宿街头。

如今，刘氏总算体会到前女婿的好处，拉着他一个劲儿地喊冤，再三求他定要把叶老爷捞出来。赵陆离连连应诺，心中惶然。他哪里会有办法，只能先将女眷带回府里安置，日后再慢慢谋划救助岳父。

刘氏也不敢把希望全寄托在女婿身上，抚了抚衣摆，理了理鬓发，这便去宫门口跪求，看看能不能得见女儿一面，刚走出去几步，忽听见路人“关氏、关氏”地议论，这才新仇旧恨齐齐涌上，掐着女婿胳膊怒道：“是了！我叶府落到这个境地，都是关家一手造成的！尘光，你定要休了那个狠毒的女人！”

赵纯熙连一丁点与关氏斗法的念头都没了，只希望离她越远越好，不由煽风点火道：“爹爹，关氏先前不是威胁咱们，说什么君子报仇十年不晚吗？这话竟应在此劫，可见关家弹劾外祖父必是受她指使。家里鸡毛蒜皮的小事关起门来商量商量、协调协调也就罢了，各自退让一步便能海阔天空、阖家欢乐，她竟要闹到不死不休的地步！爹爹，她也太心胸狭窄了，这样的人做我和望舒的母亲，我们日后哪敢惹她？倘若无意中刺了她的心，还不死在她手里？”

“爹爹我怕！”赵望舒已被叶家的倾覆与官兵的凶狠吓破了胆，这会儿一听全是继母捣得鬼，不禁骇得发抖。

赵陆离看看凄风苦雨的叶家人，又看看宛如惊弓之鸟的儿女，一时间怒发冲冠，丢下一句“我去找她算账”就风风火火地走了。刘氏咬牙切齿地咒骂片刻，这才森冷一笑：我叶家的确倒霉，你关素衣就能得了好？身为女人，居于后宅，夫君就是你的天，儿女就是你的地，没了夫君宠爱，又与儿女离心，我看你下半辈子既靠不着天又落不了地，可该怎么过！关齐光那老东西害了自个儿孙女还不知道呢，当真读书读傻了！我呸！

刘氏狠狠啐了一口，发话道：“都去宫门口跪着，不得婕妤娘娘传召绝不起来！”

赵纯熙和赵望舒虽满心不愿，却也不敢反对，只得硬着头皮去了。

关素衣今日得闲，正在新开的书肆里转悠，忽听楼上有人唤道：“夫人，镇北侯夫人？”

“忽纳尔，你怎么来了？”关素衣抬头望去，却是那九黎族大汉，几近九尺的身高委委屈屈地缩在逼仄转角，一双看似纯黑实则偶尔泛出蓝光的眼眸正灼灼盯着自己。

“这书肆是侯爷开的，属下陪他来看看。”圣元帝勉强按捺住满心喜悦，朝楼上指了指。

站在关素衣身后名唤金子的丫鬟飞快瞥了帝王一眼，而后如释重负地吐出一口气。要把聪明绝顶的夫人引来此处，又不能让她看出破绽，当真耗费了她全部心神。

关素衣抬头望去，果见秦凌云正趴在栏杆上，表情似笑非笑。

“你还有心思逛街？”他取出一粒佛珠，语气十分幸灾乐祸。

“发生何事？”关素衣心里一动，揣度道，“我祖父今日新官上任，莫非在金銮殿上弹劾了叶全勇？”

“不止。”圣元帝缓缓走下来，红着耳根搭话。

关素衣略一思忖，又道：“还弹劾了皇上？”

秦凌云讶然询问：“你怎知道？”若非皇上派了探子时时刻刻跟着镇北侯夫人，确定她出了府门便乘车来到书肆，途中并未遇见熟人，也没多做停留，秦凌云真要怀疑她有千里眼与顺风耳。

“很简单，弹劾叶家便能顺带弹劾皇上，如此，督察院的第一把火才算是真正点着了。”关素衣取出一本游记，边翻阅边轻笑摇头。

圣元帝心绪微微浮动，了悟道：“所以说帝师大人的目标从来就不是叶家，而是皇上？”

“欲迅速树立督察院之威信，还有比皇上更合适的目标吗？”关素衣放下书，冲皇城的方向三作揖，喟叹道，“所幸皇上是真正的明君，以身作则、克己奉公，我祖父才能求仁得仁。依我看，不出三五年，我大魏必然中兴，十年之内当一统河山。”

当着皇帝鹰犬的面，她顺手拍个马屁。然，大魏国的吏治，的确比从前清明得多。幻梦之中，开国初期，朝堂很是混乱，一是徐广志以文乱法，二是九黎贵族压迫汉人，三是外戚、世家与宗亲明争暗斗。及至后来爆发民乱，大魏国差点四分五裂，圣元帝才痛定思痛，下狠手整顿吏治，花了三五年时间才渐渐稳住局面。如今却是风平浪静，顺顺利利。莫非这就是自己救下祖父的结果？一个微小的改变，就能左右国家的命运，天意果然难测。

当关素衣唏嘘感叹时，圣元帝却被她夸赞得热血澎湃。左肩扛着江山社稷，右肩扛着黎民百姓，他一直在努力探索前行，唯恐踏错一步便令乾坤颠倒，百姓流离。然旁人只看得见他的位高权重与不可一世，又岂能体会到他的诚惶诚恐、如履薄冰？他们唱颂他一万遍明君圣主，也比不上夫人平实而又笃定的一句预言。

“借夫人吉言，定让夫人尽早看见我大魏海晏河清那一天。”圣元帝嗓音暗哑，还欲说些什么，就见赵陆离气急败坏地跑进来，看也不看旁人便把她拽出去，怒道：“叶家遭此大难，你竟还在闲逛，果然是蛇蝎心肠！你今日若是不让帝师撤了弹劾奏折，入宫替叶家求情，我便休了你！”

眼见夫人被赵陆离拉得踉踉跄跄差点摔倒，圣元帝戾气上涌，手已握在刀柄上准备解围，却见夫人回过头冲自己不着痕迹地摇头。

“夫人。”他无奈而又暗哑地喊了一声，立即紧跟上去。

赵陆离跑回侯府，发现关素衣不在，问了管家才知她今儿去逛书肆，于是把燕京城里大大小小的店铺都翻了一遍，这才找到镇西侯这里。他一路疾行，怒发冲冠，通红的眼珠与狰狞的面庞将往日的翩翩风度毁了个一干二净，叫路人躲闪的同时又万分好奇，便也跟过来看热闹，发现他盲目寻找的人是镇北侯夫人，莫不恍然大悟。

“我就说嘛，这夫妻二人果然杠上了！”有好事者窃窃私语。

“侯夫人怕是要倒霉！嫁出去的女儿泼出去的水，帝师大人行事之前压根儿没想过自家孙女儿该怎么过。叶府毕竟是侯府外家，那一双嫡子嫡女长大了，还不替母族报仇？”

“是啊，当继母本就艰难，更何况中间还夹杂着血海深仇。倘若叶老爷被斩首，这死结算是解不开了，关氏倒不如赶紧回家劝劝自个儿祖父，让他去宫里缓和几句，好歹留叶老爷一命。”

“正是，先弹劾了人家，占了忠义，后出面保下，占了恩义。这恩威并施，双管齐下，叶府与侯府哪怕对关家恨之入骨也说不出什么，关氏亦能占着大恩大义安安生生地过日子。这多好，多两全其美？”

“兄台高见！”不少人竖起拇指表示赞同。

圣元帝心里却百味杂陈，又苦又涩。若非自己失察，夫人断不会沦落到这个境地。她那样骄傲，却得用这般委曲求全的方法才能存活，处处看赵家脸色，更要受叶家辖制，连帝师和太常卿也护不住她。嫁出去的女儿泼出去的水，此时此刻，他才终于明白这句话的残忍，一个女人倘若没能找到好的归宿，便似那地上的污水，只能放任自流，听凭摆布。夫家爱重便能过得好一点，夫家厌憎也就命如草芥，全不由己。这样的待遇，或许别的女人能够忍受，继而在麻木中慢慢适应，但夫人铁骨铮铮、沉潜刚克，要让她低头妥协，与杀了她有何区别？如果当初我把她纳入宫中，护在羽下，又会是怎样一番情景？

这个想法甫一生成，便似一根利刺狠狠往圣元帝心里扎，又是好一番摧心剖肝地折磨。

关素衣匆忙之中也听了一耳朵，内里不免好笑。她手腕先是松了松，察觉赵陆离的劲道也跟着放松，这才飞快挣脱，一面揉着发红的皮肤，一面徐徐开口：“赵陆离，你若想解了叶家危困，便随我去一个地方。”

“去哪儿？”赵陆离犹带怒容，却也逐渐冷静下来。

“你且跟着。”关素衣广袖一震，大步前行，金子和明兰连忙跟上。赵陆离再要去抓她已经不能，万一扭打起来场面也就越发不堪，不但平白让路人看了笑话，还丢了侯府脸面，于是只能默默尾随。

“走走走，咱们跟上去看看。”人群也开始流动，吵吵嚷嚷好不热闹。

圣元帝打了个手势，便有无数死士隐在周围，暗中监护镇北侯夫人。

关素衣走到宣德门前，指着一面已经生锈的铜制大鼓，不紧不慢地道：“此乃路鼓，现称登闻鼓，大周覆灭之后已乏人问津，在此摆了一千多年。然皇上欲重铸法典，肃清政治与民风，该鼓于近日已重新启用，乃民众直诉冤屈的途径之一。倘若有重大冤屈，不经地方官府审核，不经起草诉状，不经层层上报，只要走到这面鼓前敲上一敲，不出一刻便会有侍卫上来查问，末了直接带去面圣。然，为防民众滥用此鼓，每有敲击必得挨上一百重棍，熬过去了，朝廷上下皆会为你张目，不得青天明镜绝不罢休。”

“有这事？”路人小声询问。

“有有有，皇上每修一条律令就发檄文通告全境，登闻鼓这条便是三日之前发布的，我还记得。”一名儒生频频点头。

“原来重铸法典还有这等好处！有了这登闻鼓，还怕平头百姓无处申冤吗？”

“你也不打听清楚，敲一下挨一百棍，没死才能面圣呢！”

“所以说没遇见大破天的难事，万万不能敲这面鼓。皇上可不是那样好见的。”一位老翁喟叹道。

“总比以前连死都没处说理要强得多，皇上是个好皇上啊！”某人刚一说完便引来无数赞同与附和。

圣元帝心绪浮动，用既感佩又莫名酸楚的目光朝登闻鼓前的夫人看去。及至此时，她也不忘教导民众，更不忘宣传修法的好处，一颗心真是玲珑剔透，无污无垢。

赵陆离渐渐听出话音，怒目而视。

关素衣半点不怵，从台架上取下沉重的鼓槌，徐徐道：“我祖父是什么样的人，我比你清楚，他俯仰无愧、刚正不阿，既参了叶全勇三十二条罪状，那便没有一条是虚言，且只有少的，没有多的。我今日把话撂这儿，若皇上查实过后表明我祖父有半个字是污蔑叶家，我立刻自写休书，束冠求去！我祖父敢于直言进谏，舍生取义，我亦敢用一世贤名、终身毁誉替他作保。”

将鼓槌塞进赵陆离手中，她蔑笑道：“而你赵陆离可敢用性命为叶家担保？你敢说他叶全勇清清白白，堂堂正正？你敢说他赤胆忠心，鞠躬尽瘁？你敢说他爱民如子，廉洁奉公？你若是敢说一个‘是’字，这鼓我帮你敲，这百杖重棍我帮你挨，便是拼着与祖父撕破脸，我也定然会帮你伸张正义！你敢吗？你敢是不敢？”

她每说一个“敢”字，便缓慢逼近一步，灼灼目光亮如明镜，映照出人心的懦弱与丑恶。

方才还怒发冲冠的赵陆离，此时已冷汗如瀑，狼狈不已。他极想举起鼓槌敲击，极想理直气壮地说一个“是”字，然而张开嘴却半晌无言。叶家的某些阴私，他亦有插手，甚至帮着善后，若皇上一一查实，说不定连侯府都会受牵连，又何尝有脸替叶家喊冤？他只是想让关素衣请动帝师和太常，说几句好话，博一个法外容情罢了，怎么到头来反被她逼到这等境地？

“他敢个屁！叶全勇做的孽，镇北侯府没少插手！年前叶家打死一个丫鬟，便是镇北侯府的侍卫帮着把尸体拉出去埋的，我表舅全看见了！”人群中不知谁喊了一句，怕被发现，连忙缩着脑袋急退。

圣元帝略一抬眼，便有死士暗暗将这人带去审问。

关素衣盯着脸色煞白的赵陆离，一字一顿道："我祖父吊民伐罪，除暴安良，此乃为国尽忠，为民请命；我今日与你对簿人前，此乃捍卫家声，尽孝守节。你若欲为国尽忠，为民请命，便该去廷尉府具自陈道；你若欲为长辈周全节义，便该击鼓鸣冤，澄清事实；你若欲顾全妻儿，为母尽孝，便该安安生生待在家里，不要随意干涉刑律。"

她微抬广袖，五指并拢，上下一比，轻慢道："可你看看自己，既不愿尽忠，亦不敢守义，更不能尽心尽孝。你这不忠不义不孝之徒，若非圣旨赐婚在前，安敢与我谈什么出妻？你配吗？"

"好，说得太好了！"一名英气勃勃的"男子"从人群里走出，手中握着一柄宝剑，身上穿着一套亲王朝服，堪称面如冠玉，富贵骄人。她拊掌道："夫人公忠体国，孝义两全，实乃女中尧舜，配这等龌龊之辈着实可惜！赵陆离，许久不见，你还记得辽东韩城那些惨死的将士吗？你和叶蓁那个小贱人……"

"长公主殿下，您奉召回京了？"为防这位"女爷们儿"叫破当年丑事，秦凌云不得不在皇上冷冽目光地瞪视下前去打断。

瞥见隐在人群中的皇帝，长公主扯了扯唇角，不再说话。但她的出现似最后一根稻草，彻底把不堪重负的赵陆离压垮。他陡然扔掉鼓槌，抱头痛哭起来，既痛恨自己懦弱无能，又懊悔这些年助纣虐，更有无数羞愧难以言表。

关素衣定定地看了他一眼，这才捡起鼓槌摆放在台架上，末了冲长公主一拜，冲镇西侯与九黎族大汉一拜，冲围观群众一拜，平淡道："让诸位见笑了。"最后面向皇城方向，庄严肃穆地拜了三拜，这才步步挪移，缓缓离开。

人群自动为她划分一条道路，但见她脊背挺直，广袖翻飞，一会儿工夫便去到老远，竟仿佛乘了风驾了雾，缥缈灵秀不似凡人，人群顿时炸开了锅，你一句我一句地议论起来。

"这便是镇北侯夫人吗？好个人才品貌！"

"天下灵韵汇聚一身，浩然正气灌溉而成，能娶到这样的女子，镇北侯还不知足，又是纳妾又是欺辱，活该沦落到今日！"

"都到了这个地步，镇北侯夫人还不愿妥协退让，宁可与夫君撕破脸也要维护忠义孝悌，这性子也太过刚烈了！然她侃侃而谈，挥斥八极，当真是光风霁月，令人拜服！"

"这便是文豪之家教，鸿儒之风骨，尔等凡人哪能领略其万一？若是我辈能娶到这样襟怀洒落的女子，必舍不得她受丝毫折辱。你们且等着，将来镇北侯定然悔之莫及！"

"可他现在还执迷不悟呢，真是瞎了眼！"众人指指戳戳，摇头惋叹。

长公主边听边冷笑，指了指赵陆离，说道："一个心盲，"又指了指圣元帝，"一个眼瞎，”末了头也不回地离去，“你俩才最是相配，何必祸害人家好女子！”

长公主乃圣元帝皇姐，虽不是一母同胞，却曾并肩作战，颇有几分情谊。当年敌军奇袭辽东韩城，率众守城的便是长公主殿下，然百里之外的驻边大将赵陆离却因痛失爱妻，每天喝得酩酊大醉，收到战报时连爬都爬不起来，更遑论驰援。等他的部将冒着杀头的危险擅自调遣军队去营救时，韩城已破，数十万民众与将士皆化为血水，其惨烈景象犹如人间炼狱。

长公主虽侥幸存活，却从此恨上了赵陆离和圣元帝，故常年镇守边关，不愿回京。若非前些日子圣元帝修书一封，言及重铸法典，改革税制与土地或会触犯大世族利益，从而引发朝堂上下剧烈震荡，命她回京镇压，她或许这辈子都不会踏入燕京城门一步。

然刚入京就看见一位姿容绝世的女子将赵陆离骂得狗血淋头，却又全篇没带一个脏字，立时便让长公主阴郁的心情舒爽无比，又加之皇弟隐在人群中，装成一副老实巴交的模样，目中却盈满求而不得的苦痛，越发令她开怀。

这是撞了什么黄道吉日？改天定要好好结交结交这位镇北侯夫人。她翻身上马，勒紧缰绳，绕开人流密集的街道，转入暗巷，很快就跑得无影无踪。

赵陆离还站在登闻鼓前，脸上带着茫然无措的表情。

几位曾经爱慕过他的女子窃窃私语——

“幸好当初我娘让我嫁给镇北侯时被他拒了，否则现在必陷于水深火热当中。刚成婚就纳妾，叶家还那般猖狂，抬出叶婕妤来压制正房夫人，竟大有以妾为妻的架势，若镇北侯夫人不是关氏，换成任何一位普通女子，现在都没法活了！”

“是啊！关家耿直，敢与叶婕妤和皇亲国戚对着干，最后还干赢了，别家可没有这等手段，也教不出那般气魄的女子。”

“方才大伙儿还替关氏操心呢，我看她完全能应付。她忠孝信义，归全反真，走的乃是阳关大道，可谓无欲则刚，似叶家那些魑魅魍魉，似侯府这等卑陋龌龊，压根儿伤不了她分毫。”

“这大约就是孟圣说的‘仰不愧于天，俯不怍于人’吧，着实至大至刚，令人感佩！”

“正是！”

众贵女连连附和，又唾弃了赵陆离一会儿才各自散了。从此以后，京城再无“琢玉公子”的传说，提起镇北侯，无论哪家女眷都得大摇其头，唾一声“不忠不孝不仁不义的废物”。

“哎我说，你还敲不敲登闻鼓了？不敲就让开，我来！”一名跛脚乞丐踌躇良久，终是站了出来，身后跟着许多身体瘦弱的孤儿。

“我也要敲登闻鼓，让我先！”一名泪流满面的妇人越众而出，拿起鼓槌毫不犹豫地敲击，咚咚，咚咚，咚咚……沉闷如冬雷的鼓声由近及远地扩散，令本已慢慢走开的百姓重又汇聚。

赵陆离被挤出人群，回头一看才发现镇西侯和乔装打扮的圣元帝竟站在不远处盯着自己。他不知二人何时来的，却也没脸上前搭话，只略一拱手，意欲先行。

“你还记得当初入宫求旨时是怎样说的吗？”圣元帝上前一步，沉声道，“眼下看来，夫人能担宗妇之责，你却不堪为宰侯。”而他更想表达的是，夫人何止担得起宗妇之责，便是册为国母亦得其所哉。

但他没有资格，于是只能按捺住自己。

似乎察觉到了帝王隐藏在眼眸深处的嫉恨酸苦，赵陆离心脏狠狠一跳，随即便豁开一道口子，有什么极其重要的东西正慢慢流失，永不复返。二人相峙而立，尽皆无言。

忽听远处传来整齐划一的脚步声，很快便有一列侍卫将击鼓鸣冤的妇人和乞丐围住，诘问道：“谁在击鼓？状告何人？所为何事？”

“启禀大人，民妇（草民）欲状告叶全勇草菅人命！”二人异口同声，跪地高喊。

路人大哗，万没料到这又是叶家做的孽，宁愿挨一百重棍亦要上告，其中一个还是身体孱弱的女子，可见真是恨毒了叶家。这还没完，二人话音刚落，又有一名八九岁的男童踉跄跑到登闻鼓前，踮起脚尖去够台架上的鼓槌，焦急喊道：“我也要状告叶家逼害人命！我原是柳树巷锦绣庄的少东家，我爹娘、兄姐、弟妹、祖父母、外祖父母，都是被叶家人杀死的！他们还抢了我家的布庄，夺了我娘的双面绣技法！我被我娘塞进枯井里才侥幸逃脱，我有证据！”

侍卫于心不忍，奉劝道：“你年纪还小，定然挨不过一百重棍，有什么冤屈去找官府递诉状，或等长大以后再来。”

“不，等长大了再来，叶全勇说不定已经伏诛。我宁愿与他同归于尽也不愿苟活，我曾拜于帝师座下开蒙，我知道什么叫气节，什么叫忠孝！”

“说得好！有骨气！”一名彪形大汉走出来，拿起鼓槌“咚咚”敲两下，扬声道，“这登闻鼓我替这位小兄弟敲了，一百重棍我也替他挨，世间自有正气在，不叫奸佞乱乾坤！帝师敢舍生取义，镇北侯夫人敢守正不挠，小兄弟敢死殉家难，咱们路见不平拔刀相助，也是应当应分！”

“好哇！好一个路见不平拔刀相助！我辈皆为义士，焉能让你专美于前？这一百重棍我来担，不只这位小兄弟的，这位娘子的我也包了！”又一位身强体壮的青年走出来。

“我来！”

“我也来！”

“还有我！”

受到诸位义士感染，不断有民众举手响应，在宣德门外闹得热火朝天，更有许多老弱妇孺掩面而泣，内心震撼。男童与妇人跪伏在地连连磕头，推拒道：“各位父老乡亲的好意我们心领了，不必牵连旁人，我们的仇怨我们自己来报，我们的冤屈我们自己来诉。”

侍卫一面被百姓的浩然正气所摄，心中大受触动，一面不敢擅专，只好派人去禀报上峰。

圣元帝眼眶潮红，喉头梗塞，总有一种莫名的澎湃情感在胸口翻涌。直到此时他才明白自己在做些什么，又会给天下带来何种改变。若非夫人点醒，他或许会耗费五年、十年，甚至更漫长的时光才能了解民心向背之强大，才能体会民意汇聚之浩瀚。

“欲兴国，先安民。民心向善则荡尽世间不平之事，民心向恶则国破家亡、亲友雕残。朕广开言路，重铸法典是做对了。你看看他们，可还有饱经战乱的戾气与绝望？可还有颠沛流离的麻木与颓丧？帝师以忠义导之，朕甘为楷模，以身作则，借夫人吉言，不出五年，大魏必然中兴，十年之内当一统河山。夫人的话总是没错的。”

圣元帝指着积极向善、朝气蓬勃的民众，颇有些自豪之感。

秦凌云点头赞同，心里却感叹道：如今您一口一个“夫人说”，当真成了川蜀那边的特产——耙耳朵，且还颇为自得其乐，当真是越陷越深了。

看着群情激荡的民众，赵陆离又是另一番感受，仿佛掉落滔滔江水，几欲灭顶。这就是叶家造下的罪孽吗？倘若事情越闹越大，结局该如何收场？叶家完了，蓁儿当如何？侯府是否能够免受牵连？

胡思乱想间，一名身穿官袍的中年男子从宣德门内匆匆走出，严词拒绝民众代为受刑的提议，只让侍卫照章办事，却又暗中吩咐他们使了巧劲儿，板子打得啪啪作响，却仅伤了外层一点皮肉，百棍之后莫说两个成年人，便是那男童亦能利利索索地爬起来谢恩。百姓起初还愤慨不平，看到后面方醒悟过来，口中称道不已。

“这人是谁？法度不乱，却又暗施仁义，上下周全滴水不漏，当真是个人才！”秦凌云眸子一亮，赞叹道。

“此人乃关老爷子的大弟子周乐康，新上任的丞相少史。”圣元帝深深看了那人一眼，摆手道，“回宫。”

行走间，他思绪纷杂，万没料到竟连双面绣也是叶蓁用狠毒手段抢来的，那当年的救命之恩又是怎样一段内情？因为这个女人，他失去了肝胆相照的兄弟，失去了本应该属于他的皇后，更或许错过了唯一能走进他内心深处的另一半灵魂。

他的损失、他的不平、他的愤怒，又该找谁来诉？圣元帝心中仿佛有一把火在烧，走到半路，忽然阴森开口：“去天牢，朕要亲自审问叶全勇。”

秦凌云默默转道，为叶全勇掬了一把同情泪。

赵陆离不敢跟上，在街边站了一会儿方茫然离开，忽然感到鼻头微凉，抬眼去看才发现下雨了，雨丝又细又密，带着倒春寒的料峭与难耐，多淋片刻怕是会染病。他头脑清醒了片刻，连忙朝北边的宫门跑去，刘氏带着一双儿女还跪在那里请命呢。

这边，关素衣赶在下雨之前抵达家门，脱了斗篷，换了常服，这才去正堂请安。仲氏忧心忡忡地站在廊下等待，脸上透出欲言又止的表情。关老爷子和关父却神色如常，命下仆备好菜肴酒水，坐下吃一顿便饭。

“方才赵陆离找你闹了一场？”关父在老爷子的示意下开口。

“一个废物罢了，闹不出多大乱子。”关素衣替祖父斟酒，眉眼间全是平静淡然。

关父这才颔首轻笑：“好，我儿果然巾帼不让须眉。高门嫁女，低门娶妇，一为兴家业，二为振夫纲。我关家的家业就是一副铮铮傲骨、一颗赤胆忠心，不需旁的俗物点缀，我关家的女儿俯仰无愧，方正不阿，不需委曲求全，含垢忍辱。他镇北侯府婚前不是放话说咱们关家高攀吗？那爹爹便彻底压服他，看谁高攀了谁，此乃振妻纲。”

听见这话，关素衣“扑哧”一声笑了，仲氏却连连哀叹，大摇其头。

仲氏见公爹和夫君都没把叶府被抄一事放在心上，竟还杜撰一个“妻纲”出来，俨然把女儿当成儿子在养，不由急道：“依依，别听你爹爹胡诌，什么妻纲不妻纲的，没得让人笑话。女儿家倘若失了夫君宠爱，日子便极为难过，他不给你子嗣，又不愿维护你，且还由着一双儿女仇视、疏远，乃至于践踏你，等日后年老体衰，你既靠不住夫君又靠不住儿女，该如何过活？况且那赵望舒可是要袭爵的，等他成了侯府主事，便可以肆无忌惮地对付你，所以说万万不能闹到那一步，还是想想办法缓和关系吧！”

关老爷子眉头紧皱，显然对儿媳妇的说法很不满意。关父饭不吃了，酒不喝了，拍桌怒道：“妇人愚见，莫要教坏我儿！”

什么是妇人愚见？什么教坏你儿？你和公爹还真忘了依依的性别了？她是女儿，不是儿子！仲氏心里腹诽，却也不好当着女儿的面与夫君争执。

关素衣正准备安抚娘亲几句，却听爹爹冷笑开口：“女人在后院立足，一靠宠爱，二靠母家，换言之便是权势与地位。天下间的男人，除了真正修身养性、品格高洁者，哪一个不是朝秦暮楚、三心二意之辈？今日得的这几分宠爱，焉知能维续到几时？与其将活着的希望寄托在别人身上，不如自立自强。照你说的，我儿为了日后老有所依便该处处顺着侯府与叶家，他们要纳妾，咱们不能反对；他们要以妾为妻，咱们唯有隐忍；倘若日后那妾室生了庶子心也渐大，想做名正言顺的镇北侯夫人，依你所言，我儿便该主动退让，只为了那一双继子女能奉养她终老？”

关父越说越来气，诘问道：“你是愿意让我儿仰赖他人鼻息，忍辱负重、委曲求全地过一辈子，还是愿意看她抬头挺胸，堂堂正正做人？”

自是抬头挺胸、堂堂正正。仲氏被逼问得哑口无言，不由满脸羞愧地朝女儿看去。关素衣微笑摇头，表示无碍。

关老爷子放下酒杯，徐徐开口：“我这人不善言辞，不通人情世故，因此常常被人误解，道途总会受阻。然我从来不绕弯路，前面有巨石，我就把巨石搬开，前面有南墙，我就把南墙撞破，便是死在途中亦得其所哉。这便是我关家的行事作风，取直、取忠、取仁、取义，以恩德还报恩德，以爪牙还以爪牙。对仁德之人，咱们便与他谈仁德，对奸佞弄权之人，咱们便与他谈权势。叶家不仁不义，僭越擅权，对他们施恩还望图报，那是妄想，不若当成一块石头一脚踢开，当成一堵墙壁全力破开，叫他再也挡不了你的路。届时你再看他，不过几只胡乱叫嚣的蝼蚁罢了，碍不着什么。”

仲氏嗫嚅道：“但依依好歹还要在侯府过日子……”

关老爷子语气淡淡：“已经没有侯府了。我虽没弹劾镇北侯，但只要皇上严查彻办，他定逃不脱责罚，几百条人命并非小事，夺爵都算是轻的。然看在我和云旗的面子上，依依的一品诰命尚能保住，日后赵家能否起复，全看依依如何行事。”说到此处，老爷子摸摸孙女儿发顶，慎重嘱咐，“倘若赵家能警醒过来善待于你，你便全心全意待他们。倘若不能，有品级在身，又有我和你爹在背后撑着，你何须怕谁？叶、赵两家垮了，你还没垮，原该那些人仰赖你鼻息过活才是。”

仲氏彻底没话说了，只好埋头给女儿夹菜。

想起幻梦中委曲求全、忍辱负重的一生，再看看眼下的幸福，关素衣泪盈于睫，感慨万千。幻梦之中是她全心维护家人，现实之中却是他们苦心孤诣地保护自己。

“祖父、爹娘，你们都已经把路铺到我脚下了，这辈子我若是还过不好，当真愧对十多年来你们对我的教诲。我取道取直，他们如何待我，我便如何待他们，决不让自己吃亏，更不会给关家抹黑。有没有宠爱无所谓，有没有爵位也无所谓，只我自个儿觉得顺心就成。”

“我儿能这样想便好。吃菜，别让那些糟心人、糟心事坏了咱们一家团圆的气氛。”关父哈哈一笑，举杯畅饮，末了状似不经意地道，“对了我儿，你那香雪海还有吗？你也知道你祖父口拙，每日若有政务呈禀，必将奏折写了又写，改了又改，再一字不错地誊抄数遍，纸张消耗得尤其快。你若是还有多余的便给他送几刀。”

关素衣笑道：“前些日子送给镇西侯府的李夫人一刀，我那里还余两刀，待会儿就让明兰取来。”

“李氏？镇西侯府大房夫人？”关父沉吟道，“她是个性情中人，值得一交。你与燕京这些贵妇均不相熟，与她多走动走动也好。你既只剩两刀，便给自己留一刀吧，日后抽空做出多的再给咱们送来。”

关素衣连说不碍，劝着父亲和祖父喝酒不提。

帝师府里一片和乐，北门外的叶家人却是风雨凄凄，苦不堪言。他们刚跪下没多久天就下雨了，起初还飘飘忽忽几小滴，很快便连绵成丝，淅淅沥沥，钻入衣服后无比沁凉，令人骨髓寒透。

“娘，咱们还跪吗？”长媳凑到刘氏耳边询问。

“跪，怎么不跪？下雨天还长跪不起才能显得咱们心诚。”刘氏抬手喊道，“这位大人，能否请您给甘泉宫传个话，就说叶刘氏在外求见。”

侍卫早已听闻叶府变故，且还连累皇上也下了檄文认罪，可见没有转圜的余地，此时卖他们脸面非但得不着好，没准儿还会触怒上头，于是全当自己耳聋眼瞎，并不理会。

刘氏喊了又喊，跪了又跪，终是徒劳，不由趴伏在地痛哭失声。她这一哭，其余家眷也跟着哭，另有几个孩童尚不知事，左右看了看，嘴巴瘪了瘪，忽然扯开嗓子号啕起来，刺耳的声音冲破雨幕，直达天际。

侍卫被吵得心烦气躁，拿着剑戟冲过来怒骂：“号什么号？若是搅扰了过往贵人，你们担待得起吗？连皇上都受了你们连累，写下檄文反省，你们还想求上边容情？做梦呢！你们的脸比皇上还大不成？”

“这位大人，求您给婕妤娘娘传句话吧！这个给您，您拿着！”因家产被扣，刘氏身无分文，只好取下头上的金钗意图贿赂。

侍卫眸光微闪，心道传个话而已，大可不必亲去，随便拎一个刚回宫的小黄门，让他跑一趟也就罢了，上头问罪还有小黄门顶着，不碍事，于是袖子一拢，五指一握，便准备收受。偏在此时，不远处有一辆华贵非凡的马车驶过来，少顷就到了宫门口。

侍卫连忙推开金钗，上前盘查，却见掀起的车帘里探出一只骨节分明的手，指间捏着一块令牌，五爪金龙翔于云雾，四周嵌着血玉，威严之盛令人胆寒。

“属下见过镇西侯大人。”侍卫连忙半跪行礼，匆匆扫视间又是一番心惊肉跳。只见镇西侯身边坐着的不是旁人，却是陛下无疑。他正用一块洁白帕子擦拭脸庞、衣襟、手腕等处，斑斑血迹溅了全身，更有一股浓郁的腥味在车厢内蔓延。

这是刚从刑房里出来？侍卫头皮发麻，想不出谁还有那个“福分”能劳动陛下亲自用刑。

然而很快他就获悉答案，只听陛下沉声道：“那是叶家人？告诉他们叶全勇已经死了，别跪在宫门前哭哭啼啼，有碍观瞻。”

侍卫颤声应诺，送走马车时闻听镇西侯轻蔑地笑了笑，隐隐约约道：“叶全勇老匹夫，齿间藏毒，死士手段，不但与二王暗部脱不了关系，恐连前朝余孽也多有牵扯，原以为只是个商贾，却没料藏得这样深……”

再多的话已消失在雨中，令那侍卫全身寒透，暗暗庆幸自己没接金钗，转头一看，发现刘氏还盯着自己，不由怨极怒生，一脚踹了过去，骂骂咧咧道：“滚，都给老子滚！上头已经发话了，不准你们跪在此处。你们去天牢里打听打听，罪臣叶全勇已经伏诛，便是跪死在宫门口也是白搭！”

“你说什么？老爷已经死了？不可能，这绝不可能！皇上还未开始审呢，谁敢动老爷一根毫毛？”刘氏疯疯癫癫地叫起来。

侍卫踹得越发凶狠，其余几名同僚亦跑过来帮忙驱逐。倘若先前发话那人不是皇上，他们也不敢这般对待叶府家眷。然叶老爷的确死了，且还是皇上亲自用刑处死的，即便叶婕妤往昔荣宠顶破了天，日后也没她翻身的余地。所以得罪起叶府来，这些人可说是毫无压力。

混乱中赵纯熙和赵望舒也被踹了好几脚，身上冰冷，骨头疼痛，内心更充满羞窘、难堪与恐惧，只觉得自己从未这般低贱过，从未这般无地自容过，若是能随着雨丝化到泥里就好了。此时此刻，他们半点也不愿与叶家人为伍，他们是堂堂镇北侯府的嫡子嫡女，凭什么要受这种欺辱？

“别打了，我们是镇北侯府的嫡小姐与嫡少爷，我们不是叶家人！求你们别打了！”赵纯熙一面护着弟弟急退，一面高声大喊。

侍卫果然愣了愣，恰在此时，赵陆离匆匆赶来，把一双儿女护在怀中，又去拉扯狼狈不堪的刘氏等人。他官威一摆，正欲训斥，就听侍卫头领喝道：“镇北侯又怎样？方才是皇上亲口发话让撵你们走，免得有碍观瞻。你们不想走也成，待会儿皇上责问下来，咱们就如实上报，治你们一个‘堵塞宫门，欲行不轨’之罪，把人全抓了关进天牢里去。”

“是啊，对这些敬酒不吃吃罚酒的人，便该这么着。”又有一名侍卫蔑笑附和。

赵陆离哑了，脸上怒容变为惊惧，忙拉了鹌鹑一般的刘氏等人，雇了几辆宽敞的马车，将她们带回侯府安置。

第七章

分府

关素衣在家待了一整天，陪娘亲绣绣花，陪爹爹和祖父练练字，吃罢晚膳，在院子里略松散松散，消了食，这才不紧不慢地往侯府走。马车刚驶入后巷，就见一名管事婆子撑伞站在路旁引颈眺望，脸上全是焦急之态。

“王妈妈，下着雨呢，你跑这儿来干吗？”明兰掀开车帘询问。

“哎呀，夫人，您可回来了。”管事婆子急忙迎上前，连珠炮似的说道，“侯爷把叶家女眷全带来了，如今正聚在老夫人房里哭闹。那刘氏早先还跑到咱们正房寻您，说是要与您拼命，好歹被咱们几个老婆子拉住。她们闹了一会儿，见您总不回来，这才去了正院。老夫人想撵她们走，她们便跑到侯府正门跪地磕头，没口子地喊冤告饶，惹得路人纷纷来看，说咱们侯府不仁义，逼得老夫人没法子，直叫侯爷自个儿解决。侯爷那人您也知道，素来任叶府予取予求，哪里会撵人，恨不得把叶家全族都收留了，还反过来跪着求老夫人开恩，差点儿把老夫人气晕过去。”

管事婆子抹掉脸上的雨水，继续道：“老夫人实在拿他无法，正盼着您回来呢！快快快，您快去正院救个急。”

关素衣眉头微微一皱，吩咐道：“你先去老夫人那里传个话，说我换了衣裳很快便来。”

“哎哎哎！奴婢这就去。”管事婆子大松口气，歪打着油纸伞飞快跑远。

关素衣从马车上下来，明兰和金子慌忙给她遮雨，主仆三人一脚泥泞地回了正房，梳洗过后换了干净衣裙，拿上账册、算盘、钥匙、对牌等物，这才慢条斯理地踏入雨幕，朝正院走去。

“只要一回侯府就有数不清的龌龊事。小姐，下回您回娘家别带奴婢了，省得落差太大，奴婢适应不了。”明兰唉声叹气道。

金子“扑哧”一声笑了，觉得这小丫头说话真有意思。

关素衣也唇角微弯，应道：“好，下回你别跟着去，我直接把你送到赵陆离那儿，过几个时辰再把你接回来，你就能体会从地狱攀升至极乐的感觉，见着我定然喜极而泣。”

“别别别，奴婢宁愿伺候一头猪也不愿伺候侯爷。”似觉得这话有些太毒，明兰偷偷瞟了小姐一眼，见她仿若未闻，这才冲金子挤眼睛。

原来镇北侯在这主仆二人心中连一头猪都不如，金子暗暗把这一点记在心里。

三人绕过涟漪圈圈的荷塘，走过雨丝点点的游廊，直达蔷薇盛开香气满溢的垂花门，刚跨过门槛，就见正院的屋檐下站了好些人，绝大多数是女眷，还有十几个少年男女与幼童，容貌皆很不俗。

其中一名中年女子似乎认识关素衣，尖声喊起来："娘，关氏那贱妇来了！"

刘氏闻声从屋内冲出，举起留着长长指甲的双手，怒道："小贱人，你总算回来了！你害我叶家至此，我跟你拼了！看我今天不撕了你！"

"打啊，打死她！"不知哪个少年趁机煽动众人情绪，便有好几名妇人紧跟而来，表情狰狞。他们动作太快，守在院子周围的侯府家丁尚来不及反应，且也没料叶家人死到临头还那般嚣张，在别人地盘上都敢作乱，待要来救时却已经迟了。

金子正准备护主，便听"啪"的一声脆响，刘氏竟被夫人一巴掌扇飞老远，半晌爬不起来。刘氏后面还跟着一名手拿棍棒的少女，正兀自愣神，顷刻就被夫人夺了兵器，"咔擦"掰成两截，随意扔在地上。

成人腕子粗的棍棒，竟就这么掰断了，叶家众人顿时有些发怵。关素衣这才掏出一张名帖，沉声道："明兰，叶家犯妇欲谋害本夫人，而今人证物证俱在，你立刻去廷尉府送信，让他们赶紧过来抓人。"

"是！"明兰接过帖子看了看，却原来小姐在娘家的时候便写好了，可见早有预料。

叶家人齐齐一愣，继而惊惧难言，想要告饶却舍不下脸面，不由朝刘氏看去。刘氏好不容易爬起来，听见这番话顿时什么气焰都没了，颤声道："谁要谋害你？我们压根儿没动你一根手指头，反被你打得七零八落！你这是诬告！我、我脸上的巴掌印就是证据！"

关素衣越过虎视眈眈却敢怒不敢言的叶家众人，一字一顿道："我打你，不管有理没理，你都得受着，因为你如今是犯妇，而我是一品诰命。莫说你意图袭击我，便是眼神稍带不敬，我立时赏你一顿板子你也无处申诉。还有你们，"她指尖往四周一点，轻蔑道，"倘若我一个不高兴，即刻便能送你们去天牢与叶全勇团聚。"说到此处她略一拊掌，故作恍然道，"瞧本夫人这记性，犯官叶全勇似乎已畏罪伏诛了？"

她一字字一句句都戳到叶家人的痛处，让他们难堪绝望的同时又感到恐惧无比。方才还气焰熏天的众人如今像霜打的茄子，一个两个全往角落里缩，生怕镇北侯夫人看她们不顺眼，让官差抓去。

明兰在转角站了一会儿，见院子里安静了才道："小姐，还要报官吗？"

"你在这里守着，谁若是口出不敬或意图不轨，再报官不迟。"关素衣跨入正堂，头也不回地道，"把人都给我看好了，谁不老实就送谁去吃牢饭。寄人篱下就该有寄人篱下的觉悟，别总以为天下人都得围着你叶府转。"

众家丁扬声应诺，还十分应景地杵了杵手中的棍棒。刘氏彻底蔫了，捂着迅速肿胀的左脸，站在廊下发呆，目中慢慢浮现怨毒之色，继而变成茫然。

关素衣穿过正堂，入了里间，发现赵陆离正扣着赵纯熙和赵望舒给老夫人磕头，脸上满是焦急和哀戚。老夫人紧闭双眼，手捻佛珠，已是无力招架，听见脚步声立即抬眸，惊喜道："素衣，你可回来了！快，快把外面那些人撵走！我侯府不欢迎他们！"

"娘！叶家已败落至此，您有再大的怨气，现在也该出了吧？倘若我丢下他们不管，他们身无分文，又全是老弱妇孺，在燕京城里该怎么活？更何况岳父得罪的人不少，万一有谁落井下石，故意找碴儿，您想想他们会遭遇什么？闹不好又是几条人命。岳父再触犯国法，妇孺总是无辜，您救他们一命就是在给自己积德，来日定有好报。母亲求求您了，母亲！"见母亲撇开脸，容色冷酷，他连忙押着儿子女儿又是一阵磕头。赵陆离不敢去求关素衣，前日的一个巴掌，加上今日的一番训斥，他在她面前总有种抬不起头的感觉。

关素衣不慌不忙地走到老夫人身边坐定，将父子三人从头到脚打量一遍。很好，淋了雨，身上的衣服却没换，头发也不擦干，这便急赤白脸地求到正院，分明是在使苦肉计呢！赵陆离对"亡妻"果然痴情，却没发觉一双儿女未必与他同心同德，尤其是赵纯熙，眼里的不甘愿几乎溢了出来。关素衣摇头失笑，心道不愧为叶蓁的女儿，自私自利的天性如出一辙。她既然那般喜欢粘着叶家，总认为叶家这好那好，十全十美，那就成全她，让她与叶家女眷同吃同住同睡，看她能忍耐几时。

思忖间，老夫人却已忍无可忍，拍打儿媳妇手背，低声道："素衣，叶家人是走是留，你说句话吧。"

除了大感紧张的赵陆离，其余诸人皆用希冀的目光盯着她，其中以赵纯熙犹甚。她以为关家与叶府有仇，关素衣定是容不得叶家女眷，所以大可以让她来当这个恶人，而自己只需适时站出来责备继母冷酷无情，略闹腾一会儿便"被迫妥协"，如此既顺了心中本意，又全了孝道，还得了仁厚的好名声，堪称滴水不漏。

然而关素衣注定要让她失望了。她冲金子略一勾手，对方便递来一沓账本和一个小算盘，可见早有准备，心中亦不乏章程。

"叶家人是走是留，这个得侯爷来定夺。"摊开账本，捋平算盘，她一字一顿开口。

"素衣！"老夫人万分惊愕，赵纯熙亦眸光微闪，心中失望。

"您别急，先听我把话说完。"关素衣拍打老夫人手背，继续道，"侯爷是想永远养着叶家人，全权负责他们吃穿住行，还是暂时收留一阵，待事态平息后便为他们另寻住处安置？"

思及重病不起的"亡妻"、死得不明不白的岳父、外间凄惶无助的岳母，赵陆离牙根一咬，坚定道："自是好人做到底，照顾他们终生。叶家的店铺被封了，家产被抄了，连祭田都充了公，日后拿什么养活自己？我若是不顾他们，或半途撒手，他们唯有死路一条。夫人，我知道之前我错得离谱，故在这里向你赔罪，请你大人大量饶了我，也饶了叶家，好歹给他们留一条活路！”话落“砰砰砰”就是三个响头。

赵纯熙和赵望舒还来不及反应就被爹爹压下头颅，勒令道：“快给你们母亲磕头认错，求她救救你们外祖母！”赵望舒懵懂地配合，赵纯熙却像吞了苍蝇，千般不愿，万般恶心，却碍于人伦不得不从。

便是父子三人磕破了脑袋，关素衣也不会触动半分，更何况他们只是做做样子。她曲指敲击桌面，漫不经心地道：“还是那句话，叶家人能不能留，得听凭侯爷定夺。”

她冲金子略一勾手，问道：“方才那些人里，妇人、老人、少年男女、幼童，各几何？”

金子心中微凛，暗道夫人的考验终于来了，不免绞尽脑汁回忆一番，迟疑道：“回夫人，妇人十六位，分别是叶府主母刘氏、犯官叶全勇的九位妾室、大房长媳宋氏、大房次媳李氏、大房四媳唐氏、三房夫人王氏、三房妾室吴氏、三房长媳郑氏；老人四位，分别乃三老太爷、三老夫人，还有叶老太爷的两个妾室；少年男女……似有十七位，男六位，女十一位，分别是谁奴婢认不全，请夫人恕罪；幼童则有四位，分别乃宋氏幼子、李氏幼女、唐氏幼女、郑氏幼女。”

关素衣若有所思地看她一眼，颔首道：“你少数一个，少年男女十八位，男六位，女十二位，少年均为各房嫡子、庶子，十二名少女中唯叶馥、叶芬、叶然为嫡支小姐，其余诸人皆是从各个旁支里选来的容貌绝佳者，月月都有考核，未达到预期者便遣返回家，另有替补，长的能在叶府待三五年，短的只有一两日，你自是认不全。”

金子是经过特殊训练才能在匆匆一瞥中辨识出那么多张面孔，点算出如此多位人数，然夫人的眼光比她更为犀利，心念更为迅疾，即便是暗卫头领来了亦稍逊一筹。这就是所谓的“才气天赐”吗？夫人果然不凡！

金子已是心悦诚服，赵陆离却不知她们卖什么关子，不由急道：“夫人，叶府家眷有多少人咱们待会儿再清点，先给他们找地方安置吧，免得春寒料峭染了重病。你不是让我定夺吗？我同意了，叫他们全住下。”

赵望舒傻头傻脑地笑了，想来很期待与表兄弟们同住，赵纯熙却脸色发白，心中不愿。

关素衣垂下眼睑，慢慢拨弄算珠：“等我把话说完侯爷再做决定不迟。如今侯府有二百一十六口人，主子八人，仆役二百零八人，侯爷每月开销五百两到一千两不等，遇上年节多达四五千两；二老爷不在燕京，略过不提，弟妹身怀有孕，又带着木沐，每月的补品、药材皆不能少，另有四季衣裳、珠钗头面等物，加起来约二百两；老夫人素来节俭，却因年纪渐大，少不了请大夫时时诊脉，开几贴平安方，还要供奉寺庙，捐纳香油，林林总总也有一百两；赵纯熙每月月银二十两，衣裳、布匹、首饰、胭脂水粉等物时时供应，加起来至少八十两，倘若看中什么贵重珠宝想要买下，至多亦能达到几千两；赵望舒每月月银二十两、束脩二十两，笔墨纸砚皆用好物，取中折算五十两，另有交际玩耍、添加衣裳、购买精致物件，这儿那儿的花费近五百两；正房倒是没什么花销，便算个五十两。另，每隔几月必有亲近人家或上峰下属举办红白喜事，礼金从公中出，也是一笔不菲的数目。”

她快速拨弄算盘，葱白指尖衬着灿黄算珠，堪称美不胜收，叫金子看直了眼。

老夫人已品出味儿来，终于缓缓吐出一口气。

“仆役二百零八人中，粗使仆役每月三百铜板，三等仆役每月半贯铜板，二等一两银子，一等二两银子，各司管事三两银子，副管家四两银子，管家五两银子；其中粗使仆役六十八人，三等仆役五十四人，二等仆役三十七人，一等仆役三十六人，各司管事五人，副管家四人，管家一人，总计每月薪资一百九十二两四钱，一年下来便是二千三百零八两八钱，再加上各位主子的用度……”

她噼里啪啦一阵点算，少顷，抬眸道：“侯爷，你可看见了，侯府每年用度高达一万九千一百八十二两八钱，且还是按照最节省的用度算，倘若我实打实地与你算清楚，单几百号仆役的嚼用就不是小数目，主子要穿衣吃饭，难道他们就不用？月银发不出，谁稀罕给你当差？然，侯府每年有多少进益，你心里也是清楚的，店铺、田地、你我的俸禄，还有二老爷每年送来的公中银子，勉强能维持收支平衡。如今你欲收留叶府家眷，便以为只是上嘴皮子碰碰下嘴皮子的事儿，只管去账房支领，而我负责中馈，却不得不与你掰扯清楚。待我来问你，你想怎么照顾他们？是只给一口饭吃还是比照侯府主子的份例？倘若比照主子的份例，每年用度便是这个数……”屋里又是一阵算珠相撞的脆响和女子婉转悦耳的通报，渐渐地，赵陆离额角已布满冷汗，头也越埋越低。

片刻后，关素衣将算盘推至桌边，冷道：“十六位妇人与四位老人的用度，皆比照老夫人，每年二万四千两；六位少爷比照赵望舒，每年三万六千两；十二位小姐比照赵纯熙，每年一万一千五百二十两；四位幼童比照木沐，每年一千九百二十两，合计便是七万三千四百四十两，再加上诸人所带仆役的月银，大约在七万四千两上下，这还不算关押在天牢中的叶府男丁的诉讼费与打点关系、减轻刑罚所资。敢问侯爷这每年近十万两的花费从哪儿出？去偷还是去抢？”

老夫人彻底舒坦了，一面捻着佛珠，一面冷眼旁观儿子汗如雨下、窘迫万分的丑态。

“那一人给一口饭吃又该怎么算？”赵陆离脸皮红如渗血。

关素衣轻蔑地睇他一眼，慢慢捋平算珠，淡声道：“给一口饭吃亦资费不小，侯爷需得做好准备。养活这么些人，吃穿住行总少不了，吃的……”

众人全盯着她上下翻飞的指尖，仿佛那是一朵花儿，实际上小小的算盘也的确被她拨弄出一团锦绣，片刻工夫便得了结果，哪怕一减再减，却也需二万三千两左右。

“侯爷，你给句话吧，叶家人是走是留？”关素衣把烂摊子推回去。

赵望舒此时已露了怯意，悄悄往祖母身边躲，赵纯熙则抬眼直视父亲，极想从他口中得到一个“走”字。

然而赵陆离若能舍得下叶蓁，舍得下她的母族，他就不是那个痴情种子了。他思忖半晌，迟疑道：“倘若让他们留下，还有没有更节省的办法？”

原以为儿子会选择妥协的老夫人差点气晕过去，狠狠掐断手里佛珠，骂了一句“孽子”。赵纯熙呼吸一窒，随即飞快埋头，以免众人看见她怨恨的表情。

关素衣自是八风不动，轻巧地拨着算盘：“俭省家用有两个法子，一为开源，二为节流。侯府统共只那么多店铺与田地，再抽不出余财购买产业，若要开源，唯有让二弟每年多送些银两回来。”

“不可！二弟在边关御敌，每每将脑袋别在裤头上，竟不知这辈子能否平安归返。他送来的银两都是他的血汗钱，我取之有愧。”赵陆离想也不想地拒绝。

算你还有点良心。关素衣抿直唇瓣，继续道：“那就只有节流一途了。将侯府与叶府的用度全减半，好歹能凑合着过。然我先说好，老夫人年事已高，精神不济，她的用度绝不能少。”

“自然。”赵陆离点头。

“弟妹怀有身孕，又带着木沐，二房的用度也不能少。”

“自然。”

“正房的用度，日后我自己负责，不从侯府中馈里掏一分一厘，免得某些人在背后说三道四。”

“不可！”赵陆离和老夫人异口同声拒绝。

关素衣并非活菩萨，哪会为了叶家人牺牲至此？然她早有与侯府划清界限的打算，便借这次由头将正房彻底从中馈里分割出来，也省了日后许多纠葛。况且她连正房的用度都舍出去，叶家人再怎么不满，单这一点就能堵得他们哑口无言，外人也找不出丝毫错漏。她可以不在乎自己的名声，却不能不在乎关家的名声，还是行事周全些为好。

“我若是不表态，日后叶家人不堪忍受拮据的生活，还不闹得正房永无宁日？”

“岳母不是那样的人。若是与她解释清楚，她定会体谅我的难处。”赵陆离笃定道。

听了这话，老夫人和关素衣均冷冷一笑，就连赵纯熙也暗自摇头，腹诽不已：外祖母若真能体谅别人，就不会硬逼大伙儿下雨天去宫门口磕头，就不会哭着喊着要在侯府住下。叶家人的自私自利是刻进骨子里的，哪怕自己流着一半叶家血脉，也不得不承认这一点。也不知娘亲当年做了什么，竟让爹爹对叶家看重至此。娘亲，你才是天底下最自私自利的人！

种种变故下来，赵纯熙对叶蓁竟也存了怨恨，心绪越发难平。

关素衣懒得与这些蠢货争辩，轻慢道：“侯爷说什么便是什么，然我做下的决定也不容更改，正房用度与中馈分开，日后互不干涉。接下来我们继续说节流。侯爷毕竟要来往交际，用度减半即可，赵望舒和赵纯熙减去三分之二，前院、蓬莱苑、惊蛰楼内伺候的仆役，月银也都减至三成，这便能匀出八九千两，勉强能养活叶府家眷。”

赵望舒尚且意识不到用度俭省三分之二是何概念，赵纯熙却怨入骨髓，眼珠红透。凭什么她要把漂亮衣服、华贵布匹、珠宝首饰、胭脂水粉匀给叶家人？叶家富贵已极的时候可没惦念过她丝毫。

然而关素衣敲了敲桌面，又道：“吃、穿解决了，尚有住、行亟待安排。叶家上有主子四十二人，下有仆役八十四人，这一百二十六号人住在何处，侯爷可有章程？”

赵陆离再次被问住，汗液汩汩而下。

关素衣既与赵陆离撕破了脸，这会儿说话也不客气，命金子拿来侯府舆图，指点道：“现在的镇北侯府乃前朝权臣龙袭旧居，龙袭官至郎中令，府邸自是参照品级与祖制来建，本就不甚宽敞，而侯府人口简单，当年住进来时很多宅院用不上，也就闭锁了，如今年久失修、屋檐破败，住不得人。侯爷倘若要安置这一百来号人，便又得花费一大笔银子修缮宅邸。

说到这里，她将算盘上下一晃，令算珠归位，继续道：“这笔账待我来算一算，木料若用次一等的榆木，石材就近取，外加打造家具，购买摆设，添置床褥……”噼里啪啦一阵脆响，她摊手道，“共计六千六百八十两，抹了零头，就算六千两。侯爷，今年的出息各大庄子和店铺还未送来，你上哪儿找这么多银子？”

赵陆离心头滴血，思忖半晌才道：“我那里还有很多古董字画，若是拿出去卖了，应当可以募集到万把银子。”

关素衣点头：“好，修缮房屋的银子有了，却也需时间筹集，毕竟你得慢慢寻买主不是？再者，修缮房屋得一年半载方能完工，而叶家人马上就要入住，烦请侯爷拿一个章程出来。不过我有言在先，老夫人素有偏头疼的毛病，喜静不喜闹，她这正院不能添人。”

赵陆离见夫人已有松口的架势，忙道：“这是自然。”

“弟妹怀孕，须得养胎，木沐又敏感多思，受不得惊吓，故二房也不能添人。”关素衣颇为怪异地瞥了赵陆离一眼，发觉他竟有些低三下四，也不知是不是自己的错觉。

“自然，自然。”赵陆离继续应和。

“我与叶家有不共戴天之仇，为防哪天被人暗害，正房更不能添人。”关素衣语气冷厉。

“我必不让叶家人搅扰夫人半分。”赵陆离连忙起誓，红着脸说道，“那么接下来夫人可有安排？我从来不理后宅之事，竟不知其中还有这许多弯弯绕绕，而管理一个家，竟不比管理一个国轻松。夫人的含辛茹苦、夫人的面面俱到、夫人的良苦用心，我总算是体会了。”他顿了顿，似乎还有很多感悟未说，却因喉咙哽塞，一时无法成言，待汹涌而来的羞愧与懊悔咽下，越发不知该如何启口。

关素衣万没料到赵陆离也能说人话，不免看了他好一会儿，这才点着舆图说道：“这一百来号人里，粗使仆役与侯府的粗使仆役混居，反正都是大通铺，加几个床位便可；一、二、三等丫鬟、长随、管事亦遵循此例，换言之，以前能单独居住的人，现在得二个、三个，甚至四个混居，这等小事便交给管家去协调处理；妇人与老人毕竟是长辈，最好住宽敞一点，便把蓬莱苑的主院让出，十几间屋子尽够了，再辟出偏院和暖阁，十二位小姐与赵纯熙同住；几位少爷自是与赵望舒搭伴，如此，惊蛰楼内还空了五间屋子，刚好给几位幼童及其奶娘暂居，倒也勉勉强强能塞下。”

赵陆离连连点头，不断道谢，赵望舒也很期待每天有几位表兄弟作伴的日子，唯独赵纯熙，心肝都被戳烂了却不得不假装赞同。

关素衣淡淡扫她一眼，又拍了拍明显不乐意的老夫人，忽然转了话锋：“吃穿住行都解决了，侯爷切莫觉得万事大吉，尚有更糟糕的境况在后边等着。”

赵陆离思忖片刻，黯然道：“夫人是担心侯府也惹上官司？还请夫人放心，我已有章程，绝不会牵连妻儿老小。”

关素衣竟似不认识他一般，上下左右打量了好一会儿，直看得他面皮红透，复又变白，继而转青，才道：“这只是其中一点顾虑。依侯爷对叶府的看重，他家那些烂事，你定然牵涉已深，不是轻易能摘干净的。”

赵陆离颓然拱手：“夫人说得极是，我确实已泥足深陷。”

“爹爹！”赵纯熙惊叫起来，直至此时方掉下几滴真心实意的泪珠，哽咽道，“您真的会被牵连吗？您会不会有事？会不会被抓去牢里，会不会像外祖父那样，那样……”她不敢说“伏诛”二字，无数恐惧袭上心头，令脑子嗡嗡作响。

赵望舒也终于感到大事不妙，从老夫人身后扑了出来，连连道：“爹爹也会被抓去坐牢？真的吗？真的吗？”

“作孽啊！真是作孽！”老夫人搂紧孙子痛哭，已顾不得外面那些叶家人了。

屋里顿时被愁云惨雾笼罩，唯关素衣泰然自若，待他们声音渐息后才道：“一味啼哭不能解决任何问题，索性此时皇上还未开审，侯爷还有将功折罪的机会，只管褪了官袍，背上荆条，去承德殿前自首请罪吧。”

赵陆离越发感到夫人遇事沉稳，思维敏捷，竟与他想到一处，不由柔和了面庞，喟叹道：“夫人果然贤淑又聪慧，将这个家交给你，我很放心。能娶到你真是我的……”

关素衣不耐烦听他讲这些吹捧的话，敲击桌面打断：“咱们还是先解决叶家的事吧。安顿他们，你不但要承受钱财上的压力，更会造成许多深远而又负面的影响。叶家那些姿容绝世的少女，你可看清楚了？她们均为叶全勇笼络各家的棋子，从小接受特殊训练，只知怎么争宠献媚，刺探情报，掌控人心，并不懂何谓贞静贤淑，让她们与赵纯熙混居，或会令她走上歪路，亦会引起后宅纷乱。再者，待叶全勇罪行全面揭露，你就那么肯定这些女眷是无辜的，不会有官兵带人来抓捕漏网之鱼？不会误伤了你的一双儿女？娶了叶氏女的人家或休妻，或出妾，必会想方设法与叶家摆脱关系，那些女人若是来投奔你，你接还是不接？届时叶氏女的名声烂透，你怕不怕连累赵纯熙，叫她也嫁不出去？叶氏儿郎多出纨绔，赵望舒那些表兄弟里，真正出息的有几个？他们对赵望舒会造成何等影响，你也考虑清楚了吗？”

关素衣敲击桌案，挑明道：“为了你这一双儿女的名声，为了他们的前程与婚姻大事，也为了侯府日后的安宁，我建议你请他们出去。当然，你若是在外边给他们买了宅子安顿，我也不反对。”

儿媳妇已经把话说到这个地步，老夫人大以为儿子会迷途知返，哪料他苦思良久，竟咬牙道：“夫人您有所不知，我与叶蓁结识于微末，相交于危难，她的死也是因为我。倘若没有她，便没有现在的镇北侯府，也没有这一家老小荣华富贵的生活。我赵家原是犯官，在边关生活极为贫苦，且没少受折辱，若非我岳父岳母多有周济，我们一家早就饿死了。这些恩情，我不能忘，更不能不报。夫人出自儒学世家，最重仁义礼智信，应当能理解我，亦能成全我。倘若平安过了这一关，咱们就好好过日子。以前种种误解、伤害、争吵，皆因我而起，是我不体谅夫人，一味苛求，一味沉溺于过往，反把咱们和和美美、快快乐乐的小家，糟蹋成现在这副支离破碎的模样。夫人，是我对不住你！借时人一句话，我镇北侯何德何能才能娶你关氏为妻，倘若再不好好珍惜，真该天打雷劈！”

赵陆离是真心忏悔，也是真心觉出关素衣的好来。平常的时候或许不显，然而遇见这等危及全家的大难，她的沉稳、刚强、干练，便展露无遗。有她在，家里就有了定海神针，只觉无比妥帖，无比安心。

关素衣却早已冷了心，垂下眼睑道：“你拉拉杂杂一大堆，不过是为叶府求情罢了。你还是想收留他们，哪怕他们有可能祸害你的儿女？”

“夫人所说并非危言耸听，我会好生告诫岳……刘夫人，让她多加管束家人。倘若母族罹难，我侯府不管，两个孩子也不管，难道名声就能好听了？我相信望舒和熙儿定也不会见死不救，待诸人安顿妥当，我自然会想办法掐灭种种隐患。抓紧时间修缮房屋是一则，分发银两遣返心存去意者是一则，剩下那些慢慢安排。我不是不愿把他们安置在府外，然叶府一案刚爆发，事态犹待发展，对岳父心怀仇怨者若拿他们开刀，他们必死无疑。来日叫我如何有脸去九泉之下面见亡妻。待日后风波平息了，我自然会把他们移出去。”而事实上，叶蓁根本没死，他就更不能丢弃叶氏全族。

“你没脸见她，倒是有脸见我。”关素衣冷笑。

“我也没脸见夫人。”赵陆离苦涩难言，“我想尽忠，我想守节，我想全了孝道，但我已处于如此尴尬境地，却是上不得，下不得，进不能，退不能，除了浑浑噩噩、糊里糊涂度日，已没有旁的活路。其中曲折不堪外道，还请夫人最后原谅我这一次！夫人求您！”

话落，他拉着一双儿女，哽咽出声：“快给你们母亲磕头。往日是你们不孝，总忤逆夫人，日后谁再惹夫人生气，我定然不饶。你们母亲仁厚，不会放着你们外祖母不管。”

赵望舒最是听父亲的话，立即磕了三个响头。赵纯熙差点把牙根咬碎才没让自己怒吼出来。爹爹，您别只想着叶家和娘亲，也为我们考虑考虑啊！

关素衣见火候差不多了才徐徐开口：“好，你既然一意孤行，我就成全你。”

老夫人浑身一震，当即便要反对，却被儿媳妇抬手打断。她不紧不慢地喝了一口热茶，续道：“这张舆图你仔细看看，正院、正房、二房，恰好在一条线上，而三个宅院的用度也与你们不同，如此，倒不如在中间砌一面墙，把侯府隔断，你们父子三个与叶家人住东头，我、老夫人、弟妹、木沐，住西头，二弟已成家立业，早该开府，咱们就借他名头一用，来一个分府不分家，东、西二府单过，互不相干。你觉得如何？”

东、西二府？这样大的变动，这样周全的规划，这样绝妙的主意，恐怕不是灵光一现的偶得吧？当叶府遭难之时，当自己接回众人之时，她也许就在谋划这件事，而自己在她刻意引导之下，竟一步步掉入陷阱，吃穿住行都已分割得一清二楚，便是想反对也无话可说了。夫人好细腻的手段，好聪慧的头脑，好果决的行事！若此次自己无法全身而退，赵家有她，竟似放了一百二十个心，全无后顾之忧。赵陆离一时皱眉，一时叹息，最终深深一拜，无奈妥协：“便依夫人所言。”

老夫人略一思忖，也默许了此事，青白的脸色总算慢慢浮上红晕。儿子能娶到素衣，真是上辈子修来的福分，但愿这回他是真的迷途知返，能与素衣好好过日子。这围墙建了，总有一日可以拆掉，俗话说不破不立，破而后立，只要这夫妻二人同心，还有大好的将来在后头等着。

分割东、西二府只是关素衣与侯府撇清关系的第一步，倘若这样还不得安生，她即便不能和离，将来也能寻个由头去庄子里单过。她可是位高权重的正室夫人，一品诰命，谁敢怠慢她？在外头好吃好喝，还能时时外出游历山水，岂不快哉？

这样想着，她总算对赵陆离看顺眼了些，拍板道：“既如此，烦请侯爷把弟妹请来，咱们这就把分府的事谈妥。”

赵陆离的长随越听越觉前途渺茫，凭啥叶家人要挤占他们的月银、房屋、伙食、衣裳？难道侯爷往日里待他们还不够优渥？人不能无赖到这种程度！侯爷也是糊涂了，就按夫人说的，在外头给他们租个宅子住着有何不可？非要弄进家里，搞得到处乌烟瘴气。日子久了，他也不想在东府待，若是想个办法调配到西府去该多好？

不仅这名长随老大不乐，伺候赵纯熙和赵望舒的那些丫鬟婆子也都阴沉着脸，心里已暗暗琢磨该如何调去西府，东府这日子是不能过了。也因此，当赵陆离着人去请二夫人时，喊了好几声才有一名婆子站出来领命。

一刻钟后，外头传来一串尖叫，夹杂着“鬼啊、罗刹来了”等语，紧接着便是乒乒乓乓一阵乱响，又有哀号呻吟传来，许是谁在慌乱中撞倒桌椅，闹出一场乱子。

思及夫人看见弟妹时既无怜悯亦无厌恶的平常态度，再观叶家人慌里慌张、大喊大叫的窘相，赵陆离脸皮臊得通红，渐渐开始怀疑自己带他们回家安置是对是错。就这个家教，就这个处事作风，怕是会闹得侯府永无宁日，然他已骑虎难下，不得不管。

少顷，阮氏拉着一脸惊恐的木沐走进内堂，脑袋低垂，以手遮面，嗫嚅道：“侯爷，方才对不住，吓着了您外家那些娇客。”

赵陆离无地自容，连忙摆手：“是他们失礼了，该我向弟妹赔罪才是，还请弟妹原谅。”

阮氏勉强扯了扯唇角，上前几步给婆母和嫂子见礼，话音里没再带着刺儿：“婆婆、嫂子，你们找我来所为何事？”说话间，木沐一点也不认生，竟走到关素衣身边，两只小短手搭在她膝盖上，大大张开嘴，发出拐着弯儿的“啊”声。

关素衣的冷脸终于挂不住了，低低笑了笑，立马凑近去看他喉咙，欣慰道：“这才两日功夫便消肿了，甚好。能吃硬物吗？”

阮氏莞尔：“其实当天晚上便好了很多，第二天就拽着我讨饭吃，想来是饿得狠了。难为他病那么久还一声不吭，平时喂他什么吃什么，只吃得极少，也不知那些菜啊肉啊的咽下去该多疼。”

“这是个能忍的孩子，将来必有出息。然一味忍耐也不行，还得知道抗争，所以说话也要让他学起来。弟妹无须着急，我慢慢教他便是。”关素衣试探着拿起一块糕点，诱哄道，“木沐，到母亲怀里来，母亲喂你吃糕糕。”

木沐迟疑片刻就钻进义母怀里，也不敢去咬糕点，只用乌溜溜的黑眼珠巴巴地看，把关素衣心都看化了，一面递到他唇边，一面用手捧着他的小下巴，免得糕点渣掉进衣襟里去。

她若是真心实意对谁好，那水一般的温柔几乎能从华美无匹的眉眼里溢出，像是整个人都散发着微光，叫人目不能移，深受吸引。木沐爱极了这位又香又美又厉害还十分可亲的义母，一只小短手偷偷缠在她胳膊上，这才去咬糕点。

赵望舒看呆了，忽然狠狠撇开头，红了眼眶。原来继母不但有严厉的一面，还有温柔的一面，一如他想象中的娘亲。只是她不会待他如此罢了。她不喜欢他，从一开始就能感觉出来。

赵陆离亦感慨万千，心道若非自己伤了夫人的心，夫人必也会这般照顾望舒和熙儿。他都做了什么孽，把一个好好的家弄得支离破碎，但愿日后还有补偿的机会。末了想起妯娌二人的对话，这才询问母亲木沐出了何事，又被狠狠训斥一番。

关素衣和阮氏默默听着，并不插话，等老夫人出了一口恶气才开始谈正事。阮氏早已烦透了叶家人，听说要以夫君的名义辟出西府，与嫂子、婆母单过，自是千百个乐意。众人议定，老夫人亲自掏腰包建造围墙，完了立马让管事去招揽匠人，即刻开工，一时一刻也等不了。

看见急于摆脱叶家人的母亲，赵陆离唯有苦笑，待丫鬟收好舆图，打扫干净桌面，他亲手斟了一杯热茶，跪下后高举奉上，愧疚道：“娘，这么些年来，您替我担了不少心，若非您一直操持中馈，这个家不定成什么样子，而我非但万事不管，还常常忤逆犯上，惹您生气，您那偏头疼的毛病大约就是被我气出来的。儿子不孝，待要补偿也不知还来不来得及，想想真是懊悔！儿子明日入宫请罪，倘若无法全身而退，您便与夫人在西府里过日子，她办事我放心，定会将您照顾得好好的。儿子还有些产业，也都交予您打理，免得日后你们为生计发愁。”

这是在交代遗言？老夫人心里咯噔一下，心道坏了，却又拉不下脸与儿子和解，冷哼道：“我老眼昏花，精力不济，哪有工夫替你管那些。你怎么不交给你媳妇？”

“交给她，她愿拿吗？”赵陆离苦笑。他不是真的眼盲心盲，只是不敢正视周围的一切罢了。夫人连吃穿用度都与侯府撕捋开，也不像阮氏，一口一个婆母地叫着，只唤老夫人，可见从未把自己当成赵家人。不过这也怪不了她，想想自己做的那些事，谁能毫无芥蒂？谁能甘心生受？她是傲骨铮铮的关家人，并非凡俗女子，轻慢不得，疏忽不得，更欺辱不得。

关素衣抿了抿唇，并不搭话。

屋里陷入死寂，尴尬的氛围弥漫了好一会儿，才听老夫人冷道：“你把账册等物暂且寄存在正院，平安归家后再拿回去。若是过不了这个坎儿，不需你交代，我也会把产业交给素衣打理，她的本事我放心，她一个能顶你两个！”

赵陆离终于轻快地笑了，附和道：“娘说得对，夫人的确能干，把家交给她咱们都放心。儿子这便去安顿叶府家眷，在分府之前必不让他们搅扰你们半分。”

老夫人无可无不可地点头，等儿子带着一子一女出了内堂才幽幽长叹，湿红眼眶。

外间传来隐约的说话声，似乎还有喜悦的欢呼，紧接着便听儿子告诫道：“正院、正房、二房，你们平日最好不要踏足。在别人家就要守别人家的规矩，谁若是心怀不轨，三房之中随便丢了什么东西，我权且算在那人头上，必定报官处置。”话外音便是，谁抗命就给谁安个盗窃的名头拉去坐牢，态度十分强硬。外面忽然安静片刻，随即是争吵声和惊惧的道歉声混杂，然后慢慢远去。

老夫人扶额掉泪，又喜又忧。喜的是儿子真有些醒悟了，忧的是他早已掉进泥潭，也不知能不能全须全尾地出来。对于关家，对于儿媳妇，她却并不怨恨，若无这几记重锤砸下，儿子很可能会糊里糊涂过一辈子，倒不如像现在这样，一切重新来过。

赵陆离好不容易安置了叶家人，转过头才发现女儿还跟在自己身后，脸上满是忧心忡忡的表情。他眸光暗了暗，将女儿带到书房说话。

“爹爹，明天入宫，您会怎样？”会下狱吗？但最后这句话，她不敢问。

“会怎样爹爹也不知道，还得看皇上如何决断。”赵陆离斟酌道，“熙儿，趁眼下无人，父亲要好好交代你几句话，希望你快快长大，别再胡思乱想入了歧途。你与你母亲关系如何，爹爹我一直知道。初见，她救你于天寒地冻、无依无助之时，你便以为她贴合你对母亲的想象，哭着喊着要她来侯府，待我求了赐婚圣旨，你又发现她为人刚直刻板，很不合意，于是面上不显，背后却处处与她为难。熙儿，这些事爹爹都知道，也能理解你的心情。但你要明白，世上并非所有人都得围着你转，也并非所有事都能合你心意。你若还像往日那般行事，你母亲必不容你，而爹爹我也不能再放纵你。你看见你外祖父了吗？他就是最好的例子。”

赵纯熙脸色煞白，半晌无言。

赵陆离叹息道：“你也别怨恨你母亲，所有的一切皆与她无关，更与关家无关。帝师新任都御史，必要立威，叶家在他眼里不过一块跳板，而皇上才是真正的踏脚石。你想他弹劾皇上需要承担多大风险，顶受多少压力？皇上暂时用得着他，他就是帝师，倘若哪天用不着了，他每一次弹劾，每一次触怒，每一个得罪的权贵，将来都会成为他的催命符。而他却不得不干，且还要干好，只因圣命难违，只因天下是皇上的，我们所有人都得听他摆布。关家人很了不起，他们不以为苦，反以为荣，愿舍生取义，鞠躬尽瘁，将来必定留名青史，芳传百世。你母亲来自这样一个家族，其品行自是无污无垢，大仁大义，若我无法活着回来，你便带着望舒去求她，好好听她的话，诚心诚意孝敬她，关家名声在外，她内秀于心，必不会抛下你们不管。”

“爹爹，您别说了！”赵纯熙扑入父亲怀中，呜呜哭起来。

赵陆离却不能不交代清楚：“不说怎么能行，世事总有万一。关家没错，错的便是你外家，你外祖父做的那些事我不能告诉你，你只需知道，他认罪伏诛，死得半点也不冤枉。你无须因他惨死就对你母亲心怀芥蒂，甚至仇恨，须知家有家规，国有国法，连皇上都得承担触犯国法的刑责，其他人又算什么？皇权之下皆蝼蚁，你们远离朝堂，安稳度日便可，切莫学叶家人那般爱慕虚荣，攀附权贵。你弟弟被惯坏了，做事从不过脑子，我和你祖母都管不住他，但他最听你的话，你说母亲好，他就盼着我娶她；你说母亲不好，他立马躲着她，逆着她。你日后切莫再误导他，多多说你母亲的好话，教他亲近她，若你母亲欢喜了，愿全心全意栽培他，他将来的前程必定不差。关家调教人的手段，你一个女儿家可能不知道，然你放眼朝堂，如今能说得上话的，除丞相一系，便是帝师及其门人。有这样强力的靠山，你们必然一生无忧。”

话落他泪洒满襟，慨然长叹：“你也别怪爹爹无能，爹爹当年也曾叱咤疆场，纵横来去，然天意弄人……你只需知道，你爹爹我并非真的糊涂，也并非真的懦弱，只是不得不摆出这番作态，也好保全咱们这个家。爹爹走了，你遇事也糊涂一点儿，不要争强好胜，更不要一门心思往上爬，上头不是那么好去的，你娘亲……”他再也说不下去，抱着女儿痛哭起来。

赵纯熙一阵茫然，一阵绝望，却已经没有眼泪了。当年娘亲究竟做了什么？为何她那般风光无限，留给别人的却只有无尽痛苦与惨淡？

父女俩说了好一会儿体己话才分开，赵纯熙满怀心事往回走，忽见西头那边已来了许多匠人，正拿着软尺等物在丈量宽窄，又用白石灰把需要拆掉的花坛、假山、园圃一一打上标记，似乎很快就要动工。几个西头的管事拿着夫人画好的舆图站在一旁监管，隐约可以听见“快一点，不能耽误，多加银子”等语，可见他们撇清叶家人的想法多么急迫。

“小姐，真的要分府了吗？”荷香与雪柳木呆呆地看了一会儿，脸上满是茫然，心里更觉凄惶。

“关……母亲说出来的话，何曾落空过？”赵纯熙凝目远眺，语气沉潜，“动作这么快，连舆图都画好了，匠人只需照图施工，快则一月，慢则两月，这围墙就能砌起来。说她只是临时起意，你们信吗？荷香，你说得对，咱们刚迈出一步，她那头九十九步都走完了。我外祖父、叶家、爹爹，甚至我和望舒现在不得不与别人混居的场面，她怕是早有预料，然后先一步撕捋干净，当真是一点尘埃也不沾，却把好名声全揽过去。你看我爹爹、祖母、二婶，哪一个不是对她感佩敬服，信任有加？她才刚来侯府半月不到，竟就把此处弄成了她的一言堂，不管你愿不愿，都得被她牵着鼻子走，到头来还得感恩戴德。”

荷香与雪柳低着头不敢搭话，心里却也对夫人产生了深深的恐惧。

“服了，不服不行！”赵纯熙惨笑，“倘若爹爹出了事，我和望舒今后都得靠她过日子，再与她对着干，当真一点儿好处也没有。其实我自个儿都忘了起初为何要针对她，真是一步错，步步错。”起初是为了娘亲，但现在再看，她自己都感到不值。

“小姐，您能这样想就对了。”荷香小心翼翼地提点，“您别以为夫人的手段就只是分个东、西二府，折了东府，保全西府，其实这里面的门道多得数不清。她把两府的人心都算计进去，跟着她便鸡犬升天，不跟着她就惨淡度日，虽分了府，两府的下人只会更敬服她，而非自己伺候的主子。她若想对付您，压根儿无须踏足东府便有无数人替她谋划，当真是胳膊拧不过大腿，您就暂且认了吧。”

“认，怎么不认？”赵纯熙摇头长叹，“你们几个一等丫鬟都是我身边最得用的人，你们的月银从我账上出，所以日后大可不必担心。走吧，回去看看。”

荷香和雪柳长舒口气，却也明白大小姐越是如此，越上了夫人的当。抬了几个大丫鬟，只会让底下人更为不甘，更蠢蠢欲动。不过她们也要过活，便隐下不提。

赵纯熙嘴上说得大气，实则心头滴血。她生活素来奢靡，每月八十两的用度还是关素衣往最低限额里算的，实际上仅购买珠宝首饰一项，每月支出都逾千两，月银从来存不住，还得找爹爹补贴，所以账上没多少余财。支撑三五月已经够呛，更何况等到两三年后出嫁？届时别说底下人，恐怕连心腹都留不住。人心实在难测，人心更为险恶，她感到疲惫极了，也茫然极了，怎么也想不通关素衣是如何轻轻松松把那么多人算计进去的，心里不免畏怯。

主仆三人怏怏不乐地回到蓬莱苑，就听里面吵吵嚷嚷，沸反盈天，几个表姐妹正为了谁住宽敞的房间而争执，就差动起手来。伺候的仆役月银减至原来的三成，吃穿住行也大不如前，自是恨透了鸠占鹊巢的叶家人，只做做样子规劝，并不加以阻拦，甚至还有几个躲在旁边看戏，脸上满是幸灾乐祸的笑容。

赵纯熙额角一跳，立刻跑去调停，不小心被某位表姐挠了脖子，留下一条血痕。争吵总算是消停了一会儿，她这才筋疲力尽地推开房门，就见三姨母叶繁并三位叶府嫡女坐在房间里喝茶，手边均放着一堆首饰，仔细看都很眼熟。

“哎呀，你们怎么把小姐的妆奁打开了？”荷香抱着空空如也的锦盒喊道。

“我们坐着无事，借妹妹的东西赏玩赏玩。你这丫头喊什么，别说这些粗制滥造的玩意儿，便是九头凤钗我们也见过，何曾会贪这点小便宜？给给给，都退给你，真是眼皮子浅！我大姑姑现在可还是婕妤，她一日尚在，我叶家就不会真垮，你们给我等着！”大表姐叶馥当即就甩起脸子，拂落手边一堆饰物，珍珠、翡翠四处乱溅，更有几个镯子摔得粉碎，看得赵纯熙眼疼心更疼。

她当初最佩服大表姐一掷千金的豪气，再贵重的东西都不看在眼里，一颗硕大东珠说碾碎就碾碎，当成珍珠粉喝。然而这份豪气若放在她身上，且拿她的东西糟践，她才知道这人是如何可恨。

她气得胸口生疼，倘若立时张嘴说话，怕是会喷出一口老血。然而不等她委屈，另外两位表姐就委屈上了，捏着帕子，擦着眼角，哀泣道：“姐姐，你就消停点吧，咱家毕竟今时不同往日，妹妹多有轻慢戒备是应当的，谁让咱们落魄，还连累了她？莫说只是看看她的东西，以后恐怕连正堂都进不来。咱们还是去找姑父辞行吧，离得远些才好，免得坏了素日情分。”

好哇，拿爹爹来压我！装无辜，装可怜，告黑状，还真是引狼入室了！赵纯熙不只心疼，五脏六腑都疼起来，肚子里宛如一把火在烧，整个人都快炸了。她总算明白关素衣面对手段频出的自己时是何感受，虽然轻易就能把人摁死，却还是觉得恶心。

“几位姐姐方才没听我爹爹说吗？在别人家就要守别人家的规矩，否则不拘哪个院子丢了财物，便报官处置。荷香，你清点清点首饰，看看缺了什么没有。”她咬牙切齿地道。

荷香刚应了一声，还来不及去捡地上的东西，几位表小姐就齐齐告辞，仓促离开。

叶繁留在最后，拿手帕碰了碰外甥女脖子上的伤口，忧虑道：“谁把你伤了？那些浪蹄子，到现在还如此猖狂，待会儿我就让大伯母好好教教她们规矩。雪柳，快给你家主子拿点伤药过来，我替她敷上。”

赵纯熙总算舒坦一点，与三姨母相对而坐，红了眼眶，万没料到气氛刚有所缓和，那头又问：“你爹爹会不会有事？我与他的婚事能成吗？他那爵位……”

原以为能风风光光嫁进侯府，当一个比正头夫人还得脸的妾室，却因一红珊瑚，所有美梦尽皆破碎。这还没完，大伯父先是闭门思过，后被抓去天牢，不过一日工夫就畏罪伏诛，而原本烈火烹油、鲜花着锦的叶府，呼啦啦一下烧成了灰烬。种种变故来得太急太快，竟丝毫不给叶繁反应的时间，当她猛然回头时，后面已无退路，前方只余黑暗，不知踏前一步是粉身碎骨还是逃出升天。若赵陆离能安然避过此劫，保住爵位，那是最好，若不能，她也得好好想想了。毕竟叶婕妤还在，只要她一日不垮，叶家就不会真的玩完，与其嫁给犯官，等着皇上清算，不如赶紧找个出路。

她的这些想法，赵纯熙哪能猜不到？既为爹爹不值，又觉依赖外家的自己可笑，更看不起三姨母的鬼蜮心思。

“爹爹若有事，你当如何？”她把问题抛回去。

屋子里陷入寂静，少顷，叶繁浅笑道：“你爹爹若有事，我自是陪他共渡难关。”

“姨母您真好。”赵纯熙死死压住她放在桌面上的手，意有所指地道，“记住您今日说的话，您的深明大义、不离不弃，我都会一一转告爹爹，他听了定然很感动。”

“什么感动不感动的，我与侯爷已定下婚期，便是他的人了，本就该与他同心同德才是。”叶繁面上笑得温柔，心里如何作想不提也罢。

赵纯熙却打定主意要把她摁下，既然侯府是被叶家牵连的，要倒霉大家一块儿倒霉，要死大家一块儿死。

第八章

请罪

不仅叶、赵两家表面和睦，内里互掐，朝堂上亦暗潮汹涌，争锋不断。翌日，圣元帝再次召集权臣商讨修法事宜。越到后面，改革的触角越广，渐渐涉及税务、军权、土地等，严重损坏了大世族的利益，作为世族代表的王丞相一系自然激烈反对。

今日，见皇上又提出改“占田制”为“均田制”，王丞相拍案怒道：“皇上读书少，许多东西不懂，最好别胡乱开腔。占田制施行以来土地得到大量开垦，农民需交纳的赋税也轻，倘若改为均田制，按人丁收税，如今战乱刚过，劳力锐减，且气候诡变，收成不丰，哪个平民负担得起？皇上连太史令这等要职都能颁给一个目不识丁的商贾，可见对吏治民生极为生疏，且交给我们这些专职部尉来做，您先慢慢学着，等上手了再议吧。”架空皇权之意昭然若揭。

圣元帝被他不恭不敬的态度惹得火冒三丈，正欲拍案而起，王丞相竟甩袖先走了，众位属官亦纷纷告辞，片刻工夫只余帝师一系还正襟危坐，容色肃穆。

“琅琊王氏！总有一天老子要宰了你们！”圣元帝忍无可忍，抬手拂落御案上的奏折等物，却没料掀起一块砚台，泼了帝师满身墨点。

瞥见帝师清正的目光，他气焰顿消，一面伸出大掌替他擦拭，一面诚心道歉。

关老爷子徐徐道：“丞相说得没错，皇上连太史令一职也能颁给叶全勇，确实有失妥当。”

在登基之前，圣元帝的作风素以大开大合、粗犷豪迈著称，能打的打，不能打的日后再打，从不爱玩什么阴谋诡计。但与汉人接触多了，他猛然惊觉：这帮中原人弯弯绕绕的太多了，你若是与他们直来直往，没准儿就会被引到坑里埋了。吃了几次大亏，他慢慢对中原文化感上兴趣，学得越多越明白其厉害之处。当然，诸多学问里，他最中意的还是兵家和法家，每得一本典籍就如饥似渴地阅读，这才体悟到，治中原人，还得用中原人的手段。

开国之初，他连朝廷机制该怎么运作都搞不清楚，只好启用一大批汉臣，勉勉强强把魏国撑起来。但新的问题又接踵而至，什么琅琊王氏、陈郡谢氏、汝南袁氏、兰陵萧氏……各有各的底蕴，各有各的地盘，养着私兵，当着权臣，若非战乱中折损绝大部分实力，差点就把他架空。其中又以琅琊王氏家底最厚，人才辈出，早在各诸侯国并存时就暗暗掌控了几股最强盛的势力，家主、嫡系子弟均为手握重权的卿大夫，及至魏国建立，他们亦不甘居于人后，一面笼络朝臣，一面巩固相权。

圣元帝霸道惯了，自然不可能给他们当傀儡，于是双方看着和睦，暗地里却斗得厉害。之前一直是世家占尽上风，近来圣元帝栽培的人慢慢渗入朝堂，又册立帝师，招揽了一群刚正不阿、名满天下、忠于皇权的大儒担当要职，境况才稍微好转。

只不过世家终究是世家，家风清正，子弟也都颇有出息，不像叶家那样满头都是辫子，一抓一大把。故帝师一系欲弹劾王家，抑制相权，恐怕有些困难。

圣元帝想起王家的嚣张气焰与权势滔天，不由恨得咬牙，再看看公忠体国的帝师与太常，心气儿总算是顺了，也更愿意坦承错误。

“帝师教训得是，朕的确有错。当年初入燕京，重设朝堂，叶家求一个职位，朕便捡了一个不高不低、不痛不痒的给他，算是打发了，哪里料到太史令一职竟那般紧要。”他一直以为太史令就是看看天色，算算日子，定期晒晒典籍，是个人都能干好，哪里知道其中还有这么多讲究？等他明白过来，叶全勇已经走马上任，他也只能故作不知。

关老爷子唇边的胡须都在颤抖，可见被皇上气得不轻。然而他终究忍住了，斟酌半晌幽幽开口：“皇上，您这完全是野路子啊！”

圣元帝耳根涨红，满心羞愧，索性皮肤黝黑看不大出来，实诚道：“帝师您有所不知，朕幼时跟着野兽混迹山林，稍大一些入了行伍拼杀，连九黎族的字都认不全，更何论汉字？朕肚子里仅有的那点墨水也是近些年来慢慢学的，还有很多懵懂之处，烦请帝师多多指教。”

“皇上不必妄自菲薄，近年来才开始学，却能达到您这种程度，已经算得上天赋异禀。谁生来也不是皇帝，更不知该如何管理邦国，都是以史为鉴，以人为鉴，一点一点琢磨出来的。您别着急，臣等都会尽力辅佐您，助您成为一代圣君，助天下百姓安居乐业，匡翼魏国千秋万代。”诸位大臣也都拱手附和，庄严肃穆的气氛瞬间冲走了殿内阴郁。圣元帝连说了几个“好”字，重建信心的同时对帝师更为敬爱，忙让他去后殿洗漱更衣。

有了这个插曲，今天的议案只能不了了之，众位大臣鱼贯退出，唯关父坐在殿内等候老爷子。见四周再无闲杂人等，他意味深长地道：“皇上若想实现心中抱负，首要一点便是抑制相权。而今相权与君权几乎等同，您的所有决定，丞相都能否决，这修法改制一事便进行不下去，或有可能动摇魏国根基，令百姓重陷水火。”

圣元帝何尝不知？但怎么抑制相权，这却是个难题。其实君权与相权的冲突古已有之，不少君主也曾做出过努力。他们把相权一人独揽拆分成几人共事，先后有了左相、右相，觉得不够稳妥，又把内侍提出来立为中丞，最后反倒闹得朝堂更加混乱。

圣元帝绝不会让宦官担当要职，把身边也弄得危机四伏，于是摇头继续苦思。

关父已略有章程，却不便自己提出。他出任太常卿之前是夫子，最善于举例发凡，循循善诱，让弟子学会独立思考、判断，然后解决，而不是什么都面面俱到地为他们做好，否则，诸人非但无法成材，还会日渐堕落。而圣元帝这位弟子则更为特殊。你为他想得多，做得多，他未必会感激你，反倒有可能心存嫌隙，暗中防备。最好的办法是引导他往正确的方向走，让他自己意识到该如何掌舵。待目标达成，他龙心大悦、自信不疑，别人也就安全无虞。

两人均在思索对策，只不过一个还处于蒙昧，一个已胸有成竹。恰在此时，一名长相毫不起眼的内侍悄无声息地走进来，双手奉上一封密函，说是边关寄来的。

圣元帝接过密函，歉然道："太常卿稍坐，朕去去就来。"

关父不敢耽误军情，只让皇上自去处理不提。

入了偏殿，圣元帝拆开信封细细看完，不免长舒口气。夫人竟与赵陆离分府别居了？好，不愧为傲骨铮铮的关氏女，当做决断时毫不含糊，一下就切中要害。即便赵陆离已有悔意，怕也晚了吧？分府这一招真是妙啊，凭赵陆离做下的那些事，判一个夺爵也不冤枉。倘若夫人不分府，赵家的那块镶金匾额定然保不住，其下场只会与叶家一样，落得个栋折榱崩。然而东、西两府一分，各自重设正门，"镇北侯"的招牌刚摘下，立马就能挂上"征北将军府"的牌匾，谁敢造次？谁敢落井下石？一家老小也都保住了。

这还不算。西府没有主事，赵老夫人和阮氏又敬服她，她便能大权独揽，恣意行事；而东府削了爵位，减了用度，人心涣散之下只能依附西府，便也听凭她摆布。哪怕赵陆离是她的夫君，本该占据主导，却也奈何不了她分毫。以后在赵家，她自是想怎么过就怎么过，谁挡了路，她也不去对付，只一脚踢开便罢，当真是好犀利的手段，好开阔的格局。

圣元帝将密函反反复复看了多遍，忽然灵光一闪，拊掌大笑。原来管理一个国家竟也可以照搬此道，既然朕玩权术玩不过你们，好，朕干脆不玩了，分权，分部尉，分职能，等人心乱了，党派散了，连丞相也做不了主了，还不得回过头来凭朕决断？夫人真乃贤内助是也！

关父听见皇上舒爽至极的笑声，还当边关传来捷报，正暗自回忆哪处近日频发战事，就见皇上龙行虎步，迎风而来，尚未坐定便道："依朕看，节制相权可分而化之。"

"哦？怎么分化？"关父眼眸微亮，表情惊讶，显然没料到皇上无需自己提点就能想到这一步。

"非左、中、右之分，而是职权之分。正所谓术业有专攻，丞相不是说让专职部尉处理朝事吗？那便让专职的来，兵、刑、户、工、礼、吏，谁精于此道就掌管此项。金无足赤，人无完人，丞相再全知全能，总有不擅长之处，而他手底下那些人虽唯他马首是瞻，但若把丞相的权利摄取一部分，朕以为无人会反对。而丞相恐会抗击，以致朝堂震荡，故朕欲把军权这块单独分出去，重设一个部尉，由朕亲自掌管，以便镇压全境。以前是一个大饼一人吃，其余人等挨饿；现在是一个大饼人人有份，除了原先拿饼那人，谁会往外推？只怕不仅不会推拒，还会争得头破血流。附议的声音渐渐多了，朕倒要看看王丞相能不能顶得住，敢不敢冒天下之大不韪。”

“皇上本就手握重兵，倘若要单独设立一个专司军务的部尉，定是轻而易举。王丞相没了军权就等于剪除了爪牙的老虎，不足为惧，又有诸人蜂拥而上瓜分相权，琅琊王氏的千年风光恐怕很快就会结束。”关父不禁对皇上刮目相看。

“正是。早前已有左、中、右三分，那么朕就沿袭旧例，也来一个三分，每一分各有专司，具体如何排布还需帝师、太常卿和诸位爱卿详谈再定；又把军、政二权分割，各开一府，从此管政不可涉军，掌兵不可摄政，互为掣肘。”圣元帝脑海中已有了新的官僚体制的雏形，而在这个体制之下，皇帝的权利会攀升到顶点。届时他想怎么改革就怎么改革，无人能阻碍他的道路。

当然，他一个人的智慧极其有限，还是要多多听取诸位大臣的意见。

关父已对圣元帝的悟性叹为观止。一个蛮夷草寇出身的土皇帝，竟在无人点拨的情况下悟出这般精妙的驭人之道，委实不简单！难得的一位圣君，他还真有这个潜质！

“皇上雄才大略，颖悟绝伦，又宅心仁厚，爱民如子，实乃魏国之幸、苍生之幸。皇上的韬略不但可行，或将成为后世驭下置官之典范。微臣反复思忖，将此法命名为二府三司制，您看如何？至于具体的职权划分，待微臣回去之后写一份奏折，呈给皇上和众位大臣一块儿商讨。”

“二府三司，二府？”圣元帝拊掌赞道，“大善！”末了脸皮悄悄染上一层红晕。太常卿若是知道分府的主意是他跟夫人学的，也不知会作何反应。罢了罢了，待日后想个办法让夫人和离，再与帝师、太常卿坦白为好。

夫人的功劳他可不敢独占。

当关老爷子洗漱干净，换了袍服出来，就见儿子和皇上正相谈甚欢。他坐下略听一会儿，眼眸越来越亮，意欲提点几句，却听殿外传来一道尖利的嗓音：“启禀皇上，镇北侯如今正跪在宣德门前负荆请罪，请皇上示下？”

负荆请罪？算他还没蠢到无可救药的程度。关父挑眉，表情似笑非笑。关老爷子捋了捋胡须，并未发表意见。

圣元帝谈兴正浓，哪里有心思搭理赵陆离，然而人家正经的岳父和岳祖父都在此处，他也不能一点面子都不给，只好摆手道：“宣他入宫。”

赵陆离很快被带入未央宫，身上只穿着一套纯白单衣，背后绑缚着一捆荆棘，利刺扎破皮肤，渗出一点点鲜血，看着十分狼狈。他显然没料到关父和关老爷子也在此处，苍白的面皮不由涨红，随即深深埋头，羞于面对二位。

“罪臣参见皇上，参见帝师大人，参见太常卿大人。”他半跪行礼，嗓音嘶哑。

关老爷子和关父略微点头，脸上既无愤慨，也无谴责，更谈不上失望。这桩婚事他们本就结得不情不愿，如今落到这个地步便也在意料之中，只要他们的依依不吃亏就成。

“起来吧。”圣元帝一面观察帝师和太常卿的表情，一面敲击桌面问道，“听说你意欲请罪自首？”

“正是。罪臣自知罪孽深重，恶积祸盈，特来宫中具自陈道，以全忠义，以赎己过。”他看了看面无表情的帝师和太常卿，哑声道，“罪臣斗胆，请皇上借一步说话。”

圣元帝略一沉吟，摆手道：“随朕进去吧。烦请帝师与太常卿稍坐片刻，朕去去就来。”

赵陆离也涨红着脸说道：“尘光失礼了。”

君臣二人先后入了内殿，一个在椅子上坐定，一个扑通一声跪在地上，艰涩道：“皇上，叶全勇所犯诸事，您有什么想问的尽可问来，罪臣定然知无不言、言无不尽。”

圣元帝并没有什么想问的，能撬开的嘴他都撬开了，能查到的隐秘也都尽在掌握之中，只一点，当年那救驾之恩怎么来的，叶全勇宁死也不肯招，直接咬破毒囊自尽了。而这反倒更表明当年之事有猫腻，倘若能找到切实的证据，他必要叶蓁付出代价。

他是被叶家蒙蔽的人之一，但赵陆离知道的恐怕更少，从他嘴里又能问到什么？至于他帮着叶全勇阻截葛家庄那些灾民的事，早已人证物证俱全，倘若他今天上午不来负荆请罪，禁卫军下午便会去侯府抓人。

“朕与你无话可说。”圣元帝闭上眼，缓缓摇头。

赵陆离苦笑：“万没料到咱们竟会走到这一步。想当年你我在茫茫草原上叩拜苍天，结为异姓兄弟，一起征战沙场，互相交托性命，你曾于万军之中将我救下，我也曾连夜奔袭赶去救你，夜晚对坐在篝火前，同唱‘岂曰无衣，与子同袍’。我以为哪怕天地都变了，这份兄弟之情总不会变，却没料我在前方为你拼杀出万世基业，你在后方假死诈敌，奇袭燕京，却连我的妻子都一块儿袭走。”

他越回忆往事，圣元帝的心情便越糟糕，猛然拍碎椅子扶手，斥道：“够了，朕知道你在使苦肉计。你赵陆离终究还是惜命，舍不得死！”

计谋被识破，赵陆离唯有苦笑：“是，罪臣的确在使苦肉计。这世上谁不怕死？更何况我上有老下有小，如今还有了想要弥补并陪伴一生的人，也就更不能扔下他们不管。难道我说得不对？当年我与二王、各方诸侯、薛明瑞在前方缠斗，冒着九死一生的危险牵制住几路大军，否则你焉能顺顺利利打入燕京，俘虏小皇帝，挟天子以令诸侯？而叶家亦待你不薄，不惜捐出全部家产助你征伐，你的兵器、战马、粮草，哪一样不是他们供给的？便是看在这些物资的份上，你也不能把事情做得这么绝！”

圣元帝差点控制不住心中暴虐的杀欲。赵陆离什么都不知道，安敢跑到他面前指控？难道他霍圣哲眼光就那么差，连叶蓁那种矫揉造作的女人都能看上？难道他霍圣哲品行就那么卑劣，连兄弟的妻子都能强占？若非叶蓁曾救过他一命，当他路过赵家庄稍事休整，翌日拔营后却发现赵老侯爷竟在自己行囊里塞了一个大活人，他定会二话不说就把叶蓁丢进荒山野岭，任她自生自灭。他实在理解不了汉人女子的想法，什么叫失了贞洁活不下去？他根本连她一根手指都没碰过，便这样成了抢夺人妻的色中饿鬼、背信弃义的无耻小人。

而他非但不能对叶蓁置之不理，还得好吃好喝地供着，以报答当初救命之恩，以留住最后一丝兄弟情义。结果呢？这竟是一场彻头彻尾的骗局！试问他的冤屈与不平该向谁诉？他的愤怒与不甘该如何宣泄？更何况叶蓁竟还联合赵陆离截走了本该属于他的皇后！究竟是谁夺走了谁的妻子？又是谁亏欠了谁？

圣元帝默默回忆往昔，并不觉得自己有一丝一毫愧对之处，胸中反而涌出无尽的酸楚与苦痛。他就这样与夫人失之交臂，就这样眼睁睁地看着她在他触及不到的地方受尽折辱，而这夫妻俩倒好，一个欺骗利用他多年，一个糟践了他心中的明珠，如今说悔改便想悔改，说弥补便想弥补，说不丢开就不丢开，他凭什么？他有什么资格？

有啊，怎么没有？这资格不正是你给的吗？明知叶蓁插了一手还颁发赐婚圣旨，将原该属于自己的，最珍贵最美好的宝物拱手相让。这桩事情不但叶蓁办得漂亮，霍圣哲你也活该沦落至此！

圣元帝急怒攻心，竟扶着额头低低笑起来，片刻，笑声里竟掺杂了几丝破碎与颓丧，仿佛在哭泣一般。但他很快就敛了笑，面无表情地看向赵陆离，沉声开口："既然你要提当年，那么朕便与你好好算清楚。你的确牵制了各路大军，为朕奇袭燕京博得了足够时间，然你忘没忘记韩城是如何失守的？那几十万将士和百姓是如何死亡的？朕的皇姐又是如何身受箭伤，差点阵亡的？你以为你那些显赫战功就能把过往的一切抵消吗？朕的确有失当之处，然而朕从未愧对过百姓，愧对过同袍，愧对过苍天大地！"

赵陆离在他一字字一句句地敲打下终于弯折了脊背，羞愧不堪地埋头。韩城失守是他心中永远的痛。他原本不是那种为了儿女私情就一蹶不振的懦夫，韩城被屠尽后他便知道，自己这辈子都站不起来了。为了忘却那滔天罪孽，他只能糊涂度日，只能将全部心神转移到思念"亡妻"身上，仿佛他一脑门钻进去，就可以把自己当作受害者，然后安安心心睡个好觉。但事实上，他从未有一天睡着过，从未有一天忘却那血流成河的惨状。于是他不停放纵自己，便又造下许多罪孽。人真的不能犯错，因为一步错往往意味着步步错，而后终至灭顶。

他委顿下去，泪珠无声无息涌出眼眶。

圣元帝冷冷瞥他一眼，继续道："再说叶家。若是没有朕的保护，他们能带着大批物资在战火中来去自如？能借此发家而不被各方势力诛灭？他们的所有财富乃至于身家性命，都是朕赐予的，如今朕将它收回来有何不可？你别告诉朕叶家是无辜的。”

叶家并不无辜，所以赵陆离无言以对。拿感情说事显然已不能打动皇上丝毫，他已经尽力了，便听天由命吧。这样想着，赵陆离闭上双眼，重重磕了三个响头。

看着他漆黑的发顶、消瘦的脊背，圣元帝耳边似乎又响起那首歌——岂曰无衣？与子同袍。王于兴师，修我戈矛……到底同袍一场，共过患难，罢了，罢了……

“朕本可以治你死罪，然看在当年的情分上便宽宥一次，你这便除了冠冕与朝服，自去廷尉府陈述罪状，协同办案。待此间事了，当褫夺爵位贬为庶民。你可服气？”

“罪臣心服口服！谢皇上开恩。”赵陆离再三叩首。

圣元帝心里郁气未消，本想将当年之事和盘托出，再道破自己对叶蓁的怀疑，但略一思量又隐去不提。赵陆离若是彻底对叶蓁失望，那他总有一天会看见夫人的好处，从而泥足深陷。不，他现在就已经意识到夫人的不凡，并生了悔意。

虽然赵家已分为东、西二府，却只一墙之隔，他与夫人的距离无论如何都比自己近，而他俩更是名正言顺的夫妻，天长日久，说不定夫人看在他诚意十足、表现上佳的份上还会原谅他，重新回到东府过日子。

届时，自己就连想也不能了。圣元帝懊恼起来，极想收回前言，将赵陆离押去天牢关一辈子。

赵陆离后颈微微发凉，许久不闻“平身”二字，不由抬头去看，却发现皇上正用杀气腾腾的目光盯视自己，仿佛自己与他有不共戴天之仇，而那些询问叶婕妤如何的话顿时咽下去，再也不敢开口。

君臣二人从内殿出来，赵陆离已换了一身干净袍服，快步走到关老爷子和关父跟前跪下。

“小婿已认罪伏法，而今便去廷尉府协助调查叶全勇一案，且还削了爵位，贬为庶民，实是自作自受。然牵连素衣跟着小婿受此大难，心里局蹐，愧悔无地，特向岳祖父、岳父大人请罪。小婿糊涂，每有失当、失察、失言之处，令素衣伤心难过，日后定然多多弥补，好好待她，若再重蹈覆辙，当天打雷劈不得好死！”

关老爷子和关父对视一眼，摆手道：“起来吧。知错能改，善莫大焉，还望你说到做到。人在就好，没了爵位亦无所谓，只愿你迷途知返，忘却过去，好生怜取眼前人。”

“小婿明白，谢岳祖父、岳父大人教诲！”赵陆离一连三叩首，这才红着眼眶去了。

圣元帝坐在一旁冷眼看着，心里说不出是什么滋味。他从不以为赵陆离没了爵位，关家人就会看不起他，进而要求和离；也从不以为哪怕他有心悔改，关家人也不愿给他一丝机会。关家人刚硬、忠烈，看似决绝，实际上总会给人留一线生机，这便是他们的仁义。关家人爱才却不爱财，金银珠玉、高官厚禄，只不过是可有可无的点缀，取之有道，失之泰然。赵陆离能娶到他家的女儿，即便落魄到这等地步，日后只要他说到做到，诚心对待，照样能消去芥蒂，和美度日。

所以说夫人是个宝贝，谁娶到她谁知道。似赵陆离这样的糊涂虫不也被她撼醒了吗？不，他哪里是糊涂虫，不过是装糊涂罢了。待他意识到夫人有多么难能可贵时，哪怕对叶蓁一往情深，也会慢慢醒转，慢慢遗忘，而后全身心地投入当下。圣元帝毫不怀疑夫人有那个魅力，只要她愿意，她能征服世上任何一位男子。

想得越多，圣元帝心里的恐惧和不安就越沉重，不由抬眼看了看帝师和太常卿。二人已站起身行礼告辞，并未流露出丝毫请旨和离的意愿，待他们走远，圣元帝才红着眼珠骂了一句“混账”。那又低又哑的嗓音里充斥着恨意与不甘，还有浓浓的自我厌弃。白福吓了一跳，想不明白皇上这是在生谁的气，帝师和太常卿大人没惹到他吧？

事实上，圣元帝既恨叶蓁和赵陆离，也恨自己，这一句“混账”，骂自己的分量反倒更重一些。他极想主动提出让夫人和离，然赐婚的是自己，要求和离的也是自己，在帝师和太常卿心中，怕是会将他想成那等毫不体恤臣子，将臣子之女的终身幸福当成儿戏的昏聩君主。

于是自己不能提；夫人如今过得自在，无所谓提不提；帝师和太常卿有容人之量，亦不愿提；而尝到夫人好处的赵陆离就更不会提了。他那个乱糟糟的家若是没了夫人镇着，怕是一夕之间就会分崩离析。

仿佛野兽主动跳下陷阱，走入囚笼，把自己困死一方，绝了生路。圣元帝脑子里一团乱，脾气亦有全面爆发的倾向。然而他除了忍耐，似乎没有别的办法，忍到心头泣血也得忍。

“混账东西！”无奈之下，他只能狠狠咒骂。

白福不知皇上骂的是谁，然观他阴沉无比的面色，定是遇见难以解决之事，便也不敢招他的眼，默默走到角落站定。少顷，也不知是不是错觉，他似乎听见皇上隐约呢喃一句：“想让你清醒的时候你糊涂，想让你糊涂，你偏偏明白了！朕与你夫妻二人难道有仇？”

自从赵陆离背着荆条去了宫里，赵家人和叶府家眷便都伸长脖子盼他平安归来，然而等了整整一上午也不见动静，失望归返，正准备略用些午膳，忽听前门传来吵嚷的声音，然后就是噼里啪啦一阵乱响，少顷，一名仆妇扯着嗓子喊道：“杀人啦！官兵杀人啦！”

官兵？差点陷入牢狱之灾的叶家人对这两个字眼极其敏感，连忙锁死房门躲起来，反倒是赵家人没有防备，被一群侍卫打伤不少，哭声、喊声、骂声、惊叫声不绝于耳，其间还夹杂着打砸东西的巨响。

赵纯熙护着弟弟躲进书房，惶惶不安地吩咐：“荷香，你去看看前门发生何事。”闹出这样大的动静，她立刻就想起叶府抄家那天似乎也是如此。难道爹爹回不来了？难道侯府也步了后尘？她反复告诫自己要镇定，莫多想，眼泪却不受控制地汩汩往外冒。赵望舒亦吓得魂飞魄散，搂紧她一只胳膊，颤声道：“姐姐我怕！”

“莫怕，爹爹很快就回来，咱家不会有事的。”这些话，赵纯熙自己都不相信，更何况别人。

荷香胆战心惊地跑去前院，远远就看见几名侍卫拿着长戟将写着“镇北侯府”四字的匾额戳下，摔成两半，又有一人穿着血红色的官袍与银色铠甲，似乎品级不低，正狞笑着将裂开的匾额踩成碎块，目中满是仇恨。

她倒抽一口凉气，连忙跑回去禀报，慌乱中听见那人厉声叫嚣道：“把叶家人全部抓起来审，一个一个审，切莫放过一条漏网之鱼！”

果然又被夫人说中，连叶家女眷亦有涉及叶全勇一案，把这些罗刹引来了！她气喘吁吁地跑到书房，将所见所闻如实陈述，末了提点道：“小姐，这么大的事，您还不赶紧去找夫人？如今唯有她能镇得住这等糟乱局面。”

“对对对，去找母亲，她定有办法。”赵纯熙正六神无主，猛然听见“夫人”二字，便似黑暗中降下一柱光明，令她整个人都亮堂了。

她牵着弟弟朝西边狂奔，左躲右藏，便又看见叶家人被一个一个逮住，捆绑起来押跪在空地中，房中亦被翻得乱七八糟。当然也有侯府仆妇被错认误抓，亦同样受了折辱，却怎么辩解也无人肯信，只能哀哀哭泣，不断磕头。倘若自己也被抓去，遭受这等摧残，岂非生不如死？赵纯熙心脏狂跳，口舌发干，借嶙峋假山的掩护和地形熟悉之便利，终于险而又险地抵达正房。官差似乎得了吩咐，并不敢靠近此处，远远看见廊下的金子和明兰就绕开，连呼喝声也压低不少。

赵纯熙趁他们转身之际从假山后头冲出来，披头散发，形容狼狈。

“哟，哪来的小疯子？”金子抬手将她拦住，戏谑道。

“金子姐姐，求您进去禀报一声，就说府里遭了大难，求母亲救命！”赵纯熙泪珠涟涟，表情惶恐，委实受了不小惊吓，见金子无动于衷，又道，“那些官兵见人就抓，见人就打，又把女眷拉出去搜身，衣裳都脱了……”

她话未说完，房门便应声而开，关素衣缓缓走出来，一面用帕子擦拭指尖的墨迹，一面沉声道：“走吧，过去看看。老夫人和弟妹那里有无被打扰？”

“回夫人，并未被打扰。奴婢已与官差们交代清楚了，叶家人只住东头，咱们西院一个没有。”金子欠身回禀。

只交代一声就不查了？关素衣若有所思地瞥她一眼，继续朝闹哄哄的地方走去，又命几个丫鬟婆子去拦住老夫人和阮氏，免得她们受惊吓。

明兰有些害怕，低声劝道：“小姐，前边乱得很，您还是别去了吧，免得被哪个不长眼的冲撞。叶家人那般折辱您，您还管他们干吗？”

关素衣淡声道："一码归一码。我与叶家宿怨暂且搁置不提，那些官兵这般对待弱女子便是不义。我此去非为施恩，非为图报，单为那些女子的尊严和免于无辜者受到牵连。"

明兰想了想，羞愧地低下头去。金子亦深深垂首，眸底不时闪现崇拜、敬仰、叹服等情绪。直至现在，金子才终于明白主子为何对夫人神魂颠倒，欲罢不能。她的思想、眼界、胸襟，比之男子还要开阔。她看上去那般柔弱，内里却刚强无比，更有一颗不染尘俗的心。她的所作所为，当得起"问心无愧"四字。

赵纯熙和赵望舒亦步亦趋跟在她身后，看着她并不高大也不强壮的背影，不知何故竟觉安心无比。原来这就是"母亲"的含义，犯错的时候有人矫正，迷茫的时候有人指引，无助的时候有人依靠。她虽然大不了他们多少，却已经能独自扛起这个家，她对侯府当真是仁至义尽。

少顷，一行人入了前院，便见一位浑身戾气的武将正斜倚在一张软榻里，双脚摆放在一名跪伏于地的叶家儿郎背上，态度十分猖狂。又有一名小黄门拿着檄文唱念，大意是叶全勇当年助前朝余孽偷偷救走一名皇子送去给薛贼，以交换前朝皇室宝藏。而今那藏宝图便在叶家人手里，只要他们交出来便可免了死罪，不交就诛九族。又因镇北侯助纣为虐，残害百姓，已褫夺爵位贬为庶民，正关押在天牢里待审。

赵纯熙认真听完，不免眼前一黑，心里疯狂呐喊——外祖父，您果然是被自己的贪婪害死的，竟连前朝皇子也敢沾手！您作您的孽，为何还要拉我爹爹下水？叶家落得今日下场，当真一点也不冤枉！

关素衣从未见过这等要钱不要命的玩意儿，明知那是前朝皇子，送去给薛家军足够他们以正统之名占去中原半壁江山，竟就这么答应了。难道叶家赚的钱还少吗？他们的贪婪简直永无止境！所幸那皇子养尊处优惯了，在前往蜀州的路上染了重病一命呜呼，薛明瑞挟天子以令诸侯的计划才没成功，否则也不知如今替皇上卖命的那些世家巨族会偏向谁，毕竟他们最看重血统和正统。

关素衣知道今天若不把藏宝图找出来，此事绝无法善了，更何况这位带队的将领她认识，乃新近上任的中郎将周天，是圣元帝手底下最得力的干将之一，指哪儿打哪儿，绝不含糊，却又与秦凌云那等有底线的人不同，周天的手段极其毒辣，为人乖戾无比，落在他手上要么死，要么生不如死，没有第三条路。其兄长在韩城一战中惨死，可说与赵陆离仇深似海，平生最大的心愿就是手刃镇北侯。今日皇上把他派来处置叶府家眷，可见已忍到极致，就快爆发。天子一怒，伏尸百万，血流漂杵，这话绝不是说着玩儿的。

关素衣心中凛然，面上却丝毫不惧，走上前冲周天拱手道："周将军，您办您的差，按理来说本夫人不便插手。然被判斩刑的死囚临终前都能吃一顿饱饭，得一分怜悯，您如此对待这些弱女子，是否有违道义？您要抓人可以，要搜人也可以，还请派几个女衙役来，免得她们受辱。"

周天压根儿没把镇北侯府看在眼里，又因与赵陆离结了死仇，自是想怎么整治就怎么整治，想怎么糟践就怎么糟践，唯独这位关夫人，他却一根头发丝也不能碰，只因御前领命时皇上曾刻意嘱咐过，切莫搅扰夫人分毫，倘若她受了丁点儿惊吓便要拿他是问。周天原以为在这种情况下，关夫人定然不敢踏出房门，却没料她不但来了，还意图多管闲事，心里不免涌上戾气。他眯了眯眼，不情不愿地站起来，还礼道："夫人，您自己都说不便插手刑律，那就躲远些为好。牝鸡司晨有违常理，您觉得然否？"

"牝鸡司晨？"关素衣略一抬手，金子便搬来一把椅子让她落座。

"既然中郎将要与我说理，我便与你好好掰扯一番。此处乃赵府，我乃赵家主母，你打上我的家门，欺辱我的儿女与下仆，难道还不准我站出来为他们张目？那我还当什么赵家宗妇、一品诰命？"她似想起什么，去看那小黄门，"我差点忘了问，皇上可在檄文里说要褫夺我头上的诰命，同样贬为庶人？"

小黄门惶恐地摇头，连忙从袖口里抽出另一张檄文，朗声唱念，大意是虽然镇北侯罪孽深重，然夫人于国尽忠，于家尽事，奉扬仁风，肃雍德茂，堪为宗妇之典范，命妇之表率，特保留品级以示圣恩。

"谢皇上隆恩。"关素衣冲皇城方向拜了三拜，诘问道，"周将军，试问本夫人现在可有资格庇护我的家人与下仆？"

周天没好气地冷哼："把赵府的人都放了！"随即狞笑，"夫人也不要以为万事大吉。倘若今天叶家人不肯把藏宝图交出来，不但他们要诛九族，为防犯妇把图藏在你处，我等便是挖地三尺也要将它掘出。这些亭台楼阁、雕梁画栋、珍贵古董，还有你全家老小的性命，怕是都保不住了。"

果然打算公报私仇吗？关素衣挑眉，心知周天必不会轻易放过赵府，一面让明兰给诸位女眷裹上披风，束好腰带，一面徐徐开口："叶老夫人，想必您已经听见了吧？还不快把图纸交出去换你叶氏全族的性命？"

赵纯熙和赵望舒也表情焦虑地看着她，目中隐有催促之意。他们不知何时已躲到关素衣身后，一人搭了一只手在她椅背上，仿佛这样才能感到一丝安全。当关素衣口口声声说自己是赵家主母，庇护儿女与下仆乃她的职责时，他们险些落泪。"母亲"二字原来可以这般厚重、这般光辉，让所有恐惧沉淀，把所有阴霾驱散。有母亲在真好。

刘氏急赤白脸地道："什么藏宝图，我真的不知道啊！我若是有早就交出去了，哪会等到现在？"

"那就对不住了，"周天站起身下令，"把所有人、所有物品、所有房间都搜一遍，若是还搜不到，那便每隔一刻钟杀一个人，杀到他们肯说实话为止。让本官想想先从谁下手。"

他慢慢在惊恐不已的人群中踱步，忽然指着被奶娘抱在怀里的一名婴儿说道：

“就他吧。这是叶府哪位的子嗣？”

四媳唐氏吓哭了，拼命在侍卫手底下挣扎：“求您别杀我的女儿，她才三个月大啊！大人求求您了！婆母，您快交了藏宝图吧，难道钱财比咱们一家人的性命还重要？婆母！”

刘氏汗出如浆，脸白如纸，双手揪着衣襟喊道：“我真的没有藏宝图，我连听都没听老爷提起过！真的，将军大人您相信我吧，哪里有人爱财如命到这个地步，我又不是傻子！”

周天无动于衷，只用一双冰冷无情的眼眸扫视众人。关素衣也未站出来阻止，越是在这种危急时刻越能看出一个人深埋在心底的秘密，如果观察足够仔细，总能抓住端倪。

周天显然就深谙此道，走了一圈后将尚在襁褓中的长媳宋氏的儿子提起来，悬在荷花池上方，徐徐开口：“还不肯交？”

本就格外慌乱的宋氏终于熬不住了，连连呐喊：“我交，我交，求将军饶了我儿！他可是长房的独苗啊！”

刘氏用不敢置信的眼神看着大儿媳妇，竟不知如此重要的东西，夫君怎会越过自己交到她手里？但此时并非探究或嫉恨的时候，宋氏已撕开裙摆，将一卷羊皮纸从夹缝中取出，双手呈给周天，继而满怀祈求地看着他手里的孩子。

周天随手将孩子丢弃，摊开羊皮纸查看。宋氏手忙脚乱地接住，脸颊贴在儿子脸颊上，后怕不已地哭起来，又探手去摸襁褓内侧，看他有没有受惊吓，是否出了汗，会不会吹风染病，末了把他的手臂从襁褓里取出，置于唇边亲吻，又极其小心地放回去，一片拳拳爱子之心令人动容。叶家那些遭受了侮辱的女眷却将她恨入骨髓，分明一早就能交出来，缘何到了这个地步才肯招供？难道别人的命就不是命，唯她儿子的命才是命？叶家的确男丁不丰，她的儿子的确是长房独苗，却焉能与全族人的生死存亡相比？宋氏简直自私透顶！

宋氏握紧儿子戴着银镯子的小手，悄悄挪远些，以避开众人仇恨的目光。她舔了舔唇，嗫嚅道：“将军，图纸已经上交，您可以放过我们了吧？”

关素衣挑眉微笑，目光却是冷的。

周天亦冷笑起来，诘问道：“你当本官是傻子不成？未验明藏宝图是真是假前，叶家人一个也不许走，都给本官抓起来，押入天牢！”

叶家人又是一阵哭天抢地，把个赵府闹得沸反盈天。宋氏愣了愣，继而抱紧怀里的孩子，似乎觉得不妥又把他塞给奶娘，哀求道：“大人，我自愿随您走，但求您放过我的孩子。他才五个月大，身体孱弱，倘若入了牢房，染了阴晦潮气，怕是会撑不住！他只那么一丁点，说也不会说，走也不会走，只能听凭摆布，碍不着您什么，更牵涉不到案情。求将军开开恩，放他在赵家寄养！我给将军大人磕头了！”

话落她重重磕了几个响头，见周天还是那副冷面肃容，转而去跪关素衣，哭道：

“夫人，您最是大仁大义，还请看在稚子无辜的份上保他一命！来世我定然当牛做马报答您的恩情。”

其余几位母亲也都抱着孩子跪下，哭泣声此起彼伏。

关素衣露出动容的神色，伸手接过孩子，徐徐道：“好，这些孩子我接了，你还有什么话要交代？”

宋氏抬眼去看儿子，目光眷恋地滑过他的脸庞，最终停留在他露出的手腕上，似乎怕他冷到，忙给塞回去，哽咽道：“求夫人好好抚养他长大，来日让他离开燕京，再不要回转。夫人怕是不懂得照顾幼童，还请您收留他的奶母，给她一口饭吃。她是我家忠仆，定会好好照顾孩子，免去夫人许多烦扰。”

关素衣若有所思地瞥了那奶母一眼，点头应允：“你安心走吧，我自会安顿好他们。”转而去看周天，“将军，这些孩子便暂时留在赵府，于您应当无碍吧？”

“夫人不嫌麻烦便接着吧。”周天冷哼一声，押了犯人就走，却听后边传来破空之声，忙反射性地抓住，摊掌一看竟是一只小儿戴的银镯子，不由大感困惑。

宋氏看清那物，脸色顿时发白。

“把你要找的东西也一并带走吧。叶家果然擅长这些鬼蜮伎俩，把孩子和奶母托付给我，趁将军手里的藏宝图尚辨不出真假时便可从戒备松散的赵府逃离，自谋生路。来日孩子稍大便取出宝藏，重振门楣。为了保住这根独苗竟让赵氏全族给叶家陪葬，果然是大魏国第一好亲家，情深义厚，感天动地！想来叶全勇早就安排好了后路？孩子若要出京，定会有人接应，而他既拿了前朝宝藏，应是薛贼无疑？周将军，循着这条线索深查，您立功的大好机会便到了。”关素衣把孩子交给金子，一面拍抚裙摆上并不存在的褶皱，一面慢条斯理地揭破。

所有人都看着她，一时间竟跟不上她的思路。

周天掂了掂银镯子，察觉分量不对，于是立即用匕首小心划开外层，发现里面果然中空，一张羊皮纸被卷成细细一条塞在内部，抽出后摊开，竟也是一张藏宝图。两张图相互比对，重合部分高达十之八九，只目的地略一调换，就差了十万八千里。

哪一张是真，哪一张是假，周天短时间内难以分辨，但从宋氏绝望至极的表情和常理上推断，后面这张显然可信度更高。他只看出宋氏极为焦虑心虚，便知大有问题，却无论如何也搞不明白，这位关夫人究竟是怎么知道她把图纸藏在银镯子里的，难道她会读心术不成？

这样想着，周天作揖道：“多谢夫人援手，然夫人是如何知晓的，还望不吝赐教。”

关素衣好为人师，但似周天这等残忍无情、鸷狠狼戾之徒，她却极其反感，因而冷冷回了一句“无可奉告”。

周天被她气得鼻子都歪了，却碍于皇命不敢造次，眼珠一转计上心来，森然笑道：“夫人不愿告知也罢，然这赵府却得借本将军一用，以抵消赵家收容钦命要犯之罪。夫人若是不同意，本将军这便入宫请了旨意再来。”

说这话时他心里也在打鼓，只因换个人，皇上定不会在意主家的情绪，对方若是不愿就安一个“意图谋反”的罪名，拉出去满门抄斩。但这关夫人可不是常人，她乃帝师和太常卿的掌上明珠，又有这等顶顶绝俗的品貌才情，皇上身为一个男人，哪有不着迷的道理，否则也不会单独将他叫住，那般殷殷切切地叮嘱勒令一番，显然是把她放在心尖子上的。

这边厢，关素衣也知道兹事体大，略一思忖便有了决断：“将军是想放长线钓大鱼？既与薛贼扯上了关系，我赵家也不敢阻挠，你们想暗中排布兵力可以，本夫人只一点要求，不得伤害我府上任何一人，包括下仆。”

被官兵狠狠折辱了一番的几名仆妇身上裹着披风、布料等物，藏在明兰身后哭泣，闻听此言都用又后怕又感激的目光看着夫人。她们之中不乏帮着大小姐、大少爷与夫人作对的，还有几个暗中给夫人使过绊子，这会儿皆恨不得时光倒转，把那时候的自己狠狠抽一顿。夫人是个好人，顶顶好的好人。

周天冷道：“本将军办事还轮不到你一个妇人指手画脚。这些人阻碍搜查，本将军没当场斩杀他们已算是给夫人留了脸面，还望夫人不要得寸进尺。你虽还保留着一品诰命，然这镇北侯府已经不是镇北侯府了，本将军若是一个不高兴，顷刻间就能灭了你们全府上下！”他眼珠红透，杀气凛凛，手按在刀柄上，可见很有些蠢动。

被他踹烂的红木大门歪歪斜斜地合拢，一列侍卫拿着剑戟拦在门外的台阶下，不让闲杂人等靠近。有胆大者踮脚观望，虽什么都看不见，却兴致勃勃地议论。

“唷，又抄了一家！我早说既抄了叶家，赵家肯定也逃不过，你看这不就应验了吗？”

“镇北侯当年多大的威风，如今说垮就垮。他也是个糊涂的，明知叶家上下都不干净，还敢收容他家女人，活该被牵连。”

“你说这两家的内眷该怎么活？府门一封，她们也就无家可归了，有那牵连到案情里的，说不得会拉去集市发卖为奴，更惨的还会贬为官妓送去军营。你瞅瞅，带队那人是素有罗刹之称的周天周将军，这一劫定是逃不过了。”

“是矣，周将军一出手，定是血流成河！赵家这回惨咯！只可惜了关夫人，好好一个忠烈女子，竟被拖累至此！倘若我是她，此刻便该匆匆回去娘家，求爷爷告奶奶地要求和离，免得跟着赵家受罪。”

“你这软蛋，也敢拿自己与铁骨铮铮的关夫人相比，没得辱没了人家！”不知谁唾了一句，惹来许多嘲笑。

周天猜测人群中必有薛贼派来的探子，于是命属下换了便服，悄悄混入其中观察。

大门外风言风语已经传遍，围墙内，赵府上下将这些话听了满耳，心里莫不感到在劫难逃，有几个年龄小的丫鬟已经控制不住地抽噎起来，又怕被官差注意，不得不用拳头堵嘴。不过片刻，宅邸上空就被愁云惨雾笼罩，绝望的气氛令人窒息。

周天得意扬扬地瞥了关夫人一眼，随即坐回软榻，冷道："如今本将军就接了这府邸，烦请夫人回房安生待着，莫要随意乱走。倘若夫人不听劝告，就别怪本将军刀剑无眼。"

众侍卫应景地抽出佩刀，"噌噌噌"的金鸣声剐人耳膜。

若换个胆小的女人，这会儿说不定已经吓晕，哪怕胆子再大，也必会被浓浓杀气所摄，变得畏首畏尾。然关素衣偏偏就有这么一股子不服输的韧劲儿，别人欲将她击垮，即使折了双腿，她跪着也要前行，绝不妥协退让。她连死都不怕，她还会怕这些刀枪剑戟?

思及此，她冷冷笑开，冲金子略一扬手："把前日里刚做好的匾额请出来，今儿是个好日子，咱们这便开府。"

金子把手里的婴儿还给那脸色惨白的奶母，又狠狠刺了周天一眼，这才下去拿东西。

关素衣慢慢挽起广袖，淡道："忘了告诉将军，我赵家前日刚决定分府，这东边你尽可以占去用做排兵布阵，然我这西边你若是踏前一步，且无故伤人，就不要怪本夫人告你一个以下犯上、滥用职权之罪。"

"分府？分什么府？"周天大感不妙，正欲追问就见金子搬来一块黑底蓝边的空白匾额，摆放在长桌上，后又毕恭毕敬献上一支狼毫与一碗金漆。

关素衣一手执笔，一手挽袖，沾了浓浓一抹金漆快速写就"征北将军府"五个大字，略微晾干，勒令道："来两名家丁，把这块匾额悬至西门。周大将军，府上的人我这便带走，东府交给您处置，您请随意。"话落已广袖翻飞，裙摆绽绽，已去到老远。

东府里的人很知机，明白夫人这是在保他们，连忙亦步亦趋地跟上，不过片刻就聚集了浩浩荡荡一群人，往后边看去全是黑压压的人头，场面蔚为壮观。等周天回神时，东府的各个院落早已走空，唯余叶府家眷、下仆还扣押在地，满目绝望。

"娘的！竟把赵瑾瑜那厮给忘了！"周天恨得咬牙切齿，却拿关夫人无法。倘若这赵府还挂着镇北侯的名头，赵陆离被夺爵之后，论理来说他便是把此处砸个稀巴烂，旁人也抓不住一丝错漏。等赵瑾瑜得了信派人来救，前后几月的时间足够他把赵家上下踩死。

然关夫人竟心念快到这等地步，连"征北将军府"的牌匾都造好了，把它往门上一挂，谁敢动赵家分毫？赵瑾瑜乃戍边大将，功勋卓著，虽被兄长连累，不得不低调行事，却也并非好相与之人。他在军中颇有几分底气，想打压一个中郎将简直轻而易举。

周天捏碎茶杯，狠狈道："把这些小崽子和奶母留下，其余人等关入天牢！"

一名副将小声提点："将军，若是东府无人，您怎么做戏给那些逆贼看？此事还需关夫人全力配合才好。"

周天用血红的眼珠子睇他，继而慢慢笑开了。好一个运筹帷幄的关夫人！她分明知道自己的打算，也知道这场戏若是无她配合便演不下去，她却走得那般干脆，还把所有仆役带走，只留一个空壳给他。她口里什么都不说，下手却半点也不含糊，这是逼着他去赔罪呢！

能叫皇上放在心尖子上惦念却又求而不得的人，果然不同凡响。罢了，既然连皇上都奈何不了她，自己又算个甚？这样想着，周天总算是心平气和，扬声勒令道：“方才打了人的、剥了衣裳的，都有哪些？随本将军去给夫人磕头赔罪，夫人若是不饶你们，回去自领五十军棍！”

他驭下极严，众人不敢忤逆，纷纷站出来告罪，继而灰溜溜地前往西府磕头认错。

府外大街上围了很多人看热闹，虽被侍卫用剑戟顶出老远，却都不舍离去，指着碎掉的牌匾感叹。

“这已经是燕京被踩碎的第二块匾额。偌大一个官宦人家，顷刻间就地崩山摧，世事当真无常。”

“听说叶家和赵家盛产美人，若是二府女眷也落了罪，被拉去集市上发卖，我定要买两个回去当妾！你想想，她们原是伺候达官贵人的，滋味儿必然妙趣无穷！”不知谁道出猥琐之语，随即就是一片拍掌附和之声。

就在这档口，西府门开了，几名家丁小心翼翼地抬出一块匾额，架了梯子，慢慢悬挂在门梁上。众人定睛一看，不禁胆寒，只见上面用金漆写了五个大字——征北将军府，那铁画银钩的笔触、浩瀚磅礴的气势，叫人叹为观止。

“征北将军？赵府二爷？娘哎，差点把这位杀神给忘了。走走走，赶紧走！赵家就是再落魄也不是咱们能惹的！”不过须臾，府门外已空空荡荡，连那围困镇守的侍卫也露出敬畏的表情，不知不觉垂下剑戟，熄了气焰。

关素衣领着浩浩荡荡一大群人回到西府。

那院墙只砌了一小截，许多砖块堆放在地，乱糟糟的，匠人用白石灰洒出一条线，以区分东、西二府。东府的仆役原先还觉得夫人绝情，现在才知道她如何运筹帷幄，料事如神，倘若没分府，今日赵家上下所有人的命都保不住。

周将军与侯爷有仇，他若是硬说赵、叶两家合谋侵夺前朝财宝，他们找谁说理去？皇上度量再大，胸襟再广，还能放过一群逆贼不成？经历了一番生死劫难，众人皆汗湿后背，两股战战，对夫人既拜服又感激，跨过白线后均敛容肃目，不敢造次。

赵望舒颠颠儿地跟在继母身后，见她走快，自己便走快，见她走慢，自己也走慢，一只手偷偷拽了拽赵纯熙衣袖，小声问道：“姐姐，刚才咱们家是不是差点家破人亡？”

赵纯熙心脏狠狠抽痛了一下，垂眸去看弟弟，见他虽然满脸恐惧，一双眼睛却格外明亮有神，并不像是被吓丢魂的样子，不禁大松口气：“不会的，有母亲在，咱家不会出事的。”

此前，她曾痛恨关家手段毒辣，害了外祖父，得知爹爹竟被叶家拖累到那等地步，又亲眼见证了大舅母拿整个赵府陪葬的事，思想一下就颠覆了。都说路遥知马力，日久见人心，又言患难见真情，这些话果然没错。平日里外祖父和外祖母对他们多亲热？有好吃好喝的总忘不了他们那一份，逢年过节还捎带厚厚的礼物，仿佛对他们极为看重，竟连嫡亲的孙子、孙女儿都越过了。然而一旦大难临头，便毫不犹豫地把他们舍出去，比对待草芥还不如，这是亲人还是仇人？反观继母，自从嫁过来，虽没得她一句好听话，亦无贵重礼物可收，似乎无情无义得很，但真到了千钧一发之际，她却能扛起整个赵府，救下百十条人命，保他们不受欺辱，免遭践踏。

直至此时，她才想明白一个道理——别人对你好，不一定是真好；别人对你坏，不一定是真坏。要真正看清一个人，还得用心去体会。

她悄悄抹去眼角的泪光，哽咽道："望舒，之前我总对你说母亲这不好那不好，其实都是些瞎话。你别看她为人严厉，但心地不坏。外祖父的事怪不到她，是他自个儿作孽，爹爹的事也怪不到她，是被叶家连累了。你日后好好孝敬母亲，乖乖听她的话，别再淘气了知道吗？"

赵望舒这次竟十分乖顺，低头想了想，说道："姐姐，其实我不笨，只是不肯动脑子罢了。刚才我也看明白了，如果母亲没把真的藏宝图找出来，那个周将军就会拿我们赵家开刀是吗？届时就算我们说那奶母偷偷带着小外甥跑了，他也不会信，皇上更不会信，咱们家便与外祖家一样，落了个谋逆的罪名，要满门抄斩的。反倒是跑掉的小外甥独自得了安稳，长大了还能把叶家重新立起来。"

赵纯熙默默听着，骨头里一阵又一阵发寒，涩声道："对，你能看明白就好。咱家在叶家危难之时拉了一把，他们家却欲借咱家做踏脚石，送那浩哥儿逃出升天。所以说咱家不欠叶家什么，一点也不欠。以后你别再琢磨这事了，等爹爹回来，咱们一家四口好好过日子。"

"嗯。"赵望舒心底的阴霾一点一点散去，用热切而又崇拜的目光看着继母，低声道，"母亲好生厉害，我以后一定乖乖听她的话。她让我干什么我就干什么，再也不淘气了！"

"好，望舒长大了。"赵纯熙非常欣慰，想想之前自己受娘亲蛊惑，干了很多不着调的事，又暗生悔意。

说话间，众人抵达正房，老夫人和阮氏忙从屋里跑出来，脸色十分焦急。

"没事吧？快让我看看。"老夫人把儿媳妇上上下下打量一遍，又拉过孙子里外摸索，生怕他们被那些不长眼的官差冲撞了。这次带队的人是周天，那厮与赵家有不共戴天之仇，焉能放过这个大好的机会？

"祖母，我没事。"赵望舒钻进老夫人怀里，红着脸偷偷看了继母一眼，小声道，"是娘救了我们。"

娘？关素衣觉得自己头顶被雷劈了一下，有些眩晕。赵望舒竟然喊她“娘”？她究竟干了什么不得了的大事，竟能焐热这块顽石？

老夫人却没觉得意外。关氏既能干又心诚，从未错待过赵家上下，莫说一双毫无血缘的儿女，便是府里的一草一木，她能护一分是一分，绝不让外人践踏。这般厚重的人品，如此高尚的德行，即便初时有什么摩擦与误解，日子长了也能渐渐打动人心，得到孩子们的真心敬服。你瞧瞧，先是儿子醒悟了，随即又是孙子。老夫人再去看赵纯熙，发现她也一脸愧悔，不免感到万分高兴。好，这样便好，正所谓家和万事兴，爵位没了人还在，只要大家同心同德，守望相助，往后自然会有数不尽的好日子。

阮氏亦上前慰问，直说自己帮不上忙，非常抱歉云云。

“弟妹在这里便是对咱们最大的帮助，毕竟你可是西府主母。”关素衣摆手让大伙儿进屋说话。这一群老的老、小的小、孕的孕，倘若她撒手不管，没准儿真会被周天折磨死，宿怨暂且不提，如今关家既是魏国有名的仁德之家，她还是赵家妇，就得做出表率，免得别人借她作筏去污蔑祖父和父亲。他们如今混迹朝堂，自是丝毫不能出错。

当然，她也没忘了一群饱受惊吓的仆役，命管事将他们带去安置，又着人请大夫前来诊脉疗伤。正四处调配着，就见周天领着一群侍卫悻悻而来，解了佩刀，脱了官帽，毕恭毕敬地赔罪。

众人原以为他们是来找碴儿的，脸色皆惨白一瞬，躲入屋里细细一听才知是着了夫人的道儿，不得不低头妥协。夫人这手段真是绝了！

关素衣再如何傲气也不能阻碍周天办差，于是见好就收，将他请入书房商讨“引蛇出洞”事宜。诸人不敢打扰，互相宽慰一会儿便散了，把破败的府邸重新拾掇起来。

老夫人长舒口气，叹息道：“叶家千错万错，有一件事却做对了，那就是逼着你们爹爹将你们母亲娶过门。看见没有，她虽无官职，亦无权力，然她只用这里，”老夫人点点自己太阳穴，爽气一笑，“就能让别人听她摆布。有你们母亲在前面顶着，哪怕天塌了也无事。你们若是有良心，日后便好好孝敬她，不得忤逆分毫！”

赵望舒连忙应是，眼神非常热切。赵纯熙应得虽慢，反思却更为深刻。她很羡慕站在明媚天光下堂堂正正、傲然不屈的继母。她无须使什么阴谋诡计，只管恣意走在阳关大道上，所有人都得为她让路。她也想像她那样，坦荡而又从容，但没人教她该怎么做，又有娘亲那个榜样在前，于是越走越偏，越错越离谱。

如果现在改了，还来得及吗？她心里难过，偷偷背转身擦了擦通红的眼角。

圣元帝等了整整一天才等来回宫复命的属下，也不问他案子办得如何，藏宝图找到没有，张口就问：“可曾搅扰夫人？”

周天将赵府里发生的事一五一十说了，不敢有丝毫遗漏，更不敢添油加醋。皇上在各勋贵府上都埋了钉子，让他回话不过是例行公事，他若标榜自己或稍有隐瞒，叶全勇的今日就是他的明天。

“你胆子挺大，竟敢跟夫人横。”圣元帝冷冷瞥他一眼，笃定道，“不用朕出手，她有的是办法治你。”

“是，属下知错，下回再也不敢造次。”周天心电急转，暗道皇上果然对关夫人不同一般，几句话全是硬邦邦的，唯独那句“夫人”格外柔软，竟似含了糖，甜腻得很，比喊自己的正经夫人还亲热。说他对关夫人没有绮念，谁信呢？

赵陆离啊赵陆离，我眼下宰不了你，借刀杀人却是挺容易的！不过一瞬间，他就有了主意，却不马上付诸行动，而是着重点了点那银镯子，问道：“陛下，属下自诩目力不凡，足智多谋，谁无辜谁有罪，一眼就能分辨，但今日实实在在输给了夫人。也不知她究竟怎么发现的，属下去问她也不说，真叫人挠心挠肺一般难受。”

原来夫人也不是谁都愿意教导。圣元帝心里极其舒坦，仔细回忆暗卫发来的密函，将每个细节都过了数遍，方提点道：“人的嘴巴会说谎，身体却格外诚实。倘若要洞察他的内心，语言只是浅表，可信度一成；其次是表情，可信度仅三成；最后才是肢体动作，从他的一举一动中去捕捉他意欲隐藏的秘密，那便一抓一个准。相人之术，你只学会了皮毛，夫人却堪为大师。朕只能提点你到这儿，若回头还想不明白，这中郎将你也不用当了。”

然他说得那般轻巧，不也没辨明叶蓁真容吗？只能怪他此前太高看自己，低估了女人；又或是叶蓁演技精绝，早把细微表情和肢体动作的掌控刻入了骨髓。

心知皇上最看重属下的悟性和忠诚，周天连忙表示受教，末了委婉道：“关夫人着实不凡，配赵陆离那等夯货真是暴殄天物。若赵陆离死了倒好，她就能名正言顺地改嫁，偏他只被夺了爵位，不上不下地吊着，也不晓得日后会怎样拖累夫人。”

圣元帝听了周天的挑拨也不开腔，只用冰冷而又幽深的眸子睇视，直看得他脸色发白，嘴唇微颤才一字一顿道：“朕不需要把手段使到主子头上的下属，你若嫌自己命太长，可以跟叶家人换一换。”

周天立即跪下磕头，连说不敢，胆战心惊地等了许久才听见如同天籁的三个字：“下去吧。”他不卑不亢地谢恩，镇定自若地出了未央宫，行至无人的拐角处才吐出一口浊气，豆大汗珠争先恐后地从额角、脊背等处冒出，顷刻间湿透衣衫。

与此同时，关素衣正在安置几个婴儿和奶母。稚子虽然无辜，但他们毕竟是叶家人，且罪涉谋逆，案件理清后或抄家或灭族，后果极其严重，她就算想管也管不过来。哪怕她不为赵家人考虑，也得顾着点关家和外祖家，更何况叶家与她毫无关系，且积怨甚深。

“你们日后便住在此处，待事情了结，自然会有人替你们安排去路。”她指着一栋小阁楼说道，又命仆役将干净的被褥、枕头等物抱进去。楼内楼外早已排满重兵，表面看去却十分幽静。

几位奶母得了周天警告，自是唯唯应诺，尤其抱着浩哥儿那位，据说事成之后能捡回一条命，还有厚重的赏金可拿，这才勉强稳住心神。她脸色惨白地站在门口，似乎不敢进去，直到浩哥儿饿得哇哇直哭才一面解衣襟一面入内，落了锁。

关素衣只负责收容他们，等奶母按照叶全勇事先交代的那般偷偷溜出府，她再假装焦急地找寻，后去报个官，也就清闲了。

这头理顺，又有满府人心需要整顿，她去往正堂，命管家把伤得不重的仆役都叫过来听训。

“赵家如今是什么境况你们也知道，侯爷已经不成了，如今全靠二老爷撑着。然二老爷常年戍边，无旨不可归返，又得冲杀疆场，抵御外敌，其凶险之处常人不能想象。我这人说话直，便给你们透个底儿，赵家遭了此次劫难已大不如前，眼下的富贵也如空中楼阁，悬而又悬。你们之中有家生子，有签死契的、活契的，还有打短工的，为免连累大家，我也不勉强你们，想走的走，想留的留。”

她徐徐喝一口热茶，继续道：“俗话说单丝不成线，独木不成林，人多才好办事，人多才显强大。然我认为还得分什么时候、什么情况。如今赵府正逢家难，人虽然多，心却是散的，各有各的谋算，各有各的念想，反而容易坏事，倒不如上下齐心，众志成城，一块儿迈过这道坎。如今叶府家眷亦牵扯到案情里，这一去怕是回不来，所以东府的开支还是照往常算。你们自个儿琢磨琢磨，是走是留全凭本意，有那签死契的我也不要你们赎身银子，只管拿了契书去衙门消籍，算是替赵家积德。”

略顿了顿，她嗓音渐冷：“不过你们得明白，如今是非常时期，我赵家又牵扯到谋逆大案，拿到契书你们一时半会儿也走不了，还得去监牢里待一阵，等案件水落石出后，证明你们不是薛贼的探子或并未泄露消息，才能全须全尾地出去。从此以后你们是生是死便与赵家无关，且好自为之吧。”

众仆役连说不敢，表情敬畏。被夫人救下之后他们原也不打算走，征北将军的名头虽比不得镇北侯，但夫人还在，赵家就差不到哪儿去。当然也有几个心思诡谲的意欲脱身，听到前面几句目中已迸发喜色，及至最后又委顿在地，不敢生事。这位新夫人年纪虽小，却着实不好糊弄。

关素衣闭目坐等，一刻钟后，见下面无人站出来请辞，这才缓缓笑开：“好，危难时刻正该同舟共济，渡此生关死劫。明兰、金子、银子，把赏银发下去给大伙儿压压惊。”

三个丫头齐声应诺，把早就备好的银两分发下去，一人三两，不多不少，不偏不倚。众仆役本就对夫人心服口服，敬畏非常，得了银子更是笑得合不拢嘴，吉祥话不要钱地往外蹦，洋洋喜气瞬间驱走了官兵上门的晦气，连照不见天光的西侧内间都亮堂不少。

赵纯熙躲在门外偷偷往里看。以前无论关氏说什么做什么，她都觉得不顺眼，现在摒弃前嫌，仔细揣摩她的一举一动才发现里面大有学问，只刚才驭下那招就够她学个三五年。简简单单几句话，却情真意切，襟怀坦荡，令人不自觉就与她交了心，感同身受；继而施恩，又得了无数感激，于是想留的越发要留，不想留的也是那等无情无义之辈，对赵家并无损失；然赵家不是善堂，得了善名，她也不会让背主的奴才好过，抬出官差来压一压，此乃恩威并施，叫那些不安分的人彻底消停。及至此时若还要走，不是心里有鬼就是脑子有病，把人往周天手里一交也就完事了。打从这里开始，谁敢背主作乱？谁敢妖言惑众？管保府里上上下下、里里外外比往日还规整。

这哪里是家破人亡之象，分明是破而后立，立而初兴之兆。

赵纯熙想得越深，对关氏的感情就越复杂。她原本以为女人厉不厉害还得看她嫁给什么样的男人，娘亲不就从商贾之女爬到婕妤的高位，连带把母家也捧得那般尊荣？她要做也得做母亲那样的人才算是不枉此生。然而把关氏往前面一摆，便似那高山之巅，令人仰止。她无须依靠夫君宠爱也能过得自由自在，所有人都服气，所有人都仰赖她鼻息。什么叫厉害？这才叫真正的厉害！倘若效仿娘亲，叶家的下场或许就是她的来日。

靠别人都是虚的，靠自己才踏踏实实！

消去心底最后一丝疑虑与不甘，赵纯熙眼眸变得格外明亮。她悄悄退开几步，朝打扫一新的蓬莱苑走去，回到房中，摸了摸先前被官差翻乱，如今已归置妥当、毫厘不失的妆奁，叹息道："荷香，爹爹说得对，倘若我乖乖听母亲的话，得她一二指教，这辈子定然受益无穷。做人就该做她那样的人，自己立起来才是真的立起来，靠夫君、靠儿女，或靠家世，都没用。"

荷香早已被夫人的慨然侠气收拢，不敢再与她作对，见小姐也想通了，自是皆大欢喜，忙说了好些赞同的话。主仆二人商量着该怎么向夫人赔罪，日后无论如何也得黏着她，学她的本事，聊到半夜方躺下歇息，本以为会失眠，却没料一夜无梦，十分安稳。

翌日，老夫人清早起床，张罗了吃食、被褥、伤药等物前去天牢探望儿子，毕竟是从自己肚子里蹦出来的一块肉，再怎么失望也不能撒手不管。关素衣为彰显关家仁德之名，不得不捏着鼻子帮忙。

除开怀孕的阮氏和年幼的木沐，赵家几位主子全都上了马车，摇摇晃晃朝天牢驶去。关父早已上下打点，疏通关系，此时正等在天牢外。

天牢内，赵陆离盘腿打坐，神情泰然，如果忽略他满身带血的鞭痕和浓稠刺鼻的腥气，还当此处不是牢房，而是旷野，清爽安逸得很。

长公主身着一袭玄色劲装，腰挎一柄大环刀，双手抱臂，脊背挺直，蔑笑道："赵陆离，你也有今天？本殿回来得真够及时，能亲眼看着你遭报应。你怕是不知道吧，带队抄检赵家的人是周天，你那一屋子老小如今也不知被整死几个。”

赵陆离心中微凛，面上却丝毫不露，沉默片刻后说道：“长公主殿下怕是也不知道，有我家夫人在赵府镇着，无论主子还是下仆都不会有事的。”

长公主哪能不知？忽纳尔不杀此人，她自然也不会动手，堂堂卫国大将军还不至于为难一个废物以及一群无辜内眷，她就是想说出来唬一唬赵陆离罢了，便是看看他饱受惊吓、涕泗横流的狼狈相也很痛快。然而他似乎已找回曾经的从容睿智，竟丝毫也不入套。当然，这其中亦不乏他对关氏强大的信任。

关氏的确了得，长公主原还担心她受了欺辱，在赵家门前守了片刻，意欲保下这名刚烈女子，哪料周天昂首阔步地进去，却灰溜溜地出来，待她跑去宫中打听才知他竟被关氏狠狠摆了两道，最后磕了头认了错，恭敬离去。

这样的女子先是嫁给软蛋赵陆离，后又被色胚忽纳尔看中，真真是鲜花插在牛粪上，暴殄天物！长公主冷哼一声，抬腿就走。

赵陆离见她如此，高悬的心终于缓缓落地。看来夫人已安然保住赵府和家中老小，能娶到夫人果真是他前世修来的福气。

长公主刚转出中门，就见太常卿领着一群老弱妇孺走来，正彬彬有礼地冲自己拱手。她回了一礼，见关素衣穿着一袭曳地长裙，如松如竹且如花似玉的站在一旁，身上既显男子英气又不失女子柔媚，不禁爱得很，忽然伸手捏了捏她娇嫩的脸颊，笑道：“夫人，如今赵陆离那货已是不成了，他若护不住你，你便来长公主府，本殿护你！”

在场所有人都蒙了，唯独关素衣拱手道谢，面上既不见愤怒也不见羞涩，态度坦坦荡荡，潇潇洒洒。长公主更为高兴，一面朗笑一面阔步走远，看那挺拔的背影竟十分器宇轩昂。

关父还是头一回看见作风如此狂放不羁的女子，素来淡定的表情都有些绷不住，纠结许久才朝女儿看去，欲言又止。老夫人亦尴尬不已，一会儿垂头咳嗽，一会儿抬头望天，一会儿又转过脸盯着长公主形似男子的背影猛瞧，直到她消失在转角才吐出一口浊气。

过道里没开天窗，只在墙壁上点了几盏灯烛，一股浓郁的桐油味夹杂着血腥气，经久不散，令人头晕。关素衣不耐烦在天牢里多待，率先朝前走去，徐徐道：“长公主殿下乃惜花之人，却无磨镜之好，你们大可放心。”

老夫人脸颊涨红，半晌无语，关父紧张地看了看赵纯熙和赵望舒，斥道：“你这孩子浑说什么，还不快进去探望你夫君！”

“娘，什么是磨镜之好？”赵望舒傻乎乎地询问，却被自家姐姐捂住嘴，狠狠瞪了一眼。

关素衣浑身发麻，无论听多少次，还是受不了赵望舒亲热无比又带着转音的这一声“娘”，像以前那般叫母亲或关氏不好吗？她勉强扯唇，淡淡道：“就是打磨铜镜的意思。好了，快进去看你爹吧。”在孩子们面前说这种不合时宜的话，的确是她失礼，下回定要注意。

“是啊，爹爹还等着咱们呢，快些进去。”赵纯熙连拉带拽地将弟弟拖走。

穿过狭窄而又昏暗的过道，尽头便是开阔的地宫，四面墙壁凿出许多隔间，用铁栅栏围住，每一个隔间都关押着囚犯，或一二人不等，或数十人之多。还未看见爹爹，赵纯熙和赵望舒就先看见了昨日被带走的刘氏、宋氏等人。

她们挤在一所监牢内，皆蓬头垢面，衣衫褴褛，本还鲜亮的布料如今已染了斑斑血迹，看来被用过刑。宋氏形容最为凄惨，外层的衣裳已被剥除，只穿着一件浴血单衣，奄奄一息地躺在角落里，脸颊偏向过道的方向，目中神光已散尽，唯余死气。

哪怕懵懂如赵望舒，只看她一眼也立刻意识到，这人快要魂归地府了。

“熙儿、望舒，你们来啦？快救救外祖母！”看见两个外孙，刘氏连忙扑到牢门边大喊大叫，其余人等亦爬起来磕头，其中隐约还夹杂着叶繁的声音：“熙儿、望舒，我与你们爹爹可是定了亲的，虽未过门，也算半个赵家人，你们不能丢下我不管啊！老夫人，婆婆，您快救救我吧，日后我定然好生伺候尘光，好生照顾两个孩子，我给你们当牛做马还不成吗……”

哭泣声、哀求声、咒骂声，响成一片，仿若鬼哭狼嚎，魔音穿耳，把姐弟俩吓个半死，不由缩进角落里瑟瑟发抖。关素衣目不斜视地走过，淡道：“自作孽不可活，一拉一踩已经两清，从此叶、赵两家再无瓜葛，只管进去看你们爹爹。”

两人像吃了定心丸，连忙跟在继母身后，模仿她的样子直视前方，从容走过，终于在最深处的监牢里看见了父亲。

赵陆离早已听见此起彼伏的求救声，心知定是家人来探望自己，已站在门边引颈眺望。他万没料到叶老爷除了帝师弹劾的三十二条罪状外，另犯大小罪孽无数，还牵扯到前朝皇子与薛贼，又暗中谋夺皇室宝藏，当真是欲壑难填，胆大包天。前往廷尉府自首之后他才听说这些事，当即惊出一身冷汗，又闻带队搜寻藏宝图的将领乃周天，越发感到绝望。原只是为“亡妻”母族尽一份心力，却不想竟把横殃飞祸带给家人，倘若他们出了丝毫纰漏，他便是万死也难辞其咎。既当不了好夫君，亦做不了孝顺儿子，更不是合格的父亲，他还活着干什么？不如一头碰死在牢里！

索性慌乱中他想到了过门没多久的新夫人，想到她那铮铮傲骨与凛然正气，不免精神大振。是了，夫人早就分了府的，还说要另辟一侧正门，另挂一块牌匾，如此，赵家的命数就不是系在他一人身上，还挂了二弟的名号。镇北侯垮了，二弟还是堂堂征北将军，周天怎么着也得给他几分薄面。原来分府不仅是为了撇清叶家人，还为了避免有可能招致的灾祸。她那时不就警告过他吗？说叶家女眷也有可能涉入案情，让他赶紧把人送走，他却一意孤行，最终连累了家中老小。

他怎能如此糊涂？若是没有夫人，恐怕把所有亲族都害死了！

庆幸间，关素衣已领着一群人走到近前，他连忙抹了抹通红的眼角，哑声道：“夫人，你来了。”看见老夫人和关父，连忙弯腰作揖，“儿子见过母亲，小婿见过岳父大人。”

关父上下扫他一眼，没好气地道：“皇上只让你协助查案，并非收监，然你早年闯了大祸，招来许多宿世仇怨，有人故意扣着你施刑，我上下打点也未能完全开脱，也是无法。你自己造的孽，心里应当有数，且安生待在此处，等案件了结，他们便会放你出去。”

赵陆离羞愧拱手：“劳岳父大人替小婿周全，小婿拜谢，日后定当悔罪自新，弃恶从善。小婿罪孽深重，这镇北侯的爵位原就不该得，荣华富贵也不该享，而今身陷囹圄，受了重刑，反倒自赎一二。人活于世，来也干干净净，去也干干净净，然我行差踏错，血腥满手，落得今日下场心中倒也无怨，却有悔、有愧，悔不善待夫人，愧不照全族亲，待出了监牢，当舍过往，惜今朝，盼来日，把赵家重新撑起来。还望岳父大人替小婿做个见证。”

关父欣慰道：“你若真能改过，也不枉依依里外操持，担惊受怕一场。日后我便看着你如何表现，倘若再犯浑，我关家头一个不饶你。好了，你们一家人难得团聚，便抓紧时间说会儿话吧，我稍后有事要办，不得不先行一步。老夫人请。”他彬彬有礼地冲老夫人作揖。

老夫人忙还了一礼，口中不断道谢，直把人送到走廊尽头才一面擦拭眼泪一面走回来。遇见叶蓁，儿子倒霉了半辈子，娶了素衣，却真是否极泰来啊！

赵陆离极想去拉夫人双手，瞥见自己脏污的指尖又退却了，羞愧不已地道：“昨日周天抄检赵府，夫人没受惊吧？夫人字字句句皆是金玉良言，只恨我闭耳塞听，一意孤行，差点害了你们。我有罪！”

关素衣还未开口，赵纯熙和赵望舒已双双挤到牢门边，伸手去抱他，哭道：“爹爹，错不在您，都是叶家人不好。您不知道，他们真狠，想让咱家替浩哥儿填坑……”二人你一句我一句把昨日种种交代清楚。

赵陆离惊出一身冷汗，呆愣半晌才缓缓跪倒，纳头便拜：“夫人对我赵家的大恩大德，不说来世，今生我定糜躯碎首，倾力相报。”磕完又勒令两个孩子，“还不快谢谢你们母亲？”

赵纯熙和赵望舒丝毫也不勉强，齐齐跪下磕了三个响头，噙着泪喊“娘”。老夫人欣慰至极，连带着对赵纯熙的恶感都消去不少，口里不断呢喃着“知错能改，善莫大焉，破镜亦能重圆”等语，泪珠汩汩而落。

关素衣头一次体会到手足无措的滋味。她宁愿这家人像从前那般疏远她、冷待她，甚至迫害她，也受不了他们诚心诚意地悔过，殷勤热切地靠近。她能分辨真心假意，于是也就越发为难。她做不到对一群尚且无辜的人动手，何况其中两个还是半大孩子。如果真能不顾道义、落井下石，她与叶家人有何两样？为了仇恨而葬送良知，甚至迷失本性，自甘堕落，她怎么对得起关家家声？怎么对得起祖辈遗训？

又如何担起“问心无愧”四字？罢了，他们若是真心悔过，她就恪尽本分，安守家宅；他们若心怀叵测，她便奋起反击，寸步不让。一切但凭时间做主。

这样想着，关素衣总算恢复镇定，心情复杂地拉起赵纯熙和赵望舒，又避开赵陆离的跪拜，让小厮给他上药包扎，摆放吃食。

长公主出了天牢本打算回府，想了想，又递了牌子入宫面圣，刚踏入御书房准备行礼，就见皇帝黑中泛蓝的眼眸直勾勾看过来，最终停留在她指尖上。

她咧嘴一笑，语气恶劣：“怎么，本殿这手指是金子做的不成，叫皇上那般稀罕？”末了凑到鼻端嗅闻，陶醉道，“靡颜腻理，软玉温香，好一个倾城倾国的绝世佳人！忽纳尔，你果然够兄弟情义，抢了别人的媳妇便送了一个更好的过去，当了皇帝，连胸襟都开阔不少，本殿佩服！”

圣元帝早已得了密报，知晓赵陆离已与夫人和好如初，赵家老太太还一个劲儿地念叨什么“破镜重圆，阖家欢乐”等语，叫他又焦躁又嫉恨又难挨，竟陡然兴起杀人夺妻的想法。眼下被长姐不阴不阳地刺了几句，他按捺许久的怒火差点喷发，恨不得把自己连同他人全都烧成灰烬。

但他毕竟是皇帝，懂得喜怒不形于色的道理，忍了又忍才勉强压下狂暴的心绪，沉声道：“不管皇姐信是不信，朕从未抢夺过他的妻子。当年朕奇袭燕京，途中在赵家庄休整，遇见叶蓁，认出她就是救过朕的女子，于是略说了几句话，不知如何被赵老侯爷撞见，生了误会。他那性子你也知道，与叶全勇一般无二，竟贿赂兵士，在整装行囊时把未着寸缕的叶蓁塞进去，翌日拔营奔袭，傍晚已去到千里之外，再次扎营时朕才发现帐里多了一个女人。皇姐您说，朕是该把她退回去还是扔掉？”

救命之恩不能不报，兄弟之妻又不可沾染，谁也不知道当时的圣元帝有多恼火，又是怎样一番左右为难，进退维谷。这些往事，他从未向任何人提起过，现在却不得不提。

长公主还是头一回听皇弟主动提起当年种种，不由凑近了些，问道：“是赵老侯爷把叶蓁塞进你的行囊，而非你看上她的美色强抢过去的？当时咱们一群兄弟连连逼问，你怎么都不开腔呢？”

圣元帝摇头苦笑：“朕发现被褥里多了一个未着寸缕的女人，且还是自己的救命恩人、兄弟的结发妻子，那五雷轰顶的感觉可想而知。朕欲派遣几个士兵把她送回去，哪料她明面上答应，转过身就投缳自尽，所幸及时发现才救了过来。她跪在朕脚边，口口声声说贞洁已失，没脸回去见赵陆离，更没脸面对一双儿女，求朕赐她一死。然而朕明知道赵陆离对她如何着紧，明知道她曾救过朕一命，又岂能恩将仇报？无奈之下只好将她带在身边，原想拿下燕京后再向赵陆离解释，只要赵陆离不嫌弃，把她要回去，也就万事大吉了，哪料她又寻了一回死，让朕千万不要说是老侯爷将她送来的，免得伤了赵家父子的情谊，且还说自己已经不干净了，没脸归返赵家，不如一死了之。朕见她如此贞烈，又如此忍辱负重，不得不给她一个容身之所。”

长公主目光发直，沉默半晌才道：“你一根头发丝都没碰过她？”

“并未碰过分毫，朕只负责照顾她，保她一世无忧。”

“就看了一眼她的身体，她就赖着不走了？”

“朕怎么知道中原女子在想些什么？”圣元帝眼珠通红，“她三番四次寻死觅活，朕毕竟是男子，得有担当，只好将所有责难与非议一力扛下。然而赵陆离还是知道了赵老侯爷的所作所为，从此恨透了他爹娘，也与朕反目。”

他手掌不自觉用力，将坚硬无比的紫檀木御案压出一个印痕，咬牙道：“但是皇姐你知道吗？当年那场救命之恩，很有可能是叶家布的局，叶蓁绝非表面看上去那般无辜。朕欲纳夫人入宫，册封昭仪，她就指使赵陆离向朕求了一道赐婚圣旨，把夫人截走了！中原人着实心思诡谲，可恼可恨！”

长公主也是个直肠子，虽近年来与中原人多有接触，变狡猾了很多，却还是感到脑子不大够用。她抬手打断：“你等等，让本殿理一理头绪。情况是这么着，”她沉吟道，“首先，叶蓁救你是假，你却以为是真，把她当成救命恩人，所以当年本可以整死叶全勇，抄没他全部家财，接手他所有生意，你却草草将他放了？”

“对。叶蓁并未与朕相认，替朕吸出蛇毒，上了药，趁朕昏迷之际便先行离开。后来朕派人去查才得知她是叶家女，且因为替朕吸毒伤了根骨，病重了很长一段时日，哪怕后来渐好也未能痊愈，变得十分孱弱。朕虽然愧疚，却也心存疑虑，一面继续调查一面等她找上门来挟恩图报，哪料她还是照旧过自己的日子，仿佛对朕一无所知，也毫不放在心上，而参与暗杀的人均死无对证，朕这才打消疑虑，把叶全勇给放了。”

圣元帝反复回忆往事，越发觉得中原人狡猾奸诈，什么虚虚实实，以退为进，简直将他耍得团团转！所幸后来他学乖了，慢慢学起中原文字，阅览兵法诡道，驾驭人心权术，才没再吃亏。然而中原人可恶，却也可爱，譬如夫人、帝师和太常卿，他们是真忠烈、真纯善、真磊落，与他们相交最是轻松，就算每每被帝师教诲，心里也格外舒坦。

长公主咂巴嘴，继续道：“本殿若是没记错，她救了你之后，叶全勇便把家产全部奉上，向你投了诚？”

“朕当时已诛灭六路诸侯，而二王合起来也才干掉一个前朝中军，他怎能不向朕投诚？也是因为叶家出了战马、粮草等物，朕才给他一个太史令的职位。没承想，太史令竟要精通文墨的大文豪才能担当。”圣元帝耳根发红，心道连帝师都看不惯朕胡作非为，夫人怕是更加在心里笑话朕乃一土包子皇帝。

唉，脸都丢尽了！

长公主啧啧称奇，总结道：“本殿想明白了，叶蓁先救了你，重逢后与你多有接触，致使老侯爷误会你二人有染，干脆将她送走，成全你们奸情。她一次次寻死，逼迫你不得不护着她，替她周全，”长公主表情有些扭曲，嗓音也怪异得很，“结果到头来你才发现这一切都是假的，是一场戏一个局。叶蓁妄图攀附权贵，琵琶别抱，却又不肯背负这水性杨花的罪名，于是借老侯爷的手行那不义之事，又一次次寻死以标榜自己贞烈，哄得你这个‘有担当’的大男人将所有污水揽到自己身上，反把她自个儿洗得干干净净，纯白无垢。这些年你好吃好喝地养着她，位高权重地供着她，明里暗里地护着她，结果她联合赵陆离，把你真正放在心尖子上的人截走了？你没碰人家媳妇儿一根头发，人家反而把你的媳妇儿抢去了，且还是你自己下的旨意？”

圣元帝僵硬点头：“对，当年用蛇笛追杀朕的苗族异人应该与叶家大有关系，皇姐曾出征贵州黔东……”

长公主不等他把话说完就笑不可抑，一面拍打御案一面喟叹：“好哇，这场大戏好生精彩！就这么个笑话，足够本殿笑上一年有余！哈哈哈，我的傻弟弟哟，你怎能傻到这个地步……”她边拊掌边跨出门槛，去得远了。

“……对苗族异人应当多有了解，不若替朕查查谁擅长驱使蛇虫鼠蚁，也好揪出真凶，戳破骗局。”圣元帝对着长公主的背影吐出下半句，脸色忽青忽白极其精彩。

这都是什么事？能不能让朕好好把话说完？你入宫难道只为看朕的笑话？不是朕傻，分明是中原人太诡诈！他拂落奏折、砚台、书本等物，熊熊燃烧的怒火无处宣泄，反倒熬红了眼珠。

当他似困兽一般做着徒劳无功的挣扎时，夫人已与赵陆离破镜重圆，留给他的时间已越来越少。他怎能不着急，怎能不焦躁？天知道他差一点就被周天鼓动，命死士暗中结果了赵陆离。但他终究还是忍住了，没有因此而愧对夫人，愧对本心。

当你遇见一个无比美好的人时，冥冥中便会极力追赶，试图让自己变得与她更为相衬。以前他想当皇帝是为了活命，为了满足征服天下的野心，现在却是为了黎民百姓、海晏河清，为了夫人真心实意地赞他一句“千古明君”。

明君不会为了私欲而罔顾国法，若要二人分开，还得是他们自己没了感情才成。圣元帝最近几年跟中原人学到不少手段，很快就舒展眉头计上心来。

关素衣探视完赵陆离，确定他并无性命之忧，这才带着一家老小归返。马车驶入内巷，在西门停下，按理来说赵纯熙、赵望舒姐弟俩该回东府，却都厚着脸皮跟在继母身后入了正房。

关素衣好歹是二人名义上的母亲，如今赵陆离不在，她若开口驱逐，反倒落了话柄，叫关家仁德之名蒙上尘灰，万般无奈，只作不见，心里却暗暗叹息贤德人不好做，难怪曾子把行德比为“如临深渊，如履薄冰”，至死方能解脱。

老夫人看出儿媳妇与孙子、孙女感情不睦，不免将人拉在一起调停，劝解儿媳妇莫与两个孩子计较。赵纯熙很知机，连忙押着弟弟给继母磕头，口口声声说日后定然听话。阮氏带着木沐前来询问大伯情况，见此情景也跟着圆了几句场。

全家出动，且把话说到这份上，关素衣若还不依不饶也就太不通人情。她反复默念“无愧于心”四字，这才淡然开口：“罢了，你们既然知错，日后还像往昔那般跟我过，该教的东西我会教，该尽的职责我也会尽，希望你们说到做到，切莫忤逆。”

沉吟片刻，她继续道：“周天带队抄检镇北侯府，哪怕把所有宅院拆了，逼死府中上下，你们也无处申冤，因为他占着理，守着规矩，奉着皇命。然我挂出‘征北将军府’的匾额，这个家就不是你们爹爹一个人的，也有你们二叔的份，他再肆意妄为便是以下犯上，擅权自专，你们二叔参他一本便够他喝一壶的。所以这匾额不单是一块匾额，也是一条规矩。在这世上，所有人都得守规矩，连皇帝都不能免俗。不守规矩会怎样，有叶家在那儿杵着，想必无需我赘言。”

赵纯熙和赵望舒频频点头，虽不明就里，却很是乖顺受教。

关素衣颇有些不习惯二人的转变，垂下眼眸冷道：“说这么多，我只想让你们明白，到了我的地头就得守我的规矩，晨昏定省、早晚功课、侍奉长辈、祭拜先祖、来往交际、中馈俗务……样样都得学，样样不能少。”

“娘，我们知道了。”二人异口同声地应和。

木沐亦煞有介事地跟着点头，却因动作太大，差点栽下椅子。所幸阮氏离得近，将他拉住了。

关素衣先是吓了一跳，复又莞尔，心情起落之下难免多教诲几句：“这世上有三种人，一是守规矩者，二是善用规矩者，三是制定规矩者。前者听凭摆布，次者尚可自保，后者却能登临巅峰，掌控自己和他人的命运。你们现在是前者，日后多学多看涨了智慧便能晋升次者，而若要成为后者，还需加倍努力。世人对女子苛刻，赵纯熙，你做个次者已经很够，切莫贪心不足，误人误己；赵望舒，世人对男子宽容，今上又是明君，意欲为寒门凿通登天之路。你生在此世实属幸运，虽然你爹爹行差踏错，遭逢贬黜，但只要你好生读书，来年参加科举中了状元，便能入仕，成为制定规矩的人上人。所以你们无须妄自菲薄，更无须畏首畏尾，只恪守规矩，善自为谋，将来必有出路。”

姐弟俩恍然大悟，连连应诺。尤其是赵望舒，眼眸越来越亮，似有无穷的勇气和决心，又有无尽的热情与冲劲，握拳起誓道：“娘，您今日说的话，我一个字都不敢忘。您且看着，我一定认真读书，来日把爹爹的爵位挣回来，也靠自己的努力给您和祖母请一个诰命。”

“好好好，我宝贝孙儿有志气，祖母等着你呢！”老夫人喜极而泣，将一家人的手拢在一处，死死压住。

关素衣想抽抽不出来，只能默默忍了。

第九章
表白

当赵家遭逢大难时，朝堂也正面临着一次巨震。圣元帝命太常卿草拟文案，意图压制甚至瓜分相权，而九黎贵族亦不甘心实权被汉人揽去，联合几位亲王提出划分人口等级的政略。

若在往昔，圣元帝或许会认真考虑，然而现在，他找到了切实有效的办法压制相权，也更明白民心向背的威力，又怎会倒行逆施，乱了国本？他当着满朝文武的面将奏折扔回去，只问了诸位亲王六个问题：一、此处是不是中原腹地？二、此处汉人几何，九黎人几何？三、汉人军队几何，九黎族军队几何？四、汉人将领几何，九黎族将领几何？五、汉人文臣几何，九黎族文臣几何？六、以少胜多的战役，这辈子你们打过几场？妄图以万人压制亿万万人，你们哪来的底气？

诸位亲王被问得哑口无言，狼狈败走，汉人臣子却对皇上更为敬服。

划分人等的乱子平息后，圣元帝提出“二府三司制”，明面上是为更有效快捷的处理朝政，实际上却将丞相的权力再三拆分，自是遭到丞相一系的激烈反对。然而他也不急，只把太常卿草拟的章程分发给文武百官，让他们各自回去阅览，慢慢斟酌利弊。

因丞相总揽军政事务，以往武官在朝堂上只是摆设，眼下见皇上竟要单独设立枢密院，让他们把控军务，自是求之不得，当天就全体站出来附议。又有丞相一系的官员虽未表态，但拿到章程后回家看了又看，再三思量，觉得这是一个出头的大好机会，心里也慢慢动摇了。

圣元帝丝毫也不着急，每日朝会必将此议案提出，命朝臣商讨表决，第一日只有武官和帝师一系热烈响应，第二日中立官员站出来几个，第三日又增多一些，第四日……渐渐地，不断有人提出附议，或者主动呈交奏折，完善细枝末节，熬了一个多月，王丞相已是独木难支，不得不顺应众意，通过了“二府三司制”。

从此以后，丞相再不能独揽朝政，凌驾于皇权之上，世家巨族与皇帝共治天下的局面慢慢破碎，终至消弭。圣元帝再抛出改革税法与土地制度的议案时，反对声浪果然消减很多，更有朝臣提出切实的方案供他施行，首要一点就是摸查人口，完善户籍，再行分摊田地。

然而世家巨族到底有几分底蕴，在严重触犯他们利益的前提下他们不可能毫不反击，竟放出流言，说那些游走乡里的胥吏名为摸查人口，实为抓捕壮丁，送去修造类似于长城那般的建筑，或者冲杀前线，担当炮灰，圣元帝意欲效仿暴秦，施严刑峻法，行病民害民之策，又将户税改为丁税，或二税并行，大大加重百姓负担，只为搜刮民脂民膏供自己享乐云云。

圣元帝颁布的每一条法令、每一个政略，均被曲解得面目全非，又以最快的速度传播开来，引得民怨沸腾、乱象横生，更有几处饱受苛政盘剥的乡县揭竿而起，冲击州府，意图推翻皇权。

不过一夕之间，战火就星星点点地燃起来，而圣元帝若是派出军队血腥镇压，也就更应验了那些流言，成了滥杀百姓的暴君，或致全境崩塌。杀也杀不得，招安又招不来，圣元帝眉心的沟壑都增添几条，当真是一筹莫展。帝师与太常卿已分派儒生下去，每到一个乡县就唱念修法的好处，民众却并不采信，反倒以为朝廷在糊弄他们，越发生了怨气。

情况越来越糟，若放任自流，魏国必然分崩离析；若强势镇压，百姓必然遭受苦难。怎样才能既快速又风平浪静地解决这场危机成了圣元帝的一块心病，他总想找个人说说话，拿个主意，放眼四顾却发现未央宫里只有穿堂冷风与昏暗灯烛，并无人能为他解忧。

“陛下您别喝了，明日还要早朝，睡晚了怕头疼。您若是心里不痛快，可去后宫排遣排遣，想必众位娘娘很乐意伴您左右。”白福战战兢兢地劝说。

圣元帝冷笑一声：“排遣？她们除了争风吃醋，钩心斗角，还懂什么？朕的解语花不在此处。”话落眸子一亮，急道，“快拿文房四宝来，朕要写信。”

白福不敢耽误，忙取来文房四宝，一一铺开。

因民乱四起，朝堂巨震，叶全勇一案已搁置待查，赵陆离亦被无限期关押，也不知什么时候才能归返。除了关素衣，赵家上下都有些焦躁，于是便写了信向赵瑾瑜求救，却久久未能收到回音，只能茫然坐等。

这日，关素衣正在书房里作画，忽然收到镇西侯府送来的一封信，上书“夫人亲启”四字，下角落了忽纳尔的款。她眉梢微挑，兴趣渐浓，拆开后一目十行地看完，想也不想就写下答案，命人送返。

圣元帝本以为夫人要考虑许久才能回信，已做好等待几日，甚至数十日的准备，却没料只过了小半个时辰，急足就匆忙入宫，跪在御前复命。他拆开信封，取出清香扑鼻的夹宣，却见其上只写了七个行云流水的大字——天子当以身试法。

以身试法？怎么个以身试法？圣元帝兀自沉吟，苦苦思索，最终拊掌大赞：“妙啊，夫人果然是朕的解语花，贤内助！来人，朕要亲自去乡里探查民情，不乔装改扮，怎么张扬怎么来，必要闹得人尽皆知才好。”

白福几个连忙苦劝，直说得口舌发干也没让陛下改变主意，只好传令下去，准备御辇与仪仗。

这一日，全燕京的人都知道皇上亲自去近郊乡县安抚民众，却在途中惊了马，翻了车架，压倒了一大片刚栽种的农田。

为鼓励农耕，保证粮产以供应军队，圣元帝曾颁布过一条律令，严禁任何人踩踏已种了秧苗的田地，违者杖十，罚银五两。这回他自己犯错，哪怕耕种田地的农夫一再表示无须赔偿，却还是命属下在自己背部打了十杖，并亲自将五两银子递过去。当地官员早就安排了十里八乡的百姓前来跪迎圣驾，将这一幕看得真真切切。

这场受刑并非作假，当皇帝转过身时，竟有斑斑血迹从布料里透出来，染红了龙袍。然而他丝毫也不在意，语重心长地道："修法当以护民爱民为本，民贵君轻，不但民众要遵守律法，皇族更该以身作则。修法之初朕便说过，皇子犯法与庶民同罪，又岂能自食其言？近来种种谣传，非为朕之本意，摸查人口，完善户籍，不为抓捕壮丁，暴征财税，只为摊分田地，鼓励开荒，供养百姓。朕想给大家一条活路，有的人却为私欲鼓动民乱，令无辜者枉死。人口户籍摸排清楚，家中只独子一人可减轻赋税徭役，更可免去征丁打仗；家中只孤寡老人的，不但无须缴纳赋税，还可获得官府周济；家中人丁兴旺的，摊分的田地也就更多。你们只看见户税改丁税，却没看见占田改均田，以往只能为世家巨族耕种田地，以获得少得可怜的口粮，现在却能自己拥有田地，靠勤劳肯干养活一家人。你们说孰优孰劣？"

说到此处，他慨然长叹，语气怅惘："朕一心为民，实不愿你们枉送一条性命，枉流一滴鲜血，故迟迟未派重兵压制全境。也希望你们能开雾睹天，破陈立新，共创一个太平盛世。"

俗话说得好，宁当太平犬，莫为乱世人。人活于世，谁不愿安安稳稳、太太平平？谁不愿安居乐业，丰衣足食？没被逼到绝境，谁又会拿性命去拼？此前也有人走乡串户，大力宣扬修法的好处，却都及不上皇帝的以身作则与情真意切的自述。莫说饱读诗书的文人已泪洒满襟，拜服于地，就是那些大字不识的平头百姓亦深受触动，山呼万岁，直赞皇上乃当世雄主、千古明君。

此行种种以最快的速度传扬开来，暴乱的民众冷静了，开始打听此前颁布的律法都有哪些，所谓的"均田"又是何意。帝师与太常卿亲自游走乡里，为民解惑，于是战火一处一处熄灭，拿起刀枪落草为寇的壮丁纷纷跑回家，生怕慢上一步就没能登记户籍，导致家里少得几亩田地。

不过半月工夫，这场有可能分裂魏国、颠覆朝堂的灾难就这样消弭于无形。圣元帝没耗费一兵一卒，只受了些许皮肉之苦，但对一名骁勇善战的将军而言，这根本算不得什么。

与此同时，关素衣收到了忽纳尔送来的谢师礼，一箱典籍与一张地契。她早已听说陛下以身试法之事，却不以为怪，只当忽纳尔把自己的信呈给镇西侯，镇西侯又报予皇上，这才有了后续。

回礼很贵重，说是价值连城也不为过，她却受之坦然，捏着地契笑道："皇上虽然出身草莽，作风有些土豪之气，然纳谏如流，勇于担当，稍加时日，必名副其实，堪为圣君。"

金子一面附和，一面将这番话默默记在了心里。

关老爷子与关父各自带着门生游走于乡县，大力宣传修法的好处，又有皇上以身作则，亲自解惑，一场本该燎遍整个魏国的战火顷刻间消弭。而背后散播流言者皆被抓捕，庶民发配边疆，官员革职查办，本就实力大减的王丞相一系又遭受一轮惨重打击，竟连三司长官的职位都没捞着，不得不黯然退出权力中心。

这日，关老爷子与关父办完差事归京，还未来得及跨进家门就受到帝王召见，入宫复命。

"这些时日全靠帝师与太常安抚民心，弘扬国法，委实劳苦功高。朕登基以来每有疑难，皆靠帝师、太常卿为朕筹谋，心中感激难以言表，唯愿日后君臣相合，共创盛世。这三杯酒朕先干为敬，帝师、太常卿请随意。"

圣元帝连饮三杯，而后拦下欲陪饮的老爷子，担心他饮酒过量伤了身体，自己没脸向夫人交代。太常卿好酒，且千杯不醉，倒是能与他喝个痛快。虽然未能娶到关素衣，但私心里，他早已认定她是他的夫人，自然而然便以泰山之礼对待两位长辈，无论言语还是行止都极为恭敬。

关老爷子酒量浅，又加之路途劳顿，只慢饮半杯就有些不胜酒力，被两个宫女扶到内殿休息。关父一面替皇上斟酒，一面暗暗打量他的精气神，当真越看越满意。他无论如何也想不到，这位诸事不懂的帝王能在如此短暂的时间里成长到这个地步。

此前他也在琢磨"以身试法"这招，然其中颇有几分凶险，一是可能引起暴民围攻；二是可能招来前朝余孽暗杀，倘若出了什么差错，便会加快魏国崩塌的速度，反倒弄巧成拙，故得反复测算，以保万无一失。当他还在酝酿之中，准备稍加提点时，君王竟自己悟出这个道理，且身体力行，毫不迟疑。而本该焦头烂额的地方官员，不过须臾之间就脱出困境，平息了民怨。要知道，这人学习中原文化也不过两三年的工夫，竟已精干至此，果然是天生帝星，不得不服啊！

这样想着，关父喟叹道："皇上英明果决，悟性奇高，此次平乱不耗费一兵一卒便安抚全境，解了亡国之危，不出五年，微臣与父亲怕是没什么东西能教给您了。这天下是皇帝的，别人说一百句，也比不上帝王一句，所以为君者要么不开口，一开口就掷地有声，力扛九鼎，此乃帝王之尊，不可折损。皇上虽出身草莽，然微臣眼下观之，却已有滔滔龙威、煌煌紫气，来日必为一代圣主。"

这话夫人也曾说过，把圣元帝臊得耳根通红，不敢抬头，却又满心都是喜悦与振奋。这次平乱哪是他的功劳？分明是夫人出的主意，但他不敢与二位长辈坦白，想了想，认真道："中原人有一个说法叫学无止境，真要论起学问来，朕连帝师与太常卿的皮毛都未摸到，又怎敢居功自傲？此次平乱实属高人指点，朕也是听命而为罢了。”

“哦？究竟是哪位高人，皇上可否替微臣引荐？”关父眼眸一亮。

圣元帝嘴里发苦，摆手道：“朕对她朝夕思慕，然而她与朕却并不同心，待来日朕将她揽到身边再替太常卿引荐吧。”

关父很是理解，劝慰道：“世间有才之士大多孤傲不群，既看不上功名利禄之累，亦舍不下闲云野鹤之趣。皇上切莫急于求成，还得以诚心相待，慢慢打动，方为上策。”

诚心相待，慢慢打动。圣元帝咀嚼这八个字，不由精神振奋。君臣二人又聊了小半个时辰，待关老爷子酒醒之后才依依惜别。

刚送走二位“泰山”大人，圣元帝就乔装改扮，微服出宫，只因今日是赵陆离出狱的日子，夫人必会去天牢迎接。

民乱平息后，叶全勇一案再度被提上日程，不过三五天就厘清真相，呈报御前，各得其咎。叶家男丁大多被斩首，余下几名孩童流徙三千里；女眷中宋氏与刘氏罪孽深重，被判斩首，其余人等贬为贱籍，押往边关劳军。

赵家被褫夺爵位，贬为庶民，在外人看来或许结局凄惨，对赵陆离而言却等同于一场救赎。这爵位，这锦衣玉食、荣华富贵，均是靠出卖前妻得来的，拿着烫手，丢掉反而舒心，他自是不会在意。因此，在牢里待了一个多月的他非但不显憔悴，还变得更为坦然自若。

摇摇晃晃走出牢门，穿过昏暗的走廊，来到天光大亮的前堂，他忽然泪湿眼眶，哽咽出声，原来母亲、妻子、弟妹早已带着孩子们在台阶下等候，手中拿着干净衣物、浓香吃食与几根柳条，见到他连忙奔上前嘘寒问暖，抚慰不停。

“母亲，这段日子让您担惊受怕了。”他握了握老夫人干瘦的手腕，冲阮氏拱手致谢，末了将夫人与三个孩子紧紧抱在怀里，用力勒紧。

“素衣，是我对不住你。虽然没了爵位，但日后我必不会让你受半点委屈，若有违此誓，当天打雷劈。”他将脸颊埋在妻子馨香又温暖的颈窝里，只觉得从未如此安宁，从未如此愉悦。那些不堪的过往、耻辱的记忆，似乎已离他很远很远，他有这般可敬可爱的妻子、懂事听话的孩子、同舟共济的家人，此生已别无所求。

关素衣浑身僵硬，愣了好一会儿才后知后觉地将他推开，用柳条抽打过去：“道歉的话不用一而再再而三地说，说多了不显诚意，反倒像是做戏。你在牢里待了数十日，身上不知沾了多少晦气，赶紧离远些，别过给孩子们。我帮你驱驱邪，待会儿回家点个火盆跨了，晚上用柚子叶好生泡澡，这事才算完。”

赵陆离一手揽住孩子们，一手去拉夫人，眼角眉梢全是脉脉温情：“好，一切都听夫人安排。大难不死，必有后福，等去了晦气，福气就该盈门了。”

“是这个理。我儿不就否极泰来了吗？走，赶紧回家去，我已让人备了宴席，咱们一家人坐下好好吃一顿，庆贺团圆。”老夫人盯着手牵手的夫妻俩，笑得合不拢嘴。

这边喜气洋洋，阖家欢乐，却不知街角某处，正有人目不转睛地看着这一幕，心中万恨千愁，难以言表。镇西侯刚得了李氏的准话，解了闭口禅，正是意气风发的时候，见状不由多了几句嘴：“这是破镜重圆了？瞧他二人一个高大英俊，一个品貌无双，抱在一块儿更显般配。赵陆离那厮最擅长讨女子欢心，否则也不会把眼高于顶的叶蓁迷住，他若诚心悔过，力求弥补，夫人恐怕招架不住。”

圣元帝冷冷睇他：“苗族异人那事，你查得怎么样了？可有找到线索？”

“贵州那么大，又是苗人聚居之地，极为排外，哪能这么快得到消息？”镇西侯无奈摆手。

“那就赶紧去查，不查到线索这辈子便不要回来。你嫂子那里朕会派人照顾，你无须挂心。”见夫人被赵陆离抱上马车，他本就阴沉的脸庞更添几丝杀气，手掌按压在剑柄上，竟有些蠢蠢欲动。好不容易按捺下来，马车已经驶远，他施展轻功跟过去，途中恰好碰见叶府女眷被镣铐绑在一起，拉出城门。

“吁……”车夫慢慢松开缰绳，令马车减缓速度，小声道，“夫人，前面是叶家犯妇，咱们是避一避还是……”

关素衣一只手被赵陆离握住，想抽抽不出来，正满心不爽，闻听此言立即道：“停下看看吧。”

“看什么，直接绕过去！”老夫人满脸厌憎。阮氏一如既往地保持沉默，反倒是赵纯熙和赵望舒小声附和：“是啊，咱们别看了，快些回家吧。”

关素衣掀开车帘，淡道：“老爷，当初说要纳妾的是你，这些犯妇只要有人肯出银子就能买为奴隶，而今叶繁就在此处，这婚约你还守吗？人你还救吗？”

赵陆离定定看她，忽而笑了：“救了一个，其他人怎么办？一人二十两赎身银子，我赵家遭逢大难，哪里出得起？正所谓不患寡而患不均，我只救叶繁，他们非但不会感激，还会更加恨我，倘若跪在马车前不让我走，叫旁人看去，又得骂我狼心狗肺、薄情寡义，不如来个眼不见为净。夫人说得对，我拉他们一把，他们却狠狠踩我一下，恩怨已经两清，且各自珍重吧。”

“好好好，我儿终于醒悟了，对待他家正该撕捋清楚，免得将来夹缠不休。”老夫人大感欣慰，拊掌朗笑。

关素衣直勾勾地看了赵陆离一会儿，这才轻描淡写地道：“那便回吧，远远绕开，别让叶家人看见。”她如今过得自由自在，无比舒坦，哪里会把叶繁这搅家精带回去添乱？不过试探赵陆离罢了。

车夫一面应诺一面调转马头，沿着暗巷慢慢走远。

赵陆离附在夫人耳边低语：“方才我的表现，素衣可还满意？今后没有妾室，没有亡妻，只有我和你生同衾死同穴，白首不相离。”

关素衣头回听见赵陆离用这种温柔缱绻的嗓音说情话，心中非但没有触动，反倒觉得极其可怕，恨不得堵了他的嘴扔下马车去。日后这厮要是缠上来，她可怎么活啊？

圣元帝尾随至半路忽然改了主意，转去廷尉府，找到周天，勒令道：“你去把叶繁赎出来，敲锣打鼓地送去赵家。另外你好生告诫她，勾搭赵陆离可以，断不能害了夫人，若是夫人因她伤了半根头发，朕可以救她出泥潭，亦能推她入水火。”

没有妾室？没有亡妻？生同衾死同穴，白首不相离？也得看朕答不答应！欠了朕的，早晚得还回来！

马车驶入内巷，渐渐靠近府邸，赵陆离不过离家数十日，却仿佛过了半辈子，不禁掀开车帘凝望，脸上带着恍惚的表情。

察觉车夫欲在西门停靠，关素衣吩咐道：“东府的正主儿回来了，你将他带去西府算怎么回事儿？去东门。”

如今二府围墙早已建好，因赵陆离被褫夺了爵位，东府很多越制的东西便不能用了，多余的亭台楼阁皆被封禁，又有些尊贵的器物束之高阁，门梁上悬挂的“镇北侯府”的匾额已换成了普普通通的“赵府”二字。反倒是西府，依旧那般富丽堂皇、巍峨大气，连“征北将军府”的牌匾亦不同凡响。

马车在西门停了一会儿，又慢慢绕去东门，赵陆离盯着牌匾上那五个气势迫人的大字，问道：“这是哪位大家的手笔？竟有金鸣之声、杀伐之气。有了这块招牌，西府的气势都涨了不少。”

“这是娘写的。”赵望舒红着脸瞟了继母一眼，乖顺道，“爹爹，我以后再也不淘气了，我一定好好练字、好好读书，把咱家的爵位挣回来。”

“好，望舒长大了。”赵陆离非常高兴，忍不住握了握妻子葱白的指尖，叹道，“素衣，多亏有你，咱们这个家才没散。道歉的话、起誓的话，我都不说了，你只看我将来表现如何。”

关素衣面上淡笑，心中却怀着极深的戒备，待马车停稳，立刻从车厢里跳出来，拍开赵陆离伸过来的手，改去抱木沐。赵陆离半点不恼，反而温柔地笑了笑，走上前搀扶年迈的母亲。他们夫妻二人存在许多误会与隔阂，不是一朝一夕能够解开的。正所谓精诚所至，金石为开，只要真心相待，只要夫人非铁石心肠，早晚有一天会原谅自己。

思忖间，东门“吱嘎”一声打开，明兰笑嘻嘻地迎出来，身后跟着一名小厮，手里端着一个火盆。

“小姐回来啦？快跨火盆消消晦气。”她只招呼自家主子，看也不看赵陆离一眼。

“老爷先跨吧。”关素衣侧过身子，让大伙儿挨个跨火盆，临到最后自己才进去，又命仆役备水，摘柚子叶，不拘是谁、去没去过天牢，只管泡一两刻钟，求个心安。

众人无有不应，分别回房泡澡不提，少顷皆带着水汽出来，前往正堂吃团圆饭，哪料菜肴还未上齐就听外面传来敲锣打鼓的声音，其间还夹杂着女子的悲号。

“这是嫁娶呢还是哭丧呢？”老夫人满脸不悦，“管家，出去看看是哪家作妖，让他们赶紧走远点！”

管家领命而去，少顷苦着脸回来，身后跟着皮笑肉不笑的周天与楚楚可怜的叶繁。叶繁梳洗了一番，身上穿着一件崭新的桃红衣衫，头上戴着一套点翠珠钗，暗黄的脸颊微微泛出红晕，还未站定就盈盈下拜，哽咽开口：“贱妾叶繁见过夫君，见过夫人，见过老夫人。”

“你怎么回来了？”老夫人惊跳而起，复又恶狠狠地瞪向周天。

“她怎么不能回来？叶、赵两家不是早已说好，一月之后便要纳她过门吗？叶家倒霉了你们就想不认，美得你！倘若你们不收她，本官便让全燕京的人来评评理，看看你赵陆离是怎样一个背信弃义的东西！”周天冷笑道。

赵陆离刚回家，自是不想多生事端，且方才那番热闹必已引来许多看客，倘若当场把叶繁撵走，名声定不好听，不由朝夫人看去。叶繁心知眼下的赵家全凭关素衣做主，连赵陆离也没说话的份儿，于是膝行过去，抱着对方双腿哭求，见她无动于衷便用力磕头，额角流下一行血迹，形容十分凄惨。

关素衣定定看她半晌，冷道：“别磕了，起来吧。金子、银子带她下去梳洗，安置在南苑。周将军，您的目的已经达到，请回吧。”话落微扬广袖，命人送客。

周天万没料到她如此轻易便妥协了，不由嘲讽道：“夫人您同意了？本将军还以为您有多难缠呢，今日再看也不过如此。”

赵陆离还未开腔，赵纯熙就叫起来：“娘，这种事情您可千万不能心软。我三姨母不是省油的灯，会搅得阖家上下不得安宁，与其引狼入室，不如花点银子将她打发走。”

老夫人赞赏地瞥她一眼，附和道：“是啊，不过一个贱妾而已，只管命人发卖了。”

关素衣曲指敲击桌面，淡道：“周将军既然把人送来，想必是无论如何也要她留下的，不管我们怎么撵人，抑或远远发卖，周将军怕是会不厌其烦地将之带回来，再扔进府里。与其来回折腾，不如干脆纳了，省得次次叫人看笑话。况且叶繁除了赵家，没有别的去处，为了留下定会不择手段，这才是一哭，后边还有二闹，逼得狠了在咱家门梁上拴根绳子做寻死觅活状，叫路人看去，这盆污水咱家得花多少年才能洗清？”

说到此处，她冷冷一笑：“你们是有备而来，一台接一台的大戏想必都安排好了，只管与我见招拆招，我若是还与你们一块儿浑闹，得有多傻？不如干脆利落地收了，把人放在眼皮子底下，省得你借她当筏，一个劲儿地兴风作浪。”

周天哑然片刻，拱手道：“夫人知道便好，本将军告辞。”

关素衣一面拍抚气狠了的老夫人，一面大开嘲讽：“周将军贵为朝廷要员，眼睛却只顾盯着别人家的内宅，耍弄这些匹妇手段，不觉得丢人吗？再者，你是来送礼的，却只给木椟，未给实货，当真小家子气。”

周天一个踉跄，差点被门槛绊倒，回头狠狠瞪了夫人一眼，又从衣襟里掏出一张卖身契随手扔掉，这才甩袖而去。若非陛下吩咐，他哪里会用这等不入流的损招？早就一刀把赵陆离砍了！只恨陛下受帝师影响太深，非要当什么明君，似往昔那般看谁不顺眼就宰谁岂不痛快？倘若陛下某一日心想事成，怕是会变得更加婆妈吧？

大门“哐当”一声关上，隔绝了外面看热闹的人群和渐去渐远的锣鼓队，赵陆离这才苦涩开口：“都是为夫当初思虑不周，滥用同情，为家中招来灾祸，而今一桩又一桩找上门来，却得靠素衣善后，实是愧对无颜。”

“你的确糊涂，把素衣害苦了！”老夫人本打算好好教训儿子一顿，却听管家在外面喊道：“夫人不好了，您那丫鬟也来了，如今正在门外候着呢。”

“丫鬟，明芳？”关素衣“扑哧”一声笑了，举起酒杯轻轻摇晃，“赵陆离，你做初一我做十五，你纳一个我也纳一个，如今大劫刚过，这一个个的都来了，谁也躲不掉。罢了，纳一个是纳，纳两个也是纳，让她进来吧。”

赵陆离脸颊涨红，羞愧不已。老夫人连忙宽慰：“这也怪不到你头上，本就是尘光犯错在先，你才稍加弹压，否则岂不让一个贱妾欺压到正房头上？来了就来了，给她一口饭吃便罢，咱们赵家虽然落魄了，却不差这点银子，你大可不必自责。”

“是啊嫂子，您别多想，等风声过了，把这两个远远打发到庄子上去也就完了。”阮氏温言安慰。几个孩子也都巴巴地看着母亲，生怕她被气到。

坐在主位上的赵陆离反倒成了孤家寡人，被大伙儿联起手来排挤。所有的错处都是他造成的，夫人这好那好，十全十美，连仆役遇上大事也只知府中有夫人做主，老爷算不得数。情况似乎很糟糕，夫纲怕也立不起来，赵陆离却并无不满，反而十分感佩。夫人字字句句皆是金玉良言，听她的话总错不了，难怪世人都道“妻贤夫祸少，子孝父宽心”，几百年传下来，自有其深刻哲理。

思忖间，明芳拎着一个小包裹进来，正准备表表忠心，关素衣却摆手打断：“漂亮的场面话且省省吧，你家中那些糟烂事我一清二楚。你爹既然把我奉送的嫁妆都输光了，你就写个契书，卖身为贱妾罢。”

明芳大骇，哭道：“可是小姐您分明说让我当贵妾的，您怎能言而无信？”

“贵妾不但要良民出身，还得有嫁妆，你出得起吗？”关素衣冷道，“你爹熬不住赌博的瘾头，把东西尽皆糟蹋光了，见赵家罹难，又想把你另许他人赚个彩礼钱，却因找不到比赵家更高的门第，只好按下不提。赵家遭难时不见你回来，如今大劫刚过，你便急急忙忙往上贴，世间哪有这么便宜的事？我当初说要纳你，却没留下任何凭据，此时推拒，你又能奈我何？是你背信弃义在先，安敢前来质问于我？你若不想当贱妾，可以，出了这个门，只管找个农夫嫁了，当正头娘子去吧。”

明芳若真有骨气嫁给穷困潦倒的农夫，便也不是那个贪图富贵的明芳了。赵家虽然没了镇北侯的爵位，却还挂着征北将军的名号，她出了这个大门，上哪儿再去找更富贵的人家？况且她的品貌只能算是普通，嫁个商贾人家还嫌呢，于是她咬咬牙写了身契，当了贱妾。

兜兜转转一大圈，这些人又凑齐了。关素衣本有千百种办法将人弄走，想到赵陆离的亲近又不得不改了主意。人心还活着的时候你不珍惜，等它死了你又想捧回去，哪有那么容易？便把这两个扔进东府陪他玩吧，她恕不奉陪。

众人用完膳，移步偏厅聊聊家中近况。

关素衣从袖袋里取出一封信交给赵陆离："这是吕先生的告假书，说是族中长辈染恙，需回一趟琅山侍疾，归期不定，除了他，家里暂时无人请辞。你那书房前一阵被周天的属下砸了个干净，损毁了许多古董摆件，我已命前院管事一一登记造册，你待会儿自去看看，清点清点，免得错漏。"

"夫人办事我当然放心。"赵陆离状似不经意地拍了拍妻子手背。

关素衣被他温柔缱绻的嗓音和亲密无间的姿态弄得浑身不自在，不由挪远些，继续道："再如何放心你也该去看看，心里有个数。这次抄家虽然我已极力阻止，却依旧砸坏了许多房屋器具，丢失不少金银珠宝，可谓元气大伤。二弟那里我已派人送了信，因边关战事吃紧，他迟迟未能回复，想来还得再等几月才能获悉家中变故。不过现在倒也无妨，一切灾劫都已平息，他不插手反而给旁人留下个刚正不阿的印象。"

说完，她从明兰手里接过一个小箱子，摆放在矮几上，叹道："你留给老夫人的产业，老夫人又转给我。因铺面都挂在镇北侯的名号上，你被褫夺爵位关入天牢那阵便有不少人落井下石，意欲强占，所幸我及时打出征北将军的招牌，才将它们保住，却还是折损了三四成收益。账册我已整理完毕，你且拿回去查验，若有问题只管派人来问。"

赵陆离把箱子推回去，苦笑道："夫人何至于如此生分？我的就是你的，你的还是你的，这些产业交予你，我放心得很。"

关素衣直视他，强硬道："你还是把东西拿回去吧。对内我要掌管中馈，侍奉长辈，照顾弟妹和几个孩子，对外又要帮你打理产业，调派用度，你当我有三头六臂不成？都说男主外女主内，你倒好，又要我主内又要我主外，你这一家之主反而轻省了，半点无须操心。倘若这样，不如我与你换换，反正你如今闲着也是闲着。"

赵陆离极想为家人做些什么，更想好好弥补自己的妻子，这才说出把产业全权交予她的话来，却没料马屁拍在马腿上，心里懊悔不已，连忙弯腰作揖诚心赔罪。眼见妻子冷哼一声撇过头去，露出半张娇美的侧颜，那眼耳口鼻虽已明丽照人，却还带着一两分稚气，这才惊觉她满打满算也不过十八岁，却遭遇了如此可怕的变故。若非她足够刚强又足够善良，早就扔下赵府老小，自个儿跑回娘家躲灾去了。更可恨的是，他此前竟从未给过她一丝温暖与柔情，反倒连番折辱，求全责备。难怪现在无论他说什么做什么，妻子的心都热不起来，若是两人易地而处，赵陆离知道自己绝不可能比她做得更好。

想得越深，他心中的愧疚便越浓，再去看冷脸的小妻子，竟觉得她万分可敬，亦万分可爱，不由想起一句老话——得妻如此，夫复何求？

他温柔似水地笑了笑，正准备去握妻子细若无骨的手腕，好生赔个罪，宽慰宽慰她，却听母亲责骂道："我还当你这次回来改好了，却还是像以前那般不着调！素衣上下操持，内外周全，本就累得很，你不说把这个家撑起来，反将所有事推给她，你还有没有良心？"

阮氏拍了拍昏昏欲睡的木沐，小声附和："是啊，大哥您既闲着无事，好歹替嫂子分担一二。您看您给嫂子招来多少麻烦？叶家的事暂且不提，单说您聘来的鸿儒吕先生，当真是个忘恩负义、徒有其表之辈，平日咱家给他的束脩从未少过，仅望舒就是每月二十两银子，又有族亲送的布匹、吃食、笔墨纸砚等物，拿去外面足够平头百姓花用几年。如此厚待他却不知感恩，一听说您被夺爵收监，便扔下族学里的孩子们前来向嫂子请辞，把本就人心惶惶的族里闹得越发不得安生。我看他家根本没有长辈得病，不过随意找个借口脱身罢了。连长辈也敢咒，其人品之低劣可见一斑。您且等着，咱家平安无事的消息一旦传出去，不出半月他必定回转。您看人的眼力也太差了些！"

阮氏对大伯早就存了一肚子怨言，以往不敢说，现在却不得不说，否则他不知悔改，受罪的还不是嫂子？

赵纯熙和赵望舒不好搭腔，却也对父亲多有不满。若非他执意要把叶家人带回来，便不会发生后面那些事。所幸赵纯熙机灵，躲过了抓人的侍卫，所幸关素衣有诰命在身，镇得住周天，否则二人必也像那些仆妇一般，被剥了衣裳羞辱，现在定是生不如死。

看见对自己怒目而视的家人，赵陆离心中很不是滋味，连道歉的话也没脸再提，唯有苦笑。轻轻巧巧的几句"抱歉"又岂能将过往灾难尽皆抹去？算了，什么都不说了，日后一心一意善待家人才是正理。他接过账册深深作揖，本想让夫人留宿东府，却无论如何也开不了口。现在的他哪里配得上这样好的夫人，便是碰一碰她莹白如玉的指尖也仿佛亵渎了圣物。

眼睁睁地看着妻子搀扶母亲回到西府，关上院门落了铜锁，赵陆离按揉眉心，颇感伤怀。

"爹爹别看了，有我和弟弟陪着你呢。"赵纯熙轻扯他衣袖，安慰道，"娘是刀子嘴豆腐心，表面看上去很严苛，真遇上难事必会站出来为家中老小承担。况且她满身傲骨，一般的人入不得眼，您以前那样错待她，便不要怪她同样冷待您。唯有真心才能换真心，咱们慢慢让她看见咱们的真心，总有一天会冰释前嫌的。"

"对啊。娘虽然恼我们，却还是每天让我们去西府读书习字，并无丝毫敷衍之意。娘到底还是心软。"赵望舒补充一句。

赵陆离拉过两个孩子，欣慰道："你们现在能分清谁好谁坏，比我这个当爹的还长进些。此前都是爹爹糊涂，差点铸成大错，害了阖府上下，日后你们可以不听爹的话，却不能不听娘的，知道吗？”

两个孩子连连点头，乖巧应诺。不经历生死劫难，他们或许永远看不透人心，更不懂明辨是非，此次却是因祸得福了。

三人沿着昏暗小径前行，走到挂着纱灯的水榭旁，就见那昏黄摇曳的光团下站着一名身穿烟绿色曳地长裙的女子，青丝只用木簪绾在脑后，显得极为慵懒，脸上粉黛不施，素净非常，却用混着金粉的彩墨在额角描绘出一朵山茶花，全身上下只这一点亮色，却似画龙点睛，生了灵性。

赵陆离心头巨震，眼神迷离，一时间竟看呆了。

赵望舒犹在懵懂，却见自家姐姐走过去，一把将人推倒，用帕子狠狠擦对方额头，直把那朵山茶花擦得一干二净才尖声骂道：“你算什么东西？也敢学我娘亲！”

娘亲走时她已记事，哪怕爹爹如何欺骗诱导，也没能让她忘掉心底那道朦胧的影子。故此，她哪能不知道叶繁如今模仿的是谁？这人先是准备另谋出路，见叶家再无翻身的余地，便使些下三滥的招数，行那等鬼蜮伎俩。倘若爹爹真被她蛊惑，这个好不容易挽救回来的家是不是又要毁了？破镜就算重圆，也免不了留下缝隙，只轻微磕碰便会四分五裂。

她绝不能容忍任何人来搅扰他们的安宁，破坏他们的幸福。

“你给我滚回南苑去！母亲心善，大度能容，我却是个睚眦必报的主儿，你若再耍这些阴招，信不信我让人毁了你这张如花似玉的脸，卖到边关劳军去？对了，叶家人如今全在那里呢，你去了正好与他们团聚。”她附在叶繁耳边低语，嗓音轻柔，却又含着一丝狠戾。

叶繁头一次看见外甥女毒辣的一面，恍惚中竟想起早已死去的大伯母刘氏，不禁一阵胆寒，忙拉了拉裙摆，抚了抚通红的额角，飞快跑了。

赵陆离这才如梦初醒，惊觉道：“熙儿，你还记得你母亲？”

“我当年已经快满七岁，哪能记不住？”赵纯熙用力握住爹爹手腕，一字一顿道，“爹爹，娘亲已经‘死’了，您忘了她吧！”

女儿刻意加重“死”字的读音，赵陆离又哪能不解其意？他呆怔半晌，终是苦笑：“好，爹爹会忘了她，你也莫再胡思乱想，这些本不是你该操心的事。走吧，回去歇息，明早还要去西府给你们祖母请安。”

三人渐去渐远，身影在烛光的照耀下拉开老长，慢慢交融在一起。

而另一头，狼狈逃回南苑的叶繁正巧撞见明芳，脸色不由一白。明芳自是看出她精心装扮过，冷笑道：“叶家果然家学渊源，刚来就迫不及待地勾搭老爷去了？”

“说什么酸话呢？有本事你也去啊，没本事就闭上你的狗嘴！”叶繁挺直腰背回呛，气得明芳上来就想撕她。

负责打理南苑的下仆看不过眼，吼了一嗓子：“你们两个消停点成吗？都已经从贵妾双双沦为贱妾了，还看不清府里主事的人是谁？有那工夫勾搭老爷，不如多去正房伺候伺候夫人。呸，真是两个拎不清的货色！”

赵陆离自打那晚遇见神似前妻的叶繁后便有意无意地避开她，每日去西府给母亲请安，陪夫人和孩子们用早膳，然后出门料理产业。他本就善于筹谋，虽未学过经商，却很快就能上手，又有弟弟的名号在背后撑着，倒也挽回不少损失，哪怕此生与仕途无缘，当个富家翁却绰绰有余。

赵纯熙和赵望舒有心悔改，且诚意十足，关素衣身为“贤妻良母”便也只能捏着鼻子认了，把该教的东西一一传授。

这日，赵望舒准时来正房做早课，见继母怀里搂着木沐，正在诵读《山海经》里的故事，姐姐比他来得还早些，手里拿着一块绣绷子，正儿八经地穿针引线，准备做一个荷包。

“娘，孩儿来迟了。”他抹掉嘴角的油渍，羞愧道。

关素衣不是故意刁难人的主儿，尤其对方还是一个什么都没做过的孩子。她看了一眼天色，淡道：“没来迟，还差一刻钟才到辰时，先坐着背会儿书吧，背完将今日要学的章节诵读一百二十遍，我再来给你讲解精要。”

“孩儿知道了。”赵望舒连忙放下书笼，走到窗边，对着晨曦摇头晃脑地背起来。赵纯熙瞥他一眼，又看看搂着义弟的继母，只觉得岁月静好，现世安稳。这才是她梦寐以求的日子，这才是幸福家庭该有的气象。

木沐如今与兄姐处得很好，话也渐渐多了，扯着义母衣袖，小声道：“娘，鳐鱼真的会飞吗？它长什么样？孩儿想不出来。”

“我帮你画出来好不好？”关素衣捏了捏木沐的小鼻头，这才提起笔细细描绘。她眼界极为开阔，别人想不到的奇物，她只在脑海中略一思忖就已栩栩如生，再加之出神入化的白描功底，不过几笔就已妙致毫巅，破画欲来。

木沐看得目瞪口呆，用肥短的手指头这里戳戳那里摸摸，竟以为这鳐鱼是活的。赵望舒亦忘了背诵课文，偷偷瞥继母一眼，小声抱怨：“娘，为什么你只给木沐讲故事、画画，却总拿戒尺罚我？”话落脸色略微一白，急忙补充，“我没有怪你的意思，我也想听你讲故事，看你画画。”

幻梦中那个关素衣给你讲的故事还少吗？自己费尽心力把人生哲理与儒学精要编入故事里，引导你从厌学到好学，再到自学，你又是如何回报的呢？现在，你就自个儿背书吧。

当然，这番话关素衣不可能直言出口，她敲击桌面道：“教书育人也是一门学问，有其基本准则。我关家是儒学世家，亦是教育世家，自古以来就传下遗训，一为有教无类，二为因材施教。有教无类便是什么人都可以教，没有高低贵贱、长幼先后之分；因材施教便是对待什么样的人就要用与之相合的手段，并非所有人都沿用一个模子，塑成同一个形状。你乃赵家嫡长子，日后须承袭家业、光耀门楣，肩上担子比谁都重，万不可懈怠，故我用严格的方式管教你，打磨你的意志。然木沐年幼，性敏而内敛，将来或入仕，或云游，或钻研学问，甚至于行商坐贾，习匠心匠术，全凭他自己做主，故我用松散的方式管教，任其自由发展。”

关素衣直视他，慎重道：“你二人出身不同，命运不同，肩上担负的责任也不同。你那些为父争光的话若只是随便说说，我也可以每天都给你讲故事。”

赵望舒羞得面红耳赤，连忙摆手道：“不不不，儿子再不要听故事了，儿子一定认真读书，将来考状元，当大官，做人上人，保护娘、祖母、二婶，还有姐姐。”

赵纯熙本还觉得继母宠溺木沐，冷待弟弟，有些厚此薄彼，眼下听了这话才明白她这样做自有其道理。弟弟将来可是要光耀门楣的，哪能玩物尚志？继母待他非但无错，还格外尽心。都说关家人忠正耿直，此言非虚。若是对继母存了误会，定要当面指出，切莫闷在心里平生怨气，最终坏了母子情分。这种对等、坦率、无话不可言及的相处方式，令赵纯熙很感新鲜，亦大受触动。她想，放眼全魏国，怕是再也找不到比继母更好的继母了。

喟叹间，金子拿着一张镶金边的名帖走进来，低声道：“夫人，这是内务司送来的帖子，邀您明日去参加宫宴。”

“宫宴？眼下不年不节的，宫里怎会召开宴会？”关素衣慢条斯理地刮掉红泥印鉴。

“听说是太后娘娘种的几株神山兰开花了，香气可飘百里，色有五彩，遇光则变，她老人家素来慷慨大方，命京中四品以上的官员及家眷前去共赏。”

“原来如此，太后娘娘亲邀，我等臣妇哪能不去？”关素衣合上名帖，对着赵纯熙试探道，“你明日随我一同入宫？”

赵纯熙先是意动，复又坚定拒绝：“不了，娘自己去吧。您如今还是一品诰命，又是帝师、太常卿之后，乃真真正正的天之骄女，我如今算个什么？既无高贵血脉，亦无显赫家世，便如那小鸡硬往鹤群里钻，除了自取其辱，还能沾到仙气不成？娘您说得对，人贵在自知，我当一个普普通通的富家女，嫁一个门当户对的敦厚人，便也很够了。高处不一定风光，也可能寒凉彻骨。”

关素衣惊诧不已地看着她，万没料到这番谦虚而又豁达的话竟是从赵纯熙嘴里说出来的。她不该一门心思往上爬吗？如今怎么像换了一个人？然细细观她面容，却找不到一丝勉强的痕迹，竟是真心实意这样想。

不过这也并不奇怪，她的观念被彻底摧毁过，又慢慢自我修复，而在这个过程中免不了吸取近旁之人的长处，从而同化。而关素衣就是这个人，所以她努力向她靠拢，力求效仿她的举动，仔细揣摩她的手法，变成这样也就自然而然了。

世事果然无常，一个微小的变动可以决定成败，塑造善恶，可以摧毁一个人，也可以将之拯救。关素衣想了很多，其实只在须臾，她拍了拍继女手背叹道：“你懂事了，也比我想象的更聪慧。”

赵纯熙浅浅一笑，看上去似乎很淡定，实则心里既激动又有些骄傲，能得继母一句夸赞绝非易事。

翌日，圣元帝穿着一袭便装走在御花园里，身侧跟着手拿大刀的长公主。

“你怎么连赏花都带着一柄大刀？入宫面圣须卸除武器，你这是知法犯法。”圣元帝拧眉。

“习惯了，便是不卸，你又能奈我何？”长公主身姿挺拔，面如冠玉，乍一看竟有潘安之貌。好几个路过的宫女被她迷住，脸颊通红地跪下请安。

“罢了，朕法外容情，准你这次。上回朕让你去查苗族异人，你查了没有？你不是说派人去接夫人吗？她何时才能入宫？”圣元帝颇有些焦躁。

“贵州路途遥远，哪能那么快得到消息？你且耐心等几月吧。夫人那里本殿已派了宫车去接，不出两刻钟便到。”

二人从假山后绕出来，便见前方站着几名孩童，从三四岁到十一二岁不等，皆穿着富贵，宫娥环绕，嘻嘻哈哈打闹不休。其中一人似乎身份格外尊贵，总有内侍护在左右，没口子地喊：“小殿下，您慢着点，当心摔了！”

幼童不听劝告，反倒闹得更凶，忽然与圣元帝对视一眼，惊叫起来：“修罗来了！吃人的修罗来了，大家快跑啊！”

长公主满脸戏谑之色刹那间褪得干净，眼睁睁地看着这群皇子皇孙仿佛遇见吃人的怪物一般，四散奔逃。一名身材高挑、打扮华贵的女子提着裙摆跑过来，顾不上仪态，立即弯腰把领头的幼童抱起，轻拍后背安抚：“皇儿莫怕，母妃在这儿，皇祖母也在这儿，修罗不敢吃人的！”

“母妃我怕，我们快些回去吧！”幼童哽咽道。

“好好好，咱们这便回去。皇祖母宫里供奉着天神，天神会保佑我们免于被修罗戕害。”女子垂眸不敢与圣元帝对视，说出口的话却字字句句带着毒刺，令人难忍。

长公主拔出半截佩刀，饱含杀气的金鸣声才堪堪让她住嘴，然后携着一群孩子与宫人飞快走远。等他们消失在小路尽头，长公主才幽幽开口：“忽纳尔，你该生孩子了，否则你的皇位早晚有一天会落在旁人手里。老大、老三、老六虽然死了，可他们的孩子都在太后身边养着，也是正经的龙子龙孙。等他们长大了，你若还是孤家寡人一个，怕是会身首异处，不得善终。”

圣元帝下颚紧绷，语气冷沉：“孩子，像朕这样的修罗也能有孩子吗？朕不会给任何人孕育子嗣的机会，皇姐你不用再说了。”

长公主定定看他一眼，问道：“倘若那人是夫人呢？她来给你生可否？”

圣元帝心头巨震，却又很快打消这个妄念，惨淡道：“她更不可能，皇姐莫要害她！”话落甩袖而去，身影狼狈。

因赵陆离被夺爵，许多越制的器物都不能用，连那驷车也被砸了，出门只能骑马或步行。而西府刚辟出来，东西还未置办整齐，故关素衣想要入宫也是一件难事。所幸长公主一早就派人来接，刚转出内巷又遇见好心好意来探望她的李氏，二人便一块儿上路。

递了牌子，入了宫门，在内侍的带领下兜兜转转来到御花园，便听里面歌声绕梁，弦音嘈切，又有女子的娇声燕语与男子的高谈阔论交织，着实热闹非凡。

李氏皱了皱眉，叹道："我一个泥腿子出身的村妇，若非沾了小叔的光，怕是一辈子都没资格参加什么宫宴。说老实话，我与里面那群人本就不是一路，入宫不觉荣耀，反而糟心，吃个东西要注意仪态，说句话得斟酌用词，踏错一步便成了跳梁小丑，无论走哪儿都被议论嘲笑。这次若想平安出宫，我恐怕得用短寿五年来换。"

关素衣粲然一笑："嫂子无须担心，咱们赏咱们的花，时辰到了去正殿饮宴，席间一言不发便罢，谁还能上赶着找咱们麻烦不成？我亦一介寒士，难以融入这等物欲横流的名利场，然而人活于世，总有许多迫不得已，既已身处贵圈，就得守贵圈的规矩，他们不是最擅长以身份贵贱、权势高低论资排辈吗？嫂子就拿出镇西侯大房夫人的款儿，所幸这满场内眷，在权势上能压过你的也就皇室宗亲罢了。"

李氏眉眼舒展，哈哈笑了："妹妹说得是，真要论起身份高低，能比得过咱们的确实没几个，我不必怵谁。"话落略一思忖，摇头道，"不过能不与这帮人打交道自是最好，他们不觉难受，我心里反而膈应得慌。妹妹，咱们寻一个僻静角落赏花，等宫宴开始了再回去吧？届时只管埋头苦吃，什么应酬都省了。"

关素衣喜静，顺势答应下来。二人避开人群，往幽深曲折的小径里走，远远看见一片碧绿的湖泊与一座富丽堂皇的宫殿，在灿烂春光的照耀下交相辉映，绚丽非常，不免俱是一呆。

"晦气！怎么走到这儿来了？"李氏啐道。

"这是……甘泉宫？"关素衣目力非凡，哪怕隔着湖泊，又有春光晃眼，依旧看清了悬挂在门梁上的匾额。

李氏低应道："确是甘泉宫。因叶婕妤当年救治陛下损了根骨，为防她病情加重，陛下刻意挑选了采光绝佳、风景宜人、冬暖夏凉的甘泉宫给她居住，把一众嫔妃气红了眼。"

说话间，一列拿着剑戟的侍卫从后墙绕出来，瞥见有宫娥意欲靠近，立刻高声驱赶，态度凶煞。

李氏见状畅快道："不过那都是曾经，眼下这甘泉宫早已变成了冷宫，没有圣意旁人不得出入。你瞅瞅，听说今日御花园召开宫宴，她竟盛装打扮出来了，怕是还想远远见陛下一面，博些同情呢。这贱妇，还跟当年一样矫揉造作！"

关素衣本就很好奇这位传说中的叶婕妤长什么样，立刻顺着李氏的指点看去，却见一位身穿淡粉色纱裙的女子摇曳多姿地走出来，刚下了一级台阶，还未靠近宫门，便有两名侍卫交叉长矛拦住去路。

她脸上不施粉黛，仅在眉心描了一朵惟妙惟肖的山茶花，花蕊似乎用金粉点过，闪烁着璀璨的光芒，哪怕她脸白如纸，神情憔悴，被这额饰一衬竟越发显得翩然若仙、不染尘俗起来。她泫然欲泣地看着侍卫，在宫门口来回走动，踌躇不前，微红的眼角挂着星点泪光，当真是柔肤弱体，我见犹怜。

关素衣默默看了一会儿，忽然笑开了。难怪赵陆离以前那般看不上她，原来叶蓁竟是这样的，像一朵极孱弱的小花儿，风一吹便倒，叫人恨不能捧在手掌上，揉进心坎里呵护。反观自己，秉性耿直，傲骨嶙峋，哪里有一丝一毫可怜可爱之处？

然而身为女子，当真只有示弱才能博得夫君宠爱吗？太过刚强的人，便只能一次又一次承受折辱与倾轧才能体现其价值吗？这世道，给女子的莫非只这两条出路：要么摇尾乞怜，仰人鼻息；要么刚者易折，惨淡收场？

她不服，她无论如何也不服！

似乎看了许久，实则不过短短片刻，她哑声道："原来这就是叶婕妤，当真是见面不如闻名。姐姐，咱们走吧。"

"走走走，老娘一看见叶蓁那张脸就烦！"李氏与叶蓁素有龃龉，连忙把人带去别处。她们刚转身，就听隔湖传来一阵厉斥，却是叶蓁想踏出甘泉宫，被几名侍卫凶神恶煞地撵了回去，她那大宫女跪在地上不住磕头，形容十分凄惨。曾经高高在上的叶婕妤，现在也不过是一名囚犯而已，竟不知何年何月才能重见天日，抑或此生都已无望。

沿着鲜花盛开的小径走了一会儿，李氏借口如厕匆忙离开。关素衣见过了叶蓁，本就有些心不在焉，于是随便找了一处僻静角落坐下歇息。春风浸透浓香，又带着艳阳的融融暖意，兜头罩脸地笼过来，令人倍觉舒适。关素衣眯起星眸，斜倚石桌，很快便昏昏欲睡。

"夫人，你是迷路了还是？"一道低沉的嗓音打破寂静。

关素衣睁开波光潋滟的双眸，却见来人是忽纳尔，不由浅浅笑开了："'看扶藜、行处乱花飞'，既有幸畅游这人间仙境，怎能不为浓情美景所醉？"

忽纳尔被她灿若春华的笑容与湛然如星的眼眸所摄，忽觉口干舌燥，说不出话来，只张了张嘴，低而又低，怯之又怯地唤了一声"夫人"。这是他的夫人，而非赵陆离的夫人，他这般认定到。

金子站在夫人身后，用惊诧的目光飞快扫了陛下一眼，随即深深埋头不敢再看。原来陛下在夫人面前竟是这等作态，面红耳赤，嘴笨口拙，简直难以想象他当年叱咤疆场，横扫千军的雄姿。

不，还是很"雄"的，却是狗熊的"熊"。

关素衣见他站在原地不敢靠近，且还手足无措，讷讷难言，不由莞尔道："瞧我，说话就说话，咬什么文嚼什么字，不过是走累了，又懒怠应酬，于是找个无人的地界歇歇脚，躲躲清闲罢了。你怎么不陪着你家侯爷？”

圣元帝鼓起勇气走过去，低声道：“侯爷见着李夫人，有话与她私下说，便将我打发了。”

恐怕又是那些改嫁的话。关素衣略一思忖，招手道：“既然你无事便过来坐坐吧，等他们谈完了咱们再一块儿去找。”

“谨遵夫人之命。”圣元帝毕恭毕敬地拱手，而后拘谨落座，却又不敢坐实，只在凳子上倚着，双腿打开支撑，像在蹲马步一般，旁人看着都替他累得慌。爱重则忧怖俱生，对待夫人，他不敢有丝毫懈怠轻慢。

金子一下又一下地瞟过去，曾经那道骁勇善战、霸气外漏的身影，终被眼前这熊头熊脑的人取代，心尖汩汩淌血。

关素衣从未见过忽纳尔在沙场上是什么模样，还当憨厚敦实乃他本性，不由轻笑起来：“你好好坐着吧，咱们不论身份，平等相交，只管随意便是。”

“谨遵夫人之命。”圣元帝再次拱手，而后挪了挪，一双大长腿放松下来，没再鼓出壮硕肌肉，绷着裤子布料。

关素衣上下扫他一眼，喟叹道：“九黎族人普遍长得高大健壮，八尺大汉比比皆是，连长公主那样的女子也有七尺。然眼下观之，却发觉你才是其中的佼佼者。你这个头怕是有九尺吧？”

“回夫人，不多不少正好九尺。”圣元帝伸了伸大长腿，好叫夫人看看自己强健的体魄。

金子默默捂脸，不忍直视。

关素衣却很喜欢他的粗犷豪迈，笑着追问：“你是吃什么长大的？我家有一幼儿，正是长身体的时候，回去便照着你的法子替他置备吃食，来日也让他长成你这样英武不凡的模样。”

圣元帝耳根烧红，讷讷不言，既为夫人的夸赞感到高兴，又为她的疑问感到为难。他想对夫人掏心挖肺，却不敢承受其后果，唯恐等来的并非倾心相交，而是恐惧厌憎。踌躇片刻，他哑声道：“我从小便没有母亲，又遭父亲与族人厌弃，把我扔进荒山野岭里自生自灭，从未吃过正常人的食物，俱是茹毛饮血，生啖兽肉。为何能安然存活下来，甚至长得如此高壮，连我自己都弄不明白，许是人憎鬼厌，连地府都懒怠索魂吧？”

关素衣睁大双眼，半晌无言，直过了好几息才哑声道：“你一个无辜孩童，他们何至于那般残忍？”

“无辜孩童？”圣元帝摇头苦笑，“并非每个新生儿都属无辜，也有带着罪孽出生的修罗恶鬼。”

“不！”关素衣愤慨打断，“每个孩子都是……”都是什么？无辜的？后半句话，她无论如何也说不出口，因为她想起了幻梦之中的自己失去的那个孩子，他就是一个不被期待的生命，亦是须抹除的罪孽，他的到来，不正似忽纳尔说的这般吗？

圣元帝屏住呼吸等待，却许久没能等到夫人的反驳，灿若星辰的眼眸终是熄灭下去。连夫人都相信恶鬼转世之说，他还能希冀什么？所谓的救赎与超度，都是僧人为招揽信众而编出来的谎话罢了。

死寂的氛围在空中弥漫，令此处角落仿佛被劈成两半——一半春暖花开，阳光普照；一半隆冬腊月，寒风习习。而忽纳尔便缩在那冰天雪地里，像一头负伤的野兽，孤身只影，进退无路。

他是个军人，行走坐卧都透着一股英武不凡之气，现在却低垂着头颅，塌陷着肩膀，佝偻着脊背，看上去既疲惫又可怜。看着他这副模样，关素衣不知怎的，竟觉内心钝痛，惴惴难安，唯有面对木沐才会激发的母爱竟似决堤的洪水汹涌而来。

她想开口安慰，但方才那个话题同样是她内心的禁忌，她原以为自己可以将那一场幻梦只当作虚幻，却未料有些伤痛其实是真实的，一直深埋在心底，只不过从未被挑起罢了。一股怨气在胸腔里碰撞，翻搅，沸腾，她却不能拿始作俑者怎样，因为她不仅要顾及自己的名誉，还得维护祖父和父亲的官声。他们走到今天究竟有多么不易，只有她才能体会。

俯仰无愧！这四个字念出来如此容易，做出来却呕心沥血！她以手扶额，脸上满是隐忍与茫然之色，既安慰不了自己，也安慰不了旁人，却又不忍将这匹孤狼丢在此处不管，略一思忖，转移话题道："上次你写信求教，我已给出答案，此次我却有一事相询。"

夫人的疑惑，圣元帝总是乐意解答，立刻从不堪的往事中挣脱，肃然道："夫人请说，我自是知无不言、言无不尽。"

关素衣斟酌一番，说道："叶家那树红珊瑚究竟是怎么碎的？此前我已反复打听过此事，还让祖父与父亲问了廷尉府的官差，又请在场的某位夫人画了舆图，详述了经过，却找不到丝毫破绽。二十多名青壮年家丁，四十多只眼睛，一丝不漏地盯着，既无人靠近，又无人启箱，且它体积庞大，质地坚硬，竟就那样悄无声息地碎成齑粉，这手笔堪称神鬼莫测。我苦思多日，终是无解。"

她用粉白透晶的指尖在石桌上来回划拉，寥寥几笔便勾勒出案发现场的舆图，叹道："若得不到答案，每每想起此事我定然辗转反侧，彻夜难眠，还请忽纳尔救我一救。"

圣元帝盯着夫人纠结在一起的眉心与困惑不已的脸庞，这才发现世上也有她猜不透的难题，解不开的迷局。然而这非但没折损她丝毫的魅力，反倒平添几分可爱。转念一想，她今年满打满算也才十八岁，恰似那枝头闹春的夭桃秾李，风华正茂，本该有许多无关痛痒的愁绪、使性谤气的顽皮，而非大多数时候表现的那般秉节持重。

她是帝师和太常卿的掌上明珠，虽然家教严苛，却绝不会沉郁至此。她的改变，全是被赵、叶两家一点一点磨出来的，被夫君与继子女一次一次逼出来的，她本该像现在这样，把难以解答的谜题抛给别人处理，然后安心等待……

圣元帝忽然不敢去看她澄澈的双眸，唯恐自己曾经犯下的过错与愚蠢会被她尽收眼底。他慢慢摘掉常年佩戴的血玉扳指，温声道："真是凑巧，夫人若问旁人，定然也是无解，问到我头上却是问对了。烦请夫人找一个盒子过来，不拘材质。"

"莫非你要演示给我看？"关素衣冲金子摆手，"去找一个盒子。"

金子瞥了血玉扳指一眼，感觉心脏一阵抽痛。那可是陛下手刃波斯皇帝后，从他指头上捋下来的战利品，曾经宝贝得不得了，遇见难解之事总喜欢摩挲一番，寻求平静，这次怎么舍得拿出来毁掉？陛下也太死心眼了！

察觉到血玉扳指的不凡，关素衣连忙阻拦："若是我没猜错，它待会儿怕是与那红珊瑚一样，会碎成齑粉？如此色艳质纯的血玉，定然价值连城，你舍得，我却舍不得，还是找别的东西代替吧。"话落从腰间解下一块玉佩递过去，"用它吧。"

"夫人的东西我更舍不得。"圣元帝将玉佩推至桌旁，想了想，捡了一块石头，"那便用它吧。我原以为这枚血玉与红珊瑚颜色最近，质地也等同，好叫夫人看得更为明白。"

"用什么都一样，我只想知道事情的真相而已。"因为忽纳尔的耿直，关素衣终于浅浅笑了。

圣元帝心头的阴霾亦消散很多，黑中带蓝的眼眸里泻出一丝温柔。

说话间，金子捧着一个食盒过来，行礼道："夫人，奴婢要了一些茶点，顺便得了一个食盒，您看可以吗？"

"可以，拿来吧。"圣元帝接过食盒，把石头扔进去。

"等等，我得检查一下。"关素衣笑容狡黠，拿起石头看了看，掰了掰，又在桌沿轻轻磕碰，侧耳聆听硬物相击的脆响，这才满意颔首，"没错，真的是石头，而非面团捏成的假货。"

圣元帝还是头一回被人当面质疑，心中非但不觉恼怒，反而满满都是愉悦与心痒难耐。夫人果然也有顽皮的时候，这样的她，怕是连赵陆离都无缘得见吧？

"夫人要不要再查查食盒？"他嗓音里盈满笑意。

"自是要的。"关素衣已将食盒拉到眼前，不断曲指敲击，看看有没有夹层以供偷天换日，还好心好意地解释，"你见过流浪艺人玩杂耍吗？八岁那年我第一次见，当时真是惊为天人，花了好几个月的工夫去研究他们的机关，终于一一破解。若是你存心糊弄我，这食盒里定有一个夹层，而机栝便在这手柄上，左右转动就能展示不同的层面，一层放完整的石头，一层放粉碎的石头，你想让我看哪一层都可以，于是既能让石头碎掉，又能将之复原，堪称神鬼之术。叶家那红珊瑚，我猜测它应该没碎，而是被人换走了，是也不是？"

她边说边检查，少顷却愕然道："没有机关与夹层，怎会？"

能得见夫人吃瘪的表情，圣元帝终于彻底开怀，一面拉过盒子一面朗声而笑：“原来夫人也有猜错的时候，此情此景着实罕见。”

关素衣犹不死心，检查完盒子又弯腰去检查石桌，上下左右倒腾一番，莹白的脸颊泛出红晕，更有星点汗珠沾在鼻尖，被阳光一照闪闪发亮，竟显出几分稚气与娇俏。这样的她总算有了点桃李年华的跳脱，可爱得很。

圣元帝目光流连，经久难舍，待她坐定，皱着眉头看过来，才勉强移了移视线，把眼底的渴求与仰慕妥善收藏。

“真的没有机关？也未在放置珊瑚的地下挖暗道？”关素衣百思不得其解，对事实真相也就更为好奇。

对上她亮如繁星的眼眸，圣元帝耳根慢慢红透，柔声道：“没有机关，亦不是障眼法，更没有暗道。夫人欲知真相，只管看我施为。”话落将石头扔进盒子，盖好盖子，手掌略微往下一压，不过瞬息便道：“好了，夫人打开盒子看看。”

关素衣连忙打开盒子，却见方才还坚硬无比的石头，现在已变成一堆粉末，里面暗藏的玄机就是再让她看千百遍也属枉然，不免叹为观止。

“怎么会呢？你如何做到的？”她顾不上男女有别，把忽纳尔的手掌拉过来反复查看。

夫人的指尖又细又白，指甲圆润优美，粉中透晶，虽因练字长了少许薄茧，划过皮肤时却能带来阵阵瘙痒，越发令人难耐。圣元帝不仅耳根滚烫，连古铜色的脸庞亦泛出些许红晕，蓝黑眼眸一瞬不瞬地盯着夫人发顶，似乎已经痴了。此刻只需反手一握，轻轻拉动，就能把这人拥入怀中牢牢抱住，他却不能越雷池一步，只因他知道什么样的人可以轻贱，什么样的人连丁点委屈都不能受。夫人便是后者，他亦舍不得她受一点委屈，舍不得她皱一下眉头，然而他舍不得，旁人却半点也不怜惜，非但让她受尽屈辱，还让她整日眉头深锁不得开怀。如今他有多么痛苦困顿，便有多么懊悔自责，然而一切都无济于事……

眼见夫人抬起头，他立刻掩去阴沉的表情，勉强一笑。

关素衣急于知道答案，并未发觉他的异状，追问道：“你怎么做到的？快跟我说说！”

“夫人只钻研学问，对武人的手段一无所知，否则早就自己解开谜题了。世上有一门武技叫印掌，俗话解为隔山打牛，只需配合深厚内力，便能让外层不损而伤及内腑，或略过前者重伤后者，要的便是出其不意，攻其不备。那红珊瑚就是用这一招打碎的，真要说破便也不值一提。”

关素衣恍然大悟，站起身绕着忽纳尔走了一圈，喟叹道：“怎能说是不值一提？这等手段我竟闻所未闻，今日真是大开眼界！照你这么说，你也是个内家高手？与那打碎红珊瑚的人比起来如何？”

金子骄傲地挺了挺胸，忖道：虽然红珊瑚是头领打碎的，但头领的武功比起陛下来，却还差得远呢！

另一边，圣元帝同样挺起胸膛，傲然道："他那功夫与我比起来却是差得远了。夫人日后但有差遣，只管吩咐，我定当竭力为你办妥。我忽纳尔虽是粗人，没喝过多少文墨，论起武力来却能横扫天下，只要夫人开口，断没有我办不到的事。"

关素衣食指抵唇，莞然而笑："世上没有你办不了的事，又把今上置于何地？嘘，这话只在我跟前说说便罢，切莫叫外人听去。我知你跌宕不羁，豪迈洒脱，然在权贵身边当差，还是小心为上。"

圣元帝心中暖烫，既得了夫人殷切叮嘱，又与她共有这小秘密，方才那些不堪的记忆终于没再隐隐约约冒出来，而是被无限欢愉取代。

关素衣将石头粉末取出来查验一番，觉得新奇又拣了几个放入食盒，让忽纳尔一一打碎。

"好生厉害！"每一次她都不吝夸奖，拊掌大赞。

圣元帝不知疲倦地陪她玩耍，只要夫人露出开怀的表情，便也心满意足了。玩了大约一刻钟，关素衣终于发觉自己有些失礼，歉然道："你们修炼出内力，定不是取之不尽用之不竭的吧？不玩了，免得你内力耗尽，影响当差。"

圣元帝正要摆手说无碍，却听夫人低笑道："来而不往非礼也。既然你表演了绝技，那么我也露一手给你看看。"边说边挽起广袖，架势很足的模样。

"夫人也习武？"

"非也，与你的印掌比起来不过是雕虫小技。金子，拿些大米来。"

金子领命而去，总被晾在一边的明兰噘起嘴巴，似有不满。关素衣瞥她一眼，淡道："你还怨上了不成？在这禁宫内苑，我若是差遣你去找食盒、大米，你能顺利找到吗？敢不敢与眼高于顶的宫娥打交道？"

明兰略略一想，不由脸色惨白，嗫嚅道："奴婢不敢，奴婢知错了，日后再也不与金子姐姐置气。"

"你能想明白就好。金子可不是简单人物，你跟她多学着点。宫中规矩森严，别把心事全写在脸上，叫人拿住话柄。"关素衣说完冲忽纳尔拱手，"小丫头不懂事，让你见笑了。"

"无碍，做下属的，谁不想在主子跟前得脸，我能理解。"圣元帝也是从底层一步一步爬上来的，自然能理解明兰的心情，又细细琢磨夫人方才那些话，心知她已对金子的来历产生怀疑，却并不处置，反倒物尽其用，静观其变。

然而她绝想不到，金子背后的主人竟是坐在她跟前的这个镇西侯府的"小侍卫"，这才毫无防备地说出那些话。夫人对他极为信任，他却……这样一想，圣元帝心中更觉愧疚，但要让他把人手撤回来万万不能，首先他不放心夫人的安危，其次他不喜赵陆离靠近夫人，总得有个人将他隔开才行。

思忖间，金子已匆忙回转，手里拎着一个小布袋："夫人，奴婢去御膳房要了一小袋大米，您看这些够吗？”话落扯开袋口，展示给二位主子。

“够了。”关素衣将袋子推给忽纳尔，笑道，“你随意抓一把大米，慢慢往这食盒里倒，倒完我会告诉你方才那一抓共得了几粒米。”

“一抓一倒你就能点出米粒的数量？这绝不可能！”圣元帝眉梢微挑，兴致愈浓，捞了许多米粒慢慢往食盒里倒。噼里啪啦一阵乱响，不过片刻工夫，米粒已铺了薄薄一层，凭肉眼看去密密麻麻一片，莫说顷刻间点出数量，便是一粒一粒划拉恐也要小半个时辰。

“共计六千二百五十七粒米，二两左右。你点点？”关素衣根本无须多看，闭着眼睛就把数字报出来。

圣元帝自是不信，连明兰和金子也大感诧异，各自拢了些米，用小木片挨个儿点算，忙活了两刻钟再相加，确定数目无误才惊叹起来：“真是六千二百五十七粒米，夫人你怎么做到的？简直神了！”

关素衣指指耳朵，指指眼睛，笑道：“无他，目光犀利，耳朵灵便，”复又指着眉心，“运算力强悍罢了。我平日喜好摆弄算盘，却不过是个装点，手里拨弄，答案早已浮现脑海，然慧极必伤、多智近妖，都非好事，故往昔多有遮掩。”

“原来如此！”圣元帝恍然大悟，对夫人不免更添几分爱重，拱手道，“夫人放心，在下绝不会将此事告知旁人。”

“说了又怎样，谁会信你？”关素衣笑得狡黠而又明艳，叫圣元帝看痴了去。为收敛胸中澎湃的爱意，他摘下一片细长的兰花叶，哑声道：“夫人才气天赐，令我等凡人望尘莫及，忽纳尔就再表演一个绝技投桃报李。”

关素衣定睛看去，却见那软塌塌的叶片竟不知怎的竖立起来，边缘闪烁着幽绿寒光，似由木质转为金属，锋利非常。她还来不及惊叹，就见忽纳尔指尖微动，将叶片疾射出去，“咚”的一声钉在不远处的假山上，入石七分。失去内力支撑的叶片由坚硬转为柔软，尾端被风一吹便左右摇晃，确是一片再普通不过的花叶无疑。

关素衣立即跑去查看，试图将叶片抽出来，却不小心将之拽断，不由啧啧称奇：“忽纳尔，你说你能横扫千军，我现在终于信了。飞花摘叶皆可伤人，你不是人……”圣元帝表情愕然，却听夫人顿了顿，继续道，“而是行走的兵器。”话落挑眉灿笑，眸中满是调侃戏谑后的恶趣。

这样的夫人真是可爱透顶，叫圣元帝又好笑，又心痒难耐，正打算再展示一些武技，却见她慢慢挽起袖子，语气饱含兴味：“好吧，既然你已使出绝学，那么我也不能藏私，这就把十成功力逼出来，叫你大开眼界！金子，拿一个西瓜来。”

无所不能的金子只好再跑一趟御膳房，拿来一个两斤重的西瓜。现在虽是春日，皇家温泉庄园里却能产出四季水果，西瓜并非什么稀罕物。

关素衣并指成刀，在西瓜中部比画，忽然高抬手腕狠狠一劈，只闻“啪啦”一声脆响，瓜皮应声裂开，露出艳红的瓜瓤，汁汁水水溅得到处都是。莫说圣元帝看呆了，连金子都有些回不了神。虽然早就听说过夫人有此等绝技，但亲眼得见，冲击力还是非常巨大的。他们无论如何也想象不到静雅秀美的夫人高挽衣袖徒手劈瓜的模样。然而真正见到了，却丝毫也不觉得粗俗，反倒从她大开大合的举动与璀璨夺目的笑容中体会到无尽的豪迈与肆意。

她可以傲骨嶙峋，可以贤淑端庄，更可以侠气纵横，英姿勃发。每一个她都那般灵慧，叫圣元帝怎能不爱？错过夫人，必是他此生最大的遗憾、最深沉的苦痛。他呆呆地看着，面上不显，心间却早已被酸涩与不舍填满。

关素衣却毫无所觉，捡了一块瓜送进嘴里，又递给忽纳尔一块，催促道："愣着做甚，赶紧吃吧，待会儿宫宴开始，我们用膳，你就只能干看着了。金子、明兰，你们也过来垫垫肚子，省得待会儿难受。"

"谢夫人！"圣元帝接过瓜，慢慢吃了一口，眸光闪烁，心绪烦乱。

明兰和金子欢欢喜喜地接了瓜，躲去角落里啃。几人边吃边聊，不知不觉便耗了大半个时辰，眼见宫宴临近，关素衣走到湖边洗了手，叹道："走吧，躲完了清净，该去名利场上摸爬滚打了。"

摸爬滚打？夫人用词真是风趣。圣元帝心内好笑，一步步将她送至岔路口，本打算默默看她离开，胸中爱意激荡难以自持，竟不知为何袒露了心声："夫人稍等，我有话要说。"

关素衣转头回望，目光温柔。

"夫人，我心悦你。"话音刚落，九尺高的大汉已仓皇垂头，耳根红透。

关素衣直过了好几息才参悟这句话，脸上浮现愕然的表情，随即冷了面色，一字一顿道："那么忽纳尔想必也知道我已嫁人了。为我的闺誉与关家家声，还有你的仕途着想，这番话我便当你从来没说过，我亦从来没听过。日后不要再私下见面，更不能传递书信，免得泥足深陷，终不可拔。"

圣元帝明亮的眼眸点点熄灭，渴盼的表情被懊悔与绝望取代。当夫人毫不犹豫地转头，快步离开，他想追却又怕毁了她，进而毁了她倍加珍视的关家，不得不死死压制双腿，像困兽一般在原地徘徊。

他心中满是愤怒、不甘与苦痛，想嘶吼，想砸烂眼前的一切，却知道那只是徒劳无功的挣扎。他原本可以拥有夫人，却因为自己的愚蠢与自负硬生生错过了。他无比痛恨自己，更痛恨叶蓁和赵陆离，眼珠不知不觉已经红透，隐有浓烈杀气滚滚翻涌。

忽然，快步而行的夫人停住了，似乎犹豫了片刻，终于慢慢转过身来。她站立在铺满彩石的小径上，两旁是繁花锦簇与盎然绿意，头顶春日普照，光影斑斑，其缥缈之姿与清沁之气仿若谪仙。

她冰冷的脸庞忽然绽开一抹温柔至极的微笑，双手抱拳，慎而又慎地弯下腰，行了一个大礼，惋叹道："今日种种非失格失礼、轻薄戏弄，而是一片真心，一点真情，我自当铭刻心底，妥帖珍藏。然花落人去心已远，从此山水不相逢。从今以后望各自安好，彼此珍重。”

忽纳尔是头一个为她等候，为她烦忧，为她答疑解惑、全心呵护的男子。从他手足无措的举动、渴盼倾慕的眼神，以及被拒后的深沉苦痛可以窥见他的真心真意，情起情由。这份深情厚谊对孤寂的她而言何其宝贵，然有话云：相见争如不见，有情何似无情。在错误的时间遇上错误的人，他们的结局唯相忘于江湖罢了。

当夫人严词拒绝陛下，然后转身离开时，金子忍不住回头看去。只见陛下负手而立，头顶是璀璨的春光，却照不进他幽深的眼眸；他先是愣愣地看了一会儿，随即不受控制地跨前一步，仿佛想追，却又不得不克制，而后急退，似在痛苦挣扎，退又不能退得太远，唯恐失了夫人身影；他最终站定，分明没有任何表情，却让人无端感受到一种深沉的悲哀；周围的花香、鸟鸣，似乎已渐渐离他远去，他双拳紧握，双目发红，显然已处在崩溃的边缘。

金子忽然感到很难受，前所未有的难受，这样的陛下她从未曾见过。她总以为他是坚不可摧的，哪怕被父亲遗弃，被族人扔进兽群，抑或被几个兄弟联起手来意图诛灭，更甚者被困于万军之中插翅难逃……他都能凭借自己的双手杀出一条血路。他的心从未让人走进过，哪怕你救了他的命，除却一腔感激与相应的回报，绝无法得到更多。直至此时，金子终于明白自己想错了，陛下并非金石，怎能不受伤害？亦非草木，岂能无情？恰恰相反，他一旦用心用情，会比任何人都深沉，也比任何人都更显脆弱。他是帝王，却也是血肉之躯。

眼见陛下眸中的光彩一点一点熄灭，金子不敢再看下去，努力克制着心中的悲哀，以免被夫人察觉。此前，她是极佩服夫人的，似她那般刚强聪慧的女子，堪称世间罕见，然而现在，她却陡然生了怨气。倘若今日换一位凡俗女子，下意识的反应便是羞怯逃离，而非沉稳理智地说出那等绝情话语。逃了，陛下便不用受这锥心刺骨之痛；逃了，陛下就能保有几分念想。哪似现在，前路后路均被斩断，竟已是咫尺天涯，恍如隔世。

那自己今后又该何去何从呢？还要待在赵府，守着夫人吗？

当金子陷入迷茫时，却见夫人停住脚步，踌躇不前，少顷，终于转过身，用最虔诚的姿态行了一个大礼，语气温柔，目中含笑，却又仿佛随时会掉泪。原来她并非无动于衷，原来她也能感受到陛下的真情，只因他们有缘无分，没能相逢未嫁时罢了。

错不在她，而在命运，更甚者，此时求而不得的陛下，正是导致她陷于不幸的罪魁祸首。他们的结局乃陛下一手书写，又能怪得了谁呢？

金子心中闷痛，既为陛下遗憾，又为夫人伤怀，却最终偏向了夫人。她看上去那样刚强，但这绝不是别人肆意伤害她的理由。陛下早知道赵陆离是怎样的人，就不该轻易把一个女子推入火坑。那时的他恐怕万万没想到，这把火不但灼伤了夫人，更会将自己烧成灰烬吧?

连“花落人去心已远,从此山水不相逢”的话也说了出来,陛下这回总该死心了。金子略微抬头,去看陛下表情,却见他暮气沉沉的眼眸重又燃起星火,灰败的脸色迅速点亮,一下就融入了暖洋洋的春光里,变得欢喜而又雀跃。

这是怎么了?金子大感讶异,待要细究,夫人却转身走了,于是只能匆匆跟上。离开老远,她忽然扶了扶额头,终于想明白其中关窍。说陛下死心眼吧,他倒挺能自我安慰的,竟只把夫人前半句话听进耳朵里,自动忽略了后半句。

夫人前面说了什么来着?“今日种种非失格失礼、轻薄戏弄,而是一片真心,一点真情,我自当铭刻心底,妥帖珍藏”,瞧这珍惜的态度、温柔的抚慰,顷刻间就把深陷地狱的陛下拉回了天堂。

一言可定生死,夫人对他的影响已如此巨大了吗?不,早在很久之前他便对夫人俯首帖耳了,如今一悲一喜皆为夫人掌控也并不出奇。那么自己日后还能在夫人身边当差吗?陛下又该怎么处理这一团乱的关系呢?瞧陛下那情根深种的模样,这次被拒绝了,怕是还有下次。

当众人谈笑晏晏、饮酒作乐时,金子默默站在夫人身后纠结,既为自己的前途,也为夫人的将来。胡思乱想间,宫宴很快结束,众位贵女并未盼来圣上亲临,颇有些遗憾,但能饱览宫中春色,倒也不虚此行。临上车前,金子终于得到上头指令,让她继续守着夫人,断不可让赵陆离碰她一根毫毛。

若换个任务对象,金子必定头疼一番,哪有不让人家正经夫妻接触的?但夫人格外不同,既已对赵陆离寒了心,便绝不会屈就分毫。看她长居西府、划清界限的架势,怕是打算与赵陆离当个挂名夫妻而已。

哎,真是身在福中不知福,焉知某人嫉妒得眼都红了!金子偷偷对赵陆离和陛下腹诽一会儿,然后小心翼翼地搀扶夫人上了车。

“先别动,等等我祖父和父亲。”关素衣心情沉郁,并不想那么快回到赵家面对那些熟悉又陌生的面孔。

车夫恭敬应诺,伸长脖子往宫门里看。因臣属与女眷是分开饮宴的,各自回转,故等了大约一刻钟才见关家的马车不快不慢地驶出来。

“依依,你祖父说你一准儿在宫门口等待,为父这便提早出来了。”关父掀开车帘朗笑,关老爷子冷哼道:“说了让你少喝点,免得依依苦等,你还不信。”

“都是儿子的错,儿子贪杯了。”关父无奈拱手,末了冲女儿挤眼,让她帮忙打圆场。

关素衣满心郁气尽皆散去,趴伏在车窗上逗趣几句,惹得老爷子抚须而笑,多云转晴。一家人前后驾着马车朝帝师府行去,入了角门,边走边聊。

“皇上今日有些反常,忽而敛眉哀叹,似乎苦大仇深;忽而抿嘴窃笑,似乎喜不自胜，还将我请到御前设了食案，硬要我陪他喝酒，复又将你祖父邀去，说些不着边际的话。”关父拧眉道。

“说了什么？”关素衣好奇追问。

“说不该给你赐婚，倒叫你堂堂一品夫人配了个戴罪的庶民，愧对我与你祖父，更愧对你，喝得多了还问我要不要请旨和离。”

关素衣愕然道：“赐婚是他的主意，如今却主动说和离，这位帝王还真是……”略略一想，摇头莞尔，“还真是个土皇帝，全由着性子来。”

关老爷子不得不替自己学生说几句话：“他的确是个土皇帝，诸事不懂，然他有三个最大的优点，那就是纳谏如流、用人不疑、知错能改。既听得进朝臣甚至庶民的建议，又用得起白屋寒门、积弱贫士，还能反躬自省，幡然改途。登基至今虽犯了些错误，却都及时弥补，只要持之以恒，不忘初心，将来必成一代明君。你说他土，焉知他的长处恰在这‘土’字上。”

“父亲说得对。”关父亦深有同感，“皇上的确有很多不足之处，但只这三点，便足以盖过前朝任何一位君主。只要你言之在理且真心为百姓考虑，他便会采纳，完全有别于那些高高在上、鼻孔朝天的贵族。他让咱家和离，也是实实在在怕耽误了你，亦折损了帝师府的尊荣。”

关素衣眨了眨眼，万没料到圣元帝在祖父和父亲心中竟能博得如此绝佳赞誉。记得幻梦中，他登基初期手段生嫩，根本弹压不住世家与宗亲，闹出了大大小小不少乱子，及至后来暴动四起才指挥重兵压制全境，杀了许多人，堪称血流成河、白骨露夜，才终于治住朝内朝外。如今，他没耗费一兵一卒便分化了相权，压制了世家与宗亲，令皇权攀升顶点。这些改变并非因为他换了本性，而缘于他有了更好的谋士、眼界更开阔的臣子。祖父和父亲的确功不可没，但下决断的人终究是他，所以眼前美好的一切也都有赖于他。

关素衣忽然就消除了对圣元帝的偏见，轻笑道：“这位陛下倒是挺接地气的。”

“初时看他，似乎像个脾气暴戾的武夫，但相处久了便知他其实很随和。我与你祖父已当面拒绝了他的提议。咱们关家不是那等见异思迁、薄情寡义之辈，既然赵陆离已经知错，总要给他一个改正的机会。依依觉得然否？”

“自然。”关素衣不想提及赵家，草草带了过去。

关父察觉她面有异色，却又不好追问女儿后宅之事，只能隐下不表。说话间，三人已行至书房，关父忽然拊掌道：“若你今日不来，我差点忘了一件乐事。快进去，我刚得了一篇奇文，正待与你共赏。”

关老爷子亦兴致勃勃地道：“你还记得尚崇文吗？”

关素衣记忆力强悍，脱口而出：“二十四师兄尚崇文，与祖父一样都是口拙之人，平时只知看书，甚少言谈，性格似乎有些阴沉。”

“他哪是阴沉，而是外简内明。前些日子写了一篇策论，送与我指点，我细观之下觉得惊为天人，忙把他叫来探讨，他的问答条理清晰、逻辑分明，更有高瞻远瞩与开阔格局，更让人认为这文章实为百年难得一见的奇文。我与他再三修改再三探讨，然后呈给皇上阅览，又推荐他入三司担当要职，不日便会下发明旨。你过来看看，也好跟着进益。”

关素衣兴致高涨，接过文章如饥似渴地拜读，而后心猛然下沉。这遣词用句、行文习惯，怎越看越像徐广志的手笔？不好，祖父和父亲怕是入套了！

第十章
笔伐

徐广志以擅长策论而闻名，每有锦绣文章必定被他的门生传扬开来，大加追捧。幻梦之中，连关素衣闲得无聊也经常拜读，及至后来发配别庄，绝了生路，便像入魔一般逐字逐句钻研，以思索他与祖父、父亲比较胜在何处。

说句实话，他的确笔扫千军、文采斐然，若以行文论资排辈，当属顶尖的那拨，从提出论点到步步验证，再到抛出结论，堪称环环相扣、精彩纷呈。而他的笔法太过特殊，因此只看了一个开头，关素衣就能肯定这必是他的文章无疑！

“爹，你当真与尚崇文探讨过这篇文章，且他对其中精要烂熟于心，对答如流？”关素衣再三确认。

“自然，每次讨论过后他都能提出更精妙的观点，然后与我一起修正。”关父察觉不对，拧眉道，“依依怎会这样问？莫非此文有问题？”

“爹，这篇文章绝不是尚崇文的手笔，而是徐广志的。十日辩论想必你们也去看过，可仔细回忆他的每一句话，从简明扼要、一针见血的开端，到论据迭出的中游，再到发人深省的结尾，这种环扣式的行文乃他特有的手法。爹，您赶紧派人去调查一番，我怀疑尚崇文已经与他联起手来，意欲给您和祖父下套。”

关老爷子目露精光，沉声道：“把文章拿来我再看看。”

关父一面派人去暗查尚崇文最近的行踪，一面与老爷子细细看文，果真找出许多痕迹。他们自然熟悉尚崇文的笔法，却对徐广志的行文很是陌生，但听过他十日辩论的人都会对他的渊博学识留下深刻印象，故也不是全无凭据。这篇文初时看来确有尚崇文的风格，但深入研读，其骨架精髓均为徐广志的手笔，里面的部分理解，完全符合徐广志曾在十日辩论中提出的观点，却因只涉及一两句，未能引起旁人注意。

关老爷子和关父乃当世文豪，最擅长以文观人，又岂会漏掉这种种疑点？之前不察一是因为对门生极其信任，二是压根儿没往阴谋诡计上想。如今被关素衣揭破，自然明白其中关节。

“好个尚崇文，难怪每次都对答如流，可见是与真正的笔者探讨协商过，才送到我跟前来的。如今我已举荐他入仕，倘若日后传出窃文盗名之事，我与你祖父不但会摊上任人唯亲、欺君罔上的大罪，还会落得个文名尽丧的下场。关家千年声誉，便都毁在我们手里了！”关父痛心疾首，拍案大怒。

关老爷子却稳如泰山，沉声道：“急什么？且等下面的人拿到切实证据再说。对文人而言，窃取文名之罪堪比斩首，可令他永世不得翻身。丑闻一旦爆出，不仅我们关家倒霉，尚崇文定然也万劫不复。你说他为何肯赔上自己的前程与声誉？定是被徐广志握住了要命的把柄。顺着他背景深挖，必能找到线索。”

关父很快冷静下来，拱手道：“父亲说得是，儿子再派些人手去查。所幸皇上还未发下明旨招揽尚崇文入仕，徐广志若要报复，此时并非最佳时机，咱们还有力挽狂澜的时间。”

“知道便好，去查吧。”关老爷子看向孙女儿，宽慰道，“今天多亏了依依。你那些师兄弟们，包括你爹，捏一块儿都没你能干，果然还得我亲自来教才能成材！”

“祖父，您老是夸我呢还是夸您自个儿？”关素衣哭笑不得，复又追问，“若是找不到切实证据，咱家怎么办？”徐广志那人极其奸猾，既已把尚崇文摆在台面上当替死鬼，必不会留下牵扯到自己的证据，想治他很难。

关老爷子半点不怵，淡然道：“若此次抓不住他尾巴，那便下个回合见真章。但尚崇文那里定然留下很多蛛丝马迹，毕竟徐广志事后也要戳破他剽窃之罪，证据必定都是充足的，咱们直接从他手里拿便是。”

“拿到之后呢？”关素衣犹不放心。

“拿到之后我自会呈报御前，参你爹失察之罪。”关老爷子一字一顿道。

失察之罪？这可比任人唯亲、欺君罔上、盗取文名三罪减省多了。父亲弹劾儿子，儿子再站出来悔过，关家的名声不但不会折损，还会更上一层楼。从此以后，关家就是大公无私、忠君爱国的表率，而皇上看在祖父的面子上定也不会重罚，顶多闭门思过、减免俸禄罢了。

关素衣略一琢磨，终于放下心来，冲老爷子笑叹：“祖父，都说姜还是老的辣，今儿我总算深有体会了。”

关父亦羞愧拱手，连连致歉。

关老爷子还是之前那副八风不动的模样，摆手淡道：“官场如战场，堪称情势万变，步步惊心，咱们稍不留神就有可能丧命。然我还是那句话，只需行忠直之道，上无愧于君主，下无愧于黎民，纵死无悔。”

“父亲的教诲，儿子当铭记于心。”关父深深作揖，关素衣也连忙下拜。

关老爷子想了想，又补充一句：“虽差点入了奸人圈套，但日后推举贤才，你擦亮眼睛的同时也不要太过避忌。你门下的徒子徒孙，有真才实学的还得举荐，切莫因噎废食。若非依依是女儿身，我都想写封保书，荐她为大司马。”

关父正待唯唯应诺，听到最后一句不免哑然失笑。老爷子还真是宝贝孙女儿，总以为地上天下唯孙女儿第一，连他这个当爹的都得退一射之地。关素衣也“扑哧”

一声笑了，挽住祖父的胳膊好一番逗趣。

正如关素衣预料的那般，尚崇文盗取文章一事果然留下了很多证据，却未牵连徐广志分毫。

徐广志先是去觉音寺礼佛，然后“即兴”写了一篇文章与高僧玄光共赏，还故作谦虚，让他莫要张扬。出家人不打诳语，玄光自是默默收了文稿，未予外传。过了几日，尚崇文也去觉音寺赏景，“因缘巧合”之下得见文章，叹为观止，便偷偷誊抄了一份，藏入怀中带走，回到家反复研读，仿写了一篇，随后找到原主，利用太常卿门徒的身份“威逼利诱”，命他不准声张，这才提交上去，借机入仕。

如今那张原稿在觉音寺，誊抄和仿写的稿件俱在尚崇文处，三张稿件并玄光的证词就是铁证，等尚崇文得了官职再爆出来，关父欺君罔上、欺世盗名的罪状也就落实了，纵然跳入黄河也洗不清。不等徐广志动作，关老爷子就把稿件一一弄到手，让玄光写了证词，又逼迫尚崇文认罪自书，随后怀揣着诸般证据去参加朝会。

关家发生的种种变故，早已被暗探呈报给圣元帝，二位“泰山”有难，他哪能坐视不管？本打算治一治徐广志和尚崇文，却见老爷子雷厉风行地拟定了解决方案，心中感佩甚深，也就顺其自然了。

今日朝会，站在最前列的早已不是王丞相。二府三司一经设立，权利皆散播出去，大家看似得了实惠，却谁也不能擅专，最后还得听凭皇上决断。然而即便如此，也比以往被王丞相压得抬不起头来强，故都心平气和，安于现状。

圣元帝龙行虎步登上御座，扬声道：“诸位爱卿可有要事启奏？”

立即便有几人站出来奏禀，却始终不见老爷子动作。圣元帝略一思忖，恍然道：这是要等自己主动提起尚崇文入仕一事啊！好，朕这就颁发圣旨，帮你搭个梯子。

他耐着性子听完政务，又批复了几份奏折，随即取出一卷圣旨，徐徐道：“太常卿举荐尚崇文入三司，朕观其文章果然见解独到，才气纵横，故……”

“皇上，微臣有事要禀！”关老爷子朗声打断。

圣元帝假装惊诧：“帝师有话待会儿说也是一样，缘何打断圣言？”

关老爷子上前一步，跪下陈禀：“微臣有一人要弹劾，正涉及尚崇文入仕一事，不得不失礼御前。”

又要弹劾？这回是谁？朝臣们当即变了脸色，有忐忑自危的，有暗暗揣测的，也有翘首以盼的，待帝师展开长长的奏折，中气十足地唱念，四下哗然：好家伙，上次弹劾了叶全勇与皇上，这次竟连自己亲儿子也不放过，帝师果然够狠！

听到最后，或惊骇、或幸灾乐祸的朝臣均垂下头，露出深思与反省之色。原来太常卿并未犯什么大错，不过一时失察，被门生蒙骗了而已，帝师却半点也不宽宥，更不敢包庇分毫，竟直接捅到了皇上这里。帝师心中怕只有“忠君爱国”四字，全无私心杂念，其铮铮铁骨与浩然正气，当属国士无双！

不等他们感叹完毕，却见太常卿除去官帽与官袍，跪下悔罪，直言自己玩忽职守，目迷五色，以致姑息养奸、错待贤才，实不配担当太常卿一职，恳请皇上罢免。

朝臣们倒吸一口凉气，万没料到太常卿竟有这等破釜沉舟之势，若换作自己，不过跪下认罪而后告饶罢了，哪能为一个门生自毁前途？关家好胆魄，真硬气！

不但文臣齐齐下跪求情，连武将也纷纷出列替太常卿作保。

圣元帝俯视清气朗朗、正义昭昭的朝堂，不免开怀大笑。好！他要的就是这等疏阔局面，盼的就是这番峥嵘气象，帝师与太常卿真乃安邦定国之股肱也！

经过此事，圣元帝对帝师和太常更为敬重，这二人要忠心有忠心，要才华有才华，一个外圆内方，一个大公无私，立在朝上便似擎天巨擘，足以助他撑起魏国社稷。有这二人在，他处处都觉得稳妥，再不复之前如履薄冰、战战兢兢的窘态。

“帝师请起，太常卿请起！”他亲自走下御台搀扶二位大人，言辞恳切，态度恭敬，“此事太常卿也是受人蒙骗，很不必自责至此，这官帽、官袍还请您穿戴回去，朝上若是少了二位，朕便像少了主心骨，心里着实彷徨。”

关父还想推拒，却被皇上硬扣上官帽，披好官袍，安抚道：“尚崇文窃取文章一事，朕会派人去查。太常卿暂且回家等待消息，切莫再说请辞的话。帝师大人，您老也别动气，太常卿被奸人蒙蔽方犯下错误，实为无心之失，既有诸位爱卿帮他求情，又有朕替他作保，您老便再给他一次改过的机会。您总说知错能改，善莫大焉，对外人尚且那般宽容，缘何对家人如此苛刻？您严于律己，宽以待人，朕心中感佩甚深，故更要帮太常卿求个原谅。”

关老爷子和关父再次跪下告罪谢恩，起身时双双红了眼眶。皇上果然宽仁为怀，他的反应俱在二人预料之中，却并无得意，反而十分愧疚。若是他们仔细当差，明察秋毫，又哪里会闹出这等乱子？日后当更为谨慎才是。皇上果然是个好皇上，魏国在他治下必宏图大展。

朝会结束后，便有一列侍卫领命前去缉拿尚崇文，关老爷子和关父毫发无损地出了金銮殿，又被皇上叫去未央宫叙话，好生宽慰一番，赏了许多宝物，留下用罢午膳方依依惜别。

关素衣一宿没睡好，第二天顶着乌黑的眼圈去帝师府苦等，眼瞅着午时都过了还不见祖父和父亲回来，心下惶急，不由走到二门处徘徊，忽听墙外传来马车行驶的声音，连忙让小厮去探。

“是老太爷和老爷回来了。”小厮欣喜地大喊。

“祖父、爹爹，你们没事吧？”

“老爷子、老爷，皇上可曾为难你们？我和依依等了一上午，见你们过了午时还未回转，都快急死了，又听说外头跑过去一列穿盔戴甲的侍卫，心脏差点从嗓子眼里蹦出来！”仲氏脸色煞白地迎上去，将老爷子脱下的官帽递给女儿，又捧着夫君的帽子看了看。

“那列侍卫应当是皇上派去抓捕尚崇文的，咱们未能拿到他与徐广志勾结的证据，但愿皇上那里能有结果，也省得日后总要防范此人在背后使坏。”关父边说边搀扶老爷子跨过门槛，嘴巴一张便喷出一股浓浓的酒气。

“你们怎么还喝酒了？”关素衣眉头舒展，笃定道，“怕是皇上非但没罚，反而有赏，留了你们用午膳吧？”

“正是。皇上宽仁大度，轻易便原谅了为父，明日照常上职，无须闭门思过，更没减免俸禄，还送了很多宝物，如今都堆放在前院，你们自去开箱查验，而后登记入库吧。”关父替老爷子倒了一杯热茶，温声道，“老爷子今日高兴，与皇上多饮了两杯，回来时不住嚷嚷想喝依依熬的醒酒汤，恰好依依也在，快去替你祖父熬汤去。”

关素衣欢喜应诺，熬了汤水亲自端到上房，伺候祖父与父亲慢慢用了，各自歇下，才去帮母亲归置御赐物品。

仲氏拿着一本册子录入，笔尖连动，双目却满是疑惑，见女儿来了忙道：“我正纳罕呢，你便来了。快过来帮娘看看，皇上是不是把送给宫妃的东西不小心装进臣子的箱笼里来了？你看这些布匹、珠宝、首饰、胭脂、香料，全是女子器物，且还名贵非常，你爹爹和老爷子哪里用得上！”

关素衣定睛一看，统共六口大箱子，一箱装布匹，均为软烟罗、青蝉翼、凤凰火、云雾绡等华贵非常的贡缎；一箱装珠宝，东珠、南珠堆满底部，熠熠生辉，其上洒落红橙黄绿青蓝紫等各色宝石，迎着日光一看，真能把眼睛刺瞎；一箱装首饰，俱为大家手笔，做工极为精致，莫说整套整套的头面，连后妃才能佩戴的九尾凤钗也在其中；余下两箱都是一个箱子一个种类，胭脂、香料均为各地贡品，只有旁人没听过的，断无宫内找不齐全的，最后一箱全是大个儿的银锭子，整整齐齐码放在内。

今天日头本就很足，关素衣只点算了一会儿便觉眼睛酸涩，忙转开脸轻揉眼角。明兰却双目放光，脸颊潮红，显然已被这些东西迷丢了魂儿。这也难怪，只要是女人，哪有不喜欢宝物的道理？若是换个定力较差的，这会儿早就扑进箱子里打滚去了。

金子默默垂头，心道，陛下真是改性儿了，堆放在箱子里的好些东西都是他拼着性命挣来的战利品，平时碰都不让人碰，今天却专捡最贵重的收拢，而后一股脑儿地运来帝师府，也算间接送给夫人。

因幼时吃了太多苦头，陛下对自己的东西格外看重，尤其是食物与钱财，简直到了执念难消的地步。他征战四方，先后灭了突厥、粟特、吐蕃、党项、波斯，将他们的皇廷洗劫一空，藏入私库。谁也不知道这些年下来他积攒了多少身家，真要比较财富，便是传说中富可敌国的叶家和前朝留下的宝藏，怕也不过尔尔。谁也不知道他的私库究竟设在何处，金子打小跟着他出生入死，也只蒙着眼睛去过一回，半刻钟不到就被撵了出来。若非眼力格外敏锐，又记忆力绝佳，她还真不知道这些东西的出处。

先前赠给叶婕妤的红珊瑚算个啥？真该让外头那些人来看看这六口箱子里的宝

贝。宠与不宠，爱与不爱，有时候很能从这些外物中窥出端倪。金子感叹连连，终于也被璀璨宝光晃得头晕目眩，忙用手掌捂脸。

关素衣等眼睛不那么酸涩了才召唤运送箱子的小黄门：“这位公公，你那处可有礼单，能否给我看看？我怀疑东西送错地方了，许是哪位娘娘的赏赐，却送来了帝师府。”

小黄门早先也清点过一次，且得了白福总管死令，说是必要送到帝师府，不可再运回来，管帝师与太常卿用不用得上，于是弯腰假装查看箱子外侧的封条，笃定道：“启禀夫人，箱子没送错，您就收下吧，奴才这便回去复命了。”

关素衣还要再详细盘问，却见他跪下磕了一个响头，然后匆忙溜走，出了门跨上马，咯噔咯噔跑得飞快。

仲氏讶然道：“他怎么跑得如此快？咱们话都没问完呢！”

关素衣思忖片刻，摇头哂笑：“哪怕送错了，他又岂敢承担罪责？为了活命，只能将错就错赶紧走人。也不知收到祖父赏赐的宫妃是何反应，恐也不敢怀疑圣意，默默收下便罢。娘您别操这个心，先把东西收入库房，若是宫里没人来问，便当捡了个大便宜。”

“还能出这种错？也是奇了！这些东西太贵重，且大多适合风华正茂的女子，我拿着无用，要不你带回赵家去吧，便当娘补送给你的嫁妆。我猜宫里那位定然不敢去问皇上，未免显得自己爱慕虚荣、小肚鸡肠，必也是将错就错了。”仲氏一会儿喟叹，一会儿窃笑。

关素衣哪里肯拿这些烫手的东西，连忙辞了母亲回征北将军府，刚入角门就听说尚崇文畏罪自杀了，还一把火烧了自己的茅屋，已是死无对证。

“好狠辣的手段，竟是一点活路也不给人留。”她立在廊下沉思良久，这才一面叹息一面回了正房。

另一头，徐广志恨不得生啖关家父子，却又拿他们毫无办法，只好丢卒保车，草草中断此次谋算。他怎么也想不通帝师是如何识破自己骗局的，却也知道此时不宜深究，还得抓紧时机提高自己声望，以图入仕，于是私下联络景郡王，自去布局不提。

尚崇文畏罪自杀后，他抄袭的策论便在雅士圈子里疯传起来，有幸得见者莫不击节赞叹，引为奇文。因焚书废法而声誉受损的徐广志迅速走上台前，成为圈子里炙手可热的人物。有鸿儒专门为他的策论作序，称他为儒学之承上启下者，将来或开山立派，终为一代大家。不过短短数日，他的声望便直逼关父，还有文臣屡屡举荐他入仕，二府三司等要职均提了一遍，仿佛他是个不可多得的全才。然而在圣元帝心里，此人却是个居心叵测、心黑手狠的奸邪，断不能用，每有此类奏折便留中不发，背地却加派人手调查他，欲找出一二罪证将之除掉。

关素衣闻听徐广志东山再起的消息，心里憋了一股郁气，无论如何也难以消解，命人找来他的策论原稿，仔细研读一番，然后针对其中漏洞一一书写辩驳。

她绝不会给徐广志一丝一毫的机会。上位就上位，总拿祖父和父亲当踮脚石是怎么回事？难道关家上辈子与他有仇？既非要如此，她就亲手把人摁下去。

徐广志此人最擅长就时政发表策论，又因笔力强横，每每都有振聋发聩的论点。要驳倒他并非易事，所幸关素衣亦有刻苦钻研学问，二人真要在文坛上较个高低输赢，其结局谁也说不准。

尚崇文仿写的策论题为《儒法》，经过关父反复修改后，删减了很多与新法相互冲突的地方。而徐广志这篇风靡了整个上流圈子的策论题为《儒与法》，完全没经过删减，其主旨是法为德辅，一国律法的制定，当以礼教和道德为主，再施以法律相辅，官员审案量刑的基准先是道德礼教，后才是国法，二者若相互冲突，自是道德礼教为重，国法为轻，这便是所谓的“礼乐不兴则刑罚不中”。

随即在行文中一步一步深入，相继提出亲亲得相首匿、八议、官当、上请、准五服以制罪、十恶等论点。亲亲得相首匿暂且不提，八议、官当、上请，此三点确可说是完全推翻了皇上之前提出的“王子犯法与庶民同罪”的论调。而准五服以制罪论则是建立在血缘亲疏远近的基础上，此点使女子成了最卑微的存在，认为其受到戕害除了忍耐，断不能反抗。所有家庭都被压迫在父权之下，从此前的“严刑峻法”转变为“峻礼教之防”。这篇文章将是礼教大家长的喉舌、利刃，是宗族对抗国家、礼教对抗律法的最佳代言。可以想见，从中得到最大实惠的他们会如何欢声雷动，全心拥戴。

关素衣反复研读，眸光冷透，蘸了蘸浓稠的墨汁，才缓缓落笔：“德为私德，法为公法。治国当以私为虑或以公为先？社稷为公，苍生为公，而个人为私，孰轻孰重？此乃世人皆知之理。德主法辅，又可解为私上公下、私重公轻，此乃本末倒置，逆施妄行。徇私枉法四字，必先心怀私欲，后枉顾法度，法乱则民殇，民殇则国亡……”

将开篇看了又看，改了又改，她越写越顺，慢慢竟入了迷，已是耳不听目不视，完全沉溺进去。

金子和明兰默默守着她，眼看已到了用晚膳的时候，这才走上前提醒，“夫人，该歇会儿了……”

话未说完已被她不耐烦地打断：“收声，出去，关门！”

金子还想再劝，却被明兰死活拽出去，提点道：“小姐写文章入迷了，咱们就在外面守着，谁也别进去打搅。若是斩断她的文思，”她在自己脖子上划拉一下，阴恻恻地补充，“你以死谢罪都弥补不了，她能记恨你好几年！”

原来夫人也有文人的臭脾气。金子大感意外，却也有些好笑，忙捂住嘴，挡在门口，表示绝不会让人进去，又派了银子去前厅报信，请老夫人和二夫人无须再等，先用膳吧。

赵陆离带着两个孩子，借口给母亲早晚请安，来了西府，没能在餐桌上见到妻子，心里颇有些烦闷。他辗转问了好几名仆役，才得知夫人把自己锁在书房里已有大半个时辰，其间粒米未进，杯水未饮，也不知在干些什么。

“爹爹，您带上这个食盒去看娘吧。”赵纯熙将一个沉甸甸的食盒递过去，挤眉弄眼，表情精怪。

赵陆离莞尔，拍了拍女儿脑袋，叮嘱她照顾好弟弟，这便去了书房，却被金子和明兰拦在门外，好说歹说才让他静悄悄地入内，看那么两眼。妻子已换了素色便装，取下满头珠钗，只将浓密青丝绾成一束，用发带扎好，看上去十分简雅。她正奋笔疾书，眉宇间笼罩着一层锐气，走近了还能闻到一股浓郁的墨香。

她太过入神，连赵陆离如何推门、如何走近，又如何弯腰阅览稿件都一无所觉。

赵陆离本只想略看几眼，确定她安好就回去，却没料刚默读了两段就再也挪不动步。徐广志那篇策论，他自然也拜读过，原还觉得字字珠玑、笔力万钧，此时却恍然，与妻子相较，他不过尔尔！声望直逼帝师与太常卿？自成一派，终为大家？却是盛名之下，其实难副！

赵陆离连连摇头，再去看奋笔疾书的妻子，竟觉得她万分可敬。他没敢出声搅扰，更不提让她停下用膳的话，只把散落在桌面上的文稿一一捡拾，按照先后顺序摆放。

这一写便过了整整一夜，当天光大亮，晨曦洒落，关素衣才收起最后一笔，长长吐出一口浊气。

“逆旅舍人？这是你的雅号？”一道沙哑男声忽然响起，吓了她一跳。

“你怎么在这儿？”关素衣嗓音同样沙哑。

金子和明兰闻听动静连忙打了热水，端了热粥进来，伺候主子洗漱用膳。

“我守了你一夜。你的文章我看过了，倘若发表出去，必定撼动现有的律法体系，也将影响未来的刑律格局。素衣，我从来不知你竟才高若此！”赵陆离宛然长叹，似在为虚耗的往昔哀悼，又似为美好的将来庆幸。

他总以为，论起才华，叶蓁算是女子当中一等一的存在，然而现在回忆，她作的那些诗，吟的那些词，除了风花雪月、伤春悲秋，竟没有半点意义。而素衣的所思所想，倘若没有渊博学识、开阔眼界为基础，怕是连看都看不懂，更何论参透、理解。若把叶蓁比为一本书，可以页页翻看；那她就是一片海，唯有潜入水底才能窥见一丝奇景。

但关素衣的心扉已完全为他关闭，毫无动容地道：“那你回去休息吧，我还有事要办。”

“你想把此文传扬开去，打压徐广志，为岳父正名？”赵陆离敛去眼底的苦涩，温声道，“若是你相信我的话，这事便交给我来办，你赶紧回房睡一觉，养足精神。”

关素衣凝目看了他一会儿，终是将厚厚一沓文稿交出去，疲惫道：“那便多谢了。”

“你我本是夫妻，缘何如此多礼？夫君为娘子效力不是应当应分的吗？”赵陆离面上欢喜，心中雀跃，快速抚了抚妻子憔悴的脸颊，这便大步而去。

赵陆离命几个长随将夫人的文章誊抄数份，趁部尉午间换职时将其贴在八字墙上，让小厮守着墙面，以防别的文章覆盖上去，然后站在不远处观望。

最近皇上广开言路，各派各系的文人均十分活跃，偶得精彩策论，或寄给帝师指正，或与同窗分享念诵，还有胆大的直接往公榜上贴，以图扬名立万。

与赵陆离先前料想的一样，策论贴上之后，起初只有几个路人在看，后来有人拊掌赞叹，当场誊抄，传与同窗分享，看的人就渐渐多了，其中以法家学者为盛。有研习法家思想的学者，竟痴痴站在墙根下挪不动步。少顷，几名书生开始逐字逐句唱念，引来更多路人围观。

徐广志主张法为德辅，该策论就反过来支持法主德辅，以公私论驳倒礼教论，以国之大义对比个人微言，其遣词用句、断裂行文，堪称绝世超伦。其中又列举了许多远近闻名的惨案实证以阐明亲亲相隐、八议、官当之危害，譬如桃花村村民包庇子侄，为祸四方，终被朝廷全村屠灭案；譬如为父报仇互相砍杀以致两族俱亡案；譬如前朝官官相护，蒙蔽君主，终致亡国案……字字皆现血光，句句皆流苦泪。

在遣词用句方面，徐广志的策论旁征博引，确实十分大气，然与关素衣的策论一比，却着实落了下风。他的文章是写给士大夫看的，想要讨好的乃特权阶级，所以夹杂了很多深奥难懂的典故。而关素衣的文章既是写给文人的，也是送与平民的，阐述的道理深入浅出，引用的例证通俗易懂。她还将《儒与法》解析为更直白的话，一针见血地指出其中弊端，哪怕叫八九岁的孩童听去也能理解。是以，那书生刚念了几段，围过来的平头百姓就越来越多，直把穿戴整洁的文人挤得无处落脚。

当朝权贵尚毫无动容，过往百姓却在听了法家学者的唱念后莫不跪倒痛哭，大骂为官者欺压百姓、徇私枉法！什么八议、官当、上请，全是为自己犯法找的借口，连皇上违法都要受刑，他们却能用钱财、爵位相抵，残杀平民只需缴纳足够银两便能撇得一干二净，可曾把百姓放在眼里？可有将他们当人看？待念到立法之基为爱民护民，彰显公平正义时，不等文人开腔，普通民众就已哗然叫好，掌声雷动。有那受了欺压或心怀冤屈者，竟泪流满面，痛哭失声，直言逆旅舍人字字句句皆说到他们心坎里去，与帝师一样，乃真真正正地为民请命！哪怕念到最深奥的立法、修法那段，他们也不愿离去，虽然满脸懵懂，却时不时叫一声好、拍一个掌，誓要捧场到底。

好哇，这篇策论说得好！立法之宗旨在于爱民护民，在于彰显公平维持正义。国法为公器，人命大过天去，不应被某些人的私欲掌控。无论是王侯将相还是匹夫村妇，都得遵纪守法，安于本分，这才能共创盛世，同举伟业。

“说得好！”文人士子皆在沉默，平头百姓却都热烈鼓起掌来。什么叫奇文？真正贴合民心，顺应天道，为苦难百姓伸张正义的，才有资格叫作奇文，余者皆为权贵喉舌、豪门鹰犬罢了！

犀利而又切入要害的批驳过后，此文又以“如何立法、修法”展开讨论，就现有的各种法律形式，即刑、法、律、令、典、式、格、诏、诰、科、比、例等一一进行详述，表明立法应先立骨，再塑形，后添加血肉。

立骨当以不同类别分门架构，不可一概而论，即民有民法、官有官法、税有税法、地有地法等；塑形当以现今国势为基准，完全贴合当下政局与民情；血肉乃古往今来的大小案例，记录在册后可作后世量刑之圭臬，不凭主观臆断。

林林总总，条条款款均详略得当，用词精准。百姓听不懂这段，依然觉得十分厉害，不免连连叫好。那些法家学者却已经热血沸腾，群情激动，纷纷在街边的书肆里买了纸笔誊抄。

一位负责修法的官员拊掌朗笑：“好好好，老夫终于知道圣上命我等修法，我等却为何力不从心了，原是骨头没立起来就忙不迭地往上添加血肉，怎能不垮塌？逆旅舍人真乃国士，皇上当以尊师大礼迎入朝堂！”

此文现世，一时间再无人讨论徐广志如何如何，而他先前积攒的文名，被冲击得涓滴不剩。

“这位逆旅舍人到底是谁？难不成真是个开客栈的小掌柜？这文采简直绝了，堪与帝师一比！”

“徐广志先前那篇策论听说被上头赞为奇文，我还纳闷它奇在何处，却原来均为权贵发声，为世家张目，为上层欺压百姓提供名正言顺的道理。这人果然秉性难改，满身戾气还未消除，却又添了奴性，改去捧士大夫的臭脚了！”

“是矣，其人品与逆旅舍人相比，当真一个污浊不堪，一个高节清风。”

“不谈品行单论文采，他也天差地远，不可并叙！”

“逆旅舍人真乃民之钟鼓，振聋发聩！他说的这些话，哪个当官的能说？哪个庶民敢说？我从头到尾听完，哪怕最后那段听不懂，也觉得畅快至极！”

“的确畅快！这才是真正的奇文，徐广志与逆旅舍人相比算个屁？”

“哎，此言差矣！当是屁都不算！”这人话音一落，旁边已是哄笑连连。

赵陆离慢慢融入人群，将文章看了一遍又一遍，听着他们对夫人的盛赞，心中既溢满骄傲，又觉愧悔无比。这是他舍弃自尊亲去宫中求来的夫人，也是他盲目打压、肆意欺辱的夫人，更是对他冷了心、在登闻鼓前差点恩断义绝的夫人。倘若他早些看见她的好，学会理解、珍惜、爱护，他们现在就不会有这么多的隔阂与冷漠。如今，他连对旁人道一句“关素衣是我夫人”也不敢，唯恐惹来“身在福中不知福”的嘲讽。发现关父与关老爷子下朝后正向这边走来，他脸颊烧红，无颜相见，忙低着脑袋偷偷溜走，途中被人撞了一下，差点跌倒，上了马车才发现藏在怀里的原稿被人盗了，不免心头泣血。

关父与关老爷子不熟悉徐广志的行文，还能看不出掌上明珠的手笔？先是一呆，而后反复研读起来。大约过了小半个时辰，二人已把文章吃透，心中皆翻涌着惊涛骇浪。

“好哇，我打小教她儒学，你竟背着我偷偷教她百家之学！这篇文章融合了儒家之仁德博爱、法家之公正刑明、道家之清静无为，集三者之大成而又不显突兀。你究竟背着我花了多少工夫？”老爷子仿佛气得狠了，眼里却满是骄傲的笑意。

关父也很纳闷，谦虚道：“儿子没怎么教她，随便塞了几本杂书而已，甚至没定期考校，不过放任自流。依依天赋异禀，我又有什么办法？”话落摊手，仿佛很无奈的样子。

父子两互相对视，而后哑然失笑。

与此同时，徐广志将手里他人誊抄来的稿件撕成碎片，而后拂落书桌上的东西，显得气急败坏。景郡王坐在上首，冷哼道：“此时发怒已无济于事，还不赶紧写一篇文章辩驳？你不是最擅长口舌之利吗，就不能把这逆旅舍人踩下去？”

徐广志到底心机深沉，想得也远，颓然道：“王爷有所不知，现在已不是我能不能将他驳倒的问题，而是旁人愿不愿听的问题。你道他这篇文章缘何传得如此快速，不过短短一个时辰就已街听巷闻、众人皆知？我的文章是站在权贵立场上，写给士大夫和官宦们看的，他的文章却是站在庶民立场上，写给全魏国亿万百姓看的。我的文章是为权贵发声，他的文章是为普通人请命。王爷，您好生算算，魏国权贵有多少？平头百姓又有多少？百姓若是受他蛊惑，认定我是权贵鹰犬，从此绝不会听信我一字半句！我哪怕写几百几千篇文章，亦是枉然。上次王丞相鼓动民乱那事您可还记得？民众的力量连皇权都能推翻，连国君都要敬畏，民众的声音又岂是能被随意忽略甚至堵塞的？防民之口甚于防川，而今我若再写文章与他作对，那便是站立在这滔滔奔涌的河川上，注定会被溺毙！只愿皇上明白我的苦心，更看重我的策论并提携重用。所以现在咱们什么都不能做，只能等。”

景郡王想起上次差点分裂魏国的人祸，心中已起了怯意。他不是圣元帝，断没有一言平息民乱的威望，若是徐广志与逆旅舍人展开笔战却又惨败，不仅他文名尽毁，自己也会引火烧身。

二人对坐无言，半晌后只能含恨认输，且等下回再慢慢布局，重整旗鼓。

未央宫里，圣元帝拿着派遣暗卫从赵陆离怀中偷来的原稿，正如痴如醉地阅览，时而拍案叫绝，时而恍然大悟，竟片刻也舍不得放手。

“来人！把帝师、太常卿、司马、司徒、司空等人召来，就说朕这里有一篇奇文欲与他们共赏！”他一人饱览犹觉得不够，恨不得嚷嚷得全天下都知道。

两刻钟后，诸位大臣奉召而来，瞥见皇上手里的文稿，心里莫不了然。身为士大夫，他们自然更满意徐广志的策论，但皇上出身草莽，又是蛮夷，难以理解他们对于父权与宗族礼法的执念，而朝廷渐渐启用寒门贫士为官，对公平公正的追索亦前所未有地强烈。

这篇文章的问世可说是顺应天命，合乎人心，虽伤及权贵要害，却更挠到了百姓甚至寒门士子的痒处，拥有极其庞大的群众基础。在世家衰落、寒门崛起的现在，它一面肯定了儒家仁爱学说的重要性，博得了普通群众的认同感；一面直指其划分人等的局限与弊病，获得了天下庶民的支持与拥戴；紧接着又一改风格，由浅显易懂的白文变为深奥精炼的立法纲要，把文人的心也狠狠抓住。

这位逆旅舍人若肯出仕，当又是一位帝师！

众人心思各异，慢慢走到殿前行礼，未等下跪就被皇上招过去，欣喜道："这篇名为《民之法》的文章，想必诸位爱卿都已拜读过吧？来来来，快与朕说说你们的想法。"

关老爷子和关父定睛一看，发现稿纸上竟是自家掌上明珠的字迹，不免出了一身冷汗。

三司长官中有两位出身官宦世家，自是对文章不怎么喜欢，随便敷衍几句便垂头喝茶，出身寒门的司空则大赞特赞，对其推崇备至，把关家父子跌落谷底的情绪缓缓调动起来。

皇上从未见过依依的字迹，应当没甚要紧。这样想着，二人也就面色如常了，略喝几口热茶，等司空夸尽兴了再说话。

"帝师，您老最擅长写文，还请帮朕掌掌眼，这《民之法》究竟如何？"圣元帝颇有恶趣味地询问。

关老爷子勉强压下骄傲的情绪，肯定道："此文堪为立法之绪论，当命详定编敕所全体官员仔细研读、参悟。徐广志那篇策论微臣也看过，其宗旨为'在礼教宗法的基础上订立国法'，看似彰显仁义，惠及各阶层，实为加固宗族之凝聚力，削弱邦国之统御，三五年内可令社稷稳定，十数年内可令百姓顺服，二三十年后却可兴世家，旺宗族……"

至于重振世家与宗族的后果为何，想必无需他赘言皇上也知道，定是此消彼长，你进我退。

圣元帝目光变得锋利起来，转头看向司马与司徒二位大人，皮笑肉不笑地道："难怪徐广志那般受士大夫追捧，却原来是这个缘故。亲亲相隐，官官相护，若触犯了国法，你们还能上请，抑或官当，真是逍遥得很啊！若是你们抱成了团，想干什么都有亲族或同僚帮忙掩盖，那要置朕于何地？好个徐广志，好个世家喉舌、权贵鹰犬！"

司马、司徒骇得瑟瑟发抖，连忙跪下请罪，从此再不敢举荐徐广志入仕。明眼人都看出来了，他那篇策论正正戳中皇上心肺，已令他厌恨至极！

圣元帝欲以儒学治国，一是看中它的仁爱思想乃顺民御民之术，二是看中它的三纲五常论可令臣子效忠于君主，免于犯上作乱。但经由徐广志编撰而后概述，却把宗族礼法定于国法之上，即将君臣纲常设在了父子、夫妻纲常之后。

同样是三纲，顺序略微改变，意义也就大为不同。正如帝师所言，他这篇策论强化的是宗族观念，而非忠国思想。短时间内，人民的宗族观念增强了，自然会安常履顺，兢兢业业。然天长日久，若只知有家不知有国，只知尽孝护家，不知报效邦国。当同时面临家难与国祸，人们自是保全小家，舍弃邦国。毕竟谁当皇帝于他们而言都无所谓，日子照样能过。

曾经，几大世家在中原搅动风云，引战诸侯，策划暴乱，只要家族始终存在，势力不断扩张，他们根本不在乎御座上的人是谁，稍不合心意就能翻天覆地，颠倒乾坤。百姓疾苦是什么？苍生有难又如何？他们心里只有“宗族”二字，哪会低下高昂的头颅，去看看匍匐在脚边的庶民？不，或许他们曾经垂眸过，也曾仔细打量过，否则怎会创造出“蝼蚁”这等词语？

曾经身为蝼蚁之一的圣元帝，对腐朽而又麻木不仁的世家自是切齿痛恨，又怎能容许他们死灰复燃？他拿起徐广志的文章略看两眼，而后面无表情地投入火盆，将之烧成灰烬。

几位大臣均垂眸敛目，不敢多看，免得这把火不小心烧到自己身上。

世家的时代已经过去，怕是再难找回曾经的风光与荣耀。徐广志分明是个聪明人，却为了入仕选择依附于世家，实是聪明反被聪明误。岂不知皇上近来提拔的都是寒门学子，打压的都是世家子弟。

众人心思纷乱，暗自危惧，关老爷子和关父却处之泰然，淡定从容。他们虽然也出身世家，却非官宦世家，虽对功名利禄有所期待，却更看重个人修养与心中理念，只要家里的孩子们读好书，研究好学问，便没什么可操心的……不，学习太好了反而更操心！思及此，二人偷偷看了一眼摆放在皇上手边的文稿，忖度着该如何应对。依依的雅号乃凌云居士，然而此次她却弃之不用，重新取了一个“逆旅舍人”的雅号，可见并不想暴露身份，那么他们必得替她遮掩一二。

父子俩对视一眼，心领神会。

圣元帝哪能没发现二位大人的眉眼官司，心下暗笑一声，这才拿起文稿徐徐开口：“帝师，这位逆旅舍人的字迹比起您来如何？朕虽然眼拙，却能从中听闻裂帛金鸣之声，察觉锐不可当之势，更有一股嶙峋傲意跃然纸上，当是世间难得一见的好字儿吧？”

关父连忙垂头掩饰嘴角的微笑，关老爷子已是大赞特赞，推崇备至：“皇上哪里眼拙？却是慧眼独具，明察秋毫！这位逆旅舍人的字铁画银钩，矫若惊龙，不但骨架端正，更有蔚然灵韵，实乃微臣平生仅见之杰作！微臣那笔字可与旁人相较，却断不敢在此人面前献丑。”

万没料到素日谦逊有礼的帝师，夸起自家孙女儿竟如此不遗余力，圣元帝连连呛咳，暗笑不已，想起夫人徒手劈瓜的场景，再看二位大人，竟觉这家人个个都可爱，亦更为可敬。

待老爷子夸完一轮，停下喝茶，圣元帝继续追问："朕曾听帝师说过，您那宝贝孙女儿也是个书法高手，与这位逆旅舍人比起来如何？"

关老爷子胡须抖动一下，似有些为难，片刻才道："回皇上，二人当在伯仲之间。"

"哦？"圣元帝朗笑起来，"那么朕改日必要求一幅夫人佳作，还请帝师帮朕带个话。"

老爷子脸颊涨红，有苦难言。关父眼观鼻鼻观心，假装局外人。

逗弄了严肃刻板的帝师，圣元帝心里十分畅快，抖了抖文稿，继续道："赏完书法，咱们再来赏文。朕猜这位逆旅舍人应为杂家学者，她字里行间虽处处提到国法，似是法家；对儒学精要却知之甚详，信手拈来，所引用的语句与典故，非数十年浸淫儒学者终不可得，又似是儒家；对历史典籍的钻研堪称通透，更总结出历史发展之轨迹，又似史学家。细细数来，当真是位不可多得的全才！"

那股尴尬劲儿消散后，老爷子连连点头，嘴角含笑，仿佛很是享受。关父与几位大臣偶尔附和一声，并未露出异样。

圣元帝爱惜不已地抚摸文稿，叹道："朕想把这位逆旅舍人请来宫中面谈，若是能劝说此人入仕，或待在朕身边为朕筹谋，真乃人生一大幸事！"瞥见老爷子瞬间僵硬的面容，他笑着安抚，"当然，朕绝不会因此而冷待帝师。中原人有一句话叫'一日为师，终身为父'，帝师大人对朕的教导，堪比君父。"事实上，他的父亲从未看过他一眼，更何谈抚育教诲？帝师和太常卿为他所做的一切，远比君父多得多，他此生此世都不会忘。

关老爷子笑也不是哭也不是，一张老脸皱得像风干的橘皮。

圣元帝这才作罢，假装遗憾地摆手："可惜朕派了许多人去打探，都未寻到蛛丝马迹，可见这位舍人并未有入仕的想法。那就让其自由自在，闲云野鹤地过吧。帝师，朕还有最后一个疑问，您说这'逆旅舍人'四字究竟是何意？"

关老爷子大松口气，解释道："'逆旅'乃客舍、旅店的意思。语出《左传·僖公二年》：'今虢为不道，保于逆旅。''舍人'有两意，一为旅店主人，二为世家门客。然她既雅称'逆旅'，可见'舍人'取前者之意，谦呼自己不过是个开客舍的小掌柜，一介庶民而已。"

圣元帝沉吟片刻，摇头道："开客舍的小掌柜？朕觉得不对。这'逆旅'二字依朕看当从浅表去解，意指自己是个逆向而行的旅者。"话落略微停顿，语气笃定而又感佩，"老子有一箴言：'我有三宝，持而保之：一曰慈，二曰俭，三曰不敢为天下先。'朕每每思及，莫不嗤之以鼻。若无人独挑大梁，朕如何称帝？天下如何太平？反其道而行之，舍慈且勇，舍俭且广，舍后且先，则雄主立矣，将帅出矣，百姓存矣，于是盛世可期。故‘舍人’之意尽显，非为客舍主人，实乃舍生取义，敢为人先！”

他定定地看向关老爷子，喟叹道：“这位逆旅舍人的胸襟与气魄，真是令人拜服！”

“逆旅舍人”四字还能这样解释？关老爷子对自家孙女极其了解，满以为这不过是她随意取的化名，没有丝毫特殊含义，却不想皇上竟将之美化，掰扯出这样通天的道理来，心下不免好笑。但他也不反驳，只是沉默点头。其余几位大臣笑赞皇上慧眼识珠，学问渐长，慢慢消除掉他对徐广志和世家的不满，而后见机告辞。

关素衣略躺了半个时辰，梦见一个小娃娃攀着自己喊娘亲，醒过来便再也睡不着了。待在赵家实在难受，看见赵纯熙和赵望舒更是心乱如麻，她匆匆洗漱一番，直接回了娘家。

踏入帝师府，与母亲说了会儿话，她终于平静下来，把自己关在书房里练字。临到傍晚，快到饭点了，她正准备解开腕间的铅块，就听外面传来老爷子气急败坏的声音：“好你个小狐狸，背着我偷偷学习诸子百家！这不仅是你爹的功劳，还有你那外祖父和外祖母的功劳吧？”

关素衣推开窗子，笑盈盈地看着老爷子：“祖父，孙女儿学问做得好，您不高兴吗？”

“高兴，太高兴了！”关老爷子佯怒的表情猛然一收，捋着胡须哈哈笑起来，“你是不知道啊，皇上几次问我认不认识逆旅舍人，我差点就憋不住说那是我孙女儿！思及你隐姓埋名，怕是不堪俗人搅扰，这才按捺住了。你做学问就做学问，瞒着我作甚？难道以为我也是徐广志一流，只认儒学，必要扼杀诸子百家不成？那不是文人，是暴徒！”

关素衣连连应诺，心情瞬间愉悦起来。

关老爷子继续道：“皇上这人着实有趣，略喝一点文墨就爱在别人跟前摆弄，你当他如何解‘逆旅舍人’四字，真是恨不得说出花儿来……”关老爷子慢慢将未央宫中的对话详述给孙女儿，然后走入书房，朝桌上一看，却见雪白夹宣上跃出一行游龙般矫健的字迹——舍慈且勇，舍俭且广，舍后且先，死矣？无悔！

“还真让皇上说中了？”他哑然片刻，这才震惊地朝孙女儿看去。

关素衣内心的震撼与动容不比祖父少。她绝想不到，世间能真正理解她、参悟她的，竟是这位曾经令她百般看不上的帝王。是了，时光回溯，沧海桑田，她能改变，焉知旁人不能改变？这位帝王并不昏聩，恰恰相反，还十分有胆有识，英明神武。过去已经远去，该舍弃过往，放眼当下才是。

她眉宇间的郁气彻底消散，一字一顿道：“若有幸得见陛下，依依当引为知己，把酒畅谈。”

关老爷子用全新的眼光打量孙女儿。这孩子一直在他身边长大，性子究竟如何，没人比他更清楚。她的确骄傲、不屈，脾气执拗，却绝没有这等气魄。“舍慈且勇，舍俭且广，舍后且先，死矣？无悔！”这句话看似简单，却暗藏了甘死如饴的决绝。她一个娇生惯养的小姑娘，最大的忧愁恐怕就是后宅纷乱与拈酸吃醋，又哪儿来如此悍然不顾的孤勇？嫁入赵府后，她难道还经历了不为人知的苦难？

老爷子脸色骤变，诘问道：“依依，你老实跟我说，赵家人究竟待你如何？”

关父也眸色黑沉地走进来，一面拿起女儿的字幅观看，一面强忍心悸：“赵陆离欺负你了？”

家人为自己操心了一辈子，关素衣唯愿他们平平安安、顺顺遂遂，又哪会诉苦？她连忙挽住祖父胳膊，笑道：“即便当初他还是镇北侯，也没能从我手里讨到便宜，现在已经是个庶民，还能拿我怎样？祖父、爹，你们放心吧，我在赵家过得挺好的，下仆畏我，儿女敬我，婆婆与妯娌护我，两个妾室关在东府，根本见不着面，魏国再没有比我过得更舒坦的主母。”

“那便好。”关老爷子深深看了孙女儿一眼，确定她没说谎话，也就放心了。

关父却不大相信，正欲仔细盘问，外头忽然跑来一名仆妇，气喘吁吁地道：“老太爷，宫里来人送东西了，您快去前院迎一迎吧。”

三人走到前院，就见上回送东西过府的小黄门满脸堆笑地行礼：“见过二位大人，见过夫人，奴才奉命送赏赐来了。”话落摆了摆袖子，让他们看自己身后。

这回还是六口大箱子，用红色的封条贴着。仲氏了然道：“是不是上回送错了，皇上叫你来换？”

“回夫人，上次没送错，而是少送了几箱，奴才这儿有礼单，您点点？”小黄门将长长一份单子递给仲氏，待她点算完毕就告辞走人。

这回的赏赐真是送到心坎上了。一箱为寿山石、青田石、昌化石、巴林石等极为贵重的石材，品相与色泽一个比一个不凡，对于酷爱雕刻印章的老爷子来说是绝顶的宝贝。一箱为古董字画，俱是名家真迹，随便一幅都足以叫外头那些文人雅士抢破头，关父呼吸粗重，心脏狂跳，人已经扑到箱子边去了。余下四箱皆是世上少见的孤本绝本，种类繁多，科目庞杂。

关素衣再难保持优雅淡然的仪态，深吸一口气才走过去，觍着脸道：“娘，您上次说补送我嫁妆的事还算数吗？”

仲氏哑然。

吃罢晚饭，拖着四口大箱子回到赵府，关素衣心满意足地喟叹：“我终于理解祖父和父亲为何那般喜爱皇上了，他的好处果然就在这‘土豪’二字。游历了那么多地方，见过形形色色的人，我就没见过比皇上更慷慨大方的。这些书怕是有几千册，足够我建一座书楼，然后躺下看个十年八年，如若日后他的赏赐都是这些，那我次次都得回去沾一沾光才是。”

看见夫人窃喜的表情，金子暗忖道：夫人您可想错了，是帝师大人和太常卿大人沾了您的光。这些物件都是陛下送给您的，他怕，不敢，所以只能迂回行事。

主仆几个正欢欢喜喜地清点书册，外面传来一阵清脆的敲门声，回头一看却是赵陆离。他脸上带着温柔的微笑，探问道：“听下人说你今日回帝师府去了？二位泰山身体可还康健？”

关素衣将他引到内室，不冷不热地道：“还似以往那般康健，多谢关心。你这是从老夫人那里来？应当吃过晚膳了吧？我搬了几箱东西回来，屋子很乱，着实失礼了。”

赵陆离分明听出她在撵人，脚下却像生了根，不肯挪动半步。他压了压涩意满满的胸口，叹道：“素衣，实在是对不住，今日我一个不慎，竟把你的原稿弄丢了。”眼见她摆手，似要说没关系，他急忙续上，“我努力弥补，却发现自己总是做错。今日我隐在人群中，看他们夸你、赞你、拥戴你，我的心里又甜又苦。甜的是如此优秀的女子是我的夫人；苦的是我却不知珍惜，差点把你弄丢。素衣，难道分府之后，你打算永远与我这样过下去？你不想与我圆房，做真正的夫妻，然后共同养育一个孩儿吗？他若是能继承你的聪明才智，将来一定很有出息，他……”

对赵陆离来说，这些都是他对美好生活的向往，对关素衣而言却不啻食人魂魄的梦魇，令她痛不欲生。关素衣额角布满汗珠，正想让他赶紧闭嘴，金子却端着一个茶盘进来，也不知脚下绊到什么，稀里哗啦地全倒在他头上。她一个劲儿地赔罪，诚惶诚恐地擦拭，眼里满是泪光，仿佛快哭了。赵陆离不好与妻子的心腹丫鬟计较，只得依依不舍地回东府换洗。

“把两府的隔门锁了，谁敲也不准开。”关素衣狠狠吐出一口气，这才从荷包里取出一粒蚕豆大的金珠，抛给金子，“做得好，这个拿去玩儿吧。”

金子受宠若惊，忙跪下道谢，忽见窗外斜斜飞来一只鸽子，先是落在窗台，然后不怕生地跳入书房，站在笔架上，一面歪着脑袋打量关素衣，一面叽叽咕咕地叫，仿佛有什么话要说。关素衣觉得它十分灵动可爱，便也并不驱赶，待沉郁的心情稍退才认真看了两眼，却见它脚踝上绑着一根细细的竹管，竟是一只信鸽。她脑中已有猜测，从竹管内取出纸条慢慢展开，先是一叹，继而暗道：果然。

关关雎鸠，在河之洲。窈窕淑女，君子好逑。
参差荇菜，左右流之。窈窕淑女，寤寐求之。

略显生涩却又力透纸背的字迹写着这首世间第一情诗，那人悲伤的表情，满是挣扎的眼眸，想追却又不能追的身影，仿佛就近在咫尺，令关素衣更为心烦意乱。她本打算一个字都不回，但想了又想，终是提笔——

高鸟能择木，羝羊漫触藩。物情今已见，从此愿忘言。

看着鸟儿扑簌簌飞走，飘忽间落下几根雪白的羽毛，她敛去眼底的寂寥与落寞，慢慢把自己藏入血红夕阳的暗影里。

圣元帝抬起手臂接引信鸽，喂给它几粒粟米，这才取下竹管，小心翼翼地抽出纸卷。

“高鸟能择木，羝羊漫触藩……”他一字一字咀嚼，一刀一刀锥心，苦笑道，“夫人好狠，竟是劝朕忘情移情吗？她就一点也不为朕所动？”正难受得无以复加时，窗外又飞来一只信鸽，叽叽喳喳地跳到御案上。

白福见皇上久久没有反应，这才走上前取信，认出竹管上的标记，低声道：“陛下，是沈大人寄来的。”沈大人便是金子，暗卫里的二号人物。

圣元帝忙打起精神阅览，苦痛的表情慢慢被欢喜取代，少顷竟脸颊烧红，悸动不已。原来他的理解是对的，“逆旅舍人”真是那个意思。自从认识了夫人，遇见疑难时他总会不由自主地设想——若夫人在此处，她会怎么办？渐渐地，他的思维与夫人越来越像，情也越来越浓，直至现在心有灵犀，一点就透。他很少阅读道家典籍，更不熟悉老子的言论，忽然间福至心灵，脱口而出。夫人欲将他引为知己，殊不知，她早已是他的红颜知己。

一阵接一阵难以抑制的欢喜过后，他脸色由红转黑，冷笑道：“伤了夫人的心，现在便想拿孩子弥补，赵陆离想得倒美！”转念忆起自己污浊不堪的出身，本就少得可怜的优越感竟荡然无存。赵陆离再如何混账，至少能给夫人一个孩子，而他呢？他能给夫人什么？但若让他放弃，心中便似刀割一般疼痛，恰如跌落悬崖的旅人，哪怕两只手臂死死抠入岩石，待力竭之后终有一死。

他遮住脸，五官狠狠扭曲，想哭却没有眼泪，想吼却又不能，除了暗自煎熬，别无出路。沉默了近一刻钟，他哑声道：“伺候笔墨。”

白福大气都不敢喘，轻手轻脚地铺好宣纸，磨好浓墨，将御笔递过去。

夫人将吾比作高鸟，将自己比为凡木，实乃谦言自贬，令人痛心。愚虽不才，然自诩情深，愿做凤凰，非晨露不饮，非嫩竹不食，非梧桐不栖，正如此生此世非夫人不娶。夫人可以怨我、恨我，只求莫要远我。

忽纳尔敬上，祇颂玉安。

圣元帝写完尺素藏入竹管，而后放飞信鸽，在窗边站了大半夜，确定夫人未曾回信，这才闷闷不乐地躺下。

另一头，关素衣看着手里非卿不娶的情信，心中既好气好笑，又感动莫名，本打算赶紧烧掉，免得落人把柄，却不知怎的没能下手，只好找一处稳妥的地方收藏，想了想，终是没写回信，却难得一夜好眠。

第十一章
解结

自从第一只信鸽飞来以后，关素衣几乎每天都能收到忽纳尔的尺素，有时候甚至一日几封，不是情诗就是告白，还有些生活中的琐碎片段。她很少回信，被缠得狠了才会写上一句两句，且都是明明白白的拒绝，但那人仿佛看不懂，略消沉一天，隔日如故。

这日，白鸽又送来一封情信。

“青青子衿，悠悠我心。纵我不往，子宁不嗣音……挑兮达兮，在城阙兮。一日不见，如三月兮！”关素衣一字一句念诵，冷笑道，“一日不见，如三月兮。分明刚才还让李姐姐把我邀出去，躲在角落里看了半个多时辰。”

“夫人，您也发现了？”金子都替陛下感到丢脸。那做贼一样的动作竟让夫人看去，待夫人得知他身份，还不英名扫地？

“九尺高的人杵在那儿，除非瞎子才看不见。”关素衣抖了抖纸条，叹道，“罢了，只要不让我为难，且随他去吧。你看他这笔字儿倒是大有长进。”

“是，写得越来越像夫人的字迹了，忽纳尔大人倒是挺好学的。”金子笑着点头，伸手接了情信，藏入暗匣里。不知不觉几个月过去，暗匣里早已装满大大小小的纸条，怕是再过不久便得换个大点的箱子。

明兰忧虑道：“小姐，您还是把这些东西烧掉吧，免得被人发现，说您，说您……”她脸颊通红地垂头，似是羞于启齿。

关素衣自然明白其中厉害，但只要一想起忽纳尔总是荡着浓浓爱意的眼眸，以及那一句“此生此世非卿不娶”，她就无论如何也硬不下心肠。这是她在家人之外得到的第一句告白、第一份不舍、第一次守护。如果可能，她真的想将它好好地妥帖地珍藏，而不是一把火烧成灰烬。

再如何刚强，她也是个有血有肉的人，难道就不允许她心中有一处柔软而又温暖的所在？难道就不允许她偶尔疲惫的时候，有一份想起来就能绽开微笑的美好记忆？

见小姐不知怎的，忽然陷入迷茫，眼角还隐有泪光闪动，明兰立刻慌了神，摆手道：“哎呀，是奴婢多嘴，暗匣藏得好好的，哪里会让人发现。金子姐姐别愣着了，赶紧把它收起来吧，日后这书房咱们得看好，不让旁人随意进来。”

金子忙把匣子收起来，见夫人心情还是不好，转移话题道：“夫人，您听说了吗？叶家的人，除了叶繁和宫里的叶采女，其余全死光啦！”曾经高高在上、不可一世的叶蓁，早就被一贬再贬，成了最低等的采女，连个稍微得脸的宫女太监都不如。

“嗯？怎么回事？”关素衣果然回神，拧眉追问。

“也不知他家得罪了谁，竟放毒蛇把幸存之人全咬死了！”

“全被毒蛇咬死？据我所知，叶家余下那些人虽说都判了流放，却不在一个地方，边境各处都有，这里三两个那里三两个，想把人找全一个个杀死可不容易。”

“是啊，所以前后几乎耗费了五六个月时间。第一个叶家人被咬死的时候，当地衙役还以为是意外，随便用草席裹了埋掉，接着是第二个，第三个，第四个，直到全死光了才有官员觉出蹊跷，派人去查，如今已上报朝廷，怕是会大力搜检一番。”

“五六个月时间全都花在找人、杀人上，如此循环往复，若是没有深仇大恨，谁愿意耗费这等心力？叶家得罪的这人不简单啊！”关素衣沉吟道。

可不是嘛！从手法上看，正是当年追杀陛下的人！金子眸光闪烁，暗暗咬牙。

思忖间，外面传来撕心裂肺的哭喊，随后便是一阵闹哄哄。明兰走到外面打探，一会儿工夫便回来了，不屑道：“原是叶姨娘听说家人俱亡的消息悲痛欲绝，无论如何也要去边关祭拜，眼下正跪在正院求老夫人开恩，放她出行。”

金子冷笑道：“当初叶家人流放出京的时候怎不见她悲痛欲绝，现在倒哭起来了，怕是想让老爷陪她一块儿去吧，就算去不了，也得让老爷看看她的孝心，好生安慰一番。”

“安慰着安慰着，就可以滚到一处了。”说起旁人，明兰一点也不觉得羞耻，竖起两根大拇指互相碰了碰，笑容猥琐。

关素衣拧了拧她脸颊，叹道：“弟妹已经七个多月了，身子越发沉重，总让她这样吵闹可不行。走，过去看看。”

一行人还未走到正院，哭声就已止息，关素衣入了内堂，却见赵纯熙和木沐正陪着阮氏，老夫人头疼，已回房歇了。

阮氏似乎很高兴，招手道：“熙儿越来越能干了，三两句话就撵走了叶姨娘，叫我和婆母得了清静。她还给我带了福记的酸枣糕，大嫂快过来尝尝。”

阮氏之前害喜得厉害，什么都吃不下，就好福记的酸枣糕，关素衣哪能与她分这口吃食，忙笑着推掉，而后抱起木沐，捏了捏他鼻尖。几人坐下慢慢聊天，大约一刻钟后，阮氏忽然抱着肚子呻吟起来，襦裙亦被打湿，而染上的却并非羊水，而是鲜血。

“快去叫稳婆和太医！太医若是来得慢就去街上找几个大夫。快快快！”旁人还处于惊骇之中，关素衣已迅速回神，一面指派下仆各处行事，一面让赵纯熙把木沐带出去，转而命令道，“金子你精通医术，先替弟妹看看。”

金子不敢耽误，一把将百十斤重的孕妇抱起来，稳稳当当送入内室。不过须臾，阖府上下便闻风而动，却又丝毫不乱，稳婆和大夫先后找来，太医果然有事在身，慢了一步。但不想阮氏情况十分危急，各人从早晨折腾到子夜，却还是一筹莫展，阮氏已是命悬一线。

产房里，阮氏尖叫哭喊的声音慢慢降下去，太医隔窗问道："不行了，保大还是保小？"

不等赵陆离和老夫人反应，关素衣已斩钉截铁地道："保大！"谁也看不见她的指甲已抠入掌心，汩汩流血。

已命悬一线的阮氏忽然痛哭起来。作为当事人，她的感觉比太医还清晰，保大已无可能，不如用自己的命换孩子一条生路。她拼尽最后一口气，大声喊道："嫂子，得您今日一句'保大'，我便是入了地府，转世投胎，也绝不会忘了您的恩情。但我自己的身体我自己知道，羊水未破，血已流尽，断然救不回来了！我最后求您一次，救我的孩子，一定要救我的孩子！来生我愿替您当牛做马！"

关素衣泪如泉涌，嗓音狠戾："莫说这些浑话！保全了自己，将来想生多少孩子没有？太医，别听她的，赶紧救人！"

"哦哦哦，微臣这就施针！"太医连忙回神，抽出银针让金子扎穴。

阮氏还不死心，哑声呐喊："我真的不行了，嫂子您就答应我吧！只要是您答应的，断没有做不到的。嫂子，我现在谁也不信，连我自己都不信，只信您一个……"

然而话未说完，一股鲜血就狂涌而出，终于耗尽她最后一丝生命。她双眼暴凸，表情不甘，仿佛死不瞑目。

察觉屋里忽然没了动静，关素衣浑身冰凉，满心惶然。命运难道真是不可违抗的吗？她费尽心机保全阮氏，却还是留不住她？

房门悄无声息地打开，满身是血的金子、太医、稳婆从里面走出来，金子哀痛道："二夫人走了，孩子……孩子也没保住。"

老夫人瞬间软倒下去，赵陆离连忙搀扶，泪珠滚滚而落。几个孩子被锁在正房，并未得到消息，也不知如何恐惧焦虑。关素衣却只是愣了愣，然后义无反顾地踏进产房。

浓郁的血腥味几乎能把人熏晕，阮氏就躺在被血浸透的床褥上，眼珠死死盯着门口，似乎有无数呐喊、无数祈求、无数渴盼，却再也不能诉之于口。

"救我的孩子，一定要救我的孩子！"她临死最后一句呼唤总在关素衣耳畔响起，令她心如刀绞，痛不可遏。她跪倒在床边，颤手抹下阮氏的眼睑，却接连三次未能如愿，只好去整理遗容，擦洗遗体，让阮氏走得干干净净、体体面面。

"夫人，这些活儿还是交给奴婢来干吧。此处血腥气太浓，怕会冲撞了您，快回去好生洗洗，稍作休息，等这里忙完了奴婢再去叫您。接下来还有丧事要办，您一定得补足精神，免得撑不下去。"虽然知道夫人胆魄过人，重情重义，绝不会在意产房的血污与死气，金子却不得不规劝。若夫人因此染了病，陛下怕是会比她本人更难受。

关素衣手掌覆在阮氏鼓胀的肚皮上，感觉底下有什么东西踢蹬了一脚，表情先是诧异，继而沉思，最后转为决绝。她直勾勾地朝金子看去，双目像燃烧着两团烈火，能把人灼伤。

“你懂武艺，且擅医术，对吧？”她沙哑的嗓音里暗藏着一浪高过一浪的惊涛。

“是的，夫人您想做什么？”金子心脏狂跳了一瞬。

“找一把刀来，我要剖腹取子！”她一字一句缓缓开口，亮如寒星的眼眸告诉旁人，她没疯，反倒前所未有的清醒。

端着一盆热水进来，准备帮忙擦洗血污的明兰吓得腿脚发软。她勉强稳住身形，冲跟在自己身后不远处的几名仆妇说道：“夫人要亲自给二夫人整理遗容，你们都下去吧。对了，把绣娘叫起来，让她连夜赶制寿衣，二夫人还等着穿。”

几名仆妇怕染上晦气，想也不想就答应了。赵陆离已经搀扶着老夫人回正院，又把太医留下诊脉，免得她受不住这等刺激。

明兰确定院子里再无外人，这才压低嗓音规劝：“小姐，您知道自己在说什么吗？人死为大，您就让二夫人好生安眠吧。这事若传出去，别人不会体谅您是为了救孩子，反倒会怪您冒犯鬼神，行妖魔之事。更甚者，他们还会借机弹劾老太爷和老爷，败坏关家千年声誉。人都已经死了，须得尽快入土为安，这个时候您可千万别犯糊涂，所幸您是官宦人家的贵女，否则这等触怒神灵的行为放在平民女子身上，非得被烧死不可！”

“你以为我在犯糊涂？”关素衣直勾勾地盯着她，“我关素衣这辈子所做的每一件事，心里都明明白白、清清楚楚！人死为大，的确如此，然而还有另一句话叫人命关天。我今日剖了弟妹，虽亵渎了遗体，却顺应天道，顺应良知，我问心无愧！祖父和父亲非但不会怪我，还会支持我。”

她手掌覆在阮氏肚皮上，感受着底下的脉动，哑声道：“羊水未破，孩子还活着，我若是将他连同阮氏一块儿入葬，等于杀人。金子，还愣着作甚？拿刀去！”

金子这才从震惊中回神，连忙跑到自己房间，拿了一柄吹毛断发的弯刀。她没敢问夫人为何知道自己懂武，转念一想她那般聪明，哪能瞒得住，倒也很快释怀。

“夫人，真的、真的要动手吗？”平生头一回拿起刀不为杀人，而为救人，金子内心无比紧张，竟不知不觉抖起来。

关素衣用力握住她手腕，嗓音里满是警告：“拿稳点，莫胡乱摆动，剖浅了看不见胎儿，剖深了又会伤到他，你得仔细衡量。你了解人体的构造吧？”

对上夫人洞若观火的眼眸，金子不得不点头，干涩的喉咙连丁点唾沫都咽不下去。明兰“啊”地低叫一声，而后面露胆怯。

关素衣毫无表情的脸庞终于绽开一抹微笑，这才放开她手腕，柔声安抚：“很好，这就好办了。剖吧，凭借你以往的经验往下剖，别犹豫，孩子等不起。”

金子快哭了，心中把陛下骂了百八十遍，说什么保护夫人，阻隔赵侯爷，任务很简单。哪里简单了？她连自己什么时候被夫人看穿都想不明白。凭借杀人的经验去救人，她真不知道该怎么救，这么薄的一层肚皮，一刀下去没准儿就把孩子切成两半，或者切断了手脚，那还不如让他跟随母亲一块儿下葬呢！脑子已乱成一锅粥，她只能根据刀刃的触感一点一点划拉，忙活了几刻钟才终于把孩子安然无恙地剖出来，用棉布迅速擦掉浑身黏液，又在屁股上轻轻拍了一下。

嘹亮的哭声响彻天际，金子忙裹好襁褓，手足无措地抱着他，满心都是惊惧与焦虑过后的狂喜。上天啊，她把他救出来了，她亲手把他从母腹中救出来了！这比打了十场胜仗，杀了上万敌军还痛快！

明兰也忘了恐惧，走过去不住地看。

“夫人，您抱抱他吧，是个带把的小子，身上很健全，中气也足，来日必是一员猛将！”金子激动万分地说道。

听见第一声啼哭时，关素衣就已经蒙了。她神情恍惚地接过孩子，像上一世演练了千次万次那般慢慢调整姿势，让他躺得更舒服。他的小嘴一开一合，还在发出嘤嘤的哭声，小手一触及她衣襟就牢牢握住，像是有了感应。

在这一刻，她的眼泪终于决堤而出，汩汩滚落。对于母亲而言，无论受不受父亲期待，孩子都是上天赠予的最珍贵的礼物、最慷慨的恩赐。幻梦之中的自己没能保住自己的孩子，于是编造出那样的言论来欺骗自己，却原来在心底深处，她一直都渴望着、忏悔着，希冀着能将他牢牢抱住。

“孩子，你不是罪孽，你是希望，是恩赐，是母亲生命的延续。你一定要平安长大。”她将脸埋在孩子颈侧，终是痛哭失声。

金子和明兰从未见过如此失态的主子，一时间有些无措，继而慢慢红了眼眶，跟着低泣。

为防吓到孩子，关素衣没敢哭太久，很快收敛了情绪，将他抱到床边，小脸对着阮氏的脸庞，哑声道：“弟妹，这是你的孩子，你好生看看他。”又捋了捋婴儿的胎发，“孩子，这是你娘，她拼了命都要把你生下来，你也看她最后一眼吧。”

奇迹般的，阮氏狰狞不甘的脸竟慢慢变为恬淡，眼睑无须手覆便合上了。她在天有灵，终是如愿以偿。

关素衣又是一阵无声哭泣，怕孩子沾了太多死气会生病，这才把他抱走，安置在隔间，由明兰守着。金子从未哭过，直至今天才明白眼泪原来是咸的、苦的、涩的。但她一点也不后悔，一点也不羞臊，心中反倒奔涌着激越的浪涛。能被陛下看重，派遣到夫人身边，领略如此多的浩然正气与人间真情，实是她三生有幸！倘若日后任务结束，她也不想回暗部了，这辈子，她跟定夫人了。

眼见夫人拿起帕子擦拭遗体上的血迹，她才堪堪回神，殷切道：“夫人，您快回去休息吧，这里交给我。”

“肚子由你剖开，便由我缝上，好叫弟妹走得体面一点。”她从博古架上取来一盒针线，慢慢捻出线头，怕一股不够结实又加一股，飞快搓成一根。

“您、您来缝？”金子怀疑自己幻听了。

“对，我来缝。弟妹肯定也愿意我亲手替她整理遗容，穿戴打扮。我护不住她，这点小事总能做到。”她凄清的语气忽然变为冷沉，“你去正院查查她此前吃的那盒酸枣糕。昨日我才请了太医帮她诊脉，说胎位很正，胎相也好，弟妹身子骨又康健，绝不会转天就大出血。查，一定要查到底！”

金子面色凛然，立即赶去正院，却恰好碰见匆匆跑来的老夫人。原是墙外有婆子路过，听见婴儿啼哭，觉得事有蹊跷就报上去，请老夫人来看。他们撞开房门，发现孩子取出来了，活的，是个大胖小子，心里自是狂喜；又见阮氏肚皮被剖开，关素衣正穿针引线慢慢缝着，一个踉跄，差点吓晕。

老夫人一面念着阿弥陀佛一面退出去，赵陆离却久久不动，仿佛痴了。

“别搅了弟妹安宁，快出去吧。”关素衣头也没回地道。

赵陆离如梦方醒，立即退走，死死关上房门，转头一看才发现明芳和叶繁竟也跟来了。明芳想巴结大夫人、二夫人和老太太，自然要来产房守着，叶繁为免她专美于前，也来了，等人死了，老夫人受了刺激，她们又争相伺候，不肯离去，拖拖拽拽，却把屋里的情景看了个真切。

“啊！剖、剖开肚子了！夫人在缝！”明芳尖叫起来。叶繁已吓得魂飞魄散，呆若木鸡。

赵陆离大步走过去，狠狠甩了她一巴掌，目中满是杀意：“今日之事若传去外界，我就扒了你的皮！二夫人拼死生下了二少爷，记住了吗？”

明芳捂着脸颊点头，叶繁躲在她身后哀哀哭泣。二人都后悔来这一趟了。

赵陆离神色阴沉地看了她们一会儿，这才走到窗边，语气转为温柔：“夫人莫要担心，为夫帮你善后。你救了二弟的孩子，为他留下一滴骨血，我在这里代他叩谢！”话落深深鞠了一躬，胸中涌动着难以抑制的感恩与敬慕。

老夫人也出来了，怀里抱着孩子，亦是泪流满面，深深鞠躬。

另一头，金子赶去检查酸枣糕，果然是带毒的，还在各处花圃里翻出许多毒蛇，尚来不及处理，又闻到膳房里有异味，一验才知东、西二府的饭菜竟都被投了毒！若非今日事情忙乱，无论主子还是下仆都没心思用膳，真会死很多人。

凶手果然从边关赶至燕京报仇来了，且对赵家格外痛恨，对方不是把姓叶的一个个找出来杀死，而是宁可错杀一千也不放过一个。这人到底是谁，怎么混进来的？连夫人都差点害了，着实可恨！因事态重大，金子不敢擅专，连忙请示了夫人，夫人与老爷、老夫人商量过后决定报官。

关素衣一面应付前来查案的官差，一面操持阮氏葬礼，还写了信寄去边关，让赵瑾瑜赶回来，顺便看看孩子。

阮氏的家人三天后抵达京城，却没赶来灵堂服丧，而是租了一处院落暂居，随即到处散播流言，说赵家大房夫人把她们女儿的肚皮剖开，亵渎了遗体，触怒了神灵，行的是妖魔道，要将她拉去菜市口烧死，以儆效尤。

赵府发生那样大的事，金子自然不敢隐瞒，将所有经过详细写在密函中，担心陛下误会夫人狠毒，还将她如何起意、决断，如何救出孩子，如何抱着他痛哭，又如何将他放在阮氏身边让母子二人见最后一面的场景一一描述，叫人如临其境。

圣元帝收到密函后看了一遍又一遍，虽然表情始终平静，蓝黑眼眸里却偶有电光雷鸣在闪动。他用力捏紧密函，手渐渐开始发抖，像在隐忍着莫大的痛苦，迟疑了几刻钟，终于打开了隐藏在内殿的密室，意欲入内。

“陛下，您这是何苦啊？”白福无从得知密函中写了什么，但他明白，倘若陛下走入这扇门，定会莫名其妙地发起疯来，然后狠狠伤害自己。

暗卫头领也耐不住地显出身形，跪地力阻：“陛下，过去的事就让它过去吧，不要再想了。这屋里的东西，早该一把火烧掉。”

圣元帝一言不发地绕开他，大步往里走去。

密室并不宽敞，四面墙壁镶嵌着许多夜明珠，而正对着门口的墙上挂着一幅画，听说是太后专门找了东洋画师，按照真实场景描摹的。那画色彩十分艳丽，用的颜料经过特殊处理，能让色彩保存千年而不褪。

画甫一入眼便是大片大片的红，那是鲜血铺了满地。若在以往，圣元帝早已被刺激地发起狂来，然后肆意打砸砍杀一番，直至自己受了重伤或体力不支才会不甘躺倒。暗卫头领和白福早已做好应付一只食人猛兽的准备，然而今天情况格外不同。陛下好端端地站在画前，除了紧握成拳的双手，并无其他异状。他极为平静地把那幅画看了一遍又一遍，忽然就低声笑了，笑声里有苦涩、悲恸，更多的却是释然。

当他回过头时，脸上竟布满泪水，再次拿起那份不知写了什么的密函，用极其温柔的表情翻阅。

焦虑中，暗卫头领和白福隐约听见他哽咽地呢喃：“原来朕不是罪孽，而是希望、恩赐，更是母亲生命的延续。朕不是妖魔鬼怪、地狱罗刹，朕是母亲用生命保护的孩子！”他笑着笑着转而哭起来，哭了一会儿竟又染了笑，看上去似乎还有理智，却比狂躁的时候更吓人。

暗卫头领和白福从未见他失态若此，均以为他魔怔了，正想着要不要请巫师来给陛下驱邪，就见他忽然收起所有表情，一面用帕子擦泪一面走出密室，语气中含着浓浓爱意：“夫人又救了朕一次，不愧为朕的夫人。”

密函上究竟写的什么？竟治好了陛下的疯病？暗卫头领和白福好奇地挠心挠肺。

三日后，他们心中的疑惑终于得到解答，原是关夫人在其弟妹难产死亡之后剖开了她的肚子，将孩子取出，然后又给缝上了。这也太彪悍了吧？

连杀人如麻的暗卫都觉得吃不消，更何论平头百姓？是以，当阮家人到处嚷嚷的时候，关夫人便得了个“妖妇”的骂名，其人其事颇有止小儿夜哭的效果。有那不服管教的孩子闹腾得狠了，长辈虎着脸说道：“再闹就让赵家大夫人来剖了你，再给你缝上！”保管叫孩子乖得像鹌鹑一样。

不过三日，关家的仁德之名就毁了个一干二净，见了帝师府的匾额，胆小的会绕开，胆大的拿石子或臭鸡蛋一通乱砸，还有笃信佛教的妇人偷偷摸摸在墙根处烧纸钱，打小人，驱妖邪，弄得关家乌烟瘴气。

关老爷子和关父一点也没有怪罪掌上明珠的意思，只惯常出行，处之泰然。他们知道，此事若无人推波助澜，定不会闹得这样大，明面上看似针对依依，实则却剑指帝师府。然他们问心无愧，自是临危不惧。等了三日，终于等到有人在朝上发难。

刚调入尚书台，虽才二十出头却担当法曹驾部法曹尚书的宋玄宋大人握着玉笏，上前一步：“启禀皇上，微臣有二人须弹劾。”

“准奏。”圣元帝眸色沉沉地瞥了他一眼。

“微臣欲弹劾帝师与太常卿教女无方，私德有亏，挑唆关氏亵渎遗体，触怒鬼神，行妖魔之事。尸骸被剖，亡魂蒙难，实乃世间罕见之罪行，亦为灭绝人性之大恶，还请皇上秉公处置，为亡魂昭雪，让死者安眠。”

他话音刚落，又有几人站出来附议，均为颇有权势根基的世家勋贵。

圣元帝正待发怒，关老爷子与关父却慢慢脱掉冠冕，除去官袍，大步走上前跪拜。关父拱手，语气凛然：“启禀皇上，小女剖腹，不为亵渎遗体，冒犯鬼神，而为救助腹中待产胎儿。佛语有云：‘救人一命胜造七级浮屠。’俗言又道：‘人命关天，不可轻忽。’小女未杀一人，反救一人，微臣着实想不明白她错在何处。然世人既都说她救错了，那便错了吧，微臣与父亲用这两顶乌纱帽换取一条人命，未曾觉得亏了一星半点，反倒大感庆幸！这便辞官归家去了。”

老爷子也拱拱手，慨然道：“公道不在人心，善恶自有天定。老夫的孙女儿是不是妖妇，神明在看着，亡魂在看着，那侥幸存活的孩子也在看着。老夫非但不觉她私德有亏，还要赞她一句功德无量，铜心铁胆，敢为人所不为，敢担人所不担，是我关家教养出的绝顶好的女子。今日老夫为她辞了官，老夫不觉可惜，只觉畅快，我关家千年家训只一句话——仰不愧于天，俯不怍于人。她俯仰无愧，我亦无怨无悔！皇上，老夫告辞了。”

话落也不等皇上反应，领着儿子大步退走，清风两袖。

听了他慷慨激昂、正气凛然的一番话，又见他丝毫不恋权势，说走就走，稍有风骨的文臣已被他深深折服，而众武将早就对老爷子心服口服，自是轰然发声为他求情，有几个已拔出刀剑，要当场劈了宋玄。似关家父子这样的人，实乃朝中一股清流，无门第之见，无党派之分，无文臣、武将之争，你有道理，他们就维护；你触犯国法，他们就弹劾，从来只对事，不对人。小人畏之，君子敬之，脑子素来一根筋的武人更是对他们亲近非常，佩服得五体投地。倘若帝师与太常卿离了朝堂，文臣、武将怕是会针锋相对地干起来。

圣元帝压根儿没料到二位大人竟如此决绝，说走就走，等回过神来时唯有苦笑，笑罢，想到备受非议的夫人，又是一阵心痛。

他眸色森冷地朝宋玄看去，一字一顿道："如果朕没记错，宋大人刚入尚书台，担法曹驾部曹尚书的职位，司法参军事，掌鞫狱丽法、督盗贼、知赃贿没入，复审各地要案，然否？"

宋玄不明所以，唯唯应诺："然。"

圣元帝又道："日前民刑之法已修订完毕，其基准为何？"

"以人为本，人命关天。"说出这句话，宋玄才开始冒汗。他只知关氏剖了遗体，其行为惊世骇俗，有违人道，却忘了她的初衷是为救人。救人一命胜造七级浮屠，佛祖都不会怪她，又哪里轮得到凡人置喙？

"难为你还记得。"圣元帝似乎很欣慰，却又飞快沉下脸追问，"其中第六条第七款是何内容？"

宋玄脑子蒙了片刻，再开口时嗓音已沙哑如砺："第六条第七款，各地若发生人命官司，事涉死罪，当地官府不得擅专，须层层上报，层层审批，一应死囚唯复审过后才可秋后待斩，秋冬之前若有冤屈，还可投递诉状，尽陈内情，每有状纸，官府必查，责无旁贷。"

"原来你都记得。"圣元帝环视鸦雀无声的朝堂，徐徐说道，"对待死囚，朝廷尚且留给他一线生机，对待无辜婴孩，只因他弱小，口不能言，腿不能动，便可以视而不见吗？你们觉得关夫人救错了，那明知腹中仍有胎动，还把孩子与母体一同埋葬，就是做对了吗？你们的是非观、善恶感，朕着实不懂。"

他盯着宋玄，语气冰冷："明知人命可救而不救，且反过来责备旁人救错，这种糊涂之语竟是从法曹尚书口中说出的，朕深感震惊，亦失望至极。倘若日后有人命要案报予你处复审，你是否也会像今日这般黑白颠倒、善恶不分？"他提起笔，一面缓言一面写下罢免文书，"国法乃稳固社稷之基，不可轻忽。朕断不敢将国法交予是非不分、善恶不明之人手里。明知里面有一条小生命，却连一层肚皮都不敢割开，宋大人既无胆魄，也不仁义，还毫无血性，着实没有半点可取之处，这法曹尚书的职位你就别坐了，让给别人吧。"话落，看了看附议宋玄的那些人，摇头冷笑，又指着为关家父子进言的一名提刑官，说道，"新任法曹尚书，报上名来。"

那人万没料到天上竟掉下一个硕大的馅儿饼，砸得他脑袋发晕，恍惚中报了姓名，便见皇上在任命文书上落了御笔，盖了印玺，而后甩袖离去。

方才还踌躇满志的宋玄已面无人色，瘫软在地，被两名内侍拖出去，扔下台阶。他的拥趸莫不捶胸顿足，大感懊悔。

关老爷子和关父辞了官职便立即出宫准备搬家。他们现在的居所乃皇上所赐，原是前朝某位王爷的家宅，规制很高，自是不能让平民居住。仲氏一句怨言都没有，立刻命仆役整装行李，又说阮家人今日格外闹腾，搬回老宅的路上可以顺便去看看女儿，宽慰宽慰她，然后各自给阮氏上一炷香。

众人无有不应，利利索索地忙乎起来。

父子俩刚脱掉官帽，走出禁宫，阮家人就得了信，知道事情已经成了，尽可以打上门去好好羞辱关氏一番，扒下她一层皮。哪怕她是一品诰命，没了母族可以依靠，夫君又是一介庶民，还不任人践踏？闹得越凶狠，关家人就越是声名狼藉，日后若想起复绝无可能。谁叫他们不识趣，挡了别人的路？怀揣着刚得的几万两银票，阮父阮母穿着丧服，抹着眼泪，带着一家老小堵在征北将军府门前，硬是要让赵家给他们一个交代。

“我好好的女儿交到你家将军手里，不过几个年头就落得这等下场，非但死得不明不白，遗体还被人一刀给剖了。小女亡魂若是入不了地府，投不了胎，岂不成了游荡在外的孤魂野鬼，连个来世都修不成？当年亲家公惹了官司被抓入狱，还是我家老爷左右支应才将他弄出来，定亲时你们口口声声说会好生待她以报答这份恩情，却是这么个报答法吗？把你们老夫人叫出来，我要当面与她对质！”

眼见看热闹的人越聚越多，已把东西二府里三层外三层地围住，管家急得满头大汗，连声道：“哎呀，老夫人您究竟听谁说了那等浑话？二少爷是二夫人拼死拼活生下来的，哪有什么剖腹取子！有什么误会咱进去解释，别让外人看了笑话。”

“是不是误会，你们把遗体抬出来让我看一眼她的肚皮就知道。我可是听得真真的，你们家大夫人厉害着呢，剖开肚皮又用针线缝上，把我家女儿当成什么？麻布口袋吗？对死者都这般不敬，来日必下地狱！”阮母冲地上狠狠唾了一口，表情万分狰狞。

有好事者兴奋起来，叫嚣道：“这位嫂子说得对，是不是误会把尸体抬出来让咱们瞧一眼就成了，废那么多话作甚？”

“抬出来抬出来，赶紧抬出来！”起哄的人响成一片，一个两个绿着眼珠，专等着看尸体。

猎奇心理最怕互相传染，一旦群情宣泄像洪水来袭，便会一发不可收拾。不过须臾，原本胆小如鼠的人竟也跟着喊起来，恨不得直接翻墙，闯入灵堂去。

就在此时，大门应声而开，关素衣领着赵家老小缓步走出，淡淡开口：“阮夫人，我与您对质来了。您说我亵渎遗体，令亡魂难安，然而您吵闹不休，非要在大庭广众之下查验她的尸体，难道就不是亵渎？她是您的亲生骨肉，您也不给她留最后一丝尊严？”话落看向人群，声音高昂，“亡魂要在人间逗留七日，鬼神亦在我等头顶三尺之处，众位抬头看看苍天，再垂首摸摸自己良心，在人家葬礼上如此吵闹，意欲擅闯灵堂，掀开棺椁，抬出遗体，究竟是谁在丧尽天良？又是谁在冒犯神灵？”

本还情绪激荡的人群忽觉头皮发麻，脊背生寒，纷纷闭了嘴，垂下头去。不过一句话的工夫，现场就安静得落针可闻。

阮父见她如此镇得住场面，不禁急了，怒道：“你剖了我女儿，你还有理了？”

“对，我是有理，您待如何？弟妹的葬礼还在继续，我没工夫与您瞎耗，您直接说明来意吧。”

“我要你跪在我女儿灵前给她磕满七七四十九个响头，再给她办七七四十九日海陆大法事，写悼书承认自己的罪责，而后焚烧祭天，超度她转世投胎。我阮家虽不是官宦世家，亦不是大富之家，但我们不会贪图你们一分一厘补偿，只为我女儿求一个安眠，你能做到吧？”阮父“大义凛然”地道。

人群中不知谁叫了一声“好”，仿佛很感佩，被赵家的小丫鬟一瞪眼又缩了回去。

关素衣平静颔首：“您既如此深明大义，我也给您一句准话。我的确剖开了弟妹的肚子，所以应该给她磕头，应该为她超度，应该对她说一声抱歉。您提出的条件，我通通接受。”

这就承认了？接受了？不是说关氏很难缠吗？怎么不争吵几句，然后撕捋一番，把事态闹大呢？阮父阮母正觉不安，又见她转过身，将老夫人怀里的小婴儿抱过来，脸蛋儿朝着众人的方向，徐徐道：“你们抵达燕京已有三日，又在门口闹了半日，这三四日的工夫都不来灵前祭拜，也绝口不提这位外孙，看来是不想认他的。弟妹临死时拼着最后一口气，定要我救救这个孩子，于是哪怕明知事不可为，明知神鬼不得冒犯，我还是将他剖了出来。你们让我磕头，可以；让我办法事超度，可以；让我承认自己做错了却不行。救出这个孩子，是我这辈子做得最对的一件事，我无悔！”

孩子稚嫩的脸庞被众人尽收眼底，慢慢冲散了戾气，令他们陆续找回理智，正隐约想着自己是不是过分了，又听关夫人一字一句说道：“既然你们认为我不该剖腹取子，不该将他救出，倒也罢了。待弟妹下葬之后，你们就回去，永远不要再找上门，也不要与他相认，就当他已经……”无论如何也说不出那个“死”字，她将之咽下，轻柔无比地捋着孩子胎发，“反正在你们心中，他本就是不应存在的，但他既已活下来，我也不能再将他塞回去，唯有好好养着。你们今日闹这一场，口口声声说我不该救他，他长大后得知内情，会如何伤心难过？与其那样，不如永远瞒着，就此断绝关系吧。无需你们要挟，我早已与玄光大师商量好，明日就将棺椁移送觉音寺举办法事。头三天你们没来祭拜，还望接下来的日子你们安安生生地把弟妹送走，也算圆了一场亲情。”

阮父、阮母闻听此言心中大急。他们光顾着闹腾，哪能想到外孙是何等处境？说关氏做错，不就等于否定了外孙的存在？来年他长大懂事，关氏将今日情形一说，还不定他怎么怨恨阮家呢！眼见赵府大房已垮，二房却如日中天，而他们在老家能过上好日子，全仰仗女婿闯下的赫赫威名。如今女儿死了，若外孙也与他们断绝关系，待赵瑾瑜娶了新夫人，谁还记得阮家是谁？是哪个牌位上的亲戚？贵人的事是办妥了，却误了他家大事，真真是捡了芝麻丢了西瓜。倘若二房嫡子不认他们，再多家财也守不住，更甚者还会飞快败落！

阮父汗出如浆，手脚发冷，正待想个说辞缓和两家关系，又听赵陆离淡道：“夫人剖腹取子不为别的，只为救出二房一线血脉。都说‘将军百战死，壮士十年归’，我弟弟赤胆忠心，悍勇无匹，每请战必冲锋于前，不畏生死。说一句我赵家人均心知肚明的话，这辈子他能不能活着回来还是未知数，有这一线血脉，二房就留住了根，我赵家人非但不觉得夫人有错，还要行三跪九叩之礼以答谢她这番恩情。等我这小侄儿长大了，懂事了，亦要行此大礼，不敢言忘！”话落撩开衣袍，重重跪了下去。

老夫人也噙着泪说道：“阮氏自嫁入我家，未曾出过丝毫疏漏，上能孝敬长辈，下能善待小辈，对夫君亦伺候周到，贤良淑德。见她遭受那等灾劫，我亦心痛如绞，然她拼着最后一口气也要让我们救救孩子，我们又岂能置若罔闻，令她死不瞑目？肚皮是我吩咐素衣剖开的，你们有再大不满，冲我来就是！”

她话音刚落，赵纯熙就哭喊起来：“祖母，您哪里有错？娘又哪里有错？孙女儿昨晚还梦见二婶了，她让我代她谢谢娘，说是来生当牛做马也要报答她救助二弟的恩情。娘，女儿这就代她给您磕头。”紧接着也与父亲跪在一处，诚心诚意地磕头。

赵望舒忙也跪了过去，落下大颗大颗的泪珠。

路人想到还在边关抵御外侮的征北将军，又看看跪了一地的赵家人，这才意识到关夫人此举虽是亵渎遗体，却保住了二房根苗，延续了家族血脉。身为主母，她何曾有错？人群中一位母亲终是号啕大哭起来，扬声呐喊：“谁若是救了我的孩子，别说下辈子，叫我生生世世给她当牛做马我也甘愿！关夫人大仁大义，实乃我女辈楷模！都吵吵什么，回家带孩子去，难道还指望这帮既不知道生也不知道养的东西？”

“哪能指望得上他们？世间最苦的还是女子。走走走，回家奶孩子。”另一位当了母亲的女子远远冲关夫人一拜，抹着泪走了。

未曾当母亲的人难以理解她们的心情，却也渐渐明白过来，跟着走了。唯余一些游手好闲的男人还凑在门口看热闹。

恰在此时，早已在路边观望许久的关老爷子和关父慢慢走上台阶，向四面俯首作揖。

“乡邻既在，好叫大家知道，我父子二人因冒犯鬼神一事被弹劾，如今已辞去官职，告老还家。世人都道我孙女做错了，我的答复却与她一样：何错之有？用两顶乌纱帽换这小家伙一命，我乐意之至！”

关父亦徐徐道：“上天有好生之德，而人命更大过天去，我等凡人不敢袖手。”

关素衣看看簇拥在自己身边的家人，又看看怀里嘬着小嘴睡得香甜的孩子，眼中慢慢沁出泪光，正待回府关门，却听见人群外围传来一道尖利的嗓音：“皇上驾到！”

竟是圣元帝为邀请帝师重回朝堂，亲自追来了。

街那头忽然跑来许多穿盔戴甲、全副武装的侍卫，用长戟顶开凑热闹的人群，齐声喊道：“恭迎圣驾！”随后便有几列骑着高头大马的禁卫军护送着一辆玉辂，稳稳当当来到赵府门前。瞧这排场、声势，竟真是皇帝亲临了！人群成片成片伏倒，山呼万岁。

关素衣连忙抱着孩子，跟随祖父和父亲上前接驾，远远看见一道玄色身影从玉辂上下来。身材高大健壮，五官英挺，轮廓深邃，完全有别于中原男子的温润如玉，而是带着一股冰封雪原的锐气与冷酷，更有险峻山川的崔巍不凡。

倘若再加一把络腮胡子，不是忽纳尔又是哪个？

忽纳尔，霍圣哲？是了，“霍”便是“忽”的中原化姓，“圣哲”据说是圣元帝自己给自己取的中原名字，出自《离骚》“夫维圣哲以茂行兮”，意指具有超凡才智与道德之完人。他是皇帝，可不就是完人吗？混账东西！关素衣感觉自己快气炸了，若是身上溅一点火星，顷刻间就能烧起来。

她强忍怒气走到近前下跪，却没料此人竟这般胆大妄为，扶了祖父和父亲不算，明明看见她已经站起来，却还是装模作样地扶了一把，而后轻轻捏了捏她纤细的胳膊。

登徒子！她抬眸狠狠瞪对方一眼，又飞快敛去多余的情绪。

圣元帝已经顾不上夫人会如何想了，他要见她，一时一刻都等不了。

“这就是夫人千辛万苦救下的孩子？”他假装没察觉夫人的怒气，弯腰，垂首，去看她怀里的孩子，脸庞不可避免地离她很近，连呼吸都交汇在一起，产生灼灼温度与浓郁香气。桂香与龙涎香交缠，只缱绻片刻就令人沉醉。

关素衣极想躲开，却因对方身材实在高大，气场又太过威严强盛，把她整个人都拢在他控制范围内，躲无可躲，唯有顺从。

“回皇上，此子正是舍侄。”赵陆离眼见皇上与抱着孩子的夫人站在一处，姿态亲密宛若一家，他便觉眼眸刺痛，心脏震颤，像是有什么重要的东西即将失去。于是趁走上前回话，不着痕迹地把夫人拉到了自己身边。

“此处不便，烦请皇上移驾。”他指了指正门。

圣元帝微微颔首，却不率先入内，而是毕恭毕敬地去搀扶老爷子，温声道：“帝师，您老说走就走，着实叫朕无措，刚下朝就赶去帝师府找您赔罪，得知您竟准备搬去老宅，于是一路追赶而来。您教朕良多，太常卿亦是朕之股肱，朕不可失去任何一个，特来请您二位还朝，继续辅佐朕。救人一命胜造七级浮屠，连佛祖都这么说，朕着实不懂缘何夫人救活一人，却成了妖魔鬼怪？”

话落转脸去看跪在门口的阮家人，语气冷沉：“你们一家人来京三日，既不去祭拜亡魂，亦不探望遗孤，反倒受人贿赂，四处散播流言，败坏夫人以及帝师府名声。你们口口声声要为女儿讨还公道，直言夫人不该剖腹取子，甚好，这孩子你们也不用认了，拿着王有鹏给你们的五万两银票归家去吧。在你们心中，血缘亲情怕是比不得真金白银来得贵重。”

王有鹏？王丞相的儿子？原来这事是他指使的。关老爷子和关父对视一眼，各有思量。

阮家人却瘫软在地，心中绝望。皇上亲口发话让他们与孩子断绝关系，那阮家从此以后就真的与征北将军府没有瓜葛了！这些年依仗女婿威名挣下的家业，顷刻间就会被瓜分殆尽。然而这都不算什么，还有更要命的灾劫近在咫尺。

留到此时还不肯散去的围观者大多是些街头混混，仗着身怀武艺就为非作歹。为了抠几块含口钱买酒喝，他们连死人的坟头都敢扒，又有什么事做不出来？今日跟着吵嚷着要开棺验尸的也是他们，方才还觉得他们是十足好的助力，现在再看却如刀刃悬颈，危在旦夕。皇上一语道破他们携带巨财，倘若他们今日离了赵府，明天必定横尸街头，家破人亡！五万两银子可不是小数目，对于没有依仗的平头百姓而言无异于小儿怀抱金砖招摇过市，纯粹自找麻烦。阮父、阮母冷汗淋漓，如丧考妣，其余小辈也左右张望，惊惧难言，总觉得所有人看他们的眼神都含着杀气与凶光。听到赵府大门用力关上的声音，这些人才如梦方醒，冲上台阶拼命拍打起来。

“亲家母，开开门啊！大夫人，开开门啊！让我们进去给小女上一炷香吧！你们大仁大义，救了我那可怜的外孙，我们是猪油蒙了心才会到处中伤你们。我们不是人，我们是畜生，我们这就磕头认错，只求您们把门开开，让我们进去替小女守灵吧。”

若是不住进赵家，得征北将军府庇护，怀揣五万巨财的阮家人唯有死路一条。便是丧事办完了，要回老家，也得指着征北将军府给他们派遣几百兵士护送才行。然而现在他们已放出流言，直斥关夫人毁人遗体，行妖魔道，也等于变相地说自家外孙不该存活，是个秽物，其言其行早已自绝生路，悔之晚矣。

“别敲了，人家不会给你们开门的。方才没听老夫人说吗？肚子是她让关夫人剖的，就为了给二房留后。赵将军多不容易啊，没准儿这辈子就这一根独苗，你们还不依不饶地非让人家给塞回去，吵吵得全燕京都知道，不但骂关夫人是妖妇，还骂你们外孙是鬼怪，这名声可比‘棺材子’难听多了。也不知道你们怎么想的，外孙好不容易活下来，你们非要给他安这个名头，叫他长大了如何自处？别说赵家人不能容你们，便是孩子将来懂事了，背着一个妖邪的名声，定也会对你们恨之入骨！”明眼人摇头叹道。

“可不是嘛！我家若是赵家这种情况，别说孩子在母腹中，便是在牛腹、马腹，甚至地缝里，我也得想尽办法把他弄出来。一辈子就这一滴骨血，要了我的命也不能绝后哇！”

“正是正是，子嗣是最紧要的。到底还是关夫人果敢。”围观者一面议论、喟叹，一面慢慢散去，却有几个躲在暗处，虎视眈眈地盯着阮家一行人。

阮家人又羞又臊，恨不能遁地逃走。他们只看见眼前利益，哪能想到关氏的名声坏了也等于外孙的名声坏了呢？阮母揪着阮父的耳朵大骂他贪财，阮父狠狠将她推开，怪她眼皮子浅，互相指责完又继续磕头，希望赵家能收容他们。

磕了大约一刻钟，角门开了，赵府管家探出半个身子，不耐道：“别装模作样了，谁还不知道谁啊？抵达三天不来祭拜，此时你们倒急了。大夫人让我告诉你们，正式的祭灵仪式明日才开始，你们寅时自去觉音寺便是。”话落。“砰”的一声甩上了门，差点撞歪阮父的鼻子。

明日寅时，那今晚该怎么过？众人惶然，跪了大半天才心惊胆战地离开，却在当晚就遭了几拨盗匪，钱财被洗劫一空，所幸皇上之前整肃风气，加强了防务，才没闹出人命。

屋漏偏逢连夜雨，阮家与征北将军府断交的消息传回原籍，几千顷良田顷刻间被瓜分一空，只余一间破屋可栖身。好好一个殷实之家，转眼就落得惨淡收场，已是难以糊口。阮家不得不常常跑去赵府请罪，欲认回外孙，却都不得其门而入，此乃后话，暂且不提。

院墙内，圣元帝将关老爷子扶到灵堂前，亲自替他点了一炷香递上，待他祭拜过后插入香炉，自己才取了一炷点燃，做足了恭敬之态、学生之礼，给足了赵府脸面。

二儿媳妇暴亡，大儿媳妇又被阮家坏了名声，前来参加葬礼的人寥寥无几，看见冷清灵堂，星点香火，老夫人原还倍觉凄凉，现在却重新抖擞。旁人来不来已无所谓，帝师来了，太常卿来了，连皇帝也来了，只这三个，便足以抵上全燕京的勋贵。二儿媳妇在天有灵，当死而无憾了。

“灵堂戚风阵阵，惨雨丝丝，恐有伤龙体，还请皇上移驾正厅稍事休息，用些饭菜。”待诸人进完香烛纸钱，关素衣开口相邀。

“好。朕是来劝帝师、太常卿还朝的，此处不便说话，就去正厅吧。帝师请，太常卿请，夫人请。”圣元帝看似彬彬有礼，态度随和，却刻意加了一个“夫人请”，叫关素衣不想跟也得跟去。

其余人等皆为白身，不便陪侍，跪拜行礼后各自避走。赵纯熙不停地回望那高大健壮而又威风凛凛的男子，心内嗟叹：原来这就是母亲抛夫弃子也要攀附的人，果然权势滔天，凤表龙姿。然而高处不胜寒，她心机耗尽又得了什么？从叶婕妤被贬为叶采女，此生怕是起复无望了。

她一会儿悲悯，一会儿无奈，终是摒弃杂念，慢慢走远。

敞亮厅堂内，圣元帝并未摆什么帝王架子，见正中放了一张仅供四人围坐的小圆桌，立即走过去请帝师上座。关老爷子愧不敢受，几次推辞，却被他强行摁下，又请太常卿居左，自己居右，如此一来，关素衣就被二人夹在中间，与祖父相对。

一行人稍作寒暄，便有仆妇送来点心与茶盘，明兰抱着孩子去了正房，留下金子与白福在厅内伺候。

圣元帝见夫人垂首敛目，只顾盯着冒白气的茶杯，看都不看自己一眼，心下不免惶急，用脚尖暗暗碰她，祈求道：夫人，你好歹看朕一眼，让朕心安。

可惜关素衣完全听不见他心声，兀自在脑中将他骂了百八十遍，却碍于祖父和父亲，不得不按捺。

圣元帝见她总无反应，不言不语似个木头人，便猜她定是气狠了。然而他现在已经顾不上她气不气，恼不恼，会不会远了自己。套在他脖子上的最后一道枷锁已经解开，他现在就想让夫人看清楚向她求爱的人究竟是谁，又是何等身份。他有一辈子的时间去安抚她的怒气，挑起她的爱意。赵陆离能给她的，他能给；赵陆离不能给的，他也能给，而且定是全天下最好的！

满腔浓情不得宣泄，暗示夫人她又假装不知，圣元帝无法，只好借华丽桌布的掩饰去握她纤细的手腕。

关素衣感觉手腕忽然一紧，无论如何都挣不开，不免暗骂道：土皇帝简直像是靠烧杀抢掠发家的，一应行径都像强盗！

趁祖父与父亲垂眸饮茶的间隙，她狠狠瞪过去，却只看见一张冷峻严肃的面庞，不禁气结。

感觉到掌心里的温热，还有那时不时挣扎的小动作，圣元帝这才心满意足地笑言：“帝师、太常卿，您二位待会儿便去部尉上职吧，官帽、官袍朕都已经带来了。朝堂上少了你们，朕心里空落得很，做什么都不踏实。”

“还请皇上见谅，草民年纪大了，精神不济，想留在家中颐养天年，享些清福，不欲再去朝堂打拼。老了，不服不行啊。”关老爷子断然拒绝，关父亦低声应和。

“您老这哪里精神不济了？分明健硕得很！朕这就把太医召来让他给您看看。为了一个孩子，朕竟失去两位良师，叫朕何其心痛！”圣元帝语气真挚，表情哀切，倒是很有几分感染力。

关素衣真要被气笑了，自己还没见过比霍圣哲更不要脸的人，当着人家祖父、亲爹的面，也敢行这等轻薄之事。她挣又挣不开，躲又躲不掉，只好放松力道，待这人也跟着放松力道的时候再把手腕抽回，哪料他竟将她牢牢扣住，让她动弹不得。

关素衣臊得耳根通红，暗暗挣扎了好几下，反叫那人抓得更紧，不得不老老实实地任他扣着，再去看他表情，还是那般诚挚哀切，当真是衣冠禽兽。

又羞又气之下，她不等祖父开口便抢白道：“皇上这话却是说错了。什么叫为了一个孩子？须知孩子是家族乃至于邦国最宝贵的财富，没有千千万万的后来者，谁来创造魏国的百年伟业、万世昌盛？孩子的将来便是家族的将来，亦是国家的将来，从他孕育在母腹中那天起，便该为他倾注全部心力。皇上不是中原人，可能不太明白我们对子嗣、对血脉延续的执着。举一个最浅显的例子您就知道了，叶家嫡长孙叶浩，那戴着藏宝图的婴儿，叶全勇那等自私自利之辈，为了保全他都愿意拿叶氏九族与赵家陪葬，这就是血脉的力量，亦是孩子的力量，一息尚存便能星火燎原。中原有一个说法叫‘莫欺少年穷’，因为他们有无限的可能与未来。”

她再次挣扎，却被握得更紧，只得咬牙继续：“阮家往我头上泼脏水，等同于在孩子头上泼脏水，我若是妖妇，孩子又是什么？妖魔鬼怪？得了这种名声，叫他将来如何自处？我关家世世代代教书育人，可以没有锦衣华服与功名利禄，却不能毁掉任何一位孩童，误了任何一块良材。今天我祖父与父亲在朝堂上为他正名，我在府门前拒不认错，待他懂事了我就可以告诉他，你是一个有人爱护、有人期待的孩子，不是什么妖魔鬼怪。”

她看向祖父和父亲，目中沁出星点泪光：“虽然连累了二位长辈，但我知道他们心中定是乐意的。我们关家人做任何一件事都秉持着一个原则，不违本心，无愧无悔。”复又看向圣元帝，“皇上，您要怪罪便怪罪我行事不慎，掌家不力，叫风声漏了出去，不要怨怪孩子分毫。他刚生下来，纯白得像一张纸，何其无辜？”

说来说去还是不认为自己有错，脾气果然执拗，却叫圣元帝更舍不得放手。夫人吐出的每一个字都重重敲击在他心门上，落入心坎里。倘若当年也有这样一个人处处保护自己，为自己正名，他何须在地狱挣扎？何须在刀光剑影中拼杀，血雨腥风里独行？若能娶到夫人为妻，得她几分爱护，纵死无憾。

想着想着，他已心潮澎湃，情难自控。

关老爷子见皇上面容冷肃，久不开腔，还以为他被孙女惹恼了。剖腹取子已经够惊世骇俗，她却只怪自己尾巴没扫干净，错也只错这一点，心里想什么便说什么，丝毫不加掩饰。这孩子就是太过耿直，爱说实话，像足了自己。关老爷子心内嗟叹，只得帮着兜底：“依依说得是，皇上莫迁怒这孩子。世人都道当官好，我却觉得育人最好。当官可治一朝，育人却可兴万世，造此教化之功，舍我其谁。”关父亦笑着应和，好一派风光霁月。

圣元帝恳求道：“方才是朕失言，还请诸位莫要怪罪。帝师，朕是怎么个情况，没人比您更清楚。当初拜入您门下时，朕虽读得懂书，却连汉字都写不全，如今好不容易喝了些文墨，您却告老辞官了，让朕如何应付朝上那些人？皇室宗亲欲掌控朕，世家贵族欲架空朕，寒门士子帮不上忙，武将粗鄙只知砍杀，若是没有您二位筹谋、进谏、规劝，朕真不知会干出多少昏聩事。便是不看在朕的面子上，也请看在百姓的面子上，继续回朝辅佐朕吧。”话落长叹一声，语气哀愁，“怨不得世人都说高处不胜寒，做皇帝的注定称孤道寡。而今朕不就是如此？好不容易得了两位良师诤友，竟也要离朕而去。”说着说着竟已红了眼眶，唬得关老爷子和关父连忙去劝，心念动摇。

关素衣对霍圣哲佩服得五体投地，一句话的工夫竟就差点落泪，不知道的人还当他多情真意切。

当她快忍耐不住，恨不得掀了桌子狠狠甩他几个耳光时，管家战战兢兢走到门口，跪地说话："奴才见过陛下，见过帝师大人、太常卿大人。夫人，今日贵客盈门，老夫人让您去膳房看看该添哪些菜，厨子不知道几位贵人口味，不敢擅专，正等着您示下呢。"

"好，我这就去。"关素衣大松口气，心道土皇帝这下总该撒手了吧，却没料他竟像耳背似的，继续将她扣着。

"陛下，您想吃什么，臣妇这就去准备？"她暗示性地询问。

与帝师、太常卿"认真"叙话的圣元帝这才朝她看去，沉吟道："每与帝师用膳，他总说宫里的御厨手艺尔尔，及不上自家孙女万一。朕好不容易得见夫人，能否有幸尝尝夫人手艺？不拘菜色，只管挑您最拿手的上便是。"

一来就让自己为他洗手做羹汤，脸皮还能再厚一点吗？关素衣心中气结，却不得不点头答应，再次一挣，果然脱身，连忙领着金子退出厅堂，走得飞快。

圣元帝眼眸微眯。过了今日，他再不会采取迂回的方式讨好夫人，在不损伤夫人声誉的前提下，他定要让她名正言顺、风风光光地嫁入皇室，做他的皇后。

一国之母，这四个字唯有夫人才担得起。

关素衣做了几道祖父和父亲最爱吃的菜，又打了几壶自己酿的酒，挑出少许喂了兔子、鸡鸭，确定无毒才让白福总管亲自送去。

"夫人，您不过去陪陛下用膳吗？"金子硬着头皮发问。陛下因何而至，没人比她更清楚，一旦他情绪失控，也不知会干出什么事来。虽说他最近变得很"熊"，但熊也吃人的啊！

"我以前就猜你应该是宫里派来的，十之八九是皇上的人，却绝没想到皇上便是忽纳尔。"关素衣面无表情地清洗着双手。

正因为心有成算，所以她做什么都不避着金子。人无完人，祖父和父亲那般忠直、干练，且声望渐高，在市井几乎听不见半点诋毁之言，全是交口赞誉，这在上位者眼中并非什么好事。常言道"功高盖主者危，勇略震主者死"，适当的时候自污一二是行之有效的规避方式。让祖父和父亲往自己身上泼脏水，毁了他们的清名与高洁，她舍不得，便把金子留下了，却没料这背后竟还藏着如此隐秘。

金子眼泪都出来了，连忙跪下告罪："夫人您别多想，奴婢是奉命来保护您的，没有监视的意思。奴婢自从来到您身边，未曾做过一星半点对不起您的事，请您不要赶奴婢离开。夫人求您了！"

"你是个好丫头，很能干，对主子也忠心，"关素衣语气平淡，"起来吧，我不会赶你走，撵了你一个，也不知他还会派谁来接替，不如大家都省了这些一来一往的工夫。"

金子又羞又愧，频频磕头，见夫人出了膳房，朝灵堂走，连忙紧紧跟上，再也不敢提让她回去伺候陛下的话。

圣元帝苦等夫人不来，身边又有帝师和太常卿陪着，不便询问，更不能追去，只好食不知味地用膳。

皇上亲临赵府的消息已传得尽人皆知，又有法曹官员得了上头示意，到处宣扬帝师、太常卿与宋玄在朝上的奏对，为关家、为夫人、为孩子正名，又遣了几十名儒生为百姓详细解说新法之条例。之前也有胥吏挨家挨户分发《民刑之法》的小册子，告诉他们学好国法，在关键时刻能派上大用场，又言《民刑之法》乃皇上专为百姓制定的律法，其目的是维护百姓的利益。

官府嘛，什么好听话说不出来？听听也就罢了，当不得真。这是大多数民众的想法，然这种想法却在此时此刻被完全颠覆。为了一个刚出生的婴儿，为了洗刷他妖魔鬼怪的污名，帝师、太常卿竟双双辞去官职，告老还家了！

那可是帝师啊，比丞相还尊贵的大人物！太常卿亦是九卿之首，高不可攀！这样两位泰山北斗只因别人一句“救错了”便当朝脱掉官袍，毅然决然而去，可见那《民刑之法》绝不是说着玩的。更有皇上的斥责与宋玄的对答在后，详细而又生动地阐述了民法内容，别的暂且不提，只一条“官府不得草菅人命”就可令百姓感恩戴德，奔走相告。

都说苛政猛于虎，此言半点也不夸大。在魏国未建立之前，平民百姓从未感受过自己也是人，自己的命也是命，用血汗种出来的粮食转眼就可被世家豪强掠夺一空，想要存活只能扒树皮、挖草根，甚至吃泥土；边关打仗了，世家勋贵往后躲，反把老百姓推到阵前挡刀挡枪；就算老老实实待在家里，也有祸从天降，强盗闯进来，烧杀抢掠无恶不作。你若是敢上告，碰上那与盗匪早有勾结的官吏，扔下一根刑签就能当场把你打死。饥寒交迫，朝不保夕，这就是他们以前过的日子，与眼下一比，当真一个在天，一个在地。

赵家发生的种种不过是奇闻异事，街头巷尾传一遍也就罢了，过不了多久便会被民众淡忘，而国法却与他们的生活甚至性命休戚相关，岂能不在意？此时谁还在乎阮氏怎样，关夫人怎样，孩子又怎样？赶紧去了解《民刑之法》的具体内容才是头等大事。听说民法之后还有国法、税法、商法、土地法……林林总总包罗万象，每一部法典都以民为本，爱民护民，听上去似乎很不可信，但有帝师、太常卿为保一稚儿愤然辞官在前，又有皇上当堂罢免法曹尚书宋玄在后，“人命关天”这一理念已被他们重重打入百姓的脑海。

“皇上说得好哇，当官者就该像关夫人那般，为了人命甘冒天下之大不韪。倘若明知案件中隐藏冤情，却因为遇见阻力而放弃，还当什么父母官呢？”一位老叟感慨道。

“是矣。查明真相的过程就像剖开肚腹，倘若连握刀的勇气都没有，焉能指望他们为民请命，不惧权贵？那法曹尚书宋玄乃王丞相一党，又一个权贵鹰犬而已。”

“什么王丞相，别往他脸上贴金了。煽动民乱，动摇国祚，皇上早已罢免他一应官职，为了保全脸面和家族声誉，他不得不乞骸归乡，否则现在已是阶下囚了。人跟人就是不能比，同样是当官，有些人堪比豺狼虎豹、心黑手狠；有些人高风亮节、大仁大义。同样是辞官，有些人是为私利，有些人却是为了天理公道。像帝师和太常卿这样的好官再多些，百姓就有救了。”

“帝师和太常卿是好官，皇上也是好皇上。他英明神武，发政施仁，咱们的好日子还在后头呢。”此人话音刚落，便迎来许多欢喜的笑声。

剖腹取子一事渐渐被人抛到脑后，虽还有些思想迂腐的老儒生揪着不放，倒也碍不着什么。

因皇帝圣驾亲临，前来赵府吊唁的人越来越多，连八竿子打不着的路人都拿着祭礼上门，更别提京中勋贵。关老爷子和关父陪皇上用完膳就准备送他回宫，却没料人已走到门口，忽然改了主意：“朕看一眼孩子再走吧？夫人在何处，请她带个路，二位只管去前厅帮忙待客，不用管朕，朕懒得应付闲杂人等。”

眼见女婿忙不过来，又是一介白身，不便与勋贵打交道，关老爷子和关父自是连忙应下，然后遣人去把依依唤来。

听说皇上想看孩子，老夫人和仲氏担心怠慢他，忙催促关素衣赶紧去。二人一前一后行至正房，推开房门，就见两个奶妈子正趴在桌上打瞌睡，明兰抱着孩子轻轻摇晃，嘴里哼着不知名的童谣。

“奴、奴婢见过皇上。”看见站在门口的高大身影，她吓得直打哆嗦，竟没认出此人就是那个癞蛤蟆想吃天鹅肉的侍卫。

两个奶妈子瞌睡全消，诚惶诚恐地下跪。

圣元帝淡淡喊了声“起”，径直走过去抱孩子，动作十分狂放，像随手拎了个物件。本不想搭理他的关素衣终于憋不住了，立即阻拦：“孩子骨骼柔软，易受伤害，皇上还是把他交给臣妇吧。”边说边熟练地接过孩子，一手轻托他后脑勺，一手将之环抱。

“夫人将来定是一位好母亲。”圣元帝目光灼灼地盯着她，语气温柔，“孩子若能继承朕的高大健壮，又继承夫人的聪明灵慧，将来必是魏国最优秀的储君。当然，若是诞下一位完全肖似夫人的长公主，那便更好，朕一定会将她当成掌上明珠一般宠爱。”

眼见明兰和两个奶妈子露出惊骇的表情，关素衣忍无可忍，厉声呵斥：“还请皇上慎言！”

“这些话朕酝酿了好几个月，那些儿女绕膝的场景朕也设想了好几个月，如何不慎重？”圣元帝无辜回望，表情真挚。

关素衣脸颊涨得通红，也不知是羞的还是气的，冲金子扬了扬下颚，命令道：“把这两个带出去好好教教规矩，什么话该说什么话不该说，她们心里应当有底。”复又把孩子递给明兰，语气稍缓，“把二少爷抱去隔间，有些话不适宜让他听见，免得污了耳朵。”

她这番指桑骂槐的暗语完全没能引起圣元帝的羞愧，反倒令他轻笑起来，仿佛很得趣。

关素衣也被气笑了，挑眉问道：“今日站在我面前的人是谁，镇西侯府的侍卫忽纳尔，还是金銮殿上的皇帝霍圣哲？”

圣元帝没敢随意接话，试探道：“是忽纳尔如何，是霍圣哲又如何？”

“是忽纳尔，我就狠狠扇你一巴掌，叫你立马滚蛋！是霍圣哲，我就以死劝谏，免得您败法乱纪，坏了伦理纲常！”

对上她亮如寒星的眼眸，圣元帝呼吸微窒，斟酌片刻方道：“朕既是忽纳尔，也是霍圣哲，你待如何？”

“很好，那我就先狠狠扇你几耳光，再一头碰死在门梁上！你敢不敢试试？”想起尚在宫中的叶蓁，关素衣只觉胃部翻腾，恶心想吐，尖锐道，“皇上，听了祖父和父亲的转述，我原以为您是一位明君，却没料竟昏聩至此。您把我当成什么？又把关家置于何地？您以为我会像叶蓁那样哭哭啼啼、半推半就地从了您？您未免想得太美了！关家不是叶家，有骨头，有胆魄，更不畏强权，我今日死拒，来日我祖父与父亲定当死谏，我关家便是粉身碎骨也不屈就！”她边说边取下银簪，将锋利的那头就对准了自己咽喉。

夫人是何等刚强烈性之人，圣元帝不是不知道，且早已预想了千万种坦白的后果。愤怒、坚拒，甚至破家死谏，都在可控范围之内，唯独叶蓁那事，令他狠狠惊了一下。

一失足成千古恨，直到此时他才深刻理解这句话的含义。人真的不能轻易犯错，踏错一步，将来必要付出百倍千倍的代价，而现在这个代价绝不是他能承受的——夫人厌他、恨他倒也罢了，她竟恶心他！她看他的眼神像是在注视着一团秽物，连稍微走近些都会脏了她的地界。

旁人都道他沉溺美色，强夺人妻，焉知他才是最无辜的那个！他替那夫妻俩承担了多少骂名？又给了他们多少荣华？他们甚至利用那莫须有的愧疚感，令他生生错失所爱，叫他们陷入这等进退无路的困境。谁又能体谅他的苦楚？谁又能为他正名？

面对浑身冒着寒气、又仿佛随时都会燃烧的夫人，圣元帝觉得很无力，却又不可遏制地爱她更深。她的言行一如他之前所想，拒绝得这般干脆，握着银簪的手暴出青筋，抖都没抖一下。她横眉怒目地站在对面，分明处于弱势，更陷于绝望的深渊，下颚却扬得那样高，脊背挺得那样直，似扎根于悬崖的青松，风骨峭峻。她还想狠狠扇他几耳光，叫他滚蛋！天下间唯有夫人才敢这样。她或许会被折辱，却绝不会被击垮；能被摧毁，却绝不低头认输。

不知怎的，圣元帝便想起了叶蓁被送来的那一晚。她跪在他脚边，哭哭啼啼地求他赐死，装模作样地要投缳自尽，令他左右为难，进退维谷。倘若当时直接扔给她一把匕首，且不说叶蓁舍不舍得自己那条命，起码自己现在不会有如此多的糟心事！

同样是拒绝，一个直情径行，沉潜刚克；一个却粘腻油滑、矫揉造作。可恨当年他没多读点书，长些见识，竟被一个妇人愚弄至此，还叫夫人也得知了那些丑事！

圣元帝越想越难堪，越想越尴尬，若是地上有条缝，恨不得立马扒开钻进去。但夫人还用银簪抵着咽喉，他哪能不管，只得强忍羞耻劝道："夫人莫冲动，朕绝不会伤害你，你先把簪子放下，我们心平气和地谈一谈怎样？"

"说什么？说你如何贪恋美色，谋夺臣妻吗？你整日里研习儒学，可曾认识'羞耻'二字？"关素衣咬牙诘问。

圣元帝抹了把脸，无奈道："朕自然认识'羞耻'二字，它们却不认识朕，所以注定要让夫人失望了。"

"你！你好不要脸！"关素衣被这人无耻的程度震惊了，颤巍巍地伸出食指，却因这片刻失神，叫对方逮住机会迅速靠近，一把夺走银簪。

"倘若能得到夫人，朕还要脸皮做什么？"他尽量放柔嗓音，低低安抚，"夫人莫气，气坏了身子朕比你更难受。你如何知晓叶蓁那事？谁告诉你的？"

关素衣唯有冷笑："连赵纯熙都能知道，旁人焉会不知？你还当自己行事很周密不成？"最好的回答就是避而不答，让这人自个儿猜去吧。

圣元帝果然没深想，苦涩道："也对，夫人如此聪明，又岂会被那等小伎俩瞒住？然而夫人有所不知，我与叶蓁并非你想的那种关系，这么些年，朕从未碰过她一根头发，只负责给她提供一个安身之所。朕唯一爱过且正爱着的，唯有夫人。"

关素衣哪能相信这些鬼话？口里吁吁喘着粗气。

圣元帝着实心疼，只好柔声絮语："夫人，好好听朕说话。夫人眼明心亮，谁是真心谁是假意，应当逃不过你的眼睛。你不要想着朕是皇帝，也不要想着朕隐瞒身份刻意接近，你只需回忆与忽纳尔的每一次会面、每一句对话，你可曾感到过半分欺瞒敷衍？忽纳尔恨不得把心挖出来给你。"

关素衣慢慢恢复平静，讽笑道："此生此世非卿不娶？却是早已后宫佳丽三千。皇上，难道这还不叫敷衍？这还不叫欺骗？人竟能无耻到这等地步，我今儿总算长见识了。"

圣元帝更加慎重道："夫人，此处不便，朕不能向你解释更多，改日朕必定一一为你解答疑惑。你只需知道，千万不要用伤害自己的方式来拒绝朕。中原有一句话说得好，瓷器不与瓦砾相碰。你是金贵的瓷器，朕是粗糙的瓦砾，为一片瓦弄碎自己，又是何苦？朕绝不会伤害你，更不会伤害二位泰山，你大可放心。"话落，竟在她玉白的耳廓上轻轻吻了一下，臊得关素衣从耳根一直红到脖颈。

“你混账，你无耻！”她气得直往男人脚背上踩，还狠狠碾了几下。然而正如方才所言，他果然是一片粗糙的瓦砾，竟丝毫不觉疼痛，反倒低笑起来，声音里满满都是愉悦。

“夫人，你脸红的样子真美，和朕想的一样。你又踢又闹的样子可爱极了，赵陆离定然没见过你如此鲜活的一面吧？夫人，你自己可能都没发觉，你不怕朕，你在朕面前肆无忌惮，任性使气，因为你心里明白，朕爱你，爱到极致，所以舍不得伤你一根毫毛。这些日子以来，朕每每向你吐露心声，你也并不是全无感觉的。”

关素衣所有的挣扎、责骂，都被他最后几句话惊飞了。

好不容易活一回，便是不为自己，也该为家人考虑考虑。祖父和父亲能有今天不容易，她的确性格刚烈，却也明白“强极必辱、刚者易折”的道理，面对圣元帝的时候，哪怕不顺从他，也不该得罪得这样狠。但她的确没有半点顾忌，甫一对上这人仿佛包容一切的蓝黑眼眸，所有怒气与委屈就接二连三地冒出来，压都压不住。原来她冥冥之中已经笃定，这人绝不会伤害自己，所以便有恃无恐了吗？

当她陷入恍惚时，圣元帝又飞快地吻了吻她娇嫩的脸颊，叮嘱道：“夫人对朕多有误会，改日朕一定事无巨细地解释清楚。朕与叶蓁从来没有瓜葛，更不是你脑海中想象的那般不堪。外面来人了，朕该走了。”

他觉得不放心，又追加了一句：“夫人，朕恳求你千万别再伤害自己，朕不会毁了你，更不会毁了关家。你什么都不用操心。”话落，才在夫人冒火的眼眸下转身离去。

关素衣用力甩上房门，骂了一句“混账”，失神片刻又骂一句“混账”，这才愤愤道：“二位泰山？真敢往自个儿脸上贴金！”至于对方与叶蓁的烂事，还有自己真正的心意，她想都不愿去想，整理好仪容后便让明兰把孩子抱了进来。

“小姐，您什么时候与皇上、与皇上……”明兰欲言又止，表情惊惧。

金子倒是镇定得很，告诫道：“不该问的别问，到时候你就明白了。夫人，奴婢已把那两个奶妈子处理了，没闹出人命，您大可以放心。将您剖腹取子一事卖给外人的是明芳，您看要不要让奴婢顺手把她处理掉？”她并拢五指做了个割喉的动作。

“你以前干的都是烧杀抢掠的活儿？”关素衣答非所问。

“对。奴婢是死士，自小便被扔进荒野与野兽争命，只知杀人，未曾救人。能留在夫人身边，领略人间喜乐与真情，奴婢很高兴，也很荣幸。求夫人开恩，让奴婢继续跟着您。”金子眼泪都快流出来了。陪伴在夫人身边这么久，她逐渐明白陛下为何那般迷恋夫人，因为夫人值得所有人的真心对待，自是越发不愿离开夫人再回到那刀光剑影的暗处。

关素衣用愕然的目光打量她，见她眉宇间虽暗藏戾气，眼底却满是孺慕，终是心软道：“罢了，你爱跟就跟着吧。待在我身边，总比遣你回去，让你继续过那刀口舔血的日子强百倍。”

“奴婢不怕刀口舔血，奴婢就是舍不得夫人。”金子连忙表白，怀里却被塞了一个暗匣，得了一桩两难的差事。

“为了证明你所言非虚，便亲手把你主子的东西烧掉吧。”关素衣催促道，“快点，前面来人了。”

金子无法，赶紧拿着东西跑去墙根下，一把火烧了。所幸府中四处烧着纸钱，倒也没引起旁人注意。她前脚刚走，老夫人和仲氏后脚就到，直说长公主前来吊唁，让她赶紧过去作陪，除此之外，还有许多权贵陆续来进香，鞠躬祭拜，原本冷清的灵堂变得无比热闹。

此时，再无人敢提剖腹取子之事，更不敢把“妖妇”与“鬼怪”的名头安在关夫人和孩子身上。

第十二章
叶蓁

关素衣本就打算为弟妹举办一场超度法事。因皇上昨日亲临赵府祭拜，前来觉音寺参加仪式的亲族和权贵很多，又有赵瑾瑜的同袍帮衬，场面堪称盛大。而赵瑾瑜本人还在战场上拼杀，也不知何年何月才能归来。

阮家人直到过午才至，一个个鼻青脸肿，精神颓靡，像是遭了大难。他们二话不说就扑到老夫人脚边喊救命，直言钱财全被盗匪洗劫，如今连归家的盘缠都没有，求赵府好心收留。

毕竟是阮氏家人，又是在她的葬礼上，老夫人哪怕恨毒了他们，也只得捏着鼻子准备几间厢房，把人安顿在了觉音寺中。

与此同时，关素衣正把自己锁在屋内为阮氏写祭文，稍后将在法坛上唱念焚烧，告慰她在天之灵。正如之前所言，她不认为剖腹取子有错，非为自己名声，而是为了孩子的将来。那么又能写些什么呢？

她摒弃杂念，仔细回忆与阮氏相处的点点滴滴，既心疼她为容貌所累，又感佩她孝敬婆母，善待小辈，与自己更是关系和睦，互相扶持，想着想着，泪珠已潸然而下，沾湿衣襟。

片刻后，她终于提起笔，缓缓写道："圣元四年九月，悼弟妹阮氏于觉音寺，昔年初见……"写了足足一个时辰，哭了写，写了哭，直把眼睛熬得通红才慢慢收了最后一笔，坐在椅子上发呆。此时，她满脑子都是阮氏的音容笑貌与临死呼唤，什么忽纳尔、霍圣哲，全被忘得一干二净。要什么儿女情长，图什么荣华富贵？能好好活着，膝下养几个孩子，才是世间最甘美的事。

想起伤心欲绝的木沐和嗷嗷待哺、已被她取名为赵怀恩的小婴儿，她终于抹掉最后一滴眼泪，拿着祭文去了道场。

"关施主，祭文写好了？"玄光大师温声询问。

"写好了，大师要看看吗？"关素衣双手合十，恭敬行礼。

"不了，让死者先看吧。"玄光大师伸手，示意她走上法坛，待她坐定方敲击木鱼，命围坐在法坛四周的僧人开始诵经。遗体受损乃大忌，须得诚心诚意忏悔，并念足七七四十九天往生经才能弥补。

袅袅梵音与朦胧烟雾在空中萦绕，又有一股浓郁的檀香味侵染左右，令人心生肃穆的同时又格外平静安然。前来祭拜的亲族与权贵陆续跪坐蒲团，双手合十，跟着诵经。

他们抬眸去看法坛上的关夫人，想听听她如何告慰亡灵。

关素衣背对众人跪在灵前，诚心诚意念了一段往生经，这才拿起稿纸唱读祭文。当世的祭文多仿《诗经》雅颂四言韵语，或用骈体，旨在庄严肃穆，正声正色。但她忆起往事悲从中来，实不想限制了表达，阻塞了哀思，竟打破惯例格式，写了一篇散文。

开头几段回忆了二人如何一见如故，情同姐妹，阮氏又是如何孝敬婆母，照顾小辈；接下来略叙了赵府陆续发生的几大变故，将一家人临危不乱、相互扶持、共渡难关的过程写得入情入景，似在眼前。其中虽有许多苦难惊惧，却有更多温馨祥和，把阮氏恬淡不争、温婉柔顺的形象渲染得淋漓尽致。

后几段笔锋陡转，竟开始详述她中毒难产直至血尽而亡的种种。为了保住孩子，她是如何拼命挣扎，努力求生；得知母体与胎儿皆有亡命之危，又是如何毅然决然地舍弃自己，留住孩子。用层层剥开的笔法将她外柔内刚、至情至性的一面展露无遗。

她死前的声声呼唤、道道呐喊，伴随着关素衣哽咽的诵读，似乎就响在法坛，触及耳畔，令台下的亲友与贵人们早已泪流满面，肝肠寸断。连素来无悲无喜、大彻大悟的僧人们也中断了经文，敲乱了木鱼，不得不停下拭泪。他们从未听过如此痛贯心膂的祭文，直叫人如临其境、感同身受，恨不能掀开棺椁，拼命摇撼死者，哭着恳求她重新活过来。

诵经声止息了，唱念声还在继续。所有人都噙着泪水仔细聆听。

从悲惨至极的场景中脱出，最后几段开始描述新生儿降临的画面。他吐出一口羊水，而后大声啼哭；抱入怀中时自发地拽住婶娘衣襟，小手柔软却又那么有力；他躺在母亲身边与她诀别，小小的孩童半点不知事，却用澎湃生机冲散了死亡之气，令母亲大睁的双眼缓缓合上，满足而去。

连着三转，起了又落，哭过会笑，笑罢却更为想哭，一篇千字未满的祭文，却令整个觉音寺陷入沉默，唯余声声哽咽、阵阵痛哭在空中回荡。莫说常来常往的亲族，便是那些素不相识的勋贵，都为这位温柔而又刚强的母亲哭红了双眼，痛断了肝肠。

关素衣嗓子已完全嘶哑，正准备把祭文投入火盆，却被一只手牢牢抓住，侧脸一看，竟是玄光大师。

他眼眶通红，衣襟湿透，显然刚哭过一场。做了那么多法事，超度了那么多亡灵，这是他头一回因为一篇祭文而中断诵经。但他爱文成痴，万不能让这篇哀感天地的奇文付诸一炬。

“关施主笔力超绝，情思动人，破格律之限，创悼词之巅。这篇用斑斑泪珠与心头浓血书就的祭文，已足够令亡者安眠，生者释怀，哪还需吾等念诵经文？关施主，请将此文祭于灵前，切莫焚毁，否则贫僧怕是会日日忧虑，内心难安。”他小心翼翼地接过文稿，用檀木盒子装了，摆放在祭桌上，而后双手合十拜了三拜。

关家文名之盛他早有耳闻，关老爷子和关父的著作也拜读过不少，却都没有聆听这篇祭文时来得震撼。关夫人破骈为散，不仿古效今，不拘于形式，不囿于常规，文随心动，情至而意现。通篇文字莫不以泪铸就，以血渲染，令哀伤入骨，悲痛入心，世人哪堪承受？

玄光大师一再回味那字字句句，一再红了眼眶，掉落泪珠，心里已把这篇祭文奉为当世之绝调、文坛之绝响。论起笔力强横、即景生情，关夫人往台前一站，莫说徐广志，连她祖父与父亲也要退一射之地。

今日来祭拜的人多为权贵，又有关氏与仲氏两大文豪世家的亲友，精通文墨者不知凡几，且皆入尘俗，感情丰沛，自是比玄光大师更受触动。

“此文当属祭文之巅，哀唱之绝！”一位鸿儒含泪盛赞，余者哽咽附和，竟是难以成言。

关老爷子和关父连忙摆手自谦，心里却为掌上明珠感到骄傲。他们知道，依依书写此文不为扬名，只为正名。剖腹取子的场景在普通人想来定是鲜血淋漓、恐怖至极的，虽有皇上为其张目，却阻止不了别人心生厌憎。但她用阮氏的视角来描述这段，所有的鲜血都化成了舍生忘死的母爱和浓到化不开的哀恸，所有的惊骇都转为新生儿降临的极致喜悦与对未来生活的希冀。待这篇遣词凄美绝俗、感情真挚动人的祭文四散传播，再不会有人谩骂她为妖妇、鬼物，众人只会记得阮氏的贞烈与孤勇。这就是文字的力量。

当法坛四周的人群哀伤痛哭时，圣元帝就站在不起眼的角落，默默聆听，静静凝望。

“这是朕第一次为不相干的人流泪。”他转回头去看白福，目中微泛泪光。

“陛下，夫人写得实在太好了，太感人了，让奴才、让奴才好好哭一会儿。天杀的苗人，作甚往赵府里投毒，害得阮氏和自己的孩子天人永隔，再不能见。呜呜呜……”白福一把鼻涕一把泪，已哭得上气不接下气。

圣元帝并未责怪他，等他哭够了才低声下令：“你去把夫人约到后院厢房里来，朕要与她说话。”

白福不敢耽误，擤出一管鼻涕，用帕子擦拭干净，这才偷偷摸摸地走了。

第一天的法事办完，关素衣已精疲力竭，听闻玄光大师有请，还当他要与自己商量次日的法事，连茶水都来不及喝就匆忙去了后院，甫一推开门就被拉入一个宽阔而又温暖的胸膛。

“混账东西，你又来了！”她气得脸颊涨红，目中喷火，双手握拳不停捶打那人脊背，却只觉像是捶到了铜墙铁壁上，骨节疼得厉害。

“别打了，小心伤手。”圣元帝握住她手腕，将其箍在身侧。

“夫人，让朕抱一会儿好吗？朕很难过。”他把脸颊埋在夫人馨香的颈窝，闷声哀求。

关素衣察觉肩膀湿了一块，似乎是泪水浸透布料，沾到了皮肤上，不免有些呆怔。这人哭了，堂堂帝王竟伏在自己耳畔哭了，为什么？或者，为了谁？

她停止挣扎，静静等候，待这人情绪稍缓才沉声道：“皇上，还请您抬头看看这是何处，而我身上又穿着何物？在他人的祭礼上行这等轻薄之事，你就不觉得羞愧吗？”

圣元帝慢慢抬头，理所当然地道：“只是抱着自家夫人流泪片刻，怎能算是轻薄？朕之所为，完全符合祭礼之庄重肃穆与哀感情真。”

关素衣被圣元帝的无耻噎得说不出话来，沉默良久才道：“皇上，臣妇终于明白您为何能当皇上了。”

“为何？”

“因为您天下无敌。”

“哦？夫人竟如此夸赞朕。确实，朕当年横扫千军……”

“不，”关素衣打断他，“中原有这样两种说法，一曰仁者无敌，二曰贱者无敌。陛下，您早已是天下无敌了！”

圣元帝脸上的得意被错愕取代，片刻后竟搂着夫人低笑起来，眸中闪动着快活的光彩：“夫人啊夫人，你单靠这张嘴就能称霸中原，哪怕是朕，也得对你甘拜下风。一句话里带了两种说法，叫朕怎么选？不能把自己往贱者身上套，就只能吃了你这记哑巴亏。夫人若是心里不痛快，怎么骂朕都无所谓，千万别再打朕，朕不怕自己疼，只怕你手疼。”

关素衣又羞又气却挣扎不开，只能柔声劝解：“皇上，您先放开臣妇，咱们坐下慢慢谈成吗？臣妇常听祖父与父亲赞您心胸宽大、秉性仁厚，是位不可多得的明君。走在街市上，百姓也对您交口称誉，爱戴有加。您好不容易打下的江山、攒下的威望，难道就为了一个微不足道的女子便毁于一旦吗？您有没有想过后世会如何书写这段历史？会如何在您的丰功伟绩上增添一个永远无法洗清的污点？您说臣妇是瓷器，您是瓦砾，这话却大错特错！臣妇或许是瓷器，或许有点精致贵重，叫人想要收藏，但世间同样精致、同样贵重，甚至更精致、更贵重的瓷器并非没有，您富有天下，想要多少便能得到多少，而且可以是正大光明、轻而易举的。皇上，您不是瓦砾，您是国器，是镇守山河的东皇钟、支撑国运的九龙鼎，您的声誉与威望不容玷污。还请皇上为您自己，也为臣妇，保留一些尊严。”

圣元帝看着她的眼睛、一开一合的嘴唇，心里满是眷恋与柔情。

“为你保留尊严？朕还以为你会哭着喊着要朕保留你的贞洁。你们中原女子不都很看重贞洁吗？你被朕抱也抱过了，亲也亲过了，贞洁已失，便算是朕的人了吧？再者，夫人有一点大错特错，天下间再没有女子堪与夫人相比，在朕心中，夫人才是独一无二的瑰宝。”

关素衣眉头皱得死紧，隐忍道：“贞洁是为别人守的，尊严却是为自己留的。我不知别的女子如何想，倘若叫我失了尊严，与杀了我没甚两样。皇上，您高高在上，权势滔天，所以从不把我们这些蝼蚁放在眼里。但您须知，蝼蚁也有生存的权利，也有抗争一切的决心，倘若耍弄太过，宁愿化为泥土也绝不妥协。您不要以为您是君上，就能肆意摆布我的人生，您已经毁了我对婚姻的期待，还请您让我安安静静地过完后半生行吗？您的游戏，我奉陪不起！”

圣元帝感受到她剧烈起伏的胸膛和越来越急促的呼吸，终于慢慢将她放开，叹息道：“夫人莫气，气坏了身子朕会心疼。你好好坐着，听朕说话。”末了在她肩胛骨上点了一下。

关素衣肩膀一麻，紧跟着双腿便无法动弹了，不由喊起来：“你要干什么？”难道他真想毁了她的贞洁，逼她就范？

然而她想错了，圣元帝只是将她抱到对面的软榻上，令她斜倚在迎枕里，怕她冻着，还加盖了一条薄毯，塞了一个手炉，仔仔细细将她凌乱的额发拨到耳后，动作体贴入微。

此时已近深秋，外间有北风刮过，令枯黄树叶簌簌作响。一缕寒风顺着没粘牢的窗户纸钻进来，绕着桌上香炉转了一圈，令垂直向上的烟雾氤氲四散。

静谧的氛围感染了关素衣，而圣元帝温柔的态度也让她隐约意识到，他没有伤害自己的欲念。

她缓了缓语气，再次询问：“你究竟想干什么？你点了我的穴？”自从见识到武功的神奇之处，她花了许多时间研究，自是能分辨一二招数。

“若是不抱着你，不拘着你，你怕是会想尽办法跑掉。朕说过不会伤害你，只想让你坐下来，好好听朕把话说完。”圣元帝从怀里掏出几张写满文字的宣纸，自嘲道，“朕有许多话想对夫人说，却又不知从何说起，于是效仿帝师，来之前写了许多手稿，然而听完夫人的祭文，朕忽然意识到，再优美的文字若是没有深刻的情感支撑，便什么都不是。”

他将稿纸扔进火盆，看着它慢慢化为灰烬，脸上悲喜难辨。待烟雾散去，他走到榻边紧挨着夫人落座，脱掉她小巧精致的绣鞋，将她盖着薄毯的双脚搭放在自己膝头，徐徐开口：“其实朕第一次见到夫人便是在觉音寺，你当时口舌如刀，把一群法家学者批驳得哑口无言。”

关素衣狠狠瞪了他一眼，懒怠搭理。

圣元帝用大掌焐着她略有些冰冷的玉足，苦笑道：“朕当时真是有眼无珠，心想这小姑娘满口的仁义道德，酸得很，性子还那般刚强气盛，也不知将来哪个倒霉蛋能消受得了。于是当赵陆离前来求旨的时候，朕虽然已有纳你入宫抬举关家的意思，却还是把你赐给了他。”

关素衣冷笑道：“谢皇上赐婚。虽然起初过得有些艰难，但现在夫君爱我，婆母护我，孩子们孝顺我，下仆们敬畏我，可说是没有一丝不合心意的地方。我脑子被门夹了才会与赵陆离和离，成为您三千佳丽之一，等待您偶有一日的垂幸。”

圣元帝涩声道：“夫人不必刺朕，朕早已经后悔了。什么三千佳丽、婕妤宠妃，不过是谣传罢了。夫人也不要把赵家形容得那般和美，你究竟算不算赵家的媳妇，你心里清楚，朕心里也清楚。”

“然而只要我愿意，随时都能成为实至名归的赵夫人。”关素衣直勾勾地盯着他。

圣元帝眸色微暗，语气也变得十分危险：“夫人若是愿意屈就赵陆离，又哪会等到现在？你说这些话除了恶心自己，让朕难受，还有什么意思？”

他轻轻抚摸她因为发怒而显得格外红润的脸颊，回忆道：“然而再次见到夫人，与夫人深谈，朕才明白自己究竟错过了什么。因为痛悔不已的错失，朕学会了怎样去判断一个人，衡量一件事，从此小心谨慎，不敢妄下决断。因为夫人精通文墨，所以朕耐下性子去通读曾嗤之以鼻的儒家典籍，认真聆听帝师的每一句教诲，从而日渐进益。因为夫人把百姓疾苦看在眼中，痛在心上，所以朕学会了爱民如子，发政施仁。因为夫人笔战奸佞，引导舆论，所以朕明白了民心与民意的重要。因为夫人，朕才变成现在这副模样——可以彻夜学习不眠不休；可以端坐朝堂，运筹帷幄；可以隐忍怒气，纳谏如流。朕从一个只知道砍杀的莽夫、性情暴戾的罗刹，变成朝臣口中的英主、百姓心中的明君。”

他眼里闪烁着无数光点，喟叹道：“为了能配上这样美好的夫人，朕愿意成为更好的自己。为了得到夫人一句肯定，朕愿意打造一个太平盛世。”他凑近了些，直直望进关素衣满是错愕的瞳仁，“夫人，你还觉得朕的感情可笑吗？还觉得它只是一场戏弄、一个游戏吗？”

关素衣喉咙干涩，久久难言。她被这人的话语镇住了，绝想不到在他种种仁德举措的背后，竟处处都有自己的影子。难怪他几次贬斥徐广志，坚决阻挠对方入仕；难怪他重修法典，整肃朝堂，为百姓广开言路；难怪他拒不接受“四等人制”，免于国家分裂。虽然这样说似乎有些过于高看自己，但是现实真切地摆在眼前，为了迎合她，得到她的认同，这人默默做了很多，多到改变了关家的命运，改变了王朝的命运，甚至改变了天下格局。

关素衣发现自己一个字都吐不出，却不再是因为愤怒，而是复杂到难以言表的情绪。恍惚中，她竟冒出一个奇怪的念头——或许最深沉的感情不是为一个人付出所有，而是尽己所能地为她改变一切。改变自己，同时改变世界。

当然，在这世上，并不是所有人都能如此，因为只有帝王才具备改变天下格局的权势。

原来这就是人人趋之若鹜的帝王之爱，果然很有重量，也很有力量。关素衣避开他深情的眼眸，看向不着边际的远处，暗忖道：可惜这份爱她要不起，更不能要。和离，再嫁，然后锁入深宫与一群女人争宠，那不是她想要的生活，随之而来的非议更是会断绝祖父与父亲的仕途，进而毁了关家的声誉。

帝王之爱的确难得，然而又能维系多久？她绝不会拿自己的人生去赌。

圣元帝知道她在顾虑什么，心里焦急，却也百般无奈。现在无论说得多真诚、多慎重，在她听来都是空话，正所谓“路遥知马力，日久见人心”，一切但凭时间来证明吧。

他慢慢解开衣襟，脱掉外袍，直言道：“夫人方才说朕高高在上、权势滔天，而自己却是蝼蚁，任凭摆布。夫人你想错了，朕也有卑贱入尘、命如蝼蚁的时候，你若是对朕多一些了解，就会明白朕从不玩游戏，更不戏弄人心。人心是何物，情感又是什么，在此前的二十多年里，朕无从知晓，因为朕自幼与野兽为伍，不识字，不言语，只懂猎杀。”

关素衣见他连单衣都脱掉了，露出精壮的身体，立刻转头训斥：“你想干什么？快把衣服穿上！”

圣元帝轻轻捏住她下颚，将她的脸转过来，叹息道：“朕想让夫人好生看看，在华丽衣袍与滔天权势的掩盖下，真正的忽纳尔，或者说霍圣哲，究竟是什么模样。”

关素衣只飞快瞥了一眼就愣住了，倘若这人不脱掉衣衫，她绝无法想象在华丽袍服的掩盖下，这具躯体曾遭受过怎样的创伤。

他的确很高大伟岸，每一块隆起的肌肉都蕴含着恐怖的力量，然而除此之外，却也遍布着交错的伤疤，一根根，一条条，一道道，似是好了又伤，伤了又好，所谓的“体无完肤”也不过如此。

他左胸盘踞着最深的一道疤痕，仅凭肉眼就能分辨，在受伤之初，定是直达心脏，几乎毙命。

“你、你不是九黎族的少族长吗？”关素衣感觉自己快不能呼吸了，明知“非礼勿视”，却无论如何也挪不开眼。

“少族长？怎么可能！那不过是朕登基之后，座下群臣给朕脸上贴的金。你们中原人就是好脸面，谁当了皇帝便要给他编一个非同凡响的出身和名头。”圣元帝眸色暗沉，表情恍惚，似乎在回忆着什么。

“夫人看这儿，”他指着自己左肩上的几道疤痕，“这是朕五岁时与孤狼争食留下的抓伤，因夏天炎热，又被蚊虫叮咬，溃烂了一两月才渐渐愈合。还有这里，这是朕初次上战场时，被敌人一刀劈开……”

他一道一道细数，每一道都是一段刻骨铭心的伤痛，每一道都是一个常人难以想象的生死劫难。他如今能泰然站在此处，与自己回忆过往，在关素衣看来简直是个奇迹。

“这道伤疤又是如何留下的？它是最凶险的一次吧？”关素衣分明不想回应，却又难以克制内心的疼痛与关切。

圣元帝沉默良久才哑声道：“这是朕自己刺下的。”

关素衣惊骇地看着他，简直难以想象似他这般心坚如铁又悍勇无匹的枭雄，竟会产生自戕的念头。为什么？究竟发生何等惨事，才会叫他如此绝望，连活下去的勇气都没有？

圣元帝轻轻抚摸她微红的眼角，沉声笑了：“夫人，是你救了朕。倘若没有你，或许朕日后还会刺第二刀，第三刀，直至杀死自己。”

关素衣脸色惨白，想问却又不敢去问，她的直觉告诉她，在这道致命伤疤的背后，肯定埋藏着致命的隐秘，这绝不是她一介妇人有资格知晓的。然而就算她不问，圣元帝也早已打定主意要告诉她一切。

“说起来，朕的身世并不是什么秘密，整个九黎族都知道，朝臣若有心打听，应该也能知晓一二。”他赤着上身在屋内走动，似乎想起什么，将一块蒙着绢布的木板递过去，柔声道，“夫人看看。”

“这是地狱图？”关素衣表情疑惑。

木板上绘制着一幅色彩极其浓烈的画作，画中心躺着一名头发披散、手握弯刀的女子，一只青面獠牙的罗刹划开她高耸的肚皮，去吸食她手腕上的鲜血。大片大片的红色像火焰一样烧灼着旁观者的眼球，令人在感到极度不适的同时更觉毛骨悚然。

女人凄惨至极的死状和罗刹贪婪凶狠的表情在高超画技的渲染下栩栩如生，就仿佛这并非地狱一景，而是真实发生的一样。

圣元帝的回答肯定了这一猜测：“这不是地狱图，是朕出生时的场景。”

关素衣心脏狠狠跳了一下，却不是被吓住，而是强烈地怀疑。就算她再不待见圣元帝，也不得不承认他是个仁君。倘若这样的人都是罗刹托生，那前朝末帝又是什么？

“不，你绝不是罗刹。这幅画是虚构的。”她摇头否定。

圣元帝眉宇间的阴霾彻底散去：“朕的确不是罗刹，这幅画却不是虚构。画上的女子便是朕的生身母亲忽苏力雅，皇考的第一侧室。你也知道，我们九黎族是三妻四妾制，一正妻，二侧室，侧室若实力雄厚，可与正妻平起平坐，不分高低。朕的母亲当年是最受皇考宠爱的侧室，也是能力最强的侧室，隐有取代正妻，也就是当今太后的趋势。尤其在她怀孕之后，二者之间的矛盾几乎一触即发。”他接过画板，双目放空，“不知是谁动的手，也许是太后，抑或别的妻妾，总之当朕快降生时，她遭遇了追杀，被迫逃入山谷避难。在那里，她生下了朕，场面十分惨烈，狼群不断在周围徘徊，却碍于她投下的毒粉始终不敢靠近。是太后的人首先找到了她的尸体，而朕当时正趴伏在血泊中，含着她的手腕，以鲜血为食活了整整三日，才终于等来了救援。”

“回去之后，太后找了技艺最顶尖的东洋画师，按照在场诸人的口述，将真实场景描绘下来，呈给皇考观看。”他点了点画框，叹息道，“于是就有了这幅罗刹降世图。”

关素衣面上不显，心中已掀起惊涛骇浪。这幅画真送到先皇跟前，其结果可想而知。能刺破母腹破体而出，又食其鲜血顽强存活，焉知将来不会手刃亲父、祸害族人？先皇对侧室有多么宠爱，对这个婴儿便会有多么憎恶，哪能容许他活下来？

圣元帝一面轻笑一面抚摸她苍白的脸颊，安慰道：“夫人莫怕，皇考不是那等狠心绝情的人，并未亲自动手杀朕，只是将朕扔进深山喂狼罢了。”

这还叫不狠心绝情？他究竟经历过怎样惨绝人寰的事，才能认为不亲自动手杀他的父亲，便算是好的？关素衣眼眶发红，漆黑双目慢慢浮出一层水雾。

“夫人莫哭，一切都过去了。你心疼朕，朕知道。”提及最不堪的往事，此刻的圣元帝已感受不到半点沉痛，更不会拿起刀剑拼命自残。他只想拥抱着为自己哭泣的夫人，静静地看她一会儿，听她细碎的哽咽，甚至恼怒的责骂，仿佛这样便能把一切伤痛全都抹平。

“谁心疼你？没脸没皮的混账！”关素衣勉强压下泪水，嗓音却变得颤抖起来。

“好，朕是混账，朕没脸没皮。”圣元帝握住夫人柔若无骨的手往自己脸上拍了两下，感慨道，“没想到皇考不要朕，狼群却把朕叼走，悉心养大了。三岁之前，朕跟着它们学捕猎，吃的是生肉，喝的是兽血，不会说话，只会咆哮。偶有一天，皇姐迷失山林，撞见了朕，送给朕一根烤熟的鸡腿，那味道朕直至现在还无法忘怀。”说着说着竟笑起来，仿佛这是多么美好的一段回忆。

“长公主？”关素衣哑声询问。

“对，正是她。从此以后她常来看朕，教朕说话、生火、吃熟食、喝沸水，告诉朕，朕不是野兽，而是人，有血有肉有思想的人。所以无论皇姐做了什么，朕都可以原谅，没有她就没有现在的朕。就这样过了几年，族里把一批孩子扔进山中，让他们与野兽争命，试图培养出一批死士，朕便混了进去。朕的武功都是跟野兽学的，猿猴的灵巧、老虎的刚猛、狼群的狠戾，比起那些孩子不知强了几何，于是顺理成章当了头领，带着他们磕磕绊绊地活下来。一批孩子走了，又一批孩子被送来，不知不觉，朕便掌控了九黎族的暗部。”

“你还真是福大命大！”关素衣内心震撼，心道，这人果然是真龙天子吧！否则又怎会次次都绝处逢生？

“朕确实有几分运气。培养了一大批死士之后，九黎族渐渐吞并了周围的小部落，开始一点一点向外扩张，于是朕又混入军队，连连克敌制胜，闯下赫赫战功。当皇考发现朕身份时，朕已手握重兵，势不可挡，他只得捏着鼻子将朕认下。然而于他而言，朕始终不是他的儿子，只是一柄利器，除了为他开疆扩土，没有任何存在的价值。等这柄利器卷刃，就是该丢弃的时候了。他一面指挥朕在前方拼杀，一面让朕的几个兄弟蚕食朕的势力，冷眼看着他们联合起来绞杀朕。”

说到此处，他嗤笑一声：“别说联手，就是再给他们一百条命，也不是朕一合之敌。后来朕直入燕京，当了皇帝，再后来，太后便把这幅画当作登基礼物送与朕，令朕生不如死。”他眼珠开始发红，“朕从小就在想，为何别人有爹有娘，唯独朕什么都没有？为何别人能在家中长大，唯独朕被弃之荒野？朕的母亲是谁，朕为何会被族人视如恶鬼？在时光的流逝中，在苦难的煎熬里，这个疑问渐渐成为朕的心魔，而太后彻底将这只心魔放出，意图兵不血刃地杀死朕，而且差一点就成功了。”

关素衣惊得半晌无言，慢慢理顺了思路，又看了看手中的画作，笃定道：“皇上，她骗了你。这幅画不是罗刹降世，而是圣母护子！”

圣元帝忽然就笑开了，呢喃道：“还属夫人眼明心亮，最是通透。若没有夫人，朕也许会被心魔纠缠一世，疯癫至死。夫人，是你救了朕。”

圣元帝端起版画，平静开口：“若是没遇见夫人，朕永远想象不到自己还能如此近距离地欣赏它，内心却没有丝毫恐惧与绝望。在朕最意气风发的时刻，在朕将整个中原踩在脚下的那一天，太后拿着这幅画，一面指点一面详述朕出生时的场景。”

关素衣太阳穴开始发胀，几乎能切身体会到那毁天灭地的感觉。对于一个从小被抛弃的孩子来说，没有任何事会比寻根溯源更重要，倘若一辈子都不得而知倒也罢了，可是在本该最荣耀的时刻猛然得知鲜血淋漓的真相，其冲击力不啻从云端跌落深渊，其破坏力不亚于海啸山崩。他所希冀的、所追求的，甚至所信仰的一切，都会在顷刻间被摧毁，若意志不坚者，怕是会当场疯掉。关素衣不知道他那时是如何挺过来的，却能想象这一千四百多个日夜，他都在遭受着怎样的煎熬。然而哪怕如此痛苦绝望，他也舍不得烧毁这幅画，可见他对未曾谋面的母亲怀抱着怎样巨大的愧疚与思念。他是不是以为把这幅画留着，永远用来折磨自己，就能洗清母亲枉死的罪孽？

原来看上去那样强大的男人，内心却掩藏着这样一块腐烂破溃的伤口，但他从不想着治疗，反倒一刀又一刀往更深处挖去。人的精神不是无限强大的，相反，还会随着年龄的增长日渐薄弱，倘若所有的坚强都耗尽，总有一刀会刺穿心脏。

关素衣闭上眼睛，狠狠把汹涌而来的眼泪压下去，她没有资格为这个男人哭泣，连他自己也不行，因为这一切都是假的！是一个弥天大谎！事实的真相的确有些血腥，却一点也不残酷，相反，还浸透着浓浓的爱意与期待。

她勉强维持着平稳的语调：“皇上应该已经猜到了吧？您的母亲手里之所以拿着刀，不是为了反抗，更不是为了伤害您。她当时难产了，又没人守在身旁，为了保住您的性命，只能自己划开自己的肚皮，将您取出；害怕族人没办法及时找到您，她才割破手腕，用自己的鲜血喂养您。”

她定定地看着在自己面前展露出脆弱姿态的帝王，一字一句道：“所以您从来不是罗刹，更没有弑母，您是她用性命换回的宝贝。您不但不是没人要的孩子，相反，您的出生承载着比任何人都要厚重的母爱与希望。因为她在天有灵，一直在您身旁守护，所以您才能在那样艰难的环境下存活过来，且一次次化险为夷，终至登顶。皇上，看在她的份上，日后切莫随意伤害自己，您现在是大魏国君、天下共主，您的性命早已经不是您一个人的了！”

圣元帝被她这番话暖得全身都在发烫，厚重的心防依旧坚硬，却为她单独敞开一丝缝隙，将之小心翼翼地纳入，放在心尖上，藏在心坎里，除了自己，不允许任何人碰触。他握紧她的手，热切道：“这话说得没错，朕的性命早已经不是朕的，而是夫人的。倘若没有夫人，朕永远不会发现真相。”收到密报说关素衣剖腹取子那天，他反复咀嚼着这四个字，真相便似一道惊雷在脑海中轰然炸响，紧接着所有的一切都豁然开朗。

再去看太后费尽心机绘制的画作时，他再未感受到丝毫愧疚难安或恐惧绝望，只想为自己的母亲好好哭一场。她定是世界上最勇敢、最伟大的母亲，正如夫人是世界上最刚强、最聪慧的夫人。他终于彻底释怀了，并以此为傲。他不再犹豫着该不该靠近夫人，而是立刻赶到她身边，向她表明身份。他是忽苏力雅的儿子忽纳尔，亦是大魏君主霍圣哲，他并非恶鬼，又何须隐瞒？

关素衣却不能理解他汹涌澎湃的感情，转开脸急道：“请皇上莫要说这些话，您的命臣妇要不起，更不敢要。既已对过往释怀，还请您赶紧穿上衣服成吗？”

圣元帝见她面上似有羞恼之意，虽觉得很可爱，却也不忍逗弄太过，一面穿好衣袍一面剖白道：“夫人不要小看自己，对朕而言，您是世间独一无二的珍宝。朕争夺天下，起初只是为了保命，后来被太后在心上狠狠戳了一刀，便想着怎样把皇位坐得更稳，哪怕是死，也不能便宜别人。及至遇见夫人，朕才知道，这天下不仅属于朕，还属于黎民百姓，养活一方水土远比摧毁一座城池更能让朕满足。现在，朕想当好这个皇帝，想握着你的手共筑天下太平、海晏河清。”

关素衣撇开脸，红晕由耳根慢慢爬上脸颊，又延伸至脖颈，无须看这人热烈的表情，单凭他满腔爱意的嗓音，就能令她思绪紊乱。她不能回应他，唯有保持沉默。

圣元帝却并不需要任何回应，继续诉说：“因尚未猜透自己的身世，朕起初还在犹豫该不该争夺你。每每看见天真烂漫的孩童，或肚腹隆起的女子，朕便会不受控制地想，朕要是罗刹，朕的孩子会不会也与朕一样，用那等血腥的方式破体而出？倘若最后害了夫人，叫朕拿什么赎罪？”

关素衣恼羞成怒，转过脸讽刺道：“皇上，咱俩八竿子打不着的关系，您未免想得太多了！”

“事实证明的确是朕想得太多，所以朕立即跑来赵府寻你，向你坦白身份。”圣元帝迟疑了片刻，艰难道，“因为害怕诞下又一个罗刹，让他承受朕曾经承受的苦难，所以这些年朕一直洁身自好，不敢与任何女子亲近。朕与叶蓁，并非你猜测的那般……”

他红着脸皮把这辈子干过的最愚蠢的一件事详细向夫人解释清楚，叹道：“当年被叶蓁买通、几次三番向老侯爷进言要他把儿媳妇献给朕以博富贵的幕僚已经找到，受叶全勇指使来追杀朕、后被叶家灭口却侥幸存活的苗族异人也已经找到，如今都在天牢里。夫人若是不信，大可以把他们带来，朕当着你的面再审一次。”

关素衣定了定神，追问道：“杀了叶氏全族，又在赵府投毒的凶手就是那苗人？弟妹的死是受了叶蓁连累？”

“没错。”

“好一个中原第一美人，好一个宠冠六宫的叶婕妤，手段果然了得！”关素衣从未如此仇恨一个人，原来所有的一切，包括自己嫁给赵陆离，都是她在后面捣鬼。一个人怎能无耻到这等地步？她要另攀高枝，于是公爹就成了色贡权贵的小人，最终与儿子反目成仇；她要抛夫弃子，于是赵陆离就成了需要妻子出卖身体才能获封爵位的懦夫，从此愧疚难安，抬不起头；她要凤翔九天，于是圣元帝就成了被追杀、被愚弄的目标，最终为她扛下所有骂名，还要给予她无上荣华。世间还有比她更“纯洁善良、柔弱却又贞烈”的女子吗？怕是前数百年后数百年，再也找不出一个。

“高啊，实在是高！上回臣妇见了叶婕妤，还说见面不如闻名，却原是臣妇有眼不识泰山！皇上，你们夫妻俩一个心思诡诈，一个愚蠢透顶，合该凑成一对，作甚要来害我？我在赵家有夫君宠爱，有婆母回护，孩子们虽不是亲生，却都对我恭敬有加，孝顺至极，我为何要抛下他们，与你这个帮凶在一起？你蠢，我却不蠢；叶蓁下贱，我却不下贱！”

她忽然掀开薄毯站起来，连鞋子都顾不上穿，飞快地跑了出去，只留下一句讽刺：“皇上，喝了那么多文墨，您果然大有进益，这招苦肉计差点把我骗去！咱们日后再不要会面，就当从未认识过吧！”

圣元帝欺骗她、戏弄她，甚至欲强夺她，都无法令她真正动怒，唯独一点她无法原谅——他不该在心知肚明的情况下，帮着叶蓁把她往火坑里推。凭什么他看不起她的时候就能肆意践踏，爱上的时候又想轻易挽回？凭他是皇帝？凭他那惨绝人寰的身世？这年头，谁没有几个一说起来就肝肠寸断的回忆？真当自己多么可怜不成？

关素衣走得飞快，回到厢房才发现脚底被石子磨出许多伤口，疼得厉害。金子忙拿出药膏替她擦拭，疑惑道：“夫人，您会解穴的功夫？”

“什么解穴？他点中的穴道与天宗穴相通，我只需一直靠着椅背，暗暗压迫天宗穴，便能用回血冲破阻塞。你日后多读点书吧，别像你家主子，蠢得无可救药！”关素衣咬牙切齿地道。

金子满脸苦笑：“夫人，您别把气撒在我头上啊，奴婢只有您一个主子，再没有别的主子！奴婢的编号已被暗部撤销，又除了军户，再也回不去了。”

关素衣愣了愣，这才用指尖去戳金子脑门：“鬼丫头，知道拿话堵我了。所幸你被派来监视我，多多少少学了点东西，否则早晚有一天也会像霍圣哲一样，被自个儿蠢死。”

金子不敢反驳，暗暗在心里为陛下感叹。原来夫人最不能容忍的并非欺瞒，而是人蠢吗？那惨了，陛下这辈子怕是没有指望了。

圣元帝盘坐在厢房内，心情抑郁。

眼看夫人软了心肠，既为自己道明真相，又为自己哀伤哭泣，原以为只需交代清楚叶蓁那事，再凸显自己如何洁身自好，两人就可以相亲相爱了，最后怎会变得那般愤怒？他把先前说过的每一句话，乃至于每一个字都拆开来细细思量，试图进行弥补。今日的会面的确有几分苦肉计的意思，夫人是何等人，再没有谁比默默守了她大半年、连吃什么喝什么都要问个仔细的圣元帝更了解了。她是典型的刀子嘴豆腐心，看着刚强无比，实则最是善良，又格外喜欢孩子，只需拿孩子说事，断没有不心软妥协的。所以他才将话题慢慢转到自己童年，把最苦难的那些岁月、最沉痛的一段隐秘，悉数与她分享。然而在这个过程中，他竟慢慢得到抚慰，最终被彻底治愈。本以为越烂越深、越挖越痛的伤口，只在夫人三言两语间便腐肉尽去，瞬间被抹平。她说他是母亲的宝贝，让他不要伤害自己，叫他何其高兴，何其感动。

原本一切都好好的，却又为何暴怒起来？圣元帝百思不得其解，咬牙切齿地骂了一句“叶蓁害朕”。毫无疑问，若说他现在最痛恨的人，非叶蓁莫属，太后、大皇子妃、大长公主等人还得往后排。

白福惊讶的却是关夫人的身手，不由骇道：“陛下，您不是把夫人的穴道点住了吗？她怎么跑了？”要不是理所当然地以为夫人没法动弹，他们也不会轻易放松警惕。

“现在是探究这个的时候吗？还不快去找金子，问问她夫人为何生气？”圣元帝一面不耐摆手，一面把地上的绣鞋捡起来，小心翼翼地拍掉尘土，藏入袖袋。

白福连忙去打听，片刻后僵着脸回来，小声道：“启禀陛下，金子大人让您日后别再去找她了，她不会告诉您任何有关于夫人的事。她说……她说自己日后只是夫人的丫头，再不是您的暗卫，她的主子只有夫人一个。”话落心惊胆战地等着陛下发怒。

圣元帝脸上虽显惊诧，却全无怒容，少顷竟哈哈笑起来，拊掌赞了一句“好丫头”。

“陛下，金子大人还有话要奴才帮忙转告。”第一劫避过了，白福额角却冒出更多冷汗，迟疑道，“她说，她说夫人嫌您蠢，让您日后多读点书。”

“你说什么？”圣元帝脸上的笑容扭曲一瞬。

“陛下明鉴，这话可不是奴才说的，是代金子大人转告的！”白福扑通一声跪下，心里暗暗叫苦。

圣元帝呆怔良久，挺拔的身姿终是一点一点佝偻下去，在厢房里枯坐半日，这才万分沮丧地离开。行至一处凉亭，见里面聚集着许多文人，正伏案疾书。

“他们在做甚？去看看。”

白福奉命去探，回来后低声道：“他们正在誊抄夫人的《祭弟妹书》。因今日参加祭礼的人很多，关氏一族、仲氏一族的大文豪均有出席，故京中文人皆慕名而来，又有权贵云集此处，那祭文方念罢，就已风靡了半个燕京，再过不久怕是会人手一份。”

圣元帝脚步顿了顿，命令道：“遣人把这篇祭文散播出去，为夫人造势。”复又温柔一笑，“其实不用朕帮夫人扬名，这篇文章如此扣人心弦、哀感天地，早晚有一日会成为千古绝调。”

白福不敢耽误，连忙去办。

暗卫的效率自是一等一的，待帝王车架行至山脚，入了城门，关夫人所作的《祭弟妹书》在燕京城里已是人手一份，每走一段路便会遇见几个眼眶通红的文人手拿稿纸诵读，还有妇人跟随在他们身后仔细聆听，继而搂着自己的孩子哭得肝肠寸断。母爱的伟大与无私，被这篇文章渲染到极致，现在再谈起赵府，谈起阮氏，人们只会盛赞她英勇，绝口不提什么妖妇、鬼怪。就连那些思想酸腐的老儒生，也在拜读祭文后幡然悔悟，为其焚烧香烛以示哀悼。

人言可畏，人言也可敬，只需正确引导，便能发挥出无与伦比的力量。难怪中原人有这么一种说法——‘防民之口，甚于防川……是故为川者，决之使导；为民者，宣之使言’。广开言路这一点，确实做对了。

圣元帝命车架缓行，一路走一路看。曾经满是游侠儿晃荡的街头，如今已整肃一新，繁荣初现，过往百姓脸上多洋溢着笑容，穿戴虽朴实，却很干净，有孩童在路边玩耍，嘻嘻哈哈打闹而过，模样那般无忧无虑、天真烂漫。

这一幕幕、一景景，令圣元帝感慨良多，亦无比满足，直至入了宫门，还觉得意犹未尽。

“若夫人能陪朕一块儿饱览风景，勘察民情，那该多好？见到如此繁华景象，夫人定然很高兴，也就不会嫌弃朕愚蠢了。”他走入未央宫，一面换上龙袍一面惋惜不已地感叹。

白福不敢随意插话，只能干巴巴地赔笑，而后跟随陛下前往长乐宫。那是太后的居所，自从登基后，皇上便再也未曾踏足，虽碍于儒学对孝道的看重，母子俩还维持着平和的假象，但深宫中人谁不知晓，太后对皇上恨入骨髓，皇上对太后亦然，甚至有过之而无不及。

“你怎么来了？”太后身边环绕着许多幼童，皆为大皇子、三皇子、六皇子的遗孤。至于三位皇子是如何死的，还得问问圣元帝腰间的佩刀。他们皆为太后骨血，原本最有希望得登大宝，结果却让这罗刹一刀斩了，太后心中怨恨之深可想而知。

她将老六的幼子抱进怀里轻轻拍抚，斥道：“来之前先让人通禀一声，莫吓着孩子。你是个什么东西，难道自己不清楚吗？”

“通禀？这魏国的天下是朕打下的，宫殿是朕占领的，龙椅是朕坐着的，你们都是朕的附庸，只能靠朕施舍活命，朕来来去去，何须向你通禀？若非朕选择了儒学治国，不得不遵守汉人所谓的‘孝道’，而你又是朕名义上的母亲，你以为你还能活到现在？问别人是什么东西之前，先垂头看看自己吧！”圣元帝不紧不慢地踏入内殿。

太后惊怒之下隐隐觉得不妙。当关氏剖腹取子的消息传入宫中时，她便开始寝食难安，唯恐圣元帝发现些什么。那幅画是她掌控对方乃至于杀死对方的唯一利器，若是被戳穿了、看破了，她的处境将变得十分艰险，而诸位皇孙更没有活命的可能。孝不孝顺都是别人说的，身为皇帝，又牢牢把控着整座禁宫，他想做些漂亮的表面功夫并不难，相应地，要暗中除掉她也是轻而易举。她死了，几位皇孙算什么？还不随意被人糟践？尤其忽纳尔还是那等记仇的性子。

太后想了很多，脸色也就越显苍白，几名皇孙被她宠溺太过，性情乖僻，竟指着圣元帝骂起来：“罗刹滚开，不要脏了皇祖母的地界。来人啊，快把他赶走，他是罗刹，身上全是晦气，谁沾了都要倒霉的！”

当然，也有胆小怯弱的，这会儿已扑到太后怀里哭起来，口中也是“罗刹罗刹”地喊个不停。可见平日里，太后没少跟他们讲述这位皇叔的“传奇身世”。

圣元帝以往若是碰见这等场面，总是自发避开，今天却静静坐在上首，表情不显喜怒。他此前之所以容忍这些人，一是担心自己没有子嗣，想找一个不那么讨厌的孩子过继到膝下；二也是为了留着他们折磨自己，好赎清身上的罪孽。

但现在，他们是死是活，说什么做什么，与他有何干系？全见鬼去吧！

思及此，他也懒得与太后废话，指着白福手里的东西，徐徐开口：“多谢太后把这幅圣母护子图送给朕，叫朕明白朕的母亲是何等英勇刚烈，爱子如命。待时机成熟，朕要向天下人昭告她的存在，并且为她做九九八十一天法事。这么些年，她伴随朕左右，处处庇佑朕，叫朕逢凶化吉，如今朕已坐拥天下，她也该心满意足地投胎去了。太后，有些人生几个儿子便死几个儿子，护也护不住；有些人只生一个，那一个还被千般利用，万般残害，却能平平安安地长大。你道这是为何？因为行德之人自有天佑，作恶之人自有天收。”

他接过画作，万分珍惜地抚摸，叹道：“朕要追封母亲为太后，命朝臣拟定荣耀无比的谥号，不叫她的尊贵与显赫被别人夺去。至于你，可千万要保重身体，朕政务繁忙，怕是没有空闲操持你的葬礼。”话落，不等太后反应，便甩袖而去。

几名小皇孙跟在他后面辱骂，还拿起小弓箭试图袭击，却被宫娥急忙扑倒，死死拦住。皇上方才那些话已经够明白了，他要认回自己的母亲，为她正名，而太后的尊荣必被夺取。待她死后，莫说加封谥号、隆重下葬，能不能入皇陵都得两说。太后除了这座形同囚笼的长乐宫，怕是什么都没有了，哪还能护住几位小皇孙？从此以后，宫中上下都得学会夹着尾巴做人！

回到御书房，圣元帝痛痛快快地吐出一口气，摆手道：“把叶蓁送回去。赵陆离等了这么些年，也该得偿所愿了。”

第十三章

对比

既已严词拒绝圣元帝，关素衣也就暂时将之放下，专心操办阮氏葬礼。她从始至终都没打算告知家人，免得祖父和父亲担心，闹到君臣反目、血溅朝堂的地步。果真到了拒无可拒的那一天，从了便从了，祖父和父亲若觉颜面无光还能辞官回乡，继续开书院，总好过全家赴死。这一生，她最大的心愿就是守护家人，而非家人被她连累，结局惨淡。强极则辱、慧极必伤的道理，她比任何人都明白，是以，必要的时候还得学会忍辱负重，能屈能伸。

抛开杂念后，自是一夜无梦，翌日天光未亮，她就张罗着给孩子们做早膳。赵纯熙和赵望舒的确懂事了很多，去哪儿都带着木沐，得空就来看小怀恩，眉宇间慢慢有了坚毅之色。木沐年纪虽小，却什么都看得明白，这些天一直不爱说话，但每每张嘴，必是一句带着哭腔的“我要二婶”。他知道二婶永远不会回来了，心里哀伤，却无法用贴切的语言表达。

关素衣心疼极了，将他揽进怀里拍抚一会儿，又将他放在膝上亲自喂饭，总算让他多吃了两口。少顷，金子抱着号啕大哭的小怀恩入内，焦急道：“夫人，二少爷闹瞌睡，非得您来摇，咱们已经换了一圈人，摇了两刻钟，他还在哭，小脸都哭红了！您看这可怜样儿！”

因赵怀恩未出生母亲就死了，关素衣难免多怜惜一些，得空就抱在怀里又拍又摇，竟让他染上一个坏毛病，瞌睡来了非得她抱着摇晃，否则绝不合眼。他还生了一副狗鼻子，不是伯母桂香味的怀抱，谁来也不买账。

金子亲手将他剖出，自是当成心肝宝贝一样疼，舍弃军户，退出暗部，一是为了夫人，二也是为了这孩子。虽然知道夫人近日很忙碌，却也不忍心让小怀恩总不入睡，只好硬着头皮跑来求助。

关素衣也不嫌累，将调羹交给木沐，柔声道：“你自个儿吃饭，娘得腾出一只手抱弟弟。弟弟刚吃饱，正看着你呢，你可不能输给他，要多吃两碗给他看。二婶不在，将来弟弟就要靠你照顾了。”

本还有些意志消沉的木沐立刻端起碗，奶声奶气道：“娘，你抱弟弟，我吃饭。二婶照顾我，我照顾弟弟。”

“好乖。”关素衣压下眼中泪光，伸手把小怀恩抱过来。

赵陆离扶着母亲进门时，就见妻子一手搂着木沐，一手抱着侄儿，左边坐着女儿，右边偎着儿子，当真是众星拱月。但她也才刚满十九，既要照顾这么多孩子，又要里外操持家事，孝敬婆母，前堂来了女宾，还得靠她一人应付，哪怕是铁打的，这会儿也该受不住了，可她却脊背挺直，眼神炯烁，面上只有坚毅，不显颓靡，令旁人备受鼓舞，精神振奋。

赵陆离心头阴云顿时消散，扶母亲坐定后便去接侄儿，低声道：“我来抱吧，你先用膳，用完了咱们再换。”

关素衣轻轻摇头：“刚睡着，换手的时候将他吵醒就麻烦了。等他睡沉了我就把他放回摇篮里，你和老夫人先吃吧，不用管我。”

“娘，我喂你吃。”赵纯熙夹了一个素菜蒸饺递到继母嘴边，神态未显讨好或算计，全是满满的孺慕。人与人之间的感情都是处出来的，关素衣真心教导，她自然也真心孝顺，大半年相处下来，虽没有血缘，感情却已十分和睦。

“我也喂娘。娘喜欢吃千层糕。”等关素衣吃完蒸饺，赵望舒也掰了一小块糕点递过去。

“娘最喜欢吃馒头。”木沐不甘人后，拿了一个巨大的馒头往义母嘴里塞。

关素衣不想拂了孩子们的好意，飞快嚼完嘴里的东西，又把馒头叼住。

老夫人看见如此温馨动人的场面，脸上的哀痛之色淡去不少，一面夸赞孩子们长大了，懂事了，一面伸出手把儿媳妇嘴里的馒头拿过来，省得她噎着。赵陆离倒了一杯热茶，慢慢喂进夫人嘴里，眼角眉梢全是温柔笑意。

孩子们吃饱了便回去换丧服，关素衣把睡熟的小怀恩交给金子，这才拿起碗筷用膳。

赵陆离让人重新热了几道早点，坐在一旁相陪，看似云淡风轻，实则忐忑不安地试探道：“看见小怀恩，我就会情不自禁地想，若是夫人也给我生一个孩子，会是何等可爱模样？不拘男孩女孩，只要随到夫人一半，将来必定不凡。”

关素衣眼也不眨地道：“家里有这么多孩子已经够了，再来几个我可消受不起。”

“哪里能够？都说多子多福，夫人还如此年轻，再给我生十七八个也不嫌多。”

关素衣压下满心不适，敷衍道：“在弟妹的葬礼上不要说这些话，以免对亡灵不敬。”

“是我糊涂了，还请夫人恕罪。待出了孝期，咱们再来商量壮大家族之事。”赵陆离心中略感遗憾，却也并不着急。他有一辈子的时间来获取夫人原谅。一辈子，四五十年的光阴，哪怕是颗石头也能焐热，更何况夫人的心并非石头，而是包裹着坚冰的火焰。这坚冰本是他一层又一层冻上的，也该由他一层接一层地打碎。做错了事，总要接受相应的惩罚。

然而他设想得很好，世事却总与他作对，临到开悼时，当着满堂宾客与诸位亲友的面，一名仆妇火烧屁股一般飞奔进来，失态大喊：“老爷，夫、夫人回来了！您快去看看吧，是夫人回来了！”

叶蓁走后，赵家下人全都换了一遍，却也留下了几个得用的忠仆，这名妇人就是其中之一。她打死也没想到攀了高枝的夫人还能回来，见来者掀开幂篱，露出一张熟悉而又陌生的脸庞，差点吓得魂飞魄散。

她刚喊完，叶蓁已尾随而至。觉音寺是公众场所，无人拦门，令她畅通无阻地走到灵堂，当着所有人的面露出真容。

“叶采女？”有人认出她。

不知是谁解释了一句：“不，不是叶采女，是其双胞妹妹叶蓁。你没见她眼角有一颗泪痣吗？叶采女可没有。”

“叶采女的妹妹不早就淹死了吗？”

“没说淹死，就是掉进黄河冲走了。可能当时福大命大，被哪个好心人救上岸，这些年一直流落在外，直至今日才找来。”此人不停解释，仿佛在故意引导言论。

周围的人果然信以为真，一会儿看看相对无言的夫妻俩，一会儿看看表情惊讶的关夫人，继而大摇其头，心内计较——前妻没死又娶了继室，如今两个俱在，取谁舍谁是个难题；若两个都要，谁高谁低又是一个难题。

论理，先过门的当为正妻；论利，家世显赫的也该独占尊位；论情，这个必是前妻稳赢啊！燕京城里谁不知道赵陆离为了叶蓁愿倾其所有，会落到今日这等地步，也是太过重情从而被叶家连累的缘故，更何况他和叶蓁共同抚育了两个孩子，这才是最有分量的筹码。

关夫人那样惊才绝艳的女子，面对这种情况也是毫无办法。她既独占不了名分，也独占不了夫君，一句“先来后到”就能将她压死。人家再怎么说也是明媒正娶的原配嫡妻，连嫁妆和孩子都在府里存着呢！

这下有的闹了，二女争夫，且看谁输谁赢吧！众人心思活络，面上却极为严肃。

叶蓁莫名其妙被送出宫，在身无分文的情况下，只好来找前夫。这大半年里，她虽然被贬为采女，圣元帝却从未让宫人苛待，反而继续像以往那般好吃好喝地供着，以至于她面容娇嫩、身段婀娜，相貌与当年离开时别无二致。当她满以为这是皇上已对她情愫暗生，总有一天会选择原谅她时，却被几名黑衣男子拖出甘泉宫，随意扔在大街上。她好不容易走到赵府，却发现里面寂静无人，问了左邻右舍才知阮氏暴亡，全家人都去了觉音寺。

“阿离，我回来了！我终于找到你了！”见赵陆离只是用复杂的目光凝视自己，并未疾奔上来相认，她不得不含泪呼唤。宫中回不去，叶家又家破人亡，除了前夫，她已找不到任何依靠。当年飞得有多高，现在摔得就有多重，回头再看，唯一能接住她的只是最初相爱的这人罢了。

“你、你怎么回来了？你不是……”赵陆离神情恍惚，如在梦中。

“有话进屋说！”老夫人强忍怒气打断。

“弟妹的祭礼快开始了，你们一家人进去说话，我顾着外面。”关素衣暗暗冲母亲摆手，表示自己无碍。最初，她的确有些惊讶，不过转念就想明白，这必是忽纳尔的手笔。他嫌她在赵家过得太舒坦，于是便把叶蓁放回来，反正叶蓁的诡计已经败露，留在宫中唯有一死，不如物尽其用。不得不说这一招很聪明。她从来不喜欢玩什么内宅手段，更不擅长明争暗斗，倘若叶蓁要作妖，她懒得应付，只能和离。或许在赵陆离面前揭穿叶蓁的真面目也是一个办法，但那又何必？他既深爱叶蓁，不妨让他圆了这个梦。不管是苦是甜，自己种下的因就得自食其果。

赵府怕是不能待了，但木沐该怎么办？小怀恩又该怎么办，这些本不该她考虑的问题，现在却成了最大的隐忧。

赵陆离带叶蓁去内院深谈，老夫人不放心也跟着去了，赵望舒对亲生母亲十分向往，自是紧紧跟随，唯独赵纯熙很不甘愿，铁青着脸坠在队尾。

许是觉得自己永远不会再回赵家，所以叶蓁在女儿面前几乎没怎么遮掩，要办什么事总是直接吩咐下去，还常常在她耳边灌输一些往上攀爬的技巧和耍弄人心的手段。也因此，除了老夫人，赵纯熙恐怕是最了解她真实面目的人。

叶蓁对别人没有真心，即便是骨肉至亲，在她眼里也只被区分为两类——得用的或不得用的。此前，赵家显然是不得用的，所以全家上下被她弃如敝屣；现在她没了依仗，只好再把这双敝屣捡回去。如此忍辱负重、屈尊降贵，着实难为她了，就不怕这双鞋子穿着硌脚？赵纯熙心里烦闷，却又说不出撵人的话。叶蓁再怎么不堪也是她的母亲，断没有眼睁睁看着母亲流落街头的道理。罢了，日后多防着点，莫让她去祸害继母。

叶蓁在内院编着故事，关素衣不管她，仍在灵堂主持祭礼。她身穿麻布丧服，头戴一朵白花，每念完一段经文就虔诚叩首，当初既说好磕满七七四十九个，便绝不会含糊。木沐不喜接触陌生人，自是不愿去看叶蓁，小手一直拽着义母衣角，走哪儿跟哪儿。他小小年纪，经文却已念得有模有样，叩首时尽量模仿义母，缓慢而又庄重地伏身，脑门抵住地面后停顿一息，再起身，脊背挺得笔直，一举一动已初显雅士风范。

散坐祭坛周围的亲朋好友明里暗里都在关注这母子俩，心中莫不叹服。当初赵家是什么情况，他们均看在眼里：赵陆离糊涂度日，老夫人精神萎靡，赵纯熙看似精明实则肤浅躁动，赵望舒简直就是个混世魔王，而这现在能为宾客端茶递水、懂事知礼的小木沐，原本连话都不会说。

虽说赵家大房没了爵位，但明眼人都知道，有关夫人这样的贤妻良母撑着，他家迟早还要起来。没见才几个月，赵望舒就已传出些文名了吗？继母背后站着那么多文坛巨擘，其本身亦是惊才绝艳之辈，莫说朽木，便是一块石头也能让她浇灌出一朵花儿来。

只可惜这样好的光景，偏偏叫叶蓁给搅和了，她那张脸与叶采女长得一模一样，便是想找个借口否认也难。若是换个普通人，这会儿必定像热锅上的蚂蚁，急得团团转，但关夫人端得着实稳当，瞅瞅她那恬淡如水的眉眼、古井无波的瞳仁、一句不错的诵经声和雍容不迫的举止，好一番大家气象！

在她的感染下，本还有些心思浮动的宾客们渐渐归于平静，开始诚心诚意地为阮氏祷告。

道场四周摆放着几个巨大的火盆，不断有下仆将香烛纸钱等物投进去焚烧，烟雾一团一团上涌，奔着天际而去。不多时，寺庙外也冒出许多青烟，越聚越浓，像是某处失火了一般。

关素衣闻听宾客骚动，回头一看也发现不妥，忙指使明兰去打探。少顷，明兰抹着眼泪回来，哽咽道："小姐，您的祭文已传遍燕京，有好心人感佩二夫人舍命护子，特来给她上香。因祭坛里多是贵人，他们不敢打扰，所以在寺庙外烧纸祭奠，拜了便走。如今外面人来人往，络绎不绝，玄光大师命僧人摆了几尊铜鼎，专供他们烧香用。"

"不是走水便好。"关素衣沉吟道，"他们愿为弟妹祷告祈福，这份心意着实可贵，你让管家开了库房，把家里的余粮搬上山，日后再有前来祭拜的善心人便一人发一捧粮食，虽不多，却足够吃上一天，算是替弟妹积德了。"

明兰连连应诺，拿着对牌下山去了。

宾客们见她料理完诸事，心中越发叹服。这样气度卓然且还德厚流光的女子，嫁入谁家就是谁家的福气。那叶蓁流落在外多年，一回来就想占正妻之位，是不是太高看自己了？真要与关夫人一项一项来比，除了生下一双儿女，她却是一样也拿不出手。

思忖间，上午的祭礼不知不觉到了尾声，玄光大师念了一句佛号，让大家各自下去用斋饭。

仲氏连忙把女儿拉到厢房说话，关老爷子和关父一面派人去打听叶蓁这些年的行踪，一面忧心忡忡地跟进去。

和离是肯定的，但关素衣不会轻易退让。叶蓁想要赵家？想当正妻？想把曾经丢掉的亲情再捡回去？可以，自己伸手来拿，只希望最后别落得个一无所有、名誉尽毁的下场。关素衣的确不擅长后宅争斗、尔虞我诈，造谋布阱却很顺手。倘若叶蓁老实本分倒也罢了，非要自己往陷阱里跳，那她就狠狠推她一把。

关素衣心里早有章程，没打算向家人求助，只对仲氏说走一步看一步，顺其自然吧。

叶蓁刚回家，什么事都没发生，说再多也属枉然，果真只能走一步看一步。仲氏无法，唯有长叹。关老爷子沉思良久，拍板道："若是过不下去，那便和离吧。命运使然，皇上必不会怪罪。”

关父亦点头：“如非万不得已，我并不赞成和离。然而现在果真到了这一步，不和离怕是不行了。我关云旗的掌上明珠绝不为妾，更不能当什么平妻，受谁的辖制。”

关素衣再三保证不会委屈自己，若真的过不下去就收拾东西回家，这才把仲氏等人劝走。他们前脚刚出院门，金子后脚就回来了，低声道：“夫人，奴婢方才去东厢打探，您猜怎么着？那叶蓁好不要脸，竟说自己忘不了旧情，求了陛下几月，又以死相逼，陛下才把她放回来。如今赵陆离正抱着她痛哭呢，老夫人和赵纯熙、赵望舒等在外间，都是一头雾水。赵陆离还说会帮叶蓁安排一段妥当的经历，必不叫家里人和外面的人看轻她。您瞅瞅，这是什么？这就是传说中的情深似海啊！”

“别贫了，今儿这出戏不正是你家主子安排的吗？”关素衣冷笑，“说他蠢，他立刻就精明上了，把叶蓁放出宫，却绝口不提当年那些龌龊事，摆明了是要让赵陆离与她再续前缘。我现在反倒成了多余的，不想走也得走。”更何况她早就想走，只是舍不得木沐和小怀恩罢了。

千愁万绪爬满心墙，令她眉头紧锁，郁郁寡欢。

金子暗暗骂了陛下一句，柔声劝道：“夫人，奴婢说一句大实话，您别以为奴婢是帮前主子拐骗您。这赵家您早就不该待了。您那么喜欢孩子，又恶心赵陆离，为何不趁着年轻赶紧和离改嫁，自己生一个？别人的骨血终究是别人的，或随便挑拨几句，或发生什么龃龉，或利益起了冲突，顷刻之间就能与您离心。您看那赵望舒不就巴巴地黏他自个儿亲娘去了吗？”话落倒了一杯热茶递过去，“您现在还年轻，有许多光阴可以蹉跎，然而女人的青春何其短暂？等年纪大了，您回过神来再想改道时，怕就没有路了。那时再生孩子，其中凶险您应该了解。”

关素衣不动声色地道：“我心里自有分寸，你不用替你主子操心。”

“奴婢哪儿是替陛下操心啊，分明是替您操心。再者，奴婢现在跟暗部没关系了，陛下没给奴婢指派任何差事，反倒添了更多人手专门保护您，免得叶蓁对您不利。您是不知道，她从苗人那处买了许多毒药，虽在叶家出事后尽皆毁去，早前却送了许多给赵纯熙。所以您还是赶紧离开赵家吧，此处危险。”

“你的毒术不比苗人差，我很放心。”关素衣泰然自若地喝茶，直等金子说得口干舌燥才去外间用膳。

下午开悼时，叶蓁竟已披麻戴孝地站在赵陆离身边，一手牵着赵望舒，一手挽着赵纯熙，做足了正妻姿态。老夫人心中怒极，却碍于家丑不好发作，只能与关素衣和木沐站在一起。左边是一家四口，右边是老少三人，堪称泾渭分明。

宾客们不好掺和别人的家务事，只能暗自摇头，假装不知，正准备坐回蒲团诵经，却听外面传来喧嚣声。少顷，白福双手捧着一卷圣旨走进来，身后跟着许多侍卫，抬着几口沉重的大箱子。

等众人陆续跪定，他才展开圣旨唱念，原是皇上感佩阮夫人为子舍生、恩山义海、大爱无私，特追封她为二品诰命，赐谥号贞烈夫人，享祭一品；又言关夫人义勇之举感天动地，赐下珍宝，以示嘉奖。

关素衣淡定自若地接了圣旨，宾客们却嘀咕开了：追封二品，享祭一品，还特地赐了谥号，这是多大的荣耀？阮氏生前因容貌丑陋不敢见人，更不敢请封诰命，死后却沐浴这等隆恩浩荡，亦给儿子寻了最强庇护，纵死百遍也无悔了！只不知皇上为何对一介妇人如此关注，二品诰命竟得了双字谥号，纵观历朝历代，绝不多见！难道是为了抬举赵家二房，安抚边关的赵将军？

众人猜测纷纭，关素衣却早已洞悉圣元帝的意图。他现在的所作所为，只是在给自己的母亲造势而已。先把弟妹抬为贞烈夫人，大肆宣扬她为子舍生的义举，让百姓感佩敬服，再稍稍透露一些自己的身世，顷刻间就会被民众奉为千古佳话，当世传奇。

追封了阮氏，自然也要追封太后，宫中怕是要风云突变了。

但宫中如何、太后如何，皆与关素衣无关，她将圣旨捧到灵前祭奠，转而引导白福和众侍卫往菩提苑去，让他们绑了孝布再来上香。

这群侍卫多是九黎族人，五官十分深邃，体格亦高大健壮，一个个站在屋内，便似杵着一尊尊铁塔，把原本宽敞的空间弄得狭小无比，而白福夹在其中就像掉入鹤群的鸡崽儿，越发显得干瘪瘦弱。

金子将孝布分发下去，普通人能在腰上缠一圈的长度，他们却只能往手臂上绑，发到最后一人时，却听自家主子沉声问道："你怎么来了？"

"啊？不是夫人让奴婢来的吗？"金子丈二和尚摸不着头脑，却发现白福和其余人已退出房间在院外站定，手掌按压在刀柄上，凶煞之气陡然弥漫，再抬头去看唯一留下的侍卫，却见他眼睛闪亮，嘴角微弯，发出的浑厚嗓音分明是陛下："夫人果然好眼力，朕走了一路，唯夫人看出端倪，且一口道破朕之身份。"

关素衣撇开脸，冷道："道破你身份？你是谁？本夫人认识吗？"

高大侍卫扒掉脸上的人皮面具，笑道："一会儿逼问朕是谁，一会儿又不愿承认，夫人好生任性。夫人对别人那般温柔和善，唯独对朕横眉怒目，不假辞色，不过是仗着朕喜欢你罢了。"

关素衣转过脸来定定看他，直言道："对，我就是仗着你喜欢我。你若觉得受到冒犯，能不喜欢我吗？"

"不能。"圣元帝走过去，想拥抱心上人又怕亵渎了她，只看着她，眼角眉梢全是浓浓笑意，"朕就喜欢夫人直言直语的样子，不管你对朕怎样，骂也好，打也罢，朕都受着。古语有云，爱之愈深，恨之愈切。夫人越是厌恶朕，痛恨朕，越表明你对朕早已动了真情，否则你面对赵陆离时怎能那般平静？他干的那些混账事你从未与他计较，也从未动过真怒，因为你压根儿没把他放在心里。你对朕就不同了……"

"够了，能不往您自个儿脸上贴金吗？"关素衣目中喷火，简直不知该拿此人怎么办。她从未见过比他更无耻的人，先前怎会认为他憨厚敦实呢？真是瞎了眼！

“你看，你又动怒了，若是没把朕放在心上，你何必与朕计较？”圣元帝见她气得粉拳都砸了过来，本打算飞快放开的双手又牢牢黏在她肩膀上，满足地挨了几记。

“中原似乎还有一句俚语，叫打是什么骂是什么，”他爱极了夫人又羞又怒的模样，那燃烧着火焰的双眸能让他整颗心变得滚烫，还能把他全身血液激荡至沸腾，他像是瘾君子一般，不住口地逗弄，“让朕好生想想，对了，叫‘打是亲骂是爱’，夫人你再多打两下，多骂几句，叫朕知道你对朕的爱究竟有多深。”

关素衣瞬间消停了，打也不是骂也不是，只能扶额哀叹。的确，唯有面对此人，她所有暴躁的小情绪就会冒出心底，所有任性的小念想都会付诸行动，冥冥中她确实是有恃无恐，这能说是爱吗？不能，却也表明她对他是特别的。

她没敢细想，看见被扔在一旁的人皮面具，不由伸手去拿：“这是什么东西？似乎比易容术更厉害。”

“夫人别动，这玩意儿脏。待朕洗了脸再来与你说话。”圣元帝连忙握住她纤细指尖，目中隐现担忧之色，又命金子赶紧打一盆温水过来给夫人洗手。

片刻后，二人均梳洗干净，盘膝对坐。关素衣想挪远一些，却每每被圣元帝抓住，轻而易举拽了回去，眼见距离越拽越近，几乎要被他揽入怀中，只好消停下来。

她发现，除去憨厚伪装又解开心魔枷锁的忽纳尔着实不好对付，你与他晓之以理，他就与你谈情；你动之以情，他便干脆耍起无赖，一招更比一招厚颜。稍微要点脸皮的人都得在他跟前败下阵来。

“这是什么？”她已经被人皮面具挑起好奇心，非要问个清楚。

“这是从那苗人身上搜出来的面具，材质是一张人皮。你道朕如何抓住他的？原是他一计不成再生一计，想蒙混进赵府继续投毒，于是跟踪府中一名与他身形相似的下仆，欲杀之剥皮，恰好让朕派出的暗卫抓个正着。也是夫人持家有方，宽严有度，外人想混入府中着实艰难。那天他差点就被发现，不得不在屋檐上吊了半日，临近子夜阮氏暴亡，府中生了乱子，他才找到间隙往膳房投毒，否则早一两个时辰得手，赵府上下必定伤亡无数。”

听闻这是一张人皮，关素衣兴趣全无，皱眉问道：“差点就让你带歪了，叶蓁是你放回来的吧？”

圣元帝不想提及叶蓁，却又不得不提，柔声安抚道：“夫人莫要怪朕。朕只是想让你看清楚，无论赵陆离现在对你多好，他心中藏着的人永远只有叶蓁。不像朕，唯独爱你。叶蓁的确是朕放归赵府的，她心思狠毒，手段诡谲，你尽量远着她，却也无须怕她，朕在你身边安排了不少人手，有专攻毒术者、暗器者、侦查者，均为暗部好手，只防备她一介女流自是绰绰有余。倘若叶蓁碰掉你一根头发，朕便剁了她一双手，叫她从此以后生不如死。”话落微微一顿，耐心劝解，“然而你何必与她争锋？还是那句老话，瓷器不与瓦砾相碰，你是宝器天成，她是道旁秽物，二者乃云泥之别，本就不该凑到一处。你若觉得恶心，干脆让帝师请旨和离吧，朕连批复都写好了。”末了从袖袋里取出一卷帛书，眼巴巴地递过去。

关素衣盯着他充满迫切渴求的纯黑瞳仁，忽然问道：“你这眸色是如何掩盖的？”

“夫人，您能好好与朕谈正事吗？”圣元帝感觉自己全身的力气都被夫人掏空了。

“不弄明白改变眸色的手法，我今晚绝对无法入眠，难道这还不算正事？”关素衣挑眉反问。

圣元帝果然心疼起来，详细解释了掩盖瞳色的手法，又认真默写了药方，正待双手奉上，却见夫人已经起身出了厢房，唯余一片素白裙裾消失在转角。金子立刻迎上去，忍笑道：“陛下，您把药方交给奴婢便好。前面快开悼了，您和白福总管上了香便赶紧回宫吧。”

圣元帝咬牙道：“好丫头，果然忠心。”却又不得不交出药方，戴好面具，大步追去。

祭坛四周坐满亲友，众目睽睽之下他不能露出异状，只得诚心诚意上了一炷香，偷偷摸摸看了夫人一会儿，这才心不甘情不愿地回宫。

一行人刚走，叶蓁就径直朝跪坐灵前的关素衣走去，低声询问：“妹妹，你应当是知道我的吧？这些日子以来多谢你对阿离、对婆母、对我一双儿女的照顾。如今我回来了，却又恰逢弟妹故去，你里外操持，各处周全，定然十分疲累，若是有什么能帮上忙的只管吩咐，莫要见外。咱们都是一家人，合该互相扶持，同舟共济。”

老夫人一听这话就想跳起来用拐杖打她。什么叫互相扶持，同舟共济？儿子最艰难的时候她在哪里？赵家最危急的时刻她又在何处？那些磨难与灾厄，不都是她带给赵家的吗？她竟敢当着众人的面说这种话，也不怕天打五雷轰！

前妻与继室交锋，这等好戏旁人怎能错过？此时全都不眨眼地望过来，令老夫人只能硬生生压下怒气。

叶蓁料定关素衣不能与自己翻脸，更不能将自己拒之门外。她是关家人，应当懂得何谓“克己复礼，仁慈宽厚”。所以说君子难为，就算被人打落了牙齿，也得捡起来和血吞。

关素衣果然没与她争辩，顺势应道：“叶夫人回来便好，他们父子三个一直念着你。我这里的确有一件事需要你帮忙。”她指着摆放在灵前的锦盒，徐徐诉说，“弟妹淑慎性成，勤勉柔顺，实是世间难得的好女子，却因相貌所累，未曾享受过半分荣光。如今皇上感念她护子情深，特追封她为二品诰命，这二品朝服咱们便亲手帮她换上吧，叫她走得风风光光。”

叶蓁温婉的表情瞬间扭曲，却又飞快收敛，状似担忧地劝阻：“妹妹与弟妹感情深厚我能理解，然而生死有别，你既要待客，又要照顾孩子，倘若亲手去换朝服，染了死气又过给别人，岂非不美？”

四周围坐的亲友纷纷点头表示赞同。给死人换衣服这种事均由下仆去做，事后需各种除晦，哪能由主母亲自动手？这也太不讲究了。

关素衣定定看她，直言不讳：“你刚回来，许是不知道。弟妹身上的血迹是我亲手擦干净的，肚子也是我亲手缝上的，衣服鞋袜均由我一件件穿戴整齐。我若是染上晦气，这会儿早就应验了，哪儿还有追封诰命这等幸事？弟妹原本连眼睛都闭不拢，我抚了三次，三次睁开，最后将怀恩救出，抱于床前，她才慢慢瞑目，露了笑容。弟妹在天有灵，绝不会害我们，只会庇佑我们。正所谓‘情至真，心至诚，则百无禁忌；百无禁忌则诸邪退避’。我们是一家人，你无须害怕，正好进去看弟妹最后一眼，述述别情。”

听完这番话，诸位亲友皆被她深情厚谊所感，又觉她果然大仁大义、勇烈无双，实在应了长公主那句赞言——“当属女中尧舜”。反观脸色惨白、分明不愿还找各种借口逃避的叶蓁，高下立见。

老夫人站起身，嗤笑道：“你与她谈什么情真心诚？她一去多少年，又与赵家有多少感情？莫要强人所难了，咱们婆媳两个亲手换了便罢。”话落抬腿就走，叫叶蓁骑虎难下，冷汗淋漓。

叶蓁表面温婉柔顺，弱不禁风，实则最为争强好胜，早年仗着自己容貌绝俗，颇蛊惑了几个士族子弟，后来入了宫，当了婕妤，心气也就越发高了。哪怕沦落到眼下这等境地，她也绝不肯轻易认输，她想要的，不择手段也要抢过来；她厌弃的，就算毁了也不能让别人夺去。她本就对关素衣十分忌惮，如今不得不重回赵家，自是瞄准了正妻之位。关家极为讲究信义仁善，又得饶人处且饶人，从不把事情做绝，与关家的女儿斗，不过几个来回便能分出胜负。届时她不但要夺回妻位，还要让对方名声尽毁、品级被废，如此才能彻底将她压住。

于是祭礼刚开始，她就拉住赵陆离和两个孩子，以彰显自己曾经的地位，然后又去找关素衣搭话，明里示好，暗里却心存挑衅。她料定对方是个顾全大局的人，绝不会与她相争，今日能主动让她帮忙待客，明日就能让她主持祭礼，后日调派下仆，大后日管理账册……只要她退让一步，将来就得步步直退，早晚把掌管中馈的权柄交出。

得寸进尺向来是叶蓁的拿手好戏，见到关素衣之后该说什么、做什么，她都预想得十分周全，却绝没猜到关素衣竟不按常理出牌。难道她不该推辞两句，然后碍于名声让自己帮忙待客吗？七七四十九天，只要露足了脸，做足了姿态，再找人把自己原配嫡妻的身份宣扬出去，关家不该碍于道德伦理主动退让吗？有赵陆离护着，又有两个孩子帮衬，她有九成把握能在祭礼之后捞到一个平妻之位，更有十成把握能在两年之内让关素衣身败名裂，休离赵府。但她想破脑袋也没想到关素衣吩咐她做的头一件事竟不是待客，而是给死人换衣服。她从小到大何曾吃过半点苦头？遇见的人谁不把她捧在手心里呵护？她怎么敢？叶蓁气得几欲吐血，却又不能收回前言，不由朝赵陆离看去。

“算了，蓁儿性情卑弱，胆小如豆，又与弟妹素未谋面，心里害怕总是难免。夫人就不要难为她了。”这句话刚出口，赵陆离心中就狠狠揪了一下。他猛然意识到自己说错话了，什么叫“夫人不要难为她”？说得好像夫人故意欺负叶蓁一般。然而夫人向来快人快语，有话说话，叶蓁跑去询问，她正好要给弟妹换衣，便直接开口了。她性格刚强、胆识过人，又怎能想到这种事对普通女子而言是何等恐怖？倘若她认定自己有意偏袒叶蓁，在二者之间做出了选择，她会怎么办？想到此处，赵陆离已是冷汗如瀑，心乱如麻。

大半年的相处，已令他足够了解夫人秉性。遇见这种事，常人或会据理力争，或会委曲求全，或会佯装大度而后徐徐图之。但夫人傲霜斗雪、大节不夺，绝不会为了一个名分多做纠缠，更别提二位泰山均是傲骨嶙峋的人物，非但不会劝阻，还会立刻请旨和离。当初他几次折辱，夫人不走；赵家连逢大难，夫人不走；自己身陷囹圄，夫人不走；叶蓁刚一回来她却走了，别人不会斥责她无情无义，反会赞她宽仁大度，成人之美。

总之，她若是选择留下，必定受尽委屈；她若是选择和离，还有更锦绣的未来。凭关家的权势和声望，凭她自己的才华与品行，她足能与魏国最优秀的男子匹配。

赵陆离脸色渐渐发白，与前妻重逢的喜悦，现在全变成了茫然无措与恐惧难安。直到此时他才隐约发现，自己已经离不开夫人，只略微设想一下没有夫人的光景，他就心如刀割，痛入骨髓。

“我不是那个意思，”对上夫人满是讥讽的眼眸，他焦急开口，“我并不是责怪夫人……”

“爹爹，”赵纯熙打断他越描越黑的解释，沉声道，“我陪娘进去给二婶换衣服。既然娘亲胆小如豆，那就跪在外面念经吧，什么事都不用管。她落水那年咱家是什么光景，现在又是什么光景？不说宾客，怕是连亲友她都认不全，能帮什么忙？”话落用力压住叶蓁肩膀，状似温和，实则暗含警告，“娘亲，您多年未归，家中已生了许多变故，想要帮忙不急于一时，把情况弄清楚再说。我进去了，一会儿再出来陪您，您莫怕。”

叶蓁原以为解脱了，却又被女儿推进坑里。当嫂子的不敢给弟妹入殓，当母亲的要女儿冲在前头，果然卑微怯弱，上不得台面！这哪里是在帮她，分明是在损她！葬礼一过，多少人会拿她与义勇双全的关素衣比较？多少人会看轻她，然后道一句云泥之别？叶蓁已经输过一次，且结局惨烈，绝无法容忍第二次。她咬牙强笑：“你年纪小，八字轻，怕是压不住晦气，快别逞能了。我出事时弟妹还未过门，如今好不容易相见却是天人永隔，便趁此机会与她道个别，送她最后一程。你留下待客吧，我去。”

赵纯熙坑了亲娘一回，自是见好就收，眯着眼，面无表情地目送她进了灵堂。现在的她哪里还是曾经那个懵懂无知又肤浅躁动的小姑娘？赵家几番起落，她亦历经风雨，又跟随继母学习君子六艺与中馈俗务，心性早被洗涤一清。她越来越贪恋恬淡而又温馨的岁月，不喜尔虞我诈的内宅争斗，不知不觉间，心性已逐渐向继母靠拢。谁都可以说“同舟共济”四字，唯独娘亲不能！因为她才是罪魁祸首！想到叶蓁自私贪婪的本性、阴狠毒辣的手段，她满心都是担忧，盯着爹爹双眼，直言相询：“娘亲回来了，您打算怎么安置娘？”

“她永远都是赵府主母，何谈安置？”赵陆离嗓音嘶哑，“你娘那人性烈如火，我若是提出立平妻，她马上就会……”因为对结局充满恐惧，他不敢往下说，停顿半晌才道，“若是让蓁儿做妾，你们就成了庶子庶女，亦是万万不能。不怕你们笑话，我现在也毫无章程，倘若……”倘若叶蓁没回来，他就不用面对这等两难局面。

让他放开夫人，他舍不得；让他苛待前妻，他也不忍，况且贬了前妻就等于毁了一双儿女，无论怎么做都是错。

“让我好生想想，现在先把葬礼办完吧。”除了拖延，他已没有别的办法。

赵纯熙脸色灰败片刻，呢喃道：“爹爹，咱们还是先做好准备吧。赵家怕是留不住娘了。她胸襟何其广阔，性子何其高傲洒脱，哪会给您当平妻？”

在这一瞬间，赵陆离的眼泪差点夺眶而出，也终于明白前后两任妻子对他而言究竟意味着什么。叶蓁是一份遗憾、一道执念，可以缅怀追索，亦可以淡忘释然；关素衣却是他的现在和未来，是他想要与之共度一生的人。随着光阴流转，他对她从防备到厌憎，从厌憎到了解，因为了解而关注，又因为关注而感佩。他敬服她，仰慕她，信任她，依赖她。他与她共同经历了家族的兴衰、亲人的故去，最终从相互对立到彼此依托。他们本可以和和美美地过一辈子，而不是骤然分开，各奔东西。她还那么年轻，不用多久便能二嫁，对方定会像自己一样，日渐被她吸引，从陌生到了解，直至深爱。他们会琴瑟和鸣，共育子嗣，最终白头偕老，并入一穴……

赵陆离惨白的脸色慢慢变成铁青，紧握的双拳发出错骨之声，显然正遭受着无比痛苦的煎熬。

赵纯熙见他如此，心中既难过又无奈，哑声安抚道：“爹爹您别想了，顺其自然吧。娘一心要走，您哪里留得住她？

“怎么留不住？她若是怀了赵家子嗣，不就能留下吗？”赵陆离忽然松开双手，低声笑了，“是我错了，当初素衣甫一进府，我就该好好待她，让她给我生一个孩子。算一算，若是新婚那晚就怀上，现在也有六七个月了。她挺着大肚子，能往哪儿走？就算是立平妻，她乃一品诰命，远比蓁儿尊贵，看在孩子的面上也能忍下来。我必会百般弥补，千般呵护，不再叫她受半点委屈。”说到此处，他眉宇间隐现决然之色。丧期三月，无论如何他都得拖满，然后想办法与夫人圆房。哪怕没怀上孩子，失了贞洁，她和离改嫁的概率也会大大减小。

这样做确实很卑劣，然而他已顾不得了。为了留住夫人，他可以不择手段。

想明白关窍，他脸上的郁气消散很多，命儿子、女儿照顾好木沐，自己则走到灵堂前，隔着一层厚重幕布探听里面动静。也不知巧或不巧，内堂忽然传来一阵高昂的尖叫，惊得他差点冲进去，而围坐在祭桌前的宾客们已经陆续起身，探头张望。他正准备派遣几个下仆入内探查，却被人撞了满怀，垂头一看发现是叶蓁，连忙将她推开，而后举起双手以示清白。

叶蓁未曾见过死人，万没料到真实场景比她想象的可怕百倍。为了保存遗体，阮氏被放置在巨大的冰棺内，皮肤泛着青色，双颊凹陷下去，虽嘴角含笑，却越发显得阴森可怖。她浑身的肌肉已经冻结，压根儿无法弯曲手脚，要给她换衣服就得把她抱起来，慢慢摆弄。也不知关素衣哪来那么大力气，一个人就能抱起阮氏，然后利利索索地脱掉寿衣，套上朝服。

行动间，阮氏肚腹那条用针线缝上的口子难免显露出来，骇得叶蓁手脚发软，若非及时捂住嘴，怕当场就会崩溃尖叫。关素衣还让她给尸体穿鞋，她怎么敢？手都没摸到足尖就被晃动摇曳的烛火吓得魂飞魄散，一面失声大喊一面跑了出去。

“有鬼，真的有鬼！墙上有影子在晃！”她扑入赵陆离怀中，试图得到安慰，却发现他快速推开自己，然后举起双手急退两步，似觉得不妥，又将手背到身后，肃然道：“外面还有亲朋宾客，切莫妄言鬼怪之事，平添动乱。”

“可我真的看见了。”叶蓁双眼含泪地扑过去，却再次被避开，这才意识到那一瞬间的疏远并非错觉。这算什么？圣元帝纳了她却不碰她，现在竟连赵陆离也想与她划清界限，这究竟算什么？

没等她想明白，关素衣已掀开垂幕，淡淡开口：“朝服已经换好，弟妹气色不佳，我再替她整理一下遗容，烦请诸位亲朋稍等片刻。”

“自然，自然。”刚才还有些慌乱的宾客受她感染，慢慢恢复镇定。

她这才瞥了叶蓁一眼，解释道：“烛火为风所撼，乱了光影，正巧我嘱咐她给弟妹换鞋，想是内心太过恐惧，自己吓到自己了。既如此，那便待在外堂诵经吧，省得吓出病来。”

与她四平八稳、从容不迫的态度一比，泪珠飞溅、大喊大叫的叶蓁简直像个跳梁小丑，平白让人看低几分。

叶蓁也回过味儿来，看看赵陆离，又看看目中暗藏不屑的宾客，惨白的脸颊唰的一下红了。她虽然久居宫中，实权在握，却着实无须操持什么，内务基本由白福打理，除了过问一下各宫嫔妃的用度，几乎无事可做。为了保持自己“温柔善良”的美好形象，她又处处示人以弱，背后再耍弄阴谋诡计，竟养成一个上不得台面的性子。宫中无人与她争锋，她自是不察，如今到了关素衣跟前才明白什么叫云泥之别。她自己都感受如此强烈，更何论旁人？所谓的“一较高下”还未开始，她便彻底输掉了气势。

“妹妹对不住，是我大惊小怪了。”她不得不强撑，“待我进去向弟妹告个罪，望她在天之灵莫要与我计较。”

关素衣看也不看她，直接转身入内，过了少顷才传出一句“进来吧”。

叶蓁连连吸气，嗅到的却是尸体散发的霉味和火烛的刺鼻燃烟，差点呛咳起来。

赵陆离深深看她一眼，忽然开口：“你莫要与夫人攀比，省得钻牛角尖。你害怕这些，我知道，你不擅俗务，我也知道。你既然回来了，便像以往那般待在院子里看看风景、写写诗词，什么都不用管。”

许是离人归来伫立身侧的缘故，以往那些被虚化继而美化的记忆就变得真实清晰起来。叶蓁或许很懂得风花雪月、伤春悲秋之调，论起管家却是一团糟。当年母亲身体还很康健，家中大大小小、里里外外的俗务全由她一人操持，两个孩子要么扔给奶母和丫鬟，要么送到正院由公婆照顾，叶蓁只需把自己打扮得光鲜亮丽，然后焚一炉香，或坐于湖畔抚琴，或立于窗前吟诗，或即兴创作骈赋，传与他人欣赏。当时觉得那般才气纵横、灵韵无双的女子，现在再看，竟只是个外在锦绣、内在空乏的俗人罢了。她若一心与夫人攀比，只会越发落了下乘，贻笑大方而已。思及此，赵陆离再次告诫道：“你在赵家安心住下，我不会薄待你，但也不会为了你伤及夫人分毫。你别一口一个‘妹妹’地唤她，我看得出来她很不喜欢这个称呼。”

叶蓁简直不敢相信自己的耳朵。这些薄情寡义的话，真是当年那个对她死心塌地的赵陆离说出来的？关素衣究竟给他灌了什么迷魂药？

但此时显然无法深究，她用浸透泪水的双眼凝望对方，待他率先躲闪回避，这才进了灵堂，然后又被关素衣吓得够呛。她竟然正在给尸体上妆，用指腹一下一下轻柔涂抹着阮氏那张发青的脸！涂完不算，她竟对死去的阮氏说起话来。

“弟妹，这种面脂是金子专为你研制的，能完全遮盖你脸上的胎记，与肤色十分相融。因里面含有大量铅粉，恐对胎儿不利，我便暂时扣下了，心道等你顺利生产后，便把它送给你，叫你漂漂亮亮地出一回门，大大方方地宴一回客，来年让赵将军替你请封诰命，抬头做人。然而世事难料，这礼物我还没送出去，你竟、你竟……”

她掉下两行眼泪，表情却更为坚毅，提起笔慢慢描眉，叹息道：“如今我只能让你走也走得漂亮，去也去得风光。你乃二品诰命，谥号贞烈，哪怕将来赵将军娶了继室，她也压不过你，更压不过你的孩子，你在天之灵无须挂念。对了，我给孩子取名怀恩，让他永远感怀母亲为他舍生忘死的恩情。他很健康，哭的时候中气十足，半点不似早产儿，若是可以，我真想把他抱过来让你再看一眼，但灵堂内寒气逼人，又有燃烟四弥，恐伤了他身体，只得作罢……”

随着她轻声慢语地诉说，阮氏那张死气沉沉的脸庞竟一点一点恢复原状，遮掉胎记，描了柳眉，涂了胭脂，五官竟格外秀美端丽，倘若赵瑾瑜回来看见，该何等惊艳？

老夫人终于止不住地痛哭起来，喊一声“老二媳妇”，又喊一声“儿子”，嚎天动地，几欲晕倒。关素衣连忙去搀扶她，口中不住劝解，叶蓁却早已经吓傻了，抱着双肩躲在角落。

外面的亲朋闻听响动跑进来，看见光彩照人的阮氏，纷纷发出惊叹，继而想起她生前的卑微与怯懦，也都泪洒满襟，泣不成声。若是没有关夫人，她会如何惨淡收场？如何死不瞑目？孩子生不下来，必是一尸两命，没有诰命没有谥号，一口薄棺、三日祭礼也就草草下葬了。与眼下相比，如何不叫人感慨良多，悲从中来？

“老二媳妇，你安心去吧，有你嫂子在，怀恩差不了。老二媳妇，你命苦啊，可你命也好，遇上你嫂子，亲手为你入殓，亲手为你上妆，亲手送你入轮回。你必是瞑目了吧？可我怕啊！我怕我将来死不瞑目！若是赵家留不住你嫂子，我就是死也不敢死！这个家唯你嫂子是明白人，没她替我养老送终，没她替我操持葬礼，我不敢死，我合不上眼啊……”

老夫人本就舍不得二儿媳妇，又正逢叶蓁回来，眼看赵家又要分崩离析，心中的苦怨与悲痛便尽数宣泄。她希望这番话能让大儿媳妇心软，却也知道希望渺茫，于是哭得更为伤心。

天杀的叶蓁，她怎么没死在宫里？为了两个孩子，赵家既不能赶她，也不能贬她，日后可该如何是好？

老夫人已快厥过去了，关素衣无法，只得抱着她不停拍抚安慰；赵陆离连忙跪下，将二人搂住轻摇；赵望舒、赵纯熙、木沐三人也一窝蜂地跑来，抱成一团号啕大哭。一家六口互相舔舐伤口的模样令人心酸，更令人动容。

而叶蓁早已被挤出人群，用怨恨不甘的目光看着这一切。她终于明白，几年光阴似乎磨掉了赵陆离对她的爱意，反把更为厚重的感情交给了关素衣，老夫人和几个孩子亦彻底被她收服，处处以她为先，整个赵家都在围着关素衣打转，自己不过是个累赘罢了。思及此，本就受惊不小的叶蓁更是备受打击，一下就失了精气神，瘫坐在蒲团上。她汗湿发髻，容色灰败，看上去极其狼狈。然而不等她重新振作，关素衣竟已安抚好老夫人和几个孩子，擦干眼泪准备主持祭礼了。她不得不强撑起酸软的腿脚，走到赵陆离左侧坐定。输人不输阵，再怎样她也是原配嫡妻，有资格与关素衣平起平坐。

但她低估了祭礼的辛苦程度，原来除了坐念经文，还要时不时站起身弯腰鞠躬，跪下磕头，再念一段经文，再起身鞠躬，跪下磕头，如此反复。叶蓁久居宫中，假装羸弱，时日一长竟变成了真羸弱，多走几步路就喘不过气，又如何面对两个时辰的折腾？她心道不好，却只能硬扛，万没料刚念了两段经，鞠了两回躬，就一头栽倒在蒲团上，半天爬不起来。

祭礼是最隆重的仪式，断不能出任何差错，然而今天因为这位莫名回归的原配，几次三番闹出乱子。她该不会是故意的吧？这也太恶毒了！倘若不是故意的，那就更上不得台面，不如赶紧锁进厢房，不要出来丢人现眼！

诸位宾客目中隐现怨怪，而赵陆离已是万般无奈，心力交瘁。他知道叶蓁卑弱，却不知她竟卑弱到这等地步，连祭礼都坚持不住，还能干些什么？当年他缘何会喜欢这种女子，现在想来竟觉得十分不可思议。

检验一名宗妇是否合格，不但要看她能否掌管中馈、料理族务、侍奉公婆、相夫教子，还得看她撑不撑得住大场面。而所谓的大场面非祭礼莫属，其中有家祭、族祭、大祭、小祭、年祭、节祭，若是高门巨族的主母，甚至要参加国祭。

如眼下这般的葬祭，乃最寻常也是最紧要的仪式，莫说主家不能出现丝毫差错，便是无关紧要的下仆或来宾，亦得循规蹈矩，敕始毖终。若叶蓁是由于病重才支撑不住倒也罢了，偏偏她被圣元帝养得太好，幽闭宫中的几月非但不见憔悴，反而丰硕不少，皮肤光泽莹润，体态婀娜多姿，跪在蒲团上只是喘气，流着汗滴，脸颊因焦急而愈显红润，眼眸因委屈而泛上水雾，红唇一开一合似在呻吟呢喃，竟无端显出几分媚态来。

明眼人一看就知，她哪儿是生病？分明是身体太过娇弱，受不住累！而叶家乃色贡之家，族中女子从小修习媚术以待承宠于贵人的流言再次浮现于众人脑海，令他们又是恶心，又是鄙夷。

叶蓁每娇喘一声，老夫人的额角就狠跳一记，终是按捺不住，厉声斥道："够了，撑不住就赶紧下去，趴在这里作甚？老大，送她下去，日后的祭礼都不要再来了！"

赵陆离被母亲锋利如刀的目光剐得难受，转脸去看夫人，却见她听而不闻，视而不见，只继续诵念经文，起身鞠躬，下跪参拜。她站在灵堂最前方，所有人都盯着她，跟随她。她诵经，大家就诵经；她起身，大家就起身；她跪坐，全场瞬间伏倒一片。她一举一动风行水上，稳如山岳，很快就把叶蓁带起的乱子压了下去。渐渐地，再无人去关注叶蓁的丑态，再无人去议论叶家的丑事，灵堂内梵声大响，哀思如潮，又恢复了之前的庄严肃穆。

赵陆离不敢耽误，连忙扶起叶蓁疾步退了出去，感觉到手底下娇软无力的躯体，嗅闻她浓烈奢靡的熏香，聆听她极尽媚态的喘息，胸中的火焰越烧越旺，却并非源于欲念，而是不可遏制的愤怒。

"够了，这是弟妹的葬礼，你能庄重一点吗？"他压低嗓音告诫。

叶蓁为了吸引圣元帝，每每装病都是这番作态，五六年下来早已成为刻入骨髓的习惯，哪里能说改就改？更何况外界传言无误，叶家女儿的确从小就修习媚术，让她勾搭男人可以，让她矫揉造作可以，但让她站在明光普照的祭坛上焚香礼拜、正身率下，她却毫无办法也毫无底气，因为她从不知道女子也可以拥有胆魄与铁骨。

"离郎，我真的很难受。"她用颤巍巍的指尖去触前夫脸颊，却被飞快避开了。

赵陆离盯着她浸满泪水的眼眸，终是没再发作，脚步却急促很多。到了东厢，他把人放在软榻上，沉声道："你坐一会儿，我去打些热水来，你洗漱过后便躺下歇息，今晚不用去守灵了。"

叶蓁知道自己丢尽了脸面，也不敢过多纠缠，低低应了。等男人高大的身影消失在拐角，她才拿起一面铜镜仔细端详。镜子里的女人虽已经三十出头，容貌却宛若少女，不知为何，右眼下竟出现一颗泪痣，怎样都擦洗不掉。

她揉了又揉，搓了又搓，眼见皮肤已略有些红肿才满心不甘地作罢。毫无疑问，这必是圣元帝的手笔，当年改一个字，她就从叶蓁变成了叶珍；如今添一颗痣，她又从叶珍变回叶蓁，兜兜转转什么都没得到，唯余一腔怨恨，满身耻辱。宫中再也回不去，赵家似乎也没了立足之地，忽然之间，她竟有些万念俱灰，茫然无措。但她若轻易认输，也就不是心比天高的叶蓁了，于是当赵陆离请僧人烧好热水，做好斋饭，命仆妇送回来时，她已恢复如常，正坐在桌前缓缓写着什么。

“过来洗漱用饭吧。”为了避嫌，他站在门口未曾入内。

“我当年为救某人染了蛇毒，体力一直不济，接下来的祭礼怕是没法出席了。但我不能什么都不做，思来想去唯有文采拿得出手，便写一篇祭文告慰弟妹在天之灵吧。离郎，你过来帮我看看。”

叶蓁幽闭甘泉宫数月，哪里知道外界种种？她自诩才高八斗，却绝没有想到，关素衣的才华与她比起来不知高出多少。连徐广志那样的鬼才都不敢撄其锋芒，她叶蓁又是哪个牌位上的人物？何德何能？不说赵陆离面露怪异，连那端盘子送水的仆妇都深深睇了这位“先夫人”一眼，心里暗骂一句“班门弄斧”。

“你有心了，写好之后便焚给弟妹吧。”赵陆离负手站在门边，坚决不肯入内。

叶蓁正准备擦拭眼泪的手微微一僵，万没料到他看都不看，更不提拿去灵前诵读，竟让她就地焚烧了。他当她呕心沥血写就的文章是纸钱香烛不成？

“我想起小叔还在边关奋战，妻儿却遭逢大难，天人永隔，一时间悲从中来，文思泉涌，草草写了这篇祭文。你帮我看一看吧，若是觉得尚可就带到灵前诵读。妹妹出身文豪世家，应当也写了祭文，我虽然才学比不上她，思及犹在奈何桥上徘徊的弟妹，只好勉强提笔，略尽薄力。”叶蓁嘴上自谦，实则满心傲然。

赵陆离被她再三请求，终是无法，只好走进来阅览文稿，末了心中长叹。这的确是一篇辞藻优美的好文章，叶蓁作赋向来拿手，总能将最华丽的词句与最和谐的韵调结合在一起，叫人通读之后口齿生香。然后便什么都没有了，除了美，那些落了满纸的字句实则空无一物，而祭文最不能缺失的就是内在的哀思与痛切。

“这是夫人所作祭文，你看了以后再决定要不要把这篇文章拿出去诵读吧。”他没有过多劝阻，从随身携带的香囊里取出一张折叠整齐的文稿，平铺在桌面上。

叶蓁起初还有些漫不经心，看了两段已是眼眶通红，读至末尾竟无声无息流下两行热泪。那一日的惊心动魄与生死交织就这样浮于脑海，叫她身临其境，痛入骨髓。这篇文章虽然落笔朴实，不讲格律，却拥有直击灵魂的力量，绝不是寻常文字可比。

赵陆离万分珍惜地收起文稿，叹息道：“这篇祭文已摘录在《玄光文集》中，且居于首位，力压各大巨擘名宿，摘得当代文坛绝调之誉，并已传遍魏国，深入人心。此番祭礼，因关、仲两家均有出席，吸引了无数文人前来吊唁，本该作出许多祭文以告慰亡灵，却因这篇文章珠玉在前而不敢冒布鼓雷门之险，于是诸人皆纳笔入袖，专心祷告。”

他定定看向前妻，直言道：“我知你失去正妻之位心中不甘，于是屡屡与夫人攀比。然而你自己是何境况你应该了解。还是那句老话，你既不通俗务，又不擅掌家，更端不出主母宗妇的雍容气度，与其多说多错，步步丢丑，不如保持缄默，安分守己。你觉得然否？”

叶蓁先是被关素衣的高才撼动心神，又听了前夫贬损，心中的怨气一股脑儿爆发出来，竟忘了自己是个“与世无争”的柔弱女子，责骂道：“赵陆离，你这薄情寡义的负心汉！你的爵位是怎么来的，你的性命是如何保住的，难道你都忘了吗？我为你付出所有，到最后你竟这般待我，想将我囚困后宅屈辱一生，你好狠的心啊！”

赵陆离也失去冷静，眼珠赤红地怒吼：“叶蓁，你够了！你所谓的救命之恩、提携之情，全不是我要的！若是可以，当年我宁愿死在军棍下，而不是苟且偷生；若是可以，我宁愿驻守边关永不回转，也不愿待在燕京当什么镇北侯。说到底，这些都不是我应得的，失去它们我不觉得可惜，只觉痛快！你总说为我牺牲多少多少，为何不问问我需不需要你的牺牲？当一个懦夫、孬种，永永远远活在屈辱中，这就是你送给我的一切！”

他忽然冷静下来，语气前所未有的温柔：“而夫人从不会自作主张地为我付出。我做得不对，她会怪我、怨我，甚至打骂于我，却不会替我兜底，叫我得了苟且，失了尊严。她让我从醉生梦死中清醒过来，命我背负荆棘，洗刷罪孽，叫我抬起头来堂堂正正地做人。我现在既无权势也无爵位，但我过得很快活，我收留将士遗孤开垦田地，征召残兵组建商队，我给了他们一条活路的同时也给了自己新生。我现在不是镇北侯，而是庶人赵陆离，但我高兴！”

他直勾勾地望进前妻眼底，一字一句说道：“无论在你走前还是走后，我从未如此高兴过。我知道了真正的夫妻该如何相处，不是一方竭力付出，一方被迫承受；一方心事尽敛，一方胡猜乱想。真正的夫妻，是做错了可以争吵甚至打闹，遇见灾祸却又迅速凝聚，同舟共济。他们无话不说，坦诚相待，于是白头偕老，恩爱一世。你知道吗？在你回来之前，我原以为我与夫人可以恩爱一世，但现在……”他瘫坐在椅子里，终是泣不成声。

看着肝肠寸断的前夫，叶蓁仅存的一点侥幸也被击得粉碎。直至此时，她才明白何谓“一无所有、路断人绝”。

叶蓁满以为失而复得的赵陆离必会将她当成易碎的宝贝一般供起来，却没料供是供了，却与圣元帝一样，只给她一座宅院、一个含糊的身份，然后了此残生。此前她让赵陆离求娶关素衣是为了阻止对方入宫，进而夺走自己的宠爱与权势，到头来关素衣的确没入宫，自己却回了赵家，依旧要在对方手底下过活，难道这就是命运轮回，不可逃脱？

叶蓁身体一阵接一阵发冷，既觉得不甘怨恨，又觉得恐惧彷徨，看看依旧沉浸在痛苦中的赵陆离，终是咬牙摘掉头上的银簪，狠狠朝手腕刺去。鲜血瞬间喷溅，落了对方满脸，温热的液体带着浓烈的腥气，叫他陡然醒转。

“你在干什么？”他夺走银簪，用力握紧伤口上端，同时解开腰间的孝布缠绕止血。

“做什么？自是一死了之！当年被公公当成货物一般送出去的时候，我就该死了。我几次投缳，几次被救下，最后一次我人已经上了奈何桥，恍惚中想起你和一双儿女，想到没了我你们该如何过活，便又挣扎着爬了上来。我在那见不得人的地方苦苦煎熬，受这个倾轧，受那个欺辱，每天夜里全靠想念你和孩子才挺过来，做梦都要捂着嘴，生怕不小心唤了你们名姓，叫旁人听去惹来大祸。好不容易等到那人厌了我、放了我，你却告诉我曾经的一切都是错误，那我叶蓁算什么？我为你付出的一切算什么？笑话吗？”

透过迷蒙泪水，她努力分辨着前夫的表情，确定他是真的痛惜，也是真的愧疚，这才放下心来。所幸圣元帝还念着几分旧情，将她送归赵府的同时也瞒下了当年丑事，否则她此次是真的走投无路了。

“你阻拦我作甚？如果我死了，不就如你的愿了吗？不就什么事都解决了吗？你这辈子还能与关素衣白头偕老，恩爱一世。我可以成全你一次，两次，自然也可以成全你三次，四次，我的命都可以给你！”凭她对前夫的了解，自然知道该往他心头哪个地方扎刀最痛，于是一字字一句句都像淬了毒的利刃。

赵陆离最不愿回忆往事，更痛恨旁人提及分毫，然而这人是叶蓁，是为了他几乎倾其所有的叶蓁，除了认下，他别无他法。

“你别说了，是我的错。千错万错都是我的错。你好好活着。”他用力缠紧她手腕，待鲜血终于止住，这才颓然坐倒，心如死灰。

叶蓁总是这样脆弱，偶见花儿凋零、叶片飞落，便能伫立窗前默默垂泪。当时他觉得她那般可怜可爱，只想将她捧在手心里呵护，不叫她受一丁点伤害。但现在，当他自己也成了一个遍体鳞伤的人，当他自己也筋疲力尽，无路可走时，再去呵护叶蓁就像背负着一块巨石，越往前行越感沉重。他已经预料到自己早晚有一天会被压垮，甚至于粉身碎骨，却也不能中途将她抛掉。如果说关素衣是他的救赎，那么叶蓁就是他的罪孽。这罪孽都无法摆脱，还妄想什么救赎呢？

他心中满是绝望，却又很快被坚毅取代，抹掉脸上狼狈的表情，站起身走了出去，头也不回地道：“伤口有些深，我会让大夫来处理。你好好歇着吧，既然为了我和两个孩子才坚持到现在，那就看在熙儿和望舒的份上不要轻易寻死。他们好不容易等到你回来，你若再次丢下他们不管，不说这辈子，便是下辈子，下下辈子，他们都不会原谅你。”

叶蓁连忙点头应诺，目中沁出几许悲色。然而实际上，她对两个孩子根本没有感情，又哪里会在意他们原不原谅？不过这倒是给她提了醒，没了夫君宠爱，她还为赵家生下一双儿女，这才是她的立身之本！赵纯熙已经被关素衣笼络，不好糊弄，赵望舒却对她亲近得很，亦是赵家的继承人，若利用得当，定能助她站稳脚跟，反败为胜。

刚想到此处，赵望舒饱含担忧的声音就从门外传来："娘亲你好些了吗？我借口如厕偷偷跑来看你，还给你带了觉音寺的名菜素三鲜，可好吃了。"他提着一个热气蒸腾的食盒跑进来，脸上满是孺慕之情。

叶蓁故作慌张地藏起伤口，脸上慢慢绽开一抹真心实意的笑容。什么叫天无绝人之路？这便是了。

上午的祭礼终于结束，关素衣正准备站起身，胳膊就被人牢牢握住，抬头一看竟是赵陆离。他一面拉她起来，一面弯腰拍抚她沾了少许尘埃的裙裾，关切道："我看你动作踉跄，应是跪久了腿脚有些麻木。你慢慢起来，慢慢行走，不要用力过猛，不然皮肤会像针扎一般难受。为夫扶你回去泡脚，再用药酒大力揉搓肌肉，下午便能好过很多。"

关素衣脚底果然像踩到针毡，刺麻得厉害，一时无法挣扎，竟被他半搂进怀里，往西厢带去。

金子和明兰连忙上前抢人，却被老夫人拦住："没眼力的东西，老爷和夫人感情好，你们掺和什么？还不快送我回去？"

话音刚落，就见赵望舒飞奔而来，当着还未散去的亲朋的面，扑通一声跪在继母跟前，哀求道："娘，求您准我娘亲回家吧！她为了不让您为难，方才差点割腕自杀。娘，您素来宽厚仁善，难道忍心看着我们母子生而不见，天各一方？娘，算我求您了！我给您磕头！"

关素衣用手掌托住他额头，平静道："你既知道我仁善，便该知道我绝不会拆散你们母子。她不是已经留下了吗？你回去好好照顾她，叫她不要多想。待你二婶的祭礼结束，她便能跟你一块儿回家。"话落坚定而又缓慢地拂开赵陆离，询问，"你替她请大夫了吗？伤口深不深？不行，还是我亲自过去看看吧。"边说边自然而然地挽住金子和明兰，踉跄去了东厢。赵望舒自是大喜过望，忙颠颠地跟过去，并未发现父亲、姐姐和祖母的脸色已是一片灰败。

关素衣亲口承认叶蓁，就等于选择了自己离去。她越平静，内心便越坚定。她并不是一个难懂的人，所以才拥有令人信赖进而依恋的魅力。赵陆离像是被人敲了一记闷棍，痛得差点失去知觉，老夫人已头晕眼花、摇摇欲坠，在赵纯熙的搀扶下才没当场跌倒。诸位亲朋却不明就里，只是互相感慨一番关夫人的宽厚大度，又叹息她的委曲求全，然后慢慢散了。

一哭二闹三上吊是叶蓁的拿手好戏，关素衣岂会当真？从大夫口中确认她伤口无碍便径自离去，未曾多做停留。

临到下午，觉音寺涌来很多吊唁的宾客。皇上忽然追封阮氏二品诰命，还特赐谥号，先前只送礼而未亲至的人家这回不得不放下身段，派了主母或有头有脸的嫡子嫡孙前来祭拜。

头几天没来，现在却来了，显然不是心甘情愿，不过碍于规矩或权势罢了。关素衣宁愿他们别来，却不得不强装笑脸，打迭精神，一一应对。其中有几个没落世家因政见不合，与关家很不对付，派来的内眷神头鬼脸、傲慢不逊，叫关素衣差点当场发作。她再三默念经文才忍了下来，却发现她们竟备了厚礼准备去东厢探望叶蓁，似乎这样就能狠狠下她的脸面。又过片刻，叶蓁在众位内眷的簇拥下缓步而来，手腕缠着带血的纱布，脸色亦苍白如纸，看上去倒有几分楚楚可怜的病态。

趁着祭礼还未开始，她们在灵堂一侧坐定，柔声细语地说话，音量不高不低，恰好能叫周围的宾客听见。

“都说什么义勇双全，我看是心狠手黑，连自个儿弟妹的肚皮都能剖开，还有什么事是她做不出来的？妹妹你也是可怜，早不回晚不回，偏偏在她嫁入赵家后回来。你可小心着点，能动手剖腹的人，不定能做出什么狠事。”

“救命归救命，剖腹归剖腹。她救了二房嫡子不假，但手黑也是真的。我若是与这样的人同住一个屋檐下，怕是连晚上睡觉都不安稳。”

“天下间哪里有女人能干出这种事？长公主还赞她‘女中尧舜’，拿伟岸丈夫与她相比，反叫我想起另一句话——最毒妇人心。若论这个，她倒能力压许多男子，不信你跑去街市上问一问，看看哪个男子敢下这种决断。她占了大义，焉知背后更泄露了她的手黑。咱们这些心慈手软的人还是尽量离她远些吧，省得哪天她借着大义的名头把咱们也给剖了。”

“是矣。我看见她那双手心里就发怵，那可是缝补过死人肚腹的。也不知皇上究竟怎么想的，竟对她赞誉有加，进而追封阮氏。要我说合该将她贬斥一番再发配别庄，以儆效尤，免得京中但有妇人生产，便个个去剖腹，以便挣一个诰命。古往今来，为生孩子死去的妇人数不胜数，凭啥只有阮氏出头？皇上追封了这一个，日后管你难不难产，是死是活，个个往你肚子上划一刀，叫我们女人怎么活？所谓的上行下效就是如此，皇上这回做得实在欠妥！”一名年轻妇人抱着双肩颤抖，脸上满是担忧之色。

渐渐地，周围宾客开始用异样的目光审视关素衣。救人不假，却足以窥见此人冷酷的心性和坚定的意念。与她交往需要处处小心，若是为友也就罢了，若是为敌，下场注定凄惨。且她此举虽为救人，得到的荣誉却太过，若误导了某些心思不正者，日后家中妇人不难产也给剖了，叫她们上哪儿喊冤？这样一想，关夫人似乎不是可以深交的类型，果然还需远着点。

不过半刻工夫，关素衣身边就空无一人。她左右看看，颇感荒谬，走到叶蓁一众身边低语："烦请诸位噤声，莫替我赵家招祸。陛下高高在上，却为一寻常女子大张旗鼓、兴师动众，你们既已觉察不妥，难道就不能往深处想想？出门在外什么都可以不带，不能不带脑子，更不能管不住嘴巴。"

她双指并拢点点自己脑门，又压压自己唇珠，施然而去。

当叶蓁出来见客时，赵陆离就像被触怒的野兽，全身体毛根根竖立。他与叶蓁共同拥有的美好回忆，早已被夫人的一颦一笑、一喜一怒所取代，也就可以保持清醒，透过那层虚幻光影窥见一丝真相。叶蓁回来之后的种种表现用"急迫"来形容似乎还不够贴切，换作"咄咄逼人"才算合适。她在逼迫夫人承认她原配嫡妻的地位，进而退居平妻。她不是素来善良柔弱、与世无争吗？难道皇宫禁苑真是见不得人的地方，能让她改变如此巨大？

看见她被世家内眷簇拥着，用嬉笑的口吻非议夫人，赵陆离极想走过去把她们全部撵走。然而夫人却稳稳当当，面色如常。她并拢双指点击自己饱满光洁的额头，又按下自己红润亮泽的唇珠，口中吐出锋利如刀的话语，令众人噤若寒蝉，惧不敢言，那模样好看极了。赵陆离紧紧盯着她，心脏怦然而动。

赵纯熙早已能抵抗继母的美色侵袭，只略怔愣两息就回过神来，快速走去。她知道继母绝不是无的放矢的人，她说皇上追封二婶别有内情，那么此事必定为真。

"娘，您猜到些什么？与咱家有没有关系？要不要紧？"她附耳询问。

"与赵家无关，别担心。顾好你母亲，莫让她被人当枪使。"关素衣看着越发老成持重的赵纯熙，心中颇多感慨。原本最忌惮的人，现在反而与她最亲近，哪怕亲生母亲回来了，也能理智地看待问题，谨守内心的信念，不像赵望舒，无论之前对他多好，只要别人稍微挑拨一下，就能立刻改变初衷，迷而不返。

归根结底均是性格使然，无分本性是好是坏。所以关素衣并不怨恨，更无愤怒，淡淡吩咐道："回去跪着吧，祭礼快开始了。有些事你无须多问，早晚会知道。"

赵纯熙乖乖点头，走到叶蓁身边低语："娘亲，您身体还好吗？祭礼快开始了，您若是撑不住，女儿便送您回房休息。"

叶蓁自然不想跪拜两个时辰，连忙扶着额头装柔弱，却没料刚与女儿走到后院，就被她一把推入假山孔洞，低声警告："只有父亲才会相信你自请出宫的鬼话。你的性子我还不了解吗？典型的不见棺材不掉泪，若非复宠无望又有性命之忧，你怎舍得宫中的荣华富贵？你现在一无所有，便想起我们了，你把我们父子三个当成没有血肉没有感情的物件不成？你在宫里干的那些事，我知道得不少，说什么为了父亲牺牲一切，我看你勾搭皇上勾搭得不亦乐乎！你送给我的毒药你还记得吗？惹急了我，我就把它们拿到爹爹跟前揭穿你的真面目！"

看见叶蓁惊怒交加的表情，她一字一句说道："我原先很期盼你回来，后来渐渐知道你心比天高，永远都不会回来，于是就想着我也要飞到与你一样的高处，便能时时看见你，与你亲近。但我现在明白了，撕掉别人的皮肉硬给自己插一双翅膀，没有骨架支撑，早晚还得掉下来。你看看你自己，多么狼狈，多么失败，你还不知悔改，做尽羞耻之事！你还妄想与继母攀比，压她下去！把你的相貌、才情、气度、品德一一拿出来，你哪一样能比得过她？爹爹中了酒毒快死的时候你在何处？赵家被夺爵抄家的时候你在何处？我差点被官兵侮辱的时候你在何处？叶家意图拉赵家陪葬的时候你又在何处？你处处不在，抛夫弃子，有什么资格当赵家主母？有什么资格做爹爹妻子？又有什么资格让我和弟弟唤你一声‘娘亲’？”

赵纯熙说着说着已是泪流满面，哽咽道：“然而你终究是我们生母，这一点我们不能否认。所以你回来了，我们就接纳，只希望你老老实实、安安分分，不要再把咱家搅和得一团糟，更不要利用弟弟去伤害继母！你若是不听我的，可以，我会让爹爹知道你究竟是什么人。你且好自为之吧！”话落狠狠推了叶蓁一把，甩袖而去。

过了许久，叶蓁才从假山里走出来，脸上毫无表情，掌心却掐出许多血痕。

KUWEI
酷威文化
图书 影视

如此尔尔

下

风流书呆 著

RU CI ER ER

天津出版传媒集团
百花文艺出版社

目录

第十四章

祭文

灵堂内梵音袅袅，木鱼声声，除了跪在最前方的赵家人，余者皆心不在焉，神思不属，反复揣度着关夫人方才那句话。陛下自然不会为了寻常女子大张旗鼓、兴师动众，换言之，他种种举动背后必定另有深意。但究竟是什么呢？赵将军边关大捷，需要安抚？不会。最近根本没有捷报传来，况且驻边的将领多不胜数，官阶高于赵将军的亦不在少数，若个个都这般安抚，哪里安抚得过来？里面必定还有文章，只是无人参透罢了。

众人想去询问关夫人，又担心言多必失，只好隐下不提。被她威吓的内眷却丝毫没往心里去，祭礼尚未结束就纷纷找借口离开，再次打了赵家脸面，回到府中竟得知一桩惊天奇闻——世事就是那么巧，当年皇上的生母也是难产，为了救皇上，自个儿拿刀把肚子剖开，又割了手腕哺之以鲜血，这才令他活下来。因九黎族人懵懂愚昧，竟觉此兆不祥，对皇上隐瞒了其生母的存在。直至关夫人剖腹取子的事风传燕京，引得民众大感敬佩，交口赞誉，才有知情者据实以告。皇上心中悲切，又深感汉人顺天意、明事理、知善恶、辨忠奸，更有博大胸怀容外族所不容，纳常理所不纳，勇于揭地掀天、大破大立，于是御笔一扫，追封了阮氏，现在更要追封自己生母为太后。

孝乃人伦之本，八德之首，不单世人，连动物也知孝道，故羊有跪乳之态，鸦有反哺之情。恪守孝道，奉养父母实为天经地义，岂容置喙？忆起生母，他竟在朝堂上失声痛哭，连连自责，可见已煎熬许久，痛心切骨，因此皇上刚在朝堂上表露出些许意愿，立刻就获得满朝文武附议。若是没有关夫人剖腹取子获得认同的事做铺垫，皇上怕是会一辈子隐而不提，如今以追封阮氏为引得偿夙愿，自是对关夫人极为感佩，更会时时刻刻掌控此事的风评走向。

赞阮氏贞烈、关夫人义勇，就等于赞先太后贞烈义勇；辱骂关夫人心狠手黑，不就等于骂到先太后头上？关夫人是剖别人的肚子，先太后却是剖自己的肚子，其胆识魄力更胜一筹！若没有她的勇猛果决，就没有现在的圣元帝。所有不合情理之事，到了皇上这儿便是情理；所有不合人道之事，到了皇上这儿便是天道。顺昌逆亡，霸者手段！

几位妇人吓得魂飞魄散，想起自己在灵堂里说的那些话叫很多人听了去，而关夫人的祖父乃堂堂帝师，更兼任都御史，他若在朝上弹劾几句，自家夫君的官位也就坐到头了！难怪关夫人暗示她们背后另有玄机，原来竟是这样！几人不敢隐瞒，连忙跑去找夫君商量，皆被狠狠贬斥，动了家法，差点保不住当前地位，随后众人整肃衣冠，背上荆条，入宫请罪。要知道，皇上正在筹备追封大典，又言先太后庇佑他多年，需举办一场法事送她往生，已把朝中重臣均请去商议。此时谁若是胡言乱语给他添堵，下场必定凄惨。

果不其然，皇上震怒非常，当场就摘了两顶官帽，又命其余人等卸掉职权闭门思过，直言他们不懂何谓大仁大义、至亲至孝，回家多读点书，读懂了再来。

诸人如何狼狈暂且不提，消息传到觉音寺，众人大感惊讶的同时更对关夫人心服口服。这份沉稳机智、料事如神，绝非常人可比，更妙的是她的义勇之举为皇上解开心结，达成夙愿，在皇上心里必然留下深刻印象。且她与先太后十分肖似，这是何等殊荣，何等善缘？若是好好利用，已被打落泥底的赵家顷刻间就能青云直上。即便赵陆离不能得回爵位，只要关夫人愿意为赵家周旋，给赵望舒谋一个好前程当属轻而易举，赵纯熙的婚事也大可不用发愁。

但她愿意吗？若换作以前，答案自然是肯定的，现在却难说咯！

这样想着，宾客们不由朝东厢看去，心里暗暗忖道：也不知赵家招了哪路瘟神，眼看就要鸿运当头了，前妻竟死而复生，回来与关夫人争夺正妻之位。关夫人那样心高气傲的女子，闹不好就会请旨和离。她能在登闻鼓前掌掴夫君，能用性命捍卫家声，敢冒天下之大不韪剖腹取子，又岂会容忍旁人与她平起平坐？和离与屈就，怎么看她选择和离的可能性都远远大于屈就。

连旁人都能猜透的事，赵陆离又哪能不知？他现在已是五内俱焚，六神无主。有这么一段渊源在其中，只要夫人说出“和离”二字，不道明半点缘由，霍圣哲都会毫不犹豫地批复恩准。若是叶蓁没回来该多好，若是她没回来，我就不用失去夫人……明知不该这样想，他却控制不了内心狂乱的思潮。

因圣元帝不同于前朝任何一位皇帝，乃军功起家，领兵百万，整肃朝堂重设部尉之后更是大权在握，声震寰宇。莫说追封自己生母这等恪守孝道，德传千古之举，便是偶有昏聩，必也能强行达成心愿。翌日，追封太后的圣旨就已昭告天下。有先太后勇烈在前，谁还敢非议关夫人一字半句？不要命了？曾为此事大加讨伐的人飞快跑回家中，锁死房门，随即瘫软在地，汗出如浆。

幸亏关夫人写了一篇声情并茂、哀思切切的祭文，从而大大扭转了世人偏见，令剖腹之举的负面言论降至最低，否则必会惹得皇上龙颜震怒。在他听来，骂关夫人行妖魔道，斥赵怀恩乃恶鬼转世，不等于骂先太后与他自己是妖魔鬼怪吗？谁又能想到这里面还隐藏着如此惊世骇俗的内情？关夫人的运气简直逆天了，却也是因为她拥有与先太后一般远超常人的胆识与气魄。要想入贵人眼，果然还得靠真本事！

不过半日工夫，关夫人的声望便层层高上，直逼其父，那些贬斥她心狠手黑的人再想上赶着巴结，已是投门无路了。随后，皇上又连发几道圣旨，一为大赦天下，二为减免赋税徭役，三为加开恩科。原本三年后才开始举行的科举，明年开春就将在各州各府设立考点，无论是高门子弟还是寒门贫士，皆能以真才实学入仕。

前两道圣旨引得平头百姓欢喜若狂，奔走相告；后一道圣旨则为有志者提供了实现心中抱负的途径，亦获得高度赞誉。各种仁政惠举连发破的，泽及枯骨，直把追封太后一事烘托得热烈而又浩大。街头道旁，穷巷陋室，处处都能听见为先太后祈福的声音，更有皇上仁德至孝的赞誉声传遍魏国。圣元帝的威望再度攀升，竟已初现云起龙骧、霸行九州之势。

朝臣们莫不惊惧叹服，闻听他要为太后举办超度法事，皆出谋划策，躬体力行。很快就有太史令推算出良辰吉时，定于三日后在觉音寺为先太后举行长达九九八十一天的法事。因政务繁重，前四十九天由皇上亲自主持祭礼，余下则由太后代为参拜。

事情一定，觉音寺主持玄光大师就收到了圣旨，其中刻意提及阮氏，让僧人不得怠慢她的祭礼，更不得随意中断。同样是舍身护子，她与先太后缘分匪浅，一同超度轮回也是一桩美谈。玄光大师念了一句佛，越发感佩皇上深仁厚泽，却不得不让赵家把灵堂挪出正殿，以免无处安放先太后灵柩。赵家自是不敢与先太后争锋，片刻工夫就腾出正殿，移到僧舍。

“皇上要来了？你是说真的？”闻听消息，叶蓁心脏狂跳了一下。她虽然被遣送出宫，却对圣元帝还抱有一丝幻想，心道他既然已猜出当年的救命之恩是个局，却又为何不杀自己，也不叫下人苛待，反而继续锦衣华服地供养，又好端端地遣返自己归家？他分明不舍得伤害自己，心中或许还留存着几丝情谊，若是能把这些情谊唤醒，说不定就能回去了。感情都是处出来的，她毕竟待在他身边多年，自是与旁人不同。

这样想着，叶蓁已被连番挫败打击得破碎不堪的心房，竟又涌出一股野望。她目光灼灼地盯着儿子，低声交代：“你去打听清楚，看皇上何时会来，居所又在何处。”

赵望舒再懵懂无知也明白窥探帝踪是死罪，骇然道：“娘亲，您打听这个做什么？若是儿子不小心露了行迹，恐怕就回不来了！”话落眉头紧锁，总觉得极不得劲儿。

叶蓁见他似乎很不痛快，立即哄骗道：“你难道忘了你大姨母还在宫里受罪吗？我与她一母同胞，想见她一面难道也不行吗？她现在是戴罪之身，不得自由，我又没有品级，人微言轻，你继母极不待见我，又哪里肯管这事？还不得我自己想办法？我现在除了你，又能依靠谁？你爹和你姐姐整日围着你继母打转，你祖母素来厌憎我，怕是恨不得我死在外面！早知如此，我恢复记忆后便不该离开养母来京城寻你们，不但搅了你们安宁，也作践了自己。”边说边捂脸痛哭，嗓音悲切。

赵陆离已给她安排了身世，如今外头人都以为她掉入黄河后被河道县一善心老妇所救，因那人家中儿女尽丧，老伴也早早离世，她便把撞破脑袋丢失记忆的叶蓁认作亲女养在膝下。不知怎的，叶蓁竟又恢复了记忆，这才回到燕京寻亲。

赵纯熙对这套说辞嗤之以鼻，赵望舒却信以为真，见母亲伤心，自己也差点掉泪，连忙安慰道："娘亲快别哭了，是儿子狼心狗肺，竟把宫中的姨母给忘了。儿子这就去打听消息。但儿子以前行事荒唐，如今刚开始用功，没甚大出息，怕是探听不到宫中的情况。娘亲您何不让爹爹去打探呢？他现在虽然没有爵位，却救助了许多老弱残兵与将士遗孤，在军中颇有声望，您若是与他说，事情没有办不成的。"

"我怎么与他说？他与你祖母一样，巴不得我永远别回来呢！儿啊，娘亲现在只有你了，你帮帮娘亲吧。还有，千万莫让你爹爹知晓此事，他本就对叶家厌恨甚深，怕是会怪罪我，说不定一个不高兴就把我送回河道县去了。"叶蓁死死拽住赵望舒衣角。

"娘亲您放心，我绝不会让爹爹把您送走。继母虽好，但您毕竟是我生母，是谁也无法取代的。"赵望舒咬牙道，"您在这儿等着，我去找以前的玩伴打听消息。"话落匆匆忙忙出了厢房。

然而无须刻意打探，圣驾三日后就到了觉音寺，京中四品以上朝臣与命妇均身穿祭服齐聚大雄宝殿，准备为先太后诵经，又有太史令献上一本奏折，其中撰写着诸位大臣共同为先太后拟定的谥号，本是"孝圣慈宣康惠诚徽仁穆敬圣宪太后"，圣元帝觉得不妥又添几字，变为"孝圣慈宣康惠勇烈极诚徽仁穆敬圣天光贞和宪太后"，洋洋洒洒二十二个字，堪称史上最长谥号，将他对母亲的追思与爱戴表达得淋漓尽致，朝臣自是不敢反对，飞快定下了谥号。

有人进言：为何只追封太后，不追封皇后？太后只是皇帝生母，却并不代表就是先皇正妻，在名分上还是差了一截。

皇帝确知，母亲死后，尸骨竟被父亲丢入深山喂狼，以致如今连遗体都找不到，只能立衣冠冢。倘若母亲在天有灵，哪里会想当父亲的正妻，与他同葬一穴？能把自己肚腹剖开的女子，性格何其勇烈，自是半点不能屈就。在旁人看来是无上荣耀，在她眼中或许一文不值。

基于这一点考虑，圣元帝拒绝了追封母亲为皇后的提议，却被朝臣误解为尊重太后，不欲伤了她老人家颜面，越发赞他忠孝节义，面面俱全。

或许连老天爷也有感于先太后的勇烈之举与圣元帝的至孝至诚，临到开悼竟淅淅沥沥下起雨来。

按理来说，命妇们当以品级排布先后，身份越尊贵便越靠内，可在殿中居一干燥之地跪拜诵经，又有火盆四处散放，增加温度，一日下来并不会多么难受。品级低者就倒霉了，越往外站便越冷，虽然火盆更多，却没有屋檐遮雨，怕是会被浇个透心凉。此时晚秋将残，初冬悄临，雨丝虽然细微如雾，却裹着一团寒气，淋久了恐会伤身。然而此等盛大场合，谁也不敢露出怨容，只能寻到自己的蒲团跪定。若是表现良好，或许还能入贵人眼，也算一桩功劳。

关素衣却挺直腰杆站在廊下，久久未曾动作。掌祭祀、宾客、丧纪之事的世妇走过来，貌似有礼，实则咄咄逼人地诘问：“关夫人，大家都已各就各位，缘何您未曾入座？若搅了先太后祭礼，您担待得起吗？”

关素衣看看天色，淡然道：“您多虑了，此刻离祭礼尚有一个时辰，您还有时间重新排布座位。”

“我为何要重新排位？”该世妇怒问。

“我乃一品诰命，本该跪在殿内，您将我与三品淑人排在一起是何缘由？”关素衣本不愿计较这些，但她现在的座位显然是有人刻意安排的，刚好出了屋檐，淋了雨水，这还不算，屋檐接住的雨水顺着瓦片沟槽汇聚一处，兜头浇下，不到一刻钟，她必定会浑身湿透。蒲团下的地面也破损了几块青砖，有嶙峋石子显露而出，跪在其上便似跪着针毡，不出半日就能废了她一双膝盖。

她实在想不出自己在宫中与谁结了生死大仇，要这样整治她。圣元帝绝不会这么做，思来想去唯有太后。因自己剖腹取子点醒了圣元帝，令她全盘计划一朝尽毁，她哪能不对自己恨之入骨？这世妇恐怕就是太后派来的，座位也是她替自己精心挑选的。若她们极力拖延，寸步不让，自己也不能大闹宝殿，搅乱祭礼，怕是唯有乖乖就范。这样想着，关素衣内心满是愤怒，却也无可奈何。

她从来就知道权势的可怕与肮脏，也知道它如何杀人不见血，纵有铮铮铁骨，亦会被根根打断。强极则辱，刚者易折，不想正应在了此处。

若问谁是近日来燕京甚或魏国风头最劲的人物，答案非关夫人莫属。她先是剖了弟妹肚腹，惹来一片讨伐，随后借助一篇祭文成功扭转言论。如今这篇文章被玄光大师收藏在一年一度的《玄光文集》上，被众多文坛巨擘誉为祭文之绝调，哀思之华章，直把她的才华捧到天上去。而眼下，她堂堂一品诰命，竟被安排在三品淑人中，且占据了最差的一个位置，莫说跪上九九八十一天，怕只一天腿脚就会废掉。方才还颇有怨念的低阶命妇们现在总算是心理平衡了，因为有人比她们更倒霉，殿内的一品、二品夫人也走出来看热闹，脸上满是嘲讽与嫉恨之色。

仲氏原本还在想女儿会被安排在何处，听见吵闹声连忙走过来查看，当场就火冒三丈：“这位世妇，您是不是弄错了？我女儿乃一品诰命，原该与我跪在一处的。”

关素衣见母亲来了非但没松口气，反而更提起心，唯恐连累她。

“有没有弄错，难道你还能比我更清楚？正所谓夫荣妻贵，夫人从夫品级，这位置原本就是按照你们夫主的品级来排。然关夫人虽是一品，赵家大老爷却是庶人，她这诰命能与其他诰命一样？将她排在此处，而非四品硕人跪坐的湖边，你们就该感谢我高抬贵手了。”该世妇面容秀丽清淡，眉宇间却暗藏戾气，可见今日誓要把人弄残不可。

夫人从夫品级，这话的确没错，仲氏有些泄气，却还是央求道：“那也不能正对着瓦槽下方跪啊，别人淋着小雨，偏我女儿淋着大雨，地面又破损至此，不出两个时辰她就得病倒。烦请世妇将她往旁边挪一挪成吗？”

仲氏察觉到女儿似要说话，连忙牢牢握住她手腕，又不着痕迹地摇头，暗示她切莫与女官起冲突。今日是先太后祭礼，谁也不能闹出乱子。

该世妇轻蔑地笑了：“您说得可真轻巧，张口就让我挪位置，须知您这儿挪动一个，下面所有命妇都得挪，劳动的可是几百号人物。您哪儿来这么大脸面？要不我将您二位带去谒见太后，让她老人家亲自与你们谈？”

听说要去拜见太后，却只为了换位置，仲氏不免有些犹豫，关素衣却明白去了更讨不了好，太后若随便发作一个“大不敬”的罪名，立地就能将她们母女二人处置了。直至此时她才明白叶蓁为何要不择手段地往上爬，权势当真是个好东西，有了它，想杀死一个人只需张嘴即可。

当她被满心屈辱折磨时，旁边却有人说起了风凉话：“不就是跪一跪吗？大家伙谁不是如此？怎就独你女儿这般娇贵？你看看那些四品硕人，有的跪在湖边吹冷风，稍微一挪就该下水了。你女儿剖……”余下的话，这位一品命妇没敢往下说。现在“剖腹取子”四字已经成了禁语，谁挂在嘴上谁就是嫌自己命长。

“是啊，在雨里跪坐的人那么多，人家不都生受了吗？”越来越多的人开口劝解，眼里却闪烁着幸灾乐祸的光芒。

那世妇见关家母女无话了，这才趾高气扬地道：“还要去见太后吗？不见就老实跪下吧！”

关素衣腰杆绷得笔直，膝盖无论如何也弯不下去，当她隐隐以为自己今日要付出腿骨尽碎的代价时，身后却传来一道熟悉的嗓音：“朕替夫人与你谈，如何？”

“陛下！”四周接连响起抽气声，然后便伏倒一片，山呼万岁。那世妇吓得双股战战，冷汗如瀑，立刻跪地磕头。她万没料到本该在后殿焚香沐浴的陛下竟会忽然出现在此处。然而他既来了，必会为关夫人张目。

原本只需一日，待关夫人晕倒后她就会遣人将她送去太医院，然后报与太后，以“至孝至诚”为由记她一大功，赏赐些珠宝再遣返归家，也算是打一棒子给一颗甜枣，谅她本人也无话可说。一日工夫毁她一双腿脚，她既得了至孝至诚的赞誉，哪里还敢嚷嚷出来，坏了自己名声？前前后后都料理妥当，却没防住神出鬼没的陛下。他怎会忽然跑来命妇齐聚的侧殿？莫非有人送信不成？

该世妇还在胡思乱想，却听皇上淡淡开口：“拉下去打死！”竟连一句废话都不愿与她多说，立刻就有两名侍卫走上来捉人。殿内殿外的命妇早已吓傻了，有几个胆小怕事的虽没发出哭声，却涕泗横流，形容狼狈，再不复之前的光鲜亮丽。

唯独关素衣泰然自若地上前一步，行礼道：“陛下，今日乃先太后祭礼，不宜见血。”

关夫人果然仁厚，这时候还不忘为世妇求情！有人心中赞她，也有人暗暗笑话她傻。仲氏轻拉女儿衣摆，暗示她莫要妇人之仁、以德报怨。

哪料关素衣话音略停顿一息，又道：“不如暂且关起来，待祭礼结束之后再行处置吧？”

还是要打死，时间却往后挪了九九八十一天，漫长的等死过程，比立地处置更狠上百倍！方才还面露喜色的世妇，现在已瘫软如泥，崩溃大哭。

圣元帝深深看了夫人两眼，眸中俱是惊叹。他知道夫人仁善、孤傲、清高，而今日却又在她看似平和的韵致下窥见一股锐气。不，用戾气来形容或许更为贴切。这戾气不多不少，恰到好处，既不会让她软弱可欺，也不会让她飞扬浮躁，所谓的亦正亦邪便是如此吧？

越看越觉喜爱，他不得不转移视线，朝那世妇乜去，摆手道：“没听夫人发话吗？带下去关起来，等祭礼结束后就立刻行刑。”

侍卫应诺，把不停告饶的世妇拖走。殿内瞬间安静下来，圣元帝看了看安排给她的蒲团，忍不住冷笑一声，抬腿扫落。

关素衣瞥见跪在雨中的三品、四品命妇，继续斗胆进言：“陛下，为先太后祈福原是善举，却没料碰上秋日霏雨，冷透骨髓，跪两个时辰已是够呛，一天下来恐会伤及众位夫人贵体，反而不美。您看是不是让匠人立刻在空地上搭建棚屋，燃起火盆，供她们遮雨避寒，也算为先太后积一份福德？”

此言刚落，便有受不住寒气的命妇眼巴巴地看向陛下。这话她们只能在心里想想，哪敢当面提出？陛下在尸山血海中练就的龙煞之气绝非常人能够顶受，也只有关夫人能处之泰然，继而与他商讨两句。

此前她替那世妇求情，有人还在心里笑话她傻，现在事关自己利益，甚至于性命，谁也不会再腹诽她半个字。说到底也是那世妇故意刁难，谁又看不出来呢？若真依据身家背景来排位，被帝师和太常卿捧在掌心的关夫人怎么算也该是燕京最最尊贵的那拨人。

言论与人心就是这样容易掌控，不过些许施恩就能翻天覆地。看见众位命妇被夫人几句话笼络，圣元帝何乐而不为？当即摆手道：“是朕考虑不周，对不住各位夫人。”他略一颔首，温声下令，“白福，立刻让内务司召集匠人搭建棚屋，此处的火盆不能断，姜汤也不能少，哪位夫人若是受不住便下去歇会儿，切莫因为祭拜之事伤了身体，叫母后地下得知，怕也无法安心。祭礼贵在心诚，不在形式，一切从简，一切从宽。”

他话音刚落，殿内殿外已是一片感激涕零之声。都说皇上仁善，此前她们并无多大感受，现在终于切身体会了。有这样的君主，活在魏国着实幸甚！

圣元帝看了一眼夫人，笑道：“无须谢朕，谢关夫人吧。”

“谢关夫人！”场中又是一片致谢，连辈分比自己高的老封君也拜了下去，令关素衣无处可避，只好往圣元帝背后站。

仲氏看着站在一起的两人，心中很不舒服，却又想不明白关窍。然而无论怎样，这道坎总算是过去了，只不知背后是谁要整治关家。看女儿那副笃定的模样，似乎已有成算。

不等她将女儿拉到一旁询问，圣元帝已双手作揖，深深鞠躬：“夫人，朕欲亲自为皇妣作祭文，却因学识有限，迟迟不敢下笔。夫人才华横溢，出类拔萃，尤擅借景抒情，托物寓感，烦请夫人教朕！”

原是为了求教而来！皇上果然至孝至诚又虚怀若谷！众位夫人恍然大悟，心内暗赞，连仲氏都被他触动，恨不得满口答应下来。

众目睽睽之下，关素衣不能拒绝，略行礼自谦后便随他前往正殿。

圣元帝放慢速度，侧身看去：“夫人，今日若是没有朕，你这双膝盖便保不住了。所谓的强极则辱完全是一句谬论。你之所以被辱，不是因为你太强，而是因为你还不够强。你今日若是以一国之母的身份站在殿上，放眼整个魏国，乃至九州大陆，谁还敢折辱你半分？”

关素衣不为所动，垂眸沉吟：“您说这句话的意思解读过来便是，放眼魏国，唯独您能辱我？”

被夫人噎了一下，圣元帝许久无言，好不容易想到诱哄的说辞，待要继续开口，却已到了正殿。此处乃朝廷重臣与皇室宗亲跪拜的地方，来来往往俱是燕京权势滔天的人物，关老爷子和关父正盘坐在第一排，手里拿着文稿，与玄光大师交谈着什么。

“微臣见过皇上。”发现天子龙行虎步而来，众人连忙起身行礼，瞥见避让到一旁的关夫人，莫不露出惊讶的表情。

“皇上这是？”关老爷子连忙询问。

“朕欲亲自为皇妣作祭文，却因学识不够，不敢提笔，特请关夫人教朕。夫人的祭文破骈除律，形散而意凝，似朕这等未曾学过音律格式的门外汉最易掌握。”圣元帝正儿八经地解释。

关老爷子恍然大悟，赞同道：“若让皇上写骈赋，确实是为难您了。微臣方才还与玄光大师讨论，祭文原为追思亡者所作，情真意切当先，格律优美最次，无须注重形式，只需尽发感慨。微臣等人最擅策论，若要说起即景即情之作，却是稍逊一筹，不敢胡乱指教。”话落看向孙女，低声吩咐，“依依，好生指点皇上，莫要藏私。”

“孙女怎敢？”关素衣连忙拱手，末了又冲诸位大臣下拜行礼，态度不卑不亢，雍容端方。

“关夫人好人才！”诸位大臣众口一词，连连赞叹，目送天子一行走远才又聚在一起说话，丝毫没往别处想。倒是关父追至廊下望了许久，见皇上有意放慢脚步，侧身让女儿与他并肩，眼中飞快划过一抹光亮。

二人来到后殿，正有几个宫人将巨大的澡盆抬出去，又有内侍往铜炉里添加香料，缕缕青烟盘旋而上，散发出清雅宜人的香味。

“朕方才在沐浴焚香，收到太后有意为难你的消息便立刻赶去了。”圣元帝抬了抬手，似乎想去牵引夫人，最终却没敢造次，只得将她带到里间，请入客座。

“多谢陛下替臣妇解围，臣妇感激不尽。”关素衣恩怨分明，立刻道谢。

二人盘腿坐在铺着厚毯的蒲团上，面前摆放着一张条案，其上备有两套文房四宝。或许是出于先太后祭礼的缘故，圣元帝的态度十分庄重，独处这么久，竟未有半点越轨之举，叫关素衣高悬的心慢慢放了下来。

“夫人您看，这是朕写了一刻钟的成果。”他指着桌上的一张宣纸，上面仅落了两行字，其中一行还被涂掉，看上去十分凌乱。“朕呆坐半晌，竟不知如何动笔。朕连皇妣长什么模样都不知道，又如何写文追悼？”他刚毅的脸庞显露出一丝脆弱，诚心诚意拱手，“烦请夫人教朕。”

关素衣无法去防备一个心伤累累、思念亡母的孤子，更无法防备一个虚心求教的学生。她接过文稿略看两眼，指点道：“陛下虽未与先太后相处过，不能从她的角度来书写祭文，让世人通过文字领略她的风采，那么便换一个角度，从您自身出发吧？您思念她的每一个时刻，她也在天上思念着您；您获得的每一个成就，也等于是她的成就；您的伟大便是她的伟大，您的高尚便是她的高尚，因为您是她生命的延续。所以写她，便从写您开始，将您对她的思念慢慢带入进去，无须考虑语句是否通顺，更无须考虑文采是否优美，把您能想到的都写下来。届时，臣妇会为陛下稍做润色，这便成了。若先太后在天有灵，她想聆听的，必也是您真心想对她诉说的。”

圣元帝斟酌片刻，恍然大悟：“夫人说得是！朕刚出生，皇妣就故去了，朕未曾与她相处过半日，更未曾得见她的音容笑貌，然而朕知道她对朕的爱不比任何母亲少，不，或许还要更沉重。没有她就不会有朕。朕幼时看见母狼哺育小狼，母猴搂抱小猴，心里总会又闷又痛，却不知为何如此。直到遇见皇姐，获悉自己是人，而非野兽，才明白那感觉叫失落、痛苦、向往。从那天开始，朕就想着，将来必要走出山林，去寻找自己的母亲。她是什么性格、什么模样，为何要将朕抛弃？这些执念困扰着朕，也激励着朕，朕四处征伐，何尝不是为了找寻她？”

他眼眶已微微泛红，星点泪光在眸中闪烁，却始终未掉下来，一只手捏破宣纸，一只手紧握成拳，极为克制地压在条案上，令木料发出难承重负的咯吱声。

关素衣心生不忍，连忙转移话题：“陛下动笔吧，您方才说的那些话就很好。咱们不写祭文，改写书信，将您想对先太后说的话都记录下来，焚烧给她。这么些年，她最放心不下的唯有您，收到您的音信定然十分欢喜。念再多经文，点再多香油，都及不上您这份心意。”话落在砚台内倒了些清水，缓缓磨墨。

圣元帝转脸看她，紧握的拳头忽然松开了，悲痛欲绝的表情也略微减缓，哑声道：“夫人果然慧心巧思。朕绞尽脑汁，枯坐半日，也及不上您三两句提点。朕这就写信，完稿后请夫人替朕修改。”

“陛下谬赞，臣妇定当尽心竭力。”关素衣磨好墨，挑选了一只粗细适中的羊毫，双手递过去。

圣元帝接了笔，又深深看了她一眼，这才开始书写，起初行文有些阻塞，渐渐变得流畅，越写到后面越运笔如飞，竟是思潮奔涌，一发不可收拾，情深处泪珠滚落，晕染字迹；悲愤处咬牙切齿，力透纸背；哀绝处终至无言，唯能弃笔，而后以手遮面，久久不动。

关素衣不知道他是否在哭泣，却知道他此刻定然极不平静，丝毫不敢催促，更不安慰，只静静坐等。

白福熬不住了，红着眼眶上前，正待安慰，却被关夫人厉眼一瞪，不得不退回去。

过了半刻钟，圣元帝终于放下手，脸上毫无表情，竟辨不出悲喜。关素衣这才拿起笔，重新蘸了墨水，轻声道：“继续吧。”

圣元帝并不吭声，却乖乖接过笔，继续行文，中途又弃笔几次，似是悲恸难抑，却每每被夫人捡起来，重新塞回他手上，如此反复，半个时辰后总算把祭文写完了。

“夫人，朕心甚痛。”他捂着胸口，嘶声倾诉。

关素衣取出一条绣帕，塞进他手里，长叹道：“陛下，擦擦眼泪吧。您的感受臣妇明白，唯有熬过这一遭，您才能彻底释怀。”

圣元帝握紧桂香浓郁的手帕，却舍不得擦泪，心里不知怎的，果然轻松很多，再没有被沉痛回忆压得喘不过气的感觉。

关素衣接过文稿慢慢阅览，虽早已得知他悲惨经历，却在更深入了解后大感惊骇。这里有人间炼狱、龙血玄黄，亦有父子相残、众叛亲离，更有泪迸肠绝、轻生之兆。若是没见过这篇手稿，单看外表，她一直以为忽纳尔是无坚不摧的。

但世上怎会有无坚不摧的人呢？从尘埃里一步一步走向顶峰，所承受的苦难与伤害往往是常人难以想象的。通过文稿，她对忽纳尔的认知再一次颠覆。她怜惜他的苦痛经历，更佩服他的英勇不屈，他能有今天，绝不是凭借运气。看至末尾，她脸颊已被泪水打湿，心绪久久难以平复。

圣元帝把夫人赠送给自己的手帕藏入怀中，又从袖袋里取出自己的帕子递过去，安慰道：“夫人莫哭，一切都过去了。朕已经释怀，难道您竟不能释怀吗？”

关素衣连忙举起帕子擦脸，哑声道：“您写得很好，非常好，已经远胜于我。”话落站起身，走到条案对面，慎重跪伏，“陛下的祭文哀感天地，举世无双，倘若叫臣妇来说，竟无须改动一字半句。然而您是皇帝，这篇祭文便不仅仅是祭文，还是诏书，故许多地方不能言明，许多地方需要修饰，甚至许多话语必须隐去。”

圣元帝似乎早有预料，立刻绕过条案去搀扶夫人，柔声道：“您想怎么改都可以。

朕之言论不仅关乎自己，还关乎国体，朕明白。”

关素衣略松一口气，安慰道：“这篇手稿便当作是陛下以儿子的名义写给母亲，而非以皇帝的名义写给先太后的。待臣妇誊抄一遍，您再将之焚给先太后，她想聆听的话语，实则早已经听见了。”

圣元帝终于露出今日第一个笑容，伸手虚扶着夫人，将她请回条案后落座，态度恭敬：“那就有劳夫人誊抄一遍，再加以修改润色。”

关素衣自是点头答应，铺开宣纸认真誊抄，写着写着眼眶又开始泛红，睫毛挂着星点泪珠，看上去十分可怜可爱。圣元帝绞痛的心脏早已恢复如初，一只手搭放在桌上，一只手扶额，透过五指缝隙专注地凝视夫人。原以为回忆往事是最痛苦的时刻，却因为夫人陪伴在侧，让自己在痛苦过后品尝到许多甘甜。

倘若这一生都有夫人陪伴，该是何等幸福美满？母亲在天有灵，也会为此感到高兴吧？她那般刚强勇烈，如果还活在世上，定也会喜欢夫人这样的儿媳妇。

每一次回忆往事，都像扒开心口往里扎刀，其滋味绝对称不上美妙。然而这次，圣元帝却丝毫不觉得痛苦，反倒有些留恋。夫人就近在咫尺，分享着他的记忆，感受着他的悲欢，通过这些文字去了解更真实的忽纳尔，这恰恰是他最想对夫人倾诉，却又不知该如何表达的。若旁人胆敢窥探他的内心，他必定会把对方撕碎，然而换作夫人，他只能敞开心门，请求她往里走，继续走，一直走……走到他心灵的最深处。

而他的目的显然达到了。关素衣一面誊抄文稿，一面仔细品评着他的成长，从一个懵懂孩童到九尺大汉，从一个卑贱军奴到当世雄主，其过程艰苦卓绝、荡气回肠，叫她再三阅览，不忍罢手。

“看了陛下的祭文，臣妇才深刻理解了孟圣的文章——故天将降大任于斯人也，必先苦其心志，劳其筋骨。您经历的每一次苦难，都成为您更强大的根本，所以才有了今日的魏国，也才有了今日的圣元帝。皇上，看看您的敌人，再看看您现在，心里有再多戾气也该平复了。”她感慨道。

“夫人说得是。朕的敌人早已成为枯骨，而朕却登上皇位，称霸寰宇，所以没什么好偏执的。”圣元帝心情陡然轻快起来。

关素衣见他高兴了，这才继续说道：“那么，臣妇便要修改您的文稿了。其一，您对先帝的描述必须全部删去重写。不仅儒学崇尚孝道，所有正统哲学都奉行孝之一字，因为它是百善之首，人伦根本。试问一个人若是连父母都不能善待，又如何善待旁人？所以哪怕您内心深恨先帝，也不能表露分毫。您在祭文里直斥他将您扔进山林喂狼，又把先太后的尸骨抛掉，虽然是事实，却有损先帝声誉，更有损您至孝的形象，所以臣妇斗胆将这一段划掉重写。”

圣元帝不以为忤，大方颔首：“夫人请改。”

关素衣定定看他一眼，满意道：“臣妇将这一段改为先帝派人寻找您和先太后，却始终无果，只得放弃，从此日日思念，夜不能寐。而您被山中狼群叼走，悉心喂养长大。您觉得如何？”

圣元帝凑过去看了看她用朱批加上的字句，似乎有些不甘愿，但终究没说什么。

关素衣耐心解释一句：“臣妇之所以这样改也是大有深意的。自古以来天降圣人，必有异象，或龙蛇舞动，或红霞漫天，或梵钟袅袅，或浓香盈室，皆是不凡。然而其中少有真人真事，大多不过圣人为自己造势罢了，图的只是四个字——受命于天。连上天都认定您，谁还敢推翻您？这也是巩固皇权的一种手段。您被狼群养大的经历是真实的，也足够传奇，若宣扬得当，定会为您博得一个‘真龙天子’的美誉。日后您若有政令，群臣莫敢不从，百姓莫敢不从。”

她略微停顿，再问一次：“皇上，您觉得这样改如何？”

“好，就这样改！连狼群都不敢分食朕，反倒将朕养大，不正表明朕得天庇佑吗？”圣元帝头一次觉得被野兽养大不是什么耻辱，而是种荣耀。他看了看微笑点头、奋笔疾书的夫人，感叹道，“夫人真乃贤内助是也！”

关素衣的笔尖重重落在纸上，留下一个墨团，不由得瞪了对方一眼。

圣元帝哂笑，内心却有些小得意。夫人现在可不就是他的贤内助？这些事，料想她只为自己做过。

改完第一段，关素衣寻到中间一段，指点道：“这里也得重写。先帝碍于您军功卓著方无奈认子，改为偶然发现您的身份，欣喜若狂地认下。二人父慈子孝，和乐融融，而非暗地算计，互相残杀。日后，您写诏书时也得多加修饰。”

圣元帝爱极了她谆谆教导的模样，一面暗笑一面点头，态度堪称乖顺。

被他言语轻薄的怒气消减很多，关素衣缓和了面色，继续修改：“有关于先帝的段落改完，还得将您几个兄弟的事迹隐去，以免给世人留下六亲不认的印象。”说到这里，她不得不感慨圣元帝真是以德报德、以怨报怨的典范。大皇子故意拖延援军，致使他被前朝大军围杀，他也如法炮制，令大皇子死在重围当中。三皇子和六皇子派遣精锐设伏，他脱险后亦同样伏击二人。

或许是从小未曾得到过关爱，又被野兽养大的缘故，他的思维方式很直接，别人对他好半分，他能记一辈子；别人对他心怀恶意，他就扑上去撕咬，至死方休。他貌似是个危险人物，但只要拿捏好尺度，实则非常容易相处。难怪叶蓁救他一次，他就能把对方当成菩萨一般供在宫里。直至此时，关素衣才终于理解他的为人，怨气不知不觉消减了很多。

“您从头至尾都没提及太后，臣妇帮您加一段，略叙一下母慈子孝之情，以作世人表率。”她用朱笔飞快删改，寥寥几句便勾勒出一幅母慈子孝的画面，又把个别文字稍加润色，叹道，“好了，陛下看看如何？”

圣元帝接过写满红黑字迹的文稿，仔细阅览，半晌后拊掌大赞：“夫人大才！这篇文稿朕十分满意，偏执没了，追思有了；戾气消去，痛切至深。既能感天动地，又能博得美名，足以拿去昭告天下！”

关素衣正想摆手自谦，却又听他满足喟叹："夫人果然贤惠！"

"这是先太后祭礼，还请皇上自重！"她怒气升腾，双目冒火，扔掉羊毫就要离开，却被圣元帝拦住去路，诚心道歉："夫人莫气，那些混账话朕平日里念叨习惯了，竟不知不觉脱口而出。朕对不住夫人，朕给夫人赔罪。"

不解释还好，一解释却更生气了。关素衣恨不得端起砚台泼他一脸墨汁。

圣元帝左右拦了拦，无奈转移话题："夫人要走可以，能否先替朕解惑？上次朕戴着人皮面具，您究竟是怎么认出朕的？"

关素衣左右绕不开，只能冷笑："一股蠢气扑面而来，实乃魏国头一份，我如何认不出？"

圣元帝非但不恼，反而低笑起来，展开双臂将殿门堵死，认真道："夫人知道朕并不蠢，之所以那样说，是在与朕打情骂俏吗？朕从小被野兽养大，三岁开始学说话，一月就能通晓事理；汉学博大精深，朕二十三四方开始接触，几年下来已深谙精髓。从前上阵打仗，朕每每都是拿命在拼，从不懂得兵法诡道，现在却能用兵如神。夫人嫌弃朕蠢，那么夫人扪心自问，若朕是蠢人，魏国还有几个聪明人？"他走近几步，慎重道，"夫人，朕或许出身不够高贵，学识不够渊博，但朕一直都在为你改变。朕用尽所有办法取悦你，你能感受到吗？起初朕不敢表明身份，只能靠鸿雁传书聊表相思……"

关素衣开口打断："那不是鸿雁传书，而是意图勾搭成奸。"

圣元帝被狠狠噎了一下，咽下一口气，他继续道："后来朕按捺不住，终于表明身份，本以为中原女子看重贞洁，这才使了些非常手段……"

"勾搭成奸无果，于是强取豪夺。"关素衣语气淡淡。

再次被犀利话语打断，圣元帝顿了顿，颇为斟酌地再接着说："反而更惹怒夫人，朕痛改前非，再不敢对你有半分不敬。朕现在只要能远远看你一眼就心满意足了，似今日这般独处，实乃朕急需夫人指点，日后定当顺从夫人意愿。"

"强取豪夺不成，又改为欲擒故纵。皇上果然高招。"关素衣拱手，表情讥讽。

圣元帝闭了闭眼，十分无奈："夫人，咱们能好好说话吗？没错，朕的确在绞尽脑汁地讨好你。看看你的手，再看看朕的手，一个墨香浓郁，一个沾满鲜血；一个洁白无瑕，一个粗糙丑陋，这两只手原本不该交握在一起，因为它们实在太不般配。但朕按捺不住内心的渴望与焦灼，因为朕知道，你是朕这辈子能得到的最美好的宝物，若与你失之交臂，朕定然后悔终生！所以无论如何，朕也不会放手。"他伸出大掌，用力握成拳头，眸中隐现专横之色。

关素衣丝毫不露怯容，退开两步徐徐道："陛下，您上次为防臣妇逃走，不但点了臣妇穴道，还卸了臣妇绣鞋，您记得吗？"

"记得。"圣元帝心中有些莫名其妙。

"臣妇到底还是逃走了，却因为失去鞋履，伤了双足。"她指着殿外的一条小径，平淡开口，“您将臣妇指给赵陆离，多么艰险的一段荆棘路，臣妇都已安然无恙地走过，眼见前方唯余坦途，您竟横加干涉送来叶蓁，您的所作所为与那天一样，实乃除我履鞋，卸我甲胄，置我于荒野裸足狂奔，您追赶得不亦乐乎，焉知我早已伤痕累累，鲜血尽流在不为人知处。您是皇帝，无人敢非议您，我乃人妻，必为千夫所指。皇上，您若真的把我当成宝物，便该将我束之高阁，安然存放。”话落深深拜伏下去。

圣元帝半晌无言，心中急痛，待回神时，夫人已踏上小径，自顾离开，却因雨丝渐大，淹了洼地，被丈许长的水洼挡住前路，只能在原处徘徊。

“夫人若怕路遇荆棘，伤了双足，朕愿以皇权为你铺路。”他边说边脱掉身上龙袍，毫不犹豫地垫在水洼之上。

白福惊呆了，不敢置信地思忖道：那可是龙袍啊！货真价实的龙袍！陛下您怎么能……

若在往常，一个水洼而已，大踏步走过去，回屋换身干净衣服也就罢了。但今日不同，关素衣为修改文稿耗了近一个时辰，眼看祭礼就要开始，她若蹚水过去，到得侧殿，竟连重换一套祭服的时间都没有。穿着裙摆湿透、溅满泥点的祭服参加仪式，上头立刻就能治她一个“大不敬”之罪。

眼下，这件华丽非凡的龙袍已吸满水分，变得越发厚实膨胀，若踏足而过，顶多打湿鞋边，绝不会溅起任何泥点。但它是皇权的象征！谁敢在上边踩几个鞋印？不要命了吗？也只有忽纳尔这样的蛮人才会毫不犹豫地将它脱下来覆盖在水洼上。他对皇权的认识或许还不够深刻，日后想起这遭，又会如何作想？若他意欲秋后算账，别说自己，怕是十个关家都不够他砍！关素衣气得咬牙，既不敢踏过去，又不甘回转。忽纳尔正张开手臂等着她，若是走回去，请求他派几个宫人用木板把水洼盖了，照样也是向他妥协，与屈服于皇权有何区别？

真的很不甘啊！这样想着，关素衣就要跨过路边的藩篱，往花圃里走。

“夫人怕是不知，浅草枯败，浸透雨水，从上面走过，沾上的水迹和泥点只会比水洼更多。”圣元帝状似担忧地提醒。

关素衣幼时经常跋山涉水，又岂会不知？她手刚搭上藩篱就迟疑了，故而久久不动。更何况除了浅草，里面还有各种花木，带刺的不在少数，勾破了衣衫或勾乱了发髻，只会让她更显狼狈。似乎除了踏过龙袍，她已经无路可走。

“你究竟把皇权看成什么？”她回头诘问。

圣元帝上前两步，语气温柔：“此前，朕只把它看成保命的工具，因为朕若是不当这个皇帝，唯有死路一条。后来经由夫人提点，朕慢慢想明白了，皇权不仅是朕个人的权力，也是天下苍生的权力，且天下苍生还要更重一些。大道之行，天下为公，朕可以做到，且正慢慢实现着，所以朕把皇权看得很重，却也很轻。重到周济天下苍生，轻到舍弃一件龙袍，只为让朕的女人走得更顺遂。朕终究是人，也会有感情与私欲。夫人，你只管往前走，朕在脚下垫着你，在身侧扶着你，在后方接着你，在前方等着你。无论你想往哪儿走，朕都奉陪。”

他深深作揖，态度慎重。

关素衣确实有些动容，但也只是一些而已。权力很诱人，却会摧毁她平静的生活。这人现在如此虔诚，焉知日后会如何翻脸？天家无情，他现在还想不明白，日后权势日重，威严日盛，慢慢也就被侵蚀了。正如韩非子在《备内》中所言，人主之患在于信人，信人，则制于人。所以没有哪个皇帝能一直不忘初心，也没有哪个皇帝能不多疑。他现在越纵容自己，将来猜忌的时候便越可怕。

关素衣不会拿家人的性命去赌，趁他现在对自己还有几分情谊，早些劝他死了心吧。这样想着，她抬头望了望，然后慢慢后退。

圣元帝阻拦道：“夫人，你该不会想跳过去吧？这水洼长达一丈，连身强体健的男子都难以跨过，更何况女子？且前方道路泥泞湿滑，你若是一个没踩稳，恐会跌入水洼，下场只会更狼狈。夫人，你千万别任性。”

关素衣理也不理，兀自退开一段距离，然后加速前进。

圣元帝连忙跟过去，双臂举得高高的，准备接住她，却见她并非远跳，而是高跳，一下就抓住了头顶横斜的一根树干，轻轻松松荡了过去，落地时像一只蝴蝶，悄无声息，素色裙裾忽然绽放又忽然层层收敛。被她摇下的水珠叮叮咚咚砸落，溅起一朵朵小水花，场面十分美妙。

她一面拍打不染尘埃的下摆，一面轻笑道：“皇上，臣妇也想明白了。当你以为前方只有一条路甚至没有路时，那只能表明你眼界还不够宽阔。你可以尝试着左看、右看、上看、下看，就是不能回头看。皇上，婚已经赐了，臣妇已经踩过荆棘，蹚过水洼，您也一路朝前吧。”话落转身大步而去，行经一名内侍，顺手夺了他的油纸伞，消失在淅淅沥沥的雨幕中。

圣元帝看看夫人朦胧而又洒脱不羁的背影，又看看地上湿透的龙袍，忽然朗笑起来：“夫人，你在前方走好，朕很快就赶上。你说得对，人的确要一路朝前，永不放弃。”

关素衣连脚步都未停顿，兀自远去了。圣元帝痴痴凝望着她，待那素色的身影彻底消失，才看向忙不迭捡起龙袍的白福：“夫人既不慕权势，又不爱锦衣玉食、荣华富贵，唯一的嗜好便是藏书。你说朕该怎么获得她的芳心？”

白福迟疑片刻，硬着头皮说道：“陛下，您还是等她和离了再说吧。您虽‘夫人夫人’地唤她，可她现在还是赵大老爷的夫人呢。再者，您既知道她爱藏书，那平日里也多看点书吧。”

圣元帝面色阴沉下来，本打算转回内殿，换一件祭服，不知怎的又停步，腰间佩刀乍然出鞘，划过一抹寒光，又瞬息敛去煞气。而头顶那一截曾被夫人握住的树干此时已掉落在水洼里，砸起一阵泥点。

“回去吧。”他默默站了一会儿，这才信步离开。

半刻钟后，一名小黄门蹚着水洼跑来，低声道："皇上，太后娘娘想见您。"

"想见朕就自己过来，不过来那就老实在屋里待着。"圣元帝将祭文投入火盆，刚毅冷峻的脸庞一半映照着光明，一半隐藏在阴影里。

又过片刻，太后匆匆赶来，看见横在路中间的水洼，不得不停住脚步，高声喝令："来人，没看见此路不通吗？赶紧用砂石填了或用木板盖了！"

白福走到廊下行礼，貌似恭敬地回话："启禀太后娘娘，砂石和木板已经派人去找了，请您稍等片刻。"

太后哪里等得起？左右绕了两圈，终于无可奈何地蹚水而过，急促道："你把小十六他们抓到哪儿去了？快还给哀家！"

"朕说过让你老实点，莫生事，你偏不听。"圣元帝嗤笑，"朕能追封父亲、祖父、曾祖父为皇帝，追封母亲为太后，亦能追封死去的兄弟做亲王。有了亲王爵位，你养的那些小崽子们怎么着也能捞一个郡王头衔，将来活得也算滋润。画的事，朕已经饶你一次，你竟不知悔改，又向关夫人下手。朕无法，只好叫你看明白，在这宫里，朕想让谁活谁就能活，朕想让谁死谁就得死。朕要碾谁，谁便是蚍蜉；朕要捧谁，谁就是人上人。这就是中原人所谓的'顺我者昌，逆我者亡'。那些小崽子们能不能活过这一遭，全看太后识不识趣了。"

太后遍体生寒，抖如筛糠，颤声道："皇上，当年是哀家错了，您杀了哀家三个儿子，这笔账咱们就一笔勾销吧？哀家一定尽心尽力操持先太后祭礼，不再耍什么手段，求您放过小十六他们吧。算哀家求您了！"

她说着说着已是泪洒满襟，双目通红，显然已被逼至绝路。

圣元帝盯着烧成灰烬的手稿，淡淡开口："若祭礼再出任何差池，朕便用那些小崽子血祭亡母。你应该了解我阿母的性格，说什么祭礼不能见血，她怕是喜欢得很。"

太后想起死去的忽苏力雅，想起她驰骋沙场、手刃敌军的英姿，终是慢慢垂头，屈辱不堪地应诺。

白福暗自为太后叹息：这是被陛下利用完了便丢弃啊。她谋划的时候陛下不发作，等那世妇与关夫人杠上了才跑去英雄救美，只是可惜了，关夫人似乎不吃这套。

关素衣出了主殿，避开群臣与皇室宗亲，悄悄回到侧殿。

因九黎族人行军打仗很有一套，搭建帐篷的手法自是十分高明，不过半个多时辰就在空地上支起许多帐篷，里面摆着大火盆，更有太医与宫人侍立在旁，见谁面有异色就上前救治，以免众位贵人受了寒气，落了病根。与方才的怨念丛生相比，现在的侧殿已是一派和乐融融。看见款步而来的关夫人，众人连忙上前打招呼，脸上莫不流露出感激的神色。关素衣一一颔首应诺，来到内殿，走了两圈，却还是没能找到空余的蒲团。

"娘，我的位置呢？"她走到仲氏身边小声询问。

“我也不知道，方才来了几个内侍，取走了你的蒲团，却也没往殿内放，许是忘了。皇上能把你请去正殿指教文章，便绝不会亏待你。你等着，娘帮你去问一问。”仲氏正要起身，就见白福总管快速走进来，毕恭毕敬地行礼：“夫人，奴才奉陛下口谕，特来召您去正殿参祭。古有一字之师，您教陛下作祭成文，当得起一尊师位。请。”

皇上盛情相邀，谁敢推拒？关素衣无法，顶着众位夫人艳羡不已的目光去了正殿，沿着墙根往人头攒动的内间走，终于在长公主身旁找到自己的位置。长公主挺直腰杆跪坐，膝盖上横放着一柄弯刀，周身煞气浓重，见她来了微笑颔首，努嘴道：“瞅瞅，连陛下都来了，太后竟还没到，真是好大的架子。怕是对陛下追封生母之举心存不满呢。”

这话能堂而皇之地说出口吗？关素衣看看面露异色的朝臣，为太后的声誉默哀片刻。

事实上，命脉被皇帝捏在手心，如今是生是死尚未得知，太后哪里敢表露出半分不满？之所以迟到，是因为蹚过水洼的时候弄脏了裙摆，不得不重新换一套祭服罢了。祭服乃最奢华的袍服，需一层一层往上套，十几个宫娥同时动手也得忙活好一阵。

是故，殿内众人等了一刻钟才见太后匆匆赶来，在皇帝左后侧跪定。朝臣与皇室宗亲如何作想虽未可知，但观感必定好不了。圣元帝却面色如常，抬手示意祭礼开始，寂静空旷的大殿立刻响起怆然哀乐，黄钟大吕、紧锣密鼓、梵音喧天，一派肃然气象。

哀乐渐息，僧人与宾客的诵经声慢慢汇入其中，在殿内不停回荡，震触耳膜。关素衣还是第一次参加如此盛大而又隆重的场面，不知不觉就沉浸其中，安下心神。

诵完一段经文，圣元帝走上高台，跪于灵前，一字一句唱读祭文，引得所有人侧耳聆听。朝臣们原以为凭陛下的文采，能把句子写通顺就算不错，却没料这篇手稿竟如此荡气回肠、催人泪下，且还是以书信格式写就，越发立意深刻。若是没有这篇祭文，他们绝想不到陛下竟是被狼群养大，亦想不到他在战场上如何横扫千军，历遍生死。人之所以变得强大进而伟大，果然需要非同凡响的造化，更需要艰苦卓绝地进击。陛下一路走来着实不易，能登上皇位更是天意！本就被压服的朝臣们，这会儿对陛下已是敬畏非常，再无异心。

写完了龙血玄黄，该祭文笔锋陡转，竟又叙起哀思别情，至刚至猛的行文内掺杂几许柔丝，却半点不显突兀，反而和谐至极，亦将高昂的基调缓缓拉下，沉入悲恸。耳目灵敏者立刻就意识到，这几个定调的段落，必是关夫人所作。也正因为她抬手压了一压，才没让这篇祭文沾满血腥味与杀戮之气，反倒更添雄奇伟略与凛然悲意。

至情至性，至刚至柔，至诚至孝！堪称又一篇传世之作！此文若是昭告天下，皇威更盛，皇权更稳，真龙天子的传言定当风传九州！朝臣们一面暗暗喝彩，一面不得不承认，唯有关夫人才能为此文定下这等刚柔并蓄的基调，倘若换上任何一位大儒，都写不出这样感人至深的效果。不说男子天生比女子粗犷，不善表达细腻情感，就算能表达，又怎好当着陛下的面告诉他该如何追思先太后？尴尬都算小事，闹不好便会被扣上一个“大不敬”的罪名。

“好文！”沉浸在各自思绪中的朝臣被玄光大师一句赞叹唤醒，甫一回神才发现脸颊已挂满泪水，而高台上的陛下更是双目紧闭，哽咽难言，竟似痛到极致。

哪怕之前在内殿已哭过一场，关素衣仍然红了眼眶，看见长公主递来的手帕，连忙接过擦脸。

“这小子文采大有长进啊！果然，唯有关夫人才能教好他。想当年老娘教他学说话，一张脸差点被他挠花，最后无法，只得将他按着天天打，连打了一个月才将他驯服。他最先学会的词就是‘阿母’，最先跟我说的话就是‘阿母在哪儿’。当时我不敢答他，我也认为他是罗刹转世，之所以接近他、教导他，不过是为了好玩罢了。”长公主回忆往昔，满心感慨。

关素衣默默听着，心中很不是滋味。她依然恼恨忽纳尔行事放荡，怨气却减少很多。他之所以性格强横霸道，乃生存环境所致，哪有野兽会与人讲道理？遇见猎物扑上去撕咬才是它们的本能。在自己面前，他能克制这种本能，不做出无可挽回之事，已算极其用心了。

祭文终究没被焚烧，继续供在灵前浸染愿力，待太后灵柩下葬那天再随之埋葬。

当玄光大师宣布今日上午的祭礼结束，朝臣们还回不过神来。他们已经做好日夜诵经不停的准备。要知道前朝末帝为自己亡母举办法事，足足将僧侣与文武大臣扣押了三个多月，有多少人念至咯血，又有多少人力竭而亡，如今已不可考，但惨烈的记忆仍然如新。原以为皇上如此重视先太后祭礼，怎么着也得效仿一二，却没料他竟这般宽宥，上午两个时辰，下午两个时辰，晚上各自散去，若嫌来往不便亦能在觉音寺住下，果是蔼然仁者！

众位大臣怀揣感恩之心恭送陛下，却没料他竟召集大家一块儿去膳房用斋饭，丝毫没有帝王架子。大伙儿受宠若惊，尾随而去，关素衣被长公主带着，不得不缀在其后。二人在内宫女子那桌坐下，瞥见表情肃然、眸光清正的圣元帝，齐齐在心中嗤笑。

“这糟心玩意儿，越来越会装了！以前把什么都写在脸上，脑子也是一根筋，现在当了皇帝，倒是能掩掉一些龌龊心思。”长公主并不信奉所谓的食不言寝不语，一面大口刨饭一面低声嘲讽，目光缓缓移开，落在对面几名女子身上。

关素衣顺着她视线看过去，挑眉道：“几位皇子妃倒是挺心诚，眼睛都哭红了，如今连饭都吃不下。”

对面坐着的正是太后的三个儿媳妇，因夫君一直未被追封，所以只能以皇子妃相称，感觉平白比忽纳尔低了两辈。上次花宴上见面，这几人身边围绕着许多幼童，且个个浓妆艳抹，颐指气使，颇有些目无下尘的意味，与现在的凄惶恐惧大相径庭。尤其是大皇子妃，手指不停颤抖，竟连碗筷都端不起。

长公主冷哼一声：“什么心诚？命脉被人拿住，不得不屈服罢了。宫里已经变天了，瞧瞧那些九黎族宫妃，以前连忽纳尔的边儿都不敢沾，现在倒是一个个目含春色，蠢蠢欲动；那些汉人嫔妃更别提，这会儿估计已在琢磨着怎么勾搭、怎么侍寝了。人心易变啊！”

什么命脉？难道是诸位小皇孙？关素衣心中琢磨，见太后久不入席，不免问了一句。

“你不知道吗？她主动请求为先太后念足九九八十一天经文，这会儿想必还在灵前敲木鱼呢。”长公主咧嘴一笑，“太后与先太后姐妹情深，感天动地，实为吾辈楷模！”

念足九九八十一天经文，怕是会吐血而亡吧？小皇孙果然被忽纳尔拿住了。关素衣端起茶杯浅饮，心中并无半点怜悯或不忍。这是内朝争斗，本就与她无关，她保得自己与家人平安就够了。垂眸间，似有一股灼热目光刺探过来，再抬眼，看见的只有忽纳尔那张严肃的脸庞，她心中无奈，却又有些好笑。

恰在此时，一名宫娥匆忙走来，在她耳边低语：“关夫人，外殿巡逻的侍卫抓到一名形迹可疑的少年，对方声称是您的继子，烦请您过去辨认一番，免得误伤无辜。”

赵望舒怎会跑进皇家道场来了？他不要命了？关素衣大惊，放下碗筷与在座众人一一告罪，悄然出去，来到殿前空地，果见赵望舒被五花大绑地扣押在地。她连忙上前求情，等侍卫离开才拉着他走到僻静角落，问他为何闯来。

赵望舒起初抵死不说，被威吓几句才哭哭啼啼地言及叶蓁思念姐妹，想与叶采女见一面，他不忍对方失望，这才跑过来打探。

“娘，您千万别把我被抓的事告诉爹爹，否则他会更厌憎娘亲。娘亲什么都没有了，只有我和大姨母。您那般高高在上，顺心顺意，就行行好，与她一个方便吧？算儿子求您了！今日全是儿子自作主张，与娘亲无关，出了事，儿子也一力承担！”

看着涕泗横流的赵望舒，关素衣忍不住想，从前被人利用多回，他怎么就学不乖呢？在他心里，血缘才是最紧要的吧？旁人对他再好，怕也抵不住至亲之人的一句谎言。

她忽然感到很疲惫，无奈道：“你等着，我找人帮你问一问叶采女的下落。”最后还是忍不住告诫一句，“不管今日是谁指使你来的，她不该不知道擅闯皇家禁地是死罪。日后行事之前想清楚，别轻易涉险。”

赵望舒本想反驳，忆起与娘亲的约定，咬牙道：“没人指使儿子，是儿子自己要来。”

“不要一口一个儿子，我不是你娘。”关素衣头也不回地走了，好不容易找到一位宫娥，询问叶采女的情况，满以为会得到对方已经暴亡的消息，却听这人恭敬道："夫人想见叶采女？她就在僧舍里住着，奴婢这便帮您安排。"

关素衣立刻意识到这又是忽纳尔干的好事，他竟真的弄出一个叶珍！若是让叶蓁与叶珍见面会怎样？叶蓁重回宫闱的美梦怕是会彻底破碎吧？

她眸光略微一暗，顺着宫娥的话说道："那便有劳女官帮忙安排，我还想带几个人过来，可以吗？"

"自是可以。夫人请去，奴婢安排好之后便在此处等您。"宫娥果然满口答应下来。

叶蓁无论如何也想不到赵望舒竟真的会打探到叶珍的消息。怎么可能呢？她游魂一般跟着他来到僧舍，看见半卧在床上的女子，心中一阵惊跳。虽然老态许多，亦憔悴许多，但的确是她的五官没错。

"你究竟是谁？"她不敢置信地呢喃。

"你们聊吧，我在外面等着。"关素衣没兴趣参观这出好戏。亲眼看着"自己"病入膏肓，几近死亡，叶蓁会是怎样一种心情？叶珍才是她真正想要的身份，然而这个身份却莫名被一个与她长得一模一样的女子占去，她应该会很恐惧吧？恐惧过后便是深深的绝望。因为这代表着她永远失去了回宫的机会。兜兜转转一大圈，到头来她还是只能当赵陆离的妻子，而现在的赵陆离竟连爵位都没了。从婕妤变成庶人之妻，这落差不啻从天国跌入地狱。她最渴望的一切，都在今天被尽数毁灭……

刚思及此，屋内就传来一阵尖叫，门"砰"的一声被推开，随后便是叶蓁捂着脸跑出来，崩溃大喊："我是谁？我到底是谁？我是叶珍，我分明是叶珍才对……"

赵望舒紧跟其后，焦急大喊："娘亲您慢点，这里是皇家道场，不能随便乱跑的！"他直到现在还搞不明白，叶蓁口中的"珍"究竟是哪个字。

关素衣朝屋内看去，却见那叶采女用帕子擦掉嘴角的鲜血，"凄苦"道："让关夫人见笑了。我病入骨髓，时日无多，先前吐了一口血，许是把妹妹吓住了。烦请夫人送她回去，切莫让她冲撞贵人。"说着说着竟撕心裂肺地咳起来，俨然一副濒死的模样。

关素衣走进去，掩上房门，仔细看了看她的发际线和腮侧，又捏了捏她下巴，最后将那层薄薄的人皮面具掀掉，揣进袖袋里，这才默默走了。本还气若游丝的叶采女立刻锁死房门，呢喃道："陛下果然料事如神，夫人竟真的把我的人皮面具掀走了。这是为什么？"

关素衣得了人皮面具，每日诵经便也不觉得难挨，似乎在眨眼之间，九九八十一天就过去了，送先太后灵柩入了皇陵，众位命妇便各自收拾东西，准备归家。

在摇晃的马车上，关素衣低声询问："娘，太后身体怎样？"

“唉，大不如前了。这次终究伤了根本，若非皇上竭力阻止，怕是会熬死在灵前。”

“皇上纯孝。”关素衣捂住腮帮子，感觉牙有点酸。

“可不是嘛！皇上那篇祭文早已传得天下皆知。别人都说他是真龙天子，身上带着龙气，才能令万兽臣服。说起来，他的经历还真是传奇，若让你外祖母听去，必会巴巴地跑来燕京，请求为他作传。你想你外祖母了吗？”仲氏笑着摸摸女儿发顶。

不等关素衣回答，车窗外传来一道爽朗的声音：“妹妹，你给姐姐一句准话，你啥时候和离啊？如今坊间开了赌盘，只等你回去大闹赵家呢！”

李氏在掀开车帘看见板着脸的仲氏后，嬉笑的表情瞬间冻结成冰，随即调转马头，狂奔而去。

“那是镇西侯的嫂嫂李氏？果然粗人一个。什么开赌盘？什么等你回去大闹赵家？难不成你真要和离？你祖父和爹爹终究是男人，不懂女人的苦楚，和离再嫁哪儿有嘴上说得轻巧？闲言碎语暂且不提……”

经过三个月的沉淀，关素衣早已经想明白了。人要朝前看，哪怕这一步并非她自己想迈，但既已下脚，就不能退却。她打断仲氏的话：“娘，我与赵陆离成婚近一年，他从未碰过我。他忘不了叶蓁，要为她守身如玉。叶蓁不在时，赵家都没有我的立足之地，她既已回来，您还想让我委曲求全，独守一生吗？女儿自问没犯什么大错，为何要承受这种惩罚？”

仲氏表情几度变换，直过了好一会儿才哑声道：“你怎么从来不告诉娘啊？我苦命的女儿，这一年来你都过着怎样的日子？亏我还以为赵陆离改好了，定会一心一意待你！老姚，改道改道，不去赵府了，去帝师府！”

她搂住女儿，咬牙切齿地低语：“娘这就让你祖父去宫里求和离圣旨！赵陆离既喜欢叶蓁，那便让他们双宿双栖去吧！”

不想马车刚驶到山脚，就遇见上来接人的赵陆离，他欢喜雀跃的表情在看见怒气冲冲的岳母后略显迟滞，待要迎上前细问，却只得到一句“混账东西”的叱骂。

两辆马车先后抵达帝师府。其中一辆入门后又匆匆出来，去了宫中；另一辆等到傍晚还不肯离去。

赵陆离感觉自己的心脏已经被绞碎，继而化成脓血，从此以后再也不能复原。他隐约知道二位泰山大人入宫意欲何为，却无力阻止。他唯一能做的就是凝视眼前的朱漆大门，希望自己盼了一季，想了一季的人能缓缓走出来，冲自己轻快一笑。他眼眶早已红透，难以名状的恐惧感扼住咽喉，令他发不出半点声音。

素衣，你出来看我一眼！素衣，告诉我你并非要与我和离！素衣，这三个月我连家都不敢回，一直住在山脚下等你！素衣，我爱的人是你！我终于明白我爱的人是你！

他在心里一遍又一遍告白，一遍又一遍呐喊，却始终没能鼓起勇气敲门，因为他预感到，这扇门打开的时候，便是自己美梦破碎的时候。

想当初迎娶素衣时，他是何等不甘愿，又是怎样大肆挥霍着她的体贴与柔情。她在龙凤红烛下笑得那样羞涩甜美，现在回想起来竟还历历在目，心驰神荡。

只一眼，她就刻在了他心里，而他却因心上蒙尘，不肯悔悟……

第十五章
和离

未央宫中，圣元帝正捏着一粒粟米投喂一只鹩哥，听闻帝师与太常卿求见的消息，差点撞翻身旁的条案。

“快，快宣二位泰山大人入殿！”他一面抚正条案一面挥袖。

连“泰山大人”都喊上了，陛下，您是不是太性急了点？白福颇感无奈，走到殿门口又转回来，低声提醒：“陛下，您先把鸟嘴封上吧，免得引起二位大人怀疑。”

“对，封嘴。”圣元帝立即捏住鹩哥的尖喙，让内侍用绸缎绑上。

关老爷子和关父走入内殿时，就见皇上正坐在条案后，手里拿着一本《论语》，微蹙的眉心和偶有灵光闪过的眼眸显示出他正在用功，且颇有所得。

“微臣见过皇上……”二人还未下拜就被他扶起来，引入下首落座。

“皇上这是在斟酌今年的考题？”关老爷子认为不能一下就把话题扯到和离，令皇上反感，先聊聊别的，再慢慢导过去。

这可苦了圣元帝，分明内心已焦灼不堪，甚至连批复都写好了，却始终不能拿出来。

聊完科举聊民生，聊完民生聊水利，聊完水利又聊战事，把他那颗不停狂跳的心脏揉了又揉，踩了又踩，差点憋得脸色发青，关老爷子才幽幽开口：“有一件事不知该不该提……”

提，您只管放心大胆地提！朕已经准备好接着夫人了！圣元帝内心急喊，面上却故作疑惑：“哦？帝师有何难处？只管说出来，朕帮您参详参详。”

“却是为了我那不成器的孙女……”关老爷子长叹一声，娓娓道来，末了拜伏道，“求皇上看在关家只这一根独苗的份上，准她和离归家吧！她在赵家实在是待不下去了，否则我也不会舍下这张老脸来求您。”

“请皇上成全。”关父亦深深下拜。

圣元帝深感自己罪孽滔天，若是让二位泰山大人知道放叶蓁归去的罪魁正是自己，不知会如何生气。所幸他从苗人那处得了人皮面具，把当年的烂事遮盖了，如今连太后都怀疑自己的记忆出了差错，世上果真有两个叶蓁，旁人又岂会深究？现在唯一的问题是该如何安抚好夫人。她气性似乎越来越大了。思及此，圣元帝心中颇感无奈，嘴角却泻出一丝甘之如饴的微笑。

“当初是朕失察，害了夫人，今日也该朕来解开这个结。二位大人切莫烦忧，将来朕必定给夫人指一门世上最好的婚事。”他扶起两位大人，装模作样地道，“您二位先回去，稍后白福便会带着圣旨去赵府，必不叫旁人辱没夫人半分。”

关老爷子和关父千恩万谢，再三叩首，前脚刚跨出殿门，后脚就有一只鹩哥呼啦啦朝帝师府飞去。

仲氏在前厅焦急等待，关素衣却已胸有成竹，自顾回房小憩，刚睡醒过来，就见一只眼珠透亮的鹩哥飞落窗台，一面蹦跳一面喊道：“夫人啥时候和离？夫人啥时候和离？”

“这小东西怎么又来了？整天跟叫魂似的，一直催您和离。待奴婢拿稻米将它的嘴堵上。”金子笑嘻嘻地去掏荷包。在觉音寺念经的时候，全靠这只鸟儿她才没被闷死，一天来回飞五六趟，然后不间断地喊“和离”，小模样真欠打。

“给我吧。”关素衣接过荷包，捻了一颗稻米递到鹩哥嘴边，柔声诱哄，“乖，跟我学，忽纳尔混账。”

这句话鹩哥学了有一段日子，发音已十分准确，重复一次便讨一口吃食，等一袋稻米全啄光才依依不舍地飞走，隔了老远还能听见“混账混账”的骂声。

关素衣站在窗边眺望，眼见小黑点消失在天边才徐徐感慨：“真是孺子可教矣。”

得了祖父和父亲的准话，关素衣反而有些忐忑，试探道：“祖父、爹爹，我想把木沐也带回来，可以吗？”

关老爷子沉吟道：“多一副碗筷而已，你想带就带回来吧。那孩子我见过，是个乖巧懂事的，但他毕竟是赵陆离的义子，赵家那头怕是不会同意。”

关素衣笃定道：“和离之妇若想把夫家子嗣带走，自然是千难万难，但木沐不是赵家人，与赵陆离没有半点血缘关系。他虽收留了他，却未曾照顾过他半日，连户籍都没给他上。从律法角度而言，木沐只是寄住在赵府，随时可以走人的。”

关父拧眉道：“赵陆离竟连户籍都没给孩子上过？”

“木沐来时他正逢丧妻之痛，哪里有心思照管旁人，至多给一口饭吃罢了。还是弟妹看不过眼，把孩子接到二房照顾，这才让他平安长到现在。如今弟妹没了，叶蓁又是个外慈内毒的性子，连亲子都不顾，更何况木沐？若是不把他带回来，我定然日夜难安。”

“既如此，那就把他带回来吧。”关老爷子拍板。

关素衣大喜，这才收拾东西准备回赵家，刚出府门就见赵陆离站在台阶下，背影隐没在垂暮之中，显得十分寂寥。闻听动静他猛然回头，惊喜道：“素衣，你愿与我归家了？”

“走吧。”关素衣并未多话，与家人拜别之后登上马车，见赵陆离并不挪步，似在神游天外，又无奈地催促道，“怎么还不走？傻站在那儿干吗？”

赵陆离恍若梦醒，欢欢喜喜与岳父岳母拜别，末了跳上马车疾驰而去。他原以为夫人进了帝师府便绝不会再出来，幸好，幸好……

二人相对无言，一个是无话可说，一个是担忧恐惧，似乎挨了许久才感觉马车慢慢停下来。

“老爷、夫人，你们总算是回来了！”管家匆忙迎上来，一副终得解脱的表情。这三个月他真是有苦难言啊！原以为夫人掌家严苛，在她手底下当差不容易，直到现在才明白严苛比糟乱好上千倍万倍！

“老爷，夫人，你们是不知道啊！先夫人，不不不，是叶夫人，她把夫人之前撵走的仆役全都弄回来了，如今府中用度增加许多，单下人的月钱就翻了几番。这且不提，那些人之所以被撵走不正是因为偷奸耍滑吗？如今有叶夫人撑腰，竟比以前还奸猾，吃着府里的，拿着府里的，就是不肯干活儿。活计还是咱们这批老人在干，月钱却被他们分薄了，如今府上是怨气冲天、人心散乱啊！老奴在叶夫人跟前提了几句，她竟嘤嘤哭起来，说老奴帮着夫人排挤她，又说咱家为何只把她的陪房撵走，别人动都不动。老奴真是冤枉，她那些陪房若肯老实当差，哪里会被发配啊！”

关素衣早已料到叶蓁会作妖，故而并不感到意外，赵陆离却又惊又怒，疾步往后院去了。

叶蓁琵琶别抱后，赵家的下人全被换了一遍，连她原先的陪房都被叶全勇收回去，指派了新人过来，为的正是封口。她久居宫中，连这些人的面都没见过，何谈主仆之情？如此大费周章地把人弄回来，不过为了给自己增添助力而已。

阮氏风光大葬后，为避免与叶蓁见面，赵陆离跑去外地谈了一桩买卖，回京时谁也没知会，独自在山脚住下，竟不知家中生了这等变故。在他记忆里，叶蓁柔弱善良，与世无争，从宫里出来后虽小有改变，却绝不是刁滑奸诈之徒。还以为这几个月她必会安静待着，本分为人。

但他显然想错了，还是大错特错。他走时府里处处整肃、井井有条，回来后却仿佛时光倒转，又变成与夫人成婚前的模样。曾经被夫人撵走的下仆，如今又在他眼前晃荡，空旷了许久的屋舍，进进出出都是人，好一派“繁华”气象。

见他大步而行，诸人纷纷觍脸来迎，一声接一声地喊着“老爷”，看见关素衣，却都耷眉撇嘴，视若无睹。

赵陆离怒火越烧越旺，简直不敢相信这是叶蓁干出来的事。她是要彻底抹掉夫人在赵家生活过的痕迹吗？她为何变得如此咄咄逼人？夫人看见这些情景，又会做何感想？怕是没有和离的心，也会被她激发出来。他频频偷觑夫人表情，却没能从她恬淡美好的容颜中探出一丝异状。她表面越平静，内里越是压抑着惊涛骇浪，一旦爆发出来，定会把赵家冲击得支离破碎。

胡思乱想间，赵陆离已是肝胆欲裂，急促的步伐慢慢放缓，竟不敢再往里走。因为叶蓁的回归，这个家仿佛变成一口墓穴，只等着将他埋葬。

然而少顷，本已被辞退的吕先生竟带着赵望舒迎出来，终于令一直沉默的关素衣张嘴询问：“吕翁，您也被请回来了？”

吕先生暗讽道：“托叶夫人洪福，老夫才能回来。亲母毕竟是亲母，绝不会耽误儿子前程。”

听说赵家没被叶家牵连，他立刻就回了燕京准备重操旧业，却被关夫人拒之门外。没了赵府提供住宿与吃食，他每个月还要花费大量银子沽酒，日子简直苦不堪言！所幸叶夫人重新聘他回来，这才叫他拨云见日，绝处逢生。如今见了关夫人，他自是满腔怨恨。

关素衣没搭理他，径直看向赵望舒：“你也觉得我是在耽误你的前程？”

赵望舒垂下头，讷不敢言。站在他身后，原已被撵走的奸猾书童抢白道：“是不是耽误大少爷前程，夫人您自个儿不清楚吗？叶夫人先前去大少爷入读的私塾看过，那地方又旧又破，收容的尽是穷苦人家的孩子，午膳只供给一块干粮，咽下去能刺破喉咙，写字的时候冷风从破烂的窗户钻进来，将人冻得透心凉。饥寒交迫之下，您让大少爷怎么上进？您敢摸着自己良心，对天发誓说您真的是为大少爷好吗？”那书童瞥了赵陆离一眼，哽咽道，“叶夫人亲自去私塾看了几回，回回都哭得肝肠寸断，为免耽误大少爷前程，这才把吕先生请回来。”

赵望舒眼眶发红，目露怨色，显然已被叶蓁笼络，与继母离了心。

赵陆离正待发作，却被关素衣轻轻拦了一下，叹息道：“那私塾的确破旧，比不得赵家家学，然在该处执教的夫子乃我大师兄，堪称才高八斗、学富五车。我将你交给他，断没有不放心的道理。男孩子受点苦又如何？正可打磨心志，强健筋骨，这几个月你有无进益，你自己心里清楚。既然你觉得叶蓁是你亲娘，我是后母，她是为了你好，我是为了害你，倒也罢了，反正这个家我是管不着了。”

幻梦之中，她便是把这位师兄请回府中教授赵望舒，令他尚未及冠就才名远扬，结果他调转口风，污蔑自己与师兄有染。未免连累师兄，她虽仍请了师兄，却没把人请回赵家，没想到又被叶蓁泼了一盆“苛待继子”的脏水。真是冤孽！

“夫人你在胡说什么？”赵陆离慌乱不已地瞥她一眼，末了去揪儿子，“还不快给你娘道歉！说你日后继续去私塾进学，不在家学里浑闹了！”

“赵老爷，您这是看不起老夫吗？好好好……”吕先生气得胡须发抖，正待上前理论，叶蓁抱着小怀恩姗姗而来，巧笑倩兮：“站在这里干吗？有话进屋说吧。”

“叶夫人请。”关素衣懒得与诸人拉扯，率先入内。

赵纯熙已坐在堂上，手边堆叠着许多账册，脚底下跪着七八个下仆，见她进来，脸上泻出一抹异色。关素衣恍然道：“这是要秋后算账？你把你的嫁妆交给你娘了？”

赵纯熙心中泛苦，涩声道：“本就是叶家的财产，如今娘亲没死，焉能不如数奉还？”眼下，魏国仁孝之风盛行，叶蓁只需哭闹几次就能让她身败名裂，哪里敢不交还嫁妆？

“被撵走的陪房也回来了？好，真好，一切又都恢复原样了。”她转而去看叶蓁，淡声道，“说吧，这些人跪在此处，又是要告我什么？”

叶蓁摊开账册，直言道：“妹妹，不是姐姐信不过你。你看，自从你接管了我的嫁妆，店铺的掌柜和田庄的庄头都被你换了个遍，铺子里采买的货物，成本亦高出几倍。你这是打算鸠占鹊巢吗？诚然，你把我的产业打理得很好，但它们似乎已经不姓叶，改姓关了？我若是不回来，我女儿将来出嫁能得到多少嫁妆？”

关素衣莞尔：“赵纯熙能得到多少，你问问她不就知道了吗？我若是捏着这些东西不放，你以为账册能轻易到你手里？我换掉的那些管事，归根结底还姓叶，是你叶家的人。你问问跪在底下的这群夯货，他们为何被换？成本为何高出数倍？他们一面低价购入次货、假货，一面高价卖出，从中赚取差额，而你叶家经营的大多是药铺、粮铺，若百姓购得假药、霉米，怕是会吃死人。我严格管控，自问无错，你若是想借这个由头来坏我名声，还请你省省吧，我今日回来不是与你相争，而是商谈和离的。”

这石破天惊的消息将赵陆离震丢了魂，也叫叶蓁好半天回不过神来。她刚准备出手，对方却挥挥袖子走人了，像是铆足了劲儿却一拳打在棉花上，憋屈得很。

不行，今天怎么着也得撕掉关素衣一层脸皮，叶蓁眼珠一转，正欲纠缠，却听门房在外禀告，说是白总管送和离书来了。如此，她酝酿了三个月的招数全毁在这句话上。而赵陆离所有的盘算与希冀尽皆化为泡影。

叶蓁见回宫的希望彻底破灭，自是一改“善良柔弱”的作风，变得强势起来。她深知若自己连在赵家都立不住，天大地大，便再也没有她的容身之处了。叶家旁的人已经死光，只剩下她和叶繁。原本若是笼络了叶繁，也算一大助力，却没料赵陆离斥叶繁与明芳犯了口业，坏了关素衣名声，早已经将其双双打发到沧州去了。叶蓁左思右想，只得作罢，趁关素衣和赵陆离都不在家，便给老夫人下了点药，让她卧病在床无力管家，然后一面打压女儿，一面利用儿子，飞快掌控了赵府上下，召回了陪房。

她已将关素衣辞退吕先生、把继子送入破旧私塾的事宣扬出去，再示意被撵走的几名陪房潜伏于门外，只等今天关素衣归家就扑上去，拦住她吵闹，将她霸占原配嫁妆的事大肆宣扬一番。双管齐下，关素衣必定会被打蒙，再来与她商谈立平妻之事便容易得多，日后下点绝育药或是别的什么，这赵府终究还是她的地盘。她有儿有女，没了夫君宠爱又何妨？

但设想终归是设想，总是未能如愿以偿。几名陪房等了整整一天都没等来关素衣，却被出门闲逛的赵纯熙撞见，赵纯熙立时将其揪进府内审问，这才有了眼下这出。赵纯熙气得浑身发抖，与继母对视之后更觉羞愧。

然而所有的解释，都被门房的一句话堵死。和离，终究还是走到这一步了。

白福跟随关老爷子等人走进来，手里捧着一卷圣旨与几张文书。为免夜长梦多，他谨遵陛下口谕，先行去官衙改户，如今关夫人又变成了关小姐，来赵家走这一遭不过为了知会赵陆离一声，顺便把关小姐的嫁妆带回去。

因和离并非好事，关家不欲张扬，来得悄无声息，把等在外间，本打算与关夫人好好理论一场的吕先生吓得够呛，连忙捂脸遁走。

“夫人你好狠的心！”赵陆离接过一应文书，颤声道，“就算要和离，你也该提前告诉我一声。”

“我以为你早该猜到了。”关素衣冲叶蓁伸手，“我要走了，让我抱一抱小怀恩并不为过吧？”

“那是当然。”叶蓁把孩子递过去，却没料孩子刚入她怀中竟哇哇大哭起来，无论怎么摇晃诱哄都不见好，竟似撞了邪一般。

看见孩子通红的鼻头，关素衣十分不忍，只得依依不舍地退回去，讥讽道：“难为你连一个孩子都费尽心机笼络，叫他习惯了你身上的味道。罢了，怀恩是二房嫡子，你定是不敢苛待，我也走得放心。”

孩子到了叶蓁怀中，果然轻嗅几下便止住啼哭，缓缓入睡。不过三个月，赵家就面目全非，人变了，心也变了。关素衣能放下赵怀恩，却放不下木沐。赵怀恩对叶蓁有用，木沐可是半分用处也无，怕是会像当初那般，被丢弃在角落无人照管。她今天可以什么都不要，但不能不要木沐。

正想到此处，就见木沐迈着小短腿从门外跑进来，绕过面色难看的叶蓁，扑入义母怀抱，小脸蛋埋在她裙摆里左右蹭了蹭，奶声奶气地道：“娘，大伙儿都说你要走了，把我也带走好不好？我只要娘和二婶，不要叶夫人。”

“好，娘今天就是来接你的！”关素衣一把将木沐抱起来，紧紧压在怀里。木沐也是她亲手救回来的孩子，是她不能推卸也不忍推卸的责任。

“赵陆离，我们谈一谈。娘，您去帮我收拾东西，整理嫁妆，顺便去看看老夫人，方才听管家说她病了，若情况严重的话，您就用我的帖子去请太医，切莫耽误。祖父、爹爹，你们在此处等我，我去去就来。”她把木沐交给金子和明兰，与赵陆离去书房密谈。

“想要木沐可以，除非你留下。和离了还能再嫁，左右不过多举办一场仪式。”赵陆离已经完全冷静下来，并且显露出一丝决绝。

关素衣知道他已抓住自己软肋，此时定不会轻易放手。然而得知太后赠送版画一事，她似乎领悟到一种技巧——再强大的人，也会存在最脆弱的一根心弦，只需掐准它并狠狠使力，就能轻而易举地操控对方，胁迫对方，甚至摧毁对方。

“赵陆离，木沐是你什么人？你还在乎他的死活吗？”她慢慢去捏这根心弦。

“木沐是我同袍之子，亦是我的义子，我对他视如己出，当然在乎他的死活。”

“你既在乎他的死活，就该把他交给我，不要为自己再添一桩罪孽。”

“难道我把他留下就是不顾他的死活吗？素衣，你把赵家看成什么？龙潭虎穴？”赵陆离寸步不让。

“你嘴上说在乎木沐，可曾照顾过他？可曾管教过他？可曾给他上过户籍？你所做的，仅仅是把他扔在府里，给一口饭吃罢了。你有什么资格与我争夺抚养他的权利？以前的赵家或许还算平静，但叶蓁回来了，对木沐而言，它便是龙潭虎穴。你知道叶蓁干了什么吗？她指使赵望舒去刺探皇家道场，令他被禁卫军抓住，差点当场格杀！她好歹也是大户人家出身，不会不知道窥探帝踪是何罪名。她若想见自己的双胞胎姐姐，可以找你，可以找我，甚至可以买通几个小黄门或宫娥，她为何偏要指派赵望舒去？她连自己亲生儿子都不顾，我焉能指望她顾好木沐？”

看见赵陆离露出震惊的表情，她继续道：“所幸赵望舒还没蠢透，知道打出我的名号，这才保住一条小命。他哭着求我定要让叶蓁见叶采女一面，我只好帮他安排。你猜怎么着，二人见面之后她竟发起疯来，直说自己才是叶采女，自己应该是宫中贵人，然后发疯一般跑去大雄宝殿，要见皇上。若非赵望舒及时将她扑倒，硬拽回来，一条‘冒犯天颜、意图不轨’之罪就能让赵家所有人陪葬。你说我怎能把木沐交给一个疯子？木沐未曾上过赵家户籍，我今日把他带走，你就是说破天去我也不怕，顶多咱们对簿公堂！”

话落甩袖便走，急急到了外间，低声吩咐：“金子，快把木沐先送回帝师府，我整理好嫁妆便回来。”这会儿，赵陆离已经傻了，怕是需要好半天才能回神。

他以为叶蓁是迫于强权才入宫，以为她对赵家和孩子定然十分在乎，然而通过方才那番话，他不会猜不透少许真相。叶蓁绝不是自愿出宫，为了回去，她可以枉顾赵望舒死活，也就更不会在乎赵家。见到另一个叶蓁后，她忽然发了疯，哭着喊着要找皇上，这代表什么已不言自明。那些所谓的牺牲和付出，有多少是真，有多少是假，抑或全部是假，答案已隐隐浮现在赵陆离脑海。他因叶蓁绝望过，然后沉浸在痛失所爱的情绪中不可自拔，他浪费了好几年光阴去缅怀曾经，最终却失去了自己的现在和未来。

事实只显露出冰山一角，便足以摧毁他的信念，他若是能立马找回神智，便不是敏感多思的赵陆离了。那几句话足够困扰他一天一夜，此时不走更待何时？关素衣去看了老夫人，替她请了太医，把库房的钥匙和对牌交还给等待许久的叶蓁，徐徐道：“没有钥匙便查不了库房，以己度人，你定然以为我把你账上的银子挪走，又贪墨了你的嫁妆吧？嫁妆单子赵纯熙和老夫人那里都有，你自己应该也留着一份，只管开了库门去清点，若是少了哪怕一件，无须来关家找我讨要，尽可以直接告上官府。然而你若是污蔑，我也会送你去吃牢饭。”

她看向赵望舒，笑得豁达：“我从来就知道你耳根子软，容易被人利用。日后你且睁大眼睛看着，谁好谁坏，自有时间会证明一切。只希望届时你不用再付出惨痛的代价。”末了拍打赵纯熙肩膀，叹息道，“看好你弟弟，咱们就此拜别，各自珍重。”

嫁妆已经打理好，一行人浩浩荡荡出了赵府，本只有赵纯熙一人在送，老夫人却堪堪从昏迷中醒来，硬是拄着拐杖追出大门，老泪纵横，悲号不止，一口一个“儿媳妇你回来”，喊得人心中发酸。

关素衣擦了擦眼角，又回过头看了一眼，这才登上马车疾驰而去。

路人早已猜到关夫人会和离，只围观了一会儿就慢慢散了，一名头戴幂篱的少女却站在赵府门前，久久不动。她的婢女小声提醒：“小姐，天色不早，该回家了。不就是和离吗？关夫人家世显赫，赵大老爷却只是白身，两人早该和离了。说起来，关夫人真是惊才绝艳，上回剖腹取子那事，我还以为她定会被大伙儿的唾沫星子淹死，却没料只凭一篇祭文就翻了身，如今名望高涨，直追其父，这次和离之后，许是能嫁入权贵之家，得一个良配。”

头戴幂篱的少女嗓音婉转清脆，却暗含许多不屑：“惊才绝艳？你当真以为她是靠才华翻的身？不过是运气好，恰逢其会罢了。那等惊世骇俗之举，怎可能一夜之间就诋毁尽去，唯余赞美？这背后若是没有宫中那位出力，关素衣少说也得掉一层皮。眨眼工夫，她的文章就传遍了燕京，到处都有儒生拿着文章唱念，又有妇人紧随其后悲哭，把气氛烘托到极致。民众大多愚昧，极易受到蛊惑，读书人都说好，他们自然也说好，哪里会有自己的主张，于是便奠定了关素衣的好名声。你以为燕京城里的读书人有多少？谁又有那么大的能耐，让他们甘愿为一介妇人奔走造势？”

“小姐，您是说关夫人的名声都是皇上帮着打造的？她何德何能啊？”

“所以我才说她运气好，剖腹取子之举恰似先太后，从而助皇上为其正名。替她造势就是替先太后造势，皇上不过顺手施为罢了。文章虽好，却赞誉太过，实属欺世盗名。”少女摇头叹息，语气轻蔑。

“是啊，她那篇祭文奴婢看过，与小姐的文章比起来差远了。”婢女讨好道。

少女莞尔一笑，转身离开：“差远了？你这丫头连马屁都拍不像。她与我才学相当，只在伯仲之间而已。那样的祭文，她能作，我亦能作，然而若要面临生离死别之痛，我宁愿永远不用作此文章。”

“小姐纯善至孝！”婢女谄媚的声音渐渐消失在街角。

主仆两个前脚刚走，便有一行人到了赵府门前，领头那人递上一张名帖，扬言要见赵大老爷，门房接过一看，上书“忽纳尔”三字。

门房把帖子递给赵陆离时，他还沉浸在千头万绪中难以自拔，虽隐约抓住一丝端倪，却迟迟不敢把真相拽出来，心中满是惶惑。看见名帖，他愣了好一会儿才意识到这是圣元帝的名讳，怒气立刻涌了上来。

“陛下圣驾光临，不知有何贵干？”他亲自把人迎进门，带到书房，状似恭敬地询问。

“坐吧。”圣元帝率先在主位落座，又指了指自己下首，“朕想与你聊聊当年的事。”

赵陆离心脏狠狠揪了一下，不知怎的，竟有些夺门而逃的冲动，却又不受控制地坐下来，哑声道："当年您曾经承诺过会好好照顾叶蓁，却没料这才几年，竟将她弃如敝屣。叶家全由叶全勇做主，那些罪孽与她有何干系？您已经抄了叶家，为何还不肯放过她？她性情卑弱，身染蛇毒，多活一天都是赚的，便是看在她为您牺牲如此之大的份上，也该给她一个好归宿，为何又将她逐出宫闱，叫她进退无门？"

圣元帝点了点桌面，立刻就有侍卫奉上一坛烈酒和两个酒杯。他拍开封泥，慢慢倒酒，刚毅而又俊伟的脸庞渐渐变得冷肃，仿佛在斟酌该如何回答，又似乎在回忆往事。

赵陆离哪里有心情喝酒，冷道："您为自己的忘恩负义找好借口了吗？因为您，我失去了发妻，也因为您，我又失去了继妻，我许是上辈子欠了您，不然为何总是逃不开呢？"

圣元帝将酒杯推到他面前，语气淡淡："先喝一杯吧，让血液热乎起来。等会儿谈开了，朕担心你寒心彻骨，承受不住。"

赵陆离眸光闪了闪，反复握拳又反复松开，终是端起酒杯一饮而尽。果然是难得的烈酒，下喉似刀，刮得难受，入腹如火，五脏翻腾，竟将他满心惶惑与惊疑烧得一干二净。

"您想说什么？"再开口时，他已稳如泰山，表情平静。

"首先朕得澄清一点，朕之所以承诺会照顾叶蓁，是看在当年救命之恩的份上。倘若这救命之恩变成追杀之仇，朕为何要照顾自己的仇人？朕只是把她放出宫，没活剐了她，已经算是法外容情了。"

"什么追杀之仇？"赵陆离嗓音开始颤抖，握着酒杯的手狠狠发力，骨节泛白。

"还记得当年薛贼于盘云关设伏绞杀朕，其中有二百精锐，数十异人，朕全力拼杀方冲出重围，却被异人放出的毒蛇咬伤，滚落山涧。便是在那时，朕被恰巧去盘云关探你的叶蓁撞见，吸出蛇毒后安置在关外，最终捡回一条命。追杀朕的异人，如今就在朕手里，此前给赵家投毒从而害死阮氏的凶手也是他。你猜怎么着？当年他不但拿了薛贼的买凶银子，也拿了叶全勇的买命银子。薛贼要朕死，叶全勇却要朕半死不活。于是半死不活的朕便遇上了'大慈大悲'的叶蓁。"

赵陆离死死盯着眼前这人，半晌说不出话。

圣元帝继续道："朕活着回到军中，叶全勇那厮便十分乖觉地献上所有家财。他掌控着粮道、草料、药材等战时必备物资，朕当时穷得叮当响，哪有推拒的道理？又因叶蓁的救命之恩，对他的商队大加扶持。不过几年，他献出去的东西便又赚了回来，还翻了数倍，这买卖真是一本万利！"他端起酒杯小酌一口，目光有些空洞，"朕抓了叶全勇，他女儿却救了朕，于是朕把人放了，还处处护着叶家商队，为将士谋利的同时也还了这份恩情。可万没料到，时隔两年，朕在奇袭燕京途中竟又遇见她。她只是与朕多说了几句话，你爹的幕僚便进谗言，言之凿凿地说朕定是看上她了，让你爹献出美人，以博富贵。你从此恨毒了朕，恨毒了你爹和你娘。可你看看那人是谁？”

赵陆离顺着他指尖看去，竟是当年他想找出来斩杀却莫名消失的幕僚。他身边站着一名身穿苗服的异人，二人五花大绑，伤痕累累，却因穿着披风，一直未被旁人察觉。

不等赵陆离审问，早已受够酷刑的幕僚就跪倒在地，声声求饶，竹筒倒豆子一般把当年的事全说了：“赵将军，求您饶命啊！小的是受了叶蓁指使才那么做的。她从您处得知了皇上奇袭燕京的路线，早早就等在半道，想借赵老侯爷的手攀上高枝。她故意装作与皇上有了奸情的模样，让小的领老侯爷去看，老侯爷信以为真，恨她对您不忠，又惹不起皇上，这才把她送走的！”

“够了！别说了！”赵陆离将手里的酒杯狠狠砸过去，立时就让那人头破血流，噤若寒蝉。

圣元帝却还优哉游哉地饮酒，等他粗重的喘息稍微平复，才道：“朕把叶蓁送回来，她寻过几回死？这可是她的老招数。当年在朕帐里，她仅投缳便投了三次，说什么贞洁已失，没脸见你。然而事实上，朕连她一根手指都没碰过。她只需穿好衣服，跨上骏马，自然有将士冒死送她回转。但她不愿，说什么也不愿。”他盯着赵陆离，一字一板道，“当年只要你前来寻朕，说一句想把妻子要回去，朕都会如你所愿。然而你没来，你不但没来，还因酗酒误了战事，致使两城失守，血流漂杵。从那以后，朕也不想与你解释什么，顺势留下叶蓁，背了强夺臣妻的骂名。”

赵陆离双手死死压在桌面上，仿佛肩头有万斤重担，会令他粉身碎骨。

圣元帝又倒了一杯酒，慢饮慢言：“你看她算计得多好？所有人都对不起她，亏欠她，于是都得为她倾其所有。然而朕不想再当一个傻子，把她还给你，算是圆了你的念想吧。”

往事一幕幕在脑海中回放，所有不甚明了的疑点和细节，现在全都解开了。赵陆离眸光几度变换，终是大彻大悟：“陛下，您既然早就抓到这二人，得知了真相，送她回来的时候大可以告诉我，好叫我不被蒙蔽，而与夫人离心。但您没有，直到今日我与夫人和离，您才找上门来说这些话，您图的是什么？”

“朕图什么，你不是早就猜到了吗？”

赵陆离低低笑起来：“好一个与子同袍！当年那事怨不得您，今日之事，必是您做了背后推手。您看上我夫人了？什么时候？您为何总喜欢强取豪夺？为何总与我为难？我虽罪孽深重，然您能登上皇位，却也有我的一臂之力。”

圣元帝冷笑：“强取豪夺？朕若还是当年的忽纳尔，而非如今的霍圣哲，夫人早就被我掠回宫去了，焉能在此与你坐谈？朕从未逼迫过夫人，她与你和离，也不是为了攀附皇权。她为人究竟如何你应当清楚，若不是你令她心死，若不是你伤她至深，哪怕来十个叶蓁，她也不会退却。你之所以失去她，不是朕在背后做了推手，是你自己造的孽！”他说着说着也来了火气，斥道，“夫人之所以会嫁给你，实乃叶蓁授意赵纯熙与刘氏，让她二人鼓动你所致。若没有你中途插手，她本该是朕的昭仪，现在或许已经册为皇后，位居国母，哪会待在赵府受你折辱？叶蓁本该是你发妻，夫人本该是朕皇后，如今不过各归各位而已。”

他站起身，推门出去，边走边道：“看在当年同袍一场的份上，再给你提个醒，叶蓁可不是省油的灯，你娘之所以病重非忧思过度，实为中毒。解药就藏在叶蓁屋里，你派人去搜便是。你的妻子朕已经还给你了，这两个帮凶也留给你处置，咱们两清了。这些话，朕在心里憋了数年，今日总算一吐为快，你可以恨叶蓁，可以恨朕，但你不能恨夫人，她没有一丝一毫对不起你的地方。朕虽然未曾得到她，却不容任何人误解她！”

赵陆离追到廊下，看着那人高大的身影融入浅灰暮色中，终是咬破牙根，流出一丝鲜血。没了，什么都没了！他小心珍藏的美好回忆变成了恶意欺骗与极尽利用，好不容易稍有醒悟，不等弥补与挽救，却又成了一场空。他以为失去叶蓁等于失去所有，却看不见最珍贵的宝物其实已经握在手中，又因片刻迟疑而再次打碎。造化弄人？不，能愚弄人的，一直只有同类罢了。以至宝换取秽物，他谁也不怪，只能怪自己有眼无珠。

思及母亲，他没敢再悔恨下去，立刻让属下把那苗族异人押去叶蓁房间，寻找解药。叶家人重利轻义，而叶蓁一无所有，自然对留在府中的嫁妆着紧得很，此时正拿着账册认真点算，不忙到半夜怕是不会回转。赵陆离谁也没惊动，推开房门四处找了找，果然从衣柜的暗格里搜出一个木匣，叫那苗人指认。种种酷刑都受了一遍，苗人哪敢隐瞒，诊过老夫人脉相后立刻找出解药，交予匆匆赶来的大夫查验。大夫确认解药无毒，这才让老夫人和水吞咽。

老夫人不过两刻钟就恢复过来，张嘴便道：“我要我儿媳妇！快把我儿媳妇找回来！若是没有素衣替我养老送终，我死都合不上眼！你这个不肖子，叶蓁回来那日我就让你尽快把她送走，你偏不听，你就是不听啊！这下好了，这下真是好极了，我立时就能碰死在这里，下去找你爹告罪……”

悲号声绞碎了赵陆离的心脏，也绞碎了他对叶蓁最后一丝情意。

到底是中了慢性毒药，伤了身体，老夫人哭了一会儿便昏睡过去，本就苍老的面容更显憔悴，原先花白的头发在短短三月间已尽数变成银丝，颇有些垂死之象。赵陆离静静坐在床边守护，心中宛若刀割，痛悔难当。待了小半个时辰，他才想起还在库房里忙活的叶蓁，嘴角不免挂上一抹冷笑。

此时天色已完全昏暗，屋檐上的灯笼已经点亮，被叶蓁召回的陪房还人手一盏煤油灯，将此处照得透亮，唯恐认真查账的叶蓁漏点什么，吃了大亏。赵望舒手里捧着一沓账册，围着她团团转，眼里满是孺慕。赵纯熙斜倚在门框边，表情冷嘲。

“别忙活了，关素衣绝不会贪墨你半点东西。这些俗物她哪里看得上？以己度人，若换成你是她，这库房怕是早就被搬空了吧？难怪你如此紧张。”

“姐姐，你怎么能这么说娘亲？财物经由别人之手过了一遍，难道不该好好查清楚吗？这些都是娘亲的东西，她拿回来实属天经地义。”赵望舒立刻回嘴。

“你这蠢货！你以为她是你亲娘，就会真心对你好吗……”赵纯熙气得浑身发抖。这三个月，她每每被叶蓁逼迫，不得不交出管家权，越发看清楚她的真面目。为了一己私利，她什么都可以出卖，什么都可以不顾，她根本没有心！

“姐姐，你定是被关氏哄骗了。你看看她是如何待我的，竟让我堂堂赵家大少爷跑去私塾进学，让我与一帮穷小子混在一处，将来我能有什么大出息？爹爹分明为我重金聘请了大儒吕先生，却差点被她气走，她这是故意把我养废，好给她的亲生儿子当垫脚石呢。她走了，咱们一家五口才能过安生日子。你说我蠢，你才是真的蠢，连好人坏人、外人家人都分不清。”三个月的洗脑已足够令赵望舒对继母防备到骨子里，转而对亲娘言听计从。

赵纯熙已然无语，正想甩袖离开，却见爹爹站在昏暗角落，一双眼眸似有无数阴霾，却偏偏亮得惊人。他缓步走进来，温声询问：“查清了吗？可有丢了东西？”

叶蓁不甘不愿地道：“暂时没丢。”若是少了哪怕一样，她立刻就能打上关家，撕掉关素衣那张脸皮。不知为何，她就是恨她，恨之入骨！

“天色不早了，明日再来查吧。你们随我去正堂，我有话要说。”他率先离开，根本不给旁人拒绝的余地。叶蓁冲陪房使了个眼色，这才跟过去。东西没少，她就毁去几件，末了再去找关素衣讨要，看她怎么交代。

正堂里点了许多蜡烛，两名男子五花大绑跪坐于地，闻听脚步声，不免惊恐回望，恰好与叶蓁对视上。她呼吸猛然一窒，不过须臾便冷汗如瀑，湿透背衣。那苗人她未曾见过，对幕僚却熟得不能再熟，这人当年若不是跑得快，如今早已化成枯骨了。赵陆离把他绑来，难道是知道了什么？叶蓁扶着门框，许久不敢入内。赵望舒见她面色不对，连忙上前搀扶，半拖半拽地将她拉了进去。

赵陆离抬起半空的酒坛，灌了一大口。霍圣哲说得对，他现在确实很需要这东西。他四肢冷，血冷，但心不冷，因为他的心早就被叶蓁践踏成齑粉了。

“我考虑了很久，该不该让你们知道自己的母亲究竟是怎样的人。我想秘密把她送走，让她无声无息地死在外面，又怕你们追着我询问她的行踪，一辈子找她、念她，不得释怀。这样的苦楚我受够了，不能让你们重蹈覆辙。”浓烈的酒气随着他嘴唇开合在屋内蔓延。

“爹爹你在说什么？”赵望舒满脸疑惑。

赵纯熙则深深地埋下头去。

“我在说什么，你姐姐想必一清二楚。”赵陆离锁死房门，关紧窗户，一字一句开口，“这事还得从头说起，你们安静听着，不得插口。我也不想让你们背负那些不堪的过往，却更不愿意你们被自己的亲娘利用，最终死得不明不白。你若是以为她柔弱可怜，需要保护，那就大错特错了，论起心肠歹毒，手段阴损，魏国怕是无人能出其右……”

随着烛火晃动，光影变幻，当年种种被他一一道来，连同老夫人如何中毒昏迷也没漏下。赵纯熙已是满脸麻木，赵望舒却宛若五雷轰顶，惊魂动魄。

“不可能！爹您一定是被关氏骗了！”他转而去拉叶蓁，催促道，“娘亲，我相信你。那天我分明看见大姨母了，她活得好好的，娘亲怎么可能是她呢！”

叶蓁一面摇头落泪一面去抱儿子，仿佛不堪忍受此等污蔑。但她内心十分清楚，人证物证俱在，赵陆离怕是再也容不下她了。她那些苦心编造的谎言，也只能骗倒赵望舒而已。

“你想拿我怎样？”她嗓音似砂石一般粗粝，“既不把我送走，便是想让我暴病而亡？你就不怕儿子恨你？”

“暴病而亡？怎会？”赵陆离忽然笑了，“你许是不知，你最想要的，素衣已经得到了。我想让你亲眼看看那天的光景，也想知道你究竟会露出怎样的表情。娘之前得了什么病，你便得什么病吧，好好在床上躺着，赵家不缺你这口吃食。”

他猛灌一口酒，转而去看赵望舒，语气冰冷：“我知道你性子像足了我，眼盲心盲，典型的不见棺材不掉泪。你既认为叶蓁都是为了你好，她请回来的吕先生我也不辞退，她召回来的书童我也不发卖，你就照她替你安排的路数走下去，届时是龙是虫，自见分晓。你一日不悔改，我便一日不会管你，免得你说我污蔑叶蓁，更害了你。”

已经半醉的他看着女儿笑起来：“当初你最像叶蓁，帮着她欺瞒我，叫我落得今日这个下场。如今你竟越来越像素衣，刚强果敢，明辨是非。好，甚好！我赵家总算没被叶蓁毁干净！走吧，都走吧，让我安安静静地待一会儿。”

他话音刚落，便有两名跛脚的家丁推门走进来，将惊恐万状的叶蓁拖下去。赵望舒愣了愣，终究还是追了出去，口里急急喊着“娘亲”。

赵纯熙如今已悔断了肠，哽咽道：“爹爹，当年您醉酒误了大事，如今又要重蹈覆辙吗？您不要让关素衣看不起您！”

这句话像重锤一般将赵陆离敲醒，又似跌落悬崖的人抓住一根藤蔓，瞬间止住了下落的冲力，免于粉身碎骨的结局。他扔掉酒坛，呢喃道：“对，你说得对。我不能叫素衣看不起。我得去洗一洗，好好睡一觉，明天去柳州谈一桩买卖。我要把赵家再撑起来，府里这些老弱残兵，庄子上那些将士遗孤，都等着我养活呢。”

“哎，女儿扶您回去。您好生睡一晚，明日起床便什么都好了。”赵纯熙高悬的心终于落地，泪如泉涌。原来爱上怎样的人便会得到怎样的回报，爱错了唯有绝望，爱对了哪怕经历失去，也还留存无穷无尽的勇气。

回到关家，关素衣美美地吃了一顿，陪木沐和祖父绕着院子走了几圈消食，然后跑到爹爹书房练字。

“今后你打算怎么办？”关父铺开一张雪宣，状似不经意地询问。

“还没想清楚，但绝对不嫁人。”

“那便回胶州陪陪你外祖和外祖母。若非你与先太后颇有渊源，又入了皇上的眼，京中怕是早已经流言满天了。咱们再占理，人家也会非议你看不起赵家，嫌弃赵陆离是白身，这才急着和离。你先去胶州住一段时日，等风头过了再回来。”

关素衣心中涌上一股怨气：“莫说我并非因为这个才和离，便是嫌弃赵家门第低微又怎么了？说别人容易，审视自己却难。随便叫京中哪位贵女与我换一换，看看她们能不能忍！她们爱说便说，我照旧过我的日子，怕个甚？”

关父拧眉：“你去不去胶州？吕先生前些日子发了一篇文章讨伐你，说你苛待继子，不尊师重道，将你如何遣走他，又如何将赵望舒扔进私塾的事大肆宣扬了一番。碍于你的名声与先太后连在一块儿，旁人不敢非议，然而心里怎么想，你应该清楚。你师兄受你连累，私塾里已经没有弟子，眼下只能喝西北风。你这耿直的性子得罪了多少人，又惹来多少非议？若不是你运气好，有皇上出手护了一把，哪能安安稳稳地站在此处练字？早就被送到寺庙里去了！”

关素衣怨气顿消，连忙挽住关父解释：“爹爹，我去胶州还不成吗？那吕先生酗酒成瘾，整天醉醺醺的，哪里能指点弟子？女儿自问无错，但连累了师兄倒是真的，明日就去找他赔罪！”

“罢了，你与你祖父一样，心里想什么便说什么，我也不指望你能改好，少给我闯些祸便是万幸了。皇上能护你一次，焉能护你一世？”关父眸光微闪，沉吟道，“我已给你外祖写了信，近日就安排你启程。”

关素衣讷讷应了，心不在焉地练了一会儿字，然后回屋睡觉，刚推开房门就被一只大手拉住，轻拽过去。

陡然落入一个温暖而又宽阔的怀抱，关素衣吓了一跳，正欲呼救，嘴唇却被一只大手捂住，安抚道：“别喊，是朕。”

“忽纳尔？是你这混账东西！”关素衣一面挣扎，一面用脚跟狠狠踩对方足尖。

圣元帝立即把人放开，为免黑暗中她无法视物，撞到桌椅弄伤自己，顺手将她按入软榻中，低声调侃：“这句‘混账’，夫人骂得比那鹩哥好听多了。朕如今把它养在内殿，想夫人的时候便喂一粒稻米，听它重复几句，夫人与朕打情骂俏的模样便浮现在脑海，栩栩如生，叫朕一解相思。然而现在，真正听见夫人骂朕，竟似吃了灵丹妙药一般，整天的疲累都消失殆尽，唯余欢喜。”

“你果然欠骂。”关素衣冷笑。

圣元帝早已习惯了夫人的唇枪舌剑，一面挥退匆忙跑进来查看情况的金子和明兰，一面指着放在桌上的灯盏，低声说道：“夫人看仔细了，朕给你表演一个戏法。”

关素衣立刻被转移了注意力，一眨不眨地盯着灯盏。只见他并指在其上轻轻一抚，焦黑灯芯就无端燃起一豆火苗，先是随风摇曳，随后慢慢蹿升，照亮四周。

“这也是武功？”关素衣大感神奇，恨不能捧着对方手指查看，却恼他夜闯闺房，不肯靠近。

“世间万物皆有其属，或似人一般分为阴阳，或似物一般分为五行，内力也不例外。朕之内力为阳炎，至强至刚，凝于指尖便能燃物。”他边说边捏住灯芯，全然不怕灼伤，轻松将之碾灭，然后重新点燃。

反复演示了三次，夫人才被好奇心驱使，慢慢走到他对面坐下，张口便问：“某人不是说只需远远看我一眼便足够了吗？现在又是夜闯闺房，又是擒拿威吓，岂不自打嘴巴？”

“方才拽你是担心你受惊后喊叫，召来闲杂人等，待你恢复冷静，朕不是很快就放开了吗？”圣元帝摊开双手，表情无奈，“朕的确说过远远看你一眼就够了。然而有一个词不知夫人听没听过？”

“什么？”关素衣斜眼睨他。

“咫尺天涯。夫人哪怕与朕近在咫尺，只要朕一天未曾拥有你，便似远在天涯。你看我二人隔着的这面圆桌，丈量下来也不过二尺之距，在朕心里却形同千峰万壑，遥不可及。”他幽幽长叹，表情落寞。

关素衣却完全不吃这一套，从墙上摘下一柄弯刀，拔掉刀鞘，将刀背架在桌面上，刀尖正对那人胸口，曼声道：“千峰万壑怎能缺了刃树剑山？我给你添一道奇险，风景当更为瑰丽壮阔。这玩意儿可是我专门跑到长公主府为你求来的，你尽可以享受享受。都说乱拳打死老师傅，我这儿胡乱甩几刀，也不知劈不劈得死人，要不咱们试试？”

夫人负隅顽抗的样子十分鲜活，亦可爱非常，令圣元帝差点笑出声来，又怕她面皮薄，恼羞成怒，只得按捺下去：“夫人切莫胡闹。这把刀可是开了刃的，胡乱甩起来恐会伤了自己。咱们坐着说会儿话，说完朕就走。”

关素衣扯掉自己一根头发吹拂至刀刃上，见它倏忽间断成两截，冷道：“知道它开过刃便好。你想说什么？说完赶紧走人。”

“朕方才去了赵家，点醒了赵陆离。终究是同袍一场，不忍见他被叶蓁蒙蔽一辈子。”

“你别搁我这儿装好人，想点醒他为何要拖到现在？他许是猜到你的意图了吧？这难道是件光彩事？值得你四处宣扬，昭告天下？”她伸手握住刀柄，恨不得劈死眼前这看似沉痛、实则得意扬扬的货。

圣元帝故作哀切的表情立刻褪去，嘴角止不住上扬，又飞快压了压：“夫人放心，在你点头答应嫁给朕之前，朕绝不会让人坏了你的名声。赵陆离知道你是怎样的人，绝不会把你与叶蓁混为一谈。朕与他吃了那样一个大亏，岂能咽下这口气？放叶蓁归家可不是让她享福去的。”

“如果你是想与我讨论赵府或叶蓁的事，那就请回吧，我完全没兴趣知道。”关素衣满脸不耐。

圣元帝见她果真对赵家没有一丝留恋，这才放心了，从怀里取出一张文书，低笑道：“那朕便什么都不说了，过去的事就让它过去。朕方才走到半路，忽然想起一件事。朕让白福替你办理了和离分户，却忘了替木沐入关氏籍，倘若赵陆离明白过来，抢先去府衙登记造册，便能与你对簿公堂，争抢抚养权。为免你受他掣肘，朕刚才跑去寻了户曹，命他将一应文书都准备妥当，盖了印鉴，夫人你仔细收着。”

关素衣不是不知好歹的人，连忙接过文书诚心道谢。

圣元帝这才站起身，依依不舍地道：“文书已经送到，朕这就走了。夫人，哪怕你乃二嫁之身，哪怕你还带着幼子，朕都不弃。只要你现在点一点头，朕便风风光光迎你入宫为后，认木沐为义子，悉心教养他长大。哪怕日后你和朕另育子嗣，朕亦同样对他视如己出。”他黑中带蓝的双眸定定凝望夫人，里面满是缱绻情丝与赤诚渴盼。

关素衣与他对视一眼就像被烫着一般，急忙侧过脸去。她每每都会被他的甜言软语触动，又次次迅速筑起心防，倘若一直待在燕京，时常见面，还真有些难以招架。果然还得回胶州去。这样想着，她冷声道：“天色不早，您该走了。我这辈子断不会二嫁，您趁早死了心吧。”

圣元帝眸光暗淡下去，走到门边停步，笃定道：“夫人，朕能让你和离，也能打动你的心，让你改嫁。你早晚会是朕的皇后。”

想起被叶蓁恶心到的日子，关素衣心中陡然腾起一股怒火，讽刺道：“先是替赵陆离养了六七年前妻，现在又想替他养继室和义子，您要么有当冤大头的嗜好，要么就对他爱得深沉，见不得他身边伴着女人。我斗胆提个建议，您俩干脆凑一对儿得了，般配！”

圣元帝一只脚跨出门槛，一只脚还在门内，闻听此言乱了步伐，差点摔倒。他深吸两口气，又爱又恨地道：“夫人，哪天你若是愿意好好与朕说话，朕定然亲自上觉音寺给菩萨烧三炷高香。”

“在我跟前您还装什么呢？”关素衣嗤笑，“那鹩哥您还好端端地养在宫里，可见多么乐在其中。”

圣元帝微恼的神色瞬间消退，愉悦地低笑起来：“在这世上，人人都欲讨好朕，唯独夫人快人快语，冷嘲热讽，朕还偏就喜欢这个调调。之前是朕说错了，夫人你不用好好与朕说话，你越是这般，朕就越爱你。天色不早，朕告辞了。”

关素衣明知这是他的激将法，却难免有些受制于人的焦躁。万一他果真喜欢跟他唱反调的人呢？要不下回好好与他说话？啧，瞎想什么？已经没有下回了，再过几天她便得前去胶州，此生已无缘再见。思及此，她长舒口气，内心却隐隐有些落寞。

而踏出房门的圣元帝却并未立刻离开，在廊下站了一会儿，见屋里吹灭了灯烛，夫人的呼吸也趋于平缓绵长，这才隐入夜色，朝皇城归去。

让夫人离开燕京迁居胶州？怎么可能！

第十六章
云开

帝师府比征北将军府更豪阔，人口却极为简单，伺候的下仆只那么几个，摊分的活计自然而然便多起来。主子们力所能及的事，譬如穿衣、洗漱等，均由自己动手，屋内一般不需要人伺候。金子和明兰一早起来打扫院子、擦拭窗台，虽然干着二三等丫头的活儿，感觉却十分轻松。

关素衣披头散发地爬起床，眯瞪了好一会儿才意识到自己回家了，再也不是赵府主母了。

“真好。”她拢着厚实的锦被，悠悠长叹。嫁过人才知道还是在娘家当千金小姐最好，什么事都不用管，只需任吃、任睡、任玩。

“娘，外祖母让我来叫您起床。她说太阳都晒屁股了，您再睡下去，她便亲自过来，拿鸡毛掸子抽您。”木沐手里捏着一只竹蜻蜓跑进来，两颊红彤彤的，十分可爱。

他很喜欢帝师府，这里的人脸上都带着真心实意的笑容，眼睛里有清澈的亮光，注视他的时候令他非常自在。他扑到床边，笨手笨脚地往上爬。

关素衣连忙将他抱上来，搂在怀里揉搓了好一会儿，又欢喜地亲了几口。回到娘家，不但木沐自在，连她都有守得云开见月明的感觉。什么赵家、叶蓁，都见鬼去吧。

她抱着木沐下榻，拿起湿帕子替他擦脸、洗手，这才开始打理自己。铜镜中是一张年轻动人的脸庞，双瞳剪水，气质明媚。即便再恼恨忽纳尔行事无状，她也不得不感谢他，若非他的逼迫与推动，她不会迈出和离这一步。她肩上背负了太多重担，心中堆积着太多顾忌，是忽纳尔一件一件帮她搬开，一样一样替她抹除。她没踏上那条铺着龙袍的泥泞小径，但她确实沾了皇权的光，这一点无可否认。

改妇人髻为垂鬟，取掉金银珠钗，只在鬓边插了一朵刚剪下来的粉色月季，关素衣牵着木沐去正房给母亲请安。

看见做女儿打扮的关素衣，仲氏愣了几息，直等木沐走上前奶声奶气地喊“外祖母”才堪堪回神。

“好乖，快过来让外祖母看看。”家里孩子少，仲氏自然对木沐爱得不行，头一天来就心肝宝贝地疼上了，大有将女儿抛之脑后的架势。关素衣笑睨二人，慢慢泡茶。

“娘也很乖，我一说外祖母要抽人，她就立刻起床了。”木沐不忘替义母开释。

“她是什么德行我知道。勤快的时候睡得比狗晚，起得比鸡早；懒怠的时候能躺一整天，吃喝拉撒全在床上。这回和离归家，得了解脱，外祖母料想她定会睡到日上三竿才起来。”仲氏指指窗外，“你看看，要不是木沐及时把你叫起来，老爷子和你爹都已经下朝了，撞见你还在睡定得打一顿手板。”

关素衣连忙握紧手心，羞臊道：“娘，您怎么能在我儿子跟前揭我的老底儿？日后让我如何教他？”

“知道教不了便好，更该以身作则才是。”仲氏戳了戳女儿脑门，目中满是笑意。

看见此番情景，明兰自是习以为常，金子却好半天回不过神。原来老成持重、精明果敢的夫人，回到娘家竟是这般作态。她也会躲懒赖床、撒娇卖乖，说到底，她也不过是个十八九岁的少女罢了，还有灼灼芳华与夭桃秾李等待其后。

像未曾绽放就面临枯萎的花朵回到扎根的土壤，迅速变得鲜活明艳，金子感慨于夫人的转变，仲氏何尝不欢喜？一只手抱着木沐，一只手搂着女儿，竟半点舍不得放开。

聊了大约一刻钟，外头来报，说老太爷和老爷回来了，仲氏这才让人送上午膳，不忘调侃道：“一觉睡到用午膳的时辰，数遍燕京女子，怕也只有你一个了。木沐，千万别跟你娘学！”

“娘最近太累了。她要给先太后娘娘念经，念了九九八十一天，只睡一天还不够，得多睡几天。”木沐认真解释，惹得仲氏大爱，搂着他心肝肉地直叫。

关素衣抓住他小胖手用力亲了两嘴，笑道：“娘平时没白疼你。咱家木沐将来必是燕京城里最孝顺、最有出息的孩子。”

“那可不！”老爷子笑哈哈地走进来，一面脱掉官帽一面甩袖放言，“这回我亲自教导他，谁也不准插手！我有生之年必要培养出一代鸿儒，尽承我儒学衣钵。”

关父紧随其后，表情无奈。老爷子这番话不是暗指他教坏了依依吗？多大点事？用得着成天念叨？

一家人和乐融融地聊了一会儿，待饭菜上齐便坐下用膳。秉持着食不言寝不语的规矩，厅堂里极为安静，饭毕，下仆立刻将残羹冷炙收拾干净，老爷子等人各自散了，关父才状似不经意地询问：“上回你被内宫女官刁难，是皇上替你解了围？”

“是。”关素衣一口气提了上来。

“今日我去给木沐录籍，户曹说白总管昨儿个已经办好了，连文书都交给你了，有这事吗？”

“有。”

“皇上还替你抹平了剖腹取子那事，你倒是沾尽了皇权的光。”

“可不是嘛，”关素衣表情淡定，“权力真是个好东西，能造势，能压人，还能保命。若非您和祖父身居高位，实权在握，这次和离怕是没有那么容易。试想，若咱家还是初入燕京那番光景，我在赵家受了再大委屈，也只能忍气吞声，委曲求全。因为得罪了他家，便会连累你们，纵有满身傲骨，亦会被摧折殆尽。”

察觉她话里满是怨气，仿佛真被打断过傲骨，关父不免提点道：“未曾发生、更不可能发生的事，何须耗费心神胡思乱想？君子爱财，取之以道，君子摄权，又当如何？”

关素衣想也不想地道：“子路曰：‘卫君待子而为政，子将奚先？’子曰：‘必也正名乎！’君子于其所不知，盖阙如也。名不正，则言不顺；言不顺，则事不成……故君子摄政、摄权，当名正言顺。”

关父欣慰颔首：“甚善。此乃警世之言，亦为处世之道。‘名’乃法度伦常，‘正名’即为合乎法度，不违伦常。君君、臣臣、父父、子子，各有其位，各司其职，不得僭越。名不正言不顺，即便步步登高，权重望崇，也终会受其反噬，不得其死。”话落，他直勾勾地看向女儿，目光锐利。

关素衣垂眸哂笑：“父亲不必与我探讨圣人之言，女儿很快便要回胶州陪外祖种田去了，日后您再见我，怕就不是握羊毫的文士，而是扛锄头的农女。”

关父定定地看了她半晌，这才抚须朗笑。关素衣大松口气，立刻告辞离开，说是要去东郊探望大师兄。木沐被老爷子带去书房，这会儿正在练字，鼻头沾了一滴墨点，小模样十分可爱。她站在窗边望了许久，不忍打搅祖孙俩，只好独自上路。

明兰刚回来，正忙着四处联络她的小姐妹，唯有金子跟在主子身边。二人乘坐马车抵达私塾，还未入内就听见妇人骂骂咧咧的声音：“你这窝囊废！让你去帝师府请荐为官你不去，偏要参加什么科举。你整天读这些书有啥用？能多赚几两银子吗？你那好师妹害得你所有学生都跑光了，没了束脩，咱们吃什么、喝什么？你快点给我穿好衣服出门，去帝师府借银子。再怎么着也是他家害了你，不能一点补偿也不给吧？”

宋大嫂子，真是久违了！一瞬间，关素衣的思绪便纷乱起来。幻梦之中，她原可以澄清那些污蔑，却没料这位好嫂子竟忽然反口，言之凿凿地说曾亲眼见过她与大师兄厮混。发配沧州后，经由赵望舒自供才得知，她竟只是为了区区千两银子就卖掉了大师兄，盖因大师兄私德有亏被革除了功名，她害怕继续跟着他吃苦受罪。

在这世上，不但女怕嫁错郎，郎也怕娶错妇，其代价均十分惨烈。

关素衣推门进去，作揖道：“大师兄，日前连累了你，师妹心中着实难安，特来向你赔罪。吕先生那事你不用介怀，不出两月，谁对谁错自见分晓。”

身穿寒衣，手拿书卷的儒雅男子连忙回礼：“师妹客气了。此处吵闹，咱们进去说话。”他看也不看妻子宋氏，领着师妹往屋内走。

宋氏虽然在家里叫嚣得厉害，却是个欺软怕硬的主儿，在身穿华服、气质雍容的关家嫡小姐面前根本抬不起头，哪里还敢念叨半个字？她连忙跑去厨房烧水煮茶，心里盼着她能施舍些银两。

关素衣将手里的一箱书籍放置在桌上，笑道：“眼看科举在即，我便整理了一套经史子集送给师兄，但愿师兄此次能够高中，进而大展长才。如今多少人诽你谤你，将来就有多少人羡你嫉你。”

“借师妹吉言。你不必理会宋氏，全当她的话是过耳秋风，听听便罢。我这里没了弟子，正好清静下来钻研学问，备战科举。师妹的书恰好送到我心坎上了，正如雪中送炭，解人危困，我却之不恭。”

“师兄客气，日后如有所需，尽管去帝师府找我和爹爹……”关素衣与他长谈了半个多时辰，话题均围绕着这次科举。她虽然记得幻梦中那次的科举试题，却绝不会告诉任何人，能不能考中，且各凭本事。幻梦之中师兄既能高中榜首，那现实定不会太差。而且如今政局大变，试题或许也会改变，谁又说得准呢？

离开私塾后，她隐约听见宋氏气急败坏的声音隔着篱笆传来：“送银两没有？啊呀，怎么只送了几本书？关家小姐竟小气到这个地步！我呸！”

金子愤愤不平地道：“为了顾及您大师兄的脸面，咱们刻意把银子塞在书盒底下，怎么反遭了一顿骂呢？与您那光风霁月的大师兄比起来，宋氏着实不堪！”

“所以这世上大多是巧妇配拙夫或良人配恶妇，难有两全其美之事。”关素衣早已经看淡了。

金子以为她在影射陛下，顿时不敢多言，憋了好一会儿才道：“若夫人的大师兄未曾考中科举，日后还不得继续开私塾？然而有吕先生笔诛墨伐在前，他怕是招不到几个弟子，将来很难过活啊。”

关素衣冷笑起来：“什么当世大儒，名声斐然？不过是欺世盗名罢了。他酗酒成瘾，酒毒早已浸透肝胆，近日来恐有性命之忧。咱们何必与一个将死之人计较？”

“夫人您一说，奴婢倒是想起来了，他面色红中带黑，眼珠黄浊凝固，果是肝胆俱衰之兆。想不到夫人您还精通医理。”金子大感佩服。

关素衣的确通晓医理，却并非源于表证才料定吕先生必死，而是经由幻梦看到她将吕先生辞退，这人越发纵酒作乐，还连写了许多伐文污蔑她，最后醉死在路边，却被人曲解为被她气死，叫她本就黑透的名声又添一笔烂账。

如今，他爱死不死，全凭天意。

这样想着，关素衣忽然斥道：“你一口一个‘夫人’地叫我，莫非还以为我会嫁给你前主子？日后改叫小姐，否则扣你三年月钱。”

金子哽了哽，只得乖乖改口。

主仆二人从东郊回来，见燕京城里已是一派繁华盛景，不免起了闲逛的兴致。街头人潮如织，两边商铺林立，幡子随风招展，叫卖声此起彼伏，与开国初期的萧条模样大相径庭。

“这才几年，燕京便已重现当初上京城的喧嚣热闹。若一直这样下去，魏国必然富强一方，统御九州。”关素衣感慨道。

金子曾经是军户，不免摇头叹息：“富强一方可为，统御九州却难。薛贼占去了蜀州等地，大肆囤积军队，霸占田地，收拢流民，扩张势力，不出几年与我魏国必有一战。现在的太平安乐，或许只是昙花一现罢了。”

幻梦中，圣元帝和薛明瑞的确每年都有大大小小的征战发生，二者都想吞并彼此，却又奈何不了对方，后来魏国发生民乱，薛明瑞趁势起兵，差点直入中原腹地，却最终被御驾亲征的圣元帝挡在国门之外。此战之后，二者皆元气大伤，或许又耗了很多年，最后谁灭了谁，谁又统御了谁，关素衣无从得知，但她能够猜到，硝烟与杀戮、死亡与毁灭，从来都没离开过那片土地。

然而，如今情况已截然不同。现在的魏国更安定、更富强、更团结，圣元帝在民间的威望如日中天，百姓对国家的归属感也格外强烈，若是与薛明瑞刀兵相见，胜败或在四六之间。倘若魏国再多几年休养生息的时间，胜算还会更大。

思及此，关素衣心头的阴霾终于缓缓消散，指着最热闹的西市说道：“走，咱们上那儿看看。”

主仆二人穿行了几条街道，面上还是兴致勃勃的表情，目光却稍触即离。

“我有种芒刺在背的感觉，你有吗？”关素衣嘴唇不动，嗓音却清晰地传入金子耳中。

“奴婢也有。咱们许是被跟踪了，但奴婢找不出是谁，更不知对方藏在何处。能躲过暗部死士的耳目，魏国恐怕只有陛下能做到。”

“我也觉得是那混账。前面有一家布庄，我进去买一套衣服，乔装改扮离开，你候在外间，一刻钟之后还不见我出来便自个儿回去。”

“夫……”金子被瞪了一眼，只好改口，“小姐，您一个人回去真的没问题吗？要不您交代一个地方，咱俩甩开陛下后再去碰头？”

关素衣从未单独逛过闹市，不由玩心大起，断然拒绝了金子的提议。二人走入布庄，一个入内换衣，一个坐在外面牵扯跟踪者的视线。大约一刻钟后，金子背负双手，优哉游哉地跨出门槛，刚走过一处暗巷就被猛然拽进去。

“夫人去哪儿了？”换了瞳色的圣元帝脸色十分难看。

“奴婢见过陛下。”金子压低嗓音，表情有些小得意，“夫人让奴婢等一刻钟便自个儿回去，如今她去到哪儿，奴婢也不知道。陛下您神通广大，只管去查吧。”

圣元帝剜了她一眼，转身出了暗巷，在街头站了一会儿，仔细辨认着来往的每一个行人。夫人得了一张人皮面具，是按照叶蓁的五官拓印的，她许是会装扮成对方，顺着布庄后门遁走。依照她的性子，此时会如何做？为防自己被认出来，怕是会立即返回帝师府。这样想着，圣元帝脚尖挪了挪，忽然顿住。

不对，若夫人戴了人皮面具，潜伏在此处的暗卫不会认不出那张脸。她不会飞天遁地，要从布庄离开，唯有乔装改扮，掩人耳目。她是秋末得的人皮面具，如今都快开春，三个多月的时间足够她将面具拆了又补，补了又拆，研究个透彻。凭她的聪明才智，即便不杀人剥皮，想要弄出一张全新的人皮面具该不是难事。所以她压根儿没扮作叶蓁，而是另有面目。

圣元帝茫然了片刻，继而低笑起来，呢喃道："夫人真叫人头疼。"

金子不紧不慢地跟在他身后，笑嘻嘻地说道："头儿，您猜小姐现在长什么样？男的还是女的？你们若是把燕京城翻个底儿朝天，能不能把她找出来？我看您还是别费那个事了，赶紧回家去吧。"

圣元帝睨她一眼，笃定道："我虽然猜不准夫人现在变成什么模样，却能猜透她心里在想些什么。她看似老成持重，却只是表象而已，若非赵家人把她逼到那等死气沉沉的地步，她顽皮的性子不比孩童少。她能扔下你改装离开，定是起了玩心，否则不会不明白我跟着她只是想多看她几眼而已，并不会对她造成丝毫损害，更无须费心摆脱。她看似躲避我，实则为自己单独跑去街市玩耍找个借口罢了。"

回到帝师府，金子才知道夫人除了雍容端方、精明果敢，还有鲜活灵动的一面。这些话若是放在以前叫她听见，她定会嗤之以鼻，现在却深有感触。她几乎日日夜夜伴在夫人身侧，自以为很了解对方，然而与陛下相较，竟自惭形秽。陛下并不是心思细腻的人，不懂得揣摩他人性格，尤其是女人，否则叶蓁跟在他身边那么多年，他不会到现在才发现她的龌龊念想。但是面对夫人，他却能按捺住自己掠夺的本能，一步一步去试探她的底线，然后站在相对舒适的距离去关注她，保护她。正因为思她所思，想她所想，才能将她的一举一动揣摩得那般精准。陛下对夫人确实用了真心，这对血液中流淌着兽性的他来说非常不易。

金子刚感慨完，又听他徐徐分析道："夫人除了爱玩，还很好强，尤其不喜欢被我压制，每每都要负隅顽抗，直至见我吃瘪才会满意。这次能顺利摆脱我，她绝不会轻易离开，必会躲在暗处观察我的举动，看看我会否流露出沮丧挫败的表情。我若是如了她的愿，她必会高兴一整天。"

金子已经无语了，喟叹道："头儿，冤冤相报何时了，二位又是何苦？"

"你不懂，这是我和夫人的情趣。"圣元帝举目四顾，满脸仓皇，语气却透着浓浓笑意，"这也是夫人最可爱之处，明知前路渺茫，明知皇权不可违抗，她还是努力却不费力地挣扎着。她既不伤人也不伤己，能进则进，不能进就顺其自然。她很刚强，却也很柔软，她懂得保护自己，更懂得保护家人。"

金子讷讷道："陛下，虽然您与夫人相处的时间很少，但您比我更了解她。"

"无他，用心而已。"圣元帝在街头徘徊，锐利双目紧紧盯着过往的每一个路人，继续道，"我现在便用行动告诉她，我已经知道她改换了面容，凭她争强好胜的性格，这会儿更不会离开，而是从角落里走出来，主动靠近我，试探我。所以我没空与你交谈，自个儿回帝师府去吧。"

金子也睁大眼看着来往路人，哀求道：“头儿，您就让我跟着吧，我很想知道你们俩今天谁会抓住谁。”

回答她的是圣元帝冰冷的一枚眼刀。金子无法，只得悻悻离开，走过了两条街还频频往后看。

来往行人似乎都很寻常，他们十分自然地靠近，又十分自然地走过，令圣元帝看得眼花缭乱。倘若夫人就隐藏在这些人里，他不得不承认她的易容术已经远超那苗族异人。

忽然，一丝清淡的桂香钻入鼻孔，令他眸光微微一颤。是夫人，她果然就在附近，掩盖了容貌却没能掩盖气味，若是换个人，没准儿已经对她的神乎其技甘拜下风，但他是被狼群养大的，从小就依靠嗅觉捕猎，又岂会轻易被蒙蔽？

他心里荡漾着无限欢喜，表情却更为沉郁，把走过身边的每个人看穿、看透，锐利目光令人胆寒。有人“哎呀”一声躲开了，有人气不过，回头啐了一口，还有未出阁的少女斥他无礼。他始终不为所动，继续向前走，继续用厉芒一般的目光审视周围的人流。他知道自己越是专注，夫人就越不肯认输，必会从远远尾随变成就近徘徊，甚至会故意从自己身边走过，略做挑衅。

关素衣乔装成肌肤蜡黄、相貌普通的少年，从布庄后门大摇大摆地走出来，潜伏在此处的暗卫果然没通风报信，叫她十分顺利地走脱了。她原本打算去西市逛一逛，却又半道折回来，爬上对街茶楼，在靠窗的位置坐下，边喝茶边看戏。她倒要看看忽纳尔是何反应，发现自己莫名消失，会不会沮丧，会不会挫败？只要一想到他惊愕万分的表情，她就乐不可支，连忙端起大碗茶掩饰高高上扬的嘴角。

忽纳尔果然从暗处冒出来，逮住金子不停询问。他起初很迷茫，却又飞快反应过来，开始观察来往行人。是了，人皮面具是从他手里得到的，他定然能识破自己的伎俩。也就是说，他知道自己在附近。

有趣，太有趣了！自从嫁入赵府后差点被消磨干净的玩心被激发，关素衣立刻放下茶杯，兴奋异常地走上街头。

圣元帝知道夫人在后面跟着自己，她身上的香味时断时续、时远时近地传来。假装发现几个可疑人物，他瞪着对方从自己身边走过，回头望了许久，眼角余光准确地捕捉到夫人的身影。

那是一名十六七岁的少年郎，不知怎么弄的，竟比她实际身高高出不少，穿着样式普通的蓝衫，扎着一块黑色幞头，肤色蜡黄，五官平淡，叫人看无数回也记不住相貌，往人群里一丢，立刻就能隐匿不见。

这张面具做得着实漂亮！圣元帝心里暗赞，目光有意无意地从她身上滑过。他知道夫人定不会被这偶尔的关注吓退，恰恰相反，她会好胜心高涨，硬跑到自己跟前来试探，甚至挑衅。

果然，察觉自己被看见了，假装蹲在路边买果子的夫人扔下一块铜板，挑了最大最新鲜的一个，边啃食边晃晃悠悠地靠近。

若非从气味判断出她的身份，圣元帝都要怀疑眼前这个吊儿郎当的小郎是不是学富五车、端庄贤淑的夫人了。万没料到她还有如此玩世不恭的一面。怎么办？越了解她便越为她着迷，真想在她靠近的时候不管不顾地把人拉进怀里牢牢抱住！快抑制不住内心的喜悦了，每一个毛孔都在为她舒张，欢呼……

究竟该怎么办？

圣元帝努力克制着内心的激荡，深沉目光直勾勾望进小郎眼底。小郎不闪不避，反而挑高眉梢狠瞪回去，用还未彻底发育完全的粗嘎嗓音骂道："看什么看？讨打吗？"末了扬起拳头，连手上的皮肤都是蜡黄的，没有一丝破绽。

听见她骤变的嗓音，圣元帝心中惊异叹服，面上却流露出怀疑尽释的表情，淡漠地撇开头，朝另一人望去。他留意到夫人飞快翘了翘唇角，似乎很得意，自己也免不了高兴起来。她爱玩，那就陪她玩便是。

他从西市走到东市，来回转了一圈，终于有些疲倦了，开始不再关注身边的人，转而去看路边的摊贩。

关素衣跟了圣元帝一路，料想他应该已经放弃，便也放松了警惕，开始慢慢闲逛。但她并未走远，而是不远不近地缀在那人身后，想要看一看帝王闲暇之余都是怎么打发时间的。

看起来他似乎很少逛街？倒也是，建国之前他都在战场上厮杀，建国之后居于深宫料理政务，像这种民生百态、风土人情，对旁人来说已司空见惯，对他而言应当是极新鲜的。路边叫卖的很多东西，他似乎都不认识，常常蹲下来看个半天，高大的身形把其余顾客挡住，叫摊主很不爽快，恶言恶语地撵了好几次。他倒也不与寻常百姓计较，只是表情有些窘迫，大手抓抓后脑勺，模样十分敦实憨厚。

原来最初认识的那个忽纳尔并非他伪装出来的，也是他真实内心的一部分。关素衣躲在角落偷笑，不知怎的，心肠变得格外柔软，什么输赢胜负，你压制我我反抗你，都变得不那么重要了。

她继续跟着他，见他在一个卖糖画的摊位蹲下。这东西连三岁小孩都认识，他自然不会无知到那等程度，温声道："摊主，给我画一匹马。多放糖，多多放。"

"好嘞，这位大哥稍等！"摊主舀了一勺糖浆，在光滑的石板上浇淋，飞快塑造出一匹金灿灿的骏马。

"再多加点糖，多一点！"他似乎极其嗜甜，对摊主吝啬的用料很不满意，大手一压，将一勺糖浆全灌在马肚上。摊主"哎呀哎呀"地叫起来，看样子十分心疼，见他从荷包里掏出一角银子，又喜笑颜开，连忙把竹签压在糖浆里，待糖画冷却便铲起来递过去。

九尺高的壮汉拿着一块巨大的糖画走街串巷是什么模样？今天之前，关素衣完全无法想象，现在却笑不可抑。她用拳头堵住嘴，悄悄跟了一路，越看越觉有趣。

所幸忽纳尔及时发现路人异样的目光，耳根慢慢泛红，看见街边站着一个流口水的小孩，便把糖画递过去，粗声粗气地道：“喏，拿去吃吧。”

“给、给我的吗？”小孩眼巴巴地看他，想接又不敢接。

“给你的，拿去与他们分食吧。”他指了指缩在小孩身后的一群萝卜头。

小孩再三确认，终是接过糖画，转身飞快跑走了，边跑边呼朋引伴，叫大家一块儿享用。看着孩子们欢喜雀跃的模样，他摇头莞尔，信步离开。孩子们的父母就在附近，或冲他微笑，或冲他作揖，他也一一还礼，全无半点高人一等的姿态。

这才是真实的忽纳尔吧？反倒是皇宫中那位德厚流光、高深莫测的圣元帝，才是他伪装出来的。不知不觉，关素衣的抗拒之心又消减很多，只因她发现，自己与对方之间的距离，似乎并没有天上地下那般遥远。

两人一前一后走到花鸟街，正好撞见有人在玩杂耍，手里牵着一只穿着红马褂的小猴子，命它表演翻跟头、跳火圈等动作。小猴子但有迟疑，便会挨一记鞭子，疼得吱吱叫唤。路人大乐，纷纷鼓掌叫好，热闹是热闹，给铜板的却不多，叫那艺人更为着急，鞭子抽得啪啪作响。看见抱头躲避、泪珠涟涟的小猴子，关素衣心生不忍，正犹豫着该不该暴露身份，却见忽纳尔一把拽住鞭子，扬声道：“别打了，你这猴子我买下了。”边说边掏出荷包，发现碎银已经用完，只得取出一颗金珠。

路人哗然，直说这人有钱，体格又健壮，必是一位军爷。艺人不敢得罪他，更怕他反悔，把鞭子一扔，夺了金珠飞快溜走。

他冲抱着脑袋的小猴子勾手指，淡声道：“蹲那儿作甚？随我走吧。”

小猴子竟然听懂了，立刻沿着他一双长腿爬到肩头，稳稳坐着，一只手还小心翼翼地握住他脑后的发辫，免得掉下去。路人再次哗然，直说这猴子神了，之前百般驱使不动，现在竟能听懂人话，买回去好生调教，定然不亏云云。

关素衣看得目瞪口呆，少顷又低笑起来，笑罢心间隐痛。她完全看懂了忽纳尔，在不经意间，她早已被他敞开的心门吸纳进去，不由自主地解读着他的一切。

他以为自己是恶鬼转世，不但克死母亲，还会克死妻儿，一旦妻子生产，自己的悲剧就会在他们身上重演，所以他疏远所有女人与孩子，偏偏又在心里渴望着。他渴望亲情、爱情，只因他以为自己永远都无法得到。而他面对野兽的时候，目光就像注视着同类。这么多年过去，哪怕离开山林，他骨子里对兽类的归属感更要远超人类，他很难融入人群，却又不得不融入，能克制着心中的兽性走到现在，他十分不易，更十分了得。

关素衣忽然就想结束这个游戏，大大方方地走过去，与他打一声招呼，却见他脚步一拐，入了一间书肆。

由于科举在即，书肆偏厅备有许多条案，买不起书的寒门弟子可以边为店家抄书边复习功课，最后还能赚点银钱。外堂十分安静，无论谁走进来都会主动放缓脚步、压低音量，免得搅扰他人。

本打算主动表露身份的关素衣只得按捺下来，隔了一座书架偷偷观察忽纳尔的一举一动。他正取下博古架上的墨条，置于鼻端嗅闻，末了讶然道：“好臭！怎会如此恶臭？”

店家夺过磨条放回锦盒，斥道：“你这蛮人懂什么？墨条都是这个味儿，你若不买便不要随意乱动！哎，你怎么把猴子也带进来了？它若是在我店里四处乱跑，碰坏了东西，你赔得起吗？走走走，快出去！”

关素衣正欲上前解围，一名身穿翠绿襦裙、脸遮同色薄纱的女子斜插进来，轻声道：“店家，开门做生意便要迎客，哪能目别汇分，不近人情？蛮人怎么了？蛮人就不能读书习字？焉知皇上也是二十几岁才开始研习儒学的，如今却已才华横溢，满腹经纶。学问本无分高低贵贱，只是俗人愚眉肉眼罢了。”

店家见她抬出皇上，而这人又是个九黎族人，观其气势像个军爷，连忙赔笑道：“徐二小姐说的是，小的狭隘，慢待了这位大爷。您要看什么请便。”

女子指了指小猴子，提点道：“它看着乖巧，发起狂来却也管不住，下回还是养在家里吧。”话落走到柜台，取出几卷书册，嗓音极为曼妙，“店家，你要的书已经抄好了，你查验查验，若是有不对的地方，我拿回家重抄，必不叫你为难。”

“徐二小姐哪里的话！谁不知道您亲手抄写的书籍从未错漏，一手簪花小楷更是冠绝当世，多少人耗费重金订购您的手抄本，小的挑您的刺儿不等于鸡蛋里挑骨头嘛！”店家接过书册，双眼发光。

本打算走人的圣元帝闻听此言立即靠过去，往那摊开的书页里瞧。他想看看所谓的冠绝当世的字体究竟如何。关素衣也踱步过去，用眼角余光打量该女子。徐二小姐？幻梦之中忽纳尔的皇后，徐广志的嫡次女？

说起来，这位徐二小姐也是一位传奇人物。关素衣与她素未谋面，却能时常听见她的传闻，且全是赞誉，全无诋毁。幻梦之中，这位徐二小姐偶有一日整理祖母的手稿时，感念祖母丧夫之后坚决不肯改嫁，历经千辛万苦把自己父亲教养成才，便写了一篇文章以作纪念。该文辞藻华丽、感情真挚，将其祖母的忠贞品质大加渲染，很快就在燕京城里风传开来。当时徐广志已位列公卿，实权在握，暗地里推了几把，徐二小姐也就更为名声斐然，顺理成章入了宫，封了昭仪，不出一年又被册为皇后。之后她又写了一篇教导宫中嫔妃如何采辑“古圣先贤”的文章，其言其行渐渐被贵女们引为典范。登上凤位后，她的许多言论被编撰成册，四处流传，奉为女子言行之戒律，虽然在下层百姓中颇受抵触，却十分受上层勋贵推崇，尤其是思想守旧的老派儒生，简直将其奉为圭臬，命族中女子力行不怠，却不知戕害了多少无辜女子，而关素衣正是其中一个。如今，她又怎会对这位徐二小姐有好感呢？

关素衣溜溜达达地走过去，往她抄写的书册里看。

徐二小姐的簪花小楷确实写得漂亮，又因心细，从未出现错别字，末了还会用熏香把页面熏一熏，翻开之后不但赏心悦目，更沁人心脾。她自号“采薇散人”，每抄一本书就会在末页落一个款，渐渐打出一些声誉。京中很多高门子弟指明要订购一册“采薇散人”的手抄本，她一个月也就写两卷，拿到书肆里卖。

万没料到幻梦中贵为国母的徐二小姐，如今竟沦落到靠抄书过活的地步，真是命运倒转，世事无常啊。关素衣一面喟叹一面仔细观察她的字形与字意，确实有出彩之处，非浪得虚名。

另一边，圣元帝看罢书册，微不可查地摇了摇头。

才子大多清高孤傲，才女自然也不例外。发觉这不通文墨的九黎族大汉竟对自己的手抄本露出不屑之态，徐雅言，也就是徐二小姐，轻笑道：“这位仁兄可是对小女的字迹有什么指教？”

圣元帝的性子比夫人还要耿直，当即便说：“你这字迹只具其形，不具其神，更没有半分风骨。看着漂亮，闻着也香，再来琢磨却空无一物，着实乏味得很。”

“你这莽汉怎么说话的？”徐雅言的婢女方才在外面买东西，刚跨入店门就听见有人诋毁自家小姐，立刻上前呛声，“知不知道京中多少世家子弟愿意花费重金订购我家小姐的手抄本？你若没有见识就不要出来丢人现眼！”

“这东西也有人花费重金订购？”圣元帝眉梢高挑，显得非常吃惊，末了看那徐二小姐一眼，恍然道，“怕是醉翁之意不在酒。”

最后这句不但把婢女气炸了，也令徐二小姐怒火丛生，指尖微抖。她定了定神，叹息道：“我替你解围在先，你却出言辱我在后，请问这位仁兄，我可曾得罪过你？”

圣元帝挠挠头，疑惑道：“说几句实话就是辱你吗？那算了，我不说便是。”

关素衣“扑哧”一声喷笑，见徐二小姐的婢女狠瞪自己一眼，连忙绕到忽纳尔身后站定。她算是看出来了，这人是真耿直，也是真粗犷，否则不会把这主仆二人气个半死，自己还不明不白。难怪叶蓁待在他身边那么多年都没能如愿，实在是他太不懂得揣摩别人的心思，更不懂得照顾别人的感受。然而转念一想，他能为自己做到现在这般，已实属不易。

发现夫人往自己身后躲过来，圣元帝习惯性地叉开双脚，摆出保护的姿态。与他正面相对的徐雅言首先感受到他陡然外放的崔巍气场，脸色不由变了变。她隐约意识到，这人或许不是普通军汉。

“你说的没错，我的字的确少了几分风骨，但女子腕力有限，也是无可奈何。”她放弃与之争辩的想法，冲店家摆手，“掌柜，快些查验吧。”

店家经营书肆多年，也能看出一些门道，凭良心说，徐二小姐的字比不得当世大家，但在女子当中算是拔萃出群，买回家珍藏并不算亏。这莽汉该不会与那些徘徊附近的儒生一般，想借此吸引徐二小姐的注意吧？美人就是容易招祸啊！

他刚思及此，就听对方不依不饶地道：“并非女子腕力有限，是你没练到家罢了。我就知道有一人胜你万倍。”

徐雅言刚歇下去的好胜心又被激发，拧眉问道：“哦？究竟是哪位高才？”

“关家嫡小姐。”我夫人。圣元帝默默在心里添了一句。

徐雅言探究的表情瞬间淡去，似笑非笑地道：“是她？你亲眼见过她的字？”

圣元帝没忘了自己现在只是一名普通军汉，哪里有资格亲眼得见夫人真迹？倘若当众承认，岂不是坏她名声？只能不情不愿地摇头。

徐雅言笑得越发轻蔑：“既没见过，何来胜我千倍万倍的说法？果然是阿世盗名之徒，处处都有人帮着造势。”话落兴味索然地摇头，再也不去搭理对方。

圣元帝对旁人的感受毫不在意，却极为重视夫人的一切，见她仿佛很看不起夫人，浓眉便竖了起来，正待上前讨教，却见夫人改扮而成的小郎哧溜一声从自己腋下钻出来，往柜台上一趴，浑身像是没有骨头一般，脸上更呈现出一种痞里痞气的表情。

“那你见没见过关家小姐的字儿？”她语带挑衅。

徐雅言反应极快，徐徐道：“字如其人，风骨皆汇于笔触之中，流泻于墨迹之外，狂傲之人字迹也傲，淡泊之人字迹也淡。那关小姐能无故撵走吕翁，叫他差点流落街头、无处可去，实是辱其门风，毁其家声，乃一轻浮狂躁之人。她的字究竟如何，我不看也罢。”

“那你可知她为何撵走吕翁？你又如何知道不是吕翁犯错在先，有辱斯文呢？难道吕翁比她文名更盛，便是占理的一方吗？”关素衣咄咄逼问。

“那你又怎知这事定是吕翁有错？”徐雅言反问。

“我自是知道。”

“你如何知道？有什么凭证？”

“说了我知道就是我知道。我就是知道，怎么地吧？”关素衣一只手叉腰，一只手压在柜台上，双腿偶尔抖动两下，把个刁钻耍泼的市井无赖演绎得淋漓尽致。

这可真是“书生遇见兵，有理说不清”，徐雅言被气得倒仰，好半天吐不出话。她那婢女冲上前就要呛声，却见这泼皮举起拳头挥了挥，一副要打架的模样，只得悻悻闭嘴。她们均为女子，怎好与一名男子当街厮打，传出去丢死个人！

最终还是店家看不过眼，拿起鸡毛掸子斥道：“哪来的无赖，跑到店里骚扰我的客人。滚，赶紧给我滚！”

关素衣冲徐二小姐龇了龇牙，这才拉着忽纳尔飞快跑出去，脸上荡漾着灿烂的笑容，心头满满都是阳光与雨露，只觉通体舒畅，神清气爽。原来顶着别人的脸庞做放荡不羁的事，竟是这般痛快！难怪有一句话叫作“从善如登，从恶如崩”，坚持行善千难万难，学坏却只在朝夕之间。

圣元帝侧头凝视她神采飞扬的脸庞，自己也跟着笑了。在徐雅言看来，这小郎定是面目可憎，然而对他来说，世上再没有比夫人更可爱的女子。端庄也好，狡黠也罢，甚至连她耍无赖的模样，都能深深打动他的心，叫他着迷不已。

二人哈哈笑着跑出老远，在一处馄饨摊前停步。

“饿了，去吃点东西？”关素衣用大拇指比了比。

“走。”圣元帝拍打她肩膀。

两人大摇大摆地走过去，叉开双腿坐在矮凳上，异口同声地道：“老板，来两碗馄饨。”

“好嘞，客官稍等，小的马上就来。”老板笑嘻嘻地应诺，不过片刻就端上两碗冒着热气，漂着葱花的馄饨。

关素衣夹起一个馄饨吹了吹，然后塞进嘴里细嚼，脸上露出回味的表情。今天真快活，说是有生以来最快活的一天也不为过。她干了很多曾经想干却不能干的事。她爆了粗口，若叫祖父听见定会勃然大怒继而施展家法，但她一点也不后悔，反倒意犹未尽。换了一张脸皮，丢掉所谓的规矩束缚，原来她也可以过得这般肆意。她感觉自己仿佛推开了一扇极其危险的大门，或者滑入了某个望不见底的深渊，倘若放任下去，必会令心镜蒙尘。

不行！只玩这一次就够了，人不能无限制地放纵自己，否则必会堕落。她暗暗告诫自己，满心欢悦瞬间消散，但是对上大碗喝汤、大口吃馄饨的忽纳尔，又重新快活起来。这人怕是不知道自己跟谁跑了一路，又跟谁一起吃的路边摊吧？日后当面告诉他，非得叫他露出不敢置信又挫败不已的表情。

这样想着，她以拳抵唇，窃笑起来，却听身旁那人不紧不慢地道：“夫人，你今天玩得可高兴？”

关素衣不是傻子，立刻就想明白其中关窍，把筷子往桌上一拍，质问道：“你什么时候发现的？”

“离开布庄后不过两刻钟，我就认出了夫人。”圣元帝笑意浓浓地转头看她。

这么快就认出了自己，却假装不知，亏自己还跑到他跟前挑衅，平白当了一回跳梁小丑！关素衣面上不显，心底已是电闪雷鸣，怒涛汹涌。什么胜负输赢并不重要，被忽纳尔摆了一道之后，她发现那很重要，极其重要！

“你凭借什么认出我的？我改了面容、身高、嗓音、肤色，我敢肯定就算我爹娘在这儿，也没法将我指出来。”她定要找出破绽并加以弥补，否则必会几天几夜睡不着觉。这人着实可恶，竟耍了她一路！

圣元帝知道她那爱较真的性子，也不卖什么关子，指着自己鼻尖坦诚道：“若换个人，今天真要被你难住。但你别忘了，我是被狼群养大的，我除了耳目之力远超常人，嗅觉更是绝顶敏锐。你身上的味道已深深镌刻在我脑海中，自是一闻便知。”

他吸了吸鼻子，表情有些陶醉。

关素衣被他轻浮而又得意的模样激得怒气勃发，面上却丝毫也没显露，吹了吹碗里的热汤，徐徐道：“原来如此。要对付你变脸不够，还得改变气味。只这一个破绽吗？没有别的？”

“没了，夫人的易容术比那苗人还厉害，竟已伪装到嗓音。”圣元帝真心实意地赞叹。

“这没什么。以前我与祖父在外游历时曾遇见过一个靠腹语之术行骗的道婆。她能不张嘴却同时发出五六种不同的声音，有男有女，有老有幼。把她请去作法的民众被她骗得倾家荡产也不生疑，我祖父戳穿她，竟被当地人围起来打了一顿。我实在气不过，回去后琢磨了好几个月，这才学会了变嗓与腹语之术，心想有朝一日定要找那道婆斗上一斗，分个高低输赢，却没料她因敛财太过，被盗匪劫掠斩杀了。”

关素衣目光放空，追忆往事。她走过许多路，见过许多人，原以为自己才华盖世，前途光明，却原来终究斗不过人心，胜不了权势。她依然不愿妥协，却懂得了能屈能伸的道理。

圣元帝定定地看着她，不难想象夫人又气又恼却坚决不肯认输的模样。这样的她格外叫他心疼，更让他爱到骨子里。

“说起来，那苗人制作面具的法子只两种，一是直接剥取别人的脸皮，二是割掉某人腹部一块皮，用石灰水溶解血肉后蒙在活人脸上，将其五官拓印下来。夫人上次拿走的面具就是按照叶蓁的脸型拓印的，这张却是取了谁的五官？我仔细看了一下，似乎也不是人皮？”往事并不美妙，他刻意转移话题。

这张自然不是人皮，而是熬过的猪皮胶加上树脂调和而成，其五官是她随便雕刻的一个模子，往里浇灌冷却，剥下便成。她日后想扮作谁，只需重新雕刻一个模子，压根儿不用杀人，更不用剥皮。而且更妙的是，这种胶与脂的混合体泡过热水后很容易变软，覆在脸上随便捏一捏也能即刻变出一张新脸，但保持的时间不太长，不过两个时辰就会起皱，令人一眼堪破。

其中玄机，关素衣绝对不会告诉忽纳尔，他又没有得不到答案就睡不着觉的毛病。这样想着，她吃掉最后一个馄饨，忽然凑得极近，直勾勾地望进对方眼底。

夫人放大的脸庞近在咫尺，虽然此刻这张脸五官平凡无奇，肌肤粗糙蜡黄，看上去没有半点可取之处，气味却十分诱人。圣元帝辨识心上人更多是依靠嗅觉，而非视觉，所以他心跳加速了，呼吸停滞了，一股热气在体内横冲直撞，继而全朝小腹涌去。

“想知道这是什么皮吗？”他听见夫人一字一句询问，嗓音不再是粗嘎的少年嗓音，而是独属于她的，带着缱绻媚意的甜蜜语调。

“想，想知道。”圣元帝喉头发干，心里更有一团火在烧，残冬未过，额头却冒了一层细密汗珠。

假面还未撕掉，现在的关素衣还是那个刁钻耍滑的无赖。她咧开嘴笑了，目中满是闪亮的恶意：“想知道？但我偏不告诉你！”话落踢开矮凳飞快跑走，头也不回地摆手，“今天的馄饨你请！”

圣元帝立刻就想去追，却被摊主拦住，焦急道：“哎哎哎，客官哪里去？您还没给钱呢！”

“少不了你的！”他探手去摸腰间，然后面色大窘——放银两的荷包不见了！何时丢的？凭他的武功，不可能身上少了东西都没发现！

摊主已然意识到什么，越发拽紧他不肯放手，嘴里嚷嚷着“吃白食，抓去见官”等语，引得路人围拢过来看热闹，丢尽了脸面。最终还是潜伏在附近的暗卫走出来，替焦头烂额的主子交了四块铜板，了结了这场纷争。

扫去满身狼狈后，二人走到僻静的角落交谈。

“主子，方才夫人忽然靠近您说话，以致您乱了方寸。便是在那时，她拿走了您腰间的荷包，然后跑了。我等不敢冒犯，只得放她离去。”暗卫一身平民打扮，面容也普普通通，见之即忘。这种长相最适合隐匿，所以圣元帝才会说夫人的面具做得漂亮。

“原来如此，夫人真是叫朕头疼！”他装模作样地按揉眉心，仿佛非常苦恼，嘴角却翘得老高，眼底亦满是笑意，连傻子都能觉出他的骄傲与快活。

另一名暗卫飞快绕进小巷，双手捧着一个荷包：“启禀主子，夫人雇了一辆马车回帝师府去了，把这荷包挂在车尾。属下怕别人偷走，只好趁机拿了回来。”

圣元帝眉头皱了皱，似有不快，打开荷包往里一看，却又容色大霁。只见里面放着一张纸条，上书一行小字——“今天终究是我赢了”。

没错，是你赢了！在朕爱上你的那一刻你就赢了。他小心翼翼地叠好纸条，放入荷包，先是挂在腰间，觉得不妥又收入袖袋，还是觉得不够保险，干脆揣进怀里。

“走吧，回宫。”一句话便令暗卫尽皆隐匿，他独自走出巷口，哼着不知从哪儿听来的小调，心满意足地回去了。

关素衣在马车里卸了面具，掀开车帘时惊得车夫目瞪口呆，却没敢多问，只当自己记错了。

早已等在门口的金子连忙上前迎接：“小姐您总算回来了，快些进去，免得被赵望舒撞见。他在这里等了您一整天，非说要见您一面，幸亏刚才感觉饿了，跑去找东西吃，否则定会缠上来。”

“他来找我干什么？”关素衣明媚的心情蒙上一层阴霾。

“他让您回去给叶蓁做个见证，说那天的确是您安排她与叶采女见了一面。奴婢问他为什么，他打死也不愿多说，嘴巴可真紧。”

“为了他娘的名声，嘴巴能不紧吗？他虽然冲动、鲁莽、耳根子软、敏感多思，却有一点是好的，孝顺，且是愚孝，若非被逼至绝境，定不会怀疑自己的亲人。对他来说，再多的付出，再厚重的感情，都比不上血缘的羁绊。血缘是他辨认好坏的准则，与他没有血缘，关系就先浅了一层。”

“那小姐您对他的好岂不是喂了狗？”金子眉毛倒竖，义愤填膺。

“顺手施为罢了。”关素衣压根儿没把赵望舒放在心上，故而也不会产生失落、恼怒等情绪。只要她手里有足够的吃食，哪怕是一条野狗走过去，她也会扔几块骨头，更何况是人？但也只是扔一块骨头而已，不会更多。

二人前脚入了帝师府，赵望舒后脚就到，边走边擦嘴角的油渍，显得十分仓促。然而错过终究是错过了，等到日落西山也没能等到人，门房又拒绝予以通报，他只能垂头丧气地回转。

“找素衣去了？她愿意见你吗？”老夫人躺在榻上假寐。

“不愿。但是我真的看见大姨母了。她在宫里呢，娘亲怎么可能是她！您和爹爹都糊涂了！”赵望舒语气中暗含一丝怨恨。

老夫人冷笑起来：“你爹说放着你别管，我还怪他不分轻重，但现在我总算明白了，我们再怎么管你也没用，你是个榆木脑袋，不开窍的。罢了，你既觉得叶蓁无辜，你就跟她过去吧。来人，送大少爷回东府！”

赵望舒悔恨交加，想留下解释些什么，却被仆役推搡至东府，关了隔门。他徘徊片刻，终是前往蓬莱苑探望娘亲，见她瘫痪在床，奄奄一息，立刻掉下泪来：“爹爹被关素衣灌了迷魂药，辨不清好坏了！姐姐也不愿理我，只在西府待着。娘亲，东府里只有我俩了，日后可该怎么办？儿子想替您找解药，可爹爹说全扔了。他好狠的心！”

叶蓁目中摇曳着两团幽冥之火，厉声训斥：“哭什么！只要你有了出息，当了人上人，何须向他们讨要解药？你若想把我救出去，就得用功读书，考取功名，位极人臣！我把你从那农家私塾里带回来，又重新延请吕翁，为的不正是你的前程？开春就要举行魏国第一次科举，你定然不能懈怠，娘日后全靠你了。你立起来，娘就能活；你立不住，娘唯有一死！”

赵望舒抹掉眼泪，重重点头。

未央宫外，一名身材高挑的女子正负手而立，目视远方。她穿着一件九黎族华服，长及臀部的乌发编织成许多小辫，其间点缀着五色宝珠，在橘红夕阳的映照下显得光彩夺目。听见身后传来翅膀扇动的声音，她转头回望，露出一张艳丽非凡而又英气勃勃的脸庞，眸光流转，媚态横生。

“鹩哥？”她挑高眉梢，轻笑道，“忽纳尔还跟以前一样，总喜欢把小动物养在身边。”

白福追着鹩哥跑出来，看见女子，慌忙行礼：“奴才见过盘婕妤。天色不早，婕妤娘娘便先回去吧，陛下如今还在批阅奏折，怕是要忙到月上梢头才有空闲。”

盘婕妤名唤盘朵兰，乃九黎族十大贵姓之一，家世非常显赫，往年曾跟随长公主南征北战，立下军功无数。建国之后，圣元帝本想封她一个女将军，命其镇守一方，她却断然拒绝，反而要求入宫为妃。碍于长公主与盘氏家族的颜面，圣元帝并未拒绝，册立她为女圣，后来叶蓁失势，又擢升她为婕妤，如今代为统摄六宫。

说是统摄，权力却还是捏在白福手里，她只负责管束后宫嫔妃，叫她们安分守己也就罢了。所幸她乃行伍出身，并不耐烦打理俗务，反倒对整顿纪律、调教闲散人员颇有心得，很快就在后宫树立起说一不二的威信。如今连太后的长乐宫也要听她统辖，是位不能得罪的硬派人物。

当然这只是对未央宫以外的人而言，譬如眼前的白福，对她的态度就并不热络，反倒有几分敷衍。

她似乎也有所察觉，不禁苦笑道："白总管何必诓骗本宫？本宫虽是长公主麾下，也曾助皇上打过几场苦战，同袍过一段岁月，对他的了解不会比你少。他此时在不在未央宫，你知我知，天知地知，还有这鹩哥也知。"

她摊开掌心，上面竟躺着几粒粟米，引得鹩哥立即飞过去啄食，被她轻轻捂住翅膀。

"咦？你怎将它的尖喙绑起来了？"见鹩哥只是轻啄，粟米却一粒未少，盘朵兰细细一看才发觉鹩哥的嘴上套着一根黑绳。她想也不想地拆开，放它痛快啄食，引得白福冷汗频冒，心焦如焚，恨不得扑上去将鹩哥抢回来。

"夫人嫁朕，夫人嫁朕，夫人嫁……"后面几句话全被白福洒落一地的金黄谷米堵回肚子里，殿外唯余鹩哥认真啄食的声音。

"夫人？哪位夫人？皇上果然要立后了吗？"盘朵兰脸上并无异色，心里却翻搅着惊涛骇浪。她不是傻瓜，不会猜不透这几个字的含义。皇上怕是有心上人了，且求娶意愿十分强烈，否则不会对着一只鹩哥不停念叨，叫它无意中学会了这句话。但这也不对，哪有未嫁之女便口称夫人的？

当她越想越深时，一名高大男子徐徐从殿内走出，看也不看她，只冲鹩哥招手。鹩哥立刻舍弃谷米，飞到他肩上站定，用尖喙啄了啄他耳边的头发。

"臣妾见过陛下。"盘朵兰无暇多想，立即行礼，还未起身就见男子又走回内殿，竟是一句话都懒得与她多说。终究还是不一样了，想当年他们信马由缰，共看夕阳；又曾并肩作战，出生入死。若不是太后为了离间盘氏家族与陛下的关系，将陛下的身世告知于她，她不会对他避如蛇蝎，更不会闹到如今这个难以挽回的地步。陛下显然已对她冷了心，尤其在得知当年真相后，恐怕更不会原谅她的愚昧与鄙陋。她怎能那样蠢？怎能查也不查就深信不疑？如今他的身世已非罪孽，反而成了天下人赞颂的传奇，将来必会流芳千古，被后人所知。

他哪里是妖魔鬼怪？分明是真龙天子，得天庇佑！曾经认为他不会留下子嗣，更坐不稳皇位的九黎族勋贵，如今终于着急了，纷纷在朝中上表，催促他赶紧册立皇后，诞下皇子。

盘朵兰本就对陛下余情未了，得了族中吩咐便积极行动起来，试图修复二者关系。但情况似乎比她预想的还糟糕，陛下心里已经有人了。对方究竟是谁？她一面思索一面在殿前徘徊，许久不见陛下传召，这才不甘不愿地离去。

殿内，圣元帝正在给小猴子清理伤口，原本桀骜不驯的小家伙，此时却乖乖蹲在案几上，哪怕疼得龇牙也不敢胡乱动弹。鹩哥歪着脑袋看它，不时啄啄它的小手、小脚、长尾巴，黑豆一般的眼里全是好奇。

白福一面调和药粉一面低声回禀："陛下，您刚离宫，盘婕妤就来了，等了您大半日，奴才怎么劝都不愿走。"

圣元帝对盘朵兰原本颇有好感，她说想入宫，意思就是要做他的女人。他当时岁数也大了，怎么着也得有人伺候，便顺势答应下来。哪料入宫当天，太后请她赴了一次宴，她就对他退避三舍，每每见他还会流露出痛苦而又恐惧的表情。打那以后，他对宫里这些女人就再无半分念想。她们爱怎样便怎样，想老死也是她们自己的选择，与旁人有何干系？然而现在，身世逆转之后，她们竟又接二连三地扑上来，争权夺利，尔虞我诈，作态未免太过丑陋，叫他多看一眼都觉厌烦。

"她爱等就让她等。不拘她一个，往后谁来都一样，不准踏入未央宫半步。"圣元帝慢慢将药粉洒在小猴子伤口上，见它只是吱吱叫唤，不敢动弹，于是夸赞道，"你这性子倒是挺刚强，不错。这是你兄弟，名唤小哥儿，日后你叫大郎，明白吗？"

听见主人唤自己名讳，鹩哥跳到他肩膀上，啄了啄他耳朵。

小猴子像是听懂了，冲圣元帝咧嘴。

白福莞尔，末了忧心忡忡地道："陛下，方才盘婕妤听见小哥儿的话了，您看……"

"无碍，夫人很快就会嫁给朕，听见又能如何？"他拿起一粒谷米，诱哄道，"这句话必须好好学，学好了赏你果子吃。夫人嫁朕，夫人嫁朕……"

鹩哥从他左边肩膀蹦跶到右边肩膀，把这句话说得极为顺溜。

徐雅言怀揣着一个小布包回到家中，就见母亲正在打扫屋檐下的枯枝败叶，由于衣衫单薄，手指冻得通红，骨节部位已长出脓包，隐隐有溃烂的迹象。家中"唯二"的老仆正在后厨做饭，仅凭气味就能判断出今日的菜色十分简陋，怕又是稀粥与咸菜。

"言儿，拿到银子没有？"徐广志的夫人林氏急忙迎上来，眼底满是希冀。

徐雅言心中一痛，忙从布包里掏出两锭银子递过去："拿到了，足有二十两，我花了五两给爹爹购置了文房四宝。最近他在著书，这些东西消耗得快。这个月我多抄两本书，下月就能给爹爹和大哥添置几套新衣裳，叫他们出门应酬的时候不至于堕了颜面。"

"一月两本已经够辛苦了，别再抄了，免得熬坏眼睛。你今年十八，原该论嫁，可咱家这光景，真是……"林氏把银两锁进钱匣，叹息道，"也不知你爹爹怎么想的，原本能依附景郡王，谋一个好差事，最后反倒请辞归家，专心著书。如今咱们都快揭不开锅了，全靠你一个人撑着。你姐姐远嫁太原，听说过得也不好，常被夫家嫌弃咱们门第低微，是个拖累。你年纪大了，耽误不起，我心里愁得跟什么似的，这日子真是没法过了。”

林氏捏着帕子一角，轻轻擦泪，不过一年光景，两鬓就生了许多白发。

徐雅言倒是挺想得开，安慰道：“娘您不用替女儿操心，只要爹爹大作得成，宣扬开来，必会名满魏国，重塑声望。女儿届时再议婚，必然比现在风光千倍万倍。”

林氏忐忑道：“你给娘说句实话，你爹爹这回真能翻身？就凭一本书？”

“爹爹写的不是普通文章，而是将儒学典籍一一汇总、注释、解析。如今科举在即，有多少人请得起鸿儒为师？又有多少人出得起一月几两银子的束脩？绝大多数学子拿到四书五经却无人帮忙解惑，全靠个人理解而已，上了考场焉能不懵？爹爹这套书一出，必被当世学子奉为宝典，一传十十传百，很快就会风靡魏国，摘得‘天下师’之誉。”

“天下师？这么厉害？”林氏双目圆睁，心情激荡。

“那是自然。帝师算什么？天下师才堪配爹爹之才。”徐雅言目中满是傲然。

“哈哈哈，最懂爹爹的非言儿莫属！”徐广志拿着一卷书册走进内堂，身后跟着嫡长子，同样捧着厚厚一沓文稿。他在主位坐定，拍案道：“拿一坛好酒来，我今日定要畅饮一番。”

“看来爹爹的书稿已经顺利收尾了？”徐雅言大喜过望。

“紧赶慢赶，总算在科举之前完成，只需誊抄数份散播出去，便能飞快积累名望。我就不信凭我徐广志的大才，还不能在燕京权贵中拥有一席之地。之前是我想岔了，皇上信奉霸权，独断朝纲，若要在他麾下出头，不能依附任何势力，只能当纯臣。那么我就专心修书，用真才实学开辟一条通天之路。言儿的婚事不急，将来必有更好的选择。”

林氏唯唯应诺，徐雅言则兴奋道：“爹爹只管将手稿交予我，我便是不眠不休也给您誊抄出来！我与几家书肆的掌柜皆很熟络，请他们帮忙散播，速度定然极快。”

第十七章 揭丑

关素衣在家里待了半月，这日终于准备启程前往胶州。她起了个大早，也不洗漱穿衣，只坐在镜子前面发呆。

金子和明兰大包小包地收拾东西，连窗户上的纱帘都解下来打算带走。

忽然，一只鹩哥从敞开的窗户缝里钻进来，飞落到铜镜上，歪着脑袋看她：“夫人别走，夫人嫁朕！”它左跳跳，右跳跳，不断重复这两句话。

明兰倒抽一口凉气，连忙关紧窗户，跑到外面查看，见四周并无闲杂人等出入，这才拍打胸口，瘫靠在门框上。这小东西冷不丁地跑出来，说这些外人绝不能听的话，多闹几次怕是会把她的魂儿吓丢。果然还得尽早离开燕京才是。

“你一口一个‘朕’，就不怕别人把你当成‘乱臣贼子’给煮了？”关素衣沉闷的心情略微开朗，捏住鹩哥的尖嘴取笑。鹩哥扑扇着翅膀，想用爪子抓挠，却犹犹豫豫地放下，显然接受过严格的训练，断不会伤她分毫。

“罢了，这些话日后也无人会听，让你主子自娱自乐去吧。”关素衣从荷包里掏出几粒谷米，召唤道，“来吃东西。我再教你最后一句话。珍重，珍重……”

鹩哥十分聪明，听了几遍就能重复，关素衣这才将它捧到窗外放飞，目光涣散地看着它消失在皇城方向。走的时候才发觉，留在京中的岁月并非全是压抑与痛苦，也有阳光遍地、明媚春风，更有洒脱肆意、游荡不羁。所以即便心有不舍，也是人之常情吧？

关素衣不敢深想，飞快捯饬好自己，走到前厅拜别家人。用罢早膳，敞开府门，几十名侍卫护送着七辆车架，意欲前往胶州。来往路人指指点点，议论纷纷，都说高门贵女果然派头十足，出个门竟有如此多的行李，怕是值钱的东西不在少数。

然而谁又知道，车内细软只有几包，其余皆装载着书册而已，对平头百姓来说它们一钱不值，在关家人眼中却堪比重宝。

关老爷子捂着胸口念叨：“依依，你外祖家中藏书甚巨，为何还要把咱家的书带走？这一来一回多麻烦？”

“不麻烦，去的时候我只装了七辆马车，回来的时候说不定会有十四辆，这叫舍不得孩子套不着狼。祖父您大气一点。”关素衣眼角余光往街边一扫，然后顿住。忽纳尔果然来了，脸上蒙着一层人皮面具，肩膀上站着一只鹩哥，正附在他耳边说话。

他察觉到她的视线，用口型无声祈求：“别走。”

不走又该如何？难道真嫁入宫中？上次父亲问她君子摄政当如何，这便是暗示她，哪怕皇上再情深义重，二人一旦结合，就会变成纯粹的政治关系。而政治恰恰是最危险也最难以把握的。她是二嫁之身，本就名不正言不顺，地位注定比别的嫔妃矮一头，又哪里能统摄六宫？况且她连管理赵府都觉得疲累，更不会没头没脑地往刀山火海里跳。

想罢，她收回视线登上马车，却听车外有人急喊：“老太爷，胶州来信了，您先拆开看看，别是那边出了什么变动。”

关老爷子拆开信封快速看完，不舍的表情立马被欢喜取代：“快卸车！”他冲侍卫摆手，“别走了，亲家公、亲家母已经在来京的路上了。依依下来，与我回家。”

“怎么回事？”关素衣掀开车帘询问。

“皇上要为魏国铸史，为自己立传，特地召你外祖母来京著书。史书哪有那么容易撰写，这次回来怕就走不了了！咱们一家人终于能够团聚了，好啊，太好了！”老爷子欢欣鼓舞，关父却拧起眉头，目露忧虑。

关素衣立刻跳下车，连连追问：“是真的吗？快让我看看。”直到此时她才发现，自己一点也不想离开燕京，离开这个给了她痛苦，也给了她欢乐的地方。

人群外围，圣元帝笑眯眯地看着夫人。她欢喜雀跃的模样那般明显，想来也是极舍不得离开的。珍重？他不需要什么各自珍重，只愿把握天长地久。没有他的允许，夫人哪儿也不能去，即便是二位泰山大人也不能安排她的去留。他可以给她选择的自由，却不会给她拒绝的权力，是现在答应还是日后答应，不过是时间早晚而已。

行程取消，关家唯一不高兴的人只有关父，但他什么都不能说，只得另想办法，所幸科举在即，全国各地的学子皆涌入燕京，此时正可挑选几个合适的女婿人选。仲氏也没有让女儿独守一辈子的想法，趁她还未年满二十，赶紧找好下家才是正经。

立春这日，玄光大师如往年一样在觉音寺召开文会，许多文豪、儒生、学子、勋贵，齐聚一堂，互相交流，堪为燕京一大盛事。而今年正逢科举，文会自然成了学子们扬名立万的契机，不知多少人怀揣着攀附权贵的想法而来，企图悄悄走一个捷径，若是有幸被哪一位文豪或贵人看中，很快便能平步青云。

帝师和太常卿不就是在菩提苑的文会上被陛下看中的吗？换作旁人未必没有那个运气。万一陛下为了考察今科学子的人品才智，同样微服而来呢？这样一想，前来参加文会的人简直络绎不绝，连京中贵女也成群结队到了山下。

关素衣一大早就被仲氏拎起来穿衣打扮，单衣裳就换了好几套，最终择定一件鹅黄色的齐胸襦裙，外配一袭白色纱衣，裙裾用金丝银丝绣满柳叶，乍一看并不显眼，走到阳光下却熠熠生辉，璀璨夺目。

这便罢了，她竟取出一根同色丝带，在女儿胸下紧紧绑了一圈，又在胸前打了一个蝴蝶结，将女儿本就丰硕的胸部束得越发高挺，连关素衣自己看了都觉得脸红耳热。

“娘，您怎么让我穿这种衣服？太羞人了！”她捂着胸口抱怨。

“你懂什么？这是从九黎族传过来的样式，大长公主天天穿着这种裙子招摇过市，天气热了连纱衣都撇去，光着臂膀出门，看久了也就习惯了，细细一想还挺漂亮，至少比带袖子的襦裙漂亮。”仲氏弯腰替女儿戴脚链，谆谆教诲，“赵家既不入世家眼，又比不得朝堂新贵，后来干脆连爵位都没了，沦落为平民。你即使顶着一品诰命夫人的头衔，京中也没有贵人看得上，平日怕是少有交际。来了燕京一年，你出过几回门？赴过几次宴？认不认识各家夫人？知不知道燕京城里最时兴的衣裳、珠宝、头面都是什么样式？整天就知道看书，简直白活了。”

戴完脚链，她搬出许多精致的木匣，替女儿挑选头饰，语重心长道：“你是和离之身，虽然才华出众，性格却太过刚硬。娘说一句大实话你别不乐意，像你这样的媳妇，哪个婆婆敢要？也不怕娶一尊神佛回去，压都压不住。你现在最大的优势便是这张脸，娘不把你打扮得漂亮一些，让各家公子主动开口求娶，怕是没有冰人会上门。”

她将一套翡翠头面插在女儿鬓发上，捏着她下颚左转右转，喟叹道：“我女儿如此绝色，便是赞一句倾国倾城也使得，到了文会一展长才，这婚事就不用愁了。”

关素衣一直用手掌捂着自己凉飕飕的胸口，哂笑道：“娘，女儿刚和离，现在不急着嫁人。”

“你不急我急。闭嘴，给你涂点口脂。”仲氏取出一大堆瓶瓶罐罐，开始往女儿脸上涂抹。仲氏乃农学世家，极其擅长种植植物，更擅长萃取利用。族中女子使用的胭脂水粉均为她们自己调配，效果比内宫贡品更佳。而仲氏是其中的佼佼者，认真起来连朽木都能雕出几朵繁花，更何况关素衣并非朽木，而是美玉。

两刻钟后，走进屋收拾东西的金子和明兰简直不敢认了，结结巴巴道：“小姐怎么穿成这样？”

佳人倚窗而立，锦衣华服。原本素净的脸蛋涂上鲜艳欲滴的口脂，眉梢两边各贴了一片小小的点状金箔，一双美目用墨笔描绘出眼尾的行迹，慢慢拖长，渐渐上扬，最终悄悄收尾，眸光略一流转便是一段旖旎风情，竟似一把钩子，将人的心尖紧紧钩住，又像一把钝刀，慢慢往你胸口里捅，叫你只能一眨不眨地盯着她才能缓解那心跳失速的痛苦。

单这张勾魂夺魄的脸庞倒也罢了，她竟穿着一件最时兴的齐胸襦裙，莹白肌肤水滑细腻，行走时微风拂衣，勾勒出不堪一握的小腰，裙摆随之绽放，再璀璨的金丝银线也比不上她小巧精致的双足与脚踝上不松不紧悬挂的一枚红玉夺目。

红的渗血，白的剔透，一步一步不是踩在地上，而是踩在旁人的心弦上。这哪里是去参加文会，却是“杀人”去的！今日过后，不知多少俊俏公子的心要捏死在她手里。这样想着，金子和明兰齐齐吐出一口气，总算是能呼吸了。

关素衣一只手捂着胸口，一只手拉着裙摆，站在铜镜前犹豫不决：“这样穿真的可以吗？会不会太过伤风败俗？况且眼下刚开春，天气还有些寒凉，我却连薄纱都穿上了，走出去怕是会贻笑大方。”

金子欲言又止，明兰却不以为意地摆手：“小姐您想多了，别说开春，连隆冬腊月都有人这样穿，只在外面披一件狐皮大氅，入了内室将外套一脱，必定艳压群芳。这是大长公主带起来的风潮，燕京城里的贵女、贵妇们趋之若鹜，每有宴席必是一片衣香鬓影、冰肌雪肤，叫人看得眼花缭乱。您不这样穿，指不定还被人暗骂老土呢。”

“哦？此服竟已风靡燕京了？”关素衣大感意外。

赵家上不及世家，中不入新贵，下不与胥吏来往，在京中地位十分尴尬。及至赵陆离被夺爵，情况便越发恶劣，竟叫关素衣连个出门赴宴的机会都没有，广发名帖邀请别人上门做客更不会得到应诺，竟似被孤立起来一般。是以，嫁入赵府后，她只管闲时读书，忙时理家，未曾关注过外界的变化。

犹记得幻梦之中，此时，徐二小姐已入宫封为昭仪，因才貌出众，朴实端方，颇得圣元帝喜爱，很快就掌管了六宫权柄，飞上枝头变凤凰。扬名后更引得京中贵女纷纷效仿，莫不以坚贞不渝、贤良淑德为荣，以倚姣作媚、奢靡无度为耻。

前朝的服饰风格本就偏于放逸，魏国建立初期也秉承了遗风，又有九黎族人豪阔烂漫的性格为主导，奢华之风盛行一时，却在徐二小姐的身体力行之下生生扭转，竟一日比一日保守。平民或许感受并不深刻，权贵士族却首当其冲，变得扭曲而又怪诞。

“上行下效”一词得到了淋漓尽致的诠释。“楚王好细腰，宫中多饿死”，放之魏国亦惊人相似。皇帝独尊儒术，所有学者都摒弃之前所学，改去钻研儒术；皇帝倡导理学，腐朽刻板、独断专横的父权思想便大行其道；皇帝喜欢从一而终的女子，和离与改嫁就成了耻辱与禁忌。一场变革悄然发生，随后，这股风气渗入下层民众，彻底禁锢了他们的思想。

被“徐氏理学”戕害的女子还有很多很多。她闭上眼睛随便往幻梦中一探，就能找出一帧又一帧血腥的画面。有和离归家的女子被活生生打死；有不敬夫君的女子被任意休弃，投了河；更有一名未满十四的小姑娘，只因走路踉跄被家丁扶了一把，就被谨守理学的父亲剁掉了手。

不过是一件华丽的衣袍，怎就扯上了“伤风败俗”？况且她家世显赫，地位尊崇，只要不辱没家声，想怎么穿不行？心门一旦打开，连关素衣自己都锁不住。看着镜子里国色天香、雍容华贵的女子，她喜欢极了，捂着胸口的手不知何时已经放下，葱白指尖捻了捻歪掉的一只发簪，缓缓笑开。这一抹笑全不似往日的温柔浅淡，端庄清丽，反而透着一股令人窒息的媚态。不过换了一个表情而已，她毫无攻击性的特质竟消失无踪，整个人变得尖锐锋利，像刀刃一般狠狠刺到了明兰和金子的眼球。她们感觉到小姐似乎变得与以前不一样了，却又说不出哪里不一样。

她不再捂着胸口，缩着肩膀，而是抬头挺胸，微扬下颚，骄傲地看着铜镜。

“果然很美，越看越美。”她低声一笑，也不知夸的衣裳还是自己，充满柔情蜜意的嗓音叫金子和明兰起了满身鸡皮疙瘩。

“这支钗色泽不够艳，换那支玲珑翡翠凤头钗。”她用指尖抚了抚鬓角，动作慵懒地摘掉一支金钗。

明兰率先回神，红着脸在匣子里翻找。金子还在发怔，看惯了素面朝天的主子，头一回见她盛装打扮，着实有些难以自拔，也不知陛下见了会如何。晕晕乎乎中，她听见主子发问：“如今欢场里最流行的曲子你会唱吗？”

“啊？”她表情木呆呆的，随即反应过来，连忙摆手，“小姐，奴婢在暗部只接受过毒术与武术训练，未曾研习过媚术。”

“废什么话？只说会不会吧。”关素衣按照自己的心意换掉头饰，斜眼看去时眸光潋滟，勾魂摄魄。

金子浑身都僵硬了，讷讷道：“会。欢场盛行的玩意儿，奴婢基本都会。”

“那便好。”装扮妥当，关素衣从床底下取出一个精致的小木匣，又将刚制成的一张人皮面具塞过去，低笑道，“这里面是我外祖父酿造的一日醉，以五谷精华、百果芳香淬炼发酵而成，酒味不重，入喉却如饮琼浆玉露，只需三杯便可令人酩酊大醉。这张人皮面具乃一容貌普通的男子，入了觉音寺你就戴上它，扮成小厮接近吕凤明，替他递送酒水，待他饮下三杯后不知今夕何夕时，便悄悄在他耳边哼唱。他酷爱流连欢场，定会原形毕露。”

金子听愣了，好一会儿才嗫嚅道：“小姐，您不是说不与一个将死之人计较吗？缘何又处心积虑坏他名声？”

关素衣走到门边转头回望，灿烂阳光背照过来，在她脸上打下一层阴影。“我忽然发现，”她嘴角缓缓上扬，语气透着一丝诡异，“我应该换一个活法了。假道学也罢，伪君子也成，总不能让自己活得憋屈。”

“说得是呢！谁不愿痛痛快快地活着！”明兰哈哈一笑，冲淡了这股令人窒息的气场。

金子紧紧抱着怀里的东西，不敢有丝毫懈怠，总觉得从今天开始，陛下怕是会更闹心。刚思及此，就见小姐转回来，拉开抽屉取出三张人皮面具，叠成薄薄的小方块后放入腰间的荷包，轻笑道：“出门在外，这三张脸皮可少不了，一张我的，一张寻常男子的，一张空白待塑的。倘若日后发现我忽然消失，你们别慌张，只管在府门外的茶楼里坐等，我玩够了就回来。”

“小姐，您还没玩够？”金子额角流下一滴冷汗，感觉差事越来越难当了。

"有一句俗话叫作'活到老，学到老'，我看还得再加一句'活到老，玩到老'，这才是人生真谛。"关素衣边说边踩着莲步款款而去，徒留金子和明兰面面相觑。

见女儿换了几样首饰，更显华贵明艳，仲氏自然十分满意，立刻便带着她往山上赶。

因文会盛大，人潮如织，不但觉音寺内布有会场，寺外的亭台亦人满为患。男子皆褒衣博带、风度翩翩，女子皆锦衣华服、浓妆艳抹，三三两两聚在一起谈笑，场面十分热闹。

看见与幻梦中完全不同的景致，关素衣长出一口气，终于缓缓笑开了。她跟随仲氏拜见了几位相熟的长辈，略聊几句，便被推到菩提苑去与年轻男女交往，还未跨入院门就听里面语笑喧阗，读书吟诗，雅趣得很。

瞥见倚门而立、华光逼人的女子，院内寂静一瞬，随即便有男子窃窃私语："这是哪位贵女？"

"应是关家嫡女。刚和离那位。"某位宗室贵女低声介绍，不知有意还是无意，后面又添了一句。她与关素衣同在正殿为先太后念过经，自然识得。

"原来是她！"有人摇头嗤笑，满脸不屑；有人恍然大悟，表情痴迷；还有人不动声色，冷眼旁观。即便魏国民风再开放，对于勋贵子弟而言，和离过的女子终究不是良配，不值得他们垂青。本还对关素衣嫉恨非常的贵女们开始发出窃笑声，像打了胜仗一般得意。残花败柳怎能与娇嫩的花骨朵相比？瞬间的惊艳已然消退，众人继续捧着书卷拜读，若是文思如潮，诗兴大发，便提起笔在雪白的墙壁上提词。

在这么多年轻男女之中，唯有一人群星拱卫，备受瞩目。她穿着一件再保守不过的长袖襦裙，嫩绿色泽将她衬得唇红齿白，面如桃李，被周围衣饰奢华的贵女们环绕着，越发清新脱俗，与众不同。她手里捧着一卷书册，逐字逐句诵读，引得一群学子倾耳细听、如痴如醉。

被众人孤立的关素衣丝毫没觉得不自在，慢慢踱步过去，待女子举起茶杯润喉的片刻，拱手问道："徐二小姐，这是何人大作？似乎乃是一篇讲义释文？"

徐雅言微笑回话："此乃家父拙作，名为《子集注释》，为天下学子略解疑惑，指点文道。"

为天下学子略解疑惑？徐广志这是要摘"天下师"之名啊！关素衣眸光连闪，露齿笑了。

徐雅言万没料到关素衣竟张口就道破自己身份，但她左思右想，并未忆起何时何地有了交集，只得作罢。在此之前，她也曾设想过关氏女长相如何、性情如何，然而真正见到对方，却终于放下心来。她如此艳丽张扬，果如传言一般是个心浮气躁之人，没有深交的必要。

关素衣又岂会察觉不到她语气中的冷淡？若在往常，定会知情识趣地默默走开，今天却笑意盈盈地杵在她面前，继续搭话："原来是徐翁大作，有无多余手稿？能否借我一观？”

徐雅言还是那副温和有礼的模样，从手边的匣子里取出一本馨香扑鼻的书册递过去：“恰好还有最后一本，送与姐姐呈览。姐姐若有指教，尽可寻我探讨。”

“好，我定然仔细拜读，一一指教。”幻梦之中，幽居沧州的关素衣把剩余的生命力全部投入学海，尤其是徐家人的著作，更是日日钻研，烂熟于心，又把“孟氏之儒”与“子思之儒”的观点结合起来对其进行释读分解，然后撰写文章一一批驳。真要论起学问高低，徐广志未必是她的对手，这一句“指教”并非狂言，而是实话，却惹怒了拜读过徐翁大作并尊其为师的学子，更令徐雅言非常不快。

“关小姐，你有空在此处大放厥词，不如去正殿向吕翁好好道个歉？”一名容貌俊美的贵族公子冷声开口。

“是啊，虽说帝师和太常卿已经代你道过歉，但终究没有你本人去来得有诚意。你们关家原是仁德之家，却没料发迹之后竟也开始仗势欺人，真是人心不古、世风日下。”又有一人义愤填膺地道。

“我祖父和父亲已经代我道过歉了？何时何地？”关素衣终于露出凝重的表情。

“文会初时，在觉音寺门口当着众学子的面。”徐雅言奉劝道，“关小姐，帝师与太常卿皆为国之股肱、文坛名宿，望你日后三思而后行，切莫带累他们的官声。”

关素衣不怒反笑，环视众人徐徐开口：“我心中有一个疑惑，能否请诸位给我解答？德与才，究竟孰轻孰重？孰本孰末？”

“子曰：‘骥不称其力，称其德也。’对马匹尚且更重德行，何论世人？又言：‘中庸之为德也，其至矣乎！’可见儒学之精粹尽在‘中庸’二字，其为至德，则儒学当以德为重，以德为本，学问还在其次。”徐雅言侃侃而谈。

关素衣颔首道：“那就对了。吕翁有才无德，误人子弟，故被劝辞，我何错之有？我祖父与父亲的那句致歉，我代他们收回。”她微微一笑，态度有礼，“道不同不相为谋，既然诸位更重才学，不问品德，那么我便告辞了。”

徐雅言再次体会到“书生遇见兵，有理说不清”的感觉。这人嘴巴一张一合，竟就给吕翁定了一个“失德”的罪名，她当她是谁？法曹尚书也没有她断决如流！

“你等等！既言吕翁无德，你可有凭证？”先前让她去正殿致歉的俊美公子追在其后诘问。

关素衣并未答话，也不回头，看似缓慢，实则步伐极快地朝院门走去。何谓“话不投机半句多”？这便是了。年轻学子最易煽动，只需挣一些声望，写几篇伐文就能指使他们上下奔走，摇旗呐喊。之前还口口声声赞她乃女辈楷模，如今只过一月，便又开始责骂她有辱师道。事实如何，真相如何，他们压根儿不会去想，只一味顺从权威而已。不，或许不是不想，而是她身为女子，天然就应该比他们矮一头，赞誉太过难免会激发嫉恨，人心这种东西就是如此诡变而又险恶。诋毁倾盆，非议漫天，关素衣心情却格外平静。她已经想明白了，她要为自己而活，不管旁人如何。

俊美男子被她轻世傲物的态度弄得怒发冲冠，高声责骂道："既无凭证，便表明你是污蔑，我定然禀告帝师与太常卿，叫二位大人断一断是非曲直！你有辱师道，德行败坏，当立即离开文会，以免污了文坛清净！"

他身份似乎非常贵重，周围的人连忙上前安抚，态度堪称谄媚。然而关素衣始终未曾回头，举起右手轻轻一挥，人已出了院门，只留下一股霸道无匹的桂香，熏得这些人面红耳赤，双目冒火。

场面一片寂静，最终还是徐雅言轻声开口，打破沉郁："罢了，是非曲直自有公论，不必与她计较。她今日所为除了辱没关家门风，损毁关家声望之外，又能得到什么？"

"正是。君子之德风，小人之德草，草上之风必偃。孰对孰错，待正气之风抚荡而过，自是一目了然。来来来，还请徐小姐继续为大家念书。"俊美男子态度殷勤。

有一人同样爱慕徐二小姐，连忙追捧道："小姐的簪花小楷堪称一绝，读完书当留下墨宝为念。"

已拜徐翁为师的学子们纷纷跟着附和，把徐雅言众星拱月一般围在中间。众位贵女为博一个好学爱才的美名，也很愿意与她结交，便你一言我一语地安慰，然后对关氏女口诛笔伐，以泄心中嫉恨。

与关素衣比起来，徐雅言今日出尽了风头，面上却还保持着不骄不躁、不卑不亢的神态，叫人越发高看。她拿起《子集注释》，正待诵读，却发现隐在角落的一名男子忽然绕出来，朝院门走去。他身材十分高大健壮，下颚长满浓密的络腮胡子，虽遮盖了样貌，一双幽蓝的眼眸却令人触之胆寒。他徐徐迈步，环顾众人，眸子深处流泻出漫不经心而又崔巍动魄的威势。

幽蓝眼眸？世人谁不知道今上拥有一双异色瞳孔，与重瞳一样乃圣人之相，魏国仅有！这人该不会是微服而来的皇上吧？他来多久了？如此强大的气场，为何之前无人发现？众人眼神炽热，心如擂鼓，极想上前攀谈又怕冒犯圣颜，降下罪来。

徐雅言握着书卷的掌心已布满细汗，不停回忆着自己的一言一行，确定没有失礼之处才悄悄吐出一口浊气。成了！今日最出彩的人非她莫属，倘若因此而得了皇上青睐，爹爹必然飞黄腾达，徐家必然一飞冲天。她再也不用为了几两银子抄写书稿，通宵达旦……

众人心思各异，却都开始抚弄鬓发，抹平衣摆，唯恐有失仪之处。然而这人只冷冷扫他们一眼就信步离开，出了院门再看，已无影无踪，不知去向。

说起来也是丢人，圣元帝在菩提苑内等了夫人足有半个时辰，原本应该紧追她而去，却因身体不适，未能起身。在见到夫人的第一眼，他向来强悍的自制力竟溃如洪水。他连忙隐匿气息往假山后头躲，以免夫人看见自己丑态，越发留下不堪的印象。他从不知道，向来素面朝天、清雅宜人的夫人，换一袭衣衫、添些许妆容，竟会美得如梦似幻。她走进来的刹那便似一道光束从天而降，又似一把利刃直刺心房，叫他差点不管不顾地走上前，用外袍将她裹住，然后义无反顾地带走。

她怎能穿那种衣衫？怎能笑得那般夺目？今天的她与以往任何时候都不一样，少了压抑，多了放纵；失了温婉，只余狂傲。她似乎再也不想温暾处事，对于闲杂人等，竟连多余的话都不愿吐露半句。是什么改变了她？是自己吗？因为知道凡事都有自己可以依靠，所以她才彻底敞开心怀，肆意而活？这个念头像蜜糖一般淌过心田，叫圣元帝迫不及待地想见到夫人，问她一问。

待欲念平息后，他顺着暗卫的指引匆忙追出去，兜兜转转，终于在春光粼粼的湖边见到夫人。她迎风而立，身姿缥缈，白色纱衣猎猎舞动，香风四溢。金子不知跑到何处去了，唯有明兰守在一旁，眼也不眨地看着她。

这样的她比妖魔鬼怪还可怕，像是只要回过头来看自己一眼，就会叫自己当场毙命。圣元帝捂了捂胸口，忽然有些不知所措起来。他嘴唇开合几次，却发不出半点声响，这才发现喉咙早已被欲火烤干了。

“看够了吗？”哪料夫人竟回过头来，冲他粲然一笑。

一支无形的利箭射入圣元帝胸膛，令他心跳骤停，血液凝固。他缓和了好一会儿才哑声道：“不够。无论看多久，总是不够。”

关素衣正准备扬起嘴角，表情却瞬间碎裂，飞快背过身怒骂：“离我远些，你这禽兽！”

“夫人，你气性越来越大了，我方才又是如何惹到你，叫你连禽兽都骂出来。”圣元帝感觉很委屈，刚上前两步，就听明兰尖叫一声，急忙捂脸。他垂头一看才发觉不知何时自己竟又失去掌控，连宽大的衣袍都遮不住。

这可真是尴尬了！他慢慢在湖边的凉亭内坐下，双腿叉开，往前倾身，祈求道：“夫人若是怪我污了你的眼睛，不看就是了。咱们坐下好好说会儿话，成吗？反正你现在也无处可去，又懒怠搭理那帮俗人，便用我消磨消磨时间好了。”

“用你消磨时间？你这混账会不会遣词？”关素衣头顶快冒烟了，哪料对方只是微微一愣，然后猖狂地笑起来，仿佛她说了一个天大的笑话。

关素衣被忽纳尔笑得挂不住脸，仔细一想才明白错在何处，当即斥道：“别笑了，你脑子里都塞了些什么东西，下流得很！”

圣元帝表情无辜：“夫人缘何又拿我出气？之前不是你自己想歪了吗？还骂我不会遣词用句，那叫一个理直气壮。夫人你越来越任性了，我就不信在帝师和太常卿跟前，你也是这副无理取闹的模样。”话落愣了愣，又是一阵朗笑，“是了，我知了，夫人只有对我才会如此，因为在我跟前，你可以丢弃所有伪装，展露出真正的自己。你知道我不会告诉任何人，更不会伤害到你。”他越笑越开怀，大有一发不可收拾的架势。

一直不敢回头的关素衣快气炸了，原想甩袖离开，又觉输了一筹，心中难免不忿，略一思忖，干脆大大方方地转过身，朝忽纳尔走去。她在他对面的长椅落座，却全然不是往昔的端庄姿态，而是一只手展开，搭放在栏杆上，指尖有一下没一下地撩着薄纱披巾，一只手轻托下颚，媚眼如丝地看过去。她双腿并拢倾斜，绣满柳叶的裙摆便洒了一地，金光银光缀在湖光之中，似繁星倒坠，令人目眩神迷。

圣元帝一下子就看呆了，笑声戛然而止，呼吸也随之粗重起来。分明知道极为失礼，他的视线却无法从夫人身上移开，从她的堆云乌发到婀娜体态，再到系在脚踝上的一枚小玉片，都能来来回回反复流连。终于，像是忍耐不住莫大的痛苦一般，他猛然撇开头去，哪怕隔着浓密的络腮胡子，古铜色的肌肤也泛出些许红晕。以前的夫人是高岭之花，他怕玷污了她，所以不敢攀折；现在的夫人乃人间国色，却又长出许多尖刺，叫他既想采摘，又唯恐碰坏她一丝一毫。

他爱她的才华，爱她的性情，爱她的样貌，甚至连她隐藏在端庄外表下的顽固任性也爱。他想得到完完整整的她，而不是强权压迫之下的无奈与妥协。他努力控制着身体的反应，却听夫人恶劣地笑起来，曼声道："笑啊？怎么不继续笑了？"

"夫人，您竟然用美色迷惑我！"圣元帝哭笑不得，直至今天才体悟，原来太过美丽也能成为一种武器。

"酒不醉人人自醉，色不迷人人自迷。你自己心思不正，焉能怪我？"关素衣明媚一笑，艳光四射。

本想飞快扫她一眼的圣元帝再次头昏脑涨起来，连忙脱掉外袍，隔空扔过去，命令道："明兰，给你家主子穿好外套。此处湖风寒凉，水汽浸体，坐久了怕是会冻着。"

关素衣接住迎风招展的玄色外袍，轻笑道："我曾跟随祖父去过漠河，冬日滴水成冰，冷透骨髓，他还凿开冰河，让我每日游上两圈，以强健我的体魄。这点湖风又算什么？"

圣元帝飞快瞥她一眼，目光在她优美的锁骨和高挺的胸前停留片刻，又仓促移开，哑声道："那夫人就当体谅体谅我，把外套穿上吧。你若是不穿好衣裳，我今天压根儿不敢拿正眼看你。"

"怎么？我不美吗？"他越是示弱，关素衣就越发起兴。

"正是因为你太美了，我才不敢看你。夫人，寻常人或许是理性大于野性，能极好地控制自己的渴望。但您别忘了，我是被狼群养大的，骨子里全是野性，一旦被惹急了，必然会把不停在眼前晃荡的猎物吞吃入腹，尤其那猎物还是世间最难寻的美味。"为显示自己所言非虚，他布满血丝的眼眸深深望了夫人一下。

关素衣得意的笑容缓缓退去，一言不发地穿起外套。她知道这人若是铁了心，便绝不会再给自己任何反抗的余地。针锋相对可以，却也需要适可而止。明兰不敢违抗圣命，已战战兢兢地走上前，给小姐系衣带。衣袍非常宽大，袖口挽了五六圈还是有些长，下摆铺了满地，像一床被子。关素衣无法，只好将多余的布料抱在膝盖上，鼻端轻轻一嗅就是那人的龙涎香，霸道而又深刻。她心尖微颤，不知怎的竟红了脸颊，只好去拨弄布料上的刺绣，仿佛对这种工艺十分感兴趣。

圣元帝却自在多了，看看缩在自己衣服里，像个小女孩一般娇小的夫人，这才走到她身边落座，隔了两尺的距离开始说话。

“夫人，你今天格外不同。”

“是吗？换了一身衣裳而已。”

“不，绝不是装扮的原因，你怕是连心性都换了。若是往常的你，方才在菩提苑必定会舌战群儒，将他们一个两个辩得无力反驳，但你并没有那样做，反而甩袖就走。你似乎不再注重旁人对你的评价，变得随心所欲起来。”

关素衣意外地瞥他一眼，挑眉道：“是，我想换个不那么憋屈的活法，不可以吗？”

“可以，有我在你背后撑着，你尽可以想干什么就干什么，想说什么就说什么，想得到某样东西，哪怕再稀罕贵重，只需告诉我，我便会送到你手心里。是不是因为有了我，所以你才变了？夫人，我能这样理解吗？”圣元帝倾身上前，目光锐利。

关素衣哑了，却不再逃避他的视线，而是同样看进他眼底，忽而轻笑起来：“你说得对也不对。我之所以改变，是因为我自己想变，然而是谁给了我改变的勇气，我不得不承认，的确是你。当我全然没发觉的时候，在你面前，我已抛掉所有伪装，还原了一个真实的自己，有宽厚仁善，更有许多离经叛道。以往想做而又不敢做的事，想说而又不敢说的话，对着你，我都能够毫无顾忌地做出来，说出来。因为我知道，天下间，唯有你才会不以为怪，连我的家人恐怕都接受不了我最真实的模样。”

圣元帝呼吸停滞，语气紧张：“那么我对夫人而言又算什么呢？”

“一个朋友？”关素衣不确定地答道。

“不，我不想做你的朋友，我想做你的夫君。夫人，你不再逃避你我二人的感情，这是好事。有你今天这席话，我相信在不久的将来，你必定会全心全意接受我。夫人，我喜欢你的改变。”圣元帝爽朗地笑起来，满心都是夙愿即将得偿的快意。

关素衣往后靠了靠，冷静道：“我只是勇于审视自己，坦然接受自己罢了，这好像给了你不太准确的暗示？我绝不会嫁入宫闱，与你的三千佳丽争风吃醋。管理一个赵府已让我筋疲力尽，更何况面对三宫六院？我们的关系便止步于此，岂不正好？”

“不好，夫人你必须嫁给我，别的无须考虑。”圣元帝显露出一丝霸道。寻了他许久的鹩哥从天空飞落，刚被主人解开绑嘴的丝线就叽叽呱呱地开腔：“夫人嫁朕，夫人嫁朕。”

关素衣被这主宠两个专横的态度气到了，本欲倾谈的心思淡了下去。她从荷包里翻出几粒谷米，远远抛开：“走你。”

鹩哥立马追着谷米而去，落地后一通啄食，再不聒噪半句。

圣元帝笑眯眯地看着她，叹道：“夫人，你其实一直都知道自己只是负隅顽抗罢了，最后的结局只有两个，一是你心甘情愿地嫁给我，二是你心不甘情不愿地嫁给我，无论如何，你都得嫁给我。”

关素衣解开衣带，脱掉外袍，兜头兜脸地扔过去，冷笑道：“是吗？或许还有另外一个结局，那就是我现在立刻前往十里外的青云庵落发为尼，叫你一辈子求而不得。你总不能强娶一个尼姑，还一夜之间让她青丝还原吧？你还真就说对了，我之所以敢这么放肆，全是你给的底气，你有本事现在就把我掳走。”

圣元帝取下脑袋上的衣袍，对着她疾步而行的背影说道：“夫人，不是我没有本事，而是我得为你的名声考虑。你可以不在乎别人怎么看你，我却在乎。你若真的出家，我便随意找个借口封了青云庵，勒令所有尼姑还俗。你看，我有的是办法对付你，只是舍不得罢了。”

关素衣脚步顿了顿，又回头深深看他一眼，这才神思不属地走了。

人已远去，浓烈的香气却还残留在外袍上，圣元帝不忍湖风将气味吹散，将之团成一团，捏在手里，走到半路又改了主意，慢慢把它穿好。如此，夫人的气味贴合着他的身体，就像一个虚幻的拥抱，足以慰藉他渴盼不已的心灵。

关素衣在外院竹林里慢慢走了两圈，感觉文会快开始了，这才前往菩提苑。先前聚在此处的青年男女已退至角落，中间放了许多矮几和蒲团，均是为当世名宿所准备。关老爷子、关父、玄光大师……甚至连徐广志也赫然在列。看来《子集注释》的发表的确为他扭转了局面，这次科举之后，不知多少儒生会投入他门下，届时名与利皆滚滚而来，又可再图入仕。

思忖间，关素衣缓步踏入院门，就见在场众人全朝她看了过来，满目嘲讽。

关素衣之前在菩提苑内放言要替祖父和父亲收回对吕翁的致歉，这话自然有人递到当事人耳里。作为文会的主持者之一，吕凤明恨不得将之扫地出门，却又碍于关家威望，只得隐忍。关老爷子和关父再三道歉，低声下气，又被他冷嘲热讽了好一会儿，才总算将此事揭过。这一幕自然被与会者看在眼中，对关氏女的印象定格在嚣张跋扈、无德无礼上。

关素衣哪能料不到吕凤明会揪住自己的言行打压祖父与父亲？然而示弱只是暂时的，待真相大白，关家仁德豁达之名必定远扬。她可以不在乎别人怎么谈论自己，却不能不在乎别人怎么评价关家。她冲祖父和父亲远远拱手，然后走到一处空位落座。

吕凤明重重放下茶杯，冷笑道：“无德无状，竟还有脸出现在此！”

关老爷子捋着胡须说道：“孩子还小，又是一介女流，吕翁德高望重，何苦与她一般见识？”

吕凤明提起毛笔，边写边说：“正是因为年纪小，才更该好好教导。关家代代育人，世出文豪，难道竟不知‘师道’二字何其尊崇？辱师如辱父，皆为大逆不道之举！”一刻钟而已，一篇《师者》就已新鲜出炉，构思精巧，语言雄放，贬斥了时下的浮靡之风和“耻学于师”“辱及师尊”的不良风气，传与在座众人阅览，引来一片叹服之声。

关老爷子和关父笑容浅淡，稳如泰山，并不因此而迁怒甚至当场责骂掌上明珠，反倒静静等候这篇文章传遍全场，可谓做足了风度。

吕凤明闭眼假寐，轻捻佛珠，亦是一派高人风范。赵望舒身为他的嫡传弟子，自是坐在他身后的蒲团上，心绪被这篇扬葩振藻、寓意深刻的散文触动，深觉娘亲做得对，还是拜于吕翁门下更有前途，关素衣之前分明是在害他。

文章终于传到最外围，坐在关素衣身旁的学子本打算将之捧到吕翁跟前，却听她徐徐道：“我还没看呢。”

“你也要看？”学子被她的厚颜无耻震惊了。倘若换个人，这会儿早就羞愧遁逃、无地自容了，她竟还老神在在地坐在会场内，面上不见丝毫异色，更要接过伐文细看，竟似整件事与她无关一般，她怎么做到的？怕是连地痞无赖都没有这份能耐。

“给她看！让她好好学学！”吕凤明扬声勒令。

学子立即把文章递过去，还颇为鄙夷地瞪她一眼。关素衣接过文章后，又有一人缓缓来到院内，同样受到众人瞩目，只因他身形高大，眉阔目深，瞳色幽蓝，很像传说中微服出巡的圣元帝。但没人敢上前搭话，唯恐犯了忌讳，只能假作不知。

该男子随便扯了一张蒲团，紧挨着关氏女落座，然后凑过去与她同看文稿，举止十分自然。场内瞬间寂静，倒是一直沉默不语的玄光大师开口了：“时辰已到，诸位学子可以就经史子集撰写文章。我等虽然不才，愿与诸位探讨一二，或有助于文道之思，学术之惑。”

这便是科举前的模拟会战，对试探自己或他人的深浅很有帮助，还能获得名师指点，大受裨益。众位学子自是欣喜若狂，纷纷提笔各抒己见，连略通文墨的女子都来了兴致，向僧人索要文房四宝，跃跃欲试。

徐雅言一面落笔一面构思，已是胸有成竹。

圣元帝凑得极近去看文稿，摇头道：“这吕凤明倒是有几分才华，可惜了。”

“他若是不喝醉，脑子还是很够用的。”关素衣将稿纸递过去，轻笑道，“你等着，我请你看一场好戏。”

圣元帝爱极了她狡黠的模样，宠溺道：“夫人气性虽大，然而也消解得快，此时已经不怨我了吧？果然还是最喜欢夫人这一点。”末了，不等夫人发难，便端端正正坐回原位，朝场中四顾。只见一群小厮端着瓜果、茶点、酒水、小菜等物，一一摆放在案几上，以供诸位名宿享用，末了退至他们身旁，随时听候差遣。

因皇上就在此处，众位名宿不敢怠慢，等学子们撰写完文章，少不得各自也写一篇当作典范。其中又以徐广志和吕凤明最为迫切，盖因二人都有入仕的想法，对功名利禄极为看重。

吕凤明先前已作了一篇《师者》，文稿如今就在皇上手里，心中得意的同时免不了还想再作一篇更为出类拔萃的。然而他抒发文思全靠饮酒，此时已无余力，便渐渐焦躁起来。

他想饮酒以激荡情绪，又怕压不住瘾头喝得酩酊大醉，从而丑态百出、原形毕露，正兀自犹豫，却嗅到酒壶中传来的淡淡香气。好哇，竟是果酒！果酒岂能醉人？凭他千杯不倒的酒量，喝上十坛都没问题。这样一想，他彻底放下心来，倒出一杯细看，颜色浅绿清澈，气味淡而弥香，有百果之韵，确是果酒无疑。他浅酌一口，味道甜而不腻，入喉温润绵滑，乃时下女子的最爱，这才将之饮尽，一杯不够再饮一杯，连喝四杯方闭目酝酿文章。

然而这酒的后劲此时才开始上涌，起初只是发热，片刻工夫就已令他神魂出窍，不知今夕何夕。茫然中有人在耳边吟唱靡靡之音，叫他仿佛置身于欢场，顷刻间就放浪形骸起来。

他胡乱往身边一抓，捞到一名“欢场女子”，一面抚弄，一面像往常那般摇头晃脑地哼哼，“紧打鼓来慢打锣，停锣住鼓听唱歌，诸般闲言也唱歌，听我唱过十八摸。伸手摸姐面边丝，乌云飞了半天边，伸手摸姐脑前边，天庭饱满兮瘾人。伸手摸姐冒毛湾，分散外面冒中宽，伸手摸姐小眼儿，黑黑眼睛白白视。伸手摸姐小鼻针，悠悠烧气往外庵，伸手摸姐小嘴儿，婴婴眼睛笑微微……”冷不丁就身上身下摸尽了，直往那羞死人的地方摸去。

被他抓在怀里的原是一名瘦弱小厮，挣扎之中把旁边的徐翁推过去替代，徐广志被吕凤明又搂又亲，缠住不放。小厮飞快捞走酒壶，又取出藏在宽袖里的另一个酒壶丢在桌下，伪装成被打翻的模样，然后悄然隐匿。

所有人都盯着吕翁和徐翁，自是不会关注一个下人。这场面可真是绝了，众人一看就知吕翁是欢场老手，动作娴熟，神态猥琐，出口更是秽言污语。徐广志在众人的帮助下好不容易挣脱开来，却听吕凤明又换了一首淫词艳曲，边唱边喊老鸨给他再找几个姐儿，俨然喝高了，把菩提苑当成了妓院。

全场寂静，随后便开始大哗，吕凤明之前塑造的德高望重的形象瞬息之间毁了个一干二净。玄光大师连忙让几名武僧把吕凤明带下去，然后双手合十连念佛号，素来平静淡然的脸庞微微扭曲，可见已犯了嗔戒。

喧哗中，一道雄浑嗓音传来：“朝廷刚修了律法，为官者既重公德，亦修私德，倘若流连青楼楚馆被抓，一律革除职务，永不录用。我素闻吕翁德才兼备，原是这个德才兼备法，倒是大开眼界了！都说公道自在人心，叫我说，唯少数人才是真的眼明心亮，余者皆随俗浮沉，趋炎附势而已。文会竟请来这等酒色之徒主持，又将之奉为楷模，大加追捧，可见魏国文风已趋于颓靡偏废，着实令人失望。”

听见高大男子的哀哀叹声，在座诸人皆面红耳赤，羞愧不已，再去看雅量豁达的帝师与太常卿，这才明白何谓真正的修身浩行。难怪关素衣说什么也不愿向吕翁道歉，还要将祖父与父亲的歉意也坚决代为收回，怕是对吕翁的言行极为不齿。然而她哪怕被全燕京的人口诛笔伐，除了拒不致歉，却也没说吕翁半句不是，这修养、这德行，真是宽宏到家了。

将屡次攻讦夫人的吕凤明贬斥到泥里，圣元帝冲夫人拱手，温声道："夫人受委屈了，"又冲二位大人作揖，"这种闹剧不看也罢，家中还有要事，我这就告辞了，二位大人请便。"

"霍爷慢走，我等送您一程。"皇上既不愿以尊位压人，关老爷子和关父自然不会叫破。其余人等皆仓促起立，准备拜送。

关素衣却走到被众位学子题满诗词的墙壁前，随意从某人案几上捡了一支大楷狼毫，蘸了浓浓一笔墨，写下"明德惟馨"四字。

"至治馨香，感于神明。黍稷非馨，明德惟馨。"她放下笔，缓缓走到圣元帝身边，向四面拱手，"才有高低，人有贵贱，唯一不分高低而又不论贵贱，且永发馨香，永为铭记之物，唯德行而已。今日文会，关氏素衣受诸位指教，心中亦领受了。"话落伴随祖父与父亲，缓缓送帝王离去。

满场皆寂，众人愧悔无地又反躬自省后再去看那四个斗大墨字，不免倒抽一口冷气。若非亲眼所见，他们绝想不到，这等笔力万钧、气势雄浑之字，竟出自女子之手，恍惚中竟有裂岩碎石之声传来，仿佛那坚硬的墙壁已难承其重，似要坍塌。而落在它旁边的，据称为当世一绝的徐二小姐的簪花小楷，顿时变得可怜又可笑。

玄光大师如获至宝，连忙指挥僧众："快，快去把这四个字拓印下来！今后谁也不准再在这面墙壁上落笔！"

关素衣跟随祖父和父亲，把圣元帝送到觉音寺门口。原本与众位夫人待在后殿探讨调香之道的仲氏也匆匆赶来拜别圣驾。

"送到这里便好，诸位请回，"圣元帝单独冲夫人颔首，"夫人请回。"只为在文会上能见到夫人，他才百忙之中抽出半天空闲，如今目的达到，自是不会多留。

关父微笑拱手，内里却千回百转。关老爷子素来心直口快，当即便道："霍爷，我家依依已经和离，得改称小姐了。"

圣元帝恍然道："瞧我这记性。方才多次口误，还请关小姐见谅。"

关素衣盈盈下拜，笑容虚假："不敢当。霍爷您贵人事忙，小女能劳您惦念一二，已是无上荣幸。山路崎岖难行，您请多加留神，缓车慢行才是。"

关父从二人的对谈中听出熟稔之意，关老爷子却半点也未多想，跟着叮嘱了两句。仲氏最擅长淬炼植物，嗅觉比起圣元帝来也不遑多让，暗暗打量二人，目中满是骇然。她怎么从皇上的衣袍上嗅出了依依身上的味道？且通体皆满，与龙涎香互相交融，可见二人必定有过极为亲密的接触。这、这是怎的？她心中焦急，却不敢表露出来，眼见皇上注视依依时神情温软，双目放光，竟似喜欢得很，临上车前再三看她，留下一句透着餍足的“多谢小姐关心”，才依依不舍地走了。这还有什么说的？分明一言一行都透着暧昧情愫，必是早已勾搭上了！依依可是刚和离啊！怎么能……

等马车消失在山路上，仲氏立即就想质问女儿，却被夫君握住手腕，暗暗阻止了。女儿性子如何，没人比他们更清楚，心直口快得很，若想入宫，怕是早就透出意思来，哪会等到现在？她绝不会为了权势富贵就主动往火坑里跳；相反，若她本来无意，旁人却群怪聚骂、指目牵引，说不定就起了叛逆之心，毅然决然地干出傻事。故此，他们非但不能质问她，还得假作不知，慢慢想办法避过去。然而那人可是皇上，该怎么避？仲氏心里一阵茫然，不由朝夫君看去。关父微不可见地摇头，暗示她回去再说。

一行人入了寺门，走到无人处，关老爷子沉吟道：“我仿佛在吕凤明的身上嗅到了一日醉的气味。”话落目光直勾勾地盯着孙女。

关素衣也不回避，坦然道：“没错，是我做的。都说君子报仇十年不晚，可见君子并非完人，也是有仇有怨的。当初离开赵府时我给了他二百两纹银，足够他买一座小院，安安稳稳地定居燕京。但他不知足，偏踩着关家的名声意图上位。既然他以怨报德，我也只好以怨报怨。”

关老爷子脸色不停变换，终是慨然长叹：“阴谋诡计终是小道，依依，你千万莫走偏了。”

关素衣肃容以答：“祖父放心，我虽然手段偏狭，但初心还在，我知道自己姓甚名谁、在做什么，绝不会坏了关氏门风。”

“那便好。”关老爷子脸色稍缓，这才继续往菩提苑的方向走去。关父与仲氏对视一眼，未再多言。女儿是个明白人，说多了弄得她心烦意乱，或许就不明白了。这孩子天生就长了一根反骨，激不得，逆不得，只能顺毛捋。

菩提苑内的狼藉已经打扫干净，吕凤明也被僧人带到厢房醒酒，众位学子原想在皇上跟前好好表现一回，却被这出闹剧搅和，还引得皇上说出“万分失望”的话来，便都恨上了罪魁祸首。

身为吕凤明的嫡传弟子，赵望舒简直无地自容。他一直知道对方酗酒，也知道他才华横溢，倘若能在上课的时候保持清醒，定能助他考中科举。然而现在，吕凤明已由当世大儒变成皇上口中的“酒色之徒”，原形毕露，声誉尽毁，从此别想在魏国立足。作为他的弟子，又能讨到什么好处？看见四面八方投来的轻鄙视线，赵望舒用力握了握拳，告诉自己千万不能遁逃。娘亲还气息奄奄地躺在床上，他此时逃走，她又该怎么办？然而吕翁也是她替他找回来的，在求学一事上，终究比不得关素衣高瞻远瞩，慧眼识人。

这样想着，他目中流泻出一丝茫然，竟不知往后该如何走下去。曾经关素衣为他安排好了一切，该怎么生活，该怎么学习，该怎么进阶，均是走一步看十步，没有丝毫不妥之处。他只需规行矩步就能达成目标，继而撑起赵家门楣。然而娘亲出现了，一切就都变了。吕翁名声尽毁，他上哪儿再去延请名师？为防惹来一身腥，但凡有点地位的大儒都不会愿意收下他吧。他脊背弯了弯，竟有些直不起腰，抬不起头的感觉。

其余学子站在墙壁前欣赏墨宝，脸上均带着赞叹的表情。

“听说关小姐今年也才十八九岁，竟有如此笔力！都说字体有无风骨，全靠勤学苦练与经年积累，她一介女子，又是桃李之年，该如何打磨才能刚劲至此？若非亲眼所见，我是绝不会相信的。”一名中年学子摇头感叹。

“关家代出文豪，少有庸才，莫非在教导之法上有什么诀窍不成？修德兄，你是太常大人的高徒，理当知晓一二。”某人揪住齐豫，也就是关素衣的大师兄询问。

“没甚诀窍，苦练而已。我那师妹三岁起负重练字，手腕先是绑缚沙袋，后来换成铁块，再后来缠绕两圈铅块，重量少则四五斤，多则十数斤，日日打磨，勤练不怠，十五六年熬下来，这才有了落笔裂帛之力。别看她年纪小，却都是一刻钟掰成两刻钟用，虽才二十不到，真要论起学问，丝毫不比天命之年的学者逊色。不仅是她，老爷子也因负重练字时多添了几个铅块而伤了手腕，如今落笔总有滞塞。关家治学最怕松散，却每每对自己人苛求太过，想拜入关氏门下，没点真功夫万万不行，一试过了有二试，二试过了有三试，往后每隔一月还有考校，断不能懈怠分毫。”

齐豫对徐广志散播《子集注释》，广收门徒的行为很看不上眼，这才添了最后几句。徐广志焉能听不出他暗藏在话语中的讥讽之意，却只是淡笑而过，并未计较。

诸位学子或表情震撼，或牙酸胆战，心道这是学文还是学武？也太苦了些！却也有对关家心生向往者，暗暗决定待会儿给两位大人投几篇文章，试一试自己的深浅。这才是真正做学问的人，哪像吕凤明，一味地沽名钓誉，欺骗世人，竟还有脸说关小姐辱及师道，要将她扫地出门。真是再没见过比他更厚颜无耻的人！

徐雅言站在墙壁前久久不动。她之前写下的一首骈赋就在“明德惟馨”四字旁边，原还觉得鸾飘凤泊、骨气洞达，乃新近苦练而成，足能弥补腕力不继之憾，不说堪为魁首，至少也是铮铮佼佼。初时的确惹来众人瞩目，博得许多赞叹，然而现在，被关素衣裂壁穿石、霸气纵横的字迹一比，竟直接落到尘埃里去。这便罢了，她还当着皇上的面质问关小姐为何打压侮辱吕翁，后又卖弄学问墙上题字，说是步步丢丑也不为过。她今天哪里是拔得头筹？竟丢人丢到姥姥家去了！就算皇上记得她又如何？不过是个不辨黑白、不自量力的跳梁小丑罢了。

徐雅言脸颊慢慢红透，五脏六腑被羞耻感和挫败感剐了一层又一层，痛苦得无以复加。若非周围站了太多人，她恨不能冲上前，用小刀将墙皮割下来，只因她还落了采薇散人的款，生怕别人不知道这是她的“大作”。

与她怀有同样想法的学子不在少数，莫不在墙壁前来回踱步，发现自己的字与关小姐写在一处便闭眼扶额，表情羞窘，若离得远便暗暗松一口气。先前指着关小姐鼻尖骂她德行败坏的俊美男子，此时已臊得头顶冒烟，频频用袖口遮面。

当关家一行人重回菩提苑时，不断有学子弯腰作揖，向关小姐致歉，原本乌烟瘴气的会场总算恢复了几许清明。关老爷子和关父也不摆架子，挥袖让大家落座。举办文会本是好事，焉能无为而返。众人再次拜谢，略平复心情之后便开始动笔。

关素衣丝毫没有参与的意思，只垂眸敛目，兀自愣神。仲氏到底不放心，悄悄附在她耳边说道："看第一排第一位学子，那是郎中令季大人的嫡长子季承悦，拜入当世鸿儒云飞龙座下，素有'燕京第一才子'之称，乃在座学子中身份最贵、相貌最佳、前途最优者。依依你好生看几眼，若是合意，娘觍着脸也帮你把这件事撮合了。"

关素衣反射性地朝那人看去，却见对方也正看着自己，不过须臾间便面红耳赤，头顶升烟，慌里慌张埋下头去，又"哐当"一声响，竟连手里的毛笔也掉了。

瞥见季承悦失态之举，关素衣面上并未流露出嘲笑的意思，而是微微冲他颔首，然后自然地移开目光。在家人或外人面前，她只能做端庄贤淑、温文有礼的关素衣，不能有一丝一毫逾越。

她忽然对这样的生活有些兴味索然，嘴唇不动，嗓音却已递到仲氏耳边："原来他就是才名远扬的季大公子。娘您别瞎操心，他先前还指着我的鼻子骂，又对徐二小姐大献殷勤，怕是没有与关家结亲的意愿。郎中令家的门第可不低，再怎么着也不会让和离之女过门。"

仲氏一脸失望，转而去看别的学子，并未留意到季承悦笔尖微顿，目露涩然。

"第二排第四个怎样？听说是寒门出身，才华却极为出众，又对父母非常孝顺，你若嫁过去或许会受两年苦，待他功成名就便好了。有你祖父和爹爹提携，你不用考虑门第高低、出身贵贱，嫁给谁都差不了。"仲氏又点出一名学子。

关素衣越听越烦，却只能狠狠压抑自己。为何直到现在，她才发现被世情、舆情困囿在方寸之间的日子竟是如此枯燥无味，受人摆布的生活竟是这样令人生厌？她真想撕掉这层脸皮，痛痛快快地活一回。

"娘，我不想嫁人，您别再说了。"虽极力克制，她语气还是有些加重，见仲氏露出难过的表情，连忙挽住她胳膊道歉。只是坐在此处，摆一副雍容端方的架子，她已觉得精疲力竭。

两刻钟后，陆续有学子放下笔，呈交答卷。金子悄悄摸到主子身后，与明兰站在一处。明兰挤了挤眼睛，低声问道："人怎么样了？"

"还能怎样？酒醒之后发觉丢了大脸，已悄悄下山去了，怕是会连夜整理行装，狼狈离开燕京。不提他，晦气！"金子边说边用帕子擦手，露出厌恶至深的表情，瞥见老神在在坐在场中的徐广志，明褒暗贬道，"还是徐翁有风度，被人又抱又亲，上下摸遍，还能面不改色地坐在这里。"

“人家早就练出来了！”明兰话音刚落，便被金子拽到角落，偷偷摸摸笑了一场。

当旁人奋笔疾书时，赵望舒脑子里全是空白。说实话，吕凤明压根儿没给他上过一天课，总是被他用几坛酒收买，放他出去玩耍，末了还会帮他在父亲跟前圆谎。若非关素衣捉住他狠狠训了一段时日，又将他送去私塾打熬，指不定连字都写不全。如今吕凤明名声尽毁，他哪里还有心思与胆气作文？捏着笔直冒冷汗，忽然看见坐在前排的齐豫，又想到他的谆谆教诲，这才茅塞顿开，文思泉涌。原来他所有的学识，皆来自关素衣与齐豫的教导，那么重新拜入吕凤明座下，图的又是什么？只是为了踩关素衣一脚，然后跌入深渊吗？他后悔了，悔不该一味听从娘亲的话，反倒误了自己前程。

徐雅言与众位贵女坐在一处，同样正缓缓书写。瞥见关素衣并未动笔，她心里松了一口气的同时又有些不甘。字迹能胜过自己，未必文章也能胜过自己。她擅长抒情散文，自己也擅长；而自己最拿手的书论，她未必就能驾驭。女子大多情感细腻，却对政局一无所知，而自己恰恰与她们不同。

这样想着，徐雅言落下最后一笔，心里暗自估量一番，觉得或许能排到十名之内。季公子不用问，定是文会魁首。她朝对方看了一眼，却见他正目不转睛地盯着关素衣，双颊绯红，眸色如水，竟已生了情愫。

也是，凭关素衣的长相，若非之前备受吕凤明攻讦，又是和离之身，上门求娶的人恐怕会踩塌关家门槛。哪怕是现在，明里暗里看着她的人也不少。方才皇上来过，他对关素衣印象如何？他口中的眼明心亮之辈必是对方无疑，他又把余者贬低到尘埃里，想来定是对关素衣极欣赏的。这样一个女人，有才有貌，又有显赫家世，谁会不喜欢？徐雅言刚恢复少许的自信心，此刻又被打击得支离破碎，却暗生一股猛烈敌意，恨不得把关素衣拉出来，方方面面一较高下。

她暗自憋了一口气，将已经完稿的文章递到玄光大师面前，然后静静坐等。

诸位名宿一一阅卷，忽有一人惊疑道：“这两篇文章的风格怎会如此相像？只不过一篇寓意深刻，构思奇巧；一篇粗陋浅显，文笔稚嫩。然而却能在行文中看出一脉相承。你二人出来与我探讨一番，可有事前通气或抄袭之嫌。”他喊了两个名字，一是齐豫，二是赵望舒。

齐豫态度平和，不卑不亢；赵望舒却脸色煞白，冷汗如瀑。所有人都朝他们看去，面上流露出轻鄙的神色。

眼见师兄再次被赵望舒连累，关素衣徐徐开口：“还请云翁明鉴，这二人并无通气或抄袭之嫌，只因此前的大半年，赵望舒被我送到师兄处求学，深得他教诲，于是行文多受影响。”

鸿儒云飞龙捋着胡须叹道：“原来如此，那么老夫便要点齐豫为此次魁首，不知诸位有何异议？”他舍弃自己的门生季承悦，改去提携一无名之辈，可见对方果然惊才绝艳。众名宿阅卷过后大为赞叹，纷纷在文稿上点了朱批。

座下学子们却议论开了，低声道：“还说关小姐想害继子才会把他送去私塾，却原来他所有学识均由齐豫教导，压根儿没吕凤明什么事。吕凤明站出来踩踏关小姐和齐豫时，他便应该道明真相，为二人辩驳。”

“还不是看齐豫名声不显，而吕凤明德高望重，能为他增加人脉罢了。从齐豫处获得学识，靠关小姐帮扶才没走偏，却反过来对二人极尽诋毁，这人品真是绝了！”

“难怪他要弃齐豫就吕凤明，原是一丘之貉！”

这些难听的话语一字一句往赵望舒耳朵里钻，令他羞愧万分，无力抬头。原来齐豫的才华竟能盖过季承悦，难怪关素衣说什么也要送他去私塾求学；原来若想拜入关氏门下，非得有过硬的才学不可，不是她不肯借助关家的权势为他铺路，而是他还不够格。她从没想过要把他养废，只是让他脚踏实地，步步稳行。都是他以小人之心度君子之腹，平白误了别人，也误了自己。

悔啊！赵望舒用袖子遮脸，沿着墙根悄悄退出菩提苑。他一时一刻也不敢多待，更害怕看见端坐在人群外的继母。

文会结束时，齐豫夺得魁首，云翁高徒季承悦屈居第二，余下八名入围者中有五人皆为徐广志刚招收不久的门生。等他们入仕，必会为徐广志所用，从而渐渐成为一个派系。结党营私、排除异己素来是他的拿手好戏，重来一回还是没变。

看到这里，关素衣已彻底失了兴致，借口如厕离开菩提苑，却在半道被人叫住：“关小姐稍等！方才愚口造业障，多有得罪，还请关小姐恕罪！”

关素衣回头一看，竟是季承悦，回道：“无碍，不过是些许误会罢了。”

他双颊通红，眸光闪躲，连正眼看她一下也不敢，神态与忽纳尔极为相似。这是喜欢上自己了吗？为何？只因吕凤明出了一回丑？那先前指着自己鼻尖叱骂的人是谁？口口声声要撵自己离开的人又是谁？不过反手之间，这些人便可以恨她、爱她、骂她、夸她，没有半点主见，更没有丝毫立场。若是让她在他们之中择一人共度余生，那她宁愿孤单一辈子。

她想象中的良人应该是坚定不移的，亦是包容执着的，无论旁人说什么，都会一如既往地信任她；无论发生何事，都会义无反顾地保护她；无论本性是好是坏，都能毫无芥蒂地接纳她……总之，他对她的感情，不会因为任何外物而撼动。

思及此，脑海中竟浮现忽纳尔的身影，令关素衣心尖狠狠一颤，差点勃然色变。她盈盈下拜，笑容温雅，勉强撑着端庄的仪态向季承悦告辞。

季承悦心中焦急，却又找不到合适的借口留人，只好眼巴巴地目送她远去。此时再看，关小姐哪还有半分张扬跋扈之态，分明是大气高贵才对，传言果然不能轻信。

关素衣找了一处僻静角落发呆，好不容易熬到文会结束，这才跟随老爷子回到帝师府，刚跨入后院就见木沐怀里抱着一只小猴子，兴冲冲地迎上来：“娘你看，这是大郎！我能养着它吗？”

关素衣当即愣住了。这只猴子分明是忽纳尔用一颗金珠救下的，怎会到了关家？它叫大郎，那鹩哥似乎叫小哥儿，真是一对好兄弟！

“你从哪儿得来的？”她弯腰去看挂在小猴子脖颈间的木牌，其上刻着“大郎”二字。

“在门口捡到的。门房告诉我有一只小猴子蹲在石狮子脑袋上，谁靠近就咬谁，凶得很，我跑出去一看，它便立马朝我扑来了，抱着我不肯撒手。娘，它喜欢我，我也喜欢它，我能养它吗？”木沐眨巴着乌溜溜的大眼睛。

关素衣最无法招架这种渴盼的表情，顿时陷入两难。该死的忽纳尔，成天不干正事，净给她添乱！若留下这只小猴子，岂不叫她时时刻刻都能想起他？

许是看出义母的为难，木沐跑上前用力抱着她双腿，一面摇晃一面哀求：“娘，我求求您了，留下大郎吧！”

小猴子许是接受过特殊的训练，先是嗅了嗅关素衣身上的味道，确定自己没找错人，这才爬到一棵桃花树上，摘了一朵桃花，龇牙咧嘴地递过去，模样殷勤得很。

金子和明兰大感惊奇，啧啧赞道：“这猴子真是神了！小姐您干脆留下它吧，还能陪小少爷玩耍。府里只有他一个孩子，确实有些孤单。”

关素衣还在犹豫，只因看见这只猴子就能想起忽纳尔，倘若留下它，竟似府里处处都有对方的影子一般。然而她更不愿让木沐失望，这毕竟是他第一次开口向她讨要爱物。

木沐见义母面色略有松动，连忙把小短腿也缠上去，奶声奶气地哀求。小猴子更机灵，摘了许多桃花往她头上洒，弄得到处都是缤纷落花。关素衣被这两个弄得哭笑不得，只好答应下来。

且不提帝师府如何欢声笑语，和乐融融，赵府却是一片阴沉压抑，东、西二府的隔门已经彻底锁死，若要互通有无，还得绕到院外去敲门。赵陆离总在外面走商，甚少归家，好不容易回来一次，必在帝师府对面的茶楼里守一整天，若能遇见偶尔出行的关素衣，远远看她一眼，就能重新振作。老夫人被毒素弄垮了身体，三天两头染病，如今只能卧床将养。赵纯熙既要主外又要主内，还要照顾祖母与赵怀恩，人飞速成长起来，尚未及笄脸上就已蒙了一层暮色。

得知吕凤明匆忙收拾细软，一刻不停地离开燕京，她料想定是发生了什么变故，立即派人前去打听，刚收到确切消息，赵望舒竟也回府了，一头扎进蓬莱苑找叶蓁说话。她冷笑着寻过去，立在廊下等候。

里面窸窸窣窣一阵响，应是赵望舒在禀报吕凤明的丑事，然后便听叶蓁声嘶力竭地道：“我还不是为了你好？齐豫才华再高，魏国可有人知晓他的名号？你若觉得关素衣是为了你好，她怎么不直接带你回关家，拜她祖父或爹爹为师？只要他两个随意拉你一把，你都不会是现在这副不成器的模样！

“拜入关门？想得倒美！魏国谁人不知关老爷子和关父从不收庸才。过不了他二人的考校，当即便会被撵走。先送入关氏首徒门下打基础，日后才德俱厚，再入帝师或太常卿座下，这才是稳扎稳打的做法。你以为谁人都像你叶蓁一般，一门心思攀高枝、走捷径？”赵纯熙不无讽刺地暗忖道。

或许赵望舒也是这样说的，惹得叶蓁摔了很多东西，连连骂他吃里爬外。隐约中，赵望舒苦涩的声音断续传来，大意是在这次文会上，学子们表现各异，良莠不齐，帝师深觉问题重大，已决定启奏圣上，将三年一度的科举改为分地域分层级递进式的考试，由易向难，一步一走，先过初试，再过复试，再三试，最后选出最优秀的一批学子，由皇上亲自甄选。这与关氏挑选门生的方式一样，只不过规模更大些罢了。换一句话说，除了这次恩科有机会一举中第之外，往后都得慢慢来。错过了这次，学子们还得再等三年，一试不中，又是三年，如此往复。

叶蓁彻底疯了，尖啸道：“三年？又要等三年？你这没用的废物，早前干什么去了，竟连一篇文章都写不好！你立马把四书五经都搬到我房里来，我盯着你读书，去啊，快去啊！”

赵望舒抽噎的声音传来，仿佛很委屈。赵纯熙明明不想管他，脚尖却不由自主地踹开房门，厉声叱道：“废物？你有什么资格骂他废物？你怪他不用功，那你早些年干吗去了？怎么不回来好好管教他？是谁逼他背叛师门？是谁逼他拜酒色之徒为师？是谁害得他现在全无脸面在燕京立足？是你啊！都是你！三年怎么了？在关素衣的安排中，这次科举本就没有赵望舒什么事儿，他连下场试水的资格都无，三年后基础牢固了，正可参加初试，一步一步踏踏实实地往上走。你如今偏要逼他彻夜读书，到底是为了他成才，还是为了你扬眉吐气？你是将他当成儿子看待，还是当成牛马驱使？”

她走进屋，看见什么就砸什么，头发乱了眼睛红了，最终喘着粗气一字一句地说道：“叶家因你而亡，二婶被你连累至死，祖母被你害得寿数大减，娘被你逼得自请和离，爹被你迫得有家不能归。你满意了吗？你还要把唯一在乎你的儿子也弄疯吗？你为何不死在宫里？你就应该死在宫里才好！”

跪在乱瓷堆中的赵望舒已经被吓傻了，张口结舌地看着赵纯熙，眼里渐渐浸出泪光。他不是感觉不到娘亲的偏执与疯狂，也不是感觉不到力不从心与寸步难行。他只是割舍不掉这份血缘的羁绊而已。他满怀希冀地喊了一声“姐姐”，希望她能留在东府，给他一些支撑与鼓励，但她发泄完心中的怨气，竟头也不回地走了，只留下一句漠然的话：“你若还是执迷不悟，早晚死在叶蓁手里。”

这似乎是一句诅咒，又似乎不是，令赵望舒骨髓冷透。

与此同时，徐府正门庭若市，宾客满座。文会结束后，徐广志邀请众位弟子来家中交流，偌大一个院落竟里里外外围满了人，连墙头都有好事者趴着看热闹，他坐在中间侃侃而谈，一举一动皆为名士风范，令人神往。

徐雅言与母亲林氏待在屋内，隔着一道竹帘往外看。

“这是你在文会上写的文章，你爹悄悄收起来了，让我赶紧烧掉。你身为女子，怎好抛头露面，与人争锋？往后断不能如此了。”林氏从袖袋里取出一张文稿，训斥道。

“可是别家女子也都写了文章，为何独独我不能写？难道我比她们低一等不成？”徐雅言满脸委屈。

“恰恰相反，正因为你比她们高一等，你爹才不让你与她们为伍。女子当贞静贤淑，安守本分，不该轻易抛头露面，否则便显得低贱了。你看那关氏女，一会儿闹这儿，一会儿闹那儿，满燕京都是她的传闻，结果呢？还不是和离了？往后连个正经夫婿都找不到，一辈子独守空房，孤寂至死，这就是不安分的下场！她若老实本分、谨守妇德，便该收留叶夫人，主动为她请一个平妻之位。叶夫人本就是嫡妻原配，高她一头难道还委屈她了？瞧瞧现在，叶夫人病倒了，赵老夫人也病倒了，赵陆离成日不归家，留下两个孩子孤苦无依，这都是关氏女造的孽！”

徐雅言心中有些抵触，反问道：“娘，若是您遇见这种情况，您会主动退让，给那叶夫人请平妻位吗？”

“自然会。女子当从一而终，以夫为天。夫君的嫡妻便该尊重，不管她是死了还是活着。当然，咱们徐家的女儿是绝对不能为妾的。你也到了论嫁的年纪，这是你祖母留下的手稿，里面全是她总结的为女、为妻、为母之道，你好生看看吧。”林氏打开桌上的木匣，取出一沓泛黄的文稿。

徐雅言郑重其事地接过去，略略翻看两页，目中隐现亮光。女德？好词儿！她心中隐隐浮现一种冲动，想把里面的文字总结出来，著成一本书。关素衣不是说德比才重吗？男子有君子之德，女子也该有淑女之德，若以她的言行来看，又哪里配得上“明德惟馨”四字？她仔细读了一段，如获至宝。

林氏见状非常欣慰，打开钱匣，将学子们送来的财物锁进去，低声道：“你爹这回是真的翻身了，单弟子们送来的银两就有上千之巨，更别提丝帛、古董、玉器等物，往后再不需要你彻夜抄书，拿去售卖。听说太史令和郎中令二位大人还欲推举他主持今次科举，哪怕不能当上主考官，也能得一副职，往后便是正儿八经的清流文臣。”

“主考官？怕是不行吧？帝师、太常卿在上，怎么着也轮不到爹爹。”话虽这么说，徐雅言心中却极为不甘。

“你懂什么？先推主考，被圣上否了之后再推副职，被任用的机会才更大。”林氏不以为意地笑了。在她看来，夫君能得一官半职已经很好，断不能贪心太过。

“倒也是。若爹爹能参与主持这次科举，便可拉拢好些学子，来年他们入仕，便都是爹爹的助力。在朝中攀爬，人脉才是最重要的，咱家没有靠山，亏得爹爹能想到这个办法。”徐雅言十分崇拜自家爹爹，语气中不由流露出几分傲然。

“可不是嘛。云翁只收世家子弟，关家父子只收英才，可天下间哪来那么多世家子弟和英才？余下这些学子们又该上哪儿求教？你爹爹身为世范，为人师表，将来必广受赞颂，名满天下。”

徐雅言指着外面热闹非凡的景象，笃定道：“娘您说错了，爹爹已经满城桃李、名动天下了。”

第十八章

文战

“满城桃李，名动天下？”关素衣一面翻阅手里的《子集注释》，一面讽笑道，“我看是沽名钓誉、拉帮结派才对。”

金子详细禀报了徐广志最近的动向，喟叹道：“他真是个会钻营的刁手，您连连毁他文名，他还能一次次爬起来，且一次更比一次爬得高。您看，这是他新发表的文章，名为《论师道》，竟把攻讦他广招门徒的文人比为‘邑犬群吠，吠所怪也’，又言自己‘独不顾流俗，犯笑侮，抗颜为师，甘为魏国学子引指文道，顶立师道’。因参加科举的学子大多是寒门出身，从无资格延请名师，能得他一二教诲便感佩甚深，于是陆续出言为他造势。如今再没人敢公开与他作对，纷纷遁了。”

“文章拿来。”关素衣摊开手掌，语调漫不经心，“孟圣有言，人之患，在好为人师。我却也不能苟同。若是换个人著此类书籍，我必然摇旗呐喊，发力助威，只因他为天下学子指了一条明路。然而这人是徐广志，我就再压他一次，看他还能爬起来几回。”

金子拿出《论师道》的文稿，低声询问：“小姐，您跟徐广志有什么深仇大恨？为何偏要与他过不去？再者，您想怎么压他？他已经把话都堵死了，又收买了全天下寒门学子的心，您一个人怕是敌不过悠悠众口。”

关素衣摆手轻语：“谁说是我一个人跟他斗？我只管抛砖引玉，叫全天下的鸿儒齐齐发声。届时，这本《子集注释》也就不值一钱了。”

“怎么个抛砖引玉法？”金子最喜欢小姐叱咤文坛的这股狠辣劲儿，所谓“笔扫千军”，莫过于此。

“他著书，我也著书，单看谁立意更高罢了。”这样说着，关素衣铺开宣纸，提起毛笔，便要行文，却没料仲氏拿着一沓名帖走进来，催促道：“怎么还没穿衣打扮？不是告诉你待会要去马夫人家中做客吗？”

“我也让明兰回了你，说我不去。”关素衣只好将蘸了墨汁的圭笔放下，眉头微皱。

“你不去也得去，我已经回了帖子，怎能爽约？娘跟你说，马夫人的嫡长子真是温文尔雅，玉树临风，之前在江南游历，这次特意赶回来参加科举，才学不比季公子差。他虽然结过一次亲，发妻却因病去世，如今三年孝期已过，更没留下子嗣，是个良配。”仲氏走上前拉扯女儿，手里忙个不停，很快就把她披散的头发扎起来，又命金子和明兰去准备衣裙和胭脂水粉。

眼见桌上的文稿被打乱，毛笔也滴溜溜地滚落桌面，关素衣终于忍耐不住，肃然询问：“娘，您究竟想让我干什么？赶紧嫁出去？好哇，女儿这就给情郎写信，让他前来迎娶我，这下您不用急了，只管在家等着收彩礼。”父母能看出她与圣元帝的交集，她又怎会看不穿他们的欲盖弥彰？倘若真要逼着她嫁人，好哇，嫁谁不是嫁？她连赵陆离那样的怂货都能将就，难道还不能将就忽纳尔那样的蠢货？

仲氏吓了一跳，结结巴巴开口：“你、你有情郎了？是谁？”话落连忙摆手，“不不不，我的女儿我还能不了解？岂会没和离就跟别的男子扯上关系！依依你一定是吓唬娘的，娘不逼你了，你想待在家里就待在家里，想干什么就干什么，娘这就去回绝马夫人，让她别等了。”

关素衣这才挽住仲氏手臂，微微一笑：“娘果然了解女儿，方才真是吓唬您的，您别往心里去。”

仲氏这才虚弱无比地坐在绣墩上，轻轻拍打胸口。

看见被小姐弄得一惊一乍的夫人，明兰将金子悄悄拉出内室，低声道：“你觉没觉得小姐方才笑得很奇怪？这次归家，她真的变了很多，往常哪会这般顶撞夫人，必然已经跟随她赴会去了。”

“小姐只是想过自己的日子罢了。难道关家嫌弃她是和离之身，容不下她吃闲饭吗？”金子拧眉反问。

“怎会？小姐可是关家的独苗！”明兰立马反驳。

“那为何急着把小姐嫁出去？难道女子的价值只能体现在自己的夫君身上？我看小姐跟我一样，怕是有立女户的想法。”金子笃定断言。

屋内，关素衣也沉声说道：“娘，您整天带我给这家夫人相看，给那家公子过目，叫他们对我横挑鼻子竖挑眼，竟将我当成摆件或展品一般。他们还嫌弃我这儿不温柔，那儿不贤淑，又想着将来弹压不住，恐会闹得家宅不宁，真是好大的脸盘！什么弹压不弹压，莫非我是和离之身，嫁过去就注定得受他们磋磨？那我又何必与赵陆离和离？至少在赵家，没人会想着压我，也没人压得过我。您急着让我出嫁，便是让我再经历一次被人折辱的痛苦吗？与其如此，好，我这就给您找一个全天下最尊贵的女婿，这回就是被打落牙齿我也和血吞，绝不诉半句苦！”

仲氏刚想说几句软和话，劝女儿回心转意，闻听此言又被吓得肝胆俱颤，连忙摆手道：“别别别！你可千万别冲动！你都是和离过一次的人了，给人当继室都算凑合，哪能入宫？你也不怕被天下人笑话死！”

“所以说我和离过，就只配给人当继室吗？”关素衣浑身的力气都被这句话抽空了。原来“女子卑弱，只配当男子附庸”的思想，古来就有，并非徐雅言的独创；

原来连女子自己都只想着随便找一个夫君，凑合着过一辈子。然而她凑合了一次，已经不想再凑合一次。如果实在逃脱不掉，不如选择忽纳尔，至少他是全天下最尊贵的人，哪怕是将就，也不会太亏心。

仲氏被女儿苍凉的目光看得难受，叹息道："这是世情，谁也不能例外。况且宫里是个吃人的地方，你性格耿直，如何活得下去？"

"那关家不能养我一辈子吗？"关素衣嗓音已经哑了，显然很疲惫。

"不能。"仲氏目露颓丧，"说一句不中听的话，等你祖父和父亲百年之后，关家没有嗣子，按照律法，所有家产都得收归族里，由族人分配。届时你能上哪儿去？天下之大，哪儿还有你的容身之处？不是娘要逼你，如果你嫁人，带走丰厚的嫁妆，就算在夫家过得不如意，总也好过无家可归，一文不名。"

"我就不能像金子那般立女户？"关素衣再问。这其实是她早就规划好的未来。

"若是平民之家，自然可以。但关家家大业大，多少人虎视眈眈地盯着咱们。你祖父和爹爹倘若不在了，不仅族人会出手，怕是连外人也会横插一杠。所谓的树大招风就是如此。你一介女流，到时候被人害了都不知道，所以娘才想着给你找一个依靠，好叫你平安过一辈子。"仲氏搂住女儿低泣。

关素衣终于从和离归家的兴奋喜悦中醒转过来，开始正视自己的处境，也正视关家隐藏的危机。如今关家显耀一时，连八竿子打不着的亲戚都经常登门，更何况五服之内的近亲？怕是都等着瓜分这份偌大家业呢！

沉思片刻，她歉然道："娘，是女儿错了，不该总想着自己而枉顾你们的感受。嫁人的事咱们不急，先把木沐带过来，改一改辈分吧。"

"依依你这是？"仲氏眼睛一亮。

"前些天二叔公不是找上门，让祖父把七堂兄过继给您当儿子吗？七堂兄比我还大三岁，早已知事，如今又赶上科举，这是想借咱家的权势给他铺路呢。他有父有母，还有一大帮兄弟姐妹，往日咱家名声不显时对祖父和爹爹颇不尊重，又怎会真心待你们？怕是一拿到家产就要变脸。如此，倒不如把木沐认养膝下，给你们当儿子。"

"可他毕竟与你母子相称，又与咱家没有血缘关系，会不会叫外人说道？族长定然不会同意，这事有点难办啊。"仲氏早就动了心思，只是不敢明言罢了。

"难办也要办！咱家的东西哪怕全丢进湖里听响儿，也不便宜外人。"幻梦中，为了不被她拖累名声，不知多少族人寻至沧州，央求她早些去死。还有几个堂姐妹给她寄了砒霜过来。若非外祖父和外祖母为她奔波受累弄坏了身体，祖父屡屡被族人逼迫，几次急怒欲死，她也不会自绝生路。

"改户、认子，立刻就着手准备吧，我来跟木沐解释。族人那里暂且先瞒着，入族谱的事得徐徐图之，免得有人从中作梗。"她从匣子里取出忽纳尔交给她的文书，上面果然将木沐划在她名下，归为义子。

仲氏得了女儿支持便有了主心骨，立即朝外走："哎，我这就去找你爹商量。你爹未必没有这个心思，只是怕乱了辈分，不好开口罢了。你祖父性子古板，恐怕得慢慢与他说和。”

“您去吧，木沐还小，又刚来咱家，改辈分完全来得及。”等仲氏走远，关素衣抖了抖文书，吩咐道，“金子，把你前主子约出来，就说我有事求他。”金子不敢怠慢，连忙去了。

早些年，关父与关老爷子在外游历，弘扬儒学，便把仲氏托付给老家的族人照顾。哪料族人明面上答应，暗地却截留了二人寄回来的财物，等仲氏揭不开锅，饿得快死时便找上门，逼她卖田卖地维持生计。若非仲氏得了信，躲回娘家，怕是保不住夫家的产业。

后来关父无法，只好把妻子带在身边，夫妻俩在旅途中诞下嫡长女，倒也慢慢习惯了四处漂泊的生活。后来又过两年，仲氏再次有孕，却因胎相不稳，身体虚弱，只得回老家待产。这次关父有了防备，财物都托可靠的朋友带回来，族人没法占到便宜，竟开始孤立她。

偶有一次，九黎军队与前朝军队在附近打仗，恐遭战火侵袭，族人连夜逃到山上，反把仲氏独自丢在居所。仲氏挺着七八月大的孕肚，能往哪儿逃？无法可想，她只好带上一包干粮，蜷缩在某户人家的地窖里。当时正值隆冬，天气酷寒，连正常人都受不了，更何况孕妇？战事打完，军队刚拔营离开，仲氏就小产了，九死一生，诞下一个没有呼吸的男胎，而她则伤了身体，从此再也不能有孕。族人从山上下来后竟未曾关怀过她一句，更没照管过一天，那户挖地窖的人家还怪她小产流血，弄脏了他家地头，日后时不时站在院墙外骂，活似结了深仇大恨一般。人情之冷，冷透骨髓。

关父深恨族人无情，却因血脉相连，不能施展报复，只好暗暗咽下这口气。然而族人非但不觉自己有错，还变本加厉地逼迫他们将田地归还族里，只因他二人总在外游历，不事生产。然而关老爷子当年与几位兄弟分家时何曾得到过半亩地？后来的良田百亩全是他和儿子辛苦赚取银两买回来的，与族人根本没有关系。他们坚决不肯还地，却又不在村里居住，百亩良田总是闲置，自然叫旁人看不过眼。于是大家的关系越发恶劣，直至后来战乱不断，族人举族迁往燕京避祸，这才稍微有些和缓，却也是关老爷子用发卖良田的银两为众人支付盘缠换来的。但抵达燕京后，路上哭哭啼啼说自己没盘缠的族人纷纷购置了三四进的大院子，唯独关家最穷困，只能暂居破屋，凭片瓦遮雨。

谁也没想着来帮衬他们一把，所以说白眼狼走到哪儿都是白眼狼，感化不了。关父早就对族人没有半点情分了，如今关家显耀，他们便陆续找上门，打着什么主意，他焉能猜不透？看见女儿把木沐带回家，他不是没动过心思，却因辈分问题一直未曾开口。或许因为关家有了男丁，哪怕只是女儿的义子，也叫某些人乱了方寸，近日频频找上门说和，连族长都屡次造访，直接命令他们把二叔家的老七认作嗣子。

嗣子？想得倒美！关父与女儿的看法一致。关家的东西哪怕丢进湖里听响儿，也不会便宜旁人半分。是以，当妻子找过来，透露出认木沐为嗣子的话音，他立刻就同意了，然后表示会劝服老爷子。老爷子最重纲常伦理，曾外孙变亲孙子，他怕是过不去心中那道坎。另外还有改户、上族谱等问题需要解决，还得徐徐图之。

得了爹爹准信，关素衣这才把木沐找来，向他解释改变辈分的问题。

“木沐，日后你不能叫我娘了。”她把小小的孩子搂进怀里，嗓音轻柔。

“为什么？娘您不要我了吗？”木沐吓得连小猴子都抱不住了，眼珠滴溜一转，立刻掉出许多金豆豆。

“不是不是。”关素衣连忙把认嗣子的事说了一遍，也不怕木沐年纪小听不懂。如今在他心里留一些印象，等他年纪大了，慢慢也就理解了。但木沐比她预想得还好哄，得知只是改一下口，并非要把自己送走，立刻就抱着关素衣的手臂答应了。

“所以我能一直待在这里不走了吗？一直陪着娘、外祖父、外祖母和外曾祖父？”木沐再三确认。

“是，日后你就是关家人了，你得改名叫关木沐。还有，你不能再叫我娘，得叫姐姐，外祖父和外祖母才是你的爹娘，老爷子是你的祖父。你愿意吗？”

“我愿意。”木沐抱着新认的“姐姐”不肯撒手。只要不把他送走，叫他干什么都愿意。

“木沐好乖。日后你只能私下叫我们，别让外人听见，否则他们会对你不利。”关素衣大松口气，心里略一思量，又觉得欢喜起来。她原本就该有一个弟弟，却因战乱和族人的冷漠而夭折。木沐活了下来，这或许是老天爷在补偿她、补偿娘呢！

“好弟弟，乖弟弟。”她喜不自胜，亲亲木沐左脸，又亲亲木沐右脸，将他逗得咯咯直笑。

“姐姐？姐姐、姐姐、姐姐……”木沐试探性地唤了一声，觉得很新奇便又连唤几声，很快就适应了辈分上的转变。姐弟俩抱在一块儿玩闹，感觉比做义母义子时更亲近。

“夫人，我来赴约了。”圣元帝站在门口，笑看屋内二人。

木沐吓了一跳，连忙往姐姐怀里躲，小猴子却屁颠屁颠地跑过去，跐溜一下爬到男子肩头坐定，叽叽喳喳说着什么。一只鹩哥飞进来，站在小猴子头顶上，边用尖喙啄它耳朵边“大郎、大郎”地叫唤。

“它认识大郎。它是谁？”因为小动物的光临，木沐恐惧消减，指着鹩哥儿询问。

“它是小哥儿，是大郎的兄弟。”

“可它是鹩哥儿，大郎是猴子。”木沐从姐姐怀里钻出来，怯生生地跑到圣元帝跟前，伸出小短手，似乎想把小猴子抱回来，却又够不着。

“没有血缘也可以是亲人，就像我和你一样。”关素衣趁机教导弟弟，然后给金子使了个眼色，让她把木沐抱走。

却没料圣元帝忽然弯腰把小家伙抱起来，扛在自己另外一边肩头，低笑道：“这就是我的妻弟关木沐？比别家的小崽子可爱多了。”了解他的人都知道，他平生最恨小崽子，看见他们就远远躲开，唯独对夫人养在膝下的这位，真是怎么看怎么顺眼。中原文化果然博大精深，“爱屋及乌”一说简直再贴切不过。

木沐先是吓了一跳，被他扶着腰掂了掂，又绕着屋子走了两圈，这才笑开了，抱着他脑袋问道：“你是谁啊？我怎么没见过你？”

“我是你姐夫。”圣元帝哈哈一笑。

“忽纳尔，你胡说八道些什么？”关素衣气得脸颊通红。

“既然夫人嫌弃我乱说话，那我这就离开好了。”圣元帝放下木沐，作势要走。

“别，你留下。”关素衣连忙上前拦门，又把木沐从他怀里夺过来，交给金子带走。木沐有些不放心，临出门前奶声奶气地交代：“姐姐别生气，好好跟姐夫说话。”

不等满脸无奈的关素衣回答，圣元帝就低笑起来，许诺道：“小舅子放心，你姐姐脾气来得快去得也快，过会儿便好。这是姐夫送你的见面礼，好生收着。”他从腰间抽出一把镶满宝石的匕首，塞进木沐怀里。

木沐到底是男孩子，很喜欢刀枪剑戟等物，连忙将其紧紧抱在怀中，十分有礼貌地说道：“谢谢姐夫。”二人出了房门，把小哥儿和大郎也带走，屋里彻底安静下来。

关素衣略微平复羞臊的心情，伸手相邀：“请坐，喝茶。”

圣元帝在她对面落座，端起茶杯喟叹：“我还是第一次受到夫人礼遇，今日值得纪念。”

关素衣咬了咬牙，继续道：“想必金子已经告诉你了吧？改户并非难事，然而把孙子改为儿子，这便乱了伦常，怕是有一番折腾。我爹爹虽然人缘不错，树敌却也不少，朝上朝下处处都是盯着他的眼睛。他若为了改户一事上下打点，四处奔波，被政敌抓住把柄参一本，必会影响仕途。族人收到消息，也会对我家群起攻之，届时木沐便危险了。我想求你悄悄把他的户籍改了，也好给他一重保护。”

“既已明白会坏了太常卿仕途，夫人缘何告诉我？难道不怕我记太常卿一笔？”

“你不会。”关素衣微微笑了，“借你一句话，我就是仗着你喜欢我才会如此。”

圣元帝心尖颤了颤，叹息道：“夫人，你变坏了。你现在就像个无赖。”

“我原本就是这样，只是你把我想得太好罢了。我的确很无赖，仗着你的喜欢便肆意妄为；我也很矫情，一面拒绝你，一面享受着你带给我的快乐与便利；我还口是心非，明里对你以死相拒，暗地里却为你的倾心感到窃喜与得意。没事的时候我希望你有多远走多远，有事的时候又第一时间想起你，请求你为我披荆斩棘。我偶尔想让你对我死心，偶尔又想让你爱我更深。你瞧，我就是这样一个表里不一、自相矛盾的人。我拒绝着你，利用着你，吊着你的胃口，不想接受又不想失去，简直虚伪得令人作呕。你若是觉得我打破了你内心的美好想象，便趁早离开吧。”关素衣慢慢剖白着内心，连她自己也弄不清楚为何要说这些话。

圣元帝听愣了，恍惚片刻才道：“夫人，我现在不仅不愿离开，反倒更爱你了。你的不完美，恰恰就是我眼中的完美。”

关素衣正难堪地等待着圣元帝的嘲笑，却没料竟会听见又一次告白。她脸颊一层一层爬满红晕，然后扭过头去，不敢看他充斥着爱意与狂喜的眼眸。

圣元帝勉强压抑着心中的激荡，哑声低笑：“夫人你知道自己方才在干什么吗？你把你的心剖开给我看。这一点，你有对别人做过吗？帝师、太常卿、关夫人，他们了解真正的你吗？”

关素衣耳尖微颤，越发不敢看他。她怎么可能再对第二个人说那些话？她是关氏嫡女，是贤良淑德的典范！

圣元帝越笑越大声，温柔缱绻地道：“夫人对我不是没有感情的，否则不会舍不得失去我。但你又不敢接受，是在担心什么呢？担心入宫之后我的心会变，担心你失去宠爱后无法存活？夫人如此大胆刚强，就不能尝试着往前迈一步吗？你起初不想和离，现在不也过得很好？待你入宫后，我必定会好好珍惜你，椒房独宠，尊贵无匹。”

“椒房独宠的下场或许是暴毙于冷宫。”关素衣终于转头看他，眼底再次充满抗拒。

“说到底，你就是不敢信我罢了，那我说再多也无用。”圣元帝无奈扶额。夫人真是固执，刚打开的心门这么快便关上了。

关素衣差点被这人拐去，心里不由警醒起来，直言道：“你若是帮木沐改了户，就算我欠你一次。”

“那你用什么来还？”圣元帝紧追不舍。

“除了入宫，什么都可以。”

圣元帝眼眸微微一暗，指着自己嘴唇说道：“那便亲我一下吧。”

关素衣被他直白的要求弄得满心羞恼，立刻便想拒绝，又怕他甩袖走人，日后再去相求恐怕会遭遇大肆抬价，越发留难。然而要是她爽快答应，心里又十分不甘，只能用冒火的眼眸瞪视。

好不容易占尽上风，圣元帝自是不会轻易让步，拍拍衣摆便要告辞：“既然夫人觉得为难，那就算了。反正太常卿手段不差，找人打点一番也能成事。但这个把柄就算是捏在户曹尚书手里了，少不得被他辖制一二。清官难当，些许污点就会身败名裂，你让太常卿好自为之吧。”话落人已走到门口，脸上透着漫不经心的笑容。

“好，我答应你！”关素衣咬牙低喊，想了想，又道，“但你敢不敢与我打个赌。你若是赢了，我就应了你；你若是输了，就无条件帮我把这事给办了。”

圣元帝转过身笑道：“你先说说怎么赌？”

“你坐在此处，若能在一刻钟之内保持一动不动，就算我输。”她指着一张矮凳。

“能眨眼吗？”圣元帝怕自己掉进夫人的语言陷阱。别看她一副端庄贤淑的模样，实际上鬼点子比任何人都多，更是个小无赖。

“能。”

“能说话吗？”

“能。”

“你不会故意推我吧？”

“我不碰你。”关素衣举起双手。

“既然是打赌，当然得有彩头。如果我赢了，你得坐在我怀里亲吻我，还得叫我一声‘夫君’。我若是输了，自然帮你把木沐的户籍摆平。”圣元帝大马金刀地坐下，双目里满是炽热的火焰。

关素衣被他“烫”了一下，垂眸道：“可以，那就开始吧。我保证不碰触你的身体，你若自己动弹起来，就算是输了。”

“自然。”别说坐在凳子上，哪怕蹲马步，圣元帝也能坚持两个时辰不动弹。他志在必得地盯着夫人，眼神像一匹饿了许久的狼。

为避开他的视线，关素衣绕着圆桌走了两圈，然后在他面前站定。她用温柔的目光看了他一会儿，末了略微俯身，张开红唇，一寸一寸靠近。

圣元帝被她仿若求吻的姿态吓了一跳，差点就忍不住伸手将她抱住，所幸很快想起这场赌约，勉强按捺下来。原来夫人在这儿等着呢，说了不碰他，却没说不诱惑他，真是狡猾！他咬了咬牙，干脆闭上双眼，不去看夫人如魔似魅的模样。

色诱这种事，关素衣上回干过一次，这回却没法熟能生巧，正犹豫着该不该退却，想起加了注的彩头，只能硬着头皮上。就当戴了一层面具好了。这样想着，她竟慢慢放开自己，朝前倾身。真是怪诞，那日在街头游荡时，分明脸上戴了一层面具，却仿佛将她内心的面具拿掉，令她敢于做真正的关素衣。关素衣是什么模样？在此之前连她自己都不知道，在此之后却明白了，她永远无法像祖父教导的那般，成为一个克己复礼、谨守道德的完人。她有太多反叛，也有太多不甘，她需要宣泄。

盯着这张轮廓深邃、刚毅冷峻的脸庞，她微启红唇，吐出一口如兰香气。对方眼睫剧颤，脸颊的肌肉也抖了抖，显然受惊不小，却努力克制住了。她低低笑了一声，又在他眼睑上吹了吹，睫毛颤抖得更为频繁，最后终于忍无可忍地睁眼。

“你若再不睁开，我就要朝你耳朵里吹气了。”她嗓音里流淌着浓稠的蜜汁，令对方幽蓝的双眸顷刻间大火燎原。

“夫人，你变坏了，此时此刻真是无赖本色尽显。”圣元帝嗓子里像卡了一块石头，沙哑得厉害。

“我本来就是这样。”关素衣娇艳欲滴的红唇越来越近，越来越近，近得能隔空感觉到她的体温与呼吸。她还不停说话，嘴里喷出的芬芳时时吹拂过来，令人皮肤发麻。

圣元帝心如擂鼓，血液沸腾，却极为清醒地知道，若要采撷这两片红唇，就什么都不能做。忍着，一定得忍着。

关素衣更凑近了一些，双唇与他双唇只隔了一张夹宣的距离，然后定住不动，嗓音曼妙：“只差一点点，你能感觉到吗？”

如何感觉不到？圣元帝幽蓝的眼眸已布满血丝，上下犬牙一下一下轻碰，极想咬住送到嘴边的猎物，又不得不拼命按捺。当他以为对方会持续诱惑自己，直至一刻钟过去时，她却忽然拉开距离，冷风随着她后仰的动作灌入，瞬间冷却了他燥热的嘴唇与鼓荡的心。

你怎么能猝不及防地退开？不知道追击猎物是野兽的本能吗？他脑海中刚浮现这个念头，身体已不受控制地扑过去，却被一把未出鞘的弯刀顶住。

“我赢了。”关素衣一字一句说道。她当然知道他会凭借本能扑过来，否则便不会提出这个赌局。

圣元帝浑身的力气都被这三个字抽空，颓然低笑起来：“夫人，你真的变坏了！我却更爱你了！就算你矫情、虚伪、无赖，一心只想吊着我，算计我，我也认了。”

关素衣被这句话刺破心防，揉了揉同样酥麻的嘴唇，跟着灿笑起来。她还没想好该如何处理这份感情，却也决定慢慢地、试探地向前走。当感觉到危险时，但看她的心会给出怎样的答案，或坚定拒绝，或义无反顾。

圣元帝被她明媚的模样晃花了眼，从怀里取出一张文书递过去，喟叹道：“虽然没能品尝夫人双唇，但这个真心实意的笑容也能聊作慰藉。文书我在来时的路上就已办好，妥善藏起来吧。你也知道，自古以来都是宗法高于国法，倘若关氏族人不承认木沐，不愿给他上族谱，就算你们改了户也无济于事。”

关素衣如何不知？在一族之内，族长的权力高于一切，如果他要治某个族人的罪，官差来了也不顶用。

“改了户，好歹在律法上站住了脚，将来等木沐长大成材时，别人要想拿捏他也不容易。再者，我爹也会想办法给他上族谱，族里并非铁板一块，总能拉拢几个人为他说话。”关素衣按揉眉心，疲态尽显，“但愿祖父和爹爹能长命百岁，为木沐铺好路。这次真是谢谢你了。”

圣元帝斟酌片刻，诱惑道：“你我之间何须客气。你有没有想过，倘若你嫁给魏国最具权势的人，木沐就是国舅爷。国舅爷的家业谁敢乱动？你现在所有的烦恼都是自找的罢了。木沐若是你的义子，我就将他当亲子待；若是你的弟弟，我就将他当亲兄弟待，总不会叫他吃亏的。”

关素衣耳根红了红，又想生气，又觉得好笑，飞快夺过文书斥道：“又开始胡说八道！时辰不早了，你快走吧！我最期望的是木沐成材，而非助我关家守住家业。如果真把他交给你，怕是会养成一个小纨绔或小霸王。”

圣元帝依依不舍地走到门边，假意拱手告辞，忽然把夫人扯进怀里，飞快在她脸侧吻了一下，然后飞上屋檐，消失无踪。

“一张户籍换一个吻，夫人总不会吝啬吧？”那人低沉浑厚的嗓音犹在耳畔回响，令关素衣脸颊烧红，又羞又恼，熬过了这阵，竟又莫名其妙地笑起来。

木沐抱着大郎跑出来，失望万分地问道：“姐姐，姐夫呢？金子说姐夫是个大将军，可厉害了。”

“嘘，千万别在旁人跟前提起他，连爹娘和祖父也不行。这是咱俩的秘密好不好？”关素衣伸出小拇指，满脸无奈地说道。

木沐眼睛一亮，立即勾住姐姐的小拇指，神秘兮兮地应诺：“我绝对不提。拉钩上吊，一百年不许变。”

翌日，关素衣将改过的户籍文书交给父亲保管。

关父展开一看，不禁挑眉：“这张文书怎么来的？”

“我离开赵府的时候办的，木沐本就划归在您和娘名下，是你们的养子，只要族人同意给他上族谱，他便是咱家正儿八经的继承人。喏，关木沐，好听吧？”关素衣点了点页尾三个字。

“若是早就上好了户籍，你不会一直让他喊你娘。这张文书究竟是怎么来的，我也不问你，我只让你好生想想，凭你的性子能在宫里活几天？后宫争斗的残酷不啻政斗与战事，各有各的派系，各有各的利益，倘若你挡了谁的路，必是一番刀光剑影。后宫里的女人，杀人都不见血，你跟随你外祖母修过史书，必然知道前朝后宫的种种乱象，而帝王坐拥佳丽三千，今日宠幸这个，明日爱慕那个，转眼就能忘掉旧情。你性格耿直、手段粗糙，又憋不住话，与你祖父简直如出一辙。你看看他如今得罪了多少人，又当面训斥过皇上几次。帝王多疑，天家无情，现在他能容忍你祖父是因为政治需要，来年坐稳了江山，未必还会如此清明。我这儿正煞费苦心地给你祖父谋求一条退路，好叫他顺利致仕，安享晚年，你倒好，竟又跃跃欲试地往里跳。我捞了这个又捞那个，一个没站稳，全家都得掉下水。”

关父收起文书，慨然长叹：“你表面看着比谁都温顺，实则却天生反骨，幼时我只斥你一句字迹潦草，你就能偷偷摸摸把布袋里的沙子换成铁砂，一夕之间增重数斤，差点废了自己手腕。倘若哪次考校落在诸位师兄后面，便会不眠不休彻夜看书。你最大的优点是好胜，最大的缺点也是好胜，我越是拦你，你便越喜欢与我对着干。所以我现在既不劝你也不拦你，我只让你想清楚其中利害，值不值得拿自己的性命，乃至于全家人的性命去赌。关家原本可以做超然物外的纯臣，而非皇亲国戚。一旦卷入权欲的旋涡，要想抽身就难了。”

关素衣沉默片刻，拜伏道：“爹，您说的话我都记在心里了。该怎么选，我会想清楚。”

“那便好，你七堂兄要来讨教功课，你先回去吧。木沐的户籍已经办妥，咱们也就不用急了。等他长大，有了出息，族人自然不敢与他相争。”

“是，女儿一定好好教导弟弟。”关素衣再三拜伏，出了房门，看见站在墙根下放纸鸢的木沐，凝重的脸色这才稍微缓和。

木沐很聪敏，知道要改口，也知道不能让外人听见，于是大庭广众之下就干脆谁也不叫，只招招手或自个儿跑过去抱大腿。看见姐姐来了，他原本想喊人，瞥见站在不远处的丫鬟、小厮，连忙把小嘴捂住，笑眯了眼睛。

关素衣也跟着笑了，走过去帮他拉了拉细绳，让纸鸢飞得更高。姐弟两个玩闹了一会儿，就听身后传来脚步声，转头一看果是如期而至的七堂兄。他相貌俊美、气质温文，才华也很出众，在关氏族人中算是佼佼者。关氏虽为儒学世家，然而真正研习儒术的只有老爷子这一脉，其余嫡支、旁支因战乱频发，早就弃笔从耕去了。

这位七堂兄的嫡亲曾祖父就是现任族长，他要争夺帝师府的家业，旁人自然不是对手。是以，他现在已经把自己当成了帝师府未来的主人，张口就道："堂妹，你乃和离之身，怎好在家久待？还是赶紧找个人嫁了吧。你这义子如何安置？寄养在帝师府还是一块儿带走？"

"自是一块儿带走。"关素衣浅浅一笑，仿佛丝毫没察觉他话里的撵人之意。

"你能这样想就对了，毕竟母子一场，怎好舍弃他独自嫁人？然你带着孩子发嫁，要想找到合适的夫婿也不容易，我有一位同窗，今年三十三，虽然年纪有些大，且结过一次亲，膝下育有两子一女，但人品十分可靠，也不介意你带着孩子入门。我这就跟婶娘说一声，让她替你相看相看。"

三十三岁的鳏夫也敢介绍给堂妹，且还跟人家通了气，这是把自己当成家主了吗？关素衣心里冷笑，面上却很和气："我的婚事自有父母做主，堂兄无须操心。"

关文海吃了一记软钉子，倒也不恼，反而无奈地笑起来，一副胜券在握，不与尔等计较的模样。

关素衣眸光越发暗沉，指着他手里的文稿说道："这是堂兄的大作？可否借我一观？听说此次恩科以策论占比最重，且题目从儒家典籍中随意抽取，如今全魏国的学子恐怕都在写策论，只看谁有那个运气能押中考题。堂兄此来，怕也是请我爹爹押题的吧？"

关文海将文稿递过去，坦诚道："五叔乃天子近臣，理当对今上有所了解，请他押题再合适不过。老爷子那里我可不敢叨扰，担心水平有限，惹他老人家斥责。"

关素衣笑而不语，接过文稿一目十行地看完，徐徐道："我劝堂兄回家重写一篇。格物致知，你开题就错，破题更错，立论简直大错特错，拿给爹爹看也就罢了，拿去外面与人讨论，必然贻笑大方。"

"堂妹真的看懂了吗？不要因为堂兄催你嫁人便心生不快。"关文海志得意满的表情终于出现一丝裂缝。

关素衣指着第一页第一竖行说道："若是我没记错，你对格物致知的解释应当来源于徐广志的《子集注释》——格，至也；物，犹事也。穷至事物之理，欲其极处无不到也。然你有没有想过？《大学》一书是为阐述当时三代以来勋贵子弟接受英才教育的基本宗旨。这些学生年龄均在十五至二十岁之间，尚处于探索学问的初期，行走在学术之道的起点。而《大学》所列八目，格物、致知、诚意、正心、修身、齐家、治国、平天下，其中格物致知占据首位，也就是说，要想探索学术之秘，必然要先做到这两点。然而以徐广志的观点来看，格物致知竟变成了穷极世间万物的道理，连圣人都不敢放此豪言，初入文道的学子又何德何能？本来极为浅显的一句话，叫徐广志解释出来，竟变得玄之又玄，面目全非。所谓的格物致知，不过是‘分辨人事从而明辨善恶’罢了（参考朱熹《四书章句集注》及傅佩荣《朱熹错了》）。这才是一个学子踏上学途首先要秉持的基本准则。”她抖了抖文稿，直言不讳，“简简单单一句话，竟被你们曲解又曲解，繁复又繁复，且还扯出世间寰宇万千变化的大道理来，着实可笑。”

关文海被她批驳得面红耳赤，恼怒道：“堂妹，徐翁年长你多少？学问又高出你几何？你若是不懂便不要大放厥词。”

“闻道有先后，学术有高低，然而圣人又何曾说过学术高低必然与年龄有关？甘罗十二为相，又该作何解释？若按堂兄的说法，徐翁年龄远在诸位鸿儒之下，他又有什么资格对儒学典籍做出注解？你们学子又何必兢兢业业参加科举？直接将年龄大小排出来，最年长的居榜首，次者榜眼，再次者探花好了。”关素衣退还文稿，脑中文思滚滚，不可遏制，当即抱起木沐，屈膝告辞。

她要写书，把徐广志这篇《子集注释》从头到尾驳一遍，告诉全天下的学子，权威并非绝对。

关父不知何时已站在门口，见关文海怒气冲冲地走过来，摆手道：“你回去吧。正如依依所言，这篇文章连开题都是错的，已经没有指正的必要。回去以后多思多想，多读多看，有了自己的见解再来。”

关文海并不服气，却碍于自己还没过继，不好太过得罪关父，只得咬牙告退，路上想了想，越觉难堪，走到学子们惯常聚会的茶楼，把文章传与大家浏览。他本就文采斐然、学识渊博，又因徐广志对“格物致知”的解释太过深奥，而关文海论述出来竟有一丝寓意十足、锋发韵流的意味，激起一片赞叹之声。

时下的文风就是如此，越高深玄奥，百思莫解，越是受到文人吹捧，仿佛唯有把简单的道理复杂化才能显出他们的水平一般。关文海得到大家的肯定，这才把堂妹的说法当成笑话讲述，惹得众人嘲讽不断。季承悦与徐雅言正巧就在雅间，听到此处不免把文稿要过来拜读。

“好文章！”季承悦赞了一句，紧接着又为关素衣开脱，“然而关小姐身为一介女流，却能给出自己的想法，已算十分难得。求学之路艰难，正该具备提出异议的勇气，否则错便永远是错，得不到进益。”

“她一知半解便大放厥词倒也罢了，缘何太常卿大人也随口附和？关家的文风怕是并不如外界传言得那般严谨。听说关文海即将成为帝师府嗣子，这里面或许也有故意针对的嫌疑。”徐雅言状似不经意地道。

季承悦愣了愣，顾左右而言他：“关家家事，旁人不好非议。差点忘了向徐二小姐道喜，听说徐翁的《子集注释》已被呈至御前，若皇上批复下来，将会成为来年科举必读书目之一？凭借这个，徐翁怎么着也能得一主考官的职位。”

徐雅言这才欢喜起来，笑盈盈地道谢。

与此同时，关素衣正铺开一张宣纸，缓缓写道：“圣人微言大义，时人从之学之，尚且难勘全貌，犹屋下筑屋，床上架床，不得要领，愈加渺小衰微。故后人才有减师半德之说。对圣人之言加以注释，当以经解经，而非以一己之论强解经意……”（参考《颜氏家训·序致》）

甫一开始动笔，关素衣就停不下来了，只好给木沐绑了一个小沙袋，让他坐在旁边练字。木沐十分乖巧，既不吵也不闹，到了饭点还会敦促姐姐去用膳，生怕她累坏身体。关老爷子和关父起初并不放心，跑到书房看了几回，才读完第一页文稿就再也没来打搅她。

“虽然心思有些偏了，学识却大为进益。好！”关老爷子捋捋胡须，表情欣慰。关父则摇头苦笑，不发一言。女儿哪里是心思走偏那般简单？她眼看就要跳进火坑里去了！

关素衣写了足足半月，将文稿检查一番，稍加润色，然后誊抄数份，让金子拿去文榜粘贴。

“小姐，不另外叫人誊抄，直接贴您的手稿吗？您的字迹全燕京的文人都认识，若是宣扬出去，您可就大大出名了！”金子指着落款，提点道，“因为先前那篇《民之法》，逆旅舍人备受百姓推崇，言及才华不在徐广志之下。待大伙儿得知逆旅舍人就是您，怕是会惹来诸多非议。”

“贴吧，我就是逆旅舍人，逆旅舍人就是我，旁人爱说不说。”关素衣洗掉指尖的墨迹，漫不经心地道。

金子得了准话，这才怀揣文稿而去，买通看守公榜的侍卫，将主子的文章贴上去，不过片刻就引来大批人驻足围观。

“我没看错吧？这竟是逆旅舍人的大作？快快快，快去书肆买纸笔，把它誊抄下来！”只看清落款，还未浏览全文，就有学者着急忙慌地跑去购买纸笔。然而还有更多人留下来观看，起初心怀疑虑，后来如痴如醉。

该文果然秉承了《民之法》的风格，继续与徐广志作对。开篇第一句便直斥徐广志以一己私论注解圣人之言，犯了大忌，强把自己的学术观点引入天下学子的脑海，令他们迷失文道；接下来一一点明他所有疏漏之处，用渊博的学识加以考证。

时人都知道逆旅舍人拥有深厚的史学功底，她对儒学典籍的注解严格遵循了“以经释经”的原则，甚少掺杂个人观点，但有迷惑之处，便恳求诸位鸿儒或学子加以指正。她欢迎全天下人对她的文章进行批驳，还说唯有如此，才是最严谨的学习态度，而非一家之言成风，以至于圣人之德减之又减，终至消弭。

而逆旅舍人却在结语时一针见血地指出，徐广志并非在注解儒学典籍，而是借儒学典籍注解自己的思想。倘若《子集注释》经久流传，后人学到的便不再是孔孟之思，而是徐氏之思，领会的也非圣人之言，而是徐氏之言。徐氏妄图篡圣位，改圣言，博“天下师”之誉，实乃沽名钓誉！最后又着重点明，科举乃皇上一力推行，诸位学子若有幸高中，应为天子门生，投效天子座下，而非旁人。

说是一篇文章，实则字数足以立书，因逆旅舍人文名极盛，围观者先就把她摆放在与徐广志齐平的地位，并不会产生多余的质疑。待全文看完，果然荡气回肠，寓意深远，无论回味多少次，还是觉得难解其中真味。

消息一传十十传百，很快就有学子跑来围观，寒门学子还未开腔，世家子弟就已拊掌叫好，赞叹连连。他们出身尊贵，自然打小就延请名师，且个个都是当世巨擘，若要注解儒家典籍，谁敢越过他们？但徐广志偏偏逾越了，还连发文章标榜自己，贬低旁人，叫他们如何不恨？他把批判自己的人形容为“蜀犬吠日，吴牛喘月”，诸位文坛巨擘自命清高，便也不好与他计较，此时再想著书，又怕被嘲讽为拾人牙慧，于是都保持了缄默。如今逆旅舍人首先将矛头指向徐广志，还邀请天下文士共同批驳自己的文章，以便更深入更全面地探讨圣人之言，这等于给高高在上的巨擘们架好梯子，此时还不顺着下来，又待何时？

看罢文章，诸位名宿文思泉涌，立即就把自己最精妙的学术观点总结出来，张贴出去，当然也不忘驳斥徐广志一番。他虽然儒学功底很厚，但心性太过功利，对儒家典籍的注解果如逆旅舍人描述的那般，大多是自己的思想披上了圣人言的外衣，经不起推敲。越来越多的鸿儒加入文战，互相驳斥，互相交流，互相点评，把儒学典籍注解得全面而又透彻，叫学子们看得酣畅淋漓，不舍离去。说一句毫不夸张的话，在这贴满锦绣文章的墙壁前站一刻钟，也比苦读十年更有用。

待徐广志收到消息赶来时，他的《子集注释》早已被众位巨擘批得体无完肤，其中许多错漏低级得令人发笑。他顾不上一一阅览，找到逆旅舍人的文章飞快默读，看到最后一句，差点喷出一口鲜血。批驳学术观点他不怕，回去还能撰文驳回来，但暗指他篡圣位、改圣言，摆明是要断他文路；又点明他结党营私，与天子争夺门生，这却是诛心之语，足够令徐家满门抄斩！逆旅舍人好狠毒的心思！当真是下笔如刀，赶尽杀绝！

徐广志头晕眼花，摇摇欲坠，所幸徐雅言及时扶了一把，他才没瘫软在地。季承悦正巧就在附近，连忙走上来帮忙，又命仆役去套马车，送徐翁归家。瞥见徐雅言求助的目光，他心中大感为难，脸色不由阴沉下来。

全魏国的鸿儒巨擘齐齐撰文注解儒家典籍，这简直是百年难遇的盛事，连敝帚自珍的恩师云翁都一连发了五篇文章，极其详尽地阐述了他的学术观点，若此时离开，便等于中途逃课，在文道上恐怕会落后旁人一大截，让他如何能够甘心？

好在徐雅言看出他的为难，未再央求他亲自送人。等待马车驶来的间隙，她目光在逆旅舍人的文稿上流连，忽然惊叫起来："这、这是关素衣的字迹！逆旅舍人是关素衣！"

"怎会？"季承悦反射性地摇头，再去细看，终至无言，然后一层一层羞红面颊，竟是无地自容。就在半月之前，他还说关小姐见识短浅，勇气可嘉，却原来真正见识短浅的人是他们才对。她的学识已远超同辈，堪与诸位鸿儒并肩。他怎么有脸对她指手画脚？真是不知者无畏。

关素衣的字早已扬名燕京，此前众学子被文章本身的卓然文采与渊博学识吸引，并未留意表象，然而一人道破，便有更多人看出来。行文如刀、言辞犀利的逆旅舍人竟是女子，还把年长她数十岁的徐翁批驳得体无完肤，那她本人学识该有多高？从几岁起开始读书？关家的教育真是可怕啊！

虽然有人非议逆旅舍人女子的身份，但诸位巨擘的文战还在继续，学子们提笔狂抄，实在没有心思顾及其他。期间逆旅舍人又接连发表了两篇文章，精妙无比的言论惹来多位巨擘探讨批驳，你来我往之间，其深厚的儒学功底已彰显淋漓。想拿她的性别大做文章的人渐渐歇了心思，专心抄写。

文战越演越烈，如火如荼，以至于惊动了官府，上头专门派遣侍卫把守文榜，但有哪位巨擘的门生前来张贴新作，必定登记造册。一面墙不够贴，竟又加了好几排木墙，不准任何人随意揭掉。及至当天傍晚，文战才告一段落，然而此事还没完，等消息酝酿一晚，传得更远，必定还有更多名宿加入，或许外地鸿儒也会派遣疾足送来文稿。这不仅是儒学之战，亦是文名之争，无论是纯粹研习儒术的学者还是醉心宦海的假道学，都不会错过这个机会。

关素衣发表了三篇文章就沉寂下来，她知道后续文战已经没有自己的立足之地，她不过是一块砖，只为了引出美玉，更多鸿儒巨擘将撑起这场盛事。

庭院内星斗漫天，飞花飘零，关父抱着一罐灯油，叹息道："一个错眼，你竟闹出这样大的动静，所幸你还知道急流勇退，适可而止，叫诸位大家盖过了你的风头。"

"树大招风，我这棵小苗不敢顶受飓风。"关素衣怀里同样抱着一罐灯油，低声道，"文战恐会持续数日，父亲，您有没有想过把众位大家的文章收编成册，制成真正的《子集注释》？或召集魏国名宿，共同撰写一本涉及万事万物、各科各业的巨著？为天下人开智，为后人指路，这才是文战的真正意义所在。"

关父用全新的目光打量女儿，沉声道："这是你原本就预想好的？"

"是。天下儒为天下师，万物有灵当万世长存！"关素衣的血液在燃烧，一点一滴终至沸腾。

关父定定看她半晌，慨然长叹："是为父小看了你。倘若你所言之事达成，关家将一举成为文坛领袖，全天下的读书人都会感念这份恩德。这才是真正的教化之功，也是皇上推行儒学的最快捷径。依依，我之前想左了，或许你可以入宫试一试。”

听闻最后一句，关素衣傻了，怔愣了好一会儿才抱着灯油踏进书房。今晚，祖父和父亲均打算彻夜写文，灯盏怕是一夜都不会熄灭，同样的情况必定发生在燕京的各个角落。而翌日朝堂少不了一场波澜。

圣元帝早在半月之前就已收到太史令献上的《子集注释》，又有许多寒门出身的文臣欲推举徐广志担当今科主考官一职，更有天下学子为他摇旗呐喊，大张声势。分明此前已驳了两回，将徐广志的声誉贬到泥里，但他依然有本事蹦跶出来，且一次蹦得比一次厉害。由此可见这人野心多大、韧性多强，而能力又有多高。或许因为上次依附权贵而败给人心，这回他吸取教训，先一步掌控人心，将笼络的对象换成了天下学子。

天下学子有多少？千千万万，后续无穷。而其中能得到名师指点的又有几个？万中无一！徐广志正是瞅准了这一点才敢越过众多鸿儒巨擘，撰写《子集注释》，因为他知道只要这本书传开，全天下的寒门学子都将成为他的忠实拥趸。紧接着他又发表文章阐述自己对“师道”的看法，将自己标榜成敢为人先、弘扬儒学的急先锋，把斥责他的人贬低为蜀犬吴牛，便彻底堵住了当世文人的嘴。这一拳两拳接连不断地砸下来，果真为他砸开一条通天之路。

因为夫人，圣元帝恨屋及乌，立马就想驳回奏折，却又碍于他声望高涨，若弹压了他或令天下学子寒心，只能拖延。每当太史令问起，圣元帝就说还未完全参透《子集注释》，得好生琢磨琢磨。推广科举必读书目毕竟是大事，太史令不好催促，只得按捺。然他早已胸有成竹，只等皇上批复下来就与徐广志联手再写几本儒学注书，为自己博取文名，笼络学子，扩张势力。

某些人在等，圣元帝也在等。凭他对夫人的了解，她甚少仇恨一个人，然而一旦恨上，必定是不死不休。前两回都与徐广志死磕到底，没理由这回半点动静也无，于是派遣暗卫去打探，果然得到夫人也在著书的消息。

武人斗起来是刀光剑影、血雨腥风，文人斗起来是口诛笔伐、穿云裂石。夫人这是准备与徐广志展开文战？这样一想，圣元帝竟格外期待，自己也翻开《子集注释》认真阅览，试图找出错漏之处。如此，时间自然流逝得飞快，不知不觉已过半月。

圣元帝找出七八个存疑之处，用小册子记录下来，等待日后与夫人讨教，却忽有一日收到暗卫献上的一沓文稿，说是夫人的大作。

“这么快就写完了？”圣元帝很吃惊，翻开看了两页，不免低笑起来。夫人啊夫人，你除了无赖、矫情、口是心非，还睚眦必报、下笔如刀，真是一点活路都不给徐广志留！

“学而时习之”，徐广志解错了“时”与“习”两字，竟叫夫人翻遍孔圣所有著作来证明二字真意，这是打算一个字眼一个字眼地抠对方错处，不欲放过丝毫错漏。

圣元帝几乎能想象得到她挑灯夜读、奋笔疾书的模样，也能想象得到她葱白指尖逐字逐句往下摸索的作态。她真是一点也不含糊，既决定要做，便竭力做到最好。

圣元帝拿出自己的小册子与夫人的文稿进行比对，羞愧难当，原以为自己已经很努力，进益也非常大，与夫人比起来却还是差远了。料想外面那些奉徐广志为师的学子，水平还要更低。

当圣元帝暗自决定加大科举难度，挑选真正的良才时，又有暗卫来报，说夫人的文章已挑起一场文战，如今众位鸿儒齐聚文榜对面的茶楼，倾听儒生唱念文章，若有哪篇引起他们的关注，立即便会撰文加以驳斥或点评。

文坛宿儒的文思非常人可比，因胸中暗藏书山墨海，但有灵感便能挥毫成文，压根儿无须多想，也因此，不过短短半日工夫，夫人的文章就已引出十数篇高作，一篇更比一篇深奥，一篇更比一篇精妙。众位文豪仿佛在比拼一般，先是使出三四成功力彼此试探，见对手道行颇深，这才拿出真功夫，及至后来参与的高手渐多，为了不屈居下风，竟纷纷拿出压箱底的宝贝。这可便宜了前来围观的学子，既觉这篇文章精妙，又觉那篇文章绝伦，哪怕长了几百双眼睛也看不过来，心里急得火烧火燎。

圣元帝也没料到夫人竟会闹出这样大的动静，就目前来看却是一桩好事，立即派遣禁卫军把文榜保护起来，不准将一篇文章覆盖在另一篇文章之上，不准旁人随意揭取，八面石墙不够贴又加八面木墙，入夜之后还得把所有文章誊抄备份，末了登记造册。

自古以来，中原人便有敝帚自珍的习性，掌握什么秘技惯爱藏着掖着，连亲传弟子也要留一手，故而很多技艺或学术均慢慢衰微没落。像眼下这等你追我赶、知无不言的盛况，简直闻所未闻、见所未见。

若论煽动人心，还属夫人最谙此道，反而是徐广志被她扯过来当了靶子，白白吃了一个巨大的暗亏。没见这些鸿儒每人都要在文章里踩徐广志一脚吗？也是夫人带起的风潮。

圣元帝一面关注事态进展，一面对夫人佩服得五体投地，见她悄悄隐匿了，没再参与后续文战，这才放下心来。如今她的雅号已经暴露，再搅和进去恐有小辈猖狂的嫌疑。但她的年龄和性别恰恰给了她最周全的保护，只一句“莫与女流计较”便能堵住众位文坛巨擘的嘴，也令她的学识更受瞩目。女子才高三分，传扬出去便能得七分赞誉，而夫人才高八斗，此时谁也不能昧着良心贬低她。不过日后她再用逆旅舍人的名号发文，权威性与影响力恐会大打折扣。世人轻贱女子，这是流俗，不可改变。

等夫人成了魏国皇后，便不会再受任何人慢待，朕要让她成为全天下最尊贵的女子。这样想着，圣元帝总算心平气和，把记载着诋毁夫人之言的纸条撕成碎片，丢入火盆里烧毁。

翌日，朝堂上一片肃静，先前力主徐广志入仕的几位文臣噤若寒蝉，冷汗如瀑，暗暗祈祷半月过去，皇上已经忘了他们的奏折。但天不遂人愿，只见皇上拿出一本书册，正是《子集注释》无疑，又拿出厚厚一沓文稿，沉声道："昨日燕京爆发文战，令朕着实开了眼界，原来文名与学术之争，其浩大声威半点不比城池与疆域之战逊色。朕花了一天一夜的工夫拜读诸位鸿儒巨作，十二时辰所得，竟远胜数年苦读，胸中文墨激荡，回味无穷！"

他随手将《子集注释》扔到一旁，语气森冷："朕差点又被这位徐翁坑害一次。上回论法坏我朝纲，此次著书乱我文试。倘若朕批复了你们的奏折，将此书列为科举必读书目之一，等同于让徐氏之言凌驾于圣言之上，令徐氏理学独断魏国文坛。十年、二十年过去，还有哪个读书人能理解真正的孔孟之思？全成了他徐广志一个人的喉舌、拥趸！"

狠狠拂落书册，他一字一句道："今科学子皆为天子门生，不为他人党徒！谁若是在朝内朝外大肆拉帮结派，以权谋私，便不要怪朕雷霆手段！徐广志野心勃勃，所图不小，朕着实不敢启用，日后谁再推举他入仕，先扶稳了自己的乌纱帽再说！"

看不惯徐广志广招门生、垄断学术的文臣占绝大多数，今日也做好了阻止他出仕的准备，却没料皇上一来就彻底封死他的前路与后路，真是大快人心。

"陛下英明！"一人拜倒，众人臣服，此事就这样一语毙之。

殿内静默片刻，但见帝师大人躬行上前，徐徐开口："皇上，微臣有本启奏。徐广志虽沽名钓誉，却也开了先河，为天下学子谋求良师，初心尚善，还请皇上息怒。微臣有感于魏国学子求知若渴之心，恳请皇上召集天下鸿儒共著儒学宝典，传与现世、后世，另召诸子百家之大成者，再著一百科宝典，不使中原文化衰微败落，不使我等师门凋敝。"话落深深跪伏，虔诚叩首。

圣元帝政治嗅觉何其敏锐，立即就意识到帝师所言暗藏的巨大利益。著儒学宝典能以最快的速度奠定儒学的国学地位，为顺利实施御民之术打下坚实的基础；著诸子百家宝典，这一巨大诱惑必能吸引无数能人异士齐聚燕京，为朝廷所用。

战争之后，魏国虽拥有广袤土地，百姓却大多逃亡关外，唯恐蛮夷当政戕害汉人，而徐广志的口号又惊走了诸子百家的学者。魏国如今最缺什么？除了国政收入便是人才。九黎族人擅武却不通文，且对圣元帝并不忠心，他不能用也不敢用，而投效麾下的寒门臣子又太少，以致他不能完全剔除世家对朝政的影响，只因他们垄断了学术，亦垄断了人才。

法家、兵家、医家、史家、农家、墨家……诸子百家的学者皆为国之栋梁，若能齐聚燕京，涌入朝堂，胡人何患？薛贼何患？魏国在五年之内必然豪强！

圣元帝正愁不知该如何笼络这些人才，帝师就给他出了一个绝妙的主意。只要颁布诏书昭告天下，著书传世的诱惑哪个文人抵挡得住？只要他们肯来，他就能把人留下！

“帝师好胸怀！奏本拿来，朕要细观！”他立刻让白福把半掌厚的奏折呈到御前。

武将尚且没有反应，诸位文臣已激动得面红耳赤。为后人留下一部传世巨著，有幸参与其中的人必然流芳千古！这正是他们毕生所求，焉能错过？帝师果然胸怀博大，力拓文坛，不像徐广志，一味欺世盗名，博取利禄。一定要让皇上尽快把奏折批复下来！一定要争取一个著书之职！这样想着，众位文臣已是蠢蠢欲动。倘若朝会散去，消息传开，居住在燕京的鸿儒必会齐聚帝师府，为儒家宝典出力。这种事根本无须鼓动，只要皇上振臂一呼，天下文人必然群起响应！

思忖间，圣元帝已飞快把奏折看了一遍，想也不想就提起御笔写下艳红的“准奏”二字，并任命帝师为兰台令史，负责组建编撰馆，召集天下文豪共襄盛事。关老爷子叩首领命，神情激动。众位文臣也跟着跪地磕头，山呼万岁。

又一桩朝政处理完毕，圣元帝颇有些意气风发的感觉，正想让白福高唱罢朝，却见九黎族的众位亲王齐齐上前，恳求皇上立后。

碍于他身世离奇，又因先帝对此子存了杀念，皇室宗亲对圣元帝的忠心远远及不上汉人，谁也没料到最终登上皇位的会是他，又受到太后鼓动，难免有不臣之心，故而当年建国初期，九黎族十大贵姓中唯有盘姓送了女儿入宫，其余嫔妃皆身世低贱，舍为弃子。如今圣元帝身世之谜已经破除，在汉臣的帮衬下权势越发稳固，威望日益高涨，而太后一系则彻底偃旗息鼓，几近隐匿，皇室宗亲与十大贵族这才慌了手脚，想把女儿塞入后宫博宠。

皇上自小被族人抛弃，被狼群养大，助他打天下的军队大多是汉人军队，他对族人的感情还剩几许？这一问题的答案谁也不敢深想。但看他大肆提携汉臣，着力打压不忠于他的九黎族勋贵，就可窥见一二。趁军权还未完全被他收拢的时候加强他与族人的血脉联系，这是众位亲王苦思多日得来的办法。无论怎样，魏国皇后必须是九黎族女子，下任储君必须为九黎族嫔妃所出，不能让皇上乱了皇族血统。

圣元帝手里捏着几位亲王拟定的立后名单，不怒反笑，倾身问道：“朕是谁？”

“启禀陛下，您是魏国国主。”九黎族勋贵们颇有些莫名其妙。

“朕权力几何？”

“您至高无上！”

“朕能否配得上世间最珍贵的宝物？”

“您富有天下，天下重宝自然归您所有。”

“那你们擅作主张给朕挑这几个凡俗女子是何意思？看不起朕？”圣元帝扔掉名单，徐徐开口，“朕若要立后，必娶魏国容貌最美丽、才华最出众、家世最清贵、德行最高洁的女子，旁的庸脂俗粉，不配入朕法眼！”

此言一出，满朝皆寂。众位亲王有心反驳，却找不到合适的切入点。他是魏国至高无上的存在，当然配得起魏国最优秀的女子，这样说有什么错？那四个条件亦是一国之母必备的品质，缺一不可。这跟他们原先想好的完全不一样啊！该如何反驳？难道说皇上您必须从这些女子中挑一个？难道说您配不上那样完美的女子，随便将就将就得了？现在的圣元帝可不是当年被先皇当成驮马一般驱使的工具。他独断朝纲，大权在握，若想逼他就范，压根儿没有可能。哪怕十大贵姓和皇室宗亲掌控的军队全加起来，也只是他麾下汉人军队的十之二三罢了，可以一拼，却注定败亡。

容貌最美，才华最高，家世最贵，德行最洁？汉臣们也在心里琢磨开了，将京中未婚女子挑出来细细一数，竟唯有关老爷子的孙女关素衣占全了四点。她容貌美不美，有眼睛的都能看见。才华高不高，能与当世文豪笔战数回，还用细说？帝师府若当不起“家世清贵”四字，谁又当得起？至于德行，这就见仁见智了。有人批关氏女性格刚硬，失了贞静贤淑，但那是对普通人而言。若让皇上来论，单她剖腹取子，令先太后得以正名这一点，就赚足了好感，旁人说几百几千句关小姐的坏处，在皇上心里她也是个好的。

皇上这句话完全是比照关小姐来说的嘛！思及此，不少人朝帝师和太常卿瞥去，想看看他们作何反应。

然而叫大家失望了，帝师与太常卿莫说表情，就连眉毛都没抬一下，仿佛这事完全与他们无关。也对啊，关小姐虽然才貌双全，却是嫁过人、和离过的，哪能当皇后！差点就把关键的一点给忘了！

众人反应过来，纷纷舒了口气，官位稍低的大臣没了想头，勋贵权臣却把家中女儿挨个儿细数一遍，看谁有才、有貌、有德，日后好找个机会与皇上见一面。

圣元帝见二位泰山无动于衷，心里并不感到意外，却也免不了失落。和离的女子怎么了？和离就不能再嫁？真是一群老糊涂！所幸话已经放出去，再有人给他后宫里塞女人，也得掂量掂量自个儿够不够格。想罢，他徐徐道：“诸位爱卿忧心后宫无主，朕亦忧心，然一国之母乃全天下最尊贵的女子，岂能随便什么人当得？朕宁可后位空悬，也不愿名不副实之辈窃居椒房殿，坏我大魏国祚，众位爱卿以为如何？”

竟已上升到坏我国祚的高度，谁敢出言反驳？更何况皇上说得没错，皇后贤德不贤德，的确事关重大，远的不说，前朝便因后宫乱政而亡，反观皇上的立后标准，着实合情合理。

待堂下消停了，圣元帝扬声道：“诸位爱卿可还有事？无事便退朝吧。”

众人连忙跪下恭送圣驾，只见他大步走到金銮殿门口，忽然又回过头，朗笑道：“帝师，朕上回问您认不认得逆旅舍人，您说不认得，如今才知她竟是您的亲孙女。您这欺君之罪，朕记着，改日送朕一幅逆旅舍人的墨宝相抵吧。”

关老爷子连忙跪下请罪，再起身时陛下已经走远。父子二人出了金銮殿，这才露出凝重的表情。谁说和离就不能入宫？旁人忘了，他们可没忘，九黎族素有父死子继、兄终弟及的习俗，不仅表现在权力更迭与家业传承上，还表现在婚配中，且如中原人的三纲五常一般，都是民众共识，娶一个二嫁之女又算得了什么？陛下今日这番话是故意说给关家人听的啊！

关老爷子不明就里，只是略微有点担心，关父却觉大势已去，无力挣扎，只能走一步看一步，顺其自然了。所幸女儿虽然不懂阴谋，却擅用阳谋，若能居于凤位，或可避免最坏的下场。

朝会进行时，文战还在继续，文榜附近的茶楼已是人满为患。巨擘们独占一座，学子们不敢入内叨扰，只能在附近徘徊。有的茶楼掌柜很是知机，既卖茶水又卖笔墨纸砚，生意非常火爆。

其中一座装饰豪奢的茶楼内正聚集着许多勋贵子弟，默默埋头抄文。关文海也在其中，脸色却不如旁人激动，一阵白一阵青，扭曲得厉害。关素衣是逆旅舍人的消息给了他当头一棒，紧接着徐翁的著作受到众位鸿儒批驳，并用切实的论据证明他的许多观点不过是自己臆测而已，若拿来教导学子，恐有误人子弟之嫌。毫无疑问，关文海就是被误导的学子之一。想起自己半月前拿去与众人传阅的策论，他就恨不得时光倒回，把文稿一把火烧掉才好。他竟还大放厥词，直斥堂妹不懂装懂、学识粗陋，又言关父对他有隙才驳了他的文章。事实证明不懂装懂的人是他，心存怨怼的也是他，他嘲讽堂妹的那些话，堂妹对此的回复，现在全变成了众人取笑他的把柄。

“还记得关文海上次发表的文章吗？现在再看，简直可笑至极。关小姐告诫他立题错了，他还污蔑人家学识短浅。我竟不知能把徐广志批得体无完肤又与诸位鸿儒共同论道的人，学识还赶不上他。”

“哎，这你就有所不知了。他看人不看才华，只看年龄，年龄大的学问就高，年龄小的学问就低，所以年龄偏小的学子他一概不服，必是要嘲讽几句的。”

“原来如此，那他还考什么科举呢？等七老八十了直接去拿状元不就得了？”

“是矣，关小姐也是这么说的。哈哈哈哈……”茶楼内满堂哄笑，惹得关文海头顶冒烟，无地自容。季承悦坐在角落旁听，耳根亦烧红一片。他同样看低了关小姐，真是有眼无珠，所幸那些傻话只在徐雅言跟前提过，应当不会传进她耳里吧？

关文海心里憋得难受，却又发作不得，只好假装没听见旁人的嘲讽。恰在此时，一名小厮急急忙忙奔上茶楼，来回寻了几遍才跑到他身边，附耳低语：“少爷，帝师大人从宫里回来就立马召集族人，说是要重建族学，为族中孩童延请名师，教授儒术。他还说关家嗣子必须完全继承他的衣钵，不需要教而不改、执迷不悟的庸才……”

这话摆明是在批评自己，关文海却无从反驳，只因他早在半月前就把那篇立题大错特错的文章宣扬出去，还送到徐翁府上请他点评，因此受到更多赞誉，也传出斐然才名。在文战爆发之前，他与齐豫、季承悦等人一样，都是燕京城里炙手可热的才子。然而他曾得到多少赞誉，现在就要遭受多少嘲讽，哪有什么惊才绝艳、满腹文章？只剩随波逐流、人云亦云而已。

“老爷子是什么意思？不认我做嗣子了吗？曾祖父焉能同意？”关文海咬牙切齿地道。

“现在已经不是族长同不同意的问题了。您之前才名极盛，乃关氏小辈中的佼佼者，族长点了您继承帝师大人衣钵，旁人就算心里有怨也说不得什么。但您现在……”小厮左右看了看，压低嗓音道，“您现在文名大损。先前得了太常卿大人指点，让您回家仔细读书，改了文章再去请教他，哪料您出了帝师府就把文章拿给同科学子们看，又公开嘲笑七小姐学识粗陋，大放厥词，又言太常卿对您心存不满，着力打压，之后更糊涂，竟找到徐广志府上，让他指点您，还借他的声望为您博取才名。徐广志若一直得势便罢了，二位大人不能拿您怎样，但现在徐广志的《子集注释》被众位鸿儒连连批驳，更糟糕的是对“格物致知”的解读恰是他错得最离谱的地方，您积累多日的才名一朝尽丧，已成了天下学子的笑柄。不知哪个多嘴多舌的东西将您近日所为密告给帝师大人，还把徐广志替您修改的文章也送了过去，惹得帝师大人震怒不已，当众斥您下愚不移，少条失教，又言这样的人不配继承他的衣钵，更不配当关家嗣子。”

关文海越听脸色越白，抖着手将毛笔放下，追问道：“难道他要另选嗣子？”

“是。老爷子说了，帝师府的嗣子可以无才，却不能无德，您对太常卿大人不尊敬，对七小姐不友悌，进了家门三分带笑，出了家门便极尽诋毁，且既无识人之明又无辨学之才。帝师府若摊上您这样、这样……”小厮话音渐消，不敢再往下说。

关文海知道老爷子素来心直口快，定然不会说什么好话，却还是忍不住追问：“摊上怎样？他是怎么评价我的？”

“他说帝师府若摊上您这样不孝不悌、无才无德、阳奉阴违的嗣子，将来必然败落。他要建立族学，让族中所有适龄童子接受儒学教育，从中择取良才亲自指点，连才华带品德一起考察，数年之后再定嗣子。因为您那篇文章备受徐广志推崇，所以非常出名，也因此您诋毁太常卿大人和七小姐的事，全燕京的文人都知道了。帝师这话一出，除了咱们一家，全族人都极其赞同。族长权力再大也不能违逆全族人的意思，更不敢让燕京城里的人指着他脊梁骨骂他以权谋私，恶意侵夺他人家产，败坏他人门楣，故而只能点头答应。您想，关家嗣子的地位何其尊崇？将来不但要继承万贯家财、高官厚禄，还要担当文坛领袖一职，没点真才实学，谁也接不了这个衣钵。您先前若是把文章拿回家改了，便不会有后面那些烂事。可惜……”小厮愁眉苦脸地道，“少爷您赶紧回家去吧，族长气得狠了，说是要动家法，老爷和夫人也都等着您回去给他们一个交代。”

关文海头晕目眩，几欲跌倒，踉跄走了几步，追问道：“我不能过继给帝师府了？全族人都同意了？”

“您若还是之前才学最高的关氏子弟，族人哪儿敢与您作对？但现在您名声毁成这样，帝师要换掉您也在情理之中，因为错全在您，不在他。您别想了，回家给族长道个歉，日后好好读书，努力扭转二位大人对您的印象，没准儿还有机会。两月之后便是科举，您考个状元回来，让诋毁您的人刮目相看吧。”小厮扶住自家少爷，小心翼翼地带往楼梯。

“对，我还可以参加科举。”如丧考妣的关文海立即振作起来，咬牙道，“我若是得中状元，定要一雪今日之耻。关齐光不选我，那是他有眼无珠！”

二人脚步虚浮地离开茶楼，刚走出去没多远就见关老爷子带着儿子与孙女入了文萃楼，与诸位鸿儒拱手见礼，谈笑风生。他们站在二楼的露台上，不知说到什么，竟惹得诸位文坛巨擘齐齐变色，连声追问真假，得了肯定的答复竟抚须大笑，欣喜若狂。

“掌柜，拿酒来！魏国有此明君，文坛值此盛事，吾等定要开怀畅饮，不醉不归！”

“哎，慢着！为了彰显诸君功底，还是战罢再饮。谁能得胜，谁就是主撰！”关老爷子指了指街对面的文榜，目中满是勃勃战意。昨晚他已打好腹稿，只等今日泼墨挥毫，笔伐群雄。与他打着同样主意的鸿儒不在少数，又有主撰当彩头，越发不肯错过机会，连忙提笔疾书，文思泉涌。

关文海眼见堂妹与诸位鸿儒谈笑自若，备受称赞，双目简直要喷出火来。他原本应该是关家嗣子，所有赞誉与尊崇，还有高官厚禄、荣华富贵，都应该是属于他的！若非堂妹撰文抨击徐广志，他的文章不会成为全城笑柄，他的文名不会毁于一旦，他还是关家最优秀的后辈，足以顶立帝师府门楣！

我的好堂妹，你给我等着！关文海阴毒无比地瞪了楼上一眼，沿着墙根快步离开。

与此同时，徐广志也在家中等待消息。他猜测皇上今日应该会批复推举他入仕的奏折，倘若没有关素衣从中作梗，或许已经成事，但现在悬了。

他面上极为平静，内里却火烧火燎，思绪紊乱。他将关素衣的文章看了又看，却始终没能找出破绽。关家的教育果然了得，凭她一介女流，于儒学一道竟精通至此，列出的错漏全都经过极其严谨的考证，只拿圣人言注解章句，绝少掺杂个人观点，让他想撰文批驳都无处落笔。

当初写书时他的确存了私心，将自己的学术思想暗暗融入儒家典籍，故而在立意方面有所欠缺。但当世鸿儒哪个不是如此？否则也不会出现各种儒学流派。众多前辈还未开腔，她一个小辈凑什么热闹？一次如此，二次也如此，他不得不怀疑关素衣所为均是帝师与太常卿教唆而致。

莫非上次构陷关云旗的事败露了？他知道是我主使，却又拉不下脸与我争锋，便让一个小辈探路？就算关素衣把事情闹得再大，只一句“莫与女流计较”就能彻底堵上他的嘴，叫他吃一个哑巴亏。思及此，徐广志竟心生怯意，因为他明白，现在的自己根本没有与关家父子抗衡的能力，除非他放弃做纯臣，重新依附景郡王或世族。但这次之后他文道全毁，对旁人而言已经没有利用价值，就算找上门跪求，恐也没有出路。

他放下文稿，面露惶然。

徐雅言陪伴在他左右，忐忑不安地问道：“爹，您能写文驳斥关素衣吧？她才多大？论起学问哪能比得上您？定然都是胡诌的。”

徐广志虽然急功近利，却不会自欺欺人，摇头长叹：“她的文章十分严谨，全都是借圣人之言批判我的观点。我若是撰文驳她，就是在驳圣人，非但讨不了好，反倒更坐实了‘篡圣位、改圣言’的罪名，将来在文坛永无出头之日。你不要像关文海那样没见识，认为别人年纪小，学识就浅，爹给你透一个底，她的学识不在我之下，甚至略胜一筹。”

徐雅言用力握紧裙角，颤声道：“那爹您这次不会有事吧？”

“上次输给她还能从头再来，这次却难说。”徐广志双目赤红，嗓音粗粝，“这次她丝毫未留手，斩我文道不算，竟还绝我生路。与天子争夺门生是什么罪名，古未有之，但想也明白定然无法善了。唯愿皇上仁慈，不欲与我计较，只断我仕途也就罢了。”

“倘若皇上定要与您计较呢？”徐雅言不知不觉掉下许多泪珠，可见吓得狠了。

“若皇上定要与我计较，那就是满门抄斩。我当初真是糊涂，怎么就没想到今科学子也是天子门生，怎就留给旁人如此要命的一个把柄！是爹害了你们，爹没用！”徐广志颓然靠倒，心如死灰。怪他野心太大，竟志在天下，反倒忘了势压皇权的危险。

徐雅言哭着安慰：“爹您别这么说，不是您没用，是关素衣心怀叵测，故意曲解您的意思。”直到此时此刻，她才明白何谓口诛笔伐、言辞如刀。原来软趴趴的毛笔握在某些人手里，顷刻间就能化作杀人的利器！

父女俩对坐无言，绝望等待，临到正午，外出打探消息的嫡长子徐涛终于回来了，喜忧参半地道：“爹，您不会有事，皇上并未与您计较，只说日后不准您踏上仕途而已。”

徐广志先是一喜，复又一僵，目中流露出怨恨不甘的神色。绝了他仕途与杀了他有何区别？他满腹才学难道就这样虚耗了？

“爹，您别多想，保住性命才是最紧要的。留得青山在，不怕没柴烧。听说帝师向皇上进言，要著一部儒学宝典，再著一部百家宝典，广邀天下文人为此效力。他如今就在文萃楼内与诸位鸿儒商谈，您写了一本《子集注释》，虽有错漏，却也有值得肯定之处，只要请几位名宿替您作保，或可谋一个撰者的职位，时间长了好歹能挽回一些声誉。皇上只说不让您入仕，没说不让您著书啊。”

“让我想想，现在不急，先等风波平息了再说吧。”徐广志总算深刻地理解了一句俗语——出头的椽子先烂。倘若他不是太过急功近利，而是联合诸位大儒一起发文，也就不会有今日这些变故。

徐涛瞥了一眼妹妹，语带迟疑：“我还打听到一个消息，今日诸位亲王敦促皇上立后，皇上放言说要娶全魏国容貌最美丽、家世最清贵、才华最出众、德行最高洁的女子为妻。我不知旁人如何想，但咱家的言儿除了家世不行，其他三条均在水准之上，理当有一争之力。言儿之前不是与景郡王家的嫡次女临湘郡主交情甚笃吗？日后多与郡主走动走动，或许能见皇上一面。”

徐雅言心脏狂跳一瞬，却又很快冷静下来，苦笑道：“这话怎么听都是比照着关氏女来说的。”

在门外听了许久的林氏忽然闯进来，冷哼道：“言儿别妄自菲薄，那关氏女乃和离之身，残花败柳，焉能与你相提并论？”

徐广志心思微动，摆手低语：“这事难说。九黎族的习俗与汉人迥然相异，娶一个和离之妇对他们而言不算什么。”

“可那是皇后！一国之母！岂能让嫁过人的女子来当？况且皇上权倾天下，唯我独尊，想娶妻了，多少冰清玉洁的女子得不到，非要去捡别人不要的？关氏女想当皇后，做梦去吧！”林氏对关素衣恨之入骨，自然没有一句好话，似想到什么，喜出望外，“关氏女能写书扬名，咱家言儿也能。言儿，快去把你的手稿拿出来让你爹看看，叫他帮你改了张贴出去，博一个惊才绝艳的名声。”

“可是娘您上回生了好大的气，威胁说要烧了手稿，我便没再动笔了，如今只写了三四页而已，离成书之日还远。”看过关素衣的文章，又得知她是逆旅舍人，徐雅言的自信心已所剩无几，不欲把文稿拿出来惹人笑话。

“去拿吧，爹帮你看看。”徐广志忽然开口，连兄长亦满怀希冀地看过来。

徐雅言无法，只好拿出几页纸，一一摊开在桌上。徐广志看了几段，拊掌赞道：“好文！虽然文笔尚显稚嫩，立意却极为深刻，成书后或可传世！你继续写，写完爹为你润色，定然替你打出德才兼备的好名声，让全魏国的女子都知道有你这号人物！”

“谢谢爹！”徐雅言大喜过望。

“是爹错了，竟让你疏远临湘郡主，差点坏了你前程。日后她若再送帖子过来，你就应了吧。”

“可是她那庶兄乃好色之徒，我怕……”

“别去景郡王府，只管把人约出来玩耍就是，最好能打听打听宫中动向。”徐广志暗示道。

“女儿明白了。女儿定然不会让爹爹失望。”徐雅言双目放光，心情激荡。爹爹仕途已断，但她还有无限的可能。她自问长相绝俗、才华出众、品德高洁，除了家世矮人一头，浑身上下几乎找不出一点毛病。反观关氏女，条件再好又能如何？终究只是个残花败柳而已。皇上那般尊贵，岂能看得上她？只要把这本书写出来，全魏国的女子都会将之奉为圭臬，全魏国的男子都会赞她贤良淑德，哪怕吸引不了皇上，也能找一个好人家。

这样想着，徐雅言豪情顿生，立刻就告辞回屋，奋笔疾书。

第十九章

遇险

因为先前那篇文章开罪了徐广志，关老爷子带领孙女亲自登门道歉，又邀请对方撰写儒学宝典，落落大方的态度惹来无数赞誉。关素衣的文名一时盛极，然而落在有心人眼中，她却是再糟糕不过的媳妇，不是惹出这事就是招来那祸，没完没了，与灾星无异。原本有意与帝师府结亲的人家纷纷退却了，反倒是云翁找上门，替自己的嫡传弟子季承悦求亲。仲氏大喜过望，满口答应，正准备发帖子邀请季夫人面谈，却先行收到对方送来的一本小册子，统共几千字，不过一刻钟就能看完，却差点让仲氏呕出一口老血。

“什么叫欲嫁季府，先读此书？这是让依依照着这本书上写的去做，做圆满了才能嫁入她家吗？什么卑弱第一，以夫为天，从一而终？这是让依依给她家当主母还是奴仆？老贼妇，欺人太甚，还未过门就耍婆婆的威风，过了门如何得了！”仲氏连脏话都骂了出来，可见已怒到极致。

关素衣给明兰使了个眼色，让她带木沐去院子里玩耍，等两人一猴走远了才跨过门槛，捡起地上快散页的小册子。《女戒》二字狠狠刺痛了她的眼球，令她呼吸急促，恨意狂涌：“这是从哪儿得来的？”

仲氏含糊其词：“不知哪个丫鬟带进来的，别看了，一派胡言乱语！”她打定主意不让女儿嫁入季府，自然不会告诉她册子的来历。

但关素衣何其敏锐，一猜即中：“是季府派人送来的吧？这本小册子是不是已经传遍燕京城了？”

“传遍燕京谈不上，只在权贵和儒学之家流传罢了。”仲氏先前对这本小册子也有耳闻，但亲眼看见还是第一次，嗤笑道，“对于那些大男人来说，这本小册子可是个好东西，交予家中女子研读，不用多久便能调教出一个个唯命是从的傻子。”

关素衣草草翻了两页，神思不属地道：“何止是男子用来调教女子，女子同样可以用它磋磨女子。倘若婆婆让媳妇照此书行事，媳妇可真就得熬上几十年才有出头之日。这不是一本小册子，而是一个枷锁、一座大山，恨不能把全天下的女子拘起来、压下去，一生一世不得解脱！”

看见尾页的落款，关素衣冷笑道：“采薇散人，徐二小姐？想必她现在已经是燕京城里炙手可热的佳媳人选了吧？”

“是，听说接连有好几户勋贵人家向她提亲，说徐二小姐堪为女德之典范，娶回家必定旺夫旺子，光耀门楣。”仲氏按揉太阳穴，长叹不已。别人的女儿都是百家来求，为何她的女儿如此优秀，却乏人问津呢？

“想必都被她拒绝了吧？她现在哪里肯嫁俗人？一心盯着皇城那位呢。不只她，如今稍有家世背景的贵女，哪个肯在此时出嫁？容貌美丽的便一个劲儿地打扮，才华出众的就一个劲儿地写诗，无才无貌的干脆长居寺庙清修，偶尔施粥接济流民，以彰显自己德行高洁。好端端的姑娘家，只因上头一句话就完全扭曲了本性，真是可笑可叹！”关素衣将《女戒》扔进火盆里烧毁，眼眸浸透冷意。

仲氏也很不满，抱怨道：“她们自个儿折腾也就罢了，作甚屡屡跑来看你？一个两个眼里淬了毒，好像与你有血海深仇一般。倘若你不是和离之身，必定会被她们扒皮拆骨。皇上那四个条件摆明了是在说你呢！”仲氏与关老爷子一样，理所当然地认为自家女儿是世上最优秀的女子，合该被皇上看中。

关素衣眼底冷意稍退，双颊泛上一层薄红，嗔道：“娘，您说话悠着点，千万莫让旁人听去，否则咱家该被唾沫星子淹死了。”

“淹啥淹，你上回说的情郎是谁，你知我知，天知地知。我是舍不得把你送进那吃人的地方受罪，否则焉能让季家的贼婆娘欺辱你？如今全魏国的贵女都不肯发嫁，一心想博滔天富贵，我倒要看看咱家拒了这门婚事，季承悦那厮什么时候能娶到媳妇！”

仲氏狠狠诅咒一番，这才舒坦了，正准备让女儿陪自己绣花，却见明兰慌里慌张地跑进来，高喊道：“小姐不好了，小少爷不见了！”

“你说什么？”关素衣脸色大变，不等仲氏反应就跑出去，沉稳果断地下令，“他是何时何处不见的，带我去看看？你怎么没陪在他身边？算了，现在责备你也没用，金子，赶紧帮我去找人，这才多大会儿工夫，一定走不远。对了，忽纳尔在我周围安排了人手吧？把他们全叫出来帮忙，就说我欠他们主子一回，让我拿什么偿还都可以！”

金子不敢耽误，连忙去找人，并吹响挂在脖子上的兽笛，把隐藏在暗处的死士召唤出来。小少爷在府里失踪，这些人竟没发现丝毫异状，如果只是他自个儿藏起来倒也罢了，倘若有人使坏，那对方的来头绝不简单。

关素衣近来把木沐看得死紧，生怕他被人害去，却没料只是一错眼的工夫，还是出事了。带他玩耍的是仲氏的大丫鬟和明兰，二人均十分可靠，且走得并不远，只在正房的花圃处玩藤球。

藤球被木沐一脚踢过了院墙，仲氏的大丫鬟懒得去捡，便隔墙询问那边有没有人，有的话帮忙扔进来。明兰也跑过去踮着脚喊，喊了几声再回头，木沐就不见了。

“小姐，小少爷就是在这儿不见的，一眨眼的工夫人就没了！我和桃红姐姐以为他躲起来了，院内院外找了一刻钟，没见人影才意识到不妙，赶紧跑去禀告您。”明兰哽咽地指着一条小径，两旁满是郁郁葱葱的花树与灌木，其中有凌乱的脚印和倒伏痕迹，显然已被金子和桃红踩遍了。

哪怕那贼人曾藏身于此，证据也早就被破坏了，没有参考的价值。关素衣努力让自己保持镇定：“大郎呢？大郎也不见了？”

“嗯，都不见了。”明兰呜呜哭起来。

“哭什么？找人要紧。”关素衣喝令道，“派人去通知祖父和爹爹，让他们赶紧回来一趟，必要的时候烦请他们写折子，求皇上封闭城门，在京中各处搜寻。去查，在这一刻钟之内有无闲杂人等出入府门，其余人全部在府里找，边边角角都不得放过。”

明兰领命而去，金子很快回转，说这段时间府里有两拨人马出入帝师府，一是京郊农庄前来送食材的，推着板车和箩筐等物，十分可疑；二是布庄送布的，也带了几口大箱子。因小少爷失踪的消息尚未传开，门房查也不查就让他们走了。

“金子，府外追踪交给你，我在府里找。多耽误一刻，贼子就跑得更远，咱们分头行动吧。”关素衣眼圈已经红了，却强忍着没落泪。

救人如救火，这个道理金子明白，立即率领死士去追查两拨人马。关素衣则将木沐惯爱捉迷藏的地方找了个遍，希望他只是躲起来，而非被人带走，哪怕确定最后不过是一场乌龙，哪怕闹得府里上上下下人仰马翻，只要他没事就什么都好。

树上、屋檐、古井、床底，能找的地方全翻遍，却始终不见木沐的身影。仲氏已急晕过去，额覆冰帕，神智全无，关素衣却始终没放弃。

“小姐，有人说在后角门处发现一块碎布头，像是从小少爷身上剐蹭下来的，还带着血！”明兰火急火燎地跑进来。

“走，去看看！”关素衣精神一振，疾步而行，到了后角门却没发现所谓的布料，更没发现有仆役在此搜寻，正想回头询问明兰，后脑却被狠狠砸了一下，立刻失去知觉。晕过去的最后一刻，她隐约听见角门打开的声音，有两个人抬起她，飞快离开了帝师府。

当她醒来时，发现四周一片黑暗，身体被禁锢在狭长的箱子里来回晃动，似乎正处于一辆马车上。她分明恢复了神智，四肢却无法动弹，更不能张口说话。

被点穴了！她立刻意识到自己的状况，然后迅速从慌乱中抽离，开始思索前因后果。她现在已能肯定，木沐的失踪只是幌子，背后黑手真正要对付的人恐怕是自己。更甚者，他还知道自己与忽纳尔的关系，否则不会如此大费周章，把金子等人全部调走。

这人是谁？有什么目的？电光火石之间，她想起了忽纳尔空悬的后位，心里不由苦笑。幕后黑手既知道忽纳尔派了人暗中保护自己，在动手之前使了调虎离山之计，那么定是把自己看作了竞争后位的最大敌手。她近日忙着帮祖父整理文稿，未曾踏出过家门半步，却还是被卷进了争斗的旋涡。所谓“人在家中坐，祸从天上来”，大约便是如此吧！

究竟是谁手眼通天，竟能察知忽纳尔的心意？她绝不认为忽纳尔会将他俩的事告诉旁人，定是无意中泄露的。而“无意”二字已能指明许多线索：一、这人可以经常接触忽纳尔，或是亲信，或在宫里；二、这人要么自己想当皇后，要么是替别人铲除异己；三、这人必是九黎族无疑；四、这人能量不小，若为九黎族人，必为十大贵姓之一。

关素衣把争夺后位的贵女们在脑海中过了一遍，继而在心中苦笑。不想不知道，一想吓一跳，她的敌人竟遍及燕京，处处皆是。任何一人在得知忽纳尔对她的心意后都会选择除掉她，没有例外。

然而凭什么？凭什么她要成为她们的刀下亡魂？凭什么要给她们让路，莫名其妙地死在外面？她们只对付她也就罢了，偏偏还把主意打到木沐头上。若此次能大难不死，逃出升天，她必定百倍还报！

关素衣目中腾起两团火焰，努力调动着身体，发现四肢虽然绵软无力，头部却能左右摆动，总算是舒了一口气。

自从被忽纳尔点过一次穴道后，她曾深入研究过这门功夫，也找金子演练过数回。点穴并不出奇，只是习武之人将内劲蕴于指尖，然后打入旁人周身大穴，封闭了这条穴道上的所有经脉，造成短暂的禁锢现象。禁锢上身、下身、四肢、咽喉，均有特定穴位，无论哪门哪派，点穴的功夫总是一样，这就是所谓的“万变不离其宗”。而解穴的方法也一样，有功夫在身的就用自己的内劲化掉穴位上的内劲，没有功夫的便反向压迫与该穴位相通的穴位，用回流的鲜血冲散阻塞。金子曾在她身上演示过能禁锢全身的穴位，而解开也很容易，直接压迫后颈两侧的天柱穴就成。

好巧不巧，幕后黑手似乎将她放置在一口棺材里，后颈搁在一个坚硬的木枕上，中间凹陷，两边凸起，用来压迫天柱穴再合适不过。关素衣左右摆头，用力下压，想赶在这些人动手之前恢复自由。

黑暗中，时间的流逝变得难以估量起来，似乎过了许久，又仿佛只是片刻，当汗水浸透里衣，牙龈也被咬破，关素衣手脚一麻，终于恢复了知觉。她没急着动弹，把耳朵贴在木板上，聆听外面的声响。

穴道未解开时，她曾在恍惚中听见喧闹人声，如今越走越安静，道路也变得颠簸不平，应该已经出城，上了官道。

“把人弄出来，咱们换一辆马车沿山路走。”一道清冷女声传来。

“好。”某个男子应诺，掀开棺材盖，见关素衣已经醒了也没感到意外，只是面无表情地将她抱出来，放上另一辆马车。女子让车夫赶着原先那辆马车朝西南方向走，速度越快越好，然后跳上新马车，拐上崎岖山路。

关素衣忍着没说话，也没动弹，只仔细打量二人。从他们的长相和身材来看，必是九黎族无疑，且身上弥漫着一股杀气，像是贵族豢养的鹰犬，专门负责处理阴私之事。男子在外赶车，女子守在她身边，徐徐开口：“你醒了？不要慌，我们只是把你带到杨华山，三天过后，那里的人自然会送你回京城。”

杨华山？那可是土匪盘踞的地头，常有过路车队被匪徒拦截，男子全部杀掉，女子和财物掠回去享用。若被送往那处，关素衣可以预见自己的下场，必是被百般凌辱、千般折磨，这便罢了，他们竟还让盗匪将她送回去，在众目睽睽之下昭告世人——关氏嫡女已经被毁，是个人尽可夫的破烂玩意儿。

好狠毒的心思！背后这人究竟是谁？关素衣以为自己仇恨赵陆离、叶蓁、徐广志，然而直至此时才发现，那些情绪只是怨，称不上恨。真正的仇恨是想生啖人肉，生饮人血！

女子垂头去看她那赤红的双目，语气中透着轻蔑：“你们汉人女子真是可笑，以为凭几分姿色就能当上皇后？告诉你，九黎族女子从不屑与你们耍心眼，更没工夫与你们明争暗斗。我们对待敌人的方法只有两个：一是让她死，二是让她生不如死。”

关素衣恨意滔天，紧紧盯着女子，试图将她的相貌刻入脑海。

女子摇头莞尔：“你爱看便好生看着吧，再过三天，你的眼耳口舌、双手双脚，均会被人一一割掉，无论看见什么都没用。堂堂帝师府的嫡女竟沦落到那等地步，也是可悲可叹。”

关素衣咬破牙龈，冲她吐出一口带血的唾沫。女子以为她要咬舌自尽，连忙俯身来探，却没料对方竟抬起手，使出全力击打在她腋窝处，令她瞬间失去行动能力，然后快速拧掉她下颚，剥夺了她呼救的机会。

“叫你不老实！”关素衣发出了那女子独有的冷清嗓音，令对方目眦欲裂，惊恐万状。车外的男子本想掀开车帘看一看，听见这句话又放下心来，继续驾车。

“看来光点穴还不行，得把你的四肢也拧掉。”关素衣继续模仿女子的声音，飞快拧掉她所有关节，使她彻底失去反抗能力。

幕后黑手以为她只是个手无缚鸡之力的弱女子，那可就大错特错了！没点功夫底子，她怎么跟随祖父在战火连天的九州大陆游历？九黎贵女很了不起吗？有本事当面与她斗上一斗！

该女子万万没料到关素衣竟能自个儿打通穴位，更没想到她力气那般大，转瞬就制服了自己，还能模仿自己的嗓音。

老五，掀开车帘看一眼啊！女子在心中疯狂呐喊，却只能像之前的关素衣那般，无力地转动着眼珠和头颅。她原以为这次任务很简单，起初，事情也的确像他们预料的那般顺利发展，但所有的一切都因为他们对关素衣的错误估量而失控了。

她在猜测关素衣会怎么做。看得出她只是身手矫健，并未练出内劲，之所以能放倒自己，凭的全是出其不意。等老五发现异状前来擒拿，她绝对不会是老五的对手，所以最好的办法就是跳车逃走。

关素衣也在考虑该怎么做，然而跳车这一条立即就被她否定了。首先，她不知道这是何处，又该怎么回去；其次，她不敢肯定路上不会碰见匪寇；最后，她不甘心！没让伤害她和木沐的人得到报应，她绝不甘心！

仇恨之火在心里熊熊燃烧，烫红了她明亮的双眼。她很想逼问女子木沐的下落，逼问她幕后主使是谁，却也明白习武之人耳目敏锐，隔得这么近，外面那名男子一定能听见她的声音。所以她什么都不能问，唯有少说少错。

她抬起手，狠狠甩了女子两巴掌，然后取下腰间的荷包，拿出两张人皮面具，一张是她自己的五官，一张未曾定型，需要加热才能捏造。但此处既无滚水也无火源，恐怕得另想办法。越是在危急的时刻，她的思路便越清晰，很快就找出折中之法，将未定型的面具贴在女子脸上，在外层均匀抹了一层胶水，不过片刻工夫，胶水风干变硬，把对方的五官拓印了下来。她小心翼翼地揭掉，放置一旁待用，然后把自己的面孔覆盖在女子脸上，严丝合缝地粘牢。

女子不明白她在干什么，心里满是恐惧与不安，直至她也戴上面具，换了彼此的服装，才惊骇地意识到——她竟想李代桃僵，以其人之道还治其人之身！

不不不，你不能这么干！老五，快来救命！女子想起先前与盗匪谈好的条件，简直快疯了。被全寨男人凌辱，挖掉眼耳口鼻，割断手筋脚筋，再赤裸裸地扔在燕京最繁华的地段。这比天牢里施用的酷刑残忍千倍万倍！

求求你放过我吧！她用浸满泪水的眼睛去看关素衣，试图打动她、软化她，然后找机会反杀。汉人女子不都是如此吗？最见不得人间惨事，连树叶枯了、花儿凋零，也会掉几滴眼泪，难道真能亲手送别人去死？

放了我，我也放了你！她眼里写着这句话，却隐约明白，改换了容貌和嗓音的关素衣压根儿不用担心露馅。她那张面具涂了胶水，肤色亮晶晶的，在白天看来十分诡异，但马车要到入夜才能抵达杨华山，昏暗的光线中，谁又看得见谁？老五要是对这张脸深信不疑，一个不慎就会着了她的道。她可不是手无缚鸡之力的弱女子，恰恰相反，凭她的力量，一掌劈开成年人的颅骨并非难事！女子心中骇极，却只能任她摆布。

临近子夜，天气微凉，一直闭目养神的关素衣取下挂在车壁上的斗篷，严严实实穿好。她凑近女子，用对方的嗓音开口："应该快到了，你今晚好生享受吧。"

男子轻笑一声，勒紧缰绳："已经到了，保管叫她欲仙欲死。"

车子缓缓停靠在山脚，黑暗的密林中走出几个人，压低嗓音询问："是过路还是上山？"

"东南西北中，此路通何处？"男子不答反问。

关素衣很快意识到他们在对接头暗号，心里大感庆幸。还好男子对女子十分信任，只让她看守人质，没让她接话，否则现在就暴露了。女子目眦欲裂，试图挣扎，却连一根手指都动不了，只能绝望等待。

“此路通地府，快给老子纳命来！”口里放着狠话，几名盗匪却嬉皮笑脸地走上前，急迫追问，“人在车里吗？快给哥儿几个瞅瞅！”

关素衣丝毫未露怯，单手捞起女子，掀开车帘往外抛。女子若是不与她说话，她还真拿捏不准对方的脾性，扮演得也不会如此得心应手。然而正是她短短几句话，关素衣便洞察了她的本性——自卑、自傲、狠毒，把残害人命当成最大的乐事。她从未把自己当人看，所以也就不会稳稳妥妥地将自己交出去，十之八九会随手一扔了事。

从男子的轻笑声中，关素衣可以断定，自己做对了。

女子掉在地上后哼了哼，几名山匪点燃火把一看，不免倒吸一口凉气：“娘哎，老子从未见过如此漂亮的妞儿！瞧这脸盘儿，瞧这身段，简直绝了！”

由于常年习武，女子身段的确不差，该丰硕的地方极为丰硕，该纤细的地方不盈一握，再配上关素衣的脸，模样越发诱人。男子对关素衣了解不深，竟未看出端倪，不耐烦地催促：“行了，别看了，有三天三夜让你们折腾，别在路上耽误时间！”

几人欲火焚身，连连附和：“对对对，赶紧抬上山去让大当家看一看，等他玩过了再赏给兄弟们。可惜不是处子，否则味道还会更妙！”话落留下一串淫笑，他们沿着崎岖山路往密林深处走，很快就消失不见。

关素衣冷道：“咱们也回去交差吧。”

男子不疑有他，驾着马车原路归返，天快亮时终于到了京郊，再走半个时辰就能抵达城门。关素衣为防男子与自己搭话从而暴露身份，一路都在装睡，直至此时才“醒转”，掀开车帘走到对方身边坐定。她认识这条路，也知道此处有军队驻扎，绝无山匪出没，趁男子睡意袭来精神恍惚的片刻，抬手狠狠劈砍他颈侧。男子一声不吭地朝下栽倒，却被关素衣及时拽住，拖进车厢，干脆利落地拧掉四肢与下颚。与女子一样，他身上并未携带能表明身份的东西，马车也是寻常百姓乘坐的乌篷马车，没什么特别之处。

将车停靠在僻静的地方，关素衣默默等待对方苏醒。大约一刻钟后，男子睁开眼，意识到自己的处境后露出仇恨与疑惑的表情。

“你们从帝师府劫走的小男孩在哪里？”她用自己原本的嗓音询问。

男子先是震惊，然后恍然大悟，少顷竟泻出浓重的杀气。看来他比那名女子更凶悍，也更没有人性，与其说是贵族豢养的鹰犬，不如说更接近死士。若想从死士嘴里问出隐秘，没点非常手段是不可能的。

关素衣知道自己有几斤几两，让她反抗歹人可以，却没法狠下手施展酷刑，只能把人带回去交给金子处理。但愿他们已经追查到木沐的下落，一回家就能团聚。她爬出车厢，拽紧缰绳，指挥马车驶上官道，还未靠近城门就见前方满是黑压压的人群，还有抱怨声与喧哗声不断传来。

“大嫂，前面怎么了？”她笑着招呼路边一位妇人。

“听说是哪位达官贵人家的幼子被拐了，昨日已禀报皇上，锁了城门，不让百姓出入。我原本以为今天能解禁，看这架势，恐怕今天也解不了。”

“那孩子找到了吗？”关素衣屏住呼吸询问。

“找到了还能继续锁着？也不知是谁家的孩子，竟闹得全城戒严。”

旁边有一名老汉压低嗓音说道：“是帝师府的孩子，昨日中午不见的，找了一天一夜也没找着。我儿子在城里当衙役，消息灵通得很，听说昨天晚上全城不许熄灯，挨家挨户在搜，皇上还下发了口谕，让附近驻扎的军队沿途扫荡过去，活要见人，死要见尸！”

“帝师不就是帝王的老师吗？地位够尊贵的，难怪皇上那么着急。菩萨保佑，但愿那孩子早点找到，咱们也能快些入城。”妇人双手合十，拜天拜地。

没找到？关素衣心脏狠狠抽痛了一下，正想着要不要假意举报拐子，让侍卫带自己入城，却见前方挤挤攘攘，不停有人高喊：“退后退后，军队要出城了！小心别被马蹄踩到，踩死了军爷可不负责！”

“军队出来了，快快快，快躲到一边儿去！许是发现了什么线索，出去抓拐子了！”人潮慢慢退至两旁，关素衣眼眸一亮，立即调转马头向后退，退出去一里远才稳稳停靠在路边。

她得想个办法打听情况，看看是不是忽纳尔找到了线索。外人只知帝师府幼子被拐，却没说嫡女也失踪了，可见忽纳尔有意隐瞒了消息。关家乃书香门第，从未与军中人士打过交道，倘若出来找人的将领她不认识，恐怕还未靠近就会被当成可疑人员斩杀。

城门进不了，军队又无法靠近，难道这些天一直等在此处？她想了又想，还是不敢摘掉面具，主动表露身份。不但家人和忽纳尔在找她，恐怕连幕后黑手也会派遣探子随时关注事态动向，这些人或许隐藏在百姓中，或许隐藏在军中，更甚者还会潜伏在忽纳尔身边，她不能轻信任何人。

当她感觉惶然无助时，军队终于穿过人群缓缓靠近，打头那人虽然贴了络腮胡子，改了瞳色，却是忽纳尔无疑！他竟亲自带领军队来找她！

先是木沐失踪，后是夫人不见了，圣元帝竟不知自己这一天一夜是怎样过的。任何有可能发生的惨况，他都不愿去想，只坚定地告诉自己，哪怕把魏国国土翻个底朝天，也要把两人找回来。

姐弟俩前后脚被掳走，显然是有预谋的。如果先抓夫人，他派去夫人身边的死士定然会有所察觉，而若是把他们全部调走，帝师府又乱作一团，再向夫人下手则轻而易举。背后黑手很清楚他与夫人的关系，但究竟是谁呢？他不会怀疑自己的心腹，想来想去，脑海中不由浮现一个人影。但更多的念头均被他压了下去，他只想尽快找到夫人和木沐，晚一刻钟，他们受到的伤害就增加一分，他没有时间耽误。

他稳稳当当骑在马背上，看似十分镇定，脑子却一片空荡，什么都不敢去想，只是朝着既定的方向前进。这是他生活在兽群中时养成的习性，当肚子太饿或伤势太重时，为了活下去，便只能放空一切，把肢体交给求生的本能去支配。他没有想过今日能否找到夫人，更没想过找回的是活生生的人还是一具冰冷的尸体。

无论怎样，先找到了再说。

当军队快穿过人群，拐上官道时，他微微俯身，举起马鞭，准备全力加速。他直视道路尽头，眸光锐利，瞳孔却涣散着，仿佛身体与灵魂已分割成两半，一半沉稳得可怕，一半慢慢临近失控的边缘。

忽然，他听见路边传来一阵高昂的呼哨声，哨音打了好几个转儿，直直抛上高空又落了下来，节奏非常独特。一声刚落又是一声，声声堆叠上去，竟将樵夫们无聊时的排遣摆弄得花团锦簇，与失传已久的“啸音”有异曲同工之妙。不但周围的百姓被哨声吸引，就连军容整肃的将士们也忍不住转头去看。

“大军开拔，君命在负，你吵什么吵？活腻了吗？”一名骑兵抽出腰间佩刀呵斥。

圣元帝也跟着看过去，放空的双目慢慢聚焦，然后迸溅出星光。吹口哨的是一名身材纤细的女子，止把含在嘴里的指尖抽出来，直勾勾地盯视自己。她穿着一件很不合体的衣服，袖子长了一大截，衣摆也拖在车辕边，脸上仿佛沾满液体，在晨曦的照耀下显得很明亮。见自己转头看去，她又吹了一声口哨，然后脱掉厚重的斗篷，远远抛过来。将士们以为斗篷里藏了暗器或毒物，正准备挥刀拦截，却被帝王抬手阻止了。

那女子身材十分纤细，在宽大袍服的衬托下越发显得羸弱，却没料手劲儿奇大，一件二斤重的斗篷愣是被她扔出去老远，顺风落在圣元帝手里。圣元帝与女子对视的瞬间心里就隐隐浮现一个念头，却不敢去证实，生怕眼前的一切不过是幻梦一场。但他很快就嗅到了暗藏在斗篷里的一丝香味，漆黑眼眸瞬间放射出狂喜的光芒。那的的确确是他的夫人，她还活着！

“让开！”他嘶哑地喊了一声，抽鞭打马，快速朝夫人奔去，脸上的表情糅合了失而复得的喜悦与濒临绝望的后怕，显得格外狰狞扭曲。

围观的百姓见这小娘子竟敢冲全副武装的将士吹口哨，还脱了衣服色诱将军，纷纷在心里感叹对方活腻歪了！也不看看自个儿长什么样，五官寻常也就罢了，竟还涂了一脸的猪油膏，迎着太阳一看，亮得简直刺眼。瞅瞅，那打头的将军已经暴怒，说不准等会儿就会抽刀把人给劈了！

但想象中血溅五步的场景并未发生，高大将领打马来到小娘子车前，轻轻一跃就跳到车辕上，二话不说把人抱进怀里，大掌盖住人家后脑勺，死死往自己胸口压，下颚抵住对方头顶，一遍又一遍摩挲轻蹭，原本冷酷无比的面庞竟温柔得一塌糊涂，仔细一看，眼角竟有泪光闪现。

关素衣再聪明也只是一介凡人，哪能不畏生死？但她不敢表露出来，更不敢让恐惧的情绪占据主导，因为她明白自己最大的武器就是清晰而又敏锐的头脑，一旦连这个武器都失去，紧接着失去的就是生命。所以她一直压抑着，强撑着，直到被忽纳尔抱进怀里的这一刻。

“你来了？”在对方面前，她可以不用掩饰自己的软弱与狼狈，所有负面情绪像岩浆一般喷发出来。

“我来了。你有没有事？”圣元帝推开夫人，上上下下、仔仔细细地将她打量一遍。

“我没事。”关素衣胡乱擦掉眼泪，指了指车篷，“里面还有人，咱们进去说话。”

圣元帝目中浮现一丝杀气，却又很快消弭，冲看傻眼的将士们挥手：“改道去桐谷，尽快与镇西侯汇合！”

“喏！”众人高声应和，然后调转马头踏上另一条官道，向东去了。

马车里，那九黎族男子虽极力遮掩，却还是流露出一丝不敢置信的神色，随即又化为恐惧。

圣元帝一面查看他周身情况，一面笃定道：“这就是掳走你的人？他认识我。”

“你认识他吗？”

“不认识。他应该是哪家豢养的私兵，或许在某个场合见过我。”

“你贴了胡须，改了瞳色，他还能把你认出来，可见对你十分熟悉，应当是见过多次的。”关素衣话锋一转，追问道，“你有木沐的消息吗？”

“有，现在就去救他。”圣元帝试探性地伸出手去揽夫人单薄的肩膀，柔声道，“你仿佛一夜未睡，先把面具卸了，好好睡一觉，有什么事等你醒了我再告诉你。”

关素衣差点就顺势倒在他怀里，但想起生死不明的木沐，又强打起精神：“我等救回木沐再睡。他现在在何处？”边说边用特殊的药水卸除面具，换了一副少年面孔戴上。在回归帝师府之前，她不能让旁人发现自己的真实身份，免得幕后黑手拿此事大做文章。

圣元帝手臂虚悬在夫人肩头，见她并未闪躲，这才踏踏实实地落下，却不敢贸然将她往怀里带，唯恐唐突她一丝一毫。她现在的确很脆弱，只需稍微使力就能拥她入怀，然而他不欲乘人之危。失而复得的狂喜过后，他只想与夫人紧紧挨在一起，静静独处片刻。

“木沐失踪之后，有人在草丛里发现了昏迷不醒的明兰，这才惊觉你也不见了。帝师和太常卿连忙入宫求我封锁城门，我唯恐贼子已经逃脱，派遣镇西侯出城，兵分几路搜寻可疑人员。如果你和木沐遇害，谁能从中得利？顺着这条线索往下查，竟查到你堂兄关文海头上……”

自从失去嗣子资格后，关文海便整日酗酒，无所事事。偶有一天，他在酒肆中喝得烂醉，怒骂关府的狂言被两名游侠儿听去，当即表示愿意出力替他教训关府。关文海糊里糊涂地与这些人达成交易，付了五百两辛苦费，又准备了两条比较安全的退路，然后让游侠儿得手之后把木沐和关素衣一西一东远远卖掉。二人推说人手不够，只负责发卖关素衣，不负责发卖木沐，让他自己想办法。关文海已是魔怔了，竟又搭上一群游寇，让他们帮忙卖掉木沐。具体怎么做他其实并不清楚，只负责出资并安排路线，木沐走陆路，卖去东边的桐谷；关素衣走水路，卖去西边的梧州。由于一时拿不出五百两，他四处举债，又反复勘察东、西两路的情况，明明长相俊秀，穿着奢华，却专往龙蛇混杂的地方走，给人留下了深刻印象。圣元帝刚张贴出悬赏皇榜，就有人跑到衙门里告发他，将他那些醉话原原本本说了一遍。

圣元帝立刻就把人抓起来拷问，终于挖出一些线索。但他知道这件事绝不简单，或许关文海只是幕后之人布置的一道迷障，或许夫人和木沐并不在东、西二路上。但他不敢赌。万一对方来个虚中有实，实中有虚呢？万一这条消息是千真万确的呢？倘若因为他的迟疑而害死了夫人和木沐，那他永远无法原谅自己。于是仅仅考虑了一瞬，他便亲自领兵出了城门，却没料刚踏上官道就与夫人不期而遇。

听了忽纳尔的讲述，关素衣终于拼凑出七八分真相。关文海竟也卷入其中，且被幕后黑手拿来当了替罪羊。

“的确是虚中有实，实中有虚。”关素衣冷笑道，“我根本没在梧州，而是与之完全相反的杨华山！如果你顺着水道一路往下追，只会离我越来越远。至于木沐，他十有八九在桐谷。关文海找的那些游寇为了省钱省事，应当会照他安排好的路线走，但也不排除这些人心思狡猾，半途改道。总之先追过去看看再说。关文海不过是个替罪羊罢了，既出钱又出力，完了还负责承担罪名，真是蠢到家了！”

几经波折，又得了木沐的确切消息，关素衣终于按捺不住，捶着矮几骂起来。无论背后之人是谁，都给她等着！不用借忽纳尔的手，她也要让对方身败名裂，生不如死！

圣元帝所有的注意力都被“杨华山”三个字吸引过去，沉声问道：“他们想把你扔进匪窝？”

“何止……”关素衣把路上发生的一切详细说了一遍，这才拍了拍挂在腰间的荷包，后怕不已地道，“要不是我随身携带着三张面具，这次定然回不来了。”至如今，那些匪寇的淫笑还回荡在脑海里，令她脊背生寒。

圣元帝连忙轻拍她肩膀，柔声安慰：“莫怕，你现在已经安全了。我把这人带下车拷问，看看能不能揪出幕后黑手。”

关素衣点头，语带迟疑：“好，不过你能不能快些回来。”独自面对危险的时候，她可以勇往直前，无所畏惧，可一旦到了安全的地方，有了温暖而又坚实的依靠，竟不知不觉依恋起来。她害怕一个人待在车里，这种软弱的情绪早已离她远去，却又在此时此刻汹涌而至。

圣元帝看了看夫人揪住自己衣摆的小手，冷硬的心柔软得一塌糊涂：“夫人莫怕，我很快就回来。你先躺下睡一会儿，到了我会叫你。”

“你多久回来？”关素衣拧眉追问。

圣元帝莞尔，许诺道：“不足一刻钟就回来。”夫人极其固执，一旦揪住某人或某事，便绝不会放手。在别人，甚至于亲族眼中，这算得上是一个臭毛病，但对圣元帝来说，却恰恰是她最可爱的特质。她现在像极了一只张开小爪子的猫，挂在主人袍角乞求爱抚或拥抱，表面却努力撑起无所谓的模样。

这样的她只会让他爱进骨子里。

关素衣这才放开袍角，假装洒脱地摆手：“那你去吧。”

圣元帝强忍笑意，扛着男子跳下马车，刚走几步又听车篷里传来一道少年嗓音：“给我带一套军服过来。”

“好，你先睡吧。”圣元帝上一刻还冲马车微笑，下一刻转身，面容已森冷无比。他把人交给最擅刑讯逼供的副将，命令道：“查清楚这是谁家养的走狗。”

因为在行军当中，副将不能架设刑堂，只好把人绑在马背上，等扎营了再问。圣元帝找到自己的马，从行囊里取出一套干净的军服和一条薄毯，这才回到马车内，命令军队继续前进。

关素衣睁大眼睛盯着车帘，见忽纳尔进来了才放松身体，靠倒在车壁上。一脚踏进棺材的感觉把她吓住了，不，事实上她已经躺过棺材了，若非那二人在她颈下垫了一个木枕，她现在只能任人宰割，唯一解脱的办法就是咬舌自尽。

圣元帝见她脸色由白转青，立刻意识到她又在后怕，连忙坐过去轻拍她后背，柔声安慰：“别想了，你现在好端端地坐在此处，什么事都没有。来，快把衣服换上，顶着一张男人的脸却穿着一套女人的衣服，小心外人看见了笑话你。”

关素衣狠狠瞪他一眼，似乎有些生气，心里却好过多了，直接裹了一件外袍，束好腰带。因袖子和下摆太长，两人合力挽了许久也没挽好，干脆用匕首割掉一截，这才看出几分少年士兵的模样。

“行了，你先睡吧。秦凌云是我麾下猛将，对付一帮游寇不在话下。没准儿你睁眼的时候就能看见木沐了。”圣元帝将其余的衣服团成一团，示意她躺下当枕头。

“我不敢睡。我要救木沐。”关素衣握住他一片衣角。

“就睡一会儿。你瞧你，眼圈都黑了。”圣元帝苦劝几次无果，只好将手盖在她脑门上，轻轻往下摁，她却挺着腰杆往前倾，死活不肯躺下，倔强的模样又脆弱又可爱，惹得圣元帝怜心大起，恨不得将她整个儿圈在怀里，一起躺下。

“你睡不睡？不睡我就让人把你送回京城，免得你半路撑不住，拖累行军的速度。”他又好气又好笑。

“我坐在马车里，又不是在路上走，怎会拖累你们？”关素衣揉了揉乌黑的眼窝，双瞳有些迷糊起来。

“如果不是多了你这辆马车，要配合车轮的速度，凭我二千精骑，早就去到千里之外了。”圣元帝略略一想，低笑起来，“要不你下去与我一块儿骑马，把这辆车弃了。

你若想睡，在我怀里躺着反而更舒服。”

关素衣苍白的脸颊缓缓烧红，所幸有面具遮挡，显不出来，往后一仰，妥协道：“你赢了，我现在就睡，过半个时辰叫我。”犹豫一瞬又改口，“不，还是过三刻钟叫我吧。”

“放心，一定会叫你。”圣元帝有些无奈，扯开薄毯替她盖好，叹息道，“不该赢的时候你总赢，不该输的时候你偏偏认输，夫人生来便是克我的。”

关素衣拉高薄毯盖住面颊，只露出半只红彤彤的耳朵。圣元帝坐在她身边看了一会儿，忽然低笑起来，表情里满是温柔与无奈。

三刻钟后，圣元帝并未如约叫醒夫人，等她睡醒时已临近子夜，军队终于在桐谷附近的山坳里堵住了这帮游寇。秦凌云和赵陆离分别带领两批人马，正与穷途末路的匪寇僵持。

“究竟怎么回事？”圣元帝很恼火，因为其中一名匪徒正用匕首抵着木沐的脖子。

斥候低声禀报：“回主子，这帮人半路遇见了赵陆离，竟叫他认出了小少爷，双方打起来，正巧被侯爷堵在此处。匪首见咱们人多势众，又得知小少爷乃帝师府幼子，心知闯了大祸，便挟持小少爷，威逼咱们放他离开。”

“不能放他走！”关素衣坚定道。

“的确不能放他离开。他已得知木沐身份，到了安全的地方定会杀人灭口。”圣元帝带着夫人在战圈外围观察，找到一处视野较好的高地，拿起一柄巨大的骨灵长弓，同时搭上两根箭矢。

二人站在黑暗中，只要不发出声响，谁也不会察觉他们的存在。相反，游寇被举着火把的士兵堵在战圈内，橘红火光映照出他们狰狞的面庞。木沐被领头那人挟持，脸色已煞白如纸，显然很恐惧。

关素衣干涩的眼眶瞬间就湿润了，却强行压下奔过去的冲动。她目测双方之间的距离，忧心道：“五六十丈，逆风，光线昏暗，偷袭的话会不会太勉强？万一没射中，木沐就危险了。”

圣元帝沉声问道：“夫人，你能相信我吗？”

黑暗中，关素衣无法看清他的表情，却能从他幽深双眸中窥见一丝果决与坚定。慢慢地，她慌乱的心跳也平稳下来，一字一句道：“你射吧，我相信你。”

“多谢夫人。”圣元帝微微一笑，这才举起弓箭，瞄准六十丈以外的匪首。弓弦被他拉至极限，隐约可以听见细微的噼啪声，仿佛下一刻就会崩裂。关素衣的心弦也随之收紧，连太阳穴都跟着抽痛起来。

终于，他指尖无意识地松开，两支箭破空而去，前后相隔数尺，一支先行射穿匪首眉心，另一支随后就到，补射在同一个地方。只听“噗噗”两声闷响，匪首连眼睛都来不及眨就已失去生命，站在他身后的匪众被犹有余力的箭矢洞穿，接连倒地。

木沐本还惊恐万分地抓着贼人的手，脑袋努力偏斜着，试图离刀刃远一点，然而下一刻，这只手就软软垂落下去，松开了对他的挟持。他还处于懵懂中，镇西侯便一把将他抓过去，赵陆离提刀便砍，将离他最近的游寇解决干净。

虽然久未合作，二人在战场上培养出的默契却还在，顷刻间就将一干人等砍杀殆尽，退出了战圈。

秦凌云十分贴心，夺过孩子之后便捂住他的眼睛，没让他看见更多血腥场面，应当很快就能从恐惧的情绪中缓和过来。几人飞快离开战圈，走到乌篷马车边说话。

“木沐，木沐你还好吗？”一名少年从黑暗中跑出来，搂住木沐上下查看。

木沐经常与姐姐玩“你认不认识我”的游戏，立刻就认出她，却又记得姐姐的吩咐，不敢叫人，只是死死搂住她脖子，小脑袋左右拱动，偷偷把眼泪擦干净。他是男子汉，他才没被吓哭！

“小舅子定是吓坏了吧？快给姐夫好生看看。”黑暗中又走出一个高大人影，背着一张巨弓，伸手将小家伙抱过来，放置在肩膀上。

“你是姐夫吗？你射箭好厉害！”木沐眼睛一亮，抱住男人的大脑袋就不愿撒手了。虽然对方长了络腮胡子，眼睛的颜色也不对，但声音是一样的。是他救了自己，有他在便安全了。

“多谢侯爷相助！多谢赵大老爷相助！”关素衣真心实意地叩拜。

“举手之劳。”赵陆离定定地看了她一眼，终究没发现破绽，只以为她是木沐的小厮，因护主心切才跟出来。秦凌云心中了然，哂笑道：“奉命行事罢了，当不得一个‘谢’字。对了，木沐的小猴子还在我那处，等会儿你们来拿吧。多亏这小东西偷偷逃出来，一路给我指点方向，这才在山坳里把人堵住。”

“大郎没事吗？太好了！谢谢侯爷！谢谢……”木沐不知该如何称呼赵陆离，想了半天才跟着姐姐喊了一声“赵大老爷”，惹得赵陆离苦笑不已，转头听见木沐亲热无比地唤圣元帝“姐夫”，越发心如刀绞。

圣元帝越看小舅子越觉得喜欢，干脆将他架在脖子上，带去空旷的地方玩耍，顺便等待将士清剿战场。关素衣紧紧跟随在后，看着一大一小堆叠在一起的背影，扶额笑了。

游寇哪里是两千精骑的对手，没了护身符，便似砍瓜切菜一般被收割干净，只留下几个领头的被带回去拷问。

圣元帝陪着木沐玩了一会儿，见他话多起来，不时揉揉眼睛，显得有些困倦，便知他心中的恐惧感已逐渐淡化，可以安心归返了。他把小家伙放在车辕上，借火把的光亮检查他全身各处，发现并无外伤，只有几道瘀青，这才略松口气。倘若小家伙伤到哪里，夫人定会痛心，夫人痛心，他会比她难过百倍，所谓“感同身受”便是如此吧？

木沐十分乖巧懂事，见姐姐一面替自己按揉瘀青一面擦眼泪，连忙伸出小短手将她抱住，安慰道："我没事，那些人起初打了我两下，后来见我乖乖坐着没动，就不打了。我知道你们会来救我的。"

"嗯，木沐好乖。下次再遇见这种事，一定不要做无谓的反抗，只管记清楚路线，找机会留下暗号，我便会来救你。你还记得咱们玩的寻宝游戏吗？一个小三角套一个小圆圈，那就是咱们的联络暗号，你好生记在心里。"关素衣觉得一味教弟弟读书还是不行，和平年代长大的孩子，求生的能力总是差一些。她幼时正逢诸国混战，世道乱得很，偶有一次遇上流民潮，不幸与爹娘失散，便是借着刻画暗号找到彼此的。曾经她学过的一切求生技能，如今都得原原本本传授给木沐，居安思危总是错不了的。

木沐摇头，嗫嚅道："我、我想习武，我要自己打坏蛋，不要姐姐来救。那太危险了。"复又偷偷看了圣元帝一眼，祈求道，"姐夫是大将军，姐夫可以教我。"

关素衣还来不及答话，圣元帝就哈哈笑起来："好，姐夫教你习武，将来当大将军，替姐夫开疆扩土！"

木沐还是懵懂幼童，听不出话里隐藏的深意，却高兴得很，小脑袋点得飞快。关素衣扶额道："木沐是帝师府的嗣子，将来必要接下祖父衣钵，成为当世大儒。你如今把他拐去习武，不是给祖父添乱吗？"

"姐姐，我既想读书，也想习武，我可以当儒将。"木沐十分机灵地答道。

关素衣哑了，圣元帝也愣了愣，然后齐声低笑起来。儒将难道不是将军？这傻孩子。算了，他爱干什么就干什么吧，只要能快快乐乐、平平安安长大就行。

赵陆离远远看着三人，等他们说笑告一段落，这才走过去询问："木沐还好吗？有没有受伤？"对于这个曾经的养子，他一直心怀愧疚。他把他接回来，扔给弟妹抚养，一个月见不着几面，更说不上话，以至于孩子对他没有半分感情与留恋。

倘若当初他能对他多些爱护，令他对赵家产生归属感，或许素衣不会走得那样决绝。但错了就是错了，后悔也没用，所以他爽快地放手，并未与素衣争夺孩子的抚养权。如今木沐改口唤霍圣哲"姐夫"，可见二人好事将近，而帝师府也后继有人。素衣离开赵府，果真越过越顺遂了。这样想着，赵陆离面上浮现一丝苦笑。

木沐拘谨地拱手："回赵大老爷，我没受伤，这次谢谢您。"他与对方虽曾生活在同一个屋檐下，见面的次数却少之又少，顶多只能算半个熟人罢了。

关素衣也再次致谢。二人如此客气，反倒令赵陆离难堪起来，叹息道："不用谢。我原本想暗中救下木沐，却没料那伙游寇见我商队中全是残障人士，竟打起我的主意，上来便明抢，这才把事情闹大。所幸木沐没受伤，否则我万死难辞其咎。"他顿了顿，语气忽然温柔下来，"木沐，素衣最近过得好吗？"

木沐努力不去看姐姐，点头道："她很好，整天在家看书写字，然后帮祖父整理手稿，撰写宝典，过得可开心了。"

"开心就好。"赵陆离眼里似乎有泪光闪动，害怕迎着火把让旁人看出来，只好略一颔首，仓促走开。

圣元帝沉声道：“她过得好与不好，从今往后便是我的责任，与你无关。你现在再来问这句话，不觉得太晚了吗？”

赵陆离本就萧瑟的背影更显出几分颓唐，在原地站了一会儿，这才慢慢走向火光照耀不到的地方。远处，刀兵声已经止歇，将士们把满地尸体堆放在一起烧掉，然后整装返程。

关素衣把木沐抱在怀里，用薄毯裹住，柔声道：“木沐，你闭上眼睛睡一觉，醒来便到家了。”

“真的吗？”木沐迷蒙的眼里满是希冀。

“当然是真的，姐姐什么时候骗过你？”关素衣将他抱紧了一些，手指有一下没一下地轻拍他后背。木沐在这温柔的抚慰中很快陷入沉眠，小手紧紧抓着姐姐一片衣摆。

圣元帝默默看着这一幕，忽然说道：“夫人，将来你一定是位好母亲。等咱们生了孩子，他是学文还是习武全由你说了算。不，第一个孩子若是男孩，便是魏国储君，他必须文武兼备才能扛起国鼎，所以还需你严格教导才是。第二个孩子要是位小公主，必定像极了夫人幼时的模样，我一定把她捧在手心里……”他越说越火热，仿佛很快就能与夫人共享天伦一般。因为幼时的经历，他对家庭的渴望远远超过常人，却也沾染了孤狼的秉性，不愿随便将就哪个女人。夫人的出现于他而言是救赎，更是命中注定。

关素衣连忙捂住木沐耳朵，见他没有醒过来的迹象，低声斥道：“闭嘴！再说我可就恼了！”

圣元帝低笑起来：“好吧，我不说。夫人你累不累？要不让我来抱木沐吧，我力气大，一直抱他归京都无事。他这样枕着你，不出一刻钟你的手臂就会麻木。”边说边挪到对方身侧，小心翼翼地接过孩子。

木沐最近吃得好睡得香，长了不少肉，抱起来的确有些吃力，再者，关素衣自己也刚刚脱险，早已筋疲力尽，于是没拒绝忽纳尔。秦凌云掀帘入内时，正好看见二人一个搂着木沐上身，一个抱着木沐双腿，头碰头，肩靠肩地坐在一起休息，亲昵的氛围像浓得化不开的蜜糖，令空气都带上了甜味。

“主上，属下把大郎带过来了。”他举了举手里的小笼子，面色有些尴尬。

大郎尾巴裹着一层带血的纱布，正蜷缩在笼子里睡觉，似乎嗅到了熟悉的气味，不免哼哼两声，却因太过疲惫，没能醒过来。关素衣连忙接过笼子，小声道谢。

由于圣元帝要赶回去上早朝，马车驶得飞快，关素衣心里有许多疑惑亟待解答，于是把镇西侯拦了下来：“劫持我的贼人你们审了没有？”

秦凌云瞥了主上一眼，见他微微点头，这才答道：“来不及审就咬舌自尽了，是个硬茬子。不过夫人请放心，回去的路上我顺道去一趟杨华山，把那女贼带回来。

她嘴巴应该没那么硬。”

关素衣眼睛一闭就能想起对方恶毒至极的嘴脸，摆手道：“算了，让她留在那儿吧，无须拷问任何人，我自己来查明真凶。”

秦凌云愣了愣，随即低笑起来：“我还以为关家人都以仁德宽宏著称，却没料夫人与传言中半点不像。今日若是换成寻常女子遇见夫人这般遭遇，怕是只有等死的份儿，哪能独自一人安全无虞地逃出来。我看过那贼人，他四肢、下颚均被卸掉，手法相当老练，可不像手无缚鸡之力的女子所为。”

镇西侯从未见识过夫人神力，更对儒学文会没有丝毫兴趣，所以并不知道她从小负重练字的事。经由主上口述，对方逃脱的过程仿佛非常轻松，但仔细一想，难免体悟到其中的凶险之处。但凡她能力差上一分，结局便如女贼所说，要么死，要么生不如死。试问一位书香门第的贵女，从何处学来这些功夫？叫他不起疑都难。主上是“色不迷人人自迷”，如今已找不到东南西北了，他少不得多操些心。

关素衣瞥他一眼，徐徐道：“正是因为像你这样以貌取人的人太多，我才能侥幸逃脱。并非只有九黎族女子才孔武有力，我关素衣也不是吃素的。”

圣元帝轻轻握住她冰凉的指尖，代为答话：“夫人从小就负重练字，腕力过人，制住一名成年男子并非怪事。”

“负重练字？这倒说得通。”秦凌云又问，“那么卸掉关节呢？寻常女子可不会学这个。”

关素衣真被气笑了，冷道：“我祖父手腕落了旧疾，常常脱臼，我次次帮着安回去，久而久之便熟能生巧。人体关节的构造都是一样的，会装自然会卸，有什么稀奇？对你们男子而言，女子遇见凶险就该坐着等死才是正常反应吗？你别光顾着盯我，回去好好守着你嫂子，莫叫人将她骗回族里沉了塘。眼下，燕京城里流传着一本名为《女戒》的小册子，你知道吧？”

秦凌云被她话里的意思骇住，不免大惊失色。沉塘？沉什么塘？

“《女戒》我知道，仿佛是一本教导女子如何恪守本分的书册，很受汉人贵妇们欢迎。”秦凌云不明白一本书怎会与嫂子扯上那样大的关系，可关素衣的为人他多多少少了解一点，没有一定的把握，绝不会胡乱说话。

“何止是受汉人贵妇欢迎，还很受思想迂腐、行为刻板的儒士推崇。眼下，在这燕京城里，几乎每个儒士都会抄录一本《女戒》，勒令家中女子研习。你嫂子虽然已无直系亲属，可全族因为有你的照拂，已尽数迁至京中定居，那族长就是一个思想顽固的老儒生，看了册子后深恨妇人不贞，已放话下来，不拘谁和离、改嫁，抑或与男子私相授受、私订终身，必要沉塘淹死。看你红光满面的样子，而且口齿变得如此利索，该是与你嫂子好事将近了吧？你可得看紧她，免得夜长梦多，喜事变祸事。”

“你说的是真的？”秦凌云口中追问，实则已经信了八九分。不知为何，听了关素衣的叙述，他竟急怒攻心，几近绝望，仿佛已体会过失去李氏的痛苦，恨不能插上一双翅膀，立刻飞回她身边。

“是不是真的，你遣人一探就知。”关素衣感觉指尖疼了一下，吸气道，“你作甚忽然用劲，快放开。”

圣元帝这才回神，连忙放开夫人指尖，沉声道：“儒士之家人手一份，不准和离、改嫁、私相授受，私订终身？夫人，你我二人似乎已经犯了全罪？”

关素衣气笑了：“和离有，私相授受有，谁说我与你私订终身、意图改嫁了？再者，什么叫犯了全罪，就凭撰写者手腕一抬，笔尖一落，就给天下女子都戴了枷锁，绑了镣铐，她以为自己是谁？神通广大的如来佛祖？待我回去，定要撕掉她一层脸皮，叫她永远闭嘴！”

圣元帝轻拍她肩膀，安慰道：“夫人莫气，我回去就禁了这本册子，让你安安心心改嫁。”

关素衣哭笑不得地瞪他一眼：“防民之口甚于防川，无缘无故你禁它作甚？这样只会让它私底下传阅得更疯狂。我自然有法子让撰写者颜面扫地，无须旁人多管。”末了看向秦凌云，提点道，“回魂了！如今在路上，你想再多也没用。这件事自有我解决，不像你，出了变故只会揪着受害者反复追问，却放着凶手不管。你们找不出线索，我自己来。有纸笔吗？给我备上。”

秦凌云再也顾不得去怀疑她，从自己的行囊里取出文房四宝，一一铺设整齐。圣元帝端起水囊，往砚台里注了一些水，慢慢磨匀。

“首先，动手这人必然知道我与忽纳尔的纠葛。”关素衣提起笔，在纸上写下“知情者”三字。

“我倒是有一个嫌疑人选。”圣元帝将小哥儿多嘴的事大略说了，咬牙道，“倘若让我找到证据，不管她是什么皇姐旧部、盘氏贵女，定然严惩不贷！”

关素衣想了想，摇头否定：“不，动手的人不会是她。照你所说，她原是女将，上了战场十分强悍，下了战场格外低调，是有勇有谋的类型，绝不会用如此拙劣的方法对付我。况且在猜到你会怀疑她的情况下，哪怕极想除掉我，也绝不会亲自动手。所以……”

关素衣在“知情者”后面写下“借刀杀人”四字，继续道：“我姑且认为这件事的幕后黑手有两人，一个推动，一个付诸实施，二者之间是利用与被利用的关系。当然，也有可能只是一人，单纯觉得我太具威胁，想除掉我。子曰：‘始吾于人也，听其言而信其行；今吾于人也，听其言而观其行。’又言：‘视其所以，观其所由，察其所安。人焉廋哉？’”

她将这两句话缓缓写在纸上，低语：“由此可见，要想认清一个人，不用去看他的面貌，也不用聆听他的话语，只看他如何行事就够了。幕后这人对我做的每一件事，都已将她自己暴露无遗，我现在就能据此罗列出种种细节，将她从千万人中甄别出来。”

秦凌云和圣元帝均来了兴致，目光灼灼地看过去。

关素衣提笔，字迹风骨嶙峋，边写边徐徐道：“第一，她能豢养死士，这是九黎族贵姓的特权，所以她必是十大贵姓中的一系。第二，两名死士中的一名对忽纳尔的容貌极为熟悉，可见曾多次面圣。也就是说，他的主人也曾多次与忽纳尔有过接触，乃十大贵姓中与皇权交往甚密者。这样的接触有可能在登基之前，也有可能在登基之后，又或者二者兼有。换一句话说，这人要么家中掌兵；要么与皇族关系密切，有随意进出宫闱的特权；更甚者，对方既掌兵又与皇族沾亲带故，乃权贵中的权贵。”

不过两名死士，竟让她翻出这么多线索，秦凌云简直叹为观止。

圣元帝极想为智力超群的夫人喝彩，却碍于木沐还在沉睡，只得按捺。他点了点宣纸，低声道：“还有什么线索？”

关素衣继续笃定道：“第三，如果动手的是男人，必会干脆利落地杀死我，而非辗转多地，波折重重。对方既要我生不如死，又要我身败名裂，种种手段阴狠而又刻毒，应是女子无疑！第四，都说物似主人形，从那女贼骄横的态度来看，在主子跟前应该很得力，秉性多少会受主子影响。她不把汉人女子看在眼里，其主必也一样；她不把人命放在心上，其主必也一样；她尚武，其主必也一样；她自傲、自负、自以为聪明绝顶，说不屑与汉人女子耍心眼，其主必也一样。于是……”

她运笔如飞，将幕后黑手的形象一一勾勒出来：“真凶乃九黎族贵女，正值适婚年龄，十五至十八之间；性格嚣张跋扈，狂傲自大，从小习武，自诩高人一等，不把低于自己的下仆或汉人当人看；嫉妒心十分强烈，应该多次打死过人命，口头禅或为‘贱奴’，或为‘汉狗’；来往行走排场极大，每次不少于十位随从，浩浩荡荡，吆五喝六，十分高调；能自由出入宫闱，多次面圣，但因性格不好，与同辈女子相处恶劣，在宫中不会有交好的嫔妃，故可能与太后或几位皇子妃有亲缘关系。”

当她放下笔时，秦凌云已佩服得五体投地，而圣元帝心中更是浮现出凶手的确切影像。

“若非知道你不爱交际，认识的贵女少之又少，我还以为你是在告某人黑状。”秦凌云指着一行行字迹说道，“你应该猜出来了吧？京中的确有这么一位贵女，此人正是太后的嫡亲侄女儿卞敏儿。众位亲王要求皇上立后，呼声最高的就是她。”

“卞敏儿？”关素衣在纸上写下这三个字，微笑道，“我记住了。”

因事涉立后，且差点害了夫人，圣元帝既愧疚又恼怒，不管有没有证据，已然认准了卞敏儿，咬牙切齿地道：“夫人且等着，朕必定活剐了她替你出气！”

许久没说过的“朕”字都冒了出来，可见气得狠了。关素衣睨他一眼，冷笑道：“倘若我坐着等你保护，恐怕坟头的草都齐腰了。还是那句老话，靠谁都不如靠自己。”

圣元帝用祈求的目光朝夫人看去。他害怕因为这次意外，夫人与他渐行渐远。

夫人是何等孤勇而又烈性的女子，无缘无故被牵扯进这种杀局，心里哪能痛快？她恨上幕后真凶的同时，恐怕连自己这个罪魁祸首也恨上了。

“夫人，求您别迁怒我，这样的事，日后绝不会发生。”他紧紧握住夫人纤细的手腕，无论她怎么挣扎也不放开。

主上低声下气的模样，秦凌云哪敢多看，连忙掀开车帘飞奔而去，生怕慢了一步就听见某些要命的话。

关素衣缓慢而又坚定地拂开圣元帝，一字一句说道：“我原本对你并非无情，只是一直不肯承认。有那么几个瞬间，我的确想过，要不干脆与你在一起吧，毕竟你待我如此心诚。”

“原本”两字令圣元帝心情跌入谷底，一双赤红眼眸惊惧不安地望着她，既不愿她继续开口，又不得不听她把话说完。他感觉自己像个秋后待斩的囚犯，只能无助地等铡刀落下。

关素衣垂眸，话锋陡转：“然而一夕之间，许多人便盯上了后位，她们愿意为你生为你死，为你扭曲自己的本性，我对此却很不屑。我不但无赖、好强，还很清高，许多人争抢的东西，我便不想再要了。”

“朕对你来说只是一件可以随手丢弃的东西吗？关素衣，你有没有心？”圣元帝迅速从惶然中挣脱，变得强硬起来。他不会接受夫人的拒绝，哪怕用力压下她的头颅，也必然迫使她改嫁。以前的她吃软不吃硬，他或许可以慢慢打动她；但现在的她软硬不吃，便只剩下皇权威逼这一个办法。他不想走到这一步，无论是谁将他和夫人逼迫至此，都要付出惨痛的代价！

关素衣定定地看了他一眼，慎重道：“我有心，所以改了主意。我要嫁给你，而且你只能以后位相迎。霍圣哲，你听好了，倘若不是以正妻的名义提亲，你永远不要踏入帝师府一步。”

圣元帝呆愣了好一会儿才颤声问道：“夫人你刚才说什么？能不能再说一遍？”梦寐以求的场景终于在现实中发生，他反而不敢相信了。

“我说我要嫁给你。”关素衣靠着车壁，自嘲一笑，“你问我有没有心，我一直以为曾经的自己就是太有心了，才会落得被欺辱、被放逐、被害命的下场。然而眼下，经历几番波折，又险些害死自己和木沐，我才恍然发觉，曾经的自己真是一点也不长心，且傻得令人无可奈何。”

她偏过头去看他，眼里闪烁着奇异的光芒：“如今全魏国的贵女都盯紧了后位，我原以为自己躲得远远的，就不会受牵连，顺便还能观赏诸人尔虞我诈、明争暗斗的嘴脸，并以此为乐。这恰恰是我最不长心的地方。我自以为清高孤傲，不流于俗，仿佛比别人显得格外淡泊，然而在汉人贵女眼中却是不贞不洁，不堪为后；在九黎贵女看来是软弱可欺，矫言伪行。她们诋毁我，污蔑我，甚至损我声誉，这都没什么，所谓‘清者自清’，我只行端坐正便是。但她们竟还想夺走我和木沐的性命。倘若我与木沐一同出事，家人该如何伤心欲绝？祖父年老体衰，受不住刺激，或许会重病一场，爹与娘会心力交瘁、万念俱灰，这个家，顷刻间就被毁得一干二净。”

她平淡的语气终于带上了刻骨仇恨：“明明已经卷入旋涡，我却为了那点清高而甘愿退出，真是蠢到家了！俗话说得好，聪明反被聪明误，我差一点误了自己，误了木沐，误了家人。倘若我老早答应你，不管什么飞短流长、名正言顺，现在已经是魏国最尊贵的女人，旁人门第再高、血脉再贵又如何？安敢与我交锋？但我偏偏拒绝了，退避了，于是她们一个接一个来踩我，一个接一个来害我，于是我就成了案板上的鱼肉，只能任人宰割。”

她看进忽纳尔眼底，直言道：“你说得对，在这世上，没有权势解决不了的难题。我需要用权势来保护自己，保护家人，所以我要当皇后。我以前不长心，现在终于活明白了。”

圣元帝简直无法形容自己现在的心情，狂喜过后，剩下的唯有心疼与愧疚。夫人当初是何等清高的一个人，如今却不得不屈服于皇权之下，且不是旁人的逼迫，而是痛彻心扉的领悟。他能想象到，当她躺在漆黑的棺材里等待死亡时，五脏六腑如何被愤怒与怨恨煎熬着。即便她已逃出升天，灵魂却还被困在那逼仄而又绝望的地方不得解脱，所以才会对权力产生如此强烈的渴望。她想要什么，他都愿意双手奉上，只愿她能开心顺遂。可是他心里终究有些不甘，苦笑道：“夫人愿意下嫁，朕自然欣喜。但朕还想问一句，夫人对朕难道没有一点爱意吗？嫁给朕，纯粹是为了保护自己、保护家人吗？”

关素衣冰冷的面容慢慢融化，慎重道：“对你的心动与喜欢，恰恰是我答应嫁给你的前提。你为何如此看不起自己？你英俊、高大、强壮、能文能武且权势滔天。我若是不喜欢你，又能喜欢谁呢？放眼魏国，谁会比你更优秀？”

圣元帝听愣了，不过片刻工夫，脸颊就已红彤彤地烧起来，所幸被一把络腮胡子挡住，这才没丢丑。他心情先是跌至谷底，然后瞬间攀升，继而慢慢回落，以为终于能缓和些、认命些的时候，又被夫人两三句话送到云端之上。他的喜怒哀乐全被她操控，却半点抗拒之心都无，忍了又忍才没当场嚎叫起来。

“夫人，朕一定会好好待你，若此生有负于你，必遭天打雷劈！”他信誓旦旦地说完，然后把木沐小心放进夫人怀中，待她没留神的时候，忽然捧住她脸颊，在额头、鼻尖各吻了一记。

其实他更想品尝夫人甜蜜的唇，却又怕惹怒了她，落得乐极生悲的下场。从今往后，他忽纳尔也是有家室的人了，将来会与夫人生一窝小崽子，然后悉心喂养长大。他会像头狼那般为他们抓来最鲜美的猎物，为他们遮风挡雨，倾其所有。

曾经以为最难实现的愿望，现在已近在咫尺，唾手可得，他如何不激动？为了不打扰小舅子，他掀开车帘，飞快朝丛林中奔去。

关素衣起初还有些疑惑，待夜幕中传来一阵狼嚎，才摇头笑叹：“几句漂亮话而已，这便哄住了。”然而正是因为他骨血中留存的狼性，她才敢放手一搏。听说狼是极其忠诚的动物，一生只会有一位伴侣，她能对他有所期待吗？虽然这样想着，她却不会愚蠢地说出来，如今逼不得已，只能走一步看一步了。

秦凌云举起马鞭敲了敲车窗，低声问道：“夫人，主上怎么了？他只在狂怒或狂喜时才会如此，您与他没发生什么事吧？”

“无事，他嚎完了自会回来。”关素衣一面答话一面轻拍木沐脊背，脸上充满轻快的笑容。

圣元帝舍不得离开太久，嚎了几嗓子就匆匆回转，再次把木沐接过来抱在怀里，又指了指自己肩膀，理所当然地道：“娘子，你靠着我睡一觉，到了帝师府我会叫醒你的。”

“娘子？”关素衣挑眉。

“皇后？”圣元帝笑得极为爽朗，头发和外套上沾满露水，眼里的光亮比窗外的繁星还闪烁，整个人散发出飘飘然的气息。

“等我正式嫁给你再改口吧，免得让外人听见，给我招祸。”话虽这么说，关素衣却将头靠过去，嫌弃道，“一身腱子肉，硬邦邦的。”

“腱子肉才够强壮，够强壮才能保护你和孩儿们。夫人快睡吧，别说话了。”圣元帝伸展手臂将她搂进怀里，头埋在她乌黑的发丝间，深深嗅了一口。真好啊，今天的一切都很好！

“对了，帮我把这副面具卸下来，日后我出外行走还要靠它，不能让我爹没收了去。你只说是你把我从歹人手里救出来的，他自会对你感激涕零，没准儿脑袋一热就答应把我嫁给你了。”关素衣从荷包里取出一瓶药水，迷迷糊糊地塞进忽纳尔手里。

“好，我一定帮你瞒着。咱们什么时候成婚？要不等会儿到了帝师府，我就直接向帝师和太常卿提亲？不行，趁现在还未进城，我得去猎两只大雁。”他嘴上念叨，手里忙碌，很快就把夫人脸上的面具卸了下来，擦拭干净后放进她荷包里。

关素衣越发昏昏欲睡，往他怀里一栽就睡死过去。

军队终于赶在天亮前抵达燕京，出示令牌后畅通无阻地入了城门。镇西侯领着两千精骑回了军营，另有一队人马护送主上前往帝师府。此时天还没亮，城中宵禁，哪怕听见整齐划一的马蹄声，百姓们也不敢出门查看。

马车绕到后巷，一名士兵上前敲门，圣元帝叫醒夫人和小舅子，让他们穿好斗篷遮住面容。

“要不我立刻派人送几箱彩礼过来，今天就提亲？”他锲而不舍地追问。

“何时提亲，你且等着我的音信。”关素衣不为所动。

“万一夫人回到家就没了音信咋办？”圣元帝颇有些患得患失，恨不得现在就与夫人把仪式给办了，然后昭告天下。

“我哄你作甚？有文武双全、英明神武、权势滔天的夫君我不嫁，难道还会犯傻，嫁给处处不如你的人？”关素衣抱起迷迷糊糊的木沐，准备跳下马车，却被圣元帝一把搂住细腰，殷勤备至地带下去，恨不得让她长在自己身上，连路都走不了才好。

中原文化果然博大精深，什么叫抱在怀里怕摔了，含在嘴里怕化了？什么叫爱不忍释？这就是真切的体悟啊！圣元帝一面感叹着一面去牵夫人的小手，却被她以“避嫌”为由推开。

两人正在拉扯时，门开了，关老爷子和关父心有所感，竟亲自前来应门，尚未看清隐藏在斗篷里的女儿，就被她怀里的小家伙吸引了视线。

“木沐？”二人惊疑不定。

“祖父、爹，先让我们进去！”关素衣低声开口。

“依依？”二人欣喜若狂，连忙把一干人等迎进门，抱在一起哭了好一会儿才发现陛下也在，还亲自将二人救了回来，心里的感激简直难以言表。仲氏闻听消息匆匆而至，又哭又笑，激动得差点晕过去，然后死活要给陛下磕头，直说这辈子当牛做马也要还这份恩情。

圣元帝正想开口说当牛做马万万使不得，把女儿嫁给朕便好，却被极为了解他的夫人掐了掐手臂，只得作罢。一家人平复了喜悦的心情，这才命下仆备早膳，欢欢喜喜地用完后，送二人回房休息，这才上朝的上朝，拜菩萨的拜菩萨，各自忙活开了。

圣元帝与二位泰山同坐一辆马车，斟酌半晌后说道：“救命之恩当以身相许，帝师、太常卿，你们觉得如何？”

关父心道来了，却不敢擅自做主，只好朝老爷子看去。老爷子闭眼叹息：“君要臣死，臣不得不死，莫说救命之恩，便是没有，皇上要纳依依，微臣又有什么可说的？”他有一身傲骨，却更有一腔忠心，哪里敢忤逆皇命？

圣元帝哈哈笑起来，纠正道：“不是纳，而是娶。改日，朕必以皇后之礼迎娶夫人！小婿见过岳父，见过岳祖父，还望二位将夫人交托给朕，朕必然全心全意待她。”

老爷子与关父连说不敢，心里却暗暗松了一口气。

第二十章
脱族

关素衣和木沐睡到日上三竿才起来，仲氏这回没拿鸡毛掸子喊人，反倒纵着他们。金子和明兰各领了二十大板，如今带着伤也坚持守在小姐房中。桃红已被发卖，走时哭哭啼啼的，却没让仲氏心软半分。

临到正午，族长听说木沐已平安归返，竟带着一大帮族老找上门，表面说着慰问的话，实则字字句句逼迫关家替关文海求情，放他出来。

“云旗媳妇儿，关氏宗族世世代代研习儒术，向来以仁德传家，以宽宏大度为怀，木沐既平安无事，又何必对文海赶尽杀绝？只要你们替他说两句好话，就能放他出来。他才华出众，年岁尚轻，还有大好前程在等着，日后有了出息，定然千倍万倍偿还你们。如今你们不教而杀，岂不有违祖训？一笔写不出两个关字，大家都是血脉相连的亲人，一荣俱荣，一损俱损。他名声坏了，岂不代表关氏名声也坏了？他德行有亏，岂不代表关氏败德辱行？我们这些白身倒无所谓，让人议论几句又不会少块肉，但老爷子和云旗还要在朝中立足，宗族名声败坏，可是不大不小的一个罪过。你们不为文海考虑，不为全族考虑，也得为自个儿考虑吧？只要你们上奏皇上，说一切都是误会，木沐是自己走失的，宗族的名声就保全了，关家的德行也保全了，岂不两全其美？”

因圣元帝强压了消息，这些人只知道木沐平安，却不知他是如何回转的，更不知连关素衣都失踪了一天一夜。如此，才有了上面这番话。

仲氏想起两个孩子的遭遇，想起枉死的儿子，对族人的仇恨已然达到顶点。

她慢慢转动着手里的茶杯，说道：“关文海在牢里已经招供，说正是他派人掳走了木沐，打算卖到桐谷去。而昨日，龙禁尉正是从桐谷将木沐找了回来。关文海缘何被抓，明眼人一看便知，想必这会儿已经传遍燕京了。这样一个恶人，你们却逼迫我们轻饶，这是压根儿不把木沐当人看，不把我们关家放在眼里吗？没错，关文海若是获罪，关氏宗族的确会名声大损，外人必然指着你们的脊梁骨，骂你们狼心狗肺，丧尽天良。为了免受牵连，我可以求老爷子替关文海开脱，只当这件事从未发生过。”

众人大喜，没想到仲氏竟然如此好说话，关家仁善之名果非虚传。倘若连此等深仇大恨都能忍下来，再多提一些要求也不为过吧？反正关家后继无人，若是不想断子绝孙，败了家业，还不得靠族人支持？

这样想着，又一位族老徐徐开腔："云旗媳妇儿深明大义，不愧为文豪仲氏之女。既如此，我等便在这里替文海谢过了，待他平安出来，定让他登门赔罪。大家都是同族，一人有难，合该全族支援，哪能分什么你我？将来帝师府后继无人，还不得靠大家帮忙支撑门楣？对了，族人多有穷困窘迫，虽开设了族学，交得起束脩的却没几个，云旗媳妇儿，你再让帝师通融通融，莫要耽误孩子。还有合资购买祭田一事，贫者少出，富者多出，帝师府乃族中支柱，是不是得多出一些银两？有了祭田产出做支应，族人吃饱穿暖，很快就能过上好日子。关氏宗族能否重现往日辉煌，可全靠帝师府了。"

仲氏总算深刻地体悟了一句话——人善被人欺。倘若你退让一步，换来的不是理解与和睦，而是步步退让，直至你被压榨掉所有价值，便会像地上的泥土一般被人践踏在脚底。关氏宗族的确以仁德宽宏传家，但真正能做到的，也不过老爷子这一脉而已，所以他们世世代代被族人欺压利用，早已成了常态。然而，仲氏差点遭受儿女双亡的惨祸，已不堪忍受。

她颔首道："束脩不收了，祭田买给你们，关文海放出来，你们所有要求我关家都答应。等老爷子和夫君散朝回来，我们就写下告罪书焚祭先祖，自请除族。从今往后，关家是关家，关氏是关氏，再无半点瓜葛。"

众人大惊失色，万没料到仲氏竟会决然反击，舍弃宗族而去。自请除族并无先例，因为世上无人会这样干，离开宗族他们根本活不了。但帝师府与宗族的情况完全相反。关氏宗族之所以在燕京地位超然，是因为帝师与太常卿位高权重，族中孤寡大多靠帝师府接济，祭田由帝师府购置，族学由帝师府建造。所有的一切都是帝师府赐予的，他们不过是依附在府中的蠹虫而已，仗着关云旗无后才作威作福，极尽压榨。眼下，仲氏终于被他们逼到绝路，不但无偿奉送族学，购置祭田，放归关文海，还写下告罪书自请除族。该做的、能做的，他们都为族人做尽，外人得知此事，不会骂帝师府不仁不义，只会嘲笑关氏宗族杀鸡取卵，涸泽而渔。

明面上是宗族除名帝师府，实际上何尝不是帝师府放弃宗族？忍无可忍，无须再忍，木沐失踪一事，显然已踩到仲氏底线！

堂上顿时安静得落针可闻，几位族老汗流浃背，心惊胆战，唯独族长不以为然地道："你一个妇道人家，有什么资格替云旗做主？你知道自请除族是多大的事吗？"

"知道。自请除族之后，我们不用奉养一群白眼狼，不用被逼迫着挑选所谓的嗣子。我帝师府偌大家业，将来想给谁就给谁，跟你们没有一丝一毫的关系。倘若公爹或夫君得皇上看重，加封爵位或世禄，也不会落到你们手里。至于我能不能做这个主，且等公公回信吧。"

这些话并非仲氏心血来潮，昨夜苦等儿女不归，老爷子便这般吩咐过。他也早已经受够了。关父更是直言要废了宗族，叫他们从哪儿来便滚回哪儿去。买祭田、放关文海，不过是为了堵住悠悠众口，关家已仁至义尽，而关文海加害人命证据确凿，还有什么可说的？

族长见她态度坚决，这才开始慌乱起来，如坐针毡地等了两刻钟，果然等来了面容严肃的老爷子和关父。

他冲诸人拱手，叹息道："老夫无德，错待族里，以致怨恨加身，灾祸临头，于是自请除族，不再害人害己。方才我已奏请皇上，求他开释关文海，想来现在他已平安归返。除族大罪不敢推脱，如今我已禀明皇上请求圣裁，皇上仁慈，当堂批复下来，命我父子二人闭门思过，三月之后方能重返朝堂。我失德失行，以致家中遭此大难，且又牵连族中后辈枉受牢狱之灾，着实无颜面对族人。各位请回吧，我与云旗这就焚香沐浴，告祭先祖，认罪书不日就交予族长，请他代为阅览。惭愧惭愧，诸位请回。"

老爷子字字句句皆言自己有错，仿佛真是德行俱亏害了族人，不得已自请除族。然而这话能瞒得了谁？怕是连傻子都瞒不住。他每认错一次，便是一记耳光狠狠扇在族人脸上。自古以来唯有罪大恶极之徒才会被除族，但帝师府仁至义尽，德厚流光，能把他们逼得主动离开，关氏宗族也算颇有本事。皇上说是让二人闭门思过，却赏赐了许多宝箱，如今正满满当当地堆放在院子里，可见孰是孰非，他也是心知肚明的。

除族之后，帝师大可将衣钵传给木沐，或让关素衣找个上门女婿，哪里还需仰仗旁人？他们可以不依附宗族，宗族却不能不仰仗他们。没了帝师一族的旗号，谁知道你是哪个牌位上的人物？哪怕购置再多祭田，顷刻间就会被豪强夺去；族中后辈的前程，因为出了一个残害人命的关文海，必然毁于一旦。可以说没有帝师府的关氏宗族，在燕京城里压根儿就没有立足之地，从哪儿来的还得回哪儿去。世上没有不透风的墙，消息传回原籍，落井下石的人只会更多。一念之间便是全族倾覆，族长已胆裂魂飞，惊惧不已。其余族老又是难堪又是惶恐，绞尽脑汁地想着该如何挽回。

但关父不给他们开口的机会，彬彬有礼道："此事已禀明皇上，不过须臾便天下皆知，关家无德，不敢贻害族里，更无脸面对族人，还请诸位莫再多言。购置祭田之事，我已委派管家去办，六千顷良田，想来足以供养族中老幼，也算我帝师府为族人尽的最后一点心意。诸位，请！"

被他赶到门口的族老们面面相觑，终是颓然而返。连皇上都知道了，那就真没有挽回的余地了。为了一个不肖子，却失去宗族支柱，这笔账摊在谁头上谁都受不了。关文海名声已经烂透，救他回来除了吃白饭，还能干什么？关氏一族没了帝师府庇佑，六千顷良田早晚也是别人的。

"我当初就说过，不要为了一个小辈触怒帝师，你们偏不听！这下好了，"未曾在帝师府内说过一句话的族老终于开口，“你们各自归家收拾行李去吧，燕京城已无我族的立足之地！”

“倘若族里处置了关文海，帝师心软，应该不会做得太绝。”又有一人说道。

族长怒发冲冠，却在众人怨恨的目光下渐渐佝偻了脊背，高一脚低一脚地狼狈遁逃。他也知道，倘若关氏一族真的失去帝师府这一靠山，他这族长之位也做到头了。

因关文海忽然被官差抓去，听说还用了大刑，其母姚氏已连着哭了一天一夜，直至今日凌晨，听说木沐已经找回来了，这才催着曾老太爷登门去讨人。他们对关家予取予求早已成为常态，满以为这次只要木沐平安，关家也会息事宁人。哪怕木沐出了意外又如何？不过一个野种罢了，有甚要紧？仲氏当年被族人扔下小产，也没见关家计较过。正因为他们仁善，所以族人才一个劲儿地压榨，竟从未想过仁善之人也有耐心告罄的时候。

“嫂子快别哭了。族长一去，哪有讨不到人的？听说那野种好得很呢，一根头发都没少，咱们文海却被动了大刑，这笔账咱们一定要跟他们算！都说这事是文海指使的，我打死也不信，定是他家栽赃嫁祸！文海是怎样的人，咱们亲眼看着他长大，还能不知道吗？”

“是啊，嫂子快把眼泪擦了，指不定一会儿文海就回来了。帝师府再位高权重又如何？没有子嗣，将来还不得靠咱们族里替他延续香火？为防断子绝孙，他不敢把咱们怎样，只要族长开口，没有不答应的道理。”

姚氏听了妯娌们的劝慰，心情果然好过很多，正想让丫鬟打盆水来给自己洗脸，就听说族长回来了，连忙提着裙摆迎出去。

“怎样了？”众人七嘴八舌地询问。

“已经遣了随从去天牢接人，很快就能到家。”族长脸上并无一丝喜色。

他的嫡长子一副早有预料的表情，追问道：“那祭田的事谈下来了吗？他家愿意出多少顷？”

“谈下来了，六千顷。”族长不欲多说，径直回屋去了。

其余人等却欢天喜地，额手称庆：“天啊，六千顷！养活咱们全族怕是绰绰有余了吧？帝师府果然好阔气，也不知家里还有多少金银珠宝！”这样一想，侵夺关家产业的欲望便越发强烈。

然而痛快只是一时的，午后关文海果然被放了出来，行经闹市，正好遇见捉拿归案的几名匪首。他们早已得了官兵提点，心知关文海那厮已经平安无事，而他们却得为对方顶罪，彼此相见自是满眼血色，众目睽睽之下大吼起来，连说自己等人是被关文海收买才会犯案，他才是罪魁祸首云云。

关文海早被各种酷刑吓破了胆，抱着脑袋躲在长随身后，一看就知心里有鬼。

群众的眼睛是雪亮的，实在闹不懂他怎么能安安稳稳地从牢里出来，这可是谋害人命的死罪啊！

很快，仲氏就把关氏宗族当年苛待帝师府一脉的事传扬开去，截留钱财、抢夺田地、弃孕妇于不顾致人断绝子嗣……种种罪状罄竹难书，骇人听闻。万没料到外表风光的帝师府一脉，在族中竟是这个待遇，果然是人善被人欺啊！

百姓的同情心本就偏向了关家，听说关氏一族找上门，硬逼他们保全关文海，且为族人免费筹办族学、购置祭田时，已经无话可说。而关家却都满口答应下来，真是叫人恨铁不成钢！这样的族人你还维护他作甚？等着被生吞活剥吗？

百姓由同情转为对帝师府的不满，心道你何等位高权重，竟委曲求全若此，实在太丢人！一个软弱的官员，真能承担起朝廷重任吗？不满的情绪持续发酵，直到惊闻帝师府自请除族，大家这才陡然松了一口气，不但不觉此事欠妥，反而喜闻乐见，奔走相告。对嘛，生而为人，哪能一味忍耐？你已做尽该做之事，全了同族情谊，此时不走还待何时？真等到被人剥皮拆骨可就来不及了！

在仲氏的暗中推动和宣扬下，百姓对此事竟毫无非议，及至看见帝师府的管家抬着十多口箱子，拿着一大叠地契，亲自送到族长家中时，对帝师府的仁德与宽厚已是心服口服，五体投地。

围在路边看热闹的人群里忽然爆出一声高喊："哎，我说你们帝师府也太窝囊了！他们又是害你子嗣，又是谋你人命，还欲强夺你家业，断你根基，简直欺人太甚，你们还供养他们作甚？让他们去死好了！"

"就是！人善被人欺，马善被人骑！难道你们帝师府合该给他们当牛做马不成？"

管家早已得了老太爷吩咐，念完礼单后冲路人拱手，不卑不亢，温文有礼："我们帝师府一脉自古就有家训传下——旁人可以对我们不仁，我们却不能不义，非为软弱可欺，只求问心无愧而已。"

"好！说得好！帝师府仗义！"这句侠气纵横的话正戳中路人心肺，尤其是那些行走江湖的游侠儿，最是感怀甚深，也因此，对关氏一族越发厌恶起来。这日过后，"你可以不仁，我却不能不义"一语迅速在魏国风传，成为侠义之士的座右铭，而关家仁德之名非但没因除族一事受损，反倒深入人心。

原先还得意扬扬的姚氏，如今捏着一沓地契，已是欲哭无泪，其余族人围坐厅堂，唉声叹气。六千顷祭田的确都是良田，却购置在原籍，那处乃兵家必争之地，驻扎着大量军队，而为了征集足够粮草，周遭田地常被充作军屯。可以说没点身份背景的人，在此处几无立锥之地，这也是关氏举族迁往燕京的原因。

倘若族人还有帝师府庇护，在此处购置多少祭田都没问题，然而关家自请除族的消息一旦传开，不出半月，六千顷祭田便会被各大军团瓜分殆尽，而关氏一族也会受尽打压。

关家送来的不是恒产，而是催命符啊！

“没了帝师府，关氏一族算什么？你们还为一个小辈将老爷子往死里得罪，连带把大家也害死了！我不管，这件事是关文海搞出来的，该除族的也是他，叫他马上去帝师府门前负荆请罪，然后把他远远放逐！”一位族老完全改了口风。

族长这会儿也不发怒了，只因关文海受了大刑，手筋和舌头都被割断，彻底被废，而家中却不缺他一个子嗣，不能因为他害了所有人。早知如此，真该让他死在牢里，何必牵连大家！

姚氏哭得肝肠寸断却无力阻止，只能眼睁睁地看着大伙儿开了祠堂，划掉了关文海的名讳，然后命他背上荆棘去帝师府门前请罪。哪料一群人还未出门就收到老爷子被气得卧床不起的消息，皇上特意派人将他送往京郊皇庄养病，不准关氏一族探视。

帝师为族人奉献一生，临到老，竟落得个无根浮萍、子嗣断绝的下场，其悲痛之情可以想见。所幸他虽然病重，却还能整理书稿，倒是没耽误撰写儒家宝典的大事。众位鸿儒每日前往皇庄与他探讨学问，修改文章，交流心得，竟颇有些乐不思蜀，哪里还会顾及族人的感受？

族长又是发动妯娌劝和仲氏，又是遣人与关父联络感情，还让小辈把关素衣约出来说项，却都不得其门而入。关家人一个比一个不喜交际，除了关父与仲氏偶尔出门，老爷子和关素衣宁可整天待在家里看书、写字，也不愿踏出府门一步。

他们不出门，旁人也不好打进去，熬了三天，终于认清了现实。族长在族人的强烈怨愤中卸任，关文海不知被送到哪儿去，想来也是生不如死，其余人均惶惶不可终日，已然明白好日子快要到头了。

关素衣睡了一觉醒来，发现关家竟已脱离宗族，差点以为自己还在做梦。但老爷子动作奇快，只花了一晚上工夫就写了一部家史，将关家为何自我放逐一事详细记载下来，又另开一本家谱，把木沐正式归为嗣子。他与仲家感情极其深厚，明知仲氏不孕，也绝口不提给儿子纳妾，而关父自是求之不得。

拜了家祠之后，一家五口终于能松一口气，而关素衣好生歇了两天，赶在第三天盛装打扮，备车出门。

那女贼与匪寇谈妥条件，只说关素衣乃家中贱妾，因触怒主母，这才送上山给她吃一个教训。土匪不知根底，自然不怕得罪人，必会往死里整治她。她虽然戴了面具，却经不起摔打揉捏，不出一日就会自动脱落，显出原形。土匪会不会如约送她回来，这不好说，但关素衣知道，幕后黑手必将亲临现场看一个热闹，以享受摧残人命的快感。

燕京城最繁华的地段在何处？自是锣鼓大街，只需去街边等着就是。

临近正午，忽有一匹快马驮着一个麻袋穿行街道，捆绑麻袋的绳索并未系牢，颠簸中自动散开，令其掉落在地。有好事者解开一看，却见里面藏着一名赤条条的女子，手筋脚筋俱断，眼耳口鼻全无，血肉模糊的惨状令人胆寒。

“娘哎！这是啥子东西！报官，快报官，定是出人命了！”本就人潮如织的锣鼓大街一时间沸反盈天，一名身穿艳红骑装的女子站在对面茶楼上，用马鞭指着那处，畅快笑道：“看见没？这就是本郡主让你们欣赏的好戏，还有更精彩的在后面呢！”

一辆不起眼的马车停靠在暗巷内，往外走五六十步便是热闹非凡的锣鼓大街，喧嚣声此起彼伏，反倒衬得此处格外安静。

关素衣正盘膝而坐，慢慢饮茶。少顷，车帘被掀开，金子猫腰进来，低声道：“小姐，您预计得果然没错，那卞敏儿一大早就在锣鼓大街最奢华的茶楼内订了一个雅间，请了七八位贵女在里面喝茶，如今已聚了一个多时辰还没走，像是在等待什么。”

“七八位贵女？都有谁？”临到此时，关素衣已能肯定卞敏儿就是幕后真凶。她性格如此狂傲，哪有不亲自前来观赏自己惨状的道理？

金子接连报了许多九黎族贵女的名号，均与卞敏儿地位相当，唯独其中一人显得十分突兀。

“徐雅言？她一个汉女，又是庶民，怎会与这些人搅和在一起？也不怕羊入狼群，被生吞活剥了。”关素衣颇感意外。

“小姐您有所不知，景郡王的嫡女临湘郡主与卞敏儿十分要好，且她崇尚汉学，因此很爱与汉人才女交往。徐广志曾在景郡王府当过幕僚，徐雅言便是在那时与临湘郡主交好的。皇上不是说喜欢貌美有才的女子吗？如今燕京城里的贵女们全在研习汉学，这卞敏儿也不例外，已通过临湘郡主牵线搭桥，请了徐雅言当伴读，每日请教儒学呢。”

“哦？还真是泥猪疥狗，混作一团了。”关素衣语气中带着浓浓的厌恶。好不容易逃出升天，她也算看明白了，管他什么清高傲气，在权势面前根本不值一提！忽纳尔说得对，他有千百种办法对付自己，只是舍不得罢了。然而他舍不得，旁人可不会留手，何必为了那点矫情，硬把自己弄成一个软柿子，由得人想捏就捏？从今往后她要化为刀剑，谁来招惹就剁了谁的手！

她敛去眸中煞气，平淡开口：“与我好生说说这位卞敏儿。”知己知彼方能百战不殆，她得找个缝隙下手才成。你做初一我做十五，谁也不欠谁。

金子对九黎族贵女可谓如数家珍，立即禀告道：“卞敏儿乃太后嫡亲侄女儿，中军将军卞兆雄嫡长女，因性格肖似男子，武艺十分高强，颇受卞兆雄和太后宠爱。当年卞兆雄打了胜仗，什么赏赐都不要，只为女儿求了一个临慈郡主的爵位，食邑八百户，在魏国贵女中无出其右。然太后一系如今备受打压，几位小皇孙均为陛下掌控，生死只在他一念之间，卞家虽然掌控着十万军权，但是与陛下百万雄兵比起来着实不算什么，如今已呈日薄西山之象。为了扭转局面，卞兆雄这才联合几位亲王，欲将卞敏儿推上后位，以巩固九黎族勋贵在朝中的地位。他们不但要确保卞敏儿入宫，还想让她诞下嫡长子，再图立储。”

“皇后、储君、未来帝王。卞家真是野心不小。”关素衣漫不经心地道，“她若是不来招惹我，没准儿我脑子一蒙就主动退让了。但她偏偏嫌我活得不够明白，一棒子挥过来，硬是把我给打醒。为了感谢她，我必要送她一件终生难忘的礼物。”

“小姐您想干吗？把她也送去匪窝？”金子蠢蠢欲动。

“勾结匪寇，我像是那种人吗？”听见巷外传来惊叫声，她摆手道，“你去看看吧，人似乎送回来了。”

与此同时，卞敏儿正用马鞭抽打窗台，笑容极为残忍。

“那人是你弄的？”临湘郡主笃定道。

卞敏儿不答反问：“你猜她是谁？”

“都已经被折磨成那样了，你不说我怎么猜得到。莫非又是哪个不长眼的得罪了你？你如今好歹也是快当皇后的人了，还是收敛一些为好。”临湘郡主语重心长地告诫她。

“我若不当这个皇后，还有谁能当？盘朵兰？入宫这么久，她连龙床都没上去过！”卞敏儿不屑冷笑。

“你怎知她没侍寝？这种话不好乱说的。”临湘郡主左右看了看，其余贵女连忙垂下头，不敢与之对视，却都竖起耳朵旁听，尤其是徐雅言，眼里已有精光连闪。

“大嫂告诉我的。她久居宫中，岂会不知？”卞敏儿口中的大嫂就是已故大皇子的遗孀，也正是她将圣元帝迷恋关素衣的消息送入卞府，令卞敏儿得了先机。至于这个消息大皇子妃又是从何处得来的，真不真切，卞敏儿半点也未查实。她的处事原则便是“宁可错杀一千，不可放过一个”。

然而事实证明，关素衣身边果然潜伏着死士，那贱人真与皇上有一腿！

思及此，卞敏儿不禁露出狰狞的表情，吓了临湘郡主一跳。她正待询问，却听窗外传来凄厉的哭号声，一名妇人跪在奄奄一息的裸身女子旁边，喊道：“素衣，你怎么了素衣？来人啊，快去帝师府送个信，就说他家嫡女出事了！我可怜的素衣啊，你怎会变成这样！”

帝师府嫡女关素衣？本就喧哗吵闹的人群顷刻间沸腾起来。

茶座二楼，临湘郡主也被骇住，失声惊叫：“那人竟是关素衣？你为何把她弄成这样？你你你……”

“不是我弄的。是她咎由自取，碰她我还嫌脏手呢。”卞敏儿剔了剔指甲，表情十分漫不经心。这话也不算假话，她只是把关素衣往杨华山上一扔了事，哪来那么多工夫折腾对方？

已经三天了，城门还未解禁，皇上对外说是搜查漏网的拐子，实则一面在京中暗暗找人，一面派了精骑沿着水道一路追去梧州。然而他千算万算，却绝算不到人已经被送往杨华山，当夜就被糟蹋得不成样子。哪怕他怀疑到自己头上又怎样？没留下任何证据，有卞家和众位亲王庇护，她只需安心等待入宫就成。

难道为了一个残花败柳，皇上还能与全族人翻脸不成？这样想着，卞敏儿意气风发地笑起来。

临湘郡主哪能猜不到内情？用指尖点了点她额头，仿佛很生气，片刻后却无奈一笑，竟也觉得十分有趣。徐雅言一面为二人的残忍冷透心扉，一面暗自感到畅快。曾经风华绝代的关素衣，在九黎族贵女面前也不过任其糟践。想想曾经不可一世的她，再看看下面鲜血淋漓的一团烂肉，还真是大快人心呢！

街中，妇人还在哭号，看热闹的人围了一圈又一圈，指指点点，议论纷纷。一名小丫头推开人群挤进去，质问道："我是关小姐的贴身丫头明兰，她如今好端端地待在家里，你们谁说她出事了？"

"快让让，关小姐的丫头来了，赶紧让她认一认。"围观者立即给明兰让出一条路。

走到近前，明兰骇然高喊："宋大嫂子，怎么是你？我家姑娘好好的，你怎么胡乱造谣呢？快把人送去医馆，然后报官，这可是一桩谋害人命的大案子！"边说边脱掉斗篷，严严实实盖在女子身上，却又不敢随意动她，只检查了她的伤势，然后央求路人去请大夫。

原来这妇人正是齐豫的妻子宋氏，不知何故硬要指认躺倒在地的女子是关素衣。看见明兰，她脸色僵了僵，想起神秘人的交代，又言之凿凿地道："你这死丫头，别以为我不知情。我家夫君说了，你家大小姐早在木沐失踪的时候就不见了，我忧心了好些天，今日一见这女子就觉得眼熟，走到近前一看，果是素衣。你们觉得她遭此大难丢了关家脸面，不愿认她倒也罢了，我把她送进医馆去！今后也由我来照顾她吃喝拉撒。这可是一条人命啊！杀千刀的帝师府，还说什么仁善之家，连自己的女儿都不肯认！"

"你才见过我家大小姐几面？有什么证据证明该女子身份？你胡乱攀扯，是不是与案子有关？你若是不说清楚，我可送你去见官啦！"明兰气得头顶冒烟，双目喷火。

宋氏哪里敢往女子脸上看，梗着脖子说道："你说她不是素衣，那你敢把你家大小姐喊出来见人吗？她遭此大难已经够可怜了，你们为何还要把她往死里逼？认了她，送她就医，保全她一条性命，对你们帝师府来说很难吗？诸位，我家夫君齐豫乃太常大人座下高徒，与关小姐素以师兄妹相称，我与她亦情同姐妹。我就是认错谁也不会认错自己的妹妹。关家不要她，我要她，快让让，待我送她去医馆，救人如救火，救人如救火啊！"

宋氏口里说着大义凛然的话，却迟迟不敢伸手去抱女子。

旁观者已经被二人吵糊涂了，不知该信哪个。忽听某人高声喊道："这有什么真假难辨的？把关小姐请来一探就是了！"

“是啊，把正主儿叫来，你们就不用吵了！”人群中爆发出一阵附和声，真是看热闹不嫌事大。

恰在此时，一辆马车缓缓驶近，一名华服女子掀开车帘，曼声开口：“听说关家嫡女有性命之危？怎么我本人竟毫不知情？”

“关小姐来了！正主儿在这儿呢！里面那妇人是在胡说八道！”有人认出关素衣，连忙替她开路。

一行人走到街心，与宋氏双目一对，皆变了脸色。

“宋大嫂子，我好端端地待在家中，你缘何非要把该名女子指认成我？莫非你知道什么内情？眼下我不便问你，等官差来了，你同他们细说吧。”

二楼茶座，听见宋氏哭号，几位贵女从半信半疑转变为惊讶。她们素来知道卞敏儿心狠手辣，却没料她竟连帝师的嫡亲孙女都敢害，且在光天化日之下将对方裸身扔在闹市，惨遭路人围观。

临湘郡主叹息道：“你把事情闹得这么大，就不怕收不了场？听说帝师与太常卿对关小姐可是爱之如命。”

“倘若不爱之如命，我还不会如此。”卞敏儿冷笑道，“此事若一切顺利，应该连带那小杂种一块儿遭殃。连着死了曾外孙和嫡亲孙女，幕后主使又是同族小辈，帝师那老东西指不定受多大刺激。前天关文海一家去帝师府闹，不就把他气病了吗？听说连床都下不了了，如今关素衣又出这事，你说他心里作何感想？怕是一口气喘不过来就一命呜呼了！那关素衣就算不立时死了，破败的身子也拖不了几天，而太常卿为了恪守孝道，必要在家侍疾，侍着侍着便成了丁忧，三五年之内不得出仕。他二人皆滚出朝堂，你爹能在文臣中安插多少人手？等孝期过了再起复，谁还记得关云旗是哪根葱？”

卞敏儿替临湘郡主倒了一杯热茶，继续道：“你跟你爹一样，崇尚汉学，凡事喜欢迂回着来，结果好几年的布局被帝师那老东西三两句话毁得一干二净。他还几次三番弹劾我爹贪墨军饷、表里为奸，令我爹由卫将军贬为中军将军，彻底失去了总领京城各军的统帅之权。那关素衣更可恨！剖什么腹，取什么子？以致姑姑……”后面几句话涉及皇室秘闻，卞敏儿没再往下说，杀气腾腾地道，“总之我办事不像你，不喜磨蹭。想生啖帝师府一家的人何其多？敢下手的又有几个？我的确奈何不了帝师与太常卿，却能轻易碾死他们的命根子，我倒要看看这回帝师府还能剩下多少气数。”

临湘郡主忧心道：“你就不怕皇上彻查？”

“怕什么？”卞敏儿笑得极其不屑，“有我爹和诸位亲王联合保我，他岂敢与全族作对？他虽然手握百万雄兵，却也面临着胡人与薛贼的夹击，倘若魏国先乱起来，内外交困之下，他能坐稳几天皇位？攘外必先安内，你放心，他此时绝不敢与族人翻脸。别说他手里没有丝毫指向我的证据，就算有，又能奈我何？”

临湘郡主略一思量，不由颔首：“话是这么说，然而你也别太过张扬，如若哪天他灭了薛贼和胡人，再来与你秋后算账，那就麻烦了。他与帝师毕竟师徒一场，感情颇深。”

“灭了胡人与薛贼？”卞敏儿不以为然地摆手，“等下辈子吧。为了制衡他，几位亲王绝不会同意西征，他若力排众议，必要抽调自己麾下大军，待他兵力被削弱之时，几位亲王反手就能压制他。所以他绝不敢轻举妄动，只能跟咱们耗下去。”

“别人都说你性子冲动，做事没头没脑，然而私底下竟想得比我还多。”临湘郡主喟叹道，“你这性子若是入了宫，盘朵兰就该遭殃了。”

卞敏儿畅快地笑起来：“她算哪根葱？我抬手就能灭了她！皇上不愿立后又如何？只要我想进去，他早晚都得点头。”

临湘郡主摇头莞尔，已然习惯了她的狂傲。其余贵女连忙围过去说好话，言辞间极尽谄媚。徐雅言不敢凑这个热闹，只安安静静地站在窗边往下看，心里却翻搅着惊涛骇浪。原来真正的九黎族贵女竟是这样，连皇上都看不入眼，更能一口一句将他贬至泥里。

然而皇上真有那样软弱无能吗？真的拿这些皇室宗亲没有办法吗？未必！几位亲王联起手来也不过区区几十万大军罢了，若真把皇上惹毛了，其实无须动用刀兵就能把这些军队分而化之。他们为何如此鄙薄皇上？为何在他皇权已固的现在还保持着内心的傲慢？这对徐雅言来说是一个秘密。但她真的很不甘！无论是被关素衣压制，还是被九黎族贵女轻贱，都越发激励了她往上攀爬的野心。好在其中一个劲敌已经毁了，而这些九黎族贵女何尝不是可以利用的对象？

思及此，她唇角终于绽开一抹微笑，却在下一刻凝固成冰霜，只见关素衣竟完好无损地站在街道上，眉目如画，气质卓然。

“她、她没出事！那人不是她！”徐雅言惊叫出声。

“你说什么？”卞敏儿立即走到窗边眺望，正好与抬头看来的关素衣对视一眼，一个粲然微笑，一个目眦欲裂。

街心，宋氏已经蒙了，看看正主儿，又看看躺在地上的女子，抖抖索索，难以成言。

关素衣蹲下身查看女贼的情况，双目被这副惨状狠狠刺了一下，却不是因为怜悯或害怕，而是愤怒。若非她侥幸逃脱，如今躺在这里生死不能的人便是她了。家人会何等伤心欲绝？祖父会不会又病倒如山，再难痊愈？显赫一时的关家，或许一夕之间就会陷入炼狱。幕后之人狂傲阴毒，其心可诛！

她放开女贼鲜血淋漓的手腕，一面用帕子擦拭指尖一面叹息道：“还有一口气在，得赶紧把她送到医馆去。然而她浑身不知被打断了几根骨头，旁人最好不要轻易去动，等大夫来了再说。”

听了这话，本打算上前帮忙的几名路人连忙退了回去，以免好心办了坏事。

关素衣这才看向宋氏，冷道:“嫂子，别哭了，你那虚情假意的眼泪我可受不起。虽然刚才我没走进来查看，却坐在车里旁听了一会儿。你口口声声说与我情同姐妹，做的事却完全与话音相反。”她不顾宋氏挣扎，强硬地握住对方手腕，徐徐道，“倘若你真与我感情甚笃，又哪里会将我认错？这女子眼耳口鼻均被挖去，五官已模糊难辨，身上也无服饰能表明身份，你缘何一口咬定是我？退一万步说，就算你认错了人，那么试问嫂子，若躺在地上的女子与你宛若亲人，你怎么忍心不查看她伤势？怎么不给她弄一件衣裳遮体？怎么能让她的惨状被过往路人指指点点，议论纷纷？你瞧你，跪了好一会儿，号了大半天，手上干干净净，一丝血迹都无，可见未曾碰过女子一下。你是在怕什么？明兰与她素昧平生，却敢替她检查伤势，并脱掉斗篷为她遮体，你身为她的姐妹却无动于衷，又在嫌弃什么？”

“我、我没在嫌弃，我只是一时没想起来！”宋氏语无伦次地大喊。

关素衣甩开她，一字一句道:“我明明无事，你却偏要指认该女子是我，是想害我还是作甚？这女子落得如此惨况，莫非也与你有关？嫂子，如今行迹最可疑的人非你莫属，还望你随我去衙门交代清楚。”

眼见大夫匆匆赶来，指挥几名药童将女贼小心翼翼地抬走，关素衣这才揪住六神无主的宋氏，意欲拉她见官。

“妹妹放了我吧，求你了！我与这事完全没关系，真的！今早有一个头戴幂篱的女子给我一百两银票，让我等在此处，倘若发现有半死之人被丢在街上，便跑过来叫破你身份。我见钱眼开，鬼迷心窍，我该死！求你看在齐豫的面子上饶了我这一回吧！”宋氏拼命挣扎，却死活挣不开关素衣铁钳一般有力的手。

路人大哗，万没料到世上还有如此狼心狗肺之人，明知有人命案子即将发生却不报官，竟为了一百两银子跑过来颠倒黑白。如果关小姐今日不出面，她被贼人残害并裸身丢弃闹市的消息转瞬就会传遍燕京，这对她的名声是多大的伤害？幕后真凶心思好歹毒！宋氏口口声声与关小姐情同姐妹，做的事却这么丧心病狂！这二人一个都不能轻饶！

这样想着，路人纷纷走上前，帮忙把宋氏扭送去官府，还执意要为关小姐做旁证。关素衣连连道谢，临走时冲站在对街的卞敏儿拱手，脸上透出几丝嘲讽的意味。

卞敏儿怎么也想不明白，圣元帝明明派人去了梧州，离杨华山有万里之遥，关素衣怎么就平安回来了？那躺在地上的人又是谁？她想起卞五与卞六，这才恍然大悟：原来二人迟迟未归并非为了避风头，而是出了变故！

“可恶！”她用马鞭狠狠抽打窗台，气急败坏地低吼，“可恶，可恶，可恶！”末了将屋内摆设砸个稀巴烂，然后像风一般窜出去，翻身上马，疾驰过街，也不管会不会踩死路人，一眨眼的工夫就去远了。

“我还以为卞大小姐多能耐，结果带咱们看了一场乌龙而已。”一名贵女淡声说道。

“倘若只是乌龙倒也罢了，怕只怕这里面的首尾没处理干净，会被那关素衣报复。”临湘郡主眉头紧锁。

“她能怎么报复？除了一张嘴皮子和一支笔杆子，她还有什么能耐？难道像讨伐徐广志那般写一篇文章臭骂卞敏儿？哈哈哈，那可真是有趣儿了！快快叫她写来！”

这句话一出，立刻引来满堂哄笑，全不顾徐雅言的脸皮已经由白涨红，又由红涨紫。她现在已是恨毒了关素衣，恨她挡路，恨她不死。

关素衣把宋氏送入官府，然后转道回去等待卞敏儿。她故意站在中军将军府的必经之路上，看见快马狂奔而来，这才施然转身，入了一条暗巷。

卞敏儿仗着皇亲国戚的身份，素来在京中横行霸道惯了，瞥见仇人身影，焉能不怒急攻心失了理智，立刻狠狠抽了一鞭子，追入巷口，然后猛然睁大眼睛。只见关素衣竟躲也不躲，避也不避，挺直腰杆，微扬下颚，站在巷子前方等待，一副八风不动的模样。

她凭什么如此冷静？以为自己不会让马蹄踩死她吗？抑或有什么依仗？卞敏儿心中微惊，正担心自己会不会中了对方埋伏，却觉身下快马失速前冲，然后陡然下坠，竟将她大力甩了出去。所幸她武艺高强，在空中翻转几圈，稳住了身形，这才没撞上墙壁扭断脖子，回头一看，却见那匹马已四蹄俱断，伤口十分平整光滑，像是被利刃一刀切割所致。

马的哀鸣在狭窄巷道内反复回荡，令人心中悚然。

“你敢！”卞敏儿气红了眼，略一抬手便想召唤随身保护自己的死士，却半晌没看见人影。她很快意识到，那些人必然已被解决了。保护在关素衣身侧的可是圣元帝亲手调教出来的死士，乃九黎族第一批暗部精英，号称“最强人形利器”，又岂非旁人可比的？

若真与对方明刀明枪地干，她输定了。

“卞五、卞六出卖我了？”她拍打裙摆上的尘土，不以为然地笑起来，“那又如何？你敢杀我吗？你敢与整个九黎族作对吗？连圣元帝都不敢，你又算哪根葱？”话落冲地上啐了一口，表情越发轻蔑。

关素衣走上前，慢慢解开缠绕在暗巷两端的玄铁丝，卷成小小一团放入荷包里，淡声道：“倘若我真想杀你，刚才就会把铁丝放置在你脖颈的位置，令你身首异处。你看，此处唯有你我二人，你那些死士已经入了地府，没法站出来替你作证。完事之后我秘密离开，再让忽纳尔帮忙扫个尾，将罪名推到前朝余孽或匪寇身上，没有切实证据，你以为你爹会为了你与全魏国的汉人官员作对？会冒险与皇上翻脸？想当皇后、配当皇后的女子多的是，少了你，还有千万人顶上。你不是诸位亲王的唯一选择，别把自己想得太过重要。”她慢慢走到巷尾，语气森冷，“我今天来只是想告诉你，明刀明枪我丝毫不怵，阴谋诡计你敢接吗？”

卞敏儿并非全无脑子的鲁莽之人，自然知道关素衣此言非虚。她爹虽然宠她，但倘若她死了，就只是一具没有利用价值的尸体而已，谁会为了尸体损害自己的利益，并甘愿对抗皇权？她嘴上再轻贱圣元帝，却也知道他不是灭不了卞家，只是碍于外患不便动手罢了。

她从小就看不起他，那种优越感早已深入骨髓，哪怕明知道姑姑已成了对方的掌中傀儡，也不愿承认他已非吴下阿蒙，仿佛越是贬低他，就越能找回失去的尊严一般。所以她更要当皇后，继而诞下魏国储君，如此才能继续卞家往日的辉煌。

若真把关素衣惹毛了，死在此处，所有野望都会随之溃散。卞敏儿摸了摸凉飕飕的脖子，这才意识到自己太过低估对方，以至于在鬼门关里走了一圈。幸好汉人女子做起事来瞻前顾后，明明有一击必杀的机会却愚蠢地错过……

“你今日不杀我，来日必定后悔。”她直勾勾地盯着对方，断言道。

“你处理敌人的办法是让她死，或生不如死。而我处理敌人的办法是让她失去最在乎的一切。”关素衣挺直的背影已消失在巷口，话音却还久久不散，“谁死谁活，谁悔不当初，咱们拭目以待吧。”

卞敏儿不愿承认有那么一瞬间，她的心脏因为这句话而颤抖起来。她抽出靴筒里的匕首，干脆利落地刺死马匹，这才带着一身血迹走出巷子，远远看见一支骑兵疾速奔来，连忙避让路旁。

“哟，这不是卞大小姐吗？怎的，被匪寇打劫了？”领头的镇西侯语气关切，漫不经心的神态却全然不是那么回事。

“与你何干？”卞敏儿绝不会把今日之事告诉旁人。被一个汉人女子差点吓破胆，这已然成了她毕生耻辱，唯有亲手杀死对方才能洗刷。

“确实与本侯无关。”镇西侯扬起马鞭，“本侯奉皇命清剿杨华山匪患，这就告辞了。”话落命步兵开道，快速朝城门奔去。

卞敏儿站在原地望了许久，末了咬牙切齿地离开了。

关素衣警告了卞敏儿，又在街上逛了两圈，这才回府。

金子看着她平静恬淡的侧脸，轻声道：“小姐，感觉这次回来您又变了很多，仿佛更稳重了，又仿佛更危险了。若换作以前，您哪里能让自己手上沾血，怕是连看都不敢看。”

关素衣摇头喟叹：“我想远离，偏偏有人拿刀枪剑戟逼着我往下跳。我若是不跳，肠穿肚烂就是唯一的下场。管你性格如何刚硬，能力如何强悍，头脑如何聪明，在强权面前都不堪一击。卞敏儿敢对付我，凭借的是身份权势，我敢与她明火执仗，凭借的也是身份权势。权势与权势相碰，但看谁腕力更强、拳头更硬罢了。关家终究是文臣，又属汉人，拼不过皇亲国戚，所以只能借势。我现在若还不稳，若还不狠，将来入宫唯有死路一条。”

金子左右看了看，压低嗓音道："小姐您想岔了，宫里哪有您说得那么可怕？后宫嫔妃分为两派，一是汉人，二是九黎族人，两派各有其主。九黎族嫔妃自是听从盘婕妤号令，汉人妃子以沈婕妤马首是瞻。盘婕妤乃盘氏女，有点难对付，其余人等皆家世平凡，不足为惧。"

后宫嫔妃多为太后甄选，想也知道她不会为忽纳尔增添助力，故汉人嫔妃多出寒门，连摊贩之女也有。而忽纳尔为防外戚干政，把汉人大臣主动送入宫的女子打发去长乐宫面见太后，也不知对方说了什么，她们陆续装病离宫，倒也省了他不少事。

如此一来，宫中除了盘婕妤，还真没有能在家世上压得过关素衣的。但她终究有些不乐，却并未明言，只点头道："究竟是怎么个状况，等日后入宫再说吧。"

"小姐别担心，奴婢自会跟随您一块儿进去。"金子安慰道。

二人刚跨入正房，就见明兰穿着带血的衣裳站在廊下，显然刚从医馆回来，冲厅堂里指了指，小声道："齐师兄把宋大嫂子带来了，这会儿正跪在里面请罪呢。夫人脸都气青了，给老爷送了信，让他回来处理。"

"你快些回去换衣裳吧，我进去看看。"关素衣踏入正厅，瞥见不断磕头的宋氏，不禁冷笑。为了一百两，宋氏就把自己卖了，如此贪婪，难怪旁人要对付关家，头一个想到的就是她。倘若大师兄将来高中状元，身边有这么一位妻子，就算再能干，怕也得毁在内闱不修上。

她刚想到此处，关父已踱步进来，冷道："齐豫，你从小失怙，是我将你带大，都说一日为师，终身为父，只可惜为师当年欲替你说一门体面的亲事，你碍于母命断然拒绝，最终选择与宋氏完婚。为师那时就曾说过，乡野村妇，性情粗鄙，恐妨碍你前程，让你莫要后悔。如今你看看，宋氏都干了什么？为一百两银票竟污蔑素衣裸裎闹市、四肢俱断、五官俱毁。旁人如何议论暂且不提，只说这消息若传入老爷子耳里，他本就重病的身体又会受到多大打击？科举不但考校才学，还考校品行，身上稍有污点都会被刷下去。这件事已经闹大，又在官府备了案，正所谓夫妻一体，你今年就别考了，免得考中以后被人弹劾内闱不修，反被取消功名，那样只会令你处境更为艰难。"

"师父！"齐豫不敢置信地喊了一声，眼里瞬间涌上泪意。他苦学多年，为的不正是这一刻吗？为何却偏偏毁在最后一步？宋氏，好一个宋氏！早知如此，当年就不该不顾师父阻拦，更不该看在母亲的面子上一直容忍于她。

关父并不心软，继续道："三年后你若考中入仕，少不得有人上门攀结，若宋氏还是你的妻子，你能否保证她不会背着你收受贿赂，买卖人情？妻贤夫祸少，你若想无灾无祸，顺利晋升，最好换一个妻子。"

"不要！"宋氏尖叫起来，"你算什么东西，凭啥让俺夫君休妻！齐豫，你若是敢写休书，我立马吊死在帝师府门前，让大伙儿好生看看他关家是如何仗势欺人的！”

本还有些犹豫的齐豫目光瞬间就变了，冲关父重重磕了三个响头，将闹腾不休的宋氏拽了出去。

宋氏回到家，原以为婆母总会帮着自己，她也不想儿子娶一个千金小姐，将来弹压不住吧？哪料对方一听说因为宋氏，齐豫今年参加不了科举，还得再等三年，当即就呕出一大口老血，直说自己错得离谱，不该毁了儿子前程，然后死活让儿子写下休书，把宋氏撵走。恶人自有恶人磨，齐豫的母亲也不是省油的灯，宋氏在她手里根本讨不了好，几个回合就一败涂地，哭哭啼啼地回了娘家。

而另一头，关素衣收到了临湘郡主的帖子，请她参加三日后的茶话会。临湘郡主与卞敏儿交好，这帖子来得蹊跷，怕是一场鸿门宴。但关素衣丝毫不怵，立即写了回帖，应下邀约。

第二十一章

夫妻

临湘郡主不但与九黎族贵女交好，也很欣赏汉人才女，结交朋友只看性情、品德，并不注重家世背景，而其父乃开国功臣，在朝堂上颇有几分脸面，令她在燕京城里混得越发如鱼得水。连卞敏儿那样的刺头都能将她引为知己，其心性手腕可见一斑。她若是发帖举办茶话会，不仅各家贵女群起响应，连诸位夫人也欣然而至。原本只是一场小小的聚会，一传十十传百，最后竟收到许多书信前来询问详情，不得不改为百桌宴，广邀各路贵人光临，地点也由景郡王府移到东郊一处皇庄。

盛装打扮的关素衣坐在马车里，手中捏着两张帖子，一面细看一面沉吟："先是发一张帖子请我过府小聚，待我答应后又发一张帖子，将地点改至皇庄，且场面比先前盛大十倍。金子，你说这一来一回、一变一改，莫非都是为我准备的？请来这么多人，莫非只为了对付我一个？会不会是我想岔了，其实她只是邀我见一面，没有别的目的？"

金子分析道："这位临湘郡主是个无利不起早的人，做什么事、结交什么朋友，都带着目的。她早不与您结交，晚不与您结交，偏偏选在此时，就算不冲着您来，也肯定还有别的想法。您凡事小心便好。所幸她手段迂回，就算对付您，顶多也只是绕几个圈子，您不入套就成，她不会像卞敏儿那般闹到动刀动枪的地步。"

关素衣摇头轻笑："以往我最讨厌交际，既怕动刀动枪，又怕尔虞我诈，恨不得整日缩在家里读书写字，不问世事、不染尘俗才好。现在却性情大改，得知别人可能会算计于我，首先想到的并非规避，而是迎头顶上，仿佛与人斗乐趣无穷一般。金子、明兰，你们说我这是怎的了？"

金子还没想好该怎么回话，明兰就耿直道："小姐，您都是被皇上给拖累的。您如果没遇见他，哪里会被逼成如今这副模样？"

这话好有道理，竟然无法反驳。本打算替陛下辩解几句的金子想了又想，只能闭嘴。

关素衣歪靠在软枕上，一手敲击矮桌，一手支着额头，透过清香怡人的竹帘欣赏窗外美景。她双目放空，不知在回忆什么，一举一动全无往日的端庄得体，变得慵懒而又随性，过了许久才摆手道："你这么一说，我倒是好生想了想，却并不觉得自己被他害了，而是激发了本性。我自己是个怎样的人，自己焉能不知？祖父命我研习儒术，我偏要背着他学诸子百家，可见骨子里本就不安分。遇见忽纳尔或许是我的劫数，就目前来说却并非坏事。没有他的逼迫，我如今还待在赵家当那有名无实的主母，一辈子就这样虚耗了，岂不更可怜可悲？”

明兰想起赵家的种种破事，冷不丁打了个寒战。

当帝师府的马车行进在半途中时，临湘郡主正吩咐婢女好生打扮徐雅言。

看着对方上过妆容后更显清丽无双的脸庞，她满意颔首：“卞敏儿那蠢货自以为入宫就万事大吉了，殊不知皇上强兵在手，政权独揽，早已将魏国治成一言堂，要灭几位亲王或许得筹谋几番才能动手，欲捏死卞家却轻而易举。她若还以为自己乃太后嫡亲侄女，比皇上高一等，入宫后恐无葬身之地。我如今怎么捧着她，你也跟着学起来，躲在她身后才最是安全。等她与盘朵兰斗得不可开交时，就是你上位的最佳时机。”

“郡主，民女真能入宫吗？”徐雅言还是有些担忧，总觉得一切像做梦一样。不等她想到攀升之法，临湘郡主竟主动给她架好了梯子，欲送她乘风直上。

“今日我都邀请了什么人，难道你还看不出来吗？倘若连这点眼力都无，我倒要重新考虑入宫人选。”临湘郡主慢条斯理地喝茶。

“多谢郡主替民女造势！”徐雅言想了想，不由大喜。今日应邀的宾客大多为儒学之家的贵女或贵妇，已研读《女戒》多时，对她的德行与才华极为推崇。而她只需稍加展示才艺就能获得满堂喝彩，倘若让皇上撞见，定会给皇上留下深刻印象。

临湘郡主乜她一眼，吩咐道：“父王今日会邀皇上前来东郊打猎，顺便在皇庄内落脚歇息。皇上素来喜爱才华出众、容貌美丽、性情温婉的女子，而你恰恰是他最中意的那款。机会我已送到你手边，千万莫让我失望。”

“可您为何还邀请关素衣？她、她容貌才华均在我之上，怕是会抢走我泰半风头。”徐雅言不愿承认，却不得不认。

“没有对比就显不出优劣。你虽然容貌、才华稍逊她一筹，却有一点是她无论如何也比不上的，那就是贞洁。她不贞不洁，还妄想以和离之身嫁入郎中令府，已惹恼了季夫人。你且看着，她二人一旦对上，少不得一番唇枪舌剑，而诸位夫人或偏帮、或调停、或看戏，或会闹出一场乱子。她们闹得越厉害，便越显出你贞静贤淑、温婉动人，看在有心人眼中自会觉得你格外与众不同。我请她来不是压场，而是抬轿，你只需安安稳稳地坐着就成，切莫自乱阵脚。你若出面辱了她，还能在卞敏儿那里卖个好，更易博取她的信任。”

徐雅言略松口气，追问道：“皇上果真会喜欢我吗？”

“放心，他历来喜欢你这样的女子。曾经盛宠一时的叶婕妤你还记得吗？她与你几乎是一种性情、一类长相，若非叶家惹了天祸，她也不会沦落冷宫，销声匿迹。

你只管让皇上看见你的好处，将来的路子自然由我爹给你安排。你既是汉女，又无显赫家世，他不会对你心生忌惮，得宠的速度想必很快。”

“谢郡主，谢郡王。您二位的大恩大德，雅言定然竭力相报。”徐雅言强忍欢喜跪了下去。

关素衣抵达东郊皇庄，在婢女的引领下入了垂花门，正打算循着喧闹声往里走，却听背后一声轻唤：“关小姐请留步。”

“季公子？”关素衣屈膝行礼，“您有何事？”

季承悦左右看了看，低声道：“无论待会儿我娘说了什么，还请关小姐莫要与她计较。您要相信那只是她的偏见，并非我之本意。待我考中科举入仕，有了掌家之能，必然迎娶您过门。请您等我。”话落面红耳赤地拱拱手，飞快走了。

“看来今儿果真是一场鸿门宴。”关素衣盯着对方逐渐远去的背影，摇头哂笑。

主仆三人到得后花园，放眼一看，立即就明白了今日处境。关素衣很少出门交际，认不得几个人，金子却对宾客如数家珍。这些人均来自儒学世家，对伦理教条、三纲五常看得极重，而《女戒》一书正是有了她们的推广才会在上层圈子里风靡。偏偏撰书者徐雅言也应邀前来，这会儿正如众星拱月一般被夫人、小姐们团团围住，谈笑私语。她盛装打扮，满面春光，一袭淡绿色曳地长裙将她清新怡人的气质挥洒得淋漓尽致。而原本该是宴会主人的临湘郡主却端坐一旁，妆容简单，竟心甘情愿当了陪衬。

关素衣只看一眼就了然道：“原来并非故意针对我，而是打算把徐雅言捧上去。临湘郡主真是好心思。”

“就算不是故意针对您，您也被宾客们孤立了。小姐，再待下去只是一场难堪而已，何必委屈自己抬高别人？咱们稍坐片刻就告辞吧？”明兰愤愤不平地道。

“中途离开越发失了颜面。”关素衣先与临湘郡主见礼，然后一一与附近的小姐、妇人颔首，并不在意对方回不回应。她找了一处僻静角落坐定，轻笑道：“方才季承悦说的那些话你们难道忘了？想必季夫人这会儿正四下里找我呢，有她在，咱们绝不孤独。”

“她找您也是一顿冷嘲热讽，让大伙儿看您笑话罢了。”明兰噘嘴道。

“我正愁没机会撕掉徐雅言的脸皮，临湘郡主就把台子搭好了，果如传言那般善解人意。我不怕季夫人闹，恰恰相反，还怕她闹得不够厉害。”说这话时，关素衣眼中闪烁着兴味的光芒。

她穿着一件流彩暗花云锦襦裙，外披一层绯红纱衣，绝俗的气质衬上华光照人的脸庞，无论坐在何处都是人们关注的焦点。哪怕内里对她再不屑一顾，很多人还是免不了偷偷看她，而受邀者中亦有不少权贵子弟，正暗地里对她评头论足，私语不断。

季夫人自然很快便发现了关素衣，目中厉光流转，却并不轻举妄动，而是端起茶杯默默啜饮，仿佛在等待什么。少顷，一名婢女带领一位眼眶通红、神情绝望的女子走进来，低声道："夫人，这位小姐说是您的侄女，跪求奴婢带她来见您一面。您看……"

"没错，是我侄女。"季夫人摆手遣退婢女，低声道，"谁让你来的？还不赶紧回家去！"

"大伯母，求您别赶我走！钱家来人了，他们要把瑶儿抢回去，求您救救她吧！"女子说着说着已是泪如雨下，见季夫人无动于衷，竟扑通一声跪下，不管不顾地磕起头来。

关素衣往那处一看，眉头当即皱得死紧，而其余人等则围拢过去，欲探个究竟。

关素衣不喜交际，认识的人不多，却对这名女子印象深刻。她点了点那处，问道："此人是不是名叫季婷，是季府二房嫡长女？"

"小姐您认识？"金子大感讶异，随即禀明道，"她正是季府二房嫡长女季婷，因夫婿宠妾灭妻，不得不带着独女钱水瑶和离归家。然二房无权无势，她又打小失怙，下有弟妹、女儿需要照顾，上有体弱多病的母亲需要供养，日子过得着实艰难，不得已，平日只好绣些花样拿去布庄贩卖，一来二去与布庄管事生了情愫，竟想改嫁。那管事乃贫苦出身，每月只有微薄的月钱可拿，却愿意帮她奉养一家老小。二人原本已换了庚帖，季二夫人也满口答应下来，却没料婚事报予季大人知晓，惹得他雷霆震怒，派人去钱家让他们把钱水瑶带回去，然后勒令季婷落发修行，长伴青灯。今日正是钱家来接人的日子，他家宠妾灭妻，后宅秽乱，若钱水瑶真被带走，来日是生是死可就难说了。"

"啊？竟有这事？季大人也太狠了吧！那可是他嫡亲侄女，不过改嫁罢了，又能妨碍他什么？"明兰气鼓鼓地道。

关素衣放下茶杯，语气渐冷："碍了他的颜面就是死罪。像他那样的迂腐之人，把伦理教条看得比人命还重。季婷和离本就戳痛他心肺，如今又想改嫁，且夫婿是一名出身低贱的庶人，他如何能忍？自是要大大惩戒一番，好摆摆他一家之主的威风。"

在这些人眼中，自己的权威和脸面才是最重要的，哪管旁人死活？幻梦之中，季婷提出改嫁后，被季大人逼迫出家，断了姻缘。钱水瑶回到家不足一年就被父亲的妾室害死，还说她八字轻贱，与钱家犯冲，不但没有墓穴安葬，连口薄棺裹身都无，随便在荒郊野外挖了个坑，草草掩埋。季婷闻听消息后悲痛欲绝，连夜跑到女儿坟前，徒手将她挖出来，随后便抱着女儿的尸身，静静死去了。

那管事对她情深义重，耗费全部家财替二人买了棺木，办了葬礼，却因此惹怒了季大人，被打断双腿逐出京城，从此下落不明。季二夫人得了失心疯，没几年便熬死在季府后宅。一双儿女没了依靠，一个刺杀伯父无果，反倒下了死狱；一个被迫嫁给五六十岁的老头当继室，没几年就香消玉殒。

季府二房的遭遇比关素衣凄惨千万倍，也是留在她心底的又一道伤口。看见活生生的季婷，她简直难以压抑心中汹涌澎湃的恨意，一步一步走了过去。

此时，已有旁人打探清楚状况，轻蔑道："跪什么？和离就和离，竟还把夫家的子嗣带走，又妄想携女改嫁，真是败了私德，焉敢有脸来求？"

"是啊。夫君不过纳了几房妾室而已，何必闹到和离的地步？替夫家开枝散叶本就是主母应尽之责，你生不了，难道还不许妾室生？夫家若绝了子嗣，你就是万死也难辞其咎。"

"世上总有那么些人离经叛道，落得今日下场不过自作自受罢了。放眼看看，魏国哪个男子不纳妾？若人人都像你一般，岂不全乱套了？妾室只是夫君消遣的玩意儿，你若连这个都容不下，还谈何掌家兴家，相夫教子？"

"你想改嫁也成啊，报予季大夫人知晓，她还能不替你相看？竟与一低贱庶民私相授受，私订终身，只把你发配家庙已算手下留情了！快起来吧，别跪了，夫家的孩子原就该还给夫家，你就算说破天也不占理。"

季婷只管狠狠磕头，哽咽哭喊："不能把瑶儿还回去啊！翠红会害死她的！大伯母，我求您救救她吧！您要我悔婚可以，让我出家也可以，只要您能把瑶儿救回来，我什么都愿意干！"她额头已磕出一块血肉模糊的伤口，血水混着泪水流下来，却没能换得旁人丝毫同情。

这些女人、男人，全用鄙夷的目光看着她，仿佛她做了什么大逆不道之事。她只想带着女儿找一个好归宿而已，这有错吗？她只想让女儿平平安安长大，这有错吗？巨大的绝望和哀恸占据了她的心扉，令她几欲晕倒。

就在这时，季大夫人从袖袋里取出一本小册子，徐徐道："我们季家也是儒学世家，深知何谓礼义廉耻。女子嫁人后当以夫为天，从一而终，这才是女中典范，女德之首。你不安于室，自请和离，这是罪一；带走夫家子嗣，乱人血脉，这是罪二；与低贱庶民私相授受、私订终身，这是罪三。你罪大恶极，缘何有脸求到我跟前？我季家女子的名声都让你败坏了，来人啊，赶紧把她拉走！"话落抬眼去乜关素衣，淡声道，"当初我也送了一本《女戒》给关小姐，你看了没有？若是看过，觉得我这般处置季婷是对还是错？"

在场众人多为儒学世家的小姐、公子、夫人，帝师府若想联姻，只能在这些人家之中挑选。她若答错，立刻就会被群起而攻之；她若答对，往后也别想改嫁，直接当尼姑便好。这个问题险恶至极，而周遭一圈人已流露出冷厉的眸光，显然已将她划归为季婷这般不贞不洁、不贤不淑的女子，恨不得发配了才好。

关素衣看看站在人群外、显得极其清逸出尘的徐雅言，又看看隐在人群中、目光闪躲的季承悦，忽然轻笑起来："季夫人此举自是大错特错！"

人群顿时大哗，当即就有人站出来欲与她辩论，却被她一句话堵住："先别忙着开口显露你们的无知与愚昧。今日孰对孰错，就算我口述详尽，恐怕你们也听不明白。金子、明兰，伺候笔墨。”

她广袖一拂，翩然落座。金子立即从随身携带的包裹里取出笔墨纸砚，一一铺平，明兰往砚台里倒了一些茶水研磨。

徐雅言见状立即走进来，冷道：“关小姐又想笔伐我等？难道你认为女子不该尊重夫君、孝顺公婆、善待妯娌吗？有人愿意贞静贤淑、从一而终，有人愿意离经叛道、不安于室，各人有各人的选择与活法。您和离了，难道就觉得天下女子都该和离？您想改嫁，难道就觉得天下女子都该改嫁？关小姐，恕我直言，您这种想法已属异端，还是莫要再妖言惑众了！”

“我暂且不评女子卑不卑弱，我只驳你一条，女子应不应改嫁。”关素衣瞥她一眼，奋笔疾书，不过三刻钟就已成文。大家全都等着看她笑话，倒也并不打扰。

“谁自诩远见卓识的？上来诵读。”她目光锐利，神情肃穆。

季承悦迟疑片刻走了上来，慢慢念道：“民为国本，无民则无国。故，国之建立在于育民，国之富强在于强民……”

这完全是一篇从国之基政出发的策论，而非众人以为的伐文。此文并不涉及《女戒》中的内容，反倒从各个方面论述女子改嫁的重要性。此时正值数百年战乱尾声，而历经战火的九州大陆已是十室九空，人丁凋敝。男子被抓充军，死于刀枪马蹄；女子躲避祸乱，皆有巨大伤亡；而老弱病残无人看顾，也纷纷丧命于颠沛流离之中。不仅魏国缺人，蜀州缺人，神州大陆处处残破，亟待重振。

如何让一片焦土焕发生机？除了繁衍别无他法。将士们脱掉甲胄，回乡耕种，谁不想讨一个媳妇安居乐业？然而现实是，年幼的女子大多死于兵祸、疫情，活下来的女人少之又少，且大多是身体强壮的已婚妇人，但她们的夫君又死于战场，以至于她们沦落为寡妇。人口凋零的同时更伴随着男女比例的失衡，若严厉禁止女子改嫁，十数年内，魏国人口还将一减再减，终成无民之国。民不存焉，何来家国？

此言告一段落，文章又改换基调，从历史、律法，甚至九黎族的习俗来表述女子改嫁对国家人口增长的重要意义。九州大陆每遇长时间的战乱后，君王总会颁布政令鼓励女子嫁人、生育，这是由当时的特殊国情决定的，也是人口复兴的重大举措。有史书记载，“制女年十七父母不嫁者，使长吏配之”；又言“女子十五不嫁，家人坐之”。可见女子不嫁，地方官员可逼其嫁人，甚至以罪论处，又设置官媒，强令男女婚配。而九黎族为了重振族威亦允许妻后母、报寡嫂，终至本族人口兴旺繁盛，重现往日辉煌。

条条铁证一一详举下来，顺理成章得出结论：如今的魏国不但不能禁止女子改嫁，还得鼓励女子改嫁，让她们养育更多儿女，同时也养育被战火摧残的国土。男子为天，女子为地，天有多高，地便多厚，二者同样肩负着鼎立乾坤的重任。

一篇文章念完，季承悦已是面红耳赤，羞愧难言。其余人等并非傻子，关素衣已论述得如此粗浅，又岂能听不明白？莫说她抬出律法佐证自己的观点，单九黎族的婚嫁习俗就能让所有人闭嘴。

徐雅言冷汗淋漓，神魂俱裂，这才明白父亲被关素衣批驳得体无完肤、濒临绝境时是何感受。皇上来了吗？不不不，他今天千万别来！

刚思及此，场外忽然响起一阵掌声，众人转头看去，却见圣元帝与几位官员正站在花架下，手里牵着一名唇红齿白、粉雕玉琢的小童。

“夫人文采斐然，高瞻远瞩，尤胜男子多矣，更何况一群愚昧妇人！”他一字一句说道。

圣驾忽至，众人愣了数息后才跪下行礼，想起之前发生的闹剧，面色万紫千红，十分精彩。

“夫人请起。”圣元帝牵着小童快走两步，亲自扶起关素衣。小童一下抱住她双腿，脆生生地喊“姐姐”，原是帝师府认养的嗣子关木沐，只不知为何，竟被皇上带了出来。

“谢皇上。”关素衣屈膝一福，这才抱起弟弟，小声问道，“你怎么来了？”

木沐十分聪明懂事，知道有些话不能在大庭广众之下说，便趴在她耳边，用小手捂着嘴低语：“姐夫说要带我去皇庄看祖父，顺便打猎。我禀明了爹爹和娘亲才出来的。姐夫还送我一把弓箭，叫射日神弓，可厉害了，你看！”他用小短手扒拉一下后背，引得关素衣往后一瞥，果见一张嵌满宝石的弓箭挂在他小胳膊上，亮闪闪的，十分漂亮。

“射日神弓？那不是后羿使用的神器吗？真厉害啊！”关素衣不是给孩子泼冷水的性格，自然而然顺着话头接了下去，惹得木沐笑眯了眼，小胸脯挺得高高的。

圣元帝一面偷听姐弟俩的谈话，一面摆手让众人起身，径直走到主位落座，命令道：“文章拿来，朕要细览。”

季承悦立即双手奉上文稿，然后面红耳赤地退到一旁。经此一事，他再不敢以才高八斗自居。谁能想到这本记载着女子德言工容的小册子竟隐藏着那样巨大的隐患？若非关小姐撰文阐述，在场众人竟一个都没想到，且还推波助澜，令其广泛传播……

越想越觉惭愧，许多人已羞得抬不起头来，还有人举起宽袖挡住面容，恨不得钻到桌子底下去。其中最难受的非徐雅言莫属，她反复回忆着关素衣的文章，试图找出破绽，脑子却糊成一锅粥，唯余惶恐难堪而已。

圣元帝阅览文稿时也没忘了招呼夫人和小舅子，拍打自己身侧的软垫，柔声道：“夫人请坐，稍后朕或许有问题需要请教。”

关素衣不卑不亢地道谢，然后牵着弟弟安稳落座。众人也都各回各位，焦虑等待。季大夫人将季婷拉到自己身后，试图把人藏起来。她现在已悔得肠子都青了，今日本不是钱家来接人的日子，是她递了口信，特意安排在今天，又命婢女放季婷进来哭求，好借题发挥大大羞辱关素衣一番，却没料她略一提笔，竟将“从一而终”这条女子戒律批驳得一无是处，还让皇上听去。倘若皇上赞同她的观点，季家岂不成了天大的笑话？

半刻钟后，圣元帝已看完文章，将其交给随行大臣阅览。其中一人乃户曹尚书，得了文章竟如获至宝，看了一遍又一遍，直等身边同僚催促才依依不舍地交出去。

待文章传阅一圈，圣元帝沉声问道：“诸位观想如何？”

“高瞻远瞩，痛切国弊！”户曹尚书徐徐开口，“前些日子，收录户籍的工作已基本结束，不过百年时间，中原人口由原本的九百万户减至如今的二百万户，因战乱兵祸而惨死者十之七八。‘马前悬人头，车后载妇女’，‘白骨露于野，千里无鸡鸣，生民百遗一，念之断人肠’，这就是魏国如今的现状。战场上枯骨成山，乡野间坟冢遍地，而百万英魂殉国的同时更留下百万寡妇与孤子，这些人没有户主挂靠便分摊不到田地，分不到田地就会饿死，哪怕战争已经结束，也唯余一条绝路。微臣每每巡察各地，见到此等惨况莫不痛心哀极。”

他从怀中取出一份奏折，毕恭毕敬呈上：“也是巧了，微臣近日正打算奏禀皇上，请您将育民之策加入国法，敦促民间男女尽快婚配，孕育子嗣。倘若按照这本册子里的说法，女子当从一而终不得改嫁，那么这百万寡妇与孤子该如何谋求生路？除去他们，现存未婚女子少之又少，并不足以婚配现存男子，也就是说民间将有许多百姓终身无靠，断绝子嗣。等这批人老去之后，新生儿将更为稀少，魏国人口或将再减百万户，那么国税从何而来？军队从何而来？没了国税与军队，焉能抵御如狼似虎的胡人与薛孽？如此下去，不出二十年中原或将被二者铁骑踏碎，彻底成为不毛之地。”

见折子被皇上拿过去细观，他感佩道：“关小姐不愧为帝师之后，既不乏远见卓识，亦不乏忧国忧民之心。这篇文章可否借给本官当作书序，编入《育民之法》中？”

关素衣连忙摆手自谦，并表示深感荣幸。

座下众人已经没脸再听下去了，一个个如坐针毡，恨不能飞天遁地，赶紧逃走。

圣元帝看完奏折，又翻了翻《女戒》，冷笑道：“朕近日来也屡屡听闻徐二小姐与《女戒》之美誉，还当这是一本班香宋艳的华章，却原来是误国害民之愚论。单‘从一而终’这一条，朕就能禁了它，然转念一想，这原是你们愚人愚见，倘若大肆封禁，反而显得它多么重要，令人更想一探究竟，又是何必。朕冷眼看着你们口耳相传，奉为圭臬，原以为不过是令女子更为贞静贤淑而已，本无错处，却发展成阻人姻缘，断人子息的谬论。”

他将《女戒》扔进煮茶的火炉，烧成灰烬，冷道：“断人子息就是断魏国国本，朕如何能忍？朕为了尽快让百姓繁衍生息、安居乐业，已熬得殚精竭虑，然而你们这些人却躲在歌舞升平之中异想天开。你们大多出身富贵，哪怕遇见兵祸，也有护卫送到安全之所躲避，未曾见识过民间疾苦，又如何得知战后惨况？你们吃得饱、穿得暖，闲暇之中作几首无病呻吟的小诗就觉世间愁苦莫过于此，又哪里知道何谓真正的惨绝人寰？过不下去就和离，活不下去就改嫁，这本是生存之道、繁衍之道，罪在何处？”

他加重语气说道：“一本小册而已，竟逼得朕不得不修缮法典，强令魏国男女婚配，也是世所罕见。正所谓上行下效，上层风行什么，民众自会效仿，你们说改嫁不好，久而久之，百姓也将改嫁视作畏途，战后留下的百万孤寡之人该如何过活？魏国人口如何增长，国力如何增强？你们只看得见自己头顶方寸之地，却看不见天下大势，还每每以书香门第、饱学之士自居，简直可笑！”

皇上每说一句，众人的脑袋就垂落一分，及至最后，竟一个两个含胸驼背，无地自容。

圣元帝指了指季夫人身后的女子，问道：“你要改嫁？”

季婷瞥了大伯母一眼，坚定地站出来：“启禀皇上，民女不但想改嫁，还欲携女一块儿改嫁。”

“启禀皇上，她是与人私相授受，私订终身，臣妇才会惩戒于她，并非阻她改嫁啊！”季夫人慌了，连忙跪下辩解。

季婷从袖袋里取出几张文书，哽咽道：“皇上请看，这是民女的庚帖、婚书，原打算在大伯母面前一一焚毁以表决心，这才带了来。民女与张郎已经过双方父母同意，并非私相授受，请皇上明鉴！”

圣元帝命白福将文书拿来查阅，喟叹道：“你这未婚夫婿是个厚道人，竟愿意帮你养育前夫的儿女，委实不易。这婚事，朕替你做主。女儿，朕替你要回来，朕还送你二十四抬嫁妆，让你风光大嫁。朕要告诉魏国百姓，和离改嫁并不可耻，而是生存之道，理应支持。改嫁，生育，繁衍，壮我魏国子民，她们非但无罪，还居功甚伟。”

季婷欣喜若狂，连连磕头，感觉自己直接从地狱飞上云端，幸福得极不真实。季大夫人却面色发白，摇摇欲坠。今日之事传到外界，她绝对会成为愚人愚妇之代表，哪里还有脸面可言？哦不，她差点把徐雅言给忘了，这人才是罪魁祸首！若不是她吃饱了撑的，写什么《女戒》，她哪里会与皇上过不去，与律法过不去？待育民之法颁布，季府官声必然大大受损，再难在朝堂立足！儿子的前程也连带毁了！

季大夫人越想越觉惊恐，不过须臾已冷汗如瀑，湿透单衣。

圣元帝瞥了她一眼，又看了看面如金纸的徐雅言，继续道：“女子卑弱？朕并不觉得，然而令朕惊讶的是，在座多为女子，竟对这一看法颇为认同，不是自轻自贱又是什么？借夫人一句话，男子为天，女子为地，天有多高，地有多厚，天有多远，地有多广。天空降下雨露甘霖，土地孕育湖泊森林，二者相依相存，共鼎乾坤。子息繁衍成长，更多依靠土地，险峻高峰孕育不屈松柏，山清水秀孕育柔韧修竹。沃土育良才，贫地无好苗，这是人所共知之理。朕记得中原有一句俗话叫‘为母则强’，可见女子并不能一味卑弱，也需刚强，如此才能教养出更优秀的下一代。朕并不轻贱女子，否则也不会重用皇姐，启用女将，然你们自己看不起自己，朕也无话可说。”

他看向夫人，喟叹道：“朕若是立后，绝不立空有美貌、才华，却无远见卓识、疏阔格局的女子。国母一职，从来不是卑弱女子能够担当的。”

圣元帝一席话说下来，等于指着在场女子的鼻子讽刺道：就凭你们这点粗浅见识，撑起小门小户可以，就不要妄想鼎立后位，担当国母了。然而她们心里纵有千般不甘，万般怨愤，却也无颜反驳。

若直至此时她们还不明白“女子婚配，寡妇改嫁”对魏国延续存在多么重大的意义，就只能用四个字形容——愚不可及。原以为关素衣是今日宴会的丑角，却原来最丑陋、最愚蠢的，恰恰是她们自己。好丢人啊！真想化作一缕青烟直接消失在原地算了。这是绝大部分女子的想法，而更尴尬、更难堪的，是徐雅言和临湘郡主。

经此一事，徐雅言明白，自己入宫的念想终成泡影，非但如此，才女的名头也摧毁殆尽。出了这个门，过不了多久，她便会被冠上魏国第一愚妇的骂名，别说退而求其次嫁入高门，就算想找一个蓬门荜户，怕也不容易。

爹娘、兄长如今还在家中苦等她的好消息，叫她哪里有脸回去？就在这一刻，徐雅言竟产生了一死了之的想法，却被临湘郡主暗暗拽了一把，这才没当场捂脸遁逃。

圣元帝瞥了二人一眼，诘问道：“禹溪，你可曾把这本《女戒》送与长公主、大长公主阅览？她们是何观想？”

临湘郡主面色白了白，强笑道：“未曾送给二位长辈。我九黎族女子自立自强，不输男儿。”

圣元帝朗笑起来：“你见人说人话、见鬼说鬼话的功力倒是越发炉火纯青了。你若敢把这本书送过去，她二人非打你出来不可。罢了，德言工容、贞静贤淑本无过错，朕也不会因此禁止你们传阅。世间万物各有道理，何为对，何为错，全凭你们自己分辨，而智慧的增长就源于分辨对错的过程。今日之事已过，莫再提了，自去玩乐吧。”

众人大松了一口气，这才齐齐跪谢皇恩。

关素衣静静地看着忽纳尔与众人谈话，眼里闪烁着璀璨的亮光。她知道他重情重义，也知道他爱憎分明，却不知他对女子会有这等看法。世间男儿大多轻贱女子，哪怕发妻也只是他们生育子嗣的工具罢了，甚少有人懂得“尊重”二字该如何书写。但忽纳尔不同，他懂得尊重，也愿意给女子自立自强的机会，哪怕是小动物，也能被他以同类的眼光看待。他的心胸远比她想象的更为宽大，嫁给他或许并不是那样糟糕？这样想着，关素衣不由浅浅一笑，叫圣元帝看痴当场。

景郡王全盘计划落空，不由深恨徐雅言和女儿愚蠢短视，却不反省自己为何也没看出《女戒》中的破绽。送徐雅言入宫的计划已经落空，他只好打起精神，招待起众位宾客，为了缓解尴尬，尚未到饭点就命婢女传菜开席，吃吃喝喝混过去，也好尽快散了。

因是临湘郡主做东，菜肴全是九黎族特色，多为整只整只的烤肉，少有素菜，调料也辛辣无比。众人面前各摆放了一个小案几，其上放置酱料、碗碟、酒水等物，自有婢女用刀削下肉片，装盘分送。

开宴时，圣元帝将木沐拉到自己身边，木沐又把姐姐拉到身边，三人自然而然坐在一处，分食一只烤全羊。

“这么大只要怎么吃啊？”木沐展开双手比画了一下，脸上满是惊奇。

“自是切开吃。”圣元帝挥退婢女，掏出匕首，亲自将羊里脊削下来，放置在两个小碟内，推到姐弟俩面前，笑容十分温柔，“这里有甜酱、辣酱、酸辣酱，喜欢什么口味蘸什么，吃完了朕继续给你们削。”

“谢皇上，您自己吃吧，这里有婢女伺候。”关素衣表面恭敬道谢，私下里却悄悄掐了忽纳尔一把。有案几遮挡，她并不担心被旁人看见。这人刚才说什么卑弱女子当不得国母，就差当场宣示要娶自己了，瞅瞅，临湘郡主已经了悟，正看过来呢。

圣元帝笑而不语，只反握住夫人柔若无骨的小手，轻轻揉捏了几下。他专为夫人而来，正所谓秀色可餐，有夫人陪坐在旁就已餍足，哪里还用进食？

木沐觉得切割羊肉很有趣，抽出腰间匕首，奶声奶气道：“我也要自己吃。”末了一刀扎入羊腿，使出吃奶的劲儿想把它卸下来，惹得几位大臣莞尔不已。

关素衣怕他伤到自己，立即夺过匕首教训几句，圣元帝连忙帮着说好话，又把匕首拿过去，塞进木沐怀中，低声道：“我们九黎族男子三岁就会拿刀，十岁上战场的比比皆是，他不过切几块肉，你何必小题大做？有朕看着他，不会伤到的。”

木沐拿着匕首不敢乱动，一会儿看看姐姐，一会儿看看姐夫，满脸渴望之色。

关素衣想起他是将门之后，血脉中难免隐藏了男儿血性，怎能抹灭？思忖片刻后妥协道：“罢了，你自己吃也可以，不要贪多去卸什么羊腿，只片下嫩肉便好。卸了它，你吃得下吗？别人想吃又该如何？”

“我知道了。”木沐受教，转脸去看姐夫。

圣元帝揉着他脑袋说道：“吃吧，切不动的姐……朕帮你切，用刀的时候刀刃总要反向自己，以免伤手。”

三人坐在上首，十分自得其乐，下面的人却都看出端倪，恍然大悟。不说皇上凝视关小姐的目光何等温柔缱绻，照顾木沐时如何细心体贴，单说三人熟稔亲密的程度，竟似一家三口一般。要说皇上对关小姐没有非分之想，谁能信？

临湘郡主这才想起卞敏儿暗算关素衣的事，不免在心里暗恨。什么对付关素衣就是对付帝师府？分明是铲除情敌，却瞒着不说，令她挑中徐雅言，费尽心机筹谋，却不过是笑话一场！难怪关素衣能死里逃生，原是背后站着皇上。如今他意欲立法，强令男女婚配，鼓励寡妇改嫁，那么娶关素衣为后也算是顺理成章。只不过对方终究没有九黎族血脉，定会受到诸位亲王阻挠。

这样想着，临湘郡主又冷笑起来，连她也不得不承认，放眼四顾，在场所有未婚女子已全都没了坐上后位的机会，尤其是那些研读过《女戒》，被皇上烙下“愚妇卑弱”标签的汉女。唯关素衣有那个气场，也有那等魄力，能担得起皇后一职。

一席饭吃得无滋无味，宴毕，景郡王带领众人恭送圣驾，眼睁睁地看着他带上关氏姐弟朝帝师暂居的皇庄去了。

白福得了陛下吩咐，亲自送季婷归家。季大人已收到景郡王暗中送去的消息，早早等在门口，脸上的表情既屈辱无奈又惶恐不安。他哪里能够想到阻挠一桩婚事竟会被渲染成动摇国本的灾祸？待《育民之法》修订完毕，昭告全国，季府的名声无疑会一落千丈。为免被皇上视作愚人，将来不得提携重用，他如今必要风风光光地把侄女嫁出去。

思忖间，马车已缓缓停靠在路边，季婷搀扶着季大夫人下来，看见站在门口翘首以盼的女儿，顿时泪如雨下。

“瑶儿，快到娘怀里来！”季婷展开双臂，抱住飞扑过来的女儿，将近日来遭受的一切苦难与折辱，全部宣泄在悲切的哭声中。季二夫人领着一双儿女围过去，用力抱住她们，一家五口终于熬过绝望，等来黎明。

白福并不打扰诸人，只站在一旁用帕子悄悄抹泪。造孽哟！一家人好好的，作甚要拆散她们母女，毁掉他们姻缘，逼人出家呢？这季大人的心莫非是石头长的？今天若无关小姐口诛笔伐，仗义执言，不知多少女子会被逼死！

徐雅言躲在不远处，静静地看着这一幕，良久之后才悄然走开。她不敢归家，像游魂一般漫无目的地晃荡，看见一名妇人抱着一个小孩路过，忽然扯住对方问道：“这位嫂子，你嫁人了吗？”

“孩子都有了，你说呢？”妇人见她穿着富贵、妆容精致，并不敢得罪，只好耐着性子回答她莫名其妙的问题。

“那如果你家夫君死了，你愿意为他守节还是改嫁？”

“呸！你家夫君才死了呢！”这话气得妇人火冒三丈，挣开她飞快走远，嘴里嘀嘀咕咕，像是在咒骂。

徐雅言默默站了一会儿，正准备转身，却听路边摆摊贩卖坚果的大娘说道：“一看你这姑娘就是富贵人家的孩子，不知民间疾苦。妇人若死了夫君，在这世道哪能不改嫁？倘若无儿无女，田地会被收归族里，一个人单过只能饿死，有女无儿也是一样的下场。就算有儿子继承家业，没有劳力耕种，照样吃不饱穿不暖，还会受到乡邻欺辱。那些单独把儿子拉扯长大的妇人，哪一个不受尽苦楚与委屈？哪一个不积劳成疾早早去了？嫁汉嫁汉，穿衣吃饭，连饭都吃不饱，衣都没得穿，除了改嫁还能怎样？守节？活都活不下去了，还守什么节？”大娘边说边卷起坚果，摇头离开，可见对这个问题十分不屑。

徐雅言扶着墙壁慢慢蹲坐下来，忽然将头埋在臂弯里，无声哽咽。女德不好吗？只不过说错一句话而已，为何要承受这种结果？

宴会散了没多久，天空忽然飘来几朵乌云，不过须臾便打雷闪电，下起暴雨。所幸关素衣已经抱着木沐上了马车，这才没被淋成落汤鸡。

“雨太大，不能打猎了！”木沐趴在车窗边唉声叹气。

“无事，下回天气晴好，姐夫再带你出来。”圣元帝一面按揉小家伙脑袋，一面沉声吩咐，“下雨路滑，让马跑慢点。”

在外赶车的侍卫果然放缓了速度，马车一路穿过雨幕，慢慢朝皇庄行驶。微风撩开车帘，送入几点沁凉的雨丝，落在皮肤上并不觉得难受，反而颇有几分趣味。

圣元帝见夫人出神望着车外，发丝随风飞扬，一会儿遮了脸颊，一会儿沾了嘴唇，一会儿又飘到自己脸上，带来酥麻痒意和几缕清香，不知怎的，竟格外口干舌燥。他抱起木沐，一点一点挪近了些，哑声笑道：“雨大留客。拜这场疾风骤雨所赐，我与夫人又可以在路上多待几个时辰。六日不见，却仿佛已经过去许多年一般，夫人，咱们的婚事何时能提？你一日不答应，我一日心难安。”

关素衣猛然回神，这才发现忽纳尔不知何时竟已贴着自己肩膀坐过来，浓烈的纯阳气息近在咫尺。她不自在地偏了偏头，问道：“你真要颁布《育民之法》？《女戒》不过是权贵们的自娱自乐而已，倘若让老百姓看了去，只会嗤之以鼻。”

幻梦之中，除了极个别读书读坏脑子的儒生，真正接受《女戒》的平民其实没几个。受害的女子大多来自上层社会。然而只要它存在一日，等和平到来，盛世延续，其影响范围只会越来越广。或许数百年之后，全中原的女子当真会像书中写的那般，一辈子卑弱可欺，至死不得解脱。

女子自古以来就是卑微的存在，这是无法改变也难以推翻的现实。所以，哪怕将徐雅言批驳得体无完肤，她也没觉得痛快多少，反而更为沉郁。倘若可以选择，来世她绝不托生为女子。

圣元帝察觉到她心情低落，轻轻握了握她指尖又克制地放开，安抚道：“你不用在意世人的看法，只管活出自己的样子来。倘若夫人真像徐雅言之流，一面轻贱自己，一面使出浑身解数往上爬，便不是令我神魂颠倒的夫人了。我所爱慕的、感佩的、欣赏的，正是夫人的刚强与韧劲。”见夫人苍白的脸颊缓缓爬上红晕，他温柔一笑，“《育民之法》实则早已在起草修订中，并非只为针对《女戒》而已。你可能无法想象，不过百年时间，这片土地便埋葬了十之七八的人口，又遗留下多少孤寡，倘若不以国法的形式强令男女婚配，鼓励寡妇改嫁，人丁还会持续减少。今日，我亲自为季婷准备嫁妆，送她出门，来日便会有更多孤寡之人找到活路。”

关素衣了悟，思忖片刻后又摇头：“还有一个问题你想到没有？如果寡妇都改嫁了，那么前夫的孩子无人养育，该如何过活？”

“那就鼓励她们携子改嫁，女子、孤儿，皆有田地可分。携子改嫁者，落户之后还可再分田地；帮助养育孤幼者，可以免除徭役赋税。官府建立育婴堂、善堂，救助相关人等。只要有心就能想到许多办法，虽然不能彻底解决问题，却可以保全绝大多数人的性命。施政者发布的政令，并非每一条都是十全十美，在执行的过程中总会遇见或这样或那样的难题，我只能一边摸索，一边学习，一边纠正，只盼无愧于天下苍生。”

关素衣定定地看了他一眼，真心赞叹道：“忽纳尔，你是一位好皇帝。”

圣元帝耳尖微红，语带欣悦：“那是因为我有一位贤内助。”

“别胡说。”关素衣狠狠瞪他，却没料过了几息，自己竟忍不住笑起来。圣元帝也跟着朗笑，猝不及防地凑过去，在她脸侧轻啄，然后退开少许，表情回味而又压抑：“夫人，快些嫁给我吧，我已经等不及了。”

关素衣连忙把木沐从他怀里抢过来，挡在二人中间。木沐看看姐姐，又看看姐夫，蹬着小短腿站起来，一人亲了一口。尴尬的氛围瞬间消散，三人相互对视，抿嘴偷笑。

暴雨很快停止，雨水汇成的泥石流冲垮了一条官道。马车被堵在半路上，不知该进还是该退。

圣元帝原打算带领几位大臣去找老爷子修订《育民之法》，见状只好让他们先行回转，自己则留下来开挖淤泥和岩石。

“要不咱们也回去吧？此处山体垮塌，随时还会掉落碎石，极不安全。”关素衣劝阻道。

“皇庄里虽然不缺吃食，但岳祖父每遇雨天便关节肿胀疼痛，现在想必极为难熬。看这天色，恐怕还会下五六天雨，若是没有御医守护在侧，又无法运送药材过去，他得受多大的罪？”圣元帝一面命侍卫挖路，一面让人回去传御医。

关素衣脸颊微微一红，愧疚道：“我竟没想起祖父的病，还得靠你提醒，真是不孝。”

圣元帝不以为意地摆手：“你是我的夫人，我尽孝也算是你尽孝，何必分得如此清楚？”

关素衣心中涌出暖意，注视对方的目光变得更为温柔。夫妻一体，这话说起来动听，但真正做到的又有几个？更何况忽纳尔是高高在上的皇帝，素来只有别人讨好他，哪里有他费尽心机去讨好别人的道理？原本她想着，只要这人为自己付出一分真心就足够了，却没料得到的竟是十分。放眼魏国，有多少女子为夫君、为婆家倾尽毕生心血却得不到半点尊重？而她似乎什么都没做，这人就把一颗真心双手奉上。哪怕在往后的岁月里，这颗心或许会风干、腐坏，但它曾真挚过便是最大的幸运。

“你说得对，你我本不该分什么彼此。”她偏过头，冲忽纳尔粲然一笑。

“夫人，别对我笑得如此勾魂，我会忍不住去吻你。”圣元帝愣了几息后哑声说道。

“闭嘴！”关素衣无奈极了，一面去捂弟弟耳朵，一面警告道，“别在小孩子面前胡乱说话，他们什么都懂。”

圣元帝连忙拱手告饶，沉默片刻后问道：“岳祖父的手腕究竟是怎么弄伤的？这次我让太医好生看看，能治便治，不能治就让他仔细将养，总是脱臼了再装回去也不是办法。”

“是他自己不当心，总觉得字迹少了几分风骨，直说书圣的字入木三分，他必要练到入石三分才可，于是在腕子上多绑了几块铅块，因承受不住拉力而弄伤骨头，这才留下老毛病。他觉得此事丢人，从不往外说，你就当不知道便好。”

“原来如此……”圣元帝拍案朗笑，“我终于知道夫人这倔强的性子像谁了，原是得了帝师真传。你们祖孙俩真是……”找不出确切的词语形容，他只能摇头莞尔，越想越觉有趣。

关素衣脸颊臊得通红，竖起柳眉呵斥：“别笑了，再笑我可不理你啦！”

“好好好，我不笑就是。”圣元帝连忙以拳抵唇，墨蓝眼眸洋溢着星点光彩。

在外挖路的侍卫你看看我、我看看你，对这位关夫人已佩服得五体投地。如此爽朗的主子，他们前所未见。当着夫人的面他是这番模样，谁又能想到背对夫人，他是何等冷酷阴沉，喜怒不定。

胡思乱想间，道路终于挖开，却因沟渠太多，宽度变窄，容不下马车通行。所幸此处离皇庄只有半里路，雨丝也早已止住，尚能步行过去。

“陛下，属下背您过去吧？这满地泥泞根本容不下人插脚，恐连靴子都会吃进去。”侍卫头领躬身说道。

“朕自己走，你照顾好木沐。”圣元帝抱起小家伙，放在侍卫背上，叮嘱道，“你们几个护着他，千万别摔了国舅爷。”

御口亲封的国舅爷，岂是旁门外道的皇亲国戚可比？众侍卫连忙小心翼翼地围过去，免得这人脚底打滑，伤了国舅爷贵体。关素衣臊着臊着竟也习惯了这人的厚脸皮，只是站在车辕上，似笑非笑地睨他。

圣元帝慎重开口：“夫人，上次我用龙袍为你铺路，你没踏过去，倘若这次我再为你铺一回，你踏吗？”

“不，永远不会。”关素衣坚定拒绝，只因皇权是不容亵渎的。

圣元帝低笑起来：“那天之后，我想了很多，终于明白自己错在何处。我不该为你铺好路，然后守在你身后，看着你走过。若是你在行进当中摔倒，就算我武功再高强，也无法保证能及时赶至，免你受伤，所以才会发生你和木沐被劫持一事。倘若再给我一次机会，我只会抱着你走过，不让你离开我半步。”话落，他忽然将人抱起来，径直走进泥泞。

关素衣忽然被抱起来，难免吓了一跳，反射性地搂住忽纳尔脖颈，瞪眼看他。圣元帝垂头凝望，回以微笑，玩闹一般把人掂了掂，在她的惊呼声中继续前进。

守在帝王身侧的侍卫连忙垂头，不敢搅扰二人打情骂俏的氛围，却莫不惊叹于关夫人的受宠程度。这可真应了那句俗语——含在口里怕化了，捧在手里怕摔了，爱得无所适从。

光天化日之下被一个男人抱在怀中，关素衣如何能忍？但剧烈挣扎的话又恐伤及对方颜面，只好把脸埋进他胸膛，全当自己是个透明人。听见这人由胸口传来的愉悦笑声，她不服输的性子竟又冒了头，眼珠一转，柔声开口："忽纳尔，你这次还是做错了。"

"哦？我错在何处？"圣元帝对上她狡黠的黑眸，明知其中有诈，却还是忍不住追问。

"你唯恐自己不能赶到身边救护我，于是便代我挡掉所有危险。焉知将我抱起来，你若是摔了，便等于我也摔了。你一个人承担了两个人的重量，只会行走得更为艰难。我们中原有一种说法叫'夫妻一体'。夫妻二人若是结合，便该你中有我，我中有你，不分彼此。你不忍心我沾上泥泞，焉知我又忍心见你艰难跋涉？我更愿意与你携手同行，而非压在你肩上，成为你的负担。前路坎坷，一个人走或许会摔倒，两个人四只脚，你摔了有我扶，我摔了有你抱，稳稳当当地便过去了。"

关素衣起初只是随便找个借口让他把自己放下，说到最后竟触动心扉，思绪翻涌。万没料到从前无论如何也没悟出来的夫妻之道，如今却在玩笑间被娓娓道破。原来这就是夫妻一体的真谛，互相扶持，风雨同舟，福祸与共。

在她愣神的片刻，圣元帝的心脏正被烈火烤炙，感动与喜悦反复交汇，差点化成泪水掉落。都说温柔乡，英雄冢，若是这番话出自夫人真心，叫他立时为她死了又何妨？

"夫人说得没错，果然又是我不对。"他嗓音异常沙哑，"那么我放夫人下来，咱们携手同行如何？"

关素衣迅速回神，慢慢从他臂弯里滑下来，踩到泥泞中时哪儿还管谁输谁赢，牵起男人宽厚温暖的大掌，摇晃道："走吧，我会扶好你，你也要扶好我。要摔一起摔，哪有你沾一身泥泞，我却干干净净的道理？夫妻本是同林鸟，大难临头各自飞。这话别人信，我却不信。"

圣元帝用力握了握她指尖，朗声笑道："这话我也不信。咱们走吧？"

关素衣从来没走过如此难行的道路，半尺深的黄泥，一脚踩下去便会被吃住，老半天拔不出来，更糟糕的是她长长的裙摆早已沾满泥水，变得又厚又重，越发成了拖累，身上到处都很黏腻，恨不得立刻跳进热水里从头到脚洗一百遍。金子和明兰跳下马车，快速跟了上来，帮她拎起裙摆。

圣元帝丝毫不敢放松，一只手牢牢握着她的胳膊，一只手紧紧搂着她腰肢，低声询问:“还要继续走吗?走不动我可以随时抱你。”

“走,怎么不走?”关素衣用力把脚拔出来,苦中作乐地吟唱,“你侬我侬,忒煞情多,情多处,热如火。把一块泥,捻一个你,塑一个我,将咱两个,一齐打破,用水调和,再捻一个你,再塑一个我,我泥中有你,你泥中有我。与你生同一个衾,死同一个椁。”

圣元帝听得面红耳赤,哑声问道:“这唱的是什么?怪好听的。”

“不知从哪儿听来的民间小调。捏塑,打破,调和,再塑,真正的夫妻之道正该如此,你中有我,我中有你,不分彼此,不离不弃。”关素衣将嗓音压得极低,涩声道,“只愿你我二人不要走到再塑之后却又破碎的地步。你我本不是寻常夫妻,更该互相扶持才是。”

圣元帝眸光暗了暗,反驳道:“在我心里,咱俩就是寻常夫妻,你终究还是不愿信我。”他既感动又苦闷,竟不知该拿怎样的态度去面对夫人。她这张嘴真是叫人又爱又恨,上一刻还说着让他欣喜若狂的情话,下一刻却又猛泼一瓢冷水,令他心肺凉透。

“不信你,我何苦与你走这一遭?”关素衣拽了拽忽纳尔胳膊,让他看看自己被泥卡去鞋袜的光脚,“你说哪个大家闺秀愿意陪你受这种罪?”

方才还苦闷不已的圣元帝,转瞬便心怀大悦,立即脱掉自己外套,披在她身上,然后探入泥里,替她挖出鞋袜仔细套回去。他忍了又忍才没去亲吻夫人沾了泥泞的脚背,动情道:“夫人待我一片真心,我自然不敢辜负夫人。还是那句老话,倘若我这辈子有负于夫人,定然天打雷劈,不得好死。”

关素衣可不会矫情地去捂他的嘴,而是晃掉鞋底的泥块,告诫道:“你别忘了这句誓言便好。”

圣元帝搀着她慢慢前行,低笑道:“夫人方才说话好像有些偏颇。咱们此去是为了探望岳祖父,不是你陪我走这一遭,而是我陪你才对。”

“嗯,那是我的祖父,也是你的岳祖父。你去给他送医送药,我去陪他聊天喝茶,咱们一块儿尽孝,这就是夫妻一体的最好诠释。那些见外的话谁也不许再说,否则婚期便继续往后推。”关素衣笑得十分狡黠。

圣元帝哑了,不敢再反驳半句,沉默片刻才紧张追问:“若是不往后推的话,婚期定在何时?”

“不急,先处置了卞敏儿再说。你最近在调查卞兆雄?可有什么切实的罪证?”

“只影影绰绰抓到一些线索,并无实证,若想处置卞家,还得徐徐图之才成。”圣元帝深恨自己为何要当仁君,否则现在随便找个借口就能灭了卞家满门。

“那就把影影绰绰的线索交给我,我帮你捅破卞家的屋脊。”

“如何捅破?”圣元帝笑着看她。

“届时你便知道了。等处置了她,你再来帝师府提亲。”说完这句话,二人终于走出泥泞，踏上青砖铺就的小道，互相看了看彼此裹满黄浆的双腿，齐声笑起来，笑罢，你牵着我，我牵着你，不紧不慢、晃晃悠悠地朝隐没在葱绿水烟中的皇庄走去。

因为一路有你，再坎坷也能行得稳当。

两月之后，季婷带着御赐嫁妆风风光光地过了门，她的夫婿是个厚道人，把岳母、妻弟、妻妹一块儿接去奉养，离开季府，日子反倒过得更和美。

这日正逢科举放榜，众多学子守在公榜前等待消息。李氏好不容易才穿过拥挤的街道，行至帝师府拜会关素衣。

“来就来，作甚送如此贵重的礼物？”关素衣捏着礼单嗔怪。

李氏左右看了看，低声道：“救命之恩，如何能不重谢？这也是凌云的心意，你若是不收，我俩一辈子难安。”

“救命之恩？这话怎么说的？”关素衣明知故问。

“幸亏有你提醒，凌云才在族长那里放了些人手，否则我差点就被害死了。你当怎的？他竟想偷偷把我骗回去沉塘，然后把他家的孙女嫁给凌云为妻。燕京再没有比他更歹毒、更无耻的人！如今《育民之法》已经颁布下去，他这才消停，却又厚着脸皮让凌云纳妾。凌云忍无可忍，给他安了一个罪名送他去吃牢饭了，也不知何时才能放出来。如今李氏全族都得看我脸色行事，日子倒也清净。对了，我准备改嫁了，婚期定在九月初九，你可一定要来。”

“那是当然。祝你们百年好合，早生贵子。”关素衣掩唇轻笑。

李氏脸颊红了红，转移话题道：“你听说了吧？徐雅言如今得了个‘燕京第一蠢妇’的名头，走在路上碰见大长公主，被剥了外衣推入人群，直说她被外男看去，贞洁已失，合该送去家庙清修，若非临湘郡主及时赶到为她求情，一头青丝差点被剃光。大长公主养了那么多面首，看见那《女戒》，哪有不发火的道理？徐雅言真是够蠢的，也不看看自己的言论合不合乎世道。”

关素衣摇头莞尔：“她缺的不是远见，而是权势靠山。倘若上头无人驳她，这本小册子必会长长久久传播下去。”

李氏抖了抖，后怕道：“幸好你驳了她，皇上也驳了她，否则我与凌云这辈子都无望了。徐雅言受辱之后，徐广志终于熬不下去，已经变卖宅院，筹集盘缠，准备回老家去了。其实真要说起来，他也算一号人物，口才了得，学识渊博，文采斐然，只是野心太过，又运气不佳，遇见处处与他作对的你，偏偏你又有皇上护着，一来二去竟绝了仕途。这就是他的命啊，再怎么算计也是一场空。”

关素衣沉默良久方点头轻笑：“姐姐说得对，这都是命。”自己最大的幸运或许不是那场幻梦际遇，而是得遇良人。

第二十二章

立后

新科进士榜单已经出炉，状元、榜眼、探花竟是三位此前并不显山露水的寒门学子，而呼声最高的齐豫和季承悦，一个因妻子作奸犯科受到牵连，不得不中途弃考；一个因父亲逼害子侄，断人姻缘，虽然中了魁首，却在评定德行这一项时被刷下来，只得了二甲头名。

关素衣捏着金子报上来的名单翻阅良久，终于长长出了一口气。果然与幻梦中的大不一样，原本的状元该是齐豫，榜眼乃徐广志的嫡长子，探花为季承悦，然而如今考中的三人，她竟一个都不认识。

幻梦中，正是因为齐豫拜入关门，徐广志忧心祖父和父亲借此入仕，才会费尽心机毁了自己和齐豫的名声，也彻底毁了关家崛起的最后一丝希望。她一直都知道，单凭后宅争斗，绝不可能把新科状元牵扯入内，其中必定还涉及权力之争。但是如今，所有的灾祸都已经远去，她也不是那个无权无势、纵有满身傲骨也被人一一敲碎的赵夫人。

想罢，她放下名单，彻底释怀。

金子取出几套礼服平铺在床上，笑道：“小姐，您想穿哪件衣裳？再不拾掇，待会儿夫人又该来催了。”

“穿那件正红色烟云蝴蝶裙，配这套金镶玉嵌宝头面。”关素衣对着镜子照了照，漫不经心地道，“不急，今儿族里来人打秋风，想必又是跪求，又是磕头，又是哭丧的，没一两刻钟绝无法脱身。也是怪了，当年我家那般支应族里，也没见他们记一点恩，如今我们自请除族，反倒天天上门念叨咱家的好。原来他们不是不明白善恶好歹，而是一直装傻充愣罢了。”

“这样才更可恶呢！得了人家的好，又不念人家的恩，典型的白眼狼。也是他们不积德，刚到手的六千顷良田，这才两个月就被屯军占光了，全族几百号人也不知往后该怎么活，不求帝师府又能求哪个？”金子颇为幸灾乐祸。

明兰一面给小姐上妆一面讽刺道：“求也没用，夫人彻底冷了心，会搭理他们才怪。你说他们要不要脸？先前死活不肯帮小少爷上族谱，如今帝师府自请除族，他们反而巴巴地写上小少爷的名讳，还拿着族谱来献媚，真是恶心透了。”

关素衣用小指沾了一点口脂，细细涂抹在嘴唇上，曼声道："大好的日子，总说这些作甚？也不怕晦气。"

金子和明兰讪讪地住了嘴，伺候小姐穿戴整齐，这才去了前厅。关氏宗族的人还死皮赖脸地坐在堂上，看见华光照人、美艳无双的关素衣，皆愣了一愣，然后没口子地奉承起来。

"好了，琼林宴快开始了，作为主考官家眷，我们不能迟到，还望各位海涵。祭田被夺一事，我们帝师府也无能为力，文臣与武将本就势如水火，能避则避，你们另请高明吧。"仲氏边说边摆手送客，态度冷硬。

族人哭哭啼啼求了一路，终是被家丁撵出去，想起往日对他们有求必应的帝师府，这才明白自己失去了什么。良善人的确可欺，然而一旦令他们彻底寒心，便再也没有转圜的余地。但凡当初关文海被抓的时候他们能站出来谴责一二，或主动将其除族，都不会闹到如今这步田地。

一家人登上马车，朝皇宫驶去。关素衣与木沐趴在窗边，隔着竹帘往外看，街上处处张灯结彩、锣鼓喧天，很是热闹，刚过一台红绸花轿，紧接着又来一台，竟似赶集一般。

仲氏笑着喟叹："今日皇上举宴为新科进士们庆祝，百姓便认为这是个好日子，结亲都赶在同一天。我方才数了数，一路竟过去了四台花轿，真是喜气漫天。"

"怪道我今日特别精神，却是人逢喜事的缘故。"关素衣抿嘴轻笑。

"可不是嘛。中原刚经历一场百年浩劫，人丁凋敝，赤地千里，正该借新婚大喜冲一冲，也好长长国运。皇上忧国忧民，心系天下，魏国会更好，太平盛世指日可待。"仲氏凝望满脸喜色的人群，长声喟叹。

而关素衣的感受比她更深刻。幻梦之中的魏国何曾有这等欣欣向荣的气象？何曾有如此喜气漫天的景致？一切都变了，却是变得越来越好了。

思忖间，马车到得宫门，一行人递了牌子入内，被内侍带往琼林苑安置。苑内花团锦簇，春和景明，大门牙道皆古松怪柏，锦石缠道，宝砌池塘，柳锁虹桥，美轮美奂。在此处举行宴会，足见皇上对新科进士的重视。

宴会带有浓烈的九黎族特色，男宾女眷无须回避，反而按照辈分与亲缘关系混坐一处，显得越发和谐融洽。新科士子与皇上同坐，极大地拉近了彼此距离，以供皇上随时垂问考校，饮酒交谈。

关素衣刚带着木沐坐定，正想与李氏和长公主打个招呼，就被一名宫女叫住："敢问您是关小姐吗？"

"正是在下。"

"太后传召，请关小姐随奴婢走一趟。"宫女表面谦卑，眼里却藏着审视与倨傲。

关素衣正犹疑不定，却见长公主微不可见地点头，暗示她此人的确是长乐宫女官，但去无妨。她这才微笑颔首，把木沐交给仲氏照顾，带上金子与明兰一同前往。

曾经金碧辉煌的长乐宫，如今已火尽灰冷，大势皆去。正殿空空如也，内殿放置佛龛，处处都是浓烈的檀香与摇曳的火烛，不似太后居所，反而更像一座庵堂。太后正跪在佛龛前吟诵经文，神态安静祥和，却不知内里压抑了几多怨恨不甘。

殿中除了几名伺候的宫女、内侍，还有一位穿戴奢华的少女，闻听响动侧过脸来，正是卞敏儿无疑。

“臣女参见太后娘娘，娘娘金安。”关素衣毕恭毕敬地跪下行礼。

卞敏儿站在殿前未曾回避，直接受她一拜，目光像淬了毒，恨不得将其碎尸万段。太后仿佛没听见一般，大约过了一刻钟才放下佛珠，徐徐开口：“起来吧，赐座。”她只敢小小刁难对方一番，绝没有胆量像上回那样下死手。

这佛龛上供奉的并非菩萨，而是忽苏力雅的一截白骨。圣元帝命她每日跪够四个时辰，反复吟诵往生经，否则便会送她与几位小皇孙下地狱。她的命脉已完全捏在对方手中，只能徒劳无功地挣扎，绝无鱼死网破之勇。

“听说忽纳尔很喜欢你，欲纳你入宫？”她开门见山地道。

关素衣但笑不语。分明是娶，怎么在太后口中就成了纳？莫非她笃定卞敏儿能当国母不成？

太后并不需要她回答，自顾自地说道：“忽纳尔终究是九黎族人，不能乱了皇族血脉，他的嫡妻只能为同族，这是所有九黎人的共识。你到底是帝师之后，身份足够，虽然嫁过人，但我们九黎族不讲究这个，倒也没什么所谓。今日琼林宴上，几位亲王将推举敏儿为后，荐你为婕妤，还望你们二人同心同德，好生伺候皇上。”

“几位亲王欲荐我为婕妤？”关素衣睁大眼，一副“受宠若惊”的表情。

“皇上喜欢，哀家便如他的愿。”太后神色依然淡淡，目中却流露出轻蔑之意。到底是汉女，小家子气，与其让皇上强行纳她入宫，倒不如先卖她一个人情，日后好做要挟。她知道忽纳尔想立此人为后，但他如今三面受敌，内忧外患，又岂敢违逆全族人的意思？

“那还真是多谢太后娘娘了。”关素衣瞬间收起所有表情，嗓音冰冷。

“你阴阳怪气的作甚？难道一个婕妤之位还满足不了你？”卞敏儿嘲讽道，“你想当皇后？只管问问我九黎族几十万大军答不答应。”

说得如此理直气壮，好似那几十万大军全听你一人号令，只为你一人拼杀一般，狂妄也该有个限度！关素衣心中腹诽，表面却并不反驳，只略微垂眸，沉默以待。

太后见状还以为她服软了，拿出两个盒子说道：“这是哀家送你们的见面礼，拿去戴吧。”

二人拜谢，打开盒子一看，却是两条绿松石项链。只不过卞敏儿那条极其华丽，下坠一块巴掌大的血玉，雕刻着烈火与盘龙，正是九黎部族的图腾，乍眼看去竟带着一股历经沧桑、穿越远古的厚重感。而关素衣这条色泽黯淡，又无多余吊坠装饰，越发显得寻常。

卞敏儿愣了愣，讶然道：“姑母，您将镇族之宝都给我了？”

“此乃镇族之宝，唯部族首领或其妻才能佩戴。先皇当初将它传给哀家，哀家又传给你大表哥，然你大表哥已去，最适合佩戴它的人唯你而已。”话落，太后拿起项链，小心翼翼地替侄女儿戴上，欣慰道，“敏儿，你长大了，日后好好伺候皇上，为皇室开枝散叶，延续血脉。”

卞敏儿乖巧点头，扑进太后怀里哽咽落泪。

关素衣哪能不知道这场戏是专门演给自己看的？立马让宫女端茶倒水，进上糕点，边吃边喝，淡定自若地看个够。

戏也演了，下马威也给了，关素衣却不吃这一套，叫太后与卞敏儿暗恨不已。但她们自以为立后之事稳操胜券，敲打敲打这位未来“宠妃”很有必要，于是又说了一番体己话，诸如好好管理后宫、早些诞下嫡子云云，见琼林宴快开始了，这才放行。

“西北边境乱起来了，你知道吗？”二人走到一处无人的拐角，卞敏儿忽然开口。

“那又如何？”关素衣挑眉询问。

卞敏儿对汉女的无知嗤之以鼻，冷笑道：“西北多为九黎族屯兵，因为只有九黎族的铁骑才能对抗如狼似虎的胡人。倘若这个时候诸位领兵的亲王撂挑子不干，胡人顷刻间就能长驱直入。你说此时他们欲推举我为后，皇上是答应还是不答应？他欲纳你入宫，而诸位亲王又坚决反对，他敢不敢一意孤行？”

“这么说，我能入宫为妃还得感谢你的施舍？”关素衣低笑起来。

“你笑什么？”卞敏儿语气阴冷，“莫非以为自己背后站着皇上，就能为所欲为？那咱们就看看谁才能笑到最后。”

“既如此，那就拭目以待吧。”关素衣略一拱手，施然离开，走到岔路口停驻片刻，往内宫的方向去了。卞敏儿原想回琼林苑，见她形迹可疑，便悄悄跟随在后，七拐八拐后竟抵达未央宫后殿的一处水榭，沿路并无侍卫盘查，可见早有人替她安排妥当。

好一对狗男女，竟敢在宫中私会！这样想着，卞敏儿果见皇上缓步朝坐在水榭内的关素衣走去。他武功高强，在刻意隐匿气息的情况下，哪怕近在咫尺也难以被常人发现，更何况关素衣背对而坐，姿态松懈，越发无知无觉。

他弯腰，仿佛喊了一声“夫人”，又仿佛在关素衣耳边吹了一口气，吓得关素衣猛然转头，嘴唇险些擦过他嘴唇。两人都愣了一下，然后一个抚唇轻笑，一个举起拳头捶打，亲昵而又甜蜜的氛围昭示着二人早已两情相悦，心心相印。

卞敏儿飞快藏进假山岩洞里，指尖抠入石缝，生生拗断了几根指甲。“贱妇！”她咬牙切齿地低骂，而后更为专注地盯着二人。

“起开。”关素衣抬起胳膊肘，顶了顶意图搂抱自己的忽纳尔。

“你不是让我激怒卞敏儿吗？不显出我俩的恩爱，哪里能让她发狂？”圣元帝一只手搭放在夫人肩头，将她揽入怀中。

“激怒卞敏儿倒在其次，你最主要的目的还是占我便宜。”关素衣悄悄拧他手背。

“知我者莫若夫人。”圣元帝闷声而笑，抬手抚了抚夫人娇嫩的面颊，又将她被风吹乱的额发一一别到耳后。他仅露出半张侧脸，便足见眉宇中流泻的温柔与浓情。

继掐断指甲之后，卞敏儿差点把牙齿也咬碎，却不得不按捺。

关素衣拿这厚颜无耻的人毫无办法，只得转移话题：“方才太后说诸位亲王将荐我入宫为妃，瞧瞧，还给了我一份见面礼。”话落摘下项链，放进对方手里。

圣元帝拎起来看了看，嗤笑道：“这玩意儿品相极差，连稍有脸面的女奴都不屑佩戴。你若戴它去赴宴，只会让九黎族贵女越发看轻你。”

“是吗？她还给了卞敏儿一条，据说是你们的镇族之宝，下坠一块巴掌大的血玉，雕刻着烈火与盘龙图腾，看上去极其华丽。”关素衣沉吟道，“她戴着至宝，我却戴着劣货，倘若我俩一起走回去，无异于把自己的脸面扔在地上让人践踏。太后不愧为卞敏儿的姑母，折辱人的招数同样阴损下作，刁钻刻薄。”

“骂得好。”圣元帝将项链丢入水中，命令道，“白福，把锦盒拿过来。”

白福立即双手奉上一个锦盒，打开一看，里面竟躺着一顶九尾凤冠，冠檐底部有翠口圈，上嵌宝石珠花，冠后下部挂六扇博鬓，正面三扇凤尾张扬而又华美，左右每面各三扇凤尾，其上点翠，嵌金龙、珠花、美玉，大小红蓝宝石数百粒，珍珠数千粒，整个凤冠龙凤飞舞，珠翠缭绕，璀璨夺目。

饶是对俗物不感兴趣的关素衣都看呆了。

“你想让我戴着它去琼林宴？”关素衣呢喃道，“它是所有女人的梦想，我一定会被嫉恨难平的女人们撕成碎片。”

圣元帝朗笑起来，柔声道：“我踏平九州，诛灭各国，搜集到的凤冠何止这一顶？夫人权当得到一个玩意儿，拿回去赏玩收藏便罢，待你我成婚之日，唯有最贵重、最华丽的凤冠才能衬托出你的美丽与尊崇，也唯有你才配当我的皇后。”

这几句话他刻意输入内力，叫卞敏儿听得明明白白、一清二楚。她双目已熬得通红，低头看看所谓的镇族之宝，恨不得立刻扯落，扔在地上用力踩碎。绿松石算什么，血玉算什么，都及不上那凤冠万分之一的风采。

关素衣摸了摸宝光闪烁的凤翅，难得地央求道：“那你先替我戴上看看？”

她性子再怎么淡泊也是女人，哪有不爱珠宝的道理？圣元帝莞尔，举起凤冠慢慢替她戴上，然后捧着她脸颊，哑声道：“别动，好像戴歪了一些，我帮你扶正。”

关素衣乖巧应诺，仰脸看他，却见他忽然凑近，在她鼻尖和额头上各落下一个蝶翼般的亲吻，然后退开少许，得意道：“凤冠没歪，我只是想一尝夫人芳泽罢了。”

关素衣竟也毫不生气，抿唇轻笑：“我知道没歪，也知道你想干什么，不过纵容一二罢了。”

“夫人似乎放开很多？”圣元帝大感惊讶。

“手都牵了，还能如何？再躲来躲去，岂不显得矫揉造作？”

“那我还曾拥抱过夫人，甚至在你面前褪去衣物，怎不见夫人放弃抵抗，顺从于我？”

“拥抱与牵手怎能一样？”关素衣偏着脑袋，娓娓道来，“拥抱只在原地，牵手却能同行，这是二者最本质的区别。”

圣元帝听愣了，半晌才爽朗地笑起来：“夫人啊夫人，你总是有那么多歪理。不过这个歪理我喜欢。拥抱只在原地，牵手却能同行，难怪那天与你牵手走过泥泞，你便再未排斥我。夫人你好生可爱。”他说着说着又捧起夫人面颊，试图亲吻她鲜红欲滴的嘴唇，却不想吻在了她白皙的手背上。

“不是说不再抗拒吗？”他挑高一边眉梢。

“闺房之乐，待入了闺房再说。”关素衣斜睨一眼，暗示他卞敏儿还躲在一旁看着。

圣元帝早把这号人物忘到脑后，此时想起来竟也不觉得扫兴，顺势在夫人手背上吻了吻，这才放开她。二人紧挨在一处私语，时而低笑，时而对视，气氛说不出的温柔缱绻，待白福三催四请才依依不舍地分开。

离去前，圣元帝帮关素衣摘掉凤冠，放回锦盒，命金子好生保管，然后从袖袋里取出一支样式简单的九尾凤钗，轻轻插在她发髻上，反复调整角度，觉得完美无瑕才握了握她指尖，悄无声息地去了。

在侍卫的护送下，关素衣也飞快离开，唯余一股龙涎香与桂香在原地萦绕交融，久久不散。

卞敏儿一拳一拳砸在假山上，闻听婢女在不远处呼唤自己，这才走出来，脸色极其阴沉可怖。“去赴宴！过了今天，我便是魏国皇后！”她一字一句说道。

二人先后回来，各自端坐。九黎族贵女全盯着卞敏儿的项链，只因那是九黎族的镇族之宝；汉人贵女则全盯着关素衣的凤钗，一二三四五六七八九，没错，是九尾。九为极数，尊贵无比，唯皇后才能佩戴。

看来后位已经有着落了。两派人马各自思忖，人选却截然不同。

“你这凤钗哪儿来的？”仲氏轻拽女儿衣袖。

“皇上刚才送的。”关素衣落落大方地道。

“那后位未必就能冠在你头上，赶紧收起来，免得招人嫉恨，徒增话柄！”仲氏压低嗓音急道，“西北边境战事又起，皇上如今正需仰仗几位亲王平乱，他们提出的皇后人选，他绝不敢反驳！”

“娘，您别慌，女儿敢戴，自然就能兜底。”关素衣压了压仲氏肩膀，笃定道，“过了今日，几位亲王绝不会再提立后之事。您只管坐等忽纳尔上门提亲吧。”

“你要干什么？”仲氏拧眉诘问。

关素衣笑而不语，只举起酒杯遥祝卞敏儿。卞敏儿双目赤红，面色发青，看上去竟似厉鬼一般狰狞。瞥见关素衣的“挑衅”，她岂肯认输，立即端起酒杯一饮而尽。二人连饮三杯后，关素衣停下照顾幼弟，卞敏儿却为了发泄心中嫉恨，一杯接一杯继续啜饮。

虽然九黎族儿女大多酒量惊人，千杯不醉，但喝得面颊通红终究有些难看。卞夫人夺走女儿手中酒杯，斥道：“别喝了，下去洗把脸再来。若是让诸位亲王看见你这副鬼样子，哪里还有脸提立后之事？”

卞敏儿心下“咯噔”一声，立即向母亲告罪，然后匆忙赶去后殿洗漱换衣，却没料刚跨入殿门就被一手刀劈晕过去，重重摔倒在地。

过了大约一刻钟，卞敏儿才在两名婢女的搀扶下从偏殿走出来，洗了脸，换了崭新的服装与发式，昂首挺胸，神态倨傲。她走回卞夫人身边落座，直勾勾地盯着九曲回廊，不知在想些什么。

卞夫人上下打量她一番，见她脸上红晕已稍微退去一些，这才满意颔首：“过了今日你就是魏国皇后，再不能像刚才那般放肆而行。哪怕心里多么窝火，也得给我忍着。我知你看不惯关氏女，但皇上喜欢，咱们顺了他的意又能如何。等日后你二人入宫，她还得在你手里过活，想整治她多的是机会。人都放在眼皮子底下了，你还怕她跑了不成？”

“娘，我知道了。”卞敏儿似乎已冷静下来，正准备喝几口热茶醒醒酒，却听旁边有两位汉人贵女低声议论。

“你看见关小姐头上那支凤钗了吗？不多不少九条尾巴，唯皇后才有资格佩戴。”

“那么金灿灿的一支，谁又能看不见？她刚来的时候分明没有，只不过去了长乐宫一趟，便忽然出现了，怕是后位已经落在她头上了。”

“正是。陛下嘴上不说，实则早已暗示得明明白白，又要容貌最美，又要才华最盛，还要家世清贵、品德极佳，哪一条不是比照着关小姐提的？有人非议关小姐乃和离之身，不配为后，陛下立即颁布《育民之法》，勒令魏国男女婚配，鼓励寡妇改嫁。倘若谁再阻挠关小姐入宫，一条‘违逆国法’的罪状立时便会扣下来。他早已把关小姐入宫为后的道路一一铺平，障碍一一扫除，这一国之母的位置舍关小姐其谁？”

“陛下对关小姐还真是情深义重，用心良苦！”二人说到此处，皆流露出又妒又羡的表情。

卞敏儿一面听一面频频饮酒，不知不觉竟又喝光了两壶。卞夫人上来抢夺酒杯却被她用力推开，诘问道：“她那凤钗是皇后才能戴的？”

“汉人的玩意儿，我哪儿知道？”卞夫人颇感无奈，正欲好声好气劝说女儿，却见她猛然摔了酒杯，直直朝关素衣走去，二话不说摘掉她头上的凤钗，扔在地上踩成片状。

“好一个九尾凤钗！我让你戴，我让你戴！”众目睽睽之下她竟发起酒疯，莫说关素衣和仲氏来不及反应，就连卞夫人都好半天回不过神。

就这片刻的工夫，她已掀了关素衣的案几，连珠炮似的骂道：“贱人！汉狗！在我面前你也敢这般猖狂，日后入了宫，看我不整死你！你以为婕妤很了不起吗？我还是堂堂皇后！我爹是中军大将军，管着京畿防务，我哥是虎牙将军，驻守西北，他们能从胡人手里买到战马，能从薛明瑞那处换来盐、铁、铜，我卞家能自己打造武器和钱币，又有贩卖不尽的私盐。只要给我五年时间，待我诞下皇长子，你关素衣算什么？圣元帝算什么？几位亲王算什么？你们一个两个都会成为我卞家的狗！这天下终究是我卞家的！”

“快快快，快把小姐堵住嘴拉回来！”卞夫人捂着胸口急喘，一副大受刺激、摇摇欲坠的模样。几名婢女正要去拉人，却听一道威严的嗓音悠悠响起：“谁都不准动。本殿倒要看看这‘未来皇后’究竟是什么德行。”

众人转头回望，却见长公主已将自己佩刀解下，用力压在桌上，刀刃半退刀鞘，映照出她冷酷阴郁的脸庞。因卞兆雄支持大皇子继位，而长公主支持圣元帝，二人素来不合，多有龃龉。如今她窥见卞家勃勃野心，又岂肯善罢甘休？自是要听个清楚明白。

卞兆雄和几位亲王还未随同圣驾一块儿前来，在场众人唯长公主权势最盛，卞夫人哪怕急得五内俱焚也毫无办法。她极想扑过去捂住女儿闯下大祸的嘴，却被两名侍卫扣在原地，不能动弹。卞家所有人皆被刀枪剑戟一一顶住，只能眼睁睁地看着卞敏儿继续发疯。

关素衣早已被长公主带来的侍卫保护起来，卞敏儿意欲厮打她，却每每被推开，越发气急败坏：“你们竟敢拦我，好哇，等我儿将来登基，必定处死你们！当年我爹率军围攻凉城，原该屠了满城汉狗，直入中原，却被圣元帝那野种阻止。他还劝降了赵海，私开城门和平入驻，令我爹失去突入中原腹地的首功，从此事事不顺。汉狗该死，汉狗全都该死！将来我儿登基，我要像我爹那样将所有汉人屠戮殆尽，一个不留！你们只配当我九黎族人的狗，连最下贱最低等的奴隶都不如！”

她眼珠通红，神色癫狂，越说越离谱。卞夫人一个劲儿地摇头呐喊：“敏儿，你闭嘴！你都胡说八道些什么！”

然而她究竟是不是胡说，在场众人皆心知肚明。依照卞敏儿往日作风，这些话绝对出自她真心。当年卞兆雄惯爱领兵屠城，每过一处必定烧杀抢掠，鸡犬不留，直至后来圣元帝异军突起，占据了九黎族军队统帅之位，和平招降了许多汉人将领，他才慢慢有所收敛。当初也是他与几位九黎族权贵联名提出“四等人制”，意在压制汉人，同时压制亲汉远黎的圣元帝。倘若卞敏儿当了皇后，又诞下皇长子，对汉人而言无异于一场灾难！不，她绝不能上位，不仅她，任何一个九黎族贵女都不能为后，这已经不是权力争斗的问题，而是民族存亡的关键！

卞家与胡人、薛贼均有勾结，又是囤积战马、兵器，又是私自铸造钱币、贩卖私盐，其谋朝篡位的野心已昭然若揭！他们早已对汉人存了诛灭之心，正所谓先下手为强，此宴过后，卞家必须从魏国抹除！

众位汉人大臣互相对视，神色冷肃。

此前因私开凉州城门而导致九黎族大军直入中原的赵海将军，竟收到许多善意的目光。他不是第一个投靠圣元帝的汉人将领，却是一手为他推开中原大门的汉人将领，大家明面上不说什么，背地里莫不骂他奸狗。然而闻听卞敏儿爆出的内幕才恍然得知，若非他开了城门和平受降，凉州千万百姓或许已化为满地枯骨。忠诚与人命哪个更重要？在前朝末帝的残暴统治下，忠诚已消磨干净，稍有良心的将领都会选择保全百姓。赵海闭上眼睛，眼角隐隐闪现泪光。

卞敏儿依然像只疯狗一般叫嚣着，她砸了关家的案几又去砸旁边几人的案几，骂道："我忍你们这些汉狗已经很久了！待几位亲王联合胡人占去西北五城，圣元帝就算不想置藩又能如何？他手里的汉军哪是胡人铁骑的对手，还不得仰仗我们？五年之后，几位亲王在藩地发展壮大，对中原形成合围之势，就是我卞家改朝换代的时机！圣元帝不愧为野种，不向着族人，偏偏向着汉人，他也该死！"

九黎族勋贵一个两个面色煞白，如坐针毡。他们哪能感觉不到汉臣的愤怒？心里恨毒了卞敏儿，却又不敢轻举妄动。几位亲王的确屡屡提出置藩，却都被圣元帝找各种借口推脱了。他忧心藩地坐大，闹出内乱，现在看来果真如此。

"卞敏儿，你够了！"卞夫人忍无可忍，声嘶力竭地喊起来。

"不够，让她继续说。"一道低沉浑厚的嗓音忽然响起，令众人心神俱颤。他们转头回望，却见圣元帝率众而来，卞兆雄和几位亲王紧跟其后，面色铁青，彼此之间由信任转为猜疑，又由猜疑变成惶恐不安。

卞敏儿直到此时才清醒过来，看看满地狼藉，又看看双目渗血的母亲，终于委顿在地，拼命磕头："陛、陛下饶命！臣女酒后胡言，请您恕罪！"

胡言？这话谁能信？关老爷子立刻上前一步，正色道："皇上，卞家与几位亲王里应外合，谋朝篡位，若此事为真，其罪当诛！请陛下即刻收押相关人等，以待彻查！"

"请皇上彻查！"所有汉臣齐齐下跪，声震九霄，连尚未入朝的士子也不怕得罪权贵，尽皆拜伏陈情。倘若不诛灭卞家，不诛灭对汉人视如猪狗的几位亲王，他们哪里还有活路？

众人原本觉得皇上终究是蛮夷，表面对其顺服，内里或多或少心存疑虑，然而现在两相对比，这才惊觉皇上当政实则是魏国百姓最大的幸运。如果施政者是已故的大皇子、三皇子、六皇子，或任何一位亲王，汉人都没有现今的地位，更没有安乐平和的生活。维护皇上就是维护自己，这是所有汉臣迟来的领悟。而那皇后之位非汉女莫属！储君之位，非亲汉远黎之皇子不能担当！须臾之间，所有汉臣便团结在一起，意图力抗九黎族勋贵。

九黎族勋贵们感受到琼林苑内剑拔弩张的气息，感受到汉臣的排斥与敌对，这才觉得大事不妙，也才恍然发现，在中原腹地欺压中原人，将会招致怎样的灾祸。他们不得不站出来，齐声说道：“请皇上彻查！”

卞敏儿连滚带爬地奔上前磕头：“皇上，我都是胡说的！我是中了邪了！求您饶了卞家吧！”

圣元帝一脚将她踢开，沉声道：“来人，把卞将军和几位皇叔带去偏殿稍候！皇姐，劳烦您去各府搜检一番，也好尽早还他们清白。”若是没有卞敏儿当着文武百官的面亲口承认，就算他私底下拿到证据，想把诸人一网打尽也绝非易事。

但是眼下，卞敏儿已挑起汉臣与九黎族勋贵的矛盾，令二者势不两立，难以调和。而九黎族内部也非铁板一块，只要对这些矛盾善加利用，就能一举除掉这些心腹大患。说实话，卞敏儿爆出的所谓真相，只是他派去的斥候根据蛛丝马迹推导出的猜想，并无实证。但那又如何？卞敏儿的供述就是实证，抄检了各府，没有实证也能任意安放几个。换一句话说，卞家和几位亲王已是他手里的棋子，或弃或废，全由他处置罢了。

卞兆雄和几位亲王已背上谋逆大罪，自是不敢反抗，在禁卫军的团团围困下去了偏殿。卞家女眷逐一被带走，尤其是卞敏儿，一副失魂落魄、几近崩溃的模样。

九黎族勋贵噤若寒蝉，汉人臣子亦容色肃穆，正暗自琢磨此事该如何收场，却听皇上温声开口：“今儿是诸位学子的大日子，岂能因些许小事搅扰？来人，开宴！”

皇上好肚量！临到此时竟还沉得住气，不愧为天下雄主！这样想着，九黎族勋贵已是心服口服，汉人臣子更是对他忠心不二。只因他们知道，如果皇上没法坐稳江山，换任何一位九黎皇族上位，第一个倒霉的绝对是汉人无疑。

让皇上赶紧册立汉人女子为后，诞下拥有汉人血脉的嫡长子，以巩固两族的亲缘关系，加深民族的融合之力，此事已成为汉臣亟待解决的要务。经此一遭，皇上心情何等恶劣已可想而知，若汉人再举荐一位他并不满意甚至极度反感的女子，叫他迟迟不肯立后，天知道等九黎族勋贵们想到应对之法，又会发生何等变故。他们左右环顾，彼此对视，心下已推举出最为合适的人选。

皇上话里话外透出欲娶关小姐为后的意思，对她定然有几分真心喜爱。此时不送她入宫，更待何时？倘若盘氏女先一步有孕，难保九黎族勋贵不会以“孕育龙嗣有功”为名助她上位，届时再在汉女中挑拣合适人选，恐怕已经晚了。后位之争迫在眉睫，只要汉人女子捷足先登，人选问题已是其次。更何况帝师府素来以仁义忠信传家，关小姐性格耿直刚烈，才貌双全又有远见卓识，立她为后，正可压制如今掌管六宫的盘氏女。

时机刹那便过，不容耽误，汉人臣子未等聚在一起商量，已悄悄达成共识。而主导这一切的关素衣却仿若未觉，一面端起茶杯啜饮，一面轻轻拍抚受了惊吓的幼弟。

仲氏定了定神，这才附耳过去："这就是你所谓的兜底？"

"是啊。把卞家和几位亲王一锅端了不好吗？省的日后我入了宫，他们还对我指手画脚，喋喋不休。"关素衣压低嗓音，"再者，卞家想谋朝篡位，几位亲王想置藩坐大，他们勾结胡人、薛贼一再削弱魏国国力，又将魏国疆土拆分割裂。他们的地盘扩张了，地位稳固了，执掌一藩生杀大权，对中原形成合围之势，那么中原百姓该如何过活？我之所以行这等阴险诡谲之事，也是为民除害，为国尽忠。"

仲氏心道果然，一面按揉眉心一面喟叹："闹出这样惊天动地的乱子你竟还振振有词，泰然自若。你什么时候变成这样的？我快认不出你了。"

"娘，我今后是要入宫的，若连这点手段都没有，焉能镇得住六宫嫔妃，镇得住长乐宫的太后与几位皇子遗孀？您该为我的改变感到庆幸才是。"从今往后，关素衣只想做自己。

她或许会为了博得忽纳尔的宠爱而委曲求全，或许会为了保护自己和孩子做出违背良心的事，但正如忽纳尔所说，至少在魏国，除了他，再没有人能践踏她的尊严，伤害她的家人，这已经很够了。从庶民之妻到一国之母，从无人疼爱到备受恩宠，现在的生活已远远超出她的想象和预期。她若是还不欣然接受，反倒再三推拒，连她自己也要骂自己一句"蠢货"。

仲氏被女儿堵得哑口无言，呆愣半晌才讪讪说道："也罢，这是你自己选的路，哪怕前面布满刀枪剑戟，你也得走下去。"

"这一点女儿早有觉悟。"关素衣举起酒杯小抿一口，见忽纳尔正遥遥看过来，立即绽放一抹粲然微笑。

圣元帝先是愣了愣，不过几息，阴沉的面色已尽皆退去，变成晴天朗日。他笑着请诸位进士落座，然后命白福即刻去自己私库里找一件像样的金钗，送与关小姐压惊。

不过片刻，白福便走到关小姐面前，双手奉上一个锦盒，打开探看，里面竟躺着一支更为华贵的九尾凤钗，缀满红蓝宝石与莹润珍珠的凤翅、凤尾迎风招展，振振欲飞，竟似神鸟涅槃，宝光四射，活灵活现。

周围的女眷们纷纷发出惊叹，男宾则更为坚定了推举关小姐为后的念头。既能讨好皇上，又能压制九黎族嫔妃，可谓一箭双雕。凭关小姐的才学、胆识、隆恩盛宠，足以担当盘氏女的对手。听说对方领过兵，杀过人，性格刚烈，武功高绝，若换寻常汉女入宫，恐怕不是她的一合之敌。

这样一想，除了关小姐，他们竟找不出更为合适的人选。

当凤钗飞上云鬓熠熠生辉时，再无汉臣心绪浮动，踌躇不定。关素衣抚了抚一丝不乱的发际，这才拖着绣满团花牡丹的曳地长裙，逶迤上前，盈盈下拜："谢陛下赏赐。"

“夫人快快请起！”圣元帝径直走下御座，扶她起来，伸手轻触她鬓角，笑赞，“这支凤钗摆放在朕私库良久，虽璀璨夺目，却无主堪配。如今飞到夫人墨发之中，有幸衬托夫人花容月貌，总算是相得益彰。”

这话说得委婉，却又不那么含蓄，在座诸人并非傻子，哪能不解其意？皇上摆明了是在昭告满朝文武，他中意的皇后人选从始至终唯关小姐而已。只不知二人何时有了私情，和离前还是和离后？但这个问题又有谁敢深究？只能在心里想想罢了。

关素衣笑容羞涩，眸光潋滟，令圣元帝着实愣了一下。他好不容易找回神智，又跨前几步送夫人回座，这才红着耳尖坐定，扬声道：“今日朕有幸得揽栋梁之材，来日诸卿当各为股肱，支撑朝堂，造福黎民，不枉尔等勤学苦读，立下壮志。来，饮酒！不必敬朕，只敬天地、先祖、社稷！”

“敬天地、先祖、社稷！”众人连忙举杯起身，一饮而尽。

庄严肃穆的氛围中，忽听一阵剧烈的咳嗽声，大伙儿茫然四顾，这才发现帝师府认养的嗣子关木沐竟也豪气干云地饮尽一杯，这会儿正将脑袋埋在关小姐层叠的裙摆中拼命呛咳，小模样既狼狈又可爱。

入宫赴宴的孩子不止他一个，但年龄最小的非他莫属，又加之他对杯中物十分好奇，一个没看住竟失态御前，闹出笑话。关老爷子连忙上前请罪，却听圣元帝朗笑起来：“小公子就是实诚，别的孩子都是以茶代酒，偏他半点也不含糊，一来便喝光一杯烈酒，果然有我辈风采。来，到朕这里来，酒要慢慢喝，朕教你。”

木沐对姐夫崇拜不已，听了这话立即跑过去，边咳边熟门熟路地趴在他膝盖上，小声喊了一句“姐夫”。

圣元帝龙心大悦，一把将小舅子抱起来，换了一杯温和的果酒，用筷子沾了慢慢喂给他，神态温和，动作体贴，瞥见坐在下首的夫人露出不悦之色，又暗暗压了压酒壶，示意他莫让弟弟多喝，这才讪讪罢手。

二人均是万众瞩目的焦点，一来一往的眉眼官司哪会无人察觉？还别说，皇上那样霸道的一个人，竟仿佛被关小姐吃定了一般。看来后位人选已是板上钉钉，不可更改。

与此同时，后殿密室内，衣衫凌乱的“卞敏儿”正一点一点抠下脸皮，露出真容，闻听响动回头一看，竟是本该伺候在关素衣身边的金子。

“你学了拟声？挺像那么回事的。一口一个野种地辱骂主子，你感受如何？”一名身材高大的男子扛着真正的卞敏儿走进来。

“奉旨行事，幸不辱命。”金子快爽上天了，却不好言明，拱手道，“此间事了，我得回去伺候小姐了。这人你要带去哪里？我家小姐说要见她一面，你帮忙安排一下？”

“皇后娘娘想见的人，吾等岂敢怠慢？宴后你带娘娘前来地宫便是。”男子敲了敲地砖，从缓缓开启的暗道下行，很快就消失在摇曳昏黄的烛火中。

卞敏儿揉着酸痛不已的脖颈醒过来，刚睁眼，尚来不及看清周围环境，就被狠狠甩了一巴掌。她弹跳而起，厉声诘问："哪个该死的狗奴才，竟敢……"话音未落又挨了一巴掌，紧接着又是一掌，两掌，三掌……接连十几个掌掴后，才听一道冰冷至极的嗓音徐徐开口："清醒了吗？不清醒我就继续扇。"

"娘，您作甚打我？"卞敏儿这才看清眼前人，也才意识到自己并未在琼林苑，而是一处昏暗逼仄、仿若囚室的小隔间内。

"这是哪儿？"她大惊失色，骇然道，"娘，我们为什么被锁起来了？这到底是哪儿？"

"为何被锁起来，不都是拜你所赐？"卞夫人知道女儿酒量惊人，区区五六壶酒还不能让她醉到当众发疯的地步。那酒水里必定掺了迷药，这才让她说出那些让卞家和几位亲王万劫不复的话。然而知道归知道，能不能原谅又是另一回事。

若非女儿素来蛮横霸道，不把人命看在眼里，又被养成那样不知天高地厚的性子，就算是发疯，也顶多说些女儿家的傻话，哪里会言之凿凿地要处死所有汉人，乃至皇上？那些话不管有多少是真、多少是假，汉人臣子绝无可能放过卞家，更不可能放任几位亲王置藩坐大。而九黎族中，除了皇室和十大贵姓活得风光无限，余者亦同汉人那般，存在许多有真才实学的寒门贫士，他们都是跟随圣元帝真刀真枪打拼而来，豁出命去才有了如今地位的，却在建国初期封功大赏时，因种姓低贱而被抢夺了功劳，只能在军中任一个不大不小的职务。

几位亲王一倒，与他们过从甚密的十大贵姓亦会受到牵连，而皇上便能顺理成章地将这些真正与他在刀山火海里冲杀过来的拥趸提携上去。他压根儿不用担心无人可用，更不用担心九黎族人与他离心。经此一事，他对汉人、对九黎族人的掌控只会更深，树立的威望只会更高，获得的忠心只会更坚定。他早已化蛟成龙一飞冲天，但那些曾经轻鄙他的人迟迟不愿正视这点，这才有了今日大祸。

谁能想到他无须与众人刀兵相向，更无须筹谋布局徐徐图之，仅利用一名女子的几句醉话，就把所有心腹大患一网打尽！

这招数算不得多么高明，却着实巧妙。而正是因为卞家将卞敏儿教养成如今这副德行，才令他有了可乘之机。如今就算卞家每人长了一百张嘴齐齐为卞敏儿辩护，说她喝醉也罢，中邪也好，甚至中了迷药，又有哪个会信？她平日的一举一动、一言一行，与她今日的疯话如出一辙。汉人在她眼里还不如一条狗，这事全燕京的人都知道。

无事的时候，她多嚣张跋扈都有卞家和太后为她撑腰，然而现在，她一力挑起所有汉人的仇恨，挑起两族生死存亡之争，哪怕天皇老子来了，也兜不住这个底！

卞夫人悔啊！越想越气之下又连掴了卞敏儿五六掌，竟将她牙齿都打掉几颗。卞家女眷均被关押在同一个牢房内，却无人上前阻拦，全用冷漠而又怨毒的目光盯着她。

卞敏儿又惊又怕，扑过去抱住母亲双腿，哭求道："娘您别打了。这是哪儿？我们为何会被关起来？您好歹让我当个明白人。"

卞夫人还以为她中药后失去了宴会上的记忆，一脚将她踢开，委顿在地不愿开口。她的大嫂恨毒了她，将宴会上的事情一一详述，末了冷笑道："当年皇上登基的时候我便说过，如今是九黎族与汉族共天下，让婆母和公爹好歹管一管小姑子，莫让她太过猖狂惹下大祸。现在好了，这话果然应验了，别人要算计卞家，选谁不好，偏选中她！因为她狂啊！因为她招人恨！她每天把'汉狗''贱人'挂在嘴边，稍有不顺就拿汉人奴仆撒气，今天打死一个，明天又打死一个，你们一句话也不训斥，还帮她善后，对外也不遮掩，让她闯出一个"混世魔王"的名号。方才她在宴上说的那些话，你们能解释得清吗？中原是汉人的天下，一旦他们感受到威胁，就连皇上也弹压不住！我们卞家完了！全完了！"

卞敏儿既茫然又恐惧，急忙辩解道："什么话？不是我说的！我回后殿换衣裳的时候就被人打晕了，这才刚刚醒过来！对了，我那两个婢女呢？她们！定是她们出卖了我，弄一个假的卞敏儿！娘，您信我，我真的没说那些话，我再狂也不会拿全家人的性命开玩笑！娘，您看我一眼啊……"

不管真相如何，也不管说出那些话的人是不是卞敏儿，卞家人已经不愿也不能去追究。对方用的是卞敏儿的面孔、嗓音、身份，只这一点就能彻彻底底钉死卞家。

卞敏儿的大嫂颓丧道："是你如何？不是你又能如何？但凡你平日稍微积些德，收敛一二，旁人也不会对那些话深信不疑。知道背后暗算卞家的人为什么选你吗？因为你是卞家的死穴！捅破了你，就能腐坏整个卞家……"

她话未说完，便听黑黢黢的过道里传来一阵清脆的掌声，少顷，一名身材曼妙、锦衣华服的女子迤然而来，徐徐开口："整个卞家，怕是只有少夫人有此先见之明。"

她立在牢门外，一张闭月羞花的面容被昏黄烛火映照得熠熠生辉，却是今日最大的赢家关素衣。

"是你！"卞敏儿终于了悟，扑过去怒吼，"是你干的对不对？你陷害我！"

关素衣并未答话，绕着囚室走了两圈，语气不疾不徐："那日在暗巷内你曾问我敢不敢杀你，敢不敢与整个九黎族作对，我当时并未回答。现在我来给你一个答案——我敢。杀你，我敢；与九黎族作对，我也敢。"

她微微倾身，盯着卞敏儿通红的、已显出怯意的眼睛，一字一句说道："那么该我来问你了，你敢承担惹怒我的后果吗？"

敢吗？卞敏儿微不可见地摇摇头，紧接着又摇摇头，终于彻底崩溃。她不敢，只因惹怒了这人，竟要拿全家的性命来换，若早知如此，她绝不会去招惹对方。她甚至到了现在还不明白自己怎会落到这个田地，那莫名多出来的卞敏儿又是谁。

她终于像个正常的十五岁小姑娘一般痛哭起来，哽咽道："关素衣，一人做事一人当，你杀了我，不要连累我的家人。关素衣你回来！"

只可惜那人已越去越远，唯余清冷嗓音在过道里回荡：“晚了，我本不愿走这一步，皆是被你所迫。你我二人，终究是我笑到最后……”

卞敏儿疯狂摇晃牢门，却没能把人唤回来。卞夫人扯住她一通盘问，这才得知她暗害关素衣的事，猛然喷出一口鲜血，一面骂着“孽障”一面倒下去。

关素衣走出地宫，站在廊下吹着冷风，想让周身的血腥气散得更快些。金子仔细看她两眼，问道：“小姐，您没事吧？卞家那是罪有应得，您别被卞敏儿的狂态吓住了，凭她造的那些孽，死一百回都不冤枉。”

关素衣飒然一笑：“怎的？你以为我报复了她，又见到她最后惨状，会产生类似于空虚、失落、无奈、纠结等情绪？”她摇头，语气散漫，“以德报德，以怨报怨，实乃天下第一快事。从今往后，我都要活得这般畅快淋漓。”

金子愣了几息才摇头莞尔：“小姐您高兴就好。”

主仆二人行至前殿，却见一名身材修长、容貌艳丽的女子正站在圣元帝身旁，微微弯腰看着他怀里的木沐，嘴唇一开一合，不知在说些什么。圣元帝满脸不耐烦，一面用薄毯裹住睡熟的木沐，一面摆手似乎在驱赶对方。女子眼里流露出受伤的神色，却倔强地伫立在原地，不肯离去，瞥见缓步而来的关素衣，眉头飞快皱了一下。

“这是盘婕妤，跟随长公主打过仗，是个狠角色。”金子低声说道。

关素衣早已猜到此人身份，走过去行了礼，又抚了抚木沐通红的脸颊，嗔怪道：“你究竟让他喝了几杯酒？竟醉成这样！”

“夫人冤枉，除了开头那杯，朕后来只沾了一筷子喂他而已。他年纪小，酒量浅，日后多磨炼磨炼便好。”圣元帝哂笑，一手抱着木沐，一手去搂夫人纤腰，嗓音温柔，“夜凉如水，二位泰山和岳母已等候多时，朕这便送你们回去。待处置完卞家和几位皇叔，朕立刻上门提亲。”

关素衣试图接过幼弟，却被他躲开，只能叹道：“我知道你们九黎族人从小把酒当水喝，然而酒虽是五谷酿造，却含酒毒，对肝脏多有损害，日后还是少喝为好。”

“夫人教训得是。只要你开口，莫说让朕少喝，就算让朕立马戒掉也绝无二话。”圣元帝笑容不断，心情极佳，全当盘朵兰是个透明人，越过她搂着夫人缓缓离开。对他来说，满宫嫔妃不过是一个个精美的摆设罢了，纳也不是他要纳的，选也不是他要选的，全是太后一手操办的，那就让她们全都伺候太后去，他只需夫人一个便万事足矣。

盘朵兰明知自己是个多余的人，明知陛下恨不得自己立马消失，却像自虐一般尾随在后，旁观他对另一个女人付出的千般柔情、万般呵护。她见过悍勇无匹的忽纳尔，也见过冷酷无情的忽纳尔，更见过他吃了败仗躺在血泊中的狼狈模样。但眼前这个笑得温柔而又爽朗、与寻常男子别无二致的忽纳尔，她却前所未见。曾经的她做梦也想让他露出同样的表情，却连一个正眼也无法得到。关素衣究竟有什么魅力？又何德何能？倘若她当年未被太后蛊惑，对忽纳尔避如蛇蝎，现在早已成为魏国皇后，又哪有旁人什么事？这样想着，她不免怨恨自己，更怨恨太后和关素衣。

如果换在以前，遇上这种争风吃醋的事，关素衣只会觉得厌烦，甚而躲避，现在却处之泰然。她跟随忽纳尔的脚步慢慢朝前走，眼看快到琼林苑，却被对方拽住。

“夫人的金钗有些歪了，我帮你扶一扶。”话虽这么说，圣元帝却并未动手，而是目光灼灼地盯着夫人。

关素衣如何不明白他的暗语，抿嘴笑道：“哪里歪了？”

“哪儿哪儿都歪了。”圣元帝垂头，在她额角落下一个轻吻，又在她鼻尖触了触，哑声道，“夫人快些回去吧，你若再不离开，我便不想放手了。”

关素衣脸颊绯红，用浸满水雾的眸子瞪他一眼，这才接过幼弟快步离开，走出去没多远又听身后传来一道低沉的嗓音：“夫人，一月之后我会亲自上门提亲，你且等等我。”

关素衣脚步微顿，而后更快走远。圣元帝这才回过头，目不斜视地越过盘朵兰，往未央宫走去。

盘朵兰站在原地痴望良久，涩声道：“他二人要大婚了？”

“娘娘，经卞敏儿一闹，九黎族式微，后位定会落在汉人女子头上。为了压制您，他们推举的人选定然不会太弱，放眼燕京，谁能比关小姐更合适？奴婢刚从琼林苑来，隐约听说汉臣已达成共识，要上折子为关小姐请封后位。您还是早做准备吧。”她的大宫女低声劝说。

“请封后位？难道九黎族就不能为本宫请封后位？若他们早些选定本宫，而非什么卞敏儿，哪里会有如今这些事！说来说去，只因我盘氏投效皇上，于他们无用罢了。”盘朵兰冷笑起来，“也好，我盘氏素与诸位亲王不睦，如今这等灾祸也牵扯不到我们。待支持几位王爷的勋贵遭了殃，就该轮到我盘氏一家独大了，我有的是资本与关素衣斗。”话落拂袖而去，扯落一地繁花。

出宫的马车上，关素衣怀里抱着木沐，已是睡眼惺忪，筋疲力尽。关老爷子喝得酩酊大醉，独自睡在另一辆车马上，这会儿正鼾声如雷。关父与妻女坐在一处，目光深邃，容色肃穆，不知在想些什么。

“今日之事，可曾有你插手？”关父忽然开口。

关素衣瞬间清醒过来，坦白道：“有。”

“看来你是铁了心要入宫。”关父慨然长叹。

“爹，您还记得当初问我的话吗？您说君子行事当名正言顺，如今于国法、于人情，我皆名正言顺，您还觉得我不该入宫吗？”

“你长大了，翅膀硬了，就算我与你祖父全力阻止，恐怕也无法挽回。方才宴后，众位大人已定下协议，欲联名推你为后。你赢了，于国法、于人情，你都赢了。只愿日后你切莫哭着跑回来，告诉我你后悔今日的所作所为。”

关素衣悄悄握拳，坚定道：“您放心，就算前路遍布刀枪剑戟，我也不会回头。”

“早知今日，我当初就该抽掉你那根反骨。”关父无奈叹息，“也罢，纯臣有纯臣的当法，皇亲国戚有皇亲国戚的当法，左不过‘竭忠尽智’四字。你放心入宫，我们帝师府绝不会拖你后腿。”

关素衣眼眶一热，落下泪来：“爹、娘，我也不会辱没家声，置你们于危局。我一定好好过，不让你们操心。”

“不让我们操心？怕是日后还有操不完的心。”仲氏揽住女儿，无声哭泣。嫁女不易，更何况是嫁两次，只愿这次会有好结果。

想撬动几位亲王着实不易，但找准了入手点，外表崔巍的山峰不过瞬间便土崩瓦解。因卞敏儿闹出乱子时，几位亲王全在宫里，很快就被圣元帝控制起来并封锁了消息。故，当长公主率军抄检各府时，竟无一人早做准备，当场翻出许多要命的密函，有力地佐证了卞敏儿的“疯话”。

几位亲王欲联合胡人搅乱边境从而威逼圣元帝置藩的计划彻底落空，均被夺爵抄家，终身圈禁。卞家上上下下三百号人皆判斩首，未曾株连九族已是皇上力排众议、网开一面的结果。诸位亲王地位尊崇，十大贵姓中除了盘氏，其余九家均与他们有所牵连，不过一夕之间，原本耀武扬威的九黎族勋贵，竟有十之五六的人下了大狱，空出的职位均被圣元帝心腹顶替。可怜先皇筹谋许久，又留下很多暗手欲牵制对方，却顷刻间毁于一旦。

赵海乃前朝第一猛将，威名更胜薛明瑞，却因私开城门，投降九黎族军队，从此落下骂名，郁郁不得志。圣元帝有心用他，又恐他名声不佳无法服众，这才搁置不提，如今既已替他洗脱骂名，自是人尽其才，很快册封其为征西大将军，前往西北抵御胡人。赵海对皇上的知遇之恩感激涕零，当场立下重誓，不踏平胡人王廷，此生永不回转。

太后闻听消息吐血不止，又是辱骂圣元帝孽种，又是哭求先帝活过来替她做主，却是喊天天不应，叫地地不灵，绝望到了极点。几位小皇孙早已被调教得像鹌鹑一般，此时被送回长乐宫，莫说张扬跋扈、为所欲为，竟连大声说话都不敢，显然已养废了。几位皇子妃自知进退无路，唯有苟且偷生而已，连忙带着孩子去未央宫跪谢皇恩，从此夹起尾巴做人。

朝堂风云变色，后宫天翻地覆，短短一月，魏国已是另一番气象。这日朝会，赵海大将军第一次送来捷报，惹得圣元帝龙心大悦，朗笑不止。诸位汉臣相互对视，觉得时机正好，这才取出怀里的折子毕恭毕敬呈上，跪请皇上尽早立后，延绵皇嗣。

圣元帝面上不显，实则掌心已经汗湿，打开折子看见意料之中的名讳，心头大石轰然落地，浑身舒畅。他将折子按在御桌上，沉默良久才道：“朕之大婚，便按照汉人的传统操办吧。太史令，最近可有良辰吉日？”

“启禀皇上，九月初九、九月二十八、十月初十、十月十二，均是良辰吉日，宜嫁娶。再有便是明年……”

圣元帝不等他把话说完就不耐烦地打断：“这月可有好日子？”

“这个月太近了，来不及筹备。”

“你只说有没有吧。”圣元帝狠狠剜他一眼。

“有有有，就在月底，二十九号便是。”

“那就这么定了，你们下去准备吧。”圣元帝站起身，急道，“退朝。”

等众人回过神来时，金銮殿上已人去椅空，诸位大臣这才后知后觉地跪送圣驾，末了调侃道：“皇上已近而立，却既无正妻又无子嗣，难怪如此着急。吾等臣子原该为他分忧，这便赶紧把婚礼和封后大典办起来吧。”

“恭喜帝师大人、太常卿大人！”

“恭喜恭喜！”所有人皆围上来向关老爷子和关父贺喜，又闹着让二人请客吃酒。等朝会散后，皇上欲册立关氏女为后的消息很快传遍燕京，众人皆知。

季大夫人刚把侄女嫁出去，好歹挽回一点颜面，这下又病倒在床，药石难医。虽然季家没摊上与皇上争夺女人的罪名，但他们侮辱了当今皇后是不争的事实。想当初她还送给关素衣《女戒》，暗讽她不贞不洁、不贤不淑，又是残花败柳之身，这辈子只能长伴青灯古佛。哪料对方转眼就嫁给了魏国最有权势的男人，成为魏国最尊贵的女人。等她高居后位，受命妇朝拜时，又会怎样羞辱季家？又会如何暗恨自己？

想得越多，季大夫人便越觉恐惧，短短三日便瘦得不成人形。等拜见了关素衣后，并未受到对方打压，这才慢慢缓过来，却也丢了半条老命。此乃后话，暂且不提。

只说关老爷子和关父请诸位同僚去酒楼吃酒，圣元帝却悄悄出了宫，在山林里转悠半个时辰，猎到了想要的东西，这才换了一身干净衣服，前来拜会帝师府，还未走到门前就见几位雪鬓霜鬟的老人带着几名衣衫破旧的小童，跪在府门前磕头。

门房满脸厌烦，却碍于自家小姐快入宫为后，不好坏了名声，摆手道：“你们暂且等在此处，我去禀明夫人、小姐再来。”话落看见大步走上台阶、体格健壮、眼眸幽蓝的男子，不禁呆了。蓝眼睛？皇上？

“哎呀我的娘！皇上来了！”他惊叫一声，人已跑得没影儿，徒留圣元帝哭笑不得地站在原处。

因祭田被屯军侵占一事，关氏族人几乎每天都会求到帝师府，只愿他们偶尔心软，或不胜其烦，好歹再给族里添置一些产业。他们绝不相信帝师和太常卿那样的老好人会弃族人于不顾，所谓的“自请除族”不过是气话罢了，当不得真，日子一久也就缓和过来了。况且他们已经将关文海除族，又给关木沐上了族谱，承认他帝师府嗣子的地位，关家还想怎样？

及至今日，几位族老正准备去帝师府例行一拜，忽然闻听一个石破天惊的消息，帝师的嫡长孙女关素衣竟然要当皇后了！这怎么可能呢？

“她不是刚和离吗？”族长的大儿媳妇颤声问道。和离的妇人能找到一位鳏夫当续弦已算十分幸运，那关素衣何德何能，竟一跃成为魏国皇后？满京贵女难道都死光了不成？

“和离又怎样？”族长已是六神无主，惶惶不安，“九黎族可不兴中原这套。只要是女人，会生孩子，总能嫁出去。对他们来说，女人待在家里不嫁人才是罪过，耽误了生孩子更是大罪，否则你以为当初他们被赶出中原时才一两万人，如何在数百年的时间里成为踏平九州的霸主？他们并不在乎所谓的血缘正统，只专注于壮大族威，直至入主中原才渐渐受了汉人影响，对血脉重视起来。”

族长到底也是饱学之士，对九黎族的历史颇有几分了解，颤声道：“如今汉、黎两族矛盾不断加深，而皇上的态度左右摇摆不定，既提携汉臣，也不忘重用本族心腹，刚捋下去一批九黎族权贵，又启用一批能力更强悍者，在此紧要关头，一国之母究竟由谁担当的确是关乎国祚，更关乎两族发展存亡的大事。左不过东风压倒西风，西风压倒东风罢了。如今几位亲王皆被圈禁，九黎族式微，汉臣自是要全力抗击，这后位落在汉人女子头上，实在是顺理成章。关素衣怎么了？她要家世有家世，要才华有才华，心性、胆略更是远胜寻常女子。选她入宫，正可压制风头正劲的盘氏女。只要她先一步诞下嫡长子，汉臣的地位便稳当了。”

说到此处，他不免捶胸顿足起来：“早知关素衣有凤舞九天之命，我当初说什么也不会保下关文海！孽障啊！他害得我们关氏一族不但失了帝师府这座靠山，还与后族之名擦肩而过！皇后母族那是怎样的地位？可以请封爵位和世禄，足够子子孙孙受用无穷啊！我悔啊！我真是老糊涂了！”说着说着竟已泪洒满襟，悲泣不止。

几位族老有心指责他一味护短，葬送了全族利益，见他哭得伤心又不好开口，只能绞尽脑汁地想着该如何挽回，于是便有了孤苦老人带着幼童上门哭求一事。他们心知关素衣快入宫为后，对名声肯定越发看重，绝不会任由他们跪在门外，让路人看了笑话。然而万万没想到，这一来，竟直接见到了皇上。

众人好一番慌张，正想跪下山呼万岁，又见跑走的门房领着仲氏和关素衣匆忙迎出来，二话不说先把人带进去，关了大门，省得闹出乱子。

“草民参加皇上，皇上万岁。”

“臣妇（民女）参加皇上，皇上万福。”

“奴才（奴婢）参加皇上，皇上万岁万岁，万万岁。”

跪地磕头的跪地磕头，屈膝行礼的屈膝行礼，院子里伏倒一片，颇为糟乱，偏偏关老爷子和关父又不在，也不知皇上匆忙赶来做什么。赐婚圣旨都没到，他怎么就先到了？

“岳母请起，夫人请起。”圣元帝虚扶仲氏一把，又轻轻拉起夫人，这才扫视其余人等，嗓音冷淡，“平身吧，有话进去说。”

众人入了正厅，各自落座，几位老人取出一本族谱，毕恭毕敬地呈给皇上，说什么关家可以不认族人，族人却绝不会抛弃他们，大家还是血脉相连的亲人云云。

这些话仲氏已经听烦了，却因皇上就在堂上，不好发作，只能任由他们一把鼻涕一把眼泪地唱戏。关素衣眼睑半合，神态自若，人在此处，实则神魂早已出窍，飘飘忽忽不知去了哪里。

圣元帝还有正事要办，当即打断诸人："各位有所不知，因忧心小舅子安危，那关文海是朕亲自抓去，亲自拷打，这才问出小舅子下落，又亲自赶往桐谷连夜救回。只废了他，并未将他碎尸万段，还是看在他姓关的面子上。朕冷眼看着你们找上帝师府，要求二位泰山放人，又强迫他们为族里购置祭田，仿佛一群水蛭，不把帝师府的鲜血榨干决不罢休。非但如此，这些年帝师府如何待你们，而你们又是如何回报他们的，朕早已查得清清楚楚。关家乃朕妻族，连朕都要敬重三分，却被你们一再糟践，如何能忍？想把关家重新认回去，绝无可能！想让他们再为你们添置产业，更无可能。人要知足，倘若你们还纠缠不休，坏了夫人声誉，朕便在凉州给你们安置一片土地，你们去那里过活吧。"

凉州是历朝历代流放人犯的地方，不但土地贫瘠，环境更是险恶。皇上口里说着"安置"，何尝没有发配关氏宗族的意思？万没料到关文海竟是他亲手抓去又亲自审问的，那族长当初态度强硬地把人弄回来，岂不早就得罪了皇上？那么皇上对关氏宗族的观感怕是早已跌落谷底了吧？这样一想，几位老人已是胆裂魂飞，寒气透骨，一句话都不敢多说，立马送上族谱，狼狈遁逃，回到族里将此事一说，骇得族长连喷几口浓血。

"是皇上亲自抓的关文海，亲自审了他，还亲自领兵把关木沐救回来的？"他一再追问，见几位老人沉痛点头，举起拐杖便朝孙媳妇砸去，"我信了你的邪才会逼齐光父子把关文海放回来！他已经在皇上手里剐了一层皮，我还救他作甚？我哪里是在对齐光父子耍威风，我是直接跟皇上叫板啊！你当我有几个脑袋？愚妇！愚不可及！族谱拿来，我要把你们这一房全部除族！"

他一面咽下心头老血，一面把人往死里打，其余几房却不敢拦阻，反而露出仇恨的表情。错过成为皇后母族的机会已够令人绝望，如今才知连皇上都暗暗记了他们一大罪状，这简直是断了他们所有生路。倘若当初关文海被抓，他们立刻开了宗祠把人除族，所有灾祸都不会发生，相反，他们将搭上皇后的东风，成为魏国第一望族。

善恶到头终有报，这句话果然没错。

仲氏原以为今天少不得要补偿族里一二，免得皇上认为关家无情无义，却没料对方三两句话就把麻烦解决，且还是一劳永逸，心情不禁好起来。

"让陛下见笑了。人善被人欺，我们也很无奈。"仲氏笑着敬茶，"老爷子和老爷尚未归家，劳烦陛下稍等片刻，臣妇这就派人去找。"

“不急。朕正好与岳母和夫人说会儿话。”圣元帝冲侍卫略一摆手，对方立马提了一个笼子进来，里面并排躺着一双大雁。

“陛下这是？”仲氏仿佛猜到什么，又不大敢相信。关素衣却瞬间回神，用明亮而又璀璨的眼眸朝上座看去，嘴角微微一弯，露出一抹意外却又绚丽的笑容。

圣元帝见状心头大定，徐徐道：“雍雍鸣雁，旭日始旦。士如归妻，迨冰未泮。按照中原人的习俗，男子上女子家中提亲，总要送一双大雁。雁子情挚，一方亡故，另一方便孤独终老，此生绝不另觅新偶。送一双大雁便等于昭示男女双方永结同心，不离不弃，这便是朕登门的用意。”他看向夫人，语气缱绻，“夫人嘴上不说，却三番四次谈到上门提亲一事，叫朕如何敢轻忽？倘若朕真的以为这只是夫人一句首肯之言，然后发一道赐婚圣旨，送许多贵重彩礼，便以为可以万事大吉了，夫人定会在心里怨朕。她性子反叛，傲骨嶙峋，时而坦白至极，时而又口是心非，一再提醒朕这场婚姻更多是基于政治目的，我俩也非寻常夫妻，却反而泄露了内心的真意。”

他叹息道：“若非种种意外，夫人定然不愿涉足权力之争。她更喜欢平凡安逸的生活，更向往寻常夫妻的恩爱。她嫁给朕，仿佛已风光至极，但心里到底意难平，也还暗藏着许多忐忑不安。朕大可以颁发圣旨，赐下彩礼，让人敲锣打鼓，浩浩荡荡送来帝师府，为她再添一笔荣耀，然而这真是她心中所求吗？”

说到此处，他不由朝夫人看去，却见对方缓缓摇头，双目缀满绚烂的光彩。

原本有些不太确定的圣元帝，此时此刻已放下心头大石，长出一口气。夫人的心思，他果然猜对了。

将关着大雁的鸟笼摆放在桌面上，他慎重说道：“岳母，这双雁子是朕亲手猎来的，并未借助任何外力。朕先于赐婚圣旨跑这一趟，是想告诉您，也告诉夫人，这场婚事并非皇帝对臣下的恩宠与赏赐，而是朕亲自求来的，就像寻常男子追求心上人那般。朕对夫人倾慕已久，寤寐思之，不舍放手。”

关素衣脸颊悄悄染上一层薄红，却再未凝视他，只低头浅笑。不管怎样，他能亲自跑这一趟，已是极其用心，她纵有再多忐忑与不甘，也能释怀了。

圣元帝见夫人笑了，自己也露出爽朗的笑容，继续道：“朕用心了解夫人，唯恐惹她不快，又唯恐她对这桩婚事产生不满或抗拒。朕虽然是皇帝，然而在夫人跟前，也不过是心存渴慕的寻常男子罢了。岳母，您与岳父恩爱不渝，夫人在您二位身边长大，对婚姻的期待只会比这更高。她想要的，不管开不开口，朕都会倾其所有为她做到。她说提亲，那么朕就上门提亲，再贵重的礼物也及不上一颗诚挚之心。朕会爱她、护她、尊重她，与她携手同行，此生不弃，还请岳母放心将她托付给朕。”

仲氏听得眼眶发红，竟不知该作何反应。这番话连寻常男子都说不出、做不到，他堂堂魏国君主，却在下朝之后漫山遍野地狩猎大雁，然后慎重无比地亲自送进府里。不管日后如何，只说现在，诚意便已足够。因女儿嫁得太高，这些天一直吃不好睡不着的仲氏，终于缓缓放松心弦，颤声道：“皇上，依依日后便有劳您照顾了。

她性子有些执拗，又不会说话，您别与她一般见识。”

圣元帝瞥了夫人一眼，笑着点头，而站在门口旁听许久的关老爷子和关父这才大步走进来躬身行礼，抬起头时均眼眶潮红，目中含泪。一家人寒暄一阵，聊了聊婚事，见皇上总朝依依看去，只好让他二人私底下小聚片刻。

二人走到后院水榭，随意拣了一块光滑的大石头坐下，低声说起话来。

“我还以为你会派人送来赐婚圣旨和彩礼，让帝师府风光一回。”关素衣折了一根柳枝轻撩水面，美目有一下没一下地睨着忽纳尔。

圣元帝凑近了看她，柔声道：“夫人说过的每一句话，不管有意无意，我都会记在心里。你让我亲自上门提亲，我若是不照办，将来可有苦头吃了。夫人口是心非得很，一面说咱俩并非寻常夫妻，一面在心里向往着那样的生活吧？”

关素衣抿唇不答，只定定看他。

圣元帝被看得脸热心跳，哑声道：“其实我何尝不憧憬寻常夫妻的生活？早些年我刚打下名头的时候便想着，等将来灭了诸国，便让先帝赐我几箱财宝，不需要享用不尽，只够我养活一家老小便罢，娶一位美丽的妻子，生一窝活蹦乱跳的小崽子，日出而作，日落而息，活得自在安稳。后来得知自己身世，妻子和小崽子那是一点也不敢想，只一门心思揽权，自己活不好，也不会让旁人捡了便宜。”

他认真道：“遇见夫人，简直是老天爷降下的救赎。从此以后我活着不是为了权力和报复，而是为了守护你，守护我们将来的孩子，乃至于守护魏国子民。老吾老以及人之老，幼吾幼以及人之幼。这句话我以前总是不懂，因为我上没老，下没小，连自己都照顾不好，哪有心思照管旁人？但现在我懂了，因为想让你过得更好，所以我要为你开创一个盛世；因为想让我们的孩子过得更好，所以我要为他扫平一切障碍。认识你之前，我每天睁眼会想，我怎么还活着？认识你之后，我每天睁眼会想，活着真好。对我而言，这就是你存在的意义。”

他摊开大掌，语气严肃：“夫人，将来的路，你愿意与我一起走下去吗？没有刀枪剑戟，只有幸福美满。”

关素衣扔掉柳枝，低声询问：“你怎知道只有幸福美满？万一你变了呢？”

“我若不变，夫人会变吗？”圣元帝不答反问。

“你不变，我自然也不会变。”

“那就是了，与其怀疑我，不如相信自己。”圣元帝沉默片刻，补充道，“哪怕夫人变了，我也不会变。”

关素衣终于掩嘴轻笑起来：“你什么时候学会了我的毛病，非要在言语上略胜一筹？罢了，我若是认准了谁，这辈子都不会更改。你说得对，与其怀疑你，不如相信自己。”她将手放入等待已久的掌心，与他十指交握。

圣元帝这才吐出一口浊气，轻轻一拉就将她抱入怀中，嗅着她的发香说道：“夫人有一点说错了，拥抱其实也很实在。哪怕你不给予回应，哪怕你冷漠地垂落双手，只要我不放开，你便挣脱不掉。夫人倔强起来的时候，意欲逃避的时候，对付你最好的办法就是牢牢将你抱住。你愿意与我同行，我们便一直向前；你心存忐忑，踌躇不定，我也可以陪你在原地徘徊。无论怎样，只要夫人永远伴在我身侧就好。”

关素衣原本还有些不知所措，双手垂落，羞于回应，听了这话竟忍不住低笑起来，丢开最后一丝矜持，缓缓将手搭放在他后腰，一点一点扣紧。

圣元帝幽蓝双眸充斥着喜悦的亮光，一面摩挲夫人紧绷的脊背，一面亲吻她洁白如玉的耳垂，宣誓一般地说道：“夫人，我们一定能好好过下去。你信我，也信你自己。”

“嗯。”关素衣什么话都不想说了，静静趴伏在忽纳尔宽厚的肩头，看着湖面层叠荡开的春光。这个怀抱，竟然比想象中更安全，也更温暖。

仲氏站在不远处悄悄看了一眼，然后遣退下人，缓步离开。二人紧紧相拥的画面如此静谧安详，契合美好，仿佛他们合该在一起，仿佛天地之间唯余一双人，所谓“珠联璧合”，不过如此。

二嫁还能找到这样优秀的夫婿，他们这些做长辈的怎么着也该知足了。

圣元帝依依不舍地回宫之后，赐婚圣旨和彩礼才陆陆续续送入帝师府。为了显示对皇后的重视，他几乎搬空了自己私库，小件的珠宝玉器一箱接一箱，大件的古董家具一台接一台，流水一般穿街而过。百姓们总算开了一回眼界，议论纷纷。

“原先叶婕妤得宠时皇上赏了她一树红珊瑚，当时我还以为多贵重，现在与皇后娘娘的彩礼一比，简直不值一提啊！”

“一个失宠的罪妃，能跟一国之母比吗？快闭嘴吧，小心祸从口出。”

那人急忙捂嘴，暗暗为皇后的隆恩盛宠感到咋舌。

送彩礼的队伍敲锣打鼓地从赵府门前经过，赵陆离推开房门，将守着赵望舒读书的叶蓁抱到轮椅上，命人抬出去。

“你想送我去哪儿？”叶蓁心下大骇，生怕他把自己和儿子拆开。虽然赵望舒这次没能考中，但他还小，将来有的是机会。只要儿子出息了，她便不愁无法翻身。

“今天是素衣大喜的日子，我让你好生看一看。”赵陆离推开角门，指着络绎不绝的队伍。赵望舒连忙跟出去，双手死死拽住轮椅，唯恐父亲忽然把人送走。

“关素衣改嫁了？”叶蓁怪笑起来，“哈哈哈，嫁给哪个鳏夫？又给别人当后母，费力不讨好地养儿养女？彩礼蛮多的，倒是比你富贵。不过难怪，她好歹是帝师府的嫡女，就算嫁给鳏夫，身份也不能太低……”

她话音越来越小，终至无言，只因她看见所有的箱笼上都贴着禁宫内苑的专用封条，送礼的侍卫也都穿着禁卫军朝服，放眼魏国，谁敢动用这等阵仗？除了金銮殿上那位，再无旁人。彩礼过去一台又一台，没完没了，无须点算也能预估这些东西的价值。那人怕是已经把自己的私库搬空了吧？

叶蓁本就憔悴不堪的面容变得狰狞扭曲，咬牙道：“关素衣要入宫？”

“入宫为后。”赵陆离终于道出隐瞒许久的事实，“知道你为何会被皇上送回来吗？因为他想让你离间我与素衣，迫使她和离，然后他就能乘虚而入，娶她为妻。他早就爱上素衣了，而你，不过是颗可有可无的棋子罢了。”

“不，你胡说！赵陆离，你一定是为了报复我才会编造这些谎话！皇上爱的是我！我救了他，为他抛夫弃子，牺牲一切，他不会对我如此无情，我不信，我不信……”当叶蓁陷入癫狂时，赵陆离早已将她带回内院，省得让外人看笑话。

他蹲在叶蓁面前，一字一句说道：“皇上从未爱过你，我将来永远也不会再爱你，你的女儿、你的婆母，对你早已恨之入骨。醒醒吧叶蓁，你只不过是个惹人憎恶，想丢丢不开，想甩甩不掉的累赘！”

赵望舒一直坚定地认为母亲并非叶婕妤，她不会为了攀附权贵而出卖身体，乃至于抛夫弃子。但眼下，亲耳听见对方承认，他感觉自己的信念正在崩塌，曾经为了救助母亲而承受的苦难与折辱，全都化为一柄柄利刃，往他心口最柔软的地方扎去。不过须臾，他已泪流满面，痛不欲生，眼看父亲头也不回地离开，自己却只能站在原地一声又一声呼唤。他以为自己拥有了迟来的母爱，却不过是一团令人作呕的污秽而已。

第二十三章

大婚

因皇上催得急，封后大典在短短半月之间就筹办起来，将九黎族与汉族的传统糅杂在一起进行改制，比以往任何一个邦国的封后大典更隆重，也更冗长。

婚礼的前三天，皇后便要开始斋戒沐浴，也在这一天，一路游玩北上的仲老爷子和左老夫人终于赶到燕京，为外孙女送嫁。

贴满大红喜字的闺房里，左老夫人正在给外孙女绞面，仲氏一边擦泪一边调和脂粉，打算把女儿打扮得漂漂亮亮出门。几位宫女被赶至门外，无奈叹气。

“我总催你外祖父快些走，到了京城便能多陪陪依依。你外祖父偏要绕远路，说是得采集各地稻种，培育良品。如今倒好，我俩刚入城门，竟听说依依要出嫁了，夫婿还是当今圣上。正所谓一入宫门深似海，往后想见依依一面怕是不容易了。”左老夫人低声叹息。

关素衣眼眶微微发红，握住外祖母的手说道：“那您和外祖父就别走了，在京里住下吧。你们想我的时候便能递牌子入宫，想见就能见着。若还像以往那般天南海北地跑，我出不得远门，又该上哪儿找您们？”

“是啊娘，您和爹就在京里住下吧。”仲氏劝说道。

“老头子待不住，整天只想着怎么种地、怎么治水，我哪里管得到他？”左老夫人将大红凤袍摊开，一层一层往外孙女身上套，叮嘱道，“嫁入宫中不比嫁入寻常人家，更要庄重贤良。皇上也非寻常男子，与他相处要拿捏好尺度，不可太过亲近，又不可太过疏远。太亲昵容易失礼，太疏远容易失心，既不可无礼又不可失心，这其中的门道还需你自己去摸索。他宠爱你，你要懂得感恩；他冷落你，你亦要淡然处之。所谓举案齐眉，相敬如宾，就是把夫君当成宾客，他来，你便扫榻相迎；他走，你便躬身相送，来来去去且随他的意吧。”

关素衣含泪点头。她明白世间男子大多如此，情浓时待你如火，热烈而又赤诚，火焰烧完，留下的只有灰烬而已。她只希望这把火烧得慢一些、久一些，哪怕留下一地灰烬，好歹还能透着一点余温，在她老死之前不要完全冷透。她愿意相信现在的忽纳尔，但将来会如何，谁又知道？他是帝王，坐拥后宫三千佳丽，等她年老色衰，总会有更美丽鲜活的女子取而代之。所谓“执子之手，与子偕老”，描写的从来就不是夫妻之情。

关素衣强迫自己想些高兴的片段，这才忍住落泪的冲动。她拜别家人，登上凤辇，在仪仗队的簇拥下朝皇宫行去。街道两旁站满了看热闹的百姓，然而隔着重重珠帘，他们压根儿看不清皇后娘娘的样貌，只满眼都是喜庆的火红色，处处张灯结彩、锣鼓喧天。

凤辇入了宫门，皇后便要踩着长长的红地毯前往祭坛悼念先祖，末了行至太和殿接受册封，然后与皇帝去到金銮殿，接受朝臣和命妇参拜。这是一段极为漫长的路程，走一段拜一段，所谓八拜之礼便是如此。而皇后的朝服加上头上的凤冠，至少也有二十几斤，若坚持到礼毕，少说也得去半条命。

关素衣刻意穿了一双软底鞋，也做好了受罪的准备，却在掀开珠帘，看见跪伏满地的文武大臣与朝廷命妇时，陡然感受到这份重量不仅来自服饰，还来自责任。如果不真正站在高处，看见万众叩拜，归之若水的景象，绝无法领悟“一国之母”四字的重量。

就在这一瞬间，她忽然退却了，深深怀疑自己能否扛得起这副重担，她原本只想过得更自在、更快活一些。当她忍不住退后一小步时，眼前忽然伸过来一只大手，掌心向上，仿佛在等待握住一份羁绊。

“忽纳尔。”她低唤一声，这才发现本该端坐殿堂的男人，竟早已站在凤辇下。

“夫人，走吧。”他低沉的嗓音被钟鸣声掩盖过去，唯有近在咫尺的关素衣才能听到。

“你怎么来了？”封后大典该如何进行，这些天祖父和父亲已叮嘱过她很多遍，却没料刚开始就被打乱了步骤。但这一变化并未让关素衣慌乱，反倒令她迅速恢复常态。她面上绽开端庄而又明丽的笑容，握紧忽纳尔的手，慢慢朝前走去。

“我不想坐在殿堂上等待夫人。”圣元帝垂眸看她，轻笑道，“那么久都等过来了，现在只需再等半个时辰，却仿佛难以忍受。况且我早就说过，今后会牵着夫人一起走。”

关素衣完全忘了之前的迟疑与恐惧，微不可见地晃了晃二人十指相扣的手臂，低声道：“幸好你来了，你若是不来，我差点退回凤辇里去。”

“夫人也会害怕吗？”圣元帝有些意外。

“我是人，当然会感到害怕。我害怕担不起一国之母的重任，害怕给你丢脸，给关家抹黑。我从来没当过皇后，更享受不了所有人跪在脚下的感觉。那种庄严肃穆却又巍峨如山的氛围层层堆叠起来，压得我喘不过气。如果你不来，我或许能坚持走完这一路，却绝对不会轻松。”

幸好你来了。她没把最后一句话说出口，瞥向忽纳尔的眼里却饱含感激与动容。在外祖母的千叮万嘱下，她已一遍又一遍加固心防，却在看见这人的一瞬间化为乌有。

圣元帝轻轻握了握她指尖，喟叹道："幸好我来了，否则夫人该如何彷徨。谁也不是生来就能当皇帝、皇后的，又何曾见过这等盛大场面，感到恐慌实属正常。当年我登基时，心情也与夫人一样，不知该说什么话、做什么事，甚至不知道手脚该往哪儿放。是白福陪我一遍又一遍演练，这才勉强支撑下来。我不能让外人窥见我内心的无措与惶恐，所以只能全程保持面无表情，当登基大典结束，独自回到未央宫时，才发现自己的脸竟已僵硬得失去了知觉。"他忽然低笑起来，"哪怕是现在，我依然感觉惶恐，因为渴慕太久的宝物终于落入掌心，便越发患得患失。"

关素衣瞥他一眼，低语道："那就牵着手一块儿走吧，总比一个人走踏实些。"

"我现在就觉得很踏实。"二人边说边登上台阶，朝祭坛走去。沿路的朝臣、命妇、嫔妃一一叩拜，山呼万岁、千岁。

举行完封后大典，关素衣已精疲力竭，在金子和明兰的帮助下卸掉凤冠和凤袍，这才感觉浑身松快。

"万没料到凤冠竟如此沉重，戴一整天下来，脖子都快压断了。难道日后每逢大典都要戴它？"关素衣尚未体会到后宫争斗的险恶就已败给了奢华沉重的首饰。嫁入皇宫的女人真的很不容易，尤其是皇后。

"并非次次都戴，但逢年过节或大宴外宾总是要盛装打扮的。"金子忍笑道，"娘娘您能把腕力练得那般强劲，正可日日戴这凤冠，也把颈力练上去。"

"我练那个干吗？铁头功吗？"话音刚落，主仆三个便掩嘴低笑起来，疲惫感消解大半。

"娘娘，您先吃些东西垫肚子，皇上很快就来。"金子和明兰给关素衣换了一套较轻薄的礼服，又摆上一桌酒菜，便悄悄退出内殿。

洞房花烛夜，圣元帝哪敢喝醉？酒过三巡便匆忙回转，看见坐在龙凤喜烛下等待自己的夫人，不禁心头一热。关素衣被他看得脸颊发红，指了指身旁的凳子说道："坐吧，吃东西了吗？"

"吃了，你呢？"二人对坐无言，明明有满肚子的话想倾诉，临到嘴边却不知该如何开口。

气氛说不出的尴尬，沉默大半天后，关素衣硬着头皮道："我也吃了。要不咱们喝交杯酒？"

"喝。"圣元帝脸颊涨红，先后倒了两杯酒，却举着不敢动弹。所谓"近情情怯"不过如此，越是快到手的宝贝，却反而越不敢去碰。

关素衣也举着酒杯等他来缠绕自己胳膊，二人对面站着，你看我，我看你，脸颊一个比一个红，竟似喝醉一般，站了大半天才反应过来，又同时伸手去缠绕彼此，却因慌乱而撞了酒杯，洒落一地酒水。

"扑哧。"关素衣忍俊不禁。

圣元帝放下酒杯，无奈道："夫人，咱们再来一次？"

再来一次，二人总算是顺顺利利喝下交杯酒，圣元帝也不废话，弯腰把人抱起来，径直朝喜榻走去，感觉夫人在自己臂弯里轻颤，不由停步："夫人，你在害怕？"

关素衣分明不想回忆那些糟糕的往事，却被太过亲昵的举动刺痛了神经。夫妻之事于她而言等同于灾难，除了羞辱与绝望，几乎没留下任何美好的东西。她的头脑告诉自己这是每个女人都要经历的成长，身体却下意识地抗拒着，不仅仅是发抖，还产生了夺门而逃的冲动。

圣元帝将她放在床沿，柔声道："夫人有所不知，其实我也很怕。"

"你怕什么？"关素衣的注意力瞬间被他拉过去。男人有什么好怕的？受罪的不都是女人吗？

圣元帝踌躇片刻，无奈道："不瞒夫人，这也是我的第一次。"

关素衣瞪圆眼睛，不敢置信地道："可你转过年就三十了，怎会……"她没好意思说出口，只能飞快掩嘴，脸颊涨红。

"早些年我南征北战，哪里有心思找女人？后来太后拿我母亲的事刺激我，便更不敢找了。"圣元帝紧挨着夫人落座，握住她一只手，"所以不仅夫人忐忑，我也无措得很。不如咱们先研习一二再说？"

他掀开被单，从枕头下取出几本精美的小册子，坦然道："夫人一旦遇见不懂的东西便最爱钻研，这些书你先吃透了再来教我。我慢慢等着也无妨。"

关素衣的嫁妆里也备了这些书册，仅瞟一眼就令她面红耳赤，头顶冒烟，更何论钻研？忽纳尔究竟是在开玩笑还是说真的？他知不知羞？关素衣劈手夺过避火图，飞快塞进床底下，红着脸斥道："你怎么能让我钻研这个？你混账！无耻！"她脑袋糊成一团，只反反复复骂着这两句。

圣元帝不怒反笑："好，我混账，我无耻。夫人莫气。"话落轻轻将她拥入怀中，问道，"现在还害怕吗？"

哎？竟然真的不害怕了。关素衣这才回过味儿来，本想狠狠瞪忽纳尔一眼，未料眼睛刚睁圆，自己竟先笑了。她将下颚磕在他肩头，低低骂了一句："不害怕了，但你确实是个混账东西。"

圣元帝偏头看她，心脏又热又软，忍不住试探道："不害怕的话，我能吻你吗？"

关素衣犹豫片刻才点头，嘴唇轻轻颤动，依然感到慌乱。圣元帝慢慢凑近，徐徐低语："别怕，我也是第一次。咱们拿出钻研学问的精神来，好好把它吃透。正所谓熟能生巧，得了经验，日后便不怕了。"

关素衣再次被逗笑，心底最后一丝恐惧终于消散，半羞半嗔道："你能不能别说这些煞风景的话？要吻便吻，哪儿那么啰……"最后一个字被忽纳尔一口吞下，他的确没什么经验，凭借的不过本能罢了，却充满狼性的掠夺，又不乏独有的温柔。他与她唇舌交缠，辗转吮吸，一点一点品尝着她口中的甘甜，仔细将这种相濡以沫的滋味刻入脑海。

过了许久，久到喜烛已燃了一大截，两人才从眩晕中回过神来。

“夫人喜欢吗？”他沿着她嘴角亲到耳垂。

“喜欢。”关素衣无法否认自己也沉迷其中。赵陆离带给她的伤害，竟然悄无声息地被这甜蜜的感觉替代了。

圣元帝闷笑两声，宣告道：“夫人，我要脱你的衣服了。”但他没动，只是用包容而又渴望的目光看着身下的女子。她点头就继续，她摇头就终止，他说过会尊重她，爱护她，这并非一句空话。

关素衣转过头，涩声道：“这个时候你可以不用说话。”

“我明白了。”圣元帝边笑边垂头亲吻夫人。不用说话，只付诸行动是吗？夫人真是又胆小又热辣。

一夜缠绵，翌日，关素衣在腰酸背痛的感觉中醒转，发觉忽纳尔正抱着自己，幽蓝双眸一眨不眨地看过来。她从未与人相拥而眠，又相拥着睁眼，反射性地挣扎两下，却被对方按住脊背，用力压回去。

“不要了。”她慌忙喊了一声。

“不要什么？”圣元帝明知故问。

“不要再闹了！”关素衣试图离他远一些，却每每被摁住。

圣元帝一面吻她脸颊一面低笑：“夫人想到哪儿去了？我只是抱抱你罢了。”

“现在辰时了吧？”关素衣推搡他，“难道你没有政务需要处理？怎么还赖在床上不起来？”

“帝后大婚，罢朝三日。夫人没睡醒的时候我便在想，这三天该做些什么。”圣元帝环住她纤细的腰，喟叹道，“媳妇、孩子、热炕头，此乃人生至乐。夫人，我不想当皇帝了，也不想每天天没亮就爬起来上朝，听那些大臣们吵来吵去。我就乐意跟你待在一块儿，什么话都不说，什么事也不干，照样快活无比。”

“是吗？那就不当了吧。我们这便微服出宫，找一块山清水秀的地方隐居下来，你耕田我织布，安安稳稳地过日子。至于朝堂大乱、百姓遭难、家国覆灭，这些事谁爱管谁管，咱们不操那个心。”关素衣掀开被子下地，从箱笼里找出一块方巾，往里收拾细软。

圣元帝大乐，连忙把自己的衣物也塞进去，催促道：“那咱们得快点，免得被白福发现。再过两刻钟他便该带人来伺候咱们更衣了。”

这下关素衣反而不动了，扔掉手里的衣物，诘问道：“你真要走？我方才那是开玩笑的，明褒暗讽你听不出来吗？”

圣元帝也扔掉衣物，闷声笑道：“我也是与夫人开玩笑的。夫人没听出来？”

关素衣先是气得瞪眼，末了捂嘴笑个不停，摇头叹道：“好你个忽纳尔，竟然学会反将我了。这些东西我可不收拾了，你自个儿放回箱笼里去。方才那些话咱们私底下说说也就罢了，你若真因为我耽误了朝政，不等大臣上表参我祸国殃民，祖父、父亲便先要站出来骂我孽女。”

圣元帝连忙将她搂在怀里安慰：“不说了，我那是开玩笑的。好不容易娶到你，我只会更努力更勤奋，绝不让你看低我。将来等咱们的孩子长大了，我要把一个繁荣昌盛的国家交给他。你且看着我，陪着我，好不好？”

关素衣点头说好，想到刚才的闹剧，忍不住又笑起来。其实嫁入宫中并不像她预计的那般凶险，只要与忽纳尔待在一块儿，倒也十分轻松。

二人洗漱干净，穿好衣服，这才去偏殿用膳。虽然帝后大婚罢朝三日，但此时西北还在交战，春末夏初，雨水充足，又要安排防洪事宜，政务非常繁忙。圣元帝陪夫人用罢早膳，临走时反复交代她谒见完太后就去未央宫陪伴自己，别在长乐宫待太久，免得晦气。

关素衣频频点头，刚送走忽纳尔，就听金子禀告道：“娘娘，众位贵主前来给您请安，如今正在殿外等候。”

“宣她们进来。”关素衣惧怕自己无法担起国母之责，却不会惧怕后宫女人，她走到主位落座，目视殿门。

因圣元帝不好女色，而太后又有意控制他的子嗣，因此并未大肆填充后宫，最多的一次也不过选了二三十个女子，其中大半还被遣送回去，剩下一些位分并不高，家世也不出众的嫔妃。叶蓁还在时，宫权由她掌管，她被送回去后，圣元帝便随意指了四个女人分权，免得盘婕妤一家独大，喂肥了盘家野心。这次西征，最合适的统帅人选有两个，一是盘婕妤的兄长，二是赵海。但圣元帝宁愿花费心思为赵海洗刷污名也不愿直接让盘家挂帅，可见对他们颇为忌惮。

关素衣自然不会小看了盘朵兰，见对方领着一众嫔妃款款走进来，也不屈膝叩拜，只是略一拱手，行了个不伦不类的礼节，不免心中冷笑：这是什么意思？自己这个皇后还没给她下马威，她倒先傲起来了？

也不用关素衣请起，盘朵兰便已挺直腰杆，自顾自地在她下首落座。众位嫔妃有样学样，稀稀落落地喊着“娘娘千岁”，然后各自按照位分大小坐定，眼睛不看主位，反而齐齐盯着侧座，汉妃、九黎妃均是如此，可见私底下已达成共识，要唯盘婕妤马首是瞻，共同对抗皇后。

金子和明兰心中恼怒，面上不由带了出来，往外一看，只见盘婕妤的侍女竟然与她一样，都穿着男子武服，作行伍打扮，腰间竟还佩戴弯刀、匕首等物，全副武装，神情戒备。这哪是来请安？竟似打仗一般。

关素衣也没与她客气，冷道：“宫中除了皇上和侍卫，任何人皆不准携带武器，这事盘婕妤知道吧？”

“启禀皇后娘娘，这些女子入的是军户，也属侍卫，并非宫女，自然能携带武器。”盘朵兰再次拱手，动作洒脱不输男儿。

关素衣抿了一口茶水，继续道：“盘婕妤果然是上过战场、杀过敌军的巾帼英雄，如此不拘小节。然而你如今已是后宫嫔妃，便该守后宫规矩，你见了皇后不尊礼节倒也罢了，为何连服饰都作男子打扮？倘若让人钻了空子，或生了误会，恐将伤及后宫所有嫔妃的名节。”

“娘娘若是不喜，臣妾回去换掉便罢。臣妾曾跟随长公主南征北战，如今虽身在后宫，心却留在战场，一日不敢忘记将士的职责。臣妾爱作行伍打扮，日日练武不辍，言行举止稍显粗鲁耿直，日后但有说错话、做错事的地方，还请皇后娘娘多多担待。”

好嘛，一来就给自己安了个功臣的名头，又说自己耿直，这是为日后的纷争定下基调。倘若皇后娘娘太过计较她的言行，岂不等于打压功臣，不贤良大度？这盘朵兰哪里耿直了？分明奸猾得很！

关素衣“咚”的一声放下茶杯，准备让对方明白，自己也是个耿直人。

见皇后重重放下茶杯，泼了许多茶水在桌案上，显然动了真怒，盘婕妤非但没觉得惶恐，反而十分畅快。她只说自己粗鲁耿直，未曾非议皇后半句，对方能拿她怎样，动怒只会显得她气量狭小罢了。若是连这点言语机锋都受不住，还是趁早滚回家去吧，别仗着忽纳尔的喜欢便妄想把所有人踩在脚下。

其余嫔妃见两人杠上了，有的幸灾乐祸，有的冷眼旁观，还有的略微往后缩，生怕被迁怒。唯余一人坐在汉妃首位，既不看上首也不看侧座，只自顾饮茶，神态闲适，仿佛一个事不关己的局外人。她便是位分与盘朵兰相当的沈婕妤沈淑娘，父亲乃太常掾沈伟，虽只是个食邑四百石的小官，她在后宫嫔妃中却算身世贵重的，仅次于盘朵兰。余人皆庶民出身，只因貌美才被选入宫中侍奉帝君。

关素衣今日在椒房殿接见众人，倘若被盘朵兰给了下马威，那么她身为皇后的尊严将大大折损，莫说掌管六宫，恪尽国母之责，便是在这二十几名嫔妃都弹压不住。一个连嫔妃都管不好的皇后，要来何用？哪怕再受君王宠爱，早晚也会被别人啃得骨头渣子都不剩。正所谓新官上任三把火，她如今不但要把火烧起来，还必须让气焰最高的盘朵兰引火自焚，这才能真正树立身为皇后的尊严。

思及此，关素衣略微倾身，盯着盘朵兰暗藏得意的眼眸，一字一句说道：“盘婕妤，本宫问你，你如今把自己当成什么？跟随长公主南征北战的女将还是侍奉皇上的宫妃？”

盘朵兰垂眸道：“既已入宫，自然是宫妃。臣妾虽然忘不了与陛下一同征战的岁月，却也不会失了本分。”

关素衣淡淡说道：“本宫也是个耿直人，最喜欢与盘婕妤这样的女子交往，因为不用遮来掩去，迂回行事。本宫心里憋着话便一定要说，若有得罪之处还望海涵。”

“娘娘有话请直言。”

“甚好。”关素衣满意颔首，“在本宫看来，盘婕妤哪里是不失本分，你分明早就忘本了。”

盘朵兰柳眉倒竖，似乎想发火，却又飞快按捺下去，隐忍道：“臣妾如何失了本分？还请娘娘明示。”

关素衣摊开掌心，明兰立即递给她一杯热茶。她缓慢地撇了撇浮茶沫子，说道：“你口口声声说自己一日不敢忘记将士的职责，但将士的职责是什么你还记得吗？”

盘朵兰毫不迟疑地道：“自是保家卫国。”

“甚好。身为将士，便该保家卫国。据本宫所知，像你这样的女将在九黎族中不算少数，尤其是长公主麾下大多如此。魏国建立，她们纷纷领了职责驻守边关，数年不得回转，为家国为百姓几乎牺牲一切。她们从不标榜自己如何高尚，也不宣扬自己如何尽忠职守。而你呢？你待在金碧辉煌的宫殿里，享受着荣华富贵，安闲自在，每天醒来练练武，然后便是站着赏景、坐着弹琴，偏偏还拿将士的职责说事儿。本宫问你，这些年，你可曾为边关太平尽过半分力？可曾为魏国百姓流过一滴血？不曾的话，又何来本分一说？”

盘朵兰哑口无言，下意识地朝沈婕妤看去。对方并未抬眸，只抚了抚身上的宫装，她立即醒转，艰涩道：“臣妾既已入宫，便是宫妃，哪怕有心为国效力也属枉然。臣妾现在的本分便是伺候皇上。”

关素衣淡淡一笑：“既如此，日后便不要总标榜自己是将士。真正的将士经得起风沙、受得了苦寒，更豁得出性命，绝不像你这般贪图富贵安逸。你扯他们出来，只会给将士脸上抹黑，更坠了长公主的威名。她麾下女将舍得丢弃功勋与职责、投入宫闱的，独你一个罢了。你与她们压根儿不可相提并论。”

这番话等于把盘朵兰身上的武服扒得一干二净，令她裸奔于野，羞愤欲死。但那又如何？她找不出一句话去反驳对方，因为她的确舍弃了同袍，也舍弃了功勋，成为一名安享荣华的嫔妃。但她不是为了富贵，只是渴慕皇上罢了。然而这句话更不能说，说了便等于剖开自己的心脏供人取乐。

这还没完，关素衣不等她平复羞恼的情绪，又继续道：“将士之责暂且不提，只说伺候皇上，你也完全没尽到半点本分。你看看你自己，已是后妃，却做男子打扮，弄得不伦不类，一面缅怀着过去，谈论什么功勋，一面却避着皇上，未曾侍寝一日。你若果真惦记军队，本宫可以将你遣送出去，继续当女将，然你心里真正想什么，以为本宫不知道吗？你把自己装扮得特立独行，以此吸引皇上的注意，一应手段只为争宠，便不要拿冠冕堂皇的理由来掩盖自己的真实目的。你是耿直还是奸猾，本宫一眼就能看穿，再如何装模作样也是徒增笑柄罢了。”

盘朵兰完全没想到她竟如此不留情面，尚且来不及发作，又听她冷道：“你若真喜欢行伍打扮，便不会在穿了男子武服后又给自己熏了香料，抹了脂粉，描了柳眉，染了唇朱。你看看长公主，一身戎装，素面朝天，那才是真的英气逼人，而非你这般男不男女不女、妖不妖媚不媚。你要么穿着戎装回你的军队，要么换上宫装，老老实实当你的嫔妃。嫔妃争宠本是常态，你以为自己能骗得了谁？不过骗骗自己罢了。”

她一面闭目一面叹息：“你以为自己如此装扮很美吗？真是伤眼。”

盘朵兰听了这话差点呕血，拍桌吼道：“关素衣，你欺人太甚！”

噼里啪啦一阵乱响，只见她手底下的桌案竟应声坍塌，四分五裂。周围的嫔妃吓得尖叫起来，纷纷捂脸躲避，唯独沈婕妤八风不动，只眼眸深处泻出一丝精光。九黎族女子脾气大多暴躁，又从小习武，与她们做口舌之争，输了还好，赢了恐怕会惹出一场武斗。这下可有好戏看了。

然而事情的发展远超众人预料，只见皇后娘娘竟也一掌拍碎桌案，怒道：“盘婕妤，你竟敢直呼本宫名讳，好大的胆子！”

又是噼里啪啦一阵乱响，两张残破的桌案躺倒在地，引得众人连连抽气。这是怎的？皇后娘娘不是出自书香门第吗？掌力怎会不输盘婕妤？她莫非也身怀武功？哎呀，这下可踢到铁板了！

盘朵兰又惊又骇，一时间竟不知该如何应对。她还没傻到与皇后动武的地步，只想毁掉案几，震慑一下对方，却没料对方压根儿不怵，武力竟也丝毫不输。如此，震慑的效果完全没达到，反而弄得自己不上不下，进退维谷，倒像是被吓住一般。

这一局她输了，而且输得极其难看。

关素衣却不想只牺牲一张桌案而已。她甩动广袖，冷声下令：“把外面那些不男不女的人抓起来搜身！”

“皇后娘娘，您……”盘朵兰哪怕怒到极点，也不得不用上尊称。

“盘婕妤，本宫今日就教教你如何做人。”关素衣打断她，“你以为不遵守宫规便是与众不同？愚蠢！规矩不是约束，而是保护！踩着了宫规的底线，谁也保不了你，连本宫也是，一旦越过它，便处处都是破绽，无须本宫动手，多的是人能把你按死！你让这些宫女穿上男人的衣服，倘若谁心怀不轨，命男子混入其中，日日伴你左右，然后告你一条偷天换日、秽乱后宫之罪，你有几张嘴能替自己洗脱罪名？”

这句话彻底攻破盘朵兰的心防，令她瞬间出了一身冷汗。她僵硬地转头，朝那些侍卫看去，越看越觉可疑，越看越觉恐惧。其余嫔妃则惊呼、吸气，骇然变色。若皇后不说，她们竟半点也未想过这种可能，原来扳倒盘婕妤竟是如此轻而易举之事！

沈婕妤终于放下茶杯，垂下眼眸，做出害怕的姿态。

关素衣微不可查地瞥她一眼，继续道：“本宫是个耿直人，这才与你有话说话，若本宫存心整治你，今日让你占尽上风又如何，待你得意忘形之时随意弹弹小指就能置你于死地！还愣着作甚？搜，看看这些侍卫究竟是男人还是女人！”

金子这才从呆愣中回神，命内侍将人带上殿前搜身。本还极力挣扎反抗的女侍卫全都消停了，唯恐替主子惹来杀身之祸。内侍再如何残缺不全，那也是男子，被他们搜身，心里的羞耻与难堪可想而知。但谁也不敢动弹，更不敢露出异样的神色，因为谁躲开了，便会让主子蒙受秽乱后宫的罪名，足够诛灭盘氏九族。

初入椒房殿时的盘朵兰有多张狂，现在便有多狼狈。她死死盯着堂下，脸上不断闪过恐惧、羞愤、懊悔等情绪。

本已走远，却又半途绕回来的圣元帝，此时正站在窗外，饶有兴致地看着这一幕。

白福悄悄说道："皇上，这下您放心了吧？奴才早就说了，后宫这些贵主压根儿不是皇后娘娘的对手。"

"朕知道，"圣元帝摇头莞尔，"连朕都奈何不了夫人，这些魑魅魍魉又算什么？走吧，回去处理政务，免得夫人见朕偷懒，又是一通训斥。"话虽这么说，脸上却露出愉悦的表情，仿佛很享受夫人的凶悍。

内侍们挨个儿搜查一番，禀明道："回娘娘，这些人均是女子，没有男子混入其中。"

关素衣漫不经心地摆手："带下去吧。"

众人这才穿好衣服，系好腰带，噙着眼泪鱼贯退出，想来在未来的很多天里都不敢抬头见人。盘朵兰一面放下高悬的心，一面死死握拳，哪怕怒到极致，也再不敢对上首之人露出丝毫不满的神色。

对方直言相告，而非用同样的手段陷害自己，已是她最大的仁慈。在外人看来，现在的盘朵兰不但不能怨恨，还得对皇后感激涕零，因为她高抬贵手，饶了她一命。

处于上位，又头脑聪明，手段犀利，此等对手何其可怕？

关素衣环视座下，徐徐说道："宫中本该是规矩森严的地方，错乱一起，便会闹出天大的乱子。别看只是穿错衣服这种小事，却能让你们万劫不复。倘若谁不安于室，从盘婕妤不守规矩的行为中得到启发，把男子做宫女打扮，日日带在身边，其结果又会如何？"

本还端坐原位的嫔妃已吓得汗毛直竖，连忙跪出来陈情："妾等绝不敢犯下秽乱后宫之罪，请娘娘明鉴！"

沈婕妤也坐不住了，老老实实磕头，心里已然明白，这一回合非但没能压制皇后，反而让她的"一把火"将三宫六院全给"烧"了。经此一事，大家回去后莫不战战兢兢，互相猜忌，更会闭门谢客，人人自危。

既然要闹，那便彻底闹大，关素衣冷道："在这宫里，男人就该穿男人的衣服，女人就该穿女人的衣服，乱了规矩，其后果不是你们能够承受的。本宫初入宫闱，原想与你们和乐相处，却在第一天就见到此等乱象，着实痛心疾首。盘婕妤、沈婕妤，谒见完太后，你们便把名录、账册、宫牌等物交上来，本宫要好好整治六宫上下，看看暗地里还藏着多少魑魅魍魉。"

原还打算拖延几日的盘朵兰和沈淑娘不敢拒绝，连忙答应下来。她们打死也没想到，不过一件衣服而已，竟能惹下滔天大祸。这次之后，不但皇后要肃清宫闱、盘查人员，连她们自己也得把身边打扫干净，免得被人用龌龊手段陷害了。

借力打力，皇后三言两语就收缴了宫权，震慑了后妃，又让所有内侍、宫女、侍卫皆惊惧于她的手段，日后谁还敢把主意打到她头上？所谓六宫之主，大抵便是如此。

这样想着，众妃不免露出敬畏的神情，再三叩拜后才各归各位，聆听训诫。

关素衣略提点几句，摆手说道："时辰已到，咱们去长乐宫给太后娘娘请安吧。"

众人唯唯应诺，紧紧跟上。

长乐宫里，太后正斜躺在软榻上闭目养神，手边摆着一碗汤药，味道十分刺鼻。三位皇子妃带着小皇孙围坐在她身边，脸上满是愁苦之色。与上次见面比起来，太后仿佛又老了几岁，浑浊双目隐现死气，可见大限将至。不过这也难怪，她死了夫君，死了儿子，死了母族，几位小皇孙皆被养废，用前半生的蝇营狗苟挣来后半生的一无所有，但凡换个人，早就万念俱灰，自戕而亡了。

她抬手叫起众人，虚弱道："皇后，这是哀家送你的见面礼，拿去吧。"

大皇子妃将一个锦盒交给关素衣，里面赫然摆放着九黎族的镇族之宝。卞敏儿已经伏诛，卞家满门抄斩，这条项链也就成了无主之物，为了讨好圣元帝，太后只能把它交给皇后。

但在关素衣看来，这条项链不过是个笑柄罢了，看都不想看，更何论佩戴？可她并未表现出来，毕恭毕敬地接过锦盒，向太后道谢。太后身体一日不如一日，没有心情也没有精力应付诸人，略说几句场面话便让大皇子妃送客。

众人鱼贯退出，回去之后莫不把宫里的人召集起来，挨个儿辨查身份，有可疑的就悄悄处理了，唯恐让皇后抓住一丝把柄。此前，叶蓁假装体弱，哪里会大力整治后宫？太后、盘婕妤均是外族，对汉廷宫规一知半解，更不会着力整顿，以至于魏国建立几年了，宫里还乱得很。

关素衣收到名录、账册等物，一面翻看一面摇头，偏在此时，白福一脸谄媚地走进来，行礼道："娘娘，皇上遣奴才来问您何时去御书房。他都等您大半天了。"

"他处理他的政务，等本宫作甚？"话虽这么说，关素衣却站起身朝外走去。

"夫人叫我好等。"圣元帝见关素衣来了，扔下奏折，展开双臂。

关素衣本欲行礼，见状抿嘴一笑，缓缓走过去在他身边落座。

圣元帝轻轻揽着她，上下左右将看了她好一会儿，笑道："夫人未曾入宫的时候，我每到疲惫之时便会想，若夫人能陪在身边，让我批复一天一夜的奏折都没问题。我非但不感疲惫，还会乐在其中，如今愿望成真，竟似做梦一般。"话落将厚厚一沓奏折推过去，"劳烦夫人帮我整理，我来批复，可好？"

关素衣嫁入皇宫虽然是被逼无奈，却也打算好好与忽纳尔过日子，翻开一本奏折，柔声道："为夫君分忧本是臣妾分内之事，何来劳烦一说？"

已经拿起毛笔的圣元帝愣了一下，片刻后哑声问道："夫人方才叫我什么？"

"夫君。"关素衣笑盈盈地看他。

圣元帝抚了抚额，又揉了揉夫人唇珠，无奈道："此时若非白日，又是书房重地，我定要好好亲吻夫人。"

关素衣一面捂嘴一面涨红脸颊，嗔道："你能不能少说几句话，多批几份奏折？再这样油嘴滑舌的，我可走了。"

圣元帝连忙拉住夫人，告饶道："夫人别走，为夫错了。这就谨遵夫人之命，多批几份奏折。"

关素衣想想还是觉得生气，抡起拳头打了他一下，末了自己忍不住笑起来，笑罢这才将奏折一一分类，整齐摆放在御桌上，战事归一档，农务归一档，吏治归一档……又按轻重缓急，紧要的放上层，次要的放下层，一目了然。

圣元帝向来把批复奏折视为苦活儿，今日却丝毫没觉得疲惫或厌烦，不但思绪特别明晰，入手也很快速，嘴角始终挂着一抹微笑。

"夫人，"他抽空说道，"中原文化果然博大精深，许多看似浅显的话，却暗藏许多大道理。我如今越发深有体会。"

关素衣慢慢翻着奏折，回应道："哦？你又学到什么道理，说来听听。"

"学到很多，譬如'娶妻娶贤''妻贤夫祸少，妻贤夫自良''一日夫妻百日恩，百日夫妻似海深'。夫人，能娶到你真是我三生有幸。"

关素衣飞快瞥他一眼，羞涩道："你自个儿批奏折吧，我走了。"让你胡说八道！

圣元帝连忙放下毛笔，将起身欲走的夫人抱入怀中，安置在膝头，一面亲吻她滚烫的耳朵一面朗声大笑："夫人莫气，我只是心有所感，这才忍不住一吐为快。夫人快坐，看奏折。"边说边往她手里塞了一本奏折，语气亲昵而又讨好。

关素衣立即拿了奏折坐到一边，狠狠瞪了忽纳尔一眼。

圣元帝又是一阵朗笑，碰了碰她潮红濡湿的眼角，这才收敛心神，继续处理政务。白福和金子等人早已退到门外，闻听里面响动，甜得牙齿发疼。若没遇见夫人，他们绝想象不到主子也有如此温情脉脉的一面。现在的他无比快活，整天带着笑，完全不似当初的阴晴不定、喜怒难测。

娶到夫人后，他越来越像一个普通人了。

关素衣翻完奏折，看见桌案上摆放着一张文稿，忍不住拿起来阅览，片刻后羞愧道："原来徐广志竟如此有远见，是我狭隘了。"这篇文章对徐广志提出的立法之策给予了肯定，认为"准五服以制罪"是处理亲缘关系的基本准则，应当引入律法。徐广志的见解不适用于现在的时局，却适用于太平盛世，或许二十年后再起用他，亦能成为魏国股肱。

圣元帝愣了愣，意识到她在说什么后连忙安慰："夫人并不狭隘，而是着眼当下。谁也不是生来就万事皆通的，还需边走边看，边看边学。你是如此，我亦如此，咱两个互相扶持，慢慢摸索吧。"

关素衣抖了抖文稿，问道："这是你写的？"

圣元帝迟疑一瞬后点头承认，却被夫人轻戳一下脑门，没好气地斥道："你就吹吧。从行文上看，这分明是我爹的风格。"

圣元帝一点也不觉得羞耻，反而低笑起来："知父莫若女，我眷抄了一遍，又融入了自己的想法，你还能看出岳父大人的风格，着实目光犀利。"

"方才说边看边学的人是谁？转眼就把臣子的功劳据为己有的又是谁，脸皮真是越来越厚了……"关素衣正滔滔不绝，却被忽纳尔一句话打断："夫人你还疼吗？"

"哪儿疼？"关素衣愣了愣，待意识到他在说什么时，脑袋差点冒烟，一拳捶过去，"忽纳尔，你能不能好好说话！"

圣元帝立即把投怀送抱的夫人搂入怀中，宠溺万分地暗忖：我这不是跟你学的？谁叫你以前不肯好好与我说话。

新婚三日眨眼就过。清晨醒来，看见躺在自己臂弯里的夫人，圣元帝满足地叹了一口气。现在的一切，曾经是他做梦也想象不到的美好，权力地位只在其次，最重要的是心爱之人陪在左右，身体贴着身体，心灵依偎着心灵。所谓"得妻如此，夫复何求"恐怕就是这种心情。

眼见夫人睫毛微颤，似乎快要苏醒，他立即翻身将她压住，熟练地撬开她齿缝，与之缠绵共舞。

关素衣刚恢复神智便被吻得迷迷糊糊，只能跟随男人的节奏起伏。原来找对了人的感觉就像踩在云端，又像掉入温泉，熨帖而又舒畅，欢喜而又滚烫。忽纳尔会时时刻刻关注她的感受，会一眨不眨地凝视她的眼眸，会一声又一声呼唤"夫人"，还会将她死死抱在怀里，细细密密地亲吻她的脸颊和额头。他眼里看见的只有她，心里想着的也是她，虽然总会说一些令人又羞又恼的情话，却也会逗得她喜笑颜开。

"忽纳尔，"她低哑地喊着他的名字，"别闹了，今日该上朝了。"

圣元帝艰难地从她颈窝里抬起头来，喘息道："真不想当皇帝，更不想上朝。"

"好，不当皇帝了，把几位小皇孙带过来，从里面挑一个储君，把皇位传给他，然后咱俩亡命天涯，整日享受着被朝廷军队追杀的乐趣。对了，我还得把家里人一块儿带走，免得被太后抓起来要挟。"关素衣一面推开他一面套上外袍。

圣元帝连忙将她搂回去，压在床上缠绵了好一会儿才笑着低语："我只开玩笑抱怨一句，夫人总有一万句话在后面等着。罢了罢了，这就起床更衣，上朝听政。夫人快起来替我穿衣，我不要旁人伺候。"边说边把人抱起来，玩笑似的掂了掂。

关素衣害怕摔了，不得不搂住他脖颈，无奈道："成婚之前我怎么没看出来你是这样爱玩闹的性子。敢问你今年贵庚？"

圣元帝哈哈大笑，这才将夫人放回床榻，半跪替她穿鞋："我唯有在夫人面前才会如此。看见夫人我就欢喜，一欢喜就想闹腾。"

关素衣愣了愣，然后掩嘴笑起来："我明白了，小动物一般都会如此。在人前装模作样，在人后原形毕露，着实辛苦你了。"话落五指插入忽纳尔发间，轻轻为他顺毛。

圣元帝半点不恼，反而再次将她压回去，又亲又咬，还拿半短的胡茬刺挠她娇嫩的脸颊，喉头发出愉悦至极的笑声。关素衣哪能束手待毙，腰身一挺将他掀翻，双唇贴得极近，似乎想去吻他，却在他抬头追过来的时候快速躲开，眼里荡漾着恶作剧得逞的光彩。

白福领着一群宫女站在殿外，脸上满是麻木的表情。金子看看天色，嗫嚅道："大总管，您去催一催？他俩再闹下去，今儿便不用上朝了。刚大婚就闹出皇帝罢朝的消息，咱家老太爷恐怕会跑到宫里来斥责皇后娘娘的。"

"你是娘娘最得力的大宫女，你去催最合适。"白福可不上这个当。得罪了皇上还好说，得罪了皇后娘娘，她本人不按死你，皇上就先跳出来将你整治得哭爹喊娘。

金子捂脸，做了个牙疼的表情，转而看明兰："要不你去？皇上若是误了时辰，对娘娘的名声也不好。"

明兰终究最老实淳朴，一听对主子不好，立即敲了敲殿门，扬声喊道："陛下、娘娘，时辰到了，该梳洗更衣了！"

殿内安静片刻，然后就是一阵清脆的低笑和一道长长的叹息。少顷，穿戴妥当的二人携手出了内殿，走到盥洗架前净手、净面。瞥见宫女围拢过来，拧了湿帕子准备给自己洗漱，圣元帝立即拿过来，递给夫人："日后不用这么多人伺候，只白福、金子、明兰三人便好。余者都退下吧。"

众宫女不敢抗命，鱼贯退出。

关素衣接了帕子轻轻替他擦拭："以前不都是她们伺候的吗？"

"这些人都是椒房殿的宫女，哪里是伺候我的？"圣元帝弯下腰，语气餍足，"我的寝殿只有白福和贴身侍卫能踏足，平日都是自己打理自己，从不让旁人近身。如今有了媳妇，我也得好好享受一下被媳妇照顾的感觉。"

关素衣加重力道，将他的脸擦得通红，戏谑道："我如今有了夫君，是不是也该享受被夫君照顾的感觉？"

圣元帝搂住她纤腰，咬着她耳垂低语："那是自然。夫人且耐心等着，夫君晚上定然好好伺候你。"

关素衣耳尖飞快涨红，将帕子糊在他脸上，怒道："忽纳尔，你能不能好好说话？"

"不能。"圣元帝亲了亲她额头，又亲了亲她鼻尖，一面朗笑一面大步去了，离开老远还能听见他得意扬扬的声音，"夫人乖乖在家等我，我很快就回来。"

“混账东西，你最好别回来！”关素衣追到殿外，磨了磨牙齿，少顷却又忍俊不禁，见金子和明兰端着食盒进来，恍然道，“忽纳尔怎么没留下用早膳？”

金子满脸无奈：“娘娘，您俩清早起床，闹了大半个时辰，皇上再不赶紧去上朝，便该迟到了。刚新婚就误了朝政，老爷子定然会大义灭亲的？”

关素衣扶额自省，一再告诫自己稳重点、端庄点，切莫再与忽纳尔浑闹，这才拿起筷子用膳，刚吃一口便停下来，吩咐道：“一路走去金銮殿，总有吃两个包子的时间吧？朝会时长不定，有的一两刻钟便完事，有的一两个时辰也散不了，他若不吃早膳，恐怕会饿大半天。祖父和父亲上朝的时候还会在袖袋里塞两个窝窝头扛饿呢。”边说边夹了几个大包子，命令道，“给忽纳尔送去，赶紧的。让他在路上好歹吃几口。”

金子接过食盒，施展轻功飞快追出去，总算在半路拦住御辇，递上包子。

“夫人让你送来的？怕朕饿坏了？”他反复追问。

“是啊，您快趁热吃吧，免得娘娘心疼。”

“知道了，你回去吧。”上一刻还面容平静的圣元帝，待金子走远，轿帘垂下，立即露出憨傻的笑容，“白福，朕也是有媳妇心疼的人了。”话落咬掉一大口包子，含糊道，“今天的包子味道格外好些！”

白福谄笑：“陛下，娘娘心里只有您，不心疼您还能心疼哪个？”

圣元帝听了这话越发高兴，临到上朝脸上还带着笑，无论臣工奏禀何事都难以磨灭大好的心情，待人接物和颜悦色，更添几分仁君风范。朝臣见状也颇感欣慰，都说凤位有主，皇上果然也大为进益。

嫁入皇宫与嫁入寻常人家不一样，没有三日回门的规矩，关素衣无法，只好把家人召入宫中相见。

仲氏上下打量女儿，欣慰道：“娘娘的气色比出嫁前还要好，这样我就放心了。”

左老夫人将几盒药材递过去，叮嘱道：“若要尽快立住脚跟，还得诞下皇嗣才成。这些药材外祖母都替你配好了，每隔五日煎服一剂，能固本培元，温养胞宫。另有一些美容养颜的药膏，用热水冲泡每日饮用，能使肌肤光滑，颜色更佳。在这内宫里生存，权势、子嗣，都比不得皇上的恩宠。你既长了这样一张脸蛋，便该物尽其用才是。外祖母并非让你学那些狐媚手段，只尽量延缓衰老，留住美貌而已。美貌是女子最有利的武器，能让你减省许多麻烦。”

关素衣以前若听了这话，必定会红一红脸，现在却泰然自若地接过药材，诚心道谢。她替母亲和外祖母各倒一杯热茶，徐徐开口：“外祖母，依依有一事相求，不知您应不应？”

“何事？”

“您如今奉旨编撰九黎族史、魏国史，有权出入宫闱查找古籍，也有便利与我天天见面。我手里有一本书册想让您帮忙撰写，您能抽出空闲吗？”

“什么书？”左老夫人来了兴趣。

“宫规。”

左老夫人愣了愣，忽而朗笑起来：“好你个小滑头，这么快就找准了路径。好，这个活儿我接了，你有什么要求？”

关素衣放下茶杯，娓娓道来：“我虽然未曾当过皇后，但别人当过，与其一步一步摸索，跌跌撞撞前行，不如一开始就借鉴前人经验，定下规矩。魏国之前的历朝历代，皆传下许多宫规祖制，烦请外祖母帮我整合删改，勘定成册。要求不多，只一条，树立我身为皇后的绝对权威。我乃国母，岂可放下身段与一众嫔妃争风吃醋？我把规矩立在那儿，谁若是坏了规矩，我依法处置便是，很没有必要与她们交手。”

左老夫人赞同道：“家有家规，国有国法，内宫自然也该有内宫的规矩。皇后乃六宫之主，一出手便要压服众人，何须隐忍退让，暗暗筹谋？规矩都是掌权者制定的，为掌权者服务，下位之人除了顺从别无他路。在宫规之外，你自己也要写一篇文章，将基调定下，为自己树立一个‘贤后’之名。”

关素衣早有准备，当即拿出一份手稿，交予外祖母修改润色。她何须与盘朵兰等人斗？条条道道一划定，让她们自个儿绕去吧。

左老夫人素知外孙女文采斐然，却不知短短几年，她已精进若此。这篇文章共分二十个章节，分别为德性、修身、慎言、节俭、待外戚等，几乎囊括了女子为后为妃的方方面面，也阐述了待人接物的点点滴滴，将国母之风范诠释得淋漓尽致。

若无此文，世人永远想象不到皇后是何等模样，又该做些什么。有了这篇文章，他们才意识到，原来皇后在拥有无上权力和尊崇的同时，还有如此多的义务和责任。她不能奢侈享受、党恶佑奸。正因为她是皇后，才更应该躬行节俭、惩恶扬善，为朝廷命妇乃至于天下女子做出表率。也正因为她是皇后，此文通篇不谈女子该如何卑弱顺服，反而强调自立自强、明辨善恶、蓄养德行。

左老夫人看完文稿交给仲氏，笃定道：“这篇文章附在宫规之前，以作序言，一旦推行必为天下人所知。你的贤后之名就算是立下了。然你能否言出必行，这是最大的问题。”

关素衣轻笑道：“如何不能？如今魏国初建，人口凋敝、财税锐减、国库空虚，倘若连皇室都不恪守节俭，只会让奢靡之风盛行，造成极大浪费的同时更会盘剥掉百姓的血汗钱。我从小到大是如何过来的，外祖母不是不知，锦衣华服也就这一年穿穿而已，往年都是粗茶淡饭、麻布衣裳，也没见我受不了苦楚。只要能吃饱穿暖，日子不是照样过？”

仲氏迟疑道：“皇上是何种态度你问过没有？若你力主节俭，而他又性好奢靡的话……”

“忽……陛下幼时只会比我过得更苦，并非好奢侈享受的人。他如今正为庞大的军费开支发愁，我将后宫花费省下，正可交予他发放军饷。如今边关生乱，西南部又虎视眈眈，什么都能省，唯独军费不能省。我这样做，他定会赞同，宫中节俭之风一起，朝臣也不敢铺张浪费，如此正可缓解国库空虚的难题。”

左老夫人拍板道：“好，这篇文章我便录入宫规序言，你与皇上商量过后我便开始编撰。外祖母没有别的本事，却对历朝历代的秘辛知之甚详，你若想辖制六宫上下，我定然帮你制定最森严的规矩，予你最大的权柄，却绝不会让世人非议你半句。上位者制定规矩，下位者遵守规矩，此乃天经地义。”末了压低音量，一字一句说道，“只要牢牢抓住权势，哪怕没了宠爱，谁也动不了你。”

关素衣认真点头，眸光晦暗。仲氏见她们两个已经有了主意，便也不再多言。

文章交予圣元帝阅览后，他果然十分喜欢，当即便赐给左老夫人一块令牌，准她随时出入宫闱，助夫人编撰宫规。正所谓“没有规矩，不成方圆”，宫里这些女人整天斗来斗去，早已闹得乌烟瘴气，是时候内外整顿、上下肃清了。而旁人只以为左老夫人在撰写九黎族史书，倒也并不在意她频繁地造访。

霜云宫内，沈婕妤正对镜梳妆，从铜镜里瞥见悄然入殿的大宫女登喜，曼声道：“怎样了？”

登喜屏退左右，低声回禀：“太后娘娘同意将宫里的‘钉子’借给您，这是信物。”话落递上一支普普通通的牡丹金钗。

“甚好。”沈婕妤顺手插上金钗，追问道，“可有名册？交予本宫看看。”

登喜又进上一本小册子，嗓音压得更低：“这些都是太后入主皇城时收服的宫女、内侍，大多为前朝老人，对内宫事务极为熟悉，且身居要职。还有一些是不起眼的杂役，虽然地位卑贱，却胜在隐蔽，关键时刻能起大作用。太后让您熟记之后烧掉，切莫留下把柄。她手头还有一些暗卫，问您要不要，要的话便拿出诚意来，先把几位小皇孙救出去。”

“全救出去本宫拿什么辖制她？她若翻脸不认账，本宫又该找谁？”沈婕妤轻笑道，“暗卫本宫自然要收拢，你去告诉她，本宫可以先救出一名小皇孙，让她遣一半的人手过来，行就行，不行便罢，本宫不是非她不可。”

登喜领命而去，大约半个时辰后又回转，点头道：“成了。这是名单，小皇孙出宫那日她会把人遣过来。”

沈婕妤打开一看，不由莞尔：“九黎族人真够忠心的，为了保护主子，竟连内侍都愿当。甚妙，混在这些不起眼的粗使杂役中，本宫才好差遣。五人，虽不算多，暂且够用。”

“娘娘，您要如何把小皇孙救出去？这事连盘婕妤都不敢应，您又何苦冒这个险？”

“富贵险中求，你懂什么？”沈婕妤徐徐开口，“把药粉送去长乐宫，让太后随便挑一个小皇孙喝下，不出三日便会发作，症状与天花如出一辙，连太医都辨不分明，无须吞服解药，半月后自然会好。届时只管申告皇后，将小皇孙迁出宫去治疗，或假死遁逃，或找得了天花痊愈又破了相的孩子顶替，全看她们自己运作，本宫只能帮到这里。”

“哎，奴婢这就去。”登喜将药包揣进袖袋，急急忙忙走了。

太后拿到药粉并不敢给小皇孙服用，而是找了几名宫女替代。宫女服药三日后果然起了满身水泡，躺倒半月便不药而愈，脸上也没留下疤痕。太后这才信了沈婕妤，待小皇孙喝下药粉，便把五名暗卫遣送过去，表面做得十分隐秘，无论在谁看来都是合理调动，全无可疑之处。

也在同一日，左老夫人制定的宫规终于出炉，关素衣反复看过又交予圣元帝审阅，确定没有问题便召集嫔妃宣示下去。

自从上次被杀鸡儆猴之后，盘婕妤便借口生病，不再踏出攀云宫半步，宫里上上下下几十人全被她查探数遍，可疑之人早被秘密处置，而那些女侍卫皆穿上宫装，卸掉武器，再也不敢标新立异。接到皇后传召，她虽心有不服，却害怕被整治，不得不顶着众人嘲讽的目光来椒房殿听训。

“没有规矩，不成方圆。自古以来，内宫便是规矩最为森严的地方。上次盘婕妤那事，想必已给你们示警，本宫便不再多说。”关素衣命金子和明兰将一本本厚重的宫规分发下去，勒令道，“此乃本宫依照旧例制定的宫规，已送与陛下和诸位老臣过目，获得他们一致赞同。陛下与本宫各自为它作序，还望诸位拿到之后认真研习，身体力行。日后谁若是违反宫规，当严惩不贷，绝不宽恕。”

宫规自古有之，且与国法一般已成体系，具有同等的约束力。违反宫规有如违反国法，历朝历代受到惩治的嫔妃数不胜数。在座众人自然不敢提出异议，一面恭顺应诺，一面接了过来认真翻看，末了皆惊出一身冷汗。

这部宫规细而又细，严之又严，小到宫女内侍穿戴之物，大到皇后、嫔妃一言一行，竟都有相应的规定。而宫女、内侍的升迁，嫔妃的晋位，全在皇后一念之间。换一句话说，有了这部宫规，六宫将成为皇后的天下，所有人都要看她眼色行事，所有人都在她掌控之下。御前失仪者贬、私德有亏者贬、护嗣不力者贬……一连串贬黜之后，又是一连串晋位，末了各种罪状对应各种刑罚，均有详细记载。这哪里是一部宫规？分明比律法还要森严！

这让除了皇后之外的嫔妃怎么活？

当沈婕妤怒火中烧，正欲抗争时，却又翻到后半部，其内容竟对每条宫规的出处加以注解，却并非皇后私自杜撰，历朝历代均有例可循、有法可依。每条宫规又举例一名触犯宫规的嫔妃，对她的下场进行详细地阐述，从而警示后人。

这样一部翔实的、综合了历朝历代所有宫规的刑罚典范，叫人如何反驳？儒家主张法古，这不就是法古的最好典范吗？沈婕妤几乎能够想象当这部宫规呈给皇上和各位大臣阅览时，他们会如何交口称赞。而她一个小小嫔妃，又有什么资格对其进行驳斥？

除了沈婕妤，其余嫔妃也都被这部宫规压得喘不过气，却又不敢与皇后娘娘争辩。只因这部宫规的前面不但附了皇后序言，还附了帝君序言，一再勒令她们力行不怠，不得触犯。倘若当场闹起来便等于抗旨不遵，其下场可想而知。

盘朵兰正待重整旗鼓与皇后争斗，蓄了近一个月的战意却顷刻间烟消云散。自此以后，她连穿什么颜色的衣裳、戴什么样式的首饰，都在皇后的掌控之中，又拿什么东西与她斗？皇后与婕妤，此前并不觉得差了多少，如今却被人为地划出一道天堑，偏偏她还不能反抗，否则立时便会葬身于天堑底部。

新官上任三把火，这三把火还没烧完，皇后少不得再玩些杀鸡儆猴的把戏，这会儿没准儿正等着某人闹腾呢！不能闹，闹了便等于给皇后一个惩治自己的借口！思及此，无力感像潮水一般袭来，令盘朵兰极为颓丧。

沈婕妤一再告诫自己这只是暂时的，得了太后助力，早晚有自己出头的日子，却又听皇后徐徐开口："日前皇上颁布了《育民之法》，身为一国之母，本宫怎能不给予呼应？为了弘扬国法，也为了行善积德，即日起，宫中年满二十五周岁的侍女皆放出宫去婚配，年满四十周岁的内侍皆放出宫去养老，此条本宫已录入宫规，往后照例行事。"

能在宫里混出头的宫女、内侍，哪个不是上了些年纪的？皇后此言一出，等于瞬间瓦解了早已构架成形的内宫权力体系，夺走了旁人的优势。偏偏她占了大义大善之理，叫人连半句话也不能多说！

沈婕妤的布局尚未开始就被摧毁十之七八，她竟似被人敲了闷棍，脑后又疼又胀，却只得死死忍着。皇后这手段真是高啊！她压根儿不给任何人与她争斗的资本，竟一手全掐灭了！

众嫔妃早知道椒房殿有主之后，她们的日子会不好过，却没料竟压抑至此。何谓"一入宫门深似海"，现在总算体会到了，既无皇宠，又无子嗣，竟不知该如何过活。有人惶然无助，有人失魂落魄，也有人满腔都是怒火。

盘婕妤下意识地朝沈婕妤看去，嘴唇微微开合几下。

沈婕妤捧着宫规上前几步，叩拜道："娘娘警训，妾等莫敢不从，定当恪守宫规，安守本分。然娘娘贵为一国之母，最重大的责任应是为皇家开枝散叶，绵延子嗣。皇上已近而立之年，宫中却全无喜讯，娘娘是否该规劝皇上雨露均沾？妾等入宫几年，竟无一人得沐圣恩，此前宫中无主，妾等心存忧虑却不知向谁申诉，如今娘娘执掌六宫，高居凤位，是妾等统帅，还请娘娘为妾等做主。"

她话音刚落，一众嫔妃便齐齐跪下高呼："请娘娘为妾等做主。"

在入宫之前，关素衣就已明白自己将面对什么。她平静地拍拍手，便有一名内侍捧着一个托盘走上前，将盘内之物呈给众位贵主观看。

“这是？”沈婕妤心有所感。

“此乃宫牌，”关素衣拿起雕刻着“椒房殿”字样的木牌，徐徐开口，“皇上想宠幸谁，并非本宫可以掌控，然而该本宫尽到的职责，本宫亦不会推脱。这些宫牌刻着你们的殿名与字号，本宫会派遣内侍日日送与皇上挑选，借此提醒他雨露均沾。至于他会选谁，且看你们运气吧。”话落她觉得胃里一阵翻腾，闭目按捺了好一会儿才把恶心的感觉压下去。

嫔妃们一个个伸长脖子朝托盘里看，表情显露出几分欢喜雀跃。沈婕妤不再开腔，盘婕妤却觉得不足，进言道：“娘娘直接安排妾等侍寝便罢，何必弄这些玄虚。”旁人不知，她却一清二楚，皇上对皇后的话可是言听计从的。

关素衣瞥她一眼，冷道：“你若是觉得本宫故弄玄虚，倒也罢了，本宫这就拟定侍寝名单，安排皇上一个一个宠幸。往后你们也不必去皇上跟前献媚，直接来椒房殿伺候本宫，谁能把本宫伺候高兴了，本宫便提携谁。”

这话一出，盘婕妤的脸色顿时变得无比难看，其余嫔妃也都胆战心惊，惶惶不安。宫规一出，皇后的权柄已扩至极限，若连侍寝嫔妃也由她一手安排，岂不等于完全把控了她们的活路？盘婕妤到底会不会说话？找死也不能这样上赶着！还是宫牌好，万一皇上腻了皇后，其他人就有机会了！

思及此，众人连忙异口同声地道：“谢娘娘赐妾等宫牌。”盘婕妤僵坐片刻，终究是跟随众人一块儿跪了下去，心中满是屈辱不甘，却又无可奈何。

关素衣闭目道：“趁大伙儿都在，便把宫牌直接送去未央宫吧。得了召选的人回去好好准备，但愿能尽早为我皇室开枝散叶。”

众妃大喜过望，连连跪拜谢恩，然后翘首以盼。

未央宫内，圣元帝正在与几位臣工商讨治水事宜，好不容易得闲，正准备换了常服去椒房殿陪伴皇后，却见白福捧着一个托盘进来，表情有些古怪。他往里一看，却是二十几块坠着各色流苏的小木牌，其上雕刻着宫殿与嫔妃名号。

“这是什么？”他拿起刻着椒房殿字样的小木牌放在掌心把玩，眉眼带着温柔浅笑。

“启禀皇上，这是皇后娘娘命人送来的，说您已近而立之年却无子嗣，劝您雨露均沾。从今往后她会日日派人送宫牌过来，您想宠幸谁就直接翻牌子，该嫔妃得了音信也好早做准备。”

“什么？”圣元帝脸上的笑容瞬间消失，咬牙道，“这真是夫人让你送过来的？”

白福瞥见皇上阴云密布、风雨欲来的表情，不由咽了咽唾沫：“启禀皇上，的确是皇后娘娘遣人送来的。”旁的话，他一句不敢多说。事实上，他对皇后的做法极为赞同，再过一年，皇上便虚岁三十了，膝下却无半个子嗣，这已成为动摇他皇位的最大隐患。皇后此举是为了皇室血脉的延续，何尝不是为了皇上本人考虑？这才是真正的贤后啊！

然而圣元帝丝毫也不领情，甩手打翻托盘，怒道：“烧了！把这些碍眼的东西全给朕烧了！”

白福吓得胆战，却也不敢劝谏，只好捡起洒了一地的宫牌，拿去殿外烧掉，刚走出去没几步，又听皇上说了一句“慢着”，他心中大喜，以为皇上回心转意，却见皇上独独拿起“椒房殿”的宫牌，收入怀中，脸色越显阴沉地摆手：“拿去烧吧。”白福无法，只得听令行事。

椒房殿内，众位嫔妃还在耐心等待。她们彼此张望，互相试探，都在猜测被皇上选中的人究竟是谁。倘若能一夜承宠，得孕龙嗣，按照宫规也算是大功一件，可以晋位。有了孩子，又有了位分，更大的造化必定在后面等着。皇后的确很风光，却风光不过太后。

胡思乱想中，不少人涨红了脸颊，露出窃喜的笑容，却听殿外传来一阵急促的脚步声，少顷，身材高大、容貌俊伟、气质冷冽的圣元帝阔步而来，看也不看满堂嫔妃，径直走到皇后跟前，将一块木牌狠狠拍在桌上：“夫人，你这是何意？”

闭目养神中的关素衣这才睁眼，平静开口：“难道臣妾派去的侍从没说清楚吗？皇上膝下无子，臣妾请皇上宠幸嫔妃，延续血脉。”

圣元帝隐怒的表情渐渐转为暴怒，回头看向闲杂人等，厉声斥道：“都给朕滚出椒房殿！”

众人哪里敢在这个时候捋虎须，未等他话落就夺门而逃，出了椒房殿才后知后觉地彼此询问：“皇上到底怎么了？好端端的为何发怒？”唯独盘婕妤面色凝重，在殿外空地站了许久才脚步虚浮地离开。

等人走光了，圣元帝铁青着脸再问一遍：“夫人，你究竟把朕当成什么了？”

关素衣松开握了许久的拳头，不答反问：“你只拿了一块宫牌回来，其余的呢？”

“让朕烧了。”圣元帝厌倦了她总是转移话题的做法，却又舍不得拿她出气。

“烧了？”关素衣抿直的唇角似乎勾了勾，又很快抹平。她盯着忽纳尔，一字一句开口，“你是不是觉得我很无情，新婚未满一月就把你推到别的女人床上？”

不等忽纳尔回答，她继续道：“你知道什么是爱吗？譬如你得到一件很珍贵的宝贝，心里爱得不行，便总是将它拿出来摩挲，某一天被友人撞见，友人也觉得喜欢，便向你讨要过来共赏，你二话不说便答应了。这是爱，却只是对玩物的爱，哪怕与人分享也不会觉得痛心。还有一种爱叫独一无二，此生不渝，不能让任何人分享甚至碰触，若不小心让旁人多看一眼，都会觉得剜心一般疼痛。”

关素衣慢慢将手覆在自己左胸，轻笑道：“皇上，您有没有想过，臣妾是魏国皇后，便该尽到皇后的职责，某些事哪怕不想做，也得做；某些话哪怕不想说，也得说。

当我劝您临幸别人的时候，或许我的心在呐喊着请您留下来。”

圣元帝阴沉的面色渐渐被疼惜取代。他一把抱住夫人消瘦的身体，哑声道：“你爱我是吗？你是不是想说你爱我？独一无二，此生不渝？”

关素衣不答反问：“那么您呢？您对我又是哪种感情？倘若我明明白白地告诉您，不要临幸别人，此生独我一个，您会觉得我贪得无厌吗？”

“不会。”圣元帝飞快答道，“我们只要彼此就够了。”

关素衣终于平静下来，坦诚道：“那么我又要仗着皇上的喜欢耍一次无赖，还请您海涵。”

圣元帝垂眸看她，语气透着些许温柔，又透着些许笑意：“耍什么无赖？”

“贤后我要当，夫君我也想独占。可不可以？”关素衣直勾勾地盯着他，“你能为了叶蓁背那么多年骂名，替我背一背也不算什么吧？”

“无论任何事，我都愿意为夫人承担，更何况只是一点骂名。夫人，你究竟想干什么？”圣元帝彻底糊涂了。

关素衣语气平静：“倘若我霸着你不放，莫说朝臣会对我各种弹劾非议，恐怕连祖父和父亲也会当面指责我祸国殃民。然而我就想独占你，压根儿无法忍受你与别的女人扯上关系。后宫这些嫔妃未曾侍寝一日，她们可怜吗？”

圣元帝正想摇头，却听夫人笃定道：“她们的确可怜，然而我若是因此便把你让给她们，我只会更可怜。我原该做个贤良人，到头来却发现自己只是个伪装贤良的‘吝啬鬼’罢了。正如之前所说，贤后美誉，我想要；你，我也要独占。这些牌子，我会天天让人送去未央宫，劝你雨露均沾，你应该知道自己要选谁吧？”

圣元帝终于弄明白夫人在说些什么，先是缓缓点头，末了拊掌大笑。

“笑什么？”关素衣拧眉，“你该选谁？现在便亲口说出来。”

“选夫人，自是选夫人。”圣元帝一面憋笑一面将板着脸的夫人搂入怀中，“夫人你越来越凶悍了。”

关素衣表情依然很严肃：“我不能坏了关家名声，不能让祖父和父亲因我而受到弹劾非议，所以我会尽力规劝皇上不要独宠椒房殿。皇上一日翻我的宫牌，我就一日把皇上当成夫君敬爱。倘若皇上腻了厌了，选了别人，我也会把皇上当成君主尊重，从此以后我俩便是君臣关系，而非夫妻，你来了我迎接，你走了我恭送，仅此而已。”

圣元帝这下笑不出来了，连忙堵住夫人嘴唇，直到她头脑眩晕，眼眸浸水，才意犹未尽地停下。

“夫人莫要说那些绝情的话。我会一直一直选你。我知道，每当你说‘请皇上雨露均沾’的时候，其实心里都在恳求我留下。日后我不会因为这个而生气，我明白你的心，你也该明白我的心。你是世界上最贤良淑德的皇后，为了延续皇室血脉简直操碎了心，是我不争气，总是黏着你。”

关素衣嘴角飞快翘了翘，吩咐道："明兰，再取一副宫牌过来，让皇上重新挑。"

明兰领命而去，脸色依然煞白，可见被暴怒的皇上吓坏了。少顷，她战战兢兢地捧着托盘上来，跪地说道："请陛下过目。"

圣元帝既无奈又好笑，直接拿了椒房殿的牌子，谄媚道："夫人这下满意了吧？"

"不满意。"关素衣指指殿门，"让白福把牌子拿出去，当众再烧一次，叫满宫嫔妃都看看，皇后娘娘也曾很认真很努力地规劝过皇上，还因此惹得皇上十分不快，差点受了连累。皇上不好女色，皇后娘娘又有什么办法。"

圣元帝再也忍不住了，以拳抵唇，笑得咳嗽起来。夫人真是又霸道又无赖，当初怎么就没看出来呢？但这样的她反而更可爱，更招人疼。

"放着别动。"他阻止了表情怪异的白福，摇头莞尔，"还是我亲自拿出去烧吧，免得旁人看不分明。"话落抱住夫人连亲几下，这才大步出去了，到得殿外，嬉笑的表情瞬间转为阴沉，命侍卫生了一个火盆，将宫牌噼里啪啦地往火堆里倒，负手盯着它们烧成灰烬才转回内殿。

各宫贵主自然想弄明白皇上为何暴怒，皆派遣眼线前去打听，得了消息后莫不大失所望。皇上竟然如此反感翻牌子，那么短时间内肯定不会召幸除了皇后以外的嫔妃。只愿皇后不要因此怵了皇上，再不敢规劝于他。

其实并不怪皇上无情，谁叫各宫嫔妃以前对他避如蛇蝎，反而见天地往长乐宫跑，讨好太后和几位皇子妃，还意图站队小皇孙。如今太后倒了，再来改弦易辙，却悔之晚矣。

从这天开始，皇后便派了内侍日日往未央宫送牌子，皇上如果心情好会直接挑椒房殿，心情不好却会把牌子全烧掉，然后跑去找皇后"大发雷霆"。皇后也是真贤良，哪怕被骂得泪流不止，翌日该怎么做还是怎么做，于是隔三岔五便会与皇上产生争执，惹得仲氏等人数次进宫求见，让她切莫太过耿直，偶尔也软和一点，顺着皇上。

朝臣对帝后二人的相处情况也有所耳闻，心里莫不感叹皇后贤良淑德、雍容大度。然而皇上不好女色，甚至于反感女色，此事早已是众人皆知的秘密，他不爱临幸宫妃再正常不过，不是一日两日就能掰过来的。所幸皇后很有耐心，而皇上目前最需要的是嫡长子，在皇后有孕之后再行劝谏也不算晚。

皇后在规劝皇上的同时还将大批宫女、内侍放出去与家人团聚，此举博得了朝臣和百姓的交口称赞。随后她倡行节俭，主动削去椒房殿三分之二的用度，只穿布衣，只戴银簪，只吃粗茶淡饭，其余嫔妃不敢越过她，纷纷减少开支和人手，替内库省下一大笔银两。

两三月下来，皇后的贤良之名已深入人心，不可动摇。

霜云宫内，沈婕妤穿着一件粗布衣裳，戴着一支桃木簪子，正站在窗边眺望远方。登喜匆忙跑进来，骇然道：“娘娘，六皇孙死了！是真的死了！大皇子妃这会儿已经哭晕过去了。”

“你说什么？”沈婕妤不小心掐断自己一根指甲。

“六皇孙的遗体已经运回宫了，奴婢跑去找太后要另一半暗卫，差点被她杖毙，若非皇后前去吊唁，奴婢今儿便回不来了！”登喜惊惧道，“六皇孙真的没了，也不知里面出了什么差错。”

沈婕妤木呆呆地坐了一会儿，咬牙道：“本宫亲自过去看看。”走到门口又颓然止步，“还是等开悼的时候再去吧。如今大伙儿对长乐宫避如蛇蝎，本宫若单独前去，恐会惹人怀疑。况且太后如今正在气头上，不会与本宫好好说话。”

她首次露出茫然的表情，呢喃道：“登喜，咱们这日子该如何过下去？”刚到手的钉子，转眼就有大半被放出宫，留下的要么慑于皇后威仪不敢作乱，要么被调离原职，贬到不起眼的地方，压根儿用不上。连那五名暗卫，在六皇孙死后，恐怕也会被太后收回去。倘若太后把六皇孙的死怪在她头上，这些人非但不能用，留在身边还会成为催命符。

登喜无措道：“娘娘，要不您暂且蛰伏下来？如今宫里人员精简，见着谁都能很快混个脸熟，谁安分，谁奸猾，皇后一眼就能看穿，咱们还是别去招她的眼吧。您好好打扮打扮，看看能不能在御花园里撞见皇上。”

沈婕妤翻开妆奁，冷笑道：“打扮？胭脂水粉全都没了，珠宝首饰不能戴出去，本宫如何打扮？”

“那就等皇上哪天想起来，恰好翻到您的牌子吧。”登喜话音渐渐消下去，露出哀戚之色。

皇上哪里肯翻嫔妃的牌子，为了这个已经与皇后吵了好几回，回回都迁怒各宫，一再削减各宫用度。当然，椒房殿只会削得更厉害。别的贵主已苦不堪言，日日抹泪，皇后却跟没事人似的，穿得越来越朴素，吃得越来越简单，前些天还让人抬了一架织布机进椒房殿，准备自己织布。她怎么就这么能折腾呢？沈婕妤也不得不承认皇后意志坚定、行事果决，非等闲之辈。

“等皇上翻牌子？那还不如去打探皇上行踪呢。”沈婕妤咬牙道，“你也弄一台织布机进来，本宫亲手为皇上织一匹布，作为他寿诞之礼。”

“娘娘您会吗？”登喜很是怀疑。

“不会便学！哪怕织得不好，也是本宫一片心意！快去。”沈婕妤催促。

登喜好不容易弄了一台织布机进来，其余各宫也都有样学样。往日在宫里走一圈，总能听见靡靡之音，如今却都是“唧唧复唧唧”的织布声。

关素衣安排了六皇孙的丧葬事宜，又命太医守着吐血昏迷的太后，这才回到椒房殿继续织布。她慢慢将线头理顺，正准备踩脚踏板，却见忽纳尔大步走进来，笑嘻嘻地问：“夫人，你答应替我做的衣裳什么时候能好？”

“布都没织完，早着呢。你若无事，不如雨露均沾，去别宫坐坐？”关素衣习惯性地开口。

圣元帝再也感觉不到当初的愤怒难过，反而将这当成一种情趣，搂住她左右亲了两口，朗笑道：“你每次说这句话，实则都在心里哭着喊着求我留下，我怎能违背你的意愿，叫你伤心？我换了衣裳便去后院种地，你待会儿替我送一壶凉茶过来。”

“别晒太久，免得中暑。”关素衣殷切叮嘱。

“知道了，下回外祖父入宫，你让他带一些西域的葡萄种子，我给你搭一个葡萄架，夏天可以纳凉，秋天便能吃上葡萄。”圣元帝边说边脱掉龙袍，换了一套粗布短打。

自从仲老爷子入京，圣元帝得知他种地的本事简直惊为天人，便日日邀他长谈，又命人学习耕作之法，然后把人送去各地，指导当地官员如何种植农作物。他自己也学了几手，然后在椒房殿的后花园里开辟了几块农田，种植蔬菜瓜果。此举获得朝臣们的极大赞誉，又传入民间，为他的仁君形象再添一笔光彩。如今椒房殿完全可以自给自足，无须内务司再调拨用度。

关素衣织完一块布，泡了一些解暑的凉茶送去后院，看见裤腿挽到膝上、正举着锄头挖地的忽纳尔，表情一阵恍惚。原来他当初许下的诺言都是真的，哪怕他们贵为帝后，哪怕他们居住在深宫，也能过寻常夫妻的生活。

“别挖了，快过来歇会儿。”回神后，她笑着冲忽纳尔招手，刚踏两步，便觉眼前一黑，差点昏过去，然后扶着柱子吐得昏天暗地。

圣元帝吓了一跳，立即扔掉锄头跑过去抱她，急得像热锅上的蚂蚁。金子闻听响动跑来探脉，继而笑开了：“陛下，娘娘有孕啦！”

得知夫人有孕的消息，圣元帝简直不敢相信自己的耳朵。为了保险起见，他让白福把几位太医叫来会诊。关素衣木呆呆地靠坐在榻上，眼眸放空，不知在想些什么。

几位太医轮番上去把脉，切了又切，探了又探，聚在一起小声商量一会儿，这才走到虎视眈眈的皇上跟前，报喜道：“恭喜陛下，娘娘有喜了，如今刚好三月，胎相极稳。此前之所以头晕呕吐乃正常的害喜现象，无须服药，略用饮食调理一二也就好了。”

“怀胎三月了？”圣元帝反复确认。照这样算来，岂不是他们新婚那晚就怀上了？好快！思及此，他不免扶了扶额头，感觉一阵眩晕。

“皇上您怎么了？”几位太医见他脸色不对，连忙上前询问。

“朕无事。”圣元帝缓缓摆手，缓缓看向表情同样茫然无措的夫人，这才欣喜若狂地说道，“夫人你听见了吗？你怀了朕的孩子！你要当娘了，朕要当爹了，咱们要有小崽子了！”话落不可遏制地大笑起来，扬声下令，“几位太医重重有赏！椒房殿上下重重有赏！赏，宫里所有人都有赏！白福，开朕私库，发放赏银！快去！”

白福喜不自胜，屁颠屁颠地去了。

几位太医连忙跪下谢恩，一张老脸笑得牙不见眼。皇上总算有了子嗣，但愿皇后娘娘一举得男，解决魏国后继无人的问题。

圣元帝想把夫人抱起来掂一掂，以表达自己狂喜的心情，刚把手放在她肩上，又想起她如今身怀有孕，手像被火炭烫着一般，连忙收回去，唯恐碰掉她一根头发。他极为克制地抚了抚夫人满是迷蒙水雾的眼角，又理了理她耳边的发丝，这才转头吩咐："金子、明兰，还愣着作甚？快去帝师府报喜！"

二人笑着点头，当即领了对牌出宫去了。

屏退闲杂人等，圣元帝正想好好与夫人分享这份喜悦，却见她眼睛一眨，竟悄无声息地哭起来。

"夫人你怎么了？可是吓着了？"他手足无措地坐在床沿，一只手将夫人圈入怀中，一只手轻轻拍抚她脊背，安慰道，"头一回当母亲，慌乱在所难免。别怕，我会保护你和孩子的。我这就让太医搬到椒房殿来，全天照顾你。"

"不，不是吓着。"关素衣看向忽纳尔，哽咽开口，"我这是喜极而泣。"是的，喜极而泣，曾经遭受的所有苦难，都在这一刻烟消云散，连那烙印在心底的伤痕，也都一一抹平。

"忽纳尔，我太高兴了。我们有孩子了。"她将脸埋在男人宽厚而又温暖的胸膛，哭泣道，"我感觉像做梦一样，生怕梦醒之后，一切都是假的。"

圣元帝一面拍抚她微微颤抖的脊背，一面将脸贴在她颈窝，柔声安慰："不是做梦，你好好在我怀里呢。"他双手收紧，心里有些不敢确定的慌乱，又有些害怕失去的惶恐。想起痛苦不堪的过去，又想起幸福无比的现在，他不免心潮澎湃、思绪万千，不知不觉竟也流下两行眼泪。

关素衣感觉有温热的液体落入自己衣领，先是愣了愣，然后抬头看去，不敢置信地问道："你怎么也哭了？"

"我也喜极而泣不行吗？"圣元帝用额头抵着夫人的额头，无比满足地喟叹，"有你，有孩子，我这一辈子值了。"边说边抚摸夫人尚且平坦的腹部，问道，"我能听一听吗？"

孩子还小，哪能听得见声音？但对上忽纳尔充满渴望和感动的眼眸，关素衣又说不出拒绝的话，只好掀开被子笑道："你听吧。"

圣元帝傻呵呵地一笑，这才小心翼翼地把耳朵贴在夫人肚皮上，认真聆听。关素衣五指插入他发间，有一下没一下地捋动着，戏谑道："听见什么了吗？是不是听见孩子叫爹了？"

圣元帝煞有介事地点头："听见了。"

"你就吹吧！"关素衣拧他耳朵，"你那是盼子心切，产生幻觉了。孩子现在还小，什么都听不见，等月份大了，你再贴上来就能听见他的心跳声，他有时候顽皮，还会动弹几下，隔着肚皮踢你。”

圣元帝挑高一边眉毛，表情显得惊讶极了，再次看向夫人肚皮时，目中满是敬畏的神采。这个地方孕育着他们的子嗣，延续着他们的血脉，如此神奇，如此神圣。他虔诚地吻了吻它，不无动情地道：“夫人，有你真好。”

关素衣也垂下头，主动亲吻孩子的父亲。一家三口，这四个字怎么回味怎么甘甜。

仲氏和左老夫人用最快的速度赶到宫里，刚踏入内殿，就见皇上正搂着依依轻声细语地说着什么。两人表情喜悦，眼眶微红，可见双双哭过。二人连忙见礼，拘谨落座后寒暄几句，谈到养胎便打开话匣，滔滔不绝起来。

“你现在有了身子，不可再餐餐粗茶淡饭，得适当吃点滋补的食物，然而切莫食用寒凉之物，譬如山楂、桂圆、薏仁米、甲鱼、螃蟹……”仲老爷子是农学家，对各种植物知之甚详，左老夫人耳濡目染，自然也是个中高手，详细为外孙女讲解养生之道。宫里人多手杂，她很担心外孙女胎相还未坐稳就让别人给害了。

圣元帝听得比夫人还认真，见外祖母语速越来越快，连忙摆手道：“老夫人您稍等，待朕拿纸笔来详细记录一番。”

“还是臣妇写一张单子交予皇上吧，省得麻烦。”左老夫人躬身回话。

“不不不，不麻烦。”圣元帝铺开笔墨纸砚，认真道，“您边说，朕边记，比您直接写好了交予朕更能加深印象。待朕熟记于心，日后也好照顾夫人。她怀胎十月，辛苦得很，您别跟她说这些，免得她多思多想，反而劳神。有朕在旁边守着她、看着她，必不叫她有事。”

左老夫人大为惊异，万没料到陛下竟对外孙女如此看重。这些话莫说一国之君，便是寻常男子也说不出口。他们只知道自己有后了很高兴，谁又能体谅妻子怀胎十月的辛苦？除非真正把妻子放在心尖上疼宠，才会有陛下这样的觉悟。

“那就劳烦陛下了。”左老夫人对这段原本并不看好的婚姻瞬间就产生了期待。

“夫君照顾妻子实乃天经地义，何谈‘劳烦’二字？”圣元帝冲夫人温柔一笑，这才提起笔，恭敬道，“还请老夫人多多教朕。这是朕和夫人的第一个孩子，说是我俩的命根子也不为过，他一定要好好的。”

“臣妇定然知无不言，言无不尽。”左老夫人更感欣慰，一面回忆一面叙述，仲氏偶尔补充两句。

看着围坐在一起，认真讨论养胎事宜的三人，关素衣抚摸着肚皮，无声笑了。

怕孕妇累着，仲氏和左老夫人略坐小半个时辰就依依不舍地告辞。圣元帝亲自把人送出椒房殿，末了转回来，隐忍道：“夫人，我今儿太高兴了，真想跳到屋顶嚎两嗓子。”

“你去嚎吧，谁还拦你不成？”关素衣被逗笑了。

“不行，”圣元帝严肃摆手，“我怕吓着咱们的孩子，再者，我现在不能离开你，一时一刻也不能。”

“那你上朝怎么办？处理政务、会见臣工怎么办？”关素衣笑得停不下来。她越发感觉到，忽纳尔成熟稳重的外表下实则掩藏着一个没长大的孩子，高兴了闹一闹，不高兴了也闹一闹，日后儿女降生，肯定很能玩到一块儿去。

圣元帝苦恼地皱眉，思忖片刻后叹息道：“上朝实在是无法推辞，下朝之后我便来椒房殿处理政务，将御书房挪到偏殿去，在那里会见臣工。我不能离你太远，最好你这里一唤，我就能听见并及时赶到。听说生孩子是很凶险的事，我心里没底。”高兴过后，他唯余深深忧虑。

关素衣握住他大手，安慰道：“我都没怕，你倒怕起来了。还有七个月，我把身子养壮一些，胎相坐稳一些，理当无事。”

“我会好好照顾你和孩子，你只负责安心养胎。待会儿我再调些侍卫过来，严禁闲杂人等出入椒房殿，你的吃穿用度全从未央宫调拨，不经内务司。对了，你也不要再节俭了，必须吃些滋补的东西、穿柔软的衣物……”圣元帝滔滔不绝地说着注意事项，压根儿没发现夫人在自己怀里挤眉弄眼，冲金子和明兰无声抱怨：“真啰唆。”

二人垂头掩嘴，偷偷笑了。

好不容易听完忽纳尔的唠叨，关素衣连忙转移话题：“今日我去长乐宫探望太后，她言辞间对我十分仇恨，大皇子妃更是流露出怨毒的神色。六皇孙的死是不是有什么蹊跷？莫非是你……”

“不是，”圣元帝拍打她脊背，安抚道，“你别胡思乱想，我还没阴损到对付几个弱小孩童的地步。太后欲找毁容的孩童代替六皇孙，然后将真正的六皇孙秘密送回族地，交由几位族老照顾。那些人虽然留在故地，未曾参与朝政，但说起话来极有分量。他们若是肯拉拔六皇孙，对方的前程绝对差不了。然而有人的地方就有纷争，几位皇子妃表面看着和睦，内里却早已明争暗斗，结下死仇。大皇子妃想送自己儿子出去，另外两人如何不想？若六皇孙死了，其余几位皇孙便会获益。”

“所以说，是另外两位皇子妃动的手？”关素衣略松一口气。六皇孙刚死，她便传出喜讯，若对方是忽纳尔所害，岂不等于让未出世的孩子背上罪孽？

圣元帝看出她的顾虑，安慰道：“夫人放心，为了你和孩子，我会努力做个仁君。明日早朝我就将你有孕的消息宣示出去，然后大赦天下，为你和孩子积福。”

“现在就大赦天下会不会太早了？”关素衣莞尔，“那孩子出生后你又该怎么办？”

“那就继续大赦，准许所有流放关外的罪民返回原籍，洗心革面。”魏国缺人，哪怕国土再广，没有农民耕种也无法令国力迅速恢复。倘若朝廷连罪民都能接纳，因战乱而逃亡西域甚至更遥远地方的流民也会陆续回转。圣元帝正绞尽脑汁地招人，趁夫人怀孕或可运作一番。

“一切皆由夫君做主。”关素衣用脚勾鞋，“我好多了，继续织布去。”

“织什么布？不准织了。”圣元帝连忙去抱她，命令道，“金子，让人把织布机搬走。”

“别！外祖母不是说让我适当走动吗？织布只需踩踩脚踏板，不累的。我每天织半个时辰便好，织完了我给你和孩子一人做一套新衣裳。”

圣元帝听了这话心头火热，无奈道：“那好吧，每天只准织半个时辰。金子、明兰，你们好生看着夫人，莫让她劳累。”

二人唯唯应诺，不敢怠慢。

翌日，皇后有喜的消息便传得众人皆知。皇上心情极为舒畅，哪怕收到边关失利的战报，也未皱一下眉头，更驳回了临阵换帅的奏折，鼓励赵海再战。赵海收到圣谕，对皇上越发忠心耿耿，也越战越勇，一寸一寸收复失地。

后宫用度总算宽裕了些，但好吃好喝的东西全往椒房殿送，皇上依然保持着俭朴的作风，让一众嫔妃不敢造次。不知从何时起，嫔妃们见了皇后总是一口一句“小皇子如何如何”，仿佛笃定皇后怀的必是男胎。朝臣们闻听动静，也对皇后寄予很高的期望，盼着她赶紧为魏国诞下嫡长子。

男女尚未确定就传出这等流言，心情最焦虑的人非皇后莫属。她一举得男还好，若生的是个女儿，必定会令所有人失望。在万众瞩目的情况下，她压力之大可想而知，如果心情未能及时调整过来，对胎儿会造成极其不利的影响。这是有人在故意搅乱视听，间接加害皇后啊！仲氏和左老夫人察觉情况不对，屡次入宫劝慰皇后。

“外祖母、娘，您们放心，我能想开。无论这胎是儿是女，都是我的孩子，我绝不会因此乱了心绪。”关素衣抚着肚皮，浅笑道，“儿女我都爱。”

“问题是皇上怎么想的？他若不喜欢女儿，对你多多少少会产生芥蒂。况且他年近三十，迫切需要一个嫡长子。”仲氏忧心忡忡地道。

“皇上不是那样的人，他不会在乎这个。”关素衣笃定道。

“那你就什么都别想，好好养胎。”左老夫人翻捡着嫔妃们送来的礼物，语带嘲讽，“流言是从宫里传出的，数来数去也就那几号人。瞧瞧，送来的小衣小裤全是男子式样，她们也算有心了。”

“还有更有心的，这会儿已经替皇上物色好美人，准备借机争宠呢。”关素衣讽刺一笑。

左老夫人和仲氏连忙安慰她看开一点，略坐半个时辰便告辞。她们前脚刚走，圣元帝后脚就回来，坐下不厌其烦地询问夫人今天干了什么、吃了什么，又趴在她肚皮上傻乎乎地叫了几声小崽子。

关素衣见他如此，烦心事立马抛到脑后，捂嘴轻笑。偏在此时，沈婕妤在外求见，入内后毕恭毕敬地行礼，又让宫女把带来的礼物献给皇后。除登喜、登福两位大宫女之外，她身边还伴着一名十五六岁的小宫女，身段、长相皆十分出众，哪怕穿着再普通不过的宫装，梳着最简单的发髻，也似一株桃花，浓艳而又娇俏。更妙的是她还有一副清脆婉转的嗓音，徐徐说着吉祥话，简直叫人耳根酥软。

关素衣定定地看了她一眼，又看了看表情安闲的沈婕妤，心内不免讽笑。

众人凳子还没坐热，盘婕妤也领着众位宫妃赶来，却是看准了皇上就在椒房殿，想提醒他雨露均沾。

“娘娘，小皇子今天可好？”盘婕妤张口询问。

关素衣起初还会纠正她们，说自己怀的未必是小皇子，现在却懒得理会，抚摸肚皮笑道：“今天很好，就是嘴巴特别淡，想吃些味道极重的东西。”

“吃些话梅开胃，省得待会儿用膳的时候又吐出来。”圣元帝从抽屉里取出一罐话梅，挑了一颗形状饱满的塞进夫人嘴里，又给她倒了一杯热茶，用双手捧着一点一点喂她喝下，嘴里像哄孩子一般念叨，“慢点，小心洒了。话梅虽然好吃，却也不能整天靠这个过活。你若喜欢口味重的东西，朕待会儿去后院摘些胡瓜，给你做凉拌胡瓜吃。”

“好啊，臣妾现在就爱吃凉拌菜。”关素衣笑着点头。

其余嫔妃又妒又羡，心里五味杂陈。盘婕妤失口问道：“皇上亲自替娘娘做菜吗？”

“怎么，不行吗？朕的妻儿，难道还得劳烦别人照顾？”圣元帝理所当然地反问。

关素衣抿嘴暗笑。这人说得好爽利，实则只会做这一个菜罢了。她也并非爱吃，只是想满足他照顾妻儿的迫切心愿。

盘婕妤脸色变得极其难看，沉默片刻后说道：“这是皇上第一个子嗣，原该仔细看护。有娘娘的喜气一冲，往后宫里还会诞下很多皇子、公主，皇室也将开枝散叶，多子多福。娘娘，您说是不是？”

这是变相地提醒自己莫要霸着皇上，阻碍他撒播龙种。关素衣恶心得要命，吐掉梅核，淡淡开口：“那是当然。皇上如今子嗣不丰，本宫也忧虑得很。皇上，臣妾乏了，您左右无事，便去别宫坐坐吧。”

圣元帝本就不耐的表情彻底变成阴郁，重重放下茶杯，冷道：“皇后是在撵朕吗？朕之行踪，岂容你指手画脚？”话落看向堂下嫔妃，语带嘲讽，“朕还留着你们已算仁至义尽，莫要以为你们曾经干的那些事，朕一无所知。朕乃一国之主，富有天下，可不是什么腌臜东西都能捡起来吃的乞丐。”

这话说得太狠，臊得诸位嫔妃面红耳赤，羞愤欲死。原来在皇上眼里，她们竟是一群腌臜物吗？也是，他堂堂帝君，要什么样的美人没有？又何须俯首屈就一群曾经对他避之不及的蠢货？他独宠皇后未必就是对她多喜爱，恐怕只是因为她从未看轻他，更未表面顺服，背地里却疏远躲避，甚至算计利用。

盘婕妤想起自己曾经的所作所为，脸上不由浮现绝望的神色。她终于知道，皇上这辈子都不会爱上她，更不愿多看她一眼。只因旁人几句蛊惑就能由爱转怖，她有什么资格得到皇上的青睐与原谅？思及此，她跪下重重磕了三个响头，然后快步走出椒房殿，来到偏僻之所，这才泪流满面，无声哭泣。

沈婕妤等人的脸色也忽青忽白，好不难看，哪里还有心思争宠，飞快磕头告罪，鱼贯退出。倘若皇上不说，她们竟不知他早就存了心结。心结不解，她们这辈子都没有上位的希望。男子的尊严不容折损，更何况对方还是帝王之尊，越发不能侵犯。看来果然还得找人固宠。

待闲杂人等走远，脸色黑沉的圣元帝立刻换上嬉笑的表情，一把搂住夫人，问道："方才吓着没有？"

"没有。"关素衣忍俊不禁。

圣元帝略松口气，这才趴伏在夫人肚皮上，柔声道："小崽子吓着没有？不怕啊，爹没生你娘的气，爹跟你娘闹着玩儿的，往后你便知道了。爹会尽量克制，不在你娘跟前大声说话，你好好长大，顺顺当当落地，别折腾你娘。"

关素衣哭笑不得，拧着他耳朵骂了一句"傻子"。

越是临近产期，关素衣越感觉到压力巨大，它并非来自本人的惶恐，而是外界的传言与逼迫。如今人人都盼着她能一举得男，仿佛魏国的江山社稷全寄托在她肚皮上。就连足不出户的太后也屡次造访椒房殿，状似和蔼实则险恶地敦促她保护好龙胎，定要为皇上生下嫡长子。

倘若关素衣没有经历过种种磨难，从而变得更为坚强，现在必定辗转反侧、寝食难安，唯恐自己肚皮不争气，生下一个女婴。然而她明白失去骨血的痛苦，所以才更珍惜现在的一切。无论这一胎是儿是女，对她来说都是上天的恩赐，亦是最珍贵的礼物，她感激还来不及，哪里会嫌弃？

顶着所有人的殷切期盼，亦不乏恶毒诅咒，她平平安安地熬到了第九个月，于某日凌晨发作起来。

圣元帝近期十分紧张，晚上睡得很浅，生怕夫人和孩子发生意外。白天也不安稳，哪怕在上朝或处理政务，也会让金子每隔半个时辰报一次平安。空闲的时候更不用提，几乎把夫人拴在眼皮子底下，不准她离开自己半步。每当看见她顶着硕大的肚皮在殿里来回走动时，他都会提心吊胆，偶尔还会产生日后再也不让夫人生孩子的念头。从最初吐得昏天暗地，到后来双腿浮肿、彻夜难眠，她吃了太多苦，也受了太多罪，最后还有一道生死难关需要跨过。

因心中忧虑，几乎在夫人发作的瞬间，他就清醒过来，慌里慌张地跑出去喊人。所幸几位太医全在椒房殿里待命，立刻便布置好产房，让人把娘娘抬了进去。

圣元帝衣袍凌乱，脸色青白，听见夫人痛苦的呻吟，好几次差点冲入产房，却被金子和白福拦住。太后等人陆续提着灯笼赶来椒房殿探望，脸上带着焦虑的表情，但内心怎么想便不得而知。

“皇上，您先回去换身衣裳再来吧。吉人自有天相，娘娘和小皇子定会平安无事。”沈婕妤柔声劝慰。

圣元帝一步都不愿离开，却也不会衣衫不整地出现在别的女人面前。他让白福取一件外袍过来，当场穿上，健壮而又充满力量的身体裹在玄色深衣内，肩膀宽阔，腰部劲瘦，挺拔的站姿带给人极大的威慑感。

众嫔妃哪里还有心思关注皇后，一个两个直往圣元帝身上瞟，越发懊悔当初避着他的愚蠢举动。所幸圣元帝直勾勾地盯着产房，没空搭理旁人，否则必定会把这群醉翁之意不在酒的女人全部撵走。

夜幕退去，晨曦初现，夫人的呻吟却半点没消停，反而越发凄厉，他不禁在门口来回走动，差点将地砖踩出几个洞。

白福眼瞅着快上朝了，这才上前提醒：“陛下，各位大人还在金銮殿里等着，要不您上了朝再来？”

“上什么朝？”圣元帝语气焦躁，“让他们全都散了，朕要陪夫人。”

白福心知劝不回陛下，只好去打发众位大臣，刚走出去几步，又听他喊道：“慢着，将夫人临盆的消息告知帝师和太常卿，顺便去帝师府把岳母和左老夫人接进宫。夫人若出了产房，定然想见她们。”

白福唯唯应诺，快步去了。诸位大臣得知皇上要等待嫡子降生，都对罢朝一事表示理解，还纷纷冲椒房殿的方向祈福，祝愿皇后母子均安。

听见同僚们一口一个“小皇子”地叫着，关老爷子摇头叹气：“如今满朝文武都笃定依依怀的是男胎，恐怕皇上那里也期望颇高。如果她一举得男，便是意料之中，无甚惊喜；如果生的是个女儿，恐怕会令皇上极度失望，此前多受宠爱，此后便会落下多少失望苛责。但愿依依有那个福分，能顺利诞下嫡长子。”

关父摇头道：“生儿生女几率各半，着实说不准。生了儿子固然好，生了女儿，咱们还得交代她几句，让她一定要稳住。”

“她稳得住。”关老爷子笃定道，“走吧，回去准备曾外孙的见面礼。”二人一路沉默，喜悦有之，但更多的还是焦虑与担忧。

折腾了大半天，临到傍晚，红霞漫天时，关素衣终于把孩子生下来。为了保护好这份骨血，她养胎时半点不敢懈怠，该滋补的滋补，该活动的活动，身子骨反而比以往壮实，胎位也极正，已算十分顺利。

稳婆“啪啪”拍了两下，又将孩子擦干净，用襁褓裹好，这才僵笑着跪下：“恭喜娘娘，贺喜娘娘，是位小公主。”

关素衣虚弱道：“可还康健？”

“小公主康健得很，中气可足啦！”

她这才如释重负地笑了，勉力抬起手臂：“让本宫抱抱孩子。”

稳婆忙把孩子递到她枕边，大大夸奖一番。虽然不是个带把儿的，恐会惹皇上厌弃，但到底是嫡长女，又是公主之尊，她们断然不敢怠慢。原以为这回能拿到许多赏赐，看来全都打水漂了。

产房里伺候的宫人心情都十分忐忑。皇后生子本该是件大喜事，但皇上年近三十还膝下无子，定然殷切地盼着这胎能生男孩。如今事与愿违，皇上失望是肯定的，但愿他不要当面表现出来，让皇后难堪。

关素衣见孩子平安康健，这才放松心弦，慢慢昏睡过去。几位稳婆你推我，我推你，都不敢出去报信。若非皇上听见屋里没了动静，一声高过一声地询问，她们恨不得遁地而逃。

诸位嫔妃心有所感，虽面上没表露出来，内里却都幸灾乐祸，嗤笑不已。尤其是沈婕妤，微不可查地吐出一口浊气，暗暗忖道：虽然这几个月的流言没能压垮皇后，让她心神失守意外流产。但老天爷好歹是站在本宫这一边的，没让她抢先诞下嫡长子。皇上若是听闻消息会如何？恐怕当场便要甩袖离开吧？为了这个孩子，他连君子远庖厨的原则都能违背，可见对他寄予了多少厚望。嫡长子与嫡长女，虽一字之差，待遇却是天渊之别！

几位稳婆硬着头皮走出产房，双手举起孩子，强笑道："启禀皇上，娘娘生了个小公主，如今母子均安。"

圣元帝看也不看孩子，绕开稳婆朝产房里走去，看见夫人脸色苍白地躺在床上，脑袋便是一晕，颤手探了探夫人鼻息，这才腿脚发软地坐在床沿，将脸埋在她颈窝里深深吸气。谁也不知道他是怎么熬过来的，夫人痛，他只会比她更痛；夫人怕，他只会比她更怕。他想起了惨死的母亲，又听见夫人接连不断的痛呼，有那么几次差点一脚踹开房门，勒令夫人别生了。

他紧紧抱着她，恐惧感这才一点一滴消散。

皇上看也不看小公主，令跪在地上的稳婆十分慌乱。诸位嫔妃心里乐开了花，面上却都露出悲天悯人的表情，窃窃私语道："可怜见的，刚生下来就被皇上厌弃了。"

仲氏和左老夫人站在人后，心里火烧火燎一般难受，却碍于君臣礼节，不敢埋怨半句，更不敢擅自上前探望。

太后伸出手，欲抱小公主，却被金子眼明手快地接过去。太后并不与一个下人计较，只淡淡一笑，仿佛已预见皇后失宠的下场。当了皇帝又如何？还不是生不出儿子？哪里像她的三个儿媳妇，胎胎都是男孙。

沈婕妤咳了咳，正想递上礼物，说几句漂亮的场面话，却见皇上旋风一般冲出来，吩咐道："金子、明兰，赶紧熬鸡汤去，夫人醒来便要喝！岳母、老夫人，劳烦您二位暂时留在宫里照顾夫人，叫她安心一点。"

话落颤手去接孩子，神色恍惚地询问："这是朕的小公主？"他多想把孩子紧紧抱在怀里，又怕碰伤她娇嫩的皮肤。她那么小一团，皮肤泛着红色，脸蛋儿虽然皱巴巴的，却怎么看怎么可爱。

金子手把手地教他怎么抱孩子，忍笑道：“皇上您别怕，小公主虽然娇弱，但只要您姿势正确，便不会伤到她。”

圣元帝抱着孩子，像个木头人一般僵硬地站在原地，想摇一摇，怕她头晕；想亲一亲，怕她被胡须扎到，竟不知如何才能表达自己的感动与热爱。谁也不知道，比起儿子，他更希望夫人能为自己生一个女儿，完全继承夫人的聪明与美丽。他们夫妻两个将伴随孩子从小豆丁长成亭亭玉立的少女，那过程一定充满了欢乐与温馨。他会把孩子当成掌上明珠一般宠爱，哪怕她要天上的星星，也一定替她摘下来。

圣元帝眼眶泛红，慢慢举起小公主，将耳朵贴在她小脸蛋旁，聆听她微弱却平稳的呼吸，哑声道：“这是朕的小公主，赐名朝阳，封号镇国，食邑万户！白福，拿文房四宝来，朕要拟旨大赦天下，召回所有罪民与流民，让他们为镇国公主祈福！赏，宫里所有人皆重重有赏！”

封号镇国，食邑万户，刚生下来就位比亲王，这可不像失望嫌弃的样子啊！所有人都傻眼了，好半天才反应过来，纷纷跪下磕头。

皇后生了个女儿，这大大出乎众人预料，但更令人无法理解的是，皇上竟半点失望的情绪都没有，反倒大肆封赏，昭告天下，接连乐呵了一个多月才慢慢恢复正常。

后宫里的女人全蒙了，起初还以为皇上是为了替皇后撑场面，这才假装开怀，但时日一久便不得不接受现实：比起儿子，皇上似乎更喜欢女儿，整天把小公主抱在怀里，姿势比皇后和奶娘还娴熟，更亲手为小公主换尿布，洗小衣小裤。

有一次上朝，他竟偷偷把小公主带去，所幸皇后及时发现，连忙让金子去拦人，这才没闹出笑话。朝臣们经常看见皇上一边翻阅奏折一边把小公主抱在怀里摇晃诱哄，从不敢置信慢慢变成麻木，又从麻木转为习以为常。

不过两月，皇上爱女如命的消息便传得尽人皆知，让满宫嫔妃嫉恨无力、痛苦绝望，也让关家松了一口气。

然而总有人不肯消停。

这日，长公主黑着一张脸入宫求见，身后跟着几名鹤发童颜的老人和一名盛装打扮、容貌绝美的少女。圣元帝抱着关素衣，关素衣抱着霍朝阳，一家三口正美滋滋地躺在葡萄架下纳凉，闻听通禀，脸色皆暗沉下来。

“忽格娜？谁？”关素衣不安地询问。

“我母亲的侄女。”圣元帝解释道，“自从母亲被陷害至死，母族为了明哲保身便再也不与我来往。我为了追寻真相，几次找过去，他们都不愿承认，还给了我许多错误的线索，让我越查越偏。还是太后发了‘慈悲’，将那幅画送与我，这才替我解开疑惑。从此我便改姓，再也不去母族寻亲。”谈起往事，圣元帝心情极为糟糕，看见女儿无邪的笑脸，又迅速开怀起来。

“那她此时入京，恐怕不只认亲那样简单吧？走，去看看。”关素衣接过女儿亲了一口，见丈夫把脸凑过来，也笑着亲了一口。

三人入了正殿，就见太后和几位皇子妃、小皇孙也都到了，正与老人们说话，态度十分恭敬。一名少女坐在长公主下首，幽蓝眼眸极为深邃，仿佛能夺魂摄魄。

“什么风把几位族老吹来了？”圣元帝扶着夫人走过去坐定，连个眼角余光也没留给少女。少女期待的表情转为黯淡，略微垂头，静默不语。

几位老人哪怕在族里德高望重，说一不二，在贵为国君的忽纳尔跟前也丝毫不敢造次，连忙站起来行礼。少女亦盈盈下拜，嗓音曼妙。

“皇上还记得吗，这是你表妹忽格娜。”其中一名族老说道，“臣等听闻您膝下无子，这便把忽格娜送进来伺候您。她身体里流着先太后的血液，您二人结合，必能诞下血脉最纯净的后代。”

不等圣元帝回答，又有一人说道：“臣等已经打听过了，皇后虽然出身清贵，家族却世代单传，到了这一代，竟只得了一个女儿，已是血脉断绝。可见关家女子不好生养，能否再为皇上生下嫡子还是未知数。为防皇室血脉凋零，还请皇上多多宠幸嫔妃才好。您若是看不上后宫那些女子，臣等便在族里替您再物色几个好生养的，即刻就能送进来。”

旁人当着自己的面给忽纳尔塞女人，这已经不是第一次了，但关素衣依然感到愤怒、恶心、无奈。身为“贤后”，她不但不能反驳，甚至还得帮着劝说几句，然而谁又能理解她刀剐一般的痛苦？

不，忽纳尔就能理解。他不但能理解，还会竭尽全力地保护她，所以哪怕再愤怒、恶心，她也能忍耐。刚想到此处，一只大手便悄悄探过来，轻拍她僵硬的膝盖，令她垂眸暗笑。

“几位族老能管朕的后宫，却管不了朕的裤腰带。你们想送多少女人就送多少，反正都是守活寡，她们不介意，朕更无所谓。”话落，圣元帝急忙捂住小公主耳朵，懊恼道，“抱歉夫人，竟让女儿听见这种浑话。日后我一定注意。”

关素衣摇头莞尔。

“可是皇后生不出儿子……”一名族老急了。

“莫说皇后还年轻，将来能替朕生许多孩子，哪怕她生不出，又有什么关系？”圣元帝抱过小公主，宠溺道，“九黎族曾出过三位女族长，带领我族开疆拓土，征战四方；远的不提，就看皇姐，她的能力亦不输任何男儿。若是将来朕无嫡子，那就立皇太女，皇姐您看如何？”

关素衣惊呆了，张口结舌地看向夫君，却被他朗笑着抱入怀中，宣示道：“朕此生不要庶子，你们歇了心思吧。”

一直阴沉着脸的长公主忽然拍桌大笑：“册封皇太女？好你个忽纳尔，够魄力！

倘若皇后一直无子，本殿的军队必是皇太女手中最锋利的武器！”

几位族老被他惊世骇俗的想法镇住，苦劝无果，只得带着面如死灰的少女匆匆离开。这些话，圣元帝本就无意隐瞒，不过须臾就传得满宫皆知。诸位嫔妃这才确定皇上的态度，然后陷入绝望。宁愿立皇太女也不要庶子，皇上对皇后真是死心塌地！然而这份痴心，她们原本也有机会得到！悔啊，悔之莫及！

朝臣们有的劝谏，有的弹劾，有的缄默，但皇上咬死了只要嫡子，这对重视嫡庶的汉人来说反而不是多么严重的事，久而久之便消停了。

过了两年，皇后再次有孕，终于诞下一名皇子，然后便没了音信。皇上始终未曾宠幸别的嫔妃，只把一双儿女捧在手心里疼爱。

镇国公主样貌肖似皇后，太子殿下像极了圣元帝，性子却截然相反。镇国公主好舞刀弄枪，不满十岁就被长公主带去军营历练；太子殿下十分乖巧敦厚，头脑更聪明无比，未满一岁便能说话，三岁已能吟诗作赋，五六岁就被皇上带去御书房理政，仿佛迫不及待地想把肩上重担交给他。

关素衣有儿有女，又有夫君不离不弃，此生已了无遗憾。

—正文完—

番外一

另一种开端

甘泉宫内，叶蓁坐在铜镜前，手里捏着一张剪成莲花状的金箔，仔细贴在眉心，四名大宫女围在她身边，有的替她梳头，有的替她佩戴首饰，还有的拿出一件件衣裳让她挑选。

大宫女咏荷忧心忡忡地说道："娘娘，您真的要这样做吗？"

"徐雅言当了皇后，还想过继六皇孙为嗣子，倘若本宫再不做点什么，哪里还有活路？"叶蓁手指微微一颤，竟把金箔贴歪了，只好用力擦掉，再贴一张新的。她眉目如画，气质温婉，眼眸深处却隐藏着狠戾与怨毒，与她素来淡泊无争的形象大相径庭。

几名大宫女沉默下来，目中莫不流露出惊惧的神色。叶老爷被徐广志弹劾，已丢了官职贬为庶民，叶家的生意大受打击，眼看已呈日薄西山之象，倘若娘娘再不争宠上位，叶家迟早要垮。而叶家垮了，没有依仗的娘娘只会举步维艰，下场凄惨。

"娘娘，您还是想清楚了再行事吧。"咏荷从床底下拖出一口箱子，迟疑道，"宫中那些流言您又不是没听过，倘若您揭破了皇上的隐秘，凭他残暴的性子，将您打入冷宫都是轻的……"怕只怕他当场发了疯，把甘泉宫上下几百号人全斩杀了。后面这句话咏荷没敢说出口，叶蓁却心领神会，冷笑道："如果皇上真是恶鬼转世，近过他身的女子都会死，本宫已不知死了多少回。这话只有那些九黎族嫔妃才会信，都是一群没脑子的蠢货！"

另一名大宫女咏菊左右看了看，压低嗓音道："不是啊娘娘，汉人嫔妃这边也有传言，说皇上那处在战场上受过伤，已经不行了！"话落脸颊臊得通红。

因为两种流言在宫里盛传，九黎族嫔妃不敢靠近皇上；汉人妃子有心搏宠，又怕撞破隐秘被皇上杀人灭口，于是都对他避如蛇蝎，反而上赶着巴结太后和几位小皇孙。皇上已经三十多岁了，膝下却无子嗣，除了身体不行，实在找不出更合适的理由。

听了这话，叶蓁心里有些打鼓，略略一想又摆手道："皇上身体无恙，那话绝对是假的。"

"可是娘娘，您跟在他身边这么多年也没侍过寝，岂不更佐证了流言的真实性？"

咏荷还是感到不安。

叶蓁脸颊微红，笃定道："他是碍于赵陆离的面子才一直没碰本宫。本宫曾经与他有过接触，他完全没问题。"当年她被赤裸裸地送到皇上营帐时，对方是有反应的，可见他不是不行。

赵陆离成婚已有四年，而她做足了斩断前缘的姿态，想来皇上这次不会再拒绝她。当然，若有药物助兴，理应十拿九稳。思及此，叶蓁命咏荷打开箱子，从里面取出一个黑色小瓶，拔掉塞子后嗅闻："这是离魂酒，能让人神魂颠倒，欲仙欲死，却又不会彻底失去理智。等会儿你滴一滴在酒坛里，能让酒液更香醇浓厚。"

咏荷领命而去，其余三位大宫女继续伺候叶蓁梳妆打扮，临到傍晚，终于等来了风尘仆仆的圣元帝。叶蓁连忙迎出去行礼，对方却径直越过她，走到内殿落座，沉声道："拿酒来。"

他嗜酒如命，来了甘泉宫，除了找叶婕妤说话，一般就是默默喝酒，喝到微醺便甩袖离开，绝不会留下过夜。他体格十分高大，一袭黑色深衣包裹着强壮的身体，行走间像一头蓄势待发的野兽；脸庞的轮廓刀削斧凿，十分深邃，完全有别于中原男子的温润如玉，却另有一番至阳至刚的侵略感；一双幽蓝眼眸在夜色中发出冷冽的光芒，叫人胆寒。

稍微胆小些的女子大概都不会喜欢与他相处，即便叶蓁胆识过人，也难免心慌。她暗暗吸了一口气，这才走过去替男子更衣，又命大宫女把酒和小菜进上来。

圣元帝提起酒坛轻嗅，不辨喜怒地道："今天的酒似乎格外香醇。"

叶蓁吓得脸皮都绷紧了，语气却十分柔软温和："这是内务司刚献上的二十年陈酿花雕。臣妾不会品酒，也不知味道如何。"

圣元帝似笑非笑地看着她，当她脸色渐渐发白时才仰头灌了一口，赞道："确实是好酒，让内务司再送几坛过来。"

叶蓁暗暗松了一口气，连忙让咏荷再去取几坛酒。圣元帝也不搭理她，自顾自地豪饮，默默无言，喝了大约两坛，这才以手扶额，露出疲态。

"皇上您若是累了，便去里间休息一会儿吧。"叶蓁试探性地伸出手，轻轻搭放在他肩头，察觉到他并未抵抗，心下不由大喜，连忙给咏荷等人使了个眼色，让她们帮忙把皇上扶进去。

好在圣元帝还有神智，推开几人，自己晕晕乎乎走到内殿，坐在榻上，一双幽蓝双眸氤氲着雾气，直勾勾地盯着叶蓁。叶蓁被他看得头皮发麻，却箭在弦上不得不发，慢慢挨着他坐下，伸手去解他衣襟。

"皇上您醉了，今晚便在甘泉宫歇下吧。"她吐气如兰地说道。

圣元帝往床头一靠，眯着眼，神色莫测，一只脚踩在地上，一只脚踏在床沿，既没说留下，也没说走人。叶蓁见状咽了口唾沫，继续硬着头皮去脱他衣裳，边脱边技巧性地抚摸他强壮有力的身体，然后绯红的脸颊一点一点变得惨白。

离魂酒能最大限度地催发男子情欲，只一滴便足以让人欲仙欲死。然而皇上喝了两坛，分量绝对不少，身体竟半点反应都没有。难道流言竟是真的？那么得知这一隐秘的自己又会招来何等下场？

她立即便想退开，却被圣元帝掐住下颚，沉声问道："爱妃，怎么不继续了？"

"皇上定是太累了，臣妾伺候您睡下吧。"叶蓁眼角沁出泪水，已是怕到极点。圣元帝究竟有多么喜怒不定，没人比她更了解。倘若他无缘无故发起狂来，周围所有活物都会被他屠尽。

"喝了你刻意准备的好酒，朕怎会累？"圣元帝扔掉她，就像扔掉一个物件。白福闻听响动立即走进来，递给他一条帕子。

他将指尖一根一根擦拭干净，漫不经心地道："叶婕妤这里好东西就是多，连离魂酒都有，着实叫朕惊讶。"

"皇上饶命啊！臣妾只是想要一个孩子，求皇上开恩。"叶蓁对皇上十分了解，明白此时绝不能编造谎言骗他，只好把真实目的说出来，"臣妾挂念一双儿女，又唯恐晚景凄凉，只想要个孩子傍身而已，求皇上看在往年的情分上，满足臣妾这个心愿吧！"她膝行上前，欲抱住皇上双腿，却被他毫不留情地踢开。

"往年情分，"圣元帝冷冷一笑，"追杀朕的情分？"

叶蓁哑了，几乎不敢相信自己的耳朵。他竟早已知道她的所作所为？那为何还留她一命？凭他的心性，难道不该将她千刀万剐吗？

"知道朕为何留着你，又为何总爱找你说话吗？"圣元帝表情莫测。

"为什么？"叶蓁浑浑噩噩地问。

"因为你够脏，只有在你面前，朕才是最轻松自在的。"罗刹最喜欢的便是污秽之物，在叶蓁面前，他可以不用伪装，不用压抑，因为他随时随地都能将她除掉，而不用担心她知道太多。

"再者，你明明想委身于朕，却又偏要假装痴情，今天掉几滴泪，明天叹几口气，模样着实有趣。朕累了乏了便来看你，心情不知不觉就会好上很多。"他站起身，拍打不染尘埃的衣摆，叹息道，"在朕腻味之前，你还是叶婕妤；在朕腻味之后，定会给你找一个好去处。"

他虽然口里说着"好去处"，看她的目光却全无温度。直至此时，叶蓁才终于明白，自己在他心里哪是救命恩人或宠妃，不过一个跳梁小丑，甚至死物罢了。难怪他看着自己时，脸上常常带着冰冷而又古怪的笑容，原来早已替自己安排好了结局。是打入冷宫抑或暗暗处决？甚至千刀万剐？

思及此，叶蓁连滚带爬地上了床榻，用被子紧紧裹住自己。她所有的美梦，在今天被踩得粉碎。然而这还没完，一名暗卫忽然出现，手里拿着一个小黑瓶，低声道："婕妤娘娘，皇上赐酒，请您领受。"话落掐住她下颚，将瓶子里的液体一滴不剩地灌下去。

与此同时，思念“亡妻”的镇北侯也喝得酩酊大醉，晃晃悠悠推开房门，朝坐在灯下缝补衣裳的女子扑去，嘴里不停喊着“蓁儿”。女子先是愣了愣，听清他喊了些什么，立即奋力挣扎起来。二人在屋里扭打，摔碎了许多东西，女子终究难敌男子，被压在床上剥了衣裳，眼看就要惨遭毒手，忽然发了狠，拿起玉枕朝男子砸去。

男子脑袋一偏，本可以躲开，却不知为何身体僵硬了一瞬。玉枕正中门面，令他瞬间瘫软在女子身上，额角缓缓流下一行鲜血。

当明兰和明芳用了晚膳回到正房时，就见主子披头散发，脸色铁青，手里拿着一个带血的玉枕，正睁大眼睛看着床上。二人顺着她目光看去，然后一个呆滞，一个转身飞跑：“不好了！夫人把侯爷打伤了！快去叫大夫，快去啊！”

关素衣这才回神，想要阻止明芳已经晚了，只能扔掉玉枕，自嘲道：“好丫头，果然一心向着赵陆离。”

明兰心知情况不妙，拧了帕子去擦侯爷沾满鲜血的脸庞，低声道：“小姐别慌，您就说是奴婢把侯爷给砸了。奴婢大不了挨一顿打，无事的。”

“别动他，免得伤上加伤，只把鲜血擦掉就好。”关素衣冰冷无比的心里涌上一股暖流，叹息道，“傻丫头，我一人做事一人当，何须你替我顶罪？砸了赵陆离，我至多被发配别院，没甚要紧，若他醒不过来，我就给他赔命。老夫人心软，我求她一求，让她放你归家。”

明兰见她脸色已由慌乱变成麻木，双眸更透出一股死寂之感，不由悲从中来，低声哭泣：“小姐去哪儿奴婢就跟去哪儿，要活一起活，要死一起死。小姐，您作甚要打侯爷？他是不是欺负您了？”

关素衣不愿回忆方才那令人恶心的一幕，回避道：“好，咱俩生死都在一块儿，把明芳留下。她一心一意想攀高枝，又哪里知道赵陆离是什么货色。我原还打算找个管事将她嫁了，免得她跳入火坑，哪料她丝毫也不领情。看她方才那等做派，显然已不认我这个主子，既如此，便随她去吧。”

明兰心思简单，立刻忘了前面的疑惑，咬牙道：“呸，小浪蹄子！整天只知道勾搭侯爷，焉知侯爷连个正眼也不稀罕给她。小姐，咱们日后就当没她这号人！您别慌，侯爷还在喘气儿呢，死不了。”

关素衣爱怜地揉揉明兰脑袋，这才开始整理仪容。

半刻钟后，老夫人带着一群人匆忙赶到，有赵陆离的一双儿女赵纯熙和赵望舒，也有他养在后院的姬妾。老夫人哪怕再恼恨这个儿子，毕竟也是自己身上掉下来的一块肉，没有不心疼的道理。大夫随后赶来，诊过赵侯爷伤势，告知众人情况比较严重，灌两碗药下去等明日再看，明日能醒就万事大吉，明日不醒便糟糕了。老夫人终究怜惜这个儿媳妇，并未当着大伙儿的面训斥她，脸色却极其难看。众人在屋里守了一夜，翌日，赵陆离还是没醒，儿女、姬妾全都围在床边，一声接一声地呼唤，也没能让他睁眼。

老夫人看看哭得上气不接下气的众人，又看看神色木然的儿媳妇，不由冷道："素衣，你随我出去。"

二人走到偏厅说话。

"素衣，你过门四年，府里上下内外全靠你打点，望舒和熙儿也都养在你膝下，现在很有些模样。起初我对你是很满意的，但近年看下来，却连叶繁都不如了。你是主母没错，你该操持家务也没错，但你首先是陆离的妻子，你连他的人都留不住，还留在赵家干吗？夫妻敦伦实乃天经地义，你不愿便罢，为何还拿玉枕砸他？你若打算一辈子守活寡，那就去别的地方守，不要留在府里碍我的眼。看看叶繁，再看看你，我对你实在是太失望了！"

老夫人闭上眼，长长叹了一口气。

关素衣一句辩驳的话也没说。她何曾不想留住夫君？但也要赵陆离给她一个机会啊！她性格耿直，不会说软话，于是便掏心挖肺地待他好，却没料他竟对她避如蛇蝎，冷言冷语。她也是人，有尊严，有血肉，能感觉到羞耻与疼痛。她做不到当他喊着另一个女人的名字时，被迫承受本不该她承受的折辱。她没有与叶蓁肖似的容貌，不能像叶繁那样给赵陆离当替代品，难道这是她的错吗？

罢了，这个家果真待不下去了。这样想着，她重重磕了一个头："老夫人，是我对不住侯爷，您若想把我送走，我立刻收拾东西离开。"

老夫人原以为能点醒她，却没料她竟如此死心眼，不免气结。偏在此时，明芳敲响房门，大声说道："夫人，关家来人了，说老爷子病得厉害，请您帮帮忙。"

关素衣麻木的表情瞬间退去，立刻开了房门问道："谁来了？我娘吗？祖父他怎么了？"

夫君生死不知地躺在床上，也不见她掉一滴眼泪，关家随口喊一声她便乱了方寸。罢，也是个养不熟的白眼狼！老夫人越想越气，冷道："上回才借走一百两银子，时隔半月又来打秋风，竟没完没了了。"

关素衣扑通一声跪下，哭求："老夫人，我祖父是真的病重，求您开恩，救他一命吧！"老爷子的身体只能靠人参、灵芝等珍贵药材养着，一天的开销便高达几十两，若非真的走投无路，家人哪里会求到侯府？再多的傲气，在祖父的安危面前都不值一提，关素衣一面哀求一面磕头，很快便磕破了脑门，流出许多鲜血。

老夫人并非铁石心肠，虽然恼她重伤儿子，却也不会见死不救，让人包了一百两银子，将仲氏打发走，这才摆手道："你去祠堂里跪着，若明天陆离还未醒，你就去沧州吧。帮你养了关家整整四年，前前后后花出去多少银子你算得清吗？我们侯府对你已是仁至义尽。"

关素衣并非忘恩负义之辈，又哪里记不住侯府花费在祖父身上的银两？她原想好好照顾赵陆离的一双儿女，替老夫人养老送终，操持家务，但如今看来，人家早已容不得她了。

她重重磕了三个响头，诚心道："多谢老夫人，您的大恩大德我不敢忘，今生无以为报，只盼来生为您当牛做马。若侯爷有什么好歹，我就在沧州，您大可随时拿我偿命，求您看在往日的情分上，莫要牵连我娘家人。"

老夫人知道这个儿媳妇心肠是好的，只不过为人太耿直木讷，不像叶繁，能靠那张脸讨儿子欢心。她原也不是容不得她，但她千不该万不该，不该砸坏了儿子，叫他生死不知。若不惩戒她，又该如何向旁人交代？况且儿子要真醒不过来，叶繁少不得大闹一场，或将罪魁祸首扭送官府，或就地格杀，总之不会善了。老夫人心里再恨也不愿搭上两条人命，干脆把人送走，让她自生自灭吧。

"当牛做马便不必了，你日后好自为之。你也知道我的性子，绝不会牵连无辜，你去吧。"老夫人抹去眼角的泪水，推开房门走出去。

关素衣在明兰的搀扶下慢慢站起来，瞥见躲在窗后的明芳，叹息道："倘若明日侯爷醒不过来，我与明兰去沧州，你留下照顾他。"

明芳怨恨道："奴婢自会好生照顾侯爷。夫人，您为何拿玉枕砸他？您想把他打死吗？"若侯爷出了事，她留下还有何意义？

关素衣并未回话，目不斜视地走了出去，瞥见站在廊下的赵望舒和赵纯熙，不免流露出愧疚的神色。她弯下腰深深鞠躬，二人却用仇恨的目光瞪视。叶繁挺着八九月的孕肚，撂下狠话："关素衣，若侯爷有什么三长两短，我要你偿命！"

"我的命就在这里，等你随时来拿。"关素衣再三鞠躬，这才转身离去。

翌日，赵陆离还是没醒，但脉象略有好转。老夫人见叶繁上蹿下跳地欲打杀关素衣，只好把人塞进马车，远远送去沧州。她走了不到半日，赵陆离就醒了，看见守在床边昏昏欲睡的儿子、女儿，表情不由一呆。

赵纯熙和赵望舒怎会如此年幼？自己不是快病死了吗？他慢慢坐起来，摸了摸隐痛的额头，记忆便像潮水一样汹涌而至，令他差点晕过去。

赵纯熙和赵望舒被呻吟声吵醒，看见痛苦不堪的父亲，一个连忙去扶，一个跑出去大喊："爹爹醒了！快去叫大夫！"

老夫人就睡在隔壁，闻听响动立刻赶来查看，一面对着半空作揖一面感谢老天爷开恩。而赵陆离正承受着记忆地冲刷。

这里是镇北侯府，他的妻子依旧是素衣，境况却与自己记忆中的完全不同。岳祖父和岳父并未受到朝廷重用，反倒在那次辩论中被徐广志当作踏脚石，彻底打压下去。如今关家已穷困潦倒，岳祖父染了重病，只能靠药材吊命；岳父在法曹谋了个刀笔吏的小职，日子过得极其清苦；而夫人嫁予他四年，勤勤恳恳、兢兢业业，他却对她视而不见，甚至于处处折辱。

"夫人，"他失口喊道，"夫人在哪儿？我要见她！"不管做梦也好，轮回也罢，只要能再次见到夫人，好好弥补她，便什么都值了！

"侯爷没事了吗？"一道焦急的女声从门外传来，令赵陆离屏住呼吸看去，却见叶繁挺着大肚子，三两步跨进内间。赵望舒和赵纯熙连忙迎上前，一左一右将她扶住，表情紧张。

叶繁？怀孕了？狂喜中的赵陆离仿若被一桶冰水浇下，血液瞬间凉透。

关素衣与明兰收拾了一些细软，乘坐马车摇摇晃晃地前往沧州，车上除了车夫，还有一个负责护送的老婆子。二人大约知道夫人已经失宠，对她的态度极为恶劣，起初还想诈几个钱，发现她是真的身无分文，这才作罢，但言辞间骂骂咧咧，十分不尊重。

明兰一直憋着气，几次想发作均被关素衣拦住。沧州路途遥远，若是得罪了护送的人，能不能活着抵达都是未知数，所以能忍则忍。

老婆子惯会偷奸耍滑，临出门时老夫人给了她一百两银子，说是护送夫人的盘缠，她偷偷瞒下，然后撺掇车夫送自己回家，打算将银子交给儿孙保管。其实关素衣哪会不知？不过是人在屋檐下，不得不低头罢了。倘若赵陆离醒不过来，她已经做好一命赔一命的准备，自然不会在乎这些琐事。

车夫将车停靠在村口的水塘边，跟随老婆子回去吃饭，临走问了夫人一句，见她摇头便不管了。

“哼，这些狗眼看人低的东西！”明兰啐了一口。

“别跟他们置气，”关素衣揉揉明兰脑袋，安慰道，“为了几个不相干的人，何必弄得自己伤肝伤肺？咱们只要能平安抵达沧州便好。”然而能不能活着抵达，连她自己也不清楚。老夫人这会儿想放她一马，等赵陆离出了意外，或许就会改变主意。

明兰心情十分低落，小声道：“也不知侯爷怎么样了，希望他别死。”

关素衣眸光微微一暗，却不接这个话。她当然希望赵陆离能醒过来，然而对砸伤他一事却并不后悔。若再来一次，她还是会拼命抵抗。

主仆二人均有些神思不属，偏在此时，池塘对面吵吵嚷嚷来了一大群村民，领头的是一个头发斑白的老翁，手里拿着一张纸，似乎在扬声宣告什么。因为隔得有些远，又加之环境嘈杂，关素衣听得并不清楚，只依稀捕捉到几个字眼，譬如“不守妇道”“该死”云云。待他话落，人群左右分开，一名困在竹笼里的女人被抬上来，周围的村民疯狂向她投掷烂菜叶和石子，还有人吐口水。女子十分恐惧，先是大声辱骂这些人，见他们无动于衷，便绝望地哭起来，哪怕隔了老远，也能感受到她嗓音里的绝望与悲愤。

“哎呀不好，这女子要被沉塘了！”明兰脸色煞白地低喊。

自从皇后娘娘写了《女戒》，并在京中大肆宣扬之后，沉塘就不再是什么新鲜事了。但凡被定义为“不守妇道”的女子，要么落发出家，要么沉塘淹死，下场一个比一个凄惨。

关素衣本就压抑着无数怒火的胸膛，因为这句话而剧烈起伏。凭什么女子要遭受这些折磨？男人是人，女人就不是人吗？能由着他们说打就打，说杀就杀，当成牲畜一般对待？

她飞快脱掉鞋袜和沉重的外袍，选了个长满灌木和芦苇的地方，悄悄下水。

“小姐您要干吗？现在天气寒凉，您小心冻着。”明兰意识到什么，连忙压低嗓音，“小姐您千万要小心，别被那些人发现了！”

关素衣从小跟随祖父在各地游历，莫说一个几十丈见方的池塘，就算是江河湖海也能游过去。她沿着芦苇丛生的地方慢慢游去，隔一会儿便闭气潜入水底，再隔一会儿又悄然浮出，不知不觉便到了对岸。

村民们全在讨伐那名女子，并无人往水里看。老翁似乎受够了女子的哭喊叫骂，扬手道：“把她扔下去！”

有好事的村民早就蠢蠢欲动，立即走上前抬起女子，乘坐小船到了水塘中央，将她丢下去。水塘十分浑浊，又因为太深，底下是什么情况完全无法探明，只看见几个水泡咕噜咕噜冒上来，在水面破裂。

“族长，完事了。”他们一面喊话一面将船划到岸边。村民们踮起脚尖，伸长脖子，却什么都看不见，又因为寒冬腊月，实在太冷，站了一会儿便纷纷回家去了。

被五花大绑关在竹笼里的李素娥挣扎了一会儿，最终只能认命。她努力憋住最后一口气，飞快回忆着与小叔子相依相伴、同甘共苦的点点滴滴，心里却没有一丝后悔。如果再来一次，她还是会照顾他、跟随他，并且爱上他。她只恨自己开窍太晚又抗拒太深，没能多陪伴他一些时日，多留给他一些快乐。

但愿来生，你我能早点相逢。这样想着，她吐出最后一口气，让冰冷的液体灌入口鼻。恰在此时，浑浊水域中竟游过来一道朦胧身影，她洁白的单衣上下浮动，乌黑的长发似水藻一般铺开，又随着水流向后飘荡，显露出一张美丽的脸庞。

李素娥睁大眼，还以为自己见鬼了，却发现对方抓住竹笼，向对岸游去，担心她溺水而亡，还凑过来给她渡了一口气。

嘴唇是软的、热的，所以她是人，不是鬼。李素娥恍恍惚惚，悲喜不定，待回神时，竹笼已浮出水面，隐藏在茂密的芦苇丛里。所幸她手脚被绑得很紧，无法挣扎，故而顺顺利利被救了上来，否则凭现在的温度，两人若缠在一块儿拉扯，或许就都没命了。

“你没事吧？”她听见女人关切地询问。

“我没事，”开口的瞬间，李素娥已泪流满面，激动道，“谢谢你救了我，谢谢！”

女子摇摇头没说话，徒手撕开竹笼，又解开绳索，将她抱上岸。李素娥傻了，万没料到对方娇娇小小一个人，力气竟如此大。难怪她敢在寒冬腊月跳下水救人。

想起水中女子沉着冷静的举动，李素娥苍白的脸颊浮上一层红晕，感觉有些羞涩。这女子是谁？好生飒爽侠义，归家后她一定要让小叔子重重答谢对方！

“怎么，吓到了？”上了马车之后，女子递给她一条帕子，柔声安慰，“别怕，你现在已经安全了，赶紧换上干爽的衣物，免得冻病。你可有能信任并且投奔的人？有的话我现在就送你过去。”边说边换好衣服，走到外面拉起缰绳。

明兰将早就准备好的裙子递给李素娥，忧心道：“小姐，您把那两个狗东西留在李家村会不会不太好？”

“没什么不好的。我什么都不说并不代表怕了他们，而是懒得计较罢了。”关素衣满脸的不以为然。那两人私自改变行程，又藏匿主家财物，等他们发现马车不见了，定会跑回府编排自己负罪逃逸。等自己送女子归家后，便向老夫人告罪，只说担心二人将自己带到陌生之所谋害，这才驾走马车暂避。老夫人是个眼明心亮的，派人追查下去，只看最后谁倒霉。

明兰向来对小姐言听计从，见她胸有成竹，便也不再多话，默默帮李素娥擦头发。李素娥对二人十分感激，心知她们不便询问自己为何被害，便主动攀谈：“多谢二位援手。我姓李，名素娥，乃镇西侯的嫂子。劳烦你们把我送回镇西侯府，多谢了！”

“原来是李夫人，幸会。”关素衣因家世低微，很少出门交际，认识的贵妇并不多，但这位李夫人她有所耳闻，对方似乎也是寒门出身，却因镇西侯重情重义，感念她多年照顾，对她十分尊重。

堂堂镇西侯的嫂子为何被人抓去沉塘，这里面的秘辛关素衣不想知道，也绝不会打探。然而她没问，李素娥却主动坦承：“我看妹妹一片侠义心肠，也就不瞒你了。我和小叔商量好来年开春便成婚，不知怎的被族人知道了。族长是个儒生，奉行徐家那一套说辞，便将我骗回来沉塘。幸亏遇见妹妹，否则今天我定然无法活着回去。”说到此处，她后怕不已，眼眶又开始泛红。

原来是嫂子改嫁小叔，难怪那群老东西忍受不了。关素衣心里暗忖，面上却并未显露出惊讶或鄙夷的神色，让李素娥更为放心。

或许是因为对方在最绝望的时刻救了自己，李素娥对她十分信任，也极为亲近，换好衣服便坐在她身边，笑问：“妹妹是哪家的？好不好告知于我？看样子你是要出远门？身边还跟着两个刁奴？你别怕，等到了镇西侯府，我让凌云派遣侍卫护送你们，再往你家里捎个信。”

关素衣见她这么快便恢复过来，心情也轻松很多，答道：“我乃关素衣，镇北侯夫人。不劳烦姐姐相送，待会儿我便回去解释缘由。当然，我不会透露姐姐任何事，这是我俩的秘密。”

李素娥惊讶地张了张嘴：“你就是镇北侯夫人？哎呀，真是有缘千里来相会！我俩一个镇北，一个镇西，名字里都有一个‘素’字，合该结为金兰姐妹才是！”

“有缘千里来相会”是这样用的吗？关素衣莞尔，一边与李素娥谈笑一边驾车回了京城。

车夫与老婆子吃罢午膳从家里出来，在村口走了几圈也没找见马车，这才感觉大事不妙，立即雇了一辆牛车匆忙回府。赵陆离得知夫人已被发配沧州，哪里还顾得上大肚子的叶繁，立刻就调派人手前去拦截。老夫人再三勒令他卧床养伤，赵望舒和赵纯熙又哭又闹地挡道，一群姬妾齐齐上去抱腿，简直令他寸步难行。

此时此刻，他想念的是被夫人整顿得井井有条、清清静静的赵家，而不是这个看似钟鸣鼎食，实则人心秽乱的侯府。偏在此时，车夫和老婆子匆忙赶来，跪下喊道："不好了，夫人她畏罪潜逃了！"

车夫和老婆子的喊叫声打断了厅堂里的争执。老夫人和赵陆离尚且来不及回神，叶繁就先骂起来："打了人就想跑，这是哪家的规矩？还有，谁给她当的接应？莫非在外面偷了汉子不成？"

这话恶毒至极，明显要把关素衣往死里整。旁人刚露出异状，还来不及深想，赵陆离便反手一个巴掌甩过去，斥道："闭嘴！这里没有你说话的地方。"

"侯爷？"叶繁万没料到自己会被打，不免委屈地哭起来。赵望舒和赵纯熙连忙上前安慰，然后一同讨伐父亲："爹，姨母还怀着孕，你打她作甚？况且她也没说错，若是母亲在外无人接应，她一个孤身女子敢逃走吗？咱还是报官吧，免得她日后惹出什么烂事，牵连侯府名声。"

"对，爹爹您现在就把休书写了吧，早了断早好。"

"我说闭嘴，你们听不懂人话吗？"赵陆离扶着疼痛不已的额头，怒道，"别以为我不知道你们心里在想些什么。赵纯熙，你就是见不得素衣好，表面顺着她，背地里搅风搅雨、挑拨离间，这个我不与你计较，过一阵将你嫁出去也就罢了。赵望舒，你就是个不长脑子的蠢货，别人说什么你便听什么，只一味给人当枪使。来日我把你送去白鹭书院，无事就不要回来了。叶繁……"他冰冷的目光扫过对方高挺的肚皮，徐徐道，"妾就是妾，你这辈子都没有取代素衣的可能。你若是消停点，我还能赏你一口饭吃；你若是不安分，那便带着孩子去沧州吧。"

一群人全都蒙了，不敢置信地看着他。

"素衣是什么性子，我最清楚不过。她敢作敢当，哪怕赵家当场向她索命，也不会皱一下眉头，又岂会私逃？定是你二人做下什么事，逼得她不得不走。来人啊，把这两个拖下去狠狠地打，打到肯说实话为止。"

赵陆离袖子一甩，便有几名侍卫走上来擒拿大惊失色的车夫和老婆子。他这才扶着脑袋坐下，冷道："夫人为何会走，又是在哪里失踪，你们最好一字不差地报上来，否则打死你们都算轻的，我还要你们全家老小下去陪葬。"

二人已经吓怕，刚打两板子就互相诬陷着全招了。

"狗奴才，连侯府主母的财物都敢搜刮，又偷拿她的盘缠，将她一个人扔在荒郊野外，她若不走，难道还留下被你们害死不成？"赵陆离听得眼眶潮红，咬牙道，"继续打，打满五十大板，然后将一家老小全拖出去卖了。我侯府养不起比主子还尊贵的奴才。"

听见一声高过一声的惨号，叶繁等人这才醒转，用惊疑不定的目光打量主位上坐着的那人。这真的是镇北侯？而不是哪个陌生人？他不是极为看不起关素衣吗？

赵陆离哪有心思顾及旁人的想法，只管闭目搜寻脑海中的记忆，心中的狂喜已慢慢被哀恸取代，只因夫人家世变得低微，他二人的婚姻从最初便走上了另一条轨道。为了救助娘家，夫人处处委曲求全，极力回报侯府，侯府却因此而更加轻贱她。

别看她将后宅管理得井井有条，实则仆役表面顺服，背地里却只听赵纯熙调派。赵纯熙劝服赵陆离，让他纳了叶繁，然后找来许多容貌与叶蓁相似的女子养在后院，只为了给夫人添堵。人心不齐，家世不硬，夫人付出了更多心力，得到的却只有责备与冷落。终于在前日，混账赵陆离竟喝得烂醉如泥，意图轻薄夫人，这才被砸了额头，导致她被发配沧州。可以说如今的关素衣，在侯府没能体会到半分温情，却落了满身伤痛与埋怨。

赵陆离捂住眼睛，不敢再想。他忽然不知道自己还能给她什么才能打动那颗已经冰封的心。在他的记忆里，霍圣哲能为了她冷落整个后宫，能扛起全部压力，顶住所有非议，把她和一双儿女宠到天上。他全心全意，终其一生，从未做过半点让夫人伤心难过的事。反观自己，不但纳了一房又一房姬妾，还放纵儿女肆无忌惮地伤害她。

他到底该怎么做才能超越霍圣哲，然后取代对方的地位？思及此，他心尖猛然一颤，这才意识到夫人还未与霍圣哲相遇，他根本不用与对方攀比，只要好好赎罪就行。这让他迅速振作起来，连额头的疼痛都消减大半。

老夫人虽然对儿子的改变感到惊异，却也乐见其成，立刻吩咐道："还愣着作甚？赶紧去把夫人找回来！"

"找归找，却不要惊动夫人，只尾随在后，默默保护便罢。我相信夫人绝不会逃逸，她许是不放心这两个刁奴，为了明哲保身，这才驾车暂避。她自己会回来，我在府里等她就好。"如果派人大肆寻找，对夫人的名声极其有害，赵陆离哪怕心急如焚，也不得不装出对夫人百般信任的模样，这才能堵住悠悠众口。凭借他对夫人的了解，她绝对会主动回京，这里有她最在意的家人，也有她丢弃不掉的责任。不被逼至绝境，她不会破釜沉舟。

现在的魏国政治并不清明，反而生了许多乱象。追根究底，全是寒门与世家、九黎勋贵与汉人官僚互相争斗所致。而皇上为了不被架空，手段也日趋残暴，竟将暗部由暗转明，另设一官署名为锦衣卫，对胆敢忤逆他的人赶尽杀绝。

这是一个混乱的时代，赵陆离一时间竟难以接受。所幸他现在还是镇北侯，好歹有些权势，尚且能护住家人。

眼看府里的侍卫乔装改扮出去找人，叶繁便坐立难安起来。她多么希望关素衣死在外面，又希望她被这些人押送回来，如此，她就能编造一些流言，彻底毁了对方声誉。但侯爷不想闹大，只坐等她自己回转，那么只要关素衣主动踏进家门，就什么事都没有了。哪怕把侯爷打成重伤，她也将毫发无损。

为什么会这样？叶繁想不通，心里满是不安与惶然。

与此同时，关素衣将李素娥送回镇西侯府，又向她要了两个管事当证人，这才驾车前往镇北侯府，顺路回家探望祖父。

“依依，你不是被送到沧州去了吗？”正在收拾包裹的仲氏吓得脸都白了，急问，“你怎么回来了？难道侯爷出事了？”

关素衣将路上的见闻说了一遍，看见包裹，明悟道：“娘，您难道打算去沧州找我？那祖父由谁照顾？”

“祖父有你爹照顾，我不放心你，说什么也要去看看。你这孩子，明知自己手重，为何还要砸侯爷？你是要吓死娘啊！”仲氏从包裹里取出二百两银子，催促道，“你快回家去向老夫人请罪，把话说清楚。有镇西侯府的管事替你作证，不怕她怪罪下来。这是娘为你准备的盘缠，沧州苦寒，你若是有什么难处只管写信回来，爹娘会尽力帮你。”

“娘，您从哪儿得来的银子？祖父的药钱呢？”关素衣死死握住仲氏手腕。

“这是你爹卖字画挣的钱。你祖父那里还有，别瞎操心。”

“爹竟然跑去卖字画？”关素衣眼眶立时红了，难以想象清高傲气、才高八斗的父亲，竟然沦落到坐在街头赚吆喝的境地。

“别哭，”仲氏抱着女儿，强忍心酸，“脸皮哪有命重要？咱们尽快把侯府的银子还清，让你堂堂正正做人。只愿侯爷能平安无事，叫你少受些罪。老夫人把你送走，咱们不怪她，她也是好心，想保你的命啊！你日后若能回来，定要好生孝顺她，知道吗？”

“知道了。”关素衣胡乱抹掉眼泪，又洗了把脸，这才去探望老爷子。因担心他受不住刺激，仲氏瞒下消息，只说女儿得了空，特意来探病。老爷子果然很高兴，拉着孙女说话，却也不过片刻就支撑不住，沉沉昏睡过去。

关素衣替他掖好被角，又偷偷将二百两银子塞回仲氏枕头底下，然后告辞回府。刚跨入仪门，就见赵陆离站在院子里，用深沉难测的目光凝视自己。他眼里夹杂着爱意与思念，还有更多懊悔与愧疚。

叶繁挺着大肚子走出来，尖声道：“哟，夫人终于回来了？我们还当你畏罪潜逃了！”

“侯爷醒了？”关素衣大松口气，解释道，“因那车夫与老婆子一上车就抢走我的包裹，欲搜刮我财物，又将我和明兰扔在陌生的地方不管。我担心二人心怀不轨，这才驾马车回京，路上遇见镇西侯府的李夫人，见她的车轱辘坏了，便顺路送了一程。这二位乃镇西侯府的管事，可以为我作证。”

两名管事婆子立即送上镇西侯的亲笔信和丰厚礼物，又说了许多感谢的话，堵得叶繁哑口无言，憋气不已。众人再去看镇北侯，却见他上前两步，将关素衣紧紧抱在怀中，眼里虽然没有泪水，表情却十分沉痛。

关素衣反射性地挣扎起来，抗拒之态狠狠刺穿了他的心。

番外二

命运的红线

嫁入赵府四年，关素衣从未与赵陆离如此亲密过，然而抱紧的只是身体，再也无法靠近的却是心灵。她被这人牵到正房说话，表情始终木然。

“素衣，是我错了。”赵陆离已经习惯了一张口就向夫人道歉。他明白，如果夫人家世低微，而自己又始终无法醒悟，的确会用这种残忍的方式对待她。所以哪怕她自请和离，选择了霍圣哲，他也从未责怪过她，更未曾怨恨。

“你过门之后，孝顺母亲、照顾孩子、掌管中馈，样样都做得很好。能娶到你，不知是我几辈子修来的福分。”说到此处，他愧疚愈甚，“那天晚上我喝多了才会做出禽兽不如的事，你砸我一下，反倒把我砸醒了。逝者已矣，生者如斯，死去的人只需放在记忆里怀念，身边的人才更应该好好珍惜。素衣，你能原谅我吗？”他握住夫人指尖，眼里满是希冀与祈求。

若是换个人，在经历了四年的折辱后再被这般抬举，定会感激涕零，一口答应。但关素衣的心早就冷了，感觉不到一丝一毫的喜悦，唯有被任意支配的愤怒。难道她是一个物件吗？可以让人想扔就扔，想捡就捡？然而想起重病不起的祖父，为生计四处奔波、饱受折辱的爹娘，哪怕她再如何不甘，都得接受赵陆离的示好。

“非侯爷有错，”她听见自己空洞的声音在耳边响起，“是妾身有失本分。侯爷能醒过来，妾身很高兴。”

赵陆离高悬的心终于落地，慢慢将夫人搂入怀中，珍惜无比地抚摸她苍白的脸颊。无论夫人能否放下芥蒂，他都有漫长的一生去获取她的原谅。他多想现在就把她变成自己名副其实的妻子，却又唯恐之前的阴影还留在她心中未曾散去，只得暂且按捺。

二人言归于好，最高兴的莫过于老夫人。她把夫妻俩叫到正院，殷切叮嘱一番，然后让下仆置办一桌宴席给大伙儿压惊。

赵纯熙和赵望舒扶着叶繁姗姗来迟，正准备落座，却听父亲冷声诘问：“一家人吃饭，哪有妾室上桌的道理？”

关素衣表情漠然地看他一眼，虽想不明白他为何性情大变，却也不会轻易被感动。叶繁与她平起平坐的时候还少吗？若真的尊重她这个正妻，就不会一面让她独守空房，一面宠爱姬妾。然而现在想想，独守空房未必就是坏事，至少她现在还是干净的。

叶繁退后一步，表情委屈。赵望舒急了，连忙说道："姨母才是我们的家人啊，往常不都是这样坐的吗？更何况她如今还怀着孕呢！"

老夫人到底心疼孙子，招手道："坐下吧，叶繁眼看就要临盆了，等孩子生下来再守规矩不迟。"在她眼里，终究还是赵家子嗣更重要，这也是叶繁顶着那张与叶蓁神似的脸，却依然能博得她好感的原因。

提起这个孩子，赵陆离就浑身不自在。他压下满满的懊悔与心虚，沉声道："坐吧，日后无事不要出来闲逛。"

叶繁泫然欲泣，刚准备坐下就捂着肚子号起来，裙摆湿了一团，仿佛羊水破了。关素衣迅速起身扶她，命令道："去找稳婆，叶姨娘要生了！"

一群人愣了片刻，这才各自行动。心情最乱的非赵陆离莫属，他才刚回过神来，还没与夫人培养好感情，竟连庶子都有了。夫人眼里揉不得沙子，就凭这一点，也绝不会再真心接纳他，顶多只做到相敬如宾罢了。但他要的不是相敬如宾，而是相濡以沫，情浓于水。

为何他总是醒悟得太晚，又慢上一步？难道这就是命中注定吗？他脸色极为难看，却不得不抱起叶繁，迅速送入产房，坐下后再次搜寻记忆，这才意识到弟妹阮氏和义子木沐竟然已经死了，二房如今连个继承香火的嗣子都没有。难怪母亲恨透了叶蓁，却还是接纳了叶繁，恐怕这一胎居功至伟。

他大受打击，慌忙握住夫人手腕，哑声问道："素衣，你还在是吗？"

关素衣避而不答："侯爷可是伤口又痛起来了？这里有妾身守着，您扶老夫人回去休息吧。"

"不，我得守着你。"赵陆离不敢离开她半步。

关素衣面无表情地盯着房门，似乎没听见他的话。从中午折腾到翌日凌晨，叶繁终于产下一个健康的男婴，洪亮的哭声让老夫人喜不自胜，当即取名赵广，抱在怀中不肯撒手。关素衣也接过孩子抱了一会儿，然后递给侯爷。

赵陆离完全感受不到为人父的喜悦，唯有满心茫然。他浑浑噩噩地探望了叶繁，又羞愧不已地辞别夫人，回到书房整理思绪，刚坐下不到半刻，就有一名小厮送来一封密信。

叶蓁！他瞬间清醒过来，然后头疼欲裂。这都是些什么事？家中有那么多姬妾便罢，如今又添一个庶子，紧接着连前妻都来凑热闹。简直愚不可及！

他拆开信封草草阅览，本就阴沉的面色已黑如锅底。叶蓁在信中说她撞破了圣元帝的隐秘，以致招来杀身之祸，让他想办法救她。什么隐秘？不过是往年造的孽被揭穿而已，死一百次也是活该！救她？作为一枚废弃的棋子，他凭什么救她？

这样想着，赵陆离将她干的那些事一桩桩一件件写下来，直截了当地与她划清界限。密信送出去之后，他凝神想了想，总算抓住一线希望。自己并未完全退出朝堂，前些日子为了帮叶蓁打压盘婕妤，从盘婕妤兄长的手里抢了一桩差事，且办得极为漂亮。或许他可以借这份功劳为夫人请封诰命，也好让侯府上下看明白，妾就是妾，哪怕生了儿子也越不过正妻。

想到就做，他摊开文房四宝，一笔一画地撰写请封奏折。

叶繁在床上躺了三天才恢复一点元气，怀里抱着儿子赵广，正眉开眼笑地逗弄着。忽然有一名老婆子跑进来，急促开口：“姨娘不好了，侯爷上折子为夫人请封诰命，皇上今儿已批复下来，说是准了！”

叶繁浑身一僵，追问道：“请封诰命？我怎么没听说？”

“奴婢也没听说啊！侯爷瞒着府里所有人，老夫人也是刚得的消息。叶婕妤遣人来接夫人，说要与她见一面，叙叙旧。马车都套好了，这会儿应该在路上了。”

“真是请封诰命，而非旁的事？”叶繁不敢置信地呢喃，“可我刚替侯爷生下儿子，他为何要在此时抬举关素衣？他难道不明白这是在打我的脸吗？后院那些贱人不知会如何笑话我。”

老婆子安慰道：“姨娘别慌，叶婕妤应该会给您撑腰的。她这会儿把夫人召进宫，没准就是想敲打敲打她。”

叶繁强笑点头，心里却极为难堪。皇上都准了，堂姐又能如何，顶多给关素衣一个下马威而已。等她回来，哪怕没有高贵的出身，也能凭借一品诰命的头衔将一干人等压得死死的。

侯爷究竟想干什么？真看上关素衣了不成？

关素衣也存在着同样的疑惑，在踏入宫门前，拧眉问道：“你想干什么？”

“我想对你好。”赵陆离握住她手腕，慎重叮嘱，“在宫里不要乱走，也不要相信叶婕妤的任何话。我见过皇上便来接你。”得到叶蓁传召，他又是愤怒又是恐惧，既恨叶蓁心思歹毒，又唯恐夫人遇见皇上，以致重蹈覆辙。

但宫妃传召，寻常命妇岂能违抗，自是要装扮妥当，立即前往。无奈之下，他只能以谢恩为由，陪同夫人一起入宫，临分手前再一次提醒她：“小心叶婕妤。”

“我明白。”关素衣点头应诺。

关素衣在一名内侍的引领下七拐八拐，到得一处幽静宫殿，踏入殿门便是一条昏暗过道，过道尽头有浓烈的檀香味飘荡过来，闻上去更像一座寺庙。

“你们娘娘信佛？”关素衣低声询问。

“是啊，娘娘对佛祖极为虔诚，每天这个时候都会念一会儿经文。夫人请进去吧，奴才告退。”内侍打了个千儿便匆忙离开了。

关素衣慢慢走进去，只见眼前果然是一座佛堂，却没有安装门窗，青天白日也得靠火烛油灯照明；地面上摆着一个蒲团，一本经书丢弃其上，似乎沾了一些污迹，斑斑驳驳的；抬头看去，本该供奉菩萨的佛龛里却挂着一幅画，入眼一片血红。

关素衣压抑不住内心的好奇，绕过蒲团走到佛龛前，认真端详，然而短促地吸了一口气。这幅画十分诡异，竟是一只小罗刹划开一名女子肚腹破体而出的景象。画师技术超凡，将女子痛苦惊骇的表情和小罗刹狰狞可怖的面孔描绘得栩栩如生，一大片浓稠的血泊像是要从画框中流淌出来。

佛堂怎会供奉这种邪物？关素衣这才反应过来，急忙倒退，却猛然撞进一个冰冷坚硬的胸膛，然后双肩被一双大掌压住，又有一道阴沉的嗓音在耳边响起："你看见了什么？"

当身体被一双有力的大掌按住时，关素衣猛然醒悟过来，自己恐怕着了道，被那名内侍带入一处禁地，撞破了某种隐秘。她从未进过宫，更没见过叶婕妤，而宫里的道路像蛛网一般铺开，连多年伺候的老人都有可能走错，更何况初次拜会的外命妇？唯有跟随内侍的指引，她才能顺利抵达甘泉宫，却没料这人竟直接把她带去别处。难怪这座宫殿的门梁上连块匾额都没有。

她不敢回头去看，只因那人的右手已慢慢爬上她脆弱的脖颈，不轻不重地掐住。他手掌非常宽大，指尖长而有力，虎口和指腹均带有一层粗糙的老茧，不是做惯苦工的下仆就是常年习武的兵将。他身材十分高大，从投射在地上的阴影来测算，至少有九尺高，哪怕一句话都不说，也散发着极其强大的气场。这气场，凭关素衣的直觉去判断，更接近于野兽，而非人类。他似乎正在观察她，脑袋微偏，一寸一寸在她脸上巡视，灼热却又透着冷冽杀意的鼻息不停在她脸侧和耳畔拂过。

关素衣在外游历时曾遇见过一头巨大的棕熊，为了躲避袭击，不得不躺在地上装死。直到现在，那头熊凑到跟前仔细嗅闻她脸庞的感觉还烙印在脑海中，令她浑身战栗。那是她最接近死亡的时刻，而这一次，却比那次更恐怖无数倍。

她毫不怀疑，若是自己一句话说错，下一刻就会被他拧断脖子。能在宫里走动的男人只有两种，一是侍卫，二是皇上。此处乃深宫禁院，能独占一座宫殿且随意残杀外命妇的人，除了性情残暴的圣元帝还会有谁？

那么这里又是何处？关素衣眸光一扫，总算发现许多遗漏的细节。那本经书上的斑痕竟不是墨点，而是暗红血迹，甚至连蒲团和地砖上也都洒满鲜血，却因二者都是黑色，光线又十分昏暗，不仔细看根本无法察觉。空气中飘荡着一股甜腥味，被浓烈的檀香掩盖，这才骗过了她的嗅觉。祭桌上留下许多新的劈痕，本该摆放整齐的祭品已消失无踪，墙角不起眼的缝隙中散落着零星的碎瓷片与木屑。

综合以上分析，在她进来之前，这里曾发生过打斗，不，或者说残杀更为贴切，而始作俑者，绝对是此刻掐住自己的圣元帝。

看似想了很多，实则只在电光火石之间，关素衣已然明白自己的处境——她今天也许不能活着回去了。

因为这份明悟，她反倒坦然起来，冷静地思考着方才那句问话的含义，也努力回忆着赵陆离曾对她提及的，有关于圣元帝的信息。很明显，这座佛堂只因这幅画而存在，它或许就是圣元帝内心最大的隐秘。而对方究竟是怎样的人，从许多可怕的传言中便能窥见一二。

他性格强横，嗜杀残暴，容不得背叛与忤逆，处理朝政的手段十分铁血。面对这样的人，哭泣哀求都是徒劳，唯有顺从认命。他软硬不吃，肆意妄为，心情好时或许会放你一马，心情不好便让你死无全尸。

很遗憾，现在的圣元帝心情极其糟糕，所以无论施展什么手段，恐怕都难逃一死。关素衣心里苦笑不止，面上却更为淡然。她小心翼翼地呼吸，不答反问："我能走近了再看看吗？"

既然圣元帝问她看见了什么，那她认真回答便是，反正命已经捏在别人手里了。

圣元帝眼里还残留着血色。他原以为这女人会像以前那些刻意来勾引他的嫔妃一样，在面临死亡时露出最狼狈的一面。然而他想错了，对方既不哭闹也不哀求，甚至连回头看他一眼，或尖叫一声也没有。她的眼睛很明亮，哪怕在暗无天日的佛堂里也能窥见其中的光芒。起初，她恐惧地战栗，却又不知怎的，变成了明悟与坦然。他能肯定——她知道这幅画是他最大的隐秘，也是令她濒临死亡的因由，却在被问及时丝毫也不回避，反而要求靠得更近，看得更清晰。

正常的反应难道不该是哭着喊着说自己什么也没看见吗？圣元帝眼里的血色慢慢淡去，竟觉出一点趣味。他粗糙的指腹在她修长而又细嫩的脖颈上摩挲两下，感觉到她僵硬了一瞬又立刻放松，这才紧紧贴着她后背，推她上前。

"告诉朕你看见了什么？"他再次询问，言语间并未隐瞒自己的身份，因为他知道，怀里这人早已经猜出来了。她很冷静，也很睿智，但是很可惜，过了今天，她恐怕要化成白骨长埋此处。

关素衣抬头看去，平静道："能在佛龛前多点几盏油灯吗？光线太暗了。"哪怕要死，她也得知道自己因何而死。不把这幅画看得清清楚楚、明明白白，她下了黄泉也无法瞑目。

圣元帝几乎被逗笑了。这个女人很有趣，说一句毫不夸张的话，是他平生见过最有趣的女人。就这样杀了她，竟让他感到有些遗憾。

"点几盏油灯。"他沉声下令。

一名黑衣人无声无息地冒出来，将几盏油灯整齐摆放在佛龛上。充足的光线彻底映照出画作的全貌，也让身后之人呼吸粗重，指尖收拢。关素衣预感到，只要他稍微使半分力，自己的脖子就会"咔嚓"一声折断。所以这幅画果然是他的软肋，或者说心魔更为贴切，也表明了画上的场景定然与他休戚相关，甚至其中一个或许就是他本人。关素衣瞥见左下角的落款与时间，进而推断圣元帝的年龄，得出一个骇人的猜测。但她不敢流露出丝毫异状，只瞳孔微微收缩一瞬。

直到此时，她才终于从"必死无疑"的绝望中抓住一线生机。

“这幅画里描绘的场景是真实发生的吗？”她大胆询问。

“朕从来没见过比你更不怕死的人。”圣元帝紧贴她耳畔说道，“没错，是真实发生的。”压在她肩上的左手慢慢下滑，改为环住她纤细的腰。在外人看来，这是一个很亲密的动作，但关素衣知道，自己完全成了他掌心的猎物。

“那么，”她尽量让自己的嗓音更沉稳平淡，“我便撇开所有怪力乱神的因素，仅从现实角度解析这幅画可以吗？”

“可以。”圣元帝感觉到怀里的躯体正一点一点放松，最后竟柔若无骨地依偎在自己胸膛。这名女子比他想象的更聪明，知道怎样做才能让濒临狂暴的野兽消减杀欲。反抗或奔逃只会让人死得更快，唯一能拖延时间的办法就是站着别动。他必须承认，当她表现出顺从时，当她软靠在他臂弯里时，他愿意让她活得更久一点。

关素衣尽量让自己表现得无害，然后徐徐开口：“从笔触上看，这位画师来自东洋，且技艺十分高超，更喜欢写实的作品，而非凭空臆造。这幅画里的每一片树叶、每一根野草，都各具形态，连这名女子的头发都是一丝一丝描绘的，栩栩如生，跃然纸上。而您又说画里的场景是真实发生的，由此可见，这位画师应该目睹了全过程。”

圣元帝只偏头看她，眸光深沉难测。

关素衣舔舐嘴唇，继续道：“这位女子是九黎族人，且身份高贵，从她穿的衣服、戴的首饰可以断定这一点。她遍体鳞伤，衣衫破损，可见在森林里奔逃了许久，最后因体力不支倒地。血泊外围满饿狼，它们眼里发出幽绿的光芒，却始终不敢靠近，这是为何？哪里有野兽闻见血腥味不往上扑的？”

“为什么？”原本只想欣赏她垂死挣扎的模样的圣元帝，不知不觉竟被带入其中。

“看见血泊外洒落的这些白色粉末了吗？这或许是一种驱逐野兽的药剂。”关素衣推断道，“这名女子有防御野兽的办法，所以令她狼狈至此的元凶绝不是野兽，而是人。她或许正遭遇一场追杀，却在路上发作起来，不得不原地产子。你见过一生下来就长满尖牙和利爪，且脸色发青、身长鳞片的婴儿吗？”说到此处，她握住男人放在自己腰间的大手，小心翼翼地抚摸，低声道，“你的手与常人一样。”

不等对方回神，她又道：“婴儿是最脆弱也是最无害的，倘若母亲没能把他们生下来，他们连睁开眼睛看看这个尘世的机会都没有。他们绝不会长着尖牙和利齿，猛力划开母亲的肚腹，破体而出。与之相对的是母爱的无私与伟大。我曾经见过许多难产的妇女，当大夫询问家人保大还是保小时，她们的答案无一例外都是保小。为了让自己的孩子活下去，她们愿意付出一切。”

她抬起头，眼里沁出晶亮的泪水：“所以这幅画里的场景并不可怕，只不过被人为扭曲了而已。这位母亲为了保住自己的孩子，用这把弯刀划破自己肚腹，又割开手腕，用鲜血哺育他。她放置在婴儿背上的手并非要将他甩开，而是想在临死之前最后抱一抱他。”

她喉头哽塞一下，哑声道："这不是罗刹降世图，而是圣母护子图。所谓真相，往往掩盖在扭曲的恶意之下。"

话音刚落，她便感觉到腰间的手臂在一点一点放松，脖颈上的五指也慢慢挪开，新鲜空气猛然灌入口鼻，令她眼睛发花。

关素衣跌坐在地上大口喘气，挟持她的圣元帝已快步走上前，取下墙上的画查看。他轮廓深邃的脸庞隐藏在黑暗中，看不见表情，握着画框的手却微微颤抖，显然正压抑着剧烈的情绪。

似乎想看得更清楚一些，却被昏暗的光线困扰，他在殿里来回走动，寻找光源，急促而又凌乱的步伐昭示着内心的动荡。他终究难以忍受佛堂里的逼仄与黑暗，想把画放下，又找不到干净的所在，寻了两圈才将目光对准后怕不已的关素衣。

"帮朕拿着。"他嗓音沙哑。

关素衣连忙跪坐起来，双手接过版画，平稳摆放在膝头。

圣元帝走到一面墙壁前，用力扯落墙皮。原来这座佛堂并不是没有安装门窗，而是全被木板钉死，只要卸掉它们，无数金黄的光线便争先恐后地投射进来，浓烈的檀香与腥味全朝窗外扑去，取而代之的是冰冷却清新的空气。

从地狱到人间，不过片刻而已。关素衣微微眯眼，竟有了落泪的冲动。一个高大的身影在万丈光芒的掩映下朝她走来，将她再次笼罩在阴影里。她立刻收敛情绪，毕恭毕敬地呈上版画，然后飞快扫了周围一眼。

没了黑暗的掩盖，宫室内的情景比她之前所见的更恐怖无数倍，地上铺满的鲜血早已将她的绣鞋和裙摆打湿，赤红色泽慢慢晕染着淡蓝布料，看上去触目惊心。她被自己的模样吓了一跳，抬头望去，却更为惊骇。

与她一身狼狈比起来，穿着黑色深衣的圣元帝看似十分正常，但他每走一步便会在地上留下一个湿漉漉的浸透鲜血的脚印，厚重衣摆流淌着某种浓稠而又刺目的液体。

这哪里是佛堂，分明是血池地狱，眼前这人分明是从地狱里爬上来的修罗！关素衣拼命压抑住内心的恐惧，也更为明白自己的生死劫难恐怕还未过去。她垂下眼睑，不敢乱看，连呼吸都变得小心翼翼起来。

"你怎能肯定，"圣元帝盯着画作，沉声问道，"这人是在剖腹取子？"

关素衣如实答话："画中的女子已是遍体鳞伤，危在旦夕，根本没有余力产下孩子。除了自己剖开肚腹，把孩子取出来，她没有别的办法。这事在你们男人看来或许很不可思议，但身为女子，我能理解她的心情。若换作我，面对同样的险境也会做出同样的选择。母爱之伟大远超世人想象，她们愿意为自己的孩子付出一切。"如果画中的女子是皇上生母，那么多说对方几句好话总不会错。

她的猜测显然是正确的，男人布满戾气的脸庞正慢慢柔和下来，赤红双目浸出星点泪光，似乎在隐忍着满腔悲痛。

“你怎知道她手腕上的伤口是自己割的，而非罗刹啃咬所致？”他又问。

“从画上来看，这孩子的一只脚还蜷缩在母亲肚腹中，并未完全取出，而女子手腕上的伤口早已经存在，不是她自己割的又是哪个？取出孩子，自己却快死了，若旁人没能尽快施援，她总要想办法让孩子多活几天。除了自己的鲜血，她恐怕找不到更好的食物。”

“孩子是母亲的骨血，也是她们生命的延续。”说到最后一句，关素衣抬头看了圣元帝一眼，然后愣住了。只见对方捧着版画静静凝视，深蓝色的眼眸流出两行热泪，嘴唇开合，似要说话，却因喉头堵塞了太多哀恸，竟难以成言。从嘴型判断，他应该是在呼唤“母亲”，一声，两声，三声……然而那人却早已不在，他的思念与热爱，竟不知向谁诉说。

关素衣眼眶一热，差点掉泪，随即埋下头，等待最后的宣判。正所谓“尽人事，听天命”，该说的都说了，能不能活着回去全看这人心情如何。

圣元帝沉默了近两刻钟才哑声询问：“会念往生咒吗？”

“会。”关素衣飞快答道。

“那就念吧。”他扯过蒲团，盘膝坐下，双手捧着版画，似乎在专注凝视，又似乎魂魄已经离体，不知去了何处。

关素衣舔了舔干燥的嘴唇，用缓慢而又轻柔的嗓音吟唱往生咒，一遍之后又是一遍，足足重复了二十一遍才停下。据说日夜各吟唱往生咒二十一遍就可消灭四重罪、五逆罪、十恶业，现世一切所求均能如愿获得。画中的母亲为孩子承受了那样巨大的痛苦，唯愿她下一世平安康泰，无忧无虑。

放下负累，破除心魔的圣元帝从未如此轻松过。他坐在洒满鲜血和阳光的宫室里，灵魂已疲惫到极点，却又透着一股沉静。耳畔不断传来轻柔的带着独特韵味的咒文，令他不受控制地合上眼，慢慢安睡过去。

发觉圣元帝坐着睡着了，关素衣停下念经，表情茫然。没得到允许，她自然不敢离开，但跪久了腿脚难免有些麻木，便想站起来伸展一下。她刚直起腰，就见一名黑衣人不知从哪儿冒出来，用口型无声命令道：“继续念。”

关素衣无法，只得压低音量继续念往生咒，瞥见睡得极沉的圣元帝，苦中作乐地暗忖：就当替这暴君超度好了。

半个时辰后，圣元帝悠悠转醒，蓝色眼眸哪里还有一丝戾气，整个人神采奕奕。一名黑衣人立刻呈上一封密函，又在他耳边低声说了几句话。关素衣无意打探，忍了又忍，终是不怕死地询问：“敢问陛下能否给臣妇一壶茶水？要凉的，臣妇的嗓子快冒烟了。”

圣元帝似乎勾了勾唇角，摆手道：“给关夫人上茶。”

改口叫关夫人，那密函里应该是关家祖宗十八代的信息。关素衣了然，却并不感到愤怒，对方愿意在自己身上花费精力，可见已打消了杀人灭口的念头。她暗松一口气，迫不及待地灌下三杯凉茶，这才感觉好些，然后又倒三杯，小口小口啜饮。

圣元帝坐在对面，将她从头到脚打量数遍，眼里满是兴味盎然。

一壶茶水喝完，关素衣恭敬道：“陛下，臣妇误入禁地，请您恕罪。叶婕妤还在甘泉宫里等待臣妇觐见，能否容臣妇先行告退？”她掌心沁出一层细汗，心知自己是生是死，全在对方一句话之间。

圣元帝一瞬不瞬地盯着她，当她头皮发麻，几乎快绷不住时，他才甩了甩袖子：“去吧。”

关素衣心脏剧烈跳动，表面却平静无比，本打算磕头谢恩，看见地上半凝固的血水又不得不停住，改为深深鞠躬。出了殿门，她长出一口气，正准备离开，却见一名黑衣人捧着一个精致的匣子走出来：“这是陛下送给叶婕妤的礼物，必要她当场验过才成。劳烦关夫人帮忙捎带。”

关素衣双手接过，对着殿门再次鞠躬，这才在另一名内侍的带领下前往甘泉宫。她一路走一路思量，实在想不明白叶婕妤为何要置自己于死地。她是叶蓁的同胞姐妹，然而叶蓁早在自己过门之前就淹死了，与自己根本无冤无仇。哪怕是为叶繁撑腰，顶多敲打几句便罢，何至于借刀杀人？她们哪来那般大的仇怨？

这个问题只能由叶蓁本人来解答。

那天，叶蓁被圣元帝揭穿，又被灌了离魂酒，她便像个荡妇一般脱了衣裳在宫里癫狂，太监、宫女、侍卫，全都忍受不了她的骚扰，夺门而逃。翌日醒来，她终于明白什么叫作羞愤欲死，原来羞耻到极点的时候，竟真的没有活下去的勇气。她只是个供人取乐的小丑，蹦跶来蹦跶去，自以为光鲜，实则早就被贬得一文不值。更可怕的是，打那之后，圣元帝依然会来甘泉宫，故意让她难堪，还会让她继续缅怀赵陆离，说自己很喜欢她的表演，生动而又有趣。但这丝毫不能拯救叶蓁，反倒让她陷入更深的绝望与耻辱。

她受不了圣元帝的戏耍轻贱，更害怕将来被千刀万剐，无奈之下只能分别写信向父亲和赵陆离求助。叶全勇自身难保，哪里顾得上她？赵陆离更狠，竟直接与她恩断义绝。

本就濒临崩溃的叶蓁受不住刺激，当场便发起狂来。赵陆离想扔掉她开始新的生活？甚好，那她就毁掉他在乎的一切！请封诰命？追封还差不多。

等了半个时辰也不见镇北侯夫人抵达甘泉宫，叶蓁摆手道：“把茶点撤了，去御书房通知赵侯爷，就说关氏失踪了，让他自个儿找找。”咏荷躬身领命，刚走出殿门就见一名容貌绝俗、气质高华的女子缓步而来，言明自己便是镇北侯夫人，虽绣鞋和裙摆沾满血迹，却半点不见狼狈。咏荷大感惊异，面上却丝毫不露，把人带进去拜见娘娘。

行礼过后，关素衣将沉重的匣子放在案几上，温声道：“方才误入禁地，冲撞了皇上，这才来晚一步，请娘娘恕罪。此乃皇上送给娘娘的礼物，说是让娘娘亲启。”

叶蓁明知事情不妙，却无法推脱，打开盒盖往里一看，顿时吓得魂飞魄散。关素衣也被骇住，却因刺激太多，脑子早就木了，只稳稳当当地坐在原位。

匣子里并非什么礼物，而是将关素衣带去佛堂的那名内侍的首级，一双眼睛睁得极大，显然死不瞑目。

关素衣僵硬地坐在原位，而叶蓁早已连滚带爬地跑到梁柱后，用纱幔紧紧裹住自己，一面凄厉尖叫，一面淌出眼泪和鼻涕，看上去十分狼狈。这些天，她早已被羞耻心和绝望感折磨到崩溃，恨意深沉的时候的确想拉所有人为自己陪葬，包括叶家、赵府，甚至一双儿女。但现在，看见这颗首级之后，她才骤然发现死亡竟如此可怕。她想活下去，无论多么屈辱、卑微、绝望，都想活下去。

关素衣转头看她，思绪翻涌。她起初认为叶婕妤就是加害自己的凶手，后来又想，宫中那么多嫔妃，万一是谁想嫁祸对方呢？她并不了解各位娘娘，一时猜不透内情，走入殿里试探一句，竟得知了真相。她说自己误入禁地，叶婕妤并未露出惊讶或关切的表情，而是诧异于她的完好无损。直至盒盖掀开，看见首级，她才敢笃定自己的猜测。凶手果然就是叶婕妤，否则圣元帝绝不会让她把“礼物”送过来。这是震慑，也是警告。锦衣卫上可入天、下可入地，不会连这点真相都查不出来。

然而为什么？关素衣自问与叶婕妤往日无冤近日无仇，她杀死自己能得到什么？或者说，她想借自己的死去陷害谁？唯有这个理由才能解释她的行为。但眼下，她又不那么肯定了，只因叶婕妤又哭又笑，竟露出几分癫狂之态，似乎精神出了问题。

一个疯子什么事做不出来？但她堂堂婕妤，宠冠六宫，又有谁能将她逼迫到这等境地？

关素衣想起血腥的佛堂，又看看桌上的头颅，这才抖着手拿起盒盖，将它掩住。难怪叶婕妤会发疯，天天面对这样残暴的君主，不吓傻才怪。她只入宫一次，回去却要做许久噩梦。

恍惚中，一名宫女走上前，毕恭毕敬地说道：“关夫人，奴婢带您去后殿梳洗一番，换身干净衣裳，然后去面圣。”

“还要面圣？”关素衣音量拔高。

试图控制住情状癫狂的叶婕妤的咏荷高声喊道：“咏梅、咏竹，快来帮忙啊！你们带关夫人下去作甚？”

咏梅、咏竹听而不闻，直接扶起关素衣朝后殿走去，站立在角落的一干宫人也尾随其后，显然以她二人马首是瞻。早在很久以前，甘泉宫里的主事便是这两位大宫女了，她们伺候叶蓁，也将她的一举一动报告给皇上。叶婕妤表面温婉柔顺、善良卑弱，内里阴狠毒辣、蛇蝎心肠，皇上又岂能不知？

叶蓁见此情景，瞬间便安静下来，慢慢瘫坐在地，呢喃道：“原来我纯粹是给皇上逗乐的，什么飞上枝头变凤凰，全是妄想，假的！”

咏荷与咏菊退后几步，脸色发青，灭顶之灾即将到来的恐惧感令她们无法呼吸。

御书房里，赵陆离等了许久也不见皇上，心情不免焦躁起来。若是可以，他永远不想带素衣入宫，唯恐她被皇上撞见又抢了去。但素衣在赵府举步维艰，不给她请封诰命，那些姬妾永远不会消停。身为夫君，他该处处为她谋划。

赵陆离一时懊悔，又是忧虑，见皇上总也不来，便向白福拱手道：“白总管，皇上他……”

“侯爷少安毋躁，陛下在佛堂诵经，很快就到。”白福打了个千儿回道。

在佛堂诵经？赵陆离搜寻记忆，发现如今的霍圣哲不信佛，却有每日诵经的习惯，也不知他用沾满血腥的双手翻开经书时会不会亵渎佛祖。从仁君到暴君，不过换了股肱之臣、左膀右臂而已，何至于产生如此大的偏差？想起关老爷子的厚德载物，再看看徐广志的急功近利，他摇头，唯余一声长叹。清流涛涛，风气就正；浊流滚滚，风气就斜。此乃常理。怨不得偌大一个魏国，如今已乱象频生，社稷不稳。

胡思乱想间，圣元帝大步入殿，身上穿着一件厚重的黑色深衣，看上去似乎没有问题，却带着一股浓烈到刺鼻的血腥气。赵陆离连忙半跪行礼，瞥见地上落下一串血迹，恍然忖度：皇上哪里是在诵经，却是杀人去了！

不等他从骇然中回神，便见一封羽檄落到面前，圣元帝沉声道：“桐城爆发民乱，乱军已攻占当地官府，你速速点兵五万前去救援。”

“现在？”赵陆离惊讶地问。

“难道你还想吃个饭、喝两坛酒，然后趁宿醉睡它三天三夜再去？”圣元帝语气森冷。

“微臣不敢！微臣即刻出发！”想起往事，赵陆离脸色煞白，捧着羽檄说道，“微臣的妻子还在甘泉宫……”

“难道连这点小事也要劳动朕不成？让叶婕妤遣人送她回去。”圣元帝曲起指节叩击桌面，表情十分不耐烦。

赵陆离这才放心了，行礼过后躬身退走。圣元帝盯着他匆忙的背影，神情莫测，一名黑衣侍卫悄然入内，低声禀告：“礼物已经带到，叶婕妤吓得魂飞魄散，关夫人却八风不动，还拿起盒盖将首级掩上了。”

“哦？连尖叫一声也无？”圣元帝很有兴味地挑眉。

“无。”侍卫对关夫人着实佩服得紧。这么多年下来，她是第一个擅闯佛堂却全身而退的人，别人若是像她那样，早就被砍成肉泥了。非但如此，她还让皇上取下邪物，拆了佛堂，安安稳稳睡了一个好觉。自从皇上有了心魔之后，已有许多年没能安眠，要么在噩梦中醒来，要么辗转彻夜，谁若是贸然接近，非死即伤。眼看他被心魔折磨得快要疯掉，关夫人竟出现了。虽然不知道她说了什么、做了什么，但只要能让皇上恢复理智，锦衣卫自然会对她多加看护。想必在皇上心里，她也是尤为不同的。

“有意思。”圣元帝回忆刚才的一幕幕，鼻端发出一声轻笑。

黑衣侍卫和白福愕然看他，却见他早已拿起一张奏折批阅，仿佛之前充满轻松愉悦的笑声不过是幻觉而已。

少顷，咏梅、咏竹带领装扮一新的关素衣前来觐见。想到那杀人如麻的暴君就在里面，关素衣双手僵冷，心如擂鼓。她不敢回忆自己是如何与死亡擦肩而过，又是如何将那颗人头捧去甘泉宫的。当自己吓得魂飞魄散时，没准儿对方还觉得很有趣。

压抑许久的怨气和恐惧在胸口翻腾，终于让她虚软的腿脚恢复几分力道。听见宣召，她一步一步稳稳地走了进去，下跪行礼。

“起来吧。”圣元帝放下奏折，从头到脚将她打量数遍，说道，“镇北侯已赶往桐城平乱，朕让白福送你归家。”

能回家就好！关素衣僵冷的指尖微微动了动，正准备谢恩，又见他拿出一个锦盒：“这是朕赏你的，来领。”

关素衣瞳孔收缩，竟差点夺门而逃，只因这锦盒与先前那个一模一样，也不知里面装了什么，残肢断臂？她顶着一张平静的面孔走上前，接了锦盒，指尖却在发麻。

“打开看看。”圣元帝饶有兴致地吩咐。

关素衣一面深呼吸一面去掀盒盖。有了上次的教训，她的动作很慢，当盖子彻底打开的一瞬，不免屏住呼吸，闭上眼睛。似乎过了许久，又似乎只是须臾，她睁开一只眼朝盒子里瞥去，然后大松口气。里面并非残肢断臂，而是许多贵重药材，药香味将圣元帝身上的血腥气都冲淡不少。

谢天谢地，谢谢菩萨！关素衣露出劫后余生的表情，却听座上传来一阵大笑。

“原来你也会怕！”圣元帝戏谑道，“朕还以为你胆大包天呢！”

“启禀皇上，臣妇是人，岂能不怕？”只短暂接触过一次，关素衣已察觉到对方的脾性。他掌控欲极其强烈，与他说话不能藏着掖着，心里想什么便说什么，哪怕惹恼了他，也比欺瞒的下场好无数倍。

“臣妇只是吓傻了而已，反应比别人慢半拍，看上去镇定，实则心脏都快裂了。臣妇谢皇上赏赐，谢皇上开恩。”她捧着盒子拜伏。

圣元帝笑得越发开怀，浑厚而又愉悦的笑声在殿内回荡，令一干宫人惊骇不已。皇上多久没笑过了？近些年，他似乎每日都处于狂暴的边缘，尤其从佛堂出来后，眼睛里总布满血丝，像一头择人而噬的野兽。现在的他终于有了一点人气，也显得阳光不少。这位关夫人大难不死，必有后福啊！

“别跪了。”圣元帝笑罢摆手，“白福，送关夫人回去。”

白福丝毫不敢小瞧这位门第不高的镇北侯夫人，亲自备了马车将她送走，又指着后面跟随的几辆马车说道："夫人，那是陛下的赏赐，大多是些名贵药材，奴才帮您送去关家，都是老爷子用得上的东西。还有一位太医随侍，替老爷子把把脉，调理调理身体。日后老爷子但凡有什么不舒坦，您只管唤他，他必不敢怠慢。"

这份赏赐真是送到心坎上了。关素衣喜不自胜，连连道谢，方才还淤积于心的怨念与恐惧，瞬间便烟消云散，唯余深深感激。若是能帮到家人，莫说吓她一吓，就算让她立时死了也甘愿。

番外三

蔓生的温情

关素衣兴冲冲去了关家，正好看见仲氏拿着一个豁口的空碗从外面回来，便喊道："娘，您借粮去了？"她眼眶发红，完全没想到家里已经穷到这步田地。

仲氏似乎想把碗藏到身后，却又苦笑着打住。关家如今是什么情况，谁又不知呢？于是她无奈道："前些天刮大风，把屋顶吹翻了，我跟你爹连忙将老爷子挪到别处，却还是让他淋了一些冷雨，如今发起高热，人都快烧糊涂了。这又是药钱又是房屋修缮费的，多少银子都经不起淘换。我跟你爹怎么着都能忍，老爷子却半点亏不得。这不，我就想讨点粗面和鸡蛋，替他擀一碗面条。没想到世态炎凉，曾经受过咱家恩惠的，如今都不认了，真是没奈何……"

女儿都上门了，再瞒下去只会让她更担心，仲氏索性坦白，末了上前两步去开院门，却见几辆宫车停靠在拐角，还有一名鹤发童颜、面白无须的太监冲自己微笑作揖。

"依依，你从哪儿来？"

"娘，这位是白总管。"关素衣解释道，"侯爷替我请封诰命，今日得了准信便入宫叩谢皇恩。因桐城生乱，他带兵赶去驰援，皇上着白总管送女儿归家，顺便把赏赐颁下来。咱们有话进去说吧，外边儿冷。"

仲氏大喜过望，连忙给白福见礼，招手道："快请进，快请进，家里还在修缮，乱得很，各位大人莫嫌弃，好歹坐下喝杯热茶！"

白福一面拱手说着"岂敢"，一面笑嘻嘻地进去了，四下查看，果然一贫如洗。

仲氏把人带到正堂，一一奉上热茶，然后将准备好的几十个荷包递出去。宫里的规矩她略有耳闻，这些办差的人非得给足了辛苦费才肯为你出力，尤其是大总管，没有千儿八百，绝拿不出手。但关家是什么情况，想必方才他们已亲眼看过，能俭省出这些银子着实不易。要知道，老爷子还指着这些银子救命呢，他们夫妻俩哪怕饿得快死了，也没敢动用毫厘，今儿却全搭上了。

白福捏了捏荷包，心里不免哂笑。若是放在以前，谁见了他白大总管只给一百两银子的见面礼，他非得唾人一脸，但面对关夫人的母亲，他还真没那个胆。关夫人能从皇上手里挣出命来，还将他哄睡着了，接着又逗笑了，往后指不定有多大造化。

在皇上没表态以前，他都得敬着这位主儿。想罢，白福将荷包退回去，还说了许多奉承话。其余人等哪敢越过白公公？也都连忙把荷包退了。关素衣是个急性子，不耐烦应付这些场面，早已领着太医去给老爷子看病了。

“忧思过度，郁结于心，已伤了五脏六腑，得精心养着。”曹太医是专门给皇上看病的，医术自然了得。他当即开了几帖药，吩咐道，“三碗水煎成一碗水喝下，每日两剂，七日后我再上门探脉，看看怎么个调养法。”

“对寿数有无影响？”关素衣紧张询问。

“自然是有影响的，但也不一定。都说笑一笑十年少，老爷子这是心病，还得心药来医。他若是想通了，舒畅了，寿数便长了。你们没事逗他乐一乐，好得快。”曹太医早得了皇上吩咐，并不敢把关家当寻常人家看待，有什么话都交代得一清二楚，开的药也都是最对症的。

逗他乐一乐谈何容易？关素衣愁肠百结，泪光闪动。当初祖父怀着雄心壮志来到京城，分明胸中有锦绣万千，却因从小落下口拙的毛病，没能一展长才，反倒被徐广志借机踩下去。这便罢了，他过后自省也能想通，却没料对方手段太过卑鄙，竟开始拉拢关氏门下的弟子，愿意投效他的纷纷走人，不愿投效的他便着力打压，弄出许多谣言中伤关氏门风，毁了关氏传承。断人传承有如杀人父母，祖父焉能不恨？这样的手段多了，他自觉对不起弟子，对不起师门，竟从此一病不起。若想治好他的病，还得让他实现心中抱负。

关素衣原以为嫁给赵陆离，或许能借侯府的势，替祖父和父亲谋一条出路，日后是好是歹，全看二人能力高低，却没料赵陆离根本没把她当成内人，一门心思只为叶家钻营。

起初他颇为颓废，整日喝得烂醉，后来徐家嫡次女入宫，妨碍了叶婕妤的地位，他才振作起来，重新投入朝堂为叶婕妤开路。至于关家如何，岳祖父、岳父如何，哪儿在他的考虑范围之内？旁的不提，只说这次入宫，连圣元帝那样的暴君都能一眼看见她的难处并施以援手，作为夫君，他竟视若无睹。一品诰命很了不得吗？如果可以，她宁愿用这份可有可无的荣耀去换家人的平安康泰。

心中刚升起一股怨气，想起老夫人借给关家的银子，关素衣又无奈起来，强撑笑脸向曹太医道谢。曹太医还要回宫复命，把药方交给药童，细细叮嘱一番，这才告辞离开。

仲氏置办了一桌酒席请白总管等人享用，又让人把关父叫回来作陪，然后跑去探望老爷子。

“太医咋说？”见老爷子还在昏睡，仲氏压低嗓音询问。

“说是心病，得慢慢调养。”关素衣愁容满面地捏着药方。太医开的方子自然是对症的，花费却是往常的数百倍，什么药材名贵便用什么，薄薄一张纸竟似千斤重。

仲氏凑过去一看，不免“哎呀”叫了一声。人参、鹿茸、灵芝……全都是上了年头的灵物，这叫他们如何负担得起？然而老爷子的病又不能不治，这可真是愁死人了！

“皇上赐了许多药材，咱们先用那些支应着。倘若这副药方祖父喝了见好，咱们便是割了自己的肉拿去卖，也得给他治！银子的事我来想办法。”关素衣坚定道。

“那些东西全是皇上赐给咱家的？不带去侯府吗？”仲氏甚感惊讶。女儿可是侯府主母，哪里有得了赏赐却全拉回娘家的道理？

白福不知何时站在门口，笑嘻嘻地道：“您请放心，咱家出宫的时候皇上发了话，这些赏赐独给关家，与侯府没甚关系。时辰不早了，咱家探望一下老爷子，这便送夫人回府。”

仲氏并非贪婪之辈，只是看重那些名贵药材，听了这话喜不自胜，再三道谢。关父并没有看不起阉人的意思，与白福相谈甚欢，一块儿探望过老爷子后便将他和女儿送走。白福一行人随夫人回到镇北侯府，颁了赐封诰命的圣旨，得了厚厚的谢礼，这才回宫复命。

关素衣捧着圣旨站起来，就见原本对她表面恭敬，内里轻鄙的仆役，一个两个全露出敬畏的表情；几名妾室又羡又妒，脸色均十分难看；赵纯熙笑得很假，赵望舒摸不清状况；叶繁还在坐月子，没能下床。满府上下，竟只有老夫人真心为她感到喜悦。

她哂笑，勉强说了几句场面话便回正房。从最初的期待到现在的麻木，这个家令她窒息。

已经调去前院的明芳堵在路上，不停说着奉承话，被明兰挤对走了。主仆二人关起门来私语。

“小姐，这身衣裳是婕妤娘娘赐给您的吧？料子真滑。”

怕明兰不懂规矩，冲撞了贵人，关素衣只让她等在宫门口，自己单独去见叶婕妤。那场生死劫难，她不愿告诉任何人，便装作漫不经心地“嗯”了一声。

“都说叶婕妤是中原第一美人，您觉得咋样？您见着皇上了吗？他果真长了三头六臂？”

没长三头六臂，却也差不多了。关素衣后怕不已地暗忖。

恰在此时，赵纯熙敲门进来，笑盈盈地说道：“母亲，今天原本要为二弟办洗三宴，父亲却带您入宫谢恩去了，我只好改了帖子，邀宾客明日再来。您有什么章程没有？”

自从赵纯熙对家务慢慢上手之后，关素衣未免旁人非议自己恋栈权势，苛待继子女，便把中馈交给她管理，自己专心教导赵望舒。不管大宴小宴，她都会安排好了再来正房知会一声，哪像现在，正儿八经地登门商讨。有了诰命，腰板果然挺得直些。这样想着，关素衣心中并无得意，反而很不是滋味。

“别家的庶子怎么办，咱家就怎么办，你按照惯例准备吧。”她淡淡开口。

赵纯熙似乎想争辩，却又憋住了。主母刚封了诰命，侯府就大肆操办庶子的洗三宴，这是不把圣谕看在眼里。她分得清轻重，却也对关素衣的态度十分恼怒。才得了诰命就这般张狂，日后还不得反了天？

她咬牙应诺，然后命下仆办得简单一点，却没料当天正午宾朋满座时，竟迎来了甘泉宫的大宫女咏梅、咏竹。二人带着贵重礼物上门，叶繁十分惊喜，正准备接过礼单叩谢娘娘，却听她们冷道：“这是娘娘赐给夫人的礼物，你是哪个，也敢来拿？”末了冲关素衣恭敬行礼，“娘娘请夫人入宫叙旧，还请夫人随奴婢走一趟。”

关素衣浑身的汗毛都竖了起来，叶繁则瞠目结舌，脸面丢尽。原以为二人是叶婕妤派来给她撑腰的，却原来是召关素衣入宫叙旧。她二人何时好到这个地步，竟联起手来将她往泥里踩。主母走了，谁来主持宴席？

一阵难堪的寂静后，还是赵纯熙站出来与宾客周旋，老夫人称病，抱着孩子走了。洗三宴只能草草结束，落得满城耻笑。

关素衣抵达甘泉宫时，果见圣元帝大马金刀地坐在主位，叶婕妤跪坐在他脚边，连个蒲团都没有，只能将全身重量放在脚后跟，腰背佝偻，脑袋低垂，卑微得像个女奴。

关素衣还来不及行礼，就见对方大手一招，唤道：“过来坐。”

名叫咏竹的婢女立即搬来一张凳子，摆放在帝王身侧。关素衣走过去，为难地看了一眼叶蓁。人家好歹是婕妤娘娘，而自己只是外命妇，哪里有娘娘跪着、外命妇却端坐着的道理？

圣元帝见她站着没动，这才意识到什么，冲叶蓁甩袖：“下去。”呼喝的语气像在驱赶一只狗。

叶蓁低低应了一声，抬头时飞快扫了关素衣一眼，布满血丝的眼眸里藏着怨毒与嫉恨，虽只流泻出一丝，却足以令人胆寒。

关素衣想不明白这两人究竟在闹什么，哪怕帝王之爱再短暂，也没必要把人轻贱到这等地步。就连她这个外人也能感觉到圣元帝对叶蓁的态度很恶劣，他压根儿没把她当人看，招之即来，挥之即去，末了弃如敝屣。原来让赵纯熙那般憧憬向往的婕妤娘娘，背地里竟如此不堪。关素衣心中喟叹，却并未因此而同情对方。早在叶婕妤莫名其妙对她下杀手的时候，她们就已经成为敌人，对敌人仁慈就是对自己残忍。

“坐吧。”圣元帝叩击桌面。

关素衣这才屈膝行礼，稳稳落座，目光凝注在面前的茶杯上，仿佛入了迷。她怕自己说错话，不小心触怒龙颜，所以干脆不言不语，以静制动。圣元帝似乎早就料到她会如此，一双鹰眸只管上下打量她，待她绷不住，羞红了半张脸时，才飒然一笑：“陪朕用膳吧。”

吃东西好啊，既有事干又不用说话。关素衣大松口气，趁对方不注意，飞快捂了捂滚烫的脸颊。被一个男人如此专注地看着，凭她定力再好也难免受不住。

御膳很快备齐，分别用两个小食案装着摆上来，圣元帝只说了一句“请便”就端起碗进食，动作并不粗鲁，速度却极快，不过片刻就已饱腹，放下碗漱口净手，然后盯着对面。关素衣被他看得头皮发麻，正准备放下碗，说自己用好了，却听他沉声命令：“食案里的饭菜定要吃完，朕不喜浪费。”

他的膳食很简单，不过两荤一素一汤罢了，如今已吃得干干净净。关素衣也同样是两荤一素一汤，分量却只有他的三分之一，顶多吃个八分饱，却绝没有吃不完的道理。世人都说皇上性好奢靡，现在看来却并非如此。

关素衣答应一声，慢慢把菜肴和米饭吃干净，心里不断忖度这人召自己入宫的目的。难道上次放过自己，他后悔了不成？这样一想，她的心便高高提起来，眉头也皱得死紧。

圣元帝敲击桌面：“朕既然上回放过你，日后便不会再动你。天大地大，吃饭最大，快吃吧，别胡思乱想。”

关素衣脸颊一红，连忙端起碗吃饭。

两人安安静静地用罢膳食，又各自饮了一杯热茶，其间虽一言不发，气氛却十分融洽。

见对方面色好了很多，情绪也松缓下来，圣元帝才徐徐开口：“你既然说那幅画是假的，那么真实的场景又是如何？你们关家代出文豪，对你来说，琴棋书画并非难事吧？能否重新为朕作一幅画，留个念想？”

这还不叫难事，何谓难事？关素衣刚放松的神经瞬间绷紧。还原真实场景，对皇上而言又是一场打击，但凡她画得太惨烈，少不得往他心头上扎几刀。他若是因此而心魔发作，自己今天说不定就交代在甘泉宫里。正所谓“伴君如伴虎”，这话半点也未夸大。

她掌心冒出一层细汗，却又无法拒绝，进一步也许会死，退一步便死定了，只能闷头往前走，或可博取一线生机。真实的场景太过惨烈，那就从惨烈中挖掘一丝温情，且还要戳中这人心头最柔软的一处，让他不至于彻底泯灭良知。

电光火石之间，她已有了主意，站起身行礼：“臣妇愿勉力一试。”

“甚好，拿笔墨纸砚来。”圣元帝扬声高喊。

白福连忙进上文房四宝，正准备往砚台里倒水，却见皇上已拿起墨条，准备亲自动手。他立即退到一旁待命，眼见二人一个挥毫作画，一个调和墨水与颜料，看上去竟格外般配，不免垂下头，暗暗告诫自己别乱想。

关素衣并不打算把全过程画下来，而是将画面定格在母子诀别的一瞬间。母亲紧紧抱着孩子，将割破的手腕凑到他嘴边，方便他吮吸，眼里有即将离世的绝望，也有被人加害的怨恨，更多的是对孩子的不舍与疼惜。她眼角沁出泪水，嘴边却含着一抹微笑，似乎在鼓励孩子好好活下去。关素衣并不知道皇上的生母长什么样，但照着原来那幅画描摹，再美化十分总不会错。她想了想，又在她腮边和指尖添了许多血迹，使她苍白的脸庞显出几分壮烈之美。小小的孩童依偎在她怀中，眉眼依稀能看出几分圣元帝的模样，唇边染着血迹，表情却满足而又恬淡。然而事实上，刚出生的孩子哪能如此饱满圆润？他们大多干瘪瘦弱，脸色红中透青，得养十天半月才能看出相貌。那位东洋画师将画作丑化，她却将之美化，说到底也是奉命行事，万般无奈。

将细节改了又改，直至母子生离的惨烈与温情跃然纸上，关素衣才放下毛笔，躬身道："皇上看看可还满意？"许久不见对方答话，她抬头望去，却见他早已泪流满面，无声哭泣。

关素衣连忙低头退开几步，作"眼观鼻鼻观心"状。

圣元帝感觉脸颊凉飕飕的，用手一摸才知道自己竟然流泪了。他胡乱抹了抹，又将指尖擦干净，这才拿起画端详，过了许久交给白福，哑声道："裱起来，挂在佛堂里。"

白福小心翼翼地接过画，匆忙退走。又有一名锦衣卫走进来，低声禀告："主子，火盆已经烧好了。"

圣元帝颔首，大步走出去，跨过门槛时察觉关素衣还站在原地，不免唤道："愣着作甚，还不快跟过来。"

"是。"关素衣乖顺应诺，然后紧紧跟上，出了殿门就见空地上摆放着一个大火盆，里面的炭火熊熊燃烧，散发出温暖的热度。火盆旁边散乱堆砌着许多东西，有供桌、佛龛、木鱼，连那幅曾经被供起来的画也压在最底下，只露出一块鲜红的角。

圣元帝将东西一一投入火盆，似在焚烧过往，又似在破灭心魔。滚滚浓烟蹿上天空，继而层层散开，最终消失不见。他拿起血红的画作，神色漠然地瞥了一眼，然后毫不犹豫地扔进火焰里。噼里啪啦一通乱响，画作先是化为焦炭，最后只剩一捧灰烬。

圣元帝这才捡了一张软椅坐下，又指指脚边的蒲团，说道："念咒吧。"

关素衣走上前低语："能否给一壶热茶？"

圣元帝短促地笑了一声，遍布眉宇的阴霾缓缓消散，只余兴味。他扬起手，戏谑道："将茶水间的大瓮抬来，就地煮茶，关夫人爱喝多少喝多少，管饱。"

关素衣脸颊涨红，心中又是羞恼又是无奈，最终只能屈膝行礼："谢皇上赏赐。"

一众侍卫万没料到皇上也会开玩笑，却不敢不把他的话当真，果然抬来一口大瓮，架在火盆上煮茶。关素衣再次道谢，末了认真吟诵往生咒，满以为今天又会念得喉咙冒烟、舌头发麻，却听上面传来一道堪称温柔的嗓音："若是累了就停下，不必硬撑。"

关素衣心弦略松，继续往下念，不过两刻钟就听见身侧传来细微的鼾声，抬头看去，却发现圣元帝又像上回那般睡着了，只不过表情更为沉静，嘴角微弯，仿佛做了一个好梦。四面八方全是火盆散发出来的热度，将严冬烘烤成融融春日，不知不觉，她嗓音越来越低，竟也睡意汹涌，脑袋一歪便朝身边的人扑去。昨晚做了一宿噩梦，清晨起来操持洗三宴，她早就筋疲力尽，见老虎打了盹，自己也就撑不住了。

一名锦衣卫暗道不好，正想飞奔过去救援，却见皇上迅速睁眼，浓烈的杀气顷刻间弥漫，衣袖微抖，一柄匕首已握在掌心，并且出了鞘。然而他没像往日那般一刀割断近身之人的脖颈，而是鼻端轻嗅，辨识此人身份，然后表情柔和下来，一只手轻轻调整关夫人的姿势，让她靠得更舒服，一只手在她脸上摩挲几下。

他看向咏竹，指了指内殿。咏竹心领神会，拿来两件大氅，一件披在关夫人肩头，一件往主子身上搭，却被他摆手拒绝，反而扯了关夫人的大氅一角，盖在腿上。两人同盖一件衣袍，一个坐着，一个趴在对方膝头，沉沉睡去。宫人怕他们吹了冷风，连忙又烧几个火盆，摆放在周围。

叶蓁站在廊下，远远地看着这一幕，脸色青白，表情狰狞。

关素衣睡了一个多时辰才悠悠转醒，发现自己正趴在皇上膝头，不免吓了一跳，刚站起身又跌回去，脚底传来针扎一般的刺痛感。

“请皇上恕罪，臣妇这就起来。”她挣扎了几次，却都没能成功，反而一次又一次往对方怀里摔，叫外人看去仿佛在投怀送抱似的。她心里又难堪又懊恼，偏偏腿脚不争气，怎么都站不起来，眼角不知不觉竟含了泪，很是无地自容。

圣元帝任她扑腾许久才伸手扶了一把，平静道：“夫人这是腿麻了吧？坐会儿再走也不迟。”

关素衣恨不得立马归家，却暂时动弹不得，只好向皇上道谢，老老实实坐在软椅上。圣元帝睨她一眼，问道：“昨晚做了一宿噩梦？”

关素衣不敢隐瞒，据实以告：“回皇上，臣妇一宿都在梦里辗转，刚眯瞪一会儿天便亮了，只得起来操持庶子的洗三宴。”醒了又睡，睡了又醒，比整晚没合眼还累，梦里全是铺天盖地的血腥，像是要将她淹没一样。

圣元帝笑了笑，叹道：“既然怕成那样，你还敢在朕身边睡着？也是个没心没肺的。”

关素衣垂眸回话：“启禀皇上，世间最可怕的不是死亡，而是未知。离开皇宫，臣妇难免胡思乱想，担惊受怕，到了您跟前反倒心安了，一切只听凭您决断便是。”

圣元帝哈哈笑了两声，摆手道：“放心吧，朕非但不会动你，也不会让旁人动你。朕欠你一个人情，你想要什么，尽管道来。”

关素衣第一时间就想起了壮志未酬的祖父，却又很快否定。当初嫁给赵陆离时，她曾希望他能拉关家一把，却只在心里想想，从未张过口。人家帮你是情分，不帮是本分，无可指责。从赵家借走的银两，她会想办法尽快归还，一时还不上便加倍对赵纯熙和赵望舒好。无论他们待她如何，或做了多么伤人的事，她都能忍，这就是拿人手短、吃人嘴软的道理。

她懂得知恩图报，自然也懂得知足常乐，先前那些赏赐对她来说已经足够了，不敢要求更多，故而推拒道："启禀皇上，臣妇没什么想要的，为君主效力乃臣妇本分，只求您平平安安将臣妇放出去。"

"朕一言九鼎，说过的话何时不作数？上次既放你走掉，日后也不会伤你分毫。白福，把锦盒拿上来。"

还有锦盒？关素衣拢在袖中的手忍不住握成拳头。

圣元帝莞尔，亲手将锦盒递过去，吩咐道："打开看看。"

还打开看看？关素衣心里叫苦，面上却不敢拒绝，只好慢腾腾地去掀盒盖。说实话，她对锦盒已经产生了恐惧感，偏偏皇上恶趣味十足，赐给她的三个锦盒全都一模一样，连捆绑的绳结也扭曲成同样的形状，以至于她一看见就手指发麻，汗毛倒竖。

她努力让自己表现得镇定，待盒盖掀开，往里一看，不免吐出一口浊气。盒子里装着许多码放整齐的小金锭，其上摆放着一张纸，没有血腥，没有人头。

圣元帝取出纸，徐徐道："上次吓着你了，朕给你赔个不是。往后这样的盒子还有很多，你看习惯了也就不怕了。"

这话的信息量很大，让关素衣又是一阵心悸。什么叫往后还有很多？岂不代表自己今天出去，日后还要再来？他堂堂一国之君，总召见一个外命妇作甚？哪怕借着叶婕妤的名义也不行啊！

"皇上，这于理不合！"她腿脚已恢复知觉，连忙跪下去，却被一只大手牢牢握住胳膊，强硬地提起来。

"九九八十一天往生咒，不能少一天，也不能多一天。"圣元帝按压她肩膀，语气独断，"是你为母后昭雪，这魂自然要你来度。母后在冥府等得够久了，朕要送她速速入轮回，一时一刻也耽误不得。当年的事，朕已派人去查，为免打草惊蛇，太后那里还需瞒着，故而也不能请高僧念经。夫人，朕能相信你吗？"

关素衣除了点头，完全没有别的办法。本以为道明真相就完了，哪知道还要作画，作完画又得念经，且还是九九八十一天。这些事怎么就一环扣一环，没完没了呢？然而她已经入坑，除了尽力抓住这人扔下来的绳索自救，还能怎样？

"接连两三月入宫，是不是太惹眼了？念经的话，您自个儿念不是更有诚意？"她挣扎道。

"朕若是能抛下政务，成日坐在佛堂里念经，又何须找你？朕能抽出一个时辰已经顶天了，却又哪里足够？你只说去觉音寺礼佛三月，为外出征战的镇北侯祈福，朕自然会派人秘密接你入宫。夫人放心，朕不会害你名节。"圣元帝盯着手上的血玉扳指，眸光晦暗。

关素衣张了张嘴，终究没再说什么，而是无奈垂头。

见她如此，圣元帝语气变得极为温和，摊开方才那张纸说道："这是一份地契，朕在城南为关家择了一座三进的小宅院居住。听白福说前几天夜里刮风，掀翻了关家屋顶，叫你祖父着实淋了一场冷雨，如今病得十分厉害。你若是还有一点孝心，就不要推拒这份礼物，只当这是你卖画的酬劳，连这匣子里的一百两黄金也算在内，价钱可还公道？"

关素衣哪怕再骄傲，也不会为了这点脸面不顾祖父生死。她可以强撑着不求赵陆离帮祖父和父亲谋职，然而一旦涉及祖父的病，让她干什么都无碍。只是卖一幅画罢了，又有什么关系？父亲不也当街作画，当众叫卖吗？先前的为难与挣扎，全都化作满满的感激，她连忙接过地契，真诚道谢。

真好哄，也很容易满足。圣元帝心中发笑，面上却丝毫不露，把匣子递过去，提醒道："你明日便去觉音寺礼佛，朕会派人来接你。"

"臣妇遵命，谢陛下赏赐。"替家人挣来一个安身立命之所，关素衣半点抗拒也没了，正准备磕头，又被皇上的大掌压住肩膀，动弹不得。她只好说了许多感激的话，这才在咏梅与咏竹的护送下离开甘泉宫。

登上马车后她取出地契，看了又看。贫穷的滋味并不可怕，可怕的是贫病交加与阴谋倾轧。这些年她受够了被轻贱的滋味，却因为祖父的病情和关家的名声而不敢反抗。看着家人在绝望中挣扎，她何尝不想拉一把，却悲哀地发现自己根本没有挽救他们的余力，别说彻底治好祖父的病，就连给他们找个正经居所也毫无办法。她哪里是侯府主母？不过一个代为照顾孩子的仆妇罢了。然而侯府不能给她的，皇上却半点不会吝啬。卖画怎样？念经如何？只要能让家人过得好一些，她什么事都愿意干。

胡思乱想间，关家到了，马车在门口停住。仲氏听见响动迎出来，惊讶道："你怎么又来了？三天两头往娘家跑，老夫人不会怪罪吧？"

"无碍，我刚从宫里出来，顺路看看你们。"关素衣用大氅遮住匣子，快步往里走。明兰跟在后面，神情戒备地东张西望。

"娘，这屋子不能住了，尽快搬家吧。这是叶婕妤赏给关家的宅院，刚建好没多久，只需打扫一番就能入住。这里还有一百两金子，你们正好拿去添置家具、物什。"

"叶婕妤怎会如此好心？她不是处处抬举叶姨娘，压着你不让动弹吗？"仲氏接过地契查看，面上不见惊喜，只有惶然。在她心里，叶家没一个好东西，无事献殷勤，非奸即盗，女儿与她走得这样近，说不定哪天就被坑了。

关素衣将早就想好的说辞拿出来："今时不同往日。她压着我是怕我对她妹妹留下的两个孩子不利。但这么些年下来，我是个怎样的人，想必她也清楚，而叶姨娘掐尖要强，早把赵纯熙和赵望舒笼络住，如今还生了一个庶子。嫡庶不分乃乱家之源，为免叶姨娘心大了，去坑害两个孩子，她不得不改换做法，把我捧起来。不管她压服谁、抬举谁，咱们只能受着，反正咱家一穷二白，没什么可图的。”

仲氏一想也是，这才欢欢喜喜地收下地契和金子。二人转到后堂探望老爷子，发现他精神尚好，连忙把搬家的事说了，哄得他开怀不少。

镇北侯府，叶繁正坐在床上抹泪，赵纯熙手里端着药碗劝解：“大夫说了，让你好生坐月子，不要见风。前厅拉拉杂杂一堆人，又不缺主家招待，你跑去作甚？如今可不是躺倒了吗？听我的话，赶紧把身子养好，免得父亲在外担心。”

“他若是真的担心我，就不会在我生了广儿之后立马给关素衣请封诰命，还跑去桐城平乱，一走就是大半年。你当我想出去呢？我与侯爷定亲的时候娘娘给了厚赏，我俩成婚那日又有厚赏，我满以为这次也是一样的，娘娘定会派人给我张目，这才强撑病体跑去待客，哪料她竟把关素衣那小贱人请去宫里说话。她和侯爷一样，都是在打我的脸呢！我究竟哪点做得不好，直接跟我说便罢了，何必这样糟践人。”她越说越伤心，一副快要晕倒的模样。

赵纯熙表面劝慰，内里却极为不屑。娘亲为何不给叶繁脸面？还不是怕她生了庶子心大了，想压一压吗？是时候让她明白了，没有爹爹、娘亲和自己的支持，她什么都不是，甚至连关素衣都不如。

番外四

澄明的爱意

自从赵纯熙接掌中馈，赵望舒去了书院修业，关素衣在镇北侯府就是个透明人，别说出门两三月，就是莫名消失不见，也没有多少人会在意她的安危。老夫人倒是细细盘问了一番，最后却也同意了。侯府人丁凋敝，她明知儿子宠妾灭妻，可为了叶繁肚子里的那块肉，也不得不装聋作哑。儿媳妇丢开府里的一切跑去礼佛，心里定然存了怨恨，但愿沐浴佛法后能让她想通吧。

关素衣顺顺利利上了山，在觉音寺住下。因为每天都要入宫，为了让明兰帮自己打掩护，她只好略去差点被掐死的片段，将实情告知。明兰吓得脸都白了，劝阻道："小姐，您可千万别犯糊涂啊！皇上叫谁念经不好，偏偏叫您念，他若是对您存了非分之想，您该怎么办？您这是羊入虎口，无路可逃哇！"

关素衣不以为然地摆手："这事我若是推了，那才叫自绝生路呢。你想想，能因为身世不祥而种下心魔的人，对自己的母亲是何等看重？他若是轻易放我离开，哪怕承诺了不会杀人灭口，我也照样睡不安稳。所谓金口玉言，国君说出的话的确不能反悔，但他若是要对付我，自然有一千一万种神不知鬼不觉的办法。然而我若诚心诚意替先太后念经，那就不一样了，皇上最后一丝温情就寄托在先太后身上，为了给先太后积德，他绝不会动我分毫。至于你说的，他对我存了别的心思，有可能对我图谋不轨，这更是一个笑话。替先太后超度等同于守孝，孝期奸淫女子，他还是人吗？他还配做人子吗？若说前两次我是揣着这条小命去见的他，这回才真正算是安全了。你家小姐又不是金元宝，谁见了都会喜欢。所以这桩差事我不但不能拒绝，还得紧紧抓住机会。皇上念着先太后的情分，日后必然会好好护着我。当然，我就算心里再迫切，表面也得装出勉强的模样，免得他认为我急功近利，不够心诚，换个人来干这份差事。"

关素衣敲击桌面，语气渐冷："我在侯府过的是什么日子你也知道，简直不能活了。叶繁生下庶子，侯爷、赵纯熙、赵望舒，甚至连老夫人都向着她，她又是一个野心极重的人，担心我挡了路，必会想尽办法将我除去。我若是一点依仗也没有，还不得被她生吞活剥？如今家里全都指着我过活，我若倒下，叫祖父和爹娘怎么办？"她看向窗外，喟叹道，"曾经关家是什么光景？屋子破败，家无余财，声名狼藉，备受欺辱，多活一天便多受一天罪。我嫁入侯府四年，兢兢业业、勤勤恳恳，侯爷可曾说过要拉关家一把？在他心里，叶家才是他正经的岳家，关家怕是连穷亲戚都算不上。反观现在，我不过入宫两趟，受了两回惊吓而已，太医、药材、银两、家宅，全都有了，一下就把关家从越陷越深的泥沼中拉出来。”她看向明兰，问道，“你说我该怎么选？是着力讨好侯府上下，还是专心为先太后念经？”

明兰再不敢说劝阻的话，忙道：“小姐您安心去吧，奴婢会帮您遮掩。刚才是奴婢想岔了，替先太后超度是多大的荣耀，别人抢都抢不来呢，哪有往外推的道理？”

关素衣揉揉她脑袋，笑道：“傻瓜，你担心我，这份心是好的，我记着呢。既然皇上说会替我安排妥当，那就必然不会出什么纰漏，你只在寺里等我就好，旁的事不用操心。先前那幅画邪门得很，差点把皇上逼疯，其来历恐怕不简单，里面说不定藏着几多污秽与争斗。皇上暂时没有认回生母的打算，必然有他的用意，所以这些事你烂在心里就好，别往外说，连梦里也不行。”

明兰吓得连连点头：“小姐您放心，从今天开始我就是锯了嘴的葫芦，绝不往外蹦一个字。”

关素衣这才让她下去休息，自己则取出几卷经书翻看。

临到午时，果然有人秘密将她接下山，带入皇城，先在未央宫偏殿沐浴焚香，又换了一袭素色祭服，然后顺着密道前往佛堂。

圣元帝早已等在此处，头发湿漉漉地披在身后，显然也沐浴焚香过。他指了指身边的蒲团，淡声道：“不用在朕跟前拘泥于礼节，来了便坐，然后开始念经，只要心足够诚便好。”

本打算下跪行礼的关素衣从善如流地直起腰，坐到他身旁。

圣元帝上下看她几眼，末了递过去一串紫檀木雕刻的佛珠：“送你的，拿着吧。”

关素衣不敢推辞，连忙接了，见他手腕上缠着一串一模一样的，每颗珠子都磨得发亮，可见经常佩戴，于是告诫自己千万别让外人看去，省得惹出麻烦。二人并肩跪坐，诚心诚意吟诵经文，大约一个时辰后，圣元帝悄无声息地离开，前往御书房处理政务。

如今魏国乱象频生，他想稳住江山社稷，非得殚精竭虑不可，每日抽出一个时辰念经的确很不容易。为君王代劳的关素衣越发不敢松懈，诚心诚意念完经文，这才去未央宫辞别。圣元帝若是得空便会请她进去说会儿话，不得空便让人送她离开，并且从不忘赐下一个锦盒，里面要么是一些名贵药材，要么是几本书籍，全是她最需要也最喜欢的东西。渐渐地，关素衣已打消了对锦盒的恐惧，面对君王时也更为从容。

九九八十一天似乎一眨眼就过去了，将写给先太后的祭文焚烧成灰烬，又脱下厚重而又盛大的祭服，关素衣前往未央宫辞别。恰逢皇上正在召见朝臣，不得空，她只拜了三拜就悄然回转。

生活在觉音寺里的几个月，她过得安静而又满足，不用迎来送往、钩心斗角，不用顾忌这个、忍让那个，除了每天要念两个时辰的经文，其余时间想干什么就干什么。闲时看看书、写写字，偶尔回家探望祖父，陪他聊聊时局，心血来潮还能外出远足赏景，日子过得比任何时候都快活。从宫里出来这一天，她原以为自己会如释重负，却没料心里空落落的，仿佛缺了一块，真恨不得一辈子就这样过去，再不用回劳什子的镇北侯府。

好不容易打发走朝臣的圣元帝也怅然若失，在佛堂静坐到午夜。他已查明自己身世，这几个月睡得十分安稳，但不知怎的，今天无论如何也合不上眼，辗转反侧至凌晨才眯瞪一会儿，却又在噩梦中醒来。梦里究竟发生了什么，他睁眼就忘了，只依稀听见一道吟诵经文的柔和嗓音越去越远，消失在天边，叫他抓也抓不住，留又留不得。他心里烦闷得很，接下来的几天越发吃不好、睡不着，接连诛灭几名贪官污吏，这才稍微平静些。

与他同样心情焦躁的还有赵陆离。那天刚出宫门，他就后悔了。平乱虽然要紧，却也没急迫到连亲自送夫人回家的时间都没有。只因皇上扯出那段惨烈往事，激得他脑子发蒙，糊里糊涂便走了，反把夫人丢给了阴险毒辣的叶蓁。若是夫人出了什么差错，他定会后悔一辈子。行军途中，他派人去打听夫人情况，得知她已平安出宫，还带着丰厚的赏赐，心里非但没安稳，反倒更焦虑。

叶蓁是什么样的人他还能不知道？她心里只有自己和利益，全无半分温情。记忆里，为了从侯府逃出去，又害怕在外面过苦日子，她竟撺掇赵望舒与胡人做买卖，短时间内赚取了大量金银，购置了好几个庄园，却也把赵望舒送进死牢，罪名是通敌卖国。若非关老爷子念着旧情，替赵望舒说项，最后绝不是判流放那样轻巧。

她连儿女的生死都不顾，又哪里会为了确保他们的地位去抬举夫人、打压叶繁？那些赏赐绝不可能是她给的，倒像是霍圣哲的手笔。他外表看上去粗枝大叶，一旦喜欢上谁，定然心细如发，方方面面都会为那人考虑周全，恨不得把她脚下的每一块砖铺好，叫她走得更平稳舒坦。

短短几月，关家就从破败的茅草屋搬入三进的大宅子，太医院院首每隔七天为老爷子诊脉，名贵药材流水一般吃用，这些恩赏简直送到了夫人心坎上，反观以往的赵陆离，只认叶家，对关家视若不见，碰到仲氏上门借银子，还会摇头笑叹一句“又来打秋风”。两相对比，高下立判。若夫人果真与霍圣哲相遇，并得了他照拂，她的心会偏向谁？

赵陆离根本不敢去深想这个问题。在醒来的那一刻，他最该做的事不是讨好夫人，替她请封诰命，而是切实解决她的急难。然而他已习惯了不把关家当岳家看待，后来和离更没机会登门，醒来后便也自然而然忽略了他们的境况。说到底还是他不够细心，不够诚恳，终究晚了霍圣哲一步。他心里倍感煎熬，唯恐这一次又错过挽回的机会，却不敢弄砸手里的差事，只能强自按捺。

关素衣过得自在极了，哪怕卸了差事也没回镇北侯府，而是能拖则拖。赵陆离已经平定桐城内乱，却还要整顿当地官场，一时半会儿抽不开身，只能每隔三天写一封信，报个平安。

李氏被救起之后生了一场大病，总发高热，连着昏沉了一个多月，最后还是镇西侯找来得道高僧替她化解灾厄，这才慢慢好起来。当关素衣为先太后念完经时，她也彻底痊愈，常来山上玩耍。

"听说李氏宗族的族长喝多了酒，掉进村口的池塘里淹死了？几个李姓小伙儿下去救他，尸体到如今还没找着？"关素衣将滚烫的水倒进茶杯里，漫不经心地询问。

李氏半点不见悲色，反而哈哈一笑："这消息都传到山上来了？"定她死罪的、辱她名声的、推她下塘的，都下了黄泉，一个没能逃脱。这事究竟是谁办的，她心里清楚，却一点也不害怕。

"我那丫头是个嘴碎的，爱打听。"关素衣放下水壶，低不可闻地叹了一句，"死得好。"

李氏耳聪目明，听见这话点点她，笑得更为爽朗："我就喜欢妹妹这样的性情，看上去娇娇弱弱的，骨子里却硬得很，配给赵陆离那样的软蛋真是可惜了。"

关素衣笑而不语，正准备招呼明兰上些茶点，却见一个高大的身影站在门口，似乎已经来了一段时间。明兰跪在他脚边，吓得不敢喘气。

"皇上？"不等她反应，李素娥便惊叫起来，随即走过去行礼。

"起来吧。"圣元帝虚扶她一把，又压住想起身跪拜的关素衣的肩膀，淡淡开口，"听说你大病初愈，不好好在府里养着，出来作甚？小心又受了寒气，叫镇西侯无心上朝。朕与关夫人有话要说，你先回去。"

李素娥与皇上相识于微末，情分与别个不同，说起话来自然更随意。她担心地看了关素衣一眼，说道："皇上，您的事臣妇不敢过问，只求您莫要为难素衣，她是臣妇的救命恩人。"

"朕为难谁也不会为难关夫人。"圣元帝冲明兰摆手，"送李夫人下山，闲杂人等都退下。"

明兰与李素娥不敢抗命，只好一步三回头地离开。

关素衣心里略有些发毛，试探道："皇上，先太后的遗骨已经安葬了吧？"

"已经葬回族地。"圣元帝绕到屏风后，沉声下令，"过来，替朕念书。"

"您大老远找来，难道只为了让我给您念书？"关素衣心里十分诧异，表面却半点不露，一边指着书架问他喜欢哪一本，一边暗暗观察他的脸色。只见他眼窝深陷，嘴唇发白，眉宇间遍布暴戾之气，像是心魔再起，又像是累得狠了。

圣元帝按揉眉心，敷衍道："随你念哪一本，朕听着便是。"

关素衣低声应诺，想来想去还是拿出佛珠，吟诵往生咒，心道：送佛送到西，好人做到底，我帮您也超度超度，但愿您能去了戾气，多些慈悲。

圣元帝这些天睡得很不安稳，直到看见关夫人，听她嗓音温柔地说话，那种若有所失的焦虑感才彻底消散。他并不在乎她念些什么，只要能静静待在她身边，嗅着她的气息就足够。然而听见熟悉的经文，他还是愣了愣，无奈道："你是想超度朕吗？"

"非也，"关素衣平静道，"臣妇观陛下神色倦怠、眸光晦暗，应是劳累所致。经文能养气凝神，您听这个比听什么都强。"

"罢了，随你。"圣元帝无奈一笑，这才闭眼假寐，听了一刻钟不到就发出细微的鼾声，显然已经睡得沉了。

关素衣不敢打搅他，渐渐压低嗓音，又默默守了片刻，然后绕到屏风后等待。这人刚摆脱心魔，偶尔失眠很正常，听些经文的确比读什么书都强。因时下礼教森严，她不便在屋里久候，想起前些天没写完的字，于是转道去了书房。

白福待她十分恭敬，自然不敢阻拦，只寸步不离地守在榻边。一个时辰后，圣元帝悠悠转醒，看见屋内没人，舒缓的神色顿时变得阴沉无比，靸鞋走到外间，四下里看了看，越发焦躁难安。

"人呢？"他眼珠赤红地瞪着白福。

"在书房练字！"白福吓得膝盖发软。

圣元帝撇开他，大步去了书房，看见站在窗边泼墨挥毫的秀丽女子，这才将满心焦躁压下去。

"日后念完书就等在一旁，不要随便乱跑。"他沉声叮嘱。

"日后？"关素衣挑眉。

"不瞒夫人，朕近来睡得十分不安稳，唯有听你念经才能缓解一二。"他走到桌边，真心赞叹，"好字！夫人果然才学不凡。"

"陛下总这样下去也不是办法，得空的时候自己也看些经文，或许能好些。"关素衣不敢拒绝这人，他现在能好声好气地与你说话，那是因为你对他有用。倘若因此而得意忘形，甚至不知好歹、推三阻四，他能给你多少荣耀，就能给你多少折磨。家人的日子眼看刚有起色，关素衣实在没有与皇权抗争的底气。莫说他只是来听经，便是提刀砍了她，也没处申冤。这样想着，她无奈一叹。

圣元帝看似在欣赏字画，实则暗暗观察她的神色，见她虽然面带抗拒，却到底没说什么，这才勾唇笑了笑。

从这天起，他每日都来觉音寺听经，失眠的症候一天好过一天，精气神看着与以往迥然相异，竟越显宽和仁慈。他偶尔会带夫人下山玩耍，游荡在狭窄的小胡同里，什么都不干，只并肩走在一块儿，也觉得十分快活。他还把夫人带到珍兽园，让她见识自己豢养的野兽，然后将它们放出来比斗。他猜测夫人会吓得往自己怀里钻，却没料她只是呆了呆便恢复镇定，日后再去，竟习以为常，见怪不怪。

这样的日子过得飞快，不知不觉到了开春，赵陆离终于带着五万大军归返。收到老夫人口信，关素衣不得不打包行李回镇北侯府。府里还是老样子，草木峥嵘，屋舍俨然，只叶繁生下的庶子赵广长大了，被老夫人抱到正院抚养。因着这个，叶繁又得了几分脸面，渐渐把下人的心笼络回去。其余几名姬妾被她压得抬不起头，看上去死气沉沉，像是已经到了暮年。

关素衣与她虚与委蛇了几句，这才放下行李梳妆打扮，然后去正门迎接得胜还朝的赵陆离。为了给宫里的叶婕妤铺路，他也是拼了老命，这些年刀光剑影里来去，也不知受了多少伤。他把叶繁当作叶蓁的替身，又把叶婕妤当成什么？对方是叶蓁的双胞胎姐妹，长相应该是一模一样的吧？难道他移情了？爱上了叶婕妤？这样想着，关素衣感到一阵恶心，正准备掏出帕子捂嘴，就见赵陆离骑着高头大马飞快跑来，欣喜道："娘、夫人，我回来了。"

"回来便好，回来便好！快进去洗洗风尘，吃顿好饭。"老夫人连忙上前拉他，叶繁领着赵纯熙和赵望舒围拢过去嘘寒问暖。身为正经主母，关素衣反被挤到最后，用冷漠的目光看着眼前的"阖家欢乐"。

赵陆离时时刻刻关注着夫人，见此情景胸口像是被扎了一刀，痛不可遏。原来，夫人并没有把自己当成赵家人。自己离开，她不会担忧挂念；自己归来，她更不会欢喜雀跃。管你来来去去，总也入不了她的心。

但这怪不得她，只能怪以前的镇北侯愚蠢。思及此，赵陆离推开叶繁，走到夫人身边，握住她略有些冰冷的指尖，笑道："春寒料峭，让夫人久等了，快进去烤烤火，坐下说会儿话。这么久不见，我对夫人着实思念得紧。"

关素衣扯了扯唇角，似乎想笑，却终究没能笑出来。

叶繁欢喜的表情僵在脸上，等夫妻两个走远了才猛然回神，却见一群姬妾指着自己嘀嘀咕咕、嘻嘻哈哈，仿佛在攻讦嘲笑，顿时又羞又恼。她走到正院，抱起睡得正香的儿子，带去给侯爷看看。

镇北侯府人丁凋敝，她就不信侯爷见了儿子还能把自己晾在一边，尚未走近正厅，就听老夫人朗笑道："你出门在外能念着素衣，这很好。趁你们年轻，赶紧给侯府开枝散叶。有了孩子，家里就热闹，一热闹人气便旺，所谓多子多福，旺子旺家，就是这个道理。"

关素衣还没说话，就听侯爷欣然应诺："娘说得是，庶子和嫡子岂能相提并论？家里只有望舒一个嫡子，到底单薄了些，来年便给他添一个小弟弟。"

老夫人哈哈大笑起来，指着儿子说了很多打趣的话。赵望舒傻呵呵地拊掌，直说弟弟好，自己想要一个弟弟；赵纯熙却阴着脸走出来，瞥见呆若木鸡的叶繁，低声道："庶子和嫡子岂能相提并论，这话姨母听见了吧？眼看父亲回心转意，要把关素衣捧起来，你还不赶紧想办法？若她生了嫡子，镇北侯府可就没广儿什么事了。"

同样也没有她姐弟二人的立足之地了。父亲的改变她如何看不清？分明是对关素衣情根深种，爱入骨髓。倘若他两人又得了嫡子，镇北侯的爵位会落在谁头上还说不准。以前她想留着关素衣与姨母斗，眼下再看，竟是不除不行。

赵陆离在家歇了一天，翌日带着许多贵重礼物去探望岳父、岳母，哄得几位长辈十分开心。吃罢午膳，他没急着上值，反而带关素衣去逛街，一路缓行，眉眼含笑。

“你究竟想干什么？”关素衣疑虑重重地询问。

“我想待你好。”路过一家玉器店，赵陆离将她拉进去，低声道，“在外平乱的时候，我每隔三天就给夫人写一封信，想必夫人看都没看便烧了吧？不管夫人如何忖度我的真心，你只看我今后的表现。”

关素衣默然不语。既已嫁给这人，他是好是歹，是真心还是假意，她都得受着，根本没有反抗或挣扎的余地。日子总是要过的，哪怕他心里记挂着一个死人，她又能如何呢？上一次砸破他的头却没有受到惩罚，再来一次可就没有那样好的运气了。

赵陆离见夫人并未回应，心里不免有些沮丧，入了店门便悄悄去牵她的手。关素衣用力挣了几下，没能挣脱，只好随他去了。二人并肩跨入内堂，就见一名身材高大、容貌普通的九黎族汉子正死死盯着他们，目中流泻出几分煞气。

赵陆离不着痕迹地打量对方，从他的穿着和气势判断出他身世不凡，便带领夫人去偏厅回避。此乃天子脚下，他不想惹出事端，平白招人侧目。然而他有心示弱，对方却不依不饶，竟是走哪儿跟哪儿，目光越发冷冽。

赵陆离无法，只好挑了品相极佳的一块鸳鸯玉佩，交予掌柜结算。这是一块三色玉佩，红的鸟嘴儿，黄的翅膀，白的肚腹，无论雕工还是配色都十分别致，中间一个活扣可以拆开，分为两块，各系一缕红色流苏。

关素衣喜欢得紧，拿在手里不停把玩，却没料那九黎族汉子忽然走到她身边，将其中一块夺去，扬声道：“掌柜，这块玉佩怎么卖？”

“客官，玉佩已经有人买下了，您若是喜欢，小的店里还有几块成色更好的，这就让人拿来给您看看？”

“我只要这块，他出多少银子，我翻倍。”九黎族汉子态度十分强硬，跟随在他身后的随从已拿出一沓厚厚的银票，舔了舔指尖数起来。

掌柜眼都直了，看了看对面，又看了看赵陆离，搓着手呵呵干笑。赵陆离向来不爱与人争抢，不过一块玉佩而已，犯不着闹起来，于是拿回银票，温声道：“这位仁兄既然喜欢，那就让给他吧，我再去别家看看。”

关素衣只好放下鸳鸯佩，随他离开，却听背后传来一道满是讥讽的声音：“赵侯爷真是好气魄，分明第一眼就看上的爱物，也能说让便让。倘若我是你，只要是我中意的，别说掏银子从我这儿买，就是拿刀架在我脖子上也绝不妥协。”

赵陆离脚步微顿，然后拉着夫人快速走远。关素衣回头看了一眼，表情莫测。九黎族汉子拿起她丢下的玉佩，与自己手里这块合在一起，翻来覆去地看了许久。

经过这么一打岔，赵陆离没了玩兴，给夫人买了几套头面便送她回府，然后去衙门办差。关素衣换了便服，意兴阑珊地坐在窗边绣花，听说师兄来访，这才打叠精神前去应酬。

这位师兄名唤齐豫，刚开科举就中了状元，后来外放出去做官，如今三年已到，回京述职。中状元之前他曾教导过赵望舒，后来皇上分派差事，他得了赵陆离的举荐才谋了一个实职，与镇北侯府颇有几分交情。

关素衣与他从小一起长大，彼此亲如兄妹，见面后忍不住红了眼眶："师兄，你仿佛憔悴许多，可曾遇见什么难事？嫂子怎么没来？"

"你嫂子在正院陪老夫人说话，过会儿便到。我一切都好，你别担心。"齐豫张了张嘴，似乎言之未尽，却到底没敢表露。他细细询问师妹近况，又与她聊起儒学，末了兴致大起，相伴去书房写对联。

明兰见他二人相谈甚欢，便去膳房备茶点，途中遇见一名管事，打发她去西街采买。她没多想，拿着银子就去了，只让人给小姐带个口信。

关素衣并未察觉自己已经入套，收起最后一笔，末了退开几步纵观全局。忽然，门外传来丁零当啷一阵脆响，紧接着敞开的窗户被齐豫的妻子宋氏从外面关上，又将一条铜制锁链从镂空的缝隙中穿过，紧紧锁在一起。

待关素衣回神时，只见宋氏耀武扬威地举起钥匙，骂道："好你个关素衣，光天化日之下偷我男人！若非我发现得早，指不定你们连野种都生出来了！告诉你，我今儿便是刻意来抓奸的，我这就去禀明老夫人，让她给我做主！"话落扭着腰，颠颠地跑了。

关素衣和齐豫面面相觑，竟弄不明白她在说什么。但这并不重要，眼下他们得赶紧想办法脱困，否则等宋氏跑去正院吼一嗓子，齐豫倒也罢了，顶多赔上仕途，但关素衣定然没有活路。

"我把窗户砸开，师兄你先走吧。"她先推了推房门，发现果然被铜锁锁住，只好拿起凳子砸窗。窗户虽然是木头做的，却分内外两层，坚固得很，竟是砸了许久才松散些许。院子里的仆役闻听响动纷纷跑来围观，却不敢走近，只站在远处指指点点。他们生怕自己摊上事，任由关素衣怎么呼唤也不愿上前。

齐豫混迹官场三年，见过不少阴私手段，见师妹急得汗流浃背，连忙阻拦道："别砸了，就算你放我出去，有这么多人看着，又有宋氏口口声声污蔑，我们就算长一百张嘴也无济于事，这是跳进黄河也洗不清了。"

关素衣冷静下来，颓然道："师兄，是我连累你了。"她怎么也想不到叶繁会用如此阴毒的办法对付自己。

"谁连累谁还说不准呢！"似想到什么，齐豫苦笑摆手。

两人相对而坐，目露绝望，偏在此时，屏风后忽然传来一道低沉浑厚的嗓音："看来二位很需要帮助？"

齐豫吓了一跳，关素衣却目露精光，绕到内间一看，果见圣元帝正端着一杯热茶，淡定自若地坐在软椅中。

“您什么时候来的？”关素衣没敢叫破对方身份，急忙走过去跪下，“求您救救师兄。”除非师兄会飞天遁地，能凭空从屋里消失，否则今天这身污秽绝对洗不清。但师兄只是凡人，哪来那样高深莫测的武功？这人就不一样了，在魏国，恐怕没有他办不到的事。

“救走了他，你以为这事就算完了？”圣元帝放下茶杯，轻轻叩击桌面，“今日这个局早在两月前就已布好。你以为下手的人是叶繁？错了，是你那个好继女。她察觉到赵陆离对你态度和缓，唯恐你诞下嫡子，威胁到赵望舒的地位，早已起了心思想把你除掉。你往日曾抄录过一本《诗经》，里面的许多情诗被你的丫鬟明芳收集起来，交予赵纯熙，赵纯熙又将它送给叶繁，然后略微提点几句，叶繁便入了套，收买了宋氏，要置你于死地。她们有备而来，哪怕你放走齐豫，只要宋氏掏出那些情诗，力证你二人私相授受，这满身污秽你们照样洗不掉。此事不在于你们能不能出了这个屋子，而在于赵陆离会不会信你们。”他俯身，盯着关素衣浸透泪水的眼眸，一字一句问道，“你敢赌赵陆离的心吗？赌他会坚定不移地站在你身前维护你，为你挡下所有攻讦？”

关素衣摇头，泪水终于大滴大滴地往下落。齐豫也眼眶通红，面露悲愤。

圣元帝用拇指抹掉她眼角的泪珠，继续道：“赵陆离待你如何，满燕京的人都清楚。他若得知此事，不出两日你就会身染恶疾，末了送去外地疗养，几年后悄无声息地死去，连个安葬的墓穴都没有。这大约是最好的结局，还有更惨烈的，或是沉塘，或是骑木驴，甚至连你的家人也会受到他的报复。”

听到最后一句，关素衣才颤抖起来，膝行两步，哑声问道：“您今日既然来了，想必也是有所图的。您要怎样才肯答应救我们？”她不傻，故而早就觉出这人对自己越来越炽热的感情。但对方只字未提，她也不能揭穿，只希望赵陆离回来后，对方能慢慢冷静，继而忘却。但世事无常，不等他遗忘这份绮念，叶繁和赵纯熙便出手了。她眼下已经入套，等于半只脚踏进了鬼门关，往后的出路正如他之前所言，唯有死路一条。这便罢了，她最害怕的还是连累家人，祖父若是听说此事，刚转好的身体会不会垮掉？父亲和母亲又会遭受怎样的折辱？其结果她根本不敢去想。所以无论这人提出什么条件，只要他能解开这个死局，她都得答应。

圣元帝短促地笑了一声，这才掏出手绢，慢慢擦掉她脸上的泪珠，嗓音前所未有的温柔：“既然她们非要抓奸，那就让朕来当这个奸夫如何？”

赵纯熙斜倚在软榻中闭目养神，看似悠闲得很，实则内里思绪翻腾。她原本打算慢慢料理关素衣，好歹先把爹爹对她的感情消磨干净再出手，但外面的人等不及了，让她一定要赶在齐豫入宫面圣之前将他二人除掉。齐豫回京已有两日，第一日去了关家拜会，第二日来了镇北侯府，明日就得入宫述职。也就是说她不得不抓住眼前这唯一的机会。她原本打算给两人下点药，将这段奸情落实，但临到头才发现自己藏得好好的药箱竟不翼而飞。这一变故把她吓得够呛，又加之手底下的人越来越不听使唤，令她惶惶不可终日。

她自己不敢动手，但承诺别人的事又不能不兑现，只好在叶繁来访的时候拿出关素衣的诗集假装欣赏，又让下人悄悄蛊惑对方，从而来一招借刀杀人。叶繁果然入套，将诗集盗走，交予宋氏，让她只管宣扬开去。

人证、物证俱全，且这人证还是齐豫的发妻，谁会质疑她的话？此计虽然粗陋，但架不住它好用，眼下只需耐心等待结果便是。果然，一刻钟后就有下人来报，说宋大嫂子抓住夫人和齐大人在府里通奸，请老夫人去给她主持公道。

“怎会？”赵纯熙故作骇然，立刻跳下软榻，甩袖道，“走，过去看看！”

再说书房这边，关素衣正承受着两难的煎熬。同样是被抓奸，抓住师兄和抓住皇上，二者有什么区别吗？她飞快思索，然后不得不承认其中的区别很大，甚至可以说是完全相反的结局。抓住师兄，她只有死路一条；抓住皇上，死的只会是布局的人。皇上与臣妻勾搭成奸，这样的丑事发生在谁家不得死死捂着？而身为皇上的女人，哪怕赵家恨不得将她扒皮拆骨，在皇上厌弃她之前都得小心翼翼地伺候着。这就是权势的力量，有再多不甘也只能憋着，憋过去就海阔天空，憋不过去就杀人灭口。

在动手之前，赵纯熙和叶繁可曾预料到这种结果？真想看看她们打开房门时的表情。在极度的绝望与悲愤过后，关素衣纷乱的心底竟浮上一股强烈的快感。反正事情已经发生，她又能如何呢？不过是从一个火坑跳进另一个火坑罢了。

“皇上，求您救师兄出去。”她垂下头，快速擦掉脸上的眼泪。

圣元帝定定看她半晌，这才摆手道：“把他带上去。”话落就有一名暗卫从房梁上悄无声息地跳下来，把呆愣中的齐豫拎上去。

这人刚开口说一个“朕”字的时候，齐豫就明白了对方的身份，但他无论如何也想不通师妹为何会与对方扯上关系。但眼下不是追究的时候，他得赶紧在房梁上趴好，免得露了行迹。头顶是视线死角，除非早有所觉，否则一般人不会往上看。

圣元帝等夫人擦干眼泪，又整理好仪容，这才摊开手臂，淡淡开口：“过来吧，既是奸夫淫妇，好歹得摆摆样子。”

关素衣踌躇半晌才在他臂弯里坐下，察觉到他灼热的大掌环住自己腰肢，身体不免僵硬一瞬。这次可不像上回在佛堂里那般，不带丝毫旖旎色彩，正相反，他指腹不停摩挲她的腰眼，无声宣泄着内心隐藏的欲念。他将她扣在怀里，亲了亲她额头，哑声道：“莫怕，朕会护着你。”

明知这人也是把自己推入火坑的凶手，关素衣竟莫名感到一丝温暖与安全。当她反复告诫自己别犯傻时，房门外传来开锁的声音，然后宋氏领着一群人走进来，骂道：“齐豫你这个负心汉……”话未说完就愣住了，惊问，“你、你是谁？齐豫呢？”

赵纯熙和叶繁也都傻眼了，四下里一看，哪有齐豫的身影，而这人竟似从地里冒出来的一般，完全是一张陌生的面孔。

旁人认不出他，老夫人早年却见过对方几次。蓝色眼眸在中原十分罕见，最近几年朝廷推出四等人制，许多色目人便跑来燕京走商，倒也算不得稀少，但这人的蓝眸却透着一丝黑色，看人的时候仿佛渗了毒，令人不寒而栗。她一辈子都忘不掉这张脸，更忘不掉这双眼。她膝盖一软就跪下了，嘴巴开合却没能发声。儿媳妇若真与这人有染，跑来抓奸的她们还能活吗？要知道今时不同往日，当年他只是一员大将，如今却是皇帝，说一句权势滔天也不为过。镇北侯府若是处理不好今天这事，叫人漏了一星半点口风出去，全家都得玩完！

圣元帝看也不看几欲晕倒的老夫人和迷茫惊骇的赵纯熙等人，只管握住夫人纤细的手慢慢把玩。“跑来抓奸，却连奸夫是谁都闹不明白，”他沉声道，“所幸府里还有一个明白人，懂得礼数。”

老夫人这才回神，用拐杖狠狠敲打赵纯熙和叶繁的膝盖骨：“愣着作甚，快跪下给皇上请安！”

皇上？赵纯熙等人面面相觑，然后倒吸一口凉气。她们万万没料到齐豫竟会凭空消失，换成关素衣与皇上独处一室。他俩果真有奸情的话……所有人脑子都空白一瞬，连粗鄙不堪的宋氏亦吓得汗出如浆，扑通一声跪下，不住口地求饶。

她再傻也知道撞破皇上的丑事是什么后果，轻则拔舌挖眼，重则当场斩杀。她与叶繁不一样，没有叶家和侯府庇护，她就只是个乡野村妇而已，十成十会被推出来当替罪羊！她闹不明白齐豫是怎么从屋里消失的，却已经没有工夫深想。她后悔极了，早知道关素衣与皇上勾搭成奸了，她哪里敢碰她一根头发？还不得把她当菩萨一样供起来？

叶繁和赵纯熙也叫苦不迭，短短几息之间，冷汗已湿透衣背，只管不停磕头，哀声求饶。

关素衣原本还觉得十分羞耻，但看见这些人青白交加、又悔又怕的模样后，竟很快放松下来。她不得不承认自己喜欢眼前的场景，嫁入赵家四年，唯有今天是最痛快也最轻松的，所谓破罐子破摔，大抵便是如此。奸夫有了，淫妇当了，还能怎样呢？她吐出一口浊气，心里却荒凉一片。

圣元帝笑睨她一眼，又轻轻拍了拍她脸颊，这才看向老夫人，说道：“去把赵陆离叫回来，今天这事不是你们能处理的。”

老夫人如蒙大赦，连忙磕头道：“已经派人去叫了，请皇上稍等。”末了把所有人带走，又掩上房门，然后把外面围观的仆役全都拘起来，只等侯爷回府后给了章程，或全部灌哑药卖出去，或秘密处决，总之是不能再留了。

原本闹得沸反盈天的小院，顷刻间就空空如也。暗卫这才带着齐豫跳下房梁，出了府门。

屏退闲杂人等，圣元帝温声道：“这次着实对不住夫人，日后朕必不叫夫人再受委屈。”

关素衣强笑道："有陛下相护，臣妇感激不尽，哪里会觉得委屈。只是连累了师兄……"

"这话你却说反了。"圣元帝冷道，"若非他拿住了同僚把柄，意欲上奏弹劾对方，以争夺留京任职的机会，你也不会面临今天这等局面。况且你以为他就真的清白无辜？若非他对你暗生情愫，时常写信述情，也不会惹得宋氏生疑。宋氏那里不但有你的诗集，还有他从不敢寄出去的情信，两样证物拿出来，你必死无疑。可恨他到最后关头都不敢向你表明心迹，也是个懦弱无能的。"

关素衣吓得冷汗频冒，仔细一想，更感后怕。若是皇上没来，她今天就算长一百张嘴也说不清了。看似小小的一个局，背后却藏着如此多的推手，更掺杂了朝堂争斗。而她是其中最无辜也最卑微的牺牲者，被这些人肆意折辱、利用、践踏，终至粉身碎骨。她抱紧双肩，胸口涌动着无数纷繁凌乱的情绪，无助、无力、无奈……总之一句话，除了小命，她一无所有。

圣元帝顺势抱住她，摩挲着她冰冷的脸庞，诱哄道："朕看得出你内心的不甘与挣扎。你想打破这座囚笼，去过自由自在的生活，然而你却没有力量与底气。你若是踏错一步，自己殒命便罢了，还会连累家人。你如果跟了朕，要什么没有？曾经践踏你的人都得匍匐在你脚下。"他拿出一块鸳鸯玉佩，牢牢系在她腰间，低声道，"朕不会强迫你。你若是想清楚了便拿着这块玉佩入宫，朕等你。"

关素衣心乱如麻，却还是摘掉玉佩，坚定拒绝："君子不欺暗室。今日臣妇向您求救是逼不得已，往后咱们还是谨守本分，各自安好吧。您是君主，若传出与臣妻有染的丑事，对您来说是一个污点，请您三思。"而她的下场只会更惨。

"污点？朕的污点还算少吗？左右已落下暴君的名声，朕还怕什么？"圣元帝不以为意地笑起来，"你有所不知，赵陆离的前妻根本没死，她就是宫里的叶婕妤。赵陆离汲汲营营这么些年，还不是为了给她铺路？他二人既然情深如许，朕便成人之美。夫人，你赶紧回去收拾细软，给叶婕妤腾地方吧，她很快就到。"

关素衣傻了，感觉自己脑子好像不够用，完全不明白他在说什么。

从圣元帝这里得知当年种种，关素衣呆坐半晌，竟捂着脸笑起来，笑着笑着却流下两行热泪。原来这么些年，她所谓的付出与报恩，不过是个笑话而已。赵陆离宁愿把自己的真心丢在地上让叶蓁践踏，也不愿多看她一眼。为了叶蓁，他可以颓废，也可以振作，心心念念只为让她过得更好，末了再把叶蓁加诸给他的伤害，在自己身上重复一遍。

"好呀，真是好，"她双目放空，呢喃道，"我以为自己一辈子都比不过一个死人，却原来人家根本没死。"

"别哭了，不值得。"圣元帝掏出一条帕子替夫人擦泪，却被她偏头躲开。他并未计较，而是把帕子塞进她手里，承诺道，"与其待在赵家被人糟践，何不来朕身边？朕不会让你活得不明不白，但凡你想要的，朕都可以给你。"

“我想一个人静静。”关素衣临到现在才发现自己一直生活在别人的掌控中，被肆意地利用与践踏，这种感觉糟糕透顶，令她几度怀疑生存的意义。她不想说话，不想见人，只想找个地方严严实实地藏起来。

“罢，”圣元帝叹息道，“朕有的是时间等你。你好生想想，朕去处理这一堆烂摊子。”

他命暗卫守住书房，不准闲杂人等靠近，这才去了前厅，尚未走近就见叶蓁与一名老妇立在中间，其余人皆惊疑不定地打量她，尤其是老夫人和赵纯熙，仿佛活见鬼了一般。她二人对叶蓁的来历十分了解，自然明白如今是什么状况。简而言之，皇上起先看上了叶蓁的美色，将她夺去，眼下又看上容貌更佳的关素衣。

妖孽祸国，昏君无道啊！二人在心里痛骂不止，一个心疼可怜的儿子，一个害怕失去助力，脸色均十分难看。叶繁则有种穷途末路之感。她能得到侯爷的喜爱，凭借的就是这张与叶蓁相似的脸，如今正主儿回来了，又加之侯爷对她深情不渝，日后哪还有自己的立足之地？相比起来，她宁愿关素衣稳稳当当地坐在正妻之位上，而不是被叶蓁取代。侯爷偏着她那是肯定的，赵纯熙和赵望舒姐弟俩定也更亲近生母。她花费那么多心思打点侯府上下，如今反落得个竹篮打水一场空的下场。

叶繁越想越苦闷，越想越焦虑，面上却还得强撑笑脸。她试图从堂姐的说辞里找出一些破绽，让旁人对她产生猜忌，但她落水之后便失忆了，一直寄居在庵堂，认庵里的煮饭婆子为义母，这些年活得十分贫苦，却也清清白白。她手里还有煮饭婆子给她办的户籍，亦有沿途寻亲的路引，这些都是铁证。

叶繁无话可说，看看老夫人，又看看欣喜若狂的赵望舒，终是颓然低头。

听完叶蓁“声泪俱下”的哭诉，圣元帝这才走入正厅，在主位落座，面色冷冽地看着众人下跪行礼。

“起来吧，”他摆手，“赵陆离什么时候回来？”自从上次截了赵陆离写给叶蓁的信，他才知道对方也获悉了当年真相，恐怕已经对叶蓁死心，准备好好与夫人过日子。这一点是他最不愿看见的，于是让叶蓁在鸩酒与归家中任选一样。她果然选了归家，所以才有今天这一幕。

“微臣来迟，请皇上恕罪。”说曹操曹操就到，赵陆离匆忙走进大厅行礼，直起身时脚步踉跄几下，差点摔倒。他一路狂奔回府，临到入门的前一刻才终于想明白，宿命就是宿命，无可挽回。

家里发生的这些事，他略略一想就能猜到大致情形，无非是叶繁和赵纯熙察觉到素衣对她们构成了威胁，于是设局陷害。他总是优柔寡断，所以常常慢了一步，他不应该只是暗中收缴了赵纯熙的药箱，却不提点警告，更不应该看在庶子的份上继续把叶繁留在府里。

他不是没有能力保护素衣，而是未曾拼尽全力。素衣的刚强留给他太过深刻的印象，以至于他竟忘了，现在的素衣半点依仗也没有，森严的礼教、贫病的家人，都是压在她脖子上的枷锁。她寸步难行，而他却并没有替她分担的觉悟，反倒拉住她更快地朝前跑去。如此，她哪能不摔跤呢?

赵陆离茫然地看着叶蓁，心里百转千回，思绪奔涌。他忽然间便明白了，或许这才是自己真正的宿命。

“皇上，微臣想与素衣单独说几句话。”他见对方眉头紧皱，十分不快，于是拱手道，“说完这些，微臣便写下和离书放她走。”

“糟糠之妻不下堂，哪怕你的原配发妻回来了，顶多给她一个平妻之位，缘何要赶走关夫人？这些年她为你照顾儿女、孝顺长辈、操持家务，没有半点对不住你的地方，你这样做是不是有些凉薄了？”圣元帝徐徐开口。

叶繁等人嗤之以鼻，面上却不敢表露。她们明白，皇上不仅是为关素衣正名叫屈，还是在逼迫镇北侯府担下休离糟糠之妻的罪名，既让关素衣顺利脱身，又保全了她的闺誉。这可真是无耻之尤!

然而赵陆离并不觉得这话有什么问题，羞愧道:“是微臣有负夫人，其后果也由微臣一力承担。叫蓁儿做平妻着实委屈她了，微臣于心不忍。”

叶繁嫉妒的眼睛发红，老夫人气得几欲吐血，叶蓁反而在心里冷笑起来。说得多动听啊！让外人看了还以为他对自己情根深种、不离不弃呢。但事实如何，不说也罢。同样是攀附皇上，自己得到的只有厌憎，关素衣却像个宝贝一般被这两人小心呵护着。他们一个为她保驾护航，一个为她自污清名，竟连一句重话都舍不得说。再看堂上的老夫人，却也露出恻然之色，哪像当年面对自己的时候，恨不得杖杀了事。

早知今日，她何必使那借刀杀人之计，反给两人牵了红线。叶蓁越想越后悔，越想越不甘，却已无能为力。她目前最大的问题是如何在镇北侯府活下去。赵陆离已看穿她的真面目，也不知将来会怎样报复。左不过是从一个火坑跳进另一个火坑而已，好歹侯府的火焰小一些，不会烧得她万劫不复。

圣元帝一面喝茶一面欣赏众人精彩纷呈的表情，直等赵陆离支撑不住，红了眼眶，才摆手道:“给你一刻钟时间。”从今往后，他绝不会让二人再见面。

赵陆离连忙道谢，转身去了正房，看见坐在窗边、神情悲茫的夫人，不免心痛如绞。

关素衣瞥他一眼，淡声道:“不管你信不信，我与皇上只有几面之缘，却无私情。若非逼不得已，我不会与他扯上关系。”无论今后怎样，该说的话她一定要说清楚。若是没有叶蓁的陷害，她不会遭遇现在的一切，也就不会得知如此不堪的真相。她起初的确不能接受，但深思熟虑过后却觉得现在这样或许没什么不好。她宁愿活得清楚明白，也不愿被蒙蔽一辈子。

“我信，”赵陆离嗓音嘶哑，“我自然信你。然而你可以等我回来澄清事实，却为何明知是陷阱还要往下跳？”

关素衣忽然笑起来："你信我，我却不能信你，这就是原因。"

赵陆离仅剩的一点希冀都烟消云散。他摇摇头，呢喃道："我的确没有什么值得你相信的。走到今天这一步，皆是我的过错。面对你，我除了'对不住'三个字，仿佛没有别的可说。时也命也，如之奈何！"

他走到桌边，提起笔，苦笑道："如今我唯一能弥补你的大概就是一纸和离书。你放心，是我赵陆离负心薄幸，找到发妻便抛弃了你，不是你的问题。皇上对你，"他嗓音变得哽咽，"对你是真心的，你若遇见难事尽可以找他，他会将你护得好好的。你现在的性子太沉静了，应该肆意一些、任性一些，过自己想过的日子。你笑起来的模样漂亮极了，这一点大约连你自己都不知道。"

"侯爷说笑了，只有被宠爱的人才有任性肆意的权力，我算什么呢？"关素衣心中莫名，却微微动容了些许。这话是赵陆离的真心话，她听得出来，也看得出来，原来他对自己还是有几分情意的，知道这一点，她也就没什么可怨的了。

"日后，你会有那个权力的。"就像从前那般，被霍圣哲宠到天上。赵陆离悠长叹息，末了亲笔写下和离书。在这个过程中，他竟慢慢放下，继而释怀。他护不住夫人，那就把她送去更安全的所在。只要她活得好，他便安心了。

"拿上它去办理文书和户籍吧。"赵陆离将写好晾干的和离书交给茫然无措的夫人，他慎重叮嘱，"你要过得幸福。"

"多谢。"关素衣接过和离书，泪如雨下。

关素衣当年带来的嫁妆早就变卖干净，陆陆续续贴补家里，剩下的一些珠宝首饰和锦衣华服都是镇北侯府的财物，她并不打算带走，收拾来收拾去也只得了一口箱子，大半装的都是书籍。

从箱子底部翻出一本《世家录》，用绸布包好，她走到正厅，递给赵纯熙："这些年多谢你的照拂，此乃临别礼物，你收着吧。"末了跪在老夫人跟前，重重磕了三个响头，心里藏着千言万语，终究无法诉之于口。

"老夫人，您保重。"她擦掉眼角的泪水，又看了看神色嫉恨的叶蓁，这才转身离开。

了结了心头大患，圣元帝也没有兴趣再旁观侯府的大戏，指着惶惶不安的宋氏说道："把她带下去审，污蔑朝廷命官是死罪，朕倒要看看她一介庶民，哪来这样的胆量。"

宋氏吓得腿脚发软，立即喊道："皇上饶命啊！草民是得了叶姨娘的指示才会如此行事。她给草民一千两银子……"她竹筒倒豆子一般将二人的密谋说了，企图减轻自己的罪状。

叶繁再也稳不住了，连忙跪下喊冤，又膝行到赵陆离跟前去抱他双腿，求他救救自己。赵陆离一脚将她踢开，禀明皇上，让他公事公办。

“一屋不扫何以扫天下？镇北侯，你这后宅委实乱得很，将差事放一放，好好齐家吧。”圣元帝站起身说道，“将这二人一块儿带走，彻查。”

几名侍卫立即跨入大厅，将涕泗横流的宋氏和叶繁押下去。赵纯熙心中惶然，脸色不免苍白几分。她反复回忆自己的一举一动，确认自己只是背后引导，并未留下把柄，这才放下心来。恭送圣驾远去，她不着痕迹地吐出一口气，见爹爹拉住娘亲，似乎有话要说，于是告辞回房，打开关素衣送她的书看起来。翻到天水赵氏那一页，她指尖微颤，心生骇然，却又很快告诉自己——假的，都是假的，关素衣只是为了报复你才杜撰的这本书。凭她的出身，也配拥有《世家录》？然而她终究没烧掉这本书，只将它压在箱底，不见天日。

关素衣被圣元帝的侍卫强行请上马车，坐等片刻才见他大步走出来，身后跟着五花大绑，形容狼狈的宋氏和叶繁。

“她二人会如何？”待圣元帝上了马车，她低声询问。

“一切按照律法来，她二人犯下什么罪过，便该承受怎样的刑罚。怎么？夫人想为她们求情？”

我还没蠢到放过仇人，为难自己的地步。关素衣心中发冷，面上却丝毫不露，只微微摇了摇头。她沉默片刻，真挚道：“多谢陛下及时援手。”不管他起初如何冷眼旁观、别有所图，却不能掩盖他救了自己一命的事实。单为这个，关素衣也得道一句谢，更何况她还拿回了自己的诗集和师兄写给她的情信，虽然情信到她手里时已经成了一袋白灰。

“夫人应当知道我救你是为了什么。你可以揣着明白装糊涂，朕等得起。”圣元帝再次拿出鸳鸯玉佩，塞进她手里。

“玉器店里的人果然是你。你的眼睛为何会变色？”关素衣推拒不得，只好转移话题。

“夫人怎么认出朕的？”

“骨架。”关素衣在自己脸上比画了一下，“无论五官怎么变化，骨架总不会变，根据你眼耳口鼻的固定间距便能还原你的本来面貌。”

“原来如此。但是若没有格外敏锐的观察力，常人是绝对无法发现的吧？夫人对数字仿佛也非常敏感。”

关素衣点点头，不欲多说。她等了片刻，见这人竟没有下文了，不免再问一遍：“皇上，您还没告诉我您的眼睛为何会变色。”

圣元帝靠倒在软枕上，兴致盎然地看她：“你很想知道？”

“很想。”何止是想，简直挠心挠肺！关素衣偷偷抓了抓裙摆，颇有些急切。

“等你来朕身边，朕就告诉你。”看见夫人愕然的表情，他不由朗笑起来。

话题又被拉回来，关素衣不得不直面最大的难题：“皇上，您说不会勉强臣妇，是真的还是假的？臣妇可以不答应吗？”

“称‘我’就好，你已经不是臣妇了。”圣元帝大度道，“朕不会强人所难，你只管归家便是，答不答应都随你。”话音刚落，马车就慢慢在路边停稳，原是关府已经到了。他率先跳下车，不由分说将站在车辕上的夫人抱下来，低声道：“朕等着你。”

关素衣慌忙挣开他的怀抱，面红耳赤地跑上台阶敲门，丝毫不敢回头看。圣元帝无奈地笑了笑，等门房前来开门，迎她入内，这才悄然离开。

番外五

皇权与起落

看见女儿带着全副家当回来，仲氏吓了一跳，急问："你这是怎么了？莫非与姑爷吵架了？"

"我们和离了。"关素衣取出和离书抖了抖。

仲氏扶住额头踉跄几步，嗓音都打着战："你们为何会和离？究竟发生了什么大不了的事，非要走到这一步。今儿他才登门，说会好好待你，怎么转眼就把你送回来了……"她说着说着竟哭起来，生怕女儿名誉受损，难以在燕京存活。

"他的前妻叶蓁没死，如今已找回来了。"关素衣掏出帕子替母亲擦泪，无论语气还是表情，都十分平静。

仲氏想起女婿对"亡妻"的痴情不悔，便也明白他会做出这样的选择实在太正常不过。人都死了这么些年，他还念念不忘，更何况活着找回来？为了弥补前妻在外受过的苦楚，也为了给儿女一个交代，这正妻之位定然要物归原主。如此，女儿的存在就十分尴尬了，有良心的或许会给她一个平妻之位，没良心的，譬如赵陆离，不就将她送回家了吗？

"可你刚封了诰命啊！他要与你和离便得见官，岂能如此草率？不行，我得把你爹爹找回来，去侯府讨要一个说法！他们欺人太甚！"仲氏一面气得肝疼，一面又放下心来。只要和离不是女儿的过错，不会有损她闺誉便好，否则族里那些老儒生说不定会打上门来要求溺死她。当然，眼下女儿遭遇如此不公平的对待，她也没指望族人能替关家出头，不说些落井下石的风凉话就算不错了。

"已经见过官了。"关素衣取出盖了官印的文书，叹息道，"娘，咱们不跟侯府闹，自己关起门来过日子便罢。我饿了，您陪我吃一顿好的。祖父在哪儿？我还不知道该怎么跟他说呢。"

"你祖父喝了药刚睡下。咱娘俩先合计合计说辞，再慢慢告诉他，免得他受不住。当初赵家来提亲，我就觉得这门婚事不妥当，如今果然。"仲氏得知事情没有转圜的余地，这才带领女儿回正厅，竖起一根食指低语，"嘘，别大声说话，你堂妹也正睡着呢。"

"哪个堂妹？"关素衣走到厅里一看，果见一名四五岁的小姑娘蜷缩在软榻里，小脸苍白，身体瘦弱，眼角还挂着泪。

仲氏轻轻替她拢了拢被角，叹息道："这也是个苦命的孩子，被家中下人抱了抱，又给了一块糕饼吃，偏叫你二叔公撞见，说她不懂规矩犯了女戒，竟关在柴房里几天几夜，打算活生生饿死她。我得知此事跑去劝阻，嘴皮子都说破了也没能让你二叔公回心转意，只好买通下人，悄悄把她带回来。这不，她前脚刚进咱家的门，你后脚就回来了，这可真是苦命人遇见苦命人啊！"

"娘，您偷着把她带回来，就不怕二叔公找您麻烦吗？"关素衣拧眉。

"找便找吧，这好歹是一条人命，我既然得知此事，哪能放着不管？你祖父也是这个意思，让咱家养着这孩子，再不送回去。你二叔公是个贪财如命的，他若是找上门，咱家就送他几百两银子，了结此事。"

关素衣爱怜不已地摸摸孩子枯黄的头发，低声道："那她从今往后就是我的小妹妹了。她今年多大？我怎么从未见过？叫什么名儿？"

"她今年五岁，名叫关渺，是你二叔公的庶孙女，其母早丧，落在你婶婶手里能得什么好，素来不当人看的，也从不带出来见客，你当然不认得。他家唯关文海最金贵，其余几个儿女竟似捡来的一般。"仲氏慨然长叹，"你是没见着她刚来的情形，饿得眼睛都睁不开了，我和明兰她娘掐住她的下颚，往她嘴里灌粥水，却又不敢让她多喝，怕坏事。就这样隔一会儿灌两勺，隔一会儿灌两勺，这才让她把气喘匀，倘若再耽搁一天，指不定就去了。她才五岁，也没招谁惹谁，不过是下人见她长得可爱，抱一抱，喂一块糕点而已，何至于判她死罪？自从皇后娘娘写了《女戒》，城里这些老儒生闹得越发不像样，今天溺死这个，明天饿死那个，但凡女子坏了一丁点名声便喊打喊杀，绝不宽恕。皇后娘娘哪里是在修德，简直是在造孽啊！她写的《女戒》不是在教诲天下女子，而是在摧残天下女子，所以你和离归家，娘才会那般失态，娘是担心你也坏了名声，往后不能活了。"仲氏悲从中来，难免又哭一场。

关素衣拉住她温言软语地安慰，心里却产生了一股深深的怨恨，并非是冲着那些伤害过她的人，而是如今这个世道。明兰得知消息急忙赶回来，抱住主子也是一顿号啕大哭。

关素衣整天抱着小妹妹不肯撒手，极有耐心地一勺一勺给她喂粥水。那孩子调理大半月才缓和过来。二叔公那房明知孩子丢了也没派人来找，可见根本没把她的死活放在心上。如此，仲氏更坚定了把孩子养在身边的念头。

老爷子并非蠢人，不等母女俩想好说辞便察觉异状，主动问起来。关素衣隐去一部分实情，慢慢把始末交代清楚，原以为祖父又会气病，哪料他竟豁达一笑，叹道："离得好。"

关素衣顿时什么话都不说了，趴在祖父膝头默默流泪。当今这个世道，和离的女子都不好过，倘若娘家人不肯接纳她们，唯一的出路便是落发为尼。她或许是魏国最幸运的女人，因为她的亲人只愿她过得平安，从不在乎外界的看法。

但关氏宗族对此极为重视，翌日便派人来询问原因，进门的时候气势汹汹，甚至拿着棍棒和绳索，仿佛料定关素衣犯了女戒，要将她抓去沉塘，后来听仲氏说了原因，这才缓和面色，目中却流露出幸灾乐祸的光芒。她们绝口不提为关素衣讨要公道的话，只假情假意地安慰几句就陆续离开，还有人建议仲氏把女儿送去庵堂清修，免得落人口实，和离之女与寡妇一样，都是最容易招惹是非的。仲氏气得肝疼，却又不好发作，只敷衍了几句。

过了几日，齐豫送来一封信，说妻子得了重病，已经送回老家将养。与此同时，侯府的叶姨娘也因产后虚弱染了急症，半夜暴毙，第二天一大早就匆忙下葬了。

这些消息虽然被人风传一时，却都没有镇北侯的前妻死而复生来得新奇。走在大街上，几乎处处都有人谈论此事，或感叹叶夫人大难不死，或惋惜关夫人没那个运气，眼看刚得了一品诰命，却转眼就被扫地出门，也是个命苦的。

叶婕妤听说妹妹平安归来，立即把人召入宫中相见，还求到皇上跟前，欲把一品诰命的头衔挪到她脑袋上。皇上为此大发雷霆，直言糟糠之妻不下堂，关夫人什么错处都没犯，竟无故被休离，未免令人寒心，又说关夫人的诰命乃他御笔亲封，却又转眼被镇北侯休了，这是对皇权的蔑视。故颁下口谕，勒令镇北侯永远不得为其妻请封诰命。

他的口谕刚发下去，皇后也颁了懿旨，将叶婕妤和叶蓁大大申饬了一番，言及叶家仗势欺人，德行败坏，需闭门反省。

叶蓁原以为自己回到镇北侯府就能过几天安生日子，哪料来自宫里的打击一重又一重，大有让她一辈子无法翻身的趋势。看见端坐在主位与自己长得一模一样的“叶婕妤”，她脑子完全蒙了，竟开始怀疑自己是不是真实存在的。

接连被帝后二人训斥，无论是叶婕妤还是叶夫人，名声都已经坏透了，只得把自己锁在家里，免得丢人现眼。这还没完，心怀叵测之人察觉叶婕妤似乎失宠了，便开始弹劾叶全勇种种罪状，皇上命锦衣卫彻查，竟翻出许多大逆不道的罪过，于是派遣军队抄灭叶府，罚没家财。叶婕妤得知此事后，入了魔障，用一条白绫结果了自己的性命，死后不追封位分，不钦定谥号，不入皇陵，不受享祭，却成了一个孤魂野鬼。

鼎盛一时的新兴权贵叶家就这样分崩离析，最后只落得旁人一句惋叹而已。

叶蓁这才意识到，皇上放她归家并不代表惩罚已经结束，恰恰相反，这只是开始。她没了身份地位，没了母族扶持，没了夫君宠爱，日子过得何其艰难可想而知。婆婆厌憎她，小妾嫉恨她，虽然儿子对她唯命是从，却顶不了大用，女儿发现她成了一个拖累，竟也开始抱怨起来。日子一天比一天难过，哪怕她还是镇北侯夫人，却也是犯官之后，走出去少不得被人指指点点。她哪里还有脸在燕京城里混，只能龟缩在后院，忍受赵陆离和老夫人的磋磨。其余几房小妾见她失势便常来挖苦嘲讽，什么难听说什么，恨不得用唾沫星子淹死她才好。

她也不知道这样的生活何时是个头，所谓“山穷水绝已无路”大抵便是如此。

关素衣听说了叶婕妤和叶夫人的事，一心想弄明白这人是怎么同时存在的，于是仔细翻查异闻录，渐渐得了一些猜想。她起初还担心皇上动用强权威逼自己，一月过去，两月过去，却始终风平浪静，这才放下心来。

当她以为一辈子都能这样安安稳稳地度过时，朝堂忽然掀起党争，起因是齐豫弹劾徐广志之子徐涛草菅人命，渎职贪墨，肆意开挖河道以至河水泛滥，淹死下游百万民众。这可是诛九族的大罪，徐广志怎么肯认，于是反过来弹劾齐豫贪污受贿、结党营私。齐豫最近几年的确与研习法家的官员走得近，他出了事，这些人也纷纷被卷入其中，事态越闹越大，一时间震动朝野。

而关父虽是法曹一员刀笔小吏，却是齐豫安插进去的，某些人为了讨好徐广志，便也着力打压他，在他头上安了九条罪状，条条俱是死罪，当天就下了死牢，不准任何人探视。

听闻消息，老爷子当即吐出一口浓血，嘶声喊道：“冤枉啊！我关齐光养大的儿子，岂是那等奸邪之辈？所谓九条死罪，皆是莫须有！我儿冤枉！”话落骤然躺倒，气息将断。

仲氏捂着胸口也倒了下去，满屋上下竟唯有关素衣还站得直直的。她不是不害怕，也不是不慌乱，但害怕慌乱有什么用？越是在危急时刻便越该保持清醒的头脑，这样才能尽快找到出路。

她立即命人去请曹太医，好不容易把祖父救回来，又给母亲灌了安神的药，末了把小妹妹关渺交予明兰照顾，自己则出门打探消息。行进的路上，她忽然想到这会不会是皇上逼迫自己就范的手段，却又很快否定了。他是堂堂帝王，哪里需要亲自出手对付一个刀笔小吏？这完全是两党之争引起的。正所谓神仙打架小鬼遭殃，上头的人只要动动嘴皮子，下面的人便会斗一个你死我活，谁实力最弱背景最浅，谁就死得最快。

皇上没出手，但冷眼旁观是一定的。他或许正等着自己去求他呢。

想罢，关素衣捂住眼眸，凄苦一笑。无权无势之辈，活得真是艰难，管你再才华横溢、清高孤傲，也会被人一脚一脚踩成泥。然而即便如此，她还是想挣扎一番，终究还是不甘心啊！

她匆忙来到齐府求见师兄，却得知他也刚被官差抓走，自身尚且难保，又哪里护得住父亲？无法之下，她又跑去找祖父的高徒周乐康，对方只是点头，并未给个准话，模棱两可的态度闹得她更为心慌。辗转拜访了许多师兄，唯有少数几人接见了她，余者皆闭门谢客，竟是凉薄至此。她熬得眼睛都红了，终是一筹莫展，只好觍着脸求到镇西侯府。李氏倒是十分热心，但她一介女流，帮不上忙，偏偏镇西侯带兵剿匪，几月后才能归京，也是远水救不了近火。

关素衣辞别李氏，神情茫然地走在街上，头顶艳阳高照，周围人声鼎沸，她却仿佛行走在一条黑暗冷寂的道路上，总也望不见尽头。她路过锈迹斑斑的登闻鼓，着实怔愣了好一会儿。听说远在周朝的时候，百姓但有冤屈就可击鼓鸣冤，上达天听。为何她不生于周朝，偏要苟活于这个乱世？她的冤屈该向谁诉？难道只能眼睁睁地看着父亲枉死吗？

她笔挺的腰背慢慢佝偻下去，紧接着又一点一点直起来。尊严算什么？名声又算什么？只要能救回父亲，护住这个家，她可以什么都不要。想罢，她风风火火赶回家中，拿上鸳鸯玉佩去了宫门口。

“这位大人，民女求见皇上。”她走过去，试探性地询问。

该侍卫举起长戟骂道：“哪儿来的疯婆子，竟开口就想见皇上。你当皇上是里长呢，跑过来喊一嗓子就能见着？快些滚开，免得刀剑无眼。”其余几名侍卫哈哈笑起来，目中满是轻蔑。

“这是信物，求您好歹通报一声成吗？”关素衣举起玉佩。

侍卫已经很不耐烦，正想拿长戟戳她，却见站在楼台上的锦衣卫指挥使亲自跑下来，扬声呵斥：“不得无礼！此乃贵人！”末了毕恭毕敬地接了玉佩，匆忙跑进去禀报。

几名侍卫心下骇然，倨傲的态度顷刻间变成诚惶诚恐。

关素衣却半点感觉也没有，只是站在原地等待，心脏跳得很快，血液却慢慢变冷。她现在唯一的仰仗就是圣元帝，当初她多么希望此人能忘却这份绮念，从而放过自己，现在就多么希望他对自己的感情还未淡化，愿意伸出援手。所谓的贞洁、清高，现在再看简直是个笑话。连活都活不下去的人，有什么资格谈论这些？眼下，莫说让她上刀山下火海，就算让她做祸国妖孽，只要父亲能活着回来，她都愿意。

一刻钟后，锦衣卫指挥使拿着玉佩跑回来，拱手道：“夫人，皇上让您暂且回去，明日清晨自然会有人去接您。”

关素衣急促追问：“我父亲那里……”她不在乎明天谁来接自己、去干什么，她只想知道父亲会不会有事。

“一天的工夫而已，您大可放心。”锦衣卫指挥使叫来一辆宫车，强行送人回府。

关素衣整个人都很茫然，高一脚低一脚地踏入仪门，就见母亲站在廊下引颈眺望，手里捧着一个锦盒，与圣元帝每次赏下来的一模一样。她愣了愣，继而问道：“娘，宫里来人了吗？”

“非也，此乃长公主送来的锦盒，说是让你盛装打扮，明日去珍兽园一见。”仲氏满怀希冀地问道，“依依，你跟长公主有交情？她能不能救你父亲？你那些师兄们怎么说？”

关素衣不敢把圣元帝的事告诉母亲，免得她担心，只好含糊其词：“我也不知道长公主会不会答应，明天去了再看。齐师兄也被抓了，如今正在受审，周师兄说会帮忙打听情况。”

仲氏见她面带苦涩，不免惨笑起来：“你不用瞒我，都说墙倒众人推，你爹爹落了难，他那些徒子徒孙没落井下石都算好的，哪能冒着被牵连进去的风险鼎力相助？方才我派了下仆去天牢打听，说是根本不让任何人进去探视，也不许递送东西进去，这是准备一下将你爹摁死啊！只恨咱家无权无势，不能替你爹申冤，他那人我最清楚不过，怎么可能做违法的事呢，这是有人想拿他顶罪！他冤枉，他真的冤枉……”仲氏再也支撑不住，坐在台阶上痛哭起来。

关素衣潮红的眼眶已微微有些肿了，却不敢胡乱落泪，免得明日起床越发肿胀，折损了容貌。她如今唯一能仰仗的就是这张脸，甚至在心里感谢上苍赐给她一副姣好的容貌，令她有幸得帝王垂青，否则父亲这生死大劫还不知该如何解开。

明日，她定要拿出十二万分的精力去讨好皇上，哪怕他对她的绮念变淡了，也得想办法再度勾起他的兴致。被人肆意残害的感觉，她早已经受够了！想罢，她扶起仲氏，笃定道：“娘，您别哭了，长公主答应会救爹爹，他很快便能平安回来。”

“无亲无故的，她凭什么出手呢？依依，就算你曾经是镇北侯夫人，怕也见不着长公主的面吧？”仲氏到底还保留着几分精明，察觉出其中异状。

“娘您别问了，总之我有办法。”关素衣扶她回房，然后打开锦盒，发现里面摆放着一套华丽至极的绯色礼服、一副红蓝宝石头面、一双珍珠翡翠点缀的凤头履，另有耳环、手镯、项链若干，看上去皆十分贵重。毫无疑问，长公主是想让她穿着这身行头去赴约。

仲氏被五彩宝光晃花了眼，不免抬手遮挡，继而骇然道：“我明白了！长公主是不是想把你送进宫里去伺候皇上？”

魏国最操心帝王子嗣的人非长公主莫属。她是铁杆保皇党，除了自己麾下的盘氏，与其余九大贵姓皆无来往，甚至可以说关系恶劣。倘若皇上一直没有子嗣，就不得不把皇位传给几个侄儿，她将来的日子肯定不好过。是以，她常常会在民间挑选容貌出众身体健康的女子送入宫中，敦促皇上尽快绵延后代，然而她努力多年，皇上依然没有喜讯传来，其心情之迫切可想而知。自家女儿容貌不俗、身体康健、才华横溢、举止端庄，如今又刚和离，能让长公主相中再正常不过。况且长公主性情豪爽，不拘小节，莫说和离之女，就连寡妇也曾带入宫中，只因对方连生了五个儿子，应该是个有福气的。

作为交换，她才答应为关家解围。

自以为堪破真相的仲氏顿时陷入两难境地。女儿她舍不得，夫君又不能不救，思来想去，竟唯有长公主这条路子才走得通。“不行不行，咱们再另外想办法吧！皇上嗜杀残暴，你进宫也是九死一生，咱们不去了！”她把盒子抱在怀里连连摇头，最终还是选择了保全女儿。

但关素衣脾气倔强，又哪里会改变主意，表面答应得好好的，说不会去，翌日却用一把铜锁将母亲关在房里，自己则盛装打扮，登上了长公主派来的宫车。

在宫女的带领下，她缓缓绕行于九曲回廊中，一步一景，春色迷人，却没法让她开怀半点。大约一刻钟后，宫女将她带到一处马场，指着飞驰而过的英气女子说道：“那便是长公主殿下。烦请贵人稍等，殿下很快就来。”

关素衣低声道谢，然后静静站立在围栏边等待，哪怕心中已五内翻腾，面上却极为平静。皇上并未亲自前来，她感到有些失望，可见两个月过去，对方已兴致缺缺，之所以将自己打发给长公主，不过是秉持着可有可无的心态。但无论如何，这是她最后的机会，纵然被千夫所指，万人唾骂，那勾引皇上的罪名她也担定了！

思忖间，一群贵族少女缓缓走过来，领头之人穿着一袭骑装，神情十分倨傲，其余几人则围着她嬉笑讨好。

关素衣为免节外生枝，连忙退让一旁，然后微微垂头以示恭敬。她心里有些错愕，只因赵纯熙也走在人群中，看见她的时候瞪圆了眼睛，显得很惊讶，然后慌乱地藏在某位少女身后。

这种躲闪的姿态，关素衣从未在赵纯熙身上看见过。她总是高高在上，眼下无尘，何曾像现在这般伏低做小、卑躬屈膝？但她很快便反应过来，赵纯熙之所以变成这般，恐怕全是拜那本《世家录》所赐。她已经知道镇北侯府真正的来历了吧？他们哪里是天水赵氏的后裔，不过是背主私逃的洗马奴打着主子的旗号招摇撞骗而已。自己常常规劝她莫要与天水赵氏走得太近，她总是不听，现在想要疏远也来不及了。

关素衣刚想到此处，就听赵氏嫡支的小姐笑嘻嘻地开口：“我爹刚送我一匹汗血宝马，就养在这珍兽园里，熙儿，劳烦你帮我牵过来好吗？那马性子烈，唯有你才治得了它。”

“赵小姐家学渊源，对驯马很有一套，上回我把疾风交予她，她帮我洗得干干净净，还喂了许多草料。如今疾风见了她比见了我还亲热，我心里酸得很。”另一名少女娇嗔几句，惹得众人挤眉弄眼，咯咯直笑。

若在往常，赵纯熙绝不会往别处想，满以为她们口中的“家学渊源”是指自己出身将门，对养马驯马很有经验，但现在她明白了，原来自己血脉中流淌着洗马奴的血，门第何其卑贱。但她们绝口不提她的身世，反而暗暗拿她取乐，因为在她们眼中，她只不过是个跳梁小丑罢了。

然而哪怕她获悉了真相，也无法摆脱这些人的戏弄与侮辱，甚至连愤怒的情绪也必须死死压抑在心底。因为现在的镇北侯府受叶家连累，早已经退出顶级权贵的圈子，她的出身不但被打上逃奴之后的烙印，又蒙上一层犯官之后的阴影，将来想嫁入豪门巨族，几乎没有可能。她必须攀附这些人，才能保住自己岌岌可危的地位。

听着这些辛辣的暗讽，看着这些虚伪的笑脸，她心里像刀剐一般难受，尤其关素衣也在场，越发令她无地自容。她恨关素衣当初为何不照直说，也恨母亲不中用，连一个男人的心都拴不住。

但是除了恨，她又能如何呢？无力感汹涌而来，她却不能流露出丝毫异样，还得强撑笑脸跑去牵马。

等赵纯熙走远了，一群贵女凑在一起嘻嘻哈哈说着什么，不用想也知道定是在拿她取乐。关素衣很不喜欢这种钩心斗角的场面，于是不着痕迹地退远了些。所幸这些人也懒得搭理她，各自挑了一匹马下场驰骋。

一刻钟后，长公主策马而来，用鞭子抵住她下颚，迫使她抬头，仔仔细细看了许久，赞叹道："的确是个不可多得的美人，只是关家子嗣单薄，也不知你是否能生。"

这话答不答都很羞耻，关素衣只能保持沉默。

长公主倒也并不需要她的回应，跳下马说道："听说太后养的牡丹花开了，还有一朵什么花王，反正那玩意儿我不了解，但燕京的贵妇似乎都慕名而来，本殿也带你前去开开眼。"

"殿下，民女之父……"关素衣迟疑开口。

"放心，这事自然有人去办，"长公主不以为意地摆手。

关素衣不敢再问，免得惹人厌烦。她紧紧跟随长公主走到花园，果见许多贵妇正聚在一起赏景，瞥见她的梳妆打扮，眼里莫不流露出了然的神色。其中一人却大为惊骇，那就是关文海的母亲毛氏。

她儿子虽然运气不咋样，屡试不第，却因相貌堂堂，迷住了景郡王的庶女，也算攀了一门好亲，这才有资格来到珍兽园。若说谁最不愿看见关家出头，那么必属她家无疑，只因他们把人欺压得太盛，几乎到了绝情绝义的地步。

她毫不怀疑若是关素衣被送入宫中，得了宠，首先要打压的就是自家，于是急忙走过去，张口便问："素衣，渺儿是不是被你娘偷偷抱走了？快些将她送回来吧！"

毛氏有意败坏关素衣名声，故而嗓音提得很高，引得许多贵妇转头看过来。其中一人乃当今皇后徐雅言的母亲林氏，被大伙儿众星拱月般追捧着，闻听此言眉头一皱，问道："偷偷抱走你家孩子？这是怎的？"

毛氏心下大乐，连忙把事情经过添油加醋地说了。林氏颔首赞道："王化出于闺门，后宅之变关系到一个家族的兴衰更替。你能严格教导女儿，这很好。我徐家的姑娘自小便拘在后院，若非年节祭祀，从不踏出二门，除了家中父兄，素来不与外男接触，长到十四五岁才能带出来见客，心中所想唯有孝道与礼教，脚下所行唯有德言工容……"

她话音未落，便有人谄媚道："这才是大家闺秀之典范啊！徐氏家教果然不凡，难怪能教养出一位皇后娘娘。"

"何谓冰清玉洁？这便是了！"另有几人笑着附和。

"关家不愧为儒学世家，门风也很清正，只除了这三房。那关齐光是个欺世盗名之辈，他儿子犯了事，如今被抓去牢里，孙女竟攀附长公主殿下，这是要入宫侍君呢！一家子都是些蝇营狗苟之辈，竟也敢来皇家珍兽园丢人现眼！要我说，赶紧回家把孩子还回去，然后落发为尼吧！”不知谁骂了一句，引得众人露出鄙夷之色。

毛氏原还担心长公主殿下为关素衣撑腰，见对方只是站在一旁闲闲看戏，这才放下心来。

关素衣并不指望谁来帮衬自己，握了握气得发抖的指尖，平静开口：“若以徐家的礼教为基准来看，林夫人怕是对长公主殿下十分不满咯？”

被祸水东引的长公主挑高一边眉梢。

林氏丝毫不怵，冷道：“自古以来便是男主外女主内。女子便该在家相夫教子，哪能参与朝政？我家老爷日前已上了折子弹劾长公主殿下，并得到满朝文武的附议。殿下，您年纪也不小了，还是赶紧退还兵权，嫁人生子去吧。”

长公主似笑非笑地开口：“你也说女子不得干政，本殿归不归还兵权由皇上说了算，岂容你这后宅妇人插嘴？”

林氏噎住了，半晌无话。

关素衣随即又道：“《论语》有言：‘上天有好生之德。’天之德乃至高之德，连上天都要遵从，况人乎？儒学之要义为仁，‘仁’字拆开为单人从二，意为多人。人人为我，我为人人，老吾老以及人之老，幼吾幼以及人之幼。我娘不忍一个小小女童被活生生饿死，于是将她救出来，这是因为我娘幼吾幼以及人之幼，把别人的孩子也当成自己的孩子来疼爱。那些流芳千古的先贤，何曾提倡过残害人命？连孔圣也说己所不欲，勿施于人。”她拱手，一字一句道，“我不问在场诸位对儒学经义了解多少；不问礼教之于人命，何者为轻，何者为重；我只问你们，倘若吃了糕饼的是你们自己的亲生骨血，你们可忍心活生生把她饿死？”

这话一出，场中无人敢应，有了解毛氏家中情况的，不免用了悟的目光朝她看去。那女童是庶女，难怪她如此心狠。

林氏却轻笑起来，笃定道：“倘若是我的亲生女儿发生类似情况，无须等她饿死，我自会亲手了结她，免得玷污徐氏门楣。”

“既如此，我便无话可说了。”关素衣深深作揖，“虎毒亦不食子，这世上能比得上林夫人的，怕是没有几个。”

比得上林夫人的？拿什么比？自然是畜牲。这关素衣还真是骂人不带脏字。长公主哈哈大笑起来，拱手道：“别人都说本殿乃女中修罗，今日才知竟远不如林夫人，惭愧，惭愧！”

林氏被两人一唱一和堵得心血翻腾，正待发作，却听身后传来一道浑厚嗓音：“既来了珍兽园，便去看看斗兽如何？”

众人看清来者，连忙下跪行礼，然后低眉顺眼地跟随圣驾前往斗兽场。

关素衣手心冒出许多细汗，见皇上看也不看自己一眼，越发感到无措起来。本还对她爱答不理的长公主却笑嘻嘻地说道："入宫之后好好与忽纳尔相处，争取早些替本殿生一个小侄儿。你瞅瞅林氏那狂妄的样儿，气不气人？她以为徐雅言攀上了太后就能稳坐钓鱼台了？哼，往后还不知怎么死呢！"

关素衣不敢接话，只默默点头。

斗兽场外围，宫人早已按照品级高低布置好座位。林氏当仁不让地坐在圣元帝左侧下首，其余人则退开一步。长公主在右侧坐定，将腰间弯刀拍在桌上，显得极其不爽。

圣元帝敲击桌面，头也不回地命令："关小姐，来朕身边。"

林氏得意扬扬的表情瞬间僵硬。坐在后场的贵妇们或抿嘴暗笑，或目露思量。而毛氏则心慌意乱，如坐针毡。

关素衣踌躇片刻，这才缓缓走过去，在他展开的臂弯里落座，有心说几句讨巧的话，却发现自己词穷了。她学过儒学，学过法学，诸子百家皆明白一点，却从未接触过勾引男人的学问，苍白的脸颊爬上一层红晕，心里急得不行，嘴巴一张却只干巴巴地说道："民女见过皇上。"

"嗯。"圣元帝漫不经心地应了一句，又举起空荡荡的酒杯。

关素衣总算看明白了，连忙端起酒壶替他斟酒。

"你也陪朕喝几杯。"

"是。"正所谓酒壮怂人胆，关素衣毫不含糊地满上一杯，与帝王的酒杯轻碰，末了一饮而尽。

圣元帝嘴角飞快翘了翘，沉声道："空腹喝酒伤胃，先吃些东西垫垫肚子。"

"皇上也吃。"关素衣有样学样，往他碗里夹了一块烧肉，然后正襟危坐，心生茫然。之前明明已经想好了，要如何如何讨好、如何如何引诱，然而见到真人，她却什么都不敢做。她或许应该依偎在他怀中撒几句娇，甚至像照顾关渺那般往他嘴里喂食。然而她只是在心里想想便已经羞得脑袋冒烟，又哪里敢付诸行动？她生来就这般无趣，男人或许会被她的相貌迷惑一时，日子长了难免厌烦。这样的她真能求得皇上的帮助吗？

胡思乱想间，斗兽已经开始，一只老虎与一只猎豹被侍卫放入场中，嘶吼着缠斗在一起。众贵妇津津有味地欣赏，还有人拿出银子押注。这是斗兽场的老规矩，自然会有太监端着托盘来送押票。

但圣元帝的注意力全被夫人精彩纷呈的表情吸引过去。她一会儿面色通红，一会儿面色惨白，眉头时紧时松，嘴唇时抿时嘬，眼里慢慢浸出一层水汽，像是在害怕，又像是在焦虑，偶尔有潋滟流光划过，又像是在羞涩。

用膝盖也能猜透她在想些什么的圣元帝以拳抵唇，暗自发笑。他又灌了夫人几杯酒，这才状似不经意地敲了三下桌面。

恰在此时，两只猛兽竟撞开铁门，闪电般朝人多的地方扑去。它们早已斗红了眼珠，血盆大口流出许多涎水，像是饿得狠了。

圣元帝坐在最前排，自是首当其冲，但他武艺高强，立即捞起呆愣中的夫人，两三步便跃到不远处的大树上。长公主游刃有余地躲闪，继而在隔壁的大树上站定，笑嘻嘻地看着底下的兵荒马乱。

所幸皇家侍卫不是吃素的，一部分人马制住了野兽，五花大绑地带走，一部分人马护住了众位贵妇，以免出现伤亡。倒是桌椅杯盘摔坏不少，落得满地狼藉。

“可有人受伤？”圣元帝抱着夫人跳下树，淡声询问。

“启、启禀皇上，我等无事。”林氏惊魂未定地说道。

“朕看你们事大了，”圣元帝似笑非笑，“方才为了寻求保护，各位夫人直往侍卫怀里钻，已然坏了名节，这可怎生是好？林夫人、毛夫人、卫夫人……朕站在树上看得真真的，你们被外男拉了手、搂了腰，正所谓男女授受不亲，按照规矩，是不是该关在柴房里饿死，抑或浸猪笼？”

原来皇上在这儿等着呢！众位贵妇刚从惊骇中回神，又遭受了另一重打击，连忙跪下来告饶。若真按林氏的说法，今儿所有人的名节都毁了！

林氏被众人目光凌迟，不由辩解道：“孟子曰：‘男女授受不亲，礼也；嫂溺援之以手者，权也。’此乃事急从权，不违礼。今日我等被侍卫所救，当属此例，不算失礼。”

“那你们中原人还有男女七岁不同席的说法，所谓男女之别，至七岁上才开始作数，你们口口声声要饿死一个五岁女童，又算什么？”圣元帝反问。

林氏哑了，表情要多难堪有多难堪。

“左不过严以待人、宽以律己而已。”关素衣淡淡讽刺一句。

林氏怒火中烧，却又无可辩驳，只得垂头致歉：“方才是臣妇狭隘，差点致人枉死，日后臣妇定然严以律己，宽以待人。”话落瞥了毛氏一眼，竟将之记恨上了。毛氏吓得手脚发软，抖抖索索蜷成一团。

“都说徐氏家风严明清正，如今再看也不过如此。”圣元帝补了一刀，这才挥袖道，“都起来吧。”

众人如蒙大赦，踉跄着站起身，看见一只手仍被皇上紧紧握住的关素衣，心里不免琢磨，这位主儿怕是要得宠了。

番外六

不掩的光华

圣元帝派人去查铁笼松动一事，因短时间内得不到结果，又见众位夫人脸色惨白，精神萎靡，便道："诸位夫人怕是吓坏了，不若去花园里稍坐片刻，压压惊。"

众人无有不应，脚步虚浮地来到御花园，围着一丛盛开的牡丹花欣赏起来。

"瞅瞅，这就是太后亲手种出来的牡丹花王，黄的叫姚黄，紫的叫魏紫，你觉得如何？"长公主一只手搭放在关素衣肩头，却被圣元帝似笑非笑地拂开。

关素衣垂眸道："花中之王，自是极为不凡。"旁的话一句不敢多说。

其余人等也都对花儿赞不绝口，明里暗里拍着太后马屁。皇上子嗣艰难已是众人皆知的秘密，而太后膝下养育了六位皇孙，个个都聪明伶俐、身体健壮。前些日子太后还发下话来，让皇上过继一个做储君。皇上尚在考虑当中，皇后却挑中了六皇孙，眼下已把人接到椒房殿养育，只等皇上颁发明旨。倘若这件事办成了，太后和皇后就算结了盟，这两位均是后宫里最具权势的女人，谁还敢与之争锋？与其讨好皇上，得一二十年的富贵，倒不如早早站队，博一个从龙之功。这样想着，众人越发夸赞起来，竟把这两丛牡丹比成花仙下凡，祥瑞之兆。

关素衣听得直皱眉。长公主紧紧握着刀柄，显然正压抑着砍人的欲望。若非忽纳尔是个犟种，喊着不听，打着倒退，她真恨不得剥光他衣裳灌了药，扔进女人堆里去，让他一下生十七八个儿子出来，看太后那老虔婆还怎么得意！

胡思乱想间，圣元帝走上前，摘下开得最美的一朵姚黄，斜插在夫人鬓边，笑道："什么花仙、花王，远逊于朕之解语花矣。"

价值连城的鲜花就这样折损了，令众位贵妇瞬间哑然。她们酝酿了许久的赞叹全变成浊气，在肚子里来回打转，说又不敢说，憋又憋不住，内里别提多难受了。皇上此举究竟是打太后脸面还是抬举关素衣？抑或二者皆有？先前长公主殿下送入宫里的美人还少吗？也不见他这般在乎过！

思及此，众人再看关素衣方觉出不同来。此前竟没注意，这位前镇北侯夫人却是个难得的美人，容貌气度皆很不凡，鬓边戴着一朵花中之王，竟也毫不逊色，真真是人比花娇。难怪她还没入宫，皇上就巴巴地跑来相会。

关素衣自幼跟随祖父走南闯北，还不至于被众人或审视或嫉恨的目光吓到。她摸了摸柔嫩的花瓣，又看了看帝王深邃的眼眸，脸颊一红，连忙低下头去。这时候该如何回应？是矜持地道谢还是暧昧地撒娇？她心里茫然，呆站许久才低不可闻地说了一句“谢皇上赠花”，然后懊恼地握紧拳头。

圣元帝丝毫不介意她“冷淡”的态度，拉着她往人迹稀少的地方走。众人不敢跟随，只好站在原地赏景，有心说几句闲话，见长公主拔出弯刀慢慢擦拭，这才不甘不愿地闭嘴。

关素衣低头伴在皇上身边，从脖根到额际，皆滚烫不已。圣元帝眸光扫去，只看见一片细嫩红润的皮肤，不免莞尔：“你在想什么？”

“民女在想该如何讨好皇上才能让您救家父。”走了一路，她总算明白了，自己根本没有勾引男人的本事，又何必徒增笑柄，倒不如坦坦荡荡地问出来，以作交换。

圣元帝垂眸看她，目光十分奇特，过了许久才哑声说道：“吻朕一下，朕便把你父亲救出来。”

一个吻吗？关素衣退开几步，脸上露出慌乱的神色。虽然她嫁过人，却从未接触男女之事，竟不知该如何动作才好。然而父亲危在旦夕，莫说只是一个吻，就算让她当场献身也是可以的。

慌乱慢慢被坚定取代，她小声问道：“真的只要一个吻吗？”

圣元帝低笑开来：“夫人倒是很懂得得寸进尺。先前答应皇姐会入宫侍君的是谁？你若反悔，朕也可以当作什么都未曾发生过，这便命人将你送回去。”

“不！”关素衣连忙抱住他胳膊，含泪说道，“民女未曾后悔！能侍奉陛下，实是民女三生有幸。”话落踮起脚尖亲吻此人，却发现对方身材太过高大，自己只能亲到对方长满胡茬的下巴。

“没亲到唇，先前说好的条件都不作数。”圣元帝回味无穷的摩挲下颚。

刚松一口气的关素衣顿时傻眼了，不得不再次踮起脚尖去够他的嘴唇，还是差了一点点，只好跳起来挂在他脖子上，义无反顾地亲上去。唇与唇终于贴合，柔软温热的触感令她微微颤抖一下。

她羞得面红耳赤，正欲退开，却被皇上箍住纤腰，摁住后脑勺，叹息道：“夫人，亲吻可不是这样的。”

那该怎样？脑海中刚浮出这句话，唇就被堵住，继而彼此纠缠在一起。他强势地掠夺着她的呼吸，露出迷醉的表情。被他深邃而又专注的目光凝视着，她不由自主地闭上眼睛，卷入旋涡。

他们吻了许久，起初只是相拥而站，后来抵在坚硬的假山上。听闻夫人发出不适的呻吟，圣元帝又将人抱到石桌上安置，最后竟滚入花丛，压弯花枝，落得满身芬芳花瓣。

当两人终于分开时，两人气喘吁吁，竟不知今夕何夕。原来这就是接吻的滋味，他们不约而同地暗忖，然后双双红了耳根。

圣元帝拢好夫人微敞的衣襟，隐忍道："起来吧，朕送你回家。"

关素衣捂着脸闷闷点头，整理好仪容后才跟随皇上往外走，刚走两步就被握住手腕，强硬地拽到对方身边。路上并未遇见任何人，看来已有侍卫清过场，她努力摆脱掉初次接吻的震撼，小声询问："皇上，吻也吻过了，您说的话还作数吗？"

圣元帝笑睨她一眼，并未回复，待她脸色越来越白，心情越来越乱时才恶趣味地开口："自个儿上车去看看。"

关素衣顺着他指尖一看，却见一辆宫车停靠在路边，厚重的车帘垂落下来，不知里面载着什么。她心有所感，连忙疾奔过去。

"爹！真的是你吗？"看见盘坐在车里的男人，她霎时间泪如泉涌，顾不得仪态，手脚并用地爬上去，上上下下，仔仔细细地打量对方，哽咽道，"爹，您瘦了！他们有没有用刑？您有没有受伤？"

"不曾用刑，更未曾受伤，只是担心你们，这才瘦了。"关父本打算表现得轻松一点，看见女儿，却难免红了眼眶。也不知上头得了谁的指示，所有人犯都被动了大刑，唯独轮到他的时候便草草略过。但没用刑不代表没定罪，得了徐广志的授意，那些人原打算把他往死里整，九桩人命案子摊在他头上，又不准任何人探视，简直是叫天天不应，叫地地不灵。

他原以为自己很快就会被问斩，却没料凌晨时分，锦衣卫指挥使周天周大人竟亲自来捞他，还将他带去酒楼洗漱干净，吃了一顿好的，末了安置在宫车里等待。看见盛装打扮的女儿，又看见站在不远处穿着五爪龙袍的男子，他还有什么不明白的？当即哽咽道："依依，爹害苦你了！"

"女儿不苦！女儿今后要入宫享福的。"关素衣抱住父亲喜极而泣。她真的不觉得苦，只要父亲平安归来，让她立马去死都可以，更何况只是入宫侍君。她四处奔走，下跪磕头，做尽了卑微姿态，却没有任何人来帮助自己。而今只是稍微取悦一下皇上，便迅速达成心愿，两相比较，谁比谁苦？谁比谁贱？都是求人，她宁愿求这世上最尊贵的人。

"爹，女儿会帮您和祖父达成心愿的。"亲人的平安归来带给她无穷无尽的力量。她低声说完这句话就跳下马车，走到圣元帝身边拜谢，末了粲然一笑。这抹笑容再没有之前的扭捏与焦躁，那么真实，那么美丽，几乎晃花了帝王的双眼。

他也跟着笑起来，握住夫人温热的指尖，淡淡道："走吧，朕送你们归家。你父亲那件案子，朕会亲自过问。"

"皇上，家父定然是被冤枉的。"关素衣笃定道。

圣元帝颔首应诺，先把夫人抱上车，安置在自己身边，这才与关父交谈。关父虽只是个刀笔小吏，心中却极有成算。衙门里但有异动，他都一清二楚，那九桩命案他均深知内情，且握有洗刷自己冤屈的证据，若非怕连累家人，他早就把证据拿出来了。

二人从案情谈到时政，又由时政谈到治国纲略，竟越来越深入，越来越投契，待马车抵达关家时，这才意犹未尽地停止。圣元帝将夫人抱下马车，又扶了关父一把，心中暗忖：难怪徐广志要着力打压关家，原来关先生竟是经国之才，那么曾经享誉文坛的关老爷子又是何等人物？

关素衣静静站在廊下，身后便是书房，里面不时传来祖父和父亲的朗笑声。他们正与帝王高谈阔论，嗓音里饱含着受到赏识的激动与喜悦。搬来燕京四年，关素衣看着他们一日比一日落魄，一日比一日沉寂，心里真如刀扎一般难受。都说大丈夫不可一日无权，这话虽然粗糙了些，却也是至理名言。哪个男儿没有扬名立万的雄心壮志？哪个男儿没有位极人臣的勃勃野心？祖父和父亲甘愿卖掉田产举家迁徙，为的不正是实现心中抱负吗？如今他们得到面见帝王的机会，能够畅所欲言，一展长才，也算不枉此行了。

关素衣站在温暖的阳光里笑了一会儿，这才去后院帮厨。关渺正在剥豆子，明兰守在灶台边烧火，仲氏拿着锅铲炒菜，一股浓郁的肉香味飘得到处都是，令人垂涎三尺。

“娘，我也来露一手。”她边说边挽起袖子和面。偏在此时，一名老婆子跑来说道：“夫人、小姐，族长派人来接二小姐归家。”

关渺吓得脸色发白，连忙扔掉豆子，跑到仲氏身后藏起来。关素衣正准备去前院把人打发走，却见娘亲从屋里取出一张纸说道：“归什么家？二叔已经写了契书，把渺渺过继给咱们了，统共给了五百两银子，白纸黑字写得真真的，他若是反悔，咱们便去衙门告他！渺渺根本没上族谱，他说破天去也不占理。”

“什么时候写的契书？”关素衣竟从未听说过此事。

“你爹入狱前请他喝了一回酒，把他灌得烂醉才引他签了字，盖了章，按了手印，他抵赖不得的。”仲氏将文书抖得哗哗作响。

“既如此，这事就好办了。”关素衣笑道，“我就知道爹爹办事向来牢靠。王妈，你去回了他们，便说家中来了贵客，不便招待，他们若想把二小姐要回去，那就公堂上见。”

老婆子点头应诺，匆忙下去了。族长派来的仆役事先已经打听清楚，得知关素衣很有可能会被长公主殿下送进宫伺候皇上，被拒之后非但不敢耍横，还赔了几句小心，这才告辞离开。仆役把关素衣的话带到后，关氏族长终于打消了把庶孙女接回来的想法，反把儿子拎到跟前狠狠骂了一顿。

短短半日，毛氏因一块糕饼就想把庶女饿死的事已传遍燕京，林氏的说辞亦被众人所知。时下，思想僵腐的人虽然很多，但真正做学问的名宿大儒都对此事表达出极度的反感，有人抨击毛氏“以理害命，失之于仁”，有人喟叹“天道或不可尽爽也”。原以为能凭借此事博得声望的毛氏与林氏，反倒成了心狠手辣的代名词，一时间备受非议。

与此同时，圣元帝结束与关家父子的恳谈，用罢晚膳便告辞离开。关素衣主动提出相送，待马车跑出去老远才打开随身携带的包裹，低声道："皇上，这是祖父与父亲平日积攒的手稿，民女想请您看一看。"

圣元帝接过厚厚一沓文稿，仅翻看了前面两页就沉溺其中，如痴如醉。这是关老爷子写的一篇策论，从人口、土地、农耕、军事、政体、民生等各个方面阐述了魏国的弊端，并给出了切实有效的解决方法。这篇策论深谙制衡之道，与他现在采取的制衡之道完全是两个极端。一则建立在笼络民心的基础上，一则建立在笼络权贵与世家的基础上，而国之本为民，民心不稳又何谈江山社稷？只可惜从落款的时间上看，文章完成于建国元年，离此时已四年过去，倘若一开始就采纳这些建议并贯彻实施，魏国必不会像现在这般风雨飘摇。

"错了！"他扶额苦笑，"朕竟然从一开始就错了。"提携寒门本无错，错就错在选择了徐广志作为寒门的代表。此人急功近利，最善钻营，竟在极短的时间内笼络了一大批党羽，然后排除异己，互相倾轧。于是寒门与世家斗起来，文臣与武将斗起来，汉人与九黎族人斗起来，整个朝堂都充斥着戾气，令他不得不祭出锦衣卫，才能压制一二。然以暴制暴无异于饮鸩止渴，他也想广施仁政，造福于民，但财富与权力都被贵族攫取殆尽，国门外又有薛孽与胡人虎视眈眈，百姓的生存空间一再被剥夺侵占，境况并不比立国前更好。

若是他当年好生斟酌一番，重用关老爷子和关先生，现在的魏国肯定大不一样。

懊悔的情绪汹涌而来，他急忙翻看后面几篇文章，然后更为叹服。文稿显然被夫人精心整理过，从建国元年到建国四年，随着时间的推移，老爷子对治国方针的阐述也在发生变化，及至最后一篇，仅一个标题就令他呼吸微窒——立法、分权、集权。所谓分权，最终目的还是集权。

具体的细节，老爷子并未手书，正当圣元帝大感失望时，却又翻到关父的文章。若说老爷子是掌舵者，那么关父就是实干家，就如何立法、如何分权、如何集权，竟足足写了二十几页纸，蝇头小楷密密麻麻，叫人看得情绪激荡，不忍释手。难怪九条人命案子摊在头上，他却能拿出那般有力的证据，关先生果然胸有丘壑。圣元帝首次遗忘了夫人的存在，心无旁骛地拜读起二位先生的大作。

关素衣见他如此，嘴角不由翘了翘，这才打开身旁的木匣，仔细查看父亲交给皇上的证据。身为法曹胥吏，起草公文、录入原告或被告供述是最基本的工作，而文字能救人亦能杀人，这一点父亲十分清楚。是以，他经手的每一桩案子，若是背后藏有冤情，他就会故意滴一滴墨水在公文上，然后以脏污为由重新抄写一份，交予上峰签名盖章，末了把原来那份藏起来作为案底，别人问起时便说已经烧毁了。待到事发，上峰果然把他推出来当替罪羊，而他本可以联络妻女，让她们取出证据上告，但考虑到徐广志权势滔天，恐怕难以告倒，最后反而落得家破人亡的结局，这才选择隐忍。

何谓一字杀人？譬如第一桩抢劫杀人案的犯人有七个，按照律法，首犯当斩首示众，从犯流放千里。首犯的名字写在前面，从犯的名字写在后面。法曹官员收受了主犯送来的千两纹银，便把他的名字写到最后，让别人顶上，这就害死了一条人命。又有一桩案子乃山匪夜闯富户杀人夺财，因官匪素有银钱往来，少不得袒护一二，便将供词里的“由大门入”改为“由犬门入”，仅多加一个点，被抓的二十几名匪众竟只关押半年就放出去，然后重操旧业，大肆杀戮。为何如此？盖因魏国律令有言，盗窃罪与抢劫罪不可同一论处，前者轻罚，后者重判。爬狗洞显然是偷盗行为，不似撞开别人大门，乃土匪行径，故法曹官员只需定下盗窃罪，便能替这些罪大恶极的暴徒开释。

种种离奇而又含冤染血的案件不可详述，若非父亲心有成算，每有可疑公文都会仔细审阅，留下案底，现在恐怕跳进黄河也洗不清。不，就算留下证据又能如何？他被关在牢里不准探视，等家人发现这些证据时，他或许已经成了刀下亡魂。而自己求告无门，又能找谁申冤？倘若不小心让陷害他的官员获悉，全家都得搭进去。

无权无势的平头百姓，活着就是如此艰难，难怪父亲总会拿出钱财接济那些被判死刑的犯人家属，却是这个缘故。关素衣放下公文，久久不语。

另一头，圣元帝也看完几篇策论，叹息道：“夫人坐过来一些。”

关素衣正浑身发冷，闻听此言只犹豫了片刻就挪过去，被他紧紧抱在怀里。两人互相依偎，彼此取暖，沉默了大半天才双双叹气，像是约好的一般。

圣元帝阴郁的心情立即放晴，笑问：“你叹什么气？”

“叹世道缭乱，生活艰辛。”关素衣话音刚落就用力咬了咬舌尖，暗恨自己口无遮拦。当着皇上的面说世道不好，岂不等于骂他昏聩？她偷偷瞥对方一眼，却看见一张温柔而又无奈的笑脸。

“世道缭乱是朕的错。朕治国无方，这才令百姓罹难，生灵涂炭。”圣元帝附在她耳边低语，“夫人且看着，在朕有生之年，必要还你一个太平盛世。”

“不是还我，是还天下黎民。”关素衣纠正一句，末了暗骂自己管不住嘴。

圣元帝被她每每想克制，却总也忍不住说实话的痛苦表情逗笑了，一面含住她殷红的唇瓣，一面笑着附和：“夫人说得对，是还天下黎民。”如今才建国四年，他还有时间去改变现在的一切。

关素衣起初只是僵硬地坐在他腿上，末了实在撑不住，这才像融化的雪水一般瘫软在他怀中。他的吻柔情而又霸道，浅尝过后便是深深的索求。她感觉自己的每一个毛孔都染上了他的气味，被吻得快要窒息，张开嘴想喘气，却迎来更凶猛的进攻。

她从未遇见过如此直截了当的掠夺，脑子糊成一团，什么都不能想，只能紧紧攀住他，像攀住一根救命的绳索。

番外七

曲终奏雅音

长公主似乎很看好关素衣，翌日就安排她入了宫，且事先向圣元帝讨要了一个容华的位分，算不上高，却也不低，至少不用看旁人脸色过活。

仲氏闻听消息大松口气，这才开始替女儿收拾行李。老爷子长吁短叹，连说自己老而不死，拖累了家人，应该早点下黄泉才对，骇得关素衣痛哭起来，跪在床边连连求他一定要保重身体。关父也苦口婆心地劝解，直说若长辈去了，将来依依受了委屈谁来替她做主，这才打消老爷子的死志。

都道不是一家人不进一家门，关家人表面看上去各有脾性，实则骨子里很像。他们把亲人看得极重，把自己看得很轻，若是能让家人过得更好，必要的时候完全可以牺牲自己。正因为如此，他们才能在苦难中一起走过，谁也没有抱怨谁，谁也没有放弃谁。

临走之前，关素衣拿出一件外袍快速缝补，缝着缝着便掉下两行眼泪。

关父推门进来，叹息道："这件长衫是做给老爷子的吧？"

"嗯，夏天快到了，给他做一件轻薄的长衫，这不，只差一点点就收尾了。现在赶紧做出来，让他试穿看看，若不合身，我也没法替他改，只能劳烦母亲。"关素衣咬断线头，顺手擦了一把眼泪。

"他的衣裳都是你做的，肯定合适。"关父沉默片刻，又道，"后宫与朝堂一样，也是纷争不断。爹害了你一次，不能再害你第二次，你入宫之后什么都不用考虑，只管好好伺候皇上。皇上的恩宠才是你安身立命的根本，而非所谓的显赫家世。我和老爷子既不用你提携，亦不用你照顾，相反，我们会谨言慎行，低调为人，努力不拖你后腿。家世低微也有家世低微的好处，至少皇上无须忌惮你，这才能多宠爱你一分。"

关素衣本已擦干的眼泪又忍不住掉下来，哽咽着答应。

临到正午，眼见宫车已等了许久，一家人才依依不舍地告别。

"凤鸣殿？这里就是我的居所吗？"抬头看着悬挂在门楣上的烫金匾额，关素衣满脸茫然。凤鸣，寓意似乎有些大了。

“回娘娘，这是皇上特意为您挑选的宫殿，殿里已经布置妥当，您四下里看看，若有不满意的地方，奴婢再让人来改。”一名容貌清秀、眼神灵动的宫女笑盈盈地说道。

既来之，则安之。关素衣并未挑什么毛病，四处走动走动，熟悉一下环境，这才坐下询问宫中情况。

那宫女耳目十分通达，问什么都能答上来，且熟知宫中隐秘，是个极能干的。当她率领众宫女跪下，求主子赐名时，关素衣正巧打开妆奁，取出一枚金叶子把玩，顺嘴便叫她金子，其余人则得了个极为优雅的名号。

金子嘟了嘟嘴，似乎有些不情愿：“娘娘，为啥她们都叫梅兰竹菊、春花秋月，偏到奴婢这儿竟成了金子？”总觉得好俗气啊！

关素衣偏头想了想，自个儿忍不住笑起来：“我也不知，总觉得你就应该叫这个名字。所谓大俗既大雅，要不然世人怎么都爱金子呢？”

金子思忖片刻，这才拊掌赞道：“您别说，这个名字稍微琢磨琢磨还是很好听的，越念越顺耳。好，奴婢日后便叫金子了。”她从未取过名字，在暗部只有一个编号，心里少不得偷乐一阵。

明兰本还担心宫里的人不好相处，见了金子才算松口气。二人把堆放在外殿的箱笼打开，一一整理归置，关素衣则坐在内殿的软榻上发呆。入宫侍君非她本意，她也没有争宠之类的想法，只愿不要惹怒皇上，连累家人落罪便好。皇上究竟是怎样的人，她多少知道一些，不欺瞒不算计、坦荡大方、全心全意便是应对他最好的方法。而这一点恰恰是关素衣为人处世的原则，倒也无须过多担忧。想罢，她拿出金子交予自己的名册翻阅起来，刚看两页，外间便传来宫女、内侍磕头请安的声音。她连忙扔掉名册，跑去迎驾，膝盖尚未弯下去便被大步走来的圣元帝拉入怀中，轻轻拍了拍脊背。

“这里如何？住着可还习惯？”走到内殿，在软榻上坐定，他展开双臂，蓝色眼眸一瞬不瞬地盯着对方。

关素衣僵硬地站了一会儿，这才在他臂弯里落座，腰杆挺得笔直，语气也十分严肃：“回皇上，凤鸣殿很好，民女很喜欢，起初总有些不习惯的地方，日子长了便好了。”

“怎么还以民女自称？”圣元帝一面低笑一面把人抱坐在腿上，嗓音暗哑，“日后你便是朕的女人了。”指尖滑到她腰间，轻轻拨弄鸳鸯玉佩的流苏，又顺着流苏挪到她腿侧，有一下没一下地抚弄。

关素衣忍不住抖了抖，察觉到他笑得越发恶劣，这才勒令自己放松下来。入宫之前她就做好了心理准备，反正早晚也要挨过这一遭，顺从总比反抗受的罪少。她可以举起玉枕砸破赵陆离的脑袋，换成皇上，却连对方一根头发也不能伤及，否则便是弑君大罪，要诛九族的。她不断调适着心情，身体也慢慢变得柔软，终于小心翼翼地往皇上怀里靠了靠。

圣元帝短促地笑了一声，末了抱着人躺倒在软榻上，叹息道：“朕等了你大半天，着实心不在焉，竟不知早朝时议了何事又见了何人。如今抱住你，朕才觉得头脑清明了些，莫非这就是中原人说的‘丢魂’？”

关素衣脸颊涨红，眼睛死死盯着男人胸前的布料，完全不敢往上看。她还从未听见过如此奔放的情话，分明觉得很羞耻，心脏却不受控制地狂跳。

圣元帝侧耳聆听片刻，不免又笑一场。他一一摘掉夫人头上的发簪，呢喃低语：“夫人，朕等得你好苦！”话落将她压在身下，十指紧扣，凝视对方。

关素衣无所遁形，脸颊越发红得滴血，想用手遮挡，却偏偏被对方握住，只能转过头，小声哀求：“皇上，您别这么看我。”

“朕的女人，朕还看不得了？”圣元帝慢慢垂头，鼻端喷出灼热的气息，“朕不但要看，还要吃了……”最后一个字被他堵在两人紧紧相贴的唇齿间。

这是一个火热的、缠绵的、浓情蜜意的吻，带着几分小心与迫切。他放开夫人双手，改去捧她滚烫的脸颊，不容许她闪躲或退避。结束了长长一个深吻，他把瘫软成一汪水的女人抱起来，快步朝雕花大床走去。

“皇上，此时还未入夜。”关素衣几乎认不出自己的声音，那么甜，那么腻，根本起不到规劝的作用，反而像刻意勾引一般。

圣元帝眸色果然暗了暗，直接将她压在大红的锦被上，肆意交缠。

明兰和金子从中午等到晚上，又从晚上等到半夜，这才终于把热了好几回的膳食送进去。下半夜，凤鸣殿里又叫了两回热水，折腾到凌晨才算消停了。

关素衣察觉到垫在自己脑后的胳膊动了动，立即便清醒过来，末了忍不住发出痛苦的呻吟。她从不知道夫妻敦伦竟如此惊心动魄，时而欢悦，时而空荡，时而高高抛起，时而又重重落下，令她起起伏伏，忘乎所以。眼角余光瞥见自己肩头密密麻麻的红印，她连忙去拽被子，却被一只大手揽过去，被迫压在帝王强壮的胸膛上。

“皇上，臣妾伺候您早朝。”她左看右看，就是不敢看身下的男人。

圣元帝低低笑了两声，又摁住她后脑勺，夺走一个深吻，这才精神百倍地起床：“你继续睡，朕习惯自己穿衣。”话落已光裸着身体下床，宽肩窄腰，猿臂长腿，肌肉精壮，一看就蕴含着强大的力量。

关素衣看了一眼便飞快挪开视线，末了忍不住又看几眼，这才拉起被子盖住脸庞。

圣元帝哈哈大笑起来，连人带被子一块儿抱在怀里，轻轻拍了拍，又吻她漆黑的发顶，哑声交代道：“昨晚累坏你了，再睡一会儿，睡醒便来未央宫陪朕。”

关素衣闷闷点头，等人走远了，才钻出被子用力吸气，满心都是羞耻感。她哪里还睡得着，略躺一会儿便起床洗漱。

刚捯饬整齐便有长乐宫的人来传话，说是太后想见关容华。关素衣不敢怠慢，换了一套较为隆重的礼服准备出发，却见金子端着一碗汤药走进来，低声说道：“娘娘，您先喝了解药再去。”

“解药？”关素衣心头一颤。

“娘娘以为皇上为何总无子嗣？一则，他看不上那些女人；二则，宫里的嫔妃都被太后下了绝育药。她想断了皇上这一脉的骨血，让自己的嫡亲孙子继承皇位。别人能不能生，皇上不在乎，但娘娘不同。快把药喝了，待会儿去太后宫里，她让吃什么您就吃什么，不用防备。”金子举起药碗催促道。

关素衣连忙压下纷乱的思绪，快速把药喝光。

关素衣绕行在草木萋萋的御花园里，再往前走，穿过一条九曲回廊便是长乐宫。分花拂柳之间，她隐约听见不远处的假山后有人说话，离得近了才辨明“皇上”“命硬”等字眼。她转身举起手做了个噤声的动作，悄悄走过去，跟随在她身后的宫女、内侍立刻屏住呼吸，隐匿行迹。

“听说皇上又看上一个汉人女子，昨天刚带回宫就封了容华之位，很是宠爱。”这道嗓音十分尖细，应该是名内侍。

又有一名宫女搭话：“皇上那命格也只敢碰汉人女子，且还是家世低微的，否则把人克死了，他怎么向朝臣交代？叶婕妤早前好好的，最后不也暴病而亡了吗？听说皇上是罗刹转世，划破了……”该宫女仔细描述了皇上出生时的场景，末了感叹道，“可怜这位关容华，还以为入宫是来享福的呢，谁知竟一脚踏入鬼门关。你且等着，她必与叶婕妤一般，不出几年便会被克死，倘若怀了皇上的子嗣，那更惨，指不定哪天就被划破肚皮，也生一个小罗刹出来。听说皇上时不时便会显出原形，青面獠牙、赤红眼珠，逢人就杀，这事是真的还是假的？你见过没有？”

“亲眼见过的人都下黄泉了，哪里还能站着与你说话？”内侍嗓音有些发抖，显然吓得狠了。

接下来二人又嘀嘀咕咕说了一些闲话，无非是皇上如何残暴嗜杀，如何命格诡谲，如何身世离奇。

关素衣静静站在原地，表情淡然，明兰和金子则频频朝她看去，一个惊骇难言，一个义愤填膺。当金子跨前一步，准备出手教训假山后的两人时，却被她拦了一下。

就这片刻工夫，两人已经走远，关素衣不以为意地说道：“不过是一出离间计而已，无须在意。”倘若换个人听见那些可怖的内幕，或许会吓得六神无主，从而疏远躲避皇上，却半点扰乱不了她的心神。

她有脑子，能分辨好坏，虽然入宫之举实属无奈，皇上救了父亲却是真的。他拥有至高无上的权力，一句话便能定人生死，然而在毫无付出的情况下，关素衣从不指望他为自己保驾护航。说到底，世人的关系大多趋于利益，有来有往，有得有失，既不愿付出又想赚取回报，世上哪有这样的好事？所以她心甘情愿交付自己，并得到了满意的结果。她对皇上没有怨恨，反倒颇为感激。他虽然作壁上观，等着自己屈服，却到底护住了父亲，若非如此，几轮酷刑施展下来，父亲恐怕会冤死在牢里。

至于他的命格、身世，还有谁能比自己更清楚？想罢，关素衣摇摇头，继续朝前走。父亲说的果然没错，后宫与朝堂一样，皆纷争不断，此前皇上心魔未除，于是对孕妇和孩子颇为忌惮，这才未曾宠幸后宫嫔妃，反倒把太后的心养大了。最初，她或许只是想膈应皇上，取得一定的心理平衡，因为自己过得不好，所以别人也甭想好过，却没料竟歪打正着，逼出了皇上的心魔。她看着皇上一天比一天疯狂，一天比一天失控，想来应该很得意。然而即便如此，她也没能感到满足，一面给后宫嫔妃下药，一面在心灵上诱导掌控她们，让她们视皇上如鬼怪。

人人都觉得你不正常，人人都说你是异类，这样的话听多了，谁会好受？难怪皇上不愿宠幸后宫嫔妃，他不仅忌讳自己的身世，也厌憎那些人的嘴脸。关素衣想了一路，已然明白今后该如何行事。总而言之，她和皇上才是一条船上的人，余者皆敌，不能采信。

胡思乱想间，长乐宫到了，她毕恭毕敬地给太后行礼，然后假装心不在焉地坐下，话不多说，眼不乱看，问什么答什么，仿佛十分乖顺，双手却握成拳头，泄露着内心的恐惧与忐忑。

太后对她的反应很满意，态度也就和蔼起来，笑呵呵地说了许多话。少顷，皇后徐雅言带着六皇孙前来请安，在太后下首坐定后意有所指地问道："关容华既已入宫，想来你父亲那桩案子便不了了之了吧？"

什么叫不了了之？岂不是暗指父亲的确犯了死罪，却因自己以色事君而被开释了吗？关素衣头一次对某个人产生如此强烈的反感，当即冷道："回娘娘，案子并未不了了之，如今还在彻查。家父手里握有证明自己清白的证据，那九桩命案均为冤案，罪魁祸首早晚有一天会被绳之以法。家父行端坐正，俯仰无愧，就算对簿公堂也不怵，只怪某些人公报私仇，栽赃陷害，污了头上的官帽，也污了青天明镜。"

她略微停顿片刻，又道："臣妾入宫之前，依稀听说娘娘的兄长也被卷入一桩人命案子，也不知是谁胡乱造谣，竟说令兄长肆意开挖上游河道，保住了自己治下的郡县不受水灾殃及，却使下游数万民众被洪水淹没，或命丧黄泉，或流离失所，真是惨绝人寰。臣妾一听这话就觉得是假的，世上哪有那等禽兽不如的东西，只顾自己政绩，却视黎民百姓为蝼蚁。倘若真有这样的孽畜，不说百姓如何痛恨咒骂，就是老天爷也得降下雷霆劈死他。"

眼见徐雅言脸色变得铁青，她继续道："然而，臣妾听闻令兄长自幼饱读圣人之言，不但才华出众，品德亦十分高洁，又哪里会做下那等天打五雷轰的恶事，可见谣传半分也信不得。娘娘莫忧心，正所谓清者自清，浊者自浊，待皇上彻查下来，定会还令兄长一个清白。"末了俯身一拜，语气笃定，表情诚恳。

徐雅言被她一口一个畜生地骂着，心里气得要命，偏偏还得微笑道谢，本就对她怀有七分不喜，现在竟变成十分。她朝太后看了一眼，目中流露出焦虑的神色，可见对自己兄长的事亦很清楚，这是求太后救命来了。

太后想把六皇孙过继给皇后，自然不怕她惹麻烦。有麻烦才抓得住把柄，抓住了把柄才好掌控。她略一思忖便决定应下来，于是准备把关素衣打发走，偏在此时，三位皇子妃带着各自的孩子前来请安，将太后团团围在中间奉承。撵人的话不好张口，太后只得冲皇后使了个眼色，让她少安毋躁。

关素衣被众人挤到一边，却也没觉得不自在，端起茶杯浅饮一口，然后拿起糕点享用。她能感觉到长乐宫里的暗潮汹涌，皇位只有一个，皇孙却很多，且个个背景雄厚，只因六皇孙聪明伶俐，懂得讨好太后，太后便把储君的位置给他，其余人哪能甘心？只要皇上一天不点头，几位皇子妃之间的争斗便不会停歇，而皇后被夹在几大势力之间，早已成了最危险的那一个。可怜她已站在风口浪尖却不自知，还以为未来多光明呢。

思及此，关素衣垂眸暗笑，笑罢又微微发冷。

恰在此时，殿外传来“皇上驾到”的通禀声，众人连忙停下明争暗斗，走出去迎接。如今谁能获封太子，全在皇上一念之间，向来对他避如蛇蝎的皇子妃们也不矫情了，上赶着巴结起来。

圣元帝并未掩饰自己对夫人的宠爱，走过去将她拉起来，安置在身边，这才摆手让众人免礼。太后稳稳当当地坐在主位上，问道：“皇上，日前哀家问你那事，你考虑得如何了？”

众位皇子妃全朝他看去，眼里是毫不掩饰的热切与野望。

圣元帝握住夫人白皙的小手，语气散漫：“朕还在考虑。几位侄儿都是可造之才，年岁又还小，此时便立储君未免有些草率。”

除了大皇子妃，其余两位皇妃均暗暗点头。

太后唯恐夜长梦多，还想再劝，却听皇上继续道：“这样吧，先把老三、老五、老六，分别交予沈婕妤、盘婕妤和皇后抚养，等他们年岁再大些，显出脾性与才能，朕再定夺。”

这种安排看似合情合理，实则彻底将三位皇子妃割裂开来，又离间了她们与太后的感情，更让沈婕妤所代表的地方豪族、盘婕妤所代表的九黎贵姓、皇后所代表的新兴权贵，各自站了队。而被排除在外的世家定也不甘落后，少不得使些手段抢夺机遇。种种势力均被孤立，形成互相牵制、互相打压、互相平衡的局面，暂且稳住了朝堂。而在夺嫡的过程中，皇上完全可以作壁上观，待几大势力彼此争斗削弱，他便能慢慢掌控全局。

哪怕有人看透了他的意图又能如何？利益就摆在那里，你不去争抢，多的是人取而代之。至少另外两位皇子妃对他的安排极其满意，已跪在地上谢恩了。太后也说不出反对的话，无论哪个上位，都是她嫡亲的孙子，她不能为了六皇孙就把其余人摁死在原地，平白寒了几位儿媳妇的心，也寒了她们背后站立的几大贵姓。左思右想，太后终于点头道："那便照你说的办吧。"

圣元帝感觉到夫人挠了挠自己掌心，不免微笑起来，而大皇子妃和徐雅言则变了脸色。

太后起初还有些为难，后来一想，三个孙儿都有希望登上皇位，总好过把筹码全押在六皇孙一个人身上。这样岂不是更稳妥？想罢，她又见关容华喝了茶水、吃了点心，临行时又拿走了一盒加料的胭脂水粉，这才彻底放下心来。哪怕自己的儿子全死光了，到最后，魏国国君的位置不一样落在她孙儿手里？这就是命中注定。她心里颇为自得，也就不会去在乎皇上宠爱哪个嫔妃。他沉迷于女色才好呢，若是因此耽误了朝政，几个孙儿的赢面就更大了。徐雅言等人也不会上赶着去争宠。她们一则害怕皇上阴晴不定的性子，二则为自己安排好了后路，只要养熟了三个小皇孙，未来可期，哪里还用仰仗皇权？

故此，关素衣想象中被排挤打压的场景并未出现，恰恰相反，没人在乎她入不入宫，得不得宠，在旁人眼里，只要她近了皇上的身，便相当于一个将死之人。这可真是……关素衣摇头笑叹，起初还有些忐忑不安的心情，现在已完全平复下来。

"笑什么？"圣元帝把人带回未央宫，安置在身边，然后打开奏折翻阅。但他的注意力总会被夫人吸引过去，她的一颦一笑比政务有趣多了。

"众人皆醉我独醒，怎不可笑？"

"嗯，确实可笑。"圣元帝将一堆奏折推到她面前，"你既无事，不如帮朕把要紧的奏折挑拣出来。"

"皇上，女子不得干政。"关素衣指尖动了动。

"那是徐广志等人为夺取皇姐手中的兵权编造出来的怪话，无论男女，只要有真才实干，朕便会用。"圣元帝不以为意地说道，"朕更喜欢有主张有见解的女子。"

这是变相地夸赞自己有主张有见解吗？不过也是，他身边全是些人云亦云、听风是雨，毫无主张见解，一味将他视如罗刹的女人，他自然会感到厌烦。看来当初果然是那幅画的缘故，才让他相中自己。

关素衣也是个凡夫俗子，被人赏识了，难免感到喜悦与骄傲，掩嘴偷笑一会儿，取出一本奏折翻阅起来。她看书的速度很快，说是一目十行也不夸张，片刻工夫就把要紧的奏折挑拣出来，按照农事、政务、吏治、民生等类别各自排放。又把余下的折子分成两沓，贴上两张小纸条，一曰请安折子，二曰报喜折子。这两类折子大多是地方官送来的，时不时给皇上请个安，加强存在感，又或者挖出什么龙形石头等祥瑞之物，送入燕京博取政绩。因徐广志和王丞相都是好大喜功的人，很吃浮名虚誉这一套，故而助长了此风。一堆折子翻下来，真正禀事的没几个，十之八九皆空洞无物。

关素衣总也管不住自己这张嘴，好不容易看完，拧眉叹道："真是废话连篇！递上来作甚？直接拿去当柴烧好了！”

圣元帝闻听此言竟然哈哈大笑起来，一把搂住夫人，狠狠亲了一口，赞道：“夫人果然好见解！朕这便按照你的指示，把折子处理了。”话落将两沓奏折拿过来，一一翻开，将夫人的原话写在下方，末了发还地方。

收到批复的官员自是诚惶诚恐，懊悔不已，此后再不敢无故上奏折烦扰皇上，盛行一时的浮夸之风得到有效遏制，亦催生了一大批实干型的官员。此乃后话，暂且不提。

关素衣凑过去，见他果然一字不落地将自己的意见写在奏折上，心里既有些惶然，又有些高兴。她饱读诗书，才华满腹，却因时人对女子的打压而不得施展，心里难免郁郁，好不容易碰见一个不轻视女子的男人，好感便油然而生。

盯着皇上认真的侧脸看了一会儿，她压住紊乱的心跳和意欲上翘的唇角，这才继续替他审阅余下的几堆奏折，翻到最后一卷帛书，草草扫视两眼，竟失口叫起来：“皇上这是……”

圣元帝转脸看她，笑道：“朕方才还在想你什么时候才能看见这张委任状。潼关自古以来便是兵家重地，若要守住国门，必要守住潼关，朕将岳父派去此处，风险有之，机遇更有之，然以岳父之才，当能从容应对。你若是舍不得家人，朕自然可以让他留任燕京，但你也要知道，燕京不比关外，各方势力的角逐更为复杂，施展的余地也有限，一不小心便会卷入党争，成为别人的马前卒或踏脚石……”

关素衣不等他说完便噙泪打断：“皇上您无须解释，臣妾理解您的苦心。您并非吝啬官位，而是真心实意为家父考虑。您的知遇之恩，臣妾竟不知该如何回报才好。”

为何有“知遇之恩”一词？原来被人理解、赏识，进而提携重用，其恩情等同再造，怎能不叫人感激涕零？若说入宫前她还有些不甘，此时已无怨无尤。她能想象到父亲接下委任状时会如何意气风发、心情疏阔，祖父又会如何老怀大慰。他们经受了许多屈辱与折磨，却最终没被残酷的世态击垮。

而自己若是没入宫，结局或许会完全相反。想到此处，关素衣对皇上的感激不免又增加几分。

圣元帝用指腹抹掉她眼角的泪光，柔声道：“你老老实实待在朕身边，就是对朕最好的报答。待老爷子身体养好了，朕也会为他安排一个官职。朕并非因你而抬举关家，岳父与老爷子的才华值得重用。”

这话无疑是最好的肯定。关素衣更为动容，竟也顾不得仪态，悄悄抱住皇上劲瘦的腰，在他怀里蹭了蹭，低声承诺：“臣妾这辈子都不会离开皇上。”

圣元帝龙心大悦，捏住她下颚，索取了一个缠绵悱恻的热吻。

关父接到委任状之后欣喜有之，担忧亦有之，他以为这是女儿替自己求来的官职，心里不免想得多一些。若皇上认为女儿贪得无厌，会不会因此冷落她？但人在深宫，他见也见不着，只能打点行装，尽快上路。若是在任上表现得好，得到皇上看重，或许能为女儿增加砝码。

怀着这种想法，关家人乘坐马车出了城门，却没料竟在十里亭外与关素衣相遇。她与皇上手牵手站在土坡上，一匹骏马拴在不远处的大树下，正悠闲地啃着野草，从秃了一块的地皮来看，应该等待许久了。看见马车过来，她兴高采烈地往坡下跑，却被皇上一把拉住，低声交代一句“小心”。他眉头紧皱，表情紧张，似乎很在意身旁之人的安危。

早在半里外，关父就已认出女儿，看见此情此景，没着没落的心才踏实下来。皇上专注的目光、温柔的举止，绝不是一种伪装，况且他统御四海，想要什么样的佳人得不到？又何必对一个出身低微的女子表演那些假情假意？他图什么？能陪伴女儿微服出宫，且亲自前来为她的家人送行，女儿在皇上心里恐怕有几分重量。关父长声嗟叹，终于打消最后一丝顾虑。老爷子是个眼明心亮的，对皇上的评价也高了许多。

二人来到近前时，关家一行人已跳下马车等待。

老爷子和关父正要行礼，却被圣元帝一把拉起来，温声道：“此去路途遥远，又多是险峻山路，若无侍卫护送，恐怕难以安全抵达。这是朕的信物，岳祖父与岳父只管前往西郊的京畿大营，让赵海赵将军调派百名精骑相送。”

岳祖父、岳父？这样的称呼唯有皇后的长辈才担得起吧？老爷子与关父心头皆是一惊，面上却并未表现出来，连忙接了玉符，跪下谢恩。关素衣本还在担心家人的安全问题，听了这话眼眶微微发红，对皇上的十分感激，现下又增加百倍。莫说她只是一名从五品容华，放在寻常人家堪为妾室而已，哪怕她还是镇北侯府的当家主母，也未曾得到过这般慎重的对待。她能感觉到皇上对自己的珍惜与爱护，为了对得起这份感情，她愿意献上一切。

送走家人后，她丢掉矜持与自律，扑入皇上怀里，将他紧紧抱住：“谢谢您。”她嗓音嘶哑，语气热切。

“光嘴上说有什么用？”圣元帝亲吻她通红滚烫的耳朵，“替朕生一个孩子，一个拥有你我血脉的孩子。”

“可是您正在布局分化各大势力，这时候要孩子合适吗？”此时怀孕，无疑会把所有的纷争揽到自己身上，关素衣唯恐保不住这个孩子。

“慢有慢的方法，快有快的策略，但看你肚皮有没有音信而已。”他抱起夫人，向上抛了抛，低笑道，“放心，朕会保护好你和孩子。你们是朕的珍……”最后一个“宝”字的字音消失在二人紧紧相贴的唇齿间。

关素衣忘掉满心杂念，忘掉离别愁苦，专心回应对方的热吻。生一个孩子，同时拥有自己和皇上的血脉，这个主意似乎很不错。

入夏之后，各地频繁发生洪涝，致使百姓流离失所，朝不保夕，而某些地方官或尸位素餐，隐瞒不报，或借此诈取赈灾款，并不在意百姓死活，故大大小小的民乱时有发生。正当圣元帝为平乱而焦头烂额时，薛明瑞打着光复前朝的旗号开始对魏国发起进攻，沿途策反民众数万，引得社稷动荡。

为震慑薛逆，也为鼓舞士气，圣元帝决定御驾亲征，偏在这个时候，关素衣发现自己怀孕了。她几乎能想象当帝王离开皇城，而自己肚皮越来越大时，太后等人会如何将她碎尸万段。为了保住这个孩子，她千方百计说动皇上，让他带自己一起出征。

头三个月未曾显怀，好歹遮掩过去，到了边关，害喜的征兆越来越明显，圣元帝才惊觉事情不对。他又喜又气，又十分无奈，本想好好教训夫人，但看见她苍白的脸颊和微凸的小腹，所有责备的话都变成了一声长叹。

“你太任性了！”他把人抱入主帐，安置在软榻上，小心翼翼地抚摸着她的肚皮。

关素衣表情恍惚一瞬。在随军出征之前，她千万次地问自己，冒着莫大风险跟来究竟对不对？倘若这胎因旅途劳累而保不住，自己会遭受怎样的下场？子嗣与嫔妃，在帝王心中孰轻孰重？临到此时，看见这人饱含喜悦与担忧的眼眸，她忽然便明白了，自己之所以如此任性而又不顾后果，全是被人无限纵容的缘故。

“皇上在哪里，臣妾就在哪里。”她将手覆盖在对方的手背上，“若是臣妾在您出征之前告诉您这个消息，您能放心把臣妾一个人留在皇宫吗？”

“不能，朕会把你一块儿带上。”圣元帝更加无奈，闷声道，“但这不是你隐瞒消息的理由。无论发生什么，你都应该跟朕说清楚。”

“臣妾再也不敢了。”关素衣立刻服软。边关寒风凛冽、战火纷飞，然而有这人陪在身边，便什么都能忍受。父亲漂泊半生，母亲不也与他一起走过来了吗？

圣元帝又是一声长叹，心里却渐渐涌上一股暖流。若无完全的信任，若不做好同生共死的准备，夫人又岂会在明知有孕的情况下跟随他一块儿来边关受苦？无论怎样，他不能辜负夫人的信任，必要把她和孩子安全无虞地送回燕京。

战事一触即发，因薛逆筹划多时，又占据地形之利，双方甫一开战就陷入胶着。关素衣肚子越来越大，老早便从军营转移到后方的一座城池内，由长公主亲自看护。几月之后，双方终于进入决战，而关素衣也在此时产下一名女婴。

长公主颇有些失望，却也没说什么，连夜安排了一辆马车，准备秘密把母女二人送回去。

“殿下就不怕太后把我们撕碎吗？我虽然生的是个女儿，却也证明了皇上子嗣无碍，她好不容易拉拢过去的朝臣哪里还稳得住。”关素衣抱着孩子，满脸抗拒。

“太后那里你别管，不过是一个老掉牙的家伙，派遣军队把长乐宫围起来便罢。有本殿重兵压阵，谁敢乱动？你只需记住一点，你生的不是女儿，是儿子。”长公主闭着眼睛说道。

“什么？”关素衣惊呆了，略一思忖方醒悟过来，“你们想狸猫换太子？”

“非也，只不过让小公主女扮男装，将来继承皇位而已。本殿会辅佐她，皇上也安排好了四位顾命大臣，你爹如今已是封疆大吏，足以震慑地方。你且安安心心当你的太后便是。”

顾命大臣、太后？关素衣心跳越来越快，一时间，所有纷乱的思绪，所有零碎的记忆全一股脑儿地蹿出来，在她眼前凝聚又破碎。第一次相见的惊心动魄，第一次亲吻的热切缠绵，第一次牵手漫步的静好安然，他们之间有误解，却最终被相依相伴的美好取代。然而现在，这人竟似安排后事一般，将她交给一个外人。他怎么能？

“我要回去！”她斩钉截铁地说道。

“此战胜败只在五五间，你若是现在随本殿回燕京，还能得一个好结局，调转马头的话，下场或许很凄惨。”长公主睁开眼睛，定定看她，“你难道不相信本殿？本殿答应会辅佐小公主就必不会失言。”

“除了皇上，我不相信任何人。”关素衣直言道，“皇上不忍我和孩子葬身边关，唯愿我们平平安安地活着，同理，我也希望他安然无恙。他不仅是魏国君主，也是我的丈夫、孩子的父亲，纵然死亡逼近，我们也不会丢弃他。我们一家三口要永远在一起，这是我曾经答应过他的话。”

她笃定道：“长公主手里恐怕还握有一支军队吧？与其用来保护我和孩子，不如去战场上驰援。到了前线，遇见皇上，您便告诉他，我和孩子哪儿也不去，就在鹿城里等着，他若得胜，咱们便能团聚；他若失败，咱们便给他陪葬，且让他自个儿掂量掂量。”话落用力拍打矮几，怒道，“车夫，调转方向，回鹿城！”

睡得正香的小公主被母亲吓了一跳，顿时哇哇哭起来，关素衣却哄也不哄，只一味盯着长公主：“殿下，孩子哭了，她这么年幼，您怎么忍心让她去承担本不该属于她的重担？她需要母亲，更需要父亲！唯有父亲才能保她一生无忧。”

长公主长长吐出一口气，喟叹道：“好，算本殿没看错你！外面的将士听令，即刻赶去增援皇上！”

嘹亮的号角声冲天而起，令小公主哭得越发凄惨，关素衣却安心地笑了，这才抱起女儿轻哄。

本已节节败退的圣元帝忽见高岗上奔来一列铁骑，还以为中了敌人的埋伏，定睛一看却是长公主。他心中大骇，挥舞长戟冲杀过去，怒道：“你怎么来了？素衣和孩子呢？”

“皇上，你低估了关容华。”长公主一面杀敌一面高喊，“她让我告诉你，胜了，你们一家三口便能在鹿城团聚；败了，她和小公主给你陪葬，让你自个儿掂量着办。”

这话等于釜底抽薪，完全斩断了圣元帝的退路。他明白，现在的自己只许胜不许败，因为他最重要的两个人还在咫尺之遥的地方等待。错愕过后，他吐出一口血沫，狠狠骂道：“该死的女人，都怪朕将她宠坏了，此时竟分不出轻重！”

“你骂就骂，笑什么？”长公主冷哼着砍断一名敌军的头颅。

“朕心里痛快，你管得着吗？”圣元帝挥舞长戟朝敌军主帅杀过去。他现在充满了无穷无尽的力量，因为他有了同生共死的伴侣，更有了血脉的延续。

第二年春，圣元帝伤势渐好，这才率领大军回京。薛明瑞被他一箭射中要害，如今生死未卜，若要恢复元气，没个三五年恐怕不行。魏国正可抓紧时间休养生息，等到下次交战，或可一统河山。

小公主霍甘棠长得十分壮实，正坐在自家老爹肚皮上，咿咿呀呀说着什么。圣元帝一只手扶着她的小肉腰，一只手拿着一封信函，草草看了几眼，然后露出讥讽的表情。

“怎么了？”关素衣捻起一块糕点，自己吃一口，喂给女儿一口，末了全塞进皇上嘴里。

“京里闹得不可开交，这次回去有一堆烂摊子需要收拾。”圣元帝含含糊糊地说道。

关素衣凑过去一看，眉毛不禁皱起来。这一年半的时间里，燕京委实热闹，先是六皇孙染了天花，救治不及暴亡，后有宫女指控某个嫔妃，说她下了毒，该嫔妃当晚便投缳自尽，死无对证。原以为这件事就算完了，后来几位皇孙陆续感染天花，一个两个接连死去，太后因此而大病一场，皇后、沈婕妤、盘婕妤斗得不可开交。朝堂上也不安稳，这个弹劾皇后护子不力，应该被废；那个弹劾沈婕妤谋害皇嗣，该当死罪；盘婕妤与皇后起了争执，一刀砍伤对方胳膊，已被软禁宫中……

短短一年半的时间，什么牛鬼蛇神都冒出来，若非皇上手里握有百万大军，又获得大胜，负责京畿防务的赵将军亦是他的铁杆心腹，更有锦衣卫无孔不入地监察，燕京城恐怕早就乱成一锅粥了。

“三位皇孙都死了，余下几个还被拘在皇庄内不得外出，这事闹的……”关素衣摇头低语，“皇上，您没掺和吧？”

“朕一心扑在战事上，哪有心思管他们？”圣元帝握住夫人指尖，感慨道，“不过是人心不足蛇吞象而已。这些事都是沈婕妤闹起来的，她先害死六皇孙，又把假消息透露给大皇子妃，对方为了报复，用同样的手段害死盘婕妤认养的皇孙，盘婕妤是个暴脾气，一来二去便鱼死网破了。朕也没料到事态会发展成这样。”

二人摇头叹息，末了抱起女儿各自亲了一口。

皇上凯旋本该是件大喜事，后宫诸人却都一副大祸临头的表情。徐雅言因保护六皇孙不力已经遭了太后厌弃，她兄长开挖河道致人亡命的案子又被提出来，交由锦衣卫审理，刚关进大牢一日便什么都招了，还把徐广志也牵连进去。盘婕妤已被打入冷宫待查，沈婕妤毒杀皇嗣的嫌隙尚未洗清，太后重病在床下不了地，几位皇子妃彻底撕破脸，纷纷搬出皇宫。

当关素衣抱着孩子踏入长乐宫时，看见的便是一张张或憔悴或惊骇或疯狂的面孔。

“你，这孩子是你生的？皇上的种？”太后语无伦次。

“瞧您说的，不是皇上的种，臣妾还能活着站在此处？”关素衣掩嘴轻笑。

皇后和沈婕妤呆愣许久，末了一个恍然大悟，一个委顿在地。皇上哪里是恶鬼，又哪里不能生？他分明好得很！当二人几欲呕血时，召见完朝臣的圣元帝大步走进来，先是替关素衣理顺耳边的乱发，复又抱起小公主向上抛了抛，冷寂的宫殿顿时响起孩子欢快的笑声。

太后嘴角缓缓沁出一丝鲜血，气急败坏地问道：“你，你什么时候堪破了心魔？”

“当朕见到素衣的时候，心魔便溃散殆尽。”圣元帝把妻女一块儿抱入怀中，一字一句说道，“这长乐宫你爱住便住着吧，朕早已寻回母亲遗骨，你便日日为她诵经赎罪。你若老实听话，朕还能照拂余下几位侄儿，否则便不好说了。”

他看也不看脸色苍白的徐雅言和沈婕妤，一手抱着女儿，一手牵着妻子，大步走出去，一家三口的身影融入金黄日光，缓缓消失不见。太后鼓了鼓赤红的眼珠，终于昏死过去。

次月，皇后被废，徐氏家族分崩离析，徐广志与其子流徙三千里，遇赦不赦。沈婕妤谋害皇嗣证据确凿，一条白绫赐死，盘婕妤则幽闭冷宫不得出。关容华因生育有功，晋封昭仪，三年后诞下皇长子，立为皇后。

圣元帝广招天下贤才共襄盛世，经过一系列行之有效的改革后，终于令千疮百孔的魏国重现生机。